Das Buch

Castle Rock, Maine: Eine kleine Stadt, die schon Cujo, der tollwütige Hund, in Aufruhr versetzte. Auch George Stark, das zu
einem mörderischen Leben erwachte Pseudonym des Schrift-
stellers Thad Beaumont (Stark »The Dark Half«, Heyne-TB
Nr. 01/8269), trieb dort sein Unwesen. Castle Rock ist eine Stadt,
in der kleine Leute leben – ein Ort, der King-Lesern seit
langem bekannt ist. Hier kreuzt sich der amerikanische Klein-
bürgeralltag mit der Welt des Übersinnlichen.
»Needful Things«: so nennt sich der Laden, den Leland Gaunt,
ein Fremder von irgendwoher, in Castle Rock eröffnet. Ein
Laden, in dem jeder kriegt, wovon er schon seit Ewigkeiten
träumt. Doch alles hat seinen Preis. Der Teufel persönlich ist in
die Stadt gekommen, und er geht auf Seelenfang. Gaunt kennt
die verborgenen Sehnsüchte und Schwächen jedes einzelnen
und spannt ein kunstvolles Intrigennetz. Nach wenigen Tagen
gibt es bereits den ersten Toten ...
Stephen King beschreibt keine Idylle, sondern einen Alptraum.
»Kings Choreographie ist grandios. Wie ein monumentales
Ballett der Apokalypse inszeniert er den Untergang Castle
Rocks. Minutiös und spannend beschreibt er die unmerkliche
Veränderung des Wirklichen von der Ankunft des Unruhestif-
ters Gaunt bis zur großen Schlacht zwischen Katholiken und
Baptisten, während sich die Stadt in ein flammendes Inferno
verwandelt.« (Matthias Halbig in der Nordwest-Zeitung)

Der Autor

Stephen King alias Richard Bachman gilt weltweit unbestritten
als der Meister der modernen Horrorliteratur. Seine Bücher
haben eine Weltauflage von 100 Millionen weit überschritten.
Seine Romane wurden von den besten Regisseuren verfilmt.
Geboren 1947 in Portland/Maine, schrieb und veröffentlichte er
schon während seines Studiums Science-Fiction-Stories. 1973
gelang ihm mit Carrie der internationale Durchbruch. Alle folgenden Bücher (Friedhof der Kuscheltiere, Es, Sie, Christine u. v. a.)
wurden Bestseller, die meisten davon liegen im Wilhelm Heyne
Verlag vor. Stephen King lebt mit seiner Frau, der Schriftstellerin
Tabitha King, und drei Kindern in Bangor/Maine. »Stephen
King ist ein Geschichtenerzähler, ein intelligenter, gewitzter,
hochspezialisierter Handwerker – der Handwerker des Schrek-
kens.« (Süddeutsche Zeitung)

STEPHEN KING

IN EINER KLEINEN STADT

»Needful Things«

Roman

WILHELM HEYNE VERLAG
MÜNCHEN

HEYNE ALLGEMEINE REIHE
Nr. 01/8653

Titel der Originalausgabe
NEEDFUL THINGS
Aus dem Amerikanischen übersetzt
von Christel Wiemken
Die Originalausgabe erschien 1991
im Verlag Viking, New York, USA

17. Auflage

Copyright © 1991 by Stephen King
Copyright © der deutschsprachigen Ausgabe 1991
by Wilhelm Heyne Verlag GmbH & Co. KG, München
Die Hardcover-Ausgabe ist im Verlag Hoffmann und Campe,
Hamburg, erschienen
Printed in Germany 2000
Umschlagillustration: Ferenc Regös
Umschlaggestaltung: Werbeagentur Hauptmann & Kampa, CH-Zug
Gesamtherstellung: Elsnerdruck, Berlin

ISBN 3-453-06131-4

Für Chris Lavin –
er weiß auch nicht alle Antworten,
aber die, auf die es ankommt

Ladies and gentlemen, attention, please!
Come in close where everyone can see!
I got a tale to tell, it isn't gonna cost a dime!
And if you believe that,
we're gonna get along just fine.
> – Steve Earle
> *»Snake Oil.«*

I have heard of many going astray even in the
village streets, when the darkness was so thick you
could cut it with a knife, as the saying is ...
> – Henry David Thoreau
> Walden

SIE WAREN SCHON EINMAL HIER

Aber klar doch. Sicher. Ein Gesicht wie Ihres vergesse ich nie.

Kommen Sie herüber, lassen Sie mich Ihre Hand schütteln! Wissen Sie, ich habe Sie schon am Gang erkannt, noch bevor ich Ihr Gesicht gesehen habe. Sie hätten sich für Ihre Rückkehr nach Castle Rock keinen besseren Tag aussuchen können. Ist das nicht ein Prachtwetter? Bald fängt die Jagdzeit an, wo die Idioten in den Wäldern auf alles schießen, was sich bewegt und nicht leuchtendes Orange trägt, und dann kommen der Schnee und die Graupelschauer – aber all das hat noch ein Weilchen Zeit. Jetzt haben wir Oktober, und in The Rock lassen wir den Oktober dauern, so lange er mag.

Für mich ist das die beste Zeit des Jahres. Der Frühling ist schön hier, aber ich ziehe jederzeit den Oktober dem Mai vor. Der Westen von Maine ist ein Landstrich, der fast in Vergessenheit gerät, wenn der Sommer den Laden dichtmacht und all die Leute von ihren Cottages am See und oben auf dem View nach New York und Massachusetts zurückgekehrt sind. Die Leute hier sehen sie Jahr für Jahr kommen und gehen – hallo, hallo, hallo; auf Wiedersehen, auf Wiedersehen, auf Wiedersehen. Es ist gut, wenn sie kommen, weil sie ihre Stadtdollars mitbringen, aber es ist auch gut, wenn sie gehen – ihre Stadtprobleme bringen sie nämlich auch mit.

Und Probleme sind es, über die ich vor allem reden möchte – können wir uns ein Weilchen hinsetzen? Am besten auf den Stufen zum Musikpavillon da drüben. Die Sonne scheint warm, und von hier, mitten im Stadtpark, kann man fast das ganze Geschäftsviertel überblicken. Sie müssen nur wegen der Splitter aufpassen. Die Stufen müssen abgeschliffen und frisch gestrichen werden. Das ist Hugh Priests Job, aber Hugh ist noch nicht dazu gekommen. Er trinkt, müssen Sie wissen. Das ist kein großes Geheimnis. In Castle Rock können die Leute Geheimnisse wahren, und sie tun es auch,

9

aber das ist schwere Arbeit, und es ist schon lange her, seit zwischen Hugh Priest und schwerer Arbeit etwas bestand, das man als gutes Einvernehmen bezeichnen könnte.

Was das ist?

Ach, *das*. Also wissen Sie, mein Junge – ist das nicht ein schönes Stückchen Arbeit? Diese Zettel überall in der Stadt! Ich glaube, Wanda Hemphill (ihrem Mann Don gehört Hemphills'Market) hat die meisten davon selbst angebracht. Reißen Sie's ab und geben Sie es mir. Seien Sie nicht so ängstlich – es hat ohnehin niemand das Recht, den Musikpavillon im Stadtpark mit Zetteln zu bepflastern.

Heiliger Strohsack! Sehen Sie sich das an! WÜRFEL UND DER TEUFEL, das steht ganz oben auf dem Zettel. In dicken, roten Buchstaben, aus denen *Rauch* aufsteigt, als wären die Dinger in der Hölle aufgegeben und durch Eilboten ausgeliefert. Ha! Jemand, der nicht weiß, was für ein verschlafenes kleines Nest diese Stadt ist, könnte wirklich glauben, es ginge allmählich abwärts mit uns. Aber Sie wissen ja, wie sich in einer Stadt dieser Größe die Dinge manchmal über jedes vernünftige Maß hinaus aufblähen. Und diesmal hat Reverend Willi zweifellos eine Hornisse unter der Bettdecke. Gar keine Frage. Kirchen in kleinen Städten ... nun, ich glaube, darüber brauche ich Ihnen nicht viel zu erzählen. Sie kommen miteinander aus – so einigermaßen –, aber so richtig *selig* miteinander sind sie nie. Eine Zeitlang geht alles friedlich vonstatten, und eines Tages ist dann der Krach wieder voll im Gange.

Aber diesmal ist es ein ziemlich heftiger Krach, und er wird mit großer Erbitterung ausgetragen. Die Katholiken, müssen Sie wissen, wollen in der Halle der Kolumbus-Ritter am anderen Ende der Stadt etwas veranstalten, das sie Kasino-Nacht nennen. Am letzten Freitag des Monats, soviel ich weiß; der Reingewinn soll für Reparaturen am Dach der Kirche verwendet werden. Das ist Our Lady of Serene Waters – Sie müssen auf der Fahrt in die Stadt daran vorbeigekommen sein, wenn Sie durch Castle View gekommen sind. Hübsche kleine Kirche, nicht wahr?

Die Kasino-Nacht war Father Brighams Idee, aber es waren die Töchter der Isabella, die den Ball aufgefangen haben und damit losgerannt sind. Vor allem Betsy Vigue. Ich neh-me an, ihr gefällt die Idee, sich in ihr raffiniertestes Schwar-zes zu zwängen und Karten auszuteilen oder ein Roulette-rad in Bewegung zu versetzen und zu sagen: »Ihre Einsätze bitte, meine Damen und Herren. Ihre Einsätze bitte.« Aber ich glaube, sie sind alle mehr oder weniger begeistert. Es wird zwar nur um Pfennige und Groschen gespielt, völlig harmlos, aber das Gefühl, ein bißchen verrucht zu sein, ist ja auch was.

Aber für Reverend Willie ist es keineswegs harmlos, und anscheinend halten er und seine Gemeinde es für mehr als nur ein bißchen verrucht. Eigentlich heißt er Reverend Wil-liam Rose; Father Brigham hat er noch nie so recht gemocht, und der Father hält von ihm auch nicht sonderlich viel. (Übrigens war es Father Brigham, der damit angefangen hat, Reverend Rose »Steamboat Willie« zu nennen, und das weiß Reverend Willie.)

Zwischen diesen beiden Medizinmännern sind schon frü-her die Funken geflogen. Aber diese Sache mit der Kasino-Nacht ist mehr als nur ein Funken; man könnte schon von einem Buschfeuer reden. Als Willie hörte, daß die Katholi-ken vorhaben, in der Halle der Kolumbus-Ritter eine Nacht lang dem Glücksspiel zu frönen, ist er in die Luft gegangen. Er hat diese WÜRFEL UND DER TEUFEL-Anschläge aus eigener Tasche bezahlt, und Wanda Hemphill und ihre Freundinnen aus dem Nähkränzchen haben sie überall angeklebt. Seit-dem ist der einzige Ort, an dem die Katholiken und die Bap-tisten noch miteinander reden, die Leserbriefspalte in unse-rer kleinen Wochenzeitung, wo sie gegeneinander toben und wüten und einer dem anderen versichert, sein Weg führte stracks zur Hölle.

Schauen Sie dort hinunter, dann verstehen Sie, was ich meine. Die Frau, die gerade aus der Bank kommt, ist Nan Roberts. Ihr gehört Nan's Luncheonette, und seit sich Pop Merrill zur ewigen Ruhe begeben hat, dürfte sie die reichste Frau der Stadt sein. Außerdem ist sie Baptistin, seit Hektor in den Windeln lag. Und aus der anderen Richtung kommt Al Gendron. Er ist so katholisch, daß neben ihm der Papst wie ein Waisenkind aussieht, und der Ire Johnny Brigham ist sein bester Freund. So, und nun schauen Sie genau hin! Sehen Sie, wie ihre Nasen hochgehen! Ha! Ist das nicht ein Schauspiel? Ich wette Dollars gegen Datteln, daß die Temperatur um zehn Grad gesunken ist, als die beiden aneinander vorbeigingen. Wie meine Mutter immer zu sagen pflegte – Leute haben mehr Spaß als sonst jemand, ausgenommen Pferde, und die merken es nicht.

Und nun schauen Sie dort hinüber. Sehen Sie den Streifenwagen, der vor dem Videoshop am Bordstein parkt? Das ist John LaPointe, der da drin sitzt. Er soll eigentlich nach Rasern Ausschau halten – im Geschäftsviertel darf man kaum mehr als Schritt fahren, müssen Sie wissen, vor allem, wenn die Schule aus ist –, aber wenn Sie genau hinschauen, dann sehen Sie, daß er in Wirklichkeit auf ein Foto starrt, das er aus seiner Brieftasche herausgeholt hat. Ich kann es zwar von hier aus nicht sehen, aber um was es sich handelt, weiß ich so genau, wie ich den Mädchennamen meiner Mutter kenne. Das ist der Schnappschuß, den Andy Clutterbuck von John und Sally Ratcliffe auf dem Rummel in Fryeburg aufgenommen hat, vor ungefähr einem Jahr. Auf diesem Foto hat John seinen Arm um sie gelegt, und sie hält den Teddy, den er für sie in der Schießbude gewonnen hat, und beide sehen so glücklich aus, als wollten sie nie mehr auseinandergehen. Aber das war damals, und heute ist heute, wie man so sagt; inzwischen ist Sally mit Lester Pratt verlobt, dem Sportlehrer von der High School. Er ist ein waschechter Baptist, genau wie sie. John hat den Schock, sie zu verlieren, noch nicht überwunden. Haben Sie mitgekriegt, wie er geseufzt hat? Er hat sich in eine ganz hübsch schwermütige Stimmung hineingesteigert. Nur ein Mann, der noch immer verliebt ist (oder sich einbildet, es zu sein), kann so abgrundtief seufzen.

Ärger und Zwistigkeiten entstehen zumeist aus ganz gewöhnlichen Umständen, ist Ihnen das schon aufgefallen? Aus undramatischen Umständen. Ich zeige Ihnen ein Beispiel dafür. Sehen Sie den Mann, der da gerade die Treppe zum Gericht hinaufgeht? Nein, nicht den Mann im Anzug; das ist Dan Keeton, der Vorsitzende unseres Stadtrates. Ich meine den anderen – den Schwarzen im Overall. Das ist Eddie Warburton, der Nacht-Hausmeister der Stadtverwaltung. Beobachten Sie ihn ein paar Sekunden lang, und sehen Sie, was er tut. Da! Sehen Sie, wie er auf der obersten Stufe stehenbleibt und die Straße hinaufschaut? Ich wette weitere Dollars gegen weitere Datteln, daß es die Sunoco-Tankstelle ist, zu der er hinschaut. Die Sunoco gehört Sonny Jackett, und zwischen den beiden gibt es böses Blut, seit Eddie vor zwei Jahren seinen Wagen zu ihm gebracht hat, damit er sich das Getriebe ansieht.

Ich habe den Wagen noch genau vor Augen. Es war ein Honda Civic, nichts Besonderes. Aber für Eddie war er etwas Besonderes, weil es der erste und einzige brandneue Wagen war, den er in seinem Leben besessen hat. Und Sonny hat nicht nur Pfuscharbeit geleistet, sondern ihn obendrein noch übers Ohr gehauen. Das ist *Eddies* Version der Geschichte. Warburton benutzt nur seine Hautfarbe, um sich um die Bezahlung der Reparaturrechnung zu drücken – das ist *Sonnys* Version der Geschichte. Sie wissen, wie das so geht, nicht wahr?

Daraufhin zerrte Sonny Jackett Eddie Warburton vor Gericht. Ein Bagatellfall, sicher, aber es gab einiges Gebrüll, zuerst im Gerichtssaal und dann in der Vorhalle. Eddie behauptete, Sonny hätte ihn einen dämlichen Nigger genannt, und Sonny behauptete, nun, Nigger habe ich ihn nicht genannt, aber der Rest stimmt aufs Wort. Schließlich war keiner von beiden zufrieden. Der Richter verlangte von Eddie, daß er fünfzig Dollar ausspuckt, wozu Eddie sagte, das wären fünfzig Dollar zuviel, und Sonny sagte, das wäre bei weitem nicht genug. Und das nächste, was dann passierte, war ein Kabelbrand in Eddies neuem Auto, und es endete damit, daß Eddies Civic auf dem Schrottplatz draußen an der Town Road Nr. 5 landete. Und jetzt fährt Eddie einen '82er Oldsmobile, der Öl verliert. Eddie hat sich nie von dem Gedanken freimachen können, daß Sonny Jackett wesentlich mehr über diesen Kabelbrand weiß, als er je zugeben würde.

Nun ja, Leute haben mehr Spaß als sonst jemand, ausgenommen Pferde, und die merken es nicht. Ist das alles nicht mehr, als Sie an einem so warmen Tag verkraften können?

Aber so ist das Leben nun einmal in einer kleinen Stadt –

ob sie nun Peyton Place heißt oder Twin Peaks oder Castle Rock, es sind Leute, die Kuchen essen und Kaffee trinken und hinter vorgehaltener Hand übereinander reden. Da ist Slopey Dodd, immer ganz allein, weil sich die anderen Bälger über sein Stottern lustig machen. Da ist Myrthle Keeton, und wenn sie ein bißchen verloren und verstört aussieht, als wüßte sie nicht recht, wo sie sich befindet oder was um sie herum vorgeht, so liegt das daran, daß ihr Mann (der Typ, der eben hinter Eddie Warburton die Treppe hinaufging) in den letzten sechs Monaten oder so ein völlig anderer geworden zu sein scheint. Sehen Sie, wie verschwollen ihre Augen sind? Ich nehme an, sie hat geweint oder schlecht geschlafen oder beides. Finden Sie nicht auch?

Und dort geht Lenore Potter. Sieht aus, als käme sie direkt aus einer Hutschachtel. Wahrscheinlich auf dem Weg zu Western Auto, um nachzufragen, ob ihr spezieller organischer Dünger eingetroffen ist. Um das Haus dieser Frau herum wachsen mehr Blumen, als Carter Leberpillen hat. Und sie ist ungeheuer stolz darauf. Bei den Damen der Stadt ist sie nicht sonderlich beliebt – sie halten sie für hochnäsig, wegen ihrer Blumen und ihrer Meditiererei, und wegen der Siebzig-Dollar-Dauerwelle, die sie sich in Boston machen läßt. Die Leute halten sie für hochnäsig, und da wir gerade zusammen auf diesen splittrigen Pavillonstufen sitzen, will ich Ihnen ein Geheimnis verraten: ich glaube, sie haben recht damit.

Alles ziemlich alltäglicher Kram, werden Sie vermutlich sagen, aber nicht all unsere Probleme in Castle Rock sind alltäglich; darüber müssen Sie sich klar sein. Niemand hat Frank Dodd vergessen, den Polizisten, der hier vor zwölf Jahren überschnappte und ein paar Frauen umbrachte, und den Hund haben sie auch nicht vergessen, der sich die Tollwut holte und Joe Camber umbrachte und den alten Säufer, der ein Stück die Straße hinunter lebte. Auch den guten alten Sheriff George Bannerman hat dieser Hund umgebracht. Heute tut Alan Pangborn seine Arbeit; er ist auch ein guter Mann, aber in den Augen der Stadt kann er Big George niemals das Wasser reichen.

Auch das, was mit Reginald »Pop« Merrill passiert ist, war

nichts Alltägliches. Pop war der alte Geizkragen, dem der Trödelladen gehörte. Emporium Galorium, so hieß der Laden. Stand genau da, wo jetzt die Lücke ist, auf der anderen Straßenseite. Das Haus ist vor einiger Zeit abgebrannt, aber in der Stadt gibt es Leute, die gesehen haben (oder zumindest behaupten, gesehen zu haben) und es Ihnen nach ein paar Bier im Mellow Tiger auch erzählen werden, daß es wesentlich mehr war als nur ein simples Feuer, was das Emporium Galorium zerstörte und Pop Merrill das Leben kostete.

Sein Neffe Ace behauptet, vor diesem Brand wäre seinem Onkel irgend etwas Unheimliches zugestoßen – so etwas wie aus *The Twilight Zone*. Natürlich war Ace nicht einmal hier, als sein Onkel ins Gras biß; er saß gerade im Gefängnis von Shawshang den Rest der vier Jahre ab, zu denen er wegen Einbruchs verurteilt worden war. (Die Leute haben schon immer gewußt, daß es mit Ace Merrill einmal ein böses Ende nehmen würde; als er zur Schule ging, war er einer der übelsten Typen, die je in dieser Stadt lebten, und es muß mindestens hundert Kinder gegeben haben, die schnell auf die andere Straßenseite überwechselten, wenn sie Ace auf sich zukommen sahen, mit den Schnallen und Reißverschlüssen, die an seiner Motorradjacke klimperten, und den Nägeln unter seinen Bergarbeiterschuhen, die aufs Pflaster dröhnten.) Dennoch glauben ihm die Leute, müssen Sie wissen; vielleicht war wirklich etwas seltsam an dem, was Pop an diesem Tag widerfahren ist, aber vielleicht ist auch das nur Gerede drüben in Nan's Laden, bei Kaffee und Apfelkuchen.

Höchstwahrscheinlich geht es hier nicht anders zu als da, wo Sie zu Hause sind. Leute, die sich über Religion in die Haare geraten, Leute, die Fackeln schwenken, Leute, die Geheimnisse hüten, Leute, die einen Groll hegen – sogar hin und wieder eine unheimliche Geschichte wie das, was an dem Tag, an dem Pop in seinem Trödelladen umkam, passiert oder nicht passiert ist – eine Geschichte, die einem langweiligen Tag ein bißchen Würze verleiht. Castle Rock ist immer noch ein recht hübsches Städtchen, in dem man leben und es sich gutgehen lassen kann, wie es auf dem Schild am Ortseingang heißt. Die Sonne scheint hell auf den See und

15

auf die Blätter der Bäume, und an einem klaren Tag können Sie von Castle View bis nach Vermont hinüberschauen. Die Sommergäste geraten sich wegen der Sonntagszeitungen in die Haare, und auf dem Parkplatz vom Mellow Tiger kommt es am Freitagabend oder am Samstagabend (manchmal an beiden Abenden) hin und wieder zu einer Prügelei; aber die Sommergäste reisen immer wieder ab, und auch die Prügeleien dauern nicht ewig. The Rock ist immer einer der *guten* Orte gewesen, und wissen Sie, was wir sagen, wenn jemand verrückt spielt? Wir sagen *Er kommt darüber hinweg* oder *Sie kommt darüber hinweg.*

Henry Beaufort zum Beispiel hat es satt, daß Hugh Priest immer, wenn er betrunken ist, gegen das Rock-Ola tritt – aber Henry wird darüber hinwegkommen. Wilma Jerzyck und Nettie Cobb sind wütend aufeinander – aber auch Nettie wird vermutlich darüber hinwegkommen, und bei Wilma Jerzyck gehört das Wütendsein einfach zum Leben. Sheriff Pangborn trauert noch immer um seine Frau und seinen jüngeren Sohn, die bei einem Unfall ums Leben kamen; das war wirklich eine Tragödie, aber mit der Zeit wird auch er darüber hinwegkommen. Polly Chalmers' Arthritis wird und wird nicht besser – sie wird sogar schlimmer, jeden Tag ein bißchen mehr –, und sie wird vielleicht nicht darüber hinwegkommen, aber sie wird lernen, damit zu leben. Wie Millionen andere auch.

Hin und wieder geraten wir aneinander, aber meistens geht alles seinen normalen Gang. So ist es jedenfalls immer gewesen, bis jetzt. Doch nun muß ich Ihnen ein *wirkliches* Geheimnis verraten, mein Freund; vor allem deshalb habe ich Sie gebeten, sich zu mir zu setzen, als ich sah, daß Sie wieder in der Stadt sind. Ich glaube, uns stehen Probleme ins Haus – wirklich schwerwiegende Probleme. Ich kann es riechen, direkt hinter dem Horizont, wie ein nicht in die Jahreszeit passendes Gewitter mit vielen Blitzen. Der Streit zwischen den Baptisten und den Katholiken über die Kasino-Nacht, die Bälger, die sich über den armen Slopey und sein Stottern lustig machen, John LaPointes Fackel, Sheriff Pangborns Trauer – ich glaube, diese Dinge werden sich neben dem, was uns bevorsteht, wie ziemlich kleine Fische ausnehmen.

Sehen Sie das Haus da drüben auf der anderen Seite der Main Street? Drei Türen von der Lücke entfernt, wo früher das Emporium Galorium stand? Mit der grünen Markise davor? Ja, genau das meine ich. Die Fenster sind alle zugekalkt, weil der Laden noch nicht geöffnet ist. NEEDFUL THINGS steht auf dem Schild – aber was zum Teufel soll das heißen? Ich weiß es auch nicht, aber das ist der Ort, von dem das ungute Gefühl auszugehen scheint.

Genau von diesem Laden.

Schauen Sie noch einmal die Straße hinauf. Sehen Sie den Jungen dort? Der sein Fahrrad schiebt und aussieht, als hätte er den schönsten Tagtraum, den ein Junge jemals hatte? Verlieren Sie ihn nicht aus den Augen, mein Freund. Ich glaube, er ist es, der alles ins Rollen bringt.

Nein, ich sagte schon, ich weiß nicht, was – nicht genau. Aber beobachten Sie den Jungen. Und bleiben Sie eine Weile hier, ja? Ich habe ein sehr *schlimmes* Gefühl, und wenn etwas passiert, könnte es gut sein, wenn es einen Zeugen gibt.

Ich kenne den Jungen – den, der sein Fahrrad schiebt. Sie vielleicht auch. Er heißt Brian Soundso. Ich glaube, sein Dad verkauft drüben in Oxford oder South Paris Türen und Fensterläden.

Behalten Sie ihn im Auge, ich bitte Sie. Behalten Sie *alles* im Auge. Sie waren schon einmal hier, aber es wird sich vieles ändern.

Ich weiß es.

Ich *spüre* es.

Ein Unwetter braut sich zusammen.

ERSTER TEIL

GALA-ERÖFFNUNG

Erstes Kapitel

1

In einer kleinen Stadt ist die Eröffnung eines neuen Ladens so etwas wie eine Sensation.

Für Brian Rusk war es keine so große Sache wie für manche anderen Leute; seine Mutter zum Beispiel. Er hatte gehört, wie sie fast den ganzen letzten Monat mit ihrer besten Freundin Myra Evans am Telefon darüber diskutiert hatte (sie hatte ihm erklärt, daß er das nicht Klatschen nennen dürfte – Klatschen wäre eine häßliche Angewohnheit, und so etwas tat sie nicht). Die ersten Handwerker waren bei dem alten Haus, in dem zuletzt die Western Maine Realty and Insurance residiert hatte, ungefähr um die Zeit herum erschienen, als die Schule wieder anfing, und seither hatten sie dort fleißig gearbeitet. Nicht, daß jemand sich vorstellen konnte, was sie da drinnen taten; ihre erste Amtshandlung war gewesen, ein großes Schaufenster einzusetzen, und ihre zweite, es zuzukalken und damit undurchsichtig zu machen.

Vor zwei Wochen war an der Tür ein Schild aufgetaucht, das unter einem durchsichtigen Plastik-Saugnapf an einer Schnur hing.

ERÖFFNUNG DEMNÄCHST!

stand auf dem Schild.

NEEDFUL THINGS
EINE NEUE ART VON LADEN
»Sie werden Ihren Augen nicht trauen!«

»Wahrscheinlich nur ein weiterer Trödelladen«, hatte Brians Mutter zu Myra gesagt; dabei hatte sie auf der Couch gelegen, mit einer Hand den Hörer gehalten und mit der anderen Kirschen mit Schokoladenüberzug gegessen und sich im Fernsehen *Santa Barbara* angesehen. »Nur ein Trödelladen mit einem Haufen imitierter frühamerikanischer Möbel und schimmliger alter Kurbeltelefone. Da gehe ich jede Wette ein.«

Das war gewesen, kurz nachdem das neue Schaufenster eingesetzt und zugekalkt worden war, und angesichts der Gewißheit, mit der seine Mutter davon sprach, hätte Brian eigentlich nicht daran zweifeln können, daß das Thema damit erledigt war. Aber bei seiner Mutter schien kein Thema jemals erledigt zu sein. Ihre Vermutungen und Annahmen schienen so endlos zu sein wie die Probleme der Serienhelden in *Santa Barbara* und *General Hospital*.

Vergangene Woche war die erste Zeile des Schildes, das an der Tür hing, geändert worden. Jetzt lautete sie

GALA-ERÖFFNUNG 9. OKTOBER
BRINGEN SIE IHRE FREUNDE MIT!

Brian war an dem neuen Laden nicht so interessiert wie seine Mutter (und einige der Lehrer; er hatte gehört, wie sie im Lehrerzimmer der Castle Rock Middle School darüber redeten, als er gerade mit dem Postdienst an der Reihe war), aber er war elf Jahre alt, und ein gesunder Elfjähriger interessiert sich für alles, was neu ist. Außerdem faszinierte ihn der Name des Ladens. *Needful Things;* was hatte das zu bedeuten?

Er hatte die abgeänderte erste Zeile letzten Dienstag auf dem Heimweg gelesen. An den Dienstagnachmittagen kam er spät aus der Schule. Brian war mit einer Hasenscharte geboren, und obwohl sie wegoperiert worden war, als er sieben Jahre alt war, mußte er noch immer zur Sprechtherapie gehen. Gegenüber jedermann, der ihn danach fragte, behauptete er eisern, daß er diese Stunden haßte, aber das tat er nicht. Er war heftig und hoffnungslos in Miss Ratcliffe verliebt und wartete die ganze Woche darauf, daß diese Stunde auf dem Plan stand. Der Unterricht an den Dienstagen schien tausend Jahre zu dauern, und die letzten beiden Stunden verbrachte er immer mit einem angenehmen Kribbeln im Magen.

Außer ihm waren nur vier Kinder in der Klasse, und keines von ihnen kam aus Brians Wohngegend. Darüber war er froh. Nach einer Stunde mit Miss Ratcliffe im selben Zimmer war er zu hingerissen, um an Gesellschaft Spaß zu haben. Er liebte es, den Heimweg am späten Nachmittag langsam hinter sich zu bringen, wobei er gewöhnlich sein Fahrrad schob, anstatt sich draufzusetzen, und er träumte von ihr, während in den schräg einfallenden Strahlen der Oktobersonne um ihn herum gelbe und goldfarbene Blätter herabsegelten.

Sein Weg führte ihn über den zwei Blocks langen Abschnitt der Main Street gegenüber dem Stadtpark, und an dem Tag, an dem er sah, daß auf dem Schild die Gala-Eröffnung angekündigt war, hatte er die Nase am Glas der Tür plattgedrückt, weil er zu sehen hoffte, was an die Stelle der langweiligen Schreibtische und der fadgelb gestrichenen Wände der ausgezogenen Western Maine Realty and Insurance getreten war. Aber seine Neugier blieb unbefriedigt. Eine Jalousie war angebracht und vollständig heruntergezogen worden. Brian sah nichts als das Spiegelbild seines eigenen Gesichts und seiner abschirmenden Hände.

Am Freitag, dem 4. Oktober, war in Castle Rocks Wochenzeitung, dem *Call*, eine Anzeige für den neuen Laden erschienen. Die Anzeige war von einer Wellenlinie umrandet, und unter dem gedruckten Text befand sich eine Zeichnung von Engeln, die Rücken an Rücken dastanden und lange Trompeten bliesen. Vom Zeitpunkt der Eröffnung, 10 Uhr, einmal abgesehen, erfuhr man aus der Anzeige nichts, was man nicht auch auf dem Schild lesen konnte, das an dem Saugnapf aufgehängt war: der Name des Ladens war Needful Things, er würde am 9. Oktober um 10 Uhr eröffnet werden, und natürlich »Sie werden Ihren Augen nicht trauen.« Es gab nicht den geringsten Hinweis darauf, welche Art von Waren der oder die Besitzer von Needful Things zu verkaufen gedachten.

Dies schien Cora Rusk erheblich zu irritieren – zumindest so stark, daß sie eines ihrer seltenen Samstagmorgen-Gespräche mit Myra führte.

»Ich werde meinen Augen bestimmt trauen«, erklärte sie. »Wenn ich diese *gedrechselten Betten* sehe, die angeblich *zweihundert Jahre alt* sind, aber bei denen Rochester, *New York,* auf den Rahmen gestempelt ist, was jeder sehen kann, der sich die Mühe macht, sich zu *bücken* und unter den Volant der *Tagesdecke* zu schauen, dann traue ich meinen Augen voll und ganz.«

Myra erwiderte etwas, Cora hörte zu, fischte Planters Peanuts aus der Dose, jeweils eine oder zwei auf einmal, und stopfte sie sich in den Mund. Brian und sein kleiner Bruder Sean saßen im Wohnzimmer auf dem Fußboden und sahen sich im Fernsehen Zeichentrickfilme an. Sean war völlig versunken in die Welt der Schlümpfe, aber Brian hatte sich dieser Gesellschaft kleiner blauer Leute nicht völlig hingegeben, sondern lauschte mit einem Ohr der Unterhaltung.

»So ist es!« hatte Cora Rusk noch selbstsicherer und mit noch mehr Nachdruck als üblich erklärt, nachdem Myra eine besonders bissige Bemerkung gemacht hatte. »Hohe Preise und schimmlige alte Telefone!«

Gestern, am Montag, war Brian nach der Schule mit zwei oder drei Freunden durch das Geschäftsviertel gefahren. Sie fuhren auf die dem neuen Laden gegenüberliegende Straßenseite, und er sah, daß im Laufe des Tages irgendwer eine dunkelgrüne Markise angebracht hatte. Die Vorderfront trug in weißen Buchstaben die Aufschrift NEEDFUL THINGS. Polly Chalmers, die Dame, der die Schneiderei gehörte, stand auf dem Gehsteig, die Hände auf die bewundernswert schmalen Hüften gestemmt, und betrachtete die Markise mit einem Ausdruck, in dem sich Verblüffung und Bewunderung abzuwechseln schienen.

Brian, der einiges über Markisen wußte, bewunderte sie selbst. Es war die einzige *richtige* Markise in der ganzen Main Street, und sie verlieh dem neuen Laden ein ganz besonders Aussehen. Das Wort »exquisit« gehörte zwar nicht zu seinem Alltagsvokabular, aber er wußte sofort, daß es in Castle Rock keinen zweiten Laden gab, der so aussah wie dieser. Durch die Markise sah er aus wie ein Laden, wie man ihn vielleicht in einer Fernsehshow sah. Im Vergleich dazu wirkte Western Auto auf der anderen Straßenseite schäbig und hinterwäldlerisch.

Als er nach Hause kam, lag seine Mutter auf dem Sofa, sah *Santa Barbara,* aß einen Little Debbie Creme Pie und trank Diätcola. Seine Mutter trank immer Diätcola, wenn sie sich die Nachmittagsserien anschaute. Weshalb sie das tat, wußte Brian nicht so recht, angesichts dessen, was sie damit hinunterspülte, aber er hielt es für zu gefährlich, sie danach zu fragen. Das konnte sie veranlassen, ungehalten zu werden, und wenn seine Mutter ungehalten wurde, tat man gut daran, in Deckung zu gehen.

»Hey, Ma!« sagte er, warf seine Bücher auf den Tresen und holte die Milch aus dem Kühlschrank. »Weißt du schon? Der neue Laden hat jetzt eine Markise.«

»Was ist los?« Ihre Stimme driftete aus dem Wohnzimmer herüber.

Er schenkte sich Milch ein und kam an die Schwelle. »Eine Markise«, sagte er. »An dem neuen Laden.«

Sie setzte sich auf, fand die Fernbedienung und drückte auf den Knopf, der den Ton ausschaltete. Auf dem Bildschirm redeten Al und Corinne weiter über ihre Santa Barbara-Probleme in ihrem Santa Barbara-Lieblingsrestaurant, aber nur ein Lippenleser hätte sagen können, was für Probleme das waren. »Was?« sagte sie. »An diesem Needful Things-Laden?«

»Ja«, sagte er und trank einen Schluck Milch.

»Du sollst nicht *schlürfen*«, sagte sie und stopfte sich den Rest ihres Schokoladenriegels in den Mund. »Das hört sich *scheußlich* an. Wie oft habe ich dir das schon gesagt?«

Ungefähr ebenso oft, wie du mir gesagt hast, ich sollte nicht mit vollem Mund reden, dachte Brian, aber er sagte nichts. Er hatte schon in frühen Jahren gelernt, sich mit Worten zurückzuhalten.

»Tut mir leid, Mom.«

»Was für eine Markise?«

»Eine grüne.«

»Gepreßt oder Aluminium?«

Brian, dessen Vater für die Dick Perry Siding and Door Company in South Paris Fassadenverkleidungen verkaufte, wußte genau, wovon sie sprach, aber wenn es *so eine* Markise gewesen wäre, dann wäre sie ihm kaum aufgefallen. Markisen aus Aluminium oder Preßmetall sah man an jeder Straßenecke. Bei fast der Hälfte der Häuser in Castle Rock beschatteten sie die Fenster.

»Weder noch«, sagte er. »Sie ist aus Stoff. Segeltuch, glaube ich. Sie ragt so weit vor, daß man darunter im Schatten stehen kann. Und sie ist gerundet, so.« Er beugte die Hände (vorsichtig, um seine Milch nicht zu verschütten) zu einem Halbkreis. »An der Vorderfront steht der Name. Sieht wirklich gut aus.«

»Das ist doch nicht zu fassen!«

Das waren die Worte, mit denen Cora gewöhnlich Erregung oder Erbitterung zum Ausdruck zu bringen pflegte. Brian trat für den Fall, daß es sich um das letztere handelte, vorsichtshalber einen Schritt rückwärts.

»Was meinst du, was es ist, Ma? Vielleicht ein Restaurant?«

»Ich habe keine Ahnung«, sagte sie und griff nach dem Princess-Telefon auf dem Beistelltisch. Um es zu erreichen, mußte sie die Katze Squeebles, die Fernsehzeitung und eine Dose Diätcola beiseiteschieben. »Aber es hört sich irgendwie faul an.«

»Mom, was bedeutet Needful Things eigentlich? Ist das so etwas wie ...«

»Stör mich jetzt nicht, Brian. Mummy hat zu tun. Im Brotkasten sind Devil Dogs, wenn du einen möchtest. Aber nur einen, sonst verdirbst du dir den Appetit aufs Abendessen.« Sie wählte bereits Myras Nummer, und gleich darauf diskutierten sie überaus angeregt über die grüne Markise.

Brian, der keinen Devil Dog wollte (er liebte seine Ma sehr, doch manchmal verdarb ihm schon das Zusehen, wie sie aß, den Appetit), setzte sich an den Küchentisch, schlug sein Mathematikbuch auf und machte sich an die Hausaufgaben. Er war ein intelligenter, gewissenhafter Junge, und die Mathematik war der einzige Teil der Hausaufgaben, den er nicht schon in der Schule erledigt hatte. Während er methodisch Kommas verschob und dividierte, lauschte er dem Teil, den seine Mutter zu dem Gespräch beitrug. Sie teilte Myra abermals mit, daß sie bald *noch einen* Laden haben würden, in dem stinkende alte *Parfum*flaschen und Bilder von den toten *Verwandten* irgendwelcher Leute verkauft würden, und daß es wirklich eine Schande war, wie solche Läden kämen und gingen. Da draußen gab es einfach zu viele Leute, erklärte Cora, deren Motto im Leben hieß, Geld zu kassieren und sich dann aus dem Staub zu machen. Als sie von der Markise sprach, klang es, als hätte sie jemand nur deshalb anbringen lassen, um sie zu kränken, und als wäre ihm das voll und ganz gelungen.

Ich glaube, sie denkt, jemand hätte es ihr sagen müssen, hatte Brian gedacht, während sein Bleistift über das Papier glitt, Zahlen übertrug und abrundete. Ja, genau das war es. Sie war neugierig, das war Nummer eins. Und sie war stocksauer, das war Nummer zwei. Und die Summe von beiden machte sie fast verrückt. Nun, sie würde es bald genug herausfinden. Und wenn sie es tat, würde sie ihn vielleicht in das große Geheimnis einweihen. Und wenn sie dazu zu beschäftigt war, würde er es vielleicht erfahren, indem er einem ihrer Nachmittagsgespräche mit Myra zuhörte.

Aber wie es sich ergab, fand Brian noch vor seiner Mutter oder Myra oder sonst irgend jemand in Castle Rock eine ganze Menge über Needful Things heraus.

2

Auf dem Heimweg von der Schule am Nachmittag vor der planmäßigen Eröffnung von Needful Things fuhr Brian fast überhaupt nicht auf seinem Fahrrad; er war in einen intensiven Tagtraum versunken (der nicht über seine Lippen gekommen wäre, selbst wenn man ihn mit glühenden Kohlen oder giftigen Taranteln gefoltert hätte), in dem er Miss Ratcliffe gefragt hatte, ob sie mit ihm zur Castle County Fair gehen würde, und sie zugesagt hatte.

»Danke, Brian,«, sagt Miss Ratcliffe, und Brian sieht kleine Tränen der Dankbarkeit in den Winkeln ihrer blauen Augen – Augen von so dunkler Farbe, daß sie fast gewittrig aussahen. »Ich bin – in letzter Zeit sehr traurig. Ich habe nämlich meinen Liebsten verloren.«

»Ich werde Ihnen helfen, ihn zu vergessen«, sagt Brian, und seine Stimme ist gleichzeitig rauh und zärtlich, »wenn Sie mich – Bri nennen.«

»Danke«, flüstert sie, und dann, wobei sie sich so weit vorbeugt, daß er ihr Parfum riechen kann – einen traumhaften Wildblumen- duft – sagt sie: »Danke – Bri. Und da wir, zumindest heute abend, Mädchen und Junge sein werden anstatt Lehrerin und Schüler, darfst du mich – Sally nennen.«

Er ergreift ihre Hände. Schaut ihr in die Augen. »Ich bin nicht einfach irgendein Junge«, sagt er. »Ich kann Ihnen helfen, ihn zu vergessen – Sally.«

Sie scheint fast hypnotisiert zu sein von seinem unerwarteten Verständnis, seiner unerwarteten Männlichkeit; er mag zwar erst elf sein, denkt sie, aber in ihm steckt mehr von einem Mann, als in Lester je gesteckt hat! Ihre Hände umfassen die seinen fester. Ihre Gesichter kommen sich näher – näher ...

»Nein«, murmelt sie, und jetzt sind ihre Augen so groß und so nahe, daß er beinahe das Gefühl hat, in ihnen zu ertrinken, »nein, das darfst du nicht, Bri – es ist nicht recht ...«

»Es ist recht, Baby«, sagt er, und er drückt seine Lippen auf die ihren.

Nach ein paar Augenblicken löst sie sich von ihm und flüstert zärtlich ...

»He, Junge, paß gefälligst auf, wo du hintrampelst!«

Aus seinem Tagtraum herausgerissen, stellte Brian fest, daß er gerade vor Hugh Priests Pickup-Laster gewandert war.

»Entschuldigung, Mr. Priest«, sagte er, wobei er heftig er- rötete. Mit Hugh Priest war nicht gut Kirschen essen. Er war beim Amt für Öffentliche Arbeiten angestellt und hatte, wie es hieß, das hitzigste Temperament in ganz Castle Rock. Bri- an beobachtete ihn genau. Wenn er Anstalten machen sollte, aus seinem Laster auszusteigen, gedachte Brian auf sein Fahrrad zu springen und ungefähr mit Lichtgeschwindig- keit die Main Street hinunterzufahren. Er hatte nicht die Ab- sicht, die nächsten Wochen im Krankenhaus zu verbringen, nur weil er davon geträumt hatte, mit Miss Ratcliffe zur Country Fair zu gehen.

Aber Hugh Priest hatte eine Flasche Bier zwischen den Schenkeln, im Radio sang Hank Williams jr. »High and Pres- surized«, und das alles war ein bißchen zu erfreulich für ei- ne so drastische Maßnahme wie die, an einem Dienstag- nachmittag einen kleinen Jungen zusammenzuschlagen.

28

»Du solltest die Augen offenhalten«, sagte er, setzte die Flasche an, trank einen Schluck und starrte Brian tückisch an, »denn das nächstemal mache ich mir nicht die Mühe, anzuhalten. Dann fahre ich dich einfach über den Haufen. Da kannst du lange winseln, Bürschchen.«

Er legte den Gang ein und fuhr davon. Brian verspürte den verrückten (und gnädigerweise flüchtigen) Drang, ihm *Das ist doch nicht zu fassen!* nachzuschreien. Er wartete, bis der orangerote Laster in die Linden Street abgebogen war, dann setzte er seinen Weg fort. Der Tagtraum von Miss Ratcliffe war leider für heute verdorben. Hugh Priest hatte Brian in die Wirklichkeit zurückgeholt. Miss Ratcliffe hatte sich nicht mit ihrem Verlobten Lester Pratt gestritten; sie trug nach wie vor ihren Verlobungsring mit dem kleinen Brillanten und fuhr nach wie vor seinen blauen Mustang, während sie darauf wartete, daß ihr eigener Wagen aus der Werkstatt zurückkam.

Brian hatte Miss Ratcliffe und Mr. Pratt erst am Vorabend gesehen, als sie zusammen mit einem Haufen anderer Leute auf der Lower Main Street die WÜRFEL-UND-DER-TEUFEL-Anschläge an die Telegraphenmasten klebten. Sie hatten Hymnen gesungen. Die Sache war nur, daß die Katholiken auftauchten, sobald sie fertig waren, und die Zettel wieder abrissen. In gewisser Hinsicht war das ziemlich lustig – aber wenn er größer gewesen wäre, hätte Brian alles getan, was in seinen Kräften stand, um Zettel welcher Art auch immer zu beschützen, die Miss Ratcliffe mit ihren geheiligten Händen angeklebt hatte.

Brian dachte an ihre tiefblauen Augen, ihre langen Tänzerinnenbeine, und verspürte das dumpfe Erstaunen, das ihn immer überkam, wenn ihm bewußt wurde, daß im Januar aus Sally Ratcliffe, was herrlich klang, Sally Pratt werden würde, was sich für Brian anhörte, als stürzte eine dicke Frau eine kurze, harte Treppe hinunter.

Nun, dachte er, während er auf die andere Straßenseite überwechselte und dann langsam die Main Street hinunterging, vielleicht überlegt sie es sich noch anders. Unmöglich ist das nicht. Vielleicht hat Lester Pratt auch einen Autounfall, oder er bekommt einen Gehirntumor oder etwas der-

gleichen. Vielleicht stellt sich sogar heraus, daß er rausch-
giftsüchtig ist. Miss Ratcliffe würde niemals einen Süchtigen
heiraten.

Gedanken dieser Art spendeten Brian eine bizarre Art von
Trost, aber sie änderten nichts an der Tatsache, daß Hugh
Priest den Tagtraum kurz vor seinem Höhepunkt zerstört
hatte (wo er Miss Ratcliffe küßte und sogar *ihre rechte Brust
berührte,* während sie sich auf dem Rummelplatz im Liebes-
tunnel befanden). Es war ohnehin ein ziemlich absurder Gedanke gewesen, daß ein elfjähriger Junge mit seiner Lehrerin
einen Jahrmarkt besuchte. Miss Ratcliffe war hübsch, aber
sie war auch alt. Sie hatte in der Sprechtherapie einmal erwähnt, daß sie im November vierundzwanzig würde.

Also legte Brian seinen Tagtraum vorsichtig an den Falt-
stellen zusammen, ungefähr so, wie ein Mann ein oft gelese-
nes, hochgeschätztes Dokument vorsichtig zusammenlegt,
und verstaute ihn wieder auf dem Bord im Hintergrund seines Bewußtseins, auf das er gehörte. Er schickte sich an, auf
sein Fahrrad zu steigen und den Rest des Heimwegs fah-
rend zurückzulegen.

Doch genau in diesem Moment passierte er den neuen Laden, und sein Blick fiel auf das Schild an der Tür. Etwas daran hatte sich geändert. Er hielt sein Fahrrad an und betrachtete es.

Das Schild mit den Zeilen

GALA-ERÖFFNUNG 9. OKTOBER
BRINGEN SIE IHRE FREUNDE MIT!

war verschwunden. An seine Stelle war ein kleines, quadra-
tisches Schild getreten, rote Buchstaben auf weißem Unter-
grund.

GEÖFFNET

stand darauf, und

GEÖFFNET

war *alles,* was darauf stand. Brian stand da, das Fahrrad zwischen den Beinen, betrachtete es, und sein Herz begann, ein wenig schneller zu schlagen.

Du willst doch nicht etwa hineingehen? fragte er sich. Ich meine, selbst wenn der Laden wirklich einen Tag früher aufgemacht hat, willst du doch nicht wirklich hineingehen, stimmt's

Warum nicht? gab er sich selbst die Antwort.

Nun – weil das Schaufenster nach wie vor zugekalkt ist. Die Jalousie an der Tür ist immer noch heruntergezogen. Wenn du da hineingehst, kann alles mögliche passieren. *Alles mögliche.*

Klar. Zum Beispiel, daß der Typ, dem der Laden gehört, Norman Bates ist oder sonst jemand, der die Kleider seiner Mutter anzieht und seine Kunden ersticht.

Vergiß es, sagte der ängstliche Teil seines Verstandes, doch dieser Teil hörte sich an, als wüßte er bereits, daß er verloren hatte. *Irgend etwas* daran ist unheimlich.

Aber dann dachte Brian daran, wie er seiner Mutter davon erzählen würde. Er würde ganz lässig sagen: »Übrigens, Mom, du weißt doch, dieser neue Laden, Needful Things. Ja, er hat einen Tag früher aufgemacht. Ich war drin und habe mich umgesehen.«

Daraufhin würde sie blitzschnell mit der Fernbedienung den Ton ausschalten, das war so sicher wie das Amen in der Kirche! Sie würde alles darüber hören wollen!

Diesem Gedanken konnte Brian nicht widerstehen. Er stellte sein Fahrrad auf den Ständer, trat in den Schatten der Markise – unter ihrem Baldachin schien es mindestens fünf Grad kühler zu sein – und näherte sich der Tür von Needful Things.

Als er die Hand auf den großen, altertümlichen Messing-Türknauf legte, kam ihm der Gedanke, daß das Schild ein Irrtum sein mußte. Wahrscheinlich hatte es direkt hinter der Tür gelegen, für morgen, und jemand hatte es aus Versehen aufgehängt. Er hörte kein einziges Geräusch hinter der heruntergezogenen Jalousie; der Laden machte einen verlassenen Eindruck.

Aber nachdem er nun schon einmal so weit gekommen

war, probierte er den Knauf – und er drehte sich ganz leicht unter seiner Hand. Der Riegel klickte zurück, und die Tür von Needful Things schwang auf.

3

Drinnen war es düster, aber nicht dunkel. Brian sah, daß Lichtschienen (eine Spezialität der Dick Perry Siding and Door Company) installiert worden waren, und ein paar der an den Schienen angebrachten Strahler brannten. Sie waren auf eine Reihe von Vitrinen gerichtet, die an den Wänden des großen Raumes standen. Die Vitrinen waren noch ziemlich leer. Die Strahlen ergossen ihr Licht über die wenigen Gegenstände, die in ihnen lagen.

Der Fußboden, der aus nackten Dielen bestanden hatte, als dies noch Western Maine Realty and Insurance gewesen war, war jetzt mit dickem Teppichboden bedeckt, der die Farbe von Burgunder hatte. Die Wände waren eierschalenweiß gestrichen worden. Ein dünnes Licht, so weiß wie die Wände, sickerte durch das zugekalkte Schaufenster herein.

Es ist trotzdem ein Irrtum, dachte Brian. Er hat noch nicht einmal seine Ware bekommen. Wer immer das GEÖFFNET-Schild irrtümlich an die Tür gehängt hat, hat auch irrtümlich die Tür unverschlossen gelassen. Unter diesen Umständen gebot es die Höflichkeit, die Tür wieder zuzumachen, aufs Fahrrad zu steigen und davonzufahren.

Dennoch widerstrebte es ihm, sofort wieder zu verschwinden. Schließlich *sah* er jetzt das Innere des neuen Ladens. Seine Mutter würde den ganzen Rest des Nachmittags mit ihm reden, wenn sie das erfuhr. Das Verrückte daran war: er wußte nicht so recht, was er sah. Da war ein halbes Dutzend
      (Ausstellungsstücke)
Gegenstände in den Vitrinen, und die Strahler waren auf sie gerichtet – eine Art Generalprobe vermutlich –, aber er vermochte nicht zu sagen, was für Gegenstände es waren. Was sie nicht waren, wußte er dagegen genau – es waren keine gedrechselten Betten und keine schimmligen Kurbeltelefone.

»Hallo?« rief er unsicher, nach wie vor an der Tür stehend.
»Ist jemand da?«

Er war im Begriff, den Türknauf zu ergreifen, und die Tür
wieder zuzuziehen, als eine Stimme erwiderte: »*Ich* bin da.«

Eine hochgewachsene Gestalt – eine Gestalt, die auf den
ersten Blick *unvorstellbar* hochgewachsen zu sein schien –
kam durch eine Türöffnung hinter einer der Vitrinen. Vor
der Türöffnung hing ein dunkler Samtvorhang. Brian durch-
zuckte ein kurzer und ziemlich heftiger Angstkrampf. Doch
dann fiel das Licht von einem der Strahler auf das Gesicht
des Mannes, und Brians Angst legte sich. Der Mann war
ziemlich alt, und sein Gesicht war sehr gütig. Er musterte
Brian interessiert und erfreut.

»Die Tür war nicht abgeschlossen«, setzte Brian an, »und
da dachte ich …«

»*Natürlich* ist sie nicht abgeschlossen«, sagte der hochgewachsene Mann. »Ich fand, ich könnte den Laden schon
heute nachmittag für eine kurze Weile öffnen – für eine Art
Vorbesichtigung. Und du bist mein allererster Kunde.
Komm herein, mein Freund. Tritt ein und laß etwas von
dem Glück zurück, das zu mitbringst!«

Er lächelte und streckte die Hand aus. Das Lächeln war
ansteckend. Brian fühlte sich sofort zu dem Besitzer von
Needful Things hingezogen. Er mußte über die Schwelle treten und in den Laden hinein, um die Hand des hochgewachsenen Mannes zu ergreifen, und er tat es ohne eine Spur von
Bedenken. Die Tür schwang hinter ihm zu und verriegelte
sich von selbst. Brian bemerkte es nicht. Er war viel zu sehr
damit beschäftigt, zu registrieren, daß die Augen des Mannes tiefblau waren – sie hatten genau dieselbe Farbe wie die
Augen von Miss Sally Ratcliffe. Sie hätten Vater und Tochter
sein können.

Der Griff des hochgewachsenen Mannes war sicher und
kraftvoll, aber nicht schmerzhaft. Dennoch war er irgendwie
unangenehm. Irgendwie – *glatt*. Auf irgendeine Art zu hart.

»Ich freue mich, Sie kennenzulernen«, sagte Brian.

Diese tiefblauen Augen richteten sich auf sein Gesicht wie
abgeschirmte Eisenbahnlaternen.

»Auch ich freue mich, deine Bekanntschaft zu machen«,

sagte der hochgewachsene Mann, und so kam es, daß Brian Rusk den Besitzer von Needful Things früher kennenlernte als alle anderen Einwohner von Castle Rock.

4

»Mein Name ist Leland Gaunt«, sagte der hochgewachsene Mann. »Und du bist …«

»Brian. Brian Rusk.«

»Sehr schön, Mr. Rusk. Und da du meiner erster Kunde bist, werde ich dir auf jeden Gegenstand, der dich interessiert, einen ganz speziellen Preis einräumen.«

»Danke«, sagte Brian, »aber ich glaube nicht, daß ich in einem Laden wie diesem irgend etwas kaufen kann. Ich bekomme mein Taschengeld erst am Freitag, und …« Er warf wieder einen zweifelnden Blick auf die Vitrinen. »Und es sieht nicht so aus, als hätten Sie schon Ihre ganze Ware hereinbekommen.«

Gaunt lächelte. Seine Zähne waren schief und sahen ziemlich gelb aus in dem trüben Licht, aber Brian empfand das Lächeln trotzdem als bezaubernd, und wieder fühlte er sich fast gezwungen, es zu erwidern. »So ist es«, sagte Leland Gaunt. »Der Großteil meiner Ware, wie du es nennst, trifft erst heute abend ein. Aber ich habe schon jetzt ein paar interessante Dinge anzubieten. Schau dich um, junger Mann. Ich würde gern zumindest deine Meinung hören – und ich nehme an, du hast eine Mutter? Natürlich hast du eine. Ein netter junger Mann wie du ist bestimmt keine Waise. Habe ich recht?«

Brian nickte, noch immer lächelnd. »Ja. Mom ist jetzt zu Hause.« Ein Gedanke kam ihm. »Möchten Sie, daß ich sie herbringe?« Doch schon in dem Moment, in dem die Frage seinen Mund verlassen hatte, bedauerte er sie. Er *wollte* seine Mutter nicht herbringen. Morgen würde Mr. Leland Gaunt der ganzen Stadt gehören. Morgen würden seine Ma und Myra Evans damit anfangen, ihn zu betatzen, zusammen mit all den anderen Damen von Castle Rock. Brian vermutete, daß Mr. Gaunt Ende des Monats, vielleicht schon sogar Ende der *Woche* aufgehört haben würde, einen so seltsamen und andersartigen Eindruck zu machen, aber jetzt tat er es, jetzt gehörte er Brian Rusk und Brian Rusk allein, und Brian wollte, daß es so blieb.

Deshalb war er froh, als Mr. Gaunt eine Hand hob (die Finger waren extrem schlank und extrem lang, und Brian fiel auf, daß Zeige- und Mittelfinger genau gleich lang waren) und den Kopf schüttelte. »Keineswegs«, sagte er. »Das ist genau das, was ich *nicht* möchte. Sie würde bestimmt eine Freundin mitbringen wollen, nicht wahr?«

»Ja«, sagte Brian und dachte an Myra.

»Vielleicht sogar *zwei* Freundinnen oder drei. Nein, so ist es besser, Brian – ich darf dich doch Brian nennen?«

»Natürlich«, sagte Brian überzeugt.

»Danke. Und mich nennst du Mr. Gaunt, weil ich dir an Jahren, wenn auch vielleicht nicht an Weisheit, überlegen bin – einverstanden?«

»Geht in Ordnung.« Brian wußte nicht recht, was diese Bemerkung von Mr. Gaunt zu bedeuten hatte, aber es machte *Spaß*, diesen Mann reden zu hören. Und seine Augen waren wirklich toll – Brian konnte kaum den Blick von ihnen abwenden.

»Ja, so ist es viel besser.« Mr. Gaunt rieb seine langen Hände aneinander, und dabei entstand ein zischendes Geräusch. Das war etwas, worauf Brian gern verzichtet hätte. Wenn Mr. Gaunt auf diese Weise seine Hände aneinander rieb, dann hörte sich das an wie eine Schlange, die aufgeregt ist und sich überlegt, ob sie zubeißen soll. »Du wirst es deiner Mutter erzählen, ihr vielleicht sogar zeigen, was du gekauft hast, wenn du etwas kaufen solltest …«

Brian überlegte, ob er Mr. Gaunt erzählen sollte, daß sich seine gesamte Barschaft auf grandiose einundneunzig Cents belief, und entschied sich dann dagegen.

»… und sie wird es ihren Freundinnen erzählen, und die erzählen es dann *ihren* Freundinnen – verstehst du, Brian? Du wirst eine bessere Reklame für mich sein, als es eine Anzeige in der Lokalzeitung jemals sein könnte. Selbst wenn ich dich dazu anheuern würde, mit Sandwichplakaten

durch die Straßen zu laufen, könnte ich nicht mehr erreichen!«

»Wenn Sie meinen«, pflichtete Brian ihm bei. Er hatte keine Ahnung, was ein Sandwichplakat war, aber er war ganz
sicher, daß er nie zulassen würde, daß man ihn mit so etwas
herumlaufen sah. »Es würde mir wirklich *Spaß machen,* mich
umzusehen.« Und er war zu höflich, um hinzuzufügen:
Auch wenn es kaum etwas zu sehen gibt.

»Dann sieh dich um!« sagte Mr. Gaunt und deutete auf die
Vitrinen. Brian stellte fest, daß er eine lange, rote Samtjacke
trug. Er dachte, daß es sich dabei vielleicht um einen Hausrock handeln könnte wie in den Sherlock-Holmes-Geschich-
ten, die er gelesen hatte. Sie sah gut aus. »Fühl dich wie zu
Hause, Brian!«

Brian wanderte langsam zu der der Tür am nächsten stehenden Vitrine. Er warf einen Blick über die Schulter; er war
ganz sicher, daß Mr. Gaunt ihm auf Schritt und Tritt folgen
würde, aber Mr. Gaunt stand neben der Tür und beobachtete ihn leicht belustigt. Es war fast, als hätte er Brians Gedanken gelesen und herausgefunden, wie sehr es Brian zuwider
war, wenn der Besitzer eines Ladens ihm auf Schritt und
Tritt folgte, während er sich irgend etwas ansah. Vermutlich
hatten die meisten Ladenbesitzer Angst, daß man etwas zerbrechen oder stehlen würde – oder beides.

»Laß dir Zeit«, sagte Mr. Gaunt. »Einkaufen ist ein Vergnügen, wenn man sich Zeit lassen kann, und eine Qual in
den unteren Körperregionen, wenn man es nicht kann.«

»Sagen Sie, kommen Sie von irgendwo jenseits des Großen
Teiches?« fragte Brian. Mr. Gaunts Art, sich auszudrücken,
interessierte ihn. Sie erinnerte ihn an den alten Herrn, der
Masterpiece Theatre moderierte, das sich seine Mutter gelegentlich ansah, wenn in der Fernsehzeitung stand, es wäre
eine Liebesgeschichte.

»Ich«, sagte Mr. Gaunt, »komme aus Akron.«

»Liegt das in England?«

»Das liegt in Ohio«, erklärte Leland Gaunt würdevoll, und
dann entblößte er seine kräftigen, unregelmäßigen Zähne zu
einem sonnigen Lächeln.

Das kam Brian komisch vor, auf die gleiche Art, wie ihm

36

manchmal der Text in Fernsehshows wie *Cheers* komisch vorkam. Überhaupt hatte er bei *alledem* das Gefühl, als wäre er in eine Fernsehshow geraten, eine, die ein wenig mysteriös war, aber nicht eigentlich beängstigend. Er mußte lachen.

Ihm blieben ein paar Sekunden, um sich Sorgen zu machen, ob er unhöflich war (vielleicht deshalb, weil seine Mutter ihm immer vorwarf, er wäre unhöflich, und Brian deshalb überzeugt war, in einem riesigen und fast unsichtbaren Spinnennetz von Benimmregeln zu leben), und dann fiel der hochgewachsene Mann in sein Gelächter ein. Die beiden lachten gemeinsam, und alles in allem konnte Brian sich nicht erinnern, jemals einen so angenehmen Nachmittag wie diesen erlebt zu haben.

»Nur zu, sieh dir alles an«, sagte Mr. Gaunt und schwenkte die Hand. »Über unsere Lebensgeschichten unterhalten wir uns ein andermal.« Also sah sich Brian alles an. In der größten Vitrine, die aussah, als böte sie bequem Platz für zwanzig oder dreißig Objekte, lagen nur fünf Dinge. Das war eine Pfeife. Daneben lag ein Foto von Elvis Presley in seiner weißen Auftrittskluft mit dem Tiger auf dem Rücken und einem roten Halstuch. The King (wie seine Mutter ihn immer nannte) hielt ein Mikrofon an die aufgeworfenen Lippen. Der dritte Gegenstand war eine Polaroidkamera. Der vierte war ein polierter Stein mit einer mit Kristallen gefüllten Aushöhlung in der Mitte. Die Kristalle fingen das Licht des Strahlers ein und blitzten und funkelten. Der fünfte war ein Holzsplitter, ungefähr so dick und lang wie einer von Brians Zeigefingern.

Er deutete auf den Stein. »Das ist eine Druse, nicht wahr?«

»So ist es. Du bist ein gebildeter junger Mann, Brian. Ich habe kleine Etiketten für die meisten meiner Objekte, aber sie sind noch nicht ausgepackt – wie der größte Teil meiner Ware. Ich werde arbeiten müssen wie der Teufel, wenn ich bis zur Eröffnung morgen früh fertig sein will.« Aber er schien sich deshalb keinerlei Sorgen zu machen und in aller Ruhe da stehenbleiben zu wollen, wo er stand.

»Was ist das?« fragte Brian und deutete auf den Splitter. Er dachte bei sich, daß dies ein überaus merkwürdiges Stück Ware für einen kleinen, ländlichen Laden war. Er hatte vom ersten Augenblick an eine starke Zuneigung zu Leland

Gaunt gefaßt, aber wenn der Rest seiner Ware von dieser Art war, dann würde er, davon war Brian überzeugt, in Castle Rock nicht lange Geschäfte machen. Wenn man Dinge verkaufen wollte wie Pfeifen und Fotos von The King und Holzsplitter, dann war New York der Ort, in dem man seine Geschäfte eröffnete – zumindest glaubte er das anhand der Filme, die er gesehen hatte.

»Ah!« sagte Mr. Gaunt. »*Das* ist ein wirklich interessantes Stück! Ich will es dir zeigen.«

Er durchquerte den Raum, ging um die Vitrine herum, zog ein dickes Schlüsselbund aus der Tasche und wählte, fast ohne hinzuschauen, einen Schlüssel aus. Er hob den Deckel und nahm den Splitter vorsichtig heraus. »Streck die Hand aus, Brian.«

»Das sollte ich lieber nicht tun«, sagte Brian. Als Einheimischer in einem Staat, in dem der Tourismus einer der wichtigen Wirtschaftszweige ist, war er im Laufe der Zeit in einer ganzen Reihe von Geschenkartikelläden gewesen, und er hatte eine Menge Plakate gesehen, auf denen dieses kleine Gedicht stand: »Hübsch anzusehen / und angenehm zu halten, / aber wer es zerbricht, / der muß es behalten.« Er konnte sich vorstellen, wie seine Mutter reagieren würde, wenn er den Splitter – oder was immer das war – zerbrach und Mr. Gaunt, nun nicht mehr zu freundlich, ihm mitteilte, daß sich der Preis auf fünfhundert Dollar belief.

»Warum nicht?« fragte Mr. Gaunt und hob die Augenbrauen – aber es war im Grunde nur eine einzige Braue; sie war buschig und erstreckte sich oberhalb des Nasenansatzes in einer ununterbrochenen doppelten Wellenlinie.

»Nun, ich bin ziemlich ungeschickt.«

»Unsinn«, erwiderte Mr. Gaunt. »Ich erkenne ungeschickte Jungen, wenn ich sie vor mir sehe. *Du* gehörst nicht zu dieser Sorte.«

Er ließ den Splitter in Brians Handfläche fallen. Brian betrachtete ihn ziemlich überrascht; er war sich nicht einmal bewußt gewesen, daß er die Hand geöffnet hatte, bis er jetzt den Splitter dort liegen sah.

Aber er fühlte sich überhaupt nicht an wie ein Splitter; er fühlte sich eher an wie …

»Er fühlt sich an wie Stein«, sagte er zweifelnd und hob den Blick, um Mr. Gaunt anzusehen.

»Sowohl Holz als auch Stein«, sagte Mr. Gaunt. »Das Holz ist versteinert.«

»Versteinert«, staunte Brian. Er betrachtete den Splitter genauer, dann fuhr er mit einem Finger daran entlang. Er war glatt und höckerig zugleich. Irgendwie war es ein nicht völlig angenehmes Gefühl. »Er muß sehr alt sein.«

»Mehr als zweitausend Jahre«, pflichtete Mr. Gaunt ihm ernsthaft bei.

»Donnerwetter!« sagte Brian. Er fuhr zusammen und hätte beinahe den Splitter fallen gelassen. Er schloß seine Hand um ihn herum zur Faust, damit er nicht auf den Boden fallen konnte – und ganz plötzlich überkam ihn ein ganz merkwürdiges, verzerrendes Gefühl. Plötzlich fühlte er sich – wie? Schwindelig? Nein; nicht schwindelig, aber *weit weg*. Als ob ein Teil von ihm aus seinen Körper herausgehoben und davongefegt worden wäre.

Er konnte sehen, wie Mr. Gaunt ihn interessiert und belustigt musterte, und Mr. Gaunts Augen schienen plötzlich so groß zu werden wie Untertassen. Dennoch war dieses Gefühl der Desorientierung nicht beängstigend; es war eher aufregend und bestimmt angenehmer, als das glatte Holz sich unter seinen erkundenden Fingern anfühlte.

»Schließ deine Augen, Brian«, forderte Mr. Gaunt ihn auf. »Schließ deine Augen, Brian, und sage mir, was du fühlst.«

Brian machte die Augen zu und stand einen Moment lang da, ohne sich zu bewegen; sein rechter Arm war ausgestreckt, die Faust umschloß den Splitter. Er sah nicht, wie sich Mr. Gaunts Oberlippe einen Augenblick lang über die langen, krummen Zähne hob wie die eines Hundes und sein Gesicht zu etwas machte, das eine Grimasse des Vergnügens oder der Vorfreude sein mochte. Er hatte das vage Gefühl von Bewegung – einer korkenzieherähnlichen Art von Bewegung. Ein Geräusch, schnell und leicht; *patschpatsch … patschpatsch … patschpatsch*. Dieses Geräusch kannte er. Es war …

»Ein Schiff!« rief er entzückt, ohne die Augen zu öffnen. »Ich habe das Gefühl, auf einem Schiff zu sein!«

»Ach, wirklich?« sagte Mr. Gaunt, und für Brian hörte es sich an, als wäre es unvorstellbar weit weg.

Das Gefühl wurde stärker; jetzt war ihm, als ginge es auf und ab, quer über lange, träge Wellen. Er konnte die fernen Schreie von Vögeln hören, und – mehr in der Nähe – die Laute vieler Tiere; Kühe muhten, Hähne krähten, das tiefe Fauchen einer sehr großen Katze – kein Anzeichen von Wut, sondern ein Ausdruck der Langeweile. In diesem Augenblick konnte er beinahe Holz (das Holz, von dem, da war er ganz sicher, dieser Splitter stammte) unter seinen Füßen fühlen, und er wußte, daß er an diesen Füßen keine Converse-Turnschuhe trug, sondern nur Sandalen, und ...

Dann verschwand es, schrumpfte zu einem winzigen, hellen Punkt wie das Bild auf dem Fernsehschirm, wenn der Strom ausfällt, und dann war es fort. Er öffnete die Augen, erschüttert und hingerissen.

Seine Hand hatte sich um den Splitter herum zu einer so festen Faust geballt, daß es ihn eine bewußte Willensanstrengung kostete, sie wieder zu öffnen, und die Fingergelenke knarrten wie rostige Scharniere.

»Junge, Junge«, sagte er leise.

»Schön, nicht wahr?« fragte Mr. Gaunt vergnügt und zog den Splitter aus Brians Hand mit der geistesabwesenden Geschicklichkeit eines Arztes, der einen Splitter aus Fleisch zieht. Er legte ihn wieder an seinen Platz und schloß mit einer schwungvollen Bewegung die Vitrine ab. »Schön«, pflichtete Brian ihm bei, und das Entweichen seines angehaltenen Atems war fast ein Seufzer. Er bückte sich, um den Splitter zu betrachten. Die Hand, in der er ihn gehalten hatte, kribbelte noch immer ein bißchen. Diese Gefühle; das Aufwärts- und Abwärtskippen des Decks, das Anplätschern der Wellen gegen den Rumpf, der Eindruck von Holz unter seinen Füßen – diese Dinge dauerten in ihm fort, obwohl er (mit einem Gefühl echter Trauer) vermutete, daß sie vergehen würden, wie Träume vergehen.

»Kennst du die Geschichte von Noah und seiner Arche?« fragte Mr. Gaunt.

Brian runzelte die Stirn. Er war ziemlich sicher, daß es ei-

40

ne Geschichte aus der Bibel war, aber er neigte dazu, bei der Sonntagspredikt und bei der Bibelstunde am Donnerstag einfach abzuschalten. »War das so etwas wie ein Schiff, das in achtzig Tagen um die Welt segelte?«

Mr. Gaunt lächelte abermals. »So etwas Ähnliches, Brian. Etwas sehr Ähnliches. Nun, dieser Splitter soll von der Arche Noah stammen. Natürlich kann ich nicht behaupten, daß er wirklich von der Arche Noah stammt, weil die Leute dann denken würden, ich wäre ein Schwindler von der übelsten Sorte. Es dürfte heutzutage rund viertausend Leute auf der Welt geben, die versuchen, Holzstücke zu verkaufen, die angeblich von der Arche Noah stammen – und ungefähr vier*hundert*tausend, die versuchen, Stücke vom Wahren Kreuz Christi an den Mann zu bringen –, aber ich *kann* behaupten, daß er mehr als zweitausend Jahre alt ist, weil er mit Hilfe der Radiokarbonmethode datiert worden ist, und ich *kann* behaupten, daß er aus dem Heiligen Land stammt, obwohl er nicht auf dem Berg Ararat gefunden wurde, sondern auf dem Berg Boram.«

Das meiste davon rauschte über Brian hinweg, nicht aber der springende Punkt. »Zweitausend Jahre«, stieß er hervor. »Donnerwetter! Sind Sie ganz sicher?«

»Das bin ich«, sagte Mr. Gaunt. »Ich habe ein Zertifikat vom M. I. T., wo der Splitter datiert worden ist, und das gehört natürlich zu dem Objekt dazu. Aber weißt du, ich persönlich glaube, daß er wirklich von der Arche stammen könnte.« Er betrachtete einen Moment lang nachdenklich den Splitter, dann trafen seine leuchtenden blauen Augen auf die haselnußbraunen von Brian. Sofort stand Brian im Bann dieses Blickes. »Schließlich ist der Boram in Luftlinie nicht einmal siebzehn Kilometer vom Ararat entfernt, und in den zahlreichen Historien der Welt, besonders denjenigen, die über Generationen hinweg mündlich überliefert wurden, bevor irgend jemand sie schließlich zu Papier gebracht hat, sind schon wesentlich größere Fehler unterlaufen als der endgültige Ruheplatz eines Schiffes, selbst eines großen. Habe ich recht?«

»Ja«, sagte Brian. »Klingt logisch.«

»Und außerdem – er erzeugt ein merkwürdiges Gefühl,

wenn man ihn in der Hand hält. Würdest du das nicht auch sagen?«

»Wahrhaftig!«

Mr. Gaunt lächelte, fuhr dem Jungen durchs Haar und brach damit den Bann. »Du gefällst mir, Brian. Ich wünschte, alle meine Kunden wären so zum Staunen bereit wie du. Das Leben wäre wesentlich einfacher für einen bescheidenen Handelsmann wie mich, wenn es in der Welt immer so zuginge.«

»Wieviel – wieviel würden Sie für so etwas verlangen?« fragte Brian. Er deutete auf den Splitter mit einem Finger, der nicht ganz stetig war. Erst jetzt wurde ihm bewußt, wie tief ihn diese Erfahrung bewegt hatte. Es war gewesen, als hielte man sich eine Muschelschale ans Ohr und hörte das Rauschen des Meeres – aber dreidimensional und in Stereo. Er wünschte sich inbrünstig, daß Mr. Gaunt ihm noch einmal erlauben würde, den Splitter zu halten, vielleicht sogar etwas länger, aber er wußte nicht, wie er ihn darum bitten sollte, und Mr. Gaunt bot es ihm nicht an.

»Nun ja«, sagte Mr. Gaunt, legte die Fingerspitzen unter dem Kinn zusammen und schaute Brian verschmitzt an. »Bei einem Objekt wie diesem – und bei den meisten der *guten* Dinge, die ich verkaufe, bei den wirklich *interessanten* Dingen – hängt das vom Käufer ab. Von dem, was der *Käufer* dafür zahlen will. Was würdest *du* zahlen wollen, Brian?«

»Ich weiß es nicht«, sagte Brian und dachte an die einundneunzig Cents in seiner Tasche, und dann stieß er hervor: »Eine *Menge!*«

Mr. Gaunt warf den Kopf zurück und lachte herzlich. Als er das tat, fiel Brian auf, daß er sich in einer Beziehung in dem Mann getäuscht hatte. Als er hereingekommen war, hatte er geglaubt, Mr. Gaunts Haare wären grau. Jetzt sah er, daß sie nur an den Schläfen silbrig waren. Er muß unter einem der Strahler gestanden haben, dachte Brian.

»Nun, das alles war überaus interessant, Brian, aber ich habe wirklich noch eine Menge zu tun, bevor ich morgen früh um zehn den Laden aufmachen kann, und deshalb ...«

»Natürlich«, sagte Brian, zurückgerissen in die Welt der guten Manieren (die ihm, wie seine Mutter ihm oft und gern erklärte, fast vollständig abgingen). »Ich muß auch gehen. Bitte entschuldigen Sie, daß ich Sie so lange aufgehalten habe …«

»Nein, nein! Du verstehst mich falsch!« Mr. Gaunt legte eine seiner langen Hände auf Brians Arm. Brian zog seinen Arm zurück. Er hoffte, diese Geste würde nicht unhöflich erscheinen, aber selbst wenn es so war, konnte er nichts dagegen tun. Mr. Gaunts Hand war hart und trocken und irgendwie unangenehm. Im Grunde fühlte sie sich kaum anders an als das versteinerte Holz, das angeblich von Noahs Arche stammte, oder wie immer das hieß. Aber Mr. Gaunt war zu sehr bei der Sache, um Brians instinktives Zurückweichen zur Kenntnis zu nehmen. Er verhielt sich so, als hätte er und nicht Brian gegen die guten Sitten verstoßen. »Ich fand nur, daß wir zum Geschäft kommen sollten. Es hat wirklich nicht viel Sinn, daß du dir die paar Dinge anschaust, die ich bis jetzt ausgepackt habe; es sind nicht viele, und von denen, die ausgepackt *sind,* hast du die interessantesten gesehen. Aber ich weiß ziemlich genau, was ich auf Lager habe, auch ohne ein Inventarverzeichnis, und vielleicht habe ich etwas, das du gern hättest, Brian. Was hättest du gern?«

»Himmel«, sagte Brian. Es gab *tausend* Dinge, die er gern hätte, und das war nur ein Teil des Problems; wenn die Frage so unverblümt gestellt wurde wie jetzt, vermochte er nicht zu sagen, welches von den tausend Dingen er am liebsten hätte.

»Es ist am besten, wenn man über dergleichen nicht zu eingehend nachdenkt«, sagte Mr. Gaunt. Er sprach ganz lässig, aber es war nichts Lässiges in seinen Augen, die Brians Gesicht eingehend musterten. »Wenn ich dich fragen würde: ›Brian Rusk, was ist es, das du in diesem Augenblick lieber hättest als alles andere auf der Welt?‹, was würdest du antworten? Schnell!«

»Sandy Koufax«, erwiderte Brian prompt. Er hatte nicht gewußt, daß seine Hand offen gewesen war, um den Splitter von Noahs Arche aufzunehmen, bis er gesehen hatte, daß er darauf lag, und er hatte nicht gewußt, was er auf Mr. Gaunts Frage antworten würde, bis er hörte, wie die Worte aus seinem Mund kamen. Aber in dem Augenblick, in dem er sie hörte, wußte er, daß es die richtigen Worte gewesen waren.

5

»Sandy Koufax«, sagte Mr. Gaunt nachdenklich. »Interessant.«

»Natürlich nicht Sandy Koufax selbst«, sagte Brian, »sondern seine Baseballkarte.«

»Topps oder Fleers?« fragte Mr. Gaunt.

Brian hatte nicht geglaubt, daß der Nachmittag noch besser werden könnte, aber plötzlich war er es geworden. Mr. Gaunt wußte über Baseballkarten nicht weniger gut Bescheid als über Splitter und Drusen. Es war erstaunlich, wirklich erstaunlich.

»Topps.«

»Ich vermute, es ist seine Neulingskarte, an der du interessiert bist«, sagte Mr. Gaunt bedauernd. »Ich glaube nicht, daß ich damit dienen kann, aber …«

»Nein«, sagte Brian. »Nicht die von 1954. Die von '56. Die hätte ich gern. Ich habe eine Sammlung von 1956er Baseballkarten. Mein Dad hat mich darauf gebracht. Es macht wirklich Spaß, und es gibt nur wenige, die wirklich teuer sind – Al Kaline, Mel Parnell, Roy Campanella und solche Größen. Fünfzig Karten habe ich schon. Darunter die von Al Kaline. Hat achtunddreißig Dollar gekostet. Ich habe eine Menge Rasen gemäht, um Al zu bekommen.«

»Das kann ich mir vorstellen«, sagte Mr. Gaunt mit einem Lächeln.

»Nun, wie gesagt, die meisten '56er Karten sind nicht übermäßig teuer – sie kosten fünf Dollar, sieben, manchmal zehn. Aber ein Sandy Koufax in gutem Zustand kostet neunzig oder hundert Dollar. 1956 war er noch kein großer Star, das stellte sich erst später heraus, damals, als die Dodgers noch in Brooklyn waren. Damals nannte jedermann sie die Da Bums. Das jedenfalls hat mir mein Dad erzählt.«

»Dein Dad hat zweihundertprozentig recht«, sagte Mr. Gaunt. »Ich glaube, ich habe etwas, das dich sehr glücklich machen wird, Brian. Warte hier.«

Er verschwand wieder hinter dem Vorhang und ließ Brian vor der Vitrine mit dem Splitter, der Polaroidkamera und dem Foto von The King stehen. Brian tanzte vor Hoffnung und Vorfreude fast von einem Bein aufs andere. Er befahl sich selbst, nicht so ein Schwachkopf zu sein; selbst *wenn* Mr. Gaunt tatsächlich eine Sandy Koufax-Karte haben sollte, und selbst *wenn* es eine Topps-Karte aus den Fünfzigern war, dann würde sich wahrscheinlich herausstellen, daß es eine '55er oder '57er war. Und angenommen, es war wirklich eine '56er? Was würde sie ihm nützen mit weniger als einem Dollar in der Tasche?

Nun, ich kann sie mir ansehen, oder etwa nicht? Ansehen kostet nichts. Auch das war einer der Lieblingssprüche seiner Mutter.

Aus dem Zimmer hinter dem Vorhang drangen die Geräusche von Kästen, die bewegt und mit dumpfem Aufprall auf dem Boden abgesetzt wurden. »Nur eine Minute, Brian«, rief Mr. Gaunt. Es hörte sich an, als wäre er ein wenig außer Atem. »Ich bin ganz sicher, daß hier irgendwo ein Schuhkarton sein muß …«

»Bitte machen Sie sich meinetwegen keine Mühe, Mr. Gaunt«, rief Brian zurück und hoffte inbrünstig, daß sich Mr. Gaunt so viel Mühe machen würde, wie erforderlich war.

»Es könnte natürlich auch sein, daß dieser Karton zu der Sendung gehört, die noch unterwegs ist«, sagte Mr. Gaunt zweifelnd.

Brians Herz sank.

Dann: »Aber ich war ganz sicher – warte! Hier ist er!«

Brians Herz erhob sich – es tat noch mehr, als sich zu erheben. Es flog empor und beschrieb einen Salto rückwärts.

Mr. Gaunt kehrte durch den Vorhang zurück. Sein Haar war eine Spur zerzaust, und auf dem Revers seines Hausrocks war ein Staubfleck. In der Hand hielt er einen Karton, der einmal ein Paar Air Jordan-Turnschuhe enthalten hatte. Er stellte ihn auf den Tresen und nahm den Deckel ab. Brian stand neben ihm und schaute hinein. Der Karton war voll von Baseballkarten, von denen jede in ihrer eigenen Plastikhülle steckte, genau wie die, die Brian manchmal in The Baseball Card Shop in North Conway, New Hampshire, kaufte.

»Ich glaubte, es wäre ein Inventarverzeichnis dabei, aber

da habe ich Pech gehabt«, sagte Mr. Gaunt. »Aber weißt du, ich habe eine ziemlich gute Vorstellung von dem, was ich auf Lager habe – sonst ließe sich ein Geschäft, in dem man alles mögliche verkauft, überhaupt nicht machen –, und ich bin ganz sicher, daß ich gesehen habe ...«

Er beendete den Satz nicht und begann, die Karten schnell durchzublättern.

Brian sah, wie die Karten vorbeihuschten, sprachlos vor Erstaunen. Der Mann, dem The Baseball Card Shop gehörte, hatte eine recht gute Kollektion von alten Karten, aber neben den Schätzen, die in diesem einen Schuhkarton steckten, verblaßte der gesamte Bestand seines Ladens. Da waren Kautabakkarten mit den Fotos von Ty Cobb und Pie Traynor. Da waren Zigarettenkarten mit den Fotos von Babe Ruth und Dom DiMaggio und Big George Keller und sogar Hiram Dissen, dem einarmigen Werfer, der in den Vierzigern für die White Sox gespielt hatte. LUCKY STRIKE GREEN HAS GONE TO WAR! verkündeten viele der Zigarettenkarten. Und da, nur ganz flüchtig zu sehen, ein breites, ernsthaftes Gesicht über einem Pittsburgh-Dresshemd ...

»Mein Gott, war das nicht Honus Wagner?« keuchte Brian. Sein Herz fühlte sich an wie ein sehr kleiner Vogel, der ihm in die Kehle geraten war und nun dort gefangen saß und flatterte. »Das ist die allerseltenste Baseballkarte in der ganzen Welt.«

»Ja, ja«, sagte Mr. Gaunt geistesabwesend. Seine langen Finger arbeiteten sich flink durch die Karten, Gesichter aus einer anderen Ära, eingefangen unter durchsichtiger Plastikfolie, Männer, die auf den Putz gehauen und den Ball geworfen hatten und übers Spielfeld gerannt waren, Helden eines grandiosen und längst vergangenen Goldenen Zeitalters, eines Zeitalters, das für diesen Jungen noch in glücklichen Träumen lebendig war. »Von jedem etwas, das ist es, was ein erfolgreiches Geschäft ausmacht, Brian. Vielfalt, Vergnügen, Staunen, Befriedigung – letzten Endes das, worum es auch in einem erfolgreichen *Leben* geht –, ich erteile keine Ratschläge, aber wenn ich es täte, könnte es nicht schaden, wenn du dich an diesen erinnern würdest – laß mich sehen – irgendwo – irgendwo – *ah!*«

Er zog eine Karte aus der Mitte des Kastens heraus wie ein Illusionist, der einen Trick vorführt, und legte sie triumphierend in Brians Hand.

Es war eine Sandy Koufax.

Es war eine '56er Topps-Karte.

Und sie war *signiert*.

»Für meinen guten Freund Brian, mit den besten Wünschen, Sandy Koufax.«

Und dann entdeckte er, daß er kein Wort herausbringen konnte.

6

Er schaute zu Mr. Gaunt hoch. Sein Mund arbeitete. Mr. Gaunt lächelte. »Das habe ich weder arrangiert noch geplant, Brian. Es ist einfach ein Zufall – aber ein hübscher Zufall, findest du nicht?«

Brian konnte noch immer nicht sprechen und begnügte sich deshalb mit einem Kopfnicken. Die Plastikhülle mit ihrem kostbaren Inhalt fühlte sich seltsam schwer an in seiner Hand.

»Hol sie heraus«, forderte Mr. Gaunt ihn auf.

Als Brians Stimme endlich wieder aus seinem Mund herausdrang, hörte sie sich an wie das Krächzen eines sehr alten Invaliden. »Ich trau mich nicht.«

»Nun, ich tue es«, sagte Mr. Gaunt. Er nahm Brian die Hülle ab, schob den sorgfältig manikürten Nagel eines Fingers hinein und zog die Karte heraus. Er legte sie in Brians Hand.

Er konnte winzige Vertiefungen in der Oberfläche sehen – sie stammten von der Spitze des Stiftes, den Sandy Koufax benutzt hatte, um seinen Namen hinzuschreiben – ihrer beider Namen. Koufax' eigene Unterschrift war fast identisch mit der gedruckten, aber die gedruckte lautete Sanford Koufax und das Autogramm *Sandy* Koufax. Außerdem war sie tausendmal besser, weil sie *echt* war. Sandy Koufax hatte diese Karte in der Hand gehalten und sein Zeichen darauf hinterlassen, das Zeichen seiner lebendigen Hand und seines magischen Namens.

Aber außerdem stand noch ein weiterer Name auf der Karte – Brians eigener. Irgendein Junge, der so hieß wie er, hatte vor dem Spiel auf dem Übungsplatz von Ebbets Field gestanden, und Sandy Koufax, der *wirkliche Sandy Koufax*, jung und kräftig, die Jahre des Ruhms noch vor sich, hatte die ihm entgegengestreckte Karte genommen, die vermutlich noch nach süßem rosa Kaugummi roch, und hatte sein Zeichen darauf hinterlassen – *und meines obendrein*, dachte Brian.

Plötzlich war es wieder da, das Gefühl, das über ihn hinweggefegt war, als er den Splitter aus versteinertem Holz in der Hand gehalten hatte. Nur war es diesmal viel, viel stärker.

Der Duft von Gras, süß und frisch gemäht.

Lautes Klatschen von Esche auf Pferdehaut.

Rufe und Gelächter vom Trainingsplatz der Schlagmänner.

»Hallo, Mister Koufax, würden Sie mir bitte ein Autogramm geben?«

Ein schmales Gesicht. Braune Augen. Dunkles Haar. Die Kappe wird kurz abgenommen, er kratzt sich den Kopf unmittelbar oberhalb des Haaransatzes, dann setzt er die Kappe wieder auf.

»Klar, Junge.« Er nimmt die Karte. »Wie heißt du?«

»Brian, Sir – Brian Seguin.«

Kratz, kratz, kratz auf der Karte. Der Zauber: das niedergeschriebene Feuer.

»Willst du auch Baseball-Spieler werden, wenn du groß bist, Brian?« Die Frage klingt mechanisch, wie auswendig hergesagt, und er spricht, ohne das Gesicht von der Karte zu heben, die er in seiner großen rechten Hand hält, damit er mit seiner wenig später berühmten linken Hand schreiben kann.

»Ja, Sir.«

»Aber fleißig trainieren!« Und er gibt die Karte zurück.

»Ja, Sir!«

Aber er geht bereits davon, dann verfällt er in einen gemächlichen Trab auf dem frisch gemähten Gras, trabt auf den Trainingsplatz zu, und sein Schatten trabt neben ihm her ...

»Brian? *Brian?*«

Lange Finger schnippten unter seiner Nase – Mr. Gaunts Finger. Brian arbeitete sich aus seiner Trance heraus und sah, daß Mr. Gaunt ihn anschaute, belustigt.

»Bist du noch da, Brian?«

»Entschuldigung«, sagte Brian und errötete. Er wußte, daß er die Karte zurückgeben sollte, sie zurückgeben und den Laden verlassen, aber er schien nicht imstande zu sein, sie loszulassen. Mr. Gaunt schaute ihm abermals in die Augen – direkt in den *Kopf*, wie es schien –, und wieder war es ihm unmöglich, den Blick abzuwenden.

»Also«, sagte Mr. Gaunt leise, »nehmen wir an, Brian, du wärest der Käufer. Nehmen wir es einmal an. Wieviel würdest du für diese Karte bezahlen wollen?«

Brian spürte, wie sich Verzweiflung wie ein Bergrutsch auf sein Herz legte.

»Alles, was ich habe, sind ...«

Mr. Gaunts linke Hand flog hoch. »Pst!« sagte er streng. »Kein Wort davon! Der Käufer darf den Verkäufer nie wissen lassen, wieviel er hat! Da könntest du dem Verkäufer gleich die Brieftasche aushändigen und obendrein noch das, was du in den Taschen hast, auf den Fußboden werfen! Wenn du nicht lügen kannst, dann halt den Mund! Das ist die erste Regel für einen fairen Handel, Brian, mein Junge.«

Seine Augen – so groß und dunkel. Brian hatte das Gefühl, in ihnen zu schwimmen.

»Diese Karte hat zwei Preise, Brian. Halb und halb. Die eine Hälfte ist Bargeld. Die andere ist eine Tat. Hast du verstanden?«

»Ja«, sagte Brian. Er fühlte sich wieder weit weg – weit weg von Castle Rock, weit weg von Needful Things, sogar weit weg von sich selbst. Das einzig Wirkliche an diesem weit entfernten Ort waren Mr. Gaunts große, dunkle Augen.

»Der Geldpreis für diese signierte Sandy Koufax-Karte

von 1956 ist fünfundachtzig Cents«, sagte Mr. Gaunt. »Erscheint dir das angemessen?«

»Ja«, sagte Brian. Seine Stimme war weit weg und winzig. Er spürte, wie er schwand, dahinschwand – und sich dem Punkt näherte, an dem jedes klare Erinnern aufhören würde.

»Gut«, sagte Mr. Gaunts gütige Stimme. »Bis hierher hat unser Handel gute Fortschritte gemacht. Und was die Tat betrifft – kennst du eine Frau namens Wilma Jerzyck, Brian?«

»Wilma, natürlich«, sagte Brian aus seiner Dunkelheit heraus. »Sie wohnt in der Straße, die unserem Block gegenüberliegt.«

»Ja, ich glaube, da wohnt sie«, pflichtete Mr. Gaunt ihm bei. »Und nun hör genau zu, Brian.« Er mußte weitergesprochen haben, aber Brian konnte sich nicht erinnern, was er gesagt hatte.

7

Das nächste, dessen er sich bewußt war, war, daß Mr. Gaunt ihn sanft auf die Main Street hinausschob, ihm erklärte, wie sehr er sich freute, ihn kennengelernt zu haben, und ihn bat, seiner Mutter und all seinen Freunden zu erzählen, daß er freundlich empfangen und fair behandelt worden war.

»Klar«, sagte Brian. Er fühlte sich verwirrt – aber gleichzeitig fühlte er sich sehr wohl, als wäre er gerade aus einem erholsamen Nachmittagsschlaf erwacht.

»Und komm wieder«, sagte Mr. Gaunt, kurz bevor er die Tür zumachte. Brian betrachtete sie. Auf dem Schild, das jetzt da hing, stand

GESCHLOSSEN

8

Brian hatte das Gefühl, als wäre er stundenlang in Needful Things gewesen, aber die Uhr an der Bank besagte, daß es erst zehn Minuten vor vier war. Es waren kaum zwanzig Minuten gewesen. Er schickte sich an, auf sein Fahrrad zu steigen, dann lehnte er die Lenkstange gegen einen Baum und griff in die Hosentaschen.

Aus der einen zog er sechs funkelnde Kupfermünzen.

Aus der anderen zog er die Sandy Koufax-Karte mit dem Autogramm.

Ganz offensichtlich hatten sie tatsächlich irgendeinen Handel abgeschlossen, aber Brian konnte sich beim besten Willen nicht erinnern, worin er bestanden hatte – und er wußte nur, daß Wilma Jerzycks Name gefallen war.

Für meinen guten Freund Brian, mit den besten Wünschen, Sandy Koufax.

Welchen Handel sie auch abgeschlossen haben mochten, dies war es wert.

Eine Karte wie diese war praktisch alles wert.

Brian steckte sie behutsam in seinen Ranzen, damit sie nicht verbiegen konnte, stieg aufs Rad und fuhr schnell nach Hause. Er lächelte auf dem ganzen Weg.

Zweites Kapitel

1

Wenn in einer kleinen Stadt in Neuengland ein neuer Laden eröffnet wird, dann legen die Einwohner – auch wenn sie in mancher anderen Hinsicht ausgemachte Hinterwäldler sind – eine kosmopolitische Einstellung an den Tag, mit denen ihre Vettern in den Großstädten kaum wetteifern können. In New York oder Los Angeles zieht eine neue Galerie vielleicht eine kleine Schar möglicher Kunden und simpler Sehleute an, bevor sich die Türen zum ersten Mal öffnen; vor einem neuen Club kann sich sogar eine Schlange bilden, mit Absperrung durch die Polizei und einer Schar von *paparazzi*, bewaffnet mit Zubehörtaschen und Teleobjektiven, die erwartungsvoll dahinter stehen. Man hört angeregtes Stimmengemurmel, wie unter Theaterbesuchern am Broadway vor der Premiere eines neuen Stückes, das, ob Riesenerfolg oder totaler Reinfall, auf jeden Fall zu Bemerkungen Anlaß gibt.

Wenn in einer kleinen Stadt in Neuengland ein neuer Laden eröffnet wird, dann findet sich, bevor die Türen aufgehen, nur selten eine Schar ein, und zu einer Schlange kommt es nie. Wenn die Jalousien hochgezogen sind, die Türen aufgeschlossen und das neue Geschäft der Kundschaft zugänglich ist, dann kommen und gehen die Kunden in einem dünnen Rinnsal, das ein Außenseiter zweifellos mit Desinteresse erklären würde – wahrscheinlich ein schlechtes Omen für den künftigen Wohlstand des Ladenbesitzers.

Was wie Mangel an Interesse aussieht, verhüllt oft nur eifrige Erwartung und noch eifrigeres Beobachten. Cora Rusk und Myra Evans waren nicht die einzigen beiden Frauen in Castle Rock, die in der Woche, bevor der Laden eröffnet wurde, ausgedehnte Telefongespräche über Needful Things führten.

Dieses Interesse und diese Erwartung ändern jedoch nichts an dem konservativen Verhaltenskodex der Leute in einer kleinen Stadt. Gewisse Dinge tut man einfach nicht, vor allem in den strikten Yankee-Enklaven nördlich von Boston. Das sind Kommunen, die alljährlich neun Monate lang ganz auf sich allein gestellt existieren, und es gilt als schlechtes Benehmen, zu früh und zu viel Anteilnahme an den Tag zu legen oder auf irgendeine Art erkennen zu lassen, daß man mehr empfindet als nur ein flüchtiges Interesse, sozusagen.

Die Erkundung eines neuen Ladens in einer kleinen Stadt und die Teilnahme an einer gesellschaftlich wichtigen Party in einer großen Stadt sind beides Aktivitäten, die bei denen, die sich daran zu beteiligen gedenken, ein gewisses Maß an Erregung auslösen; und für beides gibt es Regeln – Regeln, die unausgesprochen, unumstößlich und einander seltsam ähnlich sind. Die wichtigste davon ist: *Niemand darf als erster eintreffen.* Natürlich muß irgend jemand gegen diese Kardinalregel verstoßen, sonst käme überhaupt niemand, aber ein neuer Laden bleibt, nachdem das GESCHLOSSEN-Schild im Fenster umgedreht worden ist und zum erstenmal GEÖFFNET anzeigt, gewöhnlich mindestens zwanzig Minuten leer, und ein erfahrener Beobachter kann mit ziemlicher Sicherheit darauf wetten, daß die ersten Besucher in einer Gruppe erscheinen – zwei, drei, wahrscheinlich jedoch vier Damen.

Die zweite Regel besagt, daß die ersten Kunden eine Höflichkeit an den Tag legen, die fast ans Eisige grenzt. Die dritte ist, daß niemand (zumindest beim ersten Besuch) dem Ladenbesitzer irgendwelche Fragen über seine Herkunft oder seine Bonität stellt. Die vierte ist, daß ihm niemand ein Willkommensgeschenk überreicht, schon gar nicht ein so heikles wie einen selbstgebackenen Kuchen. Die letzte Regel ist so unumstößlich wie die erste: *Niemand darf als letzter gehen.*

Diese feierliche Gavotte, die man den »Tanz der weiblichen Erkundung« nennen könnte, dauert gewöhnlich zwei Wochen bis zwei Monate; wenn ein Ortsansässiger einen Laden eröffnet, findet sie überhaupt nicht statt. In diesem Fall gleicht die Eröffnung eher einem Kirchenessen in der Old Home Week – zwanglos, lebhaft und ziemlich fade. Aber wenn der neue Handelsmann Von Außerhalb kommt (es wird immer so ausgesprochen, daß man die großen Anfangsbuchstaben hören kann), dann ist der Tanz der weiblichen Erkundung so sicher wie die Tatsache des Todes und der Schwerkraft. Wenn die Probezeit vorüber ist (niemand gibt eine Anzeige in der Zeitung auf, die darauf hinweist, aber irgendwie wissen es trotzdem alle), dann passiert eines von zwei Dingen: entweder nehmen die Geschäfte einen normalen Verlauf, und zufriedene Kunden bringen verspätete Willkommensgeschenke und Einladungen, oder der neue Laden geht nicht. In Städten wie Castle Rock spricht man gelegentlich von einem »bankrotten Laden«, und zwar bereits Wochen oder sogar Monate, bevor die glücklosen Inhaber diesen Tatbestand selbst feststellen.

Aber in Castle Rock gab es eine Frau, die sich nicht an die allgemeinen gültigen Regeln hielt, so unumstößlich sie anderen auch erscheinen mochten. Diese Frau war Polly Chalmers, die Inhaberin von You Sew and Sew. Die meisten Leute erwarteten auch nicht von ihr, daß sie sich wie ein normaler Mensch benahm; die meisten Damen von Castle Rock (und viele der Herren) hielten Polly Chalmers für exzentrisch.

Polly stellte die selbsternannten Richter über das gute Benehmen in Castle Rock vor eine ganze Reihe von Problemen. Zum einen konnte sich niemand über die grundlegende Tatsache klar werden: stammt Polly Aus Dem Ort oder stammte sie Von Außerhalb? Gewiß, sie war in Castle Rock geboren, aber sie hatte den Ort, von Duke Sheehan in andere Umstände gebracht, im Alter von achtzehn Jahren verlassen. Das war 1970 gewesen, und sie war nur einmal zu Besuch gekommen, bevor sie 1987 endgültig zurückkehrte.

Dieser kurze Besuch hatte Ende 1975 begonnen, als ihr Vater an Darmkrebs starb. Nach seinem Tod hatte Lorraine Chalmers einen Herzinfakt gehabt, und Polly war geblieben, um ihre Mutter zu pflegen. Lorraine hatte im zeitigen Frühjahr 1976 einen zweiten, diesmal tödlichen Herzinfakt erlitten; und nachdem ihre Mutter in Homeland zur letzten Ruhe bestattet worden war, war Polly (um die sich inzwischen, soweit es die Damen der Stadt betraf, eine echte Aura des Geheimnisvollen gebreitet hatte) wieder abgereist.

Diesmal für immer war die übereinstimmende Ansicht, und als die letzte noch verbliebene Chalmers, die alte Tante Evvie, 1981 starb und Polly nicht an der Beerdigung teilnahm, schien diese Ansicht erwiesene Tatsache geworden zu sein. Aber vier Jahre später war sie tatsächlich zurückgekehrt und hatte ihre Schneiderei eröffnet. Zwar wußte niemand Genaueres, aber man ging allgemein davon aus, daß sie das neue Unternehmen mit Tante Evvie Chalmers' Geld finanziert hatte. Wem sonst hätte die verrückte alte Schachtel es hinterlassen sollen?

Die besonders interessierten Zuschauer der *comédie humaine* in Castle Rock (und das waren die meisten) zweifelten nicht daran, daß, wenn Polly ihren kleinen Laden zum Erfolg führte und in der Stadt blieb, der größte Teil der Dinge, die sie zu gern gewußt hätten, im Laufe der Zeit ans Licht kommen würde. Aber in Pollys Fall blieb sehr vieles im dunkeln. Und das war wirklich ziemlich aufreibend.

Sie hatte einige Jahre in San Francisco gelebt, soviel war bekannt, aber viel mehr nicht – Lorraine Chalmers war, was ihre ungeratene Tochter anging, verschlossen gewesen wie eine Auster. War Polly dort oder irgendwo anders zur Schule gegangen? Sie führte ihr Geschäft, als hätte sie eine Handelsschule besucht und eine Menge gelernt, aber niemand konnte es mit Sicherheit sagen. Sie war allein, als sie zurückkehrte; aber war sie jemals verheiratet gewesen, entweder in San Francisco oder an irgendeinem der anderen Orte, in denen sie die Jahre zwischen damals und heute verbracht hatte? Auch das wußte niemand. Man wußte nur, daß sie niemals den Sheehan-Jungen geheiratet hatte – er war bei den Marines eingetreten, hatte dort ein paar Jahre gedient und verkaufte jetzt irgendwo in New Hampshire Immobilien. Und weshalb war sie nach all den Jahren zurückgekehrt, um zu bleiben?

Vor allem fragten sie sich immer wieder, was aus dem Kind geworden sein mochte. Hatte die hübsche Polly es abtreiben lassen? Hatte sie es zur Adoption freigegeben? Hatte sie es behalten? Wenn ja, war es gestorben? War es noch am Leben, besuchte irgendwo eine Schule und schrieb seiner Mutter hin und wieder einen Brief? Auch das wußte niemand, und in mancher Hinsicht waren es diese unbeantworteten Fragen, die den Leuten am meisten zu schaffen machten. Das junge Mädchen, das mit einem Brötchen im Ofen die Stadt in einem Greyhound-Bus verlassen hatte, war jetzt eine Frau von fast vierzig Jahren und lebte und arbeitete bereits seit vier Jahren wieder in der Stadt, und bisher kannte man noch nicht einmal das Geschlecht des Kindes, das der Grund ihrer Abreise gewesen war.

Erst kürzlich hatte Polly Chalmers der Stadt einen neuen Beweis für ihre Exzentrizität geliefert, wenn ein solcher überhaupt noch erforderlich gewesen wäre: sie hatte sich mit Alan Pangborn zusammengetan, dem Sheriff von Castle County; und Sheriff Pangborn hatte erst vor anderthalb Jahren seine Frau und seinen jüngeren Sohn begraben. Dieses Verhalten war nicht direkt ein Skandal, aber es war zweifellos exzentrisch, und deshalb war niemand überrascht, zu sehen, wie Polly Chalmers um zwei Minuten nach zehn Uhr am Morgen des 9. Oktober auf dem Gehsteig der Main Street von ihrer Tür zu der von Needful Things hinüberging. Sie waren nicht einmal von dem überrascht, was sie in ihren behandschuhten Händen trug: einen Tupperware-Behälter, der nur eine Torte enthalten konnte.

Das war zu erwarten gewesen, sagten die Einheimischen, als sie sich später darüber unterhielten.

2

Vor dem Schaufenster von Needful Things war der Kalk abgewaschen worden, und ungefähr ein Dutzend Objekte waren darin ausgestellt – Uhren, ein silbernes Medaillon, ein Gemälde, ein wunderschöner dreiteiliger Bilderrahmen, der nur darauf wartete, daß ihn jemand mit den Fotos seiner Lieben füllte. Polly warf einen beifälligen Blick auf diese Gegenstände, dann ging sie zur Tür. Auf dem Schild, das dort hing, stand GEÖFFNET. Als sie sie aufstieß, bimmelte über ihrem Kopf ein Glöckchen – es war erst nach Brian Rusks Vorbesichtigung angebracht worden.

Der Laden roch nach neuem Teppichboden und frischer Farbe. Er war von Sonnenlicht erfüllt, und als sie eintrat und sich interessiert umschaute, drängte sich ihr der Gedanke auf: *Dies ist ein Erfolg. Bisher ist noch kein Kunde über die Schwelle getreten – sofern nicht ich einer bin –, und schon ist es ein Erfolg. Bemerkenswert.* Derart vorschnelle Urteile waren sonst nicht ihre Art, und ebensowenig ihr Gefühl der Anerkennung auf den ersten Blick, aber beides ließ sich nicht leugnen.

Ein hochgewachsener Mann beugte sich über eine der Vitrinen. Als das Glöckchen bimmelte, schaute er auf und lächelte sie an. »Hallo«, sagte er.

Polly war eine praktische Frau, die ihren eigenen Kopf kannte und in der Regel mochte, was sie darin vorfand, und deshalb war der Moment der Unsicherheit, die sie überkam, als sie diesem Fremden in die Augen schaute, schon als solcher verwirrend.

Ich kenne ihn, war der erste klare Gedanke, der diese unerwartete Wolke durchbrach. *Ich bin diesem Mann schon einmal begegnet. Wo?*

Doch das war nicht der Fall, und diese Gewißheit kam einen Augenblick später. Es war ein *déjà vu,* dieses Gefühl irrtümlicher Erinnerung, das von Zeit zu Zeit fast jedermann überkommt, ein Gefühl, das verstörend ist, weil es gleichzeitig so traumhaft und so prosaisch ist.

Ein paar Sekunden lang war sie aus der Fassung und konnte ihn nur lahm anlächeln. Dann bewegte sie ihre linke Hand, um den Tortenbehälter sicherer zu fassen, und ein grausamer Bolzen aus Schmerz fuhr durch den Handrücken und in zwei grellen Dornen zum Handgelenk. Es fühlte sich an, als steckten die Zinken einer großen Chromgabel tief in ihrem Fleisch. Es war Arthritis, und es tat verflucht weh, aber zumindest brachte es sie wieder zur Besinnung, und sie sprach ohne erkennbare Verzögerung – aber sie dachte, daß es durchaus möglich war, daß der Mann es doch bemerkt hatte. Er hatte strahlende, nußbraune Augen, die aussahen, als würden sie sehr vieles bemerken.

»Hi«, sagte sie. »Mein Name ist Polly Chalmers. Mir gehört die kleine Schneiderei zwei Türen weiter. Und da wir Nachbarn sind, dachte ich, ich sollte herüberkommen und Sie in Castle Rock willkommen heißen, bevor der Ansturm losgeht.«

Er lächelte, und sein ganzes Gesicht leuchtete auf. Sie spürte, wie ein Lächeln ihre Lippen anhob, obwohl ihre linke Hand noch immer teuflisch weh tat. Wenn ich nicht bereits Alan lieben würde, dachte sie, könnte ich ohne weiteres vor diesem Mann in die Knie gehen. *Zeig mir das Schlafzimmer, Meister, ich gehe mit.* Mit einem Anflug von Belustigung fragte sie sich, wie viele der Damen, die bis zum Ende des Tages auf einen kurzen Blick hier hereinschauen würden, wohl völlig in ihn vernarrt sein würden. Sie sah, daß er keinen Ehering trug; weiteres Öl ins Feuer.

»Ich bin entzückt, Sie kennenzulernen, Ms. Chalmers«, sagte er und trat vor. »Ich bin Leland Gaunt.« Er streckte ihr die rechte Hand entgegen, als er auf sie zukam; dann runzelte er die Stirn, weil sie rasch einen kleinen Schritt zurücktrat.

»Es tut mir leid«, sagte sie, »aber ich gebe niemandem die Hand. Bitte halten Sie mich nicht für unhöflich. Ich habe Arthritis.« Sie stellte den Tupperware-Behälter auf die nächste Vitrine und hob ihre Hände, die in Glacéhandschuhen steckten. Sie hatten nichts Groteskes an sich, aber sie waren eindeutig deformiert, die linke ein wenig stärker als die rechte.

In der Stadt gab es Frauen, die glaubten, Polly wäre tatsächlich stolz auf ihre Krankheit; weshalb sonst, so argumentierten sie, wäre sie so darauf versessen, ihre Hände sofort vorzuzeigen? Genau das Gegenteil war der Fall. Obwohl nicht eitel, war Polly doch an ihrer Erscheinung interessiert genug, daß die Häßlichkeit ihrer Hände sie verlegen machte. Sie zeigte sie, so schnell sie konnte, und jedesmal, wenn sie es tat, schoß ihr ganz kurz immer wieder der gleiche Gedanke durch den Kopf – so kurz, daß er ihr nur sehr selten bewußt wurde. *So. Das ist erledigt. Jetzt können wir zu dem übergehen, was gerade anliegt.*

Die anderen Leute ließen gewöhnlich selbst ein gewisses Maß an Unbehagen oder Verlegenheit erkennen, wenn sie ihnen ihre Hände zeigte. Gaunt tat es nicht. Er ergriff ihren Oberarm mit Händen, die sich außergewöhnlich kräftig anfühlten, und schüttelte ihn anstelle der Hand. Sie hätte es als eine bei der ersten Begegnung unangemessen intime Geste empfinden können, aber das war nicht der Fall. Die Geste war freundschaftlich, kurz, sogar ein wenig amüsant. Dennoch war sie froh, daß sie kurz war. Seine Hände fühlten sich trocken und unangenehm an, selbst durch den leichten Herbstmantel hindurch, den sie anhatte.

»Es muß sehr schwierig sein, gerade mit dieser Behinderung eine Schneiderei zu betreiben, Ms. Chalmers. Wie schaffen Sie das?«

Das war eine Frage, die ihr nur sehr wenige Leute stellten, und sie konnte sich nicht erinnern, daß irgend jemand, Alan ausgenommen, sie jemals so direkt gestellt hatte.

»Ich habe den ganzen Tag genäht, solange ich konnte«, sagte sie. »Mit zusammengebissenen Zähnen, könnte man sagen. Jetzt habe ich ein halbes Dutzend Mädchen, die halbtags für mich arbeiten, und ich beschränke mich fast nur noch auf das Entwerfen. Aber ich habe nach wie vor meine guten Tage.« Das war eine Lüge, aber eine, die kaum Schaden anrichten konnte, zumal sie in erster Linie ihrem eigenen Interesse diente.

»Nun, ich bin froh, daß Sie herübergekommen sind. Um Ihnen die Wahrheit zu gestehen – ich hatte heftiges Lampenfieber.«

»Wirklich? Warum?« Sie war bei der Beurteilung von Leuten noch weniger vorschnell als bei der Beurteilung von Örtlichkeiten und Ereignissen, und sie war verblüfft – sogar ein wenig bestürzt –, daß sie sich so schnell und so scheinbar selbstverständlich zu Hause fühlte bei einem Mann, den sie vor weniger als einer Minute kennengelernt hatte.

»Ich habe mich gefragt, was ich tun würde, wenn niemand kommt. Überhaupt niemand, den ganzen Tag über.«

»Sie werden kommen«, sagte sie. »Sie werden einen Blick auf Ihre Ware werfen wollen – niemand scheint eine Vorstellung davon zu haben, was in einem Laden angeboten wird, der Needful Things heißt –, aber was noch wichtiger ist, sie werden einen Blick auf Sie werfen wollen. Es ist nur so, daß in einer kleinen Stadt wie Castle Rock …«

»… niemand zu interessiert erscheinen möchte«, beendete er den Satz für sie. »Das weiß ich – ich habe meine Erfahrungen mit kleinen Städten. Mein Verstand sagt mir, daß das, was Sie eben sagten, voll und ganz der Wahrheit entspricht. Aber da ist noch eine andere Stimme, die immer wieder behauptet: ›Sie werden nicht kommen, Leland, alter Freund, o nein, sie werden nicht kommen, sie werden *in Scharen* wegbleiben, wart's nur ab.‹«

Sie lachte, und plötzlich erinnerte sie sich, daß ihr ganz genau so zumute gewesen war, als sie You Sew and Sew eröffnet hatte.

»Aber was ist das?« fragte er und berührte den Tupperware-Behälter mit einer Hand. Dabei fiel ihr auf, was Brian Rusk bereits gesehen hatte: Zeige- und Mittelfinger dieser Hand waren genau gleich lang.

»Es ist eine Torte. Und wenn ich diese Stadt nur halb so gut kenne, wie ich sie zu kennen glaube, dann wird es die einzige sein, die Sie heute bekommen.«

Er lächelte sie an, offensichtlich erfreut. »Ich danke Ihnen! Ich danke Ihnen, Ms. Chalmers – ich bin überwältigt.«

Und sie, die nie jemanden schon bei der ersten Begegnung oder nach kurzer Bekanntschaft aufforderte, sie beim Vornamen zu nennen (und die jedermann, der sich dieses Privileg unaufgefordert anmaßte – Grundstücksmakler, Versicherungsagenten, Autoverkäufer – mit Argwohn betrachtete), hörte sich zu ihrer eigenen Verwunderung sagen: »Und wenn wir schon Nachbarn sein werden – sollten Sie mich dann nicht Polly nennen?«

3

Die Torte war eine Schokoladentorte, wie Leland Gaunt feststellte, indem er den Deckel anhob und schnupperte. Er lud sie ein, zu bleiben und ein Stück mit ihm zu essen. Polly erhob Einwände. Gaunt bestand darauf.

»Sie haben jemanden, der sich um Ihren Laden kümmert«, sagte er, »und niemand wird es wagen, zumindest in der nächsten halben Stunde einen Fuß in den meinen zu setzen – damit sollte dem Protokoll Genüge getan sein. Und ich habe tausend Fragen über die Stadt.«

Also gab sie nach. Er verschwand hinter dem Vorhang am hinteren Ende des Ladens, und sie hörte, wie er eine Treppe hinaufstieg – wahrscheinlich wohnte er im Obergeschoß, wenn vielleicht auch nur fürs erste –, um Teller und Kuchengabeln zu holen. Während sie auf seine Rückkehr wartete, wanderte Polly umher und sah sich um.

Ein gerahmtes Schild an der Wand neben der Tür, durch die sie hereingekommen war, besagte, daß der Laden Montag, Mittwoch, Freitag und Samstag von zehn bis siebzehn Uhr geöffnet sein würde. Dienstag und Donnerstag war er geschlossen, »außer auf Verabredung«, und zwar bis zum späten Frühjahr – oder, dachte Polly mit einem innerlichen Lächeln, bis diese verrückten und unberechenbaren Touristen und Sommergäste auftauchten und dicke Dollarbündel schwenkten.

Sie kam zu dem Schluß, daß Needful Things ein Raritätenladen war. Ein Raritätenladen der gehobenen Klasse, hätte sie auf den ersten Blick gesagt, aber eine genauere Betrachtung der zum Verkauf stehenden Gegenstände machte ihr klar, daß er sich so leicht nicht kategorisieren ließ.

Die Stücke, die ausgestellt gewesen waren, als Brian Rusk am Nachmittag zuvor in den Laden gekommen war – Druse, Polaroidkamera, das Foto von Elvis Presley, die paar anderen Dinge –, waren nach wie vor da, aber inzwischen waren ungefähr vier Dutzend andere dazugekommen. An einer der eierschalenfarbenen Wände hing ein kleiner Teppich, der vermutlich ein kleines Vermögen wert war – er stammte aus der Türkei und war alt. In einer der Vitrinen befand sich eine Kollektion von Zinnsoldaten, möglicherweise gleichfalls alt; aber Polly wußte, daß alle Zinnsoldaten, selbst diejenigen, die am Montag vor einer Woche in Hongkong gegossen worden waren, einen alten Eindruck machten.

Die angebotenen Gegenstände waren höchst unterschiedlicher Natur. Zwischen dem Foto von Elvis, das ihr vorkam wie eine Sache, die man auf jedem amerikanischen Jahrmarkt für 4.99 Dollar erstehen konnte, und einer völlig uninteressanten Wetterfahne in Form des amerikanischen Adlers lag ein Art Déco-Lampenschirm aus Buntglas, der bestimmt achthundert, möglicherweise sogar bis zu fünftausend Dollar wert war. Ein zerbeulter, uninteressanter Teekessel wurde flankiert von zwei herrlichen *poupées*, und was diese wunderschönen französischen Püppchen mit ihren geschminkten Wangen und den Strumpfbändern an den Beinen wert waren, konnte sie nicht einmal vermuten.

Da war eine Sammlung von Baseball- und Tabakskarten, ein ausgebreiteter Stapel von Trivialzeitschriften aus den Dreißigern (*Weird Tales, Astounding Tales, Thrilling Wonder Stories*), ein Radioapparat aus den Fünfzigern in diesem widerlichen Blaßrosa, das die Leute jener Zeit an Gerätschaften, wenn auch nicht in der Politik, offenbar bevorzugt hatten.

Vor den meisten – wenn auch nicht allen – ausgestellten Gegenständen standen kleine Etiketten; DRUSE MIT DREIFACH-KRISTALLEN, ARIZONA stand auf einem; SATZ VON STECKSCHÜSSELN auf einem anderen. Das Etikett vor dem Splitter, der Brian so verblüfft hatte, verkündete, daß es sich um VERSTEINERTES HOLZ AUS DEM HEILIGEN LAND handelte. Auf den Etiketten vor den Karten und den Zeitschriften stand: WEITERE AUF ANFRAGE VORRÄTIG.

Alle Gegenstände, ob Schatz oder Schund, hatten, wie ihr auffiel, eines gemeinsam: an keinem von ihnen befand sich ein Preisschild.

4

Gaunt kehrte mit zwei kleinen Tellern zurück – einfachem Porzellan, nichts Besonderem –, einem Kuchenmesser und zwei Gabeln. »Da oben herrscht noch ein völliges Durcheinander«, gestand er, nahm den Deckel von dem Behälter ab und legte ihn beiseite (wobei er ihn umdrehte, damit er auf der Vitrine, auf der er die Torte servierte, keinen Glasurring hinterließ). »Ich werde mich nach einem Haus umsehen, sobald der Laden richtig läuft, aber fürs erste wohne ich im Obergeschoß. Alles steckt noch in Pappkartons. Ich hasse Pappkartons. Ist es so recht?«

»Nicht so ein großes Stück«, protestierte Polly. »Meine Güte!«

»Okay«, sagte Mr. Gaunt heiter und legte das große Stück

Torte auf einen der Teller. »Dann nehme ich es. Friß, Vogel, friß! Soviel für Sie?«

»Noch dünner.«

»Ein noch dünneres Stück kann ich nicht abschneiden«, sagte er und trennte eine schmale Scheibe ab. »Das duftet köstlich. Nochmals vielen Dank, Polly.«

»Mehr als gern geschehen.«

Es duftete wirklich köstlich, und sie hielt nicht Diät, aber ihre anfängliche Weigerung war mehr gewesen als Zurückhaltung bei einem ersten Besuch. In den letzten drei Wochen hatte in Castle Rock ein herrlicher Altweibersommer geherrscht, aber am Montag war es kühl geworden, und seit dem Wetterumschlag waren ihre Hände eine Pest. Der Schmerz würde vermutlich ein wenig nachlassen, sobald sich ihre Gelenke an die niedrigeren Temperaturen gewöhnt hatten (darum betete sie jedenfalls, und so war es bisher immer gewesen, aber sie war nicht blind gegenüber dem progressiven Charakter der Krankheit); doch seit dem frühen Morgen war es sehr schlimm. Wenn es so war wie jetzt, dann wußte sie nicht, was sie mit ihren Verräterhänden tun oder nicht tun konnte, und nur deshalb hatte sie sich anfangs geweigert.

Jetzt streifte sie die Handschuhe ab und beugte versuchsweise die rechte Hand. Ein Speer aus hungrigem Schmerz schoß durch ihren Unterarm bis zum Ellenbogen. Sie beugte sie abermals mit zusammengepreßten Lippen. Der Schmerz kam, aber diesmal war er nicht so intensiv. Sie entspannte sich ein wenig. Es würde gehen. Nicht gerade großartig, nicht so angenehm, wie Tortenessen eigentlich sein sollte, aber es würde gehen. Sie nahm behutsam ihre Gabel auf, beugte die Finger so wenig wie möglich, als sie sie ergriff. Als sie den ersten Bissen zum Munde führte, sah sie, daß Gaunt sie mitfühlend beobachtete. *Gleich wird er mich bemitleiden,* dachte sie verdrossen, *und mir erzählen, wie schlimm die Arthritis seines Großvaters war. Oder die seiner Ex-Frau. Oder die von sonstjemandem.*

Aber Gaunt bemitleidete sie nicht. Er aß einen Bissen Torte und verdrehte gespielt komisch die Augen. »Nähen und Schnittmuster sind ja schön und gut«, sagte er, »aber Sie hätten ein Restaurant aufmachen sollen.«

»Oh, ich habe sie nicht gebacken«, sagte sie, »aber ich werde das Kompliment an Nettie Cobb weitergeben. Sie führt mir den Haushalt.«

»Nettie Cobb«, sagte er nachdenklich, während er von seinem Tortenstück einen weiteren Bissen abtrennte.

»Ja – kennen Sie sie?«

»Oh, das bezweifle ich.« Er sprach auf die Art eines Mannes, der plötzlich in die Gegenwart zurückgerufen worden ist. »Ich kenne überhaupt *niemanden* in Castle Rock.« Er warf ihr aus den Augenwinkeln heraus einen verschlagenen Blick zu. »Irgendeine Chance, daß sie sich abwerben ließe?«

»Nicht die geringste«, erwiderte Polly lachend.

»Ich wollte Sie nach den Grundstücksmaklern fragen«, sagte Gaunt. »Welcher ist Ihrer Meinung nach der vertrauenswürdigste in dieser Gegend hier?«

»Oh, sie sind alle Diebe, aber Mark Hopewell ist vermutlich nicht schlimmer als die anderen auch.«

Er unterdrückte ein Auflachen und hielt sich die Hand vor den Mund, um keine Krümel zu verspritzen. Dann begann er zu husten, und wenn ihre Hände nicht so weh getan hätten, hätte sie ihm freundschaftlich ein paarmal den Rücken geklopft. Erste Begegnung oder nicht – sie mochte ihn.

»Entschuldigung«, sagte er, noch immer leise kichernd. »Aber sie sind *alle* Diebe, nicht wahr?«

»So ist es.«

Wenn sie eine andere Art Frau gewesen wäre – eine, die die Geschehnisse ihrer Vergangenheit weniger vollständig für sich selbst behielt –, dann hätte Polly jetzt damit angefangen, Leland Gaunt die wichtigsten Fragen zu stellen. Weshalb war er nach Castle Rock gekommen? Wo war er gewesen, bevor er hierher kam? Hatte er vor, lange zu bleiben? Hatte er Familie? Aber sie war nicht diese andere Art Frau, und deshalb begnügte sie sich damit, seine Fragen zu beantworten; sie tat es außerdem gern, da keine sie selbst betraf. Er wollte wissen, wie die Stadt beschaffen war, wieviel Verkehr im Winter auf der Main Street herrschte, ob es in der Nähe einen Laden gäbe, in dem er einen hübschen kleinen Jotul-Ofen kaufen konnte, wie hoch die Versicherungsprämien wären, und tausend andere Dinge. Er holte aus dem

64

blauen Blazer, den er trug, ein dünnes, in schwarzes Leder gebundenes Notizbuch und hielt bedächtig jeden Namen fest, den sie erwähnte.

Sie schaute auf ihren Teller und stellte fest, daß sie ihre Torte aufgegessen hatte. Ihre Hände schmerzten nach wie vor, aber weniger als bei ihrem Eintreffen. Sie erinnerte sich, daß sie sich fast gegen das Herkommen entschieden hatte, weil die Schmerzen so unerträglich gewesen waren. Doch jetzt war sie froh, daß sie gekommen war.

»Ich muß jetzt gehen«, sagte sie nach einem Blick auf die Uhr. »Rosalie wird glauben, ich wäre gestorben.«

Sie hatten im Stehen gegessen. Jetzt stapelte Gaunt die Teller aufeinander, legte die Kuchengabeln darauf und drückte den Deckel wieder auf den Behälter. »Sie bekommen ihn wieder, sobald ich die Torte aufgegessen habe. Geht das in Ordnung?«

»Natürlich.«

»Sie werden ihn vermutlich im Laufe des Nachmittags bekommen«, sagte er.

»So eilig ist es nun auch wieder nicht«, sagte sie, als Gaunt sie zur Tür begleitete. »Es war nett, Sie kennenzulernen.«

»Danke, daß Sie vorbeigekommen sind«, sagte er. Einen Augenblick lang glaubte sie, daß er ihren Arm ergreifen würde, und empfand beim Gedanken an seine Berührung eine Art Widerwillen, was natürlich albern war – aber er tat es nicht. »Sie haben aus etwas, von dem ich befürchtete, es würde ein gräßlicher Tag werden, so etwas wie einen Festtag gemacht.«

»Das Geschäft wird gut gehen.« Polly öffnete die Tür, dann hielt sie inne. Sie hatte ihm keinerlei Fragen über ihn selbst gestellt, aber in einem Punkt war sie neugierig, zu neugierig, um zu gehen, ohne danach zu fragen. »Sie haben alle möglichen interessanten Dinge …«

»Danke.«

»… aber keines ist mit einem Preis ausgezeichnet. Weshalb?«

Er lächelte. »Das ist eine meiner kleinen Eigenheiten, Polly. Ich war seit jeher der Ansicht, daß zu jedem Handel, der der Mühe wert ist, auch ein gewisses Maß an Feilschen ge-

65

hört. Wahrscheinlich bin ich in einer früheren Inkarnation ein Teppichhändler aus dem Mittleren Osten gewesen. Vermutlich aus dem Irak, wie ich zu meiner Schande gestehen muß.«

»Also verlangen Sie, was der Markt jeweils hergibt?« fragte sie mit nur einem leichten Anflug von Hänselei.

»So könnte man es ausdrücken«, erwiderte er ernsthaft, und wieder fiel ihr auf, wie tief seine nußbraunen Augen waren – auf ganz merkwürdige Weise schön. »Ich würde eher sagen, daß das Bedürfnis den Wert bestimmt.«

»Ich verstehe.«

»Tun Sie das wirklich?«

»Nun – ich glaube es zumindest. Es erklärt jedenfalls den Namen des Ladens – Needful Things, Dinge, nach denen ein Bedürfnis besteht.«

Er lächelte. »Möglich«, sagte er. »Ja, das ist durchaus möglich.«

»Ich wünsche Ihnen einen guten Tag, Mr. Gaunt ...«

»Leland, bitte. Oder nur Lee.«

»Leland, also. Und wegen der Kundschaft brauchen Sie sich keine Sorgen zu machen. Wahrscheinlich müssen Sie spätestens am Freitag einen Wachmann anheuern, der sie bei Geschäftsschluß aus dem Laden scheucht.«

»Glauben Sie das wirklich? Das wäre herrlich.«

»Auf Wiedersehen.«

»*Ciao*«, sagte er und machte die Tür hinter ihr zu.

Er blieb noch einen Moment stehen und sah Polly Chalmers nach, wie sie die Straße entlangging, und die Handschuhe an ihren Händen glatt strich, so deformiert und ein so bestürzender Kontrast zu allem übrigen, das schlank und hübsch war, wenn auch nicht übermäßig bemerkenswert. Gaunts Lächeln wuchs. Als seine Lippen zurückwichen und seine unregelmäßigen Zähne entblößten, wurde es unangenehm räuberisch.

»Du wirst deinen Zweck erfüllen«, sagte er leise in dem leeren Laden. »Du wirst deinen Zweck bestens erfüllen.«

Seine Lippen wichen noch weiter zurück, und jetzt kam ein Zahnfleisch zum Vorschein, so dunkel, daß es aussah wie frische Wunden, und er begann zu lachen.

5

Pollys Vorhersage erwies sich als richtig. Bei Ladenschluß an diesem Tage waren fast alle Damen von Castle Rock – zumindest diejenigen, die eine Rolle spielten – und mehrere Männer in Needful Things erschienen, um sich kurz umzusehen. Fast alle ließen es sich angelegen sein, Mr. Gaunt zu versichern, daß sie nur einen Augenblick Zeit hätten, weil sie zu irgend etwas anderem unterwegs wären.

Stephanie Bonsaint, Cynthia Rose Martin, Barbara Miller und Francine Pelletier waren die ersten; Steffie, Cyndi Rose, Babs und Francie erschienen in einem Grüppchen, sich gegenseitig Schutz gewährend, keine zehn Minuten nachdem man gesehen hatte, wie Polly den neuen Laden verließ (die Nachricht von ihrem Fortgehen verbreitete sich schnell und gründlich über das Telefon und den leistungsfähigen Buschtelegrafen, der durch die Hinterhöfe Neuenglands verläuft).

Steffie und ihre Freundinnen sahen sich um. Stießen Oohs und Aaahs aus. Sie versicherten Gaunt, sie könnten nicht lange bleiben, weil dies ihr Bridge-Tag war (wobei sie nicht erwähnten, daß die allwöchentliche Partie im allgemeinen nicht vor vierzehn Uhr begann). Francie fragte ihn, woher er käme. Gaunt sagte Akron, Ohio. Steffie fragte ihn, ob er schon lange im Antiquitätengeschäft wäre. Gaunt teilte ihr mit, daß er seinen Laden eigentlich nicht für ein Antiquitätengeschäft hielte. Cyndi wollte wissen, ob er schon lange in Neuengland lebte. Eine ganze Weile, erwiderte Gaunt, eine ganze Weile.

Alle vier stimmten später darin überein, daß der Laden interessant war – so viele merkwürdige Dinge! –, aber die Unterhaltung war sehr unbefriedigend gewesen. Der Mann war verschlossen wie Polly Chalmers, vielleicht sogar noch verschlossener. Dann wies Babs auf das hin, was sie alle wußten (oder zu wissen glaubten): daß Polly der erste Mensch in der Stadt war, der den neuen Laden tatsächlich betreten hatte, und daß sie *einen Kuchen mitgebracht* hatte. Vielleicht, so spekulierte Babs, kannte sie Mr. Gaunt – aus der Zeit zuvor, der Zeit, die sie anderswo verbracht hatte.

Cyndi Rose hatte Interesse an einer Lalique-Vase geäußert

und Mr. Gaunt (der sich in der Nähe aufhielt, sich aber, wie sie alle beifällig registrierten, nicht aufdrängte) gefragt, wieviel sie kosten sollte.

»Welchen Preis halten Sie für angemessen?« fragte er lächelnd.

Sie erwiderte sein Lächeln, ziemlich kokett. »Oh«, sagte sie. »Ist *das* die Art, auf die Sie Geschäfte machen, Mr. Gaunt?«

»Das ist die Art«, pflichtete er ihr bei.

»Nun, wenn Sie mit Yankees feilschen wollen, werden Sie mehr verlieren als gewinnen«, sagte Cyndi Rose, während ihre Freundinnen sie mit dem angespannten Interesse von Zuschauern bei einem Tennismatch in Wimbledon beobachteten.

»Das«, sagte er, »wird sich finden.« Seine Stimme klang immer noch freundlich, aber jetzt war sie außerdem auch ein wenig herausfordernd.

Diesmal betrachtete Cyndi Rose die Vase eingehender. Steffie Bonsaint flüsterte ihr etwas ins Ohr. Cyndi Rose nickte.

»Siebzehn Dollar«, sagte sie. Die Vase sah aus, als wäre sie fünfzig Dollar wert; ein Bostoner Antiquitätengeschäft würde sie vermutlich mit hundertachtzig Dollar auszeichnen.

Gaunt legte die Fingerspitzen unter dem Kinn zusammen – eine Geste, die Brian Rusk wiedererkannt hätte. »Ich glaube, ich müßte mindestens fünfundvierzig haben«, erklärte er mit leichtem Bedauern.

Cyndi Roses Augen leuchteten auf; da lagen Möglichkeiten. Anfangs hatte sie in der Lalique-Vase nicht mehr gesehen als einen Gegenstand flüchtigen Interesses, kaum mehr als ein weiteres Unterhaltungs-Brecheisen, das man bei einem mysteriösen Mr. Gaunt ansetzen konnte. Jetzt betrachtete sie sie eingehender und sah, daß es wirklich ein schönes Stück war, das in ihrem Wohnzimmer genau am rechten Ort stehen würde. Die Blumengirlande, die den langen Hals der Vase umgab, paßte genau zur Farbe ihrer Tapete. Bis Gaunt auf ihr Angebot mit einem Preis reagiert hatte, der nur ein Fingerbreit außerhalb ihrer Reichweite lag, war ihr nicht bewußt gewesen, daß ihr an der Vase soviel lag, wie sie jetzt glaubte.

Sie beriet sich mit ihren Freundinnen.

Gaunt beobachtete sie, sanft lächelnd.

Das Glöckchen über der Tür bimmelte, und zwei weitere Damen kamen herein.

Der erste reguläre Geschäftstag von Needful Things hatte begonnen.

6

Als der Ash Street Bridge Club zehn Minuten später Needful Things verließ, trug Cyndi Rose Martin einen Plastikbeutel. Darin befand sich, in Seidenpapier eingewickelt, die Lalique-Vase. Sie hatte sie für einunddreißig Dollar plus Mehrwertsteuer erworben, fast ihr gesamtes Nadelgeld, aber sie war so glücklich darüber, daß sie fast schnurrte.

Gewöhnlich überkamen sie nach einem derartigen Impulskauf Zweifel und ein Anflug von Scham, die Gewißheit, daß sie, wenn schon nicht regelrecht betrogen, so doch ein wenig übers Ohr gehauen worden war; aber heute nicht. Dies war ein Handel, bei dem sie voll auf ihre Kosten gekommen war. Mr. Gaunt hatte sie sogar aufgefordert, wiederzukommen, hatte gesagt, er hätte ein Gegenstück zu dieser Vase, das mit einer Sendung im Laufe der Woche eintreffen würde – vielleicht schon morgen! Die, die sie gekauft hatte, würde auf dem kleinen Tisch in ihrem Wohnzimmer wunderbar aussehen, aber wenn sie zwei hatte, dann würde sie sie an beiden Enden des Kaminsims aufstellen, und das wäre *eine Wucht.*

Auch ihre drei Freundinnen waren der Ansicht, daß sie ein gutes Geschäft gemacht hätte, und obwohl sie ein wenig enttäuscht waren, weil sie so wenig über Mr. Gaunts Herkunft erfahren hatten, hatten sie doch, aufs Ganze gesehen, eine recht gute Meinung von ihm.

»Er hatte wunderschöne grüne Augen«, sagte Francie Pelletier ein wenig verträumt.

»Waren sie grün?« fragte Cyndi Rose leicht verblüfft. Sie selbst hatte gedacht, sie wären grau. »Ist mir nicht aufgefallen.«

7

Am späten Nachmittag erschien Rosalie Drake von You Sew and Sew in ihrer Kaffeepause in Needful Things, begleitet von Pollys Haushälterin Nettie Cobb. Im Laden waren mehrere Frauen, die sich umschauten, und in der hinteren Ecke durchstöberten zwei Jungen von der Castle County High School einen Pappkarton mit Comic-Heften und tauschten aufgeregt murmelnd Bemerkungen aus – es war erstaunlich, wie viele der Stücke, die sie zum Vervollständigen ihrer Sammlungen brauchten, hier vorhanden waren; darin waren sie sich völlig einig. Sie hofften nur, daß sich die Preise als nicht zu hoch erweisen würden. Aber um das zu erfahren, mußten sie fragen, denn an den Kunststoffhüllen, in denen die Hefte steckten, klebten keine Preisschilder.

Rosalie und Nellie begrüßten Mr. Gaunt, und Gaunt bat Rosalie, Polly nochmals für die Torte zu danken. Sein Blick folgte Nettie, die sich nach dem Bekanntmachen entfernt hatte und nun etwas sehnsüchtig eine kleine Kollektion von Buntglas betrachtete. Er ließ Rosalie stehen, die das Foto von Elvis neben dem VERSTEINERTEN HOLZ AUS DEM HEILIGEN LAND betrachtete, und trat zu Nettie.

»Mögen Sie Buntglas, Miss Cobb?« fragte er leise.

Nettie fuhr ein wenig zusammen – sie hatte das Gesicht und das fast schmerzlich scheue Wesen einer Frau, die beim Klang einer Stimme zusammenfährt, so leise und freundlich diese auch sein mochte, wenn sie aus der Gegend ihres Ellenbogens kam – und lächelte nervös.

»Missus Cobb, Mr. Gaunt, auch wenn mein Mann schon vor geraumer Zeit verstorben ist.«

»Es tut mir leid, das zu hören.«

»Das braucht es nicht. Es ist vierzehn Jahre her. Eine lange Zeit. Ja, ich habe eine kleine Kollektion von Buntglas.« Sie schien fast zu zittern, ungefähr so, wie eine Maus zittert, wenn sich eine Katze nähert. »Nicht, daß ich mir so etwas wie diese herrlichen Stücke hier leisten könnte. Sie sind wunderschön. So müssen die Dinge im Himmel aussehen.«

»Nun, ich will Ihnen etwas verraten«, sagte er. »Als ich diese Stücke erstand, habe ich eine ganze Menge Buntglas

70

gekauft, und es ist bei weitem nicht so teuer, wie Sie vielleicht meinen. Hätten Sie Lust, morgen vorbeizukommen und einen Blick darauf zu werfen?«

Sie fuhr abermals zusammen und trat einen Schritt beiseite, als hätte er ihr vorgeschlagen, am nächsten Tag wiederzukommen, damit er sie ein paarmal in den Busen zwicken konnte – vielleicht so lange, bis sie schrie.

»Oh, ich glaube nicht … donnerstags habe ich immer viel zu tun, müssen Sie wissen … bei Polly … donnerstags stellen wir immer das ganze Haus auf den Kopf, müssen Sie wissen …«

»Sie sind ganz sicher, daß Sie nicht hereinschauen können?« schmeichelte er. »Polly hat mir erzählt, daß Sie die Torte gebacken haben, die sie mir heute morgen brachte …«

»War sie in Ordnung?« fragte Nettie nervös. Ihre Augen verrieten, daß sie damit rechnete, daß er nein sagte – nein, sie war nicht in Ordnung, ich habe Bauchschmerzen davon bekommen und einen fürchterlichen Durchfall, und deshalb werde ich dir weh tun, Nettie, ich werde dich ins Hinterzimmer zerren und dich in den Busen zwicken, bis du Zetermordio schreist.

»Sie war wunderbar«, sagte er beruhigend. »Sie erinnerte mich an die Torten, die meine Mutter zu backen pflegte – und das ist schon sehr lange her.«

Das war genau der richtige Ton, den man bei Nettie anschlagen mußte. Sie hatte ihre Mutter sehr geliebt, ungeachtet der Prügel, die sie von ihr bezogen hatte, wenn diese Dame, was sie häufig tat, die Nacht in Tanzlokalen und Kneipen verbracht hatte. Nettie entspannte sich ein wenig.

»Dann ist es ja gut«, sagte sie. »Ich bin wirklich froh, daß sie Ihnen geschmeckt hat. Natürlich war es Pollys Idee. Sie ist so ziemlich die netteste Person, die es gibt.«

»Ja«, sagte er. »Nachdem ich sie kennengelernt habe, glaube ich das ohne weiteres.« Er warf einen Blick auf Rosalie Drake, aber Rosalie betrachtete nach wie vor die Auslagen. Dann wendete er sich wieder an Nettie und sagte: »Ich habe einfach das Gefühl, daß ich in Ihrer Schuld stehe …«

»Oh, nein!« sagte Nettie, plötzlich wieder verschreckt. »Sie schulden mir nichts. Überhaupt nichts, Mr. Gaunt.«

71

»Bitte schauen Sie herein. Ich kann sehen, daß Sie einen Blick für Buntglas haben – und ich könnte Ihnen Pollys Tortenbehälter zurückgeben.«

»Ja – nun, ich glaube, ich könnte in meiner Pause kommen ...« Netties Augen sagten, daß sie nicht glauben konnte, was sie aus ihrem eigenen Mund vernahm.

»Wunderbar«, sagte er und verließ sie rasch, bevor sie es sich wieder anders überlegen konnte. Er trat zu den Jungen und fragte sie, ob sie etwas gefunden hätten. Sie zeigten ihm zögernd mehrere alte Ausgaben von *The Incredible Hulk* und *The X-Men*. Fünf Minuten später verließen sie den Laden mit den meisten der Comic-Hefte in den Händen und einem Ausdruck fassungslosen Glücks auf den Gesichtern.

Die Tür hatte sich kaum hinter ihnen geschlossen, als sie schon wieder geöffnet wurde. Cora Rusk und Myra Evans traten ein. Sie schauten sich um mit Augen, so funkelnd und gierig wie die von Eichhörnchen in der Zeit des Nüssesammelns, und steuerten sofort auf die Vitrine zu, die das Foto von Elvis enthielt. Cora und Myra beugten sich darüber, girrten aufgeregt, und schienen sich von dem Anblick überhaupt nicht mehr losreißen zu können.

Gaunt beobachtete sie lächelnd.

Das Glöckchen über der Tür bimmelte abermals. Die neu Angekommene war so massig wie Cora Rusk, aber bei Cora war es Fett, und diese Frau wirkte *kräftig* – auf die Art, auf die ein Holzfäller mit einem Bierbauch kräftig wirkt. An ihrer Bluse trug sie einen großen weißen Button. Die roten Buchstaben verkündeten:

KASINO-NACHT – DES SPASSES WEGEN!

Das Gesicht der Dame hatte den Charme einer Schneeschaufel. Ihr Haar, von einem wenig bemerkenswerten und leblosen Braunton, war zum größten Teil von einem Tuch verdeckt, das fest unter dem breiten Kinn verknotet war. Sie ließ den Blick ein oder zwei Sekunden lang über das Innere des Ladens schweifen; ihre tiefliegenden kleinen Augen schossen hin und her wie die Augen eines Revolvermanns, der sich in einem Salon umsieht, bevor er die

Pendeltür aufstößt und ein Höllenspektakel anrichtet. Dann trat sie ein.

Nur wenige der Frauen, die zwischen den Vitrinen umherwanderten, gönnten ihr mehr als nur einen flüchtigen Blick, aber Nettie Cobb musterte die neu Angekommene mit einem seltsamen Ausdruck, in dem sich Abscheu und Haß mischten. Dann huschte sie von dem Buntglas fort. Die Bewegung zog den Blick der neu Angekommenen auf sich. Sie sah Nettie mit einer Art massiver Verachtung an, dann entließ sie sie.

Das Glöckchen über der Tür bimmelte, als Nettie den Laden verließ.

Mr. Gaunt beobachtete dies alles mit großem Interesse.

Er ging zu Rosalie hinüber und sagte: »Ich glaube, Mrs. Cobb ist ohne Sie gegangen.«

Rosalie schaute überrascht drein. »Warum ...«, setzte sie an; doch dann fiel ihr Blck auf die neu Angekommene mit dem unübersehbar zwischen den Brüsten angesteckten Kasino-Nacht-Button. Sie betrachtete den an der Wand hängenden türkischen Teppich mit dem gebannten Interesse eines Kunstschülers, die Hände auf die massigen Hüften gestemmt. »Oh«, sagte Rosalie. »Bitte, entschuldigen Sie mich. Ich muß jetzt auch gehen.«

»Die beiden scheinen sich nicht gerade zu lieben«, bemerkte Mr. Gaunt.

Rosalie lächelte, aber sie war beunruhigt.

Gaunt warf abermals einen Blick auf die Frau mit dem Kopftuch. »Wer ist das?«

Rosalie rümpfte die Nase. »Wilma Jerzyck«, sagte sie. »Entschuldigen Sie mich – ich muß Nettie unbedingt einholen. Sie ist sehr nervös, wie Sie vielleicht bemerkt haben.«

»Natürlich«, sagte er und begleitete Rosalie zur Tür. Dann setzte er für sich selbst hinzu: »Sind wir das nicht alle?«

Dann tippte Cora Rusk ihm auf die Schulter. »Was kostet dieses Foto von The King?« fragte sie.

Leland Gaunt drehte sich um und bedachte sie mit seinem strahlendsten Lächeln. »Nun, reden wir darüber«, sagte er. »Was ist es denn Ihrer Ansicht nach wert?«

Drittes Kapitel

1

Castle Rocks neuestes Handelsunternehmen war seit etwa zwei Stunden geschlossen, als Alan Pangborn langsam die Main Street hinunter und auf das Gebäude der Stadtverwaltung zufuhr, in dem sich auch das Büro des Sheriffs und die Polizeistation von Castle Rock befanden. Er saß hinter dem Lenkrad seines Wagens, den niemand für ein Polizeifahrzeug halten konnte: eines 1986er Ford Town and Country Kombis. Des Familienwagens. Er fühlte sich niedergeschlagen und halb betrunken. Er hatte zwar nur drei Bier gehabt, aber sie hatten ihm schwer zugesetzt.

Er warf im Vorüberfahren einen Blick auf Needful Things und registrierte beifällig – genau wie Brian Rusk – die dunkelgrüne Markise, die über den Gehsteig vorragte. Er war über derartige Dinge weniger gut informiert (er hatte keine Verwandten, die für die Dick Perry Siding and Door Company in South Paris arbeiteten), aber er fand, daß sie der Main Street, in der sich die meisten Ladenbesitzer mit falschen Fassaden begnügt hatten, einen Anflug von Eleganz verlieh. Bisher wußte er noch nicht, was der neue Laden anbot – Polly würde es wissen, wenn sie, wie geplant, am Morgen hineingeschaut hatte –, aber auf Alan machte er den Eindruck eines jener intimen französischen Restaurants, in die man das Mädchen seiner Träume führt, bevor man versucht, sie mit Süßholzraspeln ins Bett zu bekommen.

Er vergaß den Laden, sobald er ihn passiert hatte. Einen Block weiter unten signalisierte er seine Absicht, links abzubiegen, und fuhr in die schmale Gasse zwischen dem massigen Ziegelbaustein der Stadtverwaltung und dem weiß verschalten Haus der Wasserwerke. Am Eingang der Gasse war ein Schild angebracht: NUR FÜR DIENSTFAHRZEUGE.

Das Gebäude der Stadtverwaltung hatte die Form eines auf dem Kopf stehenden L, und in dem von den beiden Flügeln gebildeten Winkel befand sich ein kleiner Parkplatz. Drei der Parkbuchten waren mit BÜRO DES SHERIFFS gekennzeichnet. Auf einem von ihnen parkte Norris Ridgewicks klappriger alter VW-Käfer. Alan setzte seinen Wagen daneben, schaltete die Scheinwerfer aus und langte nach dem Türgriff.

Plötzlich überfiel ihn die Depression, die ihn umschlichen hatte, seit er The Blue Door in Portland verlassen hatte; die ihn umschlichen hatte, wie in den Abenteuergeschichten, die er als Junge gelesen hatte, Wölfe ein Lagerfeuer umschlichen. Er ließ den Türgriff los, blieb hinter dem Lenkrad des Kombis sitzen und hoffte, daß sie vorübergehen würde.

Er hatte den Tag im Distriktsgericht in Portland verbracht und in vier problemlosen Fällen für die Anklage ausgesagt. Zum Distrikt gehörten vier Counties – York, Cumberland, Oxford und Castle –, und von allen Polizisten, die in diesen Counties amtierten, hatte Alan Pangborn die weiteste Anreise. Deshalb versuchten die drei Distriktsrichter die ihn betreffenden Fälle, soweit es möglich war, zu bündeln, damit er die weite Fahrt nur ein- oder zweimal im Monat zu machen brauchte. Auf diese Weise war es ihm möglich, tatsächlich einige Zeit in dem County zu verbringen, das zu beschützen er geschworen hatte, anstatt auf den Straßen zwischen Castle Rock und Portland. Aber es bedeutete auch, daß er sich nach einem dieser Tage bei Gericht fühlte wie ein Junge von der High School, der aus der Aula herausstolpert, nachdem er die Eignungsprüfung für ein Studium hinter sich gebracht hat. Er hätte wissen müssen, daß es sich nicht empfahl, danach zu trinken; aber Harry Cross und George Crompton waren gerade auf dem Weg zu The Blue Door gewesen und hatten darauf bestanden, daß Alan sich ihnen anschloß. Dafür hatte es einen guten Grund gegeben; eine Serie eindeutig miteinander verknüpfter Einbrüche, die in allen ihren Amtsbereichen stattgefunden hatten. Doch der wirkliche Grund dafür, daß er mitgegangen war, war der, den die meisten falschen Entschlüsse gemeinsam haben: es schien eben nur ein guter Gedanke zu sein.

Nun saß er hinter dem Lenkrad seines Wagens, der einmal der Familienwagen gewesen war, und erntete, was er aus eigenem Entschluß gesät hatte. Sein Kopf schmerzte leise. Er spürte mehr als einen Anflug von Übelkeit. Aber das schlimmste war die Depression – sie war wieder da, mit ihrer ganzen Kraft.

Hallo! rief sie vergnügt von ihrem sicheren Platz in seinem Kopf aus. *Hier bin ich, Alan! Schön, dich zu sehen. Weißt du was? Hier ist es, das Ende eines langen, schweren Tages, und Annie und Todd sind immer noch tot! Denkst du noch an den Samstagnachmittag, an dem Todd seinen Milchshake auf dem Vordersitz verschüttete? Genau da, wo jetzt deine Aktentasche liegt, nicht wahr? Und daß du ihn angeschrien hast? Wow! Das hast du nicht vergessen, nicht wahr? Doch? Nun, das macht nichts, Alan, denn ich bin hier, um dich daran zu erinnern! Dich immer wieder zu erinnern! Immer wieder!*

Er hob seine Aktentasche an und starrte wie gebannt auf den Sitz. Ja, der Fleck war da, und ja, er hatte Todd angeschrien. *Todd, warum stellst du dich immer so verdammt ungeschickt an?* Etwas in der Art, keine große Sache, aber nicht gerade das, was man zu seinem Kind sagen würde, wenn man wüßte, daß es keinen Monat mehr zu leben hat.

Ihm kam der Gedanke, daß nicht das Bier das eigentliche Problem war; es war der Wagen, den er nie richtig ausgeräumt hatte. Er war den ganzen Tag mit den Gespenstern seiner Frau und seines jüngeren Sohnes herumgefahren.

Er beugte sich vor und öffnete das Handschuhfach, um seinen Strafzettelblock herauszuholen – ihn bei sich zu haben, selbst wenn er den Tag in Portland verbrachte, um vor Gericht auszusagen, war eine unumstößliche Gewohnheit –, und griff hinein. Seine Hand stieß auf einen röhrenförmigen Gegenstand, der mit leisem Aufprall auf den Boden des Kombis fiel. Er legte den Block auf seine Aktentasche und bückte sich, um aufzuheben, was da aus dem Handschuhfach herausgefallen war. Er hielt es hoch, so daß das Licht der Natrium-Bogenlampe darauf fiel, und starrte es lange Zeit an, wobei er spürte, wie sich der alte, grauenhafte Schmerz des Verlustes und des Kummers in ihm ausbreitete. Pollys Arthritis steckte in ihren Händen; die seine steckte offenbar in seinem Herzen, und wer vermochte zu sagen, wer von ihnen den schlimmeren Teil abbekommen hatte?

Die Dose hatte natürlich Todd gehört – Todd, der zweifellos in dem Neuheitenladen in Auburn *gelebt* hätte, wenn sie

76

es zugelassen hätten. Der Junge war wie verzaubert gewesen von den billigen Scherzartikeln, die dort verkauft wurden: Quietschkissen, Niespulver, Tröpfelgläser, Seife, die den Händen des Benutzers die Farbe von Vulkanasche verlieh, Hundekot aus Plastik.

Dieses Ding ist immer noch hier. Seit neunzehn Monaten sind sie nun tot, und es ist immer noch hier. Wie in aller Welt konnte ich das übersehen?

Alan drehte die Dose in seiner Hand um, erinnerte sich, wie der Junge gebettelt hatte, dieses besondere Ding von seinem Taschengeld kaufen zu dürfen; er erinnerte sich, wie er selbst es ihm verweigert und das Sprichwort seines eigenen Vaters zitiert hatte: Ein Narr und sein Geld bleiben nicht lange zusammen. Und wie Annie ihm auf ihre sanfte Art ins Gewissen geredet hatte.

Also weißt du, du Amateurzauberer, du hörst dich an wie ein waschechter Puritaner. Wundervoll! Was glaubst du denn, von wem er diese verrückte Liebe zu Gags und Tricks geerbt hat? In meiner Familie hing bei niemandem ein gerahmtes Foto von Houdini an der Wand, das kannst du mir glauben. Willst du etwa behaupten, daß du in den heißen, wilden Tagen deiner Jugend nie das eine oder andere Tröpfelglas gekauft hast? Daß du nicht ganz versessen darauf gewesen wärst, diesen uralten Trick mit der Schlange in einer Nußdose zu besitzen, wenn du ihn irgendwo in einem Schaufenster entdeckt hättest?

Er hatte einen Haufen von Ja und Aber von sich gegeben, sich angehört wie ein aufgeblasener Schwätzer, der keinen Spaß versteht. Schließlich hatte er die Hand vor den Mund halten müssen, um ein verlegenes Grinsen zu verbergen. Annie hatte es trotzdem gesehen. Annie sah immer alles. Das war ihre Gabe gewesen – und mehr als einmal seine Rettung. Ihr Sinn für Humor – und auch ihre Fähigkeit, die Dinge im richtigen Verhältnis zu sehen – waren immer besser gewesen als seine. Schärfer.

Gönn es ihm, Alan – er ist nur einmal jung. Und es ist wirklich irgendwie lustig.

Er hatte zugestimmt. Und –

– und drei Wochen später hatte er seinen Milchshake auf dem Sitz verschüttet, und abermals vier Wochen später war er tot! Sie

waren beide tot! Wow! Stell dir das vor! Die Zeit vergeht wahrhaftig wie im Fluge, nicht wahr, Alan? Aber mach dir deshalb keine Sorgen! Mach dir keine Sorgen, weil ich dich immer wieder daran erinnern werde! Jawohl! Ich werde dich daran erinnern, denn das ist mein Job, und den werde ich erledigen!

Auf der Dose stand TASTEE-MUNCH MIXED NUTS. Alan drehte den Deckel ab, und anderthalb Meter zusammengepreßte grüne Schlange schnellte heraus, prallte gegen die Windschutzscheibe und landete auf seinem Schoß. Alan betrachtete sie, hörte in seinem Kopf das Lachen seines Sohnes, und begann zu weinen. Sein Weinen war undramatisch, lautlos und erschöpft. Wie es schien, hatten seine Tränen viel gemeinsam mit den Besitztümern seiner toten Lieben; es war nie ein Ende abzusehen. Es waren zu viele, und gerade wenn man anfing, sich zu entspannen, und zu denken, es wäre endlich vorbei, die Bude wäre sauber, dann fand man noch eines. Und noch eines. Und noch eines.

Warum hatte er zugelassen, daß Todd dieses verdammte Ding kaufte? Warum steckte es immer noch in diesem verdammten Handschuhfach? Und warum war er überhaupt mit diesem verdammten Town and Country-Wagen gefahren?

Er zog sein Taschentuch aus der Gesäßtasche und wischte sich die Tränen aus dem Gesicht. Dann drückte er die Schlange – billiges grünes Kreppapier mit einer darin verborgenen metallenen Sprungfeder – langsam wieder in die falsche Nußdose. Er schraubte den Deckel wieder auf und ließ die Dose nachdenklich auf seiner Hand hüpfen.

Wirf das verdammte Ding fort.

Aber er glaubte nicht, daß er das fertigbrachte. Jedenfalls nicht heute abend. Er warf den Scherzartikel – den letzten, den Todd je in dem Geschäft gekauft hatte, das er für den schönsten Laden der Welt hielt – wieder ins Handschuhfach und knallte die Klappe zu. Dann langte er abermals nach dem Türgriff, nahm seine Aktentasche und stieg aus.

Er atmete tief die frühabendliche Luft ein, hoffte, daß sie helfen würde. Sie tat es nicht. Er konnte zersetztes Holz riechen und Chemikalien, einen faden Geruch, der regelmäßig von der rund dreißig Meilen weiter nördlich gelegenen Papierfabrik in Rumford herüberwehte. Er würde Polly anrufen und sie fragen, ob er vorbeikommen dürfte, beschloß er – das würde ein wenig helfen.

Nie wurde ein wahrerer Gedanke gedacht! pflichtete die Stimme seiner Depression nachdrücklich bei. *Erinnerst du dich übrigens, Alan, wie er sich über diese Schlange gefreut hat? Er hat sie bei allen Leuten ausprobiert! Norris Ridgewick hätte vor Schreck beinahe einen Herzanfall bekommen, und du hast so heftig gelacht, daß du dir fast in die Hose gemacht hättest! Erinnerst du dich? War er nicht springlebendig? War er nicht großartig? Und Annie – erinnerst du dich, wie sie gelacht hat, als du es ihr erzähltest? Auch sie war springlebendig und großartig, nicht wahr? Natürlich war sie am Ende nicht mehr ganz so springlebendig und auch nicht mehr ganz so großartig, aber das ist dir nicht aufgefallen, nicht wahr? Weil du vollauf mit deinen eigenen Angelegenheiten beschäftigt warst. Die Sache mit Thad Beaumont zum Beispiel – die ist dir einfach nicht aus dem Kopf gegangen. Was in seinem Haus am See passiert ist und wie er sich, nachdem alles vorüber war, immer wieder betrank und dich dann anrief. Und dann hat seine Frau die Zwillinge genommen und ihn verlassen ... Mit alledem und dazu noch dem täglichen Kleinkram warst du vollauf beschäftigt, nicht wahr? Zu beschäftigt, um zu sehen, was zu Hause vor sich ging. Zu dumm, daß du es nicht bemerkt hast. Denn wenn du es bemerkt hättest, dann wäre sie vielleicht noch am Leben! Auch das ist etwas, das du nicht vergessen solltest, und deshalb werde ich dich immer wieder daran erinnern ... immer wieder ... immer wieder. Okay? Okay!*

An der Seite des Wagens, direkt über dem Benzin-Einfüllstutzen, hatte er einen fast halbmeterlangen Kratzer entdeckt. War das nach Annies und Todds Tod passiert? Er wußte es wirklich nicht, und es spielte auch keine große Rolle. Er ließ die Finger darübergleiten und nahm sich abermals vor, den Wagen zu Sonnys Sunoco-Tankstelle zu bringen und den Schaden beheben zu lassen. Andererseits – weshalb die Mühe? Warum brachte er das verdammte Ding nicht einfach zu Harrie Ford in Oxford und handelte ihn gegen etwas Kleineres ein? Der Kilometerstand war noch relativ gering; der Wagen würde wahrscheinlich mit einer ganz hübschen Summe in Zahlung genommen werden ...

Aber Todd hat seinen Milchshake auf dem Vordersitz verschüttet! meldete sich die Stimme in seinem Kopf entrüstet zu Wort. *Das hat er getan, als er noch LEBTE, Alan, alter Freund! Und Annie ...*

»Halt die Klappe«, sagte er.

Er erreichte das Gebäude, dann blieb er stehen. Dicht davor, so dicht, daß die Tür seines Büros eine Delle hineingeschlagen hätte, wenn jemand sie vollständig aufriß, parkte ein großer roter Cadillac Seville. Er brauchte nicht auf das Zulassungsschild zu schauen, um zu wissen, was darauf stand: KEETON 1. Er ließ eine Hand nachdenklich über die glatte Karosserie gleiten, dann ging er hinein.

2

Sheila Brigham saß in der kleinen, von Glaswänden umgebenen Telefonzentrale, las in der Zeitschrift *People* und trank ein Yoo-Hoo. Von ihr abgesehen, war die Kombination aus Sheriffs-Büro und Polizeistation Castle Rock leer – bis auf Norris Ridgewick.

Norris saß hinter einer alten elektrischen IBM-Schreibmaschine und arbeitete mit der gequälten, atemlosen Konzentration, die nur er bei der Erledigung des Papierkrams aufzubringen vermochte, an einem Bericht. Er pflegte wie gebannt auf die Maschine zu starren; dann beugte er sich abrupt vor wie ein Mann, dem man einen Schlag in den Magen versetzt hat, und hieb kurz und heftig auf die Tasten ein. Er blieb lange genug in seiner gekrümmten Position, um lesen zu können, was er geschrieben hatte, dann stöhnte er leise. Es folgte das *klip-rep! klick-rep! klick-rep!*, wenn Norris das Korrekturband der IBM benutzte, um irgendeinen Fehler zu korrigieren (er verbrauchte im Durchschnitt ein Korrekturband pro Woche). Es folgte eine unheilschwangere Pause, und dann begann der Zyklus wieder von vorn. Nachdem er etwa eine Stunde auf diese Weise verbracht hatte, warf Norris den fertiggestellten Bericht in Sheilas Eingangskorb. Ein- oder zweimal in der Woche waren diese Berichte sogar verständlich.

80

Norris schaute auf und lächelte, als Alan das kleine Dienstzimmer durchquerte. »Hi, Boss, wie stehen die Dinge?«

»Nun, für die nächsten zwei oder drei Wochen steht Portland nicht wieder auf dem Programm. Hat sich hier irgendetwas getan?«

»Nur das Übliche. Aber Sie haben ganz hübsch rote Augen, Alan. Haben Sie wieder einmal ein paar Joints geraucht?«

»Ha, ha«, sagte Alan verdrossen. »Ich habe mit ein paar Cops ein paar Bier getrunken, und dann habe ich auf einer Strecke von dreißig Meilen in die unabgeblendeten Scheinwerfer anderer Leute gestarrt. Haben Sie ein Aspirin zur Hand?«

»Immer«, sagte Norris. »Das wissen Sie doch.« Norris' unterste Schreibtischschublade enthielt seine Privatapotheke. Er zog sie auf, wühlte darin, brachte ein Riesenglas mit erdbeerfarbenem Kaopektat zum Vorschein, starrte einen Moment auf das Etikett, schüttelte den Kopf, verstaute es wieder in der Schublade und wühlte weiter. Schließlich hatte er ein Glas mit einem Aspirinpräparat gefunden.

»Ich habe einen kleinen Job für Sie«, sagte Alan, nahm das Glas und ließ zwei Aspirin in seine Hand fallen. Zusammen mit den Tabletten fiel eine Menge weißer Staub heraus, und Alan fragte sich unwillkürlich, weshalb Aspirinpräparate immer mehr Staub erzeugten als der Markenartikel Aspirin. Er fragte sich außerdem, ob er vielleicht den Verstand verlor.

»Hören Sie, Alan, ich muß noch zwei von diesen E-9-Mistdingern schreiben, und …«

»Kein Grund zur Aufregung.« Alan trat an den Wasserkühler und zog einen Pappbecher aus dem Zylinder an der Wand. Der Wasserkühler gluckerte, als er den Becher füllte. »Sie brauchen nur das Zimmer zu durchqueren und die Tür zu öffnen, durch die ich eben hereingekommen bin. So einfach, daß selbst ein Kind es fertigbrächte, stimmt's?«

»Was …«

»Sie dürfen nur nicht vergessen, Ihren Strafzettelblock mitzunehmen«, sagte Alan und spülte das Aspirin hinunter.

Auf Norris Ridgewicks Gesicht erschien ein betroffener Ausdruck. »Ihr Block liegt doch hier auf dem Schreibtisch, gleich neben Ihrer Aktentasche.«

»Ich weiß. Und da bleibt er auch, jedenfalls heute abend.«

Norris musterte ihn eine ganze Weile. Schließlich fragte er: »Buster?«

Alan nickte. »Buster. Er parkt wieder einmal auf dem Behindertenplatz. Das letzte Mal habe ich ihm gesagt, daß ich ihm das in Zukunft nicht mehr durchgehen lasse.«

Der Vorsitzende des Stadtrates von Castle Rock, Danforth Keeton III, hieß bei allen Leuten, die ihn kannten, Buster – aber alle städtischen Angestellten, die ihren Job behalten wollten, achteten peinlich genau darauf, daß sie ihn, wenn er zugegen war, nur Danforth oder Mr. Keeton nannten. Nur Alan, der ein gewählter Beamter war, wagte es, ihn mit Buster anzureden; auch das hatte er nur zweimal getan, als er sehr wütend gewesen war. Aber vermutlich würde er es wieder tun, denn Dan »Buster« Keeton war ein Mann, über den man, wie Alan Pangborn fand, sehr leicht in Wut geraten konnte.

»Also los!« sagte Norris. »*Sie* tun es, Alan, okay?«

»Ich kann nicht. Nächste Woche findet die Sitzung des Stadtrates statt, auf der über die Zuteilung von Geldern entschieden wird.«

»Er haßt mich schon jetzt«, sagte Norris bedrückt. »Das weiß ich.«

»Buster haßt alle Leute außer seiner Frau und seiner Mutter«, sagte Alan, »und was seine Frau betrifft, bin ich da nicht einmal sicher. Aber die Tatsache bleibt bestehen, daß ich ihn im Laufe des letzten Monats mindestens ein halbdutzendmal darauf hingewiesen habe, daß er seinen Wagen nicht auf unserem einzigen Behindertenparkplatz abstellen darf, und ich finde, daß damit jetzt endlich Schluß sein muß.«

»Und ich könnte mir denken, daß dann mit meinem *Job* Schluß ist. Das ist wirklich übel, Alan, ganz im Ernst.« Norris Ridgewick sah aus wie eine Reklame für *When Bad Things Happen to Good People*.

»Regen Sie sich ab«, sagte Alan. »Sie klemmen einen Fünf-

Dollar-Strafzettel hinter seinen Scheibenwischer. Er kommt zu mir und fordert mich als erstes auf, Sie vor die Tür zu setzen.«

Norris stöhnte.

»Ich weigere mich. Dann fordert er mich auf, den Strafzettel zu zerreißen. Auch das lehne ich ab. Dann, morgen nachmittag, wenn er Gelegenheit gehabt hat, deshalb eine Weile zu schäumen, gebe ich nach. Und wenn ich an der nächsten Sitzung des Stadtrates teilnehme, ist er mir eine Gefälligkeit schuldig.«

»Alles schön und gut, aber was ist er mir schuldig?«

»Norris, wollen Sie ein neues Impuls-Radargerät oder nicht?«

»Also …«

»Und was ist mit einem Faxgerät? Davon reden wir schon seit mindestens zwei Jahren.«

Ja!« rief die Stimme in seinem Kopf mit ihrer falschen Fröhlichkeit. *Du hast angefangen, davon zu reden, als Annie und Todd noch lebten! Weißt du das noch, Alan? Erinnerst du dich, wie es war, als sie noch lebten?*

»Dann muß ich wohl«, sagte Norris. Er griff nach seinem Strafzettelblock mit einem Gesicht, auf dem mit Großbuchstaben Traurigkeit und Resignation geschrieben waren.

»Guter Mann«, sagte Alan mit einer Herzlichkeit, die er nicht empfand. »Ich bin noch eine Weile in meinem Büro.«

3

Er schloß die Tür und wählte Pollys Nummer.

»Hallo?« sagte sie, und er wußte sofort, daß er ihr nichts von der Depression erzählen würde, die ihn überfallen hatte. Heute abend hatte Polly ihre eigenen Probleme. Schon an dem einen Wort, das sie gesagt hatte, erkannte er, wie es um sie stand. Die beiden *l* in Hallo waren leicht verschliffen. Das passierte nur, wenn sie ein Percodan genommen hatte – vielleicht auch mehr als nur eines. Percodan nahm sie nur, wenn die Schmerzen sehr stark waren. Obwohl sie es nie ausgesprochen hatte, konnte Alan sich vorstellen, daß sie mit Grausen dem Tag entgegensah, an dem auch Percodan nicht mehr helfen würde.

»Wie geht es dir, meine Hübsche?« fragte er, lehnte sich auf seinem Stuhl zurück und legte eine Hand über die Augen. Das Aspirin schien gegen sein Kopfweh nicht viel auszurichten. Vielleicht sollte ich sie um ein Percodan bitten, dachte er.

»Alles in bester Ordnung.« Er hörte, wie vorsichtig sie sprach, sich von einem Wort zum anderen bewegte wie eine Frau, die Trittsteine benutzt, um einen Bach zu überqueren. »Wie steht es bei dir? Du hörst dich müde an.«

»Das bin ich immer, wenn ich mit Anwälten zu tun gehabt habe.« Er schob den Gedanken, sie zu besuchen, beiseite. Sie würde sagen: Aber natürlich, Alan, und sie würde sich freuen, ihn zu sehen – fast so sehr, wie er sich freuen würde, sie zu sehen. Aber die Belastung würde für sie größer sein, als sie an diesem Abend verkraften konnte. »Ich glaube, ich gehe nach Hause und lege mich zeitig hin. Es macht dir doch nichts aus, wenn ich nicht mehr vorbeikomme?«

»Nein, Liebling. Vielleicht wäre es sogar ein wenig besser, wenn du nicht kämest.«

»Ist es schlimm heute abend?«

»Es war schon schlimmer«, sagte sie vorsichtig.

»Das beantwortet meine Frage nicht.«

»Nun, nicht allzu schlimm.«

Deine Stimme verrät, daß du mich anlügst, meine Liebe, dachte er.

»Gut. Wie steht es mit dieser Ultraschall-Therapie, von der du mir erzählst hast? Hast du darüber etwas erfahren?«

»Nun, es wäre schon gut, wenn ich mir anderthalb Monate in der Mayo-Klinik leisten könnte, aber ich kann es nicht. Und behaupte nicht, du könntest es, Alan, denn ich bin ein bißchen zu müde, um dich einen Lügner zu nennen.«

»Ich dachte, du hättest etwas vom Boston Hospital gesagt ...«

»Nächstes Jahr«, sagte Polly. »Im nächsten Jahr soll dort eine Abteilung für Ultraschall-Therapie eingerichtet werden. Vielleicht.«

Es trat eine kurze Pause ein, und er wollte sich gerade verabschieden, als sie weitersprach. Jetzt war ihre Stimme ein wenig klarer. »Ich habe heute morgen in den neuen Laden hineingeschaut. Ich hatte von Nettie eine Torte backen lassen und habe sie mitgenommen. Was sich natürlich ganz und gar nicht gehörte – Damen überreichen bei einer Ladeneröffnung keine Backwaren. Das ist praktisch in Stein eingemeißelt.«

»Wie sieht er aus? Was wird dort angeboten?«

»Von allem etwas. Wenn du mir den Revolver auf die Brust setzen würdest, würde ich sagen, es ist ein Kuriositäten- und Raritätenladen, aber im Grunde entzieht er sich jeder Beschreibung. Du mußt ihn dir selbst ansehen.«

»Hast du den Besitzer kennengelernt?«

»Mr. Leland Gaunt aus Akron, Ohio«, sagte Polly, und jetzt konnte Alan tatsächlich den Anflug eines Lächelns in ihrer Stimme hören. »Die elegante Damenwelt von Castle Rock wird ihm zu Füßen liegen – das zumindest ist meine Vermutung.«

»Welchen Eindruck hattest *du* von ihm?«

Als sie weitersprach, war das Lächeln in ihrer Stimme noch deutlicher zu hören. »Also, Alan, um ganz ehrlich zu sein – ich liebe dich, und ich hoffe, du liebst mich, aber …«

»Das tue ich«, sagte er. Sein Kopfweh ließ ein wenig nach. Er glaubte nicht, daß es Norris Ridgewicks Aspirin war, das dieses kleine Wunder bewirkte.

»… aber mein Herz hat etliche Takte zugelegt. Und du hättest Rosalie und Nettie sehen müssen, als sie wiederkamen …«

»*Nettie!*« Er nahm die Füße vom Schreibtisch und setzte sich auf. »Nettie hat doch Angst vor ihrem eigenen Schatten!«

»Stimmt. Aber da Rosalie sie überredet hatte, mit ihr hinzugehen – du weißt ja, daß sich das arme Mädchen nicht getraut, allein irgendwohin zu gehen –, habe ich, als ich heute nachmittag nach Hause kam, Nettie gefragt, was *sie* von Mr. Gaunt hielte. Alan, ihre trüben alten Augen leuchteten regelrecht auf. ›Er hat Buntglas!‹, sagte sie, ›wunderschönes Buntglas! Er hat mich sogar eingeladen, morgen wiederzukommen und mir noch mehr davon anzusehen.‹ Ich glaube, so viel auf einmal hat sie in den letzten vier Jahren nicht geredet. Und deshalb sagte ich: ›War das nicht nett von ihm, Nettie?‹ Und sie sagte: ›Ja, und wissen Sie, was?‹ Natürlich fragte ich, was ich wissen sollte, und Nettie sagte: ›*Und vielleicht tue ich es sogar!*‹«

Alan lachte laut und herzlich. »Wenn Nettie willens ist, ihn ohne eine Duenna zu besuchen, dann *muß* ich ihn überprüfen. Er scheint wirklich ein Charmeur zu sein.«

»Nun, es ist merkwürdig – er ist kein gut aussehender Mann, jedenfalls nicht auf die Art eines Kinostars, aber er hat *wundervolle* braune Augen. Sie lassen sein ganzes Gesicht aufleuchten.«

»Sieh dich vor, Lady«, grollte Alan. »Meine Eifersucht fängt an, sich zu regen.«

Sie lachte ein wenig. »Ich glaube nicht, daß du dir Sorgen zu machen brauchst. Aber da ist noch etwas.«

»Und zwar?«

»Rosalie sagte, Wilma Jerzyck wäre hereingekommen, während Nettie dort war.«

»Ist irgend etwas passiert? Wurden Worte gewechselt?«

»Nein. Nettie starrte die Jerzyck an, und *die* kräuselte verächtlich die Lippen – so drückte Rosalie es aus –, und dann huschte Nettie hinaus. Hat Wilma Jerzyck in letzter Zeit wieder wegen Netties Hund angerufen?«

»Nein«, sagte Alan. »Dazu bestand kein Grund. Ich bin im Laufe der letzten sechs Wochen an einem halben Dutzend Abenden an Netties Haus vorbeigefahren. Der Hund bellt nicht mehr. Es war nicht mehr als ein bißchen Welpengekläff. Jetzt ist er ein wenig erwachsener geworden, und er hat eine gute Herrin. Die Möblierung in Netties Oberstübchen mag ein bißchen dürftig sein, aber was den Hund angeht, hat sie ihre Pflicht getan – wie nennt sie ihn?«

»Raider.«

»Nun, Wilma Jerzyck wird sich etwas anderes suchen müssen, auf dem sie herumhacken kann; Raider gibt nichts mehr her. Aber das wird sie tun. Das tun Frauen wie Wilma immer. Und im Grunde war es ohnehin nicht der Hund. Wilma war die einzige Person in der ganzen Nachbarschaft,

86

die sich beklagt hat. Es war Nettie. Leute wie Wilma haben eine Nase für Schwäche. Und an Nettie Cobb gibt es eine Menge zu riechen.«

»Ja.« Pollys Stimme klang traurig und nachdenklich. »Weißt du, daß Wilma Jerzyck sie eines Abends angerufen und erklärt hat, wenn Nettie den Hund nicht zum Schweigen brächte, käme sie herüber und schnitte ihm die Kehle durch?«

»Nun«, sagte Alan gelassen, »ich weiß, daß Nettie dir das erzählt hat. Aber ich weiß auch, daß Wilma Nettie einen fürchterlichen Schrecken eingejagt hat und daß Nettie – Probleme gehabt hat. Ich will nicht behaupten, daß Wilma Jerzyck zu einem derartigen Anruf nicht imstande wäre, denn das ist sie. Aber es *könnte* sein, daß das nur in Netties Phantasie passiert ist.«

Daß Nettie Probleme gehabt hatte, war eine ziemliche Untertreibung, aber es gab keine Veranlassung, mehr zu sagen; beide wußten, wovon die Rede war. Nach Jahren in der Hölle, verheiratet mit einem Rohling, der sie auf jede Art mißhandelte, auf die ein Mann eine Frau mißhandeln kann, hatte Nettie Cobb ihrem Mann, während dieser schlief, eine Fleischgabel in den Hals gestoßen. Sie hatte fünf Jahre in Juniper Hill verbracht, einer geschlossenen Anstalt in der Nähe von Augusta. Dann war sie im Rahmen eines Arbeits-Entlassungsprogramms zu Polly gekommen. Nach Alans Ansicht hätte sie es nicht besser treffen können, und Netties sich ständig bessernder Gemütszustand bestätigte ihn in dieser Ansicht. Vor zwei Jahren hatte Nettie ein eigenes kleines Haus in der Ford Street bezogen, sechs Häuserblocks vom Geschäftsviertel entfernt.

»Ja, Nettie hat in der Tat Probleme«, sagte Polly, »aber ihre Reaktion auf Mr. Gaunt war wirklich verblüffend. Sie schien regelrecht hingerissen zu sein.«

»Ich muß wirklich hingehen und mir selbst ein Bild von diesem Mann machen«, sagte Alan.

»Erzähl mir, was du von ihm hältst. Und achte auf seine braunen Augen.«

»Ich bezweifle, daß sie so auf mich wirken werden, wie sie offenbar auf dich gewirkt haben«, sagte Alan trocken.

Sie lachte wieder, aber diesmal fand er, daß es ein wenig gezwungen klang.

»Versuch, ein bißchen Schlaf zu bekommen«, sagte er.

»Tue ich. Danke fürs Anrufen, Alan.«

»Gern geschehen.« Er schwieg einen Moment. »Ich liebe dich, meine Hübsche.«

»Danke, Alan – ich liebe dich auch. Gute Nacht.«

»Gute Nacht.«

Er legte den Hörer auf, drehte den Schwenkarm der Schreibtischlampe so, daß sie einen Lichtfleck auf die Wand warf, legte die Füße wieder auf den Schreibtisch und faltete die Hände vor der Brust, als wollte er beten. Er streckte die Zeigefinger aus. An der Wand reckte ein Schattenkaninchen die Ohren. Alan schob die Daumen zwischen die ausgestreckten Finger, und das Schattenkaninchen wackelte mit der Nase. Alan ließ das Kaninchen quer über den Lichtfleck hoppeln. Was zurückstapfte, war ein Elefant, der seinen Rüssel schwenkte. Alans Hände bewegten sich mit fast unheimlicher Gewandtheit. Die Tiere, die er erschuf, nahm er kaum zur Kenntnis; es war eine alte Gewohnheit von ihm, seine Art, auf seine Nasenspitze herabzuschauen und »Om« zu sagen.

Er dachte über Polly nach; Polly und ihre schlimmen Hände. Was tun mit Polly?

Wenn es nur eine Sache des Geldes gewesen wäre, hätte er sie bereits morgen nachmittag in einem Zimmer der Mayo-Klinik untergebracht – verbrieft, gesiegelt und abgeliefert. Er hätte es getan, selbst wenn das bedeutet hätte, daß er sie in eine Zwangsjacke stecken und mit Sedativen vollpumpen mußte, um sie dorthin zu bekommen.

Aber es *war* nicht nur eine Sache des Geldes. Ultraschall als Behandlungsmethode für degenerative Arthritis steckte noch in den Kinderschuhen. Eines Tages würde sich vielleicht herausstellen, ob sie so wirkungsvoll war wie der Salk-Impfstoff oder ein Schwindel wie die Phrenologie. Auf jeden Fall hatte es jetzt noch keinen Sinn. Die Chancen, daß nichts dabei herauskam, standen tausend zu eins. Was er fürchtete, war nicht der Verlust des Geldes, sondern Pollys enttäuschte Hoffnungen.

Eine Krähe – so geschmeidig und lebensecht wie eine Krähe in einem Zeichentrickfilm von Walt Disney – flatterte langsam über sein Graduierungszeugnis von der Polizeiakademie in Albany. Ihre Flügel verlängerten sich, und aus der Krähe wurde ein prähistorischer Pterodaktylus mit schiefgelegtem Kopf, der auf den Aktenschrank in der Ecke zu und aus dem Scheinwerferlicht herausschwebte.

Die Tür ging auf. Das traurige Basset-Gesicht von Norris Ridgewick schaute herein. »Ich habe es getan, Alan«, sagte er, und seine Worte hörten sich an wie die eines Mannes, der den Mord an mehreren Kleinkindern gesteht.

»Gut, Norris«, sagte Alan. »Und ich verspreche Ihnen, daß Sie nicht derjenige sein werden, der es ausbaden muß.«

Norris musterte ihn ein paar Sekunden lang mit seinen feuchten Augen, dann nickte er zweifelnd. Er schaute auf die Wand. »Machen Sie Buster, Alan.«

Alan grinste, schüttelte den Kopf und griff nach der Lampe.

»Nun machen Sie schon«, drängte Norris. »Ich habe seinem verdammten Wagen einen Strafzettel verpaßt – ich verdiene es. Machen Sie Buster, Alan. *Bitte! Das haut mich um.*«

Alan warf einen Blick über Norris' Schulter, sah niemanden und krümmte eine Hand gegen die andere. Auf der Wand stapfte ein massiger Schattenmann mit schaukelndem Bauch durch den Lichtfleck. Er hielt einmal an, um seine Schattenhose hinten hochzuziehen, dann stapfte er weiter, wobei er den Kopf heftig von einer Seite zur anderen drehte.

Norris' Lachen war laut und glücklich – das Lachen eines Kindes. Einen Augenblick lang drängte sich Alan die Erinnerung an Todd auf, und dann schob er sie beiseite. Für diesen Abend genug davon, bitte, Gott.

»Himmel, das ist wirklich eine Wucht!« sagte Norris, noch immer lachend. »Sie sind zu spät geboren, Alan – Sie hätten bei der *Ed Sullivan Show* Karriere machen können.«

»So, und nun verschwinden Sie«, sagte Alan.

Immer noch lächelnd machte Norris die Tür hinter sich zu.

Alan ließ Norris – mager und ein wenig von sich selbst eingenommen – über die Wand wandern, dann schaltete er die Lampe aus und zog ein abgeschabtes Notizbuch aus der

Gesäßtasche. Er blätterte es durch, bis er eine leere Seite fand, und schrieb *Needful Things*. Darunter notierte er: *Leland Gaunt, Cleveland Ohio*. War das richtig? Nein? Er strich *Cleveland* durch und schrieb *Akron*. Vielleicht verliere ich wirklich den Verstand, dachte er. Auf eine dritte Zeile notierte er: *Überprüfen.*

Er steckte das Notizbuch wieder in die Tasche, dachte daran, nach Hause zu gehen, und schaltete statt dessen die Lampe wieder ein. Bald wanderte die Schattenparade abermals über die Wand: Löwen und Tiger und Bären. Wie Sandburgs Nebel schlich sich die Depression auf kleinen Katzenfüßen wieder an ihn heran. Die Stimme begann wieder, von Annie und Todd zu reden, und nach einer Weile hörte Pangborn auf sie. Er tat es wider Willen – aber mit wachsender Versunkenheit.

4

Polly lag auf ihrem Bett, und nachdem ihr Gespräch mit Alan beendet war, drehte sie sich auf die linke Seite, um den Hörer aufzulegen. Er fiel ihr aus der Hand und landete auf dem Boden. Das Unterteil des Princess-Telefons rutschte langsam über den Nachtisch und hatte offensichtlich vor, seiner anderen Hälfte Gesellschaft zu leisten. Bei dem Versuch, danach zu greifen, schlug ihre Hand gegen die Kante des Nachttisches. Ein monströser Bolzen aus Schmerz durchbrach die dünne Wand, die das Percodan über ihre Nerven gespannt hatte, und raste bis in ihre Schulter hinauf. Sie mußte sich auf die Lippen beißen, um nicht laut aufzuschreien.

Das Unterteil des Telefons glitt über die Tischkante und prallte mit einem einmaligen *Ping!* der darinsitzenden Glocke auf den Boden. Sie hörte das monotone, idiotische Piepen des Freizeichens, das zu ihr heraufdriftete. Es klang wie ein Insektenschwarm, den man über Kurzwelle im Radio hört.

Sie dachte daran, das Telefon aufzuheben mit den Klauen,

90

die jetzt auf ihrer Brust lagen, allerdings nicht zufassend –
heute abend ließen sich ihre Finger überhaupt nicht bewegen –, sondern *drückend*, wie eine Frau, die Akkordeon
spielt, und plötzlich war es ihr zuviel; selbst etwas so Einfa-
ches wie das Aufheben eines heruntergefallenen Telefons
war ihr zuviel, und sie begann zu weinen.

Der Schmerz war jetzt hellwach, hellwach und rasend,
und verwandelte ihre Hände – vor allem die, mit der sie an-
gestoßen war – in Fiebergruben. Sie lag auf dem Bett, schaute durch ihre verschleierten Augen zur Decke empor und
weinte.

Oh, ich würde alles dafür geben, um diese Schmerzen loszuwer-
den, dachte sie. *Ich würde alles dafür geben, alles, alles Erdenkli-*
che.

5

Um zehn Uhr abends an einem Werktag war die Main Street
von Castle Rock verschlossen wie ein Chubb-Safe. Die Straßenlaternen warfen Kreise aus weißem Licht auf die Gehsteige und die Fassaden der Geschäfte und verzerrten ihre
Perspektive, so daß die Straße aussah wie ein menschenlee-
res Bühnenbild. Bald, so konnte man denken, würde eine
einsame Gestalt in Frack und Zylinder – Fred Astaire oder
vielleicht auch Gene Kelly – auftauchen und von einem dieser Lichtkreise in den nächsten tanzen und ein Lied davon
singen, wie einem Mann zumute war, wenn seine Liebste
ihm den Laufpaß gegeben hat und alle Lokale geschlossen
sind. Dann würde, am anderen Ende der Main Street, eine
weitere Gestalt auftauchen – Ginger Rogers oder vielleicht
Cyd Charisse –, die ein Abendkleid trug. Sie würde auf Fred
(oder Gene) zutanzen und ein Lied davon singen, wie einer
Frau zumute war, wenn ihr Liebster sie versetzt hat. Sie
würden einander sehen, eine kunstvolle Pause einlegen und
dann vor der Bank oder vielleicht vor You Sew and Sew miteinander tanzen.

Statt dessen erschien Hugh Priest auf der Bildfläche.

Er sah weder aus wie Fred Astaire noch wie Gene Kelly, es gab keine Frau am anderen Ende der Main Street, die einer romantischen Zufallsbegegnung mit ihm entgegenstrebte, und tanzen tat er bestimmt nicht. Dafür trank er; er hatte seit vier Uhr nachmittags ununterbrochen im Mellow Tiger getrunken. An diesem Punkt der Festivität war schon normales Gehen eine Kunst, von eleganten Tanzschritten ganz zu schweigen. Er ging langsam, passierte einen Lichtkreis nach dem anderen, und sein hoher Schatten fiel auf die Fassade des Barbiersalons, des Western Autos, des Videofilm-Verleihs. Er torkelte leicht, der Blick der rötlichen Augen ging starr geradeaus, über seinem Bauch wölbte sich das verschwitzte blaue T-Shirt (auf der Vorderseite standen über der Zeichnung einer riesigen Stechmücke die Worte MAINE STATE BIRD) in einer langen, herabsackenden Kurve.

Der Pickup des Amtes für Öffentliche Arbeiten, den er gefahren hatte, stand nach wie vor auf dem unbefestigten Parkplatz des Tiger. Hugh Priest war der nicht sonderlich stolze Besitzer mehrerer Anzeigen wegen Trunkenheit am Steuer, und nach der letzten – die ihm einen sechsmonatigen Führerscheinentzug eingebracht hatte – hatten dieser Bastard Keeton, seine Mitbastarde Fullerton und Samuels und ihre Mitziege Williams (das vierte Mitglied des Stadtrates von Castle Rock war eine Frau) keinen Zweifel daran gelassen, daß sie, was ihn betraf, am Ende ihrer Geduld angelangt waren. Die nächste Anzeige würde wahrscheinlich den entgültigen Entzug seines Führerscheins mit sich bringen und bestimmt den Verlust seines Jobs.

Das war für Hugh kein Grund, mit dem Trinken aufzuhören – keine Macht der Erde hätte das fertiggebracht –, aber es hatte ihn zu einem festen Entschluß veranlaßt: nicht trinken *und* fahren. Er war einundfünfzig Jahre alt, und das war ein bißchen zu spät im Leben, um sich noch nach einem neuen Job umzusehen, insbesondere mit einer langen Vorstrafenliste wegen Trunkenheit am Steuer, die ihm folgte wie eine Blechdose, die man einem Hund an den Schwanz gebunden hat.

Deshalb ging er heute abend zu Fuß nach Hause, und es war ein verdammt langer Marsch, und da war ein gewisser

Kollege namens Bobby Dugas, der morgen eine Menge würde zu erklären haben, sofern er nicht mit ein paar Zähnen weniger nach Hause gehen wollte, als er zur Arbeit mitgebracht hatte.

Als Hugh Nan's Luncheonette passierte, setzte ein leichter Nieselregen ein. Was seine Laune nicht gerade besserte.

Er hatte Bobby, der auf seinem Heimweg direkt an Hughs Behausung vorbeifuhr, gefragt, ob er an diesem Abend auf ein paar Bier in den Tiger hereinschauen würde. Bobby Dugas hatte gesagt: *Klar doch, Hubert* – Bobby nannte ihn immer Hubert, was verdammt nochmal nicht sein Name war (auch dieser Scheiß würde sich ändern, und zwar bald). *Klar doch, Hubert, ich komme wahrscheinlich gegen sieben vorbei, wie gewöhnlich.*

Also war Hugh im Vertrauen darauf, nach Hause gebracht zu werden, falls er ein wenig zu blau sein sollte, um selbst fahren zu können, ungefähr fünf Minuten vor vier auf den Parkplatz des Tiger abgebogen (er hatte ein bißchen früher Feierabend gemacht, sogar fast anderthalb Stunden früher, aber wenn schon, Deke Bradford war nicht in der Nähe gewesen) und hatte sich ins Vergnügen gestürzt. Und als es sieben war, was passierte? Kein Bobby Dugas! Verflucht und zugenäht! Und als es acht und neun und halb zehn wurde, was passierte? Genau dasselbe!

Zwanzig vor zehn hatte Henry Beaufort, der Wirt und Besitzer des Mellow Tiger, Hugh aufgefordert, einen langen Schuh zu machen und Leine zu ziehen. Hugh war stinkwütend gewesen. Es stimmte, er hatte der Jukebox einen Tritt versetzt, aber sie hatte ständig diese verdammte George Jones-Platte gedudelt.

»Was sollte ich denn tun – einfach hier sitzen und mir das anhören?« hatte er Henry gefragt. »Du solltest die Platte rausnehmen, das ist alles. Der Kerl hört sich an, als hätte er einen epileptischen Anfall.«

»Du hast noch nicht genug gehabt, das ist mir klar«, sagte Henry, »aber hier hast du alles gehabt, was du bekommst. Den Rest mußt du dir schon aus deinem eigenen Kühlschrank holen.«

»Und wenn ich nein sage?« fragte Hugh.

»Dann rufe ich Sheriff Pangborn an«, sagte Henry gelassen.

Die anderen Gäste des Tiger – es waren nicht viele so spät am Abend eines Werktages – folgten interessiert diesem Wortwechsel. Die Männer waren vorsichtig in Hughs Gegenwart, besonders wenn er einen in der Krone hatte, aber den Wettbewerb um den Titel *Beliebtester Mann von Castle Rock* würde er niemals gewinnen.

»Ich täte es nicht gern«, fuhr Henry fort, »aber ich würde es tun. Ich habe es satt, daß du immer gegen mein Rock-Ola trittst.«

Hugh dachte daran, zu sagen: *Dann werde ich wohl statt dessen ein paarmal gegen dich treten müssen, du französischer Hundesohn.* Doch dann dachte er an diesen fetten Bastard Keeton, der ihn vor die Tür setzen würde, weil er in der Kneipe Stunk gemacht hatte. Natürlich, wenn er wirklich vor die Tür gesetzt wurde, würde er ein entsprechendes Schreiben in der Post finden, Schweine wie dieser Keeton machten sich nie die Hände schmutzig (oder riskierten eine Lippe), indem sie die Nachricht persönlich überbrachten, aber der Gedanke daran half – er drehte den Thermostat ein wenig herunter. Und er hatte tatsächlich zwei Sechserpacks zu Hause, eines im Kühlschrank und das zweite im Schuppen.

»Okay«, sagte er. »Ich habe von diesem Laden ohnehin die Schnauze voll. Gib mir meine Schlüssel.« Denn die hatte er Henry ausgehändigt, vorsichtshalber, als er sich sechs Stunden und achtzehn Bier zuvor an der Theke niedergelassen hatte.

»Nein.« Henry wischte sich die Hände an einem Handtuch ab und sah Hugh entschlossen an.

»Nein? Was zum Teufel soll das heißen?«

»Das heißt, daß du zu betrunken bist, um fahren zu können. Ich weiß es, und wenn du morgen früh aufwachst und merkst, wie sich dein Kopf anfühlt, dann wirst du es auch wissen.«

»Hör zu«, sagte Hugh geduldig. »Als ich dir die verdammten Schlüssel gab, da dachte ich, ich würde nach Hause gebracht. Bobby Dugas hat gesagt, er würde auf ein paar

Bier hereinschauen. Es ist nicht meine Schuld, daß dieser Idiot nicht aufgetaucht ist.«

Henry seufzte. »Das tut mir leid, aber das ist nicht mein Problem. Ich könnte belangt werden, wenn du jemanden über den Haufen fährst. Ich glaube nicht, daß dir das viel ausmachen würde, aber bei mir ist es anders. Ich muß zusehen, daß ich meinen Arsch bedeckt halte. In dieser Welt gibt es niemanden, der einem diese Arbeit abnimmt.«

Hugh spürte, wie Wut, Selbstmitleid und ein rudimentäres Ekelgefühl an die Oberfläche seines Bewußtseins drängten wie eine üble Flüssigkeit, die aus einem seit langem vergrabenen Faß mit Giftmüll aussickert. Er schaute auf seine Schlüssel, die hinter der Theke hingen, neben einem Plakat, auf dem stand WENN DIR UNSERE STADT NICHT GEFÄLLT, DANN SCHAU IN DEN FAHRPLAN. Dann wanderte sein Blick wieder zu Henry. Mit Bestürzung registrierte er, daß er nahe daran war, in Tränen auszubrechen.

Henry schaute an ihm vorbei auf die paar anderen noch anwesenden Gäste. »He! Fährt einer von euch in Richtung Castle Hill?«

Die Männer schauten auf ihre Tische und sagten nichts. Einer oder zwei ließen ihre Knöchel knacken. Charlie Fortin schlenderte bewußt langsam auf die Herrentoilette zu. Niemand gab eine Antwort.

»Siehst du?« sagte Hugh. »Also los, Henry, gib mir die Schlüssel.«

Henry hatte mit entschlossener Endgültigkeit den Kopf geschüttelt. »Wenn du noch einmal wiederkommen und hier ein paar Bier trinken willst, dann mußt du zu Fuß gehen.«

»Also gut, dann gehe ich eben zu Fuß!« sagte Hugh. Seine Stimme war die eines schmollendes Kindes am Rande eines Wutanfalls. Er durchquerte das Lokal mit gesenktem Kopf und zu harten Fäusten geballten Händen. Er wartete darauf, daß jemand lachte. Fast hoffte er sogar, daß jemand es tun würde. Dann würde er ein bißchen Reinemachen veranstalten, und scheiß auf den Job. Aber der Laden war still bis auf Reba McIntyre, die etwas über Alabama winselte.

»Du kannst dir deine Schlüssel morgen abholen!« rief Henry ihm nach.

Hugh sagte nichts. Mit einer gewaltigen Willensanstrengung hielt er sich davon ab, im Vorbeigehen einen seiner abgetragenen gelben Arbeitsstiefel in Henry Beauforts verdammtes altes Rock-Ola zu knallen. Dann trat er mit gesenktem Kopf hinaus in die Dunkelheit.

6

Aus dem leichten Nieseln war ein feiner Sprühregen geworden, und Hugh vermutete, daß sich dieser Sprühregen, bis er zu Hause angekommen war, in ein anhaltendes, durchweichendes Gießen verwandelt haben würde. Sein Pech. Er wanderte stetig weiter; jetzt torkelte er nicht mehr so stark (die Luft hatte einen ernüchternden Einfluß auf ihn) und ließ die Augen rastlos von einer Seite zur anderen schweifen. Er war nervös, und er hoffte, es würde jemand vorbeikommen und eine Lippe riskieren. Heute abend würde selbst eine kleine Lippe ausreichen. Er dachte kurz an den Jungen, der gestern vor seinen Laster gelaufen war, und wünschte sich verdrossen, daß er dem Bengel einen Tritt versetzt hätte, daß er über die ganze Straße flog. Und das wäre nicht seine Schuld gewesen, ganz und gar nicht. Zu seiner Zeit hatten die Bälger aufgepaßt, wohin sie gingen.

Er passierte die leere Stelle, an der das Emporium Galorium gestanden hatte, bevor es niederbrannte, You Sew and Sew, Castle Rock Hardware ... und dann passierte er Needful Things. Er sah in das Schaufenster, warf einen Blick zurück auf die Main Street (nur noch ungefähr anderthalb Meilen; vielleicht schaffte er es doch noch, bevor es anfing, richtig zu gießen), und dann blieb er plötzlich stehen.

Seine Füße hatten ihn an dem neuen Laden vorbeigetragen, und er mußte umkehren. Über der Schaufensterauslage brannte eine einzige Birne und warf ihr sanftes Licht über die drei darin ausgestellten Gegenstände. Das Licht ergoß sich auch über sein Gesicht und bewirkte dort eine wundersame Verwandlung. Plötzlich sah Hugh aus wie ein müder kleiner Junge, der gerade gesehen hat, was er sich zu Weihnachten wünscht – was er zu Weihnachten haben *muß*, weil ganz plötzlich auf Gottes weiter Welt nichts anderes mehr zählte. Der Gegenstand in der Mitte des Schaufensters wurde von zwei geriffelten Vasen flankiert (Nettie Cobbs geliebtem Buntglas, aber das wußte Hugh natürlich nicht, und wenn er es gewußt hätte, wäre es ihm auch völlig egal gewesen).

Es war ein Fuchsschwanz.

Plötzlich war es wieder 1955, er hatte gerade seinen Führerschein bekommen und fuhr im '53er Ford Cabrio seines Vaters zu einem Spiel der Western Maine Schoolboy Championship – Castle Rock gegen Oxford Hills. Es war ein ungewöhnlich warmer Novembertag, warm genug, um das alte Kabrio aus dem Stall zu holen und das Verdeck zurückzuklappen (das heißt, wenn man eine Horde heißblütiger Jungen war, bereit, willens und imstande, ein bißchen Rabatz zu machen); sie hatten zu sechst in dem Wagen gesessen. Peter Doyon hatte eine Flasche Log Cabin-Whiskey mitgebracht, Perry Como war im Radio, Hugh Priest saß hinter dem weißen Lenkrad, und an der Antenne flatterte ein langer, üppiger Fuchsschwanz, genau so einer wie der, den er jetzt im Schaufenster dieses Ladens betrachtete.

Er erinnerte sich, daß er die Flasche abgelehnt hatte, als sie auf ihrer Runde zu ihm kam. Er fuhr, und man trank nicht, während man fuhr, denn man war verantwortlich für das Leben anderer. Und an noch etwas erinnerte er sich: an die Gewißheit, daß dies die schönste Stunde des schönsten Tages in seinem Leben war.

Die Erinnerung überraschte und schmerzte, weil sie so klar war und alle Sinne mit einbezog – das rauchige Aroma brennenden Laubs, die in den Reflektoren der Leitplanke funkelnde Novembersonne; und jetzt, wo er den Fuchsschwanz im Schaufenster von Needful Things betrachtete, kam ihm der Gedanke, daß es tatsächlich der schönste Tag in seinem Leben gewesen war, einer der letzten Tage, bevor ihn der Suff in seinen geschmeidigen, gummiartigen Griff bekam und ihn in eine üble Variante von König Midas verwandelte: seither schien sich alles, was er angefaßt hatte, in Scheiße verwandelt zu haben.

Plötzlich dachte er: *Ich könnte mich ändern.*

Eine Idee von faszinierender Klarheit.

Ich könnte nochmal von vorn anfangen.

War so etwas möglich?

Ja, ich glaube, manchmal geht es. Ich könnte diesen Fuchsschwanz kaufen und ihn an der Antenne meines Buick befestigen.

Aber sie würden lachen. Die Kerle würden lachen.

Welche Kerle? Henry Beaufort? Dieser kleine Scheißer Bobby Dugas? Und wenn schon. Kauf diesen Fuchsschwanz, knote ihn an die Antenne und fahr los ...

Wohin?

Nun, wie wär's für den Anfang mit diesem Donnerstagabend-Treffen der Anonymen Alkoholiker drüben in South Paris?

Einen Augenblick lang verblüffte und erregte ihn diese Möglichkeit, ungefähr so, wie der Anblick des Schlüssels, den ein nachlässiger Wärter im Schloß der Zellentür stekkengelassen hat, einen Gefangenen mit einer langjährigen Strafe verblüffen und erregen würde. Einen Augenblick lang konnte er tatsächlich sehen, wie er das tat, zuerst eine weiße Marke bekam, dann eine rote, dann eine blaue, und wie er von Tag zu Tag von Monat zu Monat nüchtern blieb. Kein Mellow Tiger mehr. Schade. Aber auch keine Zahltage mehr mit der Angst, daß in dem Umschlag außer seinem Scheck auch das Entlassungsschreiben steckte, und das war entschieden das Schlimmste, das ihm passieren konnte.

In diesem Augenblick, in dem er vor dem Schaufenster von Needful Things stand und den Fuchsschwanz betrachtete, sah Hugh eine Zukunft. Zum erstenmal seit Jahren sah er eine Zukunft, und dieser wunderschöne orangefarbene Fuchsschwanz mit seiner weißen Spitze schwebte durch sie hindurch wie ein Schlachtenbanner.

Dann brach die Realität wieder über ihn herein, und die Realität roch nach Regen und feuchter, schmutziger Kleidung. Für ihn würde es keinen Fuchsschwanz geben, keine Treffen der Anonymen Alkoholiker, keine Marken, keine Zukunft. Er war *einundfünfzig Scheißjahre alt*, und mit einundfünfzig war man zu alt für Zukunftsträume. Mit einundfünfzig mußte man nur noch rennen, um der Lawine der eigenen Vergangenheit zu entkommen.

Aber wenn jetzt Geschäftszeit gewesen wäre, hätte er trotzdem einen Versuch unternommen. Ganz bestimmt hätte er das. Er wäre hineingegangen, in voller Lebensgröße, und hätte gefragt, was dieser Fuchsschwanz im Schaufenster kosten sollte. Aber es war zehn Uhr abends, die Main Street war verschlossen wie der Keuschheitsgürtel einer Eiskönigin, und wenn er morgen früh aufwachte mit dem Gefühl, als hätte ihm jemand einen Eispickel zwischen die Augen gerammt, dann würde er diesen herrlichen Fuchsschwanz und seine leuchtende rötlichbraune Farbe wieder vergessen haben.

Dennoch verweilte er noch einen Moment länger, ließ schmutzige, schwielige Finger über das Glas gleiten wie ein Kind vor einem Spielzeuggeschäft. In den Winkeln seines Mundes regte sich ein kleines Lächeln. Es war ein sanftes Lächeln, und auf Hugh Priest Gesicht wirkte es fehl am Platze. Dann hatte irgendwo oben in Castle View ein Wagen ein paar Fehlzündungen, die sich in der regennassen Luft anhörten, als würde ein Gewehr abgefeuert, und Hugh fand schnell wieder zu sich selbst zurück.

Scheiß drauf. Was zum Teufel bildest du dir eigentlich ein?

Er wendete sich von dem Schaufenster ab und drehte sein Gesicht in die Richtung, in der sein Zuhause lag – wenn man die Zweizimmer-Bude mit dem angebauten Holzschuppen, in der er wohnte, ein Zuhause nennen konnte. Als er unter der Markise hindurchging, schaute er auf die Tür – und blieb abermals stehen.

Auf dem Schild, das daran hing, stand natürlich

GEÖFFNET

Wie ein Mann in einem Traum streckte Hugh die Hand aus und probierte den Knauf. Er ließ sich mühelos drehen. Über seinem Kopf bimmelte ein silbernes Glöckchen. Das Geräusch schien aus unvorstellbarer Ferne zu kommen.

Ein Mann stand in der Mitte des Ladens. Er wischte mit einem Staubwedel über die Oberfläche einer Vitrine und summte. Als das Glöckchen bimmelte, wendete er sich Hugh zu. Er schien nicht im mindesten überrascht, an einem

Mittwochabend um zehn Minuten nach zehn jemanden auf seiner Schwelle stehen zu sehen. Das einzige, was Hugh in diesem Moment der Verwirrung an diesem Mann auffiel, waren seine Augen – sie waren so schwarz wie die eines Indianers.

»Sie haben vergessen, Ihr Schild umzudrehen, Mann«, hörte Hugh sich sagen.

»Keineswegs«, erwiderte der Mann höflich. »Ich schlafe nicht gut, und an manchen Abenden komme ich dann auf die Idee, den Laden noch einmal zu öffnen. Schließlich weiß man nie, wann ein Mann wie Sie vorbeikommt – und irgend etwas entdeckt, das er gern haben möchte. Wollen Sie nicht hereinkommen und sich umsehen?«

Hugh Priest kam herein und machte die Tür hinter sich zu.

7

»Da ist ein Fuchsschwanz …« setzte Hugh an, dann mußte er abbrechen, sich räuspern und von vorn anfangen. Die Worte waren nicht mehr gewesen als ein heiseres, unverständliches Gemurmel. »Da ist ein Fuchsschwanz im Schaufenster.«

»Ja«, sagte der Besitzer. »Ein Prachtstück, nicht wahr?« Jetzt hielt er den Staubwedel vor sich, und seine indianerschwarzen Augen musterten Hugh interessiert über das Federbüschel hinweg, das die untere Hälfte seines Gesichtes verdeckte. Den Mund des Mannes konnte Hugh nicht sehen, aber ihm kam der Gedanke, daß er lächelte. Gewöhnlich bereitete es ihm Unbehagen, wenn Leute – vor allem Leute, die er nicht kannte – ihn anlächelten. Dann hatte er das Gefühl, zuschlagen zu müssen. Heute abend jedoch schien es ihm nichts auszumachen. Vielleicht nur deshalb, weil er noch immer halb blau war.

»Ja«, pflichtete Hugh ihm bei. »Es ist ein Prachtstück. Mein Dad hatte ein Kabrio mit genau so einem Fuchsschwanz an der Antenne, damals, als ich noch ein Kind war.

In diesem kleinen Drecksnest gibt es eine Menge Leute, die nicht glauben würden, daß ich jemals ein Kind war, aber ich war es. Genau wie alle anderen Leute auch.«

»Natürlich.« Die Augen des Mannes blickten nach wie vor in die von Hugh, und etwas überaus Seltsames passierte – sie schienen größer zu werden. Hugh war offensichtlich nicht imstande, seinen Blick von ihnen abzuwenden. Zuviel direkter Augenkontakt war auch etwas, was ihm das Gefühl eingab, zuschlagen zu müssen. Aber auch das schien heute abend völlig in Ordnung zu sein.

»Damals dachte ich, dieser Fuchsschwanz wäre so ziemlich die coolste Sache auf der Welt.«

»Natürlich.«

»*Cool* – das war das Wort, das wir damals benutzten. Nicht so einen Scheiß wie *super*. Oder *geil* – ich habe keine Ahnung, was das bedeuten soll. Sie etwa?«

Aber der Besitzer von Needful Things schwieg; er stand nur da und musterte Hugh Priest mit seinen schwarzen Indianeraugen über den Federn seines Staubwedels.

»Auf jeden Fall möchte ich ihn kaufen. Kann ich ihn haben?«

»Natürlich«, sagte Leland Gaunt zum drittenmal.

Hugh empfand Erleichterung und ein plötzliches, überwältigendes Glücksgefühl. Plötzlich war er ganz sicher, daß alles in Ordnung kommen würde – alles. Das war total verrückt; er schuldete so ziemlich jedermann in Castle Rock und den umliegenden drei Städten Geld, er hatte in den letzten sechs Monaten täglich damit rechnen müssen, seinen Job zu verlieren, sein Buick lag in den letzten Zügen und wurde nur noch von Gebeten zusammengehalten – aber das Gefühl war da. Unbestreitbar da.

»Wieviel?« fragte er. Plötzlich fragte er sich, ob er sich einen so herrlichen Schweif überhaupt leisten konnte, und verspürte einen Anflug von Panik. Lag das außerhalb seiner Möglichkeiten? Und noch schlimmer – wenn es ihm morgen oder übermorgen gelang, das Geld irgendwo aufzutreiben, nur um dann feststellen zu müssen, daß der Kerl ihn bereits verkauft hatte?

»Nun, das kommt darauf an.«

»Kommt darauf an? Worauf kommt es an?«

»Darauf, wieviel zu zahlen Sie bereit sind.«

Wie ein Mann in einem Traum zog Hugh seine abgeschabte Brieftasche aus der Gesäßtasche.

»Stecken Sie sie wieder ein, Hugh.«

Habe ich ihm meinen Namen genannt? Habe ich?

Hugh konnte sich nicht erinnern, aber er steckte die Brieftasche wieder ein.

»Leeren Sie Ihre Taschen aus. Gleich hier, auf diese Vitrine.«

Hugh leerte seine Taschen aus. Er legte sein Taschenmesser, eine Rolle Certs, sein Zippo-Feuerzeug und ungefähr einen Dollar und fünfzig Cents Kleingeld auf die Vitrine. Die Münzen klirrten auf dem Glas.

Der Mann beugte sich vor und betrachtete das Häufchen. »Das dürfte so ziemlich hinkommen«, bemerkte er und fuhr mit dem Staubwedel über das bescheidene Häufchen. Als er ihn zurückzog, lagen Messer, Feuerzeug und Certs nach wie vor da. Die Münzen waren verschwunden.

Hugh registrierte es ohne eine Spur von Überraschung. Er stand da, reglos wie ein Spielzeug mit verbrauchten Batterien, während der hochgewachsene Mann zum Schaufenster hinüberging und mit dem Fuchsschwanz zurückkehrte. Er legte ihn auf die Vitrine, neben das geschrumpfte Häufchen von Hughs Tascheninhalt.

Langsam steckte Hugh eine Hand aus und strich mit ihr über das Fell. Es fühlte sich kühl und üppig an; es knisterte vor seidiger Elektrizität. Darüber zu streichen war, als striche man über eine klare Herbstnacht.

»Schön?« fragte der hochgewachsene Mann.

»Schön«, pflichtete Hugh ihm abwesend bei und machte Anstalten, den Fuchsschwanz an sich zu nehmen.

»Tun Sie das nicht«, sagte der hochgewachsene Mann scharf, und Hughs Hand fuhr sofort zurück. Er sah Gaunt mit einer Betroffenheit an, die so tief ging, daß sie fast in Kummer umschlug. »Wir sind uns noch nicht handelseinig.«

»Nein«, stimmte Hugh zu. *Ich werde hypnotisiert,* dachte er. *Verdammt noch mal, der Kerl hat mich doch tatsächlich hypnotisiert.* Aber das machte nichts. Es war sogar irgendwie – angenehm.

Er griff wieder nach seiner Brieftasche, wobei er sich so langsam bewegte wie ein Mann unter Wasser.

»Lassen Sie sie stecken, Sie Esel«, sagte Mr. Gaunt ungeduldig und legte seinen Staubwedel beiseite.

Hughs Hand fiel wieder herunter.

»Weshalb glauben so viele Leute, sämtliche Antworten steckten in ihren Brieftaschen?« fragte der Mann verdrossen.

»Ich weiß es nicht«, sagte Hugh. Darüber hatte er noch nie nachgedacht. »Es hört sich ein bißchen albern an.«

»*Schlimmer*«, fuhr Gaunt ihn an. Seine Stimme hatte jetzt den nörgeligen, leicht ungleichmäßigen Tonfall eines Mannes, der entweder sehr müde oder sehr wütend ist. Er war tatsächlich müde; es war ein langer, anstrengender Tag gewesen. Vieles war bereits geleistet, aber die Arbeit hatte gerade erst angefangen. »Viel schlimmer. Es ist geradezu kriminell *stupide*. Wissen Sie was, Hugh? Die Welt ist voll von Leuten, die etwas haben möchten, aber nicht begreifen, daß alles, *alles* verkäuflich ist – sofern man willens ist, den Preis dafür zu zahlen. Sie erweisen diesem Gedanken Lippendienste und gratulieren sich im übrigen zu ihrem gesunden Zynismus. Nun, Lippendienste sind ein Scheißdreck. Der letzte *Scheißdreck!*«

»Scheißdreck«, pflichtete Hugh ihm mechanisch bei.

»Für Dinge, die die Leute *wirklich* haben möchten, Hugh, steckt die Antwort nicht in der Brieftasche. Die dickste Brieftasche in der Stadt ist nicht soviel wert wie der Schweiß in der Achselhöhle eines arbeitenden Menschen. Der letzte *Scheißdreck!* Und Seelen! Wenn ich jedesmal, wenn ich jemand sagen höre, ›Für dieses oder jenes würde ich meine Seele hergeben‹, einen Groschen bekäme, dann könnte ich das Empire State Building kaufen!« Er beugte sich noch weiter vor, und jetzt wichen in einem breiten, ungesunden Lächeln seine Lippen von seinen unregelmäßigen Zähnen zurück. »Sagen Sie mir, Hugh: was im Namen allen auf der Erde herumkrauchenden Viehzeugs sollte ich mit Ihrer Seele anfangen?«

»Nichts vermutlich.« Seine Stimme klang, als käme sie von weither. Sie schien vom Grunde einer tiefen, dunklen

Höhle zu kommen. »Ich glaube, sie ist in letzter Zeit in keinem sonderlich guten Zustand.«

Plötzlich entspannte sich Mr. Gaunt und richtete sich auf. »Genug mit diesen Lügen und Halbwahrheiten. Hugh, kennen Sie eine Frau namens Nettie Cobb?«

»Die verrückte Nettie? Jeder in der Stadt kennt die verrückte Nettie. Sie hat ihren Mann umgebracht.«

»Ich weiß. Und jetzt hören Sie zu, Hugh. Hören Sie genau zu. Danach können Sie Ihren Fuchsschwanz nehmen und nach Hause gehen.«

Hugh Priest hörte genau zu.

Draußen regnete es heftiger, und Wind war aufgekommen.

8

»Brian!« sagte Miss Ratcliffe scharf. »Brian Rusk! Von dir hätte ich das wirklich nicht erwartet! Komm her! Und zwar sofort!«

Er saß in dem Kellerraum, in dem die Sprachtherapie stattfand, in der hinteren Reihe, und er hatte etwas Schlimmes getan – etwas sehr Schlimmes, nach dem Klang von Miss Ratcliffes Stimme zu urteilen –, aber was es war, wußte er nicht, bis er aufstand. Da sah er, daß er nackt war. Eine fürchterliche Welle der Scham flutete über ihn hinweg, aber gleichzeitig war er erregt. Als er auf seinen Penis hinabschaute und sah, wie er sich versteifte, empfand er Bestürzung und Begeisterung gleichzeitig.

»Du sollst herkommen, habe ich gesagt!«

Er machte sich langsam auf den Weg in den vorderen Teil des Raumes, angestarrt von den anderen – Sally Meyers, Donny Frankel, Nonie Martin und dem armen, leicht beschränkten Slopey Dodd.

Miss Ratcliffe stand mit den Händen auf den Hüften vor ihrem Schreibtisch; ihre Augen funkelten, und eine prachtvolle Wolke von dunkel kastanienbraunem Haar umschwebte ihren Kopf.

»Du bist ein böser Junge, Brian – ein ganz böser Junge.«

Er ließ den Kopf sinken und nickte dumpf, aber sein Penis erhob SEINEN Kopf, und demnach schien es, als gäbe es zumindest einen Teil von ihm, dem es überhaupt nichts ausmachte, böse zu sein. Der es sogar GENOSS, böse zu sein.

Sie gab ihm ein Stück Kreide in die Hand, und als sich ihre Hände berührten, spürte er, wie ein leichter Stromstoß ihn durchfuhr. »Und jetzt«, sagte Miss Ratcliffe streng, »schreibst du fünfhundertmal ICH WILL DEN REST MEINER SCHULD FÜR MEINE SANDY KOUFAX-KARTE BEZAHLEN an die Tafel.«

»Ja, Miss Ratcliffe.«

Er begann zu schreiben, wobei er sich auf die Zehenspitzen stellen mußte, um die Oberkante der Tafel zu erreichen, und war sich der warmen Luft auf seinem nackten Hintern bewußt. Er hatte gerade ICH WILL DEN REST MEINER SCHULD geschrieben, als er spürte, wie Miss Ratcliffes weiche, glatte Hand seinen Penis umfaßte und dann sanft zu zupfen begann. Einen Augenblick lang glaubte er in Ohnmacht zu fallen, so gut fühlte sich das an.

»Schreib weiter«, sagte sie streng hinter ihm, »dann mache ich auch weiter.«

»M-M-Miss R-R-Ratcliffe, was ist mit meinen Z-Z-Zungenübungen!« fragte Slopey Dodd.

»Halt den Mund, sonst fahre ich dich auf dem Parkplatz über den Haufen, Slopey«, sagte Miss Ratcliffe.

Während sie redete, fuhr sie fort, an Brians Penis zu ziehen. Jetzt stöhnte er. Das war schlecht, das wußte er, aber es war ein gutes Gefühl. Es war ein überaus gutes Gefühl. Es fühlte sich an wie etwas, das er brauchte. Es war genau das Richtige.

Dann drehte er sich um, und es war nicht Miss Ratcliffe, die neben ihm stand, sondern Wilma Jerzyck mit ihren großen, runden, blassen Gesicht und ihren dunkelbraunen Augen, die aussahen wie zwei in einen Klumpen Teig gedrückte Rosinen.

»Er wird sie zurückverlangen, wenn du nicht zahlst«, sagte Wilma. »Und das ist noch nicht alles. Er wird …«

9

Brian Rusk erwachte so plötzlich, daß er fast aus dem Bett gefallen und auf dem Fußboden gelandet wäre. Sein Körper war schweißgebadet, sein Herz klopfte wie ein Schmiedehammer, und sein Penis war ein kleiner, harter Ast in seiner Pyjamahose.

Er setzte sich auf, am ganzen Leibe zitternd. Sein erster Impuls war, den Mund zu öffnen und nach seiner Mutter zu schreien, wie er es getan hatte, wenn ein Alptraum ihn gequält hatte, als er noch klein war. Aber er war nicht mehr klein, er war elf Jahre alt – und schließlich war dies ohnehin nicht gerade die Art von Traum, von der man seiner Mutter erzählte.

Er legte sich zurück und starrte mit weit geöffneten Augen ins Dunkle. Er warf einen Blick auf die auf dem Tisch neben seinem Bett stehende Digitaluhr und sah, daß es vier Minuten nach Mitternacht war. Er konnte hören, wie der Regen, jetzt ziemlich heftig, an die Scheibe seines Schlafzimmerfensters prasselte, gepeitscht von großen, heulenden Windböen. Es hörte sich fast an wie Hagel.

Meine Karte. Meine Sandy Koufax-Karte ist weg.

Sie war nicht weg. Er wußte, daß sie nicht weg war, aber er wußte auch, daß er nicht wieder einschlafen konnte, bevor er sich vergewissert hatte, daß sie nach wie vor da war, in dem Ringbinder, in dem er seine wachsende Sammlung von Topps-Karten aus dem Jahre 1956 aufbewahrte. Er hatte nachgesehen, bevor er gestern morgen zur Schule ging, hatte es wieder getan, als er nach Hause kam, und gestern abend, nach dem Abendessen, hatte er das Baseballtraining mit Stanley Dawson abgebrochen, um ein weiteres Mal nachzusehen. Er hatte Stanley gesagt, er müsse auf die Toilette. Und bevor er ins Bett kroch und das Licht ausmachte, hatte er noch einen letzten Blick darauf geworfen. Ihm war bewußt, daß die Karte zu einer Art Besessenheit geworden war, aber dieses Bewußtsein änderte nichts.

Er sprang aus dem Bett, fast ohne zu spüren, daß die kalte Luft auf seinem Körper eine Gänsehaut hervorrief und seinen Penis erschlaffen ließ. Er ging leise zu seiner Kommode und ließ die Form seines eigenen Körpers zurück, die der Schweiß auf dem Laken eingezeichnet hatte. Der Ringbinder lang auf der Kommode in einem Flecken aus weißem, von der Laterne vor dem Fenster einfallenden Licht.

Er nahm ihn herunter, schlug ihn auf und durchblätterte

hastig die Folien aus durchsichtigem Kunststoff mit den Taschen, in die man die Karten steckte. Er überging Mel Parnett, Whitey Ford und Warren Spahn – Schätze, auf die er einst mächtig stolz gewesen war –, fast ohne sie eines Blickes zu würdigen. Er durchlebte einen Moment entsetzlicher Panik, als er bei den Seiten am hinteren Ende des Binders angekommen war, denen, die noch leer waren, ohne Sandy Koufax gesehen zu haben. Dann begriff er, daß er in seiner Hast mehrere Seiten gleichzeitig umgeblättert hatte. Er ging zurück und ja, da war es – dieses schmale Gesicht, diese leicht lächelnden entschlossenen Augen, die unter dem Schirm seiner Mütze hervorschauten.

Für meinen guten Freund Brian, mit den besten Wünschen, Sandy Koufax.

Seine Finger fuhren über die schrägen Linien des Autogramms. Seine Lippen bewegten sich. Er war wieder beruhigt – oder *fast* beruhigt. Die Karte gehörte noch nicht richtig ihm. Dies war nur eine Art – Probelauf. Da war etwas, das er noch tun mußte, bevor sie ihm wirklich gehörte. Brian war nicht völlig sicher, was das war, aber er wußte, daß es irgendwie mit dem Traum zusammenhing, aus dem er gerade erwacht war, und er zweifelte nicht daran, daß er es wissen würde, wenn die Zeit

(morgen? im Laufe des heutigen Tages?)

gekommen war.

Er klappte den Ringbinder zu – auf der mit Klebeband auf den Einband geklebten Karteikarte standen in säuberlichen Druckbuchstaben die Worte BRIANS SAMMLUNG BITTE NICHT BERÜHREN! – und legte ihn wieder auf die Kommode. Dann kehrte er ins Bett zurück.

Die Sache, daß er die Sandy Koufax-Karte besaß, hatte nur einen Haken. Er hatte vorgehabt, sie seinem Vater zu zeigen. Auf dem Heimweg von Needful Things hatte er sich vorgestellt, wie es sein würde, wenn er sie ihm zeigte. Er, Brian, gespielt beiläufig: *Hey, Dad, ich habe gerade in dem neuen Laden eine '56er erstanden. Willst du sie sehen?* Sein Dad würde sagen, okay, nicht sonderlich interessiert, er würde nur in Brians Zimmer mitkommen, um dem Jungen einen Gefallen zu tun – aber wie seine Augen aufleuchten würden, wenn er sah, welches Glück Brian gehabt hatte! Und wenn er die Widmung sah …!

Ja, er würde staunen und entzückt sein, ganz bestimmt. Er würde Brian wahrscheinlich auf den Rücken klopfen, und sie würden beide eine Hand heben und die Handflächen zusammenklatschen lassen.

Aber was kam *danach?*

Dad würde Fragen stellen. Das war es, was danach kommen würde. Und genau das war das Problem. Sein Vater würde erstens wissen wollen, wo er die Karte gekauft hatte, und zweitens, woher er das Geld hatte, um eine solche Karte zu kaufen, die a) selten, b) in hervorragendem Zustand und c) signiert war. Die *gedruckte* Unterschrift auf der Karte lautete Sanford Koufax, und das war der richtige Name des berühmten Baseballspielers. Handschriftlich unterschrieben hatte er jedoch mit *Sandy* Koufax, und in der seltsamen und manchmal recht kostspieligen Welt der Sammler von Baseballkarten bedeutet das, daß sie durchaus einen Marktwert von hundertfünfzig Dollar haben konnte.

In Gedanken formulierte Brian eine mögliche Antwort.

Ich habe sie aus dem neuen Laden, Dad – Needful Things. Der Mann dort hat mir einen wirklich tollen Rabatt gegeben – er hat gesagt, die Leute bekämen mehr Lust, seinen Laden aufzusuchen, wenn er die Preise niedrig hielte.

So weit, so gut, aber selbst ein Junge, der erst in einem Jahr an der Kinokasse den vollen Preis würde zahlen müssen, wußte, daß es damit nicht ausgestanden war. Wenn man sagte, daß man etwas zu einem wirklich günstigen Preis gekauft hatte, waren die Leute immer interessiert. *Zu* interessiert.

Ach ja? Wieviel hat er nachgelassen? Dreißig Prozent? Vierzig? Hat er sie dir für den halben Preis verkauft? Das wären immer noch sechzig oder siebzig Dollar, Brian, und ich weiß, daß soviel Geld nicht in deiner Sparbüchse steckt.

Nun – in Wirklichkeit war es ein bißchen weniger, Dad.

Okay. Dann sage mir, wieviel du dafür bezahlt hast.

Also – fünfundachtzig Cents.

Er hat dir eine signierte 1956er Sandy Koufax-Baseballkarte in erstklassigem Zustand für fünfundachtzig Cents verkauft?

Ja, das war der Punkt, an dem es ungemütlich werden würde.

Inwiefern? Er wußte es ganz genau, es würde Stunk geben, da war er ganz sicher. Irgendwie würden sie ihm einen Vorwurf daraus machen – sein Dad vielleicht nicht, aber seine Mom ganz bestimmt.

Sie konnten sogar versuchen, ihn dazu zu zwingen, daß er sie zurückgab, und das war etwas, was überhaupt nicht in Frage kam. Sie war nicht nur *signiert*; sie war *für Brian* signiert.

Kam nicht in Frage.

Er war nicht einmal imstande gewesen, sie Stan Dawson zu zeigen, als Stan zum Baseballtraining herüberkam, obwohl er es nur zu gern getan hätte – Stan wäre gelb geworden vor Neid. Aber Stan sollte Freitag bei ihnen schlafen, und Brian konnte sich nur zu gut vorstellen, wie er zu Brians Dad sagte: *Was sagen Sie zu Brians Sandy Koufax-Karte, Mr. Rusk? Ein erstklassiges Stück, nicht wahr?* Dasselbe galt für seine anderen Freunde. Brian war auf eine der großen Wahrheiten kleiner Städte gestoßen: viele Geheimnisse – im Grunde alle wirklich *wichtigen* Geheimnisse – kann man niemandem anvertrauen. Weil Neuigkeiten die Runde machen, und zwar schnell.

Er befand sich in einer merkwürdigen und unerfreulichen Position; er hatte etwas Großartiges erworben und konnte es niemandem zeigen. Das hätte seine Freude über die Neuerwerbung trüben können und tat es auch bis zu einem gewissen Grade, aber es verschaffte ihm auch eine geheime Befriedigung. Er stellte fest, daß er sich nicht eigentlich über die Karte freute, sondern sich vielmehr an ihr *weidete*, und damit war er auf eine weitere der großen Wahrheiten gestoßen: sich insgeheim an etwas weiden zu können, verschafft einem ein ganz besonderes Vergnügen. Es war fast, als wäre eine Ecke seines zumeist offenen und gutherzigen Wesens abgetrennt und dann mit einem speziellen, schwarzen Licht ausgeleuchtet, das alles, was darin versteckt war, sowohl verzerrte als auch verschönerte.

Und er dachte nicht daran, sie wieder herzugeben.

Auf gar keinen Fall.

Dann solltest du bezahlen, was du dafür noch schuldig bist, flüsterte eine Stimme tief in seinem Bewußtsein.

Er würde es tun. In dieser Beziehung gab es keine Probleme. Er glaubte zwar nicht, daß das, was er tun sollte, sonderlich nett war, aber er war ziemlich sicher, daß es auch nichts absolut Widerwärtiges war. Nur ein ... ein ...

Nur ein Streich, flüsterte eine Stimme in seinem Bewußtsein, und er sah die Augen von Mr. Gaunt – dunkelblau, wie das Meer an einem klaren Tag, und seltsam beruhigend. *Das ist alles. Nur ein kleiner Streich.*

Ja, nur ein Streich, wie immer der aussehen mochte.

Kein Problem.

Er kroch tiefer unter seine Daunendecke, drehte sich auf die Seite, schloß die Augen und begann sofort einzuschlafen.

Etwas ging ihm durch den Kopf, als er und Bruder Schlaf einander näherkamen. Etwas, das Mr. Gaunt gesagt hatte. *Du wirst eine bessere Reklame für mich sein, als es eine Anzeige in der Lokalzeitung jemals sein kann.* Aber er konnte die wunderbare Karte, die er gekauft hatte, niemandem zeigen. Wenn schon ein bißchen Nachdenken ihm das klargemacht hatte, einem elfjährigen Jungen, der nicht einmal intelligent genug war, um Hugh Priest aus dem Wege zu gehen, wenn er die Straße überquerte – würde dann ein kluger Mann wie Mr. Gaunt nicht auf die gleiche Idee kommen?

Nun, vielleicht. Aber vielleicht auch nicht. Erwachsene dachten anders als normale Leute. Außerdem hatte er die Karte, oder etwa nicht? Und sie steckte in seinem Ringbinder, genau da, wo sie hingehörte, oder etwa nicht?

Die Antwort auf beide Fragen lautete ja, und so ließ Brian die ganze Geschichte auf sich beruhen und versank wieder in Schlaf, während der Regen gegen sein Fenster peitschte und der rastlose Herbstwind in den Nischen unter der Dachtraufe heulte.

Viertes Kapitel

1

Der Regen hatte am Donnerstag bei Tagesanbruch aufgehört, und um halb elf, als Polly aus dem Vorderfenster von You Sew and Sew hinausschaute und Nettie Cobb sah, begannen die Wolken aufzubrechen. Nettie hatte einen zusammengerollten Regenschirm bei sich und trippelte, die Handtasche unter den Arm geklemmt, die Main Street entlang, als fürchtete sie, daß gleich hinter ihr irgendein neues Unwetter das Maul aufreißen könnte.

»Wie geht es deinen Händen heute morgen, Polly?« fragte Rosalie Drake.

Polly seufzte innerlich. Die gleiche Frage, nur eindringlicher gestellt, würde sie Alan am Nachmittag beantworten müssen – sie hatte versprochen, sich gegen drei mit ihm zum Kaffee in Nan's Luncheonette zu treffen. Leuten, die einen schon seit langem kannten, konnte man nichts vormachen. Sie sahen die Blässe auf deinem Gesicht und die dunklen Ringe unter deinen Augen. Und was noch wichtiger war – sie sahen den gequälten Ausdruck *in* den Augen.

»Viel besser heute, danke«, sagte sie.

Das war mehr als nur ein bißchen übertrieben; es ging besser, aber *viel* besser?

»Ich dachte, bei dem Regen und alledem …«

»Was die Schmerzen auslöst, läßt sich nie absehen. Das ist das Gemeine daran. Aber lassen wir das. Komm schnell her, Rosalie, und sieh aus dem Fenster. Ich glaube, wir erleben ein kleines Wunder.«

Rosalie gesellte sich gerade noch rechtzeitig zu Polly, um zu sehen, wie sich die kleine, trippelnde Gestalt mit dem Regenschirm – nach der Art zu schließen, wie sie ihn hielt, hatte sie vielleicht vor, ihn als Schlagstock zu benutzen – der Markise von Needful Things näherte.

»Ist das wirklich Nettie?« fragte Rosalie fast keuchend.

»Sie ist es wirklich.«

»Mein Gott, sie geht hinein!«

Aber einen Moment lang schien es, als hätte Rosalies Vorhersage dem Vorhaben einen Riegel vorgeschoben. Nettie näherte sich der Tür – dann wich sie zurück. Sie ließ den Schirm von einer Hand in die andere wandern und betrachtete die Ladentür von Needful Things, als lauere dahinter eine Schlange, die sie beißen könnte.

»Los, Nettie«, sagte Polly leise. »Nun geh schon, Mädchen!«

»Wahrscheinlich hängt das GESCHLOSSEN-Schild an der Tür«, sagte Rosalie.

»Nein, er hat jetzt ein anderes, auf dem steht DIENSTAGS UND DONNERSTAGS NUR AUF VERABREDUNG. Ich habe es gesehen, als ich heute morgen vorbeikam.«

Nettie näherte sich abermals der Tür. Sie griff nach dem Knauf, dann wich sie wieder zurück.

»Gott, das haut mich vom Stuhl«, sagte Rosalie. »Sie sagte, sie würde vielleicht noch einmal hingehen, und ich weiß, wie versessen sie auf Buntglas ist; aber ich hätte nie gedacht, daß sie es wirklich tun würde.«

»Sie hat mich gefragt, ob ich etwas dagegen hätte, wenn sie das Haus in ihrer Pause verließe, um in den neuen Laden hinüberzugehen und meinen Tortenbehälter abzuholen«, murmelte Polly.

Rosalie nickte. »Unsere Nettie, wie sie leibt und lebt. Früher hat sie mich sogar um Erlaubnis gefragt, wenn sie auf die Toilette mußte.«

»Ich hatte den Eindruck, als hoffte ein Teil von ihr, daß ich sagen würde, nein, es ist zuviel zu tun. Aber ich glaube, ein anderer Teil von ihr hoffte gleichzeitig, daß ich ja sagte.«

Pollys Augen beobachteten unverwandt den heftigen Kampf, der weniger als vierzig Meter entfernt tobte, ein Kleinkrieg zwischen Nettie Cobb und Nettie Cobb. Wenn sie tatsächlich hineinging – was für ein gewaltiger Schritt nach vorn würde das für sie sein!

Polly spürte einen dumpfen, heißen Schmerz in ihren Händen, schaute hinunter und sah, daß sie sie ineinander verkrampft hatte. Sie zwang sich, sie locker hängen zu lassen.

»Es ist nicht der Tortenbehälter und auch nicht das Buntglas«, sagte Rosalie. »*Er* ist es.«

Polly warf ihr einen fragenden Blick zu.

Rosalie lachte und errötete ein wenig. »Oh, ich meine nicht, daß Nettie sich in ihn verliebt hat oder etwas dergleichen, auch wenn sie etwas verträumt aussah, als ich sie draußen einholte. Er war *nett* zu ihr, Polly. Das ist alles. Ehrlich und nett.«

»Viele Leute sind nett zu ihr«, sagte Polly. »Alan gibt sich alle Mühe, liebenswürdig zu sein, und trotzdem hat sie Angst vor ihm.«

»Unser Mr. Gaunt hat eine besondere Art, nett zu sein«, sagte Rosalie einfach, und wie zum Beweis dafür sahen sie, wie Nettie nach dem Türknauf griff und ihn drehte. Sie öffnete die Tür, und dann stand sie, ihren Regenschirm umklammernd, auf dem Gehsteig, als wäre der seichte Brunnen ihrer Entschlossenheit bereits wieder gänzlich versiegt. Polly war plötzlich ganz sicher, daß Nettie nun die Tür wieder schließen und davoneilen würde. Ihre Hände ballten sich, Arthritis oder nicht, zu lockeren Fäusten.

Los, Nettie. Geh hinein. Riskiere es. Kehr in die Welt zurück.

Dann lächelte Nettie, offenbar eine Reaktion auf etwas, das weder Polly noch Rosalie sehen konnten. Sie ließ den Schirm sinken, den sie bisher vor der Brust gehalten hatte – und ging hinein.

Die Tür fiel hinter ihr ins Schloß.

Polly drehte sich zu Rosalie um und war gerührt, als sie Tränen in ihren Augen sah. Die beiden Frauen sahen sich einen Moment lang an, dann umarmten sie sich lachend.

»Ein weiter Weg, Nettie!« sagte Rosalie.

»Zwei Punkte für unsere Mannschaft«, pflichtete Polly ihr bei, und die Sonne brach durch die Wolken in ihrem Kopf, gut zwei Stunden bevor sie es schließlich auch am Himmel über Castle Rock tun würde.

2

Fünfzehn Minuten später saß Nettie Cobb auf einem der hochlehnigen Polsterstühle, die Mr. Gaunt an einer Wand seines Ladens aufgestellt hatte. Ihr Schirm und ihre Handtasche lagen vergessen neben ihr auf dem Fußboden. Gaunt saß dicht bei ihr, seine Hände hielten die ihren, seine scharfen Augen blickten in ihre unsicheren. Auf einer der Vitrinen stand ein Buntglas-Lampenschirm neben Polly Chalmers' Tortenbehälter. Der Lampenschirm war ein in bescheidenem Maße prachtvolles Exemplar und hätte in einem Antiquitätengeschäft in Boston dreihundert Dollar oder mehr gekostet; dennoch hatte ihn Nettie Cobb gerade für zehn Dollar und vierzig Cents erstanden, die gesamte Barschaft, die sie in ihrer Tasche gehabt hatte, als sie den Laden betrat. Doch schön oder nicht, im Augenblick war er ebenso vergessen wir ihr Schirm.

»Eine Tat«, sagte sie jetzt. Sie hörte sich an wie eine Frau, die im Schlaf spricht. Sie bewegte leicht die Hände, wie um die von Mr. Gaunt fester zu ergreifen. Er erwiderte den Griff, und auf ihrem Gesicht erschien ein kleines Freudenlächeln.

»So ist es. Es ist im Grunde nur eine Kleinigkeit. Sie kennen doch Mr. Keeton?«

»Oh ja«, sagte Nettie. »Ronald und sein Sohn Danforth. Ich kenne sie beide. Welchen meinen Sie?«

»Den jüngeren«, sagte Mr. Gaunt und streichelte ihre Handflächen mit seinen langen Daumen. Die Nägel waren leicht gelblich und ziemlich lang. »Den Vorsitzenden des Stadtrats.«

»Sie nennen ihn Buster hinter seinem Rücken«, sagte Nettie und kicherte. Es war ein unschönes Geräusch, ein wenig hysterisch, aber Mr. Gaunt schien nicht beunruhigt zu sein. Im Gegenteil – das Geräusch von Netties Lachen schien ihm zu gefallen. »Das tun sie, seit er ein kleiner Junge war.«

»Ich möchte, daß Sie das, was Sie mir für den Lampenschirm noch schuldig sind, bezahlen, indem Sie Buster einen Streich spielen.«

»Einen Streich?« Nettie schaute vage bestürzt drein.

Gaunt lächelte. »Etwas ganz Harmloses. Und er wird nie erfahren, daß Sie es waren. Er wird glauben, es wäre jemand anders gewesen.«

»Oh.« Nettie schaute an Mr. Gaunt vorbei auf den Buntglas-Lampenschirm, und einen Augenblick lang schärfte etwas ihren Blick – Besitzgier vielleicht, möglicherweise auch nur simples Verlangen und Freude. »Also …«

»Keine Sorge, Nettie. Niemand wird es je erfahren – und Sie haben den Lampenschirm.«

Nettie sprach langsam und nachdenklich. »Mein Mann hat mir eine Menge Streiche gespielt. Vielleicht macht es Spaß, einmal jemand anderem einen Streich zu spielen.« Sie sah wieder ihn an, und jetzt war das, was ihren Blick schärfte, Bestürzung. »Wenn es ihm nicht *schadet*. Ich will ihm nicht *weh tun*. Wissen Sie, ich habe meinem Mann weh getan.«

»Es wird ihm nicht weh tun«, sagte Mr. Gaunt sanft und streichelte Netties Hände. »Es wird ihm kein bißchen weh tun. Ich möchte nur, daß Sie etwas in sein Haus bringen.«

»Wie soll ich in Busters Haus …«

»Hier.«

Er legte ihr etwas in die Hand. Einen Schlüssel. Sie schloß die Hand darum.

»Wann?« fragte Nettie. Ihre träumerischen Augen waren zu dem Lampenschirm zurückgekehrt.

»Bald.« Er gab ihre Hände frei und stand auf. »Und nun, Nettie, muß ich unbedingt diesen wunderhübschen Lampenschirm für Sie in einen Karton packen. Mrs. Martin wollte kommen, um sich ein paar Lalique-Vasen anzusehen, in …« Er sah auf die Uhr. »Großer Gott, in einer Viertelstunde! Aber ich kann Ihnen gar nicht sagen, wie sehr ich mich freue, daß Sie gekommen sind. Heutzutage gibt es kaum noch Leute, die die Schönheit von Buntglas zu würdigen wissen – die meisten Leute sind nichts als Händler mit Registrierkassen anstelle von Herzen.«

Auch Nettie war aufgestanden und betrachtete den Lampenschirm mit den sanften Augen einer Verliebten. Die nervöse Ängstlichkeit, mit der sie sich dem Laden genähert hatte, war völlig verschwunden. »Er ist herrlich, nicht wahr?«

»Ganz herrlich«, pflichtete Mr. Gaunt ihr liebenswürdig bei. »Und ich kann Ihnen gar nicht sagen, wie glücklich es mich macht, zu wissen, daß er ein gutes Heim haben wird, einen Ort, an dem jemand mehr tut, als ihn nur Mittwoch nachmittags abzustauben, und der ihn dann, nachdem er das jahrelang getan hat, in einem unachtsamen Moment zerbricht, die Scherben auffegt und sie ohne eine Spur von Bedauern in den Mülleimer schüttet.«

»Das würde ich nie tun!« rief Nettie.

»Ich weiß, daß Sie das nicht tun würden«, sagte Mr. Gaunt. »Das ist eines der Dinge, die Sie so liebenswert machen, Netitia.«

Nettie sah ihn verblüfft an. »Wie kommt es, daß Sie meinen Namen wissen?«

»Dafür habe ich ein besonderes Organ. Ich vergesse nie einen Namen oder ein Gesicht.«

Er verschwand hinter dem Vorhang im Hintergrund des Ladens. Als er zurückkehrte, hielt er ein Stück weiße Pappe in der einen und einen großen Packen Seidenpapier in der anderen Hand. Er legte das Seidenpapier neben den Tortenbehälter (es begann sofort, sich mit unerklärlichen kleinen Windungen und Biegungen zu etwas auszudehnen, das aussah wie ein großes Mieder) und ging daran, die Pappe zu einem Karton zu falten, der genau die richtige Größe für den Lampenschirm hatte. »Ich weiß, daß der Gegenstand, den Sie gerade gekauft haben, bei Ihnen in den besten Händen sein wird. Deshalb habe ich ihn an Sie verkauft.«

»Wirklich? Ich dachte – Mr. Keeton – und der Streich …«

»Nein, nein, nein!« sagte Mr. Gaunt, halb lachend und halb empört. »Einen Streich kann *jeder* spielen. Den Leuten macht es Spaß, anderen Streiche zu spielen! Aber Dinge Menschen zu überlassen, die sie lieben und brauchen – das ist etwas völlig anderes. Manchmal, Netitia, glaube ich, daß das, was ich in Wirklichkeit verkaufe, Glück ist – was meinen Sie?«

»Nun«, sagte Nettie ernsthaft, »ich weiß, daß Sie *mich* glücklich gemacht haben, Mr. Gaunt. Sehr glücklich.«

Er entblößte seine krummen, unregelmäßigen Zähne zu einem breiten Lächeln. »Gut! Das ist gut!« Mr. Gaunt schob das Mieder aus Seidenpapier in den Karton, deponierte den Lampenschirm in die knisternde Weiße, machte den Karton zu und verschloß ihn mit einem Stück Klebeband. »So, das hätten wir! Ein weiterer zufriedener Kunde hat gefunden, was er haben wollte!«

Er streckte ihr den Karton entgegen. Nettie nahm ihn. Und als ihre Finger die seinen berührten, durchfuhr sie ein Abscheu, obwohl sie sie noch ein paar Augenblicke zuvor mit großer Kraft – und sogar Inbrunst – ergriffen hatte. Aber dieses Zwischenspiel kam ihr schon jetzt verschwommen und unwirklich vor. Er stellte den Tupperware-Behälter auf den weißen Karton. Sie sah, daß in dem letzteren etwas lag.

»Was ist das?«

»Ein paar Zeilen an Ihre Arbeitgeberin«, sagte Gaunt.

Sofort war Netties Gesicht wieder verängstigt. »Doch nicht über *mich?*«

»Großer Gott, nein!« sagte Gaunt lachend, und Nettie entspannte sich wieder. Wenn Mr. Gaunt lachte, waren Widerstand oder Mißtrauen unmöglich. »Geben Sie gut acht auf Ihren Lampenschirm, Netitia, und kommen Sie bald wieder.«

»Das werde ich tun«, sagte Nettie, und das hätte eine Antwort auf beide Aufforderungen sein können, aber in ihrem Herzen (jenem geheimnisvollen Behältnis, in dem Bedürfnisse und Ängste einander ständig bedrängten wie Fahrgäste in einem überfüllten U-Bahn-Wagen) spürte sie, daß sie zwar vielleicht einmal wiederkommen würde; aber der Lampenschirm würde der einzige Gegenstand bleiben, den sie bei Needful Things gekauft hatte.

Und wenn schon. Es war ein *herrlicher* Gegenstand, genau das, was sie sich schon immer gewünscht hatte, das einzige, das sie zur Vervollständigung ihrer bescheidenen Sammlung noch brauchte. Sie dachte daran, Mr. Gaunt zu erzählen, daß ihr Mann vielleicht noch am Leben wäre, wenn er nicht vor vierzehn Jahren einen ganz ähnlichen Buntglas-Lampenschirm zerbrochen hätte, daß es das gewesen war, was ihr den Rest gegeben und sie schließlich zu ihrer Tat getrieben hatte. Er hatte im Laufe ihrer gemeinsamen Jahre viele ihrer Knochen zerbrochen, und sie hatte ihn am Leben gelassen. Doch schließlich hatte er etwas zerbrochen, was sie *wirklich* brauchte, und da hatte sie ihn umgebracht.

Sie entschied, daß sie Mr. Gaunt das nicht zu erzählen brauchte.

Er sah aus wie ein Mann, der es möglicherweise bereits wußte.

3

»Polly! Polly, sie kommt heraus!«

Polly verließ die Schneiderpuppe, an der sie gerade langsam und vorsichtig einen Saum hochgesteckt hatte, und eilte ans Fenster. Sie und Rosalie standen Seite an Seite und beobachteten, wie Nettie Needful Things in einem Zustand verließ, den man nur als schwerbeladen bezeichnen konnte. Ihre Tasche hatte sie unter den einen Arm geklemmt, den Regenschirm unter den anderen, und in den Händen hielt sie einen weißen Karton, auf dem sie Pollys Tupperware-Behälter balancierte.

»Vielleicht sollte ich hinausgehen und ihr helfen«, sagte Rosalie.

»Nein.« Polly streckte eine Hand aus und hielt sie sanft zurück. »Lieber nicht. Ich glaube, das würde sie nur verlegen und nervös machen.«

Sie beobachteten, wie Nettie die Straße heraufkam. Jetzt trippelte sie nicht mehr, als könnte ein Sturm über sie hereinbrechen; jetzt wirkte sie fast wie vom Sturm getrieben.

Nein, dachte Polly. *Nein, das stimmt nicht. Es ist eher eine Art – Schweben.*

Ihr Verstand stellte ganz plötzlich eine jener merkwürdigen Querverbindungen her, die fast den Charakter von Verweisen haben, und sie brach in Gelächter aus.

Rosalie betrachtete sie mit gehobenen Brauen. »Was ist?«

»Es ist der Ausdruck auf ihrem Gesicht«, sagte Polly und beobachtete, wie Nettie mit langsamen, träumerischen Schritten die Linden Street überquerte.

»Was meinst du damit?«

»Sie sieht aus wie eine Frau, die gerade mit einem Mann im Bett war – und ungefähr drei Orgasmen hatte.«

Rosalie errötete, warf nochmals einen Blick auf Nettie, und dann lachte sie laut heraus. Polly fiel in das Gelächter ein, und die beiden Frauen lagen sich in den Armen, schaukelten vor und zurück und lachten hemmungslos.

»Himmel«, sagte Alan Pangborn, der gerade in den Laden gekommen war. »Damen, die am Vormittag um Viertel vor elf lachen! Für Champagner ist es noch zu früh, also was ist los?«

»Vier!« sagte Rosalie, wie von Sinnen lachend. Tränen liefen ihr über die Wangen. »Ich hatte den Eindruck, es müßten vier gewesen sein!«

Dann ging es wieder los, sie lagen sich in den Armen und lachten atemlos, während Alan mit den Händen in den Taschen seiner Uniformhose dastand und ratlos lächelte.

4

Ungefähr zehn Minuten bevor in der Fabrik die Zwölf-Uhr-Sirene ertönte, erschien Norris Ridgewick in Zivil im Büro des Sheriffs. Er hatte die mittlere Schicht von zwölf bis einundzwanzig Uhr, das ganze Wochenende über, und das war genau das, was ihm gefiel. Sollte doch ein anderer die Schweinereien auf den Highways und Nebenstraßen von Castle County wegräumen, nachdem um ein Uhr nachts die Lokale schlossen; er konnte es, hatte es bei vielen Gelegenheiten getan, sich dabei aber fast immer die Seele aus dem Leibe gekotzt. Manchmal kotzte er sich sogar die Seele aus dem Leib, wenn die Unfallopfer schon wieder aufgewacht waren und herumwanderten und schrien, sie dächten nicht daran, in das Röhrchen zu blasen, sie kennen ihre verfassungsmäßigen Rechte. Norris hatte nun einmal einen solchen Magen. Sheila Brigham zog ihn immer auf, indem sie sagte, er gliche dem Deputy Andy in der Fernsehserie *Twin Peaks*, aber Norris wußte, daß das nicht zutraf. Deputy Andy weinte, wenn er Tote sah. Norris weinte nicht, aber er neigte dazu, sich über ihnen zu erbrechen, so, wie er sich damals fast über Homer Gamache erbrochen hätte, als er ihn gefunden hatte, in einem Graben in der Nähe des Homeland-Friedhofs, totgeschlagen mit seiner eigenen Armprothese.

Norris sah auf den Dienstplan, stellte fest, daß sowohl Andy Clutterbuck als auch John LaPointe Streife fuhren, und dann auf das Tages-Bulletin. Nichts für ihn, und auch das war so, wie es ihm gefiel. Um den Tag vollkommen zu machen – zumindest das, was davon noch übrig war –, war seine Zweituniform aus der Reinigung zurückgekommen – ausnahmsweise einmal genau am versprochenen Tag. Das sparte ihm die Fahrt nach Hause zum Umziehen.

An dem Plastikbeutel der Reinigung hing ein Zettel: »Hey, Barney, du schuldest mir 5,25 Dollar. Laß mich nicht wieder hängen, sonst wirst du ein betrübterer und weiserer Mann sein, wenn die Sonne untergeht.« Er war mit *Clut* unterschrieben.

Auch die Anrede auf dem Zettel tat Norris' guter Laune keinen Abbruch. Sheila Brigham war die einzige Person im Sheriff-Büro von Castle Rock, die bei Norris an *Twin Peaks* dachte (Norris hatte den Eindruck, daß sie zudem die einzige Person im Büro war, die sich – von ihm selbst einmal abgesehen – diese Sendung überhaupt ansah). Die anderen Deputies – John LaPointe, Seat Thomas, Andy Clutterbuck – nannten ihn Barney nach dem Don Knotts-Charakter in der alten *Andy Griffith Show*. Das irritierte ihn manchmal, aber nicht heute. Vier Tage mittlere Schicht, dann drei Tage frei. Eine ganze Woche aus Seide lag vor ihm. Das Leben konnte grandios sein.

Er holte eine Fünf- und eine Eindollarnote aus seiner Brieftasche und legte sie auf Cluts Schreibtisch. »Hey, Clut, mach dir einen schönen Tag«, schrieb er auf die Rückseite eines Berichtsformulars, setzte schwungvoll seinen Namen darunter und legte das Formular neben das Geld. Dann streifte er den Plastikbeutel von der Uniform und nahm sie mit in die Herrentoilette. Er pfiff, während er sich umzog; dann betrachtete er sein Spiegelbild und ließ beifällig die Brauen zucken. Er war auf Draht. Hundertprozentig auf Draht. Die Bösewichter von Castle Rock würden gut daran tun, heute auf der Hut zu sein, sonst …

Im Spiegel erhaschte er eine Bewegung hinter sich, aber bevor er mehr tun konnte, als den Kopf zu drehen, war er bereits gepackt, herumgewirbelt und gegen die Kacheln neben den Urinbecken geschleudert worden. Sein Kopf prallte an die Wand, seine Mütze fiel herunter, und dann sah er in das runde, gerötete Gesicht von Danforth Keeton.

»Was zum Teufel haben Sie sich dabei gedacht, Ridgewick?« fragte er.

Norris hatte den Strafzettel, den er am Abend zuvor unter den Scheibenwischer von Keetons Cadillac geklemmt hatte, total vergessen. Jetzt fiel er ihm wieder ein.

»Lassen Sie mich los!« sagte er. Er bemühte sich um einen entrüsteten Ton, aber was er hervorbrachte, hörte sich an wie ein gequältes Winseln. Er spürte, wie seine Wangen heiß wurden. Wann immer er wütend oder nervös war – und im Moment war er beides –, errötete er wie ein junges Mädchen.

Keeton, der Norris um zwölf Zentimeter überragte und gute fünfzig Kilo schwerer war, schüttelte den Deputy kurz und heftig, dann ließ er ihn los. Er zog den Strafzettel aus der Tasche und schwenkte ihn unter Norris' Nase. »Ist das Ihr Name auf dem Scheißding oder nicht?« fragte er, als hätte Norris es bereits abgestritten.

Norris Ridgewick wußte sehr gut, daß es seine Unterschrift war, zwar mit einem Gummistempel ausgeführt, aber völlig leserlich, und daß der Strafzettel von seinem Block stammte.

»Sie haben auf dem Krüppelplatz geparkt«, sagte er, trat von der Wand weg und rieb sich den Hinterkopf. Das würde bestimmt eine gewaltige Beule geben. Als seine anfängliche Überraschung wich (und Buster hatte ihm einen Mordsschrecken eingejagt, *das* konnte er nicht abstreiten), wuchs sein Zorn.

»Auf *was?*«

»Auf dem Behinderten-Platzplatz!« brüllte Norris. *Und außerdem war es Alan selbst, der mich angewiesen hat, den Strafzettel auszuschreiben!* wollte er eigentlich hinzusetzen, aber er tat es nicht. Warum diesem fetten Schwein die Genugtuung verschaffen, daß er den Schwarzen Peter weitergab? »Sie sind schon des öfteren verwarnt worden, Bu … Danforth, und das wissen Sie recht gut.«

»*Wie* haben Sie mich genannt?« fragte Danforth Keeton unheildrohend. Auf seinen Hängebacken hatten sich rote Flecken von der Größe von Kohl-Rosen ausgebreitet.

»Das ist ein gültiger Strafzettel«, sagte Norris, ohne auf die letzte Frage einzugehen, »und soweit es mich betrifft, täten Sie gut daran, zu bezahlen. Sie haben Glück, wenn ich Sie

nicht auch noch wegen tätlichen Angriffs auf einen Polizeibeamten anzeige.«

Danforth lachte. Das Geräusch wurde klanglos von den
Wänden reflektiert. »Ich sehe keinen Polizeibeamten«, sagte
er. »Ich sehe nur ein Stückchen Scheiße, das so verpackt ist,
daß es wie Dörrfleisch aussieht.«

Norris bückte sich und hob seine Mütze auf. Sein Magen
hatte sich vor Angst zusammengekrampft – Danforth Keeton war nicht gerade der Mann, den man gern zum Feind
hatte –, aber sein Zorn war in Wut umgeschlagen. Seine
Hände zitterten. Dennoch brauchte er nur einen Moment,
um sich die Mütze fest auf den Kopf zu setzen.

»Sie können das mit Alan ausmachen, wenn Sie wollen ...«

»Ich mache das mit *Ihnen* aus!«

»... aber für mich ist die Sache erledigt. Sehen Sie zu, daß
Sie die Strafe binnen dreißig Tagen bezahlen, Danforth,
sonst müssen wir kommen und Sie abholen.« Norris richtete
sich zu seiner ganzen Höhe von einem Meter und fünfundsechzig Zentimetern auf und setzte hinzu: »Wir wissen nämlich, wo Sie zu finden sind.«

Er setzte sich in Bewegung. Keeton, dessen Gesicht jetzt
aussah wie ein Sonnenuntergang nach einer Atomexplosion,
trat vor, um ihm den Weg zu verstellen. Norris blieb stehen
und richtete einen Finger auf ihn.

»Wenn Sie mich anrühren, stecke ich Sie in eine Zelle, Buster. Darauf können Sie sich verlassen.«

»Okay, das war's«, sagte Keeton mit gequetschter, ton-
loser Stimme. »*Das* war's. Sie sind entlassen. Ziehen Sie
Ihre Uniform aus und sehen Sie sich nach einem anderen
Job ...«

»Nein«, ertönte eine Stimme hinter ihnen, und beide drehten sich um. Alan Pangborn stand auf der Schwelle der Herrentoilette.

Keeton ballte die Hände zu fetten weißen Fäusten. »Sie
halten sich da heraus.«

Alan trat ein und ließ die Tür langsam hinter sich zuglei-
ten. »Nein«, sagte er. »Ich war es, der Norris angewiesen
hat, diesen Strafzettel auszuschreiben. Ich habe ihm außer-

dem gesagt, daß ich vorhätte, ihn vor der nächsten Sitzung des Stadtrates zurückzuziehen. Es ist ein Zettel über fünf Dollar, Dan. Was zum Teufel ist in Sie gefahren?«

Alans Stimme verriet Erstaunen. Er *war* erstaunt. Buster war – selbst in seinen besten Zeiten – nie ein sehr umgänglicher Mann gewesen, aber ein solcher Ausbruch war selbst für ihn uncharakteristisch. Seit dem Ende des Sommers schien der Mann ständig überreizt zu sein – Alan hatte oft das ferne Belfern seiner Stimme gehört, wenn der Stadtrat eine Sitzung abhielt –, und in seinen Augen lag ein fast gehetzter Ausdruck. Er fragte sich kurz, ob Keeton vielleicht krank war; aber das war eine Frage, mit der er sich später beschäftigen würde. Im Augenblick mußte er eine relativ unerfreuliche Situation bereinigen.

»Nichts ist in mich gefahren«, sagte Keeton verdrossen und strich sich das Haar zurück. Es bereitete Norris eine gewisse Befriedigung, zu sehen, daß Keetons Hände gleichfalls zitterten. »Ich habe nur die Nase gestrichen voll von eingebildeten Affen wie diesem hier – ich bemühe mich, eine Menge für diese Stadt zu tun – Teufel noch mal, ich habe eine Menge für diese Stadt hier erreicht – und ich habe diese ständige Verfolgung satt ...« Er hielt einen Moment inne, seine fette Kehle arbeitete, und dann stieß er hervor: »Er hat mich Buster genannt! Sie wissen genau, wie sehr mir das zuwider ist!«

»Er wird sich entschuldigen«, sagte Alan ruhig. »Nicht wahr, Norris?«

»Das weiß ich noch nicht«, sagte Norris. Seine Stimme bebte, und sein Magen hatte sich verkrampft, aber er war noch immer wütend. »Ich weiß, daß er es nicht gern hört, aber die Wahrheit ist, daß er mich überrumpelt hat. Ich stand da, schaute in den Spiegel, um mich zu vergewissern, daß meine Krawatte richtig sitzt, als er mich packte und gegen die Wand schleuderte. Ich bin ganz schön mit dem Kopf dagegengeprallt. Großer Gott, Alan, ich weiß nicht, *was* ich gesagt habe.«

Alans Blick wanderte wieder zu Keeton. »Stimmt das?«

Keeton schlug die Augen nieder. »Ich war wütend«, sagte er, und Alan vermutete, daß das Höchste war, was ein Mann wie er als spontane und ungezielte Entschuldigung hervorzubringen vermochte. Er schaute wieder zu Norris, um zu sehen, ob der Deputy das begriff. Es sah aus, als wäre das möglicherweise der Fall. Das war gut; es war ein guter Schritt auf dem Weg zur Entschärfung dieser häßlichen kleinen Stinkbombe. Alan entspannte sich ein wenig.

»Können wir diesen Fall als erledigt betrachten?« fragte er beide Männer. »Das Ganze auf Konto Erfahrung verbuchen und zur Tagesordnung übergehen?«

»Von mir aus, ja«, sagte Norris nach kurzem Überlegen. Alan war gerührt. Norris war knochendürr, er hatte die Angewohnheit, in den Streifenwagen, die er benutzte, halbvolle Dosen mit Pepsi und Seven Up stehenzulassen, und seine Berichte waren ein Graus – aber er hatte ein großes Herz. Er gab nach, aber nicht, weil er vor Keeton Angst hatte. Wenn der massige Vorsitzende des Stadtrats glaubte, das wäre der Grund, dann irrte er sich gewaltig.

»Es tut mir leid, daß ich Sie Buster genannt habe«, sagte Norris. Es tat ihm nicht leid, kein bißchen, aber es tat nicht weh, das zu behaupten. Vermutlich.

Alan richtete den Blick auf den dicklichen Mann in dem grellen Sportjackett und dem am Hals offenen Golfhemd.

»Danforth?«

»Also schön, es ist nie passiert«, sagte Keeton. Er sprach in einem Ton übersteigerter Großmütigkeit, und Alan spürte, wie eine vertraute Welle des Abscheus über ihn hinwegflutete. Eine Stimme, die tief irgendwo in seinem Inneren steckte, die primitive Krokodilstimme des Unterbewußtseins, meldete sich kurz, aber deutlich zu Wort: *Warum hast du nicht einen Herzanfall, Buster? Warum tust du uns nicht den Gefallen und fällst tot um?*

»Also gut«, sagte er. »Dann ist ja alles …«

»*Falls*«, sagte Keeton und reckte einen Finger hoch. Alan hob die Brauen. »Falls?«

»Falls wir etwas mit diesem Strafzettel tun können.« Er streckte ihn Alan entgegen, zwischen zwei Finger eingeklemmt, als wäre es ein Lappen, mit dem irgendeine dubiose Pfütze aufgewischt worden war.

Alan seufzte. »Kommen Sie mit in mein Büro, Danforth.

Wir reden darüber.« Er wendete sich an Norris. »Sie haben jetzt Dienst, richtig?«

»Richtig«, sagte Norris. Sein Magen war immer noch ein Klumpen. Seine guten Gefühle waren verschwunden, vermutlich für den Rest des Tages; daran war dieses fette Schwein schuld. Und Alan würde den Strafzettel zurücknehmen. Er hatte Verständnis dafür – Politik –, aber das bedeutete nicht, daß es auch ihm gefallen mußte.

»Müssen Sie noch hierbleiben?« fragte Alan. Das kam der Frage, die er eigentlich stellen wollte, am nächsten. *Müssen Sie das ausdiskutieren?* – mit Keeton, der dastand und sie beide wütend anfunkelte.

»Nein«, sagte Norris. »Ich habe etliches zu erledigen. Wir sprechen uns später, Alan.« Er verließ die Herrentoilette und passierte Keeton ohne einen Blick. Und obwohl Norris das nicht wußte, unterdrückte Keeton mit einer großen – fast heroischen – Anstrengung einen irrationalen, aber sehr heftigen Drang, ihn mit einem Tritt in den Hintern hinauszubefördern.

Alan beschäftigte sich damit, seine eigene Erscheinung im Spiegel zu überprüfen, um Norris Zeit zum Verschwinden zu geben, während Keeton an der Tür stand und ihn ungeduldig beobachtete. Dann stieß Alan die Tür auf und kehrte mit Keeton auf den Fersen in den Dienstraum zurück.

Auf einem der beiden Stühle neben der Tür zu seinem Büro saß ein adretter kleiner Mann in cremefarbenem Anzug und las ostentativ in einem großen, ledergebundenen Buch, bei dem es sich nur um die Bibel handeln konnte. Alans Stimmung sank. Er war ziemlich sicher gewesen, daß an diesem Vormittag nicht *allzu* Unangenehmes mehr passieren würde – es fehlten nur noch ein oder zwei Minuten bis Mittag, also hätte die Annahme eigentlich zutreffen müssen –, aber er hatte sich geirrt.

Reverend William Rose klappte seine Bibel zu (deren Einband fast genau die Farbe seines Anzugs hatte) und sprang auf. »Chief-äh Pangborn«, sagte er. Reverend Rose war einer jener hundertfünfzigprozentigen Baptisten, die ihren Worten, wenn sie emotional aufgewühlt sind, noch einen unbestimmten Laut anhängen. »Kann ich Sie einen Moment sprechen?«

»Lassen Sie mir bitte fünf Minuten Zeit, Reverend Rose. Ich muß vorher noch etwas anderes erledigen.«

»Dies ist-äh überaus wichtig.«

Davon bin ich überzeugt, dachte Alan. »Dies auch. Fünf Minuten.«

Er öffnete die Tür und bedeutete Keeton, in sein Büro einzutreten, bevor Reverend Willie, wie Father Brigham ihn zu nennen pflegte, noch ein weiteres Wort von sich geben konnte.

5

»Wahrscheinlich handelt es sich um die Kasino-Nacht«, sagte Keeton, nachdem Alan die Tür seines Büros geschlossen hatte. »Eines kann ich Ihnen sagen. Father John Brigham ist ein dickköpfiger Ire, aber er ist mir immer noch wesentlich lieber als dieser Kerl da draußen. Rose ist ein unglaublich arroganter und aufgeblasener Kerl.«

Schloß da jemand von sich auf andere? dachte Alan.

»Nehmen Sie Platz, Danforth.«

Keeton tat es. Alan trat hinter seinen Schreibtisch, hielt den Strafzettel hoch und zerriß ihn in kleine Fetzen, die er dann in den Papierkorb warf. »So. Okay?«

»Okay«, sagte Keeton und machte Anstalten, sich zu erheben.

»Nein, bleiben Sie noch einen Moment sitzen.«

Keetons buschige Brauen zogen sich unter seiner hohen, rosa Stirn zu einer Gewitterwolke zusammen.

»Bitte«, setzte Alan hinzu. Er ließ sich auf seinem eigenen Drehstuhl nieder. Seine Hände kamen zusammen und versuchten, eine Amsel zu machen; Alan ertappte sich dabei und faltete sie fest auf der Schreibunterlage.

»Nächste Woche findet eine Sitzung des Stadtrates statt, auf der über Budgetangelegenheiten und den Haushalt für das nächste Jahr geredet werden soll …« begann Alan.

»So ist es«, knurrte Keeton.

»… und das ist eine politische Sache«, fuhr Alan fort. »Das

ist mir klar, und Ihnen ist es auch klar. Ich habe gerade ein voll gültiges Strafmandat zerrissen – aus politischen Erwägungen.«

Keeton lächelte ein wenig. »Sie leben schon lange genug in dieser Stadt, um zu wissen, wie die Dinge liegen, Alan. Eine Hand wäscht die andere.«

Alan bewegte sich auf seinem Stuhl, der dabei leise knarrte und quietschte – Geräusche, die er manchmal nach einem langen, harten Tag noch im Traum hörte. Dies schien so ein Tag werden zu wollen.

»Ja«, sagte er. »Eine Hand wäscht die andere. Aber nur bis zu einem gewissen Grade.«

Die Augenbrauen zogen sich wieder zusammen. »Und was bedeutet das?«

»Das bedeutet, daß es einen Punkt gibt, sogar in kleinen Städten, an dem die Politik aufhört. Bedenken Sie, daß ich kein ernannter Beamter bin. Die Mitglieder des Stadtrats mögen den Daumen auf dem Portemonnaie haben, aber mich haben die Leute gewählt. Und sie haben mich gewählt, damit ich sie beschütze und dem Gesetz Geltung verschaffe. Darauf habe ich einen Eid geleistet, und den gedenke ich zu halten.«

»Wollen Sie mir etwa drohen? Denn wenn Sie das tun …«

Genau in diesem Augenblick schrillte die Fabriksirene. Sie war hier drinnen nur gedämpft zu hören, aber Keeton fuhr trotzdem zusammen, als wäre er von einer Wespe gestochen worden. Seine Augen waren einen Moment lang weit aufgerissen und seine Hände umklammerten wie weiße Klauen die Lehnen seines Stuhls.

Alan war abermals erstaunt. *Er ist nervös wie eine rossige Stute. Was zum Teufel ist los mit ihm?*

Zum erstenmal stellte sich ihm die Frage, ob Mr. Danforth Keeton, der schon jahrelang Vorsitzender des Stadtrats von Castle Rock gewesen war, bevor Alan selbst von diesem Ort gehört hatte, sich vielleicht auf etwas eingelassen hatte, das nicht ganz koscher war.

»Ich drohe Ihnen nicht«, sagte er. Keeton begann, sich zu entspannen, aber behutsam – als fürchte er, die Fabriksirene könnte wieder losgehen, nur um ihm einen Schrecken einzujagen.

»Das ist gut. Weil es nicht nur eine Sache des Daumens auf dem Portemonnaie ist, Sheriff Pangborn. Der Stadtrat hat – zusammen mit den drei County Commissioners – das Recht, die Anstellung – oder Entlassung – der Deputies des Sheriffs zu genehmigen. Neben vielen anderen Genehmigungsrechten, die Ihnen sicher bekannt sind.«

»Das ist nur ein Gummistempel.«

»So ist es bisher immer gewesen«, pflichtete Keeton ihm bei. Er zog eine Roi-Tan-Zigarre aus der Innentasche seines Jacketts und rollte sie zwischen den Fingern, so daß das Zellophan knisterte. »Das bedeutet nicht, daß es so bleiben muß.«

Und wer droht jetzt wem? dachte Alan, sprach es aber nicht aus. Statt dessen lehnte er sich auf seinem Stuhl zurück und musterte Keeton. Keeton hielt seinem Blick ein paar Sekunden lang stand, dann senkte er ihn auf die Zigarre und begann, an der Umhüllung zu zupfen.

»Wenn Sie das nächste Mal auf dem Behinderten-Parkplatz stehen, schreibe ich den Strafzettel selbst aus, und *der* bleibt bestehen«, sagte Alan. »Und wenn Sie jemals wieder Hand an einen meiner Deputies legen, dann verhafte ich Sie wegen Körperverletzung. Und das wird geschehen, ganz gleich, wie viele Genehmigungsrechte der Stadtrat hat. Weil Politik bei mir nur bis zu einem gewissen Punkt geht. Haben Sie mich verstanden?«

Keeton betrachtete eine ganze Weile seine Zigarre, als meditierte er. Als er wieder zu Alan aufschaute, hatten sich seine Augen in kleine, glitzernde Steine verwandelt. »Wenn Sie herausfinden wollen, wie hart mein Arsch ist, Sheriff Pangborn, dann machen Sie nur so weiter.« Auf Keetons Gesicht stand Wut geschrieben – ja, ganz eindeutig –, aber Alan hatte den Eindruck, daß da außerdem noch etwas anderes geschrieben stand. Er glaubte, daß es sich um Angst handelte. Sah er das? Roch er das? Er wußte es nicht, und es war auch nicht wichtig. Aber *wovor* Keeton Angst hatte – *das* konnte wichtig sein. Das konnte sogar sehr wichtig sein.

»Haben Sie mich verstanden?« wiederholte er.

»Ja«, sagte Keeton. Er streifte mit einer plötzlichen Bewegung das Zellophan von der Zigarre und ließ es auf den Boden fallen. Er steckte die Zigarre in den Mund und sprach darum herum. »Und haben *Sie mich* verstanden?«

Der Stuhl quietschte und knarrte, als Alan sich wieder vorbeugte. Er musterte Keeton ernst. »Ich habe verstanden, was Sie sagten, aber was ich beim besten Willen nicht verstehe, ist, wie Sie sich *verhalten*, Danforth. Wir sind zwar nie Busenfreunde gewesen, Sie und ich ...«

»*Das* bestimmt nicht«, sagte Keeton und biß die Spitze seiner Zigarre ab. Einen Augenblick lang dachte Alan, sie würde gleichfalls auf dem Fußboden landen, und war bereit, es durchgehen zu lassen – Politik –, aber Keeton spie sie auf die Handfläche und deponierte sie dann in dem sauberen Aschenbecher auf dem Schreibtisch. Sie saß darin wie ein kleiner Hundedreck.

»... aber wir haben immer gut zusammengearbeitet. Und nun dies. Ist etwas nicht in Ordnung? Wenn das der Fall ist, und ich kann Ihnen helfen ...«

»Nichts ist nicht in Ordnung«, sagte Keeton und stand plötzlich auf. Er war abermals wütend – mehr als nur wütend. Alan konnte fast den Dampf sehen, der aus seinen Ohren kam. »Ich habe nur die Nase voll von dieser – *Verfolgung.*«

Das war das zweite Mal, daß er dieses Wort gebrauchte. Das Wort erschien Alan seltsam und beunruhigend. Er empfand sogar dieses ganze Gespräch als beunruhigend.

»Nun, Sie wissen, wo ich zu finden bin«, sagte Alan.

»Bei Gott, *ja!*« sagte Keeton und ging zur Tür.

»Und bitte, Danforth – denken Sie an den Behinderten-Parkplatz.«

»Scheiß auf den Behinderten-Parkplatz!« sagte Keeton und knallte die Tür zu.

Alan saß an seinem Schreibtisch und betrachtete lange Zeit nachdenklich die geschlossene Tür. Dann ging er um den Schreibtisch herum, hob die auf dem Boden liegende zerknitterte Zellophanhülle auf, warf sie in den Papierkorb und ging zur Tür, um Steamboat Willie hereinzubitten.

6

»Mr. Keeton schien ziemlich erregt zu sein«, sagte Rose. Er ließ sich vorsichtig auf dem Stuhl nieder, den der Vorsitzende des Stadtrats gerade geräumt hatte, betrachtete mißfällig die in dem Aschenbecher liegende Zigarrenspitze und deponierte dann die cremefarbene Bibel sorgfältig in der Mitte seines schmalen Schoßes.

»Im nächsten Monat steht ein Haufen Budgetberatungen an«, sagte Alan unbestimmt. »Das ist für die Mitglieder des Stadtrates ein ziemlicher Streß.«

»Ja«, pflichtete Rev. Rose ihm bei. »Denn Jesus-äh spricht: Gebet dem Kaiser, was der Kaiser ist, und Gott, was Gottes ist.«

»So ist es«, sagte Alan. Plötzlich wünschte er sich, er hätte eine Zigarette, so etwas wie eine Lucky Strike oder eine Pall Mall, vollgestopft mit Teer und Nikotin. »Und was kann ich Ihnen heute mittag geben, R … Reverend Rose?« Er wurde sich mit Grausen bewußt, daß er ganz nahe daran gewesen war, den Mann Reverend Willie zu nennen.

Rose nahm seine runde, randlose Brille ab und polierte die Gläser; dann setzte er sie wieder auf und verdeckte damit zwei kleine rote Flecke an seiner Nase. Sein schwarzes Haar, angeklatscht mit irgendeinem Mittel, das Alan riechen, aber nicht identifizieren konnte, glänzte im Licht der in die Decke eingelassenen Leuchtstoffröhren.

»Es handelt sich um die Schändlichkeit, der Father Brigham den Namen Kasino-Nacht gegeben hat«, verkündete Rev. Rose schließlich. »Sie erinnern sich vielleicht, Chief Pangborn, daß ich bereits bei Ihnen war, kurz nachdem ich von dieser gräßlichen Idee gehört hatte, und verlangt habe, daß Sie sich im Namen-äh des Anstands weigern, ein derartiges Unternehmen zuzulassen.«

»Reverend Rose, wenn *Sie* sich erinnern würden …«

Rose hob gebieterisch eine Hand, steckte die andere in die Tasche seines Jacketts und zog eine Broschüre heraus, die fast die Dicke eines Taschenbuches hatte. Es war, wie Alan betroffen (aber nicht wirklich überrascht) feststellte, die gekürzte Ausgabe der Sammlung der Gesetze des Staates Maine.

»Jetzt bin ich hier, um zu verlangen, daß Sie dieses Unternehmen nicht nur im Namen des Anstands verbieten, *sondern im Namen des Gesetzes.*«

»Reverend Rose ...«

»Ich beziehe mich auf Abschnitt 24, Artikel 9, Paragraph 2 der Gesetze des Staates Maine«, fiel ihm Rev. Rose ins Wort. Seine Wangen waren jetzt heftig gerötet, und Alan wurde bewußt, daß alles, was er in den letzten Minuten geschafft hatte, der Tausch eines Irren gegen einen anderen gewesen war. »Wenn nicht anders-äh angegeben«, las Rev. Rose vor, und seine Stimme hatte jetzt den Predigtton, mit dem seine durchweg hingebungsvolle Gemeinde so vertraut war, »laufen Glücksspiele, wie zuvor in Abschnitt-äh 23 definiert, bei denen Einsätze von Geld eine Bedingung des Spiels darstellen, dem Gesetz zuwider.« Er klappte die Broschüre zu und musterte Alan. Seine Augen funkelten. »*Laufen dem Gesetz-äh zuwider!*« rief er.

Alan verspürte ganz kurz den Drang, die Arme hochzuwerfen und *Gelobt sei Jesus Christus!* zu rufen. Als er vorüber war, sagte er: »Ich kenne diese Abschnitte, die sich auf das Glücksspiel beziehen, Reverend Rose. Ich habe sie nach Ihrem damaligen Besuch bei mir nachgelesen und sie auch Albert Martin gezeigt, der einen Großteil der juristischen Arbeit für die Stadt erledigt. Seine Meinung war, daß Abschnitt 24 auf Unternehmen wie diese Kasino-Nacht nicht anzuwenden ist.« Er hielt einen Moment inne, dann setzte er hinzu: »Und ich muß Ihnen sagen, daß ich derselben Meinung bin.«

»Unmöglich!« spie Rose. »Sie haben vor, ein Haus des Herrn zu einer Spielhölle zu machen, und Sie wollen behaupten, das wäre *legal?*«

»Es ist ebenso legal wie die Bingo-Spiele, die in der Halle der Töchter der Isabella seit 1931 abgehalten werden.«

»Dies-äh ist nicht Bingo! Dies ist Roulette-äh! Dies ist Kartenspiel um Geld! Dies ist« – die Stimme des Rev. Rose bebte – »Würfeln-äh.«

Alan ertappte seine Hände beim abermaligen Versuch, einen Vogel zu machen, und diesmal verschränkte er sie auf der Schreibtischunterlage. »Ich habe Albert gebeten, eine schriftliche Stellungnahme von Jim Tierney, dem General-staatsanwalt von Maine, einzuholen. Die Antwort war die gleiche. Es tut mir leid, Reverend Rose, ich weiß, daß Ihnen das zuwider ist. Was mich betrifft, so habe ich Probleme mit Kindern auf Skateboards. Ich würde sie verbieten, wenn ich könnte, aber ich kann es nicht. In einer Demokratie müssen wir uns gelegentlich mit Dingen abfinden, die uns nicht ge-fallen oder die wir nicht gutheißen.«

»Aber dies ist *Glücksspiel!*« sagte Rev. Rose, und jetzt schwang in seiner Stimme echte Empörung. »*Dies ist Glücks-spiel um Geld!* Wie kann so etwas legal sein, wenn das Gesetz ausdrücklich sagt …«

»In der Form, in der sie es tun, ist es nun einmal kein Glücksspiel um Geld. Jeder – Teilnehmer – leistet am Ein-gang eine Spende. Dafür erhält er eine entsprechende Men-ge Spielgeld. Zum Schluß der Veranstaltung wird eine Reihe von Preisen – kein Geld, sondern *Sachpreise* – verauktioniert. Ein Videorecorder, eine Mikrowelle, ein Staubsauger, ein Eßgeschirr, Dinge dieser Art.« Und irgendein tanzendes Teufelchen veranlaßte ihn, hinzuzufügen: »Und soweit ich weiß, können die anfänglichen Spenden sogar von der Steu-er abgesetzt werden.«

»Es ist eine sündhafte Schändlichkeit«, sagte Rev. Rose. Die Farbe war aus seinen Wangen gewichen. Seine Nüstern waren geweitet.

»Das ist ein moralisches Urteil, kein juristisches. Auf diese Art werden derartige Veranstaltungen überall im Lande durchgeführt.«

»Ja«, sagte Rev. Rose. Er erhob sich, umklammerte seine Bibel und hielt sie wie einen Schild von sich. »Von den *Ka-tholiken.* Die Katholiken sind ganz versessen auf das Glücks-spiel. Ich werde dem einen Riegel vorschieben, Chief-äh Pangborn. Mit Ihrer Hilfe oder ohne sie.«

Alan stand gleichfalls auf. »Noch etwas, Reverend Rose. Es heißt *Sheriff* Pangborn, nicht Chief. Und ich kann Ihnen nicht vorschreiben, was Sie von Ihrer Kanzel herab sagen, ebensowenig wie ich Father Brigham vorschreiben kann, was er in seiner Kirche veranstaltet oder in der Halle der Töchter der Isabella oder der Halle der Kolumbus-Ritter –

das heißt, soweit es das Gesetz des Staates nicht ausdrücklich verbietet –, aber ich *kann* Sie ermahnen, vorsichtig zu sein, und ich glaube, ich *muß* Sie ermahnen, vorsichtig zu sein.«

Rose musterte ihn kalt. »Was meinen Sie damit?«

»Ich meine, daß Sie aufgebracht sind. Gegen die Plakate, die Ihre Leute überall in der Stadt angebracht haben, ist nichts einzuwenden, und auch nicht gegen die Briefe an die Zeitung, aber es gibt Grenzen der Einmischung, die Sie nicht überschreiten dürfen. Ich gebe Ihnen den Rat, den Dingen ihren Lauf zu lassen.«

»Als Jesus-äh die Huren und die Geldwechsler im-äh Tempel sah, hat er nicht in einer geschriebenen Gesetzessammlung nachgeschlagen, Sheriff. Als Jesus sah, wie diese schlechten Männer und Frauen das Haus des Herrn schändeten, kümmerte er sich nicht um Grenzen der Einmischung. *Unser Herr tat das, was er für rechtens hielt!*«

»Ja«, sagte Alan ruhig, »aber Sie sind nicht Er.«

Rose musterte ihn lange und eindringlich. Seine Augen funkelten wie Gasflammen, und Alan dachte: Großer Gott, dieser Mann ist völlig übergeschnappt.

»Guten Tag, Chief Pangborn.«

Diesmal machte Alan sich nicht die Mühe, ihn zu korrigieren. Er nickte nur und streckte die Hand aus, obwohl er genau wußte, daß sie nicht ergriffen werden würde. Rose machte kehrt und stapfte zur Tür, die Bibel noch immer vor der Brust.

»Lassen Sie diese Sache durchgehen, Reverend Rose, okay?« rief Alan ihm nach.

Rose drehte sich weder um, noch erwiderte er etwas. Er marschierte durch die Tür und knallte sie hinter sich so heftig zu, daß das Glas im Rahmen klirrte. Alan ließ sich wieder hinter seinem Schreibtisch nieder und drückte die Handflächen gegen die Schläfen.

Kurz darauf steckte Sheila Brigham schüchtern den Kopf zur Tür herein. »Alan?«

»Ist er fort?« fragte Alan, ohne aufzuschauen.

»Der Prediger? Ja. Er ist abgebraust wie ein Märzwind.«

»Elvis hat das Gebäude verlassen«, sagte Alan hohl.

133

»Wie bitte?«

»Schon gut.« Er schaute auf. »Ich hätte gern eine von diesen harten Drogen. Würden Sie bitte im Asservatenschrank nachsehen, Sheila, was drin ist?«

Sie lächelte. »Habe ich schon getan. Der Schrank ist leider leer. Täte es eine Tasse Kaffee auch?«

Er erwiderte das Lächeln. Der Nachmittag mußte besser werden als der Vormittag – er *mußte* es einfach. »Gekauft.«

»Gutes Geschäft.« Sie machte die Tür zu, und Alan konnte endlich seine Hände aus ihrem Gefängnis entlassen. Bald flog eine Folge von Amseln durch einen durch das Fenster auf die Wand fallenden Streifen Sonnenlicht.

7

Donnerstags war an der Middle School von Castle Rock die letzte Stunde für Arbeitsgemeinschaften reserviert. Da Brian Rusk ein Vorzugsschüler war und nicht an Arbeitsgemeinschaften teilzunehmen brauchte, bis die Inszenierung des Winterstückes besetzt wurde, durfte er an diesem Tag früher gehen – ein angenehmer Ausgleich für die Spätstunde an den Dienstagen.

An diesem Donnerstagnachmittag hatte er die Schule schon durch die Seitentür verlassen, noch bevor die Glocke zur sechsten Stunde richtig aufgehört hatte zu läuten. Sein Ranzen enthielt nicht nur seine Bücher, sondern auch den Regenmantel, den er am Morgen hatte anziehen müssen und der jetzt den Ranzen aufblähte.

Er fuhr schnell, und sein Herz klopfte heftig. Er hatte etwas

(eine Tat)

zu tun. Ein kleiner Auftrag, den er erledigen mußte. Sogar ein recht amüsanter Auftrag. Jetzt wußte er, worin er bestand. Er hatte es ganz deutlich erfahren, als er während der Mathematikstunde seinen Tagträumen nachhing.

Als Brian auf der School Street den Castle Hill hinabfuhr, erschien die Sonne zum ersten Mal an diesem Tag zwischen

134

den zerfetzten Wolken. Er schaute nach links und sah, wie ein Schattenjunge auf einem Schattenfahrrad auf dem nassen Gehsteig mit ihm Schritt hielt.

Wenn du heute nicht hinter mir zurückbleiben willst, mußt du dich dranhalten, Schattenjunge, dachte er. *Ich habe einiges zu erledigen.*

Brian radelte durch das Geschäftsviertel, ohne über die Main Street hinweg einen Blick auf Needful Things zu werfen; nur an der Kreuzung hielt er kurz an, um flüchtig in beide Richtungen zu schauen, bevor er weiterfuhr. Als er an der Kreuzung von Pond Street (in der er wohnte) und Ford Street angekommen war, bog er, anstatt auf der Pond Street bis zu seinem Haus weiterzufahren, nach rechts ab. An der Kreuzung von Ford und Willow Street bog er nach links ab. Die Willow Street verlief parallel zur Pond Street; die Hinterhöfe der Häuser an diesen beiden Straßen stießen aneinander, in den meisten Fällen durch Lattenzäune voneinander getrennt.

Pete und Wilma Jerzyck wohnten in der Willow Street.

Hier mußt du ein bißchen vorsichtig sein.

Aber er wußte, *wie* vorsichtig er sein mußte; er hatte es sich auf der Fahrt von der Schule hierher genau überlegt, und es war ganz einfach gewesen, fast so, als wäre es schon immer dagewesen, genau wie sein Wissen um das, was er zu tun hatte.

Aus dem Haus der Jerzycks kamen keinerlei Geräusche, und die Zufahrt war leer, aber das bedeutete nicht unbedingt, daß alles sicher und okay war. Brian wußte, daß Wilma zumindest zeitweise in Hemphill's Market an der Route 117 arbeitete, weil er sie gesehen hatte, wie sie dort mit dem unvermeidlichen Tuch um den Kopf an der Kasse saß, aber das bedeutete nicht, daß sie auch jetzt dort war. Der ramponierte kleine Yugo, den sie fuhr, konnte durchaus in der Garage stehen, wo er ihn nicht sehen konnte.

Brian radelte die Auffahrt hinauf, stieg ab und stellte sein Fahrrad auf den Ständer. Jetzt konnte er das Pochen seines Herzens in den Ohren und in der Kehle spüren. Es hörte sich an wie ein leiser Trommelwirbel. Er ging zur Vordertür, rief sich den Text in Erinnerung, den er aufsagen wollte, wenn sich herausstellen sollte, daß Mrs. Jerzyck doch zu Hause war.

Hi, Mrs. Jerzyck, ich bin Brian Rusk von der anderen Seite des Blocks. Ich gehe zur Middle School, und demnächst wollen wir Zeitschriften-Abonnements verkaufen, damit wir neue Uniformen für die Band anschaffen können, und ich frage jetzt schon die Leute, ob sie Zeitschriften abonnieren möchten. Damit ich wiederkommen kann, wenn es soweit ist. Wir bekommen Preise, wenn wir viele Abonnements verkaufen.

Es hatte sich gut angehört, als er sich das ausdachte, und es hörte sich immer noch gut an, aber er war trotzdem nervös. Er stand eine Minute lang auf der Schwelle, lauschte auf Geräusche aus dem Haus – ein Radio, einen Fernseher, der auf eine der Serien eingestellt war (allerdings nicht *Santa Barbara*; *Santa Barbara* gab es erst ein paar Stunden später), vielleicht einen Staubsauger. Er hörte nichts, aber das bedeutete nicht mehr als die leere Auffahrt.

Brian drückte auf die Klingel. Leise, irgendwo drinnen im Haus, hörte er sie: *Bing-bong!*

Er stand auf der Vortreppe, wartete, schaute sich gelegentlich um, um festzustellen, ob irgend jemand ihn gesehen hatte, aber die Willow Street schien fest zu schlafen. Und vor dem Haus der Jerzycks wuchs eine Hecke. Das war gut. Wenn man etwas vorhatte

(eine Tat)

etwas, das andere Leute – deine Ma und dein Pa beispielsweise – nicht unbedingt gutheißen würden, dann war eine Hecke so ziemlich das Beste auf der Welt.

Eine halbe Minute war vergangen, und niemand kam zur Tür. So weit, so gut – aber es empfahl sich immer, auf Nummer Sicher zu gehen. Er drückte abermals auf die Klingel, diesmal zweimal kurz hintereinander, so daß jetzt aus dem Innern des Hauses ein *Bingbong! bingbong!* ertönte.

Immer noch nichts.

Also okay. Alles war völlig okay. Alles war in bester Ordnung.

In bester Ordnung oder nicht; Brian konnte sich nicht enthalten, sich noch einmal umzusehen – ziemlich verstohlen diesmal –, während er sein Fahrrad mit nach wie vor heruntergeklapptem Ständer zwischen dem Haus und der Garage hindurchschob. In diesem Areal, das die freundlichen Leute von der Dick Perry Siding and Door Company in South Paris einen Laufgang nannten, stellte er sein Fahrrad wieder auf den Ständer. Dann ging er weiter in den Hintergarten. Sein Herz klopfte heftiger als je zuvor. Manchmal brach seine Stimme, wenn sein Herz so heftig klopfte. Wenn Mrs. Jerzyck sich im Hintergarten aufhielt, Tulpenzwiebeln pflanzte oder etwas dergleichen, konnte er nur hoffen, daß seine Stimme nicht brach, wenn er seinen Vers über die Zeitschriften-Abonnements aufsagte. Wenn das passierte, würde sie vielleicht argwöhnen, daß er nicht die Wahrheit sagte. Und das könnte Probleme nach sich ziehen, an die er nicht einmal zu denken wagte.

Er blieb an der Rückseite des Hauses stehen. Er konnte einen Teil des Hintergartens der Jerzycks überblicken, aber nicht alles. Und plötzlich kam ihm das Ganze gar nicht mehr lustig vor. Plötzlich kam es ihm vor wie ein gemeiner Streich – nicht mehr als das, aber bestimmt auch nicht weniger. Eine furchtsame Gedankenstimme meldete sich plötzlich zu Wort: *Warum steigst du nicht einfach wieder auf dein Fahrrad, Brian? Fährst nach Hause? Trinkst ein Glas Milch und überlegst dir das noch einmal?*

Ja. Das schien ein sehr guter – ein sehr *vernünftiger* Gedanke zu sein. Er machte tatsächlich Anstalten, sich umzudrehen – und dann stand ihm ein Bild vor Augen, ein Bild, das wesentlich kraftvoller war als die Stimme. Er sah, wie ein langer, schwarzer Wagen – ein Cadillac, vielleicht auch ein Lincoln Mark IV – vor seinem Haus vorfuhr. Die Fahrertür ging auf, und Mr. Leland Gaunt stieg aus. Aber jetzt trug Mr. Gaunt keinen Hausrock mehr wie den, den Sherlock Holmes in einigen der Filme getragen hatte. Der Mr. Gaunt, der jetzt durch die Landschaft von Brians Phantasie auf ihn zukam, trug einen beeindruckenden schwarzen Anzug – den Anzug eines Bestattungsunternehmers –, und sein Gesicht war nicht mehr liebenswürdig. Seine dunkelblauen Augen waren jetzt, da er wütend war, noch dunkler, und die Lippen waren von den schiefen Zähnen zurückgezogen – aber nicht in einem Lächeln. Seine langen, dünnen Beine be-

137

wegten sich wie die Schneiden einer Schere den Weg zur Haustür der Rusks hinauf, und der Schattenmann, der ihm auf den Fersen folgte, sah aus wie der Henker in einem Horrorfilm. Wenn er die Tür erreicht hatte, würde er nicht stehenbleiben, um zu läuten, o nein. Er würde einfach hereinplatzen. Wenn Brians Ma versuchen würde, sich ihm in den Weg zu stellen, würde er sie beiseiteschieben. Wenn Brians Pa versuchen würde, sich ihm in den Weg zu stellen, würde er ihn niederschlagen. Und wenn Brians kleiner Bruder Sean versuchen würde, sich ihm in den Weg zu stellen, dann würde er ihn durchs ganze Haus schleudern, wie ein Abwehrspieler, der gerade im Besitz des Balles ist. Er würde die Treppe hinaufmarschieren und Brians Namen brüllen, und die Rosen auf der Tapete würden welken, wenn der Schatten des Henkers über sie hinwegglitt.

Und er würde mich finden, dachte Brian. Wie er so dastand neben dem Haus der Jerzycks, war sein Gesicht von Entsetzen gezeichnet. *Ganz gleich, wo ich mich zu verstecken versuchte. Und wenn ich flüchten würde, bis nach BOMBAY. Er würde mich finden. Und wenn das passiert ...*

Er versuchte, das Bild zu verdrängen, es loszuwerden; aber er konnte es nicht. Er sah, wie Mr. Gaunts Augen größer wurden, sich in blaue Abgründe verwandelten, die tiefer und tiefer wurden und bis in eine grauenhafte, indigofarbene Ewigkeit reichten. Er sah, wie sich Mr. Gaunts lange Hände mit ihren merkwürdig gleichlangen Fingern in Klauen verwandelten, die auf seine Schultern herabsanken. Er spürte, wie seine Haut vor Abscheu über die Berührung kribbelte. Er hörte Mr. Gaunt leise flüstern: *Du hast etwas von mir, Brian, und du hast noch nicht dafür bezahlt!*

Ich gebe es zurück! hörte er sich selbst in dieses verzerrte, brennende Gesicht hinein sagen. *Bitte, o bitte, ich gebe es zurück, ich gebe es zurück, aber tun Sie mir bitte nicht weh!*

Brian fand zu sich selbst zurück, ebenso benommen wie beim Verlassen von Needful Things. Aber jetzt war das Gefühl nicht so angenehm, wie es zu jener Zeit gewesen war.

Er *wollte* die Sandy Koufax-Karte nicht zurückgeben, darum ging es.

Er wollte es nicht, weil sie *ihm* gehörte.

8

Während der Sohn ihrer besten Freundin schließlich doch in den Hintergarten der Jerzycks ging, trat Myra Evans unter die Markise von Needful Things. Myras Blick, zuerst hinter sich und dann quer über die Main Street, war noch verstohlener, als es Brians Blick über die Willow Street gewesen war.

Wenn Cora – die wirklich ihre beste Freundin war – wüßte, daß sie hier war, und, was noch wichtiger war, *weshalb* sie hier war, würde sie wahrscheinlich nie wieder ein Wort mit Myra reden. Schließlich wollte Cora das Foto gleichfalls haben.

Und wenn schon, dachte Myra. Zwei Redensarten fielen ihr ein, und beide schienen auf diese Situation zuzutreffen. *Wer zuerst kommt, mahlt zuerst*, war die eine. *Was sie nicht weiß, macht sie nicht heiß*, war die andere.

Trotzdem hatte Myra eine große Foster Grant-Sonnenbrille aufgesetzt, bevor sie sich auf den Weg gemacht hatte. *Vorsicht ist besser als Nachsicht* war eine weitere, beherzigenswerte Redensart.

Jetzt näherte sie sich langsam der Tür und las, was auf dem dort hängenden Schild stand:

DIENSTAG UND DONNERSTAG
NUR AUF VERABREDUNG

Myra hatte keine Verabredung. Sie war aus der Laune des Augenblicks heraus gekommen, angestachelt durch einen Anruf von Cora, der noch keine zwanzig Minuten zurücklag.

»Ich habe den ganzen Tag darüber nachgedacht! Ich muß es einfach haben, Myra – ich hätte es schon gestern kaufen sollen, aber ich hatte nur vier Dollar bei mir, und ich war nicht sicher, ob er einen Scheck akzeptieren würde. Du weißt, wie *peinlich* es ist, wenn die Leute einen Scheck ablehnen. Seither habe ich mir selbst einen Tritt nach dem anderen versetzt, und letzte Nacht habe ich kaum ein Auge zugetan. Ich weiß, du wirst das albern finden, aber es ist wahr.«

Myra fand das keineswegs albern, und sie wußte, daß es wahr war, weil sie in der letzten Nacht gleichfalls kaum ein Auge zugetan hatte. Und es war ein Irrtum von Cora, anzunehmen, sie würde das Foto bekommen, nur weil sie es zuerst gesehen hatte – als verliehe ihr das eine Art göttliches Recht oder dergleichen.

»Außerdem glaube ich ohnehin nicht, daß sie es zuerst gesehen hat«, sagte Myra mit leiser Schmollstimme. »Ich glaube, *ich* habe es zuerst gesehen.«

Aber die Frage, wer dieses wunderbare und einzigartige Foto zuerst gesehen hatte, war im Grunde gleichgültig. Was nicht gleichgültig war, war das, was Myra empfinden würde, wenn sie in Coras Haus kam und das Foto von Elvis über dem Kamin hängen sah, direkt zwischen Coras Elvis aus Keramik und Coras porzellanenem Elvis-Bierseidel. Wenn sie daran dachte, hob sich Myras Magen bis zu einem Punkt unmittelbar unter ihrem Herzen und blieb dort hängen, zusammengeballt wie ein nasser Putzlumpen.

Es war einfach nicht *recht*. Cora hatte alle möglichen hübschen Elvis-Dinge; sie hatte Elvis sogar einmal bei einem Konzert gesehen. Das war im Civic Center in Portland gewesen, ungefähr ein Jahr bevor The King in den Himmel abberufen wurde, um sich wieder mit seiner geliebten Mutter zu vereinen.

»Das Foto muß *ich* haben«, murmelte sie, nahm ihren ganzen Mut zusammen und klopfte an die Tür.

Sie wurde geöffnet, noch bevor sie die Hand hatte sinken lassen, und ein schmalschultriger Mann hätte sie auf seinem Weg nach draußen beinahe umgerannt.

»Entschuldigung«, murmelte er, ohne den Kopf zu heben, und sie hatte kaum Zeit, zu registrieren, daß es sich um Mr. Constantine handelte, den Apotheker in La Verdiere's Super Drug. Er hastete über die Straße und dann in den Stadtpark, ohne nach rechts oder links zu schauen; in den Händen hielt er ein kleines Päckchen.

Als sie sich wieder umdrehte, stand Mr. Gaunt an der Tür und lächelte sie mit seinen fröhlichen braunen Augen an.

»Ich habe keine Verabredung«, sagte sie mit einer schüchternen Stimme. Brian Rusk, der damit aufgewachsen war,

Myra zu hören, wie sie sich im Tonfall absoluter Autorität und Selbstsicherheit über irgendwelche Dinge äußerte, hätte diese Stimme niemals wiedererkannt.

»Jetzt haben Sie eine, teuerste Dame«, sagte Mr. Gaunt lächelnd und trat beiseite. »Abermals willkommen! Treten Sie ein und lassen Sie etwas von dem Glück zurück, das Sie mitbringen!«

Nach einem letzten, schnellen Rundblick, der ihr bestätigte, daß niemand sie sah, huschte Myra Evans in den Laden.

Die Tür fiel hinter ihr ins Schloß.

Eine langfingrige Hand, so weiß wie die Hand eines Leichnams, reckte sich in die Düsternis, fand die herabhängende Zugschnur und zog die Jalousie herunter.

9

Brian war sich nicht bewußt gewesen, daß er den Atem angehalten hatte, bis er ihn mit einem langen, pfeifenden Seufzer ausstieß.

Niemand war im Hintergarten der Jerzycks.

Wilma hatte, zweifellos von dem sich bessernden Wetter dazu ermutigt, ihre Wäsche aufgehängt, bevor sie sich dorthin begeben hatte, wo immer sie sich jetzt befand. Die Wäsche flatterte an drei Leinen in der Sonne und der auffrischenden Brise. Brian ging zur Hintertür und schaute hinein, wobei er, um das helle Sonnenlicht abzuschirmen, die Seiten seines Gesichts mit den Händen beschattete. Er blickte in eine verlassene Küche. Er dachte daran, anzuklopfen, und kam dann zu dem Schluß, daß dies nur eine weitere Methode war, aufzuschieben, wozu er hergekommen war. Es war niemand zu Hause. Das beste war, die Arbeit zu tun und dann so schnell wie möglich zu verschwinden.

Er ging langsam die Stufen hinunter in den Hintergarten der Jerzycks. Die Wäscheleinen mit ihrer Last aus Hemden, Hosen, Unterwäsche, Laken und Kopfkissenbezügen befanden sich an der linken Seite. Rechts gab es ein paar Beete, von denen alles Gemüse mit Ausnahme von ein paar kleinen Kürbissen bereits abgeerntet worden war. Am hinteren Ende stand ein Zaun aus Kiefernbrettern. Auf der anderen Seite des Zauns lag, wie Brian wußte, das Anwesen der Haverhills, nur vier Häuser von dem Haus seiner Eltern entfernt.

Der heftige Regen in der Nacht zuvor hatte den Garten in einen Morast verwandelt; der größte Teil der noch vorhandenen Kürbisse lag halb untergetaucht in Pfützen. Brian bückte sich, schaufelte mit jeder Hand einen Batzen von dem dunkelbraunen Gartenschlamm auf; Rinnsale von braunem Wasser tröpfelten durch seine Finger, als er sich den Wäscheleinen näherte.

Die den Beeten am nächsten gespannte Wäscheleine war auf ganzer Länge mit Laken behängt. Sie waren noch feucht, trockneten aber rasch in der frischen Brise. Sie erzeugten träge flappende Geräusche. Sie waren strahlend jungfräulich weiß.

Nun mach schon, flüsterte Mr. Gaunts Stimme in seinem Kopf. *Leg los, Brian – genau wie Sandy Koufax. Leg los!*

Brian hob die Hände so über die Schultern, daß die Handflächen himmelwärts zeigten. Er war im Grunde nicht überrascht, daß sein Penis sich wieder regte, genau wie in seinem Traum. Er war froh, daß er nicht das Hasenpanier ergriffen hatte. Dies würde *Spaß* machen.

Dann brachte er die Hände kraftvoll nach vorn. Der Schlamm flog in langen, braunen Klumpen los, die sich auffächerten, bevor sie auf die wogenden Laken trafen und sie in zähflüssigen Parabeln bespritzten.

Er kehrte zu den Beeten zurück, holte zwei weitere Handvoll Schlamm, warf sie auf die Laken, ging wieder hinüber, holte mehr und warf abermals. Eine Art Wahnsinn überkam ihn. Er wanderte unablässig hin und her, holte zuerst den Schlamm und schleuderte ihn dann auf die Laken.

Er hätte den ganzen Nachmittag so weitermachen können, wenn nicht jemand gerufen hätte. Zuerst dachte er, jemand riefe *ihn.* Er zog die Schultern ein, und ihm entfuhr ein erschrockenes kleines Quieken. Dann wurde ihm klar, daß es nur Mrs. Haverhill war, die auf der anderen Seite des Zauns ihren Hund rief.

142

Dennoch – er mußte von hier verschwinden. Und zwar schnell.

Er blieb trotzdem noch einen Moment stehen, betrachtete, was er getan hatte, und verspürte ein kurzes Aufflackern von Unbehagen und Scham.

Die Laken hatten den größten Teil der Kleidungsstücke geschützt, waren aber selbst mit Schlamm bedeckt. Nur ein paar weiße Stellen ließen erkennen, welche Farbe sie ursprünglich gehabt hatten.

Brian betrachtete seine Hände, die schlammverkrustet waren. Dann eilte er hinüber zur Hausecke, wo sich ein Wasserhahn befand. Das Wasser war noch nicht abgestellt; als er den Hahn aufdrehte, schoß ein kalter Strahl heraus. Er hielt seine Hände hinein und rieb sie heftig gegeneinander. Er wusch sie, bis der ganze Schlamm herunter war, auch der unter seinen Fingernägeln, ohne sich um die zunehmende Taubheit zu kümmern. Er hielt sogar seine Hemdmanschetten unter den Hahn.

Er drehte das Wasser ab, kehrte zu seinem Fahrrad zurück, klappte den Ständer hoch und schob das Rad die Auffahrt hinunter. Er durchlebte einen sehr schlimmen Moment, als er einen kleinen, gelben Kompaktwagen kommen sah – aber es war ein Civic, kein Yugo. Der Wagen fuhr vorbei, ohne die Fahrt zu verlangsamen und ohne den kleinen Jungen mit den roten Händen zu bemerken, der wie erstarrt neben seinem Fahrrad auf der Auffahrt der Jerzycks stand, den kleinen Jungen, dessen Gesicht fast einer Reklametafel glich, auf der nur ein einziges Wort stand – SCHULDIG!

Als der Wagen verschwunden war, stieg Brian auf das Fahrrad und fuhr los wie von Furien gehetzt. Er hielt nicht an, bis er die Auffahrt zu seinem Elternhaus erreicht hatte. Inzwischen hatte sich die Taubheit in seinen Händen gegeben, aber sie juckten und schmerzten – und sie waren immer noch rot.

Als er eintrat, rief seine Mutter aus dem Wohnzimmer: »Bist du das, Brian?«

»Ja, Mam.« Was er im Hintergarten der Jerzycks getan hatte, kam ihm bereits jetzt vor wie etwas, das er vielleicht nur

143

geträumt hatte. Gewiß konnte es sich bei dem Jungen, der jetzt in dieser sonnigen, ganz normalen Küche stand, dem Jungen, der jetzt zum Kühlschrank ging und die Milch herausholte, nicht um den gleichen Jungen handeln wie den, der seine Hände bis zu den Handgelenken in den Schlamm in Wilma Jerzycks Garten gestoßen und dann diesen Schlamm wieder und wieder auf Wilma Jerzycks saubere Laken geschleudert hatte.

Ganz gewiß nicht.

Er goß sich ein Glas Milch ein und betrachtete dabei seine Hände. Sie waren sauber. Rot, aber sauber. Er stellte die Milch wieder in den Kühlschrank. Sein Herz hatte zu seinem normalen Rhythmus zurückgefunden.

»Hattest du einen guten Tag in der Schule, Brian?« flatterte die Stimme seiner Mutter herüber.

»Er war okay.«

»Willst du hereinkommen und mit mir fernsehen? *Santa Barbara* fängt bald an.«

»Gern«, sagte er. »Aber zuerst gehe ich ein paar Minuten nach oben.«

»Laß bloß kein Milchglas oben stehen! Die Milch wird sauer und stinkt und ist im Geschirrspüler nicht herauszukriegen!«

»Ich bringe es wieder mit herunter, Ma.«

»Das will ich hoffen!«

Brian ging hinauf und verbrachte eine halbe Stunde damit, an seinem Schreibtisch zu sitzen und über seiner Sandy Koufax-Karte zu träumen. Als Sean hereinkam, um zu fragen, ob er mit ihm zu dem Laden an der Ecke gehen wollte, schlug Brian den Ringbinder mit seinen Baseballkarten zu und sagte Sean, er solle aus seinem Zimmer verschwinden und nicht wiederkommen, bis er gelernt hätte, daß man an einer geschlossenen Tür anzuklopfen hat. Er hörte, wie Sean weinend auf dem Flur stand, und empfand keinerlei Mitgefühl.

Schließlich gab es so etwas wie gute Manieren.

10

Warden threw a party in the county jail,
Prison band was there and they began to wail,
The band was jumpin and the joint began to swing,
Y'oughtta heard those knocked-out jailbirds sing!

The King steht da mit gespreizten Beinen, seine blauen Augen funkeln, die weit ausgestellten Hosenbeine seiner Auftrittskluft flattern. Straß glitzert im Licht der Punktstrahler an der Decke. Eine Strähne blauschwarzen Haars fällt ihm in die Stirn. Das Mikrofon befindet sich dicht vor seinem Mund, aber nicht so dicht, daß Myra die schmollend aufgeworfene Oberlippe nicht sehen kann.

Plötzlich kann sie alles sehen. Sie sitzt in der ersten Reihe.

Und plötzlich, während die Rhythmusgruppe loslegt, streckt er eine Hand aus, streckt sie IHR entgegen, genau wie Bruce Springsteen (der niemals The King sein wird, so sehr er sich auch anstrengen mag) in seinem »Dancing in the Dark«-Video einem Mädchen die Hand entgegenstreckt.

Einen Augenblick lang ist sie zu fassungslos, um irgend etwas zu tun, zu fassungslos, um sich zu bewegen, und dann schieben Hände von hinten sie ihm entgegen, und SEINE Hand hat sich um ihr Handgelenk geschlossen, SEINE Hand zieht sie auf die Bühne empor. Sie kann ihn RIECHEN, eine Mixtur aus Schweiß, English Leather und heißem, sauberem Fleisch.

Einen bloßen Augenblick später liegt Myra Evans in Elvis Presleys Armen.

Der Satin seiner Auftrittskluft ist glatt unter ihren Händen. Die um sie geschlungenen Arme sind muskulös. Dieses Gesicht, SEIN Gesicht, das Gesicht von The King, ist nur zentimeterweit von ihrem entfernt. Er tanzt mit ihr – sie sind ein Paar, Myra Josephine Evans aus Castle Rock, Maine, und Elvis Aron Presley aus Memphis, Tennessee! Sie tanzen eng umschlungen über eine breite Bühne vor viertausend kreischenden Fans, während die Jordan Aires diesen tollen alten Refrain aus den Fünfzigern singen: »Let's rock … everybody let's rock …«

Seine Hüften drängen sich gegen die ihren, sie kann spüren, wie seine aufgestaute Spannung an ihren Bauch stößt. Dann wirbelt er sie herum, ihr Rock schwingt aus und gibt den Blick frei auf ih-

re Beine bis hinauf zu den Spitzen ihres Victoria's Secret-Höschens; ihre Hände drehen sich in den seinen wie eine Achse in einer Narbe. Und dann zieht er sie wieder an sich, seine Hände gleiten an ihrem Rücken herunter bis zur Rundung ihres Gesäßes, drücken sie fest an ihn. Einen Augenblick lang schaut sie nach unten, und dort sieht sie, wie jenseits des Gleißens der Rampenlichter Cora Rusk zu ihr heraufstarrt. Coras Gesicht ist verzerrt vor Haß und grün vor Neid.

Dann ergreift Elvis ihren Kopf und dreht ihn zu sich hin und sagt mit diesem unverwechselbaren, sirupweichen Akzent des Südens: »Sollten wir einander nicht eigentlich in die Augen sehen, Honey?« Bevor sie antworten kann, liegen seine vollen Lippen auf den ihren; der Geruch von ihm und das Fühlen von ihm erfüllen die Welt. Dann ist plötzlich seine Zunge in ihrem Mund – der König des Rock and Roll küßt sie leidenschaftlich vor Cora und der ganzen Welt. Er zieht sie wieder dicht an sich, und während die Trompeten ihre Synkopen herausschmettern, spürt sie, wie sich in ihren Lenden eine ekstatische Hitze ausbreitet. Oh, so ist es noch nie gewesen, nicht einmal vor all den vielen Jahren mit Ace Merrill drunten am Castle Lake. Sie möchte schreien, aber seine Zunge steckt tief in ihrem Mund, und sie kann sich nur in dem glatten Satinrücken festkrallen und mit den Hüften pumpen, während die Trompeten in »My Way« hineintosen.

11

Mr. Gaunt saß auf einem der Polsterstühle und beobachtete mit klinischer Gelassenheit, wie der Orgasmus sie durchfuhr. Sie zitterte wie eine Frau, die einen totalen neuralen Zusammenbruch erlebt; sie umklammerte das Foto von Elvis, ihre Augen waren geschlossen, ihr Busen wogte, ihre Beine verspannten sich, lockerten sich, verspannten sich, lockerten sich. Ihr Haar hatte seine Schönheitssalon-Locken eingebüßt und lag wie ein nicht gerade reizvoller Helm um ihren Kopf. Von ihrem Doppelkinn troff nicht weniger Schweiß, als Elvis vergossen hatte, während er bei seinen letzten paar Konzerten auf der Bühne herumwirbelte.

»Oh!« schrie Myra und zitterte dabei wie eine Portion Götterspeise auf einem Teller. »Ooooh! Oooooooh, mein *Gott!* Ooooooo-ooooh, mein Goooooott! OOOOOHHH ...«

Mr. Gaunt ergriff gelangweilt mit Daumen und Zeigefinger die Bügelfalte seiner dunklen Hose und schüttelte sie, bis sie ihre vorherige Rasiermesserschärfe zurückerlangte. Dann beugte er sich vor und nahm Myra das Foto aus den Händen. Sofort riß sie die Augen auf, die voll waren von Fassungslosigkeit. Sie wollte nach dem Foto greifen, aber es befand sich bereits außerhalb ihrer Reichweite. Sie machte Anstalten, aufzustehen.

»Sitzenbleiben«, sagte Mr. Gaunt.

Myra blieb, wo sie war, als wäre sie im Akt des Aufstehens in Stein verwandelt worden.

»Wenn Sie dieses Foto jemals wiedersehen wollen, Myra, dann bleiben Sie sitzen.«

Sie setzte sich wieder hin und starrte ihn mit benommener Agonie an. Große Schweißflecke breiteten sich unter ihren Armen und an der Seite ihrer Brüste aus.

»Bitte«, sagte sie. Das Wort kam als Krächzen heraus, so staubtrocken, daß es einem Windstoß in der Wüste glich. Sie streckte die Hände aus.

»Nennen Sie mir einen Preis«, forderte Mr. Gaunt sie auf.

Sie dachte nach. Ihre Augen rollten in ihrem verschwitztem Gesicht. Ihr Adamsapfel hüpfte auf und ab.

»Vierzig Dollar!« rief sie.

Er lachte und schüttelte den Kopf.

»Fünfzig!«

»Lächerlich. Ihnen scheint an diesem Foto nicht sonderlich viel zu liegen, Myra.«

»Doch!« Aus ihren Augenwinkeln begannen Tränen zu sickern. Sie liefen an ihren Wangen herunter und vermischten sich mit dem Schweiß. »Doch, ich möchte es haben!«

»Na schön«, sagte er. »Sie möchten es haben. Ich akzeptiere die Tatsache, daß Sie es haben möchten. Aber brauchen Sie es, Myra? *Brauchen* Sie es wirklich?«

»Sechzig! Das ist alles, was ich habe. Bis auf den letzten Heller!«

»Myra, haben Sie den Eindruck, daß ich ein Kind bin?«

»Nein …«

»So scheint es aber. Ich bin ein alter Mann – älter, als Sie glauben würden –, aber ich habe mich gut gehalten, wenn ich das von mir selbst sagen darf. Trotzdem scheint mir, daß Sie mich für ein Kind halten, ein Kind, dem man einreden kann, eine Frau, die in einem brandneuen Zweifamilienhaus weniger als drei Blocks von Castle View entfernt lebt, besäße nicht mehr als sechzig Dollar.«

»Sie verstehen das nicht! Mein Mann …«

Mr. Gaunt erhob sich; das Foto hielt er nach wie vor in der Hand. Der lächelnde Mann, der beiseitegetreten war, um sie einzulassen, war aus dem Raum verschwunden. »Sie hatten keine Verabredung, Myra, nicht wahr? Nein. Ich habe Sie aus reiner Herzensgüte eingelassen. Aber jetzt muß ich Sie leider bitten, wieder zu gehen.«

»Siebzig! Siebzig Dollar!«

»Sie beleidigen meine Intelligenz. Bitte, gehen Sie.«

Myra fiel vor ihm auf die Knie. Sie weinte in heiseren, panikerfüllten Schluchzern. Sie umklammerte seine Waden, während sie sich vor ihm erniedrigte. »Bitte, bitte, Mr. Gaunt. Ich muß dieses Foto haben. Ich muß einfach. Es macht – Sie können sich gar nicht vorstellen, was es macht!«

Mr. Gaunt betrachtete das Foto von Elvis, und ganz kurz erschien ein Ausdruck des Abscheus auf seinem Gesicht.

»Ich glaube nicht, daß ich das möchte«, sagte er. »Es sah überaus – schweißig aus.«

»Aber wenn es mehr kostet als siebzig Dollar, dann muß ich einen Scheck ausschreiben. Chuck würde es merken. Er würde wissen wollen, wofür ich das Geld ausgegeben habe. Und wenn ich es ihm sagte, dann würde er – dann würde er …«

»Das«, sagte Mr. Gaunt, »ist nicht mein Problem. Ich bin Ladenbesitzer, kein Eheberater.« Er blickte auf sie herab, redete in ihr verschwitztes Haar hinein. »Ich bin sicher, daß jemand anders – Mrs. Rusk zum Beispiel – imstande sein wird, sich dieses ziemlich einmalige Porträt des verstorbenen Mr. Presley zu leisten.«

Bei der Erwähnung von Cora fuhr Myras Kopf hoch. Ihre Augen waren eingesunkene, glitzernde Punkte in dunklen,

148

braunen Höhlen. Ihre Zähne waren gebleckt. In diesem Augenblick sah sie aus, als hätte sie den Verstand verloren.

»Sie würden es an *sie* verkaufen!« zischte sie.

»Ich bin ein Anhänger der freien Marktwirtschaft«, sagte Mr. Gaunt. »Sie ist es, die dieses Land groß gemacht hat. Und ich wünschte wirklich, Sie würden mich loslassen, Myra. Ihre Hände sind klatschnaß vor Schweiß. Ich muß diese Hose reinigen lassen, und selbst dann bin ich nicht sicher ...«

»Achtzig! Achtzig Dollar!«

»Ich verkaufe es Ihnen für genau das Doppelte«, sagte Mr. Gaunt. »Einhundert und sechzig Dollar.« Er grinste und entblößte seine großen, schiefen Zähne. »Und ich bin gern bereit, Ihren Scheck zu akzeptieren.«

Sie stieß einen Heuler der Verzweiflung aus. »Ich kann nicht! Chuck würde mich *umbringen!*«

»Vielleicht«, sagte Mr. Gaunt, »aber dann würden Sie einer brennenden Liebe wegen sterben, nicht wahr?«

»Hundert«, winselte Myra und packte wieder seine Waden, als er versuchte, von ihr zurückzuweichen. »Bitte, hundert Dollar.«

»Einhundert und vierzig«, konterte Gaunt. »Tiefer kann ich nicht gehen. Das ist mein letztes Angebot.«

»Also gut«, keuchte Myra. »Also gut, geht in Ordnung. Ich bezahle es ...«

»Und Sie müssen mir natürlich noch einen blasen«, sagte Gaunt und grinste auf sie herab.

Sie schaute hoch, und ihr Mund war ein kreisrundes O. »Was haben Sie da gesagt?«

»Blasen Sie mir einen!« schrie er auf sie herab. »Machen Sie Ihren tollen Mund auf und *lutschen Sie mir den Schwanz!*«

»Oh, mein Gott!« stöhnte Myra.

»Wie Sie wollen«, sagte Mr. Gaunt und begann, sich abzuwenden.

Sie grabschte nach ihm, bevor er sie verlassen konnte. Einen Augenblick später fingerten ihre zitternden Hände an seinem Reißverschluß herum.

Er ließ sie mit belustigtem Gesicht ein paar Augenblicke lang gewähren, dann schlug er ihre Hände beiseite.

»Vergessen Sie es«, sagte er. »Von oralem Sex bekomme ich Amnesie.«

»Was ...«

»Schon gut, Myra.« Er warf ihr das Foto zu. Ihre Hände flogen hoch, fingen es irgendwie auf und drückten es an ihren Busen. »Aber da ist trotzdem noch etwas.«

»Was?« zischte sie ihn an.

»Kennen Sie den Mann, der in diesem Lokal jenseits der Tin Bridge an der Bar steht?«

Sie wollte gerade den Kopf schütteln, und ihre Augen waren abermals voll von Bestürzung, doch dann begriff sie, wen er meinen mußte. »Henry Beaufort?«

»Ja. Ich glaube, er ist auch der Besitzer dieses Lokals. Es heißt The Mellow Tiger. Ein interessanter Name.«

»Nun, ich *kenne* ihn nicht, aber ich glaube, ich weiß, wen Sie meinen.«

Sie war noch nie in ihrem Leben im Mellow Tiger gewesen, aber wer das Lokal führte und wem es gehörte, wußte sie ebensogut wie alle anderen Leute.

»Ja, den meine ich. Ich möchte, daß Sie Mr. Beaufort einen kleinen Streich spielen.«

»Was – was für einen Streich?«

Gaunt bückte sich, ergriff eine von Myras schweißglitschigen Händen und half ihr auf die Beine.

»Das«, sagte er, »ist etwas, worüber wir reden können, während Sie Ihren Scheck ausschreiben, Myra.« Jetzt lächelte er wieder, und der ganze Charme flutete in sein Gesicht zurück. Seine braunen Augen tanzten und funkelten. »Und übrigens – möchten Sie, daß ich Ihr Foto in Geschenkpapier einschlage?«

Fünftes Kapitel

1

Alan zwängte sich in eine der Nischen in Nan's Luncheonette und ließ sich Polly gegenüber nieder. Er sah sofort, daß die Schmerzen noch immer schlimm waren – so schlimm, daß sie am Nachmittag ein Percodan genommen hatte, was selten vorkam. Er wußte es, noch bevor sie den Mund geöffnet hatte – es war etwas in ihren Augen. Eine Art Glänzen. Er hatte gelernt, es zu erkennen – aber nicht, es zu mögen. Er glaubte nicht, daß er es je mögen würde, und fragte sich, nicht zum erstenmal, ob sie schon süchtig war nach diesem Zeug. In Pollys Fall wäre diese Süchtigkeit nur eine weitere Nebenwirkung, etwas, das zu erwarten gewesen und dann in das Hauptproblem eingeschmolzen war – und das war, einfach ausgedrückt, die Tatsache, daß sie mit Schmerzen leben mußte, die er sich wahrscheinlich nicht einmal vorstellen konnte.

Seine Stimme verriet nichts von diesen Gedanken, als er fragte. »Wie geht es dir, meine Hübsche?«

Sie lächelte. »Nun, es war ein interessanter Tag. Seeehhhr inderessant, wie dieser Mann in *Laugh-In* zu sagen pflegte.«

»Du bist nicht alt genug, um dich daran zu erinnern.«

»Doch, das bin ich. Alan, wer ist das?«

Er schaute gerade noch rechtzeitig in die von ihrem Blick gewiesene Richtung, um zu sehen, wie eine Frau, die ein rechteckiges Päckchen in den Händen hielt, an Nan's großem Restaurantfenster vorbeidriftete. Ihre Augen waren starr geradeaus gerichtet, und ein ihr entgegenkommender Mann mußte blitzschnell ausweichen, um einen Zusammenstoß zu vermeiden. Alan durchblätterte in Windeseile die riesige Akte von Namen und Gesichtern, die er in seinem Kopf angelegt hatte, und brachte etwas zustande, das Norris, der eine Schwäche für den Polizeijargon hatte, zweifellos eine »partielle Identifizierung« genannt hätte.

»Evans. Mabel oder Mavis oder so etwas Ähnliches. Ihr Mann ist Chuck Evans.«

»Sie sieht aus, als hätte sie gerade einen erstklassigen Panamaischen Roten geraucht«, sagte sie. »Ich beneide sie.«

Nan Roberts kam selbst herüber, um sie zu bedienen. Sie gehörte zu William Roses baptistischen Gottesstreitern und trug über ihrer linken Brust einen kleinen gelben Button. Es war der dritte, den Alan an diesem Nachmittag gesehen hatte, und er vermutete, daß er in den nächsten Wochen noch sehr viele davon zu sehen bekommen würde. Er zeigte einen Spielautomaten in einem schwarzen Kreis, durch den eine rote Diagonale gezogen worden war. Auf dem Button standen keine Worte, aber er ließ auch so nicht den geringsten Zweifel an den Gefühlen, den seine Träger hinsichtlich der Kasino-Nacht hegten.

Nan war eine Frau in mittleren Jahren mit einem gewaltigen Busen und einem liebenswürdigen, hübschen Gesicht, bei dem man an Mom und Apfelkuchen dachte. Der Apfelkuchen bei Nan war, wie Alan und seine sämtlichen Deputies wußten, ganz ausgezeichnet – zumal mit einer großen Kugel Vanilleeis, das auf dem heißen Kuchen schmolz. Es war leicht, sich bei Nan vom Augenschein blenden zu lassen, aber viele Geschäftsleute – in erster Linie Grundstücksmakler – hatten feststellen müssen, daß sich das ganz und gar nicht empfahl. Hinter dem liebenswürdigen Gesicht saß ein Verstand, der einem klickenden Computer glich, und unter dem mütterlich wogenden Busen steckte dort, wo normalerweise das Herz sitzt, ein Stapel Kontobücher. Nan gehörte ein beträchtlicher Teil von Castle Rock; seit Pop Merrills Begräbnis war sie vermutlich die reichste Person in der ganzen Stadt.

Sie erinnerte ihn an eine Bordell-Madam, die er einmal in Utica verhaftet hatte. Die Frau hatte ihm eine Bestechung angeboten, und als er sie abgelehnt hatte, hatte sie allen Ernstes versucht, ihm mit einem Vogelkäfig den Schädel einzuschlagen. Sein Bewohner, ein skofulöser Papagei, der manchmal mit nachdenklicher und trauriger Stimme »Ich habe deine Mama gefickt, Frank« sagte, hatte noch in dem Käfig gesessen. Gelegentlich, wenn Alan sah, wie sich die senkrechten Falten zwischen Nan Roberts Augen vertieften, war er überzeugt, daß sie durchaus imstande war, ebenso zu handeln. Und es erschien ihm völlig natürlich, daß Nan, die in letzter Zeit wenig mehr tat, als an der Kasse zu sitzen, herbeikam, um den County Sheriff selbst zu bedienen. Es war die persönliche Note, die soviel bedeutete.

»Hallo, Alan«, sagte sie. »Ich habe Sie seit einer Ewigkeit nicht mehr gesehen. Wo haben Sie gesteckt?«

»Hier und dort«, sagte er. »Ich bin viel unterwegs, Nan.«

»Nun, vergessen Sie Ihre alten Freunde nicht, während Sie unterwegs sind«, sagte sie und bedachte ihn mit ihrem strahlenden, mütterlichen Lächeln. Man mußte geraume Zeit in Nans Gegenwart verbringen, dachte Alan, bevor man merkte, wie selten dieses Lächeln bis an ihre Augen heranreichte. »Kommen Sie zumindest gelegentlich vorbei.«

»Und siehe da – hier bin ich!« sagte Alan.

Nan lachte so laut und vergnügt auf, daß die Männer an der Theke – zum größten Teil Holzfäller – kurz die Köpfe drehten. Und später, dachte Alan, werden sie ihren Freunden erzählen, daß sie gesehen haben, wie dicke Nan Roberts und der Sheriff miteinander sind. Die allerbesten Freunde.

»Kaffee, Alan?«

»Bitte.«

»Wie wäre es mit einem Stück Kuchen dazu? Selbstgebacken – mit Äpfeln aus McSherrys Garten drüben in Sweden. Gestern erst gepflückt.« Zumindest versucht sie nicht, uns weiszumachen, daß sie sie selbst gepflückt hat, dachte Alan.

»Nein, danke.«

»Wirklich nicht? Und wie steht es mit Ihnen, Polly?«

Polly schüttelte den Kopf.

Nan ging, um den Kaffee zu holen. »Du kannst sie nicht so recht leiden, nicht wahr?« fragte sie leise.

Er dachte darüber nach, ein wenig überrascht – die Frage, ob er jemanden leiden konnte oder nicht, hatte sich ihm nie gestellt. »Nan? Sie ist in Ordnung. Es ist nur so, daß ich, wenn ich kann, gern herausfinde, wie die Leute wirklich sind.«

»Und was sie wirklich wollen?«

»Das ist entschieden zu schwierig«, sagte er lachend. »Ich begnüge mich damit, wissen zu wollen, was sie vorhaben.«

153

Sie lächelte – er liebte es, sie zum Lächeln zu bringen – und sagte: »Aus dir machen wir noch einen richtigen Yankee-Philosophen, Alan Pangborn.«

Er berührte den Rücken ihrer behandschuhten Hand und erwiderte das Lächeln.

Nan kehrte mit Kaffee in einem dicken weißen Becher zurück und verließ sie sofort wieder. Eines muß man ihr lassen, dachte Alan, sie weiß, wann der Höflichkeit Genüge getan ist. Das wußte nicht jeder mit Nans Interessen und Ambitionen.

»Und jetzt«, sagte Alan, nachdem er einen Schluck Kaffee getrunken hatte, »möchte ich die Geschichte deines sehr interessanten Tages hören.«

Sie erzählte ihm, wie sie und Rosalie Drake am Morgen Nettie Cobb beobachtet hatten, wie Nettie vor der Tür von Needful Things mit sich gekämpft und wie sie schließlich den Mut aufgebracht hatte, hineinzugehen.

»Das ist doch toll«, sagte er, und es war seine ehrliche Meinung.

»Ja – aber das ist noch nicht alles. Als sie herauskam, hatte sie etwas *gekauft!* Ich habe sie noch nie so froh und so strahlend gesehen wie heute. Das ist es, strahlend. Du weißt, wie farblos sie normalerweise ist?«

Alan nickte.

»Nun, sie hatte Rosen auf den Wangen, und ihr Haar war irgendwie wirr, und ein paarmal hat sie tatsächlich gelacht.«

»Bist du sicher, daß sie wirklich nur einen Handel abgeschlossen haben?« fragte er und verdrehte die Augen.

»Sei nicht albern.« Sie tat so, als wollte sie ihm einen Klaps auf die Hand geben – etwas, von dem er wußte, daß sie es nie tun würde, nicht einmal zum Spaß. Nicht mit *ihren* Händen. »Jedenfalls hat sie draußen gewartet, bis du gegangen warst – ich wußte, daß sie das tun würde –, und dann kam sie herein und zeigte uns, was sie gekauft hatte. Du weißt doch, daß sie – in bescheidenem Umfang – Buntglas sammelt?«

»Nein. Es gibt einige Dinge in dieser Stadt, die meiner Aufmerksamkeit bisher entgangen sind. Ob du es glaubst oder nicht.«

»Sie hat ein halbes Dutzend Stücke. Die meisten davon hat sie von ihrer Mutter geerbt. Sie hat mir einmal erzählt, daß sie früher mehr gehabt hätte, aber einiges davon wäre zerbrochen. Auf jeden Fall liebt sie die paar Stücke, die sie hat, und er hat ihr den prachtvollsten Lampenschirm verkauft, den ich seit Jahren gesehen habe. Auf den ersten Blick konnte man ihn für eine Arbeit von Tiffany halten. Was er natürlich nicht war – nicht sein konnte. Nettie könnte sich niemals ein Stück echtes Tiffany-Glas leisten – aber er ist wirklich wunderschön.«

»Was hat sie dafür bezahlt?«

»Ich habe sie nicht danach gefragt. Aber ich wette, der Strumpf, in dem sie ihr Geld aufbewahrt, ist heute nachmittag flach.«

Er runzelte leicht die Stirn. »Bist du sicher, daß sie nicht übers Ohr gehauen wurde?«

»Ganz sicher. Nettie mag in vielen Dingen unsicher sein, aber mit Buntglas kennt sie sich aus. Sie sagte, es wäre ein guter Kauf gewesen, und das bedeutet, daß es einer war. Der Lampenschirm hat sie *so* glücklich gemacht, Alan.«

»Das freut mich. Just The Ticket.«

»Wie bitte?«

»Das war der Name eines Ladens in Utica«, sagte er. »Vor langer Zeit, als ich noch ein kleiner Junge war. Just The Ticket.«

»Und hatten sie dort *dein* Ticket?«

»Ich weiß es nicht. Ich bin nie darin gewesen.«

»Nun«, sagte sie, »anscheinend glaubt unser Mr. Gaunt, er hätte meines.«

»Wieso?«

»Nettie hat meinen Tortenbehälter mitgebracht, und es lag ein Brief darin. Von Mr. Gaunt.« Sie schob ihm über den Tisch hinweg ihre Handtasche zu. »Sieh in meine Tasche – ich kriege heute nachmittag den Verschluß nicht auf.«

Er ignorierte die Handtasche fürs erste. »Wie schlimm ist es, Polly?«

»Schlimm«, sagte sie schlicht. »Es war schon schlimmer, aber ich will dich nicht anlügen; *viel* schlimmer war es noch nie. Schon die ganze Woche, seit dem Wetterumschlag.«

»Willst du zu Dr. Van Allen gehen?«

Sie seufzte. »Noch nicht. Eigentlich wäre jetzt wieder ein Nachlassen fällig. Jedesmal, wenn der Schmerz so schlimm geworden ist, wie er jetzt ist, läßt er genau in dem Moment nach, in dem ich das Gefühl habe, ich würde bald wahnsinnig werden. So ist es bisher immer gewesen. Aber ich vermute, irgendwann einmal wird der Schmerz einfach nicht mehr nachlassen. Wenn es mir bis Montag nicht besser geht, suche ich ihn auf. Aber er kann auch nicht mehr tun, als Rezepte auszuschreiben. Ich will nicht zum Junkie werden, wenn es sich vermeiden läßt, Alan.«

»Aber …«

»Das reicht«, sagte sie. »Das reicht fürs erste, okay?«

»Okay«, sagte er ein wenig widerstrebend.

»Lies den Brief. Er ist sehr liebenswürdig – und irgendwie nett.«

Er öffnete den Verschluß ihrer Handtasche und sah einen schmalen Umschlag, der auf ihrer Brieftasche lag. Er nahm ihn heraus. Das Papier fühlte sich kostbar und glatt an. Auf der Vorderseite stand, in einer Schrift, die so altmodisch war, als stammte sie aus einem alten Tagebuch, *Mrs. Polly Chalmers.*

»Diese Schrift heißt Copperplate«, sagte sie. »Ich glaube, sie wurde in der Schule gelehrt, als es auf der Erde noch Dinosaurier gab.«

Er zog ein einzelnes Blatt Papier mit Büttenrand aus dem Umschlag. Der Briefkopf lautete:

NEEDFUL THINGS

Castle Rock, Maine

Inhaber: Leland Gaunt

Die Handschrift war nicht so kunstvoll wie auf dem Umschlag, aber Schrift und Sprache wirkten angenehm altertümlich.

Liebe Polly,
nochmals herzlichen Dank für die Schokoladentorte. Sie ist mein Lieblingsgebäck, und sie war köstlich! Außerdem möchte ich Ih-

nen danken für Ihre Liebenswürdigkeit und Ihre Aufmerksam-keit – ich nehme an, Sie wußten, wie nervös ich sein würde am Tage meiner Geschäftseröffnung, noch dazu außerhalb der Sai-son.

Ich habe etwas, das noch nicht hier ist, aber zusammen mit an-deren Dingen per Luftfracht eintreffen wird, und ich glaube, daß es Sie sehr interessieren dürfte. Mehr möchte ich nicht sagen; es wäre mir lieber, wenn Sie es sich selbst ansähen. Es ist im Grun-de nur eine Nippsache, aber es ist mir bereits in dem Moment eingefallen, in dem Sie meinen Laden verließen, und meine Ein-fälle waren im Laufe der Jahre nur selten falsch. Ich rechne ent-weder Freitag oder Samstag mit seinem Eintreffen. Möchten Sie am Sonntagvormittag herüberkommen, wenn Sie es einrichten können? Ich werde den ganzen Tag da sein und Ware katalogi-sieren, und ich würde es Ihnen gern zeigen. Im Augenblick möchte ich nicht mehr sagen; der Gegenstand wird für sich spre-chen – oder auch nicht. Auf jeden Fall möchte ich Ihnen Ihre Liebenswürdigkeit mit einer Tasse Tee vergelten.

Ich hoffe, Nettie freut sich über ihren neuen Lampenschirm. Sie ist eine ganz reizende Dame, und er schien ihr ausnehmend gut zu gefallen.

Ihr ergebener
Leland Gaunt

»Merkwürdig!« sagte Alan, steckte den Brief in den Um-schlag zurück und schob den Umschlag wieder in ihre Handtasche. »Hast du vor, die Sache zu überprüfen, wie wir Polizisten zu sagen pflegen?«

»Nach einer so formellen Einladung, und nachdem ich Netties Lampenschirm gesehen habe – wie könnte ich da ab-lehnen? Ich glaube, ich werde hinübergehen – wenn sich meine Hände besser anfühlen. Kommst du mit, Alan? Viel-leicht hat er auch etwas für dich.«

»Vielleicht. Aber vielleicht sehe ich mir auch das Spiel der Patriots an. Irgendwann müssen sie ja einmal gewinnen.«

»Du siehst müde aus, Alan. Dunkle Ringe unter den Au-gen.«

»Es war mal wieder einer von diesen Tagen. Er fing damit an, daß ich gerade noch verhindern konnte, daß sich der

Vorsitzende des Stadtrats und einer meiner Deputies gegenseitig die Köpfe einschlugen.«

Sie lehnte sich anteilnehmend vor. »Was ist passiert?«

Er erzählte ihr von der Auseinandersetzung zwischen Keeton und Norris Ridgewick und erwähnte dann, wie seltsam ihm Keeton vorgekommen war – das Wort *Verfolgung*, das er benutzt hatte, war ihm den ganzen Tag nicht aus dem Kopf gegangen. Als er geendet hatte, schwieg Polly eine ganze Weile.

»Nun?« fragte er sie schließlich. »Worüber denkst du nach?«

»Ich denke darüber nach, daß es noch ein paar Jahre dauern wird, bis du über Castle Rock alles weißt, was du wissen mußt. Das gilt vermutlich auch für mich. Ich war sehr lange fort und rede nicht darüber, wo ich war oder was aus meinem ›kleinen Problem‹ geworden ist; aber ich glaube, in der Stadt gibt es eine Menge Leute, die mir nicht trauen. Als ich nach Castle Rock zurückkam – weißt du, welches Gefühl ich da hatte?«

Er schüttelte interessiert den Kopf. Polly war keine Frau, die sich mit der Vergangenheit aufhielt, nicht einmal ihm gegenüber.

»Es war, als schaltete man eine Fernsehserie ein, die anzuschauen man sich abgewöhnt hat. Selbst wenn man sie ein paar Jahre nicht gesehen hat, erkennt man die Personen und ihre Probleme sofort wieder, weil sie sich im Grunde nicht verändern. Wenn man sich eine solche Serie dann wieder ansieht, hat man das Gefühl, in ein Paar bequeme alte Schuhe zu schlüpfen.«

»Was willst du damit sagen?«

»Daß es hier eine Menge Fernsehserien-Geschichten gibt, die dir entgangen sind. Wußtest du, daß der Onkel von Danforth Keeton um die gleiche Zeit in Juniper Hill war wie Nettie?«

»Nein.«

Sie nickte. »Als er ungefähr vierzig war, tauchten geistige Probleme auf. Meine Mutter pflegte zu sagen, Bill Keeton wäre schizophren. Ich weiß nicht, ob das die richtige Bezeichnung war oder nur das Wort, das Mom am häufigsten im Fernsehen gehört hatte, aber *etwas* war eindeutig mit ihm nicht in Ordnung. Ich erinnere mich, daß er Leute auf der Straße anhielt und versuchte, ihnen Vorträge zu halten – über die Verschuldung des Staates, und daß John Kennedy Kommunist wäre – ach, ich weiß nicht, was sonst noch alles. Ich war damals noch ein kleines Mädchen, aber es hat mir Angst gemacht, Alan – *das* habe ich gewußt.«

»Das kann ich verstehen.«

»Manchmal wanderte er auch mit gesenktem Kopf die Straße entlang und führte Selbstgespräche, laut vor sich hinmurmelnd. Meine Mutter sagte mir, ich dürfte ihn nie ansprechen, wenn er sich in diesem Zustand befand, nicht einmal, wenn wir auf dem Weg in die Kirche waren und er auch. Schließlich hat er versucht, seine Frau zu erschießen. Das wenigstens erzählte man sich, aber du weißt, wie der Klatsch im Laufe der Zeit die Dinge verzerrt. Vielleicht hat er auch nur seine Dienstpistole vor ihr geschwenkt. Doch was er auch getan haben mag, es reichte aus, um ihn ins Gefängnis zu stecken. Es gab eine Art Verhandlung über seine Zurechnungsfähigkeit, und als die vorüber war, schafften sie ihn nach Juniper Hill.«

»Ist er noch dort?«

»Er ist tot. Nachdem er einmal eingeliefert worden war, verschlechterte sich sein Geisteszustand sehr schnell. Er starb im Koma. Das jedenfalls habe ich gehört.«

»Großer Gott!«

»Aber das ist noch nicht alles. Ronnie Keeton, Danforth' Vater und Bill Keetons Bruder, verbrachte Mitte der Siebziger vier Jahre in der psychiatrischen Abteilung des VA-Krankenhauses in Togus. Jetzt ist er in einem Pflegeheim. Alzheimersche Krankheit. Und dann war da noch eine Großtante oder Cousine, die nach einem Skandal in den Fünfzigern Selbstmord beging. Worin dieser Skandal bestand, weiß ich nicht genau, aber ich habe gehört, daß ihr Frauen wesentlich besser gefielen als Männer.«

»Es liegt in der Familie – ist es das, was du damit sagen willst?«

»Nein«, sagte sie. »Es steckt keine moralische Wertung dahinter, kein Leitmotiv. Ich weiß ein paar Dinge aus der Geschichte der Stadt, die du nicht weißt – Dinge, die bei den Reden zum vierten Juli nicht zur Sprache kommen. Ich gebe sie an dich weiter. Daraus Schlüsse zu ziehen, ist Sache der Polizei.«

Ihre letzten Worte klangen so förmlich, daß Alan leise lachen mußte. Dennoch war ihm unbehaglich zumute. Waren geistige Störungen erblich? Im Psychologie-Unterricht in der High School hatte man ihm beigebracht, diese Idee wäre ein Ammenmärchen. Jahre später, an der Polizeiakademie in Albany, hatte ein Instrukteur gesagt, es stimmte oder könnte zumindest in manchen Fällen zutreffen; manche Geisteskrankheiten ließen sich im Stammbaum einer Familie so deutlich zurückverfolgen wie blaue Augen oder überzählige Finger. Eines der Beispiele, das er angeführt hatte, war Alkoholismus gewesen. Hatte er auch etwas über Schizophrenie gesagt? Alan konnte sich nicht erinnern. Seine Zeit an der Akademie lag viele Jahre zurück.

»Ich glaube, ich sollte mich, was Buster betrifft, ein wenig umhören«, erklärte Alan. »Der Gedanke, daß sich der Vorsitzende des Stadtrats von Castle Rock in eine menschliche Zeitbombe verwandeln könnte, ist nicht gerade beruhigend.«

»Natürlich nicht. Und wahrscheinlich wird das auch nicht passieren. Ich dachte nur, du solltest es wissen. Die Leute hier beantworten Fragen – sofern du weißt, welche Fragen du stellen mußt. Wenn du es nicht weißt, schauen sie vergnügt zu, wie du im Kreis herumwanderst, und sagen kein einziges Wort.«

Alan grinste. Es war die Wahrheit. »Aber du hast noch nicht alles gehört, Polly – nachdem Buster gegangen war, hatte ich Besuch von Reverend Willie. Er …«

»Psst!« sagte Polly so heftig, daß Alan erschrocken verstummte. Sie sah sich um, kam offenbar zu dem Schluß, daß niemand ihre Unterhaltung belauscht hatte, und wendete sich dann wieder an Alan. »Manchmal bist du wirklich zum Verzweifeln! Wenn du nicht lernst, ein bißchen diskreter zu sein, dann wirst du bei den Wahlen in zwei Jahren aus dem Amt gefegt – und dann stehst du mit einem breiten, verwirrten Grinsen im Gesicht da und weißt nicht, was passiert ist.

Du mußt vorsichtiger sein. Wenn Danforth Keeton eine Zeitbombe ist, dann ist dieser Mann ein Raketenwerfer.«

Er beugte sich vor und sagte: »Er ist kein Raketenwerfer. Ein selbstgerechter, aufgeblasener kleiner Schwachkopf, *das* ist er.«

»Die Kasino-Nacht?«

Er nickte.

Sie legte ihre Hände über die seinen. »Du Ärmster! Und von außen betrachtet sieht die Stadt aus wie ein verschlafenes kleines Nest, nicht wahr?«

»Das ist sie gewöhnlich auch.«

»War er wütend, als er ging?«

»Kann man wohl sagen«, erklärte Alan. »Es war schon meine zweite Unterhaltung mit dem guten Reverend über die Legalität der Kasino-Nacht. Und ich rechne damit, daß noch einige weitere folgen werden, bevor die Katholiken dieses verdammte Unternehmen endlich starten und die Sache erledigt ist.«

»Er ist wirklich ein selbstgerechter kleiner Schwachkopf, nicht wahr?« fragte sie mit noch leiserer Stimme. Ihr Gesicht war ernst, aber ihre Augen funkelten.

»Ja. Außerdem gibt es jetzt Buttons. Eine neue Masche.«

»Buttons?«

»Mit Spielautomaten darauf, die durchgestrichen sind. Nan trägt so einen. Ich frage mich, wessen Idee das war.«

»Wahrscheinlich stammt sie von Don Hemphill. Er ist nicht nur ein guter Baptist, sondern sitzt auch im Staatsausschuß der Republikaner. Don kennt sich in Wahlkämpfen aus, aber ich wette, er muß feststellen, daß es wesentlich schwieriger ist, die öffentliche Meinung zu beeinflussen, wenn es um Religion geht.« Sie streichelte seine Hände. »Nimm's nicht so schwer, Alan. Sei geduldig. Warte ab. Das ist es, was den größten Teil des Lebens in Castle Rock ausmacht – die Dinge nicht so schwer nehmen, geduldig sein und abwarten, bis der gelegentliche Stunk vorübergeht. Okay?«

Er lächelte sie an, drehte seine Hände um und ergriff die ihren – aber sanft. Ganz, ganz sanft. »Okay«, sagte er. »Hättest du gern Gesellschaft heute abend, meine Hübsche?«

161

»Oh, Alan, ich weiß nicht recht …«

»Keine Annäherungsversuche«, versicherte er ihr. »Ich mache ein Feuer an, wir setzen uns davor, und du kannst zu meiner Belustigung noch ein paar Leichen aus dem Schrank der Stadt ans Licht bringen.«

Sie lächelte matt. »Ich glaube, im Laufe der letzten sechs oder sieben Monate hast du so ziemlich alle Leichen kennengelernt, von denen ich weiß, Alan. Wenn du noch mehr über Castle Rock erfahren möchtest, solltest du dich mit Lenny Partridge anfreunden – oder mit *ihr*.« Sie deutete mit einem Nicken auf Nan, dann senkte sie die Stimme. »Der Unterschied zwischen Lenny und Nan«, sagte sie, »ist der, daß es Lenny genügt, Dinge zu wissen. Nan Roberts dagegen macht von dem, was sie weiß, gern Gebrauch.«

»Und das bedeutet?«

»Das bedeutet, daß sie nicht für *alle* Grundstücke, die sie besitzt, den vollen Marktpreis gezahlt hat.«

Alan musterte sie nachdenklich. Er hatte Polly noch nie in einer derartigen Stimmung erlebt – gleichzeitig introspektiv, redselig und deprimiert. Zum ersten Mal, seit er ihr Freund und dann ihr Geliebter geworden war, fragte er sich, ob er Polly Chalmers zuhörte – oder den Drogen.

»Ich glaube, heute abend wäre es besser, wenn du nicht kämest«, sagte sie mit plötzlicher Entschlossenheit. »Ich bin keine gute Gesellschafterin, wenn ich mich so fühle wie jetzt. Das sehe ich dir am Gesicht an.«

»Polly, das ist nicht wahr.«

»Ich gehe nach Hause und nehme ein langes, heißes Bad. Ich trinke keinen Kaffee mehr. Ich ziehe den Stecker des Telefons heraus, gehe zeitig zu Bett, und es besteht die Hoffnung, daß ich mich, wenn ich morgen früh aufwache, fühlen werde wie ein neuer Mensch. Und *dann* kannst du vielleicht – wieder einen Annäherungsversuch unternehmen.«

»Ich mache mir Sorgen um dich«, sagte er.

Ihre Hände bewegten sich leicht und sanft in den seinen. »Ich weiß«, sagte sie. »Es ändert nichts, aber ich weiß es zu schätzen, Alan. Mehr, als du ahnst.«

2

Hugh Priest verlangsamte auf seinem Heimweg vom Fuhrpark von Castle Rock die Fahrt, als er am Mellow Tiger vorbeikam – doch dann gab er wieder Gas. Er fuhr nach Hause, parkte seinen Buick auf der Zufahrt und ging hinein.

Seine Behausung hatte zwei Zimmer: eines, in dem er schlief, und eines, in dem er alles andere tat. Ein angeschlagener Resopaltisch, bedeckt mit den Aluminiumbehältern von Tiefkühlgerichten (die meisten mit erstarrten Saucenresten, in denen Zigarettenstummel ausgedrückt worden waren), stand in der Mitte des Wohnraums. Er trat an den offenen Schrank, stellte sich auf die Zehenspitzen und tastete auf dem obersten Bord herum. Einen Augenblick lang glaubte er, der Fuchsschwanz wäre fort, jemand wäre hereingekommen und hätte ihn gestohlen, und Panik entzündete einen Feuerball in seinem Magen. Dann traf seine Hand auf etwas Seidiges, und er ließ den angehaltenen Atem in einem langen Seufzer entweichen.

Er hatte fast den ganzen Tag damit verbracht, über den Fuchsschwanz nachzudenken, sich vorzustellen, wie er ihn an der Antenne des Buick befestigen würde, wie es aussehen würde, wenn er daran flatterte. Fast hätte er ihn schon am Morgen daran befestigt, aber da hatte es noch geregnet, und die Vorstellung, daß die Nässe ihn in ein triefendes Fellseil verwandeln würde, das schlaff herabhing wie ein Kadaver, hatte ihm gar nicht gefallen. Jetzt nahm er ihn mit hinaus, versetzte geistesabwesend einer leeren Saftdose einen Tritt, um sie aus dem Weg zu befördern, und ließ das üppige Fell durch die Finger gleiten. Himmel, das fühlte sich gut an!

Er betrat die Garage (die seit ungefähr 1984 so mit Gerümpel vollgestopft war, daß sein Wagen nicht mehr hineinpaßte) und fand nach einigem Suchen ein Stück steifen Draht. Er hatte sich entschlossen: zuerst würde er den Fuchsschwanz an der Antenne befestigen, dann würde er etwas essen, und danach würde er schließlich nach South Paris hinüberfahren. Dort gab es um sieben Uhr in der Halle der American Legion ein Treffen der Anonymen Alkoholiker. Vielleicht war es wirklich zu spät, noch ein neues Leben anzufangen –

163

aber es war nicht zu spät, sich darüber Gewißheit zu verschaffen, so oder so.

Er bog den Draht zu einer Schlinge und befestigte sie am dicken Ende des Schwanzes. Dann ging er daran, das andere Ende des Drahtes um die Antenne zu wickeln, aber seine Finger, die sich anfangs schnell und entschlossen bewegt hatten, wurden allmählich langsamer. Er spürte, wie seine Zuversicht ihm entglitt, und in das Loch, das sie hinterließ, begannen Zweifel einzusickern.

Er sah sich, wie er seinen Wagen auf dem Parkplatz der American Legion abstellte, und das war okay. Er sah sich, wie er in den Versammlungsraum hineinging, und auch das war okay. Aber dann sah er einen Jungen, so einen wie das Arschloch, das neulich vor seinen Laster gelaufen war, an der Halle der Legion vorbeigehen, während er drinnen war und sagte, sein Name wäre Hugh P., und er wäre dem Alkohol gegenüber machtlos. Irgendetwas zieht den Blick des Jungen auf sich – ein leuchtendes Orange im blauweißen Gleißen der Bogenlampen, die den Parkplatz beleuchten. Der Junge nähert sich dem Buick und untersucht den Fuchsschwanz – erst tastend, dann streichelnd. Er schaut sich um, sieht niemanden, zerrt an dem Fuchsschwanz und bricht den Draht durch. Und dann sah Hugh, wie der Junge davonwandert und in der Passage mit den Videospielen zu einem seiner Kumpel sagt: *Sieh mal, was ich da auf dem Parkplatz der Legion erwischt habe. Nicht schlecht, wie?*

Hugh spürte, wie sich eine verzweifelte Angst in seiner Brust breitmachte, als wäre dies nicht eine bloße Vorstellung, sondern etwas, das schon passiert war. Er streichelte den Fuchsschwanz, dann schaute er sich in der hereinbrechenden Dämmerung des Spätnachmittages um, als erwartete er, eine Horde diebischer Halbwüchsiger zu sehen, die sich auf der anderen Seite der Castle Hill Road zusammenrotteten und nur darauf warteten, daß er hineinging und ein paar Tiefkühlgerichte in den Ofen schob, um seinen Fuchsschwanz zu stehlen.

Nein. Es war besser, nicht wegzufahren. Die Jungen hatten heutzutage vor nichts Respekt. Sie stahlen alles, nur aus Spaß am Stehlen. Behielten es ein oder zwei Tage, verloren dann das Interesse daran und warfen es in einen Graben oder auf einen Bauplatz. Das Bild – und es war ein sehr deutliches Bild, fast eine Vision – seines Fuchsschwanzes, der vergessen zwischen allem möglichen Müll in einem Graben lag, vom Regen durchweicht wurde und zwischen Hamburger-Schachteln und weggeworfenen Bierdosen seine Farbe verlor, erfüllte Hugh mit einem Gefühl quälender Wut.

Es wäre *verrückt*, ein solches Risiko einzugehen.

Er wickelte den Draht ab, der den Schwanz an der Antenne hielt, kehrte damit ins Haus zurück und legte ihn wieder auf das oberste Bord des Schrankes. Diesmal machte er die Schranktür zu; aber sie ließ sich nicht richtig schließen.

Muß ein Schloß für die Tür besorgen, dachte er. *Jungen brechen überall ein. Haben heutzutage vor nichts mehr Respekt. Vor überhaupt nichts.*

Er ging zum Kühlschrank, holte eine Dose Bier heraus, betrachtete sie einen Moment, dann stellte er sie zurück. Ein Bier – auch vier oder fünf Bier – das war nicht das Rechte, ihn wieder ins Gleichgewicht zu bringen; so jedenfalls, wie ihm heute abend zumute war. Er öffnete einen der Unterschränke, tastete sich an einem Sortiment von Töpfen und Pfannen aus einem Ramschverkauf vorbei und fand die halbvolle Flasche Black Velvet, die dort für Notfälle bereitstand. Er füllte ein Geleeglas zur Hälfte, überlegte einen Moment, dann goß er es randvoll. Er nahm einen Schluck und dann noch einen, spürte, wie die Wärme in seinem Magen explodierte. Dann füllte er das Glas abermals. Jetzt fühlte er sich schon ein bißchen wohler, ein bißchen entspannter. Sein Blick wanderte zum Schrank, und er lächelte. Dort oben war er sicher, und er würde noch sicherer sein, sobald er sich aus dem Western Auto ein gutes, kräftiges Kreig-Vorhängeschloß geholt und es angebracht hatte. Es war gut, wenn man etwas hatte, das man sich wirklich wünschte, und das man brauchte; aber es war noch besser, wenn dieses Ding in Sicherheit war. Das war das allerbeste.

Dann schwand das Lächeln aus seinem Gesicht.

Hast du ihn deshalb gekauft? Damit er auf einem hohen Bord hinter einer verschlossenen Tür liegt?

Er trank abermals, langsam. Na schön, das ist vielleicht nicht so gut. Aber immer noch besser, als ihn an irgendeinen diebischen Jungen zu verlieren.

»Schließlich«, sagte er laut, »ist 1953 lange her. Jetzt leben wir in der modernen Zeit.«

Er nickte, wie um seinen Worten Nachdruck zu verleihen. Dennoch verließ ihn der Gedanke nicht. Was nützte ihm der Fuchsschwanz, wenn er da oben lag? Ihm oder sonst jemandem?

Aber zwei oder drei Drinks ließen das Zurücklegen des Fuchsschwanzes als den vernünftigsten Gedanken der Welt erscheinen. Er beschloß vorerst aufs Essen zu verzichten; eine derart vernünftige Entscheidung verdiente es, mit ein oder zwei weiteren Drinks belohnt zu werden.

Er füllte das Geleeglas abermals, ließ sich auf einem der Küchenstühle mit Stahlrohrbeinen nieder und zündete sich eine Zigarette an. Und während er da saß, trank und Asche in einen der Tiefkühlbehälter fallen ließ, vergaß er den Fuchsschwanz und begann, über Nettie Cobb nachzudenken. Die verrückte Nettie. Er würde der verrückten Nettie einen Streich spielen. Vielleicht nächste Woche oder die Woche darauf – wahrscheinlich aber schon diese Woche. Mr. Gaunt hatte ihm erklärt, er wäre ein Mann, der nicht gern seine Zeit vergeudet, und Hugh war bereit, ihm das zu glauben.

Er freute sich darauf.

Es würde die Monotonie unterbrechen.

Er trank, er rauchte, und als er schließlich um Viertel vor zehn auf den schmutzigen Laken seines schmalen Bettes in dem anderen Zimmer einschlief, tat er es mit einem Lächeln im Gesicht.

3

Wilma Jerzycks Schicht in Hemphill's Market endete mit dem Ladenschluß um neunzehn Uhr. Um neunzehn Uhr fünfzehn bog sie in die Auffahrt ihres Hauses ein. Gedämpfes Licht fiel durch die zugezogenen Gardinen des Wohnzimmers. Sie ging hinein und schnupperte. Makkaroni und Käse. So weit, so gut.

Pete lag ohne Schuhe auf der Couch und sah sich *Wheels of Fortune* an. Auf seinem Schoß lag der *Portland Press-Herald*.

»Ich habe deinen Zettel gefunden«, sagte er, setzte sich schnell auf und legte die Zeitung beiseite. »Der Auflauf ist im Ofen. Halb acht ist er fertig.« Er sah sie mit ernsten und leicht ängstlichen braunen Augen an. Wie ein Hund mit dem starken Drang zu gefallen. Pete Jerzyck war schon früh aufs Haus abgerichtet worden und machte sich recht gut. Er hatte seine Rückfälle, aber es war schon lange her, daß sie nach Hause gekommen war und ihn mit Schuhen auf der Couch vorgefunden hatte, und noch länger, daß er gewagt hatte, im Haus seine Pfeife anzuzünden. Es würde ein verschneiter Tag im August sein, an dem er pissen ging, ohne daran zu denken, anschließend den Sitz wieder herunterzuklappen.

»Hast du die Wäsche hereingeholt?«

Auf seinem runden, offenen Gesicht erschien ein Ausdruck, in dem sich Schuldbewußtsein und Verblüffung mischten.

»Himmel! Ich habe die Zeitung gelesen und es vergessen. Ich hole sie.« Er tastete bereits nach seinen Schuhen.

»Laß nur«, sagte sie und machte sich auf den Weg in die Küche.

«Wilma, ich hole sie!«

»Mach dir keine Mühe«, sagte sie honigsüß. »Ich möchte nicht, daß du deine Zeitung oder Vanna White im Stich läßt, nur weil ich die letzten sechs Stunden an der Kasse gesessen habe. Bleib ruhig sitzen, Pete. Mach es dir gemütlich.«

Sie brauchte sich nicht umzudrehen, um seine Reaktion zu beobachten; nach sieben Jahren Ehe war sie felsenfest davon überzeugt, daß Pete Michael Jerzyck ihr keine Überraschungen mehr zu bieten hatte. Seine Miene würde eine Mischung aus Verletztheit und leichtem Verdruß sein. Nachdem sie hinausgegangen war, würde er noch ein paar Augenblicke stehenbleiben und aussehen wie ein Mann, der gerade auf der Toilette war und nicht mehr weiß, ob er sich den Hintern abgewischt hat oder nicht; dann würde er an die Arbeit

167

gehen, den Tisch decken und den Auflauf aus dem Ofen holen. Er würde ihr viele Fragen stellen über ihre Schicht im Markt, aufmerksam ihren Antworten lauschen und sie kein einziges Mal unterbrechen, um ihr Einzelheiten über seinen eigenen Tag bei Williams-Brown mitzuteilen, der großen Maklerfirma in Oxford, für die er arbeitete. Was Wilma nur recht war – für sie war das Grundstücksgeschäft das Langweiligste, das sie sich überhaupt vorstellen konnte. Nach dem Essen würde er unaufgefordert den Tisch abräumen und abwaschen, und *sie* würde die Zeitung lesen. All diese Dienste würde er leisten, weil er eine Kleinigkeit vergessen hatte. Es machte ihr überhaupt nichts aus, die Wäsche selbst hereinzuholen – im Gegenteil, sie liebte die Griffigkeit und den Duft von frischer Wäsche, die in der Sonne trocknend einen glücklichen Nachmittag verbracht hatte –, aber sie hatte nicht die Absicht, Pete das wissen zu lassen. Das war ihr kleines Geheimnis.

Sie hatte eine Menge derartiger Geheimnisse, und sie wahrte sie alle aus dem gleichen Grund: in einem Krieg nutzte man jeden Vorteil aus. An manchen Abenden kam sie nach Hause, und es folgten ein oder auch zwei Stunden Scharmützel, bis sie Pete so weit hatte, daß er den Rückzug antrat und sie seine weißen Stecknadeln auf ihrer inneren Schlachtenkarte durch ihre roten ersetzen konnte. Heute hatte sie den Kampf schon nach weniger als zwei Minuten nach ihrem Eintreten gewonnen und das freute Wilma.

Im Grunde ihres Herzens hielt sie die Ehe für ein lebenslanges Abenteuer der Aggression, und befürchtete, daß bei einem so langen Feldzug, bei dem letzten Endes keine Gefangenen gemacht, kein Pardon gegeben, kein Flecken ehelicher Landschaft unversengt bleiben konnte, derart leichte Siege eines Tages vielleicht ihren Reiz verlieren würden. Aber noch war dieser Zeitpunkt nicht gekommen, und so ging sie hinaus zu den Wäscheleinen mit dem Korb unter dem linken Arm und einem leichten Herzen unter dem fülligen Busen.

Sie hatte den Garten schon halb durchquert, als sie verblüfft stehenblieb. Wo zum Teufel waren die Laken?

Sie hätte sie ohne weiteres sehen müssen, große, weiße

Rechtecke, die in der Dunkelheit schwebten. Aber sie waren nicht da. Waren sie vielleicht weggeweht worden? Lächerlich! Am Nachmittag hatte zwar eine leichte Brise geweht, aber kein *Sturm*. Hatte jemand sie gestohlen?

Dann fegte eine leichte Bö durch die Luft, und sie hörte ein träge flappendes Geräusch. Okay, da waren sie – *irgendwo*. Wenn man die älteste Tochter einer katholischen Sippe von dreizehn Kindern war, dann wußte man, wie sich ein auf einer Leine flappendes Laken anhört. Aber das Geräusch klang irgendwie nicht richtig. Es war zu dumpf.

Wilma trat einen weiteren Schritt vorwärts. Eine vage Ahnung sagte ihr, daß es Ärger geben würde. Jetzt konnte sie die Laken sehen – oder Dinge, die eigentlich die Laken hätten sein müssen. Aber sie waren *dunkel.*

Sie tat einen weiteren, kleineren Schritt vorwärts, und dann fegte die Brise wieder durch den Garten. Diesmal flappten die dunklen Rechtecke auf sie zu, wogten vorwärts, und bevor sie die Hand heben konnte, wurde sie von etwas Schwerem und Glitschigem getroffen. Etwas Matschiges spritzte auf ihre Wangen; etwas Weiches und Schlammiges drückte sich an sie. Es war fast, als versuchte eine kalte, klebrige Hand nach ihr zu greifen.

Sie gehörte nicht zu den Frauen, die bei jeder Gelegenheit aufschrien, aber jetzt schrie sie auf und ließ den Wäschekorb fallen. Dieses träge flappende Geräusch kam wieder, und sie versuchte vor dem, was auf sie zukam, zurückzuweichen. Ihr linker Knöchel stieß gegen den Wäschekorb, und sie stolperte auf ein Knie; nur eine Kombination aus Glück und schnellen Reflexen verhinderte, daß sie der Länge nach hinschlug.

Ein schweres, nasses Ding sabberte über ihren Rücken; dicke Nässe tropfte von den Seiten ihres Halses. Wilma schrie abermals auf und kroch auf Händen und Knien von den Wäscheleinen weg. Ein paar Haarsträhnen waren unter dem Kopftuch hervorgerutscht, das sie immer trug; sie hingen ihr ins Gesicht und kitzelten. Sie haßte dieses Gefühl – aber noch viel mehr haßte sie die tropfende, feuchtkalte Berührung dessen, was da an ihrer Wäscheleine hing.

Die Küchentür flog auf, und Petes bestürzte Stimme

schallte durch den Garten. »Wilma? Wilma, ist etwas passiert?«

Ein Flappen hinter ihr – ein widerwärtiges Geräusch, wie das Kichern von mit Schmutz verstopften Stimmbändern. Im Garten nebenan begann der Köter der Haverhills hysterisch mit seiner hohen, unangenehmen Stimme zu kläffen – *jark! jark! jark –;* und auch das war nicht dazu angetan, Wilmas seelische Verfassung zu verbessern.

Sie kam auf die Füße und sah, wie Pete vorsichtig die Treppe heruntersstieg. »Wilma? Bist du gefallen? Bist du okay?«

»Ja!« schrie sie wütend. »Ja, ich bin gefallen! Ja, ich bin okay! Schalt das verdammte Licht ein!«

»Hast du dir weh getan?«

»*Schalt endlich das verdammte Licht ein!*« schrie sie ihn an und fuhr mit einer Hand über das Vorderteil ihres Mantels. Als sie sie abzog, war sie mit kaltem Schlamm bedeckt. Jetzt war sie so wütend, daß sie ihren eigenen Puls in Form heller Lichtpunkte vor ihren Augen sehen konnte – und ganz besonders wütend auf sich selbst, weil sie Angst gehabt hatte. Wenn es auch nur ein Augenblick gewesen war.

Jark! Jark! Jark!

Dieser verdammte Köter nebenan spielte verrückt. Gott, sie haßte Köter, besonders die kläffenden.

Petes Gesicht kehrte ans obere Ende der Küchentreppe zurück. Die Tür ging auf, seine Hand glitt hinein, und dann ging das Flutlicht an und übergoß den Hintergarten mit gleißender Helligkeit.

Wilma schaute an sich herunter und sah einen breiten dunkelbraunen Flecken auf ihrem neuen Herbstmantel. Sie wischte sich wütend übers Gesicht, streckte die Hand aus und sah, daß sie sich gleichfalls braun gefärbt hatte. Sie spürte, wie etwas Zähflüssiges langsam über ihren Rücken herabrann.

»Schlamm!« Sie war vor Ungläubigkeit wie betäubt. Ihr war nicht einmal bewußt, daß sie laut gesprochen hatte. Wer hatte ihr das antun können? Wer hätte das *gewagt?*

»Was hast du gesagt, Liebling?« fragte Pete. Er war auf sie zugekommen; jetzt blieb er in sicherem Abstand stehen. In

170

Wilmas Gesicht arbeitete es auf eine Art, die Pete Jerzyck als alarmierend empfand: es war, als wäre unter ihrer Haut gerade ein Nest voll Schlangen aus dem Ei geschlüpft.

»Schlamm!« schrie sie und streckte die Hände aus – *gegen* ihn. Braune Klümpchen spritzten von ihren Fingerspitzen. »*Schlamm habe ich gesagt. Schlamm!*«

Pete schaute an ihr vorbei, endlich begreifend. Sein Mund öffnete sich. Wilma fuhr herum. Das über der Küchentür montierte Flutlicht erhellte die Wäscheleinen und den Garten mit erbarmungsloser Klarheit und enthüllte alles, was es zu enthüllen gab. Die Laken, die sie sauber aufgehängt hatte, hingen jetzt wie mutlose, nasse Klumpen an ihren Klammern. Sie waren nicht nur mit Schlamm bespritzt; sie waren damit bedeckt, damit *überzogen*.

Wilma blickte zu den Beeten hinüber und sah tiefe Löcher, wo der Schlamm herausgeschaufelt worden war. Sie sah einen ausgetretenen Pfad im Gras, wo der Schlammwerfer hin und zurück gelaufen war, zuerst geladen hatte, dann zu den Leinen hinübergegangen war, dann geworfen hatte, dann zurückgekehrt war, um wieder zu laden.

»*Verdammte Scheiße!*« schrie sie.

»Wilma – komm ins Haus, Liebling, und ich …« Pete suchte nach Worten, dann wirkte er erleichtert, weil ihm eine Idee gekommen war. »Ich mache uns einen Tee.«

»*Scheiß* auf den Tee!« heulte Wilma mit höchster, mit allerhöchster Lautstärke, und nebenan drehte der Köter der Haverhills völlig durch, *jarkjarkjark,* oh, sie haßte Hunde, dieser verrückte, kläffende *Hund* würde sie noch zum Wahnsinn treiben!

Ihre Wut überwältigte sie, und sie stürzte sich auf die Laken, krallte sich in sie hinein, begann, sie herunterzuzerren. Ihre Finger verhakten sich über der ersten Leine, und sie riß wie eine Gitarrenseite. Die Laken klatschten schwer und durchnäßt zu Boden. Mit geballten Fäusten, die Augen verkniffen wie ein Kind bei einem Wutanfall, tat Wilma einen einzigen, großen Sprung und landete auf einem der Laken. Es gab ein mattes, dumpfes Geräusch von sich, blähte sich auf und besprtzte ihre Nylons mit Schlamm. Das gab ihr den Rest. Sie öffnete den Mund und *kreischte* ihre Wut heraus. Oh, sie würde denjenigen finden, der ihr das angetan hatte. Das würde sie. Darauf konnte man Gift nehmen. Und wenn sie es tat …

»Ist alles in Ordnung bei Ihnen, Mrs. Jerzyck?« Es war die Stimme von Mrs. Haverhill, leicht bebend vor Bestürzung.

»*Ja, verdammt nochmal, wir trinken Sterno und sehen Lawrence Welk, können Sie diesen verdammten Köter nicht zur Ruhe bringen?*« kreischte Wilma.

Sie trat von dem schlammigen Laken herunter, sie keuchte, und das Haar hing ihr in das gerötete Gesicht. Sie strich es heftig beiseite. Dieser Scheißköter würde sie zum Wahnsinn treiben. Kläffender Scheißkö …

Der Gedanke brach mit einem fast hörbaren Knacken ab.

Köter.

Kläffende Scheißköter.

Wer wohnte gleich um die Ecke, in der Ford Street?

Korrektur: Welche Irre mit einem kläffenden Scheißköter namens Raider wohnte gleich um die Ecke?

Nettie Cobb, die war es, die dort wohnte.

Der Hund hatte das ganze Frühjahr hindurch gebellt, ein schrilles Welpengekläff, das einem unter die Haut geht; schließlich hatte Wilma Nettie angerufen und ihr erklärt, wenn sie den Hund nicht zum Schweigen brächte, sollte sie zusehen, daß sie ihn loswürde. Eine Woche später, als immer noch keine Wendung zum Besseren eingetreten war (zumindest keine, die zuzugeben Wilma bereit war), hatte sie Nettie abermals angerufen und ihr erklärt, wenn sie den Hund nicht zur Ruhe brächte, würde sie, Wilma, die Polizei anrufen müssen. Am nächsten Abend, als der verdammte Köter abermals mit seinem Gekläffe anfing, hatte sie es getan.

Abermals etwa eine Woche später war Nettie in Hemphill's Market erschienen (im Gegensatz zu Wilma schien Nettie zu den Leuten zu gehören, die sich etwas eine Weile durch den Kopf gehen lassen – und sogar darüber brüten – mußten, bevor sie zu irgendeiner Aktion imstande waren). Sie stand in der Schlange vor Wilmas Kasse, obwohl sie überhaupt nichts gekauft hatte. Als sie an der Reihe war, hatte sie mit einer quiekenden, atemlosen kleinen Stimme gesagt: »Sie hören auf, mir und meinem Raider Ärger zu machen, Wilma Jerzyck. Er ist ein gutes Hundchen, und Sie sollten lieber aufhören, Ärger zu machen.«

Wilma, immer zu einem Streit aufgelegt, war nicht im mindesten betroffen, daß sie an ihrem Arbeitsplatz zur Rede gestellt wurde. Es gefiel ihr sogar. »Lady, Sie wissen nicht, was Ärger ist. Aber wenn Sie es nicht fertigbringen, Ihren verdammten Köter zur Ruhe zu bringen, werden Sie es erfahren.«

Die Cobb war so bleich gewesen wie Milch, aber sie hatte sich aufgerichtet und ihre Handtasche so fest umklammert, daß die Sehnen an ihren mageren Unterarmen vom Handgelenk bis zum Ellenbogen deutlich hervortraten. Sie sagte: »Ich warne Sie«, dann eilte sie hinaus.

»Oho, ich glaube, ich habe mir gerade in die Hose gemacht!« hatte Wilma ihr laut nachgerufen (ein bißchen Schlachtenlärm versetzte sie immer in gute Laune), aber Nettie drehte sich nicht um, sondern beschleunigte nur ihre Schritte.

Danach war der Hund stiller geworden. Das war für Wilma eher eine Enttäuschung, denn es war ein langweiliger Frühling gewesen. Pete ließ keinerlei Anzeichen von Rebellion erkennen, und Wilma hatte unter einem Endwinter-Trübsinn gelitten, gegen den das junge Grün der Bäume und des Grases nichts auszurichten vermochten. Was sie wirklich brauchte, damit das Leben wieder Farbe und Aroma bekam, war eine gute Fehde. Eine Zeitlang schien es, als wäre die verrückte Nettie Cobb genau der richtige Gegner, aber da der Hund sich gut benahm, hatte Wilma das Gefühl, sich ihre Ablenkung anderswo suchen zu müssen.

Dann fing eines Abends im Mai der Hund wieder an zu bellen. Der Köter hatte nur ein paarmal gekläfft, aber Wilma eilte trotzdem zum Telefon und rief Nettie an – sie hatte die Nummer im Telefonbuch angestrichen, nur für den Fall, daß sich eine solche Gelegenheit bieten würde.

Sie verschwendete keine Zeit auf Höflichkeiten, sondern kam sofort zur Sache. »Hier spricht Wilma Jerzyck. Ich rufe an, um Ihnen zu sagen, daß, wenn Sie diesen Hund nicht zum Schweigen bringen, ich es selbst tun werde.«

»Er hat doch schon wieder aufgehört!« hatte Nettie gerufen. »Ich habe ihn hereingeholt, sobald ich nach Hause kam und ihn hörte! Lassen Sie mich und meinen Raider in Ruhe! Ich habe Sie gewarnt! Sonst wird es Ihnen noch leid tun!«

»Und Sie denken daran, was ich gesagt habe«, hatte Wilma ihr erklärt. »Ich habe es satt. Wenn er noch einmal Krawall macht, mache ich mir nicht erst die Mühe, mich bei der Polizei zu beschweren. Dann komme ich herüber und schneide ihm die verdammte Kehle durch.«

Sie hatte aufgelegt, bevor Nettie etwas erwidern konnte. Die Kardinalregel bei allen Konfrontationen mit dem Feind (Verwandten, Nachbarn, Ehegatten): der Angreifer *muß* das letzte Wort haben.

Seither hatte der Hund nicht wieder Laut gegeben. Das heißt, vielleicht hatte er es doch getan, aber Wilma war es nicht aufgefallen; so lästig war es von Anfang an nicht gewesen. Außerdem hatte Wilma einen wesentlich produktiveren Streit mit der Frau vom Zaun gebrochen, der der Schönheitssalon von Castle Rock gehörte. Wilma hatte Nettie und Raider fast vergessen gehabt.

Aber vielleicht hatte Nettie *sie* nicht vergessen. Wilma hatte Nettie erst gestern gesehen, in dem neuen Laden. Und wenn Blicke töten könnten, dachte Wilma, dann hätte ich als Leiche dort auf dem Fußboden gelegen.

Jetzt, da sie vor ihren verschlammten, ruinierten Laken stand, erinnerte sie sich an den Ausdruck von Angst und Trotz, der auf dem Gesicht der verrückten Ziege erschienen war, die Art, wie sie die Lippen gekräuselt und einen Moment lang die Zähne gezeigt hatte. Wilma war mit dem Ausdruck des Hasses bestens vertraut, und gestern hatte sie ihn auf dem Gesicht von Nettie Cobb gesehen.

Ich habe Sie gewarnt … Es wird Ihnen noch leid tun.

»Wilma, komm herein«, sagte Pete. Er legte ihr vorsichtig die Hand auf die Schulter.

Sie schüttelte sie heftig ab. »Laß mich in Ruhe.«

Pete trat einen Schritt zurück. Er sah aus, als würde er am liebsten die Hände ringen, wagte es aber nicht.

Vielleicht hatte sie es auch vergessen, dachte Wilma. *Zumin-*

dest, bis sie mich gesten in dem neuen Laden sah. Vielleicht hat sie
auch die ganze Zeit etwas geplant,
   (ich habe Sie gewarnt)
sich etwas durch ihren verrückten Kopf gehen lassen; und als sie
mich dann sah, hat sie losgelegt.

Irgendwann in diesen wenigen Sekunden war ihr zur Gewißheit geworden, daß es Nettie gewesen war – mit wem sonst, der vielleicht einen Groll gegen sie hegte, hatte sie in den letzten Tagen Blicke getauscht? Es gab noch mehr Leute in der Stadt, die sie nicht mochten, aber diese Art von Streich – diese Art von feigem, hinterhältigem Streich – paßte genau zu dem Blick, mit dem Nettie sie gestern bedacht hatte. Dieser Blick, diese Mischung aus Furcht

(es wird Ihnen noch leid tun)

und Haß. Sie hatte selbst ausgesehen wie ein Hund, der nur dann den Mut zum Zubeißen aufbringt, wenn sein Opfer ihm den Rücken zuwendet.

Ja, Nettie Cobb war es gewesen, ganz bestimmt. Je länger Wilma darüber nachdachte, desto sicherer wurde sie. Und die Tat war unverzeihlich. Nicht, weil die Laken ruiniert waren. Nicht, weil es ein feiger Streich war. Nicht, weil es die Tat von jemandem war, der nicht ganz dicht war.

Es war unverzeihlich, weil Wilma Angst gehabt hatte.

Nur eine Sekunde lang, zugegeben. Nur in jener Sekunde, in der das glitschige braune Ding aus der Dunkelheit heraus in ihr Gesicht geflappt war, sie kalt gestreichelt hatte wie die Hand eines Monsters. Aber selbst eine einzige Sekunde Angst war eine Sekunde zuviel.

»Wilma?« fragte Pete, als sie ihm das Gesicht zuwendete. Ihm gefiel die Miene nicht, die das Flutlicht ihm zeigte, nur glänzende weiße Oberflächen und schwarze, eingesunkene Schatten. Ihm gefiel der dumpfe Ausdruck in ihren Augen nicht. »Liebling, ist alles in Ordnung?«

Sie ging an ihm vorbei, ohne ihn zur Kenntnis zu nehmen. Pete eilte ihr nach, als sie dem Haus zustrebte – und dem Telefon.

4

Nettie saß in ihrem Wohnzimmer mit Raider zu ihren Füßen und ihrem neuen Buntglas-Lampenschirm auf dem Schoß, als das Telefon läutete. Es war zwanzig Minuten vor acht. Sie sprang auf, umklammerte den Lampenschirm fester, schaute voller Angst und Mißtrauen zum Telefon. Einen Augenblick lang war sie ganz sicher – albern natürlich, aber sie konnte sich von derartigen Gefühlen nicht befreien –, daß es eine Amtsperson war, die anrief, um ihr zu sagen, daß sie ihren wunderhübschen Lampenschirm zurückgeben müßte, daß er jemand anderem gehörte, und daß ein so herrlicher Gegenstand unter Netties wenigen Habseligkeiten ohnehin fehl am Platze wäre, schon der Gedanke wäre lächerlich.

Raider blickte kurz zu ihr auf, als wollte er fragen, ob sie an den Apparat gehen wollte oder nicht, dann legte er die Schnauze wieder auf die Pfoten.

Nettie legte den Lampenschirm vorsichtig beiseite und nahm den Hörer ab. Vermutlich war es nur Polly, die sie bitten wollte, morgen früh noch etwas in Hemphill's Market zu besorgen, bevor sie zur Arbeit kam.

»Hallo, hier bei Cobb«, sagte sie entschlossen. Ihr ganzes Leben hatte sie in Angst vor irgendwelchen Amtspersonen verbracht, und sie hatte herausgefunden, daß der beste Weg, diese Angst zu überwinden, darin bestand, selbst wie eine Amtsperson zu sprechen. Davon ging die Angst nicht weg, aber es hielt sie zumindest in Grenzen.

»Ich weiß, was Sie getan haben, Sie verrückte Ziege!« spie eine Stimme sie an. Sie kam so plötzlich und so grausam wie der Schlag eines Eispickels.

Netties Atem hakte wie an einem Stachel; ein Ausdruck hilflosen Entsetzens erstarrte auf ihrem Gesicht; ihr Herz versuchte, sich seinen Weg in ihre Kehle zu rammen. Raider blickte wieder zu ihr auf, fragend.

»Wer ... wer ...«

»Sie wissen verdammt gut, wer«, sagte die Stimme, und natürlich wußte Nettie es. Es war Wilma Jerzyck. Diese böse, böse Person.

»Er hat nicht gebellt!« Netties Stimme war hoch und dünn

und schrill, die Stimme eines Menschen, der gerade den gesamten Inhalt eines Heliumballons inhaliert hat. »Er ist jetzt erwachsen und bellt nicht mehr. Er liegt hier vor meinen Füßen!«

»Hat es Ihnen Spaß gemacht, meine Laken mit Dreck vollzusauen, Sie dämliche Kuh?« Wilma war wütend. Die Cobb versuchte doch tatsächlich, so zu tun, als handelte es sich immer noch um den *Hund*.

»Laken? Was für Laken? Ich ... ich ...« Nettie ließ die Augen zu ihrem Buntglas-Lampenschirm wandern; es war, als flößte sein Anblick ihr Kraft ein. »Lassen Sie mich in Ruhe! Sie sind diejenige, die verrückt ist, nicht ich!«

»Das werde ich Ihnen heimzahlen. Niemand kommt in meinen Garten und bewirft meine Laken mit Schlamm, wenn ich nicht da bin. Niemand. NIEMAND! Verstanden? Geht das in Ihren dämlichen Schädel hinein? Sie werden nicht wissen, wo, und Sie werden nicht wissen, wann, und vor allem werden Sie nicht wissen, *wie,* aber ich werde es Ihnen HEIMZAHLEN. Haben Sie verstanden?«

Nettie drückte den Hörer ganz fest ans Ohr. Ihr Gesicht war totenbleich, abgesehen von einem leuchtendroten Streifen, der sich zwischen Augenbrauen und Haaransatz über ihre Stirn zog. Ihre Zähne waren zusammengebissen, ihre Wangen arbeiteten wie Blasebälge, und ihr Atem ging keuchend.

»Sie lassen mich in Ruhe, sonst wird es Ihnen leid tun!« kreischte sie mit ihrer schrillen, schwächlichen Heliumstimme. Raider stand jetzt vor ihr, mit gespitzten Ohren und glänzenden, besorgten Augen. Er spürte Bedrohung im Zimmer. Er bellte einmal, streng. Nettie hörte es nicht. »Es wird Ihnen sehr leid tun! Ich – ich kenne Leute! Amtspersonen! Ich kenne sie *sehr gut!* Ich brauche mir das nicht gefallen zu lassen!«

Langsam sprechend, mit einer Stimme, die leise und eindringlich und über die Maßen wütend war, sagte Wilma: »Sich mit mir anzulegen, war der größte Fehler, den Sie in Ihrem Leben gemacht haben. Sie werden mich nicht kommen sehen.«

Es gab ein Klicken.

»Das wagen Sie nicht!« heulte Nettie. Jetzt rannen ihr Tränen über die Wangen, Tränen des Entsetzens und abgrundtiefer, hilfloser Wut. »Das wagen Sie nicht, Sie böse Person! Ich – ich …«

Es gab ein weiteres Klicken, gefolgt vom Leerzeichen.

Nettie legte den Hörer auf und saß fast drei Minuten lang kerzengerade aufgerichtet auf ihrem Sessel und starrte ins Leere. Dann begann sie zu weinen. Raider bellte abermals und legte die Pfoten auf die Kante ihres Sessels. Nettie drückte ihn an sich und weinte in sein Fell. Raider leckte ihr den Hals.

»Ich lasse nicht zu, daß sie dir etwas tut, Raider«, sagte sie. Sie atmete seine süße, saubere Hundewärme ein, versuchte, Trost aus ihr zu schöpfen. »Ich lasse nicht zu, daß diese böse, böse Frau dir etwas tut. Sie ist keine Amtsperson, keineswegs. Sie ist nur ein böses altes Weib, und wenn sie versucht, dir etwas zu tun – oder mir –, dann wird es ihr leid tun.«

Endlich richtete sie sich auf, fand ein Kleenex zwischen der Sesselkante und einem Kissen und wischte sich damit die Tränen aus dem Gesicht. Sie war verängstigt – aber sie konnte auch spüren, wie Zorn in ihr brodelte. Genau so war ihr zumute gewesen, als sie die Fleischgabel aus der Schublade unter dem Ausguß geholt und sie ihrem Mann in die Kehle gestoßen hatte.

Sie nahm den Buntglas-Lampenschirm vom Tisch und drückte ihn sanft an sich. »Wenn sie etwas anstellt, dann wird es ihr sehr, sehr leid tun«, sagte Nettie.

So saß sie, mit Raider zu ihren Füßen und dem Lampenschirm auf dem Schoß, lange Zeit da.

5

Norris Ridgewick fuhr in seinem Streifenwagen langsam die Main Street hinunter und ließ den Blick über die Gebäude an der Westseite der Straße schweifen. Seine Schicht war bald vorbei, und er war froh darüber. Er wußte noch, wie gut er sich an diesem Vormittag gefühlt hatte, bevor dieser Idiot ihn angegriffen hatte; er erinnerte sich, wie er in der Herrentoilette vor dem Spiegel gestanden, seine Mütze zurechtgerückt und befriedigt gedacht hatte, daß er aussah wie ein Mann, der auf Draht ist. Er erinnerte sich, aber die Erinnerung kam ihm alt und sepiafarben vor wie ein Foto aus dem neunzehnten Jahrhundert. Von dem Moment an, in dem dieser Idiot Keeton ihn gepackt hatte, war alles schiefgegangen.

Er hatte im Cluck-Cluck Tonite zu Mittag gegessen, der Hähnchenbude draußen an der Route 119. Normalerweise war das Essen dort gut, aber diesmal hatte er danach fürchterliches Sodbrennen bekommen, und anschließend hatte er einen gewaltigen Durchfall gehabt. Gegen drei war er auf der Town Road Nr. 7 in der Nähe des alten Camber-Anwesens auf einen Nagel gefahren und hatte den Reifen wechseln müssen. Er hatte sich die Finger an seiner frisch gereinigten Uniformbluse abgewischt, ohne zu bedenken, was er tat; er wollte nur die Fingerspitzen abtrocknen, um die gelockerten Radmuttern sicherer fassen zu können, und dabei hatte er vier dunkelgraue Streifen Schmiere auf der Bluse hinterlassen. Noch während er sie verärgert betrachtete, hatten die Krämpfe seine Eingeweide wieder in Wasser verwandelt, und er mußte sich eilends ins Gebüsch begeben. Es war ein Wettrennen gewesen – würde er die Hose herunterbekommen, bevor sie voll war? *Dieses* Wettrennen hatte Norris gewonnen – aber das Aussehen der Sträucher, zwischen denen er sich niedergehockt hatte, hatte ihm gar nicht gefallen. Sie hatten ausgesehen wie Giftsumach, und in Anbetracht des bisherigen Tagesverlaufs waren sie es vermutlich auch gewesen.

Norris fuhr langsam an den Gebäuden vorüber, die Castle Rocks Geschäftsviertel ausmachen: die Norway Bank and Trust, das Western Auto, Nan's Luncheonette, die schwarze Lücke, wo früher Pop Merrills Trödelladen gestanden hatte, You Sew and Sew, Needful Things, Castle Rock Hardware ...

Norris trat plötzlich auf die Bremse und hielt an. Er hatte im Schaufenster von Needful Things etwas Erstaunliches gesehen – oder *glaubte* zumindest, es gesehen zu haben.

Er warf einen Blick in den Rückspiegel, aber die Main

Street war menschenleer. Die Ampel am unteren Ende des Geschäftsviertels schaltete sich plötzlich ab und blieb ein paar Sekunden lang dunkel. Dann begann das gelbe Licht in der Mitte zu blinken. Neun Uhr also. Neun Uhr, auf die Sekunde genau.

Norris wendete, fuhr ein Stück zurück und lenkte den Wagen an den Bordstein. Er warf einen Blick auf das Funkgerät, dachte daran, 10-22 durchzugeben – Officer verläßt das Fahrzeug – und entschied sich dagegen. Er wollte nur rasch einen Blick in das Schaufenster werfen. Er stellte das Funkgerät etwas lauter und kurbelte das Fenster herunter, bevor er ausstieg. Das mußte eigentlich ausreichen.

Du hast nicht gesehen, was du zu sehen glaubtest, warnte er sich selbst, während er den Gehsteig überquerte. *Ganz bestimmt nicht. Heute war ein Tag der Enttäuschungen, nicht der Entdeckungen. Das war nur irgendeine alte Zebco-Rute ...«*

Aber das war es nicht. Die Angelrute im Schaufenster von Needful Things stand inmitten einer geschickt arrangierten Szenerie aus einem Netz und ein paar leuchtend gelben Gummistiefeln, und es war ganz eindeutig keine Zebco. Es war eine Bazun. Er hatte keine Bazun-Rute mehr gesehen, seit sein Vater vor sechzehn Jahren gestorben war. Damals war Norris vierzehn gewesen, und er hatte die Bazun aus zwei Gründen geliebt: wegen dem, was sie war und wofür sie gestanden hatte.

Was war sie? Einfach die beste Angelrute zum Fischen in Seen und Flüssen, die es auf der Welt gab.

Wofür hatte sie gestanden? Für gute Zeiten. Einfach das. Die guten Zeiten, die ein magerer kleiner Junge namens Norris Ridgewick mit seinem Vater verbracht hatte. Gute Zeiten, wenn sie an irgendeinem Fluß am Rande der Stadt durch den Wald stapften, gute Zeiten in ihrem kleinen Boot mitten auf dem Castle Lake, während rings um sie herum alles weiß war von dem Nebel, der in dampfenden kleinen Säulen aus dem See aufstieg und sie in ihre eigene, private Welt einhüllte. Eine Welt nur für Männer. In irgendeiner anderen Welt machten Moms Frühstück; auch das war eine gute Welt, aber nicht so gut wie diese. Keine Welt war je so gut gewesen wie diese, weder vorher noch nachher.

Nach dem tödlichen Herzinfakt seines Vaters war die Bazun-Rute verschwunden. Er erinnerte sich, daß er nach der Beerdigung in der Garage danach gesucht hatte, aber sie war einfach nicht aufzufinden gewesen. Er hatte im Keller nachgeschaut und sogar im Schrank im Schlafzimmer seiner Eltern (obwohl er wußte, daß Mom eher zugelassen hätte, daß Henry Ridgewick einen Elefanten darin unterbrachte, als seine Angelrute), aber die Bazun war fort. Norris hatte immer Onkel Phil im Verdacht gehabt. Ein paarmal hatte er seinen ganzen Mut zusammengenommen, um ihn zu fragen, aber jedesmal, wenn der springende Punkt erreicht war, hatte er einen Rückzieher gemacht.

Jetzt, da er diese Angelrute betrachtete, die der seines Vaters aufs Haar glich, vergaß er Buster Keeton, zum erstenmal an diesem Tag. Er war überwältigt von einer schlichten, vollkommenen Erinnerung: sein Vater saß im Heck des Bootes, den Kasten mit dem Zubehör zwischen den Füßen und reichte Norris die Bazun, um sich aus seiner großen roten Thermosflasche mit den grauen Streifen einen Becher Kaffee einzuschenken. Er konnte den Kaffee riechen, heiß und gut, und er konnte das After Shave seines Vaters riechen; »Southern Gentleman« hatte es geheißen.

Plötzlich wallte der alte Kummer auf und hüllte ihn in seine grauen Falten ein, und er sehnte sich nach seinem Vater. Nach all den vielen Jahren nagte dieser alte Schmerz wieder an ihm, so frisch und hungrig wie an dem Tag, an dem seine Mutter aus dem Krankenhaus gekommen war, seine Hände ergriffen und gesagt hatte: *Wir müssen jetzt sehr tapfer sein, Norris.*

Das Stahlgehäuse der Rolle reflektierte das Licht des hoch oben im Schaufenster angebrachten Punktstrahlers, und all die alte Liebe, diese dunkle, goldene Liebe, ergriff wieder von ihm Besitz. Norris betrachtete die Bazun-Rute und dachte an den Duft von frischem Kaffee, der aus einer großen roten Thermosflasche mit grauen Streifen aufstieg, und die stille, ausgedehnte Fläche des Sees. In Gedanken fühlte er wieder die rauhe Struktur des Korkgriffes der Rute und hob langsam eine Hand, um sich über die Augen zu wischen.

»Officer?« fragte eine ruhige Stimme.

Norris stieß einen leisen Schrei aus und sprang von dem Schaufenster zurück. Einen verrückten Augenblick lang glaubte er, er würde sich doch noch in die Hose machen – der perfekte Abschluß eines perfekten Tages. Dann ging der Krampf vorüber, und er sah sich um. Ein hochgewachsener Mann in einem Tweedjackett stand in der offenen Tür des Ladens und musterte ihn mit einem kleinen Lächeln.

»Habe ich Sie erschreckt?« fragte er. »Das tut mir sehr leid.«

»Nein«, sagte Norris und brachte seinerseits ein Lächeln zustande. Sein Herz klopfte nach wie vor wie ein Schmiedehammer. »Nun ja – vielleich ein wenig. Ich habe mir diese Rute angesehen und an alte Zeiten gedacht.«

»Die ist heute erst hereingekommen«, sagte der Mann. »Sie ist alt, aber noch in bestem Zustand. Es ist eine Bazun. Keine bekannte Marke, aber ernsthafte Fischer halten viel von ihr. Sie kommt –«

»... aus Japan«, sagte Norris. »Ich weiß. Mein Dad hatte so eine.«

»Tatsächlich?« Das Lächeln des Mannes wurde breiter. Die Zähne, die dabei zum Vorschein kamen, waren schief, aber Norris empfand das Lächeln trotzdem als angenehm. »Das ist aber wirklich ein Zufall, nicht wahr?«

»Kann man wohl sagen«, pflichtete Norris ihm bei.

»Ich bin Leland Gaunt. Das ist mein Laden.« Er streckte eine Hand aus.

Norris wurde von Abscheu gepackt, als sich diese langen Finger um seine Hand preßten. Aber Gaunts Händeschütteln war die Sache eines Augenblicks, und als er losließ, verschwand das Gefühl sofort wieder. Norris kam zu dem Schluß, daß daran nur sein Magen schuld war, der immer noch gegen die verdorbenen Muscheln rebellierte, die er am Mittag gegessen hatte. Wenn er das nächste Mal dort Station machte, würde er sich an das Hähnchen halten, das schließlich die Spezialität des Hauses war.

»Ich könnte Ihnen für die Rute einen überaus günstigen Preis machen«, sagte Mr. Gaunt. »Wollen Sie nicht hereinkommen, Officer Ridgewick? Dann können wir darüber reden.«

Norris fuhr leicht zusammen. Er hatte dem Mann seinen Namen nicht genannt, da war er ganz sicher. Er machte den Mund auf, um Gaunt zu fragen, woher er ihn kannte, dann machte er ihn wieder zu. Er trug ein kleines Namensschild über seinem Polizeiabzeichen. Natürlich, das war es.

»Das sollte ich lieber nicht tun«, sagte er und wies mit dem Daumen über die Schulter hinweg auf den Streifenwagen. Er konnte nach wie vor das Funkgerät hören, aber es gab nur Störgeräusche von sich; den ganzen Abend war kein Ruf für ihn hereingekommen. »Ich bin im Dienst. Meine Schicht endet zwar theoretisch um neun, aber bis ich den Wagen übergeben habe …«

»Es dauert nur ein oder zwei Minuten«, drängte Gaunt. Seine Augen musterten Norris vergnügt. »Wenn ich beschlossen habe, mit einem Mann ins Geschäft zu kommen, Officer Ridgewick, dann vergeude ich keine Zeit. Zumal dann nicht, wenn der betreffende Mann mitten in der Nacht unterwegs ist, um meinen Laden zu beschützen.«

Norris dachte daran, Gaunt zu erklären, daß man neun Uhr abends kaum als ›mitten in der Nacht‹ bezeichnen konnte und daß in einer verschlafenen kleinen Stadt wie Castle Rock das Beschützen des Eigentums der hier ansässigen Geschäftsleute keine sehr anstrengende Arbeit war. Dann richtete er seinen Blick wieder auf die Bazun-Rute, und die alte Sehnsucht, so verblüffend stark und frisch, ergriff wieder von ihm Besitz. Er dachte daran, an diesem Wochenende mit einer solchen Rute zum See hinauszufahren, ganz früh am Morgen mit einer Dose voller Würmer und einer großen Thermosflasche mit frischem Kaffee aus Nan's Luncheonette. Es würde fast wieder so sein wie früher mit seinem Vater.

»Also …«

»Nun kommen Sie schon«, drängte Gaunt. »Wenn ich nach Feierabend einen kleinen Handel abschließen kann, dann können Sie auch in der Zeit, die eigentlich der Stadt gehört, einen Einkauf tätigen. Außerdem, Officer Ridgewick, glaube ich nicht, daß heute abend jemand vorhat, die Bank auszurauben, oder was meinen Sie?«

Norris schaute zur Bank hinüber, die im Licht der blinkenden Ampel abwechselnd gelb und schwarz aufleuchtete, und lachte. »Das ist wahr.«

»Also …«

»Okay«, sagte Norris. »Aber wenn wir uns nicht in ein paar Minuten einig werden, muß ich wirklich wieder hinaus.«

Leland Gaunt stöhnte und lachte gleichzeitig. »Ich glaube, ich höre das leise Geräusch meiner Taschen, die ausgeleert werden«, sagte er. »Kommen Sie, Officer Ridgewick – ein paar Minuten werden genügen.«

»Ich würde diese Rute wirklich gern kaufen«, platzte Norris heraus.

Das war eine schlechte Art, einen Handel anzufangen; er wußte es, konnte es aber nicht ändern.

»Das werden Sie auch«, sagte Mr. Gaunt. »Ich werde Ihnen das beste Geschäft Ihres Lebens anbieten, Officer Ridgewick.«

Er begleitete Norris in den Laden hinein und schloß die Tür.

Sechstes Kapitel

1

Wilma Jerzyck kannte ihren Ehemann Pete nicht ganz so gut, wie sie ihn zu kennen glaubte.

Sie ging an diesem Donnerstagabend mit der festen Absicht zu Bett, am Freitagmorgen als allererstes zu Nettie Cobb hinüberzugehen und *Die Sache* in die Hand zu nehmen. Es kam gelegentlich vor, daß ihre häufigen Streitereien einfach dahinschwanden, aber in den Fällen, in denen sie sich zuspitzten, war es Wilma, die den Duellplatz aussuchte und die Waffen wählte. Die erste Regel ihres von Konfrontationen bestimmten Lebens lautete: *Immer das letzte Wort haben.* Und die zweite lautete: *Immer den ersten Schritt tun, wenn es hart auf hart geht.* Dieser erste Schritt war für sie gleichbedeutend mit *Die Sache* in die Hand nehmen; und das würde sie im Fall Nettie Cobb unverzüglich tun.

Sie erklärte Pete, sie wolle doch sehen, wie oft man den Kopf der verrückten Ziege umdrehen konnte, bis er vom Stengel brach.

Sie war darauf gefaßt, den größten Teil der Nacht wach zu verbringen, gespannt wie eine Bogensehne; es wäre nicht das erste Mal gewesen. Statt dessen schlief sie bereits zehn Minuten, nachdem sie sich hingelegt hatte, ein, und als sie aufwachte, fühlte sie sich erfrischt und erstaunlich gelassen. Als sie in ihrem Morgenmantel am Freitagmorgen am Küchentisch saß, kam ihr der Gedanke, daß es vielleicht noch zu früh war, um *Die Sache* ein für allemal in die Hand zu nehmen. Sie hatte Nettie am Vorabend am Telefon einen Mordsschrecken eingejagt; Wilma war zwar wütend gewesen, aber doch nicht so wütend, daß ihr das entgangen wäre. Nur einer Person, die so taub war wie ein Gartentor, hätte das entgehen können.

Weshalb also Miss Geisteskrank von 1991 nicht noch ein bißchen im Wind schaukeln lassen? Sollte *sie* es doch sein, die nachts wach lag und sich fragte, aus welcher Richtung der Zorn Wilmas sie ereilen würde. Ein paarmal vorbeifahren, vielleicht noch ein paar weitere Anrufe. Während sie ihren Kaffee trank (Pete saß ihr gegenüber und beobachtete sie argwöhnisch über den Sportteil der Zeitung hinweg), kam ihr der Gedanke, daß sie, wenn Nettie so verrückt war, wie jedermann behauptete, *Die Sache* vielleicht überhaupt nicht in die Hand zu nehmen brauchte. Sie empfand diesen Gedanken als so erfreulich, daß sie Pete tatsächlich erlaubte, sie zu küssen, als er nach seinem Aktenkoffer griff und sich bereitmachte, zur Arbeit zu fahren.

Der Gedanke, daß ihre verschreckte Maus von einem Ehemann sie unter Drogen gesetzt haben könnte, kam Wilma überhaupt nicht. Aber genau das hatte Pete Jerzyck getan, und zwar nicht zum ersten Mal.

Wilma wußte, daß sie ihren Mann eingeschüchtert hatte, aber sie wußte nicht, in welchem Maße. Er lebte nicht nur in Angst vor ihr; er lebte in *Ehrfurcht* vor ihr, ungefähr so, wie die Eingeborenen bestimmter tropischer Regionen einst angeblich in Ehrfurcht und abergläubischer Angst vor dem Großen Gott Donnerberg gelebt hatten, der über Jahre oder sogar Generationen hinweg stumm über ihrem heiteren Leben brüten konnte, bevor er eines Tages plötzlich in einer mörderischen Tirade glühender Lava explodierte.

Eingeborene dieser Wesensart hatten zweifellos ihre eigenen Versöhnungsrituale. Sie mochten nicht viel nützen, wenn der Berg erwachte und seine Donnerbolzen und Feuerströme auf ihre Dörfer schleuderte, aber gewiß trugen sie zu jedermanns Seelenfrieden bei, solange der Berg ruhig war. Pete Jerzyck kannte keine großartigen Rituale, mit denen er Wilma hätte verehren können; er mußte zu prosaischeren Maßnahmen greifen. Zu verschreibungspflichtigen Medikamenten zum Beispiel anstelle von Abendmahlshostien.

Er machte mit Ray Van Allen, Castle Rocks einzigem praktischem Arzt, einen Termin aus und sagte ihm, daß er gern etwas hätte, das seine Angstgefühle linderte. Seine Arbeitszeiten seien die reinste Hölle, erklärte er Ray, und je mehr Aufträge er hereinholte, desto schwerer fiele es ihm, die mit der Arbeit verbundenen Probleme im Büro zurückzulassen. Deshalb war er zu dem Schluß gekommen, den Doktor zu bitten, ihm etwas zu verschreiben, das die rauhen Kanten ein wenig glätten würde.

Ray Van Allen hatte keine Ahnung von dem Druck, dem ein Mann im Grundstücksgeschäft ausgesetzt war, aber er konnte sich ungefähr vorstellen, was es hieß, mit Wilma zusammenzuleben. Er vermutete, daß Pete Jerzyck erheblich weniger unter Angstgefühlen leiden würde, wenn er einfach im Büro blieb und nicht nach Hause fuhr; aber das zu sagen, war nicht seine Sache. Er schrieb ein Rezept für Xanax aus, äußerte die üblichen Warnungen und wünschte dem Mann viel Glück und alles Gute. Er war überzeugt, daß Pete, der die Lebensstraße im Gespann mit dieser speziellen Stute entlangrollte, von beidem eine Menge nötig hatte.

Pete gebrauchte das Xanax, aber er mißbrauchte es nicht. Und er erwähnte es auch Wilma gegenüber nicht – sie wäre in die Luft gegangen, wenn sie gewußt hätte, daß er DROGEN NAHM. Er achtete sorgfältig darauf, daß das Xanax-Rezept in seinem Aktenkoffer blieb, der Papiere enthielt, die Wilma nicht im mindesten interessierten. Er nahm fünf oder sechs Tabletten im Monat, die meisten davon an den Tagen, bevor Wilmas Periode einsetzte.

Dann, im letzten Sommer, hatte Henrietta Longman, die Besitzerin und Geschäftsführerin von The Beauty Rest auf Castle Hill, Wilmas Zorn auf sich gezogen. Das Streitobjekt war eine mißlungene Dauerwelle. Nach dem anfänglichen lautstarken Wortwechsel gab es am folgenden Tag eine Auseinandersetzung in Hemphill's Market und dann ein gegenseitiges Anschreien auf der Main Street eine Woche später. Letzteres wäre fast in ein Handgemenge ausgeartet.

Anschließend war Wilma wie eine Löwin im Käfig im Haus hin und her gewandert, hatte geschworen, sie würde dieses Miststück erwischen, es ins Krankenhaus bringen. »Und dort wird sie eine Weile bleiben müssen, wenn ich mit ihr fertig bin«, hatte Wilma durch zusammengebissene Zähne hindurch gekeift. »Darauf kannst du Gift nehmen. Morgen gehe ich hin. Ich gehe hin und nehme *Die Sache* in die Hand.«

Pete hatte mit wachsender Bestürzung begriffen, daß dies nicht nur leeres Gerede war; es war Wilma völlig ernst damit. Gott wußte, wozu sie sich hinreißen lassen würde. Vor seinem geistigen Auge sah er, wie Wilma Henriettas Kopf in einen Kübel mit irgendeinem ätzenden Zeug tauchte, das die Frau für den Rest ihres Lebens kahlköpfig machen würde.

Er hatte gehofft, daß sie sich über Nacht ein wenig beruhigen würde, aber als Wilma am nächsten Morgen aufstand, war sie sogar noch wütender. Er hätte es nicht für möglich gehalten, aber das war ganz offensichtlich der Fall. Die dunklen Ringe unter ihren Augen kündeten von einer schlaflos verbrachten Nacht.

»Wilma« sagte er schwächlich, »ich glaube nicht, daß es eine gute Idee wäre, heute zu The Beauty Rest hinaufzugehen. Ich bin sicher, wenn du noch einmal darüber nachdenkst ...«

»Ich habe letzte Nacht darüber nachgedacht«, hatte Wilma erwidert und einen beängstigend seelenlosen Blick auf ihn gerichtet, »und bin zu dem Schluß gekommen, daß sie, wenn ich mit ihr fertig bin, nie wieder irgend jemandem die Haarwurzeln verbrennen wird. Wenn ich mit ihr fertig bin, wird sie einen Blindenhund brauchen, um den Weg zum Klo zu finden. Und wenn du dich mit mir anlegst, Pete, dann könnt ihr beide eure verdammten Hunde aus dem gleichen Wurf kaufen.«

Verzweifelt, nicht sicher, ob es funktionieren würde, aber unfähig, sich irgend etwas anderes einfallen zu lassen, womit er die bevorstehende Katastrophe abwenden konnte, hatte Pete Jerzyck das Glas aus der Innentasche seines Aktenkoffers geholt und eine Tablette Xanax in Wilmas Kaffee getan. Dann war er ins Büro gefahren.

Das war, in einem sehr realen Sinne, Pete Jerzycks Erste Kommunion gewesen.

Er hatte den Tag in qualvoller Spannung verbracht und war voller Angst vor dem, was er vorfinden mochte, nach Hause gekommen (Henrietta Longman tot und Wilma im Gefängnis war die Vorstellung, die sich ihm am häufigsten aufdrängte). Er war glücklich, Wilma in der Küche vorzufinden, singend.

Pete holte tief Luft, senkte seinen emotionalen Explosionsschild und fragte, was aus der Longman geworden wäre.

»Sie macht ihren Laden erst mittags auf, und um die Zeit war ich nicht mehr so wütend«, sagte Wilma. »Ich bin trotzdem hingegangen, um sie zur Rede zu stellen – schließlich hatte ich mir vorgenommen, das zu tun. Und stell dir vor – sie hat mir ein Glas Sherry angeboten und gesagt, sie wollte mir mein Geld zurückgeben!«

»Donnerwetter! Großartig!« hatte Pete gesagt, froh und erleichtert – und das war das Ende von *l'affaire* Henrietta gewesen. Er hatte tagelang darauf gewartet, daß Wilmas Zorn wieder aufflackern würde, aber er hatte es nicht getan – zumindest nicht in der Sache Henrietta Longman.

Er hatte daran gedacht, Wilma vorzuschlagen, daß sie Dr. Van Allen aufsuchen und sich ein eigenes Rezept für ein Beruhigungsmittel besorgen sollte, aber nach langem und sorgfältigem Nachdenken ließ er es bleiben. Wilma würde ihn aus dem Wasser fegen – vielleicht sogar bis in eine Erdumlaufbahn –, wenn er vorschlug, sie sollte DROGEN NEHMEN. DROGEN NEHMEN – das war etwas für Junkies, und Beruhigungsmittel waren etwas für weibische Junkies. *Sie* würde auch so mit dem Leben fertig werden, besten Dank. Und außerdem, mußte Pete widerstrebend zugeben, war die Wahrheit zu offensichtlich, als daß man sie hätte bestreiten können: Wilma *genoß* es, wütend zu sein. Wilma in heller Wut war Wilma im Zustand der Befriedigung, Wilma, durchdrungen von einem hehren Ziel.

Und er liebte sie – so, wie die Eingeborenen jener tropischen Region zweifellos ihren Großen Gott Donnerberg geliebt hatten. Seine Angst und Ehrfurcht intensivierten diese Liebe sogar noch; sie war WILMA, eine Macht aus eigener Vollkommenheit, und er versuchte nur, sie von ihrem Kurs abzubringen, wenn er fürchtete, daß sie sich verletzen könnte – wodurch sie, infolge der mystischen Transsubstantion der Liebe, auch ihn verletzen würde.

Seither hatte er ihr nur bei drei Gelegenheiten ein Xanax verabreicht. Die dritte – und bei weitem beängstigende – war der Abend der schlammigen Laken gewesen. Er hatte darauf bestanden, ihr eine Tasse Tee zu machen, und als sie sich schließlich bereit erklärt hatte, eine zu trinken (nach ihrem kurzen, aber überaus befriedigenden Gespräch mit Net-

189

tie Cobb), hatte er ihn besonders stark gemacht und nicht
nur eine, sondern zwei Xanax hineingetan. Am nächsten
Morgen hatte er sehr erleichtert festgestellt, wie stark ihr
Thermostat gesunken war.

Das waren die Dinge, die Wilma Jerzyck, die sich ihrer
Macht über ihren Mann so sicher war, nicht wußte; das waren außerdem die Dinge, die Wilma davon abhielten, einfach in ihrem Yugo vor Netties Tür zu fahren und am Freitagmorgen über sie herzufallen.

2

Nicht, daß Wilma Nettie vergessen oder ihr verziehen hätte
und daß ihr auch nur die geringsten Zweifel daran gekommen wären, wer ihre Laken ruiniert hatte; dergleichen hätte
kein Medikament der Welt fertiggebracht.

Kurz nachdem Pete zur Arbeit gefahren war, stieg Wilma
in ihren Wagen und fuhr langsam die Willow Street hinunter (die hintere Stoßstange des kleinen gelben Yugo trug
einen Aufkleber, der der Welt erklärte: WEM MEINE FAHR-
WEISE NICHT PASST, DER WÄHLE 1-800-FRISS-SCHEIS-
SE). Sie bog nach rechts ab, als sie sich Nettie Cobbs hübschem kleinen Haus näherte. Ihr war, als sähe sie, wie sich
eine der Gardinen bewegte, und das war ein guter Anfang –
aber eben nur ein Anfang.

Sie fuhr um den Block (wobei sie das Haus der Rusks in
der Pond Street passierte, ohne einen Blick darauf zu werfen), an ihrem eigenen Haus in der Willow Street vorbei,
und bog dann abermals in die Ford Street ein. Jetzt drückte
sie zweimal auf die Hupe, als sie sich Netties Haus näherte,
und hielt dann mit laufendem Motor vor dem Haus an.

Die Gardine bewegte sich abermals. Diesmal war kein Irrtum möglich. Die Frau lugte zu ihr heraus. Wilma stellte
sich vor, wie sie da hinter der Gardine stand, zitternd vor
Entsetzen und Schuldbewußtsein, und stellte fest, daß ihr
dieses Bild noch besser gefiel als das, mit dem sie zu Bett gegangen war – dem, in dem sie der verrückten Kuh die Rübe

umdrehte, bis sie herumwirbelte wie der Kopf des kleinen Mädchens in *Der Exorzist.*

»Dideldumdau, ich seh dich genau«, sagte sie grimmig, als die Gardine wieder zurückglitt. »Bilde dir nicht ein, ich sähe dich nicht.«

Sie fuhr abermals um den Block, hielt zum zweitenmal vor Netties Haus und drückte auf die Hupe, um ihr Opfer auf ihre Anwesenheit aufmerksam zu machen. Diesmal blieb sie fast fünf Minuten. Die Gardine bewegte sich zweimal. Schließlich fuhr sie befriedigt davon.

Die verrückte Ziege wird den ganzen Tag über nach mir Ausschau halten, dachte sie, als sie ihre eigene Auffahrt wieder erreicht hatte und ausstieg. *Sie wird sich nicht trauen, einen Fuß vor die Tür zu setzen.*

Wilma ging ins Haus, leichten Fußes und leichten Herzens, und ließ sich mit einem Katalog auf dem Sofa nieder. Wenig später bestellte sie drei neue Garnituren Laken – weiß, gelb und mit Paisleymuster.

3

Raider saß auf dem Teppich mitten im Wohnzimmer und schaute zu seinem Frauchen auf. Schließlich winselte er leise, als wollte er Nettie daran erinnern, daß dies ein Werktag und sie bereits eine halbe Stunde zu spät dran war. Heute war der Tag, an dem sie bei Polly im Obergeschoß staubsaugen sollte, und der Mann von der Telefongesellschaft wollte mit den neuen Telefonen kommen, denen mit den übergroßen Tasten. Sie sollten für Leute, die eine so schlimme Arthritis hatten wie Polly, leichter zu bedienen sein.

Aber wie konnte sie fortgehen?

Die verrückte Polin war irgendwo da draußen, fuhr mit diesem kleinen Wagen herum.

Nettie saß in ihrem Sessel und hielt ihren Lampenschirm auf dem Schoß. Sie hatte ihn auf dem Schoß gehalten, seit die verrückte Polin das erste Mal an ihrem Haus vorbeigefahren war. Dann war sie wiedergekommen, hatte angehalten und gehupt. Als sie wieder abfuhr, hatte Nettie gedacht, es wäre vielleicht vorbei, aber nein – die Frau war noch ein drittes Mal gekommen. Nettie war ganz sicher gewesen, daß die verrückte Polin versuchen würde, ins Haus zu kommen. Sie hatte in ihrem Sessel gesessen, hatte mit dem einen Arm den Lampenschirm und mit dem anderen Raider an sich gedrückt und sich gefragt, was sie tun würde, falls die verrückte Polin es versuchen sollte – wie sie sich verteidigen sollte. Sie wußte es nicht.

Endlich brachte sie den Mut auf, noch einen Blick aus dem Fenster zu werfen. Die verrückte Polin war verschwunden. Ihre anfängliche Erleichterung wurde schnell von Angst verdrängt. Sie fürchtete, daß die verrückte Polin auf den Straßen herumfuhr und darauf wartete, daß sie herauskäme; noch mehr fürchtete sie, daß die verrückte Polin kommen könnte, nachdem sie gegangen war.

Dann würde sie das Schloß aufbrechen und ihren wunderschönen Lampenschirm sehen und ihn in tausend Stücke zerschmettern.

Raider winselte abermals.

»Ich weiß«, sagte sie mit einer Stimme, die fast ein Stöhnen war. »Ich *weiß* es.«

Sie mußte gehen. Sie hatte eine Verpflichtung, und sie wußte, worin sie bestand und wem sie verpflichtet war. Polly Chalmers war gut zu ihr gewesen. Es war Polly gewesen, die die Empfehlung geschrieben hatte, die sie endgültig aus Juniper Hill herausgeholt hatte, und es war Polly gewesen, die bei der Bank für ihre Hypothek auf das Haus gebürgt hatte. Wenn Polly nicht gewesen wäre, würde sie noch immer in einem gemieteten Zimmer auf der anderen Seite der Tin Bridge wohnen.

Aber was war, wenn sie ging, und die verrückte Polin kam wieder?

Raider konnte ihren Lampenschirm nicht beschützen; er war tapfer, aber er war nur ein kleiner Hund. Wenn er versuchte, sich der verrückten Polin in den Weg zu stellen, würde sie ihm vielleicht etwas antun. Nettie spürte, wie ihr Verstand, gefangen im Schraubstock dieses grauenhaften Dilemmas, ihr zu entgleiten begann. Sie stöhnte abermals.

Und plötzlich kam ihr die erlösende Idee.

Den Lampenschirm nach wie vor in den Armen, stand sie auf, durchquerte das Wohnzimmer und die Küche und öffnete dann die Tür an der gegenüberliegenden Ecke. An diesem Ende des Hauses war ein Schuppen angebaut. In der Düsternis zeichneten sich schattenhaft der Holzstapel und ein Haufen Gerümpel ab.

Eine einzelne Glühlampe hing an einem Kabel von der Decke herab. Es war kein Schalter und auch keine Zugschnur vorhanden; man schaltete sie ein, indem man sie in der Fassung festdrehte. Sie griff danach – dann zögerte sie. Wenn die verrückte Polin im Hintergarten lauerte, würde sie sehen, wie das Licht anging. Und wenn sie sah, wie das Licht anging, dann würde sie genau wissen, wo sie nach Netties Buntglas-Lampenschirm suchen mußte.

»O nein, so leicht erwischst du mich nicht«, sagte sie fast unhörbar und tastete sich am Kleiderschrank ihrer Mutter und am Bücherschrank ihrer Mutter vorbei bis zum Holzstapel. »O nein, Wilma Jerzyck. Ich bin schließlich nicht *blöde.* Bilde dir das nur nicht ein.«

Nettie drückte den Lampenschirm mit der linken Hand an ihren Bauch und benutzte die rechte dazu, das Gewirr alter, schmutziger Spinnweben vor dem einzigen Fenster des Schuppen herunterzureißen. Dann lugte sie in den Hintergarten hinaus, und ihre Augen wanderten von einer Stelle zur anderen. So blieb sie fast eine Minute lang stehen. Nichts regte sich im Hintergarten. Einmal glaubte sie zu sehen, daß die verrückte Polin in der hinteren Ecke des Gartens kauerte, aber nach genauerem Hinsehen war sie überzeugt, daß es nur der Schatten der Eiche im Garten der Fearons war. Die unteren Äste des Baumes ragten in ihren Garten hinein. Sie bewegten sich ein wenig im Wind, und deshalb sah der Schattenfleck dort hinten einen Augenblick lang aus wie eine verrückte Frau (eine verrückte *Polin,* um genau zu sein).

Raider winselte hinter ihr. Sie drehte sich um und sah ihn an der Schuppentür stehen, eine schwarze Silhouette mit zur Seite geneigtem Kopf.

»Ich weiß«, sagte sie. »Ich weiß – aber wir werden sie hereinlegen. Sie hält mich für blöde. Nun, da hat sie sich getäuscht.«

Sie ertastete sich ihren Rückweg. Ihre Augen hatten sich der Düsternis angepaßt, und sie kam zu dem Schluß, daß es gar nicht nötig war, die Glühlampe einzuschalten. Sie stellte sich auf die Zehenspitzen und tastete auf dem Oberteil des Kleiderschrankes herum, bis ihre Finger den Schlüssel fanden, mit dem die Tür an der linken Seite auf- und zugeschlossen werden konnte. Der Schlüssel für die Schubladen war seit Jahren verschwunden, aber das machte nichts – Nettie hatte den Schlüssel, den sie brauchte.

Sie öffnete die Tür und deponierte den Lampenschirm auf einem Bord, mitten zwischen Staubflocken und Mäusedreck.

»Er hätte es verdient, an einem besseren Ort untergebracht zu werden, das ist mir klar«, sagte sie leise zu Raider. »Aber hier ist er *sicher*, und darauf kommt es an.«

Sie steckte den Schlüssel wieder ins Schloß und drehte ihn; dann versuchte sie, die Tür zu öffnen. Sie war fest verriegelt, bombenfest, und ihr war plötzlich zumute, als wäre ihr ein großer Felsbrocken vom Herzen geglitten. Sie versuchte abermals, die Tür zu öffnen, nickte beifällig und ließ den Schlüssel in die Tasche ihres Hauskleides gleiten. Wenn sie zu Polly ging, würde sie ihn sich um den Hals hängen. Das würde sie als allererstes tun.

»So!« erklärte sie Raider, der begonnen hatte, mit dem Schwanz zu wedeln. Vielleicht spürte er, daß die Krise vorüber war. »Das wäre erledigt, mein Junge, und jetzt muß ich zur Arbeit! Es wird höchste Zeit!«

Als sie ihren Mantel anzog, begann das Telefon zu läuten. Nettie tat zwei Schritte darauf zu, dann hielt sie inne.

Raider gab einen kurzen, ernsten Kläffer von sich und sah sie an. Weißt du denn nicht, was du zu tun hast, wenn das Telefon läutet? fragten seine Augen. Sogar ich weiß das, und dabei bin ich nur ein *Hund*.

»Ich tue es nicht«, sagte Nettie.

Ich weiß, was Sie mir angetan haben, Sie verrückte Ziege, ich weiß, was Sie mir angetan haben, ich weiß, was Sie mir angetan haben, und ich – werde es – Ihnen – HEIMZAHLEN!

»Ich nehme den Hörer nicht ab. Ich gehe zur Arbeit. Sie ist

diejenige, die verrückt ist, nicht ich. Ich habe ihr überhaupt nichts angetan! *Überhaupt nichts!*«

Raider bellte zustimmend.

Das Telefon hörte auf zu läuten.

Nettie entspannte sich ein wenig – aber ihr Herz klopfte noch immer heftig.

»Sei schön brav«, befahl sie Raider und streichelte ihn. »Ich komme später zurück, weil ich später anfange. Aber ich liebe dich, und wenn du daran denkst, wirst du den ganzen Tag über ein braves Hündchen sein.«

Das war eine Verabschiedungs-Litanei, die Raider wohlbekannt war, und er wedelte mit dem Schwanz. Nettie öffnete die Haustür und lugte in beide Richtungen, bevor sie hinaustrat. Sie hatte einen bösen Moment, als sie etwas leuchtend Gelbes aufblitzen sah, aber es war nicht das Auto der verrückten Polin; der Pollard-Junge hatte sein Fisher-Price-Dreirad auf dem Gehsteig stehengelassen, das war alles. Nettie benutzte ihren Hausschlüssel, um die Tür hinter sich abzuschließen, dann wanderte sie zur Hinterfront des Hauses, um sich zu vergewissern, daß auch die Schuppentür abgeschlossen war. Dann machte sie sich auf den Weg zu Pollys Haus; ihre Handtasche hing an ihrem Arm, und ihre Augen hielten Ausschau nach dem Auto der verrückten Polin (sie versuchte, sich zu entscheiden, ob sie sich, wenn sie es sah, hinter einer Hecke verstecken oder einfach stehenbleiben sollte). Sie hatte fast das Ende des Blocks erreicht, als ihr einfiel, daß sie die Vordertür nicht so gründlich überprüft hatte, wie sie es eigentlich hätte tun müssen. Sie schaute nervös auf die Uhr, dann kehrte sie um. Sie überprüfte die Haustür – sie war fest verschlossen. Nettie seufzte erleichtert, dann beschloß sie, sicherheitshalber auch noch das Schloß an der Tür des Holzschuppens zu überprüfen.

»Vorsicht ist die Mutter der Weisheit«, murmelte sie und ging zur Rückseite des Hauses.

Ihre Hand erstarrte, als sie gerade die Klinke der Schuppentür ergreifen wollte.

Drinnen läutete abermals das Telefon.

»Sie ist verrückt«, stöhnte Nettie. »Ich habe ihr *überhaupt nichts* angetan!«

Die Schuppentür war verschlossen, aber sie blieb vor ihr stehen, bis das Telefon verstummt war. Dann machte sie sich wieder auf den Weg zur Arbeit.

4

Diesmal war sie fast zwei Blocks weit gegangen, bevor der Gedanke, daß sie die Haustür vielleicht doch nicht verschlossen hätte, an ihr zu nagen begann. Sie wußte, daß sie es getan hatte, fürchtete aber, daß sie es vielleicht *doch nicht* getan hatte.

Sie stand neben dem blauen Briefkasten an der Ecke von Ford Street und Deaconess Way und wußte nicht, was sie tun sollte. Sie hatte fast beschlossen, ihren Weg fortzusetzen, als sie sah, wie ein gelber Wagen einen Block weiter über die Kreuzung fuhr. Es war nicht der Wagen der verrückten Polin, es war ein Ford, aber sie dachte, es könnte ein böses Omen sein. Sie eilte zu ihrem Haus zurück und überprüfte abermals beide Türen. Sie waren verschlossen. Sie war bis zur Gartenpforte gekommen, als ihr einfiel, daß sie auch die Kleiderschranktür noch einmal überprüfen und sich vergewissern mußte, daß sie gleichfalls verschlossen war.

Sie wußte, daß sie verschlossen war, fürchtete aber, daß sie es vielleicht *doch nicht* war.

Sie schloß die Haustür auf und ging ins Haus. Raider sprang schwanzwedelnd an ihr hoch, und sie streichelte ihn einen Moment – aber nur einen Moment. Sie mußte die Haustür zumachen, denn die verrückte Polin konnte jederzeit auftauchen. Jederzeit.

Sie schlug die Tür zu, schob den Riegel vor und ging hinaus zum Holzschuppen. Die Schranktür war natürlich verschlossen. Sie kehrte ins Haus zurück und blieb eine Minute in der Küche stehen. Sie machte sich schon wieder Sorgen, begann zu denken, sie hätte sich getäuscht, und die Schranktür wäre in Wirklichkeit *doch nicht* verschlossen. Vielleicht hatte sie nicht kräftig genug am Griff gezogen, um hundertprozentig sicher zu sein. Vielleicht hatte sie nur geklemmt.

Sie ging hinaus, um sie noch einmal zu überprüfen, und während sie es tat, begann das Telefon zu läuten. Sie eilte ins Haus zurück, den Schrankschlüssel mit der verschwitzten rechten Hand umkrampfend. Sie prallte mit dem Schienbein gegen einen Schemel und schrie vor Schmerz auf.

Als sie im Wohnzimmer angekommen war, hatte das Läuten wieder aufgehört.

»Ich kann heute nicht zur Arbeit gehen«, murmelte sie. »Ich muß – muß ...«

(auf der Hut sein)

Das war es. Sie mußte auf der Hut sein.

Sie nahm den Hörer ab und wählte rasch, bevor ihr Verstand anfangen konnte, wieder an sich selbst zu nagen, wie Raider an seinem Spielzeugknochen nagte.

»Hallo«, sagte Polly. »Hier ist You Sew and Sew.«

»Ich bin's, Polly.«

»Nettie? Ist irgend etwas passiert?«

»Nein, aber ich rufe von zu Hause an, Polly. Mein Magen macht mir zu schaffen.« Das war jetzt keine Lüge mehr. »Könnte ich vielleicht den Tag frei bekommen? Ich weiß, daß ich eigentlich oben staubsaugen sollte – und der Mann von der Telefongesellschaft wollte kommen – aber ...«

»Das ist kein Problem«, sagte Polly sofort. »Der Mann von der Telefongesellschaft kommt nicht vor zwei, und ich will heute ohnehin früh Schluß machen. Meine Hände tun immer noch zu weh, als daß ich lange arbeiten könnte. Ich lasse ihn selbst herein.«

»Aber wenn Sie mich wirklich brauchen, könnte ich ...«

»Es muß wirklich nicht sein«, versicherte ihr Polly, und Nettie spürte, wie ihr Tränen in die Augen traten. Polly war so *nett*.

»Sind es heftige Schmerzen, Nettie? Soll ich Dr. Van Allen zu Ihnen schicken?«

»Nein – nur leichte Krämpfe. Sie werden sich bald wieder geben. Wenn ich kann, komme ich heute nachmittag.«

»Unfug«, sagte Polly energisch. »Seit Sie für mich arbeiten, haben Sie sich noch keinen einzigen Tag freigenommen. Kriechen Sie einfach wieder ins Bett und versuchen Sie zu schlafen. Und ich warne Sie: wenn Sie trotzdem erscheinen, schicke ich Sie gleich wieder nach Hause.«

»Danke, Polly.« Sie war den Tränen nahe. »Sie sind so gut zu mir.«

»Sie verdienen Güte. Ich muß Schluß machen, Nettie – Kundschaft. Legen Sie sich hin. Ich rufe heute nachmittag an, um zu hören, wie es Ihnen geht.«

»Danke.«

»Gern geschehen. Bis später.«

»Bis später«, sagte Nettie und legte auf.

Sie trat sofort ans Fenster und schob die Gardine beiseite. Die Straße war leer – im Augenblick. Sie ging wieder in den Schuppen, schloß den Schrank auf und holte den Lampenschirm heraus. Sobald sie ihn wieder in den Armen hielt, überkam sie ein Gefühl der Ruhe und Entspanntheit. Sie nahm ihn mit in die Küche, wusch ihn in warmem Seifenwasser, spülte ihn ab und trocknete ihn behutsam.

Sie öffnete eine der Küchenschubladen und holte ihr Fleischmesser heraus. Mit dem Messer und dem Lampenschirm kehrte sie ins Wohnzimmer zurück, und dort saß sie den ganzen Vormittag in ihrem Sessel, kerzengerade aufgerichtet, den Lampenschirm auf dem Schoß und das Fleischmesser in der rechten Hand.

Das Telefon läutete zweimal.

Nettie nahm den Hörer nicht ab.

Siebentes Kapitel

1

Freitag, der elfte Oktober, war ein hervorragender Tag für Castle Rocks neuesten Laden, vor allem, als der Vormittag in den Nachmittag überging und die Leute ihren Wochenlohn in der Tasche hatten. Geld in der Hand regte zum Einkaufen an; ebenso die gute Mundpropaganda derjenigen, die am Mittwoch hereingeschaut hatten. Natürlich gab es etliche Leute, die der Ansicht waren, daß man dem Urteil von Leuten, die ungeschliffen genug waren, einem neuen Laden *am allerersten Tag* einen Besuch abzustatten, nicht trauen konnte, aber sie waren in der Minderheit, und das kleine silberne Glöckchen über der Vordertür von Needful Things bimmelte den ganzen Tag über munter.

Seit Mittwoch war weitere Ware entweder eingetroffen oder ausgepackt worden. Den an solchen Dingen Interessierten fiel es schwer zu glauben, daß sie angeliefert worden war – niemand hatte einen Lastwagen gesehen –, aber das spielte im Grunde keine Rolle. Am Freitag gab es wesentlich mehr Ware bei Needful Things; und darauf kam es an.

Puppen zum Beispiel. Und herrlich gearbeitete Puzzles aus Holz, etliche davon doppelseitig. Ein einzigartiges Schachspiel: die Figuren bestanden aus Bergkristall, aus dem eine primitive, aber unglaublich talentierte Hand afrikanische Tiere herausgeschnitzt hatte – springende Giraffen als Springer, Nashörner mit aggressiv gesenktem Kopf als Türme, Schakale als Bauern, Löwen als Könige, geschmeidige Leoparden als Damen. Und eine Kette aus schwarzen Perlen, die eindeutig teuer war – wie teuer, wagte niemand zu fragen (zumindest nicht an *diesem* Tag) –, aber sie waren so schön, daß das Ansehen fast schmerzte, und mehreren Besuchern von Needful Things war, als sie nach Hause gingen, schwermütig und seltsam verwirrt zumute, denn das Bild dieser schwarzen Perlenkette tanzte in der Dunkelheit direkt hinter ihren Augen, schwarz auf schwarz. Und das waren nicht nur Frauen.

Da war ein Paar tanzender Narrenpuppen. Und eine Spieldose, alt und reich geschnitzt – Mr. Gaunt sagte, er wäre ganz sicher, daß sie, wenn man sie öffnete, irgend etwas Ungewöhnliches spielen würde, aber er konnte sich nicht erinnern, was es war, und sie war verschlossen. Der Käufer würde jemanden auftreiben müssen, der einen Schlüssel dafür anfertigte; es gab immer noch ein paar alte Leute, sagte er, die über solche Fertigkeiten verfügten. Er wurde mehrmals gefragt, ob die Spieldose zurückgegeben werden könnte, wenn der Käufer sie tatsächlich aufbekam und feststellte, daß die Melodie, die sie spielte, ihm nicht gefiel. Mr. Gaunt lächelte und deutete auf ein neues Schild an der Wand. Darauf stand:

UMTAUSCH UND GELDRÜCKGABE AUSGESCHLOSSEN
CAVEAT EMPTOR!

»Was bedeutet das?« fragte Lucille Dunham. Lucille arbeitete als Kellnerin in Nan's Luncheonette, und sie war in ihrer Kaffeepause mit ihrer Freundin Rose Ellen Myers gekommen.

»Es bedeutet, wenn du eine Katze im Sack kaufst, dann behältst du die Katze, und er behält den Sack«, sagte Rose Ellen. Sie sah, daß Mr. Gaunt mitgehört hatte (und sie hätte schwören können, daß sie ihn nur eine Sekunde zuvor auf der anderen Seite des Ladens gesehen hatte), und errötete heftig.

Aber Mr. Gaunt lachte nur. »So ist es«, erklärte er ihr. »*Genau das* bedeutet es!«

Ein alter, langläufiger Revolver in einer Vitrine mit einer Karte davor, auf dem NED BUNTLINE SPECIAL stand; ein Puppenjunge mit hölzernem rotem Haar, Sommersprossen und einem erstarrten freundlichen Grinsen (HOWDIE DOODY-PROTOTYP stand auf der Karte); Kartons mit Briefpapier, sehr hübsch, aber nicht bemerkenswert; eine Kollektion alter Postkarten; Bleistift- und Federhalter-Garnituren, leinene Taschentücher, Plüschtiere. Da war, wie es schien, für jeden Geschmack etwas und – obwohl im ganzen Laden kein einziges Preisschild zu finden war – auch für jeden Geldbeutel.

Mr. Gaunt machte an diesem Tag gute Geschäfte. Die meisten Dinge, die er verkaufte, waren hübsch, aber keineswegs einzigartig. Er schloß jedoch auch etliche »spezielle« Handel ab, und diese Transaktionen fanden in den ruhigen Minuten statt, in denen sich nur ein einziger Kunde im Laden aufhielt.

»Wenn das Geschäft flau ist, werde ich nervös«, erklärte er Sally Ratcliffe, Brian Rusks Sprechlehrerin, mit seinem freundlichen Lächeln, »und wenn ich nervös werde, werde ich manchmal leichtsinnig. Schlecht für den Verkäufer, aber *überaus* gut für den Käufer.«

Miss Ratcliffe war ein frommes Mitglied der United Baptist Church des Rev. Rose. Sie hatte ihren Verlobten Lester Pratt dort kennengelernt, und zusätzlich zu ihrem Kasino-Nacht-Button trug sie noch einen weiteren, auf dem stand ICH GEHÖRE ZU DEN ERRETTETEN! UND DU? Der Splitter, etikettiert als VERSTEINERTES HOLZ AUS DEM HEILIGEN LAND, erregte sofort ihre Aufmerksamkeit, und sie erhob keinen Einspruch, als Mr. Gaunt ihn aus der Vitrine holte und ihr in die Hand gab. Sie kaufte ihn für siebzehn Dollar und das Versprechen, Frank Jewett, dem Direktor der Middle School von Castle Rock, einen harmlosen kleinen Streich zu spielen. Sie verließ den Laden fünf Minuten nachdem sie ihn betreten hatte, mit verträumtem und geistesabwesendem Blick. Mr. Gaunt hatte sich erboten, ihren Kauf einzuwickeln, aber Miss Ratcliffe hatte abgelehnt und gesagt, sie wollte ihn in der Hand behalten. Wenn jemand sie beim Verlassen des Ladens beobachtet hätte, wäre es ihm schwergefallen, zu entscheiden, ob ihre Füße den Boden berührten oder darüber hinwegschwebten.

2

Das silberne Glöckchen bimmelte.

Cora Rusk kam herein, fest entschlossen, das Foto von The King zu kaufen, und fassungslos, als Mr. Gaunt ihr mitteilte, daß es bereits verkauft war. Cora wollte wissen, wer es gekauft hatte. »Tut mir leid«, sagte Mr. Gaunt, »aber die Dame kam von außerhalb. Der Wagen, den sie fuhr, hatte ein Nummernschild von Oklahoma.«

»Das ist doch nicht zu *fassen!*« rief Cora voller Verdruß und echter Pein. Ihr war nicht bewußt gewesen, wieviel ihr an dem Foto lag, bis Mr. Gaunt ihr gesagt hatte, daß es nicht mehr da war.

Zu jener Zeit befanden sich Henry Gendron und seine Frau Yvette im Laden, und Mr. Gaunt bat Cora, eine Minute zu warten, während er sie bediente. Er hätte etwas, erklärte er ihr, von dem er glaubte, daß es sie ebensosehr oder sogar noch mehr interessieren würde. Nachdem er den Gendrons einen Teddybären – ein Geschenk für ihre Tochter – verkauft und sie zur Tür begleitet hatte, fragte er Cora, ob sie noch einen Moment länger warten könnte, während er etwas im Hinterzimmer suchte. Cora wartete, aber ohne großes Interesse oder sonderliche Erwartungen. Eine dunkelgraue Depression hatte sie befallen. Sie hatte Hunderte von Fotos von The King gesehen, vielleicht sogar *Tausende,* und besaß selbst ein halbes Dutzend, aber dieses eine hatte irgendetwas Besonderes an sich gehabt. Sie haßte die Frau aus Oklahoma.

Dann kam Mr. Gaunt mit einem kleinen Brillenetui aus Echsenleder zurück. Er öffnete es und zeigte Cora eine Fliegerbrille mit dunkel rauchgrauen Gläsern. Der Atem blieb ihr im Halse stecken, ihre rechte Hand fuhr zu ihrem zitternden Hals empor.

»Ist das …« begann sie, dann brachte sie nichts mehr heraus.

»Die Sonnenbrille von The King«, pflichtete Mr. Gaunt ihr feierlich bei. »Eine von sechzig. Aber ich habe mir sagen lassen, daß dies seine Lieblingsbrille war.«

Cora kaufte die Sonnenbrille für neunzehn Dollar und fünfzig Cents.

»Außerdem brauche ich noch ein paar Informationen.« Mr. Gaunt musterte Cora mit einem Blinzeln. »Nennen wir es eine Art Aufpreis.«

»Informationen?« fragte Cora zweifelnd. »Was für Informationen?«

202

»Sehen Sie aus dem Fenster, Cora.«

Cora tat, wie ihr geheißen war, aber ihre Hände ließen die Sonnenbrille keine Sekunde los. Auf der anderen Straßenseite parkte Castle Rocks Streifenwagen Nummer 1 vor The Clip Joint. Alan Pangborn stand auf dem Gehsteig und unterhielt sich mit Bill Fullerton.

»Sehen Sie den Mann dort?« fragte Gaunt.

»Wen? Bill Ful ...«

»Nein, Sie dumme Person«, sagte Gaunt. »Den *anderen.*«

»Sheriff Pangborn?«

»Richtig.«

»Ja, ich sehe ihn.« Cora fühlte sich dumpf und benommen. Gaunts Stimme schien aus großer Ferne zu kommen. Sie konnte nicht aufhören, an ihren Kauf zu denken – die wundervolle Sonnenbrille. Sie wollte nach Hause und sie ausprobieren – aber natürlich konnte sie nicht gehen, bevor es ihr erlaubt wurde, denn der Handel war erst abgeschlossen, wenn Mr. Gaunt *sagte,* daß er abgeschlossen war.

»Er sieht aus wie etwas, was die Leute in meiner Branche einen zähen Brocken nennen«, sagte Mr. Gaunt. »Was halten *Sie* von ihm, Cora?«

»Er ist auf Draht«, sagte Cora. »Er wird nie ein Sheriff sein, wie der alte George Bannermann einer war – das sagt jedenfalls mein Mann –, aber er ist mächtig auf Draht.«

»Ach wirklich?« Mr. Gaunts Stimme hatte wieder diesen mißfälligen, nörgelnden Beiklang. Seine Augen hatten sich zu Schlitzen verengt und ruhten unverwandt auf Alan Pangborn. »Soll ich Ihnen ein Geheimnis verraten, Cora? Ich habe nicht viel übrig für Leute, die auf Draht sind, und ich *hasse* zähe Brocken. Zähe Brocken sind mir ein *Greuel.* Ich traue Leuten nicht, die alles umdrehen und nach Sprüngen suchen, bevor sie sich zum Kauf entschließen. Sie etwa?«

Cora erwiderte nichts. Sie stand nur da, hielt das Etui mit der Sonnenbrille von The King in der linken Hand und starrte leeren Blickes aus dem Fenster.

»Wenn ich nach jemandem suchen würde, der Sheriff Pangborn im Auge behält, wer käme da in Frage?«

»Polly Chalmers« sagte Cora mit ihrer benommenen Stimme. »Sie hat eine Menge für ihn übrig.«

Gaunt schüttelte sofort den Kopf. Seine Augen ruhten unverwandt auf Alan, als er zu seinem Streifenwagen ging, einen kurzen Blick über die Straße auf Needful Things warf und dann einstieg und davonfuhr. »Geht nicht.«

»Sheila Brigham?« fragte Cora zweifelnd. »Sie sitzt im Büro des Sheriffs in der Telefonzentrale.«

»Ein guter Gedanke, aber sie ist auch ungeeignet. Auch ein zäher Brocken. Von denen gibt es in jeder Stadt ein paar – traurig, aber wahr.«

Cora dachte nach, auf ihre benommen-abwesende Art. »Eddie Warburton«, sagte sie schließlich. »Der Hausmeister im Gebäude der Stadtverwaltung.«

Gaunts Gesicht hellte sich auf. »Der Hausmeister!« sagte er. »Hervorragend! Einer von der grauen Kolonne! Wirklich *hervorragend!*« Er beugte sich über den Tresen und pflanzte einen Kuß auf Coras Wange.

Sie fuhr zurück, verzog das Gesicht und rieb heftig über die Stelle. Aus ihrer Kehle kam ein kurzer, würgender Laut, aber Mr. Gaunt schien es nicht zu bemerken. Auf seinem Gesicht lag ein großes, strahlendes Lächeln.

Cora ging (nach wie vor mit dem Handrücken ihre Wange reibend), als Stephanie Bonsaint und Cyndi Rose Martin vom Ash Street Bridge Club hereinkamen. Cora hätte Steffie Bonsaint in ihrer Eile fast umgerannt; sie verspürte das dringende Verlangen, so schnell wie möglich nach Hause zu kommen. Nach Hause zu kommen und diese Brille auszuprobieren. Doch bevor sie das tat, wollte sie ihr Gesicht waschen und diesen widerwärtigen Kuß loswerden. Sie spürte, wie er in ihrer Haut brannte wie ein leichtes Fieber.

Über der Tür bimmelte das silberne Glöckchen.

3

Während Steffie am Fenster stand, ganz versunken in das wechselnde Muster des altmodischen Kaleidoskops, das sie gefunden hatte, trat Cyndi Rose zu Mr. Gaunt und erinnerte ihn an das, was er am Mittwoch gesagt hatte: daß er möglicherweise das Gegenstück zu der Lalique-Vase hätte, die sie bereits gekauft hatte.

»Nun«, sagte Mr. Gaunt und lächelte ihr zu, als wollte er sie fragen, ob sie ein Geheimnis wahren könnte, »das kann durchaus sein. Können Sie dafür sorgen, daß Ihre Freundin für ein oder zwei Minuten verschwindet?«

Cyndi Rose bat Steffie, schon vorzugehen und in Nan's Luncheonette Kaffee zu bestellen; sie würde gleich nachkommen, sagte sie. Steffie ging, aber mit ein wenig verblüffter Miene.

Mr. Gaunt verschwand im Hinterzimmer und kam mit einer Lalique-Vase zurück. Sie paßte nicht nur zu der anderen – sie war ihr genaues Gegenstück.

»Wieviel?« fragte Cyndi Rose und strich mit einem leicht zitternden Finger über die sanfte Rundung der Vase. Ein wenig reumütig erinnerte sie sich an ihre Befriedigung über das gute Geschäft, das sie am Mittwoch gemacht hatte. Da hatte er, wie es schien, nur die Angel ausgeworfen. Jetzt würde er sie einholen. *Diese* Vase würde bestimmt kein Einunddreißig-Dollar-Schnäppchen sein; diesmal würde er sie ausnehmen. Aber sie wollte sie haben, als Gegenstück zu der anderen auf dem Kaminsims in ihrem Wohnzimmer; sie wollte sie unbedingt haben.

Sie konnte ihren Ohren kaum trauen, als sie Leland Gaunts Antwort hörte. »Weil dies meine erste Woche ist, kann der Preis für die eine für beide Vasen gelten. Hier haben Sie sie, meine Liebe – freuen Sie sich darüber.«

Ihre Überraschung war so groß, daß sie die Vase fast fallen gelassen hätte, als er sie ihr in die Hand gab.

»Was – mir ist, als hätten Sie gesagt …«

»Sie haben mich richtig. verstanden«, sagte er, und plötzlich stellte sie fest, daß sie die Augen nicht von den seinen abwenden konnte. *Francie hat sich geirrt*, dachte sie auf eine abwesende, leicht benommene Art. *Sie sind überhaupt nicht grün. Sie sind grau. Dunkelgrau.* »Allerdings ist da noch etwas.«

»Und das wäre?«

»Kennen Sie einen Deputy-Sheriff namens Norris Ridgewick?«

Das silberne Glöckchen bimmelte.

Everett Frankel, der Assistent von Dr. Van Allen, kaufte die Pfeife, die Brian Rusk bei seiner Vorbesichtigung von Needful Things gesehen hatte, für zwölf Dollar und einen Streich, den er Sally Ratcliffe spielen sollte. Slopey Dodd, der Stotterer, der zusammen mit Brian an Sally Ratcliffes Sprechunterricht an den Dienstagnachmittag teilnahm, kaufte einen zinnernen Teekessel, den er seiner Mutter zum Geburtstag schenken wollte. Er kostete ihn einundsiebzig Cents und das gern gegebene Versprechen, daß er Sallys Freund Lester Pratt einen lustigen Streich spielen würde. Mr. Gaunt erklärte Slopey, er würde ihm die paar Dinge, die er für diesen Streich brauchte, geben, wenn der rechte Zeitpunkt gekommen war, und Slopey sagte, das wäre w-w-w-wirklich g-g-g-gut. June Gavincaux, die Frau des reichsten Meiereibesitzers der Stadt, kaufte eine Cloisonné-Vase für siebenundneunzig Dollar und das Versprechen, Father Brigham von Our Lady of Serene Waters einen Streich zu spielen. Kurz nachdem sie gegangen war, arrangierte Mr. Gaunt einen ähnlichen Streich, der Reverend Willie gespielt werden sollte.

Es war ein geschäftiger, ergebnisreicher Tag, und als Mr. Gaunt schließlich das GESCHLOSSEN-Schild an die Tür hängte und die Jalousie herunterzog, war er müde, aber zufrieden. Das Geschäft war großartig gegangen, und er hatte sogar den ersten Schritt unternommen, um dafür zu sorgen, daß Sheriff Pangborn ihm nicht ins Handwerk pfuschte. Das war gut. Die ersten Tage waren immer der erfreulichste Teil seines Unternehmens, aber sie waren anstrengend, und manchmal konnten sie außerdem riskant sein. Natürlich konnte er sich täuschen, was Pangborn anging; aber Gaunt hatte gelernt, sich in solchen Dingen auf sein Gefühl zu verlassen, und seinem Gefühl nach war Pangborn ein Mann, von dem er sich besser fernhielt – zumindest so lange, bis er selbst die Bedingungen diktieren konnte, unter denen er mit dem Sheriff umging. Mr. Gaunt ging davon aus, daß dies eine überaus volle Woche werden würde, und bevor sie zu Ende war, würde es Feuerwerk geben.

Eine Menge Feuerwerk.

4

Es war Viertel nach sechs am Freitagabend, als Alan in Pollys Auffahrt einbog und den Motor abstellte. Sie stand an der Tür, wartete auf ihn und küßte ihn herzlich. Er sah, daß sie selbst für diesen kurzen Ausflug in die Kälte Handschuhe angezogen hatte, und runzelte die Stirn.

»Laß das«, sagte sie. »Heute abend sind sie etwas besser. Hast du das Hähnchen mitgebracht?«

Er hob die weißen, fettfleckigen Papiertüten. »Ihr Diener, meine Gnädigste.«

Sie deutete einen Knicks an. »Und der Ihre.«

Sie nahm ihm die Tüten ab und ging voraus in die Küche. Er zog einen Stuhl vom Tisch, drehte ihn um und setzte sich verkehrt herum darauf, um ihr zuzusehen, wie sie die Handschuhe auszog und die Hähnchenteile auf eine Glasplatte legte. Er hatte sie aus dem Cluck-Cluck Tonite geholt. Ein gräßlicher Name, aber die Hähnchen dort waren gut (Norris zufolge konnte man das von den Muscheln nicht behaupten). Das einzige Problem mit Speisen, die man mitnahm, war, wenn man zwanzig Meilen entfernt wohnte, daß sie kalt wurden – und dafür, dachte er, waren Mikrowellenherde da. Er war sogar überzeugt, daß die einzigen drei Aufgaben, die Mikrowellenherde zu erfüllen hatten, das Warmhalten von Kaffee, das Herstellen von Popcorn und das Aufwärmen von Speisen war, die man aus Restaurants wie dem Cluck-Cluck Tonite geholt hatte.

»Sind sie wirklich besser?« fragte er, als sie die Hähnchenteile in den Herd schob und auf die entsprechenden Tasten drückte. Es bestand keine Veranlassung, sich deutlicher auszudrücken; sie wußten beide, wovon die Rede war.

»Nur ein bißchen«, gab sie zu, »aber ich bin ziemlich sicher, daß sie bald *erheblich* besser sein werden. Ich spüre ein warmes Kribbeln in den Handflächen, und das ist gewöhnlich ein ganz gutes Zeichen.«

Sie hielt sie hoch. Anfangs waren ihr ihre verkrümmten, verunstalteten Hände überaus peinlich gewesen, und die Verlegenheit war nach wie vor da, aber sie hatte einen langen Weg zurückgelegt und gelernt, sein Interesse als Teil seiner Liebe zu akzeptieren. Er fand immer noch, daß ihre Hände steif und so unbeholfen aussahen, als trüge sie unsichtbare Handschuhe – Handschuhe, die ein ungeschickter und liebloser Hersteller genäht, ihr übergezogen und dann ein für allemal an ihren Handgelenken befestigt hatte.

»Hast du heute Tabletten genommen?«

»Nur eine. Heute vormittag.«

In Wirklichkeit hatte sie drei genommen – zwei am Vormittag und eine am frühen Nachmittag –, und die Schmerzen waren heute kaum besser als gestern. Sie fürchtete, daß das Kribbeln, von dem sie gesprochen hatte, nur ein Produkt ihrer wehmütigen Phantasie war. Sie belog Alan nur ungern; sie war überzeugt, daß Lügen und Liebe selten nebeneinander existieren können, und nie für längere Zeit. Aber sie war jahrelang auf sich allein gestellt gewesen, und ein Teil von ihr ängstigte sich noch immer vor seiner unerbittlichen Anteilnahme. Sie traute ihm, fürchtete sich aber davor, ihn zuviel wissen zu lassen.

Er hatte im Laufe der Zeit immer stärker auf der Mayo Clinic bestanden, und sie wußte, wenn er begriff, wie schlimm die Schmerzen diesmal waren, würde er noch hartnäckiger darauf bestehen. Aber sie wollte nicht, daß ihre verdammten *Hände* zum wichtigsten Bestandteil ihrer Liebe wurden. Außerdem fürchtete sie sich vor dem, was eine Untersuchung in der Mayo Clinic ergeben mochte. Mit den Schmerzen konnte sie leben, aber sie war nicht sicher, ob sie auch ohne Hoffnung würde leben können.

»Holst du die Kartoffeln aus dem Herd?« fragte sie. »Ich möchte Nettie anrufen, bevor wir essen.«

»Was ist mit Nettie?«

»Magenverstimmung. Sie ist heute nicht gekommen. Ich möchte mich vergewissern, daß es keine Darmgrippe ist. Rosalie sagte, die grassiert im Moment, und Nettie hat Angst vor Ärzten.«

Und Alan, der mehr von dem wußte, wie Polly dachte und was sie dachte, als Polly je vermutet hätte, dachte *Und du auch, meine Liebe,* während sie zum Telefon ging. Er war Polizist, und er konnte seine Gewohnheit, genau zu beobachten, nicht ablegen, auch wenn er dienstfrei hatte; sie war etwas Automatisches. Er versuchte es nicht einmal. Wenn er Annie in den letzten paar Monaten genauer beobachtet hätte, wären sie und Todd vielleicht noch am Leben.

Er hatte die Handschuhe registriert, als Polly an die Tür kam. Er hatte bemerkt, daß sie sie mit den Zähnen ausgezogen hatte, anstatt sie einfach abzustreifen. Er hatte beobachtet, wie sie die Hähnchenteile auf der Platte arrangiert hatte, und das leichte Verziehen des Gesichts registriert, als sie die Platte anhob und in den Mikrowellenherd stellte. Das waren schlechte Zeichen. Er ging zur Tür zwischen der Küche und dem Wohnzimmer, weil er wissen wollte, wie zuversichtlich oder zögerlich sie das Telefon benutzen würde. Dies war einer der wichtigsten Maßstäbe für ihre Schmerzen, die sie wirklich hatte. Und hier endlich konnte er ein gutes Zeichen registrieren – oder etwas, was er dafür hielt.

Sie gab Netties Nummer schnell und zuversichtlich ein; doch weil sie sich an der entgegengesetzten Seite des Zimmers befand, konnte er nicht sehen, daß der Apparat – und alle anderen – früher am Tage gegen einen anderen mit übergroßen Tasten ausgetauscht worden war. Er kehrte in die Küche zurück und lauschte mit einem Ohr dem Gespräch im Wohnzimmer.

»Hallo, Nettie? ... Ich wollte es gerade aufgeben. Habe ich Sie geweckt? ... Ja ... Ach so ... Und wie geht es jetzt? ... Oh, gut. Ich habe immer wieder an Sie gedacht ... Nein, das Abendessen ist kein Problem, Alan hat gebratenes Hähnchen von diesem Cluck-Cluck-Laden in Oxford mitgebracht ... Ja, das war es, nicht wahr?«

Alan holte einen Teller aus einem der Oberschränke und dachte: Sie lügt, was ihre Hände angeht. Wie gut sie mit dem Telefon umgeht, spielt keine Rolle – sie sind ebenso schlimm, wie sie das ganze letzte Jahr waren, vielleicht sogar schlimmer.

Der Gedanke, daß sie ihn belogen hatte, störte ihn nicht sonderlich; seine Ansichten über das Verbiegen der Wahrheit waren erheblich nachsichtiger als die von Polly. Da war zum Beispiel das Kind. Sie hatte es Anfang 1971 zur Welt gebracht, ungefähr sieben Monate nachdem sie Castle Rock in einem Greyhound-Bus verlassen hatte. Sie hatte Alan erzählt, das Kind – ein Junge, den sie Kelton genannt hatte – wäre im Alter von drei Monaten in Denver gestorben. Plötzlicher Kindstod – der schlimmste Alptraum jeder jungen Mutter. Es war eine durchaus plausible Geschichte, und Alan hatte keinerlei Zweifel daran, daß Kelton Chalmers tatsächlich tot war. Was Pollys Version anging, gab es nur ein Problem: sie entsprach nicht der Wahrheit. Alan war Polizist, und er erkannte eine Lüge, wenn er sie hörte.

(außer, wenn es Annie war, die ihn belog)

Ja, dachte er. Außer, wenn es Annie war, die ihn belog. Der Einwand wird im Protokoll festgehalten.

Was hatte ihm verraten, daß Polly log? Das rasche Flackern ihrer Lider über ihrem allzu offenen, allzu direkten Blick? Ihre Art, immer wieder die Hand zu heben, um an ihrem linken Ohrläppchen zu zupfen? Das Übereinanderschlagen ihrer Beine, dieses bei Kinderspielen gebräuchliche Signal, das bedeutet *Ich schwindle?*

All diese Dinge und keines davon. In erster Linie war es ein Summer gewesen, der in seinem Innern Laut gegeben hatte, ungefähr so, wie ein Metalldetektor am Flughafen Laut gibt, wenn jemand mit einer Metallplatte im Schädel die Schranke passiert.

Die Lüge hatte ihn weder geärgert noch beunruhigt. Es gab Leute, die zu ihrem Vorteil logen, Leute, die logen, weil sie Schmerzen hatten, Leute, die logen, weil ihnen der Begriff der Wahrheit völlig fremd war – und dann gab es Leute, die logen, weil sie sich darauf verließen, daß die Zeit zum Erzählen der Wahrheit kommen würde. Er glaubte, daß Pollys Lüge über Kelton in die letzte Kategorie gehörte, und er war zufrieden, zu warten. Eines Tages würde sie sich entschließen, ihm ihre Geheimnisse zu offenbaren. Es hatte keine Eile.

Keine Eile: schon der Gedanke schien ein Luxus zu sein.

Auch ihre Stimme, die aus dem Wohnzimmer zu ihm herüberdrang – voll und gelassen und irgendwie genau richtig –, schien ein Luxus zu sein. Er war noch nicht ganz über das Schuldgefühl hinweg, einfach hier zu sein und zu wissen, wo sich alle Teller und Küchenutensilien befanden, zu wissen, in welcher Schublade sie ihre Nylonstrümpfe aufbewahrte oder welche Stellen ihrer Haut von der Sommersonne nicht gebräunt waren, aber nichts von alledem spielte eine Rolle, wenn er ihre Stimme hörte. Im Grunde gab es nur eine einzige Tatsache, die hier eine Rolle spielte, eine simple Tatsache, die alle anderen überwog: der Klang ihrer Stimme wurde zum Klang eines Zuhauses.

»Ich könnte nachher noch vorbeikommen, wenn Sie es möchten, Nettie ... Wirklich? ... Nun, Ruhe ist vermutlich die beste Medizin ... *Morgen?*«

Polly lachte. Es war ein unverklemmtes, angenehmes Geräusch, bei dem Alan immer das Gefühl hatte, als wäre die Welt irgendwie aufgefrischt worden. Er dachte, daß er lange Zeit darauf warten konnte, daß ihre Geheimnisse ans Licht kamen, wenn sie nur hin und wieder auf diese Weise lachte.

»Himmel, nein! Morgen ist *Samstag!* Ich werde einfach nur herumliegen und sündigen!«

Alan lächelte. Er zog die Schublade unter dem Herd auf, fand ein Paar Topflappen und öffnete die Backröhre. Eine Kartoffel, zwei Kartoffeln, drei Kartoffeln, vier. Wie in aller Welt sollten sie beide vier große gebackene Kartoffeln essen? Aber natürlich hatte er gewußt, daß es zu viele sein würden: das war Pollys Art zu kochen. Hinter diesen vier großen Kartoffeln steckte zweifellos ein weiteres Geheimnis und eines Tages, wenn er sämtliche Warums kannte – oder die meisten oder zumindest einige von ihnen –, würden vielleicht auch seine Schuld- und Unwirklichkeitsgefühle verschwinden.

Er holte die Kartoffeln heraus. Einen Moment später piepte der Mikrowellenherd.

»Ich muß Schluß machen, Nettie ...«

»Laß nur!« rief Alan. »Ich habe alles unter Kontrolle. Ich bin Polizist, Lady!«

»... aber rufen Sie mich an, wenn Sie irgend etwas brauchen. Sind Sie ganz sicher, daß es Ihnen jetzt wieder besser geht? ... Und Sie würden es mir sagen, wenn es nicht so wäre, Nettie, nicht wahr? ... Okay ... Wie bitte? ... Nein, nur eine Frage ... Sie auch ... Gute Nacht, Nettie.«

Als sie herüberkam, hatte er die Hähnchenteile auf den

Tisch gestellt und war eifrig damit beschäftigt, eine der Kartoffeln auf ihrem Teller zu zerlegen.

»Alan, du Goldstück! Das hättest du nicht zu tun brauchen.«

»Gehört alles zum Service, meine Hübsche.« Das war noch etwas, das er verstand. Wenn Polly starke Schmerzen hatte, wurde das ganze Leben für sie zu einer Folge von teuflischen kleinen Kämpfen; die normalen Verrichtungen eines normalen Lebens verwandelten sich in eine Reihe strapaziöser Hindernisse, die überwunden werden mußten, und die Strafe für Versagen waren nicht nur Schmerzen, sondern auch Verlegenheit. Den Geschirrspüler einräumen. Brennholz im Kamin stapeln. Mit Messer und Gabel hantieren, um eine gebackene Kartoffel aus der Schale zu bekommen.

»Setz dich«, sagte er. »Wir wollen Cluck-Cluck machen.«

Sie brach in Gelächter aus, und dann umarmte sie ihn. Sie drückte seinen Rücken mit den Unterarmen anstatt mit den Händen, stellte der unerbittliche Beobachter fest. Aber ein weniger leidenschaftsloser Teil von ihm registrierte die Art, auf die ihr schlanker Körper gegen den seinen drückte und roch den lieblichen Duft des Shampoos, das sie benutzte.

»Du bist der allerbeste Mann«, sagte sie leise.

Er küßte sie, zuerst sanft, dann nachdrücklicher. Seine Hände glitten von ihrem Kreuz herab zur Rundung ihres Gesäßes. Der Stoff ihrer alten Jeans fühlte sich glatt und weich an.

»Sitz, Großer«, sagte sie schließlich. »Erst essen, dann schmusen.«

»Ist das eine Einladung?« Wenn sich ihre Hände nicht wirklich gebessert hatten, dachte er, würde sie einen Rückzieher machen.

Aber sie sagte: »Mit Goldschnitt«, und Alan ließ sich befriedigt nieder.

Vorläufig.

5

»Kommt Al am Wochenende?« fragte Polly, als sie den Tisch abräumte. Alans am Leben gebliebener Sohn besuchte die Milton Academy südlich von Boston.

»Nein«, sagte Alan und schabte Essensreste von den Tellern.

Polly sagte, ein wenig zu beiläufig: »Ich dachte nur, weil Montag schulfrei ist, wegen des Kolumbus-Tages …«

»Er fährt zu Dorfs Haus auf Cape Cod«, sagte Alan. »Dorf ist Carl Dorfman, sein Zimmergenosse. Al hat am Dienstag angerufen und gefragt, ob er das Drei-Tage-Wochenende dort verbringen könnte. Ich sagte okay, geht in Ordnung.«

Sie berührte seinen Arm, und er drehte sich zu ihr um. »Wieviel davon ist meine Schuld, Alan?«

»Wieviel *wovon* soll deine Schuld sein?« fragte er ehrlich überrascht.

»Du weißt genau, wovon ich rede; du bist ein guter Vater, und du bist nicht dumm. Wie oft ist Al nach Hause gekommen, seit die Schule wieder angefangen hat?«

Plötzlich begriff Alan, worauf sie hinauswollte, und er lächelte sie erleichtert an. »Nur einmal«, sagte er, »und das nur, weil er mit Jimmy Catlin reden mußte, seinem alten Freund und Computer-Hacker von der Junior High. Einige seiner Lieblingsprogramme liefen nicht auf dem neuen Commodore 64 I, den ich ihm zum Geburtstag besorgt hatte.«

»Siehst du? Darauf will ich hinaus, Alan. Er sieht in mir jemanden, der zu früh den Platz seiner Mutter einnehmen will, und …«

»Großer Gott«, sagte Alan. »Wie lange quälst du dich schon mit dem Gedanken, daß Al in dir die böse Stiefmutter sieht?«

Sie zog die Brauen zusammen und runzelte die Stirn. »Ich hoffe, du bist mir nicht böse, wenn mir dieser Gedanke nicht ganz so komisch vorkommt wie anscheinend dir.«

Er ergriff sanft ihre Oberarme und küßte ihren Mundwinkel. »Ich finde ihn überhaupt nicht komisch. Es gibt Zeiten – ich mußte gerade vorhin darüber nachdenken –, in denen ich mir etwas merkwürdig vorkomme, wenn ich bei dir bin. Es scheint zu früh zu sein. Das ist es nicht, aber manchmal habe ich das Gefühl. Weißt du, was ich meine?«

Sie nickte; die Runzeln auf ihrer Stirn glätteten sich ein wenig, verschwanden aber nicht vollständig. »Natürlich weiß ich das. Die Personen in Filmen und Fernsehserien verbringen immer etwas mehr Zeit mit dramatischem Wehklagen, nicht wahr?«

»Genau das ist es. In den Filmen gibt es eine Menge Wehklagen und herzlich wenig Kummer. Weil Kummer zu real ist. Kummer ist ...« Er ließ ihren Arm los, ergriff langsam einen Teller und begann, ihn abzutrocknen. »Kummer ist *brutal*.«

»Ja.«

»Und deshalb fühle ich mich manchmal ein wenig schuldig.« Er empfand eine Art bitterer Belustigung über den defensiven Ton, den er in seiner Stimme hörte. »Teils, weil es zu früh zu sein scheint, obwohl das nicht der Fall ist, und teils, weil es so aussieht, als wäre ich zu leicht davongekommen, obwohl auch das nicht der Fall ist. Der Gedanke, daß ich auch weiterhin trauern müßte, ist nach wie vor da, jedenfalls zeitweise, das kann ich nicht abstreiten, aber er ist unsinnig, denn ein Teil von mir – sogar ein *großer* Teil von mir – trauert immer noch.«

»Du mußt menschlich sein«, sagte sie leise. »Wie unheimlich exotisch und aufregend pervers.«

»Ja, das könnte sein. Und was Al angeht – er versucht, auf seine eigene Art damit fertig zu werden. Und es ist eine gute Art – gut genug, daß ich stolz auf ihn sein kann. Er vermißt noch immer seine Mutter, aber wenn er noch trauert – ich bin nicht ganz sicher, daß er es tut –, dann ist es Todd, um den er trauert. Aber deine Vermutung, er bliebe weg, weil er mit dir – oder uns – nicht einverstanden ist, die ist völlig abwegig.«

»Das freut mich. Du weißt gar nicht, wie sehr mich das erleichtert. Aber trotzdem scheint es irgendwie ...«

»Irgendwie nicht ganz richtig zu sein?«

Sie nickte.

»Ich weiß, was du meinst. Aber das Verhalten von Jugendlichen, selbst wenn es zu achtundneunzig Komma sechs Prozent normal ist, kommt Erwachsenen nie ganz richtig vor. Wir vergessen, wie leicht sie manchmal über etwas hinwegkommen, und wir vergessen fast immer, wie schnell sie sich verändern. Al löst sich ab. Von mir, von seinen alten Freunden wie Jimmy Catlin, von Castle Rock selbst. Er trennt sich davon, das ist alles. Wie eine Rakete, wenn die dritte Stufe gezündet worden ist. Das tun junge Leute immer, und ich nehme an, es ist für ihre Eltern immer eine traurige Überraschung.«

»Trotzdem kommt es mir sehr früh vor«, sagte Polly leise. »Mit siebzehn muß man sich noch nicht von etwas trennen.«

»Es *ist* zu früh«, sagte Alan. In seiner Stimme klang eine Spur von Zorn. »Er hat seine Mutter und seinen Bruder bei einem dummen Unfall verloren. Sein Leben flog auseinander, mein Leben flog auseinander, und wir kamen auf die Art zusammen, auf die Väter und Söhne in derartigen Situationen vermutlich immer zusammenkommen, um festzustellen, ob es uns gelingen würde, den größten Teil der Trümmer wiederzufinden. Ich glaube, es ist uns halbwegs gelungen, aber ich müßte blind sein, um nicht zu wissen, daß sich vieles geändert hat. Mein Leben ist hier, Polly, in Castle Rock. Aber seines nicht mehr. Ich dachte, es könnte vielleicht wieder dazu kommen, aber der Ausdruck, der in seinen Augen erschien, als ich ihm vorschlug, im Herbst auf die Castle Rock High überzuwechseln, belehrte mich sehr rasch eines Besseren. Er *möchte* nicht hierher zurückkommen, weil es hier zu viele Erinnerungen gibt. Ich denke, das wird sich vielleicht ändern – im Laufe der Zeit –, und fürs erste werde ich ihn nicht bedrängen. Aber das hat nichts mit dir und mir zu tun. Okay?«

»Okay, Alan?«

»Ja?«

»Du vermißt ihn, nicht wahr?«

»Ja«, gab Alan unumwunden zu. »Jeden Tag.« Mit Bestürzung stellte er fest, daß er plötzlich den Tränen nahe war. Er wendete sich ab und öffnete aufs Geratewohl einen Schrank, versuchte, sich wieder unter Kontrolle zu bekommen. Das war am leichtesten zu bewerkstelligen, wenn er die Unterhaltung auf ein anderes Thema brachte, und zwar schnell. »Wie geht es Nettie?« fragte er und war erleichtert, daß seine Stimme sich normal anhörte.

»Sie sagte, es ginge ihr schon wesentlich besser, aber es dauerte eine Ewigkeit, bis sie den Hörer abnahm – vor meinem geistigen Auge sah ich sie bewußtlos auf dem Boden liegen.«

»Wahrscheinlich hat sie geschlafen.«

»Sie sagte nein, und sie hörte sich auch nicht so an. Du weißt doch, wie sich Leute anhören, wenn das Telefon sie aufgeweckt hat?«

Er nickte. Auch das war eine Polizisten-Erfahrung. Er hatte eine Menge Telefongespräche geführt, die jemandes Schlaf unterbrochen hatten.

»Sie sagte, sie hätte gerade etwas von dem alten Kram ihrer Mutter im Holzschuppen durchgesehen, aber …«

»Wenn sie eine Darmgrippe hat, saß sie wahrscheinlich gerade auf dem Klosett und wollte es nicht zugeben«, sagte Alan trocken.

Sie dachte einen Moment darüber nach, dann lachte sie. »Ich wette, das war es. Sähe ihr ähnlich.«

»So ist es«, sagte er. Alan schaute in den Ausguß, dann zog er den Stöpsel heraus. »Liebling, der Abwasch ist erledigt.«

»Danke, Alan.« Sie gab ihm einen flüchtigen Kuß auf die Wange.

»Sieh mal, was ich gefunden habe«, sagte Alan. Er griff hinter ihr Ohr und zog ein Fünfzig-Cent-Stück hervor. »Hebst du dein Geld immer da auf, meine Hübsche?«

»Wie machst du das?« fragte sie und betrachtete fasziniert die Münze.

»Wie ich das mache?« Das Fünfzig-Cent-Stück schien über die sanft rüttelnden Knöchel seiner rechten Hand hinwegzuschweben. Er faßte die Münze zwischen dem Mittel- und dem Ringfinger und drehte die Hand um. Als er sie dann wieder zurückdrehte, war die Münze verschwunden. »Findest du, ich sollte weglaufen und zum Zirkus gehen?« fragte er sie.

Sie lächelte. »Nein – bleib hier bei mir. Alan, findest du es albern, daß ich mir Netties wegen Sorgen mache?«

»Nein«, sagte Alan. Er steckte die linke Hand – die, in die er das Fünfzig-Cent-Stück befördert hatte – in die Hosentasche, zog sie leer wieder heraus und ergriff ein Geschirrtuch. »Du hast sie aus der Klapsmühle geholt, du hast ihr einen Job gegeben, und du hast ihr geholfen, ein Haus zu kaufen. Du fühlst dich für sie verantwortlich, und ich nehme an, bis zu einem gewissen Grade bist du das auch. Wenn du dir ihretwegen keine Sorgen machen würdest, würde ich mir vermutlich deinetwegen Sorgen machen.«

Sie nahm das letzte Glas vom Ablaufbrett. Alan sah die plötzliche Bestürzung auf ihrem Gesicht und wußte, daß sie nicht imstande sein würde, es zu halten. Er bewegte sich schnell, beugte die Knie und streckte die Hand aus – eine Bewegung, die Polly fast vorkam wie ein Tanzschritt. Das Glas fiel und landete in seiner Hand, keine vierzig Zentimeter über dem Boden.

Der Schmerz, der sie die ganze Nacht geplagt hatte – und die Furcht, Alan könnte merken, wie schlimm er gewesen war –, versank plötzlich in einer Woge von Verlangen, so überwältigend, so unerwartet, daß es sie nicht nur überraschte, sondern ängstigte. Und war es nicht mehr als Verlangen? War nicht, was sie fühlte, etwas Einfacheres, Ursprünglicheres – Lust?

»Du bewegst dich wie eine Katze«, sagte sie, als er sich aufrichtete. Ihre Stimme war dick, ein wenig verschliffen. Sie sah noch immer, wie geschmeidig er die Beine gebeugt hatte, das Spiel der langen Muskeln in seinen Oberschenkeln. »Wie kann ein so großer Mann wie du sich so schnell bewegen?«

»Ich weiß es nicht«, sagte er und sah sie überrascht und verblüfft an. »Was ist los, Polly? Du siehst so merkwürdig aus. Fühlst du dich nicht gut?«

»Ich fühle mich«, sagte sie, »als käme es mir noch mit der Hose an.«

Da überkam es ihn auch. Einfach so. Es gab kein Falsch daran und auch kein Richtig. Es war einfach so. »Dann wollen wir feststellen, ob es stimmt«, sagte er und bewegte sich mit der gleichen Geschmeidigkeit, die man ihm nie zutrauen würde, wenn man ihn die Main Street entlanggehen sah.

»Stellen wir es einfach fest.« Er stellte das Glas mit der Linken auf die Arbeitsplatte und hatte die Rechte zwischen ihre Beine geschoben, bevor sie noch recht wußte, was geschah.

»Alan, was tust du da ...« Und dann, als sein Daumen mit sanfter Gewalt gegen ihren Kitzler drückte, wurde aus dem *da* ein *da-aaaaa*, und er hob sie hoch mit seiner erstaunlichen, mühelosen Kraft.

Sie legte ihm die Arme um den Hals, wobei sie immer noch darauf achtete, daß sie ihn mit den Unterarmen hielt; ihre Finger spreizten sich hinter ihm wie steife Stöckchen, aber sie waren plötzlich der einzige Teil von ihr, der steif war. Ihr Körper schien zu schmelzen. »Alan, laß mich *herunter!*«

»Ich denke nicht daran«, sagte er und hob sie noch höher. Als sie ihm zu entgleiten drohte, legte er seine freie Hand zwischen ihre Schulterblätter und drückte sie an sich. Und plötzlich wiegte sie sich vor und zurück auf der Hand zwischen ihren Beinen wie ein Mädchen auf einem Schaukelpferd, und er *half* ihr, sich zu wiegen, und ihr war, als säße sie auf einer wunderbaren Schaukel mit den Füßen im Wind und dem Haar in den Sternen.

»Alan ...«

»Festhalten, meine Hübsche«, sagte er, und er *lachte*, als wöge sie nicht mehr als ein Sack voll Federn. Sie lehnte sich zurück, war sich in ihrer wachsenden Erregung seiner stützenden Hand kaum bewußt, wußte nur, daß er sie nicht fallen lassen würde, und dann zog er sie wieder an sich, seine Hand rieb ihren Rücken, und der Daumen seiner anderen Hand tat da unten Dinge, an die sie nie auch nur *gedacht* hatte, und sie wiegte sich abermals und rief seinen Namen.

Ihr Orgasmus traf sie wie ein explodierendes Geschoß, sauste aus ihrem Zentrum in beide Richtungen. Ihre Beine schaukelten über dem Küchenfußboden (einer ihrer Mokassins flog herunter und segelte bis ins Wohnzimmer), ihr Kopf fiel nach hinten, so daß ihr dunkles Haar wie ein kleiner, kitzelnder Sturzbach über seinen Unteram schleifte und auf dem Höhepunkt ihres Genusses küßte er die zarte weiße Linie ihrer Kehle.

Er setzte sie ab – und griff dann schnell zu, um sie zu halten, als ihre Knie nachgaben.

»Oh, mein Gott«, sagte sie und begann schwächlich zu lachen. »Oh, mein Gott, Alan. Ich werde diese Jeans nie wieder waschen.«

Das kam ihm ungeheuer komisch vor, und er brach in schallendes Gelächter aus. Er ließ sich mit lang ausgestreckten Beinen auf einen der Küchenstühle sinken, lachte und hielt sich den Bauch. Sie tat einen Schritt auf ihn zu. Er ergriff sie, hielt sie einen Augenblick auf dem Schoß, dann stand er auf und nahm sie in die Arme.

Sie spürte, wie diese entkräftende Woge von Gefühl und Bedürfnis abermals über sie hinwegschwemmte, aber jetzt war sie klarer, deutlicher. *Jetzt*, dachte sie. *Jetzt ist es Verlangen. Verlangen nach diesem Mann.*

»Bring mich nach oben«, sagte sie. »Wenn du es nicht so weit schaffst, bring mich auf die Couch. Und wenn du es nicht bis zur Couch schaffst, nimm mich gleich hier auf dem Küchenfußboden.«

»Ich glaube, ich schaffe es bis ins Wohnzimmer«, sagte er. »Wie geht es deinen Händen, meine Hübsche?«

»Welchen Händen?« fragte sie träumerisch und schloß die Augen. Sie konzentrierte sich voll und ganz auf das Glück dieses Augenblicks, bewegte sich in seinen Armen durch Raum und Zeit, bewegte sich in der Dunkelheit und kreiste mit seiner Kraft. Sie drückte ihr Gesicht an seine Brust, und als er sie auf die Couch legte, zog sie ihn an sich – und diesmal mit beiden Händen.

6

Sie verbrachten fast eine Stunde auf der Couch und dann, sie wußte nicht wie lange, unter der Dusche – so lange jedenfalls, bis kein heißes Wasser mehr kam und sie flüchten mußten. Dann nahm sie ihn mit in ihr Bett, wo sie dann zu erschöpft und zu befriedigt dalag, um irgend etwas anderes zu tun, als sich an ihn zu schmiegen.

Sie hatte damit gerechnet, daß sie heute abend zusammenkommen würden, aber mehr, um ihn von seinen Sorgen abzulenken, als weil es sie nach ihm verlangte. Mit einer solchen Folge von Explosionen hatte sie ganz und gar nicht gerechnet – aber sie war glücklich. Sie spürte, wie sich die Schmerzen in ihren Händen wieder in den Vordergrund drängten, aber heute abend würde sie kein Percodan brauchen, um schlafen zu können.

»Du bist wunderbar, Alan.«

»Du aber auch.«

»Wir sind uns einig«, sagte sie und legte den Kopf an seine Brust. Sie konnte hören, wie sein Herz ganz ruhig schlug, als wollte es sagen, ach weißt du, so etwas gehört einfach zur üblichen Nachtarbeit für mich und meinen Boss. Sie dachte abermals daran, wie schnell er war, wie stark – aber vor allem, wie schnell. Sie kannte ihn, seit Annie angefangen hatte, bei ihr zu arbeiten, sie war seit fünf Monaten seine Geliebte, und dennoch hatte sie bis heute abend nicht gewußt, wie schnell er sich bewegen konnte. Es war wie eine den ganzen Körper umfassende Version der Münzentricks, der Kartentricks und der Schattentiere, über die fast alle Kinder der Stadt Bescheid wußten und um die sie ihn baten, wenn sie ihn sahen. Es war gespenstisch – aber es war auch wunderbar.

Sie spürte, wie sie in den Schlaf hinüberglitt. Sie wollte ihn fragen, ob er die Nacht über bleiben wollte, und ihn bitten, falls er es wollte, seinen Wagen in die Garage zu fahren – Castle Rock war eine kleine Stadt, in der kaum eine Zunge stillstand –, aber es schien ihr zuviel Mühe. Alan würde sich darum kümmern. Alan, so begann sie zu denken, kümmerte sich um alles.

»Irgendwelche neuerlichen Ausbrüche von Buster oder Reverend Willie?« fragte sie schläfrig.

Alan lächelte. »Funkstille an beiden Fronten, zumindest fürs erste. Je weniger ich von Mr. Keeton und Reverend Rose sehe, desto lieber ist es mir, und in dieser Hinsicht war es ein großartiger Tag.«

»Das ist gut«, murmelte sie.

»Ja, aber ich weiß etwas, das noch besser ist.«

»Was?«

»Norris ist wieder bester Laune. Er hat bei deinem Freund

Mr. Gaunt eine Angelrute gekauft, und er redet von nichts anderem, als am Wochenende fischen zu gehen. Ich vermute, er wird sich den Hintern abfrieren – das bißchen Hintern, das er hat –, aber wenn Norris glücklich ist, bin ich es auch. Er hat mir fürchterlich leid getan, als Keeton ihm gestern an die Gurgel ging. Die Leute machen sich über Norris lustig, weil er ein so mageres Kerlchen ist und ein bißchen gedankenlos, aber er hat sich im Laufe der letzten drei Jahre zu einem guten Kleinstadt-Polizisten herausgemausert. Und er ist so feinfühlig wie andere Leute auch. Es ist nicht seine Schuld, daß er aussieht wie ein Halbbruder von Don Knott.«

»Hmmmmm ...«

Driften. Davondriften in irgendeine süße Dunkelheit, in der es keine Schmerzen gab. Polly ließ sich gehen, und als der Schlaf von ihr Besitz ergriff, lag ein katzenhafter Ausdruck von Zufriedenheit auf ihrem Gesicht.

7

Bei Alan dauerte es länger, bis der Schlaf kam.

Die innere Stimme war wieder da, aber der Ton falscher Fröhlichkeit war verschwunden. Jetzt klang sie fragend, wehmütig, fast verloren. *Wo sind wir, Alan?* fragte sie. *Ist das nicht das falsche Zimmer? Das falsche Bett? Die falsche Frau? Mir ist, als verstünde ich überhaupt nichts mehr.*

Alan stellte plötzlich fest, daß er für diese Stimme Mitleid empfand. Es war nicht Selbstmitleid, denn die Stimme war seiner eigenen noch nie so unähnlich gewesen wie jetzt. Ihm kam der Gedanke, daß die Stimme ebensowenig sprechen wollte, wie er – der Alan, der in der Gegenwart existierte, der Alan, der für die Zukunft plante – sie hören wollte. Es war die Stimme der Pflicht, die Stimme des Kummers. Und es war noch immer die Stimme des Schuldbewußtseins.

Vor etwa mehr als zwei Jahren hatte Annie Pangborn Kopfschmerzen bekommen. Sie waren nicht schlimm, das jedenfalls hatte sie gesagt; sie sprach so ungern darüber wie Polly über ihre Arthritis. Dann, eines Tages, als er sich gerade rasierte – es mußte Anfang 1990 gewesen sein –, fiel Alan auf, daß bei dem Familienglas Anacin 3, das neben dem Badezimmer-Waschbecken stand, der Deckel nicht aufgeschraubt war. Er wollte den Deckel aufschrauben – dann hielt er inne. Ende der vorigen Woche hatte er ein paar Kapseln aus dem Glas genommen, das zweihundertfünfundzwanzig Stück enthalten hatte. Da war es noch fast voll gewesen. Jetzt war es fast leer. Er hatte sich den Rest des Rasierschaums aus dem Gesicht gewischt und war hinübergegangen zu You Sew and Sew, wo Annie arbeitete, seit Polly das Geschäft eröffnet hatte. Er nahm seine Frau mit zu einer Tasse Kaffee – und ein paar Fragen. Er fragte sie nach den Kapseln. Er erinnerte sich, daß er ein bißchen besorgt war

(nur ein bißchen, pflichtete die innere Stimme ihm traurig bei),

aber nur ein bißchen, denn *niemand* nimmt hundertneunzig Kapseln Anacin in einer einzigen Woche; *niemand.* Annie erklärte ihm, er wäre albern. Sie hätte die Ablage neben dem Waschbecken abgewischt, sagte sie, und dabei das Glas umgestoßen. Der Deckel wäre nicht fest zugeschraubt gewesen, und der größte Teil der Kapseln wäre in das Becken gefallen. Sie wären aufgeweicht, und sie hätte sie weggeworfen.

Sagte sie.

Aber er war Polizist, und selbst wenn er dienstfrei hatte, konnte er die Gewohnheit des genauen Beobachtens, die zu seinem Beruf gehörte, nicht ablegen. Er konnte den Lügendetektor nicht abschalten. Wenn man beobachtete, wie Leute die Fragen beantworteten, die man ihnen stellte, sie *wirklich* beobachtete, dann wußte man fast immer, ob sie logen oder nicht. Alan hatte einmal einen Mann verhört, der jede Lüge, die er aussprach, damit signalisierte, daß er mit dem Daumennagel seinen Eckzahn antippte. Der Mund artikulierte die Lügen; der Körper war, wie es schien, dazu verdammt, die Wahrheit zu sagen. Also hatte er die Hand über den Tisch in der Nische von Nan's Luncheonette, an dem sie saßen, ausgestreckt, hatte Annies Hand ergriffen und sie aufgefordert, die Wahrheit zu sagen. Und als sie ihm, nach kurzem Zögern, gestanden hatte, ja, die Kopfschmerzen wären tatsächlich ein wenig schlimmer geworden, und ja, sie hätte tatsächlich eine Menge Kapseln genommen, aber nein, nicht die ganzen Kapseln, die fehlten, die Flasche wäre tatsächlich umgekippt, da hatte er ihr geglaubt. Er war auf den ältesten Trick der Welt hereingefallen, den, den die Ganoven Ködern und Ablenken nennen: Wenn man lügt und dabei erwischt wird, macht man einen Rückzieher und sagt die *halbe* Wahrheit. Hätte er sie genauer beobachtet, dann hätte er gewußt, daß Annie noch immer nicht ehrlich war. Er hätte sie gezwungen, etwas zuzugeben, das ihm praktisch unmöglich vorkam, das aber, wie er jetzt glaubte, die Wahrheit gewesen war: daß die Kopfschmerzen ihr so sehr zusetzten, daß sie täglich mindestens zwanzig Tabletten nahm. Und wenn sie *das* zugegeben hätte, dann hätte er sie, noch bevor die Woche um war, in die Praxis eines Neurologen in Portland oder Boston geschleppt. Aber sie war seine Frau, und damals beobachtete er, wenn er dienstfrei hatte, noch nicht ganz so genau.

Er hatte sich damit begnügt, für sie einen Termin bei Ray Van Allen abzumachen, und sie war auch hingegangen. Ray hatte nichts gefunden, und Alan hatte ihm nie einen Vorwurf daraus gemacht. Ray hatte die üblichen Reflexuntersuchungen durchgeführt, hatte ihr mit seinem vertrauenswürdigen Ophtalmoskop in die Augen geschaut, hatte ihr Sehvermögen getestet, um festzustellen, ob sie irgend etwas doppelt sah, und hatte sie zum Röntgen ins Oxford Regional geschickt. Er hatte jedoch keine Computer-Tomographie verlangt, und als Annie sagte, ihre Kopfschmerzen hätten aufgehört, hatte er ihr geglaubt. Alan argwöhnte, daß er vielleicht recht daran getan hatte, ihr zu glauben. Er wußte, daß Ärzte die Körpersprache des Lügens ebenso genau wahrnahmen wie Polizisten. Patienten neigen ebensosehr zum Lügen wie Tatverdächtige, und aus dem gleichen Motiv: aus simpler Angst. Und als Ray Annie sah, hatte er nicht dienstfrei gehabt. Annie hatte Dr. Van Allen aufgesucht, die Kopfschmerzen hatten aufgehört. *Wahrscheinlich* hatten sie aufgehört. Ray hatte Alan später gesagt, während eines langen Gesprächs bei einem Glas Brandy in der Wohnung des Doktors in Castle View, daß in Fällen, in denen der Tumor hoch oben am Hirnstamm saß, die Symptome häufig kamen und gingen. »Bei Stamm-Tumoren ist oft mit Krampfanfällen zu rechnen«, erklärte er Alan. »Vielleicht – wenn sie einen solchen Anfall gehabt hätte ...« Und er hatte die Achseln gezuckt. Ja. Vielleicht. Und vielleicht war ein Mann namens Thad Beaumont ein nicht anklagbarer Mitschuldiger am Tod seiner Frau und seines Sohnes, aber auch ihm konnte Alan im Grunde keinerlei Vorwürfe machen.

Nicht alles, was in einer kleinen Stadt passiert, ist den Einwohnern bekannt, einerlei, wie scharf ihre Ohren sind oder wie eifrig ihre Zungen schwatzen. In Castle Rock wußten die Leute Bescheid über Frank Dodd, den Polizisten, der zu Sheriff Bannermanns Zeiten verrückt geworden war und mehrere Frauen umgebracht hatte; sie wußten Bescheid über Cujo, den Bernhardiner, der draußen an der Town Road Nr. 3 tollwütig geworden war; und sie wußten auch, daß das Haus am See, das Thad Beaumont, Romancier und Berühmtheit des Ortes, gehörte, im Sommer 1989 bis auf die Grundmauern niedergebrannt war – aber sie wußten nichts über die Umstände dieses Brandes und auch nicht, daß Beaumont von einem Mann verfolgt worden war, der in Wirklichkeit gar kein Mann war, sondern ein Geschöpf, für das es vielleicht keinen Namen gibt. Alan wußte über all diese Dinge Bescheid, und sie verfolgten ihn von Zeit zu Zeit noch immer im Schlaf. All das war vorbei, als Alan Annies Kopfschmerzen bewußt zur Kenntnis nahm – aber es war eben doch nicht vorbei gewesen. Durch Thads betrunkene Telefonanrufe hatte Alan, ohne es zu wollen, mitbekommen, wie Thads Ehe zusammenbrach, und wie es mit der geistigen Gesundheit des Mannes ständig abwärts ging. Und da war auch das Problem seiner eigenen geistigen Gesundheit gewesen. Im Wartezimmer irgendeines Arztes hatte Alan über Schwarze Löcher gelesen – große, leere Stellen am Himmel, bei denen es sich offenbar um Strudel von Antimaterie handelte, die gierig alles einsaugen, was in ihre Reichweite gelangt. Im Spätsommner und Herbst des Jahres 1989 war die Beaumont-Geschichte zu Alans persönlichem Schwarzen Loch geworden. Es hatte Tage gegeben, an denen er sich dabei ertappte, daß er selbst die elementarsten Konzepte der Realität anzweifelte und sich fragte, ob irgend etwas von alledem wirklich passiert war. Es hatte Nächte gegeben, in denen er wach lag, bis im Osten die Dämmerung heraufkroch, und sich davor gefürchtet hatte, daß er wieder einschlafen, daß der Traum wiederkommen würde: ein schwarzer Tornado, der auf ihn lospreschte, ein schwarzer Tornado mit einem verwesenden Ungeheuer hinter dem Lenkrad und einem Aufkleber auf der hinteren Stoßstange, auf dem GRANDIOSER HURENSOHN stand. Damals hatte schon der Anblick eines einziges Sperlings, der auf dem Verandageländer saß oder auf dem Rasen herumhüpfte, bewirkt, daß er am liebsten aufgeschrien hätte. Wenn man ihn gefragt hätte, dann hätte Alan gesagt: »Als Annies Probleme anfingen, war ich abgelenkt.« Aber es war keine Sache des Abgelenktseins gewesen; irgendwo tief drinnen in seinem Bewußtsein hatte er einen verzweifelten Kampf geführt, um nicht den Verstand zu verlieren. GRANDIOSER HURENSOHN – wie sich das immer wieder aufdrängte. Wie es ihn verfolgte. Das – und die Sperlinge.

Er war immer noch abgelenkt gewesen an jenem Tag im März, an dem Annie und Todd in den alten Scout, den sie für Besorgungen innerhalb der Stadt benutzten, eingestiegen und in Richtung Hemphill's Market davongefahren waren. Alan hatte ihr Verhalten an diesem Morgen wieder und wieder Revue passieren lassen und nichts Ungewöhnliches daran finden können, nichts, was nicht ganz normal gewesen wäre. Er hatte in seinem Arbeitszimmer gesessen, als sie abfuhren. Er hatte aus dem Fenster neben seinem Schreibtisch herausgeschaut und ihnen zum Abschied zugewinkt. Todd hatte das Winken erwidert, bevor er in den Scout eingestiegen war. Es war das letzte Mal, daß er sie lebend sah. Nach drei Meilen auf der Route 117, keine Meile von Hemphill's Market entfernt, war der Scout mit hoher Geschwindigkeit von der Straße abgekommen und gegen einen Baum geprallt. Anhand des Wracks war die Staatspolizei zu dem Schluß gelangt, daß Annie, normalerweise eine überaus vorsichtige Fahrerin, mindestens hundertzehn gefahren war. Todd war angeschnallt gewesen. Annie nicht. Sie war vermutlich schon tot gewesen, als sie durch die Windschutzscheibe flog und ein Bein und einen halben Arm zurückließ.

Todd war möglicherweise noch am Leben, als der geborstene Benzintank explodierte. Das setzte Alan mehr zu als alles andere. Daß sein zehnjähriger Sohn, der scherzhafte Horoskope für die Schulzeitung schrieb und ein Fan der Little League war, möglicherweise bei lebendigem Leibe verbrannt war, während er versuchte, den Verschluß seines Sicherheitsgurtes zu öffnen.

Eine Autopsie hatte stattgefunden. Bei der Autopsie wurde der Gehirntumor entdeckt. Es war, wie Ray Van Allen ihm sagte, ein kleiner Tumor. Ungefähr so groß wie eine Erdnußhülse, wie er es ausdrückte. Ray sagte Alan nicht, daß er operabel gewesen wäre, wenn man ihn erkannt hätte; das war eine Information, die Rays unglückliches Gesicht und seine niedergeschlagenen Augen Alan vermittelten. Ray sagte ihm nur, er glaubte, daß sie schließlich den Krampfanfall erlitten hätte, der sie, wenn er früher gekommen wäre, auf die wahre Natur des Problems hingewiesen hätte. Er hätte auf ihren Körper gewirkt wie ein starker Elektroschock und zur Folge gehabt, daß sie den Fuß aufs Gaspedal rammte und die Kontrolle verlor. Er erzählte Alan dies alles nicht aus freien Stücken, sondern nur, weil Alan ihn erbarmungslos fragte, und weil Van Allen erkannte, daß Alan trotz seines Kummers die Wahrheit erfahren wollte – zumindest so viel, wie er oder sonst jemand, der an diesem Tag *nicht* in dem Wagen gesessen hatte, wissen konnte. »Bitte«, hatte Van Allen gesagt und dabei kurz und mitfühlend Alans Hand berührt. »Es war ein grauenhafter Unfall, aber das ist alles, was es war. Sie müssen es dabei bewenden lassen. Sie haben noch einen Sohn, und der braucht Sie so sehr, wie Sie ihn brauchen. Sie müssen es dabei bewenden lassen und sich wieder um Ihren täglichen Kram kümmern.« Er hatte es versucht. Der irrationale Horror und die Geschichte mit Thad Beaumont, die Geschichte mit

(Sperlinge die Sperlinge fliegen)

den Vögeln verblaßte allmählich, und er hatte ehrlich versucht, sein Leben wieder in die Hand zu bekommen – Witwer, Kleinstadtpolizist, Vater eines Teenagers, eines Jungen, der zu schnell erwachsen wurde und sich ihm zu schnell entfremdete – nicht wegen Polly, sondern wegen des Unfalls. Wegen dieses gräßlichen, lähmenden Traumas: *Mein Junge, es ist etwas Furchtbares passiert; du mußt jetzt sehr tapfer sein* ... Und dann hatte er natürlich angefangen zu weinen, und wenig später hatte auch Al geweint.

Dennoch hatten sie sich an die Arbeit des Wiederaufbaus gemacht, und sie waren nach wie vor damit beschäftigt. Inzwischen war es besser geworden – aber zwei Dinge weigerten sich, zu verschwinden.

Das eine war das große Glas mit den Kapseln, das nach einer Woche leer gewesen war.

Das andere war die Tatsache, daß Annie nicht angeschnallt gewesen war.

Aber Annie schnallte sich *immer* an.

Nach drei Wochen qualvoller, schlafloser Nächte hatte er sich schließlich doch noch von einem Neurologen in Portland einen Termin geben lassen, wobei er an gestohlene Pferde und die erst hinterher verschlossene Stalltür denken mußte. Er fuhr hin, weil dieser Mann vielleicht bessere Antworten auf die Fragen geben konnte, die Alan stellen mußte, und weil er es satt hatte, Antworten aus Ray Van Allen mit einem Flaschenzug herauszuzerren. Der Name des Arztes war Scopes, und zum erstenmal in seinem Leben versteckte sich Alan hinter seinem Beruf; er erklärte Scopes, seine Fragen stünden in Zusammenhang mit einer polizeilichen Ermittlung. Der Arzt bestätigte Alans ärgsten Verdacht: ja, Leute mit Gehirntumoren litten manchmal unter irrationalen Ausbrüchen, und gelegentlich begingen sie auch Selbstmord. Wenn eine Person mit einem Gehirntumor Selbstmord beging, sagte Scopes, erfolgte die Tat oft aus einem Impuls heraus, nach einer Periode des Überlegens, die vielleicht nur eine Minute oder auch nur Sekunden dauerte.

War es denkbar, daß eine solche Person einen anderen Menschen mitnahm? fragte Alan.

Scopes saß hinter seinem Schreibtisch, auf seinem Stuhl zurückgelehnt mit hinter dem Kopf verschränkten Händen, und konnte Alans eigene Hände nicht sehen, die er zwischen den Knien so fest ineinander verschlungen hatte, daß die Finger leichenblaß waren. O ja, sagte Scopes. Das wäre in solchen Fällen nicht ungewöhnlich; Tumoren am Hirnstamm hätten oft Verhaltensweisen zur Folge, die der Laie für psychotisch halten konnte. Eine davon war die Schlußfolgerung, daß die Qualen, die der Leidende empfindet, Qualen sind, die entweder seine Angehörigen oder das ganze Menschengeschlecht mit ihm teilen müßten, eine andere Vorstellung, daß die Angehörigen des Leidenden nicht weiterleben wollten, wenn er tot wäre. Scopes erwähnte Charles Whitman, den Eagle Scout, der auf die Spitze des Texas Tower geklettert war und mehr als vierundzwanzig Menschen umgebracht hatte, bevor er sich selbst tötete, und eine Volksschullehrerin in Illinois, die mehrere ihrer Schülerinnen umgebracht hatte, bevor sie nach Hause ging und sich eine Kugel in den Kopf schoß. In beiden Fällen hatte die Autopsie einen Gehirntumor ans Licht gebracht. Es war ein Muster, wenn es auch nicht in allen Fällen sichtbar wurde. Gelegentlich traten bei Gehirntumoren seltsame, sogar absurde Symptome auf; gelegentlich gab es überhaupt keine Symptome. Es war unmöglich, definitive Aussagen zu machen.

Unmöglich. Also laß es dabei bewenden.

Guter Rat, aber schwer zu befolgen. Wegen des Anacin-Glases. Und des Sicherheitsgurtes.

Vor allem war es der Sicherheitsgurt, der im Hintergrund von Alans Bewußtsein hing – eine kleine schwarze Wolke, die einfach nicht verschwinden wollte. Sie fuhr *nie,* ohne ihn anzulegen. Nicht einmal bis ans Ende des Blocks und zurück. Und Todd war angeschnallt gewesen, genau wie immer. Hatte das nicht irgendetwas zu bedeuten? Wenn sie irgendwann, nach dem letzten Zurücksetzen aus der Auffahrt, beschlossen hatte, sich umzubringen und Todd mitzunehmen – hätte sie dann nicht darauf bestanden, daß Todd seinen Gurt gleichfalls nicht anlegte? Selbst schmerzgepeinigt, deprimiert, verwirrt, hätte sie doch nicht gewollt, daß Todd leidet, oder?

Unmöglich, definitive Aussagen zu machen. Laß es dabei bewenden.

Selbst jetzt, da er in Pollys Bett lag und Polly neben ihm schlief, fiel es ihm schwer, diesen Rat zu beherzigen. Sein Verstand arbeitete weiter daran wie ein Welpe, der mit seinen scharfen kleinen Zähnen unermüdlich auf einem zerfetzten alten Lederlappen herumkaut.

An diesem Punkt hatte ihm immer ein Bild vor Augen gestanden, ein alptraumhaftes Bild, das ihn schließlich zu Polly Chalmers getrieben hatte. Polly war die Frau, die Annie in der ganzen Stadt am besten gekannt hatte – und in Anbetracht der Beaumont-Geschichte und der psychischen Belastung, die sie für Alan mit sich gebracht hatte, war Polly in den letzten paar Monaten ihres Lebens wahrscheinlich mehr für Annie dagewesen als er selbst.

Das Bild war das, wie Annie den Verschluß ihres eigenen Sicherheitsgurtes löste, das Gaspedal durchtrat und ihre Hände vom Lenkrad nahm. Sie vom Lenkrad nahm, weil sie in diesen letzten paar Sekunden eine andere Arbeit zu erledigen hatten.

Sie vom Lenkrad nahm, um auch Todds Sicherheitsgurt zu lösen.

Das war das Bild: der Scout, der mit hundertzehn Stundenkilometern auf der Straße dahinraste, auf die Bäume zu, unter einem weißen Märzhimmel, der Regen versprach, während Annie sich bemühte, Todds Sicherheitsgurt zu lösen, und Todd, schreiend und verängstigt, versuchte, ihre Hände beiseitezuschieben. Er sah Annies geliebtes Gesicht verwandelt in die häßliche Maske einer Hexe, sah Todds Gesicht vor Entsetzen verzerrt. Manchmal wachte er mitten in der Nacht auf, eingehüllt in ein feuchtkaltes Hemd aus Schweiß, und Todds Stimme dröhnte ihm in den Ohren: *Die Bäume, Mommy! Paß auf – die BÄUME!*

Also war er eines Tages kurz vor Ladenschluß zu Polly gegangen und hatte sie gefragt, ob sie auf einen Drink zu ihm kommen wollte oder, wenn sie dabei kein gutes Gefühl hätte, ob er in ihr Haus kommen dürfte.

Sie hatten in seiner Küche gesessen, mit einem Becher Tee für sie und einem Kaffee für ihn, und er hatte ihr, langsam und stotternd, von seinem Alptraum erzählt.

»Ich muß wissen, wenn es möglich ist, ob sie Perioden der Depression oder der Irrationalität hatte, von denen ich entweder nichts wußte oder die ich nicht bemerkt habe«, sagte er. »Ich muß wissen, ob …« Er brach ab, vorübergehend hilflos. Er wußte, welche Worte er sprechen mußte, aber es fiel ihm immer schwerer, sie zu formulieren. Es war, als würde der Kanal der Kommunikation zwischen seinem unglücklichen, verwirrten Verstand und seinem Mund immer schmaler und seichter und bald vollends für die Schiffahrt gesperrt werden.

Es kostete ihn eine große Anstrengung, fortzufahren.

»Ich muß wissen, ob sie mit Selbstmordgedanken umging. Weil es nicht nur Annie war, die gestorben ist. Todd ist mit ihr gestorben, und wenn es Abzeichen – Anzeichen meine ich, *Anzeichen* dafür gegeben hat, die mir entgangen sind, dann bin ich auch für seinen Tod verantwortlich. Und das ist etwas, das ich wissen muß.«

Hier hatte er innegehalten, und sein Herz hatte dumpf in seiner Brust geklopft. Er wischte sich mit einer Hand über die Stirn und war ein wenig überrascht, als er feststellte, daß sie schweißnaß war.

»Alan«, sagte sie und legte eine Hand auf sein Handgelenk. Ihre hellblauen Augen blicken unverwandt in die seinen. »Wenn ich solche Anzeichen bemerkt und niemandem etwas davon gesagt hätte, dann wäre ich ebenso schuldig, wie Sie es offenbar sein möchten.«

Er hatte sie fassungslos angestarrt, daran erinnerte er sich. Polly hatte vielleicht in Annies Verhalten etwas bemerkt, das ihm entgangen war; so weit war er bei seinen Überlegungen gekommen. Der Gedanke, daß merkwürdiges Verhalten die Verantwortung mit sich brachte, etwas zu unternehmen, war ihm bis jetzt überhaupt nicht gekommen.

»Sie haben nichts bemerkt?« fragte er schließlich.

»Nein. Ich habe es mir immer wieder durch den Kopf gehen lassen. Mir liegt es fern, Ihren Kummer und Ihren Verlust zu schmälern, aber Sie sind nicht der einzige, der diese Dinge empfindet, und Sie sind auch nicht der einzige, der seit Annies Unfall immer wieder versucht hat, seine Seele zu durchforschen. Ich bin diese letzten paar Wochen durchgegangen, bis mir schwindlig wurde, habe Szenen und Unterhaltungen im Lichte dessen, was die Autopsie ergeben hat, immer wieder ablaufen lassen. Ich tue es auch jetzt, seit ich weiß, was Sie mir über das Glas mit den Tabletten erzählt haben. Und wissen Sie, was ich gefunden habe?«

»Was?«

»Nichts.« Sie sagte es so wenig nachdrücklich, daß es seltsam überzeugend war. »Überhaupt nichts. Es gab Zeiten, zu denen ich fand, daß sie ein wenig blaß aussah. Ich erinnere mich an ein paar Gelegenheiten, bei denen ich hörte, wie sie Selbstgespräche führte, während sie Röcke säumte oder Stoff auspackte. Das ist die exzentrischste Verhaltensweise, an die ich mich erinnern kann, und bei denen habe ich mich oft genug selbst ertappt. Und Sie?«

Alan nickte.

»Meistens war sie so, wie sie immer war, seit ich sie kennenlernte: fröhlich, liebenswürdig, hilfsbereit – eine gute Freundin.«

»Aber …«

Ihre Hand lag nach wie vor auf seinem Handgelenk; sie griff etwas fester zu. »Nein, Alan. Kein Aber. Ray Van Allen tut es auch, was Sie vielleicht nicht wissen. Ihm geht die Sache auch nicht aus dem Kopf. Machen Sie *ihm* Vorwürfe? Sind Sie der Ansicht, es wäre Rays Schuld, weil er den Tumor nicht erkannt hat?«

»Nein, aber …«

»Und was ist mit mir? Ich habe Tag für Tag mit ihr zusammengearbeitet, meistens Seite an Seite; wir haben um zehn miteinander Kaffee getrunken, um zwölf miteinander zu Mittag gegessen und um drei abermals Kaffee getrunken. Wir haben, nachdem einige Zeit vergangen war, sehr offen miteinander geredet, und wir haben uns kennen und schätzen gelernt. Ich weiß, wie viel sie von Ihnen hielt, Alan, als Freund und als Liebhaber, und ich weiß, daß sie die Jungen liebte. Aber wenn sie ihrer Krankheit wegen Selbstmordgedanken gehegt hätte – dann habe ich es nicht gewußt. Also sagen Sie mir – wollen Sie *mir* einen Vorwurf daraus machen?« Und ihre klaren blauen Augen hatten offen und neugierig in die seinen geschaut.

»Nein, aber …«

Die Hand drückte abermals, leicht, aber befehlend.

»Ich möchte Sie etwas fragen. Es ist wichtig, also denken Sie genau nach.«

Er nickte.

»Ray war ihr Arzt, und wenn es da war, dann hat er es

nicht gemerkt. Ich war ihre Freundin, und wenn es da war, dann habe ich es nicht gemerkt. Sie waren ihr Mann, und wenn es da war, haben *Sie* es gleichfalls nicht gemerkt. Und Sie glauben, das wäre es, das wäre das Ende der Linie. Aber das ist es nicht.«

»Ich verstehe nicht, worauf Sie hinauswollen.«

»Noch jemand stand ihr nahe«, hatte Polly gesagt. »Noch näher als einer von uns, möchte ich annehmen.«

»Wen meinen Sie?«

»Alan, was hat *Todd* gesagt?«

Er konnte sie nur verständnislos anstarren. Ihm war, als hätte sie in einer fremden Sprache gesprochen.

»*Todd*«, sagte sie, und in ihrer Stimme klang Ungeduld. »Todd, Ihr *Sohn*. Der Sie nachts um den Schlaf bringt. *Er* ist es, nicht wahr? Nicht sie, sondern er.«

»Ja«, sagte er. »Er.« Seine Stimme kam hoch und unsicher heraus, war seiner eigenen überhaupt nicht ähnlich, und er spürte, wie sich etwas in ihm verlagerte, etwas Großes und Fundamentales. Jetzt, da er hier in Pollys Bett lag, trat ihm der Augenblick an seinem Küchentisch mit fast übernatürlicher Klarheit wieder vor Augen: ihre Hand auf seinem Handgelenk in einem schräg einfallenden Streifen der Spätnachmittagssonne, die Haare darauf wie ein fein gesponnenes Gold; ihre hellen Augen; ihre sanfte Unerbittlichkeit.

»Hat sie Todd gezwungen, ins Auto einzusteigen, Alan? Hat er gestrampelt? Geschrien? Sich widersetzt?«

»Nein, natürlich nicht, sie war doch seine Mu …«

»Wessen Idee war es, daß Todd an diesem Tag mit ihr einkaufen fuhr? Ihre oder seine? Können Sie sich erinnern?«

Er wollte gerade nein sagen, aber plötzlich erinnerte er sich. Ihre Stimmen, die aus dem Wohnzimmer herüberdrifteten, während er an seinem Schreibtisch saß und die Haftbefehle des Counties durchsah:

Ich fahre zum Markt, Todd – kommst du mit?

Kann ich mir die neuen Videos ansehen?

Ich denke schon. Frag deinen Vater, ob er irgend etwas braucht.

»Es war ihre Idee«, teilte er Polly mit.

»Sind Sie sicher?«

»Ja. Aber sie hat ihn *gefragt*. Sie hat es ihm nicht *befohlen*.«

Dieses Ding in ihm, dieses fundamentale Ding, bewegte sich noch immer. Es würde fallen, dachte er, und wenn es das tat, würde es ein ganz gewaltiges Loch aufreißen, denn seine Wurzeln reichten tief in ihn hinein.

»Hatte er Angst vor ihr?«

Jetzt hatte sie fast ihn ins Kreuzverhör genommen, so, wie er Ray Van Allen ins Kreuzverhör genommen hatte; aber er schien nicht imstande zu sein, ihr Einhalt zu gebieten. Und er wußte auch nicht, ob er das wollte. Da war wirklich etwas, auf das er in seinen langen Nächten nie gekommen war. Etwas, das noch am Leben war.

»Todd Angst vor Annie? Himmel, nein!«

»Nicht in den letzten paar Monaten ihres Lebens?«

»Nein.«

»In den letzten paar Wochen?«

»Polly, ich war damals nicht in der Verfassung, viel zu bemerken. Da war diese Geschichte mit Thad Beaumont, dem Schriftsteller – diese total verrückte Geschichte …«

»Wollen Sie damit sagen, daß Sie so abwesend waren, daß Sie Annie und Todd nicht bemerkten, wenn Sie zu Hause waren, oder daß Sie überhaupt nur selten zu Hause waren?«

»Nein – ja – ich meine, *natürlich* war ich zu Hause, aber …«

Es war ein merkwürdiges Gefühl, derjenige zu sein, auf den diese schnellen Fragen abgefeuert wurden. Es war, als hätte Polly ihn mit Novocain betäubt und dann angefangen, ihn als Sandsack zu benutzen. Und dieses fundamentale Ding, was immer es sein mochte, war nach wie vor in Bewegung, rollte immer noch der Grenze entgegen, an der die Schwerkraft es nicht mehr halten würde.

»Ist Todd je zu Ihnen gekommen und hat gesagt: ›Ich habe Angst vor Mommy‹?«

»Nein …«

»Ist er je gekommen und hat gesagt: ›Daddy, ich glaube, Mommy will sich umbringen und mich zur Gesellschaft mitnehmen‹?«

»Polly, das ist doch lächerlich! Ich …«

»Hat er es getan?«

»*Nein!*«

»Hat er je gesagt, daß sie merkwürdig handelt oder redet?«

»Nein …«

»Und Al war fort, in der Schule, stimmt's?«

»Was hat das zu tun mit …«

»Sie hatte nur noch ein Kind im Nest. Wenn Sie unterwegs waren, arbeiteten, war niemand in dem Nest außer ihnen beiden. Sie aß mit ihm zusammen, half ihm bei den Schularbeiten, saß mit ihm vor dem Fernseher …«

»Las ihm vor …« sagte er. Seine Stimme war verschliffen, fremdartig. Er erkannte sie kaum wieder.

»Sie war vermutlich der erste Mensch, den Todd am Morgen sah, und der letzte Mensch, den er am Abend sah«, sagte Polly. Ihre Hand lag auf seinem Handgelenk. Ihre Augen blickten ernsthaft in die seinen. »Wenn überhaupt jemand in der Lage war, es vorauszusehen, dann war er es, der mit ihr starb. *Und er hat nie auch nur ein Wort gesagt.*«

Plötzlich stürzte das Ding in ihm. In seinem Gesicht begann es zu arbeiten. Er konnte spüren, wie es passierte – es war, als wären an Dutzenden von verschiedenen Stellen Seile an ihm angebracht, und an jedem zerrte jetzt eine sanfte, aber beharrliche Hand. Hitze flutete in seine Kehle und versuchte, sie zu verschließen. Seine Augen füllten sich mit Tränen; Polly Chalmers verdoppelte, verdreifachte sich und zerbrach dann in Prismen aus Licht und Bildern. Seine Brust bebte, aber seine Lungen schienen keine Luft zu finden. Seine Hand drehte sich mit der unheimlichen Behendigkeit, die ihm eigen war, und krampfte sich um die ihre; es mußte ihr furchtbar weh getan haben, aber sie gab keinen Laut von sich.

»*Sie fehlt mir!*« schrie er Polly an, und ein großer, schmerzender Seufzer zerriß die Worte. »*Sie fehlen mir beide, o Gott, wie sehr sie mir beide fehlen!*«

»Ich weiß«, sagte Polly ruhig. »Das ist, um was es im Grunde geht, nicht wahr? Wie sehr sie Ihnen beide fehlen.«

Er begann zu weinen. Al hatte zwei Wochen lang jede Nacht geweint, und Alan war dagewesen, um ihn zu halten und ihm soviel Trost zu spenden, wie er konnte. Aber Alan selbst hatte nicht geweint. Jetzt tat er es. Das Schluchzen ergriff ihn und trug ihn, wohin es wollte; er hatte nicht die Kraft, ihm Einhalt zu gebieten. Er konnte seinen Kummer nicht mäßigen, und jetzt hatte er endlich, mit tiefer und völlig unlogischer Erleichterung, festgestellt, daß es ihn auch gar nicht danach verlangte.

Er schob die Kaffeetasse blind beiseite, hörte, wie sie in irgendeiner anderen Welt auf dem Boden landete und zerbrach. Er legte seinen überhitzten, dröhnenden Kopf auf den Tisch, schlang die Arme darum und weinte.

Irgendwann hatte er gespürt, wie sie seinen Kopf hob mit ihren kühlen Händen, ihren verunstalteten, freundlichen Händen, und ihn in ihren Schoß bettete. Sie hatte ihn dort festgehalten, und er hatte lange geweint.

8

Ihr Arm glitt von seiner Brust herunter. Alan bewegte sie sanft; er wußte, wenn er ihre Hand auch nur ganz leicht anstieß, würde sie aufwachen. Er blickte zur Decke empor und fragte sich, ob Polly an jenem Tag seinen Kummer ganz bewußt provoziert hatte. Er war davon fast überzeugt, weil sie gewußt oder gespürt hatte, daß es für ihn viel wichtiger war, seinem Kummer Ausdruck zu geben, als Antworten zu finden, die es mit ziemlicher Sicherheit ohnehin nicht gab.

Damit hatte es mit ihnen angefangen, obwohl er nicht begriffen hatte, daß es ein Anfang war; ihm war es eher vorgekommen wie das Ende von etwas. Zwischen damals und dem Tag, an dem er endlich genügend Mut aufgebracht hatte, um Polly zu fragen, ob sie mit ihm essen gehen würde, hatte er oft an den Blick ihrer blauen Augen und das Gefühl ihrer Hand auf seinem Handgelenk denken müssen. Er dachte an die sanfte Unerbittlichkeit, mit der sie ihn zu Gedanken zwang, die er entweder ignoriert oder übersehen hatte. Und während dieser Zeit hatte er versucht, sich mit einer neuen Kollektion von Gefühlen über Annies Tod abzufinden; sobald die Straßensperre zwischen ihm und seinem Kummer weggeräumt worden war, hatten sich diese anderen Gefühle wie ein Sturzbach über ihn ergossen. Das wichtigste und quälendste dieser Gefühle war eine entsetzliche Wut auf sie gewesen, weil sie ihm eine Krankheit verheimlicht hatte, die zu behandeln und zu heilen gewesen wäre – und weil sie an diesem Tag ihren Sohn mit sich genommen hatte. Über einige dieser Gefühle hatte er an einem kühlen, regnerischen Abend im April mit Polly in The Birches gesprochen.

»Sie haben aufgehört, an Selbstmord zu denken, und angefangen, an Mord zu denken«, hatte sie gesagt. »Deshalb sind Sie so wütend, Alan.«

Er schüttelte den Kopf und wollte etwas erwidern, aber sie hatte sich über den Tisch gelehnt und einen ihrer verkrüppelten Finger einen Augenblick lang auf seine Lippen gelegt. Still. Und die Geste hatte ihn so verblüfft, daß er still gewesen war.

»Ja«, sagte sie. »Diesmal werde ich Ihnen keine Fragen stellen, Alan – es ist lange her, seit ich zum letztenmal mit einem Mann ausgegangen bin, und ich genieße es zu sehr, um hier die Chefanklägerin zu spielen. Aber Leute geraten nicht in Wut über andere Leute – jedenfalls nicht auf die Weise, auf die Sie wütend sind –, weil sie einen Unfall hatten, es sei denn, es wäre eine große Portion Fahrlässigkeit im Spiel. Wenn Annie und Todd gestorben wären, weil die Bremsen des Scout versagten, dann könnten Sie sich Vorwürfe machen, weil Sie sie nicht überprüft haben, oder Sie könnten Sonny Jackett verklagen, weil er bei der letzten Inspektion gepfuscht hat, aber Sie würden *ihr* keinen Vorwurf daraus machen. Ist es nicht so?«

»Ich nehme es an.«

»Ich *weiß*, daß es so ist. Vielleicht ist es tatsächlich ein *Unfall* gewesen. Sie wissen, daß sie beim Fahren möglicherweise einen Anfall erlitten hat, weil Dr. Van Allen es Ihnen gesagt hat. Aber ist Ihnen je der Gedanke gekommen, daß sie vielleicht von der Straße abkam, weil sie einem Reh ausweichen wollte? Daß es etwas so Simples gewesen sein könnte?«

Der Gedanke war ihm gekommen. Ein Reh, ein Vogel, sogar ein entgegenkommender Wagen, der auf ihre Fahrspur geraten war.

»Ja. Aber ihr Sicherheitsgurt …«

»*Vergessen* Sie den verdammten Sicherheitsgurt!« sagte sie mit derartigem Nachdruck, daß einige der Gäste an den anderen Tischen kurz zu ihnen herüberschauten. »Vielleicht hatte sie Kopfschmerzen und hat deshalb dieses eine Mal nicht daran gedacht, den Gurt anzulegen, aber das heißt noch lange nicht, daß sie den Wagen absichtlich zu Schrott gefahren hat. Und Kopfschmerzen – starke Kopfschmerzen – würden auch erklären, warum Todd angeschnallt war. Aber das ist immer noch nicht der entscheidende Punkt.«

»Was ist es dann?«

»Daß es hier für Ihre Wut entschieden zu viele Vielleichts gibt. Und selbst wenn die schlimmsten Dinge, die Sie argwöhnen, zuträfen, würden Sie es trotzdem niemals wissen, nicht wahr?«

»Nein.«

»Und *wenn* Sie es wüßten …« Sie sah ihn unverwandt an. Auf dem Tisch stand zwischen ihnen eine Kerze. Ihre Augen waren dunkelblau in ihrer Flamme, und er konnte in jedem von ihnen einen winzigen Lichtfleck sehen. »Nun, auch ein Gehirntumor ist ein Unfall. Es gibt keinen Schuldigen, Alan, keinen – wie heißt das in Ihrem Jargon? – keinen Täter. Solange Sie das nicht akzeptieren, gibt es keine Chance.«

»Was für eine Chance?«

»*Unsere* Chance«, sagte sie gelassen. »Ich mag Sie sehr gern, Alan, und ich bin noch nicht zu alt, um ein Risiko einzugehen, aber ich bin alt genug, um über ein gewisses Maß an traurigen Erfahrungen zu verfügen – ich weiß, wohin meine Gefühle mich bringen können, wenn sie außer Kontrolle geraten. Ich lasse sie nicht einmal in die Nähe dieses Punktes kommen, bis Sie imstande sind, Annie und Todd ihre Ruhe zu gönnen.«

Er sah sie an, sprachlos. Sie musterte ihn ernst über ihr Essen in dem alten Landgasthaus hinweg; Feuerschein aus dem Kamin flackerte orangefarben über ihre glatten Wangen und die linke Seite ihrer Stirn. Draußen spielte der Wind einen langen Posaunenton unter der Dachtraufe.

»Habe ich zuviel gesagt?« fragte Polly. »Wenn ja, dann möchte ich, daß Sie mich nach Hause bringen, Alan. Ich hasse peinliche Situationen fast ebensosehr, wie ich es hasse, nicht meine Meinung zu sagen.«

Er langte über den Tisch und berührte kurz ihre Hand. »Nein, Sie haben nicht viel gesagt. Ich höre Ihnen gern zu, Polly.«

Da hatte sie gelächelt. Es hatte ihr ganzes Gesicht erhellt. »Dann bekommen Sie Ihre Chance«, sagte sie.

So hatte es mit ihnen angefangen. Sie hatten sich nicht schuldig gefühlt, wenn sie einander sahen, aber ihnen war klar, daß sie vorsichtig sein mußten – nicht nur, weil es eine kleine Stadt war, in der er ein gewählter Beamter und sie auf den guten Willen der Leute angewiesen war, damit ihr Geschäft florierte, sondern auch deshalb, weil beide die Möglichkeit von Schuldbewußtsein sahen. Keiner von ihnen war zu alt, um ein Risiko einzugehen, aber sie waren beide ein wenig zu alt, um leichtsinnig zu sein. Vorsicht war geboten.

Dann, im Mai, hatte er zum erstenmal mit ihr geschlafen, und sie hatte ihm alles über die Jahre zwischen damals und heute erzählt – die Geschichte, die er nicht ganz glaubte, von der er überzeugt war, daß sie sie ihm eines Tages noch einmal erzählen würde, ohne den zu direkten Blick und die linke Hand, die zu häufig an ihrem linken Ohrläppchen zupfte. Er begriff, wie schwer es ihr gefallen war, ihm auch nur das zu erzählen, was sie erzählt hatte, und war es zufrieden, auf den Rest zu warten. *Mußte* zufrieden sein. Weil Vorsicht geboten war. Es war genug – vollauf genug –, um sich in sie zu verlieben, während der lange Sommer von Maine an ihnen vorüberglitt.

Jetzt, da er in der Dunkelheit zur Decke ihres Schlafzimmers emporschaute, fragte er sich, ob die Zeit gekommen war, wieder von Ehe zu reden. Er hatte es einmal versucht, im August, und sie hatte ihm wieder einen Finger auf die Lippen gelegt. Still. Er nahm an …

Aber da begann seine Kette bewußter Gedanken abzureißen, und Alan glitt mühelos in den Schlaf.

9

In seinem Traum kaufte er in einem riesigen Laden ein, wanderte einen Gang entlang, der so lang war, daß er in der Ferne zu einem Punkt zusammenschrumpfte. Hier gab es alles, was er sich immer gewünscht hatte, sich aber nicht leisten konnte – eine auf Druck reagierende Uhr, einen echten weichen Filzhut von Abercrombie & Fitch, eine Bell and Howell Acht-Millimeter-Filmkamera, Hunderte von anderen Dingen – aber irgend jemand war hinter ihm, direkt hinter seiner Schulter, wo er ihn nicht sehen konnte.

»Hier unten nennen wir das Metzerfüllsel, alter Freund«, bemerkte eine Stimme.

Es war eine Stimme, die Alan kannte. Sie gehörte diesem grandiosen, einen Toronado fahrenden Hurensohn George Stark.

»Wir nennen diesen Laden Endsville«, sagte die Stimme, »denn er ist der Ort, an dem alle Waren und Dienstleistungen enden.«

Alan sah eine große Schlange – sie sah aus wie eine Python mit dem Kopf einer Klapperschlange –, die aus einer riesigen Kollektion von Apple-Computern mit der Aufschrift ZUR ALLGEMEINEN BENUTZUNG herausglitt. Er wollte die Flucht ergreifen, aber die linienlose Hand packte seinen Arm und hielt ihn zurück.

»Nur zu«, sagte die Stimme überredend. »Nimm, was du willst, alter Freund. Nimm *alles*, was du willst – und zahle dafür.«

Aber jeder Gegenstand, den er in die Hand nahm, war die verkohlte, zerschmolzene Schließe vom Sicherheitsgurt seines Sohnes.

Achtes Kapitel

1

Danforth Keeton hatte keinen Gehirntumor; dennoch hatte er fürchterliche Kopfschmerzen, als er am frühen Samstagmorgen in seinem Büro saß. Auf seinem Schreibtisch lag ausgebreitet neben einem Stapel rot eingebundener Steuerhauptbücher der Stadt für die Jahre 1982 bis 1989 ein ganzer Haufen Korrespondenz – Briefe von der Obersten Finanzbehörde des Staates Maine und Fotokopien seiner Antworten darauf.

Alles fing an, ihm um die Ohren zu fliegen. Er wußte es, war aber nicht imstande, etwas dagegen zu unternehmen.

Keeton hatte gestern spät am Tage einen Ausflug nach Lewiston unternommen, war gegen halb eins nach Castle Rock zurückgekehrt und hatte den Rest der Nacht damit verbracht, rastlos in seinem Arbeitszimmer umherzuwandern, während seine Frau oben den Schlaf der Tranquilizer schlief. Dabei war sein Blick immer häufiger zu dem kleinen Schrank in der Ecke seines Arbeitszimmers gewandert. In diesem Schrank befand sich ein hohes, mit Pullovern vollgepacktes Bord. Die meisten dieser Pullover waren alt und mottenzerfressen. Unter ihnen stand ein aus Holz geschnitzter Kasten, den sein Vater angefertigt hatte, lange bevor die Alzheimersche Krankheit sich in ihn eingeschlichen hatte wie ein Schatten, der ihn all seiner beträchtlichen Fähigkeiten und Erinnerungen beraubte. In diesem Kasten lag ein Revolver.

Keeton ertappte sich dabei, daß er immer häufiger an den Revolver dachte. Nicht für sich selbst; zumindest vorerst nicht. Für SIE. Die Verfolger.

Viertel vor sechs hatte er das Haus verlassen und war durch die dämmerungsstillen Straßen zum Gebäude der Stadtverwaltung gefahren. Eddie Warburton, einen Besen in der Hand und eine Chesterfield im Mund (die Christophorus-Medaille aus massivem Gold, die er am Vortag bei Needful Things gekauft hatte, war sicher unter seinem blau-

240

en Arbeitshemd verborgen), hatte beobachtet, wie er sich die Treppe zum ersten Stock hinaufschleppte. Zwischen den beiden Männern wurde kein Wort gewechselt. Eddie hatte sich im Laufe des letzten Jahres daran gewöhnt, daß Keeton zu den ungewöhnlichsten Zeiten auftauchte, und Keeton hatte seit langem aufgehört, Eddie überhaupt zur Kenntnis zu nehmen.

Jetzt fegte Keeton die Papiere zusammen, widerstand dem Impuls, sie einfach in Fetzen zu reißen und die Stücke überall herumzuwerfen, und begann, sie zu sortieren. Die Schreiben der Finanzbehörde auf einen Haufen, seine Erwiderungen auf einen anderen. Er bewahrte diese Briefe in der untersten Schublade seines Aktenschrankes auf – in einer Schublade, für die nur er einen Schlüssel hatte.

Die meisten Briefe wiesen das gleiche Kürzel auf: DK/sl. DK war natürlich Danforth Keeton. sl war Shirley Laurence, seine Sekretärin, die Diktate aufnahm und Briefe tippte. Allerdings hatte Shirley keines seiner Antwortschreiben an die Finanzbehörde getippt, ungeachtet der dort stehenden Initialen.

Es war klüger, gewisse Dinge für sich zu behalten.

Beim Sortieren sprang ihm ein Satz entgegen: »... und wir stellen Diskrepanzen fest in der vierteljährlichen Steuererklärung der Stadt Nummer 11 für das Steuerjahr 1989 ...«

Er legte den Brief schnell beiseite.

Ein anderer: »... bei der Prüfung einer Auswahl von Lohnabrechnungsformularen für das letzte Quartal 1987 stellten wir schwerwiegende Fragen betreffend ...«

In die Akte.

Noch einer: »... glauben, daß Ihre Bitte um Aufschiebung der Steuerprüfung zu diesem Zeitpunkt verfrüht sein dürfte ...«

Sie fegten in einem Übelkeit erregenden Wirbel an ihm vorüber, und er kam sich vor wie auf einer außer Kontrolle geratenen Achterbahn.

»... Fragen über diese Gelder für die Baum-Versuchsfarm sind ...«

»... finden keine Unterlagen über die Verbuchung durch die Stadt von ...«

»... die Vergabe des Anteils des Staates an der Finanzierung wurde nicht hinreichend dokumentiert ...«

»... die fehlenden Ausgabebelege müssen ...«

»... Kassenzettel reichen nicht aus als ...«

»... müssen wir die vollständige Belegung der Ausgaben verlangen ...«

Und nun dieser letzte, der gestern gekommen war. Der ihn gestern abend nach Lewiston getrieben hatte, obwohl er sich geschworen hatte, während der Trabrennsaison nie wieder hinzufahren.

Keeton starrte den Brief an. Sein Kopf dröhnte und hämmerte; ein großer Schweißtropfen rann ihm langsam über den Rücken. Unter seinen Augen lagen dunkle Ringe der Erschöpfung. An einem seiner Mundwinkel hatte sich ein Bläschen gebildet.

OBERSTE FINANZBEHÖRDE
State House
Augusta, Maine 04330

Der Briefkopf unter dem Staatssiegel kreischte ihn an, und die Anrede, die kalt und formell war, drohte:

An den Stadtrat von Castle Rock.

Nur das. Nicht mehr »Lieber Dan« oder »Lieber Mr. Keeton.« Keine guten Wünsche für seine Familie mehr am Schluß. Der Brief war so kalt und abscheulich wie ein Stich mit einem Eispfriem.

SIE wollten die Bücher der Stadt prüfen.

Sämtliche Bücher der Stadt.

Die Steuererklärungen der Stadt, die Unterlagen über die Anteile des Staates und der Bundesregierung, die Ausgabenbelege der Stadt, die Ausgaben für den Straßenbau, das Budget der Polizei, das Budget der Öffentlichen Anlagen, sogar die Unterlagen über das vom Staat finanzierte Experiment einer Baumfarm.

SIE wollten alles sehen, und SIE wollten es am 17. Oktober sehen. Das war in nur fünf Tagen.

SIE.

Der Brief war unterzeichnet vom Schatzmeister und vom

Revisor des Staates und, was noch bedrohlicher war, vom Generalstaatsanwalt, dem obersten Gesetzeshüter von Maine. Und es waren eigenhändige Unterschriften, keine Namensstempel.

»SIE«, flüsterte Keeton dem Brief zu. Er schüttelte ihn in der Faust, und er knisterte leise. Er bleckte ihn an. »SIIIIE!«

Er klatschte den Brief auf die anderen. Er klappte die Akte zu. Das Etikett trug die säuberlich getippte Aufschrift: KORRESPONDENZ, OBERSTE FINANZBEHÖRDE VON MAINE. Keeton starrte einen Augenblick lang die geschlossene Akte an. Dann riß er einen Stift aus dem Ständer (die Garnitur war ein Geschenk der Handelskammer von Castle County gewesen) und schrieb in großen, zittrigen Buchstaben SCHEISSBEHÖRDE VON MAINE quer über die Akte. Er starrte sie einen Augenblick lang an, dann schrieb er ARSCHLOCHBEHÖRDE VON MAINE darunter. Er hielt den Stift in der geschlossenen Faust und schwang ihn wie ein Messer. Dann schleuderte er ihn durchs Zimmer. Er landete mit leisem Klappern in der Ecke.

Keeton klappte auch die andere Akte zu, die mit den Kopien der Briefe, die er selbst geschrieben hatte (und die er immer mit den Kleinbuchstaben-Initialen seiner Sekretärin versah), Briefe, die er in langen, schlaflosen Nächten entworfen hatte, Briefe, die sich letzten Endes als vergeblich herausgestellt hatten. Eine Ader pulsierte stetig in der Mitte seiner Stirn.

Er stand auf, ging mit den beiden Akten zum Schrank, legte sie in die unterste Schublade, knallte sie zu, vergewisserte sich, daß sie verschlossen war. Dann trat er ans Fenster und schaute auf die schlafende Stadt hinaus, atmete tief ein und versuchte, sich zu beruhigen.

SIE waren hinter ihm her. Die VERFOLGER. Zum tausendsten Male fragte er sich, wer SIE zuerst auf ihn angesetzt hatte. Wenn er herausbekam, wer diese Person war, dieser dreckige Hauptverfolger, dann würde Keeton den Revolver unter den mottenzerfressenen Pullovern hervorholen und ihm den Garaus machen. Aber er würde es nicht schnell tun. O nein. Er würde ihm ein Stück nach dem anderen abschießen und den dreckigen Scheißkerl zwingen, dabei die Nationalhymne zu singen.

Seine Gedanken wendeten sich dem mageren Deputy zu, Norris Ridgewick. Konnte er es gewesen sein? Er schien dazu nicht intelligent genug zu sein – aber der Schein konnte trügen. Pangborn hatte gesagt, Ridgewick hätte ihm das Strafmandat auf seine Anweisung hin verpaßt, aber das hieß nicht, daß es wahr war. Und in der Herrentoilette, als Ridgewick ihn Buster genannt hatte, da hatte in seinen Augen ein Ausdruck von wissender, höhnischer Verachtung gelegen. War Ridgewick in der Nähe gewesen, als die ersten Briefe von der Finanzbehörde eintrafen? Keeton war sich ziemlich sicher, daß das der Fall gewesen war. Später am Tage würde er sich sicherheitshalber den Dienstplan des Mannes ansehen.

Was war mit Pangborn selbst? *Er* war sicher intelligent genug; mit ziemlicher Sicherheit haßte er Danforth Keeton (taten SIE das nicht alle? haßten SIE ihn etwa nicht alle?), und Pangborn kannte eine Menge Leute in Augusta. Er kannte SIE gut. Er telefonierte mit IHNEN, so ziemlich jeden Tag. Die Telefonrechnungen waren horrend, trotz der Amtsleitung.

Konnten es beide gewesen sein? Pangborn *und* Ridgewick? Beide unter einer Decke?

»Der einsame Ranger und sein treuer indianischer Begleiter Tonto«, sagte Keeton leise und lächelte bösartig. »Wenn du es warst, Pangborn, dann wird dir das noch leid tun. Und wenn ihr es beide wart, dann wird es euch *beiden* leid tun.« Seine Hände ballten sich langsam zu Fäusten. »Ich werde diese Verfolgung nicht für alle Zeiten hinnehmen.«

Seine sorgfältig manikürten Nägel gruben sich ins Fleisch seiner Handflächen. Als das Blut zu fließen begann, bemerkte er es nicht. Vielleicht Ridgewick. Vielleicht Pangborn, vielleicht Melissa Clutterbuck, diese frigide Ziege, die das Finanzressort der Stadt vertrat, vielleicht Bill Fullerton, sein zweiter Mann im Stadtrat (er wußte ganz genau, daß Fullerton auf seinen Job aus war und keine Ruhe geben würde, bis er ihn hatte) ...

Vielleicht *alle*.

Alle miteinander.

Keeton stieß den angehaltenen Atem in Form eines langen, gequälten Seufzers aus, der das Drahtglas seines Bürofensters beschlagen ließ. Die Frage war: Was sollte er dagegen tun? Zwischen heute und dem siebzehnten des Monats – was sollte er tun?

Die Antwort war simpel: er wußte es nicht.

2

Danforth Keetons Leben als junger Mann war eine Sache von eindeutigem Schwarz und Weiß gewesen, und das hatte ihm gefallen. Er hatte die Castle Rock High School besucht und mit vierzehn angefangen, stundenweise in der Autohandlung der Familie zu arbeiten, wo er die Vorführwagen wusch und die Ausstellungsstücke polierte. Keeton Chevrolet war eine der ältesten Chevro- let-Vertretungen in Neuengland und der Grundstein des Finanzgebäudes der Keetons. Es war wirklich ein solides Gebäude gewesen, zumindest bis vor relativ kurzer Zeit.

Während seiner vier Jahre an der Castle Rock High School hatte praktisch jedermann ihn Buster genannt. Er entschied sich für die Handelsschul-Abteilung, erzielte durchweg solide B-Noten, leitete den Schülerrat fast allein und besuchte anschließend das Traynor Business College in Boston. Im Traynor hatte er in fast allen Fächern A-Noten und legte drei Semester vor der Zeit sein Examen ab. Als er nach Castle Rock zurückkehrte, machte er allen schnell klar, daß seine Buster-Tage vorüber waren.

Es war ein gutes Leben gewesen bis zu dem Ausflug, den er und Steve Frazier vor neun oder zehn Jahren nach Lewiston unternommen hatten. Das war der Moment, an dem die Probleme anfingen; das war der Moment, von dem an sich sein sauberes Schwarz-und-Weiß-Leben mit immer tiefer werdenden grauen Schatten zu füllen begann.

Er hatte sich nie auf irgendwelche Glücksspiele eingelassen – nicht als Buster an der Castle Rock High School, nicht als Dan am Traynor Business, nicht als Mr. Keeton von Keeton Chevrolet und Mitglied des Stadtrates. Soweit Keeton wußte, hatte das nie jemand in seiner Familie getan; er konnte sich nicht einmal an so unschuldige Zeitvertreibe wie Skat- oder andere Kartenspiele um Pfennigeinsätze erinnern. Es lag kein Tabu auf diesen Dingen, kein *du sollst nicht*, aber niemand tat es. Keeton hatte nie auf irgend etwas gewettet – bis zu jenem ersten Ausflug zur Rennbahn von Lewiston mit Steve Frazier. Er hatte nie irgendwo anders eine Wette plaziert, und er brauchte es auch nicht. Die Rennbahn genügte, Danforth Keeton zu ruinieren.

Er war damals Dritter Stadtrat gewesen. Steve Frazier, jetzt seit mindestens fünf Jahren unter dem Rasen, hatte damals den Vorsitz gehabt. Keeton und Frazier waren »in die City hinauf« gefahren (Ausflüge nach Lewiston wurden immer so bezeichnet), zusammen mit Butch Nedeau, dem für Castle Rock zuständigen Fürsorgebeamten des Countys, und Harry Samuels, der nach wie vor dem Stadtrat angehörte und es wahrscheinlich tun würde, bis auch er das Zeitliche segnete. Der Anlaß war eine Konferenz von County-Beamten aus dem gesamten Staat gewesen; das Thema waren die neuen Gesetze über die Aufteilung der Steuereinnahmen – und diese Aufteilung der Steuereinnahmen war es, denen er den größten Teil seiner Probleme verdankte. Ohne sie wäre Keeton gezwungen gewesen, sich sein eigenes Grab mit Hacke und Schaufel zu graben. Mit ihnen war er imstande gewesen, es mit einem finanziellen Großbagger zu tun.

Es war eine zweitägige Konferenz. Am Abend des ersten Tages hatte Steve vorgeschlagen, auszugehen und in der großen Stadt ein bißchen Spaß zu haben. Butch und Harry hatten abgelehnt. Auch Keeton war nicht wild darauf, den Abend mit Steve Frazier zu verbringen – er war ein fetter, alter Prahlhans mit Schmalz anstelle von Gehirn. Er war trotzdem mitgegangen. Vermutlich wäre er auch mitgegangen, wenn Steve eine Runde durch die tiefsten Scheißgruben der Hölle vorgeschlagen hätte. Steve war schließlich der Vorsitzende des Stadtrates. Harry Samuels war es zufrieden, den Rest seines Lebens als Zweiter, Dritter oder Vierter Stadtrat dahinzuvegetieren. Butch Nedeau hatte bereits erklärt, daß

er nach seiner jetzigen Amtsperiode auszuscheiden gedachte
– aber Danforth Keeton hatte Ambitionen, und Frazier, fetter, alter Prahlhans oder nicht, war der Schlüssel dazu.

Also waren sie ausgegangen und hatten zuerst in The Holly Station gemacht. BE JOLLY AT THE HOLLY! lautete das Motto über der Tür, und Frazier hatte gewaltig einen draufgemacht, hatte Scotch mit Wasser getrunken, als wäre der Scotch weggelassen worden, und den Stripperinnen zugepfiffen, die überwiegend fett und überwiegend alt und immer langsam waren. Keeton fand, daß die meisten von ihnen aussahen, als stünden sie unter Drogen. Er erinnerte sich, gedacht zu haben, daß es ein langer Abend werden würde.

Dann waren sie zur Rennbahn gegangen, und alles hatte sich geändert.

Sie kamen noch rechtzeitig zum fünften Rennen, und Frazier hatte einen protestierenden Keeton zum Wettschalter gedrängt wie ein Schäferhund, der ein verirrtes Lamm in die Herde zurücktreibt.

»Steve, ich verstehe nicht das geringste von …«

»Das macht nichts«, erwiderte Frazier vergnügt und atmete Scotchdünste in Keetons Gesicht. »Heute abend haben wir Glück, Buster. Ich spüre es.«

Er hatte keine Ahnung, wie man wettete, und Fraziers ständiges Geschwätz machte es schwer, mitzuhören, was die anderen Wetter in der Schlange sagten, wenn sie das Zwei-Dollar-Fenster erreicht hatten.

Als er dort angekommen war, schob er dem Kassierer eine Fünf-Dollar-Note zu und sagte: »Nummer Vier.«

»Sieg oder Platz?« fragte der Kassierer, aber einen Moment lang war Keeton zu keiner Antwort fähig gewesen. Hinter dem Kassierer sah er etwas Erstaunliches. Drei Angestellte zählten und bündelten riesige Mengen von Banknoten, mehr Geld, als Keeton je auf einem Haufen gesehen hatte.

»Sieg oder Platz?« wiederholte der Kassierer ungeduldig. »Entscheiden Sie sich, Mann. Wir sind hier nicht in der Öffentlichen Bibliothek.«

»Sieg«, hatte Keton gesagt. Er hatte nicht die geringste Ahnung, was »Platz« bedeutete, aber »Sieg« verstand er sehr gut.

Der Kassierer schob ihm einen Wettschein und drei Dollar Wechselgeld zu – eine Ein- und eine Zwei-Dollar-Note. Keeton betrachtete die Zweier-Note mit neugierigem Interesse, während Frazier seine Wette plazierte. Er hatte natürlich gewußt, daß es so etwas wie Zwei-Dollar-Noten gab, aber er glaubte nicht, daß er jemals zuvor eine *gesehen* hatte. Thomas Jefferson war darauf. Interessant. Überhaupt war die ganze Sache interessant – der Geruch nach Pferden, Popcorn, Erdnüssen; die geschäftige Menge, die hektische Atmosphäre. Der Platz war *wach* auf eine Art, die er sofort erkannte und auf die er sofort reagierte. Er hatte diese Art von Wachheit schon in sich selbst gespürt, schon oft, aber dies war das erste Mal, daß er sie in einer größeren Welt empfand. Danforth »Buster« Keeton, der kaum jemals so etwas wie Zugehörigkeit verspürte, hatte das Gefühl, daß er hier dazugehörte. Voll und ganz dazugehörte.

»Damit kann The Holly nicht konkurrieren«, sagte er, als Frazier zu ihm trat.

»Ja, Trabrennen sind eine feine Sache«, sagte Frazier. »Natürlich nicht mit der World Series zu vergleichen, aber auch nicht ohne. Kommen Sie, gehen wir hinüber an den Zaun. Auf welches Pferd haben Sie gesetzt?«

Keeton wußte es nicht mehr. Er mußte auf seinem Wettschein nachsehen. »Nummer Vier«, sagte er.

»Auf Platz?«

»Äh – auf Sieg.«

Frazier schüttelte mit gutmütiger Verachtung den Kopf und schlug ihm auf die Schulter. »Auf Sieg ist eine Wette für Hohlköpfe. Eine Wette für Hohlköpfe, auch wenn der Totalisator das Gegenteil behauptet. Aber das werden Sie noch lernen.«

Und natürlich hatte er es gelernt.

Irgendwo schrillte eine Glocke mit einem lauten Brrr-renngg!, bei dem Keeton zusammenfuhr. Eine Stimme rief: »*Und loooos geht's!*« über die Lautsprecher der Rennbahn. Die Menge brüllte auf, und Keeton hatte das Gefühl, als durchführe ihn plötzlich ein elektrischer Stromstoß. Hufe trommelten auf die Bahn. Frazier ergriff Keetons Ellenbogen mit einer Hand und benutzte die andere, um sich einen Weg durch die Menge zum Zaun zu bahnen. Sie erreichten ihn keine zwanzig Meter vom Ziel entfernt.

Jetzt kommentierte der Ansager das Rennen. Nummer Sieben, My Lass, führte in der ersten Kurve, gefolgt von Nummer Acht, Broken Field, und Nummer Eins, How Do? Nummer Vier hieß Absolutely – der dämlichste Name für eine Stute, den Keeton je gehört hatte –, und lief an sechster Stelle. Es war ihm fast gleichgültig. Er war fasziniert von den dahinjagenden Pferden, deren Fell unter den Flutlichtern schimmerte, vom Wirbel der Räder, als die Sulkies um die Kurve bogen, von den leuchtenden Farben der Blusen der Fahrer.

Als die Pferde in die Gegengerade einschwenkten, begann Broken Field, My Lass die Führung streitig zu machen. Gleichzeitig kam Absolutely auf der Außenbahn nach vorn – Keeton sah es, bevor die körperlose Stimme des Ansagers es verkündete, und er spürte kaum, wie Frazier ihn anstieß, hörte kaum, wie er rief: »Das ist Ihr Pferd, Buster! Das ist Ihr Pferd, *und es hat eine Chance!*«

Als die Pferde die Zielgerade entlang auf die Stelle zudonnerten, an der Keeton und Frazier standen, begann die ganze Menge zu brüllen. Keeton fühlte abermals, wie ein Stromstoß durch ihn hindurchfuhr, doch diesmal war es nicht nur ein Funke, sondern ein Gewitter. Er brüllte mit den anderen; am nächsten Tag war er so heiser gewesen, daß er gerade noch flüstern konnte.

»*Absolutely!*« brüllte er. »*Los, Absolutely, los, nun mach schon, du Biest, und RENNE!*«

»Trabe«, sagte Frazier und lachte so heftig, daß ihm Tränen über die Wangen rollten. »Nun mach schon, du Biest, und *trabe*. Das ist es, was Sie meinen, Buster.«

Keeton hörte nicht, was er sagte. Er war in einer anderen Welt. Er sendete Hirnstöße hinaus zu Absolutely, übermittelte ihr telepathische Kraft durch die Luft hindurch.

»Jetzt sind es Broken Field und How Do?, How Do? und Broken Field«, verkündete die gottgleiche Stimme des Ansagers, »und Absolutely holt auf, und jetzt kommt die letzte Achtelmeile ...«

Die Pferde näherten sich, wirbelten eine Staubwolke auf. Absolutely trabte mit gebogenem Hals und weit vorgestrecktem Kopf, ihre Beine hoben und senkten sich wie Kolben; sie überholte How Do? und Broken Field, die jetzt stark zurückfielen, genau an der Stelle, an der Keeton und Frazier standen. Sie vergrößerte ihre Führung noch, während sie die Ziellinie überquerte.

Als am Totalisator die Zahlen erschienen, mußte Keeton Frazier fragen, was sie zu bedeuten hatten. Frazier hatte auf seinen Wettschein geschaut und dann auf die Tafel. Er pfiff lautlos.

»Bekomme ich meinen Einsatz wieder heraus?« fragte Keeton nervös.

»Etwas mehr als das, Buster. Die Quote für Absolutely war dreißig zu eins.«

Bevor er an diesem Abend die Rennbahn verließ, hatte Buster etwas über dreihundert Dollar gewonnen. Das war die Geburtsstunde seiner Besessenheit gewesen.

3

Er nahm seinen Mantel von dem Ständer in der Ecke seines Büros, zog ihn an und wollte gehen; doch dann blieb er mit dem Türknauf in der Hand stehen und blickte in das Zimmer zurück. An der dem Fenster gegenüberliegenden Wand hing ein Spiegel. Keeton betrachtete ihn nachdenklich ein paar Sekunden, dann ging er auf ihn zu. Er hatte davon gehört, auf welche Weise SIE Spiegel benutzten – er war schließlich nicht von gestern.

Er hielt sein Gesicht nahe daran, nahm aber das von ihm reflektierte bleiche Gesicht und die blutunterlaufenden Augen nicht zur Kenntnis. Er legte die Hände an die Wangen, um das Gleißen abzuschirmen, verengte die Augen, suchte nach einer Kamera auf der anderen Seite. Suchte nach IHNEN.

Er sah nichts.

Einen langen Moment später trat er zurück, wischte

gleichgültig mit dem Ärmel seines Mantels über das verschmierte Glas und verließ das Büro. Jedenfalls jetzt noch nichts. Aber das bedeutete nicht, daß SIE nicht heute abend kommen, seinen Spiegel herausreißen und ihn durch einseitig durchsichtiges Glas ersetzen würden. Nachspionieren gehörte bei den Verfolgern zum Handwerk. Von jetzt ab würde er den Spiegel jeden Tag untersuchen müssen.

»Aber das kann ich«, sagte er zu dem leeren Flur des Obergeschosses. »Ich kann es. Das könnt ihr mir glauben.«

Eddie Warburton wischte den Fußboden der Eingangshalle und schaute nicht auf, als Keeton auf die Straße hinausging.

Sein Wagen parkte hinter dem Gebäude, aber ihm war nicht nach Fahren zumute. Er hatte das Gefühl, zum Fahren zu verwirrt zu sein; wenn er es versuchte, würde er den Caddy vermutlich in irgendein Schaufenster fahren. Auch merkte er nicht, daß er anstatt auf sein Haus zu von ihm fortwanderte. Es war Viertel nach sieben am Samstagmorgen, und er war der einzige Mensch, der in Castle Rocks kleinem Geschäftsviertel unterwegs war.

Seine Gedanken kehrten kurz zu jenem ersten Abend auf der Rennbahn in Lewiston zurück. Wie es schien, konnte er überhaupt nichts falsch machen. Steve Frazier hatte dreißig Dollar verloren und nach dem neunten Rennen gesagt, er ginge jetzt. Keeton hatte gesagt, er bliebe noch eine Weile. Er schaute Frazier kaum an, und als Frazier gegangen war, nahm er es kaum zur Kenntnis. Er erinnerte sich, daß er gedacht hatte, wie angenehm es war, nicht jemanden neben sich zu haben, der ihn ständig Buster nannte. Er haßte den Spitznamen, und das wußte Steve natürlich – deshalb gebrauchte er ihn.

In der nächsten Woche war er wiedergekommen, allein diesmal, und hatte sechzig Dollar von seinem früheren Gewinn verloren. Es hatte ihn kaum gekümmert. Obwohl er häufig an die riesigen Stapel gebündelter Banknoten denken mußte, war es im Grunde nicht das Geld; das Geld war nur das Symbol, das man mitnahm, etwas, das bewies, daß man dagewesen und, wenn auch nur für kurze Zeit, ein Teil der großen Show gewesen war. Woran ihm wirklich lag, das war die ungeheure, kaum zu bändigende Erregung, die die Menge ergriff, wenn die Startglocke ertönte, die Tore sich öffneten und der Ansager verkündete: »*Und loooos geht's!*« Woran ihm lag, das war das Röhren der Menge, wenn das Feld um die dritte Kurve bog und wie vom Teufel besessen die Gegengerade entlangjagte, die hysterischen Zurufe von den Rängen, wenn es die vierte Kurve umrundet hatte und in die Zielgerade eingebogen war. Es war lebendig, oh, es war so lebendig. Es war so lebendig, daß …

… daß es gefährlich war.

Keeton gelangte zu dem Schluß, daß er gut daran täte, wegzubleiben. Er hatte den weiteren Verlauf seines Lebens gründlich geplant. Er beabsichtigte, Vorsitzender des Stadtrates zu werden, wenn Steve Frazier endlich den Löffel abgab. Und wenn er das sechs oder sieben Jahre lang gewesen war, würde er für das Repräsentantenhaus des Staates kandidieren. Und danach – wer weiß? Auch ein nationales Amt war nicht außer Reichweite eines Mannes, der ehrgeizig war, fähig – und geistig gesund.

Das war das *wahre* Problem mit der Rennbahn. Anfangs hatte er es nicht begriffen, aber doch bald genug. Die Rennbahn war ein Ort, an dem die Leute ihr Geld einzahlten, einen Wettschein in Empfang nahmen – und für kurze Zeit den Verstand verloren. Keeton hatte in seiner eigenen Familie zu viel Geisteskrankheit gesehen, um sich bei der Anziehungskraft, die Lewiston auf ihn ausübte, wohl zu fühlen. Es war eine Grube mit glitschigen Wänden, die nicht gesichert werden konnte. Wenn er hinging, war er nicht fähig, die Rennbahn wieder zu verlassen, bevor das letzte Rennen des Abends gelaufen war. Er wußte es. Er hatte es versucht. Einmal hatte er es fast bis zu den Drehkreuzen des Ausgangs geschafft, bevor irgend etwas im Hintergrund seines Gehirns, etwas Machtvolles, Rätselhaftes sich wie ein Reptil geregt, die Kontrolle übernommen und seine Füße zur Umkehr gezwungen hatte. Keeton fürchtete sich davor, das Reptil vollends aufzuwecken. Es war besser, es schlafen zu lassen.

Drei Jahre lang hatte er genau das getan. Dann war, 1984, Steve Frazier in den Ruhestand getreten, und Keeton war zum Vorsitzenden des Stadtrates gewählt worden. Und damit hatten seine Probleme erst richtig begonnen.

Er war zur Rennbahn gefahren, um seinen Sieg zu feiern, und da er feierte, beschloß er, gleich aufs Ganze zu gehen. Er ging am Zwei- und am Fünf-Dollar-Schalter vorbei und direkt zum Zehn-Dollar-Schalter. An diesem Abend hatte er hundertsechzig Dollar verloren, mehr, als er in aller Seelenruhe hinnehmen konnte (seiner Frau erzählte er am nächsten Tag, es wären vierzig gewesen), aber nicht mehr, als zu verlieren er sich *leisten* konnte. Ganz und gar nicht.

Eine Woche darauf fuhr er wieder hin in der Absicht, das zurückzugewinnen, was er verloren hatte, um mit Plus-Minus-Null herauszukommen. Und er hätte es fast geschafft. *Fast* – das war das Schlüsselwort. So, wie er es fast bis zu den Drehkreuzen geschafft hatte. In der Woche darauf hatte er zweihundertzehn Dollar verloren. Das hinterließ ein Loch in den Kontoauszügen, das Myrtle bemerken würde, und deshalb hatte er eine kleine Anleihe beim städtischen Fonds für kleinere Ausgaben aufgenommen, um den auffälligsten Teil des Defizits zu decken. Hundert Dollar. Kaum der Rede wert.

Von diesem Zeitpunkt ab begann alles miteinander zu verschwimmen. Die Grube hatte in der Tat glitschige Wände, und wenn man einmal angefangen hatte, hinunterzurutschen, war nichts mehr zu machen. Man konnte seine ganze Kraft darauf verwenden, sich in die Wände einzukrallen, und auf diese Weise den Absturz verlangsamen – aber damit verlängerte man natürlich nur die Qualen.

Wenn es einen Punkt gegeben hätte, an dem keine Umkehr mehr möglich war, dann war das der Sommer 1989 gewesen. Im Sommer fanden jeden Abend Trabrennen statt, und Keeton war in der zweiten Hälfte des Juli und den ganzen August über allabendlich dabei. Eine Zeitlang hatte Myrtle gedacht, daß er die Rennbahn nur als Vorwand benutzte, daß er in Wirklichkeit eine andere Frau besuchte, und das war wahrhaftig zum Lachen. Keeton hätte selbst dann keinen Ständer zuwegegebracht, wenn Diana selbst in ihrem Wagen vom Mond herabgekommen wäre, mit offener Toga und einem Schild um den Hals, auf dem FICK MICH

253

DANFORTH stand. Der Gedanke, wie tief er in den Stadt-
säckel gegriffen hatte, hatte seinen armen Pimmel auf die
Größe eines Radiergummis schrumpfen lassen.

Als Myrtle endlich von der Wahrheit seiner Behauptung
überzeugt war, daß es wirklich nichts weiter war als Pferderennen, war sie erleichtert gewesen. Es hielt ihn vom Haus
fern, wo er dazu neigte, so etwas wie ein Tyrann zu sein;
und er konnte nicht allzuviel verlieren, weil es auf den Kontoauszügen keine größeren Schwankungen gab. Danforth
hatte ein Hobby gefunden, das ihm in seinen mittleren Lebensjahren Spaß machte.

Wirklich nichts weiter als Pferderennen, dachte Keeton, als er,
die Hände tief in die Taschen seines Mantels vergraben, die
Main Street entlangwanderte. Er gab ein seltsames, irres Lachen von sich, bei dem sich Köpfe umgewandt hätten, wenn
außer ihm noch jemand unterwegs gewesen wäre. Myrtle
behielt die Kontoauszüge im Auge. Der Gedanke, daß Danforth die Schuldverschreibungen geplündert hatte, in denen
ihre Ersparnisse steckten, kam ihr kein einziges Mal. Und
auch das Wissen, daß Keeton Chevrolet am Rande des Bank-
rotts dahinschwankte, gehörte ihm allein.

Sie kümmerte sich um die Kontoauszüge und die
Haushaltskasse.

Er war amtlich zugelassener Wirtschaftsprüfer.

Wenn es um Veruntreuung ging, kann ein amtlich zugelassener Wirtschaftsprüfer bessere Arbeit leisten als sonst jemand – aber letzten Endes wird das Päckchen immer aufge-
schnürt. Das Auseinanderfallen des Bindfadens und der
Klebestreifen und des Einwickelpapiers von Keetons Päckchen hatte im Herbst 1990 begonnen. Er hatte die Dinge zusammengehalten, so gut er konnte, hatte gehofft, das Geld
auf der Rennbahn wieder hereinzuholen. Inzwischen hatte
er einen Buchmacher gefunden, der ihm ermöglichte, höhere
Wetten zu placieren, als auf der Rennbahn angenommen
wurden.

Doch auch das hatte nichts geändert.

Und dann, in diesem Sommer, hatte die Verfolgung richtig eingesetzt. Davor hatten SIE nur mit ihm gespielt. Jetzt
rückten SIE vor, um ihm den Garaus zu machen, und der

Tag des Jüngsten Gerichts war nicht einmal eine Woche entfernt.

Ich werde es IHNEN heimzahlen, dachte Keeton. *Ich bin noch nicht erledigt. Ich habe immer noch einen Trick oder zwei auf Lager.*

Das Problem war nur: er wußte nicht, worin diese Tricks bestanden.

Macht nichts. Es gibt einen Weg. Ich weiß, daß es einen W ...

Hier hörte sein Denken auf. Er stand vor dem neuen Laden, Needful Things, und was er im Schaufenster entdeckte, verdrängte ein oder zwei Sekunden lang alles andere schlagartig aus seinem Kopf.

Es war ein rechteckiger Karton, sehr bunt, mit einem Bild auf dem Deckel. Ein Brettspiel, nahm er an. Aber es war ein Brettspiel über Pferderennen, und er hätte schwören können, daß das Bild mit den zwei Trabern, die Kopf an Kopf auf das Ziel zujagten, die Rennbahn von Lewiston darstellte. Wenn das nicht die Haupttribüne war im Hintergrund, dann war er ein Affe.

Das Spiel hieß WINNING TICKET.

Keeton betrachtete es fast fünf Minuten lang, hypnotisiert wie ein Kind, das eine aufgebaute Modelleisenbahn betrachtet. Dann trat er langsam unter die dunkelgrüne Markise, um nachzusehen, ob der Laden auch Samstag offen hatte. An der Innenseite der Tür hing wirklich ein Schild, aber darauf stand nur ein Wort, und das Wort lautete natürlich:

GEÖFFNET

Keeton starrte einen Moment lang darauf und dachte – wie Brian Rusk vor ihm –, daß es nur versehentlich dort hing. In Castle Rock machten die Läden an der Main Street nicht um sieben Uhr auf, schon gar nicht an einem Samstag. Trotzdem ergriff er den Knauf. Er drehte sich widerstandslos in seiner Hand.

Als er die Tür öffnete, bimmelte über seinem Kopf ein silbernes Glöckchen.

4

»Genaugenommen ist es kein Spiel«, sagte Leland Gaunt fünf Minuten später. »Da irren Sie sich.«

Keeton saß auf einem der hochlehnigen Polsterstühle, auf denen im Lauf der Woche auch Nettie Cobb, Cyndi Rose Martin, Eddie Warburton, Everett Frankel, Myra Evens und eine Menge weiterer Einwohner der Stadt gesessen hatten. Er trank eine Tasse guten Jamaika-Kaffee. Gaunt, der für einen Mann aus dem Flachland wirklich ein verdammt netter Kerl zu sein schien, hatte darauf bestanden. Jetzt beugte sich Gaunt in sein Schaufenster und holte behutsam die Schachtel heraus. Er trug einen weinroten Hausrock, sehr elegant, und jedes Härchen saß da, wo es hingehörte. Er hatte Keeton gesagt, daß er oft zu ungewöhnlichen Zeiten öffnete, weil er unter Schlaflosigkeit litte.

»Seit ich ein junger Mann war«, hatte er mit einem wehmütigen Kichern erklärt, »und das ist viele Jahre her.« Dennoch machte er auf Keeton einen taufrischen Eindruck, abgesehen von seinen Augen – sie waren blutunterlaufen, daß es aussah, als wäre Rot ihre normale Farbe.

Jetzt brachte er die Schachtel mit und stellte sie neben Keeton auf einen kleinen Tisch.

»Diese Schachtel war es, die mir auffiel«, sagte Keeton. »Die Rennbahn auf dem Deckel sieht fast so aus wie die von Lewiston. Da gehe ich manchmal hin.«

»Sie mögen das Herzklopfen, nicht wahr?« fragte Gaunt mit einem Lächeln.

Keeton wollte schon sagen, daß er niemals wettete, doch dann änderte er seine Meinung. Das Lächeln war nicht nur freundlich, es war ein Lächeln des Mitgefühls, und plötzlich begriff er, daß er sich in Gesellschaft eines Leidensgenossen befand. Was nur bewies, wie sehr seine Kanten abbröckelten, denn als er Gaunts Hand geschüttelt hatte, hatte er einen Abscheu empfunden, der so plötzlich kam und so heftig war, daß er einem Muskelkrampf geglichen hatte. Einen Augenblick lang war er überzeugt gewesen, seinen Hauptverfolger gefunden zu haben. In dieser Hinsicht würde er aufpassen müssen; er durfte nicht über Bord gehen.

»Ich habe schon öfter gewettet«, sagte er.

»Ich leider auch«, sagte Gaunt. Seine rötlichen Augen hefteten sich auf die von Keeton, und sie durchlebten einen Augenblick völligen gegenseitigen Verstehens – zumindest empfand Keeton es so. »Ich bin auf den meisten Rennbahnen vom Atlantik bis zum Pazifik gewesen, und es könnte sein, daß das Bild auf der Schachtel Longacre Park in San Diego darstellt. Vor dem Abriß natürlich; da werden jetzt Wohnhäuser gebaut.«

»Oh«, sagte Keeton.

»Aber ich will Ihnen das Ding zeigen. Ich glaube, es wird Sie interessieren.«

Er nahm den Deckel von der Schachtel und hob behutsam eine blecherne Rennbahn auf einem Gestell heraus, das knapp einen Meter lang und gut vierzig Zentimeter breit war. Sie sah aus wie ein Spielzeug, das Keeton als Kind besessen hatte, eines von den billigen, die nach dem Krieg in Japan hergestellt wurden. Die Rennbahn war eine Nachbildung einer Zwei-Meilen-Strecke. Sie hatte acht schmale Schlitze, und hinter der Startlinie standen acht schmale Blechpferde. Jedes war auf einen kleinen Blechzapfen montiert, der aus dem jeweiligen Schlitz herausragte und am Bauch des Pferdes festgelötet war.

»Wow«, sagte Keeton und lächelte. Es war das erste Lächeln seit Wochen, und es fühlte sich merkwürdig an und fehl am Platze.

»Bis jetzt haben Sie noch gar nichts gesehen«, entgegnete Gaunt und erwiderte das Lächeln. »Dieses Baby stammt aus der Zeit um 1930 oder 1935, Mr. Keeton – es ist eine echte Antiquität. Aber für die Rennplatz-Ganoven von damals war es nicht nur ein Spielzeug.«

»Nein?«

»Nein. Wissen Sie, was ein Ouija-Brett ist?«

»Natürlich. Man stellt ihm Fragen, und dann buchstabiert es angeblich Antworten aus der Welt der Geister.«

»Stimmt genau. Nun, damals, in der Wirtschaftskrise, gab es eine Menge Rennplatz-Ganoven, die überzeugt waren, dieses Winning Ticket wäre das Ouija-Brett für Rennwetten.«

Seine Augen hefteten sich wieder auf die von Keeton, freundlich, lächelnd, und Keeton war ebensowenig imstande, den Blick abzuwenden, wie er imstande gewesen war, das eine Mal, als er es versucht hatte, die Rennbahn zu verlassen, bevor das letzte Rennen gelaufen war.

»Albern, nicht wahr?«

»Ja«, sagte Keeton. Aber es schien überhaupt nicht albern zu sein. Es schien völlig – völlig …

Völlig einleuchtend zu sein.

Gaunt tastete in der Schachtel herum und brachte einen kleinen Blechschlüssel zum Vorschein. »Jedesmal gewinnt ein anderes Pferd. Ich nehme an, da drinnen ist irgendein Zufallsmechanismus – primitiv, aber wirksam genug. Und nun passen Sie auf.«

Er steckte den Schlüssel in ein Loch an der Seite des Blechgestells, auf dem die Pferde standen, und drehte ihn. Es gab ein leises Klicken und Klacken und Ratschen – Aufziehgeräusche. Als sich der Schlüssel nicht weiter drehen ließ, zog Gaunt ihn wieder heraus.

»Welches nehmen Sie?« fragte er.

»Die Fünf«, sagte Keeton. Er beugte sich vor, sein Herzschlag beschleunigte sich. Es war verrückt – und vermutlich der letzte Beweis für seine Besessenheit –, aber er spürte, wie das volle Maß der gewohnten Erregung ihn durchflutete.

»Gut, und ich nehme Pferd Nummer Sechs. Wollen wir eine kleine Wette abschließen, nur um es spannender zu machen?«

»Natürlich. Um wieviel?«

»Nicht um Geld«, sagte Gaunt. »Die Zeit, in der ich um Geld gewettet habe, ist lange vorbei, Mr. Keeton. Wetten um Geld sind die uninteressantesten Wetten, die es gibt. Sagen wir so: Wenn Ihr Pferd gewinnt, tue ich Ihnen einen kleinen Gefallen. Welchen Sie wollen. Wenn meines gewinnt, müssen Sie *mir* einen Gefallen tun.«

»Und wenn eines von den anderen gewinnt, ist die Wette nichtig?«

»So ist es. Sind Sie bereit?«

»Ja«, sagte Keeton nervös und beugte sich über die blecherne Rennbahn. Seine Hände lagen ineinander verkrampft zwischen seinen massigen Oberschenkeln.

Aus einem der Schlitze ragte neben der Startlinie ein kleiner Metallhebel heraus. »Und los geht's« sagte Gaunt leise und drückte ihn nieder.

Die Zahnräder und Getriebe unter der Rennbahn begannen zu knirschen. Die Pferde entfernten sich von der Startlinie, glitten auf ihren jeweiligen Bahnen voran. Zuerst bewegten sie sich nur langsam und ruckhaft und schwankten in ihren Schlitzen vor und zurück, während sich irgendeine Hauptfeder – oder eine ganze Reihe von Federn – in dem Gestell ausdehnte, aber als sie sich der ersten Kurve näherten, wurden sie schneller.

Pferd Nummer Zwei übernahm die Führung, gefolgt von der Sieben; die anderen lagen weiter im Feld zurück.

»Nun mach schon, Fünf«, rief Keeton leise. »Los, Fünf, zieh los, du Biest!«

Als könnte es ihn hören, begann das kleine Blechpferd, sich aus dem Feld zu lösen. Auf halber Strecke hatte es die Sieben eingeholt. Auch die Sechs, für die Gaunt sich entschieden hatte, war schneller geworden.

Winning Ticket ratterte und vibrierte auf dem kleinen Tisch. Keetons Gesicht hing darüber wie ein großer, fleckiger Mond. Ein Tropfen Schweiß fiel auf den winzigen Blechjockey, der auf dem Pferd Nummer Drei saß; wenn es sich um einen wirklichen Mann gehandelt hätte, wären sowohl er als auch sein Pferd klatschnaß gewesen.

In der dritten Kurve legte Nummer Sieben einen Spurt ein und holte die Zwei ein, aber Keetons Nummer Fünf ließ sich nicht abschütteln, und Gaunts Sechs war ihr dicht auf den Fersen. Diese vier umrundeten, wild in ihren Schlitzen ratternd, die Kurve in einer Gruppe, die den anderen weit voraus war.

»Nun mach schon, du verdammtes Biest!« brüllte Keeton. Er hatte vergessen, daß dies Blech war, so geformt, daß es eine gewisse Ähnlichkeit mit Pferden hatte. Er hatte vergessen, daß er sich im Laden eines Mannes befand, dem er bisher noch nie begegnet war. Die alte Erregung hatte ihn gepackt. Sie schüttelte ihn, wie ein Terrier eine Ratte schüt-

259

telt. »Los, mach zu! VORWÄRTS, du Biest. VORWÄRTS! Streng dich AN!«

Jetzt setzte sich die Nummer Fünf neben das Pferd an der Spitze – und übernahm die Führung. Gaunts Pferd kam an seine Flanke heran, aber Keetons Pferd erreichte die Ziellinie als erstes – und siegte.

Der Mechanismus hatte sich fast abgespult, aber die meisten Pferde schafften es bis zurück zur Startlinie, bevor das Räderwerk endgültig aussetze. Gaunt benutzte einen Finger, um die Nachzügler für einen neuerlichen Start auf die gleiche Höhe zu bringen wie die anderen.

»Wow!« sagte Keeton und wischte sich über die Stirn. Er fühlte sich völlig ausgewrungen – aber er fühlte sich gleichzeitig wohler, als er sich seit langer Zeit gefühlt hatte. »Das war wirklich toll.«

»Ganz Ihrer Meinung«, pflichtete Gaunt ihm bei.

»Damals haben die Leute noch gewußt, wie man so etwas baut, nicht wahr?«

»So ist es«, stimmte Gaunt ihm lächelnd zu. »Und es sieht so aus, als schuldete ich Ihnen einen Gefallen, Mr. Keeton.«

»Ach, vergessen Sie es – das war doch nur Spaß.«

»Nein, kommt nicht in Frage. Ein Gentleman bezahlt immer seine Schulden. Lassen Sie es mich nur rechtzeitig wissen, ein oder zwei Tage bevor Sie Ihren Schuldschein präsentieren, wie man so sagt.«

Bevor Sie Ihren Schuldschein präsentieren.

Das ließ alles wieder auf ihn einstürzen. Schuldscheine! SIE hatten seine. *SIE!* Am Donnerstag. Dann würden SIE seine Schuldscheine präsentieren – und was dann? Was dann?

Visionen vernichtender Schlagzeilen tanzten in seinem Kopf.

»Würden Sie gern wissen, wie die ernsthaften Wetter in den Dreißigern dieses Spielzeug benutzten?« fragte Gaunt leise.

»Sicher«, sagte Keeton, aber es interessierte ihn nicht, nicht wirklich – bis er aufschaute. Dann richteten sich Gaunts Augen wieder auf die seinen, hefteten sich wieder an sie, und der Gedanke, mit Hilfe eines Kinderspielzeugs Sieger zu ermitteln, kam ihm wieder völlig vernünftig vor.

»Nun«, sagte Gaunt, »sie nahmen die Tageszeitung oder *Racing Form* und spielten die Rennen durch, eines nach dem anderen. Auf diesem Ding hier. Sie gaben jedem Pferd in jedem Rennen einen Namen aus der Zeitung – sie taten es, indem sie eines der Blechpferde berührten und dabei den Namen sagten –, und dann zogen sie das Ding auf und ließen die Pferde starten. Auf diese Weise spielten sie die ganze Liste durch – acht, zehn, sogar zwölf Rennen. Dann gingen sie auf die Rennbahn und setzten auf die Pferde, die zu Hause gewonnen hatten.«

»Hat es funktioniert?« fragte Keeton. Ihm war, als käme seine Stimme von irgendeinem anderen Ort. Einem weit entfernten Ort. Er schien in Leland Gaunts Augen zu schweben. Auf rotem Schaum zu schweben. Das Gefühl war seltsam, aber eigentlich recht angenehm.

»Es scheint so«, sagte Gaunt. »Wahrscheinlich nichts als dummer Aberglaube, aber – möchten Sie dieses Spiel kaufen und es selbst ausprobieren?«

»Ja«, sagte Keeton.

»Sie sind ein Mann, der eine Gewinnsträhne dringend braucht, stimmt's, Danforth?«

»Ich brauche mehr als nur eine. Ich brauche eine ganze Wagenladung. Wieviel?«

Leland Gaunt lachte. »O nein – auf diese Weise kriegen Sie mich nicht! Nicht, wo ich ohnehin schon in Ihrer Schuld stehe. Wissen Sie was – öffnen Sie Ihre Brieftasche und geben Sie mir den ersten Geldschein, den Sie darin finden. Ich bin sicher, es wird der richtige sein.«

Also öffnete Keeton seine Brieftasche und zog einen Geldschein heraus, ohne den Blick von Gaunts Gesicht abzuwenden, und natürlich war es eine Zwei-Dollar-Note – genau so ein Geldschein wie der, mit dem seine ganzen Probleme angefangen hatten.

5

Gaunt ließ ihn so behende verschwinden wie ein Illusionist, der einen Trick vorführt, und sagte: »Da ist noch etwas.«

»Was?«

Gaunt beugte sich vor. Er musterte Keeton eindringlich, und berührte sein Knie. »Mr. Keeton, wissen Sie Bescheid über – SIE?«

Keetons Atem stockte, so, wie der Atem eines Schlafenden gelegentlich stockt, wenn er von einem bösen Traum heimgesucht wird. »Ja«, flüsterte er. »Gott, ja.«

»Diese Stadt ist voll von IHNEN«, fuhr Gaunt mit derselben, leisen, vertraulichen Stimme fort. »Regelrecht *überschwemmt*. Es ist noch keine Woche her, seit ich meinen Laden eröffnet habe, aber ich weiß es bereits. Ich glaube, SIE sind hinter mir her. Ich bin sogar ziemlich sicher. Es kann sein, daß ich Ihre Hilfe brauche.«

»Ja«, sagte Keeton. Jetzt war seine Stimme kräftiger. »Bei Gott, Sie sollen all die Hilfe bekommen, die Sie brauchen!«

»Nun, Sie haben mich gerade erst kennengelernt, und Sie sind mir nicht das mindeste schuldig …«

Keeton, der schon jetzt das Gefühl hatte, als wäre Gaunt der beste Freund, den er in den letzten zehn Jahren gehabt hatte, öffnete den Mund, um zu protestieren. Gaunt hob die Hand, und es kam kein Protest heraus.

»… und Sie haben nicht die geringste Ahnung, ob ich Ihnen etwas verkauft habe, das tatsächlich funktioniert, oder nur ein leeres Hirngespinst ist – etwas, das sich in einen Alptraum verwandelt, wenn man der Sache auf den Grund geht. Ich bin sicher, daß Sie das alles jetzt wissen; ich verfügte über sehr viel Überredungsgabe, wenn ich das von mir selbst behaupten darf. Aber ich möchte zufriedene Kunden, Mr. Keeton, und zwar ausschließlich zufriedene Kunden. Ich bin schon sehr lange im Geschäft, und ich habe meinen Ruf auf zufriedenen Kunden aufgebaut. Also nehmen Sie das Spielzeug. Wenn es für Sie funktioniert, gut. Wenn nicht, dann schenken Sie es der Heilsarmee oder werfen Sie es auf die Müllkippe. Was haben Sie schon verloren? Zwei Dollar.«

»Zwei Dollar«, pflichtete Keeton ihm verträumt bei.

»Aber *wenn* es funktioniert, und wenn Sie es schaffen, sich diese vorübergehenden finanziellen Sorgen aus dem Kopf zu schlagen, dann kommen Sie wieder zu mir. Dann setzen wir uns hin, trinken eine Tasse Kaffee, wie wir es heute morgen getan haben – und reden über SIE.«

»Es ist schon viel zu weit gegangen, als daß ich das Geld einfach zurückgeben könnte«, sagte Keeton mit der klaren, aber unbeteiligten Stimme von jemandem, der im Schlaf redet. »Es gibt mehr Spuren, als ich in fünf Tagen verwischen kann.«

»In fünf Tagen kann viel passieren«, sagte Mr. Gaunt nachdenklich. Er erhob sich, bewegte sich mit geschmeidiger Anmut. »Sie haben einen großen Tag vor sich – und ich auch.«

»Aber SIE«, protestierte Keeton. »Was ist mit IHNEN?«

Gaunt legte eine seiner langen, kalten Hände auf Keetons Arm, und selbst in seinem benommenen Zustand spürte Keeton, wie sich bei der Berührung sein Magen verkrampfte. »Um SIE kümmern wir uns später«, sagte er. »Machen Sie sich deshalb keine Sorgen.«

6

»John!« rief Alan, als John LaPointe durch den Seiteneingang das Sheriff-Büro betrat. »Schön, Sie zu sehen!«

Es war halb elf am Samstagvormittag, und das Sheriff-Büro von Castle Rock war so leer wie selten. Norris war irgendwo zum Fischen unterwegs, und Seaton Thomas besuchte seine beiden altjüngferlichen Schwestern in Sanford. Sheila Brigham war im Pfarrhaus von Our Lady of Serene Waters und half ihrem Bruder beim Aufsetzen eines weiteren Briefes an die Zeitung, der den im Grunde harmlosen Charakter der Kasino-Nacht erklären sollte. Außerdem wollte Father Brigham, daß der Brief seine Überzeugung zum Ausdruck brachte, daß William Rose so verrückt war wie eine Laus in einem Misthaufen. Natürlich konnte man nicht daherkommen und dergleichen *aussprechen* – nicht in einem

Familienblatt –, aber Father John und seine Schwester Sheila taten, was in ihren Kräften stand, um daran keinen Zweifel zu lassen. Andy Clutterbuck war dienstlich unterwegs, das zumindest nahm Alan an; er hatte sich noch nicht gemeldet, seit Alan vor etwa einer Stunde ins Büro gekommen war. Bis John auftauchte, war der einzige andere Mensch, der sich im Gebäude der Stadtverwaltung aufhielt, offensichtlich Eddie Warburton gewesen, der sich an dem Wasserkühler in der Ecke zu schaffen machte.

»Was liegt an, Chef?« fragte John, der sich auf der Kante von Alans Schreibtisch niedergelassen hatte.

»Am Samstagvormittag? Nicht viel. Aber sehen Sie sich das mal an.« Alan knöpfte die rechte Manschette seines Khakihemdes auf und schob den Ärmel hoch. »Nehmen Sie bitte zur Kenntnis, daß meine Hand sich nicht von meinem Handgelenk löst.«

»Okay«, sagte John. Er holte ein Juicy Fruit aus seiner Hosentasche, wickelte es aus und steckte es in den Mund.

Alan zeigte die Fläche seiner rechten Hand, drehte sie um, damit der Handrücken zu sehen war, dann ballte er die Hand zur Faust. Er griff mit dem linken Zeigefinger hinein und zog einen winzigen Zipfel Seide heraus. Dann hob er die Brauen und sah John an. »Nicht schlecht, was?«

»Wenn das Sheilas Tuch ist, dann wird es ihr gar nicht gefallen, wenn es zerknittert ist und nach Ihrem Schweiß riecht«, sagte John. Er machte nicht den Eindruck, als wäre er fassungslos vor Staunen.

»Es ist nicht meine Schuld, daß sie es auf ihrem Schreibtisch vergessen hat«, sagte Alan. »Außerdem schwitzen Illusionisten nicht. Und nun sagen Sie Heisa! und Abrakadabra!« Er zog Sheilas Tuch aus seiner Faust und pustete es dramatisch in die Luft. Es entfaltete sich und ließ sich dann auf Norris' Schreibmaschine nieder wie ein bunter Schmetterling. Alan warf wieder einen Blick auf John, dann seufzte er. »Auch nicht so toll, nicht wahr?«

»Es ist ein hübscher Trick«, sagte John, »aber ich habe ihn schon ein paarmal gesehen. Vierzigmal oder fünfzig.«

»Was meinen Sie, Eddie?« rief Alan. »Nicht schlecht für einen Kleinstadtbullen, wie?«

Eddie blickte kaum von dem Kühler auf, den er jetzt aus Plastikflaschen auffüllte, auf denen QUELLWASSER stand. »Hab' nichts gesehen, Chef. Tut mir leid.«

»Ihr seid hoffnungslos, alle beide«, sagte Alan. »Aber ich arbeite an einer Variante, John. Dann werden Sie staunen, das verspreche ich Ihnen.«

»Warten wir's ab. Wollen Sie immer noch, daß ich die Toiletten in dem neuen Restaurant draußen an der River Road überprüfe, Alan?«

»Das will ich immer noch.«

»Warum bleibt die Dreckarbeit immer an mir hängen? Warum kann Norris nicht …«

»Norris hat die Toiletten vom Happy Trails-Campingplatz im Juli *und* im August überprüft«, sagte Alan. »Im Juni habe ich es getan. Hören Sie auf zu meckern, Johnny. Sie sind einfach an der Reihe. Ich möchte, daß Sie auch Wasserproben entnehmen. Nehmen Sie ein paar von den Spezialbeuteln mit, die sie uns aus Augusta geschickt haben. Es liegt immer noch eine Menge davon in dem Schrank auf dem Flur. Ich glaube, ich habe sie hinter Norris' Packung Hi-Ho-Crackers gesehen.«

»Okay«, sagte John, »von mir aus. Aber auf die Gefahr hin, daß Sie behaupten, ich meckerte schon wieder – für das Untersuchen des Wassers auf Krabbeltierchen ist der Besitzer des Restaurants verantwortlich. Ich habe nachgeschlagen.«

»Natürlich ist er das«, sagte Alan, »aber hier ist von Timmy Gagnon die Rede – und was sagt Ihnen das?«

»Es sagt mir, daß ich im neuen Riverside B-B-Q Delish keinen Hamburger kaufen würde, selbst wenn ich dem Hungertod nahe wäre.«

»Richtig!« rief Alan. Er stand auf und klopfte John auf die Schulter. »Ich hoffe, wir können diesem Schlamper das Handwerk legen, bevor der Bestand an streunenden Katzen und Hunden in Castle Rock rapide abnimmt.«

»Das ist ziemlich haarig, Alan.«

»Nein – das ist Timmy Gagnon. Besorgen Sie die Wasserproben, und ich schicke sie noch heute abend, bevor ich Feierabend mache, an das Gesundheitsamt in Augusta.«

»Was haben Sie heute vormittag vor?«

Alan rollte seinen Ärmel herunter und knöpfte die Manschette zu. »Jetzt gehe ich erst einmal die Straße hinauf zu
Needful Things«, sagte er. »Ich möchte Mr. Lelant Gaunt
kennenlernen. Er hat Polly ziemlich beeindruckt, und nach
dem, was ich in der Stadt so höre, ist sie nicht die einzige,
der er gefällt. Waren Sie schon in dem Laden?«

»Noch nicht«, sagte John. Sie gingen auf die Tür zu. »Bin
ein paarmal vorbeigegangen. Interessante Mischung von
Dingen in seinem Schaufenster.«

Sie gingen an Eddie vorbei, der jetzt die große Glasflasche
des Wasserkühlers mit einem Lappen polierte. Er schaute
nicht auf, als Alan und John vorbeigingen; er schien völlig in
sein eigenes Universum versunken zu sein. Aber sobald die
Seitentür hinter ihnen ins Schloß gefallen war, begab sich
Eddie eilends in die Telefonzentrale und nahm den Hörer
ab.

7

»In Ordnung … ja … ja, ich verstehe.«

Leland Gaunt stand neben seiner Registrierkasse und hielt
ein schnurloses Cobra-Telefon ans Ohr. Ein Lächeln, so
dünn wie eine Mondsichel, rundete seine Lippen.

»Danke, Eddie. Vielen Dank.«

Gaunt wanderte zu dem Vorhang hinüber, der den Laden
von dem dahinterliegenden Raum trennte. Er neigte den
Oberkörper hinter den Vorhang und bückte sich. Als er wieder hochkam, hielt er ein Schild in der Hand.

»Sie können jetzt heimgehen … ja … Sie können ganz
sicher sein, daß ich es nicht vergessen werde. Ich vergesse
nie ein Gesicht oder einen Gefallen, den mir jemand getan
hat, Eddie, und das ist einer der Gründe, warum es mir so
zuwider ist, daran erinnert zu werden. Auf Wiederhören.«

Er drückte auf den AUS-Knopf, ohne eine Erwiderung abzuwarten, schob die Antenne zusammen und steckte das Telefon in die Tasche seines Hausrockes. An der Tür war wie-

der die Jalousie herunterzogen. Mr. Gaunt griff zwischen Jalousie und Glas, entfernte das Schild mit der Aufschrift

GEÖFFNET

und ersetzte es durch das, das er hinter dem Vorhang hervorgeholt hatte. Dann trat er ans Schaufenster, um Alans Annäherung zu beobachten. Pangborn schaute eine Weile in das Fenster, aus dem Gaunt herausschaute, bevor er sich der Tür näherte; ein paar Sekunden lang legte er sogar die Hände an die Wangen und drückte die Nase gegen das Glas. Obwohl Gaunt mit verschränkten Armen direkt vor ihm stand, sah der Sheriff ihn nicht.

Mr. Gaunt mißfiel Pangborns Gesicht schon auf den ersten Blick. Und es überraschte ihn nicht sonderlich. Er konnte noch besser in Gesichtern lesen, als er sich an sie erinnern konnte, und die Worte auf diesem Gesicht waren groß und irgendwie gefährlich.

Pangborns Gesicht veränderte sich ganz plötzlich; die Augen weiteten sich ein wenig, der gutmütige Mund verengte sich zu einem schmalen Spalt. Gaunt verspürte einen kurzen, für ihn ganz untypischen Anflug von Angst. *Er sieht mich!* dachte er, obwohl das natürlich unmöglich war. Der Sheriff trat einen halben Schritt zurück – dann lachte er. Gaunt verstand sofort, was geschehen war, aber das änderte nicht das mindeste daran, daß ihm Pangborn instinktiv und zutiefst zuwider war.

»Verschwinde, Sheriff«, flüsterte er. »Verschwinde und laß mich in Ruhe.«

8

Alan stand eine ganze Weile da, blickte in das Schaufenster und fragte sich, was den Leuten soviel Gesprächsstoff lieferte. Er hatte mit Rosalie Drake gesprochen, bevor er gestern abend in Pollys Haus hinübergegangen war, und Rosalie hatte sich angehört, als wäre Needful Things Neuenglands

Äquivalent von Tiffany. Aber das Porzellangeschirr im Schaufenster sah nicht aus wie etwas, um dessentwillen man mitten in der Nacht aufstand und einen Brief nach Hause schrieb – es hatte bestenfalls die Qualität von Ausschußware. Mehrere Teller waren angeschlagen, und einer davon hatte einen deutlich sichtbaren Sprung.

Na schön, dachte Alan, jedem das Seine. Dieses Porzellan ist wahrscheinlich hundert Jahre alt und ein Vermögen wert, und ich bin nur zu dämlich, um es zu wissen.

Er legte die Handkanten auf das Glas, um zu sehen, was sich hinter der ausgestellten Ware befand, aber es gab nichts zu sehen – es brannte kein Licht, und der Laden war leer. Dann glaubte er, jemanden zu sehen – ein merkwürdiges, transparentes Etwas, das mit gespenstischem, bösartigem Interesse zu ihm herausschaute. Er trat einen halben Schritt zurück, bevor ihm klar wurde, daß es das Spiegelbild seines eigenen Gesichtes war. Er lachte ein wenig vor Verlegenheit über seinen Irrtum.

Er trat vor die Tür. Die Jalousie war heruntergezogen; an einem Saugnapf aus durchsichtigem Plastik hing ein handgeschriebenes Schild:

BIN NACH PORTLAND GEFAHREN
UM WARE ABZUHOLEN
BEDAURE, SIE VERFEHLT ZU HABEN
bitte kommen Sie wieder

Alan griff in die Gesäßtasche, holte seine Brieftasche heraus, entnahm ihr eine seiner Visitenkarten und schrieb eine kurze Nachricht auf die Rückseite.

Lieber Mr. Gaunt,
Ich war Samstagmorgen hier, um Ihnen Guten Tag zu sagen und Sie in der Stadt willkommen zu heißen. Leider habe ich Sie nicht angetroffen. Ich hoffe, Sie fühlen sich wohl in Castle Rock! Ich komme am Montag wieder vorbei. Vielleicht können wir eine Tasse Kaffee zusammen trinken. Wenn ich etwas für Sie tun kann – meine Nummern (Büro und privat) stehen auf der anderen Seite.
Alan Pangborn

Er bückte sich, schob die Karte unter der Tür durch und richtete sich wieder auf. Dann warf er noch einen Blick in das Schaufenster und fragte sich, wem an diesem uninteressanten Satz von Tellern gelegen sein mochte. Während er hineinschaute, überkam ihn ein ganz merkwürdiges Gefühl des Verfolgtwerdens – das Gefühl, daß er beobachtet wurde. Er drehte sich um und sah niemanden – außer Lester Pratt. Lester klebte gerade einen dieser verdammten Handzettel an einen Telegrafenmast und schaute überhaupt nicht in seine Richtung. Alan zuckte die Achseln und machte sich auf den Rückweg zum Gebäude der Stadtverwaltung. Montag war noch früh genug, um Leland Gaunts Bekanntschaft zu machen; der Montag würde ihm gut passen.

9

Mr. Gaunt beobachtete ihn, bis er außer Sichtweite war. Dann ging er zur Tür und hob die Karte auf, die Alan darunter hindurchgeschoben hatte. Er las sorgfältig beide Seiten und begann zu lächeln. Der Sheriff hatte vor, am Montag wieder vorbeizukommen, ja? Nun, dagegen hatte er nichts. Aber Mr. Gaunt glaubte, daß, wenn es Montag geworden war, der Sheriff von Castle County mit ganz anderen Dingen beschäftigt sein würde. Und das war nur gut so; er war schon früher Männern wie Pangborn begegnet, und es empfahl sich, einen großen Bogen um sie zu machen, zumindest während der Zeit, in der man sein Geschäft noch aufbaute und sich mit der Kundschaft vertraut machte. Männer wie Pangborn sahen zuviel.

»Irgend etwas ist dir widerfahren, Sheriff«, sagte Gaunt. »Irgend etwas, was dich sogar noch gefährlicher gemacht hat, als du eigentlich sein dürftest. Auch das steht in deinem Gesicht geschrieben. Ich frage mich nur, was es war. War es etwas, das du getan hast, oder etwas, das du gesehen hast – oder beides?«

Er stand da und schaute auf die Straße hinaus, und seine Lippen zogen sich langsam von seinen großen, unregelmäßigen Zähnen zurück. Er sprach mit der leisen, gelassenen Stimme eines Mannes, der es schon seit sehr langer Zeit gewohnt ist, sein eigener Zuhörer zu sein.

»Ich habe mir sagen lassen, daß du so etwas wie ein Salon-Taschenspieler bist, mein uniformierter Freund. Du liebst Tricks. Ich werde dir ein paar neue zeigen, bevor ich die Stadt verlasse. Und ich habe nicht den geringsten Zweifel, daß sie dich in Erstaunen versetzen werden.«

Er ballte die Hand zur Faust um Alans Visitenkarte herum, bog sie zusammen und zerknüllte sie dann. Als sie ganz in seiner Hand verborgen war, schoß zwischen seinem Zeige- und Mittelfinger eine blaue Feuerzunge heraus. Er öffnete die Hand wieder, und obwohl von der Handfläche kleine Rauchfäden aufstiegen, war von der Karte keine Spur mehr zu sehen – nicht einmal ein Häufchen Asche.

»Sag Heisa und Abrakadabra«, sagte Gaunt leise. Dann warf er den Kopf zurück und begann zu lachen.

10

Myrtle Keeton trat zum drittenmal an diesem Tag vor die Tür zum Arbeitszimmer ihres Mannes und lauschte. Als sie am Morgen gegen neun Uhr aufgestanden war, war Keeton bereits darin gewesen, hinter verschlossener Tür. Jetzt, um ein Uhr mittags, war er immer noch darin, und die Tür war nach wie vor verschlossen. Als sie ihn gefragt hatte, ob er etwas zu essen haben wollte, hatte er sie mit dumpfer Stimme angewiesen, zu verschwinden, er hätte zu tun.

Sie hob die Hand, um abermals anzuklopfen – dann hielt sie inne und neigte den Kopf ein wenig zur Seite. Hinter der Tür war ein Geräusch zu hören – ein knirschendes, rasselndes Geräusch. Es erinnerte sie an die Geräusche, die die Kuckucksuhr ihrer Mutter hatte hören lassen, bevor sie ihren Geist endgültig aufgab.

Sie klopfte leise an. »Danforth?«

»Verschwinde!« Seine Stimme klang erregt, aber sie wußte nicht, ob es Begeisterung oder Angst war.

»Danforth, ist alles in Ordnung?«

»Ja, verdammt nochmal. Verschwinde! Ich komme bald heraus!«

Rasseln und Knirschen. Knirschen und Rasseln. Es hörte sich an wie Sand in einem Rührgerät. Es ängstigte sie ein wenig. Sie hoffte, daß Danforth da drinnen keinen Nervenzusammenbruch hatte. Er hatte sich in letzter Zeit so *merkwürdig* benommen.

»Danforth, möchtest du, daß ich zur Bäckerei hinunterfahre und ein paar Krapfen hole?«

»Ja«, brüllte er. »Ja! Ja! Krapfen! Toilettenpapier! Koks! Fahr, wohin du willst! Hole, was du willst! *Aber laß mich in Ruhe!*«

Sie blieb noch einen Moment lang beunruhigt stehen und dachte daran, noch einmal anzuklopfen. Dann beschloß sie, es nicht zu tun. Sie war sich nicht mehr sicher, ob sie überhaupt wissen wollte, was Danforth in seinem Arbeitszimmer tat. Sie war sich nicht mehr sicher, ob sie überhaupt wollte, daß er die Tür öffnete.

Sie zog ihre Schuhe an und einen dicken Herbstmantel – es war sonnig, aber sehr kühl – und ging zu ihrem Wagen hinaus. Sie fuhr zu The Country Oven am Ende der Main Street und kaufte ein halbes Dutzend Krapfen – mit Honigüberzug für sie, mit Schokolade und Kokosnuß für Danforth. Vielleicht würden sie ihn aufheitern – auf *sie* wirkte ein bißchen Schokolade immer aufheiternd.

Auf der Rückfahrt warf sie zufällig einen Blick ins Schaufenster von Needful Things. Was sie dort sah, veranlaßte sie, mit aller Kraft auf die Bremse zu treten. Wenn jemand hinter ihr gewesen wäre, hätte er sie bestimmt gerammt.

Im Schaufenster stand eine *wunderschöne* Puppe.

Natürlich war die Jalousie wieder hochgezogen. Und auf dem von dem Saugnapf aus durchsichtigem Plastik herabhängenden Schild stand abermals

GEÖFFNET.

Natürlich.

11

Polly Chalmers verbrachte den Samstagnachmittag auf eine für sie höchst unübliche Art: mit Nichtstun. Sie saß, die Hände im Schoß, in ihrem Boston-Schaukelstuhl am Fenster und beobachtete den schwachen Verkehr auf der Straße. Alan hatte sie angerufen, bevor er auf Streife losgefahren war, hatte ihr erzählt, daß er Leland Gaunt nicht angetroffen hatte, hatte sie gefragt, wie es ihr ginge und ob sie irgend etwas brauchte. Sie hatte gesagt, ihr ginge es gut, und sie brauchte nichts, vielen Dank. Beide Behauptungen waren Lügen; es ging ihr gar nicht gut, und es gab mehrere Dinge, die sie brauchte. Ganz oben auf der Liste stand eine Heilmethode für Arthritis.

Nein, Polly – was du wirklich brauchst, ist ein bißchen Mut. Gerade genug, um vor den Mann hinzutreten, den du liebst, und zu sagen: »Alan, ich habe in manchen Punkten die Wahrheit verbogen über die Jahre, in denen ich von Castle Rock fort war, und über das, was mit meinem Sohn passiert ist, habe ich dich regelrecht belogen. Jetzt möchte ich dich um Verzeihung bitten und dir die Wahrheit sagen.«

Es hörte sich einfach an, wenn man es so unumwunden aussprach. Es wurde nur schwer, wenn man dem Mann, den man liebte, in die Augen sah, oder wenn man versuchte, den Schlüssel zu finden, der einem das Herz aufschloß, ohne es in blutende, schmerzende Stücke zu zerreißen.

Schmerzen und Lügen; Lügen und Schmerzen. Die beiden Themen, um die sich in letzter Zeit ihr ganzes Leben zu drehen schien.

Wie geht es dir heute, Polly?

Gut, Alan. Mir geht es gut.

In Wirklichkeit hatte sie entsetzliche Angst. Nicht, daß ihre Hände in dieser Sekunde sonderlich heftig geschmerzt hätten; sie wünschte sich fast, daß es der Fall wäre, denn die Schmerzen, so schlimm sie auch waren, wenn sie schließlich kamen, waren immer noch besser als das Warten.

Kurz nach zwölf hatte sie ein warmes Kribbeln – fast ein Vibrieren – in ihren Händen gespürt. Es bildete Wärmeringe um ihre Knöchel und um den Daumenansatz herum; sie

272

spürte, wie es im Bett jedes Fingernagels in kleinen, stählernen Bogen lauerte wie ein humorloses Lächeln. Sie hatte das bereits zweimal gespürt und wußte, was es bedeutete. Sie würde haben, was ihre Tante Betty, die unter der gleichen Form von Arthritis gelitten hatte, einen wirklich schlimmen Anfall nannte. »Wenn meine Hände anfangen zu kribbeln, als stünden sie unter Strom, dann weiß ich immer, daß die Zeit gekommen ist, die Luken dichtzumachen«, hatte Betty gesagt, und jetzt versuchte Polly, ihre eigenen Luken dichtzumachen, mit bemerkenswertem Mangel an Erfolg.

Draußen gingen zwei Jungen mitten auf der Straße und warfen einen Fußball zwischen sich hin und her. Der rechte – der jüngste der Lawes-Jungen – setzte zu einem Weitwurf an. Der Ball entglitt seinen Fingern und landete auf Pollys Rasen. Er sah, daß sie aus dem Fenster schaute, als er ihn wiederholen wollte, und winkte ihr zu. Polly hob ihrerseits die Hand, um das Winken zu erwidern – und spürte den Schmerz dumpf aufflackern wie einen dicken Haufen Kohlenglut bei einem unvermuteten Windstoß. Dann war er wieder verschwunden, und nur noch das unheimliche Kribbeln war da. Es fühlte sich so an, wie sich manchmal die Luft vor einem heftigen Gewitter anfühlt.

Die Schmerzen würden zu gegebener Zeit kommen; sie konnte nichts dagegen tun. Doch die Lügen, die sie Alan über Kelton aufgetischt hatte – das war etwas völlig anderes. Und, dachte sie, es ist ja nicht so, daß die Wahrheit so entsetzlich, so beschämend, so bestürzend wäre – und es ist auch nicht so, daß er nicht bereits argwöhnte oder wußte, daß sie ihn belogen hatte. Denn das tat er. Es war seinem Gesicht anzusehen. Also warum ist es so schwer, Polly? Warum?

Zum Teil wegen der Arthritis, nahm sie an, und zum Teil wegen der Schmerztabletten, auf die sie in zunehmendem Maße angewiesen war – beides zusammengenommen hatte eine Art, das vernünftige Denken zu verwischen, selbst die klarsten und säuberlichsten rechten Winkel seltsam schief erscheinen zu lassen. Und dann war da noch die Tatsache von Alans eigenem Schmerz – und die Ehrlichkeit, mit der er ihn offenbart hatte. Er hatte ihn ohne das geringste Zögern vor ihr ausgebreitet, damit sie ihn inspizieren konnte.

Seine Gefühle im Kielwasser des unerklärlichen Unfalls, der Annie und Todd das Leben gekostet hatte, waren verworren und häßlich, umgeben von einem unerfreulichen (und beängstigenden) Wirbel von Emotionen, und dennoch hatte er sie vor ihr ausgebreitet. Er hatte es getan, weil er herausfinden wollte, ob sie Dinge über Annies Geisteszustand wußte, die ihm unbekannt waren – aber er hatte es auch getan, weil Fair Play und das Nichtverheimlichen solcher Dinge einfach ein Teil seines Wesens waren. Sie fürchtete sich vor dem, was er denken mochte, wenn er feststellte, daß Fair Play nicht immer ein Teil ihres Wesens war; daß ein früher Frost nicht nur ihre Hände, sondern auch ihr Herz in Mitleidenschaft gezogen hatte.

Sie bewegte sich unbehaglich auf ihrem Stuhl.

Ich *muß* es ihm erzählen – früher oder später *muß* ich es tun. Und nichts von alledem erklärt, weshalb es so schwer ist; nichts von alledem erklärt auch nur, warum ich ihn überhaupt angelogen habe. Schließlich ist es ja nicht so, daß ich meinen Sohn umgebracht hätte …

Sie seufzte – ein Laut, der fast ein Schluchzen war – und bewegte sich auf ihrem Stuhl. Sie hielt nach den Jungen mit dem Fußball Ausschau, aber sie waren fort. Dann lehnte sie sich in ihrem Schaukelstuhl zurück und schloß die Augen.

12

Sie war nicht das erste Mädchen, das nach einer nächtlichen Rangelei schwanger geworden war, und auch nicht das erste, das danach einen bitteren Streit mit den Eltern und anderen Verwandten gehabt hatte. Sie hatten gewollt, daß sie Paul »Duke« Sheehan heiratete, den Mann, der sie geschwängert hatte. Sie hatte gesagt, sie würde Duke nicht heiraten, und wenn er der letzte Mann auf Erden wäre. Das stimmte zwar, aber ihr Stolz verbot ihr, ihnen zu erzählen, daß es Duke war, der *sie* nicht heiraten wollte – seine engsten Freunde hatten ihr berichtet, daß er bereits in heller Panik Vorbereitungen traf, um in die Marine eintreten zu können, sobald er achtzehn geworden war – was in knapp sechs Wochen der Fall sein würde.

»Damit ich klar sehe«, hatte Newton Chalmers gesagt und damit die letzte, schwächliche Brücke zwischen sich und seiner Tochter weggerissen. »Er war gut genug, dich zu schwängern, aber er ist nicht gut genug zum Heiraten – trifft das so ungefähr zu?«

Da hatte sie versucht, aus dem Haus zu laufen, aber ihre Mutter hatte sie erwischt. Wenn sie den Jungen nicht heiraten wollte, hatte Lorraine Chalmers gesagt, mit ihrer gelassenen und aufreizend verständnisvollen Stimme, die Polly als Teenager fast zum Wahnsinn getrieben hatte, dann mußten sie sie zu Tante Sarah in Minnesota schicken. Sie konnte in Saint Cloud bleiben, bis das Kind geboren war, und es dann zur Adoption freigeben.

»Ich weiß, warum ihr wollt, daß ich verschwinde«, sagte Polly. »Es ist Großtante Evelyn, nicht wahr? Ihr habt Angst, wenn sie erfährt, daß ich ein Brötchen im Ofen habe, dann enterbt sie euch. Es geht ums Geld, nicht wahr? Ich bin euch völlig egal. Ihr kümmert euch keinen Scheißdreck um …«

Lorraine Chalmers aufreizend verständnisvolle Stimme hatte immer ein aufbrausendes Temperament verschleiert. Und auch sie hatte die letzte, schwächliche Brücke zwischen sich und ihrer Tochter weggerissen – indem sie Polly einen heftigen Schlag ins Gesicht versetzte.

Also war Polly davongelaufen. Das war sehr, sehr lange her – im Juli des Jahres 1970.

Sie landete in Denver und arbeitete dort, bis das Baby in einer Wohlfahrtsinstitution geboren war, die die Patienten Needle Park nannten. Sie hatte durchaus vorgehabt, das Kind zur Adoption freizugeben, aber irgend etwas – vielleicht nur die Art, wie es sich anfühlte, als die Hebamme es ihr nach der Entbindung in die Arme legte – hatte sie anderen Sinnes werden lassen.

Sie nannte den Jungen Kelton, nach ihrem Großvater mütterlicherseits. Der Entschluß, ihn zu behalten, hatte sie ein wenig geängstigt, weil sie sich gern als praktisches, vernünftiges Mädchen sah, und nichts, was ihr im Laufe des letzten Jahres widerfahren war, ließ sich mit diesem Bild vereinbaren. Zuerst war das praktische, vernünftige Mädchen unverheiratet schwanger geworden zu einer Zeit, in der praktische, vernünftige Mädchen so etwas einfach nicht taten. Dann war das praktische, vernünftige Mädchen von zu Hause fortgelaufen und hatte sein Kind in einer Stadt zur Welt gebracht, in der es nie zuvor gewesen war und über die es nichts wußte. Und um alledem die Krone aufzusetzen, hatte das praktische, vernünftige Mädchen beschlossen, das Kind zu behalten und mitzunehmen in eine Zukunft, die es nicht sehen, nicht einmal ahnen konnte.

Zumindest hatte sie den Jungen nicht aus Trotz behalten; das konnte ihr niemand nachsagen. Sie mußte feststellen, daß sie überrascht worden war von Liebe, dem simpelsten, stärksten und unverzeihlichsten aller Gefühle.

Sie war weitergezogen. Nein – sie beide waren weitergezogen. Sie hatte eine Reihe von Jobs gehabt, hatte niedrige Arbeiten verrichtet, und sie waren in San Francisco gelandet, wohin es sie von Anfang an gezogen hatte. In diesem Frühsommer des Jahres 1971 war die Stadt eine Art Hippie-Paradies, ein hügeliger Drogenladen voller Freaks und Komiker und Ausgeflippter und Bands mit Namen wie Moby Grape und Thirteenth Floor Elevators.

Dem Scott McKenzie-Song über San Francisco zufolge, der in einem dieser Jahre ein Hit gewesen war, war der Sommer dort die Zeit der Love-ins. Polly Chalmers, die selbst damals nicht das war, was man sich gemeinhin unter einem Hippie vorstellte, hatte die Love-ins irgendwie verpaßt. Das Haus, in dem sie mit Kelton wohnte, war voll von aufgebrochenen Briefkästen und Männern, die an der Nadel hingen, das Friedenszeichen um den Hals trugen, aber meistens Schnappmesser in ihren schmutzigen und abgetragenen Motorradstiefeln stecken hatten. Die häufigsten Besucher in diesem Viertel waren Gerichtsdiener, Schuldeneintreiber und Polizisten. Eine Menge Polizisten, und es empfahl sich nicht, sie Bullen zu nennen, solange sie in Hörweite waren; die Polizisten hatten gleichfalls die Love-ins verpaßt und waren deshalb stocksauer.

Polly stellte einen Antrag auf Fürsorge und mußte erfahren, daß sie noch nicht lange genug in Kalifornien lebte, um einen Anspruch darauf zu haben – heute lagen die Dinge vermutlich anders, aber damals, 1971, war es für eine unverheiratete junge Mutter in San Francisco ebenso schwer, über die Runden zu kommen, wie anderswo auch. Sie beantragte Unterstützung für unmündige Kinder und wartete – hoffte –, daß irgend etwas dabei herauskäme. Kelton brauchte nie zu hungern, aber sie selbst lebte von der Hand in den Mund, eine magere junge Frau, die oft hungrig war und oft Angst hatte, eine junge Frau, die nur wenige Leute, die sie heute kannten, wiedererkannt hätten. Ihre Erinnerungen an jene drei ersten Jahre an der Westküste, Erinnerungen, die im Hintergrund ihres Bewußtseins verstaut waren wie alte Kleidungsstücke auf dem Dachboden, waren verzerrt und grotesk, Erinnerungen aus einem Alptraum.

Und war das nicht der eigentliche Grund ihres Widerstrebens, Alan von diesen Jahren zu erzählen? Wünschte sie sich nicht einfach, sie im dunkeln zu lassen? Sie war nicht die einzige gewesen, die unter den alptraumhaften Konsequenzen ihres Stolzes gelitten hatte, ihrer hartnäckigen Ablehnung jeder Bitte um Hilfe der bösartigen Heuchelei jener Zeit, die den Triumph der freien Liebe verkündete, aber gleichzeitig unverheiratete Mütter als Geschöpfe betrachtete, die unterhalb der Schranken der normalen Gesellschaft standen; außerdem war Kelton dagewesen. Kelton war das Unterpfand ihres Glückes gewesen, während sie wütend auf dem Pfad ihres erbärmlichen und törichten Kreuzzuges dahinstapfte.

Das Fürchterliche war, daß ihre Lage sich allmählich besserte. Im Frühjahr 1972 stand ihr endlich Fürsorgeunterstützung zu, der erste Scheck der Kinderhilfe war ihr für den kommenden Monat versprochen worden, und sie hatte bereits Pläne gemacht, in ein etwas besseres Viertel umzuziehen, als das Feuer ausbrach.

Der Anruf hatte sie in dem Schnellimbiß erreicht, in dem sie arbeitete, und in ihren Träumen drehte sich Norville, der Koch, der damals immer versucht hatte, sie dazu zu bringen, mit ihm ins Bett zu gehen, wieder und wieder zu ihr um und streckte ihr das Telefon entgegen. Und er sprach immer wieder dieselben Worte: *Polly, es ist die Polizei. Sie möchte mit dir reden. Polly, es ist die Polizei. Sie möchte mit dir reden.*

Sie wollte in der Tat mir ihr reden, weil sie die Leichen einer jungen Frau und eines kleinen Jungen aus dem verräucherten dritten Stock des Mietshauses herausgeholt hatten. Beide waren bis zur Unkenntlichkeit verbrannt. Sie wußten, wer das Kind war; wenn Polly nicht zur Arbeit gegangen war, würden sie auch wissen, wer die Frau war.

Nach Keltons Tod war sie drei Monate lang weiter zur Arbeit gegangen. Ihre Einsamkeit lastete so schwer auf ihr, daß sie sie halb verrückt machte; sie ging so tief und war so allumfassend, daß ihr nicht einmal bewußt wurde, wie sehr sie litt. Dann endlich hatte sie nach Hause geschrieben, ihrer Mutter und ihrem Vater aber nur mitgeteilt, daß sie in San Francisco war, daß sie einen Jungen zur Welt gebracht hatte und daß dieser Junge nicht mehr bei ihr war. Selbst wenn man sie mit glühenden Schürhaken bedroht hätte, hätte sie nicht mehr Einzelheiten preisgegeben. Nach Hause zurückzukehren war damals nicht Bestandteil ihrer Pläne – zumindest nicht ihrer *bewußten* Pläne –, aber irgendwie hatte sie das Gefühl, daß, wenn sie nicht einige der alten Bande wieder anknüpfte, ein wertvoller innerer Teil von ihr Stückchen um Stückchen aussterben würde, ungefähr so, wie ein kraftvoller Baum von den Ästen ausgehend nach innen zu abstirbt, wenn er zu lange kein Wasser bekommt.

Ihre Mutter hatte sofort geschrieben, an das Postfach, das Polly als Absenderadresse angegeben hatte, und sie aufgefordert, nach Castle Rock zurückzukehren – nach Hause zu kommen. Sie legte eine Anweisung über siebenhundert Dollar bei. Es war sehr heiß in der Wohnung, in der Polly seit Keltons Tod lebte, und sie hatte das Packen ihrer Koffer unterbrochen, um sich ein Glas kaltes Wasser zu holen. Während sie es trank, wurde ihr bewußt, daß sie nur deshalb Anstalten traf, nach Hause zurückzukehren, weil ihre Mutter sie aufgefordert – beinahe angefleht – hatte, es zu tun. Sie hatte im Grunde gar nicht richtig darüber nachgedacht, und das war zweifellos ein Fehler. Es war diese Art, erst zu überlegen und dann zu handeln, und nicht Duke Sheehans bescheidener Pimmel, mit der ihre Probleme angefangen hatten.

Also setzte sie sich auf ihr schmales Einzelbett und überlegte. Sie dachte lange und angestrengt nach. Schließlich entwertete sie die Geldanweisung und schrieb einen Brief an ihre Mutter. Er war nicht einmal eine Seite lang, aber sie hatte fast vier Stunden gebraucht, um ihn zu Papier zu bringen.

Ich möchte zurückkommen oder zumindest ausprobieren, ob ich es kann, aber ich will nicht, daß wir all die alten Knochen wieder ausgraben und darauf herumkauen, wenn ich es tue, hatte sie geschrieben. *Ich weiß nicht, ob das, was ich im Grunde will – ein neues Leben anfangen an einem alten Ort –, überhaupt möglich ist, aber ich will es versuchen. Deshalb ist mir eine Idee gekommen: beschränken wir uns fürs erste aufs Briefeschreiben. Du und ich, und ich und Dad. Mir ist aufgefallen, daß es schwerer ist, auf Papier wütend und nachtragend zu sein, also wollen wir uns eine Weile auf diese Art unterhalten, bevor wir es von Angesicht zu Angesicht tun.*

Fast sechs Monate lang hatten sie sich auf diese Art unterhalten, und dann hatten eines Tages im Januar 1973 Mr. und Mrs. Chalmers vor ihrer Tür gestanden, mit Tüten in der Hand. Sie wären im Mark Hopkins Hotel abgestiegen, sagten sie, und sie würden nicht ohne sie nach Castle Rock zurückkehren.

Polly hatte darüber nachgedacht und ein ganzes Universum von Gefühlen durchlebt: Verärgerung darüber, daß sie so anmaßend sein konnten, wehmütige Belustigung über den liebenswerten naiven Charakter dieser Anmaßung, Panik, daß die Fragen, denen sie in ihren Briefen so geschickt ausgewichen war, jetzt beantwortet werden müßten.

Sie hatte versprochen, mit ihnen essen zu gehen, mehr nicht – andere Entschlüsse würden warten müssen. Ihr Vater teilte ihr mit, daß er das Zimmer im Mark Hopkins nur für eine einzige Nacht gemietet hatte. Dann tätest du gut daran, es noch für ein paar weitere Nächte reservieren zu lassen, hatte Polly gesagt.

Ihr hatte daran gelegen, so viel wie möglich mit ihnen zu reden, bevor sie einen endgültigen Entschluß faßte – eine persönlichere Form des Abtastens, das bisher nur brieflich stattgefunden hatte. Es war der letzte Abend, an dem sie ihren Vater gesund und bei Kräften gesehen hatte, und sie hatte den größten Teil davon in heller Wut über ihn verbracht.

Die alten Streitigkeiten, in Briefen so leicht zu vermeiden, hatten bereits begonnen, bevor die Gläser mit dem vor dem Essen servierten Wein geleert worden waren. Anfangs waren es nur kleine Grasbrände, aber als ihr Vater weitertrank, entwickelten sie sich zu einer unkontrollierbaren Feuerwand. Er hatte den Funken geschlagen, indem er sagte, sie hätten beide das Gefühl, Polly hätte ihre Lektion gelernt, und es wäre an der Zeit, das Kriegsbeil zu begraben. Mrs. Chalmers hatte die Flammen angefacht, indem sie mit ihrer gelassenen, aufreizend verständnisvollen Stimme fragte: Wo ist das Kind, meine Liebe? *Das* zumindest könntest du uns sagen. Ich nehme an, du hast es den Schwestern übergeben.

Polly kannte diese Stimmen und wußte aus längst vergangenen Zeiten, was sie bedeuteten. Die ihres Vaters verriet seinen Drang, die Kontrolle zurückzugewinnen; Kontrolle *mußte* sein, koste es, was es wolle. Die ihrer Mutter verriet, daß sie Liebe und Anteilnahme an den Tag legte, und zwar auf die einzige Art, die sie kannte – indem sie Antworten verlangte. Beide Stimmen, so geliebt und verachtet, hatten die alte, heftige Wut in ihr entzündet.

Sie verließen das Restaurant mitten im Hauptgang, und am nächsten Tag waren Mr. und Mrs. Chalmers allein nach Maine zurückgeflogen.

Nach dreimonatiger Pause hatte der Briefwechsel wieder eingesetzt, sehr zögerlich. Pollys Mutter schrieb zuerst, entschuldigte sich für den katastrophalen Abend. Die Bitte, nach Hause zu kommen, fehlte. Das überraschte Polly – und erfüllte irgendeinen tiefen und kaum eingestandenen Teil von ihr mit Furcht. Sie hatte das Gefühl, daß ihre Mutter nun nichts mehr mit ihr zu tun haben wollte. Das war, unter den gegebenen Umständen, sowohl töricht als auch eine Art, sich gehen zu lassen, aber das änderte an diesem elementaren Gefühl nicht das geringste.

Ich nehme an, du weißt selbst am besten, was du willst, schrieb sie an Polly. *Das zu akzeptieren, fällt deinem Vater und mir schwer, weil wir in dir noch immer unser kleines Mädchen sehen. Ich glaube, die Tatsache, dich so schön und so viel älter zu sehen, hat ihn bestürzt. Und du darfst ihm aus seinem Verhalten keine allzu großen Vorwürfe machen. Er fühlt sich gar nicht wohl, sein*

Bauch macht ihm wieder schwer zu schaffen. Der Doktor sagt, es ist nur die Galle, und sobald er damit einverstanden ist, daß sie herausoperiert wird, ist alles wieder in Ordnung, aber ich mache mir Sorgen um ihn.

Polly hatte in gleichermaßen versöhnlichem Ton geantwortet. Es fiel ihr leichter, nachdem sie jetzt ihre Pläne, nach Maine zurückzukehren, auf unbestimmte Zeit aufgeschoben hatte. Und dann, gegen Ende des Jahres 1975, war das Telegramm gekommen. Es war kurz und brutal: DEIN DAD HAT KREBS. ER STIRBT. BITTE KOMM HEIM. IN LIEBE MOM.

Er war noch am Leben, als Polly im Krankenhaus in Bridgton eintraf, benommen von der Zeitverschiebung und den alten Erinnerungen, die das Wiedersehen mit all den vertrauten Orten ausgelöst hatte. An jeder Kurve der Straße vom Portland Jetport nach Castle Rock schoß ihr der gleiche, kaum zu fassende Gedanke durch den Kopf: *Als ich das das letzte Mal sah, war ich ein Kind!*

Newton Chalmers lag in einem Einzelzimmer, dämmerte ins Bewußtsein und wieder heraus, mit Schläuchen in der Nase und Geräten, die ihn in einem hungrigen Halbkreis umstanden. Er starb drei Tage später. Sie hatte vorgehabt, sofort nach Kalifornien zurückzukehren – das für sie jetzt fast ein Zuhause war –, aber vier Tage nachdem ihr Vater gestorben war, erlitt ihre Mutter einen schweren Herzanfall.

Polly war ins Haus gezogen. Sie hatte ihre Mutter während der nächsten dreieinhalb Monate gepflegt, und allnächtlich träumte sie von Norville, dem Koch in Yor Best Diner. In diesen Träumen drehte sich Norville immer wieder zu ihr um, streckte ihr das Telefon entgegen mit der rechten Hand, der mit dem auf dem Handrücken eintätowierten Adler und den Worten DEATH BEFORE DISHONOR. *Polly, es ist die Polizei. Sie will mit dir reden. Polly, es ist die Polizei. Sie will mit dir reden.*

Ihre Mutter war aus dem Bett heraus, wieder auf den Beinen, und sprach davon, das Haus zu verkaufen und mit Polly nach Kalifornien zu ziehen (etwas, was sie nie tun würde, aber Polly ließ ihr ihre Träume – sie war inzwischen älter geworden und ein bißchen toleranter), als der zweite Herzanfall kam. Und so geschah es, daß Polly an einem kalten

Märztag des Jahres 1976 auf dem Homeland-Friedhof stand, neben ihrer Großtante Evelyn, und einen Sarg betrachtete, der auf Bohlen neben dem Grab ihres Vaters stand.

Sein Leichnam hatte den ganzen Winter über in der Krypta von Homeland gelegen und darauf gewartet, daß der Boden weit genug auftaute, um das Begräbnis zuzulassen. Einer jener grotesken Zufälle, die zu erfinden kein anständiger Romancier wagen würde, hatte bewirkt, daß die Beisetzung des Ehemannes nur einen Tag vor dem Tod seiner Frau erfolgt war. Die Grassoden waren noch nicht wieder auf Newton Chalmers letzte Ruhestätte aufgelegt worden; die Erde lag noch bloß, und das Grab wirkte auf obszöne Weise nackt. Pollys Augen wanderten immer wieder vom Grab ihres Vaters zum Sarg ihrer Mutter. *Es ist, als hätte sie nur darauf gewartet, daß er anständig begraben wurde,* dachte sie.

Als der kurze Gedenkgottesdienst vorüber war, hatte Tante Evvie sie zu sich gerufen. Pollys letzte noch lebende Verwandte stand neben dem Leichenwagen von Hay & Peabody, ein dünner Stecken von einer Frau in einem schwarzen Herrenmantel und merkwürdig fröhlichen roten Galoschen, und in ihrem Mundwinkel steckte eine Herbert Tareyton. Als Polly herankam, entzündete sie ein Streichholz an ihrem Daumennagel und setzte die Zigarette in Brand. Sie inhalierte tief und stieß dann den Rauch in die kalte Frühlingsluft aus. Ihren Stock (einen schlichten Eschenstock; die Verleihung des Stockes der *Boston Post* an sie als ältester Einwohnerin der Stadt lag noch drei Jahre in der Zukunft) hatte sie zwischen die Füße gepflanzt.

Jetzt, wo sie in einem Boston-Schaukelstuhl saß, der der alten Dame bestimmt gefallen hätte, überlegte Polly, daß Tante Evvie in jenem Frühjahr achtundachtzig Jahre alt gewesen sein mußte – achtundachtzig Jahre alt und noch immer qualmend wie ein Schlot –, obwohl sie nicht viel anders aussah als damals, als Polly noch ein kleines Mädchen gewesen war und auf ein Bonbon aus dem scheinbar endlosen Vorrat in Tante Evvies Schürzentasche gehofft hatte. Vieles hatte sich in Castle Rock verändert in den Jahren, in denen sie fort gewesen war, aber Tante Evvie gehörte nicht dazu.

»Nun, *das* ist vorbei«, hatte Tante Evvie mit ihrer zigarettenrauhen Stimme gesagt. »Sie sind in der Erde, Polly. Deine Mutter und dein Vater.«

Polly war in Tränen ausgebrochen, eine wahre Flut von Tränen. Anfangs dachte sie, Tante Evvie würde versuchen, sie zu trösten, und ihr Fleisch wich vor der Berührung der alten Frau zurück – sie *wollte* nicht getröstet werden.

Und sie hätte sich deshalb auch keine Gedanken zu machen brauchen. Evelyn Chalmers hatte nie etwas davon gehalten, die vom Kummer Niedergeschmetterten zu trösten; vielleicht war sie sogar davon überzeugt, dachte Polly später manchmal, daß schon die Vorstellung von Trost eine Illusion war. Auf jeden Fall stand sie nur da mit dem zwischen ihren roten Galoschen gepflanzten Stock, rauchte und wartete darauf, daß Pollys Schluchzen in Schnüffeln überging und daß sie die Kontrolle über sich zurückgewann.

Als ihr das gelungen war, fragte Tante Evvie: »Dein Kind – über das sie sich hier ständig die Mäuler zerrissen haben – es ist tot, nicht wahr?«

Obwohl sie dieses Geheimnis eifersüchtig vor jedermann bewahrt hatte, nickte Polly. »Sein Name war Kelton.«

»Ein schöner Name«, sagte Tante Evvie. Sie sog an ihrer Zigarette und ließ den Rauch dann langsam aus ihrem Mund entweichen, um ihn durch die Nase noch einmal einziehen zu können – »einen Doppelzug tun«, so hatte Lorraine Chalmers es immer genannt und dabei verächtlich die Nase gerümpft. »Ich wußte es schon, als du mich nach deiner Rückkehr das erste Mal besuchtest. Habe es in deinen Augen gesehen.«

»Es hat ein Feuer gegeben«, sagte Polly und sah zu ihr auf. Sie hatte ein Papiertaschentuch, aber es war zu durchweicht, um noch von Nutzen zu sein; sie steckte es in die Manteltasche und benutzte statt dessen ihre Fäuste, bohrte sie in die Augen wie ein kleines Mädchen, das vom Roller gefallen ist und sich das Knie aufgeschlagen hat. »Wahrscheinlich war die junge Frau schuld daran, die ich als Babysitter angestellt hatte.«

»Nun ja«, sagte Tante Evvie. »Aber soll ich dir ein Geheimnis verraten, Trisha?«

Polly nickte, lächelte ein wenig. Ihr eigentlicher Name war

283

Patricia, aber seit sie auf die Welt gekommen war, hatten alle Leute sie nur Polly genannt. Alle, außer Tante Evvie.

»Der kleine Kelton ist tot – aber *du* bist es nicht.« Tante Evvie warf ihre Zigarette fort und benutzte einen knochigen Zeigefinger, um damit Pollys Brust anzutippen und ihren Worten Nachdruck zu verleihen. »*Du* bist es nicht. Also, was hast du vor?«

Polly dachte darüber nach. »Ich gehe nach Kalifornien zurück«, sagte sie schließlich. »Mehr weiß ich im Moment nicht.«

»Ja, und für den Anfang ist das in Ordnung. Aber es genügt nicht.« Und dann sagte Tante Evvie etwas, das dem sehr nahe kam, was Polly ein paar Jahre später sagen sollte, als sie mit Alan Pangborn zum Essen in The Birches gegangen war: »Du hast dir nichts vorzuwerfen, Trisha. Ist dir das inzwischen klar geworden?«

»Ich – ich weiß es nicht.«

»Dann also nicht. Bis du das begriffen hast, spielt es keine Rolle, wohin du gehst oder was du tust. Solange hast du keine Chance.«

»Was für eine Chance?« hatte sie verwirrt gefragt.

»*Deine* Chance. Die Chance, dein eigenes Leben zu leben. Im Augenblick kommst du mir vor wie eine Frau, die Gespenster sieht. Nicht alle Leute glauben an Gespenster, aber ich tue es. Weißt du, was Gespenster sind, Trisha?«

Sie hatte langsam den Kopf geschüttelt.

»Männer und Frauen, die nicht über die Vergangenheit hinwegkommen«, sagte Tante Evvie. »*Das* sind die wahren Gespenster. Nicht *sie*.« Sie schwenkte den Arm in Richtung auf den Sarg, der auf seinen Bohlen neben dem frischen Grab stand. »Die Toten sind tot. Wir begraben sie, und sie bleiben begraben.«

»Ich fühle …«

»Ja«, sagte Tante Evvie. »Ich weiß, daß du das tust. Aber *sie* tun es nicht. Deine Mutter und mein Neffe tun es nicht. Auch der Junge, der gestorben ist, als du nicht da warst, tut es nicht. Verstehst du?«

Sie hatte verstanden. Jedenfalls ein wenig.

»Du hast recht, wenn du nicht hierbleiben willst, Trisha –

jedenfalls fürs erste. Geh dahin, wo du hergekommen bist. Oder sonstwohin – Salt Lake City, Honolulu, Bagdad, wohin du willst. Es spielt keine Rolle, denn früher oder später *wirst* du hierher zurückkehren. Ich weiß es; dieser Ort gehört zu dir, und du gehörst zu ihm. Das steht in jeder Linie deines Gesichts geschrieben, in deiner Art zu gehen, zu reden, sogar in deiner Art, die Augen zusammenzukneifen, wenn du jemanden ansiehst, der dir fremd ist. Castle Rock ist für dich geschaffen, und du bist es für Castle Rock. Deshalb eilt es nicht. ›Tu, wonach dein Herz gelüstet‹, wie es in der Bibel heißt. Aber tue es als *lebendiger Mensch*, Trisha. Sei kein Gespenst. Wenn du dich in eines verwandelst, wäre es vielleicht besser, wenn du für immer fortbleiben würdest.«

Die alte Frau sah sich nachdenklich um, stieß dann ihren Stock vor sich in den Boden.

»In dieser verdammten Stadt gibt es ohnehin schon zu viele Gespenster«, sagte sie.

»Ich werde es versuchen, Tante Evvie.«

»Ja – ich weiß, daß du das tun wirst. Das Versuchen – das steckt auch in dir drin.« Tante Evvie musterte sie eingehend. »Du warst ein gutes Kind und ein vielversprechendes Kind, aber ein glückliches Kind bist du nie gewesen. Nun, Glück ist etwas für Narren. Es ist alles, worauf sie hoffen können, die armen Teufel. Ich habe den Eindruck, daß du immer noch vielversprechend und gut bist, und darauf kommt es an. Ich glaube, du wirst es schaffen.« Und dann unvermittelt, fast arrogant: »Ich liebe dich, Polly Chalmers. Habe es immer getan.«

»Ich liebe dich auch, Tante Evvie.«

Und dann umarmten sie sich auf die behutsame Art, auf die Alte und Junge ihre Zuneigung demonstrieren. Polly hatte das alte Aroma von Tante Evvies Sachet gerochen – einen Hauch von Veilchen –, und das hatte sie wieder zum Weinen gebracht.

Als sie zurücktrat, griff Tante Evvie in ihre Manteltasche. Polly wartete darauf, daß sie ein Taschentuch hervorholte, dachte verwundert, daß sie nun endlich, nach all den langen Jahren, sehen würde, daß die alte Frau weinte. Doch anstelle eines Taschentuchs brachte Tante Evvie ein einzelnes, eingewickeltes Bonbon zum Vorschein, genau wie damals, als Polly Chalmers noch ein kleines Mädchen mit Zöpfen war, die über das Vorderteil ihrer Matrosenbluse herabhingen.

»Möchtest du ein Bonbon, Liebes?« hatte sie fröhlich gefragt.

13

Die Dämmerung hatte angefangen, sich in den Tag einzuschleichen.

Polly richtete sich in ihrem Schaukelstuhl auf; ihr wurde bewußt, daß sie fast eingeschlafen war. Sie stieß mit einer ihrer Hände an, und ein harter Bolzen aus Schmerz schoß in ihrem Arm hoch; dann setzte dieses ominöse heiße Kribbeln wieder ein. Es würde schlimm werden, kein Zweifel. Später am Abend oder morgen, es würde ganz bestimmt sehr schlimm werden.

Mach dir keine Gedanken über das, was du nicht ändern kannst, Polly – es gibt zumindest eines, was du ändern kannst, ändern mußt. Du mußt Alan über Kelton die Wahrheit sagen. Du mußt aufhören, dieses Gespenst in deinem Herzen mit dir herumzutragen.

Doch dann meldete sich eine andere Stimme zu Wort – eine zornige, verängstigte, nicht zu überhörende Stimme. Die Stimme des Stolzes, nahm sie an, sonst nichts, aber sie war entsetzt über die Stärke und Dringlichkeit, mit der sie verlangte, daß diese alten Zeiten, dieses alte Leben nicht exhumiert wurden – nicht für Alan, nicht für irgend jemanden sonst. Und daß vor allem das kurze Leben und der erbärmliche Tod ihres Kindes auf keinen Fall den scharfen Klatschzungen der Stadt ausgeliefert werden durften.

Was ist das für ein Unsinn, Trisha? fragte Tante Evvie in ihren Gedanken – Tante Evvie, die so hochbetagt gestorben war und bis zuletzt ihre heißgeliebten Herbert Tareytons geraucht hatte. *Was macht es, wenn Alan erfährt, wie Kelton wirklich gestorben ist? Was macht es, wenn jedes alte Klatschmaul in der Stadt, von Penny Partridge bis zu Myrtle Keeton, es weiß?*

Glaubst du etwa, irgend jemand würde sich heute noch für dein Brötchen interessieren, du dumme Gans? Bilde dir keine Schwachheiten ein – das ist Schnee von gestern. Kaum eine zweite Tasse Kaffee in Nan's Luncheonette wert.

Vielleicht – aber er war *ihr* Kind gewesen. Verdammt nochmal, *ihres.* In seinem Leben und in seinem Tod hatte er ihr gehört. Und auch *sie* hatte sich gehört – nicht ihrer Mutter, nicht ihrem Vater, nicht Duke Sheeran. *Sie hatte einzig und allein sich selbst gehört.* Dieses verängstigte, einsame Mädchen, das jeden Abend seinen Slip in dem rostigen Küchenausguß ausgewaschen hatte, weil es nur drei besaß, das verängstigte Mädchen, das manchmal an dem auf den Lichtschacht hinausgehenden Fenster saß und den Kopf auf die Arme legte und weinte – dieses Mädchen gehörte *ihr.* Die Erinnerungen an sie selbst und ihren Sohn zusammen im Dunkel der Nacht, Kelton, der an einer ihrer kleinen Brüste trank, während sie ein John D. MacDonald-Taschenbuch las und in den überfüllten, hügeligen Straßen der Stadt zusammenhanglos die Sirenen der Polizeiwagen heulten, diese Erinnerungen gehörten *ihr.* Die Tränen, die sie geweint hatte, das Schweigen, das sie ertragen hatte, die langen, nebligen Nachmittage in dem Schnellimbiß, die ständigen Versuche, sich Norville Bates römischen Händen und russischen Fingern zu entziehen, die Scham, mit der sie schließlich einen fragwürdigen Waffenstillstand geschlossen hatte, die Unabhängigkeit und die Würde, um deren Bewahrung sie so hart und so erfolglos gekämpft hatte – all das gehörte ihr und durfte nicht der Stadt gehören.

Polly, hier geht es nicht um das, was der Stadt gehört, und das weißt du auch. Es geht um das, was Alan gehört.

Sie drehte den Kopf von einer Seite zur anderen, während sie in ihrem Schaukelstuhl saß, eine ihr völlig unbewußte Geste der Verneinung. Sie nahm an, daß sie in zu vielen endlosen Nächten zu oft um drei Uhr morgens wachgelegen hatte, um ihre innere Landschaft kampflos aufzugeben. Zu gegebener Zeit würde sie Alan alles erzählen, aber diese Zeit war noch nicht gekommen. Bestimmt nicht – zumal wenn ihre Hände ihr sagten, daß sie in den nächsten Tagen nicht imstande sein würde, an viel anderes zu denken als nur an sie.

287

Das Telefon begann zu läuten. Das würde Alan sein, von der Streife zurückgekehrt; er würde sich nach ihrem Befinden erkundigen. Polly stand auf und durchquerte das Zimmer. Sie nahm vorsichtig den Hörer ab, benutzte dazu beide Hände, bereit, ihm zu sagen, was er wahrscheinlich hören wollte. Tante Evvies Stimme versuchte, sich einzumischen, versuchte ihr zu sagen, daß das schlechtes Benehmen war, kindisches, selbstsüchtiges Benehmen, vielleicht sogar gefährliches Benehmen. Aber Polly schob diese Stimme schnell und grob beiseite.

»Hallo?« sagte sie lebhaft. »Oh, hi. Alan. Wie geht es dir? Gut.«

Sie hörte kurz zu, dann lächelte sie. Wenn sie einen Blick auf ihr Bild im Dielenspiegel geworfen hätte, dann hätte sie eine Frau gesehen, die zu schreien schien – aber sie tat es nicht.

»Gut, Alan«, sagte sie. »Mir geht es gut.«

14

Es war fast Zeit, zur Rennbahn zu fahren.

Fast.

»Nun mach schon«, flüsterte Danforth Keeton. Schweiß rann über sein Gesicht wie Öl. »Mach schon, mach schon, *mach schon.*«

Er saß über Winning Ticket gebeugt da – er hatte alles von seinem Schreibtisch heruntergefegt, um Platz dafür zu schaffen, und er hatte fast den ganzen Tag damit gespielt. Angefangen hatte er mit seinem Exemplar von *Bluegrass History: Forty Years of Kentucky Derby*. Er hatte zumindest zwei Dutzend Derbys durchgespielt, hatte den blechernen Winning Ticket-Pferden die Namen der Teilnehmer auf genau die Art gegeben, die Mr. Gaunt ihm beschrieben hatte. Und die Blechpferde, die die Namen der Derby-Gewinner trugen, waren als erste ins Ziel gegangen. Es hatte immer wieder funktioniert. Es war erstaunlich – so erstaunlich, daß es vier Uhr geworden war, bis er begriff, daß er den ganzen Tag damit verbracht hatte, lange zurückliegende Rennen laufen zu lassen, wo doch an genau diesem Abend auf der Rennbahn von Lewiston zehn brandneue laufen sollten.

Geld wartete darauf, kassiert zu werden.

In der letzten Stunde hatte die heutige Ausgabe der *Daily Sun* von Lewiston, auf der Seite mit dem Rennplan aufgeschlagen, links neben dem Winning Ticket gelegen. Rechts davon lag ein Blatt Papier, das er aus seinem Notizbuch herausgerissen hatte. Und auf dem Blatt stand, in Keetons großer, hastiger Handschrift:

1. Rennen: BAZOOKA JOAN
2. Rennen: FILLY DELFIA
3. Rennen: TAMMY'S WONDER
4. Rennen: I'M AMAZED
5. Rennen: BY GEORGE
6. Rennen: PUCKY BOY
7. Rennen: CASCO THUNDER
8. Rennen: DELIGHTFUL SON
9. Rennen: TIKO-TIKO

Es war erst fünf Uhr nachmittags, als Danforth Keeton das letzte Rennen des Abends laufen ließ. Die Pferde ratterten und schwankten um die Bahn. Eines von ihnen führte mit sechs Längen Vorsprung und überquerte die Ziellinie weit vor allen anderen.

Keeton griff nach der Zeitung und vertiefte sich nochmals in den Rennplan des Abends. Sein Gesicht strahlte, als wäre er gerade heiliggesprochen worden. »Malabar!« flüsterte er und schüttelte die Fäuste in der Luft. Der Stift, den er in einer von ihnen hielt, schoß heraus und stürzte ab wie eine flüchtige Nähnadel. »Es ist Malabar! Dreißig zu eins! Dreißig zu eins, *mindestens*! Malabar, bei Gott!«

Er kritzelte den Namen auf das Blatt Papier, wobei er heftig keuchte. Fünf Minuten später war das Winning Ticket-Spiel in seinem Arbeitszimmer im Schrank eingeschlossen, und Danforth Keeton war in seinem Cadillac unterwegs nach Lewiston.

Neuntes Kapitel

1

Um Viertel vor zehn am Sonntagmorgen zog Nettie Cobb ihren Mantel an und knöpfte ihn flink zu. Auf ihrem Gesicht lag ein Ausdruck grimmiger Entschlossenheit. Sie stand in ihrer Küche. Raider saß auf dem Boden und schaute zu ihr auf, als wollte er sie fragen, ob sie es diesmal wirklich durchstehen wollte.

»Ja, das will ich«, erklärte sie ihm.

Raider pochte mit den Schwanz auf den Boden, als wollte er sagen, er wüßte, daß sie es könnte.

»Ich habe für Polly eine schöne Lasagne gemacht, und ich will sie ihr bringen. Mein Lampenschirm ist im Schrank eingeschlossen, und ich *weiß*, daß er darin eingeschlossen ist, ich brauche also nicht umzukehren und nachsehen, ich weiß es, in meinem *Kopf*. Diese verrückte Polin wird mich nicht zur Gefangenen in meinem eigenen Haus machen. Wenn ich sie auf der Straße sehe, gebe ich ihr eins aufs Dach! Ich habe sie gewarnt!«

Sie *mußte* ausgehen. Sie *mußte* es, und das wußte sie. Sie hatte das Haus zwei Tage lang nicht verlassen, und sie hatte begriffen, daß es um so schwerer werden würde, je weiter sie es hinausschob. Je länger sie bei heruntergezogenen Jalousien in ihrem Wohnzimmer saß, desto schwerer würde es ihr fallen, sie wieder hochzuziehen. Sie spürte, wie sich das alte, verworrene Entsetzen wieder in ihr Denken einschlich.

Also war sie an diesem Morgen sehr früh aufgestanden – um fünf Uhr! – und hatte für Polly eine schöne Lasagne gemacht, genau so, wie sie sie gern hatte, mit einer Menge Spinat und Pilzen. Die Pilze waren aus der Dose, weil sie sich gestern abend nicht getraut hatte, auszugehen und frische zu kaufen, aber sie glaubte, daß sie trotzdem gut geraten war. Jetzt stand sie, mit Aluminiumfolie abgedeckt, auf dem Küchentisch.

Sie ergriff sie und marschierte durch das Wohnzimmer zur Haustür. »Sei schön brav, Raider, in einer Stunde bin ich wieder da. Es sei denn, wir trinken bei Polly noch eine Tasse Kaffee, dann könnte es ein bißchen länger dauern. Aber du brauchst dir keine Sorgen zu machen. Es gibt nichts, wovor ich mich ängstigen müßte. Ich habe nichts angestellt mit den Laken dieser verrückten Polin, und wenn sie mich belästigt, werde ich ihr den Marsch blasen.«

Raider bellte kurz und streng, um ihr zu zeigen, daß er sie verstand und ihr glaubte.

Sie öffnete die Tür, lugte hinaus, sah nichts. Die Ford Street war so menschenleer, wie es nur eine Straße in einer kleinen Stadt am frühen Sonntagmorgen sein kann. In der Ferne riefen die Glocken einer Kirche Rev. Roses Baptisten zum Gottesdienst, die einer anderen läuteten nach Father Brighams Katholiken.

Nettie nahm all ihren Mut zusammen und trat in den sonntäglichen Sonnenschein hinaus, setzte die Form mit der Lasagne auf die Stufe, zog die Tür zu und schloß sie ab. Dann nahm sie ihren Hausschlüssel und kratzte damit über ihren Unterarm, so daß ein dünner roter Strich zurückblieb. Als sie sich bückte, um die Form wieder aufzuheben, dachte sie: *Also, wenn du den halben Block hinter dich gebracht hast — vielleicht sogar schon früher —, wirst du dich fragen, ob du die Tür auch richtig abgeschlossen hast. Aber du hast es getan. Du hast die Lasagne abgesetzt, um es zu tun. Und wenn du dann immer noch nicht überzeugt bist, dann sieh dir deinen Arm an und erinnere dich, daß du diesen Strich mit deinem eigenen Hausschlüssel gezogen hast — und zwar, nachdem du den Schlüssel benutzt hattest, um das Haus zu verschließen. Erinnere dich daran, Nettie, dann gibt es keine Probleme, wenn irgendwelche Zweifel dich beschleichen wollen.*

Das war ein großartiger Gedanke, und mit dem Schlüssel einen Strich auf ihrem Arm zu ziehen war eine wundervolle Idee gewesen. Dieser rote Strich war etwas *Konkretes*, und zum erstenmal seit den letzten zwei Tagen (und nahezu schlaflosen Nächten) fühlte sich Nettie tatsächlich wohler. Sie marschierte auf den Gehsteig zu, erhobenen Hauptes, die Lippen entschlossen zusammengepreßt. Als sie den Gehsteig erreicht hatte, hielt sie in beiden Richtungen Ausschau nach dem kleinen gelben Wagen der verrückten Polin.

Wenn sie ihn sah, hatte sie vor, schnurstracks darauf zuzugehen und der verrückten Polin zu sagen, sie sollte sie in Ruhe lassen. Aber er war nirgendwo in Sicht. Das einzige Fahrzeug, das sie sah, war ein alter, orangefarbener Laster, der ein Stück die Straße hinauf parkte, und der war leer.

Gut.

Nettie machte sich auf den Weg, und als die Zweifel sie beschlichen, erinnerte sie sich daran, daß der Buntglas-Lampenschirm sicher verwahrt war, daß Raider Wache hielt, und daß sie die Haustür abgeschlossen hatte. Vor allem letzteres. Die Haustür war abgeschlossen, und sie brauchte nur einen Blick auf den verblassenden Strich auf ihrem Arm zu werfen, um es sich selbst zu beweisen.

Also marschierte Nettie erhobenen Hauptes dahin, und als sie die Ecke erreicht hatte, bog sie ab, ohne sich noch einmal umzuschauen.

2

Sobald die arme Irre außer Sichtweite war, richtete sich Hugh Priest hinter dem Lenkrad des orangefarbenen Lasters auf, den er um sieben Uhr morgens aus dem verlassenen Fuhrpark der Stadt geholt hatte (er hatte sich auf den Sitz gelegt, als er die verrückte Nettie aus der Haustür kommen sah). Er nahm den Gang heraus und ließ den Laster langsam und geräuschlos die leicht abfallende Straße zu Nettie Cobbs Haus hinunterrollen.

3

Die Türglocke weckte Polly aus einem verschwommenen Zustand, der im Grunde kein Schlaf war, sondern eine Art von traumgequälter Drogenbenommenheit. Sie setzte sich im Bett auf und stellte fest, daß sie ihren Morgenrock anhatte. Wann hatte sie ihn angezogen? Einen Augenblick lang konnte sie sich nicht erinnern, und das ängstigte sie. Dann fiel es ihr wieder ein. Die Schmerzen, die sie erwartet hatte, waren fahrplanmäßig eingetroffen, anstandslos die schlimmsten arthritischen Schmerzen ihres ganzen Lebens. Sie hatten sie gegen fünf aufgeweckt. Sie war ins Badezimmer gegangen, um Wasser zu lassen, und dann hatte sie festgestellt, daß sie nicht einmal ein Stück Toilettenpapier von der Rolle abreißen konnte, um sich damit abzutupfen. Also hatte sie ein Tablette genommen, ihren Morgenrock angezogen und sich auf den Stuhl am Schlafzimmerfenster gesetzt, um zu warten, bis die Tablette wirkte. Und dann mußte sie irgendwann schläfrig geworden sein und sich wieder hingelegt haben.

Ihre Hände fühlte sich an wie grobe Keramikfiguren, hartgebrannt, bis sie dem Zerspringen nahe waren. Der Schmerz war gleichzeitig heiß und kalt, er steckte tief in ihrem Fleisch wie ein Netzwerk aus vergifteten Drähten. Sie hob verzweifelnd die Hände hoch, Vogelscheuchenhände, fürchterliche, deformierte Hände, und unten ertönte abermals die Türglocke. Sie stieß einen gequälten kleinen Schrei aus.

Sie ging auf den Flur hinaus und hielt dabei ihre Hände vor sich wie die Pfoten eines Hundes, der Männchen macht, um sich einen Leckerbissen zu erbetteln. Ihre Stimme war heiser und schlaftrunken. Ihre Zunge schmeckte wie etwas, das zum Auslegen eines Katzenkorbes benutzt worden war.

»Ich bin's, Nettie!« Die Stimme driftete zu ihr herauf. »Ist alles in Ordnung, Polly?«

Nettie. Großer Gott, was wollte Nettie hier vor Tagesanbruch an einem Sonntagmorgen?

»Ja, alles in Ordnung!« rief sie zurück. »Ich muß mir etwas überziehen. Sie haben doch Ihren Schlüssel, Nettie!«

Als sie Netties Schlüssel im Schloß klappern hörte, eilte Polly zurück in ihr Schlafzimmer. Sie warf einen Blick auf die Uhr, die auf dem Tisch neben ihrem Bett stand, und stellte fest, daß der Tag schon vor etlichen Stunden angebrochen war. Sie war auch nicht gekommen, um sich etwas anzuziehen; für Nettie genügte der Morgenrock. Aber sie brauchte eine Tablette. Noch nie in ihrem ganzen Leben hatte sie eine Tablette so dringend gebraucht wie jetzt.

Sie wußte nicht, wie schlimm es in Wirklichkeit um sie bestellt war, bis sie versuchte, eine zu nehmen. Die Tabletten – eigentlich Kapseln – lagen in einer kleinen Glasschale auf dem Sims des Schmuckkamins. Sie schaffte es zwar, ihre Hand in die Schale zu bekommen, war aber völlig außerstande, eine der Kapseln zu ergreifen. Ihre Finger glichen den Greifern einer Maschine, die aus Mangel an Öl zum Stillstand gekommen ist.

Sie versuchte es angestrengter, konzentrierte ihre ganze Willenskraft darauf, ihre Finger zu veranlassen, daß sie sich um eine der Gelatinekapseln schlossen. Sie wurde mit einer leichten Bewegung und einem heftigen Aufflackern von Schmerz belohnt. Das war alles. Vor Pein und Verzweiflung gab sie ein leises, murmelndes Geräusch von sich.

»Polly?« Netties Stimme, die jetzt vom Fuß der Treppe kam, klang beunruhigt. Die Leute in Castle Rock mochten Nettie für verwirrt halten, dachte Polly, aber wenn es um Pollys Befinden ging, war Nettie keineswegs verwirrt. Sie war schon zu lange bei ihr, als daß man ihr etwas vormachen konnte.

»Polly, ist wirklich alles in Ordnung?«

»Ich komme gleich herunter«, rief sie zurück, wobei sie versuchte, vergnügt und munter zu klingen. Und als sie ihre Hand aus der Schale nahm und den Kopf darüber neigte, dachte sie: *Bitte, Gott, laß sie jetzt nicht heraufkommen. Laß sie nicht sehen, was ich da mache.*

Sie senkte ihr Gesicht in die Schale wie ein Hund, der aus seiner Schüssel trinken will, und streckte die Zunge heraus. Schmerz, Scham, Entsetzen und vor allem eine dunkle Depression umhüllten sie. Sie drückte die Zunge auf einer der Kapseln, bis sie an ihr haftete. Sie beförderte sie in den Mund, jetzt nicht ein Hund, sondern ein Ameisenbär, der sich einen schmackhaften Bissen einverleibt, und schluckte.

Als sich die Tablette ihren kleinen, harten Pfad durch ihre Kehle bahnte, dachte sie abermals: *Ich würde alles dafür geben, um das loszuwerden. Alles. Alles Erdenkliche.*

4

Hugh Priest träumte nur noch selten; in letzter Zeit ging er kaum noch schlafen, sondern fiel besinnungslos um. Aber in der letzten Nacht hatte er einen Traum gehabt, einen tollen Traum. In dem Traum hatte er alles erfahren, was er wissen mußte, und alles, was er tun sollte.

In dem Traum hatte er an seinem Küchentisch gesessen, ein Bier getrunken und sich eine Spielshow angesehen, die *Sale of the Century* hieß. Was darin zu gewinnen war, waren lauter Dinge, die er in diesem Laden, Needful Things, gesehen hatte. Und alle Kandidaten bluteten aus den Ohren und aus den Augenwinkeln. Sie lachten, aber sie sahen aus, als hätten sie entsetzliche Angst.

Ganz plötzlich begann eine dumpfe Stimme zu rufen: »Hugh! Hugh! Laß mich heraus, Hugh!«

Sie kam aus dem Schrank. Er ging hinüber und öffnete ihn, bereit, denjenigen, der sich darin versteckt hatte, zusammenzuschlagen. Aber es war niemand darin; nur das normale Durcheinander – Stiefel, Schals, Mäntel, Angelgerät und seine beiden Gewehre.

»Hugh!«

Er schaute hoch, denn die Stimme kam vom obersten Bord.

Es war der Fuchsschwanz. Der Fuchsschwanz redete. Und Hugh erkannte die Stimme sofort. Es war die Stimme von Leland Gaunt. Er hatte den Fuchsschwanz heruntergeholt, abermals seine samtige Weichheit genossen, eine Beschaffenheit, die sich ein wenig wie Seide anfühlte, ein wenig wie Wolle, und die dennoch von ganz eigener Art war.

»Danke, Hugh«, sagte der Fuchsschwanz. »Hier drinnen ist es ziemlich stickig. Und du hast eine alte Pfeife auf dem Bord liegengelassen. Sie stinkt. Puh!«

»Soll ich dich irgendwo anders hinlegen?« hatte Hugh gefragt. Es kam ihm ein bißchen albern vor, sich mit einem Fuchsschwanz zu unterhalten, selbst im Traum.

»Nein – ich gewöhne mich allmählich daran. Aber ich muß mit dir reden. Du hast etwas zu tun, erinnerst du dich? Du hast es versprochen.«

»Die verrückte Nettie«, pflichtete er ihm bei. »Ich soll der verrückten Nettie einen Streich spielen.«

»So ist es«, sagte der Fuchsschwanz, »und du mußt es tun, sobald du aufgewacht bist. Also hör zu.«

Hugh hatte zugehört.

Der Fuchsschwanz hatte ihm erklärt, daß niemand im Haus sein würde außer dem Hund. Aber jetzt, da Hugh tatsächlich vor der Tür stand, hielt er es für klüger, erst einmal anzuklopfen. Er tat es. Von drinnen hörte er Krallen, die rasch über einen Holzfußboden klickten, aber sonst nichts. Um ganz sicher zu gehen, klopfte er noch einmal. Von der anderen Seite der Tür kam ein kurzes, strenges Bellen.

»Raider?« fragte Hugh. Der Fuchsschwanz hatte ihm gesagt, daß das der Name des Hundes war. Ein hübscher Name, fand Hugh, auch wenn die Frau, der er gehörte, nicht alle Tassen im Schrank hatte.

Das kurze Bellen ertönte abermals, jetzt nicht ganz so streng.

Hugh holte ein Schlüsselbund aus der Brusttasche seiner karierten Joppe und betrachtete es. Er besaß dieses Bund schon seit sehr langer Zeit und wußte nicht einmal mehr, wozu einige der Schlüssel gehört hatten. Aber vier davon waren Dietriche, leicht zu erkennen an ihren langen Griffen, und sie waren es, die er brauchte.

Hugh sah sich um, stellte fest, daß die Straße noch ebenso menschenleer war wie bei seiner Ankunft, und begann, einen der Dietriche nach dem anderen auszuprobieren.

5

Als Nettie Pollys blasses, verquollenes Gesicht und ihre verstörten Augen sah, waren ihre eigenen Ängste, die auf dem Weg hierher wie scharfe Wieselzähne an ihr genagt hatten, vergessen. Sie brauchte nicht einmal auf Pollys Hände zu sehen, die sie nach wie vor auf Taillenhöhe hielt (an Tagen wie heute tat es fürchterlich weh, wenn sie sie herabhängen ließ), um zu wissen, wie es mit ihr stand.

Die Lasagne wurde rasch auf einem Tisch am Fuß der Treppe abgestellt. Wenn sie heruntergefallen wäre, hätte Nettie sie keines zweiten Blickes gewürdigt. Die nervöse Frau, die die Leute auf den Straßen von Castle Rock zu sehen gewohnt waren, die Frau, die immer so aussah, als schliche sie davon, nachdem sie gerade irgendeine ruchlose Tat vollbracht hatte, selbst wenn sie nur auf dem Weg zur Post war, diese Frau war verschwunden. Dies war eine andere Nettie – Polly Chalmers' Nettie.

»Kommen Sie mit«, sagte sie energisch. »Ins Wohnzimmer. Ich hole die Heizhandschuhe.«

»Nettie, es ist schon gut«, sagte Polly schwach. »Ich habe gerade eine Tablette genommen, und ich bin sicher, in ein paar Minuten ...«

Aber Nettie hatte bereits einen Arm um sie gelegt und führte sie ins Wohnzimmer. »Was haben Sie getan? Haben Sie vielleicht auf ihnen geschlafen?«

»Nein – davon wäre ich aufgewacht. Es ist nur ...« Sie lachte. Es war ein schwacher, verlegener Laut. »Es sind nur die Schmerzen. Ich wußte, daß sie heute schlimm sein würden, aber ich hatte keine Ahnung, *wie* schlimm. Und die Heizhandschuhe helfen auch nicht.«

»Manchmal tun sie es. Sie wissen, daß sie es manchmal tun. So, und jetzt setzen Sie sich hier hin.«

Netties Ton duldete keinen Widerspruch. Sie blieb neben Polly stehen, bis diese sich in einem Sessel niedergelassen hatte. Dann ging sie in das Badezimmer im Erdgeschoß, um die Heizhandschuhe zu holen. Polly hatte sie schon vor einem Jahr als nutzlos aufgegeben, aber Nettie brachte ihnen offenbar eine Verehrung entgegen, die an Aberglauben grenzte. Netties Version von Hühnerbrühe, hatte Alan sie einmal genannt, und sie hatten beide gelacht.

Polly saß da, die Hände auf den Sessellehnen wie Stücke von weggeworfenem Treibholz, und blickte sehnsüchtig zu der Couch hinüber, auf der sie und Alan sich am Freitagabend geliebt hatten. Da hatten ihre Hände überhaupt nicht weh getan, aber sie hatte schon jetzt das Gefühl, als wären seither tausend Jahre vergangen. Ihr kam der Gedanke, daß Lust, ganz gleich wie tief empfunden, eine gespenstische, vergängliche Sache war. Liebe mochte bewirken, daß die Erde sich drehte, aber sie war überzeugt, daß es die Schreie der schwer Verwundeten und Leidenden waren, die das Universum auf dem großen Glasstab seiner Achse herumwirbeln ließen.

Oh, du dämliche Couch, dachte sie. *Oh, du dämliche Couch, was nützt du mir jetzt?*

Nettie kehrte mit den Heizhandschuhen zurück. Sie sahen aus wie gesteppte, durch ein elektrisches Kabel verbundene Topfhandschuhe. Aus dem Rücken des linken Handschuhs ragte eine Schnur mit einem Stecker heraus. Polly hatte eine Anzeige für die Handschuhe gesehen, ausgerechnet in *Good Housekeeping.* Sie hatte die National Arthritis Foundation angerufen und sich sagen lassen, daß die Handschuhe tatsächlich in manchen Fällen vorübergehende Linderung bewirkten. Als sie Dr. Van Allen die Anzeige zeigte, hatte er den Schlußsatz geliefert, der ihr schon vor zwei Jahren nur allzu vertraut war: »Nun, es kann nichts schaden.«

»Nettie, ich bin ganz sicher, in ein paar Minuten ...«

»... werden Sie sich besser fühlen«, beendete Nettie den Satz. »Natürlich werden Sie das. Und die werden vielleicht helfen. Heben Sie die Hände hoch, Polly«

Polly gab nach und hob die Hände hoch. Nettie hielt die Handschuhe an den Rändern und streifte sie ihr über mit dem Zartgefühl eines Bombenentschärfers, der eine Sprengdecke über Bündel von C4 legt. Ihre Hände waren sanft, geschickt und mitfühlend. Polly glaubte nicht, daß die Heizhandschuhe irgendetwas ausrichten würden – aber Netties Anteilnahme tat schon jetzt ihre Wirkung.

Nettie ergriff den Stecker, ging auf die Knie und steckte ihn in die Steckdose an der Fußleiste neben dem Sessel. Die Handschuhe begannen leise zu summen, und die ersten Ranken trockener Wärme liebkosten die Haut von Pollys Händen.

»Sie sind viel zu gut zu mir«, sagte Polly leise. »Wissen Sie das?«

»Das ist gar nicht möglich«, erwiderte Nettie leise. Ihre Stimme war ein wenig rauh, und in ihren Augen lag ein feuchtes Schimmern. »Polly, es steht mir nicht zu, mich in

Ihre Angelegenheiten einzumischen, aber ich kann einfach nicht mehr schweigen. Sie müssen etwas unternehmen wegen Ihrer armen Hände. Sie müssen einfach. So kann es nicht weitergehen.«

»Ich weiß, Nettie. Ich weiß.« Polly unternahm eine gewaltige Anstrengung, um über die Mauer der Depression hinwegzusteigen, die sich in ihrem Denken aufgebaut hatte. »Weshalb sind Sie gekommen, Nettie? Doch sicher nicht, um meine Hände zu rösten.«

Netties Gesicht hellte sich auf. »Ich habe Ihnen eine Lasagne gemacht.«

»Wirklich? Oh, Nettie, das wäre wirklich nicht nötig gewesen.«

»So? Der Meinung bin *ich* nicht. *Ich* glaube, daß Ihnen heute nicht nach Kochen zumute ist, und morgen vielleicht auch nicht. Ich stelle sie einfach in den Kühlschrank.«

»Danke. Vielen Dank, Nettie.«

»Ich bin froh, daß ich sie gemacht habe. Besonders jetzt, nachdem ich Sie sehe.« Sie erreichte die Tür zum Flur und schaute zurück. Ein Streifen Sonnenlicht fiel auf ihr Gesicht, und in diesem Augenblick hätte Polly sehen können, wie mitgenommen und erschöpft Nettie aussah, wenn ihre eigenen Schmerzen nicht so heftig gewesen wären. »Rühren Sie sich nicht von der Stelle!«

Polly brach in Gelächter aus, das sie beide überraschte. »Ich kann nicht! Ich bin gefangen!«

In der Küche wurde die Kühlschranktür geöffnet und geschlossen, als Nettie die Lasagne hineinstellte. Dann rief sie: »Soll ich Kaffeewasser aufsetzen? Möchten Sie eine Tasse? Ich könnte Ihnen helfen.«

»Ja«, sagte Polly, »das wäre nett.« Die Handschuhe summten jetzt lauter; sie waren sehr warm. Und entweder halfen sie tatsächlich, oder die Tablette bewirkte etwas, das die um fünf Uhr nicht geschafft hatte. Wahrscheinlich kam beides zusammen, dachte sie. »Aber wenn Sie nach Hause müssen, Nettie …«

Nettie erschien an der Schwelle. Sie hatte ihre Schürze aus der Speisekammer geholt und sie umgebunden, und in einer Hand hielt sie den alten blechernen Kaffeekessel. Sie weigerte sich, die neue, digitale Toshiba-Kaffeemaschine zu benutzen – und Polly mußte zugeben: was aus Netties Kessel kam, schmeckte besser.

»Ich muß nirgendwohin, wo es besser ist als hier«, sagte sie. »Außerdem ist das Haus abgeschlossen, und Raider hält Wache.«

»Natürlich«, sagte Polly lächelnd. Sie kannte Raider sehr gut. Er wog ganze zwanzig Pfund und legte sich auf den Rücken, um sich den Bauch kraulen zu lassen, wenn irgend jemand — Briefträger, Gasableser oder Vertreter – ins Haus kam.

»Ich nehme ohnehin an, daß sie mich jetzt in Ruhe lassen wird«, sagte Nettie. »Ich habe sie gewarnt. Ich habe sie nicht in der Nähe gesehen oder von ihr gehört, also hat sie wohl endlich begriffen, daß ich es ernst gemeint habe.«

»Wen gewarnt? Weswegen« frage Polly, aber Nettie hatte sich bereits wieder in die Küche zurückgezogen, und Polly war in der Tat durch ihre elektrischen Handschuhe an den Sessel gefesselt. Als Nettie mit dem Kaffeetablett zurückkehrte, hatte das Percodan angefangen, sie um umnebeln, und sie hatte Netties seltsame Bemerkung vergessen – was nicht weiter verwunderlich war: Nettie machte oft seltsame Bemerkungen.

Nettie tat Sahne und Zucker in Pollys Kaffee und hielt ihr die Tasse an den Mund, so daß sie trinken konnte. Sie unterhielten sich über dieses und jenes, und natürlich dauerte es nicht lange, bis das Gespräch auf den neuen Laden kam. Nettie erzählte ihr abermals vom Kauf des Buntglas-Lampenschirms, aber keineswegs so hingerissen und detailliert, wie Polly in Anbetracht des außerordentlichen Stellenwertes, den ein solches Ereignis in Netties Leben hatte, erwartet hatte. Aber es rief ihr etwas anderes in Erinnerung: den Brief, den Mr. Gaunt in den Tortenbehälter gelegt hatte.

»Das hätte ich beinahe vergessen – Mr. Gaunt hat mich eingeladen, heute nachmittag bei ihm hereinzuschauen. Er sagte, er hätte etwas, das mich interessieren könnte.«

»Aber Sie gehen doch nicht hin, nicht wahr? Bei dem Zustand, in dem Ihre Hände sind?«

»Vielleicht doch. Sie scheinen ein klein wenig besser zu

sein – ich glaube, diesmal haben die Handschuhe gewirkt, zumindest ein bißchen. Und *irgend etwas* muß ich tun.«

»Nun – vielleicht haben Sie recht.« Plötzlich kam Nettie eine Idee. »Ich könnte auf dem Heimweg bei ihm vorbeigehen und ihn fragen, ob er *zu Ihnen* kommen will!«

»Oh, nein, Nettie – das wäre ein Umweg!«

»Nur ein oder zwei Blocks.« Nettie warf Polly einen liebenswert verschmitzten Seitenblick zu. »Außerdem hat er vielleicht noch irgendein Stück aus Buntglas. Ich habe nicht genug Geld, um mir noch eins zu leisten, aber *er* weiß das nicht, und Ansehen kostet schließlich nichts.«

»Aber ihn bitten, hierher zu kommen …«

»Ich werde ihm sagen, wie es mit Ihnen steht«, sagte Nettie entschlossen und begann, das Geschirr wieder auf das Tablett zu stellen. »Schließlich führen Geschäftsleute ihre Ware oft im Haus vor – das heißt, wenn sie etwas haben, wobei es sich lohnt.«

Polly schaute sie belustigt und liebevoll an. »Wissen Sie, Nettie, wenn Sie hier sind, sind Sie ganz anders.«

Nettie warf ihr einen verblüfften Blick zu. »Wirklich?«

»Ja.«

»Wie?«

»Auf eine gute Art. Aber lassen wir das. Wenn ich keinen Rückfall bekomme, werde ich heute nachmittag wohl Lust haben, auszugehen. Aber wenn Sie zufällig bei Needful Things vorbeikommen …«

»Das werde ich tun.« Ein Ausdruck schlecht verhohlener Begierde erschien in Netties Augen. Jetzt, da ihr der Gedanke gekommen war, ergriff er mit der Gewalt einer Zwangshandlung von ihr Besitz. Das Sorgen für Polly war ein Tonikum für ihre Nerven gewesen.

»… und wenn er da sein sollte, dann geben Sie ihm meine Privatnummer und bitten Sie ihn, mich anzurufen, wenn der Gegenstand, den er mir zeigen wollte, eingetroffen ist. Könnten Sie das tun?«

»Natürlich kann ich das!« sagte Nettie. Sie nahm das Kaffeetablett und brachte es in die Küche, hängte ihre Schürze wieder an den Haken in der Speisekammer und kehrte ins Wohnzimmer zurück, um Polly von den Heizhandschuhen

zu befreien. Ihren Mantel hatte sie bereits angezogen. Polly
dankte ihr abermals – und nicht nur für die Lasagne. Ihre
Hände schmerzten immer noch heftig, aber jetzt war der
Schmerz halbwegs erträglich. Und sie konnte die Finger
wieder bewegen.

»Es ist gern geschehen«, sagte Nettie. »Und wissen Sie
was? Sie sehen wirklich besser aus. Sie bekommen allmählich wieder Farbe. Als ich hereinkam und Sie sah, bin ich
ganz schön erschrocken. Kann ich sonst noch etwas für Sie
tun, bevor ich gehe?«

»Nein, ich glaube nicht.« Sie ergriff ungeschickt eine von
Netties Händen mit ihren eigenen, die noch immer gerötet
und sehr warm waren von den Handschuhen. »Ich bin wirklich sehr froh, daß Sie gekommen sind.«

Wenn Nettie, was sehr selten vorkam, einmal lächelte,
dann tat sie es mit dem ganzen Gesicht; es war, als erlebte
man, wie an einem bedeckten Tag die Sonne durch die Wolken hervorbricht. »Ich liebe Sie, Polly.«

Gerührt erwiderte Polly: »Ich liebe Sie auch, Nettie.«

Nettie ging. Es war das letzte Mal, daß Polly sie lebend
sah.

6

Das Schloß an Nettie Cobbs Haustür war ungefähr so kom-
pliziert wie der Deckel einer Pralinenschachtel; der dritte
Dietrich, den Hugh ausprobierte, tat nach ein bißchen Hin-
und Herbewegen sein Werk. Er öffnete die Tür.

Ein kleiner Hund, gelb mit einem weißen Brustlatz, saß
auf dem Fußboden der Diele. Er stieß sein einmaliges, strenges Bellen aus, als das Licht der Morgensonne und dann
Hughs großer Schatten auf ihn fielen.

»Du mußt Raider sein«, sagte Hugh leise und griff in die
Tasche.

Der Hund bellte abermals und legte sich prompt mit
schlaff gebreiteten Pfoten auf den Rücken.

»Fein machst du das!« sagte Hugh. Raiders Stummelschwanz pochte auf die Dielen, was vermutlich Zustimmung bedeuten sollte. Hugh schloß die Tür und hockte sich neben dem Hund nieder. Mit einer Hand kraulte er die rechte Brustseite des Hundes an der magischen Stelle, die irgendwie mit der rechten Hinterpfote in Verbindung steht und bewirkt, daß sie sich in die Luft erhebt und rapide zuckt. Mit der anderen zog er ein Schweizer Armeemesser aus der Tasche.

»Bist du nicht ein braves Hündchen?« murmelte Hugh. »Ein ganz braves?«

Er hörte mit dem Kraulen auf und zog einen Fetzen Papier aus der Tasche seiner Joppe. Darauf stand in seiner ungelenken Schuljungen-Handschrift die Botschaft, die der Fuchsschwanz ihm mitgeteilt hatte – Hugh hatte sich an den Küchentisch gesetzt und sie niedergeschrieben, noch bevor er sich angezogen hatte, um nur kein einziges Wort zu vergessen.

Niemand schmeißt Dreck auf meine sauberen Laken! Warten Sie nur, ich erwische Sie noch!

Er zog den in einem der Schlitze des dicken Messers verborgenen Korkenzieher heraus und spießte den Zettel darauf. Dann drehte er das Messergehäuse seitwärts und schloß die Faust so darum, daß der Korkenzieher zwischen dem Zeige- und dem Mittelfinger seiner kraftvollen rechten Hand herausragte. Danach fuhr er fort, Raider zu kraulen, der die ganze Zeit über auf dem Rücken gelegen und Hugh vergnügt beäugt hatte. Ein nettes Hündchen, dachte Hugh.

»Ja! Bist du nicht das beste Hündchen auf der Welt? Das allerbeste?« fragte Hugh kraulend. Jetzt zuckten beide Hinterbeine. Raider sah aus wie ein Hund, der sich auf einem unsichtbaren Fahrrad abstrampelt. »Ja, das bist du! Ja, das bist du! Und weißt du, was ich habe? Ich habe einen Fuchsschwanz! Ja, den habe ich!«

Hugh setzte den Korkenzieher mit dem darauf aufge-
spießten Zettel über den weißen Latz auf Raiders Brust.

»Und weißt du noch etwas? *Ich werde ihn behalten!*«

Er stieß mit der rechten Hand zu. Die linke, mit der er Raider gekrault hatte, drückte den Hund nieder, während er
den Korkenzieher dreimal umdrehte. Warmes Blut schoß
empor, bespritzte seine Hände. Der Hund zuckte kurz auf
dem Boden, dann lag er still. Er würde nie mehr sein harmloses Bellen von sich geben.

Hugh erhob sich. Sein Herz klopfte heftig. Plötzlich hatte
er ein sehr ungutes Gefühl – ihm war fast übel. Vielleicht
war sie verrückt, vielleicht auch nicht, aber sie stand in der
Welt ganz allein da, und er hatte getötet, was vermutlich ihr
einziger Freund gewesen war.

Er wischte seine blutigen Hände an seiner Joppe ab. Der
Fleck war auf dem dunklen Wollstoff kaum zu sehen. Er
konnte seine Augen nicht von dem Hund abwenden. Das
hatte er getan. Ja, er hatte es getan, und er wußte es, aber er
konnte es kaum glauben. Es war, als hätte er sich in Trance
befunden oder etwas ähnlichem.

Die innere Stimme, die manchmal mit ihm über die Treffen der Anonymen Alkoholiker sprach, meldete sich plötzlich zu Wort: *Ja – und ich glaube, mit der Zeit schaffst du es sogar, das zu glauben. Aber du warst in keiner Scheißtrance; du hast
genau gewußt, was du tatest.*

Und warum.

Panik begann durch ihn hindurchzurasen. Er mußte von
hier verschwinden. Er wich langsam zurück und stieß einen
heiseren Schrei aus, als er gegen die geschlossene Haustür
stieß. Er tastete hinter sich nach dem Knauf, ohne an die Fingerabdrücke zu denken, die er dabei hinterließ, und fand
ihn endlich. Er drehte den Knauf, öffnete die Tür und glitt
aus dem Haus der verrückten Nettie heraus. Er schaute sich
hektisch um, rechnete fast damit, daß sich die halbe Stadt
vor dem Haus versammelt hatte und ihn mit ernsten, ankla-
genden Augen musterte. Er sah niemanden – außer einem
Jungen, der auf einem Fahrrad die Straße heraufkam. Im Gepäckkorb des Fahrrads stand im schrägen Winkel eine Playmate-Kühltasche. Der Junge würdigte Hugh Priest keines

Blickes, als er vorbeiradelte, und als er verschwunden war, waren nur noch die Kirchenglocken da – diesmal riefen sie die Methodisten.

Hugh eilte durch den Vorgarten. Er sagte sich, daß er nicht rennen durfte, dennoch verfiel er, bis er seinen Laster erreicht hatte, in einen schnellen Trab. Er schaffte es, die Tür zu öffnen, setzte sich hinter das Lenkrad und stach mit dem Zündschlüssel auf das Schloß ein. Das tat er drei- oder viermal, und der verdammte Schlüssel traf immer daneben. Er mußte die rechte Hand mit der linken abstützen, bevor er ihn endlich da hatte, wo er hingehörte. Seine Stirn war übersät mit kleinen Schweißtropfen. Er hatte schon oft einen Kater gehabt, aber so hatte er sich noch nie gefühlt – es war, als steckte ihm ein Malariaanfall oder etwas Ähnliches in den Knochen.

Der Laster startete mit einem Aufdröhnen und dem Ausstoß von blauem Qualm. Hughs Fuß glitt von der Kupplung. Der Laster tat zwei große, ruckende Sätze vom Bordstein fort, dann stand er wieder. Stoßweise durch den Mund atmend brachte Hugh ihn abermals in Gang und fuhr davon.

Als er den Fuhrpark (der immer noch so menschenleer war wie ein Mondgebirge) erreicht und den städtischen Laster gegen seinen alten, verbeulten Buick umgetauscht hatte, hatte er Raider und die entsetzliche Tat, die er mit dem Korkenzieher begangen hatte, völlig vergessen. Jetzt mußte er an etwas anderes denken, etwas wesentlich Wichtigeres. Während der Rückfahrt zum Fuhrpark hatte eine fieberhafte Gewißheit von ihm Besitz ergriffen: während er fort war, war jemand in seinem Haus gewesen, und dieser Jemand hatte seinen Fuchsschwanz gestohlen.

Hugh fuhr mit fast hundert nach Hause, kam in einem Kieshaufen und einer Staubwolke zehn Zentimeter vor seiner klapprigen Vortreppe zum Stehen und rannte, zwei Stufen auf einmal nehmend, hinauf. Er stürmte ins Haus, lief zum Schrank und riß die Tür auf. Er stellte sich auf die Zehenspitzen und tastete mit zitternden Händen auf dem oberen Bord herum.

Anfangs fühlte er nichts als nacktes Holz, und er stöhnte

vor Wut und Angst. Dann versank seine linke Hand tief in
dem rauhen Plüsch, der weder Seide noch Wolle war, und
ein großartiges Gefühl der Erleichterung und des Friedens
überkam ihn. Es war wie Nahrung für den Verhungernden,
Ruhe für den Erschöpften, Chinin für den Malariakranken.
Der Trommelwirbel in seiner Brust wurde endlich schwächer. Er nahm den Fuchsschwanz aus seinem Versteck und
setzte sich an den Küchentisch. Er legte ihn quer über seine
fleischigen Oberschenkel und begann, ihn mit beiden Händen zu streicheln.

So saß Hugh mehr als drei Stunden lang da.

7

Der Junge, den Hugh gesehen, aber nicht erkannt hatte, der
Junge auf dem Fahrrad war Brian Rusk. Auch Brian hatte in
der letzten Nacht einen Traum gehabt und infolgedessen an
diesem Morgen gleichfalls etwas zu erledigen.

In seinem Traum sollte gerade das siebente Spiel der
World Series anfangen – irgendeine World Series in der
längst vergangenen Elvis-Ära, ein Kampf zwischen den alten, apokalyptischen Rivalen der Baseball-Offenbarung,
Dodgers gegen Yankees. Sandy Koufax war auf dem
Übungsplatz und wärmte sich auf. Zwischen den Würfen
unterhielt er sich mit Brian Rusk, der neben ihm stand. Sandy Koufax sagte Brian ganz genau, was er tun sollte. Er
sagte es ihm klar und deutlich und ließ keinen Punkt auf
dem i und keinen Querstrich im t aus. Das war nicht das
Problem.

Das Problem war dies: Brian wollte es nicht tun.

Es widerstrebte ihm, einer Baseball-Legende wie Sandy
Koufax mit Einwänden zu kommen, aber er hatte es trotzdem versucht. »Das verstehen Sie nicht, Mr. Koufax«, sagte
er. »Ich sollte Wilma Jerzyck einen Streich spielen, und das
habe ich getan. Ich habe es schon getan.«

»Na und?« sagte Sandy Koufax. »Worauf willst du hinaus,
Sportsfreund?«

»Nun, das war der Handel. Fünfundachtzig Cents und ein Streich.«

»Bist du sicher, Sportsfreund? Ein Streich? Bist du sicher? Hat er so etwas gesagt wie ›nicht mehr als einen Streich‹? Etwas Verbindliches in dieser Art?«

Brian konnte sich nicht so recht erinnern, aber das Gefühl, aufs Kreuz gelegt worden zu sein, wurde in ihm immer stärker. Nein – nicht nur aufs Kreuz gelegt. *Gefangen.* Wie eine Maus mit einem Stückchen Käse.

»Laß dir eines gesagt sein, Sportsfreund. Der Handel …«

Er brach ab und gab ein kleines *hmmff!* von sich, während er einen harten Überhandwurf tat. Der Ball landete mit einem Gewehrknall im Handschuh des Fängers. Von dem Handschuh wirbelte Staub auf, und Brian begriff mit wachsender Bestürzung, daß er wußte, wem die blauen Augen hinter der Maske des Fängers gehörten. Diese Augen gehörten Mr. Gaunt.

Sandy Koufax fing den vom Fänger zurückgeworfenen Ball, dann musterte er Brian mit flachen Augen, die aussahen wie braunes Glas. »Der Handel ist erst abgeschlossen, wenn *ich* sage, daß der Handel abgeschlossen ist, Sportsfreund.«

Sandy Koufax' Augen waren überhaupt nicht braun, hatte Brian in seinem Traum erkannt; sie waren gleichzeitig blau, was völlig logisch war, denn *auch* Sandy Koufax war Mr. Gaunt.

»Aber …«

Koufax/Gaunt hob seine behandschuhte Hand. »Eines laß dir gesagt sein, Sportsfreund. Ich *hasse* dieses Wort. Von allen Worten in der englischen Sprache ist es das widerwärtigste. Ich glaube sogar, es ist in allen Sprachen das widerwärtigste.«

Der Mann im altmodischen Dress der Brooklyn Dodgers steckte den Baseball in seinen Handschuh und drehte sich voll zu Brian um. Es war tatsächlich Mr. Gaunt, und Brian spürte, wie ein lähmendes Entsetzen sein Herz ergriff. »Ich habe gesagt, daß ich möchte, daß du Wilma einen Streich spielst, Brian, das ist richtig, aber ich habe nicht gesagt, daß du ihr *nur diesen und keinen weiteren* Streich spielen solltest.

Das hast du nur angenommen, Sportsfreund. Glaubst du mir, oder willst du eine Tonbandaufzeichnung unseres Gesprächs hören?«

»Ich glaube Ihnen«, sagte Brian. Er war jetzt dem Stammeln gefährlich nahe. »Ich glaube Ihnen, aber ...«

»Was habe ich dir gerade über dieses Wort gesagt, Sportsfreund?«

Brian senkte den Kopf und schluckte hart.

»Über das Feilschen muß du noch eine Menge lernen«, sagte Koufax/Gaunt. »Du und alle Leute in Castle Rock. Das ist einer der Gründe, weshalb ich hergekommen bin – um ein Seminar abzuhalten über die schöne Kunst des Feilschens. Es gab einmal einen Mann hier in der Stadt, einen Burschen namens Merrill, der ein bißchen davon verstand, aber der ist jetzt auf dem großen Trödelmarkt im Himmel.« Er grinste und entblößte große, unregelmäßige Zähne in Sandy Koufax' schmalen, grüblerischen Gesicht. »Und der Begriff ›gutes Geschäft‹ – auch darüber werde ich den Leuten noch einiges beibringen müssen.«

»Aber ...« Das Wort war aus Brians Mund heraus, bevor er es zurückhalten konnte.

»Da gibt es kein Aber«, sagte Koufax/Gaunt. Er beugte sich vor. Sein Gesicht starrte Brian unter dem Schirm seiner Baseballmütze streng an. »Mr. Gaunt weiß es am besten. Kannst du das sagen, Brian?«

In Brians Kehle arbeitete es, aber kein Laut kam heraus. Er spürte heiße, lockere Tränen hinter seinen Augen.

Eine große, kalte Hand legte sich auf seine Schulter. Und packte zu. »Sag es!«

»Mr. Gaunt ...« Brian mußte abermals schlucken, um für die Wörter Platz zu schaffen. »Mr. Gaunt weiß es am besten.«

»Stimmt, Sportsfreund. Stimmt haargenau. Und es bedeutet, daß du tun wirst, was ich dir sage – sonst ...«

Brian bot seine gesamte Willenskraft auf und unternahm einen letzten Versuch.

»Und was ist, wenn ich nein sage? Was ist, wenn ich nein sage, weil ich die – wie nennen Sie das – die Bedingungen nicht verstanden habe?«

Koufax/Gaunt zog den Baseball aus seinem Handschuh und schloß seine Hand darum. Kleine Tropfen Blut begannen aus den Nähten hervorzuquellen.

»Du kannst gar nicht nein sagen, Brian«, sagte er leise. »Jetzt nicht mehr. Dies ist schließlich das siebente Spiel der World Series. Alle Hühner sitzen auf der Stange, und jetzt geht es hart auf hart. Sieh dich um. Los, sieh dich richtig um.«

Brian schaute sich um und stellte voller Entsetzen fest, daß Ebbets Field so voll war, daß die Leute in den Gängen standen – *und er kannte sie alle*. Er sah seine Mutter und seinen Vater zusammen mit seinem kleinen Bruder Sean in der Loge hinter dem Schlagmal. Seine Sprechtherapie-Klasse, flankiert von Miss Ratcliffe an der einen und ihrem dämlichen Verlobten Lester Pratt an der anderen Seite, saß aufgereiht entlang der ersten Lauflinie, trank Royal Crown Cola und mampfte Krapfen. Das gesamte Sheriff-Büro von Castle Rock saß auf den unüberdachten Plätzen, trank Bier aus Pappbechern mit den Bildern der diesjährigen Bewerberinnen um den Titel der Miss Rheingold. Er sah seine Sonntagsschul-Klasse, die Mitglieder des Stadtrates, Myra und Chuck Evans, seine Tanten, seine Onkel, seine Vettern. Dort, hinter dem dritten Mal, saß Sonny Jackett, und als Koufax/Gaunt den blutenden Ball warf und er abermals im Handschuh des Fängers den Gewehrknall erzeugte, sah Brian, daß das Gesicht hinter der Maske Hugh Priest gehörte.

»Fahr dich über den Haufen, Bürschchen«, sagte Hugh, während er den Ball zurückwarf. »Sorge dafür, daß du winselst.«

»Du siehst, Sportsfreund, jetzt geht es nicht mehr nur um die Baseballkarte«, sagte Koufax/Gaunt hinter ihm. »Das weißt du doch, nicht wahr? Als du diesen Schlamm auf Wilma Jerzycks Laken geworfen hast, hast du etwas ausgelöst. Wie ein Mann, der eine Lawine auslöst, nur weil er an einem warmen Wintertag zu laut gerufen hat. Jetzt hast du eine ganz einfache Wahl. Mach weiter – oder bleib, wo du bist, und laß dich begraben.«

In seinem Traum begann Brian schließlich zu weinen. Er sah es in der Tat. Er sah es ganz genau, jetzt, da es zu spät war, um noch irgend etwas zu ändern.

Gaunt drückte den Baseball. Noch mehr Blut quoll hervor, und seine Fingerspitzen versanken tief in seiner fleischigen Oberfläche. »Wenn du nicht willst, daß alle Leute in Castle Rock erfahren, daß du die Lawine ausgelöst hast, Brian, dann solltest du lieber tun, was ich dir sage.«

Brian weinte heftiger.

»Wenn du mit mir Geschäfte machst«, sagte Gaunt und hob den Arm zum Wurf, »dann darfst du zweierlei nicht vergessen: Mr. Gaunt weiß es am besten – und der Handel ist erst abgeschlossen, wenn Mr. Gaunt *sagt*, daß der Handel abgeschlossen ist.«

Er warf auf die geschmeidige, urplötzliche Art, die es so schwer gemacht hatte, Sandy Koufax zu schlagen (das war jedenfalls die bescheidene Ansicht von Brians Vater), und als der Ball diesmal in Hugh Priests Handschuh landete, explodierte er. Blut und Haar und faserige Fleischfetzen spritzten in die helle Herbstsonne empor. Und Brian war aufgewacht, in sein Kissen weinend.

8

Jetzt war er unterwegs, um zu tun, wovon Mr. Gaunt gesagt hatte, er müßte es tun. Fortzukommen war einfach genug gewesen; er hatte seinen Eltern gesagt, er ginge an diesem Morgen nicht mit zur Kirche, weil er Bauchschmerzen hätte (und das war nicht einmal eine Lüge). Sobald sie aus dem Haus waren, traf er seine Vorbereitungen.

Es war anstrengend, das Rad zu fahren, und noch anstrengender, es im Gleichgewicht zu halten. Die Playmate-Kühltasche im Gepäckkorb war sehr schwer, und als er das Haus der Jerzycks erreicht hatte, war er schweißgebadet und außer Atem. Diesmal gab es kein Zögern, kein Drücken auf die Türglocke, keine vorbereitete Geschichte. Niemand war zu Hause. In dem Traum hatte Sandy Koufax/Leland Gaunt

310

ihm gesagt, daß die Jerzycks nach der Elf-Uhr-Messe noch in der Kirche bleiben würden, um über die Festivitäten der bevorstehenden Kasino-Nacht zu reden, und anschließend würden sie Freunde besuchen. Brian glaubte ihm. Er wollte nichts anderes, als diese gräßliche Sache so schnell wie möglich hinter sich bringen. Und wenn er es getan hatte, würde er nach Hause fahren, sein Fahrrad abstellen und den Rest des Tages im Bett verbringen.

Er hob die Kühltasche aus dem Gepäckkorb und stellte sie auf den Rasen. Er befand sich hinter der Hecke, wo ihn niemand sehen konnte. Was er zu tun hatte, würde eine Menge Lärm machen, aber Koufax/Gaunt hatte ihm gesagt, er brauchte sich deshalb keine Sorgen zu machen. Er hatte gesagt, fast alle Bewohner der Willow Street wären Katholiken, und die meisten von denen, die nicht zur Elf-Uhr-Messe gegangen wäre, hätten an der Messe um acht teilgenommen und unternähmen jetzt ihre Sonntagsausflüge. Brian wußte nicht, ob das stimmte oder nicht. Es gab nur zweierlei, das er genau wußte: Mr. Gaunt wußte es am besten, und der Handel war erst abgeschlossen, wenn Mr. Gaunt *sagte*, daß der Handel abgeschlossen war.

Und dies war der Handel.

Brian öffnete die Playmate-Kühltasche. Drinnen lagen ungefähr ein Dutzend Steine, jeder so groß wie ein Baseball. Um jeden herumgewickelt und mit ein oder zwei Gummibändern befestigt war ein Blatt Papier aus Brians Schul-Notizbuch. Und auf jedem Blatt stand in Großbuchstaben die simple Botschaft:

ICH HABE GESAGT, SIE SOLLEN MICH
IN RUHE LASSEN.
DIES IST DIE LETZTE WARNUNG!

Brian nahm einen dieser Steine und ging damit über den Rasen, bis er nur noch drei Meter von dem großen Wohnzimmerfenster der Jerzycks entfernt war – einem Fenster von der Art, die man in den frühen Sechzigern, in denen das Haus gebaut worden war, als »Aussichtsfenster« bezeichnete. Er hob den Arm, zögerte nicht länger als eine Sekunde und ließ den Stein dann fliegen wie Sandy Koufax den Ball im siebenten Spiel der World Series. Es gab ein heftiges und unmusikalisches Klirren, gefolgt von einem dumpfen Aufprall, als der Stein auf dem Wohnzimmerteppich landete und darauf noch ein Stück weiterrollte.

Das Geräusch übte auf Brian eine seltsame Wirkung aus. Seine Angst verließ ihn, und auch sein Widerwille gegen diesen neuerlichen Auftrag – den man beim besten Willen nicht als einen belanglosen Streich bezeichnen konnte – verflog. Das Geräusch zerbrechenden Glases erregte ihn – es flößte ihm ein Gefühl ein, das dem ähnelte, das er in seinen Tagträumen über Miss Ratcliffe gehabt hatte. Diese Tagträume waren Spinnerei gewesen, das wußte er inzwischen, aber *dies* war keine Spinnerei. Dies war *wirklich*.

Außerdem stellte er fest, daß ihm jetzt mehr an der Sandy Koufax-Karte lag als je zuvor. Er hatte eine weitere wichtige Tatsache über Besitztümer herausgefunden und den eigentümlichen Geisteszustand, den sie mit sich bringen: je mehr man um ihres Besitzes willen durchzustehen hat, desto stärker hängt man daran.

Brian nahm zwei weitere Steine und ging zu dem zerbrochenen Aussichtsfenster. Er schaute hinein und sah den Stein, den er geworfen hatte. Er lag auf der Schwelle zwischen Wohnzimmer und Küche. Er wirkte dort völlig fehl am Platze – wie Gummistiefel auf dem Altar einer Kirche oder eine Rose auf dem Motorblock eines Traktors. Eines der Gummibänder, mit denen der Zettel befestigt war, war gerissen, aber das andere hielt. Brians Blick wanderte nach links und heftete sich auf den Sony-Fernseher der Jerzycks.

Brian hob den Arm und warf. Es war ein Volltreffer. Es gab einen hohlen Knall, einen Lichtblitz, und Glas prasselte auf den Teppich. »*Zweiter* Wurf!« murmelte Brian und gab ein leises, ersticktes Lachen von sich.

Mit einem weiteren Stein zielte er auf eine Kollektion von Keramikfiguren auf dem Tisch neben dem Sofa, verfehlte sie aber. Der Stein traf die Wand und riß einen Brocken Putz heraus.

Brian ergriff die Henkel der Kühltasche und zerrte sie zur Seitenfront des Hauses. Er zerbrach zwei Schlafzimmerfenster. Hinten schleuderte er einen Stein durch das Fenster in der oberen Hälfte der Küchentür und dann etliche weitere durch das Loch hindurch. Einer davon zertrümmerte die auf dem Tisch stehende Küchenmaschine. Ein weiterer zerschmetterte die Glasfront des Mikrowellenherdes. »Dritter Wurf! Gut gemacht, Sportsfreund!« rief Brian, und dann lachte er so sehr, daß er sich fast in die Hose gemacht hätte.

Als der Anfall vorüber war, beendete er seine Runde ums Haus. Die Kühltasche war jetzt leichter; er stellte fest, daß er sie mit einer Hand tragen konnte. Er benutzte seine letzten drei Steine, um die Kellerfenster zu zerschmettern, die zwischen Wilmas Herbstblumen zu sehen waren, dann riß er, um das Maß voll zu machen, noch ein paar Handvoll Blumen aus. Als das erledigt war, schloß er die Kühltasche, kehrte zu seinem Fahrrad zurück, verstaute die Tasche wieder im Gepäckkorb und stieg auf, um nach Hause zu fahren.

Die Mislaburskis bewohnten das Haus neben dem der Jerzycks. Als Brian vom Grundstück der Jerzycks herunterradelte, öffnete Mrs. Mislaburski ihre Vordertür und trat auf die Vortreppe heraus. Sie trug einen grellgrünen Morgenrock, und ihr Haar war mit einem roten Kopftuch hochgebunden. Sie sah aus wie eine Reklame für Weihnachten in der Hölle.

»Was geht da drüben vor, Junge?« fragte sie scharf.

»Das weiß ich auch nicht genau. Ich glaube, Mr. und Mrs. Jerzyck haben einen Streit«, sagte Brian, ohne anzuhalten. »Ich war nur vorbeigekommen, um zu fragen, ob sie jemanden brauchen, der im Winter für sie Schnee schippt, aber ich glaube, ich komme lieber ein andermal wieder.«

Mrs. Mislaburski warf einen kurzen, grimmigen Blick auf das Haus der Jerzycks. Über der Hecke war von dort aus, wo sie stand, nur das Obergeschoß sichtbar. »Wenn ich du wäre, würde ich überhaupt nicht wiederkommen«, sagte sie. »Diese Frau erinnert mich immer an einen dieser klei-

nen Fische, die es unten in Südamerika gibt. Die, die ganze
Kühe fressen.«

»Piranhas«, sagte Brian.

»Ja. Die meine ich.«

Brian radelte weiter, fort von der Frau mit dem grünen
Morgenrock und dem roten Kopftuch. Sein Herz klopfte vor
sich hin, aber es hämmerte oder raste nicht oder etwas dergleichen. Ein Teil von ihm war überzeugt, daß er immer
noch träumte. Er kam sich überhaupt nicht vor wie er selbst
– nicht wie der Brian Rusk, der nur A- und B-Noten bekam,
der Brian Rusk, der Mitglied des Schülerrates und der Good
Citizens League der Middle School war, der Brian Rusk, der
in Betragen nie etwas anderes als eine Eins bekam.

»Eines Tages wird sie noch jemanden umbringen«, rief
Mrs. Mislaburski entrüstet hinter Brian her. »Da bin ich ganz
sicher!«

Fast lautlos flüsterte Brian: »Das würde mich gar nicht
wundern.«

Er verbrachte tatsächlich den Rest des Tages im Bett. Unter normalen Umständen hätte das Cora beunruhigt, vielleicht sogar so sehr, daß sie mit ihm nach Norway zum Arzt
gefahren wäre. Heute jedoch nahm sie kaum zur Kenntnis,
daß ihr Sohn sich nicht wohl fühlte. Das lag an der wundervollen Sonnenbrille, die Mr. Gaunt ihr verkauft hatte – sie
war völlig hingerissen von ihr.

Brian stand gegen sechs Uhr auf, ungefähr eine Viertelstunde bevor sein Vater mit zwei Freunden von einem Angelausflug zurückkehrte. Er holte sich eine Pepsi aus dem
Kühlschrank und trank sie neben dem Herd. Er fühlte sich
wesentlich besser.

Er hatte das Gefühl, daß er nun vielleicht endlich seinen
Teil zu dem mit Mr. Gaunt abgeschlossenen Handel beige-
tragen hatte.

Außerdem war er zu dem Schluß gelangt, daß Mr. Gaunt
es tatsächlich am besten wußte.

9

Nettie Cobb, ohne die mindeste Vorahnung dessen, was zu Hause auf sie wartete, war allerbester Stimmung, als sie die Main Street hinunter und auf Needful Things zuging. Ein starkes Gefühl sagte ihr, daß der Laden, obwohl es Sonntagmorgen war, offen sein würde, und sie wurde nicht enttäuscht.

»Mrs. Cobb!« sagte Leland Gaunt, als sie hereinkam. »Ich freue mich, Sie zu sehen!«

»Auch ich freue mich, Sie zu sehen, Mr. Gaunt«, sagte sie – und so war es.

Mr. Gaunt kam herbei, mit ausgestreckter Hand, aber Nettie wich vor der Berührung zurück. Es war ein unverzeihliches Benehmen, so unhöflich, aber Nettie konnte einfach nicht anders. Und Mr. Gaunt schien es zu verstehen, Gott segne ihn. Er lächelte, änderte seinen Kurs und machte statt dessen die Tür hinter ihr zu. Dann drehte er mit der Schnelligkeit eines Berufsspielers, der ein As im Ärmel verschwinden läßt, das Schild von GEÖFFNET zu GESCHLOSSEN um.

»Bitte, nehmen Sie Platz, Mrs. Cobb! Bitte! Nehmen Sie Platz!«

»Nun ja, also gut – aber ich bin eigentlich nur gekommen, um Ihnen zu sagen, daß Polly ... Polly ist ...« Sie fühlte sich irgendwie merkwürdig. Eine Art Schwimmen im Kopf. Sie ließ sich nicht sonderlich anmutig auf einem der Polsterstühle nieder. Dann stand Mr. Gaunt vor ihr; er hatte die Augen auf sie geheftet, und die Welt schien um ihn zu kreisen und dann wieder stillzustehen.

»Polly fühlt sich nicht wohl, stimmt's?« fragte Mr. Gaunt.

»So ist es«, pflichtete Nettie ihm dankbar bei. »Es sind ihre Hände, müssen Sie wissen. Sie hat ...«

»Arthritis, ja, entsetzlich, ein Jammer, aber das Leben ist manchmal äußerst unerfreulich. Ich weiß, Nettie.« Mr. Gaunts Augen wurden wieder größer. »Aber es besteht keine Veranlassung, sie anzurufen – oder sie zu besuchen. Ihren Händen geht es jetzt besser.«

»Wirklich?« fragte Nettie fast unbeteiligt.

»Ja. Sie tun natürlich noch weh, und das ist gut, aber die Schmerzen sind nicht heftig genug, um sie fernzuhalten, und das ist noch besser – finden Sie nicht auch, Nettie?«

»Ja«, sagte Nettie schwach; sie hatte keine Ahnung, was es war, dem sie zustimmte.

»Und Ihnen«, sagte Mr. Gaunt mit seiner sanftesten, heitersten Stimme, »steht ein großer Tag bevor, Nettie.«

»Tatsächlich?« Das war ihr neu; sie hatte vorgehabt, den Nachmittag in ihrem Lieblingssessel im Wohnzimmer zu verbringen, zu stricken und mit Raider zu ihren Füßen fernzusehen.

»Ja. Ein *sehr* großer Tag. Und deshalb möchte ich, daß Sie hier sitzen bleiben und sich einen Moment ausruhen, während ich etwas hole. Werden Sie das tun?«

»Ja …«

»Gut. Und machen Sie die Augen zu, ja? Ruhen Sie sich *richtig* aus, Nettie!«

Gehorsam machte Nettie die Augen zu. Irgendwann später sagte Mr. Gaunt, sie sollte sie wieder aufmachen. Sie tat es und verspürte einen Stich vor Enttäuschung. Wenn Leute einem sagen, man solle die Augen zumachen, dann hatten sie manchmal vor, einem etwas Hübsches zu geben. Ein Geschenk. Sie hatte gehofft, wenn sie die Augen wieder aufmachte, würde Mr. Gaunt vielleicht ein weiteres Stück Buntglas in der Hand halten, aber alles, was er hatte, war ein Block Papier. Die Blätter waren klein und rosa. Auf jedem standen die Worte:

VERWARNUNG WEGEN VERKEHRSWIDRIGEN
VERHALTENS

»Oh«, sagte sie. »Ich dachte, es wäre vielleicht Buntglas.«

»Ich glaube, Sie brauchen kein Buntglas mehr, Nettie.«

»Nein?« Der Stich von Enttäuschung war wieder da. Diesmal war er stärker.

»Nein. Traurig, aber wahr. Aber ich nehme an, Sie wissen noch, daß Sie etwas für mich tun wollten.« Mr. Gaunt setzte sich neben sie. »Das wissen Sie doch noch, nicht wahr?«

»Ja«, sagte sie. »Sie möchten, daß ich Buster einen Streich

spiele. Sie möchten, daß ich irgendwelche Papiere in sein Haus bringe.«

»So ist es, Nettie – sehr gut. Haben Sie noch den Schlüssel, den ich Ihnen gegeben habe?«

Langsam wie eine Figur in einem Unterwasser-Ballett holte Nettie den Schlüssel aus der rechten Manteltasche. Sie hielt ihn hoch, damit Mr. Gaunt ihn sehen konnte.

»Sehr gut!« sagte er freundlich. »Und nun stecken Sie ihn wieder ein, Nettie. Dahin, wo Sie ihn nicht verlieren können.«

Sie tat es.

»So, und hier sind die Papiere.« Er legte ihr den rosa Block in die eine Hand. In die andere legte er einen Klebebandspender. Jetzt begannen irgendwo in ihr Alarmglocken zu schrillen, aber sie waren weit weg, kaum zu hören.

»Ich hoffe, es dauert nicht lange. Ich muß bald nach Hause. Ich muß Raider füttern. Das ist mein kleiner Hund.«

»Ich weiß alles über Raider«, sagte Mr. Gaunt und bedachte Nettie mit einem breiten Lächeln. »Aber ich habe so ein Gefühl, als hätte er heute nicht viel Appetit. Und ich glaube auch nicht, daß Sie Sorge haben müssen, daß er auf den Küchenfußboden pinkelt.«

»Aber …«

Er berührte ihre Lippen mit einem seiner langen Finger und plötzlich wurde ihr entsetzlich übel.

»Nicht«, winselte sie und wich auf dem Stuhl zurück, so weit sie konnte. »Nicht, das ist scheußlich.«

»So sagt man«, pflichtete Mr. Gaunt ihr bei. »Und wenn Sie nicht wollen, daß ich scheußlich zu Ihnen bin, Nettie, dann dürfen Sie nie wieder dieses scheußliche Wort gebrauchen.«

»Welches Wort?«

»*Aber.* Ich kann dieses Wort nicht ausstehen. Man könnte sogar sagen, daß ich dieses Wort *hasse.* In der besten aller Welten besteht keinerlei Veranlassung, ein derart jämmerliches kleines Wort zu gebrauchen. Ich möchte, daß Sie etwas anderes für mich sagen, Nettie – ich möchte, daß Sie ein paar Worte aussprechen, die ich liebe. Worte, für die ich regelrecht *schwärme.*«

»Was für Worte?«

»Mr. Gaunt weiß es am besten. Sagen Sie das.«

»Mr. Gaunt weiß es am besten«, wiederholte sie, und sobald die Worte aus ihrem Mund heraus waren, begriff sie, wie absolut und vollständig wahr sie waren.

»Mr. Gaunt weiß es *immer* am besten.«

»Mr. Gaunt weiß es *immer* am besten.«

»Richtig! Genau wie Vater«, sagte Mr. Gaunt, und dann lachte er. Es war ein Geräusch, als bewegten sich Felsplatten tief in der Erde, und dabei veränderte sich die Farbe seiner Augen blitzschnell von Blau über Grün und Braun zu Schwarz. »Und jetzt hören Sie mir genau zu, Nettie. Sie haben diesen kleinen Auftrag für mich zu erledigen, und dann können Sie nach Hause gehen. Haben Sie verstanden?«

Nettie hatte verstanden.

Und sie hörte sehr genau zu.

Zehntes Kapitel

1

South Paris ist eine kleine, schäbige Fabrikstadt achtzehn Meilen nordöstlich von Castle Rock. Es ist nicht das einzige kleine Nest in Maine, das nach einer europäischen Stadt oder einem europäischen Land benannt worden ist; es gibt ein Madrid (die Einheimischen sprechen es *Mad-drid* aus), ein Sweden, ein Etna, ein Calais (so ausgesprochen, daß es sich auf Dallas reimt), ein Cambridge und ein Frankfort. Es mag Leute geben, die wissen, wie oder warum so viele obskure Orte zu derart exotischen Namen gelangt sind; ich weiß es nicht.

Was ich weiß, ist, daß vor ungefähr zwanzig Jahren ein sehr guter französischer Küchenchef beschloß, New York zu verlassen und im Seengebiet von Maine ein eigenes Restaurant zu eröffnen, und daß er fand, für ein derartiges Unternehmen könnte es keinen besseren Ort geben als eine Stadt, die South Paris hieß. Nicht einmal der Gestank der Gerbereien konnte ihn davon abhalten. Das Ergebnis war ein Restaurant namens Maurice. Das gibt es noch heute, an der Route 117 neben den Eisenbahngleisen und genau gegenüber von McDonald's. Und es war Maurice, wohin Danforth »Buster« Keeton am Sonntag, dem 13. Oktober, seine Frau zum Essen ausführte.

Myrtle verbrachte einen großen Teil dieses Sonntags in ekstatischer Benommenheit, und das lag nicht nur an dem guten Essen bei Maurice. In den letzten Monaten – fast das ganze letzte Jahr, um genau zu sein – war das Zusammenleben mit Danforth äußerst unerfreulich gewesen. Er ignorierte sie fast vollständig – außer, wenn er nach ihr schrie. Ihre Selbstachtung, mit der es ohnehin nie sehr weit hergewesen war, stürzte in neue Tiefen. Sie wußte so gut wie jede andere Frau, daß Mißhandlung nicht immer mit den Fäusten appliziert zu werden brauchte, um ihre Wirkung zu tun. Männer können ebenso wie Frauen mit ihren Zungen verletzen, und Danforth Keeton wußte die seine sehr gut zu gebrauchen; er hatte ihr mit ihren scharfen Kanten im Laufe des letzten Jahres tausend unsichtbare Schnitte beigebracht.

Sie wußte nichts von seiner Wettleidenschaft – sie glaubte tatsächlich, er ginge nur zur Rennbahn, um zuzuschauen. Sie wußte auch nichts von der Veruntreuung. Sie wußte, daß mehrere Angehörige der Keeton-Familie psychisch instabil gewesen waren, aber das hatte für sie nichts mit Danforth zu tun. Er trank nicht übermäßig, vergaß nicht, sich anzuziehen, bevor er am Morgen das Haus verließ, redete nicht mit Leuten, die nicht da waren, und deshalb nahm sie an, mit ihm wäre alles in Ordnung. Mit anderen Worten: sie nahm an, daß mit ihr selbst etwas nicht in Ordnung war, und daß dieses Etwas Danforth irgendwann veranlaßt hatte, sie nicht mehr zu lieben.

Sie hatte ungefähr die letzten sechs Monate damit verbracht, sich an die düstere Aussicht von dreißig oder sogar vierzig lieblosen Jahren zu gewöhnen, die ihr an der Seite dieses Mannes bevorstanden – dieses Mannes, der abwechselnd wütend auf sie war, sie mit kaltem Sarkasmus überschüttete oder sie überhaupt nicht zur Kenntnis nahm. Soweit es Danforth anging, war sie nur ein Möbelstück – es sei denn, natürlich, daß er etwas an ihr auszusetzen hatte. Wenn das der Fall war – wenn das Abendessen nicht auf dem Tisch stand, wenn er es haben wollte, wenn ihm der Fußboden in seinem Arbeitszimmer schmutzig vorkam, sogar wenn die Teile der Zeitung, die er zum Frühstück las, in der falschen Reihenfolge lagen –, dann nannte er sie dämlich. Erklärte ihr, wenn sie ihren Arsch verlöre, wüßte sie nicht, wo sie danach suchen sollte. Sagte, wenn Gehirn Schwarzpulver wäre, wäre sie nicht imstande, sich ohne Sprengkapsel die Nase zu putzen. Anfangs hatte sie versucht, sich gegen diese Tiraden zur Wehr zu setzen, aber er hieb ihre Verteidigung in Stücke, als handelte es sich um die Mauern einer Kinderburg aus Pappe. Wenn sie ihrerseits zornig wurde, dann übertraf er sie mit weißglühender Wut, die ihr Angst einjagte. Also hatte sie es aufgegeben, zornig zu werden, und war statt dessen in Tiefen der Bestürzung versunken. Neuerdings lächelte sie nur hilflos angesichts seiner Wut, versprach Besserung und ging in ihr Schlafzimmer, wo sie auf dem Bett lag und weinte und sich fragte, was aus ihr noch werden sollte. Sie wünschte sich, sie hätte eine Freundin, mit der sie reden konnte.

Statt dessen redete sie mit ihren Puppen. Sie hatte in den ersten Ehejahren angefangen, Puppen zu sammeln, und sie hatten immer in Schachteln auf dem Dachboden gelegen. Aber im Laufe des letzten Jahres hatte sie sie heruntergeholt ins Nähzimmer, und manchmal schlich sie, nachdem sie ihre Tränen vergossen hatte, ins Nähzimmer und spielte mit ihnen. *Sie* brüllten sie nie an. *Sie* ignorierten sie nie. *Sie* fragten sie nie, wie es kam, daß sie so dämlich war, ob von Natur aus, oder ob sie Unterricht nähme.

Die allerschönste Puppe von allen hatte sie gestern gefunden, in dem neuen Laden.

Und heute hatte sich alles geändert.

Heute morgen, um genau zu sein.

Ihre Hand kroch unter den Tisch, und sie zwickte sich (nicht zum ersten Mal), nur um sich zu vergewissern, daß sie nicht träumte. Aber nach dem Zwicken war sie noch immer hier bei Maurice, saß in einem Strahl hellen Oktobersonnenscheins, und Danforth war nach wie vor da, an der anderen Seite des Tisches, aß mit herzhaftem, gutem Appetit, mit einem Lächeln auf dem Gesicht, das ihr fast fremdartig vorkam, weil sie dort seit so langer Zeit kein Lächeln mehr gesehen hatte.

Sie wußte nicht, was die Veränderung bewirkt hatte, und getraute sich nicht, ihn zu fragen. Sie wußte, daß er gestern abend zur Rennbahn in Lewiston gefahren war, genau wie fast jeden Abend (vermutlich deshalb, weil die Leute, die er dort traf, interessanter waren als die Leute, die er jeden Tag in Castle Rock traf – seine Frau zum Beispiel), und als sie heute morgen aufgewacht war, rechnete sie damit, seine Hälfte des Bettes leer vorzufinden (oder völlig unbenutzt, was bedeuten würde, daß er die Nacht in seinem Arbeitszimmer verbracht hatte) und zu hören, wie er unten auf seine übellaunige Art vor sich hinmurmelte.

Statt dessen hatte er im Bett neben ihr gelegen und den rot gestreiften Pyjama angehabt, den sie ihm letztes Jahr zu Weihnachten geschenkt hatte. Dies war das erste Mal, daß er ihn trug – so weit sie wußte, sogar das erste Mal, daß er ihn aus der Schachtel herausgeholt hatte. Er war wach. Er drehte sich auf die Seite, um sie anzusehen, bereits lächelnd. Anfangs hatte das Lächeln sie geängstigt. Sie dachte, es könnte bedeuten, daß er vorhatte, sie umzubringen.

Dann hatte er ihre Brust berührt und gezwinkert. »Möchtest du, Myrtle? Oder ist es für dich noch zu früh am Tage?«

Also hatten sie sich geliebt, zum ersten Mal seit mehr als fünf Monaten hatten sie sich geliebt, und es war *wundervoll* gewesen, und jetzt saßen sie hier, speisten bei Maurice am frühen Sonntagnachmittag wie zwei junge Liebende. Sie wußte nicht, was diese wundersame Veränderung in ihrem Mann bewirkt hatte, und es war ihr auch gleichgültig. Sie wollte sie nur genießen und hoffen, daß sie vorhielt.

»Alles okay, Myrt?« fragte Keeton, schaute von seinem Teller auf und wischte sein Gesicht mit der Serviette.

Sie streckte schüchtern die Hand über den Tisch und berührte die seine. »Alles bestens. Alles ist – einfach wundervoll.«

Sie mußte ihre Hand zurückziehen, um sich schnell mit der Serviette die Augen abzutupfen.

2

Keeton fuhr fort, mit gutem Appetit sein Beef Borgnine zu essen, oder wie immer die Franzmänner das nannten. Der Grund seines Glückes war simpel. Jedes Pferd, das er gestern mit Hilfe des Winning Ticket ausgesucht hatte, war als erstes ins Ziel gegangen. Sogar Malabar, der Dreißig-zu-eins-Gaul im zehnten Rennen. Auf dem Heimweg nach Castle Rock war er nicht eigentlich gefahren, er hatte eher auf einem Luftkissen geschwebt, und in den Taschen seines Mantels hatten mehr als achtzehntausend Dollar gesteckt. Sein Buchmacher fragte sich vermutlich immer noch, wo das Geld geblieben war. Keeton wußte es: es war sicher verstaut im hinteren Teil des Schrankes in seinem Zimmer. Es steckte in einem Umschlag. Der Umschlag selbst lag in der Schachtel von Winning Ticket, zusammen mit dem phantastischen Spiel.

Zum erstenmal seit Monaten hatte er wieder gut geschlafen, und als er aufwachte, kam ihm das erste Aufdämmern einer Idee wegen der Buchprüfung. Ein Aufdämmern war natürlich nicht viel, aber immer noch besser als das verworrene Dunkel, das in seinem Kopf gedröhnt hatte, seit dieser gräßliche Brief eingetroffen war. Und jetzt hatte es den Anschein, als wäre alles, was er brauchte, um sein Gehirn aus dem Leerlauf herauszubekommen, ein gewinnreicher Abend auf der Rennbahn gewesen.

Er konnte nicht das ganze Geld ersetzen, bevor die Axt niedersauste, soviel stand fest. Lewiston war der einzige Ort, an dem während der Herbstsaison allabendlich Rennen stattfanden, und das waren ziemlich kleine Fische. Er konnte die Runde bei den verschiedenen County Fairs machen und bei den dort stattfindenden Rennen ein paar Tausender einheimsen; doch auch das würde nicht genügen. Und er konnte auch nicht viele Abende wie den gestrigen riskieren, nicht einmal auf der Rennbahn. Sein Buchmacher würde mißtrauisch werden und sich weigern, seine Wetten anzunehmen.

Aber er glaubte, daß er einen Teil des Geldes ersetzen und gleichzeitig das *Ausmaß* seines Griffs in die Kasse herunterspielen konnte. Außerdem konnte er irgendeine Geschichte auftischen. Ein todsicheres Entwicklungsprojekt war schiefgelaufen. Ein unverzeihlicher Fehler – aber einer, für den er die volle Verantwortung übernahm und den er wieder gutzumachen gedachte. Er konnte darauf hinweisen, daß ein wirklich skrupelloser Mann in einer derartigen Lage die Gnadenfrist dazu hätte benutzen können, noch mehr Geld aus der Stadtkasse zu scheffeln – so viel, wie er irgend konnte – und sich dann in eine Gegend abzusetzen (irgendeine *sonnige* Gegend mit massenhaft Palmen und massenhaft weißen Stränden und massenhaft jungen Mädchen in knappen Bikinis), in der eine Auslieferung schwierig oder sogar unmöglich war.

Er konnte ihnen auf die christliche Tour kommen und denjenigen, der ohne Sünde war, auffordern, den ersten Stein zu werfen. Das sollte ihnen zu denken geben. Wenn unter den Typen auch nur einer war, der nicht von Zeit zu Zeit seine Finger im Kuchen gehabt hatte, dann würde Keeton die Shorts dieses Mannes essen. Ohne Salz.

Sie würden ihm Zeit geben müssen. Jetzt, da er endlich imstande war, seine Hysterie beiseitezuschieben und die Lage vernünftig zu durchdenken, war er fast sicher, daß sie das tun mußten. Schließlich waren sie alle Politiker. Sie würden wissen, daß die Presse, wenn sie mit Dan Keeton fertig war, für sie, die vorgeblichen Hüter der öffentlichen Gelder, noch genügend Teer und genügend Federn übrig haben würde. Sie würden die Fragen kennen, die im Gefolge einer öffentlichen Untersuchung oder (was Gott verhüten möge) einer Anklage wegen Veruntreuung gestellt werden würden. Fragen wie die, wie lange – in Steuerjahren, wenn ich bitten darf, Gentlemen – Mr. Keetons kleine Operationen bereits vor sich gegangen waren? Und wie es kam, daß die Oberste Finanzbehörde nicht schon viel früher aufgewacht war und den Braten gerochen hatte? Fragen, die ehrgeizigen Männern sehr peinlich waren.

Er glaubte, daß er sich würde durchmogeln können. Keine Garantie, aber es sah so aus, als wäre es möglich.

Und das alles dank Mr. Leland Gaunt.

Gott, er liebte Leland Gaunt.

»Danforth?« fragte Myrt schüchtern.

Er sah auf. »Ja?«

»Das ist der schönste Tag, den ich seit Jahren hatte. Ich wollte nur, daß du weißt, wie dankbar ich bin, einen solchen Tag erleben zu dürfen. Mit dir.«

»Oh!« Gerade war etwas überaus Merkwürdiges passiert. Einen Augenblick lang war er nicht imstande gewesen, sich an den Namen der Frau zu erinnern, die ihm gegenübersaß. »Nun, Myrt, auch für mich war es schön.«

»Fährst du heute abend wieder zur Rennbahn?«

»Nein«, sagte er. »Ich glaube, heute abend bleibe ich zu Hause.«

»Das ist schön«, sagte sie. Sie fand es so schön, daß sie sich abermals die Augen mit der Serviette abtupfen mußte.

Er lächelte sie an – es war nicht sein altes, zärtliches Lächeln, mit dem er einst um sie geworben hatte –, aber es kam ihm einigermaßen nahe. »Wie steht's Myrt – möchtest du Nachtisch?«

Sie kicherte und schnippte mit ihrer Serviette nach ihm. »Oh, *du!*«

3

Das Heim der Keetons war ein zweigeschossiges Haus in Castle View. Für Nettie Cobb war es ein langer Weg bergauf, und als sie endlich angelangt war, taten ihr die Beine weh, und ihr war sehr kalt. Sie begegnete nur drei oder vier anderen Fußgängern, und keiner von ihnen sah sie an; sie hatten die Mantelkrägen hochgeschlagen, denn es war ein kräftiger, sehr ungemütlicher Wind aufgekommen. Als sie in die Auffahrt der Keetons einbog, flatterte die Anzeigenbeilage von irgend jemandes Sonntagsausgabe des *Telegram* über die Straße und erhob sich dann wie ein seltsamer Vogel in den harten blauen Himmel. Mr. Gaunt hatte ihr gesagt, daß Buster und Myrtle nicht zu Hause sein würden, und Mr. Gaunt wußte es am besten. Die Garagentür stand offen, und die Nobelkarosse, die Buster fuhr, war verschwunden.

Nettie ging den Pfad hinauf, blieb vor der Haustür stehen und holte Block und Klebeband aus ihrer linken Manteltasche. Sie sehnte sich danach, zu Hause zu sein, mit dem sonntäglichen Superfilm im Fernsehen und Raider zu ihren Füßen. Und dort würde sie sein, sobald sie diesen Auftrag erledigt hatte. Vielleicht würde sie nicht einmal stricken, sondern einfach nur dasitzen, mit ihrem Buntglas-Lampenschirm auf dem Schoß. Sie riß den ersten rosa Zettel ab und klebte ihn über das Schild neben der Türglocke, aus getriebenem Metall, auf dem THE KEETONS stand und KEINE VERTRETER BITTE. Sie steckte das Klebeband und den Block wieder in die linke Tasche, dann holte sie den Schlüssel aus der rechten und schob ihn ins Schloß. Bevor sie ihn drehte, betrachtete sie kurz den rosa Zettel, den sie gerade angeklebt hatte.

Obwohl sie fror, und erschöpft war, mußte sie doch ein

wenig lächeln. Es war wirklich ein guter Witz, zumal wenn man bedachte, wie Buster fuhr. Es war wirklich ein Wunder, daß er noch niemanden totgefahren hatte. Allerdings wäre sie nicht gern der Mann gewesen, dessen Name unter der Verwarnung stand. Buster konnte fürchterlich nachtragend sein. Schon als Kind hatte er keinen Spaß vertragen.

Sie drehte den Schlüssel im Schloß. Die Tür ließ sich leicht öffnen. Nettie ging hinein.

4

»Mehr Kaffee?« fragte Keeton.

»Für mich nicht«, sagte Myrtle. »Ich bin voll wie eine Zecke.« Sie lächelte.

»Dann laß uns heimfahren. Ich möchte mir im Fernsehen die Patriots anschauen.« Er warf einen Blick auf die Uhr. »Wenn wir uns beeilen, schaffe ich es bis zum Anpfiff.«

Myrtle nickte, glücklicher denn je. Der Fernseher stand im Wohnzimmer, und wenn Dan vorhatte, sich das Spiel anzusehen, würde er den Nachmittag nicht in seinem Arbeitszimmer eingeschlossen verbringen. »Dann sollten wir uns wirklich beeilen.«

Keeton reckte befehlend einen Finger hoch. »Kellnerin? Bringen Sie mir bitte die Rechnung.«

5

Nettie hatte es nicht mehr eilig, nach Hause zu kommen; es gefiel ihr, im Heim von Buster und Myrtle zu sein.

Zum einen war es warm. Zum anderen verlieh das Hiersein Nettie ein völlig unvermutetes Machtgefühl – es war wie ein Blick hinter die Kulissen zweier wirklicher Menschenleben. Sie fing damit an, daß sie ins Obergeschoß ging und in sämtliche Zimmer schaute. Es waren eine ganze Menge Zimmer, zumal wenn man bedachte, daß keine Kinder da waren, aber, wie ihre Mutter immer gesagt hatte, wo Täubchen sind, da fliegen Täubchen zu.

Sie öffnete Myrtles Kommodenschubladen, untersuchte ihre Unterwäsche. Einiges davon war aus Seide, teures Zeug, aber Nettie fand, daß die meisten der guten Sachen alt aussahen. Dasselbe galt für die Kleider, die in ihrer Seite des Schrankes hingen. Nettie wanderte weiter ins Badezimmer, wo sie das Inventar der in der Hausapotheke stehenden Medikamente aufnahm, und von dort aus ins Nähzimmer, wo sie die Puppen bewunderte. Ein hübsches Haus. Ein reizendes Haus. Ein Jammer, daß der Mann, der hier wohnte, so ein großes Arschloch war.

Nettie schaute auf die Uhr und dachte, daß es Zeit würde, die rosa Zettel anzubringen. Und das würde sie auch tun.

Sobald sie damit fertig war, sich unten umzusehen.

6

»Danforth, ist das nicht ein bißchen zu schnell?« fragte Myrtle atemlos, als Keeton an einem langsam fahrenden Papierlaster vorbeijagte. Ein entgegenkommender Wagen hupte laut, als Keeton wieder auf seine Fahrbahn einschwenkte.

»Ich will es bis zum Anpfiff schaffen«, sagte er und bog nach links in die Maple Sugar Road ein, vorbei an einem Schild, auf dem stand CASTLE ROCK 8 MEILEN.

7

Nettie schaltete den Fernseher ein – die Keetons hatten einen großen Farb-Mitsubishi – und schaute sich einen Teil des sonntäglichen Superfilms an. Ava Gardner spielte mit, und Gregory Peck. Gregory schien in Ava verliebt zu sein, aber das war schwer zu sagen; vielleicht war es auch die andere Frau, in die er verliebt war. Es hatte einen Atomkrieg gegeben, und Gregory Peck befehligte ein Unterseeboot. Das interessierte Nettie nicht sonderlich, also stellte sie den Fernseher wieder ab, klebte einen rosa Zettel auf den Bildschirm und ging in die Küche. Sie schaute nach, was sich in den Schränken befand (das Geschirr war Corelle Ware, sehr hübsch, aber die Töpfe und Pfannen waren nicht der Rede wert); dann überprüfte sie den Kühlschrank. Sie rümpfte die Nase. Zu viele Reste. Zu viele Reste waren ein eindeutiges Anzeichen für schlampiges Haushalten. Nicht, daß Buster das wußte; *darauf* würde sie wetten. Männer wie Buster waren nicht imstande, sich ohne Karte und Blindenhund in einer Küche zurechtzufinden.

Sie schaute auf die Uhr, dann fing sie an. Sie hatte schrecklich viel Zeit mit dem Herumwandern im Haus verbracht. Zuviel Zeit. Schnell begann sie, rosa Zettel von dem Block abzureißen und sie an alle möglichen Dinge zu kleben – den Kühlschrank, den Herd, das Telefon, das neben der Tür zur Garage an der Wand hing, den Raumteiler im Eßzimmer. Und je schneller sie arbeitete, desto nervöser wurde sie.

8

Nettie hatte sich gerade ans Werk gemacht, als Keetons roter Cadillac die Tin Bridge überquerte und die Watermill Lane erreichte, die nach Castle View hinaufführte.

»Danforth?« fragte Myrtle plötzlich. »Könntest du mich bei Amanda Williams' Haus absetzen? Ich weiß, es ist ein kleiner Umweg, aber sie hat meinen Fonduetopf. Ich dachte …« Auf ihrem Gesicht erschien abermals das schüchterne Lächeln und verschwand dann wieder. »Ich dachte, ich könnte dir – uns – eine kleine Leckerei machen. Für das Footballspiel. Du brauchst mich nur abzusetzen.«

Er machte den Mund auf, um ihr zu erklären, daß es ein *gewaltiger* Umweg war, daß das Spiel gleich beginnen würde, daß sie ihren verdammten Fonduetopf auch morgen holen konnte. Er mochte ohnehin keinen Käse, der heiß und geschmolzen war. Das verdammte Zeug wimmelte vermutlich von Bakterien.

Dann überlegte er es sich anders. Von ihm abgesehen, bestand der Stadtrat aus zwei dämlichen Bastarden und einer dämlichen Ziege. Die Ziege war Mandy Williams. Keeton hatte sich die Mühe gemacht, Bill Fullerton, den Stadtbarbier, und Harry Samuels, Castle Rocks einzigen Leichenbestatter, am Freitag aufzusuchen. Er hatte sich bemüht, so zu tun, als handelte es sich um beiläufige Besuche, aber das waren sie nicht gewesen. Es bestand immer die Möglichkeit, daß die Finanzbehörde auch an *sie* geschrieben hatte. Er hatte sich davon überzeugt, daß dies nicht der Fall war – noch nicht –, aber die Ziege Williams war am Freitag nicht in der Stadt gewesen.

»Also gut«, sagte er, dann setzte er hinzu: »Du könntest sie fragen, ob sie irgend etwas erfahren hat, was die Stadt betrifft. Etwas, weswegen ich mich mit ihr in Verbindung setzen müßte.«

»Oh, Liebling, du weißt doch, daß ich diesen Kram immer durcheinanderbringe ...«

»Das weiß ich, aber du kannst doch schließlich *fragen*, oder nicht? Du bist doch nicht so dämlich, daß du nicht einmal fragen kannst, oder?«

»Nein«, sagte sie hastig mit schüchterner Stimme.

Er tätschelte ihre Hand. »Entschuldige.«

Sie betrachtete ihn mit einem Ausdruck fassungslosen Erstaunens. Er hatte sich bei ihr *entschuldigt.* Myrtle war so, als hätte er dies im Laufe ihrer Ehe vielleicht schon einmal getan, aber sie konnte sich nicht erinnern, wann das gewesen war.

»Frag sie nur, ob die Leute vom Staat sie in letzter Zeit mit irgend etwas belästigt haben«, sagte er. »Bebauungspläne, die verdammte Kanalisation – vielleicht Steuern. Ich würde selbst mit hineinkommen und fragen, aber ich möchte wirklich beim Anpfiff vor dem Fernseher sitzen.«

»Mache ich, Dan.«

Das Haus der Williams lag auf halber Höhe von Castle View. Keeton steuerte den Cadillac in die Auffahrt und parkte hinter dem Wagen der Frau. Ein ausländischer, natürlich. Ein Volvo. Keeton vermutete, daß die Ziege entweder eine verkappte Kommunistin war oder lesbisch oder beides.

329

Myrtle öffnete die Tür und stieg aus, wobei sie ihn abermals mit dem schüchternen, leicht nervösen Lächeln bedachte.

»Ich bin in einer halben Stunde zu Hause.«

»Gut. Und vergiß nicht, sie zu fragen, ob ihr in Sachen Stadt irgend etwas zu Ohren gekommen ist«, sagte er. Und obwohl Myrtle ihm das, was Mandy Williams gesagt hatte, bestimmt total verstümmelt wiedergeben würde – wenn sich dabei in Keetons Genick auch nur ein einziges Härchen sträubte, würde er sich die Ziege persönlich vornehmen. Morgen. Nicht heute nachmittag. Dieser Nachmittag gehörte *ihm*. Er fühlte sich viel zu wohl, um Amanda Williams auch nur anzusehen, geschweige denn, sich mit ihr zu unterhalten.

Er wartete kaum ab, bis Myrtle ihre Wagentür geschlossen hatte, bevor er den Rückwärtsgang einlegte und wieder auf die Straße hinuntersetzte.

9

Nettie hatte gerade den letzten der rosa Zettel an die Tür des Schrankes in Keetons Arbeitszimmer geklebt, als sie hörte, wie ein Wagen in die Auffahrt einbog. Ein unterdrückter Aufschrei kam aus ihrer Kehle. Einen Augenblick lang war sie völlig erstarrt, unfähig, sich zu bewegen. Ein paar Tropfen warmer, stechender Urin sickerten in ihre Unterwäsche.

Ertappt! kreischte ihr Verstand, während sie dem leisen, gedämpften Schnurren des großen Motors lauschte. *Ertappt! Oh, Jesus mein Heiland, er hat mich ertappt! Er wird mich umbringen!*

Mr. Gaunts Stimme antwortete ihr. Sie war jetzt nicht freundlich; sie war kalt, und sie war befehlend, und sie kam von einem Ort tief im Zentrum ihres Gehirns. *Er WIRD dich vermutlich umbringen, wenn er dich erwischt, Nettie. Und wenn du in Panik gerätst, wird er dich bestimmt erwischen. Die Antwort ist einfach: Gerate nicht in Panik. Verlaß das Zimmer. Tu es gleich. Renne nicht, aber geh schnell. Und so leise, wie du kannst.*

Sie eilte über den alten Perserteppich auf dem Fußboden des Arbeitszimmers mit Beinen, die so steif waren wie Stekken, murmelte in einer leisen Litanei »Mr. Gaunt weiß es am besten«, und erreichte das Wohnzimmer. Rosa Rechtecke aus Papier stachen ihr von so ziemlich jeder vorhandenen Oberfläche aus ins Auge. Eines hing sogar an einem langen Streifen Klebeband von der Lampe in der Mitte des Zimmers herab.

Jetzt hatte das Motorengeräusch einen hohlen, hallenden Ton angenommen. Buster hatte den Wagen in die Garage gefahren.

Geh, Nettie! Geh sofort! Dies ist deine einzige Chance!

Sie hetzte durch das Wohnzimmer, stolperte über ein Fußkissen und stürzte hin. Sie schlug mit dem Kopf fast hart genug auf dem Fußboden auf, um die Besinnung zu verlieren – sie *hätte* sie höchstwahrscheinlich verloren, wenn ihr Kopf nicht auf dem dünnen Polster einer Brücke gelandet wäre. Grelle Lichtkugeln tanzten vor ihren Augen. Sie rappelte sich auf, nahm kaum zur Kenntnis, daß ihre Stirn blutete, und tastete nach dem Knauf der Haustür, als in der Garage der Motor abgestellt wurde. Sie warf einen verängstigten Blick über die Schulter zur Küche. Sie konnte die Tür zur Garage sehen, die Tür, durch die er hereinkommen würde. Einer der rosa Zettel klebte daran.

Der Türknauf dreht sich unter ihrer Hand, aber die Tür ging nicht auf. Sie schien zu klemmen.

Von der Garage kam ein lauter Knall, als Keeton die Tür seines Wagens zuschlug. Dann das Rasseln des motorgetriebenen Garagentors, das sich in seinen Schienen herabsenkte. Sie hörte seine auf dem Beton knirschenden Schritte. Buster pfiff.

Netties verzweifelter Blick, teilweise durch Blut aus der Schnittwunde auf ihrer Stirn getrübt, fiel auf den Verriegelungsknopf. Er war umgedreht. Deshalb ging die Tür nicht auf. Sie mußte ihn selbst umgedreht haben, als sie hereinkam, aber sie konnte sich nicht erinnern, es getan zu haben. Sie drehte ihn zurück, riß die Tür auf und trat hinaus.

Kaum eine Sekunde später wurde die Tür zwischen der Garage und der Küche geöffnet. Danforth Keeton trat ein, knöpfte seinen Mantel auf. Er blieb stehen. Das Pfeifen erstarb auf seinen Lippen. Er stand da, mit Händen, die beim Aufknöpfen erstarrt waren, mit nach wie vor geschürzten Lippen, und ließ den Blick über die Küche schweifen. Seine Augen weiteten sich.

Wäre er sofort ans Wohnzimmerfenster getreten, dann hätte er gesehen, wie Nettie über seinen Rasen rannte und ihr Mantel sich um sie bauschte wie die Flügel einer Fledermaus. Er hätte sie vielleicht nicht erkannt, aber er hätte bestimmt gesehen, daß es sich um eine Frau handelte, und das hätte die späteren Ereignisse möglicherweise entscheidend beeinflußt. Aber der Anblick all dieser rosa Zettel bewirkte, daß er wie erstarrt stehenblieb, und im ersten Schock war sein Verstand nur imstande, zwei Worte zu formulieren. Sie flackerten in seinem Kopf, gingen an und aus wie eine riesige Neonschrift mit grell scharlachroten Buchstaben:

DIE VERFOLGER! DIE VERFOLGER! DIE VERFOLGER!

10

Nettie erreichte den Gehsteig und rannte Castle View hinunter, so schnell sie konnte. Die Absätze ihrer Mokassins trommelten einen verängstigten Wirbel, und ihre Ohren überzeugten sie, daß sie außer ihren noch weitere Schritte hörte – Buster war hinter ihr, Buster jagte sie, und wenn Buster sie einholte, dann würde er ihr wehtun. Aber das spielte keine Rolle. Es spielte keine Rolle, weil er zu Schlimmerem imstande war, als ihr nur wehzutun. Buster war ein wichtiger Mann in der Stadt, und wenn er wollte, daß sie wieder nach Juniper Hill geschickt würde, dann würde sie hingeschickt werden. Also rannte Nettie. Blut rann ihr über die Stirn und ins Auge, und einen Augenblick lang sah sie die Welt durch eine blaßrote Linse, als sickerte aus all den hübschen Häusern auf dem View Blut heraus. Sie wischte es mit dem Mantelärmel fort und rannte weiter.

Der Gehsteig war menschenleer, und die meisten Augen in den Häusern, die an diesem Sonntagnachmittag beschäftigt waren, richteten sich auf das Spiel zwischen den Patriots und den Jets. Es gab nur eine Person, die Nettie sah.

Tansy Williams, gerade aus Portland zurückgekehrt, wo sie und ihre Mommy den Großvater besucht hatten, schaute aus dem Wohnzimmerfenster, lutschte einen Lolly und hielt ihren Teddy Owen unter dem linken Arm, als Nettie beflügelten Schrittes vorbeistürmte.

»Mommy, gerade ist eine Lady vorbeigerannt«, verkündete Tansy.

Amanda saß mit Myrtle Keeton in der Küche. Beide hatten eine Tasse Kaffee. Der Fonduetopf stand zwischen ihnen auf dem Tisch. Myrtle hatte gerade gefragt, ob es irgendwelche städtischen Angelegenheiten gäbe, von denen Dan wissen müßte, und diese Frage kam Amanda sehr merkwürdig vor. Wenn Buster etwas wissen wollte – weshalb war er dann nicht mit hereingekommen? Und was das anging – wieso überhaupt eine derartige Frage am Sonntagnachmittag?

»Liebling, Mommy unterhält sich mir Mrs. Keeton.«

»Sie hatte Blut im Gesicht«, verkündete Tansy.

Amanda lächelte Myrtle an. »Ich habe Buddy gesagt, wenn er schon dieses *Fatal Attraction* ausleihen müßte, dann sollte er es sich erst anschauen, wenn Tansy im Bett ist.«

Inzwischen rannte Nettie weiter. Als sie die Kreuzung von Castle View und Laurel Street erreicht hatte, mußte sie erst einmal stehenbleiben. Die Öffentliche Bibliothek stand hier, und der Rasen davor war mit einer gerundeten Steinmauer umgeben. Sie lehnte sich dagegen und rang keuchend nach Atem, während der Wind an ihrem Mantel zerrte. Ihre Hände drückten auf die linke Bauchhälfte, wo sie heftiges Seitenstechen hatte.

Sie schaute zurück, die Anhöhe hinauf, und sah, daß die Straße leer war. Buster war ihr doch nicht gefolgt; das hatte sie sich nur eingebildet. Ein paar Augenblicke später war sie imstande, in ihrer Manteltasche nach einem Kleenex zu suchen, mit dem sie sich das Blut aus dem Gesicht wischen konnte. Sie fand eines; außerdem stellte sie fest, daß der Schlüssel zu Busters Haus nicht mehr da war. Vielleicht war er ihr aus der Tasche gefallen, als sie bergab rannte, obwohl sie es für wahrscheinlicher hielt, daß sie ihn in der Haustür hatte stecken lassen. Aber was spielte das schon für eine Rolle? Sie war herausgekommen, bevor Buster sie gesehen hatte, und das war das einzig Wichtige. Sie dankte Gott, daß Mr. Gaunts Stimme gerade noch rechtzeitig zu ihr gesprochen hatte, wobei sie vergaß, daß sie nur auf Mr. Gaunts Anweisung in Busters Haus gewesen war.

Sie betrachtete das verschmierte Blut auf dem Kleenex und kam zu dem Schluß, daß die Wunde wohl nicht so schlimm war, wie sie hätte sein können. Die Blutung schien nachzulassen. Das Seitenstechen verschwand gleichfalls. Sie stieß sich von der Mauer ab und begann, mit gesenktem Kopf, damit man die Verletzung nicht sah, nach Hause zu trotten.

Zuhause, das war es, woran sie denken mußte. Zuhause und ihr wunderschöner Buntglas-Lampenschirm. Zuhause und der Superfilm. Zuhause und Raider. Wenn sie zu Hause war, bei verschlossener Tür, heruntergezogenen Jalousien, eingeschaltetem Fernseher und Raider zu ihren Füßen, dann würde ihr das alles vorkommen wie ein gräßlicher Traum – ein Traum von der Art, wie sie sie in Juniper Hill gehabt hatte, nachdem sie ihren Mann umgebracht hatte.

Zuhause, das war der Ort, an den sie gehörte.

Nettie ging ein wenig schneller. Sie würde bald dort sein.

11

Pete und Wilma Jerzyck hatten nach der Messe bei den Pulaskis einen leichten Lunch zu sich genommen, und danach hatten sich Pete und Jake Pulaski vor dem Fernseher niedergelassen, um sich anzusehen, wie die Patriots irgendwelche New Yorker in die Mangel nahmen. Wilma interessierte sich nicht im mindesten für Football – und ebensowenig für Baseball, Basketball oder Hockey. Der einzige Sport, der ihr gefiel, war Ringen, und obwohl Pete es nicht wußte, hätte Wilma ihn für Chief Jay Strongbow im Handumdrehen verlassen.

Sie half Frieda beim Abwaschen, dann erklärte sie, sie wollte nach Hause und sich den Rest des sonntäglichen Superfilms ansehen – es war *On the Beach* mit Gregory Peck. Sie teilte Pete mit, daß sie den Wagen nehmen würde.

»Okay«, sagte er, ohne die Augen vom Fernseher abzuwenden. »Mir macht es nichts aus, zu laufen.«

»Dein Glück«, murmelte sie fast unhörbar, als sie hinausging.

Wilma war tatsächlich einmal guter Laune, und das hatte mit der Kasino-Nacht zu tun. Father John hatte den Rückzieher, den sie von ihm erwartet hatte, nicht gemacht, und die Miene, mit der er an diesem Morgen über das Thema »Jeder bestelle seinen eigenen Acker«, gepredigt hatte, hatte ihr gefallen. Sein Ton war sanft wie immer, aber an seinen blauen Augen und dem vorgereckten Kinn war nichts sanft gewesen. Auch hatten all die weit hergeholten Ackerbau-Metaphern weder Wilma noch sonst jemanden über das hinwegtäuschen können, was er in Wirklichkeit sagte: Wenn die Baptisten darauf bestanden, ihre kollektive Nase ins Rübenfeld der Katholiken zu stecken, dann würden sie einen Tritt in den kollektiven Hintern bekommen.

Der Gedanke an einen Tritt in den Hintern (zumal in diesem Ausmaß) versetzte Wilma in gute Laune.

Und die Aussicht auf Tritte in den Hintern (zumal in diesem Ausmaß) versetzte Wilma immer in gute Laune.

Und die Aussicht auf Tritte in den Hintern war nicht das einzige Vergnügen an Wilmas Sonntag. Sie hatte ausnahmsweise einmal kein schweres Mittagessen zu kochen brauchen, und Pete war bei Jake und Frieda gut aufgehoben. Wenn sie Glück hatte, würde er den ganzen Nachmittag damit verbringen, sich anzuschauen, wie Männer versuchten, sich gegenseitig die Milz zu zerreißen, und sie konnte sich in Ruhe den Film ansehen. Vielleicht würde sie vorher noch ihre alte Freundin Nettie anrufen. Sie war überzeugt, daß sie der verrückten Nettie gründlich eingeheizt hatte, und das war schön und gut – für den Anfang. Aber *nur* für den Anfang. Nettie hatte immer noch für die verdreckten Laken zu bezahlen, ob sie es wußte oder nicht. Es war an der Zeit, einige weitere Schritte gegen Miss Geisteskrank von 1991 zu unternehmen. Dieser Plan erfüllte Wilma mit Vorfreude, und sie fuhr nach Hause, so schnell sie konnte.

12

Wie im Traum ging Danforth Keeton zum Kühlschrank und riß den rosa Zettel ab, der daran klebte. Die Worte

VERWARNUNG WEGEN VERKEHRSWIDRIGEN VERHALTENS

standen in großen, schwarzen Blockbuchstaben am Kopf des Blattes. Unter diesen Worten fand sich die folgende Botschaft:

Nur eine Verwarnung – aber bitte lesen und beherzigen! Sie wurden beim Verstoß gegen eine oder mehrere Verkehrsregeln beobachtet. Der zitierende Beamte hat sich dafür entschieden, Sie diesmal mit einer Verwarnung davonkommen zu lassen, aber er hat Marke, Modell und Zulassungsnummer Ihres Wagens notiert. Beim nächsten Verstoß wird Anklage erhoben. Bitte denken Sie daran: Verkehrsregeln gelten für jedermann.
Fahren Sie defensiv!
Kommen Sie lebend ans Ziel!
Ihre Ortspolizei dankt Ihnen!

Dieser Predigt folgten etliche Leerzeilen, an deren Anfang die Worte MARKE, MODELL und KENNZEICHEN standen. Die ersten beiden Leerzeilen enthielten in Großbuchstaben die Worte CADILLAC und SEVILLE. In der Leerzeile für KENNZEICHEN stand:

BUSTER 1

Den größten Teil des Zettels nahm eine Liste alltäglicher Verstöße gegen die Verkehrsregeln ein, wie etwa Nichtanzeigen einer Richtungsänderung, Nichtanhalten vor einem Stoppschild und unzulässiges Parken. Nichts davon war angekreuzt. Weiter unten standen die Worte WEITERE VERGEHEN, gefolgt von zwei Leerzeilen. Die Botschaft auf den für die Beschreibung der Vergehen vorgesehenen Zeilen war gleichfalls in säuberlichen Großbuchstaben geschrieben:

DER GRÖSSTE PENNER IN CASTLE ROCK ZU SEIN.

Und ganz unten war eine punktierte Linie, unter der die Worte ZITIERENDER BEAMTER gedruckt waren. Die Gummistempel-Unterschrift unter dieser Zeile lautete *Norris Ridgewick*.

Langsam, ganz langsam ballte Keeton seine Faust um den rosa Zettel. Er knisterte und bog sich und zerknitterte. Schließlich verschwand er zwischen Keetons massigen Knöcheln. Er stand mitten in der Küche, schaute sich um und sah all die anderen rosa Zettel. Eine Ader pochte in der Mitte seiner Stirn.

»Ich bringe ihn um«, flüsterte Keeton. »Ich schwöre es bei Gott und allen Heiligen – ich bringe ihn um, diesen mickrigen kleinen Scheißkerl.«

13

Als Nettie zu Hause ankam, war es erst zwanzig Minuten nach eins, aber es kam ihr vor, als wäre sie Monate, wenn nicht sogar Jahre fortgewesen. Als sie den Betonpfad zu ihrem Haus hinaufging, glitten ihre Ängste wie unsichtbare Gewichte von ihren Schultern. Ihr Kopf schmerzte noch immer von dem Sturz, aber wie sie fand, war ein bißchen Kopfweh ein sehr geringer Preis dafür, daß sie sicher und unentdeckt wieder in ihrem Häuschen angekommen war.

Ihren eigenen Schlüssel hatte sie nach wie vor; er steckte in der Tasche ihres Kleides. Sie holte ihn heraus und schob ihn ins Schloß. »Raider?« rief sie, als sie ihn drehte. »Raider, ich bin wieder da!«

Sie öffnete die Tür.

»Wo ist Mummys kleiner Junge? Wo steckt er denn? Hat er schon ganz fürchterlichen Hunger?« Die Diele war dunkel, und anfangs sah sie das kleine Bündel nicht, das auf dem Fußboden lag. Sie zog den Schlüssel aus dem Schloß und trat ein. »Ist Mummys kleiner Junge ganz fürchterlich hungrig? Ist er so hun …«

Ihr Fuß stieß gegen etwas, das steif und nachgiebig zugleich war, und ihre Stimme brach mitten im Wort ab. Sie schaute nach unten und sah Raider.

Anfangs versuchte sie sich einzureden, sie sähe nicht, wovon ihre Augen sie überzeugen wollten. Das war doch nicht Raider da auf dem Fußboden, mit etwas, das aus seiner Brust herausragte – das konnte doch nicht sein.

Sie machte die Tür zu und tastete verzweifelt nach dem Schalter an der Wand. Endlich ging das Dielenlicht an, und sie sah es. Raider lag auf dem Fußboden. Er lag auf dem Rücken, so wie er immer lag, wenn er gekrault werden wollte, und aus ihm ragte etwas Rotes heraus, etwas, das aussah wie –

Nettie stieß einen schrillen, hohen Schrei aus und fiel neben dem Hund auf die Knie.

»Raider! O Jesus, gütiger Heiland! O mein Gott, du bist doch nicht tot, nicht wahr? Du bist doch nicht tot?«

Ihre Hand, ihre sehr, sehr kalte Hand tastete nach dem roten Ding, das aus Raiders Brust herausragte, genau so, wie sie ein paar Sekunden zuvor nach dem Lichtschalter getastet hatte. Endlich bekam sie es zu fassen und zog es heraus. Der Korkenzieher löste sich mit einem widerlich schmatzenden Geräusch, zusammen mit kleinen Blutklumpen und Haarbüscheln. Er hinterließ ein großes, ausgefetztes dunkles Loch. Nettie schrie. Sie ließ den blutigen Korkenzieher fallen und nahm den steifen kleinen Kadaver in die Arme.

»Raider!« weinte sie. *»Oh, mein kleines Hündchen! Nein! O nein!«* Sie wiegte ihn an ihrer Brust, versuchte, ihn mit ihrer Wärme ins Leben zurückzubringen, aber wie es schien, hatte sie keinerlei Wärme zu spenden. Ihr war kalt. Kalt.

Einige Zeit später legte sie das tote Tier wieder auf den Dielenfußboden und tastete herum, bis sie das Schweizer Armeemesser mit dem aus dem Griff herausragenden Korkenzieher gefunden hatte. Sie hob es benommen auf, aber ein Teil der Benommenheit verließ sie, als sie sah, daß auf die Mordwaffe ein Zettel aufgespießt worden war. Sie zog ihn mit tauben Fingern ab und hielt ihn dicht vor die Augen. Das Papier war steif vom Blut ihres armen Hünd-

338

chens, aber die Worte, die darauf standen, konnte sie trotzdem lesen:

Niemand schmeißt Dreck auf meine sauberen Laken! Warten Sie nur, ich erwische Sie noch!

Langsam wich der Ausdruck von abgrundtiefer Verzweiflung und Entsetzen aus Netties Augen. An seine Stelle trat eine grausige Art von Intelligenz, funkelnd wie angelaufenes Silber. Ihre Wangen, die so bleich geworden waren wie Milch, röteten sich, als sie endlich begriffen hatte, was vorgefallen war. Ihre Lippen wichen langsam von ihren Zähnen zurück. Zwei rauhe Worte kamen aus ihrem offenen Mund, heiß und heiser und rasselnd:

»*Du – Miststück!*«

Sie zerknüllte den Zettel in der Faust und warf ihn an die Wand. Er prallte ab und landete neben dem toten Tier. Nettie stürzte sich darauf, hob ihn auf und spuckte darauf. Dann warf sie ihn wieder fort. Sie stand auf und ging langsam in die Küche. Ihre Hände öffneten sich, schlossen sich dann wieder zu Fäusten, öffneten sich und krampften sich wieder zusammen.

14

Wilma Jerzyck lenkte ihren kleinen gelben Yugo in ihre Auffahrt, stieg aus, ging auf die Haustür zu und suchte gleichzeitig in ihrer Handtasche nach dem Hausschlüssel. Dabei summte sie leise »Love Makes the World Go Round«. Sie fand den Schlüssel, steckte ihn ins Schloß – und hielt inne, weil sie aus dem Augenwinkel heraus eine ungewöhnliche

Bewegung wahrgenommen hatte. Sie schaute nach rechts und starrte auf das, was sie dort sah.

Die Wohnzimmergardinen flatterten im frischen Nachmittagswind. Sie flatterten außerhalb des Hauses. Und der *Grund* dafür, daß sie außerhalb des Hauses flatterten, war, daß das große Aussichtsfenster, das zu ersetzen die Clooneys vierhundert Dollar gekostet hatte, nachdem ihr idiotischer Sohn es vor drei Jahren mit seinem Baseball eingeworfen hatte, zerschmettert war. Von dem Loch in der Mitte aus zeigten lange Glaspfeile ins Innere.

»Verdammter Mist!« rief Wilma und drehte den Schlüssel so rabiat im Schloß, daß sie ihn fast abgebrochen hätte.

Sie stürmte ins Haus, packte die Tür, um sie hinter sich zuzuschlagen, dann erstarrte sie. Zum erstenmal in ihrem Erwachsenenleben war Wilma Wadlowski Jerzyck so geschockt, daß sie zu keiner Bewegung imstande war.

Das Wohnzimmer war ein Chaos. Ihr Fernseher – das wundervolle Großschirmgerät, auf das sie noch elf Raten zu zahlen hatte – war zertrümmert. Die Innereien waren schwarz und qualmten. Die Bildröhre lag in tausend winzigen Splittern auf dem Teppich. An der gegenüberliegenden Wohnzimmerwand war ein Stück vom Verputz herausgeschlagen. Unter dem Loch lag ein Päckchen von der Form eines Brotlaibs. Ein weiteres lag an der Schwelle zur Küche.

Sie näherte sich dem Gegenstand auf der Schwelle. Ein Teil ihres noch nicht wieder richtig funktionierenden Verstandes mahnte zu höchster Vorsicht – es konnte sich um eine Bombe handeln. Als sie den Fernseher passierte, stieg ihr ein heißer, widerlicher Geruch in die Nase – eine Mischung aus versengter Isolierung und verbranntem Speck.

Sie hockte sich vor dem Päckchen auf der Schwelle nieder und sah, daß es gar kein Päckchen war. Es war ein Stein mit einem darumgewickelten Blatt Notizpapier, das von einem Gummiband gehalten wurde. Sie wickelte das Papier ab und las, was daraufstand:

ICH HABE GESAGT, SIE SOLLEN MICH IN RUHE LASSEN. DIES IST DIE LETZTE WARNUNG!

Nachdem sie es zweimal gelesen hatte, fiel ihr Blick auf den anderen Stein. Sie ging hinüber und wickelte das von Gummibändern gehaltene Blatt ab. Dasselbe Papier, dieselbe Botschaft.

Sie stand auf, hielt in jeder Hand eines der zerknitterten Blätter, schaute immer wieder vom einen zum anderen, und ihre Augen bewegten sich wie die einer Frau, die einem Spiel um die Meisterschaft im Tischtennis zusieht.

»Nettie«, sagte sie. »Dieses Dreckstück.«

Sie betrat die Küche und sog mit zusammengebissenen Zähnen den Atem ein. Als sie den Stein aus der Mikrowelle herausholte, schnitt sie sich an einem Glassplitter in die Hand. Sie zog den Splitter geistesabwesend heraus, bevor sie das um den Stein gewickelte Papier ablöste. Es trug dieselbe Botschaft.

Wilma eilte durch die anderen Zimmer im Erdgeschoß und entdeckte weitere Verheerungen. Sie wickelte alle Zettel ab. Sie waren alle gleich. Dann kehrte sie in die Küche zurück und betrachtete ungläubig den angerichteten Schaden.

»Nettie«, sagte sie abermals.

Endlich begann der Eisberg von Schock in ihr zu schmelzen. Das erste Gefühl, das an seine Stelle trat, war nicht Wut, sondern Fassungslosigkeit. Diese Frau mußte wahrhaftig verrückt sein. Sie *mußte* es sein, wenn sie gedacht hat, sie könnte mir – *mir* – so etwas antun und dann bei Sonnenuntergang noch am Leben sein. Was glaubte sie denn, mit wem sie es zu tun hatte – mit einem samtpfötigen Kätzchen?

Wilmas Hand schloß sich krampfhaft um die Zettel. Sie bückte sich und rieb mit der zerknitterten Nelke aus Papier, die aus ihrer Faust herausragte, heftig über den breiten Hintern.

»Ich wisch mir den Arsch mit deiner letzten Warnung!« schrie sie und feuerte die Zettel in die Ecke.

Dann sah sie sich mit den erstaunten Augen eines Kindes abermals in der Küche um. Ein Loch in der Mikrowelle. Eine große Delle im Amana-Kühlschrank. Überall Glassplitter. Und in dem anderen Zimmer roch der Fernseher, der sie fast sechzehnhundert Dollar gekostet hatte, wie eine Friteuse voll heißer Hundescheiße. Und wer hatte das alles angerichtet? Wer?

Nettie Cobb war es gewesen. Die hatte das alles angerichtet. Miss Geisteskrank von 1991.

Wilma begann zu lächeln.

Jemand, der Wilma nicht kannte, hätte es für ein sanftes Lächeln halten können, ein freundliches Lächeln, ein liebevolles und gutmütiges Lächeln. Aus ihren Augen leuchtete irgendeine starke Emotion; der Uneingeweihte hätte es für Begeisterung halten können. Aber wenn Peter Jerzyck, der sie am besten kannte, in diesem Augenblick ihr Gesicht gesehen hätte, dann wäre er, so schnell seine Beine ihn trugen, in die entgegengesetzte Richtung gerannt.

»Nein«, sagte Wilma mit sanfter, fast liebkosender Stimme. »Oh, nein, Baby. Du weiß es nicht. Du weiß nicht, was es heißt, sich mit Wilma anzulegen. Du hast nicht die geringste *Ahnung*, was es bedeutet, sich mit Wilma Wadlowski Jerzyck anzulegen.«

Ihr Lächeln wurde breiter.

»Aber du wirst es erfahren.«

Neben der Mikrowelle waren an der Wand zwei Streifen aus magnetischem Stahl befestigt. Die meisten der Messer, die daran gehangen hatten, waren von dem Stein, den Brian in die Mikrowelle geschleudert hatte, abgelöst worden; sie lagen in einem wirren Haufen auf der Arbeitsplatte. Wilma suchte das größte heraus, ein Kingsford-Tranchiermesser mit weißem Knochengriff, und fuhr mit ihrer verletzten Handfläche langsam an der Klinge entlang, wobei sie die Schneide mit Blut verschmierte.

»Ich werde dir schon beibringen, was du wissen mußt.«

Mit dem Messer in der Faust durchquerte Wilma das Wohnzimmer. Das Glas von der zerbrochenen Scheibe und der Bildröhre des Fernsehers knirschte unter den flachen Absätzen ihrer schwarzen Kirchgangsschuhe. Sie ging zur Tür hinaus, ohne sie zuzumachen, und quer über den Rasen zur Ford Street hinüber.

15

Zur gleichen Zeit, zu der Wilma sich aus dem Haufen auf ihrer Arbeitsplatte ein Messer heraussuchte, holte Nettie ein Fleischbeil aus einer ihrer Küchenschubladen. Sie wußte, daß es scharf war; Bill Fullerton unten im Barbiersalon hatte es erst vor knapp einem Monat für sie geschliffen.

Nettie drehte sich um und ging langsam durch die Diele auf ihre Haustür zu. Dort blieb sie stehen und kniete einen Moment neben Raider nieder, ihrem armen Hund, der nie jemandem etwas zuleide getan hatte.

»Ich habe sie gewarnt«, sagte sie leise und streichelte Raiders Fell. »Ich habe sie gewarnt. Ich habe der verrückten Polin jede Chance gegeben. Ich habe ihr jede nur erdenkliche Chance gegeben. Mein liebes, kleines Hündchen. Warte auf mich. Warte auf mich, denn ich werde bald bei dir sein.«

Sie erhob sich und verließ das Haus, wobei sie der Haustür ebensowenig Beachtung schenkte, wie Wilma es getan hatte. Sicherheit hatte aufgehört, Nettie zu interessieren. Sie stand einen Moment auf der Schwelle und holte tief Luft, dann ging sie quer über den Rasen zur Willow Street hinüber.

16

Danforth Keeton stürmte in sein Arbeitszimmer, riß den Schrank auf und tastete darin herum. Einen fürchterlichen Augenblick lang glaubte er, das Spiel wäre fort, der gottverdammte, zudringliche, ihn verfolgende Scheiß-Deputy hätte es mitgenommen – und mit ihm seine Zukunft. Dann fanden seine Hände die Schachtel, und er riß den Deckel hoch. Die blecherne Rennbahn war noch da. Und der Umschlag steckte nach wie vor darunter. Er bog ihn vor und zurück, hörte, wie die Geldscheine darin knisterten, dann steckte er ihn wieder in die Schachtel.

Er eilte ans Fenster, hielt Ausschau nach Myrtle. Sie durfte die rosa Zettel nicht sehen. Er mußte sie alle verschwinden lassen, bevor Myrtle kam. Wie viele waren es? Hundert? Er schaute sich in seinem Arbeitszimmer um und sah und sah sie überall. Tausend? Ja, vielleicht. Vielleicht tausend. Vielleicht sogar zweitausend. Alles war möglich.

Er rannte durchs Wohnzimmer (sein Schädel streifte den an der Lampe hängenden Zettel und ließ ihn schaukeln) und drehte den Verriegelungsknopf an der Haustür. Dann fiel ihm ein, daß sie ja einen Schlüssel hatte. Er schob den Riegel vor und hakte sicherheitshalber auch die Kette ein. Wenn sie kam, bevor er mit dem Aufräumen fertig war, würde sie vor der Tür warten müssen. Er dachte nicht daran, sie einzulassen, bevor nicht auch der letzte dieser gottverdammten Zettel im Küchenherd verbrannt war.

Er riß den von der Lampe herabhängenden Zettel ab. Das Klebeband haftete an seiner Wange, und er wischte es mit einem letzten Wutschrei beiseite. Auf diesem Zettel sprang ihm aus der für WEITERE VERGEHEN vorgesehenen Zeile ein einziges Wort entgegen:

VERUNTREUUNG

Er rannte zur Leselampe neben seinem Sessel. Riß den Zettel ab, der am Lampenschirm klebte.

WEITERE VERGEHEN:
UNTERSCHLAGUNG STÄDTISCHER GELDER

Am Fernseher:

WETTEN AUF PFERDE

Auf dem Glas seines über dem Kamin hängenden Lions Club Good Citizenship Award:

UNZUCHT MIT IHRER MUTTER

An der Küchentür:

ZWANGHAFTES GELDVERSCHLEUDERN
AUF DER LEWISTON-RENNBAHN

An der Tür zur Garage:

PSYCHOTISCHE SCHWACHSINNS-PARANOIA

Er sammelte sie ein, so schnell er konnte, mit weit aufgerissenen und aus seinem fleischigen Gesicht vorquellenden Augen und zerwühltem Haar. Bald hustete und keuchte er, und eine häßliche, rötlichpurpurne Farbe breitete sich über seine Wangen. Er sah aus wie ein fettes Kind mit dem Gesicht eines Erwachsenen auf einer absurden, aber ungeheuer wichtigen Schatzsuche.

Da klebte noch einer an der Scheibe der Porzellanvitrine:

DIEBSTAHL AUS DEM RENTENFONDS DER STADT
UM DAS GELD AUF PFERDE ZU SETZEN

Eine Faustvoll Zettel mit der Rechten umkrampfend, aus der die Enden der Klebestreifen herausflatterten, eilte Keeton in sein Arbeitszimmer und begann, weitere Zettel abzureißen. Sie nahmen alle auf ein einziges Thema Bezug, und das mit gräßlicher Genauigkeit:

VERUNTREUUNG
DIEBSTAHL
ENTWENDUNG
BETRUG
UNTERSCHLAGUNG
SCHLECHTE VERWALTUNG
VERUNTREUUNG

Vor allem dieses eine Wort, unübersehbar, schreiend, anklagend:

WEITERE VERGEHEN: VERUNTREUUNG

Er glaubte, draußen etwas zu hören, und rannte wieder ans Fenster. Vielleicht war es Myrtle. Vielleicht war es Norris Ridgewick, gekommen, um über ihn zu lachen. Wenn er es war, dann würde Keeton seinen Revolver holen und schießen. Aber nicht in den Kopf. Nein. In den Kopf, das wäre zu gut, zu schnell. Keeton würde ihm ein Loch in den Bauch schießen und ihn dann auf dem Rasen liegenlassen, damit er sich zu Tode schrie.

Aber es war nur der Wagen der Garsons, der den View in Richtung Stadt hinunterfuhr. Scott Garson war der bedeutendste Bankier der Stadt. Keeton und seine Frau trafen sich manchmal mit den Garsons zum Essen, sie waren nette Leute, und Garson selbst war ein politisch wichtiger Mann. Was würde *er* denken, wenn er diese Zettel sah? Was würde er denken, wenn er dieses Wort sah, VERUNTREUUNG, das all diese Zettel herausschrien, schrien wie eine Frau, die mitten in der Nacht vergewaltigt wird?

Er rannte wieder ins Wohnzimmer, keuchend. Hatte er irgendwelche von ihnen übersehen? Er glaubte es nicht. Er hatte sie alle, jedenfalls hier und …

Nein? Da war noch einer! Am Pfosten des Treppengeländers! Was, wenn er den übersehen hätte? Großer Gott!

Er rannte hin, riß ihn ab.

MARKE: SCHEISSMOBIL
MODELL: ALT UND SCHÄBIG
KENNZEICHEN: OLDFUCK 1
WEITERE VERGEHEN: FINANZIELLE HUREREI

Mehr? Waren da noch mehr? Keeton jagte wie ein Besessener durch die Räume im Erdgeschoß. Sein Hemd war aus der Hose herausgerutscht, und sein behaarter Bauch hüpfte heftig über seiner Gürtelschnalle. Er sah keine mehr – jedenfalls nicht hier unten.

Nach einem weiteren, hektischen Blick aus dem Fenster, um sich zu vergewissern, daß Myrt noch nicht in Sicht war, stürmte er mit hämmerndem Herzen nach oben.

17

Wilma und Nettie trafen sich an der Ecke von Willow und Ford Street. Dort blieben sie stehen, starrten sich an wie Revolverhelden in einem Italo-Western. Der Wind ließ ihre Mäntel flattern. Die Sonne verschwand hinter den Wolken und brach wieder durch; ihre Schatten kamen und gingen wie launenhafte Gäste.

Auf keiner der beiden Straßen war irgendein Fahrzeug zu sehen; auch die Gehsteige waren leer. Diese kleine Ecke des Herbstnachmittags gehörte ihnen.

»Du hast meinen Hund umgebracht, du Miststück!«

»Du hast meinen Fernseher zerbrochen! Du hast meine Fenster zerbrochen! Du hast meine Mikrowelle zerbrochen, du verrücktes Biest!«

»Ich habe dich gewarnt!«

»Ich bringe dich um!«

»Einen Schritt vorwärts, dann stirbt hier jemand, aber das werde nicht ich sein!«

Wilma sprach diese Worte mit Bestürzung und aufdämmernder Verblüffung; beim Anblick von Netties Gesicht wurde ihr zum erstenmal bewußt, daß es zwischen ihnen beiden zu etwas Ernsterem kommen konnte als Haareziehen und Kleiderzerreißen. Was tat Nettie überhaupt hier? Was war aus dem Überraschungselement geworden! Wie waren die Dinge so rasch an diesem Punkt angelangt?

Aber tief in Wilmas Wesen steckte etwas von einem polnischen Kosaken, der solche Fragen für irrelevant hält. Hier galt es einen Kampf auszufechten; das war das einzige, worauf es ankam.

Nettie stürzte auf sie zu und hob dabei das Fleischbeil. Ihre Lippen wichen von den Zähnen zurück, und aus ihrer Kehle kam ein langgezogenes Heulen.

Wilma duckte sich, hielt ihr Messer vor sich wie eine riesige Schnappklinge. Als Nettie herangekommen war, stieß Wilma damit zu. Es bohrte sich tief in Nettie Eingeweide und fuhr dann hoch, schlitzte ihr den Bauch auf. Stinkender Schleim spritzte heraus. Wilma durchlebte einen Moment des Entsetzens über das, was sie getan hatte – war das wirklich Wilma Jerzyck am anderen Ende des in Nettie vergrabenen Stahls? –, und ihre Armmuskeln entspannten sich. Die Bewegung des Messers kam zum Stillstand, bevor die Klinge Netties pochendes Herz erreichen konnte.

»O DU MISTSTÜCK!« kreischte Nettie und ließ das Beil niederfahren. Es grub sich tief in Wilmas Schulter und zersplitterte mit einem dumpfen Krachen ihr Schlüsselbein.

Der Schmerz, eine riesige Holzplanke aus Schmerz, vertrieb jeden Gedanken aus Wilmas Kopf. Nur der rasende Kosak blieb zurück. Sie riß ihr Messer frei.

Nettie riß ihr Beil frei. Dazu brauchte sie beide Hände, und als es ihr schließlich gelungen war, es aus dem Knochen herauszuhebeln, glitt ein lockerer Klumpen Gedärm aus dem blutigen Loch in ihrem Kleid und hing glitzernd vor ihr.

Die beiden Frauen umkreisten sich langsam, und ihre Füße hinterließen Abdrücke in ihrem eigenen Blut. Der Gehsteig begann auszusehen wie eine gespenstische Arthur Murray-Choreographie. Nettie spürte, wie die Welt in großen, langsamen Kreisen zu pulsieren begann – die Farbe entwich aus allen Dingen, ließ sie in verschwommenem Weiß zurück, kam dann langsam wieder. Sie hörte ihr Herz in den Ohren, ein langsames, lautes, betäubendes Pochen. Sie wußte, daß sie verletzt war, spürte aber keinen Schmerz. Sie glaubte, Wilma hätte sie vielleicht ein wenig in die Seite gestochen oder so etwas.

Wilma wußte, wie schwer sie verletzt war; sie konnte den rechten Arm nicht mehr heben und das Rückenteil ihres Kleides war mit Blut durchtränkt. Dennoch hatte sie nicht die Absicht, davonzulaufen. Sie war noch nie in ihrem Leben davongelaufen, und sie würde jetzt nicht damit anfangen.

»He!« schrie ihnen jemand mit dünner Stimme von der an-

348

deren Straßenseite aus zu. »He! Was macht ihr beide da? Hört sofort auf. Hört sofort damit auf, sonst rufe ich die Polizei!«

Wilma drehte den Kopf in diese Richtung. In dem Augenblick, in dem ihre Aufmerksamkeit abgelenkt war, trat Nettie vor und schwang das Beil in einem flachen Bogen. Es fuhr in die Rundung von Wilmas Hüfte, glitt von ihrem Beckenknochen ab, brach ihn. Blut spritzte in einem Fächer heraus. Wilma schrie und torkelte rückwärts, durchfegte die Luft vor ihr mit dem Messer. Ihre Füße strauchelten, und sie stürzte auf den Gehsteig.

»He! He!« Es war eine alte Frau, die auf ihrer Vortreppe stand und einen mausgrauen Schal an der Kehle zusammenraffte. Ihre Brille vergrößerte ihre Augen zu wäßrigen Rädern des Entsetzens. Jetzt trompetete sie mit ihrer durchdringenden Altfrauenstimme: »Hilfe! Polizei! MOOOORD!«

Die Frauen an der Ecke von Willow und Ford Street nahmen es nicht zur Kenntnis. Wilma war neben dem Stoppschild zusammengesackt, und als Nettie auf sie zutaumelte, richtete sie sich an dem Pfosten in eine sitzende Position auf und hielt das Messer nach oben gerichtet im Schoß.

»Komm nur heran, du Biest«, fauchte sie. »Komm nur heran.«

Nettie kam, ihr Mund arbeitete. Der Klumpen Gedärm schwang vor ihrem Kleid hin und her wie ein mißgestalteter Fetus. Ihr rechter Fuß stieß gegen Wilmas ausgestreckten linken Fuß, und sie fiel vorwärts. Das Tranchiermesser durchbohrte sie direkt unter dem Brustbein. Sie stöhnte durch einen Mund voll Blut, hob das Beil und ließ es niederfahren. Mit einem dumpfen Laut grub es sich tief in Wilmas Schädel. Wilma begann zu zucken, ihr Körper bäumte sich unter dem von Nettie auf. Jedes Aufbäumen trieb das Tranchiermesser tiefer hinein.

»Hast – mein – Hündchen – umgebracht«, keuchte Nettie und spie mit jedem Wort einen feinen Nebel aus Blut in Wilmas Gesicht. Dann erschauerte sie am ganzen Körper und erschlaffte. Ihr Kopf fiel vorwärts und schlug gegen den Pfosten des Stoppschildes.

Wilmas zuckender Fuß glitt in den Rinnstein. Ihr guter, schwarzer Kirchgangsschuh flog davon und landete in ei-

349

nem Haufen Laub; der flache Absatz zeigte zu den dahinjagenden Wolken empor. Ihre Zehen beugten sich einmal – noch einmal – dann entspannten sie sich.

Die beiden Frauen lagen da, übereinander wie Liebende, und ihr Blut färbte die zimtfarbenen Blätter im Rinnstein.

»MOOOOOORD!« trompetete die alte Frau auf der anderen Straßenseite noch einmal; dann taumelte sie rückwärts und fiel ohnmächtig der Länge nach in ihre eigene Diele.

Jetzt kamen auch andere Leute in der Nachbarschaft an die Fenster, sie öffneten Türen, fragten sich gegenseitig, was passiert war, traten auf Vortreppen und Rasen heraus, näherten sich zuerst vorsichtig der Szene und wichen dann mit vor den Mund gehaltenen Händen schleunigst zurück, nachdem sie nicht nur gesehen hatten, was passiert war, sondern auch das ganze, grausige Ausmaß.

Schließlich rief irgend jemand das Büro des Sheriffs an.

18

Polly Chalmers ging langsam die Main Street hinauf auf Needful Things zu, die schmerzenden Hände in ihren wärmsten Handschuhen, als sie die erste Polizeisirene hörte. Sie blieb stehen und beobachtete, wie einer der drei braunen Plymouth-Streifenwagen des Countys mit wirbelndem Blaulicht über die Kreuzung Main und Laurel Street jagte. Er fuhr schon jetzt fast achtzig und beschleunigte noch weiter. Dicht dahinter folgte ein zweiter Streifenwagen.

Sie sah ihnen stirnrunzelnd nach, bis sie außer Sicht waren. Sirenen und Blaulicht waren eine Seltenheit in Castle Rock. Sie fragte sich, was passiert sein mochte – vermutlich etwas Ernsteres als eine Katze, die sich auf einem Baum verstiegen hatte. Alan würde es ihr erzählen, wenn er am Abend anrief.

Polly schaute wieder die Main Street hinauf und sah Leland Gaunt an der Tür seines Ladens stehen; auch er sah den Streifenwagen nach, und auf seinem Gesicht lag ein Ausdruck leichter Neugierde. Nun, das beantwortete eine Frage:

350

er war da. Nettie war nicht wieder erschienen, um ihr Bescheid zu sagen. Das hatte Polly nicht sonderlich überrascht; die Oberfläche von Netties Verstand war glitschig, und die Dinge hatten eine Art, einfach von ihm abzurutschen.

Sie ging weiter. Mr. Gaunt sah sich um und entdeckte sie. »Mrs. Chalmers! Wie schön, daß Sie kommen konnten!«

Sie lächelte matt. Die Schmerzen, die am Vormittag eine Weile nachgelassen hatte, kamen jetzt zurückgekrochen und bohrten ihr Netzwerk aus dünnen, grausamen Drähten durch das Fleisch ihrer Hände. »Ich dachte, wir hätten uns auf Polly geeinigt.«

»Also dann Polly. Kommen Sie herein – ich freue mich, Sie zu sehen. Was hat diese Aufregung zu bedeuten?«

»Ich weiß es nicht«, sagte sie. Er hielt ihr die Tür auf, und sie betrat hinter ihm den Laden. »Ich nehme an, jemand ist verletzt und muß ins Krankenhaus gebracht werden. Die Ambulanz in Norway ist am Wochenende immer fürchterlich langsam …«

Mr. Gaunt machte die Tür hinter ihnen zu. Das Glöckchen bimmelte. Die Jalousie an der Tür war heruntergezogen, und das Innere von Needful Things war jetzt, da die Sonne in die andere Richtung wanderte, ziemlich düster, aber Polly dachte, wenn Düsternis überhaupt angenehm sein kann, dann ist es diese Düsternis. Eine kleine Leselampe warf einen goldenen Kreis auf den Tresen neben Mr. Gaunts altmodischer Registrierkasse. Daneben lag ein aufgeschlagenes Buch. *Die Schatzinsel* von Robert Louis Stevenson.

Mr. Gaunt musterte Polly eindringlich, und abermals mußte sie lächeln, als sie den besorgten Ausdruck in seinen Augen bemerkte.

»Meine Hände sind in den letzten Tagen Amok gelaufen«, sagte sie. »Ich sehe vermutlich nicht gerade aus wie Demi Moore.«

»Sie sehen aus wie eine Frau, die sehr erschöpft ist und eine Menge auszustehen hat.«

Das Lächeln auf ihrem Gesicht wurde unsicher. In seiner Stimme schwang Verständnis und tiefes Mitgefühl, und einen Moment lang fürchtete Polly, sie würde in Tränen ausbrechen. Der Gedanke, der die Tränen in Schach hielt, war überaus seltsam: *Seine Hände. Wenn ich weine, wird er versuchen, mich zu trösten. Er wird mich mit seinen Händen anfassen.*

Sie zwang sich, zu lächeln.

»Ich werde es überleben; das habe ich immer getan. Sagen Sie – hat Nettie Cobb bei Ihnen hereingeschaut?«

»Heute?« Er runzelte sie Stirn. »Nein; heute nicht. Wenn sie gekommen wäre, hätte ich ihr ein neues Stück Buntglas gezeigt, das gestern hereingekommen ist. Es ist nicht so hübsch wie das, das ich ihr vor ein paar Tagen verkauft habe, aber ich dachte, es könnte sie interessieren. Warum fragen Sie?«

»Oh – aus keinem besonderen Grund«, sagte Polly. »Sie sagte, sie würde es vielleicht tun; aber Nettie – Nettie vergißt oft etwas.«

»Ich hatte den Eindruck, daß sie eine Frau ist, die es nicht leicht gehabt hat im Leben.«

»Ja. Ja, so ist es.« Polly sprach diese Worte langsam und mechanisch. Offenbar war sie nicht imstande, die Augen von ihm abzuwenden. Dann stieß eine ihrer Hände gegen die Kante einer Vitrine, und das veranlaßte sie, den Augenkontakt zu unterbrechen. Ein kleiner Schmerzenslaut entschlüpfte ihr.

»Ist alles in Ordnung?«

»Ja, es geht mir gut«, sagte Polly, aber das war eine Lüge – es ging ihr alles andere als gut.

Mr. Gaunt schien das zu wissen. »Es geht Ihnen nicht gut«, sagte er entschieden. »Deshalb werde ich mich nicht bei irgendwelchen Vorreden aufhalten. Der Gegenstand, von dem ich Ihnen geschrieben habe, ist hereingekommen. Ich werde ihn Ihnen geben und Sie dann nach Hause schikken.«

»Ihn mir *geben?*«

»Oh, ich biete Ihnen kein Geschenk an«, sagte er und trat hinter die Registrierkasse. »Dafür kennen wir einander noch nicht gut genug, oder?«

Sie lächelte. Er war ganz eindeutig ein gütiger Mann, ein Mann, der, was ganz natürlich war, nett sein wollte zu der ersten Person, die in Castle Rock nett zu ihm gewesen war. Aber es fiel ihr schwer, darauf zu antworten – es fiel ihr sogar schwer, der Unterhaltung überhaupt zu folgen. Die Schmerzen in ihren Händen waren monströs. Jetzt wünschte sie sich, sie wäre nicht hergekommen, und alles, was sie wollte, ob Nettigkeit oder nicht, war, nach Hause zu gehen und eine Schmerztablette zu nehmen.

»Es ist ein Gegenstand von der Art, die ein Händler zur Probe anbieten *muß* – das heißt, wenn er ein redlicher Mensch ist.« Er brachte ein Schlüsselbund zum Vorschein, wählte einen Schlüssel aus und schloß die Schublade unter der Registrierkasse auf. »Wenn Sie ihn ein paar Tage ausprobiert haben und feststellen, daß er für Sie wertlos ist – und ich muß Ihnen sagen, daß das wahrscheinlich der Fall sein wird –, dann geben Sie ihn mir zurück. Wenn Sie dagegen feststellen, daß er Ihnen einige Erleichterung verschafft, dann können wir über den Preis reden.«

Sie sah ihn verwirrt an. Erleichterung? Wovon redete er?

Er holte eine kleine weiße Schachtel aus der Schublade und stellte sie auf den Tresen. Mit seinem langfingrigen Händen hob er den Deckel ab und nahm einen kleinen silbernen Gegenstand an einer dünnen Kette heraus, der auf einem Wattepolster gelegen hatte. Es schien eine Art Halsschmuck zu sein, aber das Ding, das daran hing, sah aus wie ein Tee-Ei oder ein übergroßer Fingerhut.

»Das ist ägyptisch, Polly. Sehr alt. Nicht so alt wie die Pyramiden – bei weitem nicht –, aber trotzdem sehr alt. Es ist etwas darin. Irgendwelche Kräuter, nehme ich an, aber genau weiß ich es nicht.« Er bewegte seine Finger auf und ab. Das silberne Tee-Ei (wenn es eines war) tanzte an der Kette. Irgend etwas regte sich darin, etwas, das ein trockenes, knisterndes Geräusch von sich gab. Polly empfand es vage als unangenehm.

»Es wird *azka* genannt, vielleicht auch *azakah*«, sagte Mr. Gaunt. »Auf jeden Fall ist es ein Amulett, das gegen Schmerzen helfen soll.«

Polly bemühte sich um ein Lächeln. Sie wollte höflich sein, aber war sie wegen *so etwas* hergekommen? Das Ding hatte nicht einmal irgendeinen ästhetischen Wert. Es war schlicht und einfach häßlich.

»Ich glaube wirklich nicht …«

»Ich auch nicht«, sagte er, »aber verzweifelte Situationen erfordern oft verzweifelte Maßnahmen. Ich versichere Ihnen, es ist absolut echt – zumindest in dem Sinne, daß es nicht in Taiwan hergestellt wurde. Es ist ein authentisches ägyptisches Artefakt – kein antikes Fundstück, aber mit ziemlicher Sicherheit ein Artefakt –, und zwar aus der späten Ptolemäerzeit. Dazu gehört ein Herkunftszertifikat, in dem es als ein Instrument von *benka-lits* oder weißer Magie bezeichnet wird. Ich möchte, daß Sie es nehmen und tragen. Das hört sich vermutlich töricht an, und vielleicht ist es das auch. Aber im Himmel und auf Erden gibt es seltsamere Dinge, als manche Leute sich träumen lassen, selbst in den ungestümeren Momenten ihrer Phantasie.«

»Glauben Sie wirklich?«

»Ja. Ich habe im Laufe der Zeit Dinge erlebt, die ein heilendes Medaillon oder Amulett als etwas ganz Gewöhnliches erscheinen lassen.« In seinen nußbraunen Augen flakkerte einen Moment lang ein kaum wahrnehmbares Schimmern. »*Viele* solche Dinge. Die Ecken und Winkel der Welt sind voll von unglaublichem Gerümpel, Polly. Aber lassen wir das; hier geht es um *Sie*. Schon neulich, als Ihre Schmerzen, wie ich annehme, bei weitem nicht so schlimm waren wie heute, konnte ich mir vorstellen, was Sie auszustehen haben. Ich dachte, dieses kleine Ding könnte einen Versuch wert sein. Schließlich haben Sie nichts zu verlieren. Alles, was Sie bisher versucht haben, hat nichts gebracht, nicht wahr?«

»Ich weiß den Gedanken zu würdigen, Mr. Gaunt, wirklich, aber …«

»Leland, bitte.«

»Also gut. Ich weiß den Gedanken zu würdigen, *Leland*, aber ich fürchte, ich bin nicht abergläubisch.«

Sie schaute auf und sah, daß seine nußbraunen Augen auf sie gerichtet waren.

»Es spielt keine Rolle, ob Sie es sind oder nicht, Polly – denn *dies* ist es.« Er bewegte die Finger. Das *azka* hüpfte am Ende seiner Kette.

Sie machte abermals den Mund auf, aber diesmal kamen keine Worte heraus. Sie erinnerte sich an einen Tag im letzten Frühjahr. Nettie hatte, als sie nach Hause ging, ihr Exemplar von *Inside View* vergessen. Als sie es müßig durchblätterte – hier Geschichten über Werwolf-Kinder in Cleveland, dort eine geologische Formation auf dem Mond, die aussah wie das Gesicht von John. F. Kennedy –, war Polly auf eine Anzeige gestoßen für etwas, das die »Gebetsscheibe der Vorväter« genannt wurde. Es sollte angeblich Kopfschmerzen, Leibschmerzen und Arthritis kurieren.

Die Anzeige wurde beherrscht von einer Schwarz-Weiß-Zeichnung. Sie stellte einen Mann mit einem langen Bart und einem Zaubererhut dar (Nostradamus oder Hermes Trismegistos, nahm Polly an), der etwas, das wie eine Kinder-Windmühle aussah, über den Körper eines Mannes in einem Rollstuhl hielt. Von dem Windmühlen-Ding aus ergoß sich ein Strahlenkegel über den Invaliden, und obwohl es in der Anzeige nicht rundheraus behauptet wurde, schien sie doch besagen zu wollen, daß der Mann am nächsten oder übernächsten Tag an der Copa das Tanzbein schwingen würde. Das war natürlich lächerlich, abergläubischer Papp für Leute, deren Verstand unter dem stetigen Anprall von Schmerzen ins Wanken geraten oder sogar zerbrochen war, aber dennoch …

Sie hatte lange Zeit dagesessen und die Anzeige betrachtet, und hätte fast – so lächerlich es war – unter der am unteren Rand der Anzeige angegebenen Telefonnummer angerufen. Früher oder später …

»Früher oder später sollte eine Person, die unter Schmerzen leidet, auch die fragwürdigeren Pfade erkunden, wenn die Möglichkeit besteht, daß sie zur Erleichterung führen«, sagte Mr. Gaunt. »Ist es nicht so?«

»Ich – ich weiß nicht …«

»Marktransplantationen – Kältetherapie – Heizhandschuhe – sogar die Strahlenbehandlung – das alles hat bei Ihnen nichts bewirkt, nicht wahr?«

»Woher wissen Sie das?«

»Ein guter Geschäftsmann muß die Bedürfnisse seiner Kunden kennen«, sagte Mr. Gaunt mit seiner sanften, hypnotischen Stimme. Er bewegte sich auf sie zu; die silberne Kette hatte er zu einem weiten Ring ausgebreitet, an dem das *azka* hing. Sie wich vor den langen Händen mit ihren ledrigen Nägeln zurück.

»Keine Angst, teure Dame. Ich werde nicht ein einziges Härchen auf Ihrem Kopf berühren. Nicht, wenn Sie ruhig sind – und ganz still halten ...«

Und Polly wurde ruhig. Sie hielt ganz still. Sie drückte ihre (nach wie vor in den Wollhandschuhen steckenden) Hände ergeben an sich und ließ zu, daß Mr. Gaunt ihr die silberne Kette um den Hals legte. Er tat es mit der Sanftheit eines Vaters, der seiner Tochter den Brautschleier umlegt. Sie hatte das Gefühl, weit weg zu sein – von Mr. Gaunt, von Needful Things, von Castle Rock, sogar von sich selbst. Sie kam sich vor wie eine Frau, die auf einer staubigen Hochebene steht, unter einem endlosen Himmel, Hunderte von Meilen von anderen menschlichen Wesen entfernt.

Das *azka* landete mit einem leisen Klicken auf dem Reißverschluß ihrer Lederjacke.

»Stecken Sie es in Ihre Jacke. Und wenn Sie zu Hause sind, stecken Sie es in Ihre Bluse. Um seine volle Wirkung zu erreichen, muß es auf der Haut getragen werden.«

»Ich kann es nicht in die Jacke stecken«, sagte Polly mit langsamer, verträumter Stimme. »Der Reißverschluß – ich kann den Reißverschluß nicht aufziehen.«

»Nein? Versuchen Sie es.«

Also streifte Polly einen Handschuh ab und versuchte es. Zu ihrer großen Überraschung stellte sie fest, daß sie imstande war, Daumen und Zeigefinger der rechten Hand gerade so weit zu bewegen, daß sie die Lasche des Reißverschlusses fassen und herunterziehen konnte.

»Da, sehen Sie?«

Die kleine Silberkugel fiel auf das Vorderteil ihrer Bluse. Sie kam ihr sehr schwer vor, und das Gefühl, das von ihr ausging, war nicht eigentlich behaglich. Sie fragte sich flüchtig, was wohl darin sein mochte, was dieses trockene, knisternde Geräusch erzeugt hatte. Irgendwelche Kräuter, hatte er gesagt, aber für Polly hatte es sich nicht angehört wie Blätter oder Pulver. Sie hatte eher den Eindruck gehabt, als hätte sich irgend etwas darin bewegt.

Mr. Gaunt schien ihr Unbehagen zu verstehen. »Sie wer-

356

den sich daran gewöhnen, und zwar viel schneller, als Sie vielleicht meinen. Das können Sie mir glauben.«

Draußen, Tausende von Meilen entfernt, hörte sie weitere Polizeisirenen. Sie hörten sich an wie gequälte Geister.

Mr. Gaunt wendete sich ab, und als seine Augen ihr Gesicht verließen, spürte Polly, wie ihre Konzentration zurückkehrte. Sie fühlte sich ein wenig verstört, aber gleichzeitig fühlte sie sich wohl … ungefähr so, als hätte sie gerade ein kurzes, aber wohltuendes Schläfchen gehalten. Die Gefühlsmischung aus Unbehagen und Angst war von ihr gewichen.

»Meine Hände tun immer noch weh«, sagte sie, und das stimmte – aber waren die Schmerzen noch so schlimm? Ihr war, als hätten sie ein wenig nachgelassen, aber das konnte nichts weiter sein als Einbildung – ihr war, als hätte Mr. Gaunt in seiner Entschlossenheit, sie zur Annahme des *azka* zu bewegen, sie irgendwie hypnotisiert. Aber vielleicht war es auch nur die Wärme des Ladens nach der Kälte draußen.

»Ich bezweifle stark, daß die versprochene Wirkung sofort eintritt«, sagte Mr. Gaunt trocken. »Aber geben Sie dem Ding eine Chance – wollen Sie das tun, Polly?«

Sie zuckte die Achseln. »Also gut.«

Denn schließlich – was hatte sie zu verlieren? Die Kugel war so klein, daß sie unter einer Bluse und einem Pullover kaum auftragen würde. Wenn niemand wußte, daß sie sich dort befand, würde sie keine Fragen beantworten müssen, und das konnte ihr nur recht sein – Rosalie Drake würde neugierig sein, und Alan, der ungefähr so abergläubisch war wie ein Baumstumpf, würde sich vermutlich darüber amüsieren. Und was Nettie anging – nun, Nettie würde wahrscheinlich ehrfürchtig verstummen, wenn sie wußte, daß Polly wirklich und wahrhaftig ein magisches Amulett trug, genau wie die, die in ihrem geliebten *Inside View* angeboten wurden.

»Sie sollten es nie abnehmen, nicht einmal unter der Dusche«, sagte Mr. Gaunt. »Dazu besteht auch keine Veranlassung. Die Kugel ist aus echtem Silber und rostet nicht.«

»Aber wenn ich es tue?«

Er hüstelte in die Hand, als wäre er peinlich berührt. »Nun, der wohltuende Effekt des *azka* ist kumulativ. Der

357

Träger fühlt sich heute ein wenig wohler, morgen noch ein wenig mehr, und so weiter. Das zumindest ist mir gesagt worden.«

Von wem? fragte sie sich.

»Wenn das *azka* jedoch abgenommen wird, kehrt das frühere Ausmaß der Schmerzen zurück, nicht langsam, sondern sofort, und dann muß der Träger, wenn er das *azka* wieder umgehängt hat, tage- oder sogar wochenlang warten, bis er den verlorenen Boden zurückgewonnen hat.«

Polly lachte ein wenig. Sie konnte nicht anders, und sie war erleichtert, als Mr. Gaunt in ihr Lachen einstimmte.

»Ich weiß, wie sich das anhört«, sagte er, »aber ich möchte nur helfen, wenn ich kann. Glauben Sie das?«

»Ja«, sagte sie, »und ich danke Ihnen.«

Doch als sie zuließ, daß er sie aus dem Laden hinausbegleitete, stellte sie fest, daß sie sich noch über andere Dinge wunderte. Da war zum Beispiel der tranceähnliche Zustand, in dem sie sich befunden hatte, als er ihr die Kette um den Hals legte. Und dann ihr starker Abscheu vor jeder Berührung seiner Hände. Solche Dinge standen in einem seltsamen Widerspruch zu den Gefühlen von Freundschaft, Anteilnahme und Mitleid, die wie eine fast sichtbare Aura von ihm ausgingen.

Aber *hatte* er sie irgendwie hypnotisiert? Das war ein törichter Gedanke – oder nicht? Sie versuchte sich genau daran zu erinnern, wie sie sich gefühlt hatte, als sie sich über das *azka* unterhielten, und konnte es nicht. Wenn er so etwas getan hatte, dann war es zweifellos unabsichtlich geschehen, und mit ihrer Hilfe. Wahrscheinlicher war, daß sie einfach in den Zustand der Benommenheit hineingeschlittert war, den zu viele Percodan gelegentlich mit sich brachten. Das war ihr an den Tabletten am meisten zuwider. Nein, das kam vermutlich erst an zweiter Stelle. Was sie an ihnen wirklich haßte, war der Umstand, daß sie neuerdings nicht immer so wirkten, wie sie eigentlich wirken sollten.

»Wenn ich könnte, würde ich Sie nach Hause fahren«, sagte Mr. Gaunt, »aber ich habe leider nie fahren gelernt.«

»Das macht nichts«, sagte Polly. »Ich danke Ihnen für Ihre Freundlichkeit.«

»Danken Sie mir, wenn es funktioniert«, erwiderte er. »Ich wünsche Ihnen einen schönen Nachmittag, Polly.«

Weiteres Sirenengeheul stieg empor. Es kam aus dem Osten der Stadt, aus der Gegend von Elm, Willow, Pond und Ford Street. Das Heulen hatte, zumal an einem so stillen Nachmittag, etwas an sich, das vage bedrohliche Bilder bevorstehenden Unheils heraufbeschwor. Das Geräusch begann zu ersterben, es entrollte sich in der klaren Herbstluft wie eine unsichtbare Uhrfeder.

Sie drehte sich wieder um, um etwas darüber zu Mr. Gaunt zu sagen, aber die Tür war zu. Das Schild mit der Aufschrift

GESCHLOSSEN

hing zwischen dem Glas und der heruntergezogenen Jalousie und schaukelte sanft an seiner Schnur. Er war in den Laden zurückgekehrt, während sie ihm den Rücken zuwendete, so leise, daß sie es nicht gehört hatte.

Polly machte sich langsam auf den Heimweg. Noch bevor sie das Ende der Main Street erreicht hatte, jagte ein weiteres Polizeifahrzeug – diesmal ein Streifenwagen der Staatspolizei – an ihr vorbei.

19

»Danforth?«

Myrtle Keeton trat durch die Haustür und ins Wohnzimmer. Sie balancierte den Fonduetopf unter dem linken Arm, während sie versuchte, den Schlüssel herauszuziehen, den Danforth im Schloß hatte stecken lassen.

»Danforth, ich bin wieder da!«

Keine Antwort, und der Fernseher war nicht eingeschaltet. Das war merkwürdig; schließlich wollte er doch unbedingt bis zum Anpfiff zu Hause sein. Sie fragte sich kurz, ob er vielleicht irgendwo anders hingegangen sein könnte, vielleicht zu den Garsons hinauf, um das Spiel dort zu sehen, aber das Garagentor war zu, was bedeutete, daß der Wagen darinstand. Danforth tat keinen Schritt zu Fuß, wenn es sich irgendwie vermeiden ließ. Zumal nicht den View hinauf, der steil war.

»Danforth, bist du da?«

Immer noch keine Antwort. Ein Stuhl im Wohnzimmer war umgestürzt. Stirnrunzelnd stellte sie den Fonduetopf ab und hob den Stuhl auf. Die ersten Fäden von Besorgnis, fein wie Spinnweben, trieben durch ihren Kopf. Sie ging auf die Tür des Arbeitszimmers zu, die geschlossen war. Als sie sie erreicht hatte, neigte sie den Kopf an das Holz und lauschte. Sie war ganz sicher, daß sie das leise Knarren seines Schreibtischsessels hören konnte.

»Danforth? Bist du da drin?«

Keine Antwort – aber ihr war, als hörte sie ein leises Husten. Aus der Besorgnis wurde Angst. Danforth hatte in letzter Zeit ziemlich unter Streß gestanden; er war von den Mitgliedern des Stadtrates der einzige, der wirklich schwer arbeitete. Und er wog mehr, als für ihn gut war. Was war, wenn er einen Herzinfarkt erlitten hatte? Was war, wenn er auf dem Boden lag? Was war, wenn das Geräusch, das sie gehört hatte, kein Husten gewesen war, sondern der Versuch, Luft zu bekommen?

Die schönen Stunden des Vormittags und des frühen Nachmittags, die sie miteinander verbracht hatten, ließen solche Gedanken auf gräßliche Art plausibel erscheinen. Sie streckte die Hand nach dem Türknauf aus – dann zog sie sie wieder zurück und zupfte nervös an der lockeren Haut unter ihrem Kinn. Es hatte nur einer weniger Gelegenheiten bedurft, um sie zu lehren, daß man Danforth nicht in seinem Arbeitszimmer störte, ohne anzuklopfen – und daß man niemals, niemals, *niemals* unaufgefordert sein Allerheiligstes betrat.

Ja, aber wenn er einen Herzinfarkt gehabt hat – oder – oder …

Sie dachte an den umgestürzten Stuhl, und eine neue Angst durchflutete sie.

Angenommen, er ist nach Hause gekommen und hatte einen Einbrecher überrascht? Was ist, wenn der Einbrecher ihm einen Schlag auf den Kopf versetzt und ihn dann in sein Arbeitszimmer geschleppt hat?

Sie ließ die Knöchel leicht gegen die Tür schlagen. »Danforth? Ist alles in Ordnung?«

Keine Antwort. Kein Geräusch im ganzen Haus außer dem strengen Ticken der Standuhr im Wohnraum und – ja, da war sie ganz sicher: dem Knarren des Stuhls in Danforth' Zimmer.

»Danforth, bist du …«

Ihre Fingerspitzen berührten tatsächlich den Knauf, als die Stimme zu ihr herausbrüllte und sie veranlaßte, mit einem dünnen Aufschrei von der Tür zurückzuweichen.

»*Laß mich in Ruhe! Kannst du mich denn nicht in Ruhe lassen, du dämliche Kuh?*«

Sie stöhnte. Ihr Herz klopfte wie ein Schmiedehammer in ihrer Kehle. Es war nicht nur Verblüffung; es waren die Wut und der ungezügelte Haß in seiner Stimme. Nach dem ruhigen und angenehmen Vormittag, den sie miteinander verbracht hatten, hätte er sie selbst dann nicht mehr verletzen können, wenn er ihre Wangen mit einer Handvoll Rasierklingen gestreichelt hätte.

»Danforth – ich dachte, du wärest verletzt …« Ihre Stimme war ein winziges Keuchen, das sie selbst kaum hören konnte.

»*Laß mich in Ruhe!*« Jetzt schien er, dem Ton nach, direkt auf der anderen Seite der Tür zu stehen.

Oh, mein Gott, es hört sich an, als wäre er verrückt geworden. Kann das sein? Wie ist das möglich? Was ist passiert, seit er mich bei Amanda abgesetzt hat?

Aber auf diese Fragen gab es keine Antworten. Es gab nur Schmerz. Und so schlich sie ins Obergeschoß, holte ihre wunderhübsche neue Puppe aus dem Schrank im Nähzimmer, dann ging sie ins Schlafzimmer. Sie streifte die Schuhe ab und legte sich mit der Puppe in den Armen auf ihre Seite des Bettes.

Irgendwo, weit fort, hörte sie das Heulen von Sirenen. Sie schenkte ihnen keinerlei Aufmerksamkeit.

Ihr Schlafzimmer war herrlich um diese Tageszeit, erfüllt von hellem Oktober-Sonnenlicht. Myrtle sah es nicht. Sie sah nur Dunkelheit. Sie empfand nur Elend, ein tiefes, verzehrendes Elend, gegen das nicht einmal die prachtvolle Puppe etwas auszurichten vermochte. Das Elend schien ihre Kehle zu füllen und das Atmen unmöglich zu machen.

Oh, sie war heute so glücklich gewesen – so unwahrscheinlich glücklich. Und *er* war auch glücklich gewesen. Und nun war alles schlimmer, als es vorher gewesen war. Viel schlimmer.

Was war passiert?

O Gott, was war passiert, und wer war schuld daran?

Myrtle drückte die Puppe an sich und schaute zur Decke empor, und nach einer Weile begann sie mit großen, flachen Schluchzern zu weinen, die ihren ganzen Körper erbeben ließen.

Elftes Kapitel

1

Eine Viertelstunde nach Mitternacht an diesem langen, langen Sonntag im Oktober öffnete sich eine Tür im Keller des State Wing des Kennebec Valley Hospital, und Sheriff Pangborn trat heraus. Er ging langsam und mit gesenktem Kopf. Seine Füße, mit Krankenhausschuhen aus Gummi bekleidet, schlurften auf dem Linoleum. Als die Tür zuschwang, konnte man lesen, was auf ihr stand:

LEICHENHALLE
ZUTRITT FÜR UNBEFUGTE VERBOTEN

Am anderen Ende des Korridors führte ein Hausmeister in grauem Overall mit langsamen, trägen Bewegungen eine Bohnermaschine über den Fußboden. Alan ging auf ihn zu und nahm beim Gehen die Krankenhausmütze ab. Dann hob er den grünen Kittel an, den er trug, und stopfte die Mütze in eine der Gesäßtaschen der Jeans, die er darunter anhatte. Das leise Dröhnen der Bohnermaschine bewirkte, daß er sich schläfrig fühlte. Das Krankenhaus in Augusta war der letzte Ort auf Erden, an dem er sich heute nacht befinden wollte.

Der Hausmeister schaute auf, als Alan herankam, und stellte die Maschine ab.

»Sie sehen aus, als ginge es Ihnen nicht besonders gut«, begrüßte er Alan.

»Das wundert mich nicht. Haben Sie eine Zigarette für mich?«

Der Hausmeister holte ein Päckchen Luckies aus der Brusttasche und schüttelte eine für Alan heraus. »Aber hier drinnen dürfen Sie nicht rauchen«, sagte er und wies mit einem Kopfnicken auf die Tür der Leichenhalle. »Doc Ryan würde aus der Haut fahren.«

Alan nickte. »Wo?«

Der Hausmeister führte ihn zu einem abzweigenden Flur

und deutete auf eine Tür. »Die führt auf die Gasse hinaus. Aber halten Sie sie mit irgend etwas offen, sonst müssen Sie, wenn Sie wieder hereinwollen, um den ganzen Komplex herum bis zum Haupteingang laufen. Haben Sie Streichhölzer?«

Alan machte sich auf den Weg. »Ich habe ein Feuerzeug. Danke für die Zigarette.«

»Ich habe gehört, heute abend wären es gleich zwei auf einmal gewesen«, rief der Hausmeister ihm nach.

»Das stimmt«, sagte Alan, ohne sich umzudrehen.

»Autopsien sind eine Pest, nicht wahr?«

»Ja«, sagte Alan.

Hinter ihm setzte das leise Dröhnen der Bohnermaschine wieder ein. Sie waren in der Tat eine Pest. Die Autopsien an Nettie Cobb und Wilma Jerzyck waren die dreiundzwanzigste und die vierundzwanzigste seiner beruflichen Existenz gewesen, und sie waren alle eine Pest gewesen; aber diese beiden waren bei weitem die schlimmsten.

Die Tür, auf die der Hausmeister gedeutet hatte, war mit einem Schnappschloß ausgerüstet. Alan schaute sich um nach etwas, womit er sie offenhalten konnte, und fand nichts. Er zog den grünen Kittel aus, rollte ihn zusammen und öffnete die Tür. Nachtluft schlug ihm entgegen, kühl, aber unglaublich erfrischend nach dem schalen Alkoholgeruch der Leichenhalle und des angrenzenden Autopsieraums. Alan legte den zusammengerollten Kittel zwischen Tür und Pfosten und trat hinaus. Er ließ die Tür behutsam zuschwingen, stellte fest, daß der Kittel ihr Zuschnappen verhinderte, dann vergaß er sie. Er lehnte sich neben dem durch die spaltbreit offene Tür herausfallenden bleistiftdünnen Lichtstreifen an die Schlackensteinwand und zündete seine Zigarette an.

Nach dem ersten Zug fühlte sich sein Kopf ein wenig schwindlig an. Seit fast zwei Jahren versuchte er, das Rauchen aufzugeben, und jedesmal, wenn er es fast geschafft hatte, passierte irgend etwas. Das war sowohl Fluch als auch Segen der Polizeiarbeit: es passierte immer irgend etwas.

Er schaute hoch zu den Sternen, die er gewöhnlich als beruhigend empfand, und konnte nicht viele sehen – die

Hochleistungslampen, die das Krankenhaus umgaben, ließen sie verblassen. Er konnte den Großen Bären erkennen, Orion und einen schwach rötlichen Punkt, bei dem es sich wahrscheinlich um Mars handelte, aber das war alles.

Mars, dachte er. Das war's, ganz bestimmt. Die kleinen grünen Männchen vom Mars sind gegen Mittag in Castle Rock gelandet, und die ersten Leute, denen sie begegneten, waren Nettie Cobb und die Jerzyck. Die kleinen grünen Männchen haben sie gebissen, und sie wurden tollwütig. Das ist das einzige, was einen Sinn ergibt.

Er dachte daran, hineinzugehen und es Henry Ryan mitzuteilen, dem Obersten Gerichtsmediziner des Staates Maine. *Es war ein Fall von außerirdischer Einmischung, Doc. Der Fall ist abgeschlossen.*

Alan tat einen tiefen Zug an seiner Zigarette. Sie schmeckte großartig, trotz des leichten Schwindelgefühls, und er glaubte zu verstehen, weshalb das Rauchen jetzt in den der Öffentlichkeit zugänglichen Teilen sämtlicher Krankenhäuser in Amerika verboten war. John Calvin hatte hundertprozentig recht gehabt: nichts, das bewirkte, daß man sich so fühlte, konnte einem gut tun. Also: her mit dem Nikotin, Boß – es schmeckt so großartig.

Er dachte müßig darüber nach, wie schön es sein würde, eine ganze Stange von diesen Luckies zu kaufen, sie an beiden Enden aufzureißen und das ganze verdammte Ding dann mit einer Lötlampe anzuzünden. Er dachte daran, wie schön es sein würde, sich zu betrinken. Aber vermutlich wäre dies ein sehr schlechter Moment, um sich zu betrinken. Eine weitere, unumstößliche Lebensregel: *Wenn man wirklich das Bedürfnis hat, sich zu betrinken, kann man es sich nicht erlauben.* Alan schoß der Gedanke durch den Kopf, ob nicht vielleicht die Alkoholiker dieser Welt die einzigen Menschen waren, die ihre Prioritäten richtig setzten.

Der bleistiftdünne Lichtstrahl verbreiterte sich zu einem Riegel. Alan drehte den Kopf und sah Norris Ridgewick. Norris kam heraus und lehnte sich neben Alan an die Mauer. Er trug nach wie vor die grüne Mütze, aber sie saß schief, und die Bindebänder hingen auf das Rückenteil seines Kittels herunter. Seine Gesichtsfarbe glich der des Kittels.

»Jesus, Alan.«

»Das waren Ihre ersten, nicht wahr?«

»Nein. Ich habe einmal eine Autopsie gesehen, als ich in
North Wyndham war. Rauchvergiftung. Aber dies hier – Jesus, Alan.«

»Ja«, sagte er und atmete Rauch aus. »Jesus.«

»Haben Sie noch eine Zigarette?«

»Nein – leider nicht. Diese hier habe ich vom Hausmeister
geschnorrt.« Er musterte seinen Deputy mit leichter Neugierde. »Ich habe gar nicht gewußt, daß Sie rauchen, Norris.«

»Tue ich auch nicht. Ich dachte, ich könnte damit anfangen.«

Alan lachte leise.

»Mann, ich kann es gar nicht erwarten, morgen zum Fischen hinauszufahren. Oder sind freie Tage gestrichen, bis
wir diese Sache aufgeklärt haben?«

Alan dachte darüber nach, dann schüttelte er den Kopf. Es
waren doch nicht die kleinen grünen Männchen vom Mars
gewesen; in Wirklichkeit schien die Geschichte ganz simpel
zu sein; das war es, was sie so grauenvoll machte. Er sah keine Veranlassung, Norris' freien Tag zu streichen.

»Das ist prima«, sagte Norris, und dann setzte er hinzu:
»Aber ich komme, wenn Sie wollen, Alan. Kein Problem.«

»Das dürfte nicht nötig sein, Norris«, sagte er. »John und
Clut haben sich mit mir in Verbindung gesetzt – Clut hat die
Kriminalbeamten zu Pete Jerzyck begleitet und John das
Team, das sich um Netties Ende gekümmert hat. Beide ha-
ben mir Meldung erstattet. Der Fall ist ziemlich klar. Grau-
enhaft, aber klar.«

Und das war er – aber trotzdem machte ihm etwas zu
schaffen. Irgendwo im Hintergrund seines Bewußtseins
machte ihm etwas schwer zu schaffen.

»Nun, was ist denn passiert? Ich meine, die Jerzyck hat es
seit Jahren auf so etwas angelegt, aber ich hätte gedacht,
wenn jemand schließlich endgültig von ihr die Nase voll
hatte, würde sie mit einem blauen Auge oder einem gebrochenen Arm davonkommen – jedenfalls nichts von *dieser*
Art. Ist sie diesmal an die falsche Person geraten?«

»Ich nehme an, darauf läuft es hinaus«, sagte Alan. »Wilma hätte sich in ganz Castle Rock keine ungeeignetere Person für eine Fehde aussuchen können.«

»Eine Fehde?«

»Polly hat Nettie im Frühjahr einen Welpen geschenkt. Anfangs hat er ein bißchen gebellt. Wilma hat deswegen eine Menge Stunk gemacht.«

»Tatsächlich? Ich kann mich an keine Beschwerde erinnern.«

»Sie hat nur eine offizielle Beschwerde eingelegt. Ich habe sie abgefangen. Polly hatte mich darum gebeten. Sie fühlte sich mitverantwortlich, weil sie Nettie den Hund geschenkt hat. Nettie sagte, sie würde ihn so weit wie möglich im Haus halten, und damit war der Fall für mich erledigt. Der Hund hörte auf zu bellen, aber Wilma machte offenbar auch weiterhin Stunk. Polly hat gesagt, Nettie wechselte schon auf die andere Straßenseite, wenn sie Wilma kommen sah, selbst wenn sie noch zwei Blocks entfernt war. Es fehlte nur, daß sie ihr den bösen Blick gezeigt hätte. Und dann, vorige Woche, hat sie die Linie überschritten. Sie ging hinüber zu den Jerzycks, während Pete und Wilma zur Arbeit waren, sah die Laken auf der Leine und bewarf sie mit Schlamm aus dem Garten.«

Norris pfiff. »Haben wir *diese* Beschwerde registriert, Alan?«

Alan schüttelte den Kopf. »Von da an bis heute nachmittag haben die Damen das unter sich ausgemacht.«

»Was ist mit Pete Jerzyck?«

»Kennen Sie Pete?«

»Nun …« Norris hielt inne. Dachte über Pete nach. Dachte über Wilma nach. Dachte über die beiden zusammen nach. Nickte langsam mit dem Kopf. »Er hatte Angst, Wilma würde Kleinholz aus ihm machen, wenn er versuchte, den Schiedsrichter zu spielen – also hielt er sich heraus. War es so?«

»So ungefähr. Möglicherweise hat er die ganze Geschichte sogar aufgehalten, jedenfalls eine Zeitlang. Clut sagt, Pete hätte den Kriminalbeamten gesagt, daß Wilma zu Nettie wollte, sobald sie einen Blick auf ihre Laken geworfen hatte.

Von ihr aus hätte der Tanz losgehen können. Offenbar hat sie Nettie angerufen und ihr gesagt, sie würde ihr den Kopf abreißen und dann auf ihren Hals scheißen.«

Norris nickte. Zwischen der Autopsie an Wilma und der Autopsie an Nettie hatte er das Büro in Castle Rock angerufen und sich erkundigt, was über die beiden Frauen vorlag. Netties Liste war kurz – ein Punkt. Sie war übergeschnappt und hatte ihren Mann umgebracht. Ende der Geschichte. Keine Ausbrüche davor und danach, einschließlich der letzten Jahre, seit sie wieder in der Stadt lebte. Ganz anders Wilma. Sie hatte nie jemanden umgebracht, aber die Liste der Beschwerden – sowohl von ihr als auch über sie – war lang und ging zurück bis zu ihrer Schulzeit auf der Castle Rock Junior High School, wo sie einer Lehrerin ein blaues Auge verpaßt hatte, weil diese sie hatte nachsitzen lassen. In zwei Fällen hatten verängstigte Frauen, die das Pech gehabt hatten, auf Wilmas Schwarze Liste zu geraten, um Polizeischutz gebeten. Außerdem war Wilma im Laufe der Jahre dreimal wegen Körperverletzung angeklagt worden. Alle Anklagen waren schließlich fallengelassen worden, aber man brauchte sich nicht sonderlich eingehend mit ihr befaßt zu haben, um zu erkennen, daß niemand, der bei klarem Verstand war, sich ausgerechnet mit Wilma Jerzyck angelegt hätte.

»Sie waren schlechte Medizin füreinander«, murmelte Norris.

»Die schlechteste, die man sich vorstellen kann.«

»Ihr Mann hat Wilma ausgeredet, zu Nettie hinüberzugehen, als sie es das erstemal wollte?«

»Er war klug genug, das gar nicht erst zu versuchen. Er erzählte Clut, er hätte zwei Xanax in eine Tasse Tee getan, und das hätte ihren Thermostaten gesenkt. Jerzyck hat sogar gesagt, er hätte geglaubt, damit wäre der Fall erledigt.«

»Glauben Sie ihm?«

»Ja – das heißt, soweit ich jemandem glauben kann, ohne selbst mit ihm gesprochen zu haben.«

»Was ist das für ein Zeug, das er in ihren Tee getan hat? Eine Droge?«

»Ein Beruhigungsmittel. Jerzyck hat erklärt, er hätte es schon mehrfach benutzt, wenn sie zu wütend wurde, und es hätte sie recht gut abgekühlt. Er hat gesagt, er glaubte, das wäre auch diesmal der Fall gewesen.«

»Aber das war es nicht.«

»Ich glaube, anfangs doch. Jedenfalls ist Wilma nicht sofort hinübergegangen und über Nettie hergefallen. Aber ich bin ziemlich sicher, daß sie Nettie auch weiterhin zugesetzt hat; sie hatte damit angefangen, als es nur der bellende Hund war, um dessentwillen sie sich in den Haaren lagen. Anrufe. Vorbeifahren an ihrem Haus. Dinge dieser Art. Nettie hatte eine ziemlich dünne Haut. Dergleichen hätte sie gewaltig mitgenommen. John LaPointe und die Kriminalbeamten, denen ich ihn zugewiesen hatte, waren gegen sieben bei Polly. Polly sagte, sie wäre ziemlich sicher, daß Nettie wegen irgend etwas beunruhigt war. Sie hat Polly heute morgen besucht, und da hat sie irgendeine Bemerkung gemacht. Aber Polly hat nicht verstanden, was sie meinte.« Alan seufzte. »Vermutlich wünscht sie sich jetzt, etwas genauer hingehört zu haben.«

»Wie nimmt Polly es auf, Alan?«

»So einigermaßen, nehme ich an.« Er hatte zweimal mit ihr telefoniert, einmal von einem Haus in der Nähe des Tatortes und ein zweites Mal von hier im Krankenhaus, kurz nachdem er und Norris angekommen waren. Beide Male war ihre Stimme ruhig und beherrscht gewesen, aber er hatte die Tränen und die Fassungslosigkeit hinter der sorgfältig aufrechterhaltenen Fassade gespürt. Er war nicht übermäßig überrascht gewesen, als sich bei seinem ersten Anruf herausstellte, daß sie bereits das meiste von dem wußte, was passiert war; Neuigkeiten, besonders schlechte Neuigkeiten, machen in einer kleinen Stadt schnell die Runde.

»Was hat den großen Knall ausgelöst?«

Alan warf Norris einen überraschten Blick zu, und dann wurde ihm klar, daß er es noch nicht wissen konnte. Alan hatte von John LaPointe zwischen den Autopsien einen mehr oder minder vollständigen Bericht erhalten, während Norris von einem anderen Apparat aus mit Sheila Brigham gesprochen und sich darüber informiert hatte, was gegen die beiden Frauen vorlag.

»Eine von den beiden beschloß, richtig aufzudrehen«, sagte er. »Ich vermute, daß es Wilma war, aber die Details sind noch verschwommen. Offenbar erschien Wilma heute morgen bei Nettie, während Nettie Polly besuchte. Nettie muß gegangen sein, ohne ihre Haustür zu verschließen oder auch nur fest zuzumachen, und der Wind wehte sie auf – Sie wissen ja, wie windig es heute war.«

»Ja.«

»Also hat es vielleicht damit angefangen, daß sie nur wieder einmal vorbeifahren wollte, um Netties Wasser am Kochen zu halten. Dann sah Wilma, daß sie Tür offenstand, und aus dem Vorbeifahren wurde etwas anderes. Vielleicht ist es nicht *ganz* so gewesen, aber mir erscheint es einleuchtend.«

Die Worte waren noch nicht richtig aus seinem Mund heraus, als er erkannte, daß dies eine Lüge war. Sie erschienen *nicht* einleuchtend, das war das Problem. Sie hätten einleuchtend sein sollen, er *wünschte* sich, daß sie einleuchtend gewesen wären, aber sie waren es nicht. Und was ihn verrückt machte, war die Tatsache, daß es keinen *Grund* gab für dieses Gefühl, daß daran etwas falsch war, zumindest keinen, auf den er den Finger hätte legen können. Was ihm am nächsten kam, war die Frage, ob Nettie wirklich so sorglos gewesen war, nicht nur ihre Tür nicht abzuschließen, sondern sich nicht einmal zu vergewissern, daß sie fest geschlossen war, wenn sie, was Wilma Jerzyck anging, wirklich so verängstigt war, wie es den Anschein hatte – und das genügte nicht, um einen Verdacht daran aufzuhängen. Es genügte nicht, weil Nettie nicht ganz normal war und man keinerlei Vermutungen darüber anstellen konnte, was eine solche Person tun oder nicht tun würde ...

»Was hat Wilma getan?« fragte Norris. »Das Haus verwüstet?«

»Sie hat Netties Hund umgebracht.«

»*Wie bitte?*«

»Sie haben gehört, was ich gesagt habe.«

»Jesus! So ein *Miststück!*«

»Nun, das war uns nicht neu, nicht wahr?«

»Ja, aber trotzdem ...«

Da war es wieder. Sogar von Norris Ridgewick, bei dem

man sich nach all diesen Jahren noch immer darauf verlassen konnte, daß er mit mindestens zwanzig Prozent seines Papierkrams nicht fertig wurde: »*Ja, aber trotzdem.*«

»Sie hat es mit einem Schweizer Armeemesser getan. Genau gesagt, mit dem Korkenzieher, auf den sie einen Zettel gespießt hatte, des Inhalts, das wäre der Lohn dafür, daß Nettie ihre Laken mit Schlamm beworfen hätte. Also ging Nettie zu Wilmas Haus, mit einem Haufen Steine, an denen sie mit Gummibändern ihre eigenen Zettel befestigt hatte. Auf den Zetteln stand, dies wäre ihre letzte Warnung. Sie warf sie durch sämtliche Erdgeschoßfenster der Jerzycks.«

»Großer Gott«, sagte Norris, nicht ohne eine Spur von Bewunderung.

»Die Jerzycks haben das Haus gegen halb elf verlassen, um zur Elf-Uhr-Messe zu gehen. Nach der Messe haben sie bei den Pulaskis gegessen. Pete Jerzyck blieb dort, um sich zusammen mit Jake Pulaski das Spiel der Patriots anzusehen. Er hatte also diesmal keine Möglichkeit, Wilma zur Vernunft zu bringen.«

»Haben sie sich zufällig an dieser Ecke getroffen?« fragte Norris.

»Das bezweifle ich. Ich nehme an, Wilma kam nach Hause, sah den Schaden und rief Nettie heraus.«

»Sie meinen, wie zu einem Duell?«

»Genau das meine ich.«

Norris pfiff, dann stand er ein paar Augenblicke lang ganz still da, hielt die Hände hinter dem Rücken verschränkt und starrte in die Dunkelheit.

»Alan, weshalb müssen wir überhaupt bei diesen verdammten Autopsien dabei sein?« fragte er schließlich.

»Protokoll, nehme ich an«, sagte Alan, aber es war mehr als das – zumindest für ihn.

Wenn einem nicht gefiel, wie ein Fall aussah oder sich anfühlte (wie jetzt, wo ihm nicht gefiel, wie der Fall aussah *und* wie er sich anfühlte), dann sah man vielleicht etwas, das das Gehirn aus dem Leerlauf wieder in den Vorwärtsgang schaltete. Man sah vielleicht einen Haken, an dem man seinen Hut aufhängen konnte.

»Nun, dann wird es allmählich Zeit, daß das County einen Protokollbeamten einstellt«, knurrte Norris, und Alan lachte.

Aber innerlich lachte er nicht – nicht nur, weil die Geschichte Polly in den nächsten Tagen schwer zusetzen würde. Irgend etwas an dem Fall stimmte nicht. Oberflächlich gesehen schien alles zu stimmen, aber irgendwo tief drinnen, wo der Instinkt sich regte (und manchmal ins Schwarze traf), schienen die kleinen grünen Männchen vom Mars mehr Sinn zu ergeben. Zumindest für Alan.

Also, *weißt du! Hast du es nicht gerade Norris dargelegt, von A bis Z, in der Zeit, die man braucht, um eine Zigarette zu rauchen?*

Ja, das hatte er getan. Das war ein Teil des Problems. Trafen sich zwei Frauen, selbst wenn die eine halb verrückt war und die andere eine niederträchtige Giftnudel, aus derart simplen Gründen an einer Straßenecke und zerfetzten sich gegenseitig, als wären sie bis zum Stehkragen voll Crack?

Alan wußte es nicht. Und *weil* er es nicht wußte, warf er die Zigarette fort und fing an, sich die ganze Sache noch einmal durch den Kopf gehen zu lassen.

2

Für Alan hatte es mit einem Anruf von Andy Clutterbuck angefangen. Er hatte gerade das Spiel zwischen den Patriots und den Jets ausgeschaltet (die Patriots hatten bereits ein Tor und einen Feldtreffer einstecken müssen, und die zweite Viertelzeit hatte noch keine drei Minuten gedauert) und war dabei, seinen Mantel anzuziehen, als das Telefon läutete. Alan hatte vorgehabt, zu Needful Things hinunterzugehen und zu sehen, ob Mr. Gaunt da war. Es war sogar möglich, vermutete Alan, daß er Polly dort traf. Aber nach dem Anruf von Clut war daran nicht mehr zu denken gewesen.

Eddie Warburton, sagte Clut, hatte gerade den Hörer aufgelegt, als er, Clut, vom Lunch zurückkam. Da war irgendein Spektakel im »Baumstraßen«-Viertel – Frauen, die sich in die Haare geraten waren, oder so etwas. Vielleicht wäre es

372

gut, sagte Eddie, wenn Clut den Sheriff anriefe und ihn darüber informierte.

»Wie zum Teufel kommt Eddie Warburton dazu, Anrufe
für das Büro des Sheriffs entgegenzunehmen?« fragte Alan
gereizt.

»Nun, ich nehme an, weil die Zentrale nicht besetzt war,
dachte er …«

»Und zu *denken* braucht er auch nicht. Er kennt die Vor-
schriften so gut wie jeder andere – wenn die Zentrale nicht
besetzt ist, laufen die eingehenden Anrufe auf Band.«

»Ich weiß nicht, weshalb er ans Telefon gegangen ist«,
sagte Clut mit kaum verhohlener Ungeduld, »aber ich glaube, das ist ziemlich unwichtig. Vor vier Minuten, während
ich mit Eddie sprach, kam ein zweiter Anruf. Eine alte Dame. Wie sie heißt, weiß ich nicht – entweder war sie zu aufgeregt, um mir ihren Namen zu nennen, oder sie wollte es
nicht. Jedenfalls hat sie gesagt, an der Ecke Ford und Willow
wäre ein heftiger Kampf im Gange. Zwischen zwei Frauen.
Die Anruferin sagte, sie benutzten Messer. Sie sagte, sie wären immer noch da.«

»Immer noch kämpfend?«

»Nein – beide am Boden. Der Kampf war vorbei.«

»Gut.« Alans Verstand begann schneller zu arbeiten wie
ein Expreßzug, der auf Höchstgeschwindigkeit beschleunigt. »Sie haben den Anruf notiert, Clut?«

»Selbstverständlich.«

»Gut. Seaton hat Dienst heute nachmittag, nicht wahr?
Schicken Sie ihn sofort hin.«

»Habe ich bereits getan.«

»Gut. Und nun rufen Sie die Staatspolizei an.«

»Wollen Sie den Erkennungsdienst?«

»Noch nicht. Fürs erste machen Sie nur Meldung. Wir treffen uns dort, Clut.«

Als Alan den Tatort erreicht und das Ausmaß des Geschehens gesehen hatte, nahm er über Funk Verbindung mit der
Staatspolizei in Oxford auf und bat sie, sofort einen Wagen
des Erkennungsdienstes zu schicken – oder zwei, wenn es
irgend zu machen war. Mittlerweile standen Clut und Seaton Thomas mit ausgebreiteten Armen vor den beiden am

Boden liegenden Frauen und wiesen die Leute an, in ihre Häuser zurückzukehren. Norris traf ein, warf einen Blick auf die Szene und holte dann eine Rolle gelbes Klebeband mit dem Aufdruck TATORT – NICHT ÜBERSCHREITEN aus dem Kofferraum seines Streifenwagens. Auf dem Band lag eine dicke Staubschicht, und Norris sagte Alan später, daß er nicht sicher gewesen wäre, ob es überhaupt kleben werde, so alt war es.

Aber es hatte geklebt. Norris führte es so um die Stämme mehrerer Eichen, daß um die beiden Frauen herum, die einander am Fuße des Stoppschildes zu umarmen schienen, ein großes Dreieck entstand. Die Zuschauer waren nicht in ihre Häuser zurückgekehrt, hatten sich aber auf ihren eigenen Rasen verzogen. Es waren ungefähr fünfzig, und ihre Zahl wuchs, als Anrufe getätigt wurden und Nachbarn herbeieilten, um einen Blick auf das Schlachtfeld zu werfen. Andy Clutterbuck und Seaton Thomas sahen aus, als wären sie nervös genug, um ihre Waffen zu ziehen und Warnschüsse abzugeben. Alan konnte nachfühlen, wie ihnen zumute war.

In Maine ist das Kriminaldezernat der Staatspolizei für Morduntersuchungen zuständig; für die Kleinstadt-Polypen ist die schlimmste Zeit die zwischen der Entdeckung des Verbrechens und dem Eintreffen der Kriminalbeamten. Die Ortspolizisten wissen ebenso wie die County-Polizei, daß dies die Zeit ist, in der die sogenannte Beweiskette am häufigsten durchbrochen wird. Die meisten von ihnen wissen auch, daß das, was sie in dieser Zeit tun, von Richtern und Justizbeamten genauestens unter die Lupe genommen wird – von Leuten also, die glauben, daß die Kleinstadt-Polypen und sogar die County-Bullen nichts sind als ein Haufen Schwachköpfe mit ungeschickten Händen und tapsigen Fingern.

Außerdem war die schweigende Masse von Leuten, die auf der anderen Straßenseite auf den Rasen standen, verdammt gespenstisch. Sie erinnerten Alan an die Promenadenzombies in *Dawn of the Dead*.

Er holte das batteriebetriebene Megaphon vom Rücksitz seines Streifenwagens und teilte ihnen mit, daß sie sich in ihre Häuser zurückziehen sollten, und zwar sofort. Sie began-

374

nen, es zu tun. Dann ließ er die Verfahrensvorschriften in seinem Kopf Revue passieren und rief die Zentrale an. Sandra McMillan war gekommen, um dort alles Erforderliche zu tun. Sie war nicht so verläßlich wie Sheila Brigham – aber in der Not frißt der Teufel Fliegen. Alan vermutete, daß Sheila aufkreuzen würde, sobald sie gehört hatte, was passiert war. Dazu würde sie schon ihre Neugierde veranlassen, wenn ihr Pflichtgefühl es nicht tat.

Alan wies Sandy an, Ray Van Allen ausfindig zu machen. Ray war der Gerichtsmediziner von Castle Rock – und auch der Coroner des Countys –, und Alan wollte ihn nach Möglichkeit dabei haben, wenn die Kriminalbeamten eintrafen.

»Okay, Sheriff«, sagte Sandy, von ihrer Wichtigkeit überzeugt. »Wird sofort erledigt.«

Alan kehrte zurück zu seinen Leuten am Tatort. »Wer von euch hat festgestellt, daß die Frauen tot sind?«

Clut und Seat Thomas warfen sich einen verlegen überraschten Blick zu, und Alan spürte, wie sein Herz sank. Ein Punkt für die Montagmorgen-Quarterbacks. Oder vielleicht doch nicht. Der erste Wagen der Kriminalpolizei war noch nicht eingetroffen, aber die Sirenen waren schon zu hören. Er duckte sich unter dem Band durch und näherte sich dem Stoppschild – auf Zehenspitzen, wie ein Kind, das versucht, sich spätabends aus dem Haus zu schleichen.

Der größte Teil des vergossenen Blutes bildete Lachen zwischen den Opfern und in dem mit Laub verstopften Rinnstein, aber die Fläche um sie herum war mit kleinen Tröpfchen besprüht. Alan ließ sich unmittelbar außerhalb dieses Kreises auf ein Knie nieder, streckte eine Hand aus und stellte fest, daß er die Leichen erreichen konnte – er zweifelte nicht daran, daß sie tot waren –, indem er sich mit ausgestrecktem Arm so weit vorbeugte, daß er gerade noch das Gleichgewicht halten konnte.

Er schaute hinüber zu Seat, Norris und Clut, die dastanden und ihn mit großen Augen anstarrten.

»Fotografiert mich«, sagte er.

Clut und Seaton schauten ihn nur an, als hätte er seinen Befehl auf Botokudisch erteilt, aber Norris rannte zu Alans

375

Streifenwagen und suchte auf dem Rücksitz, bis er die alte Polaroidkamera gefunden hatte, eine der beiden, die sie für Tatort-Aufnahmen benutzten.

Wenn die Sitzung stattfand, auf der über die Verteilung der Gelder verhandelt wurde, hatte Alan vor, zumindest eine neue Kamera zu beantragen, aber an diesem Nachmittag kam ihm diese Sitzung überaus unwichtig vor.

Norris kam mit der Kamera zurück, visierte und drückte auf den Auslöser. Die Kamera winselte.

»Machen Sie sicherheitshalber noch eine zweite Aufnahme«, sagte Alan. »Eine, auf der auch die Leichen darauf sind. Ich will mir von diesen Leuten nicht sagen lassen, ich hätte die Beweiskette durchbrochen. Nicht, wenn ich es vermeiden kann.« Er wußte, daß seine Stimme ein wenig verdrossen klang, aber dagegen konnte er nichts tun.

Norris machte eine weitere Aufnahme, dokumentierte Alans Position außerhalb des Beweiskreises und die der Leichen am Fuß des Stoppschildes. Dann beugte Alan sich wieder vorsichtig vor und legte die Finger auf den blutverschmierten Hals der obenauf liegenden Frau. Es war kein Puls da, natürlich nicht, aber nach einer Sekunde hatte der Druck seiner Finger zur Folge, daß der Kopf von dem Pfosten abrutschte und sich zur Seite drehte. Alan erkannte Nettie sofort, und es war Polly, an die er dachte.

O Jesus, dachte er betroffen. Dann fühlte er sicherheitshalber auch nach Wilmas Puls, obwohl ein Fleischbeil in ihrem Schädel steckte. Ihre Wangen und ihre Stirn waren mit kleinen Blutpunkten übersät. Sie sahen aus wie eine heidnische Tätowierung.

Alan stand auf und kehrte zu seinen Leuten auf der anderen Seite des Bandes zurück. Er konnte offenbar nicht aufhören, an Polly zu denken, und er wußte, daß das falsch war. Er mußte sie aus seinem Kopf verdrängen, sonst würde er bestimmt irgend etwas falsch machen. Er fragte sich, ob einer der Zuschauer Nettie bereits erkannt hatte. Wenn ja, dann würde Polly es bestimmt erfahren, bevor er Gelegenheit hatte, sie anzurufen. Er hoffte inbrünstig, daß sie nicht herkam, um sie selbst zu sehen.

Darüber darfst du dir jetzt keine Gedanken machen, ermahnte er sich selbst. *So, wie es aussieht, hast du einen Doppelmord am Hals.*

»Holen Sie Ihr Buch heraus«, wies er Norris an. »Sie sind der Clubsekretär.«

»Himmel, Alan, Sie wissen doch, wie lausig meine Rechtschreibung ist.«

»Schreiben Sie einfach.«

Norris gab Clut die Polaroidkamera und zog sein Notizbuch aus der Gesäßtasche. Dabei fiel ein Block mit Verwarnungen wegen verkehrswidrigen Verhaltens, dessen Blätter seine Gummistempel-Unterschrift trugen, mit heraus. Norris bückte sich, hob den Block vom Gehsteig auf und steckte ihn geistesabwesend wieder in die Tasche.

»Ich möchte, daß Sie notieren, daß der Kopf der obenauf liegenden Frau, bezeichnet als Opfer 1, an dem Pfosten des Stoppschildes lehnte. Beim Pulsfühlen wurde diese Position unabsichtlich von mir verändert.«

Wie leicht es ist, in den Polizeijargon zu verfallen, dachte er, *wo Autos zu »Fahrzeugen« werden und Ganoven zu »Tätern« und tote Mitmenschen zu »bezeichneten Opfern«. Polizeijargon, diese wundervolle gläserne Barriere.*

Er wendete sich an Clut und wies ihn an, die neue Lage der Leichen zu fotografieren, überaus dankbar dafür, daß er Norris veranlaßt hatte, die ursprüngliche Position festzuhalten, bevor er die Frau berührte.

Clut machte die Aufnahme.

Alan wendete sich wieder an Norris. »Notieren Sie weiterhin, daß ich, als sich der Kopf von Opfer 1 bewegte, imstande war, es als Netitia Cobb zu identifizieren.«

Seaton pfiff. »Sie meinen, es ist *Nettie?*«

»Genau das meine ich.«

Norris hielt die Information in seinem Buch fest. Dann fragte er: »Und was tun wir jetzt, Alan?«

»Warten auf den Erkennungsdienst und versuchen, lebendig auszusehen, wenn er ankommt«, sagte Alan.

Der Erkennungsdienst erschien knapp drei Minuten später in zwei Wagen, gefolgt von Ray Van Allen in seinem klapprigen alten Subaru Brat. Fünf Minuten später traf ein Team von Kriminalbeamten der Staatspolizei in einem blauen Kombi ein. Als erstes zündeten sich alle Angehörigen des Teams der Staatspolizei Zigarren an. Alan hatte gewußt, daß sie das tun würden. Die Leichen waren frisch, und die Arbeit fand im Freien statt, aber das Ritual der Zigarren war unumstößlich.

Die unangenehme Arbeit, die im Polizeijargon »Sicherung des Tatorts« genannt wird, begann. Sie dauerte bis nach Einbruch der Dunkelheit. Alan hatte schon bei mehreren anderen Gelegenheiten mit Henry Payton, dem Chef der Staatspolizei in Oxford (und damit nominell für diesen Fall und die damit betrauten Beamten des Erkennungsdienstes zuständig) zusammengearbeitet und an Henry nie auch nur den leisesten Anflug von Phantasie feststellen können. Der Mann war ein Arbeitstier, aber ein gründliches, gewissenhaftes Arbeitstier. Und weil Henry für den Fall zuständig war, hatte Alan keine Bedenken gehabt, sich für ein paar Minuten davonzuschleichen und Polly anzurufen.

Als er zurückkam, steckten die Hände der Opfer in gallonengroßen Ziploc Baggies. Wilma Jerzyck hatte einen ihrer Schuhe verloren, und ihrem bestrumpften Fuß widerfuhr die gleiche Behandlung. Das Team der Kriminalbeamten machte an die dreihundert Fotos. Inzwischen waren weitere Leute von der Staatspolizei eingetroffen. Einige von ihnen hielten die Zuschauer zurück, die wieder versuchten, näher heranzukommen, andere scheuchten die eintreffenden Fernsehleute hinunter zum Gebäude der Stadtverwaltung. Ein Polizeizeichner machte eine rasche Skizze auf einem gerasterten Tatort-Blatt.

Endlich kamen die Leichen selbst an die Reihe – das heißt, von einer letzten Sache abgesehen. Payton gab Alan ein Paar Wegwerfhandschuhe und ein Ziploc Baggie. »Das Beil oder das Messer?«

»Ich nehme das Beil«, sagte Alan. Es würde von den beiden Mordwerkzeugen das unangenehmere sein, an dem noch immer Wilmas Gehirn klebte, aber er wollte Nettie nicht anrühren. Er hatte sie gemocht.

Nachdem die Mordwerkzeuge entfernt, etikettiert, eingetütet und auf ihrem Weg nach Augusta waren, rückten die beiden Teams des Erkennungsdienstes vor und begannen,

378

den Umkreis der beiden Leichen zu untersuchen, die nach wie vor in ihrer letzten Umarmung dalagen, während das Blut in den Pfützen zwischen ihnen zu einer emailleähnlichen Substanz erstarrte. Als Ray Van Allen schließlich ihre Verladung in die Ambulanzen gestattete, wurde die Szene von den Scheinwerfern der Streifenwagen erhellt, und die Träger mußten zuerst Wilma und Nettie auseinanderzerren.

Während des größten Teils dieser Vorgänge standen die Ordnungshüter von Castle Rock herum und kamen sich höchst überflüssig vor.

Gegen Ende des seltsam delikaten Balletts der Spurensicherung gesellte sich Henry Payton zu dem an Rande des Geschehens wartenden Alan. »Verdammt lausige Art, einen Sonntagnachmittag zu verbringen«, sagte er.

Alan nickte.

»Tut mir leid, daß der Kopf sich bewegt hat. Das war Pech.«

Alan nickte abermals.

»Aber ich glaube nicht, daß Ihnen jemand daraus einen Vorwurf machen wird. Sie haben eine gute Aufnahme von der ursprünglichen Position.« Er warf einen Blick auf Norris, der sich mit Clut und dem gerade eingetroffenen John LaPointe unterhielt. »Sie haben Glück gehabt, daß der Junge da drüben nicht den Finger vor die Linse gehalten hat.«

»Ach, Norris ist in Ordnung.«

»Wie dem auch sei – die Geschichte sieht ziemlich simpel aus.«

Alan pflichtete ihm bei. Das war das Problem; das hatte er schon gewußt, bevor er und Norris in einer Gasse hinter dem Kennebec Valley Hospital mit ihrem Sonntagsdienst fertig waren. Die ganze Geschichte war ziemlich simpel. Vielleicht *zu* simpel.

»Wollt ihr beim Aufschneiden dabei sein?« fragte Henry.

»Ja. Wird Ryan es machen?«

»Ja, soweit ich weiß.«

»Ich denke, ich nehme Norris mit. Die Leichen gehen zuerst nach Oxford, nicht wahr?«

»Ja. Dort werden sie registriert.«

»Wenn Norris und ich gleich abfahren, können wir in Augusta sein, bevor sie dort eintreffen.«

Henry Payton nickte. »Warum nicht? Hier dürfte alles erledigt sein.«

»Ich möchte gern je einen meiner Männer mit Ihren Teams losschicken. Haben Sie etwas dagegen?«

Payton dachte darüber nach. »Nein – aber wer sorgt hier für Frieden und Ordnung? Der alte Seat Thomas?«

Alan spürte, wie in ihm plötzlich etwas aufflackerte, das zu heiß war, als daß man es als bloßen Verdruß hätte abtun können. Es war ein langer Tag gewesen, und er hatte sich Henrys herabsetzende Bemerkungen über seine Deputies lange genug angehört – aber er durfte es mit Henry nicht verderben, wenn er als Anhalter bei etwas mitfahren wollte, das offiziell Sache der Staatspolizei war, und deshalb hütete er seine Zunge.

»Also wissen Sie, Henry. Es ist Sonntagabend. Sogar der Mellow Tiger hat geschlossen.«

»Weshalb sind Sie so versessen darauf, am Ball zu bleiben, Alan? Ist irgendetwas faul an der Sache? Soweit ich informiert bin, gab es böses Blut zwischen den beiden Frauen, und die, die obenauf lag, hat schon jemanden auf dem Gewissen. Ihren Ehemann.«

Alan dachte darüber nach. »Nein – faul ist nichts. Jedenfalls nichts, von dem ich wüßte. Es ist nur so, daß …«

»Irgendwie hat es in Ihrem Kopf noch nicht geklingelt?«

»Etwas von der Art.«

»Okay. Solange Ihren Leuten klar ist, daß sie nur dabei sind, um zuzuhören und den Mund zu halten.«

Alan lächelte ein wenig. Er dachte daran, Payton zu sagen, daß Clut und John LaPointe, wenn er sie anwies, Fragen zu stellen, vermutlich das Hasenpanier ergreifen würden; aber er beschloß, es lieber zu lassen.

»Sie werden den Mund halten«, sagte er. »Darauf können Sie sich verlassen.«

3

Und nun waren sie hier, er und Norris Ridgewick, nach dem längsten Sonntag seit Menschengedenken. Aber der Tag hatte eines gemeinsam mit dem Leben von Nettie und Wilma: er war vorbei.

»Haben Sie vor, sich für die Nacht in irgendeinem Motel einzumieten?« fragte Norris zögernd. Alan brauchte kein Gedankenleser zu sein, um zu wissen, woran er dachte: an den Angelausflug, den er versäumen würde.

»Habe ich nicht.« Alan bückte sich und hob den Kittel auf, den er zum Offenhalten der Tür benutzt hatte. »Wir machen uns auf die Socken.«

»Gut Idee«, sagte Norris und hörte sich, seit Alan ihn am Tatort getroffen hatte, zum erstenmal wieder glücklich an. Fünf Minuten später waren sie auf der Route 43 unterwegs nach Castle Rock, und die Scheinwerfer des Streifenwagens bohrten Löcher in die windige Dunkelheit. Als sie ankamen, war es schon seit fast drei Stunden Montagmorgen.

4

Alan steuerte den Streifenwagen hinter das Gebäude der Stadtverwaltung und stieg aus. Sein Kombi stand am anderen Ende des Parkplatzes neben Norris' klapprigem VW-Käfer.

»Sie machen sich gleich auf den Heimweg?« fragte er Norris.

Norris bedachte ihn mit einem kleinen, verlegenen Grinsen und schlug die Augen nieder. »Sobald ich mich in Zivil geworfen habe.«

»Norris, wie oft habe ich Ihnen schon gesagt, daß Sie die Herrentoilette nicht als Umkleidekabine benutzen sollen?«

»Also, Chef – ich tue es doch nicht immer.« Aber sie wußten beide, daß Norris genau das tat.

Alan seufzte. »Lassen wir das – es war ein verdammt langer Tag für Sie. Tut mir leid.«

Norris zuckte die Achseln. »Es war Mord. Dergleichen passiert hier nicht allzu oft. Aber wenn es passiert, dann müssen eben alle ran.«

»Bitten Sie Sandy oder Sheila, Ihnen einen Überstundenzettel auszufüllen, wenn eine von den beiden noch hier ist.«

»Um damit Buster etwas gegen mich in die Hand zu geben?« Norris lachte etwas bitter. »Ich glaube, das lasse ich lieber bleiben. Das geht auf mein Konto, Alan.«

»Hat er sich wieder mit Ihnen angelegt?« In den letzten paar Tagen hatte Alan überhaupt nicht mehr an den Vorsitzenden des Stadtrates gedacht.

»Nein – aber wenn wir uns auf der Straße begegnen, fixiert er mich auf eine verdammt haarige Art. Wenn Blicke töten könnten, wäre ich so tot wie Nettie und Wilma.«

»Ich schreibe den Zettel morgen früh selbst aus.«

»Wenn Ihr Name draufsteht, ist es okay«, sagte Norris und machte sich auf den Weg zu der Tür NUR FÜR STÄDTISCHE ANGESTELLTE. »Gute Nacht, Alan.«

»Viel Glück beim Angeln.«

Norris begann sofort zu strahlen. »Danke. Sie sollten die Rute sehen, die ich in dem neuen Laden gekauft habe, Alan – es ist ein Prachtstück.«

Alan lächelte. »Das bezweifle ich nicht. Ich habe immer noch vor, den Mann aufzusuchen – wie es scheint, hat er für jedermann in der Stadt etwas, also weshalb nicht auch für mich?«

»Weshalb nicht?« stimmte Norris ihm zu. »Er hat wirklich alle möglichen Sachen. Sie werden überrascht sein.«

»Gute Nacht, Norris. Und nochmals vielen Dank.«

»Keine Ursache.« Aber Norris war offensichtlich erfreut.

Alan stieg in seinen Wagen, setzte vom Parkplatz herunter und bog in die Main Street ein. Automatisch überprüfte er die Gebäude auf beiden Straßenseiten; er tat es nicht bewußt, speicherte aber trotzdem die Informationen. Zu den Dingen, die er registrierte, gehörte die Tatsache, daß im Stockwerk über Needful Things Licht brannte. Es war höchst ungewöhnlich für Bewohner einer kleinen Stadt, um diese späte Stunde noch wach zu sein. Er fragte sich, ob Mr. Leland Gaunt vielleicht unter Schlaflosigkeit litt, und dachte wieder daran, daß er ihn aufsuchen wollte – aber das hatte vermutlich Zeit, bis die traurige Geschichte mit Nettie und Wilma geklärt war.

Er erreichte die Ecke von Main und Laurel Street, signalisierte, daß er links abzubiegen gedachte, dann hielt er mitten auf der Kreuzung an und bog statt dessen nach rechts ab. Zum Teufel mit dem Nachhausefahren. Das war ein kalter und leerer Ort, und sein überlebender Sohn machte sich ein paar schöne Tage auf Cape Cod. In diesem Haus gab es zu viele verschlossene Türen, hinter denen zu viele Erinnerungen lauerten. An der anderen Seite der Stadt gab es eine lebendige Frau, die vielleicht gerade jetzt dringend jemanden brauchte. Vielleicht fast so dringend, wie dieser lebendige Mann sie jetzt brauchte.

Fünf Minuten später schaltete Alan die Scheinwerfer aus und ließ den Wagen leise auf Pollys Auffahrt rollen. Die Tür würde verschlossen sein, aber er wußte, unter welcher Ecke der Verandastufen er nachsehen mußte.

5

»Was tun Sie denn noch hier, Sandy?« fragte Norris, als er eintrat und dabei bereits seine Krawatte lockerte.

Sandra McMillan, eine verblühende Blondine, die seit fast zwanzig Jahren in der Zentrale des Countys aushalf, schlüpfte in ihren Mantel. Sie sah sehr müde aus.

»Sheila hatte Karten für einen Auftritt von Bill Cosby in Portland«, teilte sie Norris mit. »Sie sagte, sie würde hier bleiben, aber ich habe sie praktisch zur Tür hinausgescheucht. Wie oft kommt Bill Cosby schließlich nach Maine?«

Wie oft beschließen zwei Frauen, sich gegenseitig in Stücke zu hauen – wegen eines Hundes, der wahrscheinlich aus dem Tierheim von Castle County stammt? dachte Norris, aber er sprach es nicht aus. »Nicht sehr oft, nehme ich an.«

»Kaum jemals.« Sandy seufzte tief. »Aber um Ihnen ein Geheimnis zu verraten – jetzt, da alles vorbei ist, wünschte ich mir fast, ich hätte ja gesagt, als Sheila sich erbot, zu bleiben. Es war ein derart *verrückter* Abend – ich glaube, jeder Fernsehsender im Staat hat mindestens neunmal angerufen; bis gegen elf ging es hier zu wie in einem Kaufhaus in der Vorweihnachtszeit.«

»Nun, jetzt können Sie nach Hause gehen. Sie haben meine Erlaubnis. Haben Sie den Bastard eingeschaltet?«

Der Bastard war das Gerät, das Anrufe in Alans Haus weiterleitete, wenn niemand in der Station Telefondienst tat. Wenn nach viermaligem Läuten bei Alan niemand abnahm, schaltete sich der Bastard ein und forderte den Anrufer auf, die Staatspolizei in Oxford anzurufen. Es war ein Behelfssystem, das in einer Großstadt nicht funktioniert hätte, aber in Castle County, das von allen sechzehn Counties von Maine die wenigsten Einwohner hatte, erfüllte es seinen Zweck.

»Habe ich.«

»Gut. Ich habe das Gefühl, daß Alan heute nacht vielleicht nicht nach Hause gefahren ist.«

Sandy hob wissend die Brauen.

»Haben Sie irgendetwas von Lieutenant Payton gehört?«

»Kein Wort.« Sie hielt einen Moment inne. »War es schlimm, Norris? Ich meine – die Sache mit diesen beiden Frauen?«

»Ziemlich schlimm«, sagte er. Sein Zivil hing auf einem Kleiderbügel, den er am Griff eines Aktenschrankes aufgehängt hatte. Er nahm ihn und machte sich auf den Weg in die Herrentoilette. Seit ungefähr drei Jahren hatte er die Angewohnheit, sich im Büro umzuziehen, aber daß er das mitten in der Nacht tat, war nur sehr selten vorgekommen. »Gehen Sie nach Hause, Sandy – ich schließe ab, wenn ich fertig bin.«

Er stieß die Tür zur Toilette auf und hakte den Kleiderbügel über die Oberkante der Kabinentür. Er knöpfte gerade sein Uniformhemd auf, als an die Tür geklopft wurde.

»Norris?« rief Sandy.

»Ich glaube, außer mir ist niemand hier«, rief er zurück.

»Beinahe hätte ich es vergessen – jemand hat ein Geschenk für Sie hinterlassen. Es liegt auf ihrem Schreibtisch.«

Norris unterbrach das Aufknöpfen seiner Hose. »Ein Geschenk? Von wem?«

»Ich weiß es nicht – hier ging es zu wie in einem Irrenhaus. Aber es ist eine Karte daran. Und eine Schleife. Muß von einer heimlichen Geliebten stammen.«

»Meine Geliebte ist so heimlich, daß nicht einmal *ich* von ihr weiß«, sagte Norris mit ehrlichem Bedauern. Er zog die Uniformhose aus, hängte sie über die Kabinentür und stieg in seine Jeans.

Draußen lächelte Sandy McMillan mit einem Anflug von Boshaftigkeit. »Mr. Keeton war heute abend hier«, sagte sie. »Vielleicht hat *er* es gebracht. Vielleicht ist es ein Versöhnungsgeschenk.«

Norris lachte. »Wohl kaum.«

»Vergessen Sie nicht, mir morgen davon zu erzählen – ich möchte zu gern wissen, von wem es stammt. Es ist ein hübsches Päckchen. Gute Nacht, Norris.«

»Gute Nacht.«

Wer sollte mir schon ein Geschenk bringen? dachte er, griff nach seiner Uniformhose, schüttelte sie aus und legte sie säuberlich in den Bügelfalten zusammen.

6

Sandy ging und schlug, als sie hinausging, den Mantelkragen hoch – die Nacht war sehr kalt und erinnerte sie daran, daß der Winter bevorstand. Cyndi Rose Martin, die Frau des Anwalts, gehörte zu den vielen Leuten, die sie heute gesehen hatte – Cyndi Rose war am frühen Abend aufgetaucht. Sandy hätte nie daran gedacht, das Norris gegenüber zu erwähnen; er bewegte sich nicht in den gehobenen gesellschaftlichen Kreisen der Martins. Cyndi Rose sagte, sie sei auf der Suche nach ihrem Mann, was für Sandy halbwegs einleuchtend klang (obwohl der Abend so chaotisch gewesen war, daß Sandy sich wahrscheinlich auch nichts dabei gedacht hätte, wenn Cyndi erklärt hätte, sie wäre auf der Suche nach Michail Baryschnikow), weil Albert Martin einen Teil der juristischen Arbeit für die Stadt erledigte.

Sandy sagte, sie hätte Mr. Martin an diesem Abend nicht gesehen, aber wenn sie wollte, könnte Cyndi Rose gern nach oben gehen und nachsehen, ob er bei Mr. Keeton war. Cyndi Rose sagte, das würde sie tun, da sie nun schon einmal hier wäre. Aber dann leuchteten die Lichter an der Schalttafel wieder auf wie an einem Weihnachtsbaum, und Sandy sah nicht, wie Cyndi Rose das rechteckige Päckchen in bunter Geschenkfolie und mit der blauen Samtschleife aus ihrer großen Handtasche holte und auf Norris Ridgewicks Schreibtisch stellte. Auf ihrem hübschen Gesicht lag ein Lächeln, als sie es tat, aber das Lächeln selbst war alles andere als hübsch – es war vielmehr ziemlich schadenfroh.

7

Norris hörte das Zufallen der Außentür und, undeutlich, das Geräusch von Sandys anspringendem Wagen. Er stopfte sein Hemd in die Jeans, schlüpfte in seine Schuhe und hängte seine Uniform sorgfältig auf den Kleiderbügel. Dann roch er an den Achselhöhlen des Hemdes und kam zu dem Schluß, daß es noch nicht in die Reinigung mußte. Das war gut; wieder etwas gespart.

Als er die Toilette verließ, hängte er den Kleiderbügel wieder an den Griff des Aktenschrankes, an dem er zuvor gehangen hatte – eine Stelle, an der er ihn beim Hinausgehen nicht übersehen konnte. Auch das war gut, dann Alan wurde stocksauer, wenn Norris seine Klamotten in der Polizeistation zurückließ. Er sagte, die Station sähe aus wie ein Waschsalon.

Er ging zu seinem Schreibtisch hinüber. Jemand hatte ihm tatsächlich ein Geschenk gebracht – es war eine in hellblaue Folie eingewickelte Schachtel mit einer großen Schleife aus blauem Samtband obendrauf. Unter der Schleife steckte ein quadratischer weißer Umschlag. Norris, inzwischen sehr neugierig, zog den Umschlag heraus und riß ihn auf. Drinnen lag eine Karte, auf der, in Großbuchstaben getippt, eine kurze, rätselhafte Botschaft stand:

NUR ZUR ERINNERUNG

Er runzelte die Stirn. Die einzigen beiden Menschen, die ihn ständig an etwas erinnerten, waren Alan und seine Mutter – und die war seit fünf Jahren tot. Er nahm das Päckchen, streifte das Band ab und legte die Schleife behutsam beiseite. Dann wickelte er das Geschenkpapier ab. Ein weißer Pappkarton kam zum Vorschein. Er war ungefähr dreißig Zentimeter lang, zehn Zentimeter breit und zehn Zentimeter hoch. Der Deckel war mit Klebeband verschlossen.

Norris schnitt das Klebeband durch und öffnete die Schachtel. Über dem darin befindlichen Gegenstand lag eine Schicht weißes Seidenpapier, dünn genug, um eine flache Oberfläche mit einer Reihe von querlaufenden Graten erkennen zu lassen, aber nicht so dünn, daß er hätte erkennen können, um was es sich bei seinem Geschenk handelte.

Er griff hinein, um das Seidenpapier herauszuziehen, und sein Zeigefinger traf auf etwas Hartes – eine vorstehende Metallzunge. Ein schwerer Stahlbügel schloß sich um das Seidenpapier und außerdem um Norris Ridgewicks erste drei Finger. Schmerz fuhr durch seinen Arm. Er schrie auf und taumelte zurück, packte mit der linken Hand das rechte Handgelenk. Der weiße Karton fiel zu Boden. Seidenpapier knisterte.

Großer Gott, das tat *weh!* Er grabschte nach dem Seidenpapier, das in Form eines zerknitterten Bandes herunterhing, und riß es ab. Was zum Vorschein kam, war eine große Victory-Rattenfalle. Jemand hatte sie gespannt, in einen Karton gestellt, unter Seidenpapier versteckt und dann in hübschem, blauem Geschenkpapier verpackt. Jetzt war sie über den ersten drei Fingern seiner rechten Hand zugeschnappt. Er sah, daß sie vom Zeigefinger den Nagel abgerissen hatte; was geblieben war, war ein blutender Halbmond aus rohem Fleisch.

»Dreckskerl!« schrie Norris. Vor Schmerzen und Schock hieb er die Falle zuerst gegen die Seite von John LaPointes

Schreibtisch, anstatt einfach den Stahlbügel zurückzustemmen. Alles, was er damit schaffte, war, daß er mit den schmerzenden Fingern an die metallene Ecke des Schreibtisches stieß und eine neuerliche Schmerzwelle durch seinen Arm schoß. Er schrie abermals, dann bekam er den Bügel zu fassen und zog ihn zurück. Er befreite seine Finger und ließ die Falle los. Als sie auf dem Boden landete, schnellte der Stahlbügel wieder auf das hölzerne Gestell herunter.

Einen Moment lang stand Norris zitternd da, dann eilte er zurück in die Herrentoilette, drehte mit der linken Hand den Kaltwasserhahn auf und hielt die rechte Hand in den Strahl. Sie pochte wie ein entzündeter Weisheitszahn. Er stand da, mit zu einer Grimasse verzogenem Gesicht, beobachtete, wie dünne Blutfäden in den Abfluß wirbelten, und dachte an das, was Sandy gesagt hatte: *Mr. Keeton war da – vielleicht ist es ein Versöhnungsgeschenk.*

Und die Karte: NUR ZUR ERINNERUNG.

O ja, das war Busters Werk. Daran hatte er nicht den geringsten Zweifel. Das war genau Busters Art.

»Verdammter Dreckskerl«, stöhnte Norris.

Das kalte Wasser betäubte seine Finger, dämpfte das heftige Pochen, aber er wußte, daß es, bis er zu Hause angekommen war, wieder da sein würde. Aspirin würde vielleicht ein bißchen helfen, aber er war trotzdem überzeugt, daß in dieser Nacht an Schlafen nicht zu denken sein würde. Und ebenso morgen nicht an Angeln.

Aber ich tue es trotzdem – ich gehe angeln, und wenn die verdammte Hand dabei abfällt. Ich habe es geplant, ich habe mich darauf gefreut, und Danforth Scheißbuster Keeton wird mich nicht daran hindern.

Er drehte den Wasserhahn zu und benutzte ein Papiertuch, um seine Hand vorsichtig trockenzutupfen. Keiner der Finger, die in die Falle geraten waren, war gebrochen – zumindest glaubte er es nicht –, aber sie begannen bereits anzuschwellen; das hatte auch das kalte Wasser nicht verhindern können. Der Bügel der Falle hatte zwischen den ersten und den zweiten Knöcheln einen dunkel purpurroten Striemen hinterlassen. Das bloßgerissene Fleisch an der Stelle, an der der Nagel seines Zeigefingers gesessen hatte, schwitzte kleine Blutstropfen aus, und das heftige Pochen hatte bereits wieder eingesetzt.

Er kehrte in den leeren Dienstraum zurück und betrachtete die wieder zugeschnappte Falle, die neben Johns Schreibtisch auf der Seite lag. Er hob sie auf und ging damit zu seinem eigenen Schreibtisch, setzte die Falle in den Geschenkkarton und stellte ihn in die oberste Schublade. Er holte sein Aspirin aus der untersten Schublade und steckte drei Tabletten in den Mund. Dann sammelte er das Seidenpapier, das Einwickelpapier, das Band und die Schleife ein, stopfte sie in den Papierkorb und deckte sie mit zerknülltem Abfallpapier ab.

Er hatte nicht die Absicht, Alan oder sonstjemandem von dem gemeinen Streich zu erzählen, den Buster ihm gespielt hatte. Sie würden nicht lachen, aber Norris wußte, was sie denken würden – oder glaubte es jedenfalls: *Auf so etwas konnte nur Norris Ridgewick hereinfallen – steckt seine Hand direkt in eine gespannte Rattenfalle, könnt ihr euch das vorstellen?*

Es muß von Ihrer heimlichen Geliebten sein – Mr. Keeton war heute abend hier – vielleicht ist es ein Versöhnungsgeschenk.

»Darum kümmere ich mich selbst«, sagte Norris mit leiser, grimmiger Stimme. Er hielt die verletzte Hand vor die Brust. »Auf meine Art, und zu meiner Zeit.«

Plötzlich kam ihm ein neuer, bestürzender Gedanke. Was war, wenn Buster sich nicht mit der Rattenfalle zufriedengegeben hatte? Schließlich konnte er nicht sicher sein, daß sie funktionierte? Was war, wenn er zu Norris' Haus gegangen war? Dort war die Bazun-Rute, und die war nicht einmal eingeschlossen; er hatte sie in die Ecke des Schuppens gestellt, neben seinen Fangkorb.

Was war, wenn Buster über die Rute Bescheid wußte und beschlossen hatte, sie zu zerbrechen?

»Wenn er das getan hat, dann zerbrech ich *ihn*«, sagte Norris. Seine Stimme war ein leises, wütendes Grollen, das Henry Payton – und ebenso viele seiner anderen Polizeikollegen – nicht wiedererkannt hätte. Als er das Büro verließ, vergaß er völlig, daß er abschließen mußte. Vorübergehend vergaß er sogar die Schmerzen in seiner Hand. Das einzige, worauf es jetzt ankam, war, nach Hause zu kommen. Nach Hause zu kommen und sich zu vergewissern, daß die Ba-zun-Rute unversehrt war.

8

Die Gestalt unter den Decken bewegte sich nicht, als Alan ins Zimmer schlich, und er glaubte, Polly schliefe – vielleicht mit Hilfe eines Percodan vor dem Zubettgehen. Er zog sich leise aus und schlüpfte neben ihr ins Bett. Als er den Kopf aufs Kissen legte, sah er, daß ihre Augen offen waren und ihn beobachteten.

»Welcher Fremde kommt da in mein jungfräuliches Bett?« fragte sie leise.

»Nur ich«, sagte er mit leichtem Lächeln. »Dem Fremden tut es leid, dich geweckt zu haben.«

»Ich war wach«, sagte sie und legte ihm die Arme um den Hals. Er ließ seine eigenen um ihre Taille gleiten. Er genoß ihre Bettwärme – sie war wie ein schläfriger Ofen.

Einen Moment lang spürte er, wie etwas Hartes gegen sei-ne Brust drückte; fast hätte er zur Kenntnis genommen, daß sie unter ihrem Baumwollnachthemd irgend etwas trug. Dann verlagerte es sich und rutschte an seiner dünnen Sil-berkette zwischen ihre linke Brust und ihre Achselhöhle.

»Bist du okay?« fragte er sie.

Sie drückte die Seite ihres Gesichts gegen seine Wange, hielt ihn auch weiterhin fest. Er konnte ihre in seinem Ge-nick verschränkten Hände fühlen. »Nein«, sagte sie. Das Wort kam als zitternder Seufzer heraus, und dann begann sie zu schluchzen.

Er hielt sie, während sie weinte, streichelte ihr Haar.

»Warum hat sie mir nicht gesagt, was diese Frau ihr antat, Alan?« fragte Polly schließlich. Sie rückte ein Stückchen von ihm ab. Jetzt hatten seine Augen sich an die Dunkelheit ge-wöhnt, und er konnte ihr Gesicht sehen – dunkle Augen, dunkles Haar, weiße Haut.

»Ich weiß es nicht«, sagte er.

»Wenn sie es mir gesagt hätte, dann hätte ich mich darum gekümmert. Ich wäre zu Wilma Jerzyck gegangen, und – und …«

Es war nicht der richtige Moment, um ihr zu erzählen, daß Nettie das Spiel offensichtlich mit fast ebenso viel Tatkraft und Bosheit gespielt hatte wie Wilma.

»Es ist halb vier«, sagte er. »Nicht die rechte Zeit, um über Dinge zu reden, die man vielleicht hätte tun können.« Er zögerte einen Moment, bevor er weitersprach. »Wie ich von John LaPointe hörte, hat Nettie heute morgen – inzwischen gestern morgen – etwas über Wilma zu dir gesagt. Was war es?«

Polly überlegte. »Nun, ich wußte nicht, daß es etwas über Wilma war – jedenfalls da noch nicht. Nettie brachte mir eine Lasagne. Und meine Hände – meine Hände waren sehr schlimm. Sie sah es sofort. Nettie ist – war – in manchen Dingen etwas vernebelt, aber verbergen konnte ich nichts vor ihr.«

»Sie hat dich sehr geliebt«, sagte Alan nachdrücklich, und das löste neuerliches Schluchzen aus. Er hatte gewußt, daß das der Fall sein würde, genau wie er wußte, daß manche Tränen geweint werden müssen, ohne Rücksicht auf die Stunde – solange das nicht geschieht, wüten und brennen sie innerlich.

Nach einer Weile war Polly imstande, weiterzureden. Und während sie es tat, legten sich ihre Hände wieder um Alans Hals.

»Sie schleppte diese blöden Heizhandschuhe an, und diesmal schienen sie wirklich zu helfen – auf jeden Fall scheint die Krise jetzt vorüber zu sein –, und dann machte sie Kaffee. Ich fragte sie, ob sie nicht zu Hause zu tun hätte, und sie sagte, das hätte sie nicht. Sie sagte, Raider hielte Wache, und dann sagte sie so etwas wie ›Ich denke, sie wird mich jetzt in Ruhe lassen. Ich habe nichts von ihr gehört oder gesehen, also nehme ich an, sie hat es endlich begriffen.‹ Das ist nicht wörtlich, Alan, aber dem Sinne nach stimmt es.«

»Wann ist sie gekommen?«

»Ungefähr Viertel nach zehn. Vielleicht etwas früher oder

später, aber nicht viel. Weshalb, Alan? Hat es etwas zu bedeuten?«

Als Alan zwischen die Laken geglitten war, hatte er geglaubt, zehn Sekunden, nachdem sein Kopf das Kissen berührt hatte, schlafen zu können. Jetzt war er wieder hellwach und dachte angestrengt nach.

»Nein«, sagte er nach kurzem Zögern. »Ich glaube nicht, daß es etwas zu bedeuten hat – außer daß sich Nettie in Gedanken mit Wilma beschäftigte.«

»Ich kann es einfach nicht glauben. Ihr Zustand schien sich so sehr gebessert zu haben. Weißt du noch, daß ich dir erzählt habe, daß sie am Donnerstag sogar den Mut aufgebracht hat, allein zu Needful Things zu gehen?«

»Ja.«

Sie gab ihn frei und drehte sich auf den Rücken. Als sie es tat, hörte Alan ein leises, metallisches Klicken, und wieder dachte er sich nichts dabei. Sein Verstand untersuchte nach wie vor das, was Polly ihm gerade erzählt hatte, drehte es erst in die eine und dann die andere Richtung – wie ein Juwelier, der einen zweifelhaften Stein untersucht.

»Um die Beerdigung werde ich mich kümmern müssen«, sagte sie. »Nettie hat Verwandte in Yarmouth – ein paar zumindest –, aber die wollten nichts mir ihr zu tun haben, als sie noch am Leben war. Jetzt, da sie tot ist, wollen sie vermutlich erst recht nichts mir ihr zu tun haben. Aber ich muß sie am Morgen anrufen. Darf ich in Netties Haus, Alan? Ich glaube, sie hatte ein Adreßbuch.«

»Ich fahre mit dir hin. Du darfst nichts mitnehmen, jedenfalls nicht, bevor Dr. Ryan seinen Autopsiebericht abgegeben hat, aber ich glaube, niemand hat etwas dagegen, wenn du dir ein paar Telefonnummern notierst.«

»Ich danke dir.«

Plötzlich kam ihm ein Gedanke. »Polly, wann ist Nettie von hier fortgegangen?«

»Viertel vor elf, glaube ich. Es könnte auch bereits elf gewesen sein. Ich glaube nicht, daß sie eine volle Stunde geblieben ist. Warum?«

»Nichts«, sagte er. Ihm war nur etwas durch den Kopf geschossen. Wenn Nettie lange genug bei Polly geblieben wäre, hätte sie vielleicht nicht die Zeit gehabt, nach Hause zurückzukehren, ihren Hund tot vorzufinden, die Steine zu sammeln, die Zettel zu schreiben, sie an den Steinen zu befestigen, zu Wilmas Haus hinüberzugehen und die Fenster einzuwerfen. Aber wenn Nettie Polly um Viertel vor elf verlassen hatte, dann hätte sie mehr als zwei Stunden Zeit gehabt. Massenhaft Zeit.

Hey, Alan! meldete sich die Stimme – die mit der falschen Fröhlichkeit, die ihre Bemerkungen normalerweise auf das Thema Annie und Todd beschränkte – zu Wort. *Wie kommst du auf die Idee, dir diese Sache selbst zusammenreimen zu wollen, alter Freund?*

Und Alan wußte es nicht. Da war noch etwas, was er nicht wußte – wie hatte Nettie es überhaupt geschafft, die Ladung Steine zum Haus der Jerzycks zu befördern? Sie besaß keinen Führerschein und hatte keine Ahnung, wie man einen Wagen fuhr.

Laß den Unsinn, alter Freund, riet die Stimme. *Sie schrieb die Zettel in ihrem Haus – vermutlich gleich in der Diele neben ihrem toten Hund – und holte die Gummibänder aus ihrer Küchenschublade. Sie brauchte die Steine nicht zu schleppen; in Wilmas Hintergarten liegen genug davon herum. Richtig?*

Richtig. Dennoch konnte er den Gedanken nicht loswerden, daß die Steine mit den bereits daran befestigten Zetteln hingebracht worden waren. Er hatte keinen konkreten Grund, das anzunehmen, aber es erschien ihm einfach richtig – ein Verhalten, das man von einem Kind erwarten konnte oder von jemandem, der *dachte* wie ein Kind.

Jemandem wie Nettie Cobb.

Schluß damit – gib's auf.

Aber er konnte es nicht.

Polly berührte seine Wange. »Ich bin sehr froh, daß du gekommen bist, Alan. Auch für dich muß es ein gräßlicher Tag gewesen sein.«

»Ich habe schon bessere gehabt, aber jetzt ist er vorüber. Du solltest ihn auch vergessen. Versuche zu schlafen. Du hast morgen eine Menge zu tun. Soll ich dir eine Tablette holen?«

»Nein, meinen Händen geht es etwas besser. Alan ...« Sie brach ab, bewegte sich unruhig unter der Decke.

»Was?«

»Nichts«, sagte sie. »Es war nicht wichtig. Ich glaube, jetzt, da du hier bist, *kann* ich schlafen. Gute Nacht.«

»Gute Nacht, Liebste.«

Sie drehte sich von ihm weg, zog die Decke hoch und war still. Einen Moment lang dachte er daran, wie sie ihn umarmt hatte – das Gefühl ihrer in seinem Genick verschränkten Hände. Wenn sie imstande war, die Finger so zu biegen, mußte es ihr wirklich besser gehen. Das war eine gute Sache, vielleicht die beste, seit Clut bei ihm angerufen hatte. Wenn die Sache nur gut *bleiben* würde …

Polly hatte eine etwas schiefe Nasenscheidewand und begann jetzt leicht zu schnarchen, ein Geräusch, das Alan sogar als angenehm empfand. Es war gut, das Bett mit einem anderen Menschen zu teilen, einem wirklichen Menschen, der wirkliche Geräusche von sich gab – und ihm manchmal die Decke wegzog. Er lächelte in der Dunkelheit.

Dann kehrten seine Gedanken zu den Morden zurück.

Ich denke, sie wird mich jetzt in Ruhe lassen. Ich habe nichts von ihr gehört oder gesehen, also nehme ich an, sie hat es endlich begriffen.

Ich habe nichts von ihr gehört oder gesehen.

Ich nehme an, sie hat es endlich begriffen.

Ein Fall wie dieser brauchte nicht gelöst zu werden; selbst Seat Thomas hätte einem nach einem einzigen Blick durch seine Trifokal-Brille auf den Tatort genau sagen können, was passiert war. Es waren Küchenwerkzeuge gewesen anstelle von Duellpistolen bei Tagesanbruch, aber das Ergebnis war dasselbe: zwei Tote in der Leichenhalle des K.V.H. mit Y-förmigen Autopsieschnitten. Die einzige Frage war, *warum* es passiert war. Er hatte einige Fragen gehabt, ein paar schwer zu definierende Unruhegefühle, aber die würden zweifellos verschwunden sein, bevor Wilma und Nettie in der Erde lagen.

Jetzt waren die Unruhegefühle bedrängender, und einige von ihnen *(ich nehme an, sie hat es endlich begriffen)* hatten Namen.

Für Alan war ein Kriminalfall wie ein von einer hohen Mauer umgebener Garten. Man mußte hineingelangen, also suchte man nach der Pforte. Manchmal gab es mehrere, aber seiner Erfahrung nach gab es zumindest eine. Wenn nicht – wie wäre sonst der Gärtner hineingelangt, um seine Samen auszusäen? Sie konnte groß sein, mit einem auf sie verweisenden Pfeil und einem grellen Neonlicht, das besagte EINTRITT HIER, aber auch klein und so sehr mit Efeu überwuchert, daß man eine ganze Weile suchen mußte, bis man sie fand, aber vorhanden war sie immer, und wenn man lange genug suchte und nicht davor zurückscheute, sich beim Wegreißen des Wildwuchses ein paar Blasen an den Händen zu holen, dann fand man sie immer.

Manchmal war die Pforte ein am Tatort gefundener Beweis. Manchmal war es ein Zeuge. Manchmal waren es fest auf Ereignissen und logischem Denken basierende Vermutungen. Die Vermutungen, die er in diesem Fall angestellt hatte, waren: erstens, daß Wilma ihrer langen Gewohnheit, über andere Leute herzufallen, treu geblieben war; zweitens, daß sie sich diesmal für ihre Spielchen die falsche Person ausgesucht hatte; drittens, daß Nettie wieder übergeschnappt war wie damals, als sie ihren Mann umgebracht hatte. Aber …

Ich habe nichts vor ihr gehört oder gesehen.

Wenn Nettie das wirklich gesagt hatte, wieviel änderte das? Wie viele Vermutungen fegte dieser einzige Satz vom Tisch? Alan wußte es nicht.

Er starrte in die Dunkelheit von Pollys Schlafzimmer und fragte sich, ob er die Pforte nicht vielleicht doch gefunden hatte

Vielleicht hatte Polly nicht richtig gehört, was Nettie gesagt hatte. Das war immerhin möglich, aber Alan glaubte es nicht. Netties Verhalten bestätigte, jedenfalls bis zu einem gewissen Grad, das, was Polly gehört haben wollte. Nettie war am Freitag nicht zur Arbeit gekommen – sie hatte gesagt, sie wäre krank. Vielleicht war sie tatsächlich krank gewesen, vielleicht hatte sie sich aber auch nur vor Wilma gefürchtet. Das schien einleuchtend; sie wußten von Pete Jerzyck, daß Wilma, nachdem sie entdeckt hatte, was mit ihren Laken passiert war, zumindest einmal bei Nettie angerufen hatte. Möglicherweise waren am nächsten Tag weitere

395

Anrufe erfolgt, von denen Pete nichts wußte. Aber am Sonntagmorgen war Nettie mit einem Geschenk bei Polly erschienen. Hätte sie das getan, wenn Wilma nach wie vor das Feuer geschürt hätte? Alan glaubte es nicht.

Und dann war da die Sache mit den Steinen, die Wilmas Fenster verwüstet hatten. Auf jedem der daran befestigten Zettel standen dieselben Worte: ICH HABE GESAGT, SIE SOLLEN MICH IN RUHE LASSEN. DIES IST DIE LETZTE WARNUNG. Eine Warnung bedeutet normalerweise, daß die verwarnte Person noch Zeit hat, ihr Verhalten zu ändern. Aber in diesem Fall war die Zeit für Wilma und Nettie abgelaufen gewesen. Sie waren nur zwei Stunden nach dem Steinewerfen an dieser Straßenecke aneinandergeraten.

Er nahm an, daß er sich darüber hinwegsetzen konnte, wenn es sein mußte. Als Nettie ihren Hund fand, mußte sie wütend gewesen sein. Ebenso Wilma, als sie nach Hause kam und den an ihrem Haus angerichteten Schaden sah. Alles, was nötig war, um das Faß endgültig zum Überlaufen zu bringen, war ein einziger Telefonanruf. Eine der beiden Frauen hatte diesen Anruf getätigt – und der Ballon war hochgegangen.

Alan drehte sich auf die Seite und wünschte sich die alten Zeiten zurück, in denen auch Ortsgespräche registriert wurden. Wenn er einen eindeutigen Beweis dafür hätte, daß Wilma und Nettie vor ihrem letzten Zusammentreffen miteinander telefoniert hatten, dann würde ihm wesentlich wohler sein. Immerhin – nehmen wir diesen letzten Anruf als gegeben hin. Dann blieben immer noch die Zettel.

So muß es passiert sein, dachte er. *Nettie kommt von Polly zurück und findet ihren Hund tot auf dem Fußboden der Diele. Sie liest die Nachricht auf dem Korkenzieher. Dann schreibt sie vierzehn- oder sechzehnmal denselben Text auf Zettel und steckt sie in die Manteltasche. Außerdem steckt sie einen Haufen Gummibänder ein. Bei Wilma angekommen, geht sie in den Hintergarten. Sie sammelt vierzehn oder sechzehn Steine auf und benutzt die Gummibänder, um die Zettel an ihnen zu befestigen. Das muß sie getan haben, bevor sie mit dem Steinewerfen anfing – es hätte zu lange gedauert, die Festivität ständig zu unterbrechen, um weitere Steine aufzusammeln und weitere Zettel daran zu befestigen. Und so-*

396

bald sie fertig ist, geht sie nach Hause und trauert weiter um ihren toten Hund.

Es fühlte sich total falsch an.

Es fühlte sich regelrecht lausig an.

Es setzte eine Kette von Denken und Handeln voraus, die einfach nicht zu dem paßte, was er von Nettie Cobb wußte. Der Mord an ihrem Mann war eine Reaktion auf jahrelange Mißhandlung gewesen, aber der Mord selbst eine Impulshandlung, begangen von einer Frau, die durchgedreht war. Wenn die Berichte in George Bannermans Akten zutrafen, dann hatte Nettie Albion Cobb bestimmt keine Vorwarnungen zukommen lassen.

Was sich richtig anfühlte, war wesentlich simpler: Nettie kommt von Polly nach Hause zurück. Sie findet ihren Hund tot in der Diele. Sie holt ein Fleischbeil aus der Küchenschublade und macht sich auf den Weg, um sich ein großes Stück aus einem polnischen Hintern herauszuschneiden.

Aber wenn das der Fall war – wer hatte dann Wilma Jerzycks Fenster eingeworfen?

»Eine *absurde* Geschichte«, murmelte er und drehte sich ruhelos auf die andere Seite.

John LaPointe hatte die Beamten begleitet, die den Sonntagnachmittag und -abend damit verbracht hatten, Netties Bewegungen nachzuspüren – soweit es solche überhaupt gab. Sie war mit der Lasagne zu Polly gegangen. Sie hatte Polly gesagt, daß sie auf dem Heimweg vielleicht noch in den neuen Laden, Needful Things, hineinschauen und mit dem Besitzer, Leland Gaunt, sprechen würde, wenn er da war – Polly hatte gesagt, Mr. Gaunt hätte sie eingeladen, sich am Nachmittag ein Objekt anzusehen, und Nettie wollte Mr. Gaunt mitteilen, daß Polly wahrscheinlich kommen würde, obwohl sie ziemlich heftige Schmerzen in ihren Händen hatte.

Wenn Nettie *tatsächlich* zu Needful Things gegangen war, wenn Nettie *tatsächlich* einige Zeit dort verbracht hatte – sich umgesehen, mit dem neuen Ladenbesitzer geredet, den jedermann in der Stadt für so faszinierend hielt und den Alan noch immer nicht kannte –, dann hätte das vielleicht ihr Fenster der Gelegenheit vernagelt und die Frage nach dem mysteriösen Steinewerfer von neuem gestellt. Aber sie hatte es nicht getan. Gaunt hatte sowohl Polly, die später wirklich zu ihm gegangen war, als auch den Kriminalbeamten mitgeteilt, daß er seit dem Tag, an dem sie ihren Lampenschirm bei ihm gekauft hatte, von Nettie weder Haut noch Haar gesehen hätte. Ohnehin hätte er den Vormittag in seinem Hinterzimmer verbracht, klassische Musik gehört und Ware katalogisiert. Wenn jemand geklopft hätte, hätte er es vermutlich gar nicht gehört. Also mußte Nettie geradewegs nach Hause gegangen sein. Und dann hatte sie genügend Zeit, all die Dinge zu tun, die Alan als so unwahrscheinlich empfand.

Wilma Jerzycks Fenster der Gelegenheit war sogar noch schmaler. Ihr Mann hatte eine kleine Tischlerwerkstatt im Keller; dort war er am Sonntagmorgen von acht bis kurz nach zehn gewesen. Er sagte, er hätte festgestellt, daß es spät wurde, und daraufhin hatte er seine Maschinen abgestellt und war hinaufgegangen, um sich zur Elf-Uhr-Messe umzuziehen. Wilma, teilte er den Beamten mit, war unter der Dusche gewesen, als er ins Schlafzimmer kam, und Alan hatte keinen Grund, die Aussage des frischgebackenen Witwers anzuzweifeln.

Es mußte so gewesen sein: Wilma verläßt das Haus um neun Uhr fünfunddreißig oder neun Uhr vierzig, um bei Nettie vorbeizufahren. Pete ist im Keller, baut Nistkästen oder sonst irgend etwas, und weiß nicht einmal, daß sie weggefahren ist. Wilma trifft ungefähr Viertel vor zehn bei Nettie ein – kaum eine Minute, nachdem Nettie zu Polly aufgebrochen ist – und sieht, daß die Tür offensteht. Für Wilma ist das so gut wie eine Einladung mit Goldrand. Sie parkt ihren Wagen, geht hinein, bringt, die günstige Gelegenheit nutzend, den Hund um, schreibt den Zettel und verschwindet dann wieder. Keiner der Nachbarn kann sich erinnern, Wilmas leuchtend gelben Yugo gesehen zu haben – lästig, aber kaum ein Beweis dafür, daß sie nicht da war. Die meisten Nachbarn waren ohnehin nicht zu Hause gewesen, entweder in der Kirche oder bei irgendwelchen Leuten außerhalb der Stadt.

Wilma fährt zu ihrem Haus zurück, geht nach oben, während Pete seinen Schwingschleifer oder seine Stichsäge oder was auch immer abstellt, und zieht sich aus. Als Pete ins Schlafzimmer kommt, um sich das Sägemehl von den Händen zu waschen, bevor er seinen dunklen Anzug anzieht und sich eine Krawatte umbindet, ist Wilma gerade unter die Dusche getreten; wahrscheinlich ist sie sogar noch nicht einmal naß.

Daß Pete Jerzyck seine Frau unter der Dusche antraf, war der einzige Faktor in der ganzen Geschichte, der Alan völlig einleuchtend erschien. Der Korkenzieher, mit dem der Hund umgebracht worden war, war eine tödliche Waffe, aber eine sehr kurze. Ihr mußte daran gelegen haben, etwaige Blutspritzer auf Händen und Armen so schnell wie möglich abzuwaschen.

Wilma verpaßt Nettie an einem Ende um Minuten und kommt ihrem Mann am anderen Ende um Minuten zuvor. War das möglich? Ja. Ziemlich unwahrscheinlich, aber *möglich* war es.

Also gib es auf, Alan. Gib es auf und schlaf.

Aber er konnte nicht schlafen, weil es immer noch an ihm nagte. Heftig nagte.

Alan drehte sich wieder auf den Rücken. Er hörte, wie die Uhr im Wohnzimmer unten leise vier schlug. Das brachte ihn nirgendwohin, aber er konnte seine Gedanken einfach nicht abschalten.

Er versuchte sich vorzustellen, wie Nettie geduldig an ihrem Küchentisch saß und immer wieder schrieb DIES IST DIE LETZTE WARNUNG, während keine sechs Meter entfernt ihr geliebter Hund tot dalag. So sehr er sich auch anstrengte – er brachte es nicht fertig. Was ausgesehen hatte wie eine Pforte, die in diesen Garten führte, kam ihm jetzt immer mehr vor wie das geschickte Gemälde einer Pforte in einer hohen, ununterbrochenen Mauer. Ein *trompe l'œil*.

Hatte sich Nettie tatsächlich zu Wilmas Haus in der Willow Street geschlichen und die Fenster eingeworfen? Er wußte es nicht, aber was er wußte, war, daß Nettie Cobb in Castle Rock noch immer Interesse erregte – die Verrückte, die ihren Mann umgebracht und all die Jahre in Juniper Hill verbracht hatte. In den seltenen Fällen, in denen sie vom

Pfad ihrer üblichen Routine abwich, wurde sie bemerkt. Wenn sie sich am Sonntagmorgen in die Willow Street geschlichen hätte – vielleicht vor sich hinmurmelnd und fast sicher weinend –, wäre sie bemerkt worden. Morgen würde Alan damit anfangen, an die Türen zwischen den beiden Häusern zu klopfen und Fragen zu stellen.

Endlich glitt er in den Schlaf hinüber. Das Bild, das ihm auf diesem Weg folgte, war ein Haufen Steine mit daran befestigten Zetteln. Und er dachte abermals: *Wenn nicht Nettie sie geworfen hat, wer hat es dann getan?*

9

In den frühen Morgenstunden am Montag, kurz vor Anbruch der Dämmerung und zu Beginn einer neuen und interessanten Woche tauchte ein junger Mann namens Ricky Bissonette aus der Hecke auf, die das Pfarrhaus der Baptisten umgab. In diesem blitzsauberen Haus schlief Reverend William Rose den Schlaf der Gerechten.

Ricky, neunzehn und mit Verstand nicht sonderlich gesegnet, arbeitete unten in Sonnys Sunoco-Tankstelle. Er hatte sie Stunden zuvor geschlossen, aber im Büro herumgelungert, bis es spät (oder früh) genug war, um Rev. Rose einen kleinen Streich zu spielen. Am Freitagnachmittag hatte Ricky in den neuen Laden hineingeschaut und war mit dem Besitzer, einem interessanten alten Burschen, ins Gespräch gekommen. Eines hatte zum anderen geführt, und irgendwann hatte Ricky begriffen, daß er Mr. Gaunt seinen größten, geheimsten Wunsch anvertraute. Er erwähnte den Namen eines jungen Models – eines sehr jungen Models – und teilte Mr. Gaunt mit, daß er so ziemlich alles geben würde für einige Fotos dieser jungen Frau in unbekleidetem Zustand.

»Wissen Sie, da habe ich etwas, was Sie interessieren könnte«, hatte Mr. Gaunt gesagt. Er ließ den Blick durch den Laden schweifen, als wollte er sich vergewissern, daß außer ihnen beiden niemand zugegen war; dann ging er zur Tür und drehte das GEÖFFNET-Schild zu GESCHLOSSEN um.

Er kehrte zu seinem Platz neben der Registrierkasse zurück, wühlte unter dem Tresen herum und brachte einen großen, unbeschrifteten Umschlag zum Vorschein. »Werfen Sie doch einmal einen Blick darauf, Mr. Bissonette«, sagte Mr. Gaunt und zwinkerte ihm zu wie ein lüsterner Mann von Welt. »Ich glaube, Sie werden sich wundern. Vielleicht sogar staunen.«

Er war sogar fassungslos. Es war das Model, nach dem es Ricky gelüstete – es *mußte* es sein! –, und die Frau war mehr als nur nackt. Auf einigen der Fotos trieb sie es mit einem bekannten Schauspieler. Auf anderen trieb sie es mit *zwei* bekannten Schauspielern, von denen einer so alt war, daß er ihr Großvater hätte sein können. Und auf wieder anderen …

Aber bevor er noch welche von den anderen sehen konnte (und wie es schien, waren es fünfzig oder mehr, alles zwanzig mal fünfundzwanzig Zentimeter große Hochglanz-Farbfotos), hatte Mr. Gaunt sie ihm weggenommen.

»Das ist …!« keuchte Ricky und erwähnte einen Namen, der allen Lesern der starsüchtigen Regenbogenpresse und allen Zuschauern der starsüchtigen Talkshows vertraut war.

»Oh, nein«, sagte Mr. Gaunt, während seine jadefarbenen Augen sagten: Oh, ja. »Ich bin sicher, das kann nicht sein – aber die Ähnlichkeit ist wirklich bemerkenswert, nicht wahr? Der Verkauf solcher Fotos ist natürlich verboten – von den Sexszenen einmal abgesehen, das Mädchen kann nicht einen Tag älter sein als fünfzehn, um wen es sich auch handeln mag –, aber ich könnte mich vielleicht überreden lassen, sie Ihnen trotzdem zu überlassen, Mr. Bissonette. Das Fieber in meinem Blut ist nicht Malaria, sondern das Geschäftemachen. Also – feilschen wir?«

Sie feilschten. Der Handel endete damit, daß Ricky Bissonette zweiundsiebzig pornographische Fotos kaufte für sechsunddreißig Dollar – und diesen kleinen Streich.

Er rannte geduckt über den Rasen des Pfarrhauses, wartete einen Moment im Schatten der Vortreppe, um sicher zu sein, daß ihn niemand beobachtet hatte, und stieg dann die Stufen hinauf. Er holte eine schlichte weiße Karte aus seiner Gesäßtasche, öffnete den Briefschlitz und ließ die Karte hindurchfallen. Er stoppte die Messingklappe des Schlitzes mit den Fingerspitzen ab, um zu verhindern, daß sie zuschlug. Dann flankte er über das Geländer der Vortreppe und rannte blitzschnell über den Rasen zurück. Er hatte große Pläne für die zwei oder drei Stunden Dunkelheit, die von diesem Montagmorgen noch übrig waren; zu ihnen gehörten zweiundsiebzig Fotos und eine große Flasche Jergens-Handlotion.

Die Karte sah aus wie ein großer Schmetterling, als sie von dem Briefschlitz auf den verblichenen Läufer in der Diele des Pfarrhauses flatterte. Sie landete mit der beschriebenen Seite nach oben:

Hallo, Sie dämlicher babtistischer Rattenficker! Wir schreiben, um Ihnen zu sagen, daß ihr lieber aufhören solltet, gegen unsere Kasino-Nacht zu quatschen. Wir wollen nur ein bißchen Spaß, tun niemand weh. Aber ein paar von uns Loyalen Katholiken haben diesen babtistischen Scheiß satt. Wir wissen, daß ihr Babtisten sowieso nichts seid als ein Haufen Fotzenlecker. Und jetzt hören Sie genau zu, Reverend Steam-Boat Willy. Wenn Sie Ihre Visage nicht aus unseren Angelegenheiten raushalten, dann werden wir Sie und Ihre arschgesichtigen Freunde so ausstänkern, daß sie für immer stinken werden!
Lassen Sie uns in Ruhe, Sie dämlicher babtistischer Rattenficker, sonst wird es Ihnen verdammt leid tun. »Nur eine Warnung« *von den*
        BETROFFENEN KATHOLISCHEN MÄNNERN
                VON CASTLE ROCK

Reverend Rose entdeckte die Karte, als er im Hausrock herunterkam, um die Morgenzeitung zu holen. Seine Reaktion kann man sich vielleicht besser vorstellen als beschreiben.

10

Leland Gaunt stand am Fenster des Vorderzimmers über seinem Laden, hatte die Hände hinter dem Rücken verschränkt und blickte hinaus auf die Stadt Castle Rock.

Die Vier-Zimmer-Wohnung hinter ihm hätte in der Stadt Stirnrunzeln ausgelöst. Es war nichts darin – überhaupt nichts. Kein Bett, keinerlei Gerätschaften, kein einziger Stuhl. Die Wandschränke standen offen und waren leer. Ein paar Staubflocken wirbelten träge über teppichlose Fußböden, in einer leichten Zugluft, die in Knöchelhöhe durch die Räume wehte. Die einzige Einrichtung, die vorhanden war, waren gemütliche, karierte Fenstervorhänge. Sie waren die einzige Einrichtung, die eine Rolle spielte, weil sie das einzige waren, das von der Straße aus zu sehen war.

Die Stadt schlief. Die Läden waren dunkel, die Häuser waren dunkel, und die einzige Bewegung auf der Main Street war das Blinklicht an der Kreuzung von Main und Laurel Street, das in trägem, gelbem Rhythmus flackerte. Er blickte mit zärtlich liebenden Augen auf die Stadt hinaus. Noch war es nicht seine Stadt, aber sie würde es bald sein. Er hatte bereits ein Pfandrecht auf sie. Sie wußten es noch nicht – aber sie würden es erfahren. Sie würden es erfahren.

Die Gala-Eröffnung war gut, sehr gut verlaufen.

Mr. Gaunt hielt sich für eine Art Elektriker der menschlichen Seele. In einer kleinen Stadt wie Castle Rock waren alle Sicherungskästen säuberlich nebeneinander aufgereiht. Man brauchte nur die Kästen zu öffnen und Querverbindungen herzustellen. Man schloß eine Wilma Jerzyck mit einer Nettie Cobb kurz, indem man die Drähte aus zwei anderen Sicherungskästen anschloß – sagen wir, die eines Jungen wie Brian Rusk und eines Säufers wie Hugh Priest. Auf dieselbe Art schloß man andere Leute kurz, einen Buster Keeton mit einem Norris Ridgewick, einen Frank Jewett mit einem George Nelson, einen John LaPointe mit einem Lester Pratt.

Zu gegebener Zeit testete man einen dieser grandiosen Verdrahtungsjobs, um sich zu vergewissern, daß alles richtig funktionierte – wie er es heute getan hatte. Und dann ging man in Deckung und schickte nur hin und wieder einen Stromstoß durch die Leitungen, damit es nicht zu langweilig wurde. Damit die Drähte heiß blieben. Aber die meiste Zeit blieb man in Deckung, bis alles erledigt war – und dann schaltete man den Strom ein.

Den *vollen* Strom.

Auf einmal und ganz plötzlich.

Alles, was man dazu brauchte, war Verständnis für die Natur des Menschen, und …

»Natürlich ist es im Grunde eine Frage von Angebot und Nachfrage«, murmelte Mr. Gaunt und blickte hinaus auf die schlafende Stadt.

Und warum? Nun – einfach so. Einfach so.

Menschen dachten immer an ihre Seelen, und natürlich würde er so viele wie möglich mitnehmen, wenn er den Laden schloß; sie waren für Leland Gaunt, was für den Jäger Trophäen waren und ausgestopfte Fische für den Angler. Im praktischen Sinne waren sie heute nicht mehr viel wert für ihn, aber er sackte immer noch so viele ein, wie er erwischen konnte, ungeachtet gegenteiliger Behauptungen; weniger zu tun, wäre gegen die Spielregeln gewesen.

Dennoch war es in erster Linie Belustigung, nicht Seelen, was ihn in Gang hielt. Simple Belustigung. Es war das einzige, worauf es noch ankam – wenn die Jahre lang waren, suchte man sich seine Vergnügungen, wo man sie finden konnte.

Mr. Gaunt holte seine Hände hinter dem Rücken hervor – diese Hände, die jedermann Abscheu einflößten, der das Unglück hatte, ihre knisternde Berührung zu spüren – und verhakte sie fest ineinander. Die Knöchel der linken Hand drückten gegen die Fläche seiner rechten Hand. Die Knöchel der rechten Hand drückten gegen die Fläche seiner linken Hand. Seine Fingernägel waren lang und dick und gelb. Sie waren außerdem sehr scharf, und einen Augenblick später schnitten sie in die Haut seiner Finger ein und ließen dickes, schwärzlichrotes Blut austreten.

Brian Rusk schrie im Schlaf auf.

Myra Evans stieß die Hände zwischen die Beine und begann, heftig zu masturbieren – in ihrem Traum lag sie mit The King im Bett.

Danforth Keeton träumte, er läge mitten auf der Zielgeraden der Rennbahn in Lewiston, und er schlug die Hände vors Gesicht, als die Pferde über ihn hinwegdonnerten.

Sally Ratcliffe träumte, sie öffnete die Tür von Lester

Pratts Mustang, nur um feststellen zu müssen, daß er voller Schlangen war.

Hugh Priest schrie sich wach aus einem Traum, in dem Henry Beaufort, der Wirt des Mellow Tiger, Feuerzeugbenzin über seinen Fuchsschwanz schüttete und ihn in Brand steckte.

Everett Frankel, Ray Van Allens Assistent, träumte, er steckte seine neue Pfeife in den Mund und stellte dann fest, daß sie sich in eine Rasierklinge verwandelt und ihm die Zunge abgeschnitten hatte.

Polly Chalmers begann leise zu stöhnen, und in dem kleinen silbernen Amulett, das sie trug, rührte sich etwas und bewegte sich mit einem Knistern, das sich wie das Schwirren von kleinen, trockenen Flügeln anhörte. Und es gab einen schwachen, trockenen Geruch von sich – wie ein Hauch von Veilchen.

Leland Gaunt lockerte langsam seinen Griff. Seine großen, schiefen Zähne waren entblößt zu einem Grinsen, das fröhlich war und zugleich außerordentlich häßlich. In ganz Castle Rock verflogen Träume, und unruhige Schläfer kamen wieder zur Ruhe.

Fürs erste.

Bald würde die Sonne aufgehen. Wenig später würde ein neuer Tag beginnen, mit all seinen Überraschungen und Wundern. Er dachte, daß es an der Zeit wäre, einen Gehilfen anzuheuern. Nicht, daß dieser Gehilfe immun sein würde gegen den Prozeß, den er in Gang gesetzt hatte. Gott behüte.

Das würde den ganzen Spaß verderben.

Leland Gaunt stand am Fenster und blickte auf die unter ihm liegende Stadt, die sich vor ihm ausbreitete, wehrlos in all ihrer lieblichen Dunkelheit.

ZWEITER TEIL

SONDERANGEBOTE

Zwölftes Kapitel

1

Montag, der 14. Oktober, Kolumbus-Tag, dämmerte wolkenlos und heiß in Castle Rock. Die Einwohner beschwerten sich über die Hitze, und wenn sie sich in Grüppchen trafen – im Stadtpark, in Nan's Lucheonette, auf den Bänken vor dem Gebäude der Stadtverwaltung –, teilten sie sich mit, daß es unnatürlich war. Hatte wahrscheinlich irgend etwas zu tun mit den verdammten Irakis oder vielleicht dem Ozonloch, von dem im Fernsehen immer die Rede war. Etliche der Älteren erklärten, als *sie* jung gewesen wären, hätte es in der zweiten Oktoberwoche nie Tage gegeben, an denen morgens um sieben schon eine Temperatur von zwanzig Grad herrschte.

Das stimmte natürlich nicht, und die meisten (wenn nicht gar alle) von ihnen wußten es: alle zwei bis drei Jahre konnte man sich darauf verlassen, daß der Altweibersommer aus dem Ruder lief und daß es vier oder fünf Tage geben konnte, an denen man glauben mochte, es wäre Mitte Juni. Und dann wachte man eines Morgens mit etwas auf, das sich anfühlte wie eine Sommererkältung, nur um sehen zu müssen, daß auf dem Rasen vor dem Haus Reif lag und in der eisigen Luft ein paar Schneeflocken herumwirbelten. Das alles wußten sie, aber als Gesprächsthema war das Wetter einfach zu gut, als daß man es durch ein derartiges Eingeständnis hätte verderben mögen. Niemand wollte Streit; Auseinandersetzungen waren, wenn das Wetter zur falschen Jahreszeit heiß wurde, keine gute Idee. Man mußte damit rechnen, daß die Leute übel reagierten, und wenn die Bewohner von Castle Rock ein ernüchterndes Beispiel dafür haben wollten, was passieren konnte, wenn Leute übel reagierten, brauchten sie nur an die Kreuzung von Willow und Ford Street zu denken.

»Diese beiden Frauen hatten es darauf angelegt«, behauptete Lenny Partridge, der älteste Einwohner und das größte Klatschmaul der Stadt, als er auf den Stufen des Country-

Gerichts stand, das im Westflügel des Gebäudes der Stadtverwaltung untergebracht war. »Beide verrückter als Ratten
in einem abgesperrten Scheißhaus. Ihr wißt doch, daß die
Cobb ihrem Mann eine Fleischgabel in den Hals gestoßen
hat.« Lenny zog den Bund seiner ausgebeulten Hose hoch.
»Hat ihn abgestochen wie ein Schwein. Kaum zu glauben,
aber es gibt Frauen, die sind total übergeschnappt.« Er
schaute zum Himmel hoch und sagte: »Und wo es heute so
heiß ist, gibt es bestimmt noch mehr Stunk. Das habe ich
schon öfter erlebt. Sheriff Pangborn sollte Henry Beaufort sagen, er soll den Tiger zumachen, bis das Wetter wieder normal geworden ist.«

»Von mir aus«, sagte Charlie Fortin. »Ich kann mir ein
oder zwei Tage lang mein Bier beim Hemphill holen und zu
Hause trinken.«

Das trug ihm Gelächter ein von dem lockeren Grüppchen
von Männern, die Lennie umstanden, und einen wütenden
Blick von Mr. Partridge selbst. Das Grüppchen löste sich auf.
Die meisten Männer hatten zu arbeiten, obwohl Feiertag
war. Schon jetzt setzten sich einige der klapprigen Laster,
die vor Nan's Luncheonette geparkt hatten, in Bewegung,
um für die Papierfabriken Holz herbeizuschaffen von Sweden und Nodd's Ridge und draußen vom Castle Lake.

2

Danforth »Buster« Keeton saß in seinem Arbeitszimmer, nur
mit einer Unterhose bekleidet. Die Unterhose war feucht.
Seit er am Sonntagabend kurz in sein Büro hinuntergefahren
war, hatte er das Zimmer nicht verlassen. Er hatte die Akte
mit den Briefen der Obersten Finanzbehörde geholt und mit
nach Hause genommen. Der Vorsitzende des Stadtrates von
Castle Rock ölte zum drittenmal seinen Revolver. Er hatte
vor, ihn irgendwann im Laufe des Vormittags zu laden.
Dann hatte er vor, seine Frau umzubringen. Dann hatte er
vor, zum Gebäude der Stadtverwaltung hinunterzufahren,
dieses Schwein Ridgewick zu finden (er wußte nicht, daß es

Norris' freier Tag war) und auch ihn umzubringen. Zum Schluß hatte er vor, sich in seinem Büro einzuschließen und sich selbst umzubringen. Er war zu dem Schluß gelangt, daß diese Schritte die einzige Möglichkeit boten, den *Verfolgern* ein für allemal zu entkommen. Nicht einmal ein Spiel, mit dem sich auf magische Weise Sieger auf der Rennbahn ermitteln ließen, konnte IHNEN Einhalt gebieten. O nein. Diese Lektion hatte er gestern gelernt, als er heimgekommen war und überall im Haus diese fürchterlichen rosa Zettel vorgefunden hatte.

Das Telefon auf dem Schreibtisch läutete. Erschrocken drückte Keeton auf den Abzug des Revolvers. Es gab ein trockenes Klicken. Wäre die Waffe geladen gewesen, hätte er eine Kugel durch die Tür seines Arbeitszimmer gejagt.

Er riß den Telefonhörer von der Gabel. »Könnt ihr mich denn nicht wenigstens eine Weile in Ruhe lassen!« schrie er wütend.

Die gelassene Stimme, die antwortete, brachte ihn sofort zum Schweigen. Es war die Stimme von Mr. Gaunt, und sie ergoß sich über Keetons wunde Seele wie lindernder Balsam.

»Wieviel Glück haben Sie gehabt mit dem Spielzeug, das ich Ihnen verkauft habe, Mr. Keeton?«

»Es hat funktioniert!« sagte Keeton. Seine Stimme klang frohlockend. Er vergaß, zumindest für den Augenblick, daß er einen anstrengenden Vormittag mit Mord und Selbstmord plante. »Ich habe bei jedem Rennen kassiert!«

»Gratuliere«, sagte Mr. Gaunt herzlich.

Keetons Gesicht bewölkte sich wieder. Seine Stimme sank auf etwas ab, das fast ein Flüstern war. »Aber – gestern – als ich heimkam …« Er stellte fest, daß er nicht weitersprechen konnte. Einen Augenblick später stellte er – zu seiner großen Verblüffung und sogar noch größeren Freude – fest, daß er es auch gar nicht brauchte.

»Sie haben entdeckt, daß SIE in Ihrem Haus waren?« fragte Mr. Gaunt.

»Ja! *Ja!* Woher wissen Sie …«

»In der Stadt wimmelt es von IHNEN«, sagte Mr. Gaunt. »Sagte ich es Ihnen nicht schon, als wir uns das letzte Mal trafen?«

411

»Ja. Und …« Keeton brach plötzlich ab. Sein Gesicht verzerrte sich vor Bestürzung. »SIE könnten diese Leitung angezapft haben, ist Ihnen das klar, Mr. Gaunt? *Vielleicht hören SIE in diesem Augenblick unser Gespräch mit!*«

Mr. Gaunt blieb gelassen. »SIE könnten, aber SIE haben es nicht getan. Bitte, halten Sie mich nicht für naiv, Mr. Keeton. Ich hatte schon früher mit IHNEN zu tun. Oft genug.«

»Daran zweifle ich nicht«, sagte Keeton. Er stellte fest, daß die große Freude, die ihm das Winning Ticket bereitet hatte, wenig oder nichts war im Vergleich zu dieser Begegnung mit einer verwandten Seele nach einer Zeit der Dunkelheit und des Kampfes, die ihm so lang vorkam wie ein Jahrhundert. »Aber …«

»An meinem Apparat ist ein kleines elektronisches Gerät angebracht«, fuhr Mr. Gaunt mit seiner gelassenen, sanften Stimme fort. »Wenn die Leitung angezapft ist, leuchtet ein kleines Licht auf. Ich schaue jetzt auf dieses Licht, und es ist dunkel. So dunkel wie manche Herzen in dieser Stadt.«

»*Sie* wissen Bescheid, nicht wahr?« sagte Danforth Keeton mit inbrünstiger, zitternder Stimme. Ihm war, als müßte er gleich in Tränen ausbrechen.

»Ja. Und ich habe Sie angerufen, um Ihnen zu sagen, daß Sie nichts Voreiliges tun sollen, Mr. Keeton.« Seine Stimme war sanft, einlullend. Während er ihr lauschte, hatte Keeton das Gefühl, als begänne sein Verstand davonzuschweben wie ein mit Helium gefüllter Luftballon. »Das würde IHNEN die Dinge viel zu einfach machen. Ist Ihnen klar, was passieren würde, wenn Sie sterben sollten?«

»Nein«, murmelte Keeton. Er schaute aus dem Fenster. Seine Augen waren leer und verträumt.

»SIE würden ein Fest feiern!« sagte Mr. Gaunt leise. »SIE würden sich in Sheriff Pangborns Büro vollaufen lassen! SIE würden hinausgehen auf den Homeland-Friedhof und auf Ihr Grab pissen!«

»Sheriff Pangborn?« sagte Keeton unsicher.

»Sie glauben doch nicht etwa, eine Null wie Norris Ridgewick dürfte in einem solchen Fall ohne ausdrückliche Anweisung seines Vorgesetzten handeln, oder?«

»Nein, natürlich nicht.« Jetzt begann er klarer zu sehen.

SIE. Immer waren SIE es gewesen, eine quälende schwarze Wolke, die ihn umgab, und wenn man nach der Wolke griff, hatte man nichts in der Hand. Jetzt endlich begann er zu begreifen, daß SIE Gesichter und Namen hatten. SIE mochten sogar verletzlich sein. Dies zu wissen, war eine ungeheure Erleichterung.

»Pangborn, Fullerton, Samuels, die Williams, Ihre eigene Frau. Sie gehören alle dazu, aber ich vermute – ich bin sogar ziemlich sicher –, daß Sheriff Pangborn der Rädelsführer ist. Sollte das der Fall sein, so wäre er überglücklich, wenn Sie einen oder zwei seiner Handlanger töten und sich dann selbst aus dem Wege räumen würden. Ich nehme sogar an, daß er es von Anfang an darauf angelegt hat. Aber Sie werden ihm einen Strich durch die Rechnung machen, Mr. Keeton, nicht wahr?«

»*Ja!*« flüsterte Keeton inbrünstig. »Was soll ich tun?«

»Heute überhaupt nichts. Gehen Sie wie üblich Ihren Geschäften nach. Fahren Sie heute abend zum Rennen, wenn Sie Lust haben, und freuen Sie sich über Ihre Neuerwerbung. Wenn Sie den Eindruck machen, als wären Sie so wie immer, dann werden SIE aus der Fassung geraten. Das wird beim Feind Verwirrung und Unsicherheit verbreiten.«

»Verwirrung und Unsicherheit«, murmelte Keeton. Er fand, das waren die schönsten Worte, die er je gehört hatte.

»Ja. Ich habe eigene Pläne, und wenn die Zeit gekommen ist, lasse ich es Sie wissen.«

»Versprechen Sie es?«

»Das tue ich, Mr. Keeton. Sie sind überaus wichtig für mich. Ich würde sogar so weit gehen, zu erklären, daß ich auf Sie angewiesen bin.«

Mr. Gaunt legte den Hörer auf. Keeton packte seinen Revolver und das Putzzeug weg. Dann ging er nach oben, warf seine schmutzigen Sachen in den Wäschekorb, duschte und zog sich an. Als er wieder herunterkam, wich Myrtle zuerst vor ihm zurück, aber Keeton sprach freundlich mit ihr und küßte sie auf die Wange. Myrtle begann sich zu entspannen. Worin die Krise auch bestanden haben mochte – sie schien vorüber zu sein.

413

3

Everett Frankel war ein großer, rothaariger Mann, der so
irisch aussah wie die Grafschaft Cork – was nicht eben verwunderlich war, denn aus Cork stammten die Vorfahren
seiner Mutter. Er war Ray Van Allens Assistent, seit er vor
vier Jahren aus der Navy ausgeschieden war. An diesem
Montagmorgen traf er um Viertel vor acht in der Praxis ein,
und Nancy Ramage, die Oberschwester, fragte ihn, ob er
gleich zur Farm der Burgmeyers hinausfahren könnte. He-
len Burgmeyer hatte in der Nacht einen Anfall erlitten, der
epileptischen Ursprungs gewesen sein könnte, sagte sie.
Wenn Everetts Diagnose das bestätigte, sollte er sie in seinem Wagen mit in die Stadt bringen, damit der Doktor – der
bald hier sein würde – sie untersuchen und entscheiden
konnte, ob sie zur Beobachtung ins Krankenhaus gebracht
werden mußte.

Normalerweise wäre Everett gar nicht glücklich darüber
gewesen, als erstes einen Hausbesuch machen zu müssen,
zumal so weit draußen, aber an einem so ungewöhnlich
heißen Morgen wie diesem schien eine Fahrt aus der Stadt
heraus genau das Richtige zu sein.

Außerdem war da die Pfeife.

Sobald er in seinem Plymoth saß, schloß er das Handschuhfach auf und holte sie heraus. Es war eine Meer-
schaumpfeife mit einem tiefen, breiten Kopf. Sie war von einem Meister seines Fachs geschnitzt worden, diese Pfeife;
Vögel und Blüten und Ranken wanden sich in einem Muster
um den Kopf, das sich zu verändern schien, wenn man es
unter einem anderen Blickwinkel betrachtete. Er hatte die
Pfeife nicht nur deshalb im Handschuhfach gelassen, weil in
der Praxis nicht geraucht werden durfte, sondern auch, weil
ihm der Gedanke mißfiel, daß irgendwelche anderen Leute
(insbesondere eine Schnüffeltante wie Nancy Ramage) sie
sahen. Zuerst würden sie wissen wollen, wo er sie herhatte.
Und dann würden sie wissen wollen, was er dafür bezahlt
hatte.

Und manchen von ihnen würde danach gelüsten.

Er klemmte das Mundstück zwischen die Zähne, staunte

abermals, wie absolut richtig es sich dort anfühlte, wie absolut am rechten Ort. Er schwenkte den Rückspiegel so, daß er sich selbst sehen konnte, und war mit dem, was er sah, vollauf zufrieden. Er fand, die Pfeife ließ ihn älter, weiser und attraktiver aussehen. Und wenn er sie zwischen den Zähnen hatte und der Kopf genau im richtigen, eleganten Winkel ein wenig nach oben geneigt war, dann *fühlte* er sich älter, weiser und attraktiver.

Er fuhr die Main Street hinunter, hatte vor, die Tin Bridge zwischen der Stadt und dem Land zu überqueren, und nahm dann, als er sich Needful Things näherte, den Fuß vom Gaspedal. Die grüne Markise zog ihn an wie ein Angelhaken. Plötzlich erschien es ihm überaus wichtig – sogar unumgänglich –, daß er anhielt.

Er lenkte den Wagen an die Bordsteinkante und wollte aussteigen; doch dann fiel ihm ein, daß er die Pfeife noch zwischen den Zähnen hielt. Er nahm sie (mit einem Anflug leisen Bedauerns) aus dem Mund und schloß sie wieder ins Handschuhfach ein. Diesmal gelangte er bis auf den Gehsteig, bevor er umkehrte, um alle vier Türen des Plymoth abzuschließen. Wenn man eine so herrliche Pfeife besaß, ging man keinerlei Risiko ein. Jedermann konnte versucht sein, eine so prachtvolle Pfeife zu stehlen.

Er näherte sich dem Laden und blieb dann enttäuscht stehen. An der Tür hing ein Schild.

KOLUMBUS-TAG GESCHLOSSEN

stand darauf.

Everett wollte schon kehrtmachen, als die Tür geöffnet wurde. Mr. Gaunt stand da, in einem rehbraunen Jackett mit Lederflecken auf den Ellenbogen und einer anthrazitfarbenen Hose.

»Treten Sie ein, Mr. Frankel«, sagte er. »Ich freue mich, daß Sie vorbeikommen konnten.«

»Nun, ich bin unterwegs zu einer Patientin, und da dachte ich, ich halte kurz an und sage Ihnen noch einmal, wie sehr mir meine Pfeife gefällt. So eine habe ich mir schon immer gewünscht.«

Strahlend sagte Mr. Gaunt. »Ich weiß.«

»Aber wie ich sehe, haben Sie geschlossen, also will ich Sie nicht weiter aufhalten …«

»Für meine Vorzugskunden habe ich nie geschlossen, Mr. Frankel, und zu denen zähle ich Sie. Treten Sie ein.« Und er streckte die Hand aus.

Everett wich vor ihr zurück. Daraufhin lachte Leland Gaunt fröhlich und trat beiseite, um den jungen Assistenten vorbeizulassen.

»Ich kann mich wirklich nicht aufhalten …« setzte Everett an, aber er spürte, wie seine Füße ihn vorwärts trugen in die Düsternis des Ladens, als wüßten sie es besser.

»Natürlich nicht«, sagte Mr. Gaunt. »Der Heiler muß die vorgeschriebene Runde machen, die Ketten der Beschwernisse lösen, die den Körper binden, und …« Ein Lächeln, das im Grunde nur aus gehobenen Brauen und zusammengebissenen, unregelmäßigen Zähnen bestand, erschien auf seinem Gesicht. »… und jene Teufel austreiben, die den Geist fesseln. Habe ich recht?«

»Ich nehme es an«, sagte Everett. Er spürte ein gewisses Unbehagen, als Mr. Gaunt die Tür schloß. Er hoffte, daß mit seiner Pfeife alles in Ordnung war. Es gab Leute, die Autos aufbrachen. Manchmal taten sie es sogar am hellichten Tage.

»Ihrer Pfeife wird nichts passieren«, beruhigte ihn Mr. Gaunt. Aus seiner Tasche zog er einen Briefumschlag, auf dem nur ein Wort stand. Das Wort war *Liebling*. »Erinnern Sie sich, daß Sie versprochen haben, für mich jemandem einen kleinen Streich zu spielen, Dr. Frankel?«

»Ich bin kein Doktor …«

Mr. Gaunts Brauen zogen sich auf eine Art zusammen, die Everett sofort verstummen ließ.

»Sie erinnern sich doch, oder etwa nicht?« fragte Mr. Gaunt scharf. »Sie täten gut daran, schnell zu antworten, junger Mann – ich bin mir nämlich, was Ihre Pfeife angeht, nicht mehr so sicher wie eben.«

»Ich erinnere mich!« sagte Everett. Seine Stimme klang hastig und verschreckt. »Sally Ratcliffe! Die Sprechlehrerin!«

Die gerunzelte Mitte von Mr. Gaunts durchgehender Braue entspannte sich, und mit ihr entspannte sich Everett

Frankel. »So ist es. Und die Zeit für diesen kleinen Streich ist gekommen, Doktor. Hier.«

Er hielt ihm den Umschlag hin. Everett nahm in, bemüht, nicht mit Mr. Gaunts Fingern in Berührung zu kommen.

»Heute ist schulfrei, aber Miss Ratcliffe ist in ihrem Büro in der Grammar School und arbeitet Akten auf«, sagte Mr. Gaunt. »Ich weiß, daß die Schule nicht auf Ihrem Weg zur Farm der Burgmeyers liegt …«

»Woher wissen Sie so *viel?*« fragte Everett.

Mr. Gaunt tat das mit einer ungeduldigen Handbewegung ab.

»… aber Sie könnten es so einrichten, daß Sie auf dem Heimweg vorbeifahren, ja?«

»Ich denke schon …«

»Und da Außenstehende in einer Grammar School, selbst wenn die Schüler nicht da sind, mit einigem Argwohn betrachtet werden, könnten Sie Ihre Anwesenheit damit erklären, daß Sie ins Büro der Schulschwester hereinschauen wollen, ja?«

»Wenn sie da ist, könnte ich das vermutlich tun«, sagte Everett. »Ich müßte es sogar, weil …«

»… weil Sie immer noch nicht die Impfpässe vom Kindergarten abgeholt haben«, beendete Mr. Gaunt den Satz für ihn. »Das ist gut. Sie wird nicht da sein, aber das wissen *Sie* schließlich nicht, oder? Stecken Sie einfach den Kopf in ihr Büro und gehen Sie dann wieder. Aber ich möchte, daß Sie auf ihrem Weg hinein oder heraus diesen Umschlag in den Wagen legen, den Miss Ratcliffe von ihrem jungen Mann geliehen hat. Ich möchte, daß Sie ihn unter den Fahrersitz legen – aber nicht *vollständig* darunter. Ich möchte, daß Sie ihn so hinlegen, daß gerade eine Ecke davon zu sehen ist.«

Everett wußte sehr gut, wer »Miss Ratcliffes junger Mann« war: der Sportlehrer der High School. Wenn er die Wahl gehabt hätte, hätte Everett lieber Lester Pratt den Streich gespielt als seiner Verlobten. Pratt war ein muskulöser junger Baptist, der gewöhnlich blaue T-Shirts trug und blaue Trainingshosen mit weißen Streifen an der Außenseite jedes Hosenbeines. Er war die Art Mann, aus dessen Poren Schweiß und Jesus in anscheinend gleich großen (und reichlichen)

Mengen strömen. Everett hatte nicht viel für ihn übrig. Er fragte sich beiläufig, ob Lester bereits mit Sally geschlafen hatte – sie sah verdammt gut aus. Er dachte, daß die Antwort vermutlich nein lautete. Er dachte weiter, daß, wenn Lester nach ein bißchen zuviel Schmuserei auf der Veranda in Hitze geraten war, Sally wahrscheinlich von ihm verlangte, daß er im Hintergarten Liegestütze machte oder ein Dutzend Mal um das Haus herumsprintete.

»Sally fährt wieder das Prattmobil?«

»So ist es«, sagte Mr. Gaunt, ein wenig gereizt. »Sind Sie fertig mit Ihren Witzchen, Dr. Frankel?«

»Natürlich.« In Wahrheit verspürte er abgrundtiefe Erleichterung. Er war ein wenig beunruhigt gewesen wegen des »Streiches«, den Mr. Gaunt von ihm verlangt hatte. Jetzt erkannte er, daß seine Unruhe albern gewesen war. Schließlich verlangte Mr. Gaunt nicht, daß er der Lady einen Knallfrosch in den Schuh steckte oder ein Abführmittel in ihre Schokoladenmilch schüttete oder etwas dergleichen. Welchen Schaden konnte ein Briefumschlag anrichten?

Mr. Gaunts Lächeln, sonnig und strahlend, kam wieder zum Vorschein. »Sehr gut«, sagte er. Er kam auf Everett zu, der mit Grausen bemerkte, daß Mr. Gaunt allem Anschein nach vorhatte, einen Arm um ihn zu legen.

Everett wich hastig zurück. Auf diese Weise manövrierte Mr. Gaunt ihn bis zur Tür und öffnete sie.

»Viel Freude mit Ihrer Pfeife?« fragte Mr. Gaunt lächelnd. »Habe ich Ihnen gesagt, daß sie einst Sir Arthur Conan Doyle gehört hat, dem Schöpfer des großen Sherlock Holmes?«

»Nein!« rief Everett Frankel.

»Natürlich habe ich das nicht gesagt«, sagte Mr. Gaunt lächelnd, »denn es wäre eine Lüge gewesen – und in geschäftlichen Dingen lüge ich nie, Dr. Frankel. Vergessen Sie Ihren kleinen Auftrag nicht.«

»Wird erledigt.«

»Dann wünsche ich Ihnen einen guten Tag.«

»Gleichfalls.«

Aber Everett sprach ins Leere. Die Tür mit der heruntergezogenen Jalousie hatte sich bereits hinter ihm geschlossen.

Er betrachtete sie einen Moment, dann wanderte er langsam zu seinem Plymouth zurück. Er setzte sich hinter das Steuer, schloß das Handschuhfach auf, nahm die Pfeife heraus und legte den Umschlag hinein. Wenn man ihn aufgefordert hätte, über das, was er zu Mr. Gaunt gesagt hat und was Mr. Gaunt zu ihm gesagt hatte, einen genauen Bericht zu liefern, dann hätte er ziemlich versagt, denn er konnte sich nicht genau daran erinnern. Um so deutlicher erinnerte er sich daran, daß Mr. Gaunt ihn aufgezogen hatte, indem er behauptete, die Pfeife hätte einst Conan Doyle gehört. Und er hätte es fast geglaubt. Wie albern! Man brauchte sie nur in den Mund zu stecken und den Stiel zwischen die Zähne zu klemmen, um es besser zu wissen. Der wirkliche Besitzer konnte nur Hermann Göring gewesen sein.

Everett Frankel startete seinen Wagen und fuhr langsam aus der Stadt heraus. Und auf seinem Weg zur Farm der Burgmeyers brauchte er nur zweimal am Straßenrand anzuhalten, um bewundernd festzustellen, wie sehr die Pfeife sein Aussehen verbesserte.

4

Albert Grendon hatte seine Zahnarztpraxis im Castle Building, einem langweiligen Ziegelsteinbau gegenüber dem Gebäude der Stadtverwaltung und dem Zementkasten, in dem die Wasserwerke von Castle County residieren. Das Castle Building hatte seinen Schatten seit 1924 über den Castle Stream und die Tin Bridge geworfen; es beherbergte drei der fünf Rechtsanwälte des Countrys, einen Optometriker, einen Audiologen, mehrere selbständige Grundstücksmakler, einen Kreditberater, eine Frau, die einen Auftragsdienst versah, und eine Rahmenhandlung. Das andere halbe Dutzend Büros in dem Gebäude stand gegenwärtig leer.

Albert, der seit den Tagen des alten Father O'Neil eine der getreuesten Stützen von Our Lady of Serene Waters gewesen war, kam jetzt in die Jahre – sein einst schwarzes Haar verwandelte sich in Salz und Pfeffer, seine breiten Schultern sackten auf eine Art herab, wie sie es in seiner Jugend nie getan hatten. Aber er war noch immer ein beeindruckender Mann – mit einer Größe von einsachtundachtzig und einem Gewicht von hundertvierzig Kilo war er der größte Mann in der Stadt, wenn nicht gar im ganzen County.

Er stieg langsam die schmale Treppe zum dritten und obersten Stockwerk empor, machte auf den Treppenabsätzen halt, um wieder zu Atem zu kommen, bevor er weiterging, eingedenk des Herzmurmelns, von dem Dr. Van Allen gesagt hatte, daß er es jetzt hätte. Auf halber Höhe der letzten Treppe sah er ein Blatt Papier, das an der Mattglasscheibe seiner Praxistür klebte und die Aufschrift Albert Gendron D. D. S. verdeckte.

Er konnte die Anrede auf diesem Blatt lesen, als er noch fünf Stufen vom Absatz entfernt war, und sein Herz begann heftiger zu schlagen. Nur war es nicht die Anstrengung, die es veranlaßte, den wilden Mann zu spielen; es war Empörung.

HÖRT ZU, IHR MAKRELENFRESSER! stand, mit leuchtendrotem Marker geschrieben, am Kopf des Blattes.

Albert riß den Brief von der Tür und las ihn schnell. Dabei atmete er durch die Nase – und was herauskam, war ein rauhes, schnaubendes Geräusch, das sich anhörte wie ein angriffslustiger Bulle.

HÖRT ZU, IHR MAKRELENFRESSER!
Wir haben versucht, vernünftig mit euch zu reden – »Wer Ohren hat zu hören, der höre!« – aber es war sinnlos. IHR SEID AUF DEM WEGE DER VERDAMMNIS, UND AN IHREN WERKEN SOLLT IHR SIE ERKENNEN. Wir haben eueren papistischen Götzendienst hingenommen und sogar euere lüsterne Verehrung der Großen Hure Babylon. Aber jetzt seid ihr zu weit gegangen. ES WIRD KEIN WÜRFELN MIT DEM TEUFEL GEBEN IN CASTLE ROCK!
Anständige Christen können HÖLLENFEUER und SCHWEFEL riechen in diesem Herbst in Castle Rock. Wenn ihr es nicht könnt, so liegt das daran, daß euere Nasen verstopft sind von euerer eigenen Sünde und Entartung. HÖRET UNSERE WARNUNG UND BEACHTET SIE. VERZICHTET AUF EURE PLÄNE, DIESE STADT IN EIN NEST DER DIEBE UND

*GLÜCKSSPIELER ZU VERWANDELN, SONST WERDET
IHR DAS HÖLLENFEUER RIECHEN! IHR WERDET DEN
SCHWEFEL RIECHEN!*
»Die Gottlosen müssen zur Hölle gekehret werden, alle Heiden,
die Gottes vergessen.« Psalm 9.17.
*HÖRET ES UND BEHERZIGT ES, SONST WIRD EUER
KLAGEGESCHREI WAHRHAFTIG LAUT SEIN.*
*DIE BETROFFENEN BAPTISTISCHEN MÄNNER
VON CASTLE ROCK.*

»Scheiße auf Toast«, sagte Albert schließlich und zerknüllte
das Blatt in seiner massigen Faust. »Dieser schwachsinnige
kleine Schuhverkäufer hat wohl endgültig den Verstand
verloren.«

Seine erste Amtshandlung nach dem Aufschließen seiner
Praxis war ein Anruf bei Father John, den er darüber informierte, daß das Spiel um die Kasino-Nacht jetzt wohl ein
wenig hitziger werden würde.

»Keine Sorge, Albert«, sagte Father Brigham gelassen.
»Wenn der Schwachkopf uns anrempelt, dann wird er erfahren müssen, wie hart wir Makrelenfresser zurückrempeln
können – habe ich recht?«

»Sie haben recht, Father«, sagte Albert. Er hielt noch immer das zerknüllte Blatt in der Hand. Jetzt schaute er darauf
herab, und unter seinem Schnauzbart erschien ein häßliches
kleines Lächeln. »Sie haben recht.«

5

Um Viertel vor zehn an diesem Vormittag zeigte das Digi-
talthermometer vor der Bank in Castle Rock eine Temperatur von fünfundzwanzig Grad an. Auf der anderen Seite der
Tin Bridge erzeugte die für diese Jahreszeit ungewöhnlich
warme Sonne ein helles Funkeln, einen Tagstern an der Stelle, an der die Route 117 über den Horizont kam und auf die
Stadt zustrebte. Alan Pangborn saß in seinem Büro, las Berichte über den Cobb-Jerzyck-Mord durch und sah diese Wi-

derspiegelung der Sonne auf Metall und Glas nicht. Wenn er sie gesehen hätte, hätte sie ihn auch nicht sonderlich interessiert – es war schließlich nur ein näherkommendes Auto. Dennoch verkündete dieses grelle Funkeln von Chrom und Glas, das sich mit mehr als hundert Stundenkilometern der Brücke näherte, die Ankunft eines entscheidenden Teils von Alans Geschick – und dem der ganzen Stadt.

An der Tür von Needful Things wurde das Schild mit der Aufschrift

KOLUMBUS-TAG GESCHLOSSEN

von einer langfingerigen Hand abgenommen, die aus dem Ärmel eines rehbraunen Sportjacketts herausragte. An seiner Stelle erschien ein neues Schild. Darauf stand

GEHILFE GESUCHT.

6

Der Wagen fuhr immer noch achtzig in einer Zone, in der nur vierzig Stundenkilometer erlaubt waren. Es war ein Fahrzeug, das die Jungen von der High School mit Ehrfurcht und Neid betrachtet hätten: ein limonengrüner Dodge Challenger, hinten hochgelagert, so daß die Nase auf die Straße zeigte. Durch die Colorscheiben hindurch konnte man undeutlich den Überrollbügel erkennen, der sich zwischen den Vorder- und Rücksitzen über das Dach wölbte. Die hintere Stoßstange war mit Aufklebern bepflastert: HEARST, FUELLY, FRAM, QUAKER, STATE OIL, GOODYEAR WIDE OVALS, RAM CHARGER. Der Reihenmotor schnurrte zufrieden, gesättigt mit dem Superkraftstoff, den man, sobald man sich nördlich von Portland befand, nur am Oxford Plains Speedway kaufen konnte.

Er bremste kurz an der Kreuzung von Main und Laurel Street, dann steuerte er mit leise quietschenden Reifen in eine der schrägen Parkbuchten vor The Clip Point. Zu diesem

Zeitpunkt befand sich niemand in dem Barbiersalon, um sich die Haare schneiden zu lassen; sowohl Bill Fullerton als auch Henry Gendron, sein Gehilfe, saßen auf den Kundenstühlen unter den alten Reklametafeln für Brylcreem und Wildroot Creme Oil. Sie hatten die Morgenzeitung unter sich aufgeteilt. Als der Fahrer den Motor noch einmal kurz aufheulen ließ, so daß die Auspuffgase durch die Rohre knallten, schauten beide auf.

»Ein mörderischer Schlitten«, sagte Henry.

Bill nickte und zupfte an seiner Unterlippe. »Kann man wohl sagen.«

Beide sahen erwartungsvoll zu, wie, nachdem der Motor abgestellt worden war, die Fahrertür aufging und ein in einen schwarzen Cowboystiefel gekleideter Fuß aus dem dunklen Inneren des Challenger zum Vorschein kam. Dann folgte ein in eng anliegende, verblichene Jeans gehülltes Bein. Einen Augenblick später stieg der Fahrer aus, nahm seine Sonnenbrille ab und steckte sie, während er sich auf zugleich gelassene und verächtliche Art umschaute, in den Ausschnitt seines T-Shirts.

»Na sowas«, sagte Henry. »Sieht aus, als wäre gerade ein schlechter Groschen wieder aufgetaucht.«

Bill Fullerton starrte mit dem Sportteil der Zeitung im Schoß auf die Erscheinung. Sein Unterkiefer hing herab. »Ace Merrill«, sagte er. »Wie er leibt und lebt.«

»Was zum Teufel tut er hier?« fragte Henry entrüstet. »Ich dachte, er wäre drüben in Mechanic Falls und richtet *dort* Unheil an.«

»Keine Ahnung«, sagte Bill und zupfte abermals an seiner Unterlippe. »Sieh ihn dir nur an! Grau wie eine Ratte und wahrscheinlich doppelt so niederträchtig! Wie alt ist er jetzt, Henry?«

Henry zuckte die Achseln. »Zwischen vierzig und fünfzig, soviel ich weiß. Aber was spielt es schon für eine Rolle, wie alt er ist? Er sieht immer noch so aus, als bedeutete er Ärger.«

Als hätte er ihr Gespräch gehört, dreht sich Ace zu dem Schaufenster um und hob die Hand zu einem langsamen, sarkastischen Winken. Die beiden Männer schauten so entrüstet drein wie zwei alte Jungfern, die gerade begriffen haben, daß der unverschämte Pfiff von der Schwelle des Billardsalons ihnen galt.

Ace steckte die Hände in die Taschen seiner Low Riders und schlenderte davon – der Inbegriff eines Mannes, der über die gesamte Zeit der Welt und alle coolen Unternehmungen im bekannten Universum verfügt.

»Solltest du nicht Sheriff Pangborn anrufen?« fragte Henry.

Bill Fullerton zupfte abermals an seiner Unterlippe. Endlich schüttelte er den Kopf. »Der erfährt noch früh genug, daß Ace wieder in der Stadt ist«, sagte er. »Ist nicht nötig, daß ich es ihm sage. Und du auch nicht.«

Sie saßen schweigend da und schauten zu, wie Ace die Main Street hinaufschlenderte, bis er aus ihrem Blickfeld verschwunden war.

7

Niemand, der sah, wie Ace Merrill da so lässig die Main Street entlangschlenderte, wäre auf die Idee gekommen, daß er ein Mann mit einem großen Problem war. Es war ein Problem, für das auch Buster Keeton bis zu einem gewissen Grade Verständnis hätte aufbringen können. Ace schuldete ein paar Leuten einen großen Batzen Geld. Mehr als achtzigtausend Dollar, um genau zu sein. Aber das Schlimmste, was Busters Gläubiger ihm antun konnten, war, ihn ins Gefängnis zu stecken. Wenn Ace das Geld nicht bald auftrieb, sagen wir bis zum ersten November, war damit zu rechnen, daß *seine* Gläubiger ihn in die Erde steckten.

Die Jungen, die Ace Merrill einst terrorisiert hatte – Jungen wie Teddy Duchamp, Chris Chambers und Ven Tessio –, hätten ihn trotz seiner ergrauenden Haare sofort erkannt. In den Jahren, in denen Ace in der Spinnerei des Ortes gearbeitet hatte (sie hatte vor fünf Jahren geschlossen), wäre das vielleicht nicht der Fall gewesen. Damals waren seine Laster Bier und kleinere Diebstähle gewesen. Das erstere hatte zur

Folge gehabt, daß er eine Menge Gewicht zulegte, und das
letztere, daß ihm der verstorbene Sheriff George Bannermann ein beträchtliches Maß an Aufmerksamkeit widmete.
Doch dann hatte Ace das Kokain entdeckt.

Er hörte auf, in der Spinnerei zu arbeiten, nahm, auf hohen – *sehr* hohen – Touren laufend, fünfzig Pfund ab und
wendete sich größeren Einbruchdiebstählen zu. Seine finanzielle Lage begann zu schwanken – auf jene grandiose Art,
die nur Börsenspekulaten und Kokaindealer kennen. Es
konnte vorkommen, daß er einen Monat völlig abgebrannt
begann und ihn mit fünfzig- oder sechzigtausend Dollars
beendete, die unter den Wurzeln eines abgestorbenen Apfel-
baums hinter seiner Behausung an der Cranberry Bog Road
versteckt waren. An einem Tag war es ein französisches Diner mit sieben Gängen bei Maurice; am nächsten vielleicht
Makkaroni und Käse in der Küche seines Wohnwagens. Alles hing vom Markt ab – und von den Lieferungen, denn wie
die meisten Kokaindealer war Ace selbst sein bester Kunde.

Ungefähr ein Jahr nachdem der neue Ace – lang, mager,
ergrauend und süchtig bis zum Stehkragen – aus der Fett-
schicht zum Vorschein gekommen war, die er sich seit dem
vorzeitigen Abschluß seiner öffentlichen Schulbildung zugelegt hatte, lernte er ein paar Burschen aus Connecticut kennen. Diese Burschen handelten außer mit Koks auch mit
Waffen. Ace verstand sich mit ihnen auf Anhieb; wie er waren auch die Brüder Corson selbst ihre besten Kunden. Sie
boten Ace etwas an, das auf eine hochkalibrige Konzession
für Zentral-Maine hinauslief, und Ace akzeptierte mit Vergnügen. Dies war ebensowenig ein rein geschäftlicher Entschluß, wie es der Entschluß, mit Koks zu handeln, gewesen
war. Wenn es irgend etwas gab, das Ace noch mehr liebte
als Autos und Koks, dann waren es Waffen.

In einem der Fälle, in denen er in Geldschwierigkeiten
steckte, hatte er seinen Onkel aufgesucht, bei dem die Hälfte
aller Einwohner der Stadt verschuldet war, und von dem behauptet wurde, er hätte mehr Geld als Heu. Ace sah keinen
Grund, weshalb nicht auch er ein Darlehen bekommen sollte;
er war jung (nun, mit achtundvierzig, relativ jung), er hatte
gute Aussichten, und er war ein naher Verwandter.

Sein Onkel war völlig anderer Ansicht gewesen.

»Nichts da«, hatte Reginald »Pop« Merrill ihm erklärt. »Ich weiß, wo dein Geld herkommt – das heißt, wenn du welches hast. Es kommt von diesem weißen Scheißdreck.«

»Ach, Onkel Reginald ...«

»Den Onkel Reginald kannst du dir sparen«, hatte Pop erwidert. »Du hast gerade jetzt etwas davon an der Nase. Leichtsinnig. Leute, die diesen weißen Scheißdreck benutzen und damit handeln, werden *immer* leichtsinnig. Leichtsinnige Leute landen in Shawshank. Das heißt, wenn sie Glück haben. Wenn sie Pech haben, endet es damit, daß sie ein Stück Sumpf düngen, das ungefähr einsachtzig lang und einen Meter tief ist. Ich kann mein Geld nicht eintreiben, wenn die Leute, die es mir schulden, tot sind oder im Knast sitzen. Dir würde ich nicht einmal den Schweiß aus meinem Arsch geben, das will ich damit sagen.«

Diese unangenehme Situation hatte sich ergeben, kurz nachdem Alan Pangborn seine Arbeit als Sheriff von Castle Country aufgenommen hatte. Und Alans erste wichtige Verhaftung hatte stattgefunden, als er Ace und zwei seiner Freunde bei dem Versuch erwischte, den Safe in Henry Beauforts Büro im Mellow Tiger zu knacken. Es war eine Verhaftung wie aus dem Lehrbuch, und Ace hatte sich keine vier Monate, nachdem sein Onkel ihn vor diesem Ort gewarnt hatte, in Shawshank wiedergefunden. Zwar wurde die Anklage wegen versuchten Raubes fallengelassen, aber Ace bekam trotzdem eine recht gute Dosis harter Zeit wegen nächtlichen Einbruchs und unbefugten Eindringens.

Im Frühjahr 1989 wurde er entlassen und zog nach Mechanic Falls. Dort wartete ein Job auf ihn; Oxford Plains Speedway war an dem vorzeitigen Entlassungsprogramm des Staates beteiligt, und John »Ace« Merrill erhielt eine Stelle als Monteur und Teilzeitmechaniker.

Eine ganze Menge seiner alten Freunde waren noch da – von seinen alten Kunden ganz zu schweigen –, und bald war Ace wieder im Geschäft und hatte wieder Nasenbluten.

Er behielt den Job beim Speedway, bis seine Zeit offiziell abgelaufen war, und kündigte noch am selben Tag. Er hatte einen Anruf von den Flying Corson Brothers in Danbury,

Connecticut, erhalten, und bald handelte er außer mit bolivianischem Koks auch wieder mit Schießeisen.

Allem Anschein nach waren die Einsätze hochgegangen, während er im Knast saß; anstatt mit Pistolen, Flinten und Repetiergewehren betrieb er jetzt einen lebhaften Handel mit automatischen und halbautomatischen Waffen. Der Höhepunkt war im Juni dieses Jahres gekommen, als er einem Seemann mit südamerikanischem Akzent eine Thunderbolt-Bodenrakete verkauft hatte. Der Seemann verstaute die Thunderbolt unter Deck, dann zahlte er Ace siebzehntausend Dollar in frischen, nicht fortlaufend numerierten Hundert-Dollar-Scheinen.

»Wozu brauchen Sie ein solches Ding?« hatte Ace neugierig gefragt.

»Für alles möglich, Señor«, hatte der Seemann ohne den geringsten Anflug eines Lächelns geantwortet.

Dann, im Juli, war alles zusammengestürzt. Ace verstand noch immer nicht, wie das hatte passieren können – abgesehen davon, daß es wahrscheinlich besser gewesen wäre, wenn er sich, was Koks und Waffen betraf, an die Corson Brothers gehalten hätte. Er hatte von einem Mann in Portland eine Lieferung von zwei Pfund kolumbianischem Flake übernommen und den Deal mit Hilfe von Mike und Dave Corson finanziert. Der Haufen Koks schien doppelt so viel wert zu sein wie der geforderte Preis – der Test hatte erste Qualität ergeben. Ace wußte, daß fünfundachtzig Riesen ein wesentlich größerer Brocken waren, als er sonst abzureißen pflegte, aber er war zuversichtlich und fühlte sich bereit, in höhere Regionen aufzusteigen. Zu jener Zeit war »Kein Problem« in Ace Merrills Leben die entscheidene Leitlinie gewesen. Aber seither hatten sich die Dinge geändert. Von Grund auf.

Diese Veränderungen hatten begonnen, als Dave Corson aus Danbruy, Connecticut, anrief, um Ace zu fragen, was er sich eigentlich dabei gedacht hätte, als er versuchte, ihnen Backpulver anstelle von Kokain anzudrehen. Dem Kerl in Portland war es offenbar gelungen, Ace hereinzulegen, und als Dave Corson das begriffen hatte, klang seine Stimme nicht mehr so freundlich. Sie klang sogar eindeutig *unfreundlich*.

Ace hätte untertauchen können. Statt dessen nahm er all seinen Mut zusammen – der, selbst in seinen mittleren Lebensjahren, nicht unbeträchtlich war – und suchte die Flying Corson Brothers auf. Er teilte ihnen mit, was seiner Meinung nach passiert war. Er lieferte seine Erklärung im Fonds eines Dodge-Transporters mit Teppichboden, einem beheizten Wasserbett und einem Spiegel an der Decke. Er war sehr überzeugend. Er *mußte* sehr überzeugend sein. Der Transporter parkte am Ende eines ausgefahrenen Feldweges einige Meilen westlich von Danbury, ein Schwarzer namens Too-Tall-Timmy saß am Lenkrad, und die Flying Corson Brothers, Mike und Dave, flankierten Ace mit rückstoßfreien H&K-Gewehren.

Während sie redeten, erinnerte sich Ace an das, was sein Onkel vor der Verhaftung im Mellow Tiger gesagt hatte. *Leichtsinnige Leute landen in Shawshank. Das heißt, wenn sie Glück haben. Wenn sie Pech haben, endet es damit, daß sie ein Stück Sumpf düngen, das ungefähr einsachtzig lang und einen Meter tief ist.*

Nun, Pop hatte recht gehabt, was den ersten Teil der Prophezeiung betraf; Ace beabsichtigte, seine ganze Überredungskunst einzusetzen, um dem zweiten Teil zu entgehen. Wenn man im Sumpf war, gab es keine Programme zur vorzeitigen Entlassung.

Er war sehr überzeugend. Und an einem Punkt sprach er zwei magische Worte: Ducky Mortin.

»Du hast diesen Scheiß von *Ducky* gekauft?« sagte Mike Corson und riß die blutunterlaufenen Augen weit auf. »Bist du ganz sicher, daß er es war?«

»Aber natürlich bin ich sicher«, hatte Ace erwidert. »Warum?«

Die Flying Corson Brothers sahen sich an und begannen zu lachen. Ace wußte nicht, worüber sie lachten, aber er war trotzdem froh, daß sie es taten. Es schien ihm ein gutes Zeichen zu sein.

»Wie hat er ausgesehen?« fragte Dave Corson.

»Er ist ein großer Kerl – nicht so groß wie er ...« Er deutete mit dem Daumen auf den Fahrer, der einen Walkman-Kopfhörer trug und sich im Takt einer Musik wiegte, die nur er hören konnte. »… aber ziemlich groß. Ein Kanadier. Trägt einen kleinen goldenen Ohrring.«

»Das ist der alte Daffy Duck«, erklärte Mike Corson.

»Mich wundert nur, daß ihn bisher noch niemand umgelegt hat«, sagte Dave Corson. Er sah seinen Bruder Mike an, und sie schüttelten beide erstaunt die Köpfe.

»Ich dachte, er wäre okay«, sagte Ace. »Bisher war Ducky *immer* okay.«

»Aber du hast eine Weile Urlaub gemacht, stimmt's?« fragte Mike Corson.

»Urlaub hinter schwedischen Gardinen«, sagte Dave Corson.

»Du mußt gerade gesessen haben, als der Duckmann entdeckte, wie man das Zeug aufmotzen kann«, sagte Mike »Von da an ist es mit ihm schnell bergab gegangen.«

»Ducky hat einen kleinen Trick, den er neuerdings abzieht«, sagte Dave. »Weißt du, was man unter Ködern und Ablenken versteht?«

Ace dachte darüber nach. Dann schüttelte er den Kopf.

»Doch, das weißt du. Weil das der Grund dafür ist, daß dein Arsch in der Klemme sitzt. Ducky zeigte dir einen Haufen Beutel, die mit weißem Pulver gefüllt waren. Einer davon war voll von gutem Koks. Alle anderen waren voll Scheiße. Genau wie du, Ace.«

»Wir haben das Zeug getestet«, sagte Ace. »Ich habe mir auf gut Glück einen Beutel herausgegriffen, und wir haben das Zeug getestet.«

Mike und Dave schauten einander mit finsterer Belustigung an.

»Sie haben das Zeug getestet«, sagte Dave Corson.

»Er hat sich auf gut Glück einen Beutel herausgegriffen«, fügte Mike Corson hinzu.

Sie verdrehten die Augen nach oben und schauten einander in dem Spiegel an der Decke an.

»Also?« sagte Ace und ließ den Blick von dem einen zum anderen wandern. Er war froh, daß sie wußten, wer Ducky war, und er war auch froh, daß sie glaubten, daß er nicht die Absicht gehabt hatte, sie zu betrügen; aber ihm war trotzdem nicht wohl in seiner Haut. Sie behandelten ihn wie einen Blödmann, und Ace Merrill war niemandes Blödmann.

»Also *was*?« fragte Mike Corson. »Wenn du nicht geglaubt hättest, daß du den Testbeutel selbst ausgewählt hättest, dann wäre der Deal ins Wasser gefallen, nicht wahr? Ducky ist ein Zauberer, der immer wieder den gleichen Trick vorführt. ›Wählen Sie eine Karte, irgendeine.‹ Hast du das schon einmal gehört, Ace-Loch?«

Trotz der auf ihn gerichteten Gewehre wurde Ace wütend.

»So dürft ihr mich nicht nennen.«

»Wir dürfen dich nennen, wie wir wollen«, sagte Dave. »Du schuldest uns fünfundachtzig Riesen, Ace, und was wir bisher als Gegenwert erhalten haben, ist eine Scheißladung Arm & Hammer Backpulver, das ungefähr einen Dollar und fünfzig Cents wert ist. Wir können dich Hubert J. Hurensohn nennen, wenn wir wollen.«

Er und sein Bruder schauten einander an. Sie verständigten sich wortlos. Dave stand auf und tippte Too-Tall-Timmy auf die Schulter. Er gab Too-Tall sein Gewehr. Dave und Mike verließen den Transporter und standen dann dicht nebeneinander bei einem Sumachgestrüpp am Rande eines Feldes. Ace wußte nicht, was sie sprachen, aber er wußte nur zu gut, was vor sich ging. Sie entschieden darüber, was sie mit ihm machen sollten.

Er saß auf der Kante des Wasserbettes, schwitzte wie ein Schwein und wartete darauf, daß sie wieder hereinkamen. Too-Tall-Timmy hatte sich in den Kapitänssessel geflegelt, den Mike Corson freigemacht hatte, hielt das H & K auf Ace gerichtet und wiegte den Kopf vor und zurück. Ganz schwach konnte Ace aus dem Kopfhörer die Stimmen von Marvin Gaye und Tammy Terrell hören. Marvin und Tammy, beide jüngst verstorbene Größen, sangen »My Mistake«.

Mike und Dave kamen wieder herein.

»Wir geben dir drei Monate, um die Sache in Ordnung zu bringen«, sagte Mike. Ace spürte, wie er vor Erleichterung erschlaffte. »Im Augenblick liegt uns mehr daran, unser Geld zurückzubekommen, als dir das Fell abzureißen. Außerdem ist da noch etwas.«

430

»Wir wollen Ducky Mortin eine Lektion erteilen«, sagte Dave. »Er hat seinen Scheiß lange genug abgezogen.«

»Der Kerl bringt uns in Verruf«, sagte Mike.

»Wir glauben, daß du ihn finden kannst«, sagte Dave. »Ich glaube, er wird denken, einmal ein Ace-Loch, immer ein Ace-Loch.«

»Hast du dazu irgend etwas zu bemerken, Ace-Loch?« fragte ihn Mike.

Ace hatte nichts dazu zu bemerken. Er war heilfroh, zu wissen, daß er ein weiteres Wochenende erleben würde.

»Der erste November ist dein Stichtag«, sagte Dave. »Du bringst uns bis zum ersten November unser Geld, und dann ziehen wir gegen Ducky zu Feld. Wenn du es nicht tust, dann werden wir sehen, wie viele Stücke wir aus dir herausschneiden können, bevor du schließlich aufgibst und abkratzt.«

8

Als der Ballon hochging, besaß Ace ein Sortiment von ungefähr einem Dutzend großkalibriger Waffen sowohl der automatischen als auch der halbautomatischen Art. Er hatte den größten Teil seiner Gnadenfrist mit dem Versuch verbracht, diese Waffen in Bargeld umzuwandeln. Sobald ihm das gelungen war, konnte er das Bargeld wieder in Koks umwandeln. Man konnte keine bessere Ware haben als Kokain, wenn man schleunigst großes Geld machen mußte.

Aber auf dem Waffenmarkt herrschte totale Flaute. Er hatte die Hälfte seines Bestandes verkauft – keines von den großen Dingern –, und das war es dann auch. In der zweiten Septemberwoche hatte er einen vielversprechenden Kunden im Piece of Work Pub in Lewiston getroffen. Der Mann hatte auf jede nur erdenkliche Art, auf die man so etwas andeuten kann, angedeutet, daß er gern mindestens sechs, vielleicht sogar zehn automatische Waffen kaufen würde, vorausgesetzt, ihm würde in Verbindung mit dem Kauf der Schießeisen der Name eines verläßlichen Munitionshändlers ge-

431

nannt. Den konnte Ace liefern; die Flying Corson Brothers waren die verläßlichsten Munitionshändler, die er kannte.

Ace ging in die Toilette, um eine Portion zu schnupfen, bevor er den Deal unter Dach und Fach brachte. Er war durchdrungen von jenem glücklichen, erleichterten Glühen, das schon eine Reihe von amerikanischen Präsidenten in die Bredouille gebracht hat; er glaubte, er sähe Licht am Ende des Tunnels.

Er legte den kleinen Spiegel, den er in der Hemdtasche bei sich trug, auf den Spülkasten und löffelte gerade Koks darauf, als sich aus der Nebenkabine eine Stimme zu Wort meldete. Ace fand nie heraus, wem diese Stimme gehörte; er wußte nur, daß ihr Besitzer ihm möglicherweise fünfzehn Jahre in einem Staatsgefängnis erspart hatte.

»Mann, Sie haben mit einem Kerl mit einer Wanze geredet«, sagte die Stimme aus der Nebenkabine, und als Ace die Toilette verließ, tat er es durch die Hintertür.

9

Nach diesem knappen Entkommen (der Gedanke, daß sein unsichtbarer Informant sich nur einen Spaß gemacht haben könnte, kam ihm überhaupt nicht) wurde Ace von einer merkwürdigen Art von Lähmung befallen. Er hatte Angst davor, irgend etwas zu tun, außer hin und wieder ein bißchen Koks für den eigenen Bedarf zu kaufen. Ein solches Gefühl, an einem toten Punkt angelangt zu sein, hatte er noch nie zuvor gehabt. Es war ihm zutiefst zuwider, aber er wußte nicht, was er dagegen tun konnte. Die erste Handlung jeden Tages war ein Blick auf den Kalender. Der November schien auf ihn zuzujagen.

Dann, an diesem Morgen, war er vor Tagesanbruch aufgewacht, weil in seinem Gehirn ein Gedanke aufgeflammt war wie ein seltsames blaues Licht: er mußte nach Hause. Er mußte zurückkehren nach Castle Rock. Das war der Ort, an dem die Antwort lag. Nach Hause zurückzukehren, fühlte sich richtig an – aber selbst wenn sich herausstellen sollte,

432

daß es falsch war, würde der Ortswechsel vielleicht diese merkwürdige Sperre in seinem Kopf lösen.

In Mechanic Falls war er einfach John Merrill, ein entlassener Sträfling, der in einer Bruchbude mit Plastikfolie in den Fensteröffnungen und Pappe auf der Tür lebte. In Castle Rock war er immer Ace Merrill gewesen, das Ungeheuer, das durch die Alpträume einer ganzen Generation von Kindern gestapft war. In Mechanic Falls war er ein armer Mann, Abschaum der Hintergassen, ein Kerl, der zwar einen frisierten Dodge besaß, aber keine Garage, in den er ihn einstellen konnte. In Castle Rock war er, zumindest für kurze Zeit, so etwas wie ein König gewesen.

Also war er zurückgekommen, und jetzt war er hier, und was nun?

Ace wußte es nicht. Die Stadt sah kleiner, schmutziger und leerer aus, als er sie in Erinnerung hatte. Er nahm an, daß Pangborn irgendwo in der Nähe war; und bald würde der alte Bill Fullerton ans Telefon gehen und ihm brühwarm berichten, wer wieder in der Stadt war. Dann würde Pangborn ihn finden und fragen, was er hier wollte. Er würde fragen, ob Ace einen Job hätte. Er hatte keinen, und er konnte nicht einmal behaupten, er wäre gekommen, um seinen Onkel zu besuchen, denn Pop war in seinem Trödelladen gewesen, als die Bude abbrannte. Also gut, Ace, würde Sheriff Pangborn sagen, weshalb steigst du dann nicht schleunigst wieder in deinen Straßenkreuzer ein und kratzt die Kurve?

Und was sollte er darauf erwidern?

Ace wußte es nicht – er wußte nur, daß das dunkelblaue Licht, das ihn geweckt hatte, noch immer nicht erloschen war.

Er sah, daß die Stelle, an der das Emporium Galorium gestanden hatte, noch immer leer war. Nichts war dort außer Unkraut, ein paar angekohlten Bretterstücken und einer Ansammlung von Müll. Glassplitter spiegelten mit einem Gleißen, das einem die Augen tränen ließ. Hier gab es nichts, was das Anschauen gelohnt hätte, aber Ace wollte es sich trotzdem anschauen. Er begann, die Straße zu überqueren. Er war fast auf der anderen Seite angelangt, als sein Blick auf eine grüne Markise fiel.

433

NEEDFUL THINGS stand an der Vorderkante der Markise. Was für ein Laden konnte das sein? Ace ging die Straße hinauf, um ihn sich anzusehen. Die leere Stelle, an der die Touristenfalle seines Onkels gestanden hatte, konnte er sich auch später noch ansehen; schließlich war nicht damit zu rechnen, daß jemand sie beiseiteschaffte.

Das erste, worauf sein Blick fiel, war das Schild mit der Aufschrift

GEHILFE GESUCHT.

Er schenkte ihm keinerlei Aufmerksamkeit. Er wußte nicht, weshalb er nach Castle Rock zurückgekommen war, aber bestimmt nicht wegen eines Jobs als Ladengehilfe.

Im Schaufenster lag eine Reihe ziemlich teuer aussehender Gegenstände & Sachen, die er hätte mitgehen lassen, wenn er im Hause irgendeines reichen Kerls ein wenig Nachtarbeit verrichtete. Ein Schachspiel mit Elfenbeinfiguren in Gestalt von Dschungeltieren. Eine Kette aus schwarzen Perlen – sie machte einen kostbaren Eindruck, aber vermutlich handelte es sich nur um künstliche Perlen. Eine Kette aus echten schwarzen Perlen konnte sich in diesem kleinen Drecksnest bestimmt niemand leisten. Trotzdem, ein schönes Stück, dachte er; auf ihn machten sie einen echten Eindruck. Und ...

Ace betrachtete das Buch hinter den Perlen mit plötzlich verengten Augen. Es war so aufgestellt, daß jemand, der ins Schaufenster schaute, die Vorderseite des Schutzumschlags sehen konnte. Er zeigte die Silhouetten von zwei Männern, die in der Nacht auf einer Anhöhe standen. Einer hatte eine Hacke, der andere eine Schaufel. Sie schienen ein Loch zu graben. Der Titel des Buches war *Lost and Buried Treasures of New England.* Der Name des Verfassers stand in kleinen weißen Buchstaben unter dem Bild.

Er lautete Reginald Merrill.

Ace ging zur Tür und probierte den Knauf. Er ließ sich leicht drehen. Das Glöckchen über der Tür bimmelte. Ace Merrill betrat Needful Things.

10

»Nein«, sagte Ace nach einem Blick auf das Buch, das Mr. Gaunt aus dem Schaufenster geholt und ihm ausgehändigt hatte. »Das ist nicht das, was ich haben will. Sie müssen das falsche erwischt haben.«

»Ich versichere Ihnen, es ist das einzige Buch, das im Schaufenster lag«, sagte Mr. Gaunt im Tonfall leichter Verwunderung. »Sie können selbst nachsehen, wenn Sie mir nicht glauben.«

Einen Augenblick lang war Ace gewillt, genau das zu tun, dann stieß er einen leicht verärgerten Seufzer aus. »Nein, ist schon okay«, sagte er.

Das Buch, das der Ladenbesitzer ihm ausgehändigt hatte, war *Die Schatzinsel* von Robert Louis Stevenson. Was passiert war, war einleuchtend genug – er war in Gedanken bei Pop gewesen, und er hatte sich geirrt. Der wahre Irrtum bestand jedoch darin, daß er nach Castle Rock zurückgekehrt war. Wie war er nur auf diese blöde Idee gekommen?

»Hören Sie, das ist ein interessanter Laden, den Sie hier haben, aber ich muß weiter. Wir sehen uns ein andermal, Mr. ...«

»Gaunt«, sagte der Ladenbesitzer und streckte ihm die Hand entgegen. »Leland Gaunt.«

Ace streckte gleichfalls die Hand aus, und sie wurde verschluckt. Im Augenblick der Berührung schien eine starke, elektrisierende Kraft in ihn hineinzuschießen. In seinem Kopf flammte abermals dieses dunkelblaue Licht auf: diesmal eine gewaltige, gleißende Fackel.

Er zog seine Hand zurück, benommen und mit weichen Knien.

»Was war *das?*« flüsterte er.

»Ich glaube, man nennt es einen ›Aufmerksamkeits-Erreger‹«, sagte Mr. Gaunt. Seine Stimme klang ruhig und gelassen. »Und Sie werden mir Ihre Aufmerksamkeit widmen müssen, Mr. Merrill.«

»Woher wissen Sie meinen Namen? Ich habe Ihnen nicht gesagt, wie ich heiße.«

»Oh, ich weiß, wer Sie sind«, sagte Mr. Gaunt mit einem kleinen Auflachen. »Ich habe Sie erwartet.«

»Wie ist das möglich? Ich wußte ja selber nicht, daß ich herkommen würde, bevor ich in das verdammte Auto gestiegen bin.«

»Bitte, entschuldigen Sie mich einen Moment.«

Gaunt kehrte zur Tür zurück, bückte sich und hob ein Schild auf, das an der Wand lehnte. Dann nahm er das Schild

GEHILFE GESUCHT

ab und hängte statt dessen

KOLUMBUS-TAG GESCHLOSSEN

auf.

»Warum tun Sie das?« Ace fühlte sich wie ein Mann, der gerade gegen einen mit mäßig starkem Strom geladenen Drahtzaun gestolpert ist.

»Es ist üblich, daß Ladenbesitzer solche Schilder abnehmen, wenn sie die gesuchte Hilfe gefunden haben«, sagte Mr. Gaunt. »Mein Geschäft in Castle Rock ist auf sehr zufriedenstellende Weise gewachsen, und ich sehe, daß ich einen kräftigen Rücken und ein zusätzliches Paar Hände brauche. Ich ermüde in letzter Zeit sehr schnell.«

»Hey, ich habe nicht vor …«

»Außerdem brauche ich einen Fahrer«, sagte Mr. Gaunt. »Autofahren ist, glaube ich, das, was Sie am besten können. Ihr erster Job, Ace, besteht darin, daß Sie nach Boston fahren. Ich habe einen Wagen, der dort in einer Garage steht. Er wird Ihnen Spaß machen – es ist ein Tucker.«

»Ein Tucker?« Einen Augenblick lang vergaß Ace, daß er nicht gekommen war, um eine Stellung anzunehmen – weder als Ladengehilfe noch als Chauffeur. »Sie meinen, so einen wie in diesem Film?«

»Nicht ganz«, sagte Mr. Gaunt. Er trat hinter den Tresen, auf dem seine altmodische Registrierkasse stand, brachte einen Schlüssel zum Vorschein und schloß die darunter be-

436

findliche Schublade auf. Er holte zwei kleine Umschläge heraus. Einen von ihnen legte er auf den Tresen. Den anderen hielt er Ace hin. »Es wurden etliche Veränderungen vorgenommen. Hier. Die Schlüssel.«

»Hey, nicht so hastig. Ich habe Ihnen doch gesagt …«

Mr. Gaunts Augen hatten eine merkwürdige Farbe, die Ace nicht recht zu bestimmen wußte, aber als sie zuerst dunkel wurden und ihn dann anfunkelten, spürte er, wie seine Knie wieder weich wurden.

»Sie stecken in der Klemme, Ace, aber wenn Sie nicht aufhören, sich zu benehmen wie ein Strauß, der den Kopf in den Sand steckt, dann werde ich wohl das Interesse daran verlieren, Ihnen zu helfen. Ladengehilfen gibt es wie Sand am Meer. Ich weiß es, das können Sie mir glauben. Im Laufe der Jahre habe ich Hunderte von ihnen angeheuert. Vielleicht sogar Tausende. Also hören Sie auf mit dem Quatsch und *nehmen Sie die Schlüssel.*«

Ace nahm den kleinen Umschlag entgegen. Als seine Fingerspitzen die von Mr. Gaunt berührten, erfüllte abermals dieses dunkelblaue Feuer seinen Kopf. Er stöhnte.

»Sie werden mit Ihrem Wagen zu der Adresse fahren, die ich Ihnen nennen werde«, sagte Mr. Gaunt, »und ihn dort abstellen, wo jetzt meiner untergebracht ist. Ich erwarte Sie bis spätestens Mitternacht zurück. Ich glaube sogar, daß Sie wesentlich früher wieder hier sein werden. Mein Wagen ist bedeutend schneller, als er aussieht.«

Er lächelte und entblößte seine sämtlichen Zähne.

Ace versuchte es noch einmal.

»Hören Sie, Mr. …«

»Gaunt.«

Ace nickte, und sein Kopf tanzte auf und ab wie der einer laienhaft geführten Marionette. »Unter anderen Umständen würde ich Ihr Angebot annehmen. Sie sind – interessant.« Das war nicht das Wort, das er gesucht hatte, aber es war das beste, das seine Zunge im Moment hergab. »Aber Sie haben recht – ich stecke tatsächlich in der Klemme, und wenn ich nicht in den nächsten zwei Wochen einen großen Haufen Geld auftreibe, dann …«

»Und wie wäre es mit dem Buch?« fragte Mr. Gaunt. Sein

Tonfall war amüsiert und vorwurfsvoll zugleich. »Sind Sie nicht deshalb hereingekommen?«

»Es ist nicht, was ich ...«

Er stellte fest, daß er es noch immer in der Hand hielt und schaute abermals darauf. Das Bild war das gleiche, aber der Titel hatte sich wieder in den verwandelt, den er im Schaufenster gelesen hatte: *Lost and Buried Treasures of New England* von Reginald Merrill.

»Was *ist* das?« fragte er mit schwerer Zunge. Aber plötzlich wußte er es. Er war überhaupt nicht in Castle Rock; er war daheim in Mechanic Falls, lag auf seinem schmutzigen Bett und träumte dies alles.

»Für mich sieht es aus wie ein Buch«, sagte Mr. Gaunt. »Und hat Ihr verstorbener Onkel nicht Reginald Merrill geheißen? Was für ein Zufall.«

»Mein Onkel hat in seinem ganzen Leben nichts anderes geschrieben als Schuldscheine und Quittungen«, sagte Ace mit der gleichen schwerfälligen, schläfrigen Stimme. Er schaute wieder zu Gaunt auf und stellte fest, daß er den Blick nicht abwenden konnte. Gaunts Augen wechselten nach wie vor die Farbe. Blau – grau – haselnußbraun – dunkelbraun – schwarz.

»Nun«, gab Mr. Gaunt zu, »vielleicht ist der Name auf dem Buch ein Pseudonym. Vielleicht habe ich es selbst geschrieben.«

»Sie?«

Mr. Gaunt legte die Fingerspitzen unter dem Kinn zusammen. »Vielleicht ist es überhaupt kein Buch. Vielleicht sind all die Sachen, die ich verkaufe, überhaupt nicht das, was sie zu sein scheinen. Vielleicht sind es in Wirklichkeit einfach graue Dinge mit nur einer bemerkenswerten Besonderheit – der Fähigkeit, die Formen derjenigen Dinge anzunehmen, die Männer und Frauen in ihren Träumen verfolgen.« Er hielt einen Moment inne, dann setzte er nachdenklich hinzu: »Vielleicht sind sie selbst nur Träume.«

»Ich verstehe kein Wort.« Gaunt lächelte. »Ich weiß. Und es spielt auch keine Rolle. Wenn Ihr Onkel ein Buch geschrieben *hätte* – wäre es dann nicht eines über vergrabene Schätze gewesen? Würden Sie nicht sagen, daß Schätze – ob

438

in der Erde vergraben oder in den Taschen seiner Mitmenschen – ein Thema waren, das ihn faszinierte?«

»Von Geld konnte er nicht genug bekommen«, sagte Ace bitter.

»Und was ist damit passiert?« rief Mr. Gaunt. »Hat er Ihnen ein Teil davon vermacht? Bestimmt hat er das getan; sind Sie nicht sein einziger überlebender Verwandter?«

»Er hat mir nicht einen roten Heller hinterlassen!« schrie Ace wütend. »Jedermann in der Stadt sagte, der alte Mistkerl besäße noch den ersten Groschen, den er eingesackt hatte. Aber als er starb, waren nicht einmal viertausend Dollar auf seinem Konto. Das reichte gerade aus, um ihn zu begraben und das Chaos aufzuräumen, das er hinterlassen hat. Und wissen Sie, was man gefunden hat, als man sein Schließfach öffnete?«

»Ja«, sagte Mr. Gaunt, und obwohl sein Mund ernst war – und sogar mitfühlend – lachten seine Augen. »Rabattmarken. Sechs Alben mit Plaid-Marken und vierzehn mit Gold Bond-Marken.«

»Genau!« sagte Ace. Er blickte haßerfüllt auf *Lost and Buried Treasures of New England* herab. Im Augenblick war er zu wütend, um nervös zu sein oder sich in Träume zu verlieren. »Und wissen Sie was? Man kann Gold Bond-Marken nicht einmal mehr einlösen. Die Firma existiert nicht mehr. Jedermann in Castle Rock hatte Angst vor ihm – sogar *ich* hatte ein bißchen Angst vor ihm –, und alle Leute glaubten, er schwämme in Geld, aber als er starb, war er pleite.«

»Vielleicht hat er den Banken nicht getraut«, sagte Mr. Gaunt. »Vielleicht hat er seinen Schatz vergraben. Halten Sie das für möglich, Ace?«

Ace öffnete den Mund. Schloß ihn wieder. Öffnete ihn. Schloß ihn.

»Lassen Sie das«, sagte Mr. Gaunt. »Sie sehen aus wie ein Fisch in einem Aquarium.«

Ace betrachtete das Buch in seiner Hand. Er legte es auf den Tresen und durchblätterte die in einer kleinen Schrift eng bedruckten Seiten. Und dann fiel etwas heraus. Es war ein großes Stück braunes Papier, unregelmäßig zusammengefaltet, und er erkannte es sofort – es war aus einer der Tragetaschen von Hemphill's Market herausgerissen worden. Wie oft hatte er als kleiner Junge beobachtet, daß sein Onkel ein Stück braunes Papier von einer der Taschen abriß, die er unter seiner uralten Tokeheim-Registrierkasse aufbewahrte? Wie oft hatte er beobachtet, wie er Zahlen auf einen solchen Fetzen addierte – oder einen Schuldschein darauf schrieb?

Er entfaltete es mit zitternden Händen.

Es war eine Karte, soviel war klar, aber zuerst konnte er nicht das geringste damit anfangen – es war nur ein Haufen Linien und Kreuze und schnörkelige Kreise.

»Was zum Teufel soll das bedeuten?«

»Sie brauchen etwas, das Ihre Konzentration fördert, das ist alles«, sagte Mr. Gaunt. »Dies könnte helfen.«

Ace schaute auf. Mr. Gaunt hatte einen kleinen Spiegel in dekorativem Silberrahmen auf die Vitrine neben seiner Registrierkasse gelegt. Jetzt öffnete er den anderen Umschlag, den er aus der verschlossenen Schublade geholt hatte, und schüttete eine großzügig bemessene Menge Kokain auf den Spiegel. Für Ace's nicht ungeschultes Auge sah es aus wie Stoff von unwahrscheinlich guter Qualität; der Punktstrahler über der Vitrine zauberte Tausende von Fünkchen aus den sauberen Flocken.

»Jesus, Mister!« Ace' Nase begann erwartungsvoll zu kribbeln. »Ist das kolumbianisches?«

»Nein, das ist eine Spezialmischung«, sagte Mr. Gaunt. »Sie kommt von den Ebenen von Leng.« Er holte einen goldenen Brieföffner aus der Innentasche seines rehfarbenen Jacketts und verteilte das Häufchen Stoff in lange, rundliche Linien.

»Wo liegt das?«

»Hinter den Bergen und weit weg«, erwiderte Mr. Gaunt, ohne aufzusehen. »Stellen Sie keine Fragen, Ace. Männer, die anderen Geld schulden, tun gut daran, die guten Dinge, die ihnen begegnen, einfach zu genießen.«

Er steckte den Brieföffner wieder weg und zog ein kurzes Glasröhrchen aus derselben Tasche. Er gab es Ace. »Bedienen Sie sich.«

Das Röhrchen war erstaunlich schwer – offenbar war es nicht aus Glas, sondern aus irgendeiner Art Bleikristall. Er beugte sich über den Spiegel, dann zögerte er. Was war, wenn der alte Kerl AIDS hatte oder etwas dergleichen?

Stellen Sie keine Fragen, Ace. Männer, die anderen Geld schulden, tun gut daran, die guten Dinge, die ihnen begegnen, einfach zu genießen.

»Amen«, sagte Ace und zog hoch. Sein Kopf füllte sich mit dem vagen Bananen-Zitronen-Geschmack, den wirklich gutes Kokain immer mit zu bringen schien. Es war mild, aber es war auch stark. Er spürte, wie sein Herz zu hämmern begann. Gleichzeitig schärfte sich sein Denkvermögen. Er erinnerte sich an das, was ihm einmal ein Mann gesagt hatte, nicht lange, nachdem er sich in dieses Zeug verliebt hatte. *Die Dinge haben mehr Namen, wenn du voll bist. Wesentlich mehr Namen.*

Damals hatte er das nicht verstanden, aber jetzt glaubte er es zu verstehen.

Er bot Gaunt das Glasröhrchen an, doch der schüttelte den Kopf. »Niemals vor fünf«, sagte er, »aber Sie können sich gern bedienen.«

»Danke«, sagte Ace.

Er schaute wieder auf die Karte und stellte fest, daß er sie jetzt mühelos lesen konnte. Die beiden parallelen Linien mit dem X dazwischen standen ganz offensichtlich für die Tin Bridge, und sobald man das erst einmal begriffen hatte, ergab sich alles andere von selbst. Die Schlangenlinie, die zwischen den Linien und durch das X hindurch bis an die Oberkante der Karte führte, war die Route 117. Bei dem kleinen Kreis mit dem größeren Kreis dahinter mußte es sich um die Meierei der Gavineaux handeln; der große Kreis stand für den Kuhstall. Alles ergab einen Sinn. Es war so klar und sauber und funkelnd wie das prächtige Häufchen Stoff, das dieser unglaublich irre Typ aus dem kleinen Umschlag herausgeschüttet hatte.

Ace beugte sich wieder über den Spiegel. »Feuer frei«, murmelte er und zog weitere zwei Linien ein. Bang! Zap! »Himmel, ist das ein toller Stoff!« sagte er mit keuchender Stimme.

»So ist es«, pflichtete Mr. Gaunt ihm bei.

Ace schaute auf, plötzlich ganz sicher, daß der Mann ihn

auslachte, aber Mr. Gaunts Gesicht war gelassen, und er hatte keine Miene verzogen. Ace beugte sich wieder über die Karte.

Jetzt waren es die Kreuze, die seinen Blick einfingen. Es waren sieben – nein, sogar acht. Eines schien auf dem öden Sumpfland zu liegen, das dem alten Treblehorn gehörte. Der alte Treblehorn war tot, schon seit vielen Jahren; und hatte es damals nicht irgendwelches Gerede gegeben, daß sein Onkel Reginald den größten Teil seines Landes als Rückzahlung für ein Darlehen erhalten hatte?

Hier noch eins, am Rande des Naturschutzgebietes an der anderen Seite von Castle View, wenn ihn seine geographischen Kenntnisse nicht täuschten. Zwei waren draußen an der Town Road Nr. 3, in der Nähe eines Kreises, der wahrscheinlich für die alte Bude von Joe Camber stand, Seven Oaks Farm. Zwei weitere auf dem Land, das angeblich Diamond Match gehörte, am Westufer des Castle Lake.

Ace starrte Gaunt mit blutunterlaufenen Augen an. »Hat er sein Geld vergraben? Ist es das, was die Kreuze bedeuten? *Sind das die Stellen, an denen er sein Geld vergraben hat?*«

Mr. Gaunt zuckte elegant die Achseln. »Ich weiß es wirklich nicht. Es erscheint logisch, aber Logik hat oft nur wenig damit zu tun, wie Leute sich in Wirklichkeit verhalten.«

»Aber es *könnte* sein«, sagte Ace. Er war fast von Sinnen vor Aufregung und einer Überdosis Kokain; etwas, das sich anfühlte wie steife Bündel von Kupferdrähten, explodierte in den dicken Muskeln seiner Arme und seines Bauches. Sein normalerweise bleiches Gesicht, gezeichnet von den Narben seiner Pubertäts-Akne, war dunkel gerötet. »Es *könnte* sein! All die Stellen, an denen die Kreuze stehen – *sie alle könnten zu Pops Grundbesitz gehört haben!* Ist Ihnen das klar? Vielleicht hat er seinen ganzen Grundbesitz in eine blinde Stiftung eingebracht oder wie zum Teufel man das nennt – so daß niemand ihn kaufen kann – und daß niemand finden kann, was er da versteckt hat ...«

Er schnupfte den Rest des Kokains auf dem Spiegel, dann beugte er sich über den Tresen. Seine hervorgequollenen Augen flackerten.

»Ich könnte mehr sein als nur aus der Scheiße heraus«,

442

sagte er leise und mit zitternder Stimme. »Ich könnte stink-*reich* sein.«

»Ja«, sagte Mr. Gaunt. »Ich würde sagen, es ist möglich. Aber vergessen Sie das hier nicht, Ace.« Er deutete mit dem Daumen zur Wand und auf das Schild, auf dem stand

UMTAUSCH UND GELDRÜCKGABE AUSGESCHLOSSEN
CAVEAT EMPTOR

Ace betrachtete das Schild. »Und was bedeutet das?«

»Es bedeutet, daß Sie nicht der erste sind, der jemals geglaubt hat, in einem alten Buch den Schlüssel zu großen Reichtümern gefunden zu haben«, sagte Mr. Gaunt. »Es bedeutet außerdem, daß ich nach wie vor einen Gehilfen und einen Chauffeur brauche.«

Ace sah ihn an, fast schockiert. Dann lachte er. »Sie machen wohl Witze?« Er deutete auf die Karte. »Ich habe eine Menge Buddelei vor mir.«

Mr. Gaunt seufzte bedauernd, faltete das Blatt Papier zusammen, legte es wieder in das Buch und packte das Buch in die Schublade unter der Registrierkasse. All das tat er mit unglaublicher Schnelligkeit.

»Hey!« rief Ace. »Was machen Sie da?«

»Mir ist gerade eingefallen, daß ich das Buch bereits einem anderen Kunden versprochen habe. Tut mir leid, Mr. Merrill. Außerdem habe ich heute ohnehin geschlossen – es ist Kolumbus-Tag, wie Sie wissen.«

»Warten Sie eine Minute!«

»Natürlich, wenn Sie geneigt gewesen wären, den Job anzunehmen, wären wir ins Geschäft gekommen. Aber ich sehe, daß Sie sehr beschäftigt sind; Sie wollen zweifellos Ihre Angelegenheit in Ordnung bringen, bevor die Brüder Corson Sie tranchieren.«

Ace' Mund hatte wieder begonnen, sich zu öffnen und zu schließen. Er versuchte sich zu erinnern, wo die kleinen Kreuze gewesen waren, und stellte fest, daß er es nicht konnte. In seinem aufgepeitschten, fliegenden Verstand schienen sie sich alle zu einem einzigen Kreuz zu vereinigen – einem Kreuz von der Art, wie man sie auf Friedhöfen sah.

»All right!« schrie er. »All right. Ich nehme den Scheißjob an!«

»In diesem Fall steht das Buch, glaube ich, doch zum Verkauf«, sagte Mr. Gaunt. Er holte er aus der Schublade und warf einen Blick auf das Vorsatzblatt. »Es ist mit anderthalb Dollar ausgezeichnet.« Seine schiefen Zähne kamen in einem breiten Haifischgrinsen zum Vorschein. »Das macht einen Dollar und fünfunddreißig Cents – mit Mitarbeiter-Rabatt.«

Ace zog die Brieftasche aus der Gesäßtasche, ließ sie fallen und wäre, als er sich bückte, um sie aufzuheben, fast mit dem Kopf gegen die Kante der Vitrine geschlagen.

»Aber ich muß auch ein bißchen Freizeit haben«, erklärte er Mr. Gaunt.

»So ist es.«

»Weil ich wirklich eine Menge buddeln muß.«

»Natürlich.«

»Die Zeit ist knapp.«

»Wie klug von Ihnen, das zu wissen.«

»Wenn ich aus Boston zurückkomme?«

»Werden Sie dann nicht müde sein?«

»Mr. Gaunt, ich kann es mir nicht leisten, müde zu sein.«

»In dieser Beziehung könnte ich Ihnen vielleicht helfen«, sagte Mr. Gaunt. Sein Grinsen wurde noch breiter, und seine Zähne ragten daraus heraus wie die Zähne eines Totenschädels. »Es könnte sein, daß ich eine kleine Aufmunterung für Sie habe, das will ich damit sagen.«

»Was?« fragte Ace mit geweiteten Augen. »Was haben Sie gesagt?«

»Wie bitte?«

»Nichts«, sagte Ace. »Lassen wir das.«

«Also gut. – Haben Sie noch die Schlüssel, die ich Ihnen gegeben habe?«

Ace stellte überrascht fest, daß er den Umschlag mit den Schlüsseln in die Hosentasche gesteckt hatte.

»Gut.« Mr. Gaunt tippte 1.35 Dollar in die alte Registrierkasse ein, nahm die Fünf-Dollar-Note, die Ace auf den Tresen gelegt hatte, und gab ihm drei Dollar und fünfundsechzig Cents Wechselgeld heraus. Ace nahm es wie ein Mann in einem Traum.

»Und nun«, sagte Mr. Gaunt, »werde ich Ihnen ein paar Anweisungen erteilen, Ace. Und denken Sie daran, was ich gesagt habe: ich will, daß Sie bis Mitternacht wieder hier sind. Wenn Sie nicht bis Mitternacht wieder hier sind, werde ich traurig sein. Und wenn ich traurig bin, verliere ich manchmal die Beherrschung. Und Sie wären bestimmt nicht gern in der Nähe, wenn das passiert.«

»Werden Sie dann zum Wilden Mann?« fragte Ace grinsend.

Mr. Gaunt blickte auf – mit einer Wildheit, die Ace veranlaßte, einen Schritt zurückzuweichen. »Ja«, sagte er. »Genau das tue ich, Ace. Ich werde zum Wilden Mann. Und nun hören Sie gut zu.«

Ace hörte gut zu.

11

Es war Viertel vor elf, und Alan mache sich gerade bereit, zu Nan's Luncheonette hinüberzugehen und schnell eine Tasse Kaffee zu trinken, als Sheila Brigham sich meldete. Sonny Jackett auf Apparat eins, sagte sie. Er bestünde darauf, mit Alan zu reden und niemandem sonst.

Alan nahm den Hörer ab. »Hallo, Sonny – was kann ich für Sie tun?«

»Nun«, sagte Sonny mit seinem schleppenden Oststaaten-Akzent, »ich möchte nicht noch mehr Ärger auf Ihren Teller packen nach der doppelten Portion, die Sie gestern bekommen haben, Sheriff, aber ich glaube, ein alter Freund von Ihnen ist wieder in der Stadt.«

»Wer?«

»Ace Merrill. Ich kann von hier aus seinen Wagen sehen.«

Das hat mir gerade noch gefehlt! dachte Alan. »Haben Sie ihn selbst gesehen?«

»Nein, aber der Wagen ist nicht zu übersehen. Kotzgrüner Dodge Challenger. Ich habe ihn schon von weitem gesehen.«

»Nun, schönen Dank, Sonny.«

»Gern geschehen. Was meinen Sie, Alan – weshalb ist dieser Typ wieder in Castle Rock aufgetaucht?«

»Ich weiß es nicht«, sagte Alan, und als er den Hörer auflegte, dachte er: *Aber ich täte wahrscheinlich gut daran, es schnell herauszufinden.*

12

Neben dem grünen Challenger war ein Platz frei. Alan fuhr mit seinem Streifenwagen Nr. 1 darauf und stieg aus. Er sah, wie Bill Fullerton und Henry Gendron ihn aus dem Barbiersalon heraus mit helläugigem Interesse beobachteten, und hob grüßend die Hand. Henry wies zur anderen Straßenseite. Alan nickte und ging hinüber. An dem einen Tag bringen Wilma Jerzyck und Nettie Cobb sich an einer Straßenecke gegenseitig um, und am nächsten kreuzt Ace Merrill hier auf. Dieser Ort verwandelt sich in den Zirkus von Barnum & Bailey.

Als er den Gehsteig auf der gegenüberliegenden Straßenseite erreicht hatte, sah er, wie Ace aus dem Schatten der grünen Markise von Needful Things herausschlenderte. Er trug etwas in einer Hand. Anfangs konnte Alan nicht erkennen, was es war. Doch als Ace näher kam, war ihm klar, daß er es durchaus hätte erkennen können; er war nur nicht imstande gewesen, es zu glauben. Ace Merrill war nicht der Typ, den man mit einem Buch in der Hand auf der Straße traf.

Sie begegneten sich vor der leeren Stelle, an der einst das Emporium Galorium gestanden hatte.

»Hallo, Ace«, sagte Alan.

Ace schien nicht im mindesten überrascht, ihn zu stehen. Er holte seine Sonnenbrille aus dem Ausschnitt seines T-Shirts, schüttelte sie einhändig auseinander und setzte sie auf. »Sieh da, Boß – wie geht's, wie steht's?«

»Was tun Sie hier in Castle Rock, Ace?« fragte Alan ruhig.

Ace blickte mit übertriebenem Interesse zum Himmel empor. Kleine Lichtreflexe tanzten auf den Gläsern seiner Sonnenbrille. »Schöner Tag für eine Spazierfahrt«, sagte er. »Wie im Sommer.«

»Sehr schön«, pflichtete Alan ihm bei. »Haben Sie einen gültigen Führerschein, Ace?«

Ace schaute ihn vorwurfsvoll an. »Würde ich fahren, wenn ich keinen hätte? Das wäre gegen das Gesetz, nicht wahr?«

»Ich finde, das ist keine Antwort.«

»Ich habe die zweite Fahrprüfung abgelegt, sobald ich aus dem Knast heraus war«, sagte Ace. »Ganz vorschriftsmäßig. Wie steht's damit, Boß? Ist das eine Antwort?«

»Vielleicht könnte ich mich selbst überzeugen.« Alan streckte die Hand aus.

»Ich glaube fast, Sie trauen mir nicht«, sagte Ace. Er sprach mit der gleichen spöttischen Stimme, aber Alan hörte den Zorn darin heraus.

»Sagen wir einfach, ich komme aus Missouri.«

Ace nahm das Buch in die linke Hand, um mit der rechten seine Brieftasche aus der Gesäßtasche zu holen, und Alan konnte einen genaueren Blick auf das Buch werfen. Es war *Die Schatzinsel* von Robert Louis Stevenson.

Er studierte den Führerschein. Er war unterschrieben und gültig.

»Die Zulassung ist im Handschuhfach, wenn Sie über die Straße gehen und sie gleichfalls begutachten wollen«, sagte Ace. Jetzt konnte Alan den Zorn in seiner Stimme deutlicher hören. Und auch die alte Arroganz.

»Ich denken, in diesem Fall werde ich Ihnen trauen, Ace. Und jetzt sagen Sie mir vielleicht, warum Sie wirklich in die Stadt zurückgekommen sind.«

»Ich bin gekommen, um mir *das* anzusehen«, sagte Ace und deutete auf die leere Stelle. »Ich weiß nicht, warum, aber so ist es. Wahrscheinlich werden Sie mir nicht glauben, aber es ist die Wahrheit.«

Seltsamerweise glaubte Alan ihm.

»Wie ich sehe, haben Sie außerdem ein Buch gekauft.«

»Ich kann lesen«, sagte Ace, »was Sie wahrscheinlich auch nicht glauben werden.«

»Nun ja.« Alan hakte die Daumen in seinen Gürtel und

musterte Ace. »Sie haben sich die Stelle angesehen, und Sie haben ein Buch gekauft. Und nun werden Sie wieder verschwinden, nehme ich an.«

»Was ist, wenn ich es nicht tue? Dann würden Sie wahrscheinlich einen Anlaß finden, mich zu verhaften. Gehört das Wort ›Resozialisierung‹ nicht zu Ihrem Vokabular, Sheriff Pangborn?«

»Doch«, sagte Alan, »aber die Definition lautet nicht Ace Merrill.«

»Treten Sie mir nicht auf die Hacken, Mann.«

»Das tue ich nicht. Wenn ich damit anfange, werden Sie es merken.«

Ace nahme seine Sonnenbrille ab. »Ihr Burschen gebt wohl nie auf, wie? Ihr – gebt – verdammt noch mal – nie auf.«

Alan sagte nichts.

Nach einem Moment hatte Ace seine Fassung zurückgewonnen. Er setzte seine Sonnenbrille wieder auf. »Wissen Sie«, sagte er, »ich denke, ich fahre tatsächlich weg. Ich habe eine Menge zu tun.«

»Das ist gut. Geschäftige Hände sind glückliche Hände.«

»Aber wenn ich wiederkommen will, dann tue ich es. Haben Sie's gehört?«

»Ich habe es gehört, Ace, und ich möchte Ihnen sagen, daß das nicht sonderlich klug von Ihnen wäre. Haben Sie *das* gehört?«

»Sie können mir keine Angst machen.«

»Wenn ich es nicht tue«, sagte Alan, »dann sind Sie noch dümmer, als ich glaubte.«

Ace musterte Alan einen Moment durch die dunklen Gläser hindurch, dann lachte er. Alan gefiel dieses Lachen nicht – es war ein irgendwie unheimliches Lachen, merkwürdig und unecht. Er stand da und beobachtete, wie Ace in dem Schlendergang eines Gangsters von vorgestern die Straße überquerte, die Tür seines Wagens öffnete und einstieg. Einen Augenblick später dröhnte der Motor auf; Auspuffgase knallten durch die Rohre. Leute blieben auf der Straße stehen und schauten hin.

Das ist ein nicht zugelassener Auspuff, dachte Alan. Ich könnte ihm einen Strafzettel verpassen.

Aber was hätte das für einen Sinn? Er hatte Wichtigeres zu tun, und Ace Merrill war ohnehin dabei, die Stadt zu verlassen. Diesmal für immer, hoffte er.

Er beobachtete, wie der grüne Challenger auf der Main Street vorschriftswidrig wendete und in Richtung Castle Stream und Stadtrand davonfuhr. Dann drehte er sich um und warf einen nachdenklichen Blick über die Straße auf die grüne Markise. Ace war in seine alte Heimat zurückgekehrt und hatte ein Buch gekauft – *Die Schatzinsel*, um genau zu sein. Er hatte es bei Needful Things gekauft.

Ich dachte, der Laden wäre heute geschlossen, dachte Alan. Stand das nicht auf dem Schild?

Er ging die Straße hinauf bis zu Needful Things. Er hatte sich nicht geirrt; auf dem Schild stand

KOLUMBUS-TAG GESCHLOSSEN

Wenn er Ace eingelassen hat, wird er mich vielleicht auch einlassen, dachte Alan und hob die Faust, um anzuklopfen. Bevor er sie wieder senken konnte, ertönte der an seinen Gürtel gehakte Piepser. Alan drückte auf den Knopf, der das lästige Ding abstellte, und stand unentschlossen noch einen Moment vor dem Laden. Aber im Grunde war es überhaupt keine Frage, was er jetzt zu tun hatte. Wenn man Anwalt oder Geschäftsmann war, konnte man seinen Piepser vielleicht eine Weile ignorieren, aber wenn man ein County Sheriff war – und zwar einer, der nicht ernannt, sondern gewählt worden war – dann waren die Prioritäten eindeutig.

Alan überquerte den Gehsteig, dann blieb er stehen und fuhr schnell herum. Er kam sich ein wenig vor wie bei dem Kinderspiel, in dem es darum geht, die anderen dabei zu ertappen, daß sie sich bewegen, um sie dann wieder an den Ausgangspunkt zurückzuschicken. Das Gefühl, beobachtet zu werden, war wieder da, und es war sehr stark. Er war überzeugt, daß er auf Mr. Gaunts Seite der Tür ein überraschtes Zucken der heruntergezogenen Jalousie sehen würde.

Aber da war nichts. Der Laden döste unverändert in der unnatürlich warmen Oktobersonne, und wenn er nicht mit eigenen Augen gesehen hätte, wie Ace aus der Tür trat, hät-

te Alan trotz des Gefühls, beobachtet zu werden, schwören
können, daß sich kein Mensch darin befand.

Er ging zu seinem Streifenwagen, lehnte sich hinein, um
das Mikrofon zu ergreifen, und meldete sich.

»Henry Payton hat angerufen«, teilte Sheila ihm mit. »Er
hat bereits von Henry Ryan die vorläufigen Berichte über
Nettie Cobb und Wilma Jerzyck bekommen – by?«

»Verstanden. By.«

»Henry sagte, wenn Sie wollen, daß er Ihnen die wichtigsten Punkte durchgibt, dann können Sie ihn von jetzt bis
Mittag in seinem Büro erreichen. By.«

»Okay. Ich bin gerade in der Main Street. Bin in ein paar
Minuten da. By.«

»Übrigens … Alan?«

»Ja?«

»Henry hat auch gefragt, ob wir noch vor dem Ende des
Jahrhunderts ein Fax-Gerät bekämen, damit er Ihnen Kopien
von diesem Kram schicken kann, anstatt ständig anrufen
und ihn vorlesen zu müssen. By.«

»Sagen Sie ihm, er soll einen Brief an den Vorsitzenden des
Stadtrats schreiben«, sagte Alan verdrossen. »Ich bin nicht
derjenige, der den Haushalt aufstellt, und das weiß er auch.«

»Nun, ich habe nur wiedergegeben, was er *gesagt* hat. Kein
Grund zur Gereiztheit. By.«

Alan hatte jedoch den Eindruck, daß Sheila selbst ziemlich
gereizt klang. »Over and out«, sagte er.

Er stieg in den Streifenwagen Nr. 1 und hängte das Mikrofon wieder ein. Dann warf er einen Blick auf die Bank und
stellte fest, daß die große Digitalanzeige über der Tür die
Zeit mit zehn Uhr fünfzig und die Temperatur mit achtund-
zwanzig Grad angab. Das hat uns gerade noch gefehlt, dachte er. Alle Leute in der Stadt leiden unter den verdammten
Hitzeblattern.

Langsam und in Gedanken versunken fuhr Alan zum Gebäude der Stadtverwaltung zurück. Er konnte das Gefühl
nicht abschütteln, daß in Castle Rock irgend etwas vorging,
etwas, das nahe daran war, außer Kontrolle zu geraten. Es
war natürlich verrückt, total verrückt, aber er konnte es
nicht abschütteln.

Dreizehntes Kapitel

1

Die Schulen der Stadt waren des Feiertags wegen geschlossen, aber Brian Rusk wäre auch dann nicht zur Schule gegangen, wenn sie offen gewesen wäre.

Brian war krank.

Es war keine körperliche Krankheit, nicht Masern oder Windpocken oder etwas dergleichen, und eine Geisteskrankheit war es im Grund auch nicht – sein Geist war zwar irgendwie in Mitleidenschaft gezogen, aber ihm war fast so, als wäre das nur eine Nebenwirkung. Der Teil von ihm, der erkrankt war, steckte tiefer in ihm als sein Geist; irgendein wichtiger Bestandteil seiner Verfassung, der Nadel eines Arztes oder dem Mikroskop nicht zugänglich, war grau und krank geworden. Er war immer ein Junge mit einem sonnigen Gemüt gewesen, aber die Sonne war jetzt verschwunden, vergraben unter einer dichten Wolkenbank, die sich höher und höher auftürmte.

Die Wolken hatten an dem Nachmittag begonnen, sich zusammenzuziehen, an dem er den Schlamm auf Wilma Jerzycks Laken geworfen hatte; sie hatten sich verdichtet, als Mr. Gaunt ihm im Traum erschienen war, im Trikot des Dodgers, und ihm erklärt hatte, seine Sandy Koufax-Karte sei noch nicht abbezahlt – aber die Bewölkung war nicht vollständig gewesen, bis er an diesem Morgen zum Frühstück heruntergekommen war.

Sein Vater, in dem grauen Overall, den er bei der Arbeit für die Dick Perry Siding and Door Company in South Paris trug, hatte mit dem aufgeschlagenen *Portland Press-Herald* vor sich am Küchentisch gesessen.

»Die verdammten Patriots«, sagte er hinter seiner Zeitungsbarrikade. »Wann zum Teufel werden sie sich endlich einen Abwehrspieler zulegen, der den verdammten Ball werfen kann?«

»Du sollst nicht fluchen, wenn die Jungen dabei sind«, sagte Cora vom Herd, aber sie sprach nicht mit dem übli-

451

chen gereizten Nachdruck – sie hörte sich an, als wäre sie mit ihren Gedanken ganz woanders.

Brian rutschte auf seinen Stuhl und goß Milch über seine Cornflakes.

»Hey Bri!« sagte Sean fröhlich. »Ziehen wir heute zusammen los? Ein paar Videospiele ausprobieren?«

»Vielleicht«, sagte Brian. »Ich denke …« Dann sah er die Schlagzeile auf der Titelseite und hörte auf zu reden.

MÖRDERISCHER STREIT KOSTETE ZWEI FRAUEN IN CASTLE ROCK DAS LEBEN
»Es war ein Duell« ließ die Staatspolizei verlauten

Da waren Fotos der beiden Frauen, Seite an Seite. Brian erkannte sie beide. Die eine war Nettie Cobb, die um die Ecke herum in der Ford Street wohnte. Seine Mom sagte, sie wäre nicht ganz dicht, aber auf Brian hatte sie immer einen halbwegs vernünftigen Eindruck gemacht. Er hatte ein paarmal angehalten, um ihren Hund zu streicheln, wenn sie ihn ausführte, und sie war ihm so vorgekommen wie alle anderen Leute auch.

Die andere Frau war Wilma Jerzyck.

Er stocherte in seinen Cornflakes herum, aß aber kaum etwas. Nachdem sein Vater zur Arbeit gefahren war, kippte Brian die durchweichten Cornflakes in den Mülleimer; dann kroch er nach oben in sein Zimmer. Er rechnete damit, daß seine Mutter nachkommen und ihn vorwurfsvoll fragen würde, was er sich dabei dächte, gutes Essen wegzuwerfen, während die Kinder in Afrika verhungerten (sie schien zu glauben, daß der Gedanke an verhungernde Kinder seinen Appetit anregen würde), aber sie tat es nicht; an diesem Morgen schien sie in einer eigenen Welt versunken zu sein.

Aber Sean war da und bedrängte ihn wie immer.

»Also, was meinst du, Bri? Ziehen wir zusammen los? Ja?« Er war so aufgeregt, daß er von einem Fuß auf den anderen tanzte. »Wir könnten ein paar Videospiele spielen, uns vielleicht den neuen Laden ansehen mit all dem komischen Zeug im Schaufenster …«

»Hey«, sagte Brian, »tut mir leid. Aber du darfst da nicht hineingehen, Sean-O. Der Laden stinkt.«

Seans Unterlippe zitterte. »Kevin Pelkey hat gesagt …«

»Wem glaubst du mehr? Dieser Nulpe oder deinem eigenen Bruder? Er ist nicht gut, Sean …« Er befeuchtete seine Lippen, und dann sagte er das, was er für den Inbegriff der Wahrheit hielt: »Er ist schlecht.«

»Was ist los mit dir?« fragte Sean. Seine Stimme klang, als wäre er gleichzeitig wütend und den Tränen nahe. »Du bist schon das ganze Wochenende über so komisch gewesen! Und Mom auch!«

»Ich fühle mich nicht wohl, das ist alles.«

»Nun …« Sean dachte nach. Dann hellte sich sein Gesicht auf. »Vielleicht fühlst du dich nach ein paar Videospielen besser. Wir können Air Raid spielen, Bri! Sie haben Air Raid! Das ist das Spiel, wo man direkt drinnen sitzen kann, und es kippt nach hinten und nach vorn. Es ist ganz toll!«

Brian überlegte kurz. Nein. Er konnte sich nicht vorstellen, daß er in die Video-Arkade hinunterging, nicht heute, vielleicht niemals mehr. All die anderen Jungen würden da sein – man würde Schlange stehen müssen, um an die guten Spiele wie Air Raid heranzukommen. Aber er war jetzt anders als sie, würde vielleicht immer anders sein.

Schließlich hatte *er* eine 1956er Sandy Koufax-Karte

Dennoch wollte er für Sean etwas Gutes tun, für *irgend jemanden* – etwas, das die fürchterlichen Dinge, die er Wilma Jerzyck angetan hatte, ein wenig aufwog. Also erklärte er Sean, er würde vielleicht am Nachmittag ein paar Videospiele spielen; inzwischen könnte er einige Vierteldollars haben, die Brian aus seiner Sparbüchse in Form einer großen Cola-Flasche herausschüttelte.

»Mann!« sagte Sean mit großen Augen. »Das sind ja acht – neun – zehn Quarter! Du mußt wirklich krank sein!«

»Kommt mir auch so vor. Amüsier dich gut, Sean-O. Und sag Mom nichts davon, sonst verlangt sie, daß du sie mir wiedergibst.«

»Sie ist in ihrem Zimmer und spielt mit dieser dunklen Brille herum«, sagte Sean. »Sie weiß nicht einmal, daß es uns gibt.« Er hielt einen Moment inne, dann setzte er hinzu: »Ich hasse diese dunkle Brille. Sie ist einfach widerlich.« Er betrachtete seinen großen Bruder genauer. »Du siehst wirklich nicht gerade großartig aus, Bri.«

»Ich fühle mich auch nicht gerade großartig«, sagte Brian wahrheitsgemäß. »Ich glaube, ich werde mich hinlegen.«

»Also – ich warte eine Weile auf dich. Vielleicht geht es dir später besser. Ich sehe mir die Zeichentrickfilme auf Kanal sechsundfünfzig an. Komm runter, wenn du dich wohler fühlst.«

»Mach ich«, sagte Brian und machte hinter seinem kleinen Bruder leise die Tür zu.

Aber er hatte sich nicht wohler gefühlt. Je weiter der Tag fortschritt desto

(verhangener)

schlechter hatte er sich gefühlt. Er dachte an Mr. Gaunt. Er dachte an Sandy Koufax. Er dachte an die große Schlagzeile – MÖRDERISCHER STREIT KOSTETE ZWEI FRAUEN IN CASTLE ROCK DAS LEBEN. Er dachte an die Fotos, vertraute Gesichter, die ihm aus einer Masse von schwarzen Punkten entgegenschwammen.

Einmal wäre er fast eingeschlafen, doch da ging der kleine Plattenspieler im Schlafzimmer seiner Eltern los. Mom spielte wieder ihre zerkratzten 45er Elvis-Platten. Das hatte sie fast das ganze Wochenende über getan.

Gedanken wirbelten und tosten durch Brians Kopf wie von einem Zyklon hochgerissene Trümmerteile.

Mörderischer Streit.

»*You know they said you was high class – but that was just a lie ...*«

Es war ein Duell.

MÖRDERISCH: Nettie Cobb, die Frau mit dem Hund.

»*You ain't never caugh a rabbit ...*«

Mr. Gaunt weiß es am besten ...

»*... and you ain't no friend of mine.*«

... und der Handel ist erst abgeschlossen, wenn Mr. Gaunt SAGT, daß der Handel abgeschlossen ist.

Ununterbrochen schossen ihm diese Gedanken durch den Kopf, ein Wirrwarr von Entsetzen, Schuldgefühl und Elend, akzentuiert von Elvis Presleys goldenen Hits. Gegen Mittag hatte Brians Magen angefangen, sich zu verkrampfen. Er eilte auf Strümpfen ins Badezimmer am Ende des Flurs, schloß die Tür ab und erbrach sich, so leise er konnte, in die Toilette. Seine Mutter hörte es nicht. Sie war nach wie vor in ihrem Zimmer, wo Elvis ihr gerade erklärte, er wolle ihr Teddybär sein.

Als Brian langsam in sein Zimmer zurückschlich und sich noch schlechter fühlte als zuvor, überkam ihn eine gräßliche Gewißheit: seine Sandy Koufax-Karte war verschwunden. Jemand hatte sie gestohlen, letzte Nacht, während er geschlafen hatte. Wegen dieser Karte war er an einem Mord mitschuldig geworden, und jetzt war sie fort.

Er rannte los, wäre beinahe auf dem Teppich in der Mitte seines Zimmers ausgeglitten, und riß sein Baseballkarten-Album von der Kommode. Er schlug die Seiten mit derart entsetzter Hast um, daß er mehrere davon herausriß. Aber die Karte – *die* Karte – war noch da; das schmale Gesicht, das ihn durch die Plastikhülle hindurch anschaute. Sie war noch da, und Brian spürte, wie ein starkes, erbärmliches Gefühl der Erleichterung ihn durchfuhr.

Er zog die Karte aus ihrer Tasche, kehrte zu seinem Bett zurück und legte sich mit der Karte in den Händen hin. Er wußte nicht, wie er sie jemals wieder würde loslassen können. Sie war alles, was ihm sein Alptraum eingebracht hatte. Das, und sonst nichts. Sie gefiel ihm nicht mehr, aber sie gehörte ihm. Wenn er Netty Cobb und Wilma Jerzyck wieder zum Leben hätte erwecken können, indem er sie verbrannte, dann hätte er sich sofort auf die Suche nach Streichhölzern begeben (das zumindest glaubte er tatsächlich). Aber er konnte sie nicht wieder zum Leben erwecken, und da er es nicht konnte, war der Gedanke, die Karte zu verlieren und überhaupt nichts mehr zu haben, unerträglich.

Also hielt er sie in den Händen und blickte zur Decke empor und lauschte der gedämpften Stimme von Elvis, der inzwischen zu »Wooden Heart« übergegangen war. Sean hatte recht gehabt, als er ihm erklärt hatte, er sähe nicht gut aus; sein Gesicht war weiß, seine Augen groß und dunkel und teilnahmslos.

Plötzlich brach ein neuer Gedanke, ein wirklich grauenhafter Gedanke, mit der angsteinflößenden, plötzlichen Helligkeit eines Kometen in die in seinem Kopf herrschende Dunkelheit ein: *Er war gesehen worden!*

Er fuhr von seinem Bett auf, starrte entsetzt sein Bild in dem Spiegel an seiner Schranktür an. Leuchtendgrüner Morgenrock! Grellrotes Tuch über einem Kopf voller Lockenwickler! Mrs. Mislaburski!

Was geht da drüben vor, Junge?

Das weiß ich auch nicht genau; ich glaube, Mr. und Mrs. Jerzyck haben einen Streit.

Brian sprang aus dem Bett und trat ans Fenster, fast damit rechnend, daß Sheriff Pangborn genau in dieser Minute mit seinem Streifenwagen in die Einfahrt einbog. Er tat es nicht, aber er würde bald kommen. Denn wenn zwei Frauen sich in einem mörderischen Streit umgebracht hatten, dann gab es eine Untersuchung. Mrs. Mislaburski würde verhört werden. Und sie würde sagen, daß sie einen Jungen beim Haus der Jerzycks gesehen hatte. Dieser Junge, würde sie dem Sheriff sagen, war Brian Rusk gewesen.

Unten begann das Telefon zu läuten. Seine Mutter nahm den Hörer nicht ab, obwohl sie einen Apparat im Schlafzimmer hatte. Sie sang einfach weiter die Musik mit. Schließlich hörte er, wie Sean sich meldete. »Wer ist da, bitte?«

Brian dachte ganz ruhig: *Er wird es aus mir herausholen. Ich kann nicht lügen, nicht gegenüber einem Polizisten. Ich konnte nicht einmal Mrs. Leroux anlügen, als sie fragte, wer die Vase zerbrochen hätte, als ich damals in ihr Büro hinunter mußte. Er wird es aus mir herausholen, und ich komme wegen Mordes ins Gefängnis.*

Das war der Moment, in dem Brian Rusk zum ersten Mal daran dachte, sich umzubringen. Diese Gedanken waren nicht unheimlich, nicht romantisch; sie waren sehr gelassen, sehr rational. Sein Vater hatte eine Schrotflinte in der Garage, und in diesem Augenblick schien es ein vollkommen vernünftiger Gedanke zu sein. Die Schrotflinte schien die Antwort auf alles zu sein.

»Brian! *Telefon!*«

»Ich will jetzt nicht mit Stan reden«, rief er. »Sag ihm, er soll morgen wieder anrufen!«

»Es ist nicht Stan«, rief Sean zurück. »Es ist ein Mann. Ein Erwachsener.«

Große, eisige Hände ergriffen Brians Herz und quetschten es zusammen. Das war es – Sheriff Pangborn war am Telefon.

Brian? Ich muß dir ein paar Fragen stellen. Es sind sehr schwerwiegende Fragen. Und wenn du nicht gleich herunterkommst, um sie zu beantworten, muß ich leider kommen und dich holen. Und zwar mit meinem Streifenwagen. Bald wird dein Name in den Zeitungen stehen, Brian, und dein Bild wird im Fernsehen sein, und all deine Freunde werden es sehen. Deine Mutter und dein Vater werden es sehen, und dein kleiner Bruder. Und wenn sie das Bild zeigen, dann wird der Nachrichtensprecher sagen: »Das ist Brian Rusk, der Junge, der mitschuldig ist an der Ermordung von Wilma Jerzyck und Nettie Cobb.«

»W-w-wer ist es?« rief Brian mit einer schrillen, kleinen Stimme hinunter.

»Weiß nicht!« Sean war bei *The Transformers* gestört worden und hörte sich gereizt an. »Ich glaube, er hat gesagt, er hieße Crowfix. Oder so ähnlich.«

Crowfix?

Brian stand mit hämmerndem Herzen an der Tür. Jetzt brannten auf seinem blassen Gesicht zwei große rote Clownsflecken.

Nicht Crowfix.

Koufax.

Sandy Koufax war am Telefon. Nur wußte Brian recht gut, wer es in *Wirklichkeit* war.

»Hallo, Brian«, sagte Mr. Gaunt leise.

»H-h-hallo«, erwiderte Brian mit der gleichen schrillen, kleinen Stimme.

»Du brauchst dir überhaupt keine Sorgen zu machen«, sagte Mr. Gaunt. »Wenn Mrs. Mislaburski *gesehen* hätte, wie du diese Steine geworfen hast, dann hätte sie dich nicht gefragt, was da drüben vorgeht, oder?«

»Woher wissen Sie das?« Brian war wieder, als müßte er sich gleich übergeben.

»Das spielt keine Rolle. Was eine Rolle spielt, ist, daß du das Richtige getan hast, Brian. Genau das Richtige. Du hast gesagt, du glaubtest, Mr. und Mrs. Jerzyck hätten einen Streit. Wenn die Polizei dich wirklich finden sollte, dann wird sie glauben, du hättest die Person gehört, die die Steine geworfen hat. Sie wird glauben, du hättest sie nicht gesehen, weil sie hinter dem Haus war.«

Brian schaute durch den Türbogen ins Fernsehzimmer, um sich zu vergewissern, daß Sean nicht lauschte. Er tat es nicht; er saß mit untergeschlagenen Beinen vor dem Fernseher mit einer Tüte Popcorn auf dem Schoß.

»Ich kann nicht lügen!« flüsterte er ins Telefon. »Ich werde immer erwischt, wenn ich lüge!«

»Diesmal nicht, Brian«, sagte Mr. Gaunt. »Diesmal wirst du lügen wie ein Champion.«

Und was das gräßlichste von alledem war: Brian glaubte, daß Mr. Gaunt es auch in diesem Fall am besten wußte.

2

Während ihr älterer Sohn an Selbstmord dachte und dann in leisem, verzweifeltem Flüstern mit Mr. Gaunt sprach, tanzte Cora Rusk im Morgenrock in ihrem Schlafzimmer herum.

Nur, daß es nicht ihr Schlafzimmer war.

Wenn sie die Sonnenbrille aufsetzte, die Mr. Gaunt ihr verkauft hatte, war sie in Graceland.

Sie tanzte durch phantastische Räume, die nach Fichtennadelsalz und *fast food* rochen, Räume, in denen man nur das leise Summen der Klimaanlage hörte (nur einige wenige Fenster in Graceland ließen sich öffnen; die meisten waren zugenagelt, und bei allen waren die Vorhänge zugezogen), das Flüstern ihrer Füße auf den dicken Teppichen – und Elvis, der mit seiner eindringlichen, flehentlichen Stimme »My Wish Came True« sang. Sie tanzte unter dem riesigen Kronleuchter aus französischem Kristall im Eßzimmer. Sie ließ ihre Hände über die üppigen blauen Samtvorhänge gleiten. Die Möbel waren französischer Provinzialismus. Die Wände waren blutrot.

Die Szene veränderte sich wie eine Überblendung in ei-

458

nem Film, und Cora fand sich in einem Kellerraum. Da reihten sich Gestelle mit Geweihen an einer Wand und gerahmte Goldene Schallplatten an einer anderen. Leere Fernsehschirme füllten eine dritte Wand. Hinter der langen, geschwungenen Bar waren Borde voller Gatorade: Orangen-, Limonen-, Zitronengeschmack.

Der Wechsler an ihrem alten tragbaren Plattenspieler mit dem Foto von The King auf den Vinyldeckel klickerte. Eine weitere Fünfundvierziger fiel herunter. Elvis begann »Blue Hawaii« zu singen, und Cora glitt Hula-Hula tanzend in den Jungle Room mit seinen finsteren Tiki-Gottheiten, der Couch mit den Armlehnen in Gestalt von Wasserspeiern, dem Spiegel mit seinem duftigen Rahmen aus Federn, die aus der Brust von lebenden Fasanen herausgerissen worden waren.

Sie tanzte. Mit der Sonnenbrille, die sie in Needful Things gekauft hatte, tanzte sie. Sie tanzte in Graceland, während ihr Sohn wieder nach oben schlich und sich aufs Bett legte, das schmale Gesicht von Sandy Koufax betrachtete und über Alibis und Schrotflinten nachdachte.

3

Die Grundschule von Castle Rock war ein düsterer roter Ziegelkasten zwischen dem Postamt und Bibliothek, ein Überbleibsel aus jener Zeit, in der den Verantwortlichen der Stadt beim Gedanken an eine Schule erst dann richtig wohl war, wenn sie aussah wie eine Besserungsanstalt. Die Schule war 1926 gebaut worden und entsprach dieser speziellen Anforderung aufs beste. Jedes Jahr rückte die Stadt dem Entschluß ein wenig näher, eine neue Schule zu bauen, eine, die richtige Fenster hatte anstelle von Gucklöchern, einen Spielplatz, der nicht aussah wie ein Gefängnishof, und Klassenzimmer, die im Winter tatsächlich warm wurden.

Sally Ratcliffes Sprechtherapieraum war nachträglich im Keller eingerichtet worden, eingekeilt zwischen dem Heizungsraum und dem Vorratslager mit seinen Stapeln von

Papiertaschentüchern, Kreide, Ginn & Company-Lehrbüchern und Fässern mit duftendem rotem Sägemehl. Zwischen dem Lehrerpult und sechs kleineren Schülerpulten war kaum noch genug Platz, um sich umzudrehen; trotzdem hatte Sally versucht, den Raum so anheimelnd wie möglich zu machen. Sie wußte, daß die meisten der Kinder, denen Sprechtherapie verordnet worden war – die Stotterer, die Lispler, die Dyslektiker, die Nasalblockierungen –, sie als beängstigend empfanden und unglücklich darüber waren. Sie wurden von den Altersgenossen gehänselt und von den Eltern verhört. Es mußte nicht sein, daß der Unterricht überdies noch in einer tristen Umgebung stattfand.

Also hingen zwei Mobiles von den staubigen Rohren an der Decke herab, Bilder von Fernseh- und Rockstars schmückten die Wände und ein großes Garfield-Poster die Tür. In der Sprechblase, die aus Garfields Mund kam, stand: »Wenn ein cooler Kater wie ich einen solchen Mist verzapfen kann, dann kannst du es auch!«

Mit ihren Akten war sie weit im Rückstand, obwohl die Schule erst vor fünf Wochen wieder angefangen hatte. Sie hatte vorgehabt, den ganzen Tag daran zu arbeiten; aber um Viertel nach eins raffte Sally sie alle zusammen, stopfte sie wieder in den Aktenschrank, aus dem sie sie herausgeholt hatte, schlug die Schranktür zu und schloß sie ab. Sie redete sich ein, sie machte früh Schluß, weil der Tag zu schön war, um ihn in einem Kellerraum zu verbringen, selbst wenn der Heizkessel zur Abwechslung einmal still war. Doch das entsprach nicht ganz der Wahrheit. Sie hatte für diesen Nachmittag ganz besondere Pläne.

Sie wollte nach Hause, wollte in ihrem Sessel am Fenster sitzen, während die Sonne in ihren Schoß flutete, und sie wollte über dem phantastischen Holzsplitter meditieren, den sie bei Needful Things gekauft hatte.

Sie war von Tag zu Tag sicherer geworden, daß der Splitter ein authentisches Wunder war, einer der kleinen, himmlischen Schätze, die Gott über die Erde ausgestreut hatte, damit die Gläubigen sie finden konnten. Ihn in der Hand zu halten war wie eine Erfrischung mit kühlem Quellwasser an einem heißen Tag. Ihn in der Hand zu halten war wie ge-

460

speist zu werden, wenn man hungrig war. Ihn in der Hand zu halten war ...

War eine Ekstase.

Außerdem hatte etwas begonnen, an ihr zu nagen. Sie hatte den Splitter in die unterste Schublade ihrer Schlafzimmerkommode gelegt, unter ihre Wäsche, und sie hatte das Haus sorgfältig abgeschlossen, als sie wegging, aber sie hatte das entsetzliche, nagende Gefühl, daß jemand einbrechen und

(die heilige Reliquie)

den Splitter stehlen könnte Sie wußte, daß das ziemlich unvernünftig war – welcher Einbrecher würde schon ein Stückchen altes, graues Holz stehlen, selbst wenn er es fand? Aber wenn der Einbrecher es zufällig *berührte* – wenn diese Laute und Bilder *seinen* Kopf erfüllten, wie sie ihren jedesmal erfüllt hatten, wenn sie die Augen schloß und den Splitter in ihrer kleinen Faust hielt – ja, dann ...

Also würde sie nach Hause fahren, Shorts und ein rückenfreies Top anziehen und eine Stunde oder länger in

(Verzückung)

stiller Meditation verbringen, spüren, wie sich der Fußboden unter ihr in ein Deck verwandelte, das langsam auf- und abschwankte, dem Muhen und Meckern und Blöken der Tiere lauschen, das Licht einer anderen Sonne spüren, und auf den magischen Moment warten – sie war sicher, daß er kommen würde, wenn sie den Splitter lange genug in der Hand hielt, wenn sie sich ganz, ganz still verhielt und ganz, ganz fromm –, in dem der Bug des riesigen, schwerfälligen Schiffes mit einem dumpfen, mahlenden Geräusch auf dem Berggipfel zur Ruhe kam. Sie wußte nicht, weshalb Gott es für angemessen gehalten hatte, unter allen Gläubigen der Welt gerade sie mit diesem hellen und strahlenden Wunder zu segnen, aber da er es getan hatte, gedachte Sally, es so vollständig und umfassend wie möglich zu erfahren.

Sie ging zur Seitentür hinaus und überquerte den Schulhof auf dem Weg zum Lehrerparkplatz, eine hochgewachsene, hübsche junge Frau mit dunkelblondem Haar und langen Beinen. Über diese Beine wurde im Barbiersalon eine Menge geredet, wenn Sally mit ihren vernünftig flachen Absätzen vorbeiging, gewöhnlich mit ihrer Handtasche in der einen Hand und ihrer – mit Traktaten vollgestopften – Bibel in der anderen.

»Himmel, bei dieser Frau reichen die Beine bis zum Kinn«, hatte Bobby Dugas einmal gesagt.

»Laß dir deshalb keine grauen Haare wachsen«, entgegnete Charlie Fortin. »Du wirst nie spüren, wie sie sich um *deinen* Arsch schlingen. Die gehört Jesus und Lester Pratt. In dieser Reihenfolge.«

Im Barbiersalon hatte es lautes Männergelächter gegeben, als Charlie diese überaus witzige Bemerkung geäußert hatte. Und draußen war Sally Ratcliffe weitergewandert auf ihrem Weg zu Reverend Roses Donnerstagabend-Bibelstunde für junge Erwachsene, unwissend, unbekümmert, sicher umhüllt von ihrer eigenen frohgemuten Reinheit und Tugendhaftigkeit.

Über Sallys Beine oder sonst etwas von Sally gab es keine Witze, wenn sich Lester Pratt gerade in The Clip Joint aufhielt (und er erschien dort zumindest alle drei Wochen einmal, um sich die Stoppeln seines Bürstenhaarschnitts schärfen zu lassen). Den meisten Leuten in der Stadt, die sich für dergleichen Dinge interessierten, war klar, daß er von Sally glaubte, sie furzte Parfum und schiss Petunien, und es empfahl sich nicht, über so etwas mit einem Mann zu diskutieren, der gebaut war wie Lester. Er war im Grunde ein umgänglicher Mann, aber was Gott undd Sally Ratcliffe anging, verstand er keinen Spaß. Ein Mann wie Lester konnte einem die Arme und die Beine abreißen, bevor er sie, wenn er wollte, auf neue und interessante Art wieder ansetzte.

Er und Sally hatten ein paar ziemlich heiße Sitzungen gehabt, aber sie waren nie bis zum Letzten gegangen. Gewöhnlich kehrte Lester nach diesen Sitzungen in einem Zustand totaler Verwirrung nach Hause zurück, mit einem vor Glück brennenden Gehirn und vor frustrierter Erregung brennenden Hoden, und träumte von der jetzt nicht mehr fernen Nacht, in der er seine Selbstbeherrschung vergessen würde. Manchmal fragte er sich, ob er sie, wenn er es zum ersten Mal tat, nicht regelrecht ertränken würde.

Auch Sally freute sich auf die Ehe und das Ende der sexuellen Frustration, obwohl Lesters Umarmungen ihr in den letzten Tagen nicht mehr ganz so wichtig vorkamen. Sie hatte überlegt, ob sie ihm von dem Holzsplitter aus dem Heiligen Land erzählen sollte, dem Splitter, in dem ein Wunder steckte, und hatte es schließlich nicht getan. Sie *würde* es natürlich tun; an Wundern sollten auch andere teilhaben. Zweifellos war es Sünde, andere *nicht* teilhaben zu lassen. Aber das Gefühl eifersüchtiger Besitzgier, das jedesmal in ihr aufwallte, wenn sie daran dachte, Lester den Splitter zu zeigen und ihm anzubieten, ihn selbst in der Hand zu halten, hatte sie überrascht (und ein wenig bestürzt).

Nein! hatte eine zornige, kindische Stimme gerufen, als sie das erste Mal daran gedacht hatte. *Nein, er gehört mir! Er würde ihm nicht so viel bedeuten, wie er mir bedeutet. Das ist überhaupt nicht möglich!*

Der Tag würde kommen, an dem sie ihn daran teilhaben lassen würde, genau so, wie der Tag kommen würde, an dem sie ihn an ihrem Körper teilhaben lassen würde – aber es war noch nicht an der Zeit, daß das eine oder das andere passierte.

Dieser heiße Oktobertag gehörte ausschließlich *ihr*.

Es standen nur wenige Wagen auf dem Lehrerparkplatz, und unter ihnen war Lesters Mustang der neueste und schönste. Sie hatte ständig Ärger mit ihrem eigenen Wagen – mit dem Getriebe stimmte irgend etwas nicht –, aber das war im Grunde kein Problem. Als sie Les am Morgen angerufen und ihn gefragt hatte, ob sie seinen Wagen wieder haben könnte (sie hatte ihn erst am Mittag des Vortags zurückgegeben, nachdem sie ihn für sechs Tage ausgeborgt hatte), war er sofort bereit gewesen, damit zu ihr zu fahren. Er würde zurück joggen, sagte er, und später würde er mit ein paar Freunden Football spielen. Sie vermutete, daß er darauf bestanden hätte, ihr den Wagen zur Verfügung zu stellen, selbst wenn er ihn selbst gebraucht hätte, und das schien ihr völlig in Ordnung zu sein. Ihr war klar – auf eine vage, undefinierbare Art, die eher auf Intuition als auf tatsächlichen Erfahrungen beruhte –, daß Lester durch brennende Reifen springen würde, wenn sie es von ihm verlangte, und dies war die Grundlage einer Anbetung, die sie mit naiver Selbstgefälligkeit hinnahm. Lester verehrte sie;

sie beide verehrten Gott; alles war so, wie es sein sollte. Amen.

Sie stieg in den Mustang, und als sie sich vorbeugte, um ihre Handtasche auf die Konsole zu legen, fiel ihr Blick auf etwas Weißes, das unter dem Beifahrersitz hervorragte. Es sah aus wie ein Briefumschlag.

Sie bückte sich, hob es auf und dachte dabei, wie merkwürdig es war, so etwas in dem Mustang zu finden. Lester hielt den Wagen normalerweise so peinlich sauber wie sich selbst. Auf dem Briefumschlag stand nur ein Wort, aber es versetzte Sally Ratcliffe einen unerfreulichen kleinen Schlag. Das Wort war *Liebling*, geschrieben in einer leichten flüssigen Schrift.

Einer *weiblichen* Schrift.

Sie drehte den Umschlag um. Auf der Rückseite stand nichts, und er war verschlossen.

»Liebling?« fragte Sally zweifelnd, und plötzlich wurde ihr klar, daß sie bei geschlossenen Fenstern in Lesters Wagen saß und schwitzte. Sie ließ den Motor an, öffnete das Fenster an der Fahrerseite und beugte sich dann über die Konsole, um auch das Fenster an der Beifahrerseite zu öffnen.

Dabei war ihr, als stiege ihr ein Hauch Parfumduft in die Nase. Doch wenn das der Fall war, dann stammte es nicht von ihr; sie benutzte weder Parfum noch Make-up. Ihre Religion lehrte, daß dergleichen Dinge die Werkzeuge der Dirnen waren. (Außerdem war sie nicht darauf angewiesen.)

Es war ohnehin kein Parfum. Nur die letzten Blüten der Hekkenkirschen, die am Zaun des Spielplatzes wachsen – das ist alles, was du gerochen hast.

»Liebling?« sagte sie abermals und betrachtete den Umschlag.

Der Umschlag sagte nichts; er lag stumm in ihrer Hand.

Sie trommelte mit den Fingern darauf, dann bog sie ihn vor und zurück. Es steckt ein Blatt Papier darin, dachte sie – wenigstens eins – und noch etwas. Dieses Etwas fühlte sich an wie ein Foto.

Sie hielt den Umschlag vor die Windschutzscheibe, aber es nützte nichts; die Sonne wanderte jetzt in die andere Richtung. Nach kurzem Zögern stieg sie aus und hielt den Umschlag vor die Sonne. Sie konnte nur ein helleres Rechteck erkennen – der Brief, dachte sie – und ein dunkleres, bei dem es sich vermutlich um ein Foto von

(Liebling)

der Person handelte, die Lester den Brief geschickt hatte.

Es sei denn natürlich, der Brief war nicht geschickt worden – jedenfalls nicht mit der Post. Es war keine Briefmarke darauf, keine Adresse. Er war auch nicht geöffnet worden, was bedeutete – was? Daß jemand ihn in Lesters Mustang gelegt hatte, während Sally an ihren Akten arbeitete?

Das konnte sein. Es konnte auch bedeuten, daß jemand ihn gestern abend – oder im Laufe des gestrigen Tages – in den Wagen gelegt und daß Lester ihn nicht gesehen hatte. Schließlich hatte nur eine Ecke herausgeragt; vielleicht war er ein Stückchen unter dem Sitz hervorgerutscht, als sie am Morgen zur Schule gefahren war.

»Hi, Miss Ratcliffe!« rief jemand. Sally fuhr zusammen und verbarg den Umschlag in den Falten ihres Rockes. Ihr Herz klopfte schuldbewußt.

Es war der kleine Billy Marchant, der mit seinem Skateboard unter dem Arm den Spielplatz überquerte. Sally winkte ihm zu und stieg dann schnell wieder in den Wagen. Ihr Gesicht fühlte sich heiß an. Sie war errötet. Das war albern – nein, verrückt war es –, aber sie benahm sich fast, als hätte Billy sie bei etwas ertappt, was sie eigentlich nicht tun sollte.

Nun, war es nicht so? Hast du etwa nicht versucht, in einen Brief hineinzuschauen, der nicht für dich bestimmt ist?

Da spürte sie die ersten Anzeichen von Eifersucht. Vielleicht gehörte er *ihr*; eine Menge Leute in Castle Rock wußten, daß sie in den letzten Wochen Lesters Wagen ebenso oft gefahren hatte wie ihren eigenen. Und selbst wenn der Brief nicht ihr gehörte, Lester Pratt gehörte ihr. Hatte sie nicht gerade mit der unerschütterlichen Selbstgefälligkeit, die nur christliche Frauen, die jung und hübsch sind, an den Tag zu legen vermögen, daran gedacht, daß er für sie durch brennende Reifen springen würde?

Liebling.

Aber niemand hatte den Brief für *sie* in den Wagen gelegt,

soviel war sicher. Sie hatte keine Freundinnen, die sie Sweetheart oder Darling oder Liebling nannten. Er war für *Lester* bestimmt. Und …

Plötzlich war ihr die Lösung des Rätsels klar, und sie lehnte sich mit einem kleinen Seufzer der Erleichterung in dem kobaltblauen Sitz zurück. Lester unterrichtete Sport an der High School von Castle Rock. Er hatte natürlich nur die Jungen, aber ein Haufen Mädchen – junge, leicht zu beeindruckende Mädchen – sah ihn jeden Tag. Und Les war ein gutaussehender junger Mann.

Irgendein Mädchen von der High School, das für ihn schwärmt, hat einen Brief in seinen Wagen praktiziert. Hat nicht einmal gewagt, ihn auf das Armaturenbrett zu legen, wo er ihn gleich gesehen hätte.

»Er hätte nichts dagegen, wenn ich ihn öffne«, sagte Sally laut, riß einen säuberlichen Streifen von der Kante des Umschlags ab und deponierte ihn im Aschenbecher, in dem sich noch nie ein Zigarettenstummel befunden hatte. »Wir werden heute abend gemeinsam darüber lachen.«

Sie hielt den Umschlag schräg, und ein Kodak-Foto fiel in ihre Hand. Sie sah es, und einen Augenblick lang stoppte ihr Herzschlag. Dann keuchte sie. Grelles Rot überflutete ihre Wangen, und ihre Hand bedeckte ihren Mund, der sich zu einem kleinen, schockierten O der Bestürzung verzerrt hatte.

Sally war nie im Mellow Tiger gewesen und wußte deshalb nicht, daß er den Hintergrund lieferte, aber sie war nicht *völlig* unwissend. Sie hatte oft genug ferngesehen, um eine Kneipe zu erkennen, wenn sie eine sah. Das Foto zeigte einen Mann und eine Frau an einem Tisch, der in einer Ecke (einer *gemütlichen* Ecke, wie ihr Verstand beharrlich erklärte) eines großen Raumes stand. Auf dem Tisch standen ein Krug Bier und zwei Gläser. Andere Leute saßen an Tischen hinter ihnen und um sie herum. Im Hintergrund war eine Tanzfläche.

Der Mann und die Frau küßten sich.

Sie trug ein glitzerndes Top, das ihr Zwerchfell unbedeckt ließ, und einen Rock aus etwas, bei dem es sich um weißes Leinen zu handeln schien. Einen sehr *kurzen* Rock. Eine

Hand des Mannes lag vertraulich auf der Haut ihrer Taille. Die andere befand sich wirklich und wahrhaftig *unter ihrem Rock* und schob ihn sogar noch höher hinauf. Sally konnte sogar den Rand des Slips sehen.

Dieses Flittchen, dachte Sally mit wütendem Entsetzen.

Der Mann wendete dem Fotografen den Rücken zu; Sally konnte nur sein Kinn und ein Ohr sehen. Aber sie konnte sehen, daß er sehr muskulös war und daß er das schwarze Haar in einem rigoros kurzgehaltenen Bürstenhaarschnitt trug. Er hatte ein blaues T-Shirt an und eine blaue Trainingshose mit weißen Seitenstreifen.

Lester.

Lester beim Erkunden der Landschaft unter dem Rock des Flittchens.

Nein! erklärte ihr Verstand, der das alles nicht wahrhaben wollte. Er kann es nicht sein! Lester geht nicht in irgendwelche Kneipen! Er trinkt nicht einmal! Und er würde nie eine andere Frau küssen, weil er mich liebt! Ich weiß, daß er das tut, weil ...

»Weil er es gesagt hat.« Ihre Stimme, dumpf und matt, entsetzte sie. Sie wollte das Foto zusammenknüllen und aus dem Fenster werfen, aber sie brachte es nicht fertig – wenn sie das tat, würde vielleicht jemand es finden, und was würde der dann denken?

Sie beugte sich wieder über das Foto und studierte es gründlich.

Das Gesicht des Mannes verdeckte das der Frau weitgehend, aber Sally konnte die Linie ihrer Brauen sehen, den Winkel eines Auges, die linke Wange und die Linie ihre Kinns. Was wichtiger war, sie konnte sehen, wie das dunkle Haar der Frau geschnitten war – in einem Stufenschnitt mit Ponyfransen in der Stirn.

Judy Libby hatte dunkles Haar. Und Judy Libby trug es in einem Stufenschnitt mit Ponyfransen in der Stirn.

Du irrst dich. Nein, schlimmer als das – du bist verrückt. Les hat mit Judy Schluß gemacht, als sie aus der Kirche austrat. Und dann ging sie fort. Nach Portland oder Boston oder sonstwohin. Da hat sich jemand einen ganz gemeinen Scherz erlaubt. Du weißt doch, Lester würde niemals ...

Aber wußte sie das? Wußte sie das wirklich?

Jetzt wallte alle ihre frühere Selbstgefälligkeit auf, um sie zu verspotten, und eine Stimme, die sie nie zuvor gehört hatte, meldete sich plötzlich aus einer ganz tiefen Kammer ihres Herzens zu Wort: *Das Vertrauen der Reinen ist das nützliche Werkzeug in der Hand des Lügners.*

Aber es brauchte nicht Judy zu sein; es brauchte nicht Lester zu sein. Schließlich war es unmöglich, festzustellen, wer Leute waren, wenn sie sich küßten. Das konnte man nicht einmal in einem Film feststellen, wenn man erst später dazukam, selbst wenn es sich um zwei berühmte Stars handelte. Man mußte warten, bis sie damit fertig waren und wieder in die Kamera schauten.

Das war kein Film, versicherte ihr die neue Stimme. *Das war das wirkliche Leben. Und wenn nicht sie es waren – was tut dann dieser Umschlag in seinem Wagen?*

Jetzt richtete sich ihr Blick auf die rechte Hand der Frau, die leicht gegen

(Lesters)

ihres Freundes Rücken drückte. Sie hatte lange, wohlgeformte, dunkel lackierte Nägel. Judy Libby hatte solche Nägel gehabt. Sally erinnerte sich, daß es sie nicht im mindesten überrascht hatte, als Judy aufhörte, in die Kirche zu kommen. Sie erinnerte sich, daß sie damals gedacht hatte, daß ein Mädchen mit solchen Fingernägeln ganz andere Dinge im Kopf haben mußte als Gott den Herrn.

Also gut, es ist wahrscheinlich Judy Libby. Aber das heißt noch nicht, daß es sich bei dem Mann um Lester handelte. Das könnte nur eine gemeine Art sein, uns beiden heimzuzahlen, daß Lester sie fallenließ, nachdem er begriffen hatte, daß sie ungefähr so christlich war wie Judas Ischariot. Schließlich gibt es eine Menge Männer mit Bürstenhaarschnitt, und jeder Mann kann ein blaues T-Shirt anziehen und eine blaue Trainingshose mit weißen Seitenstreifen.

Dann fiel ihr Blick auf etwas anderes, und ihr Herz schien sich plötzlich mit Bleikugeln zu füllen. Der Mann trug eine Armbanduhr – eine Digitaluhr. Sie erkannte sie, obwohl sie nicht völlig scharf war. Sie mußte sie erkennen; schließlich hatte sie Lester diese Uhr im vorigen Monat zum Geburtstag geschenkt.

Es könnte Zufall sein, beharrte ihr Verstand schwächlich. Es war nur eine Seiko, das war alles, was ich mir leisten konnte. Jeder konnte eine solche Uhr tragen. Aber jetzt lachte die neue Stimme heisern, verzweifelt. Die neue Stimme wollte wissen, wem sie etwas vormachen wollte. Und da war noch etwas. Sie konnte die Hand unter dem Rock des Mädchens nicht sehen (Gott sei Dank für kleine Gnadenerweise), aber sie konnte den Arm sehen, und auf diesem Arm waren zwei große Leberflecke, gleich unter dem Ellbogen. Sie berührten sich beinahe, so daß sie aussahen wie eine Acht.

Wie oft waren ihre Finger liebevoll über diese Leberflecken geglitten, wenn sie und Lester zusammen auf der Veranda gesessen hatten? Wie oft hatte sie sie liebevoll geküßt, während er ihre Brüste liebkoste (gepanzert mit einem schweren J. C. Penney Büstenhalter, sorgfältig ausgewählt für solche Liebeskonflikte auf der Veranda hinter dem Haus) und Koseworte und Versprechen ewiger Treue in ihr Ohr keuchte?

Es war Lester. Eine Uhr konnte angelegt und abgenommen werden, aber Leberflecken nicht ...

»Flittchen, Flittchen, *Flittchen!*« zischte sie mit einem plötzlich bösartigen Unterton das Foto an. Wie konnte er zu ihr zurückgekehrt sein? Wie *konnte* er?

Vielleicht, sagte die Stimme, *weil er bei ihr darf, was er bei dir nicht darf.*

Ihre Brüste ragten spitz auf; ein kleiner Laut der Bestürzung fuhr ihr über die Zähne und die Kehle hinab.

Aber sie sind in einer Kneipe! Lester trinkt doch nie ...

Dann wurde ihr bewußt, daß dies zweitrangig war. Wenn Lester sich mit Judy traf, wenn er sie *deshalb* belog, dann war eine Lüge darüber, ob er Bier trank oder nicht, nicht sonderlich wichtig, oder?

Sally legte das Foto mit zitternder Hand beiseite und zog den zusammengefalteten Brief aus dem Umschlag. Es war ein einzelnes Blatt pfirsichfarbenen Briefpapiers mit Büttenrand. Ein leichter Duft, süß und trocken, stieg daraus empor; Sally hielt es an die Nase und atmete tief ein.

»*Flittchen!*« rief sie mit einem heiseren, gequälten Unterton. Wenn Judy Libby in diesem Augenblick vor ihr aufgetaucht wäre, dann hätte Sally sie mit ihren eigenen Nägeln attackiert, obwohl sie vernünftig kurzgeschnitten waren. Sie wünschte sich, Lester wäre gleichfalls da. Es würde eine Weile dauern, bis er wieder Football spielen konnte, wenn sie mit ihm fertig war. Eine *ganze* Weile.

Sie entfaltete den Brief. Er war kurz, und die Worte waren in einer rundlichen Schulmädchenschrift geschrieben.

Les, mein Liebling,
Felicia hat diese Aufnahme gemacht, als wir neulich abends im Tiger waren. Sie sagte, sie hätte daran gedacht, uns damit zu erpressen! Aber sie hat nur Spaß gemacht. Sie hat sie mir gegeben, und ich gebe sie an dich weiter als Andenken an unsere GROSSE NACHT. Es war FÜRCHTERLICH UNGEZOGEN von dir, so »in aller Öffentlichkeit« deine Hand unter meinen Rock zu stecken, aber es hat mich SO HEISS gemacht. Und außerdem bist du SO STARK. Je länger ich es betrachte, desto heißer hat es mich gemacht. Wenn du genau hinsiehst, kannst du sogar meine Wäsche sehen! Nur gut, daß Felicia später nicht dabei war, als ich überhaupt keine mehr anhatte!!! Wir sehen uns bald wieder. Inzwischen behalte dieses Foto »zu meinem Gedächtnis«. Ich werde an dich denken und an dein GROSSES DING. Und jetzt mache ich lieber Schluß, bevor ich noch heißer werde, sonst werde ich etwas Ungezogenes tun müssen. Und bitte hör auf, dir Gedanken zu machen über DU WEISST SCHON. Sie ist viel zu sehr damit beschäftigt, mit Jesus zu gehen, um sich über uns den Kopf zu zerbrechen
Deine Judy

Sally saß fast eine halbe Stunde lang hinter dem Lenkrad von Lesters Mustang und las immer und immer wieder diesen Brief. Ihr Verstand und ihre Gefühle brodelten in einer Mischung aus Wut, Eifersucht und Verletztheit. Außerdem lag in ihrem Denken und Fühlen auch ein Unterton von sexueller Erregung – etwas, das sie niemandem gegenüber eingestanden hätte, am wenigsten sich selbst.

Ihre Augen fanden immer neue Ausdrücke, an denen sie

sich festheften konnte. Vor allem waren es diejenigen, die in Großbuchstaben geschrieben worden waren

Unsere GROSSE NACHT
FÜRCHTERLICH UNGEZOGEN
SO HEISS
SO STARK
Dein GROSSES DING.

Aber der Satz, zu dem sie immer wieder zurückkehrte und der ihren Zorn am erfolgreichsten schürte, war die blasphemische Abwandlung des Abendmahl-Rituals:

... behalte dieses Foto »zu meinem Gedächtnis«.

Obszöne Bilder erschienen unaufgefordert vor Sallys geistigem Auge. Lesters Mund, der sich um eine von Judys Brustwarzen schloß, während sie schmachtete: »Dies ist mein Leib, der für euch gegeben wird; das tut zu meinem Gedächtnis.« Lester auf den Knien zwischen Judys gespreizten Beinen, während sie ihm sagte, nimm meinen Leib zu meinem Gedächtnis.

Sie zerknüllte das pfirsichfarbene Blatt und warf es auf den Boden des Wagens. Sie saß steif aufgerichtet hinter dem Lenkrad, schwer atmend, mit wirrem, schweißfeuchtem Haar (sie war mit ihrer freien Hand immer wieder geistesabwesend hindurchgefahren, während sie den Brief las). Dann bückte sie sich, glättete das Blatt wieder und steckte es zusammen mit dem Foto in den Umschlag. Ihre Hände zitterten so heftig, daß sie drei Versuche unternehmen mußte, und als sie es schließlich schaffte, riß sie dabei den Umschlag halb entzwei.

»Flittchen!« rief sie wieder und brach in Tränen aus. Die Tränen waren heiß; sie brannten wie Säure. »*Miststück!* Und *du! Du! Du verlogener Dreckskerl!*«

Sie rammte den Schlüssel ins Zündschloß. Der Mustang erwachte mit einem Dröhnen, das sich so wütend anhörte, wie sie sich fühlte. Sie schaltete das Automatikgetriebe auf Drive und verließ den Lehrerparkplatz in einer Wolke aus blauem Rauch und mit dem kläglichen Quietschen versengten Gummis.

Billy Marchant, der auf dem Spielplatz mit seinem Skateboard Sprünge trainierte, schaute überrascht auf.

4

Eine Viertelstunde später war sie in ihrem Schlafzimmer, wühlte in ihrer Wäsche, suchte nach dem Splitter und fand ihn nicht. Ihre Wut auf Judy und ihren lügenden Mistkerl von einem Freund war verdrängt von einer übermächtigen Angst – was war, wenn er verschwunden war? Was war, wenn ihn doch jemand gestohlen hatte?

Sally hatte den zerrissenen Umschlag mitgebracht, und jetzt wurde ihr bewußt, daß sie ihn immer noch mit der linken Hand umkrampfte. Er hinderte sie beim Suchen. Sie warf ihn beiseite, riß ihre vernünftige Baumwoll-Unterwäsche mit beiden Händen aus der Schublade und verstreute sie überall im Zimmer. Gerade, als sie das Gefühl hatte, ihre Kombination aus Panik, Wut und Verzweiflung laut herausschreien zu müssen, sah sie den Splitter. Sie hatte die Schublade so ungestüm aufgerissen, daß er in die hintere linke Ecke gerutscht war.

Sie ergriff ihn und spürte sofort, wie Ruhe und Gelassenheit durch sie hindurchflutete. Sie packte den Umschlag mit der anderen Hand, und dann hielt sie beide Hände vor sich, gut und böse, geheiligt und profan, Alpha und Omega. Dann legte sie den zerrissenen Umschlag in die Schublade und warf ihre Wäsche in ungeordneten Haufen darüber.

Sie setzte sich mit untergeschlagenen Beinen auf den Boden und neigte den Kopf über den Splitter. Sie schloß die Augen. Wartete darauf, daß der Boden unter ihr sanft zu schwanken begann, wartete auf den Frieden, der sie überkam, wenn sie die Stimmen der Tiere hörte, der armen, dummen Tiere, errettet in einer Zeit der Bosheit durch die Gnade Gottes.

Statt dessen hörte sie die Stimme des Mannes, der ihr den Splitter verkauft hatte. *Sie sollten wirklich etwas unternehmen, wissen Sie,* sagte Mr. Gaunt aus der Tiefe der Reliquie heraus.

*Sie sollten wirklich etwas unternehmen in dieser – widerwärtigen
Sache.*

»Ja«, sagte Sally Ratcliffe. »Ja, ich weiß.«

Sie saß den ganzen Nachmittag da in ihrem heißen, jung-
fräulichen Schlafzimmer, dachte und träumte in dem dunklen Kreis, den der Splitter um sie herum verbreitete, in einer
Haltung, die dem Wiegen einer Kobra glich.

5

»Lookit my king, all dressed in green … iko-iko one day …
he's not a man, he's lovin machine …«

Während Sally Ratcliffe in ihrer neuen Dunkelheit meditierte, saß Polly Chalmers in einem Balken aus hellem Sonnenlicht an einem Fenster, das sie einen Spaltbreit geöffnet
hatte, um ein wenig von dem ungewöhnlich warmen Oktobernachmittag einzulassen. Sie ließ ihre Singer Dress-O-Ma-
tic schnurren und sang »Iko Iko« mit ihrer klaren, angenehmen Altstimme.

Rosalie Drake trat zu ihr und sagte: »Ich kenne jemanden,
der sich heute besser fühlt. Wesentlich besser, dem Klang
nach zu urteilen.«

Polly schaute auf und bedachte Rosalie mit einem Lächeln,
das schwer zu deuten war. »Das stimmt – und auch wieder
nicht«, sagte sie.

»Was du damit meinst, ist, daß du dich besser fühlst und
nichts dagegen tun kannst.«

Polly dachte ein paar Augenblicke lang darüber nach,
dann nickte sie. Es stimmte nicht ganz, aber es genügte. Die
beiden Frauen, die gestern zusammen gestorben waren, waren heute wieder beieinander, in Samuels Bestattungsinstitut. Morgen früh würden sie von verschiedenen Kirchen aus
begraben werden, aber morgen nachmittag würden Nettie
und Wilma wieder Nachbarn sein – diesmal auf dem Homeland-Friedhof. Polly hielt sich für mitschuldig an ihrem Tod
– schließlich wäre Nettie nicht nach Castle Rock zurückgekommen, wenn sie nicht gewesen wäre. Sie hatte die erfor-

derlichen Briefe geschrieben, an den erforderlichen Hearings teilgenommen, hatte für Nettie Cobb sogar ein Haus gefunden, in dem sie leben konnte. Und warum? Das Verdrehte daran war, daß sich Polly beim besten Willen nicht daran erinnern konnte, wenn man davon absah, daß es ihr damals als ein Akt der Nächstenliebe und des gesunden Menschenverstandes zugleich erschienen war.

Sie würde sich dieser Mitschuld nicht entziehen und auch nicht zulassen, daß jemand sie ihr ausredete (Alan hatte klugerweise gar nicht erst versucht, es zu tun), aber sie war nicht sicher, ob sie deshalb anders gehandelt hätte. Den Kern von Netties Wahnsinn zu kontrollieren oder zu ändern, hatte außerhalb von Pollys Macht gestanden; dennoch hatte Nettie drei glückliche, produktive Jahre in Castle Rock verbracht. Vielleicht waren drei solche Jahre besser als die lange, graue Zeit, die sie in der Anstalt hätte verbringen müssen, bevor Alter oder schlichte Langeweile sie ins Grab brachten. Und wenn Polly durch ihr Tun auch Wilmas Todesurteil unterschrieben hatte, hatte dann nicht Wilma selbst die einzelnen Punkte dieses Dokuments niedergelegt? Schließlich war es Wilma gewesen und nicht Polly, die Nettie Cobbs munteren, harmlosen kleinen Hund mit einem Korkenzieher umgebracht hatte.

Da war ein anderer Teil in ihr, ein simplerer Teil, der einfach über das Hinscheiden einer Freundin trauerte und darüber verblüfft war, daß Nettie so etwas hatte tun können, obwohl Polly den ganz eindeutigen Eindruck gehabt hatte, daß sich ihr Zustand besserte.

Sie hatte einen Großteil des Vormittags damit verbracht, Vorbereitungen für die Beerdigung zu treffen und Netties Verwandte anzurufen (die alle erklärt hatten, sie würden nicht zur Beisetzung erscheinen, was genau das war, was Polly erwartet hatte), und diese Arbeit, die Verwaltung des Todes, hatte ihr geholfen, sich ihres eigenen Kummers bewußt zu werden – was zweifellos der Sinn aller Begräbnisrituale ist.

Trotzdem gab es einige Dinge, die ihr noch nicht aus dem Kopf gingen.

Die Lasagne zum Beispiel – sie stand immer noch im

Kühlschrank, mit Folie abgedeckt, damit sie nicht austrocknen konnte. Sie nahm an, daß sie und Alan sie am Abend essen würden – das heißt, wenn er kommen konnte. Sie würde sie nicht allein essen. Das brachte sie nicht fertig.

Sie erinnerte sich immer wieder daran, wie rasch Nettie gesehen hatte, daß sie Schmerzen hatte, wie exakt sie diese Schmerzen beurteilt und wie sie ihr die Heizhandschuhe gebracht hatte, felsenfest davon überzeugt, daß sie diesmal helfen würden. Und natürlich an die letzten Worte, die Nettie zu ihr gesagt hatte: »Ich liebe Sie, Polly.«

»Erde an Polly, Erde an Polly, kommen, Pol, hörst du mich?« rief Rosalie. Sie hatten sich an diesem Vormittag gemeinsam an Nettie erinnert und im Hinterzimmer zusammen geweint und einander zwischen den Stoffballen in den Armen gehalten. Jetzt schien Rosalie gleichfalls glücklich zu sein – vielleicht nur, weil sie gehört hatte, daß Polly sang.

Oder vielleicht auch, weil sie für keine von uns beiden ganz real war, dachte Polly. Es lag ein Schatten über ihr – keiner, der vollständig schwarz gewesen war, nur gerade so dicht, daß es schwerfiel, sie zu sehen. Und das ist es, was unseren Kummer so zerbrechlich macht.

»Ich höre dich«, sagte Polly. »Ich fühle mich besser, ich kann nichts dagegen tun, und ich bin dankbar dafür. Wären deine Fragen damit ungefähr beantwortet?«

»Ungefähr«, sagte Rosalie. »Ich weiß nicht, was mich mehr überrascht hat, als ich zurückkam – zu hören, daß du singst, oder zu sehen, daß du wieder an einer Nähmaschine sitzt. Heb deine Hände hoch.«

Polly tat es. Niemand würde sie je für die Hände einer Schönheitskönigin halten, mit ihren gekrümmten Fingern und den Heberden-Knoten, die die Knöchel auf groteske Weise vergrößerten. Aber Rosalie konnte sehen, daß die Schwellung beträchtlich zurückgegangen war seit letztem Freitag, als die heftigen Schmerzen Polly gezwungen hatten, früher zu gehen.

»Wow!« sagte Rosalie. »Tun sie überhaupt noch weh?«

»Natürlich – aber weniger als den ganzen letzten Monat. Sieh mal.«

Sie krümmte die Finger langsam zu einer lockeren Faust.

Dann öffnete sie sie wieder, ebenso langsam und vorsichtig. »Es ist mindestens einen Monat her, seit ich das zuletzt tun konnte.« Die Wahrheit war, wie Polly wußte, etwas extremer; sie war seit April oder Mai nicht mehr imstande gewesen, eine Faust zu machen, ohne dabei heftige Schmerzen haben.

»*Wow!*«

»Und deshalb fühle ich mich besser«, sagte Polly. »Und wenn Nettie hier wäre und das erleben könnte, wäre es einfach ideal.«

Die Ladentür wurde geöffnet.

»Siehst du nach, wer das ist?« fragte Polly. »Ich möchte diesen Ärmel fertignähen.«

»Mach ich.« Rosalie setzte sich in Bewegung, dann blieb sie stehen und blickte zurück. »Nettie hätte nichts dagegen, daß du dich wohlfühlst.«

Polly nickte. »Ich weiß«, sagte sie ernst.

Rosalie ging nach vorn, um die Kundin zu bedienen. Als sie fort war, hob sich Pollys linke Hand zu ihrer Brust und berührte die kleine Ausbuchtung, nicht viel größer als eine Eichel, die unter ihrem rosa Pullover zwischen ihren Brüsten lag.

Azka – was für ein wunderbares Wort, dachte sie, setzte die Nähmaschine wieder in Gang und wendete den Stoff des Kleides – ihrer ersten eigenen Arbeit seit dem letzten Sommer – hin und her unter dem silbrigen Tanz der Nadel.

Sie fragte sich beiläufig, wieviel Mr. Gaunt wohl haben wollte für das Amulett. Was immer es war, sagte sie sich, es würde nicht genug sein. Ich will – ich *kann* – nicht so denken, wenn es ums Feilschen geht, aber das ist die simple Wahrheit. Was immer er dafür haben will – es wird ein gutes Geschäft sein.

Vierzehntes Kapitel

1

Den Herren (und den Damen) des Stadtrates von Castle Rock stand eine gemeinsame Sekretärin mit dem exotischen Namen Ariadne St. Claire zur Verfügung. Sie war ein munteres Ding, nicht übermäßig mit Verstand gesegnet, aber unermüdlich und nett anzusehen. Sie hatte große Brüste, die wie sanfte, steile Hügel einen scheinbar endlosen Vorrat an Angorapullovern ausfüllten, und eine schöne Haut. Außerdem hatte sie sehr schlechte Augen. Sie schwammen, braun und vergrößert, hinter den dicken Gläsern ihrer Hornbrille.

Buster mochte sie. Er hielt sie für zu beschränkt, um eine von IHNEN zu sein.

Um Viertel vor vier steckte Ariadne den Kopf in sein Büro. »Deke Bradford war hier, Mr. Keeton. Er braucht eine Unterschrift auf einem Bewilligungsformular. Können Sie das machen?«

»Lassen Sie sehen, um was es sich handelt«, sagte Buster und ließ den bei der Rennvorschau aufgeschlagenen Sportteil der *Lewiston Sun* blitzschnell in seiner Schreibtischschublade verschwinden.

Er fühlte sich heute wesentlich besser; munter und zielstrebig. Die verdammten rosa Zettel hatte er im Küchenherd verbrannt. Myrtle hatte aufgehört, auszuweichen wie eine angesengte Katze, wenn er in ihre Nähe kam (Myrtle war ihm ziemlich gleichgültig geworden, aber es war trotzdem lästig, mit einer Frau zusammenzuleben, die einen für den Würger von Boston hielt). Außerdem rechnete er damit, am Abend auf der Rennbahn einen weiteren Haufen Bargeld zu kassieren. Wegen des Feiertags würde die Zahl der Besucher (von den Quoten ganz zu schweigen) erheblich größer sein.

Jetzt dachte er außer an Sieg- auch an Einlaufwetten.

Was Deputy Arschgesicht und Sheriff Scheißkopf und den Rest der Bande betraf – nun, er und Mr. Gaunt wußten über

SIE Bescheid, und Buster war überzeugt, daß sie beide ein tolles Team abgeben würden.

Aus all diesen Gründen war er imstande, Ariadne gelassen zum Eintreten aufzufordern – er war sogar imstande, etwas von dem alten Vergnügen am sanften Wogen ihres Busens innerhalb seines zweifellos formidablen Geschirrs zu empfinden.

Sie legte ein Bewilligungsformular auf seinen Schreibtisch. Buster nahm es und lehnte sich in seinem Drehstuhl zurück, um es durchzulesen. Die angeforderte Summe war in einem Kasten am oberen Rand eingetragen – neunhundertvierzig Dollar. Die Zahlung war für die Case Construction and Supply in Lewiston bestimmt. An der für *Zu liefernde Ware und/oder Dienstleistungen* vorgesehenen Stelle hatte Deke 16 KISTEN DYNAMIT eingetragen. Darunter, in dem Abschnitt *Bemerkungen/Erläuterungen*, hatte er geschrieben:

Wir sind in der Kiesgrube an der Town Road Nr. 5 schließlich doch auf diese Granitschwelle gestoßen, vor der uns der Staatsgeologe bereits 1987 gewarnt hat (für Einzelheiten siehe meinen Bericht). Auf jeden Fall ist dahinter noch eine Menge Kies vorhanden, aber wenn wir darankommen wollen, müssen wir den Fels wegsprengen. Das sollte getan werden, bevor es zu kalt wird und zu schneien anfängt. Wenn wir unseren Kies für den Winter drüben in Norway kaufen müssen, werden die Steuerzahler Zetermordio schreien. Zwei oder drei Sprengladungen sollten ausreichen, und Case hat einen ausreichenden Vorrat an Taggart Hi-Impact auf Lager – ich habe nachgefragt. Wir können es, wenn wir wollen, morgen mittag hier haben und am Mittwoch mit dem Sprengen anfangen. Ich habe die Stellen markiert, falls jemand vom Stadtrat herauskommen und sich selbst informieren möchte.

Darunter hatte Deke seine Unterschrift gekritzelt.

Buster las Dekes Bericht zweimal und klopfte, während Ariadne wartend neben ihm stand, gegen seine Schneidezähne. Schließlich lehnte er sich vor, änderte etwas ab, fügte einen Satz hinzu, zeichnete sowohl die Änderung als auch den Zusatz ab und setzte dann schwungvoll seinen eigenen Namen unter den von Deke. Als er Ariadne das rosa Formular zurückgab, lächelte er.

»So!« sagte er. »Und dabei denken alle Leute, ich wäre knauserig!«

Ariadne betrachtete das Formular. Buster hatte die Summe von neunhundertvierzig auf vierzehnhundert Dollar erhöht. Unter Dekes Erklärung, wozu er das Dynamit brauchte, hatte Buster geschrieben:

Kaufen Sie lieber mindestens zwanzig Kisten, solange keine Lieferschwierigkeiten bestehen.

»Wollen Sie hinausfahren und sich die Kiesgrube ansehen, Mr. Keeton?«

»Nein, das wird nicht nötig sein.« Buster lehnte sich wieder in seinem Stuhl zurück und verschränkte die Hände im Genick. »Aber bitten Sie Deke, mich anzurufen, wenn das Zeug eingetroffen ist. Das ist eine Menge Knallstoff. Und wir wollen schließlich nicht, daß er in die falschen Hände gerät, nicht wahr?«

»Nein«, sagte Ariadne und ging hinaus. Sie war froh, Mr. Keeton verlassen zu können; sein Lächeln hatte etwas an sich, das ihr ein bißchen unheimlich vorkam.

Inzwischen hatte Buster seinen Drehstuhl so herumgeschwenkt, daß er auf die Main Street hinausschauen konnte, auf der jetzt ein wesentlich regeres Treiben herrschte als am Samstagmorgen, an dem er so verzweifelt auf die Stadt hinausgeblickt hatte. Seither war eine Menge passiert, und er vermutete, daß in den nächsten paar Tagen noch wesentlich mehr passieren würde. Mit zwanzig Kisten Taggart Hi-Impact Dynamit im Schuppen des Amtes für Öffentliche Arbeiten – zu dem er natürlich einen Schlüssel hatte – konnte alles mögliche passieren.

Alles mögliche.

2

Um vier Uhr an diesem Nachmittag überquerte Ace Merrill die Tobin Bridge in Boston, aber es war eine ganze Weile nach fünf Uhr, als er endlich erreichte, was hoffentlich sein Bestimmungsort war. Er befand sich in einem seltsamen, fast vollständig verlassenen Slumgebiet in Cambridge, nicht weit vom Zentrum eines verschlungenen Straßengewirrs entfernt. Die Hälfte davon waren Einbahnstraßen, die andere Hälfte Sackgassen. Die verfallenen Gebäude dieser heruntergekommenen Gegend warfen lange Schatten über die Straßen, als Ace vor einem langen, eingeschossigen Bau aus Schlackensteinen in der Whipple Street anhielt. Er stand mitten auf einem leeren, von Unkraut überwucherten Grundstück.

Das Grundstück war von einem Maschendrahtzaun umgeben; doch der stellte kein Problem dar, weil die Pforte gestohlen worden war. Nur die Angeln waren noch vorhanden. Ace konnte die Abdrücke eines Bolzenschneiders daran erkennen. Er steuerte den Challenger durch die Stelle, an der sich die Pforte befunden hatte, und fuhr langsam auf den Schlackensteinbau zu.

Die Wände waren kahl und fensterlos. Die tiefen Reifenspuren, in denen er fuhr, führten zu einem verschlossenen Garagentor an der dem River Charles zugewendeten Seite des Baus. Auch das Garagentor war fensterlos. Der Challenger schaukelte mit knirschenden Federn durch Schlaglöcher in etwas, das einmal eine Asphaltdecke gewesen sein mochte. Er passierte einen alten Puppenwagen, der in einem Haufen Glasscherben stand. Eine verrottete Puppe mit halbem Gesicht lag darin und starrte ihn mit einem schimmligen blauen Auge an. Vor dem geschlossenen Garagentor hielt er an. Was zum Teufel sollte er jetzt tun? Der Schlackensteinbau sah aus, als wäre er seit 1945 nicht mehr benutzt worden.

Ace stieg aus. Er holte einen Papierfetzen aus seiner Brusttasche. Darauf stand die Adresse, unter der Gaunts Wagen zu finden sein sollte. Er betrachtete ihn zweifelnd. Die letzten paar Häuser, an denen er vorbeigekommen war, ließen

480

vermuten, daß dies *wahrscheinlich* 85 Whipple Street war, aber wie zum Teufel konnte er sicher sein? In Gegenden wie dieser gab es keine Hausnummern, und es schien auch niemand in der Nähe zu sein, den er hätte fragen können. Überhaupt machte der ganze Stadtteil einen verlassenen, unheimlichen Eindruck, bei dem Ace nicht recht wohl war. Leere Bauplätze. Ausgeschlachtete Autos, aus denen jedes nützliche Teil und jeder Zentimeter Kupferdraht herausgeholt worden waren. Leerstehende Mietshäuser, die nur darauf warteten, daß die Politiker ihr Schäfchen ins Trockene brachten, bevor sie der Abbruchbirne zum Opfer fielen. Verwinkelte Nebenstraßen, die in schmutzigen Höfen und müllübersäten Sackgassen endeten. Er hatte mehr als eine Stunde gebraucht, um die Whipple Street zu finden, und jetzt, da es ihm endlich gelungen war, wäre es ihm lieber gewesen, wenn er weiter in die Irre gefahren wäre. Dies war ein Teil der Stadt, in der die Polizei gelegentlich die Leichen von Säuglingen fand, die man in verrostete Mülltonnen oder ausrangierte Kühlschränke gestopft hatte.

Er ging zu dem Garagentor hinüber und suchte nach einer Klingel. Es gab keine. Er legte sein Ohr an das rostige Metall und lauschte, ob sich jemand drinnen befand. Es konnte eine Bude sein, in der gestohlene Autos umfrisiert wurden; ein Typ mit einem Vorrat an Hochspannungsstoff wie dem, den Gaunt ihm angeboten hatte, mochte durchaus die Art von Leuten kennen, die nach Sonnenuntergang Porsches und Lamborghinis gegen Bargeld kauften.

Er hörte nichts.

Vielleicht nicht einmal der richtige Ort, dachte er, aber er war die verdammte Straße auf- und abgefahren, und dies war das einzige Gebäude, das zum Unterstellen eines Oldtimers groß – und massiv – genug war. Sofern er nicht totalen Mist gebaut hatte und im falschen Stadtteil gelandet war. Der Gedanke machte ihn nervös. *Ich möchte, daß Sie bis Mitternacht wieder hier sind*, hatte Mr. Gaunt gesagt. *Wenn Sie nicht bis Mitternacht wieder hier sind, werde ich traurig sein. Und wenn ich traurig bin, verliere ich manchmal die Beherrschung.*

Beruhige dich, befahl Ace sich selbst. Er ist nur ein alter

481

Schwachkopf mit einem schlechten Gebiß. Wahrscheinlich schwul.

Aber er *konnte* sich nicht beruhigen, und er glaubte im Grunde auch nicht, daß Mr. Leland Gaunt nur ein alter Schwachkopf mit einem schlechten Gebiß war. Außerdem glaubte er, daß er es lieber nicht darauf ankommen lassen sollte, es so oder so herauszufinden.

Doch was ihn im Augenblick beunruhigte, war dies: bald würde es dunkel werden, und Ace wollte nach Einbruch der Dunkelheit nicht mehr in diesem Stadtviertel sein. Irgendwas stimmte nicht damit. Etwas, das hinausging über die gespenstischen Mietshäuser mit ihren leeren Fensterhöhlen und den Autos, die auf nackten Felgen im Rinnstein standen. Seit er in die Nähe der Whipple Street gekommen war, hatte er keinen einzigen Menschen gesehen, weder auf den Gehsteigen noch auf einer Veranda sitzend oder aus einem der Fenster herausschauend – und dennoch hatte er das Gefühl gehabt, als würde er beobachtet. Er hatte es auch jetzt noch: ein heftiges Kribbeln in den kurzen Haaren in seinem Genick.

Es war fast, als wäre er überhaupt nicht mehr in Boston. Diese Gegend war eher wie die verdammte *Twilight Zone*.

Wenn Sie bis Mitternacht nicht wieder hier sind, werde ich traurig sein.

Ace hämmerte mit der Faust gegen das rostige Garagentor. »Hey! Ist da jemand?«

Keine Antwort.

Am unteren Ende des Tors befand sich ein Griff. Er probierte ihn aus. Nichts zu machen. Das Tor saß nicht einmal locker in seinem Rahmen und ließ sich erst recht nicht aufschieben.

Ace stieß zwischen den Zähnen den Atem aus und schaute sich nervös um. Sein Challenger stand ganz in der Nähe, und er hatte sich noch nie in seinem Leben so sehr gewünscht, einsteigen und davonfahren zu können. Aber er wagte es nicht.

Er ging um den Bau herum, und da war nichts, überhaupt nichts. Nur Flächen aus Schlackensteinen, in einem widerlichen, fleckigen Grün gestrichen. Vor langer Zeit war ein

Graffiti auf die Rückwand der Garage gesprüht worden, und Ace betrachtete es kurz, ohne zu begreifen, weshalb es ihn kalt überlief.

YOG-SOTHOTH RULES

stand da in verblichenen roten Buchstaben.

Er erreichte wieder das Garagentor und dachte: *Was nun?*

Weil ihm sonst nichts einfiel, stieg er wieder in seinen Challenger, saß einfach da und betrachtete das Garagentor. Schließlich legte er beide Hände auf die Hupe und drückte verzweifelt darauf.

Sofort begann das Garagentor lautlos emporzugleiten.

Ace saß da, betrachtete es offenen Mundes, und sein erster Impuls war, den Challenger zu starten und so schnell und so weit wie möglich davonzufahren. Mexico City würde vielleicht für den Anfang genügen. Dann dachte er wieder an Mr. Gaunt und stieg langsam aus. Er ging zur Garage hinüber, während das Tor unter der Decke im Innern des Baus zur Ruhe kam.

Das Innere war mit einem halben Dutzend Hundert-Watt-Birnen, die an dicken Kabeln hingen, strahlend hell erleuchtet. Alle Birnen waren mit kegelförmigen Blechreflektoren abgeschirmt, so daß ihr Licht in runden Flecken auf dem Boden lag. Am hinteren Ende der Halle stand ein mit einer Plane abgedeckter Wagen. An einer Wand stand ein mit Werkzeugen übersäter Tisch. An einer anderen Wand waren drei Kisten aufeinandergestapelt. Auf der obersten stand ein altmodisches Zweispulen-Bandgerät.

Im übrigen war die Garage leer.

»Wer hat das Tor aufgemacht?« fragte Ace mit trockener, unsicherer Stimme. »Wer hat das verdammte *Tor* aufgemacht?«

Aber darauf gab es keine Antwort.

3

Er fuhr den Challenger hinein und stellte ihn an der Rückwand ab – es war reichlich Platz vorhanden. Dann kehrte er zum Tor zurück. An der Wand daneben hing eine Schalttafel. Das öde Gelände, auf dem dieser rätselhafte Bau stand, füllte sich jetzt mit Schatten, und sie machten ihn nervös. Immer wieder glaubte er zu sehen, wie sich draußen etwas bewegte.

Das Tor glitt ohne jedes Quietschen oder Rattern herunter. Während Ace darauf wartete, daß es sich ganz geschlossen hatte, suchte er nach dem elektronischen Sensor, der auf den Klang seiner Hupe reagiert hatte. Er konnte ihn nicht finden. Aber irgendwo mußte er sein – Garagentore öffnen sich nicht von selbst.

Ace wanderte hinüber zu den aufeinandergestapelten Kisten mit dem daraufstehenden Bandgerät. Seine Füße erzeugten auf dem Beton ein hohl mahlendes Geräusch. *Yog-Sothoth Rules*, dachte er unwillkürlich, dann schauderte er. Er wußte nicht, wer zum Teufel dieser verdammte Yog-Sothoth war, vermutlich irgendein rastafarianischer Reggae-Sänger mit neunzig Pfund Haarsträhnen auf dem schmutzigen Skalp, aber trotzdem gefiel Ace das Echo nicht, das dieser Name in seinem Kopf hervorrief. An einem Ort wie diesem an einen solchen Namen zu denken, schien keine gute Idee zu sein. Es schien eine gefährliche Idee zu sein.

An einer der Spulen des Bandgerätes klebte ein Zettel. Darauf standen in großen Blockbuchstaben zwei Worte:

BITTE ABSPIELEN

Ace zog den Zettel ab und drückte auf den PLAY-Knopf. Die Spulen begannen sich zu drehen, und als er die Stimme hörte, fuhr er ein wenig zusammen. Trotzdem – wessen Stimme hatte er denn erwartet? Die von Richard Nixon?

»Hallo, Ace«, sagte Mr. Gaunts aufgezeichnete Stimme. »Willkommen in Boston. Nehmen Sie die Plane von meinem Wagen und laden Sie die Kisten ein. Sie enthalten ganz spezielle Ware, die ich vermutlich sehr bald brauchen werde.

Ich fürchte, Sie werden mindestens eine der Kisten auf den Rücksitz stellen müssen; der Kofferraum des Tucker läßt zu wünschen übrig. Ihr eigener Wagen wird hier völlig sicher sein, und ihre Rückfahrt wird ohne Zwischenfälle verlaufen. Und bitte denken Sie daran – je früher Sie zurück sind, desto früher können Sie damit anfangen, die Stellen auf Ihrer Karte zu erkunden. Angenehme Fahrt.«

Auf die Botschaft folgte das leere Rauschen vom Band und das leise Winseln des Laufwerks.

Dennoch ließ Ace die Spulen sich noch fast eine Minute weiterdrehen. Die ganze Situation war unheimlich – und wurde ständig unheimlicher. Mr. Gaunt war am Nachmittag hier gewesen – er *mußte* hier gewesen sein, denn er hatte die Karte erwähnt, von der Ace vor heute morgen noch nichts gewußt hatte. Der Alte mußte hergeflogen sein, während er, Ace, gefahren war. Aber weshalb? Was zum Teufel hatte das alles zu bedeuten?

Er ist *nicht* hier gewesen, dachte er. Ob es nun unmöglich ist oder nicht – er ist *nicht* hier gewesen. Sieh dir nur dieses verdammte Bandgerät an. *Niemand* benutzt heute noch so ein Bandgerät. Und sieh dir den Staub auf den Spulen an. Auch der Zettel war eingestaubt. Dieses Ding hat schon lange auf dich gewartet. Vielleicht steht es schon hier und staubt ein, seit Pangborn dich nach Shawshank geschickt hat.

Aber das war verrückt.

Das war kompletter Unsinn.

Dennoch war irgend etwas tief in seinem Inneren davon überzeugt, daß es so war. Mr. Gaunt war an diesem Nachmittag nicht einmal in der Nähe von Boston gewesen. Mr. Gaunt hatte den Nachmittag in Castle Rock verbracht – Ace wußte es –, er hatte an seinem Fenster gestanden, die Passanten beobachtet, vielleicht sogar das Schild

KOLUMBUS-TAG GESCHLOSSEN

hingehängt und wieder abgenommen und statt dessen das Schild

GEÖFFNET

aufgehängt. Das heißt, wenn er die richtige Person kommen sah – die Art von Person, die ein Mann wie Mr. Gaunt gern zu seinen Kunden zählte.

Aber was genau *war* sein Geschäft?

Ace war sich nicht sicher, ob er es wissen wollte. Aber er wollte wissen, was in diesen Kisten war. Wenn er sie von hier aus die ganze Strecke bis nach Castle Rock transportieren sollte, hatte er ein *Recht* darauf, es zu wissen.

Er drückte auf den STOP-Knopf des Bandgeräts und hob es herunter. Dann suchte er unter den Werkzeugen auf dem Tisch einen Hammer heraus und ergriff den Kuhfuß, der daneben an der Wand lehnte. Er kehrte zu den Kisten zurück, schob das flache Ende des Kuhfußes unter den Deckel der obersten Kiste und hebelte ihn auf. Die Nägel lösten sich mit einem dünnen Quietschen. Der Inhalt der Kiste war mit einem schweren Öltuch abgedeckt. Er hob es an und starrte fassungslos auf das, was er darunter sah.

Sprengkapseln.

Dutzende von Sprengkapseln.

Vielleicht *Hunderte* von Sprengkapseln, jede in ihrem eigenen, behaglichen Nest aus Holzwolle.

Himmel, was hat der Mann vor? Den Dritten Weltkrieg auslösen?

Mit dumpf pochendem Herzen schlug Ace die Nägel wieder ein, hob die Kiste mit den Sprengkapseln an und stellte sie beiseite. Er öffnete die zweite Kiste, rechnete damit, säuberliche Reihen von dicken roten Stäben zu sehen, die aussahen wie Leuchtraketen.

Aber es war kein Dynamit. Es waren Waffen.

Ungefähr zwei Dutzend. Automatische Hochleistungs-Pistolen. Der Geruch des Fettes, das sie vor Rost schützte, kam zu ihm hoch. Er wußte nicht, was für eine Marke es war – ein deutsches Fabrikat vielleicht –, aber er wußte, was sie bedeuteten: zwanzig Jahre bis lebenslänglich, wenn er in Massachusetts mit ihnen erwischt wurde. Dieser Staat hatte extrem unerfreuliche Ansichten über Waffen, insbesondere automatische Waffen.

Diese Kiste stellte er beiseite, ohne den Deckel wieder zu-

zunageln. Er öffnete die dritte Kiste. Sie enthielt Magazine für die Pistolen.

Sprengkapseln.

Automatische Pistolen.

Munition.

Das sollte Ware sein?

»Ohne mich«, sagte Ace leise und schüttelte den Kopf. »Da mache ich nicht mit. Kommt nicht in Frage.«

Mexico City sah immer besser aus. Vielleicht sogar Rio. Ace wußte nicht, ob Gaunt eine bessere Mausefalle baute oder einen besseren elektrischen Stuhl, aber was immer es war, er wollte daran nicht teilhaben. Er würde sich aus dem Staub machen, und zwar sofort.

Seine Augen hefteten sich auf die Kiste mit den automatischen Pistolen.

Und ich nehme eines von diesen Babies mit, dachte er. Eine kleine Entschädigung für meine Mühe. Nennen wir es ein Souvenir.

Er ging auf die Kiste zu, und im gleichen Moment begannen die Spulen des Bandgeräts sich wieder zu drehen, obwohl auf keinen der Knöpfe gedrückt worden ist.

»Daran sollten Sie nicht einmal denken, Ace«, riet die Stimme von Mr. Gaunt kalt, und Ace schrie auf. »Keine krummen Touren. Was ich Ihnen antun werde, wenn Sie dergleichen auch nur versuchen, wird das, was die Brüder Corson mit Ihnen vorhaben, wie einen Tag auf dem Lande erscheinen lassen. Sie arbeiten jetzt für mich. Tun Sie, was Ihnen gesagt wird, dann können Sie es allen Leuten in Castle Rock heimzahlen, die Ihnen je in die Quere gekommen sind. Und Sie ziehen als reicher Mann von dannen. Wenn Sie sich gegen mich stellen, dann werden Sie niemals aufhören zu schreien.«

Das Bandgerät schaltete sich aus.

Ace' vorgequollene Augen folgten seinem Kabel bis zum Stecker. Es lag auf dem Fußboden, mit einer feinen Staubschicht bedeckt.

Eine Steckdose war nirgends zu sehen.

4

Plötzlich überkam Ace eine gewisse Gelassenheit, und das war nicht ganz so abwegig, wie man hätte meinen können. Für diese Beruhigung seines emotionalen Barometers gab es zwei Gründe.

Der erste war der, daß Ace eine Art Atavist war. Er wäre genau am rechten Ort gewesen, wenn er in einer Höhle gelebt und seine Frau an den Haaren herumgezerrt hätte, solange er nicht gerade Steine auf seine Feinde schleuderte. Er war der Typ, dessen Reaktionen nur dann vollständig berechenbar sind, wenn er mit überlegener Kraft und Autorität konfrontiert wird. Zu derartigen Konfrontationen kam es nur selten, aber wenn es der Fall war, unterwarf er sich auf der Stelle der überlegenen Kraft. Obwohl er es nicht wußte, hatte diese Eigenschaft ihn davon abgehalten, einfach vor den Brüdern Corson zu flüchten. Bei Männern wie Ace Merrill ist der einzige Drang, der stärker ist als der Drang zu dominieren, das tiefverwurzelte Bedürfnis, sich hinzulegen und demütig die ungeschützte Kehle darzubieten, wenn der Anführer des Rudels auftaucht.

Der zweite Grund war sogar noch simpler: er hatte sich entschlossen, zu glauben, daß er träumte. Ein Teil von ihm wußte zwar, daß das nicht zutraf, aber diese Vorstellung war immer noch glaubwürdiger als das Zeugnis seiner Sinne; an eine Welt, in der Platz war für jemanden wie Mr. Gaunt, wollte er nicht einmal *denken*. Es würde leichter – sicherer – sein, diesen Denkprozeß einfach eine Zeitlang auszuschalten und nur die ihm aufgetragene Arbeit zu erledigen. Wenn er das tat, würde er irgendwann in der Welt, die er kannte, wieder aufwachen. Diese Welt hatte weiß Gott ihre Gefahren, aber zumindest verstand er sie.

Er hämmerte die Deckel der Kiste mit den Pistolen und der Kiste mit der Munition wieder fest. Dann ging er zu dem abgestellten Fahrzeug hinüber und ergriff die Segeltuchplane, die gleichfalls mit einer dicken Staubschicht bedeckt war. Er zog sie herunter – und einen Augenblick lang vergaß er vor Staunen und Entzücken alles andere.

Es war in der Tat ein Tucker, und er war wundervoll.

Die Lackierung war kanariengelb. An der stromlinienförmigen Karosserie funkelten Chromleisten an den Seiten und unter der eingekehlten vorderen Stoßstange. In der Mitte der Kühlerhaube saß ein dritter Scheinwerfer unter einem silbernen Ornament, das aussah wie die Lokomotive eines futuristischen Expreßzuges.

Ace wanderte langsam um den Wagen herum, versuchte, ihn mit den Augen zu verschlingen.

An jeder Seite des Hecks befand sich ein Paar verchromter Gitterroste; er hatte keine Ahnung, wozu die dienten, die dicken Goodyear-Weißwandreifen waren so sauber, daß sie unter den herabhängenden Glühbirnen fast leuchteten. Auf dem Heck standen in flüssiger Chromschrift die Worte »Tucker Talisman«. Ace hatte noch nie von diesem Modell gehört. Seines Wissens war der Torpedo der einzige Wagen, den Preston Tucker je auf den Markt gebracht hatte.

Du hast noch ein weiteres Problem, alter Freund – an diesem Ding sind keine Nummernschilder. Willst du etwa versuchen, die ganze Strecke bis nach Maine in einem Wagen zu fahren, den kein Bulle übersehen kann, einem Wagen ohne Nummernschilder, einem Wagen, der mit Waffen, Munition und Sprengkapseln vollgestopft ist?

Ja. Das wollte er. Es war natürlich keine gute Idee, es war eine ganz schlechte Idee, aber die Alternative – die darauf hinauslaufen würde, daß er Mr. Leland Gaunts Zorn erregte – kam ihm noch erheblich schlechter vor. Außerdem war das alles nur ein *Traum*.

Er schüttelte die Schlüssel aus dem Umschlag, ging nach hinten zum Kofferraum und suchte vergeblich nach einem Schlüsselloch. Nach ein paar Augenblicken erinnerte er sich an den Film mit Jeff Bridges und begriff. Wie der VW Käfer und der Chevy Corvair hatte auch der Tucker einen Heckmotor. Der Kofferraum war vorn.

Er fand das Schlüsselloch direkt unter dem merkwürdigen dritten Scheinwerfer. Er öffnete den Kofferraum. Er war in der Tat ziemlich klein und leer bis auf einen einzigen Gegenstand – ein kleines Glas mit weißem Pulver; am Deckel war mit einer Kette ein Löffel befestigt. An der Kette klebte ein

Stückchen Papier. Ace löste es ab und las die Nachricht, die in winzigen Druckbuchstaben darauf geschrieben war:

SCHNUPF MICH

Ace gehorchte.

5

Ace fühlte sich wesentlich wohler, nachdem ein bißchen von Mr. Gaunts unvergleichlichem Koks dafür gesorgt hatte, daß sein Gehirn leuchtete wie die Front von Henry Beauforts Rock-Ola. Er lud die Pistolen und die Magazine in den Kofferraum. Die Kiste mit den Sprengkapseln stellte er auf den Rücksitz. Dann hielt er einen Moment inne, um tief einzuatmen. Die Limousine hatte diesen mit nichts zu vergleichenden Geruch eines neuen Wagens, und als er sich hinter das Lenkrad setze, sah er, daß er in der Tat brandneu war: der Kilometerzähler von Mr. Gaunts Tucker Talisman stand auf 00000.0.

Ace steckte den Zündschlüssel ins Schloß und drehte ihn um.

Der Talisman sprang mit einem herrlich leisen, kehligen Dröhnen an. Wieviele Pferde unter der Haube? Er wußte es nicht, aber es fühlte sich an wie eine ganze Herde. Im Knast hatte es jede Menge Autobücher gegeben, und Ace hatte die meisten davon gelesen. Der Tucker Torpedo hatte einen Sechszylinder-Motor mit ungefähr dreihundertfünfzig Kubikzentimetern Hubraum gehabt, ähnlich den Wagen, die Mr. Ford zwischen 1948 und 1952 gebaut hatte. Er hatte an die hundertfünfzig Pferde unter der Haube gehabt.

Dieser hier fühlte sich größer an. Viel größer.

Ace drängte es, wieder auszusteigen, zum Heck zu gehen und zu sehen, ob er die Motorhaube öffnen konnte – aber das war fast so, als dächte er zuviel über diesen verrückten

Namen nach, Yog-Soundso. Es schien eine schlechte Idee zu sein. Eine *gute* Idee schien zu sein, dieses Ding so schnell wie möglich nach Castle Rock zu bringen.

Er wollte schon aussteigen, um den Schalter am Tor zu betätigen, doch dann drückte er statt dessen auf die Hupe, nur um zu sehen, ob irgend etwas passieren würde. Es passierte etwas. Das Tor schwang lautlos in seinen Schienen empor.

Da muß irgendwo ein akustischer Sensor sein, versuchte er sich einzureden, aber er glaubte es nicht mehr. Es kümmerte ihn auch nicht mehr. Er legte den ersten Gang ein, und der Talisman glitt aus der Garage. Er hupte abermals, als er auf die Lücke im Maschendrahtzaun zufuhr, und sah im Rückspiegel, daß in der Garage das Licht ausging und das Tor sich wieder schloß. Er erhaschte noch einen Blick auf seinen Challenger, der mit der Nase zur Wand dastand und neben dem die Segeltuchplane auf dem Fußboden lag. Er hatte das merkwürdige Gefühl, daß er ihn nie wiedersehen würde. Aber auch das kümmerte ihn nicht mehr.

6

Der Talisman fuhr nicht nur phantastisch, er schien auch den Weg zum Storrow Drive und zur Schnellstraße nach Norden zu kennen. Von Zeit zu Zeit schalteten sich die Blinker von selbst ein. Wenn das geschah, bog Ace entsprechend ab. Binnen kürzester Zeit lag der Slum in Cambridge, in dem er den Tucker gefunden hatte, hinter ihm, und vor ihm zeichnete sich die Tobin Bridge schwarz vor dem sich verdunkelnden Himmel ab.

Ace schaltete das Licht ein, und sofort erschien vor ihm ein scharf umrissener Fächer aus strahlender Helligkeit. Wenn er das Lenkrad drehte, drehte sich der Lichtfächer mit ihm. Dieser Scheinwerfer in der Mitte war ein tolles Ding. Kein Wunder, daß sie den armen Kerl, der sich diesen Wagen ausgedacht hat, aus dem Geschäft vertrieben haben, dachte Ace.

Ungefähr dreißig Meilen nördlich von Boston bemerkte er, daß die Nadel des Treibstoffanzeigers unterhalb der Leer-Marke stand. Er bog in die nächste Ausfahrt ein und steuerte Mr. Gaunts Fahrzeug an die Pumpen einer Mobil-Tankstelle am Ende der Ausfahrt. Der Tankwart schob mit einem öligen Daumen seine Mütze zurück und wanderte bewundernd um den Wagen herum. »Schöner Wagen!« sagte er. »Wo haben Sie den her?«

Ohne nachzudenken, sagte Ace: »Von Yog-Sothoth Vintage Motors.«

»Wie bitte?«

»Mach ihn voll, Junge – wir spielen hier nicht Zwanzig Fragen.«

»Oh!« sagte der Tankwart, warf einen zweiten Blick auf Ace und wurde sofort unterwürfig. »Natürlich. Wird sofort gemacht!«

Und er versuchte es, aber die Pumpe schaltete sich aus, nachdem nur für vierzehn Cents Benzin in den Tank gelaufen war. Der Tankwart versuchte, mehr hineinzubekommen, indem er die Pumpe mit der Hand bediente, aber das Benzin schwappte heraus, floß über die funkelnde gelbe Flanke des Talisman und tropfte auf den Asphalt.

»Ich glaube, der braucht keinen Sprit«, sagte der Tankwart schüchtern.

»Anscheinend nicht.«

»Vielleicht ist Ihr Treibstoffanzeiger nicht in Ordnung …«

»Wischen Sie das Benzin von meinem Wagen. Wollen Sie, daß der Lack Blasen wirft? Was ist los mit Ihnen?«

Der Junge machte sich eilig ans Werk, und Ace ging in die Toilette, um seiner Nase ein wenig aufzuhelfen. Als er wieder herauskam, stand der Tankwart in respektvollem Abstand von dem Talisman da und wrang nervös seinen Putzlappen mit beiden Händen.

Er hat Angst, dachte Ace. Wovor? Vor mir?

Nein; der Junge in dem Mobil-Overall warf kaum einen Blick in seine Richtung. Es war der Tucker, der seine Blicke anzog.

Er hat versucht, ihn anzufassen, dachte Ace.

Die Offenbarung – und genau um eine solche handelte es

492

sich – veranlaßte seine Mundwinkel, sich zu einem grausamen kleinen Lächeln zu verziehen.

Er hat versucht, ihn zu berühren, und etwas ist passiert. Was das war, spielt im Grunde keine Rolle. Es hat ihn gelehrt, daß er ihn ansehen kann, aber gut daran tut, ihn nicht zu berühren, und das ist alles, was eine Rolle spielt.

»Sie brauchen nichts zu bezahlen«, sagte der Tankwart.

»Das hätte ich ohnehin nicht getan.« Ace stieg wieder ein und fuhr schleunigst davon. Er hatte eine brandneue Idee über den Talisman. In gewisser Hinsicht war es eine beängstigende Idee, aber in anderer Hinsicht war die Idee wirklich *großartig*. Er glaubte, daß der Treibstoffanzeiger vielleicht immer auf Leer stand – und daß der Tank immer voll war.

7

Die Mautschranken für Personenwagen in New Hampshire arbeiten automatisch; man wirft Kleingeld im Wert von einem Dollar (keine Pennies bitte) in den Korb, das rote Licht wird grün, und man fährt weiter. Doch als Ace den Talisman an den an einen Pfosten montierten Korb heranlenkte, wurde das Licht von selbst grün, und das kleine Zeichen leuchtete auf:

MAUT BEZAHLT. DANKE.

»O verdammt«, murmelte Ace und fuhr weiter in Richtung Maine.

Als er Portland hinter sich gelassen hatte, schnurrte der Talisman mit gut hundertsechzig Stundenkilometern dahin, und es schien, als hätte der Motor noch eine Menge mehr Kraft anzubieten. Unmittelbar hinter der Ausfahrt nach Falmouth kam er auf die Kuppe einer Anhöhe und sah einen Streifenwagen der Staatspolizei, der auf dem Seitenstreifen lauerte. Aus dem Fahrerfenster ragte die unverwechselbare Torpedoform eines Radargerätes heraus.

Verdammt, dachte Ace. Er hat mich erwischt. Himmel,

493

warum bin ich nur so schnell gefahren, mit all dem Scheiß, den ich bei mir habe?

Aber er wußte, warum er es getan hatte, und das lag nicht an dem Koks, den er geschnupft hatte. Es war der Talisman. Er *wollte* schnell fahren. Er konnte auf den Tachometer schauen, seinen Fuß ein wenig vom Gas nehmen – und fünf Minuten später mußte er feststellen, daß er das Pedal wieder zu drei Viertel niedergedrückt hatte.

Er wartete darauf, daß der Streifenwagen mit flackerndem Blaulicht zum Leben erwachte und hinter ihm herkam, aber das geschah nicht. Ace brauste mit hundertvierzig vorbei, und der Staatsbulle rührte sich überhaupt nicht.

Er mußte gerade ein Nickerchen machen.

Aber Ace wußte es besser. Wenn man ein Radargerät aus dem Fenster ragen sah, dann wußte man, daß der Mann drinnen hellwach war und bereit, zuzuschlagen. Nein, was passiert war, war dies: der Staatspolizist war nicht imstande gewesen, den Talisman zu sehen. Es klang verrückt, aber es fühlte sich absolut richtig an. Der große, gelbe Wagen mit seinen gleißenden drei Scheinwerfern war unsichtbar, sowohl für hochtechnisierte Geräte als auch für die Bullen, die sie benutzten.

Grinsend beschleunigte Ace Mr. Gaunts Tucker Talisman bis auf hundertachtzig. Um Viertel nach acht war er wieder in Castle Rock, fast vier Stunden vor Ablauf der ihm gesetzten Frist.

8

Mr. Gaunt trat aus seinem Laden und unter die Markise und beobachtete, wie Ace den Talisman in eine der drei schrägen Parkbuchten vor Needful Things steuerte.

»Sie sind eine gute Zeit gefahren, Ace.«

»Ja. Ein toller Wagen.«

»Das stimmt«, sagte Mr. Gaunt. Er fuhr mit einer Hand über die sanft abfallende Haube des Tuckers. »Einzigartig. Ich nehme an, Sie haben meine Ware mitgebracht?«

»Ja. Mr. Gaunt, ich habe auf der Rückfahrt eine gewisse Vorstellung davon gewonnen, wie einzigartig dieser Wagen ist, aber ich glaube trotzdem, Sie sollten zusehen, daß Sie Nummernschilder dafür bekommen und vielleicht eine Prüfmarke …«

»Das ist nicht erforderlich«, sagte Mr. Gaunt gleichgültig. »Fahren Sie ihn bitte in die Hintergasse zum Lieferanteneingang des Ladens. Ich stelle ihn selbst unter, wenn Sie ausgeladen haben.«

»Wo?« Ace widerstrebte es plötzlich, Mr. Gaunt den Wagen auszuhändigen. Nicht nur, weil er seinen eigenen Wagen in Boston zurückgelassen hatte und für seine Nachtarbeit einen fahrbaren Untersatz brauchte; neben dem Talisman kam ihm jeder andere Wagen, den er je gefahren hatte, auch der Challenger, vor wie eine Schrottkiste.

»Das«, sagte Mr. Gaunt, »ist meine Sache.« Er musterte Ace gelassen. »Sie werden feststellen, Ace, daß für Sie die Dinge wesentlich glatter laufen, wenn Sie die Arbeit für mich so sehen würden wie den Dienst beim Militär. Jetzt gibt es drei Arten, auf die Sie Dinge erledigen können – die richtige Art, die falsche Art und Mr. Gaunts Art. Wenn Sie sich immer für die dritte Art entscheiden, kann Ihnen nichts passieren. Haben Sie verstanden?«

»Ja, ich habe verstanden.«

»Gut. Und nun fahren Sie zur Hintertür.«

Ace lenkte den gelben Wagen um die Ecke und fuhr langsam die schmale Gasse entlang, die auf der Westseite der Main Street hinter den Geschäftshäusern verlief.

Die Hintertür von Needful Things war offen. Mr. Gaunt stand in einem schrägen Rechteck aus gelbem Licht und wartete. Er machte keinerlei Anstalten, Ace zu helfen, als dieser, vor Anstrengung keuchend, die Kisten in das Hinterzimmer des Ladens schleppte. Er wußte es nicht, aber eine ganze Menge Kunden wären überrascht gewesen, wenn sie diesen Raum gesehen hätten. Sie hatten gehört, wie Mr. Gaunt hinter dem Samtvorhang, der den Laden vom Lagerraum trennte, mit Waren hantierte, Kästen herumschob – aber der Raum war leer, bis Ace auf Mr. Gaunts Anweisung hin die Kisten in einer Ecke aufstapelte.

495

Nein – etwas war da. An der entgegengesetzten Seite des Raumes lag eine braune Wanderratte unter dem heruntergeschnellten Bügel einer großen Victory-Rattenfalle. Ihr Genick war gebrochen, ihre Vorderzähne in einer Todesgrimasse gebleckt.

»Gute Arbeit«, sagte Mr. Gaunt, rieb seine langfingerigen Hände gegeneinander und lächelte. »Das war, alles in allem, eine reife Leistung. Sie haben meine Erwartungen vollauf erfüllt, Ace.«

»Danke, Sir.« Ace war verblüfft. Bis zu diesem Augenblick hatte er noch nie einen Mann mit Sir angeredet.

»Hier ist ein kleines Dankeschön für Ihre Mühe.« Mr. Gaunt reichte Ace einen braunen Umschlag. Ace drückte ihn mit den Fingerspitzen zusammen und spürte das Knirschen des lockeren Pulvers darin. »Ich nehme an, Sie wollen heute noch eine kleine Extratour unternehmen. Das dürfte Ihnen ein bißchen extra Go-Power geben, wie es in den alten Esso-Anzeigen geheißen hat.«

Ace fuhr zusammen. »Oh, Scheiße! Verfluchte Scheiße! Ich habe das Buch – das Buch mit der Karte darin! – in meinem Wagen liegengelassen. Und der ist in Boston! Verfluchte Scheiße!« Er ballte die Hand zur Faust und knallte sie auf seinen Oberschenkel.

Mr. Gaunt lächelte. »Das glaube ich nicht«, sagte er. »Ich glaube, es liegt in dem Tucker.«

»Nein. Ich …«

»Warum sehen Sie nicht nach?«

Also sah Ace nach, und natürlich war das Buch da, es lag auf dem Armaturenbrett. *Lost and Buried Treasures of New England*. Er nahm es und blätterte es durch. Die Karte steckte noch darin. Er schaute mit dumpfer Dankbarkeit zu Mr. Gaunt hin.

»Ich benötige Ihre Dienste nicht mehr bis morgen abend um dieselbe Zeit«, sagte Mr. Gaunt. »Ich schlage vor, daß Sie die Stunden mit Tageslicht in Ihrer Behausung in Mechanic Falls verbringen. Das sollte Ihnen eigentlich recht sein; Sie werden vermutlich lange schlafen wollen. Wenn ich mich nicht irre, haben Sie noch eine arbeitsreiche Nacht vor sich.«

Ace dachte an die kleinen Kreuze auf der Karte und nickte.

»Und«, setzte Mr. Gaunt hinzu, »Sie täten gut daran, in den nächsten ein oder zwei Tagen nicht Sheriff Pangborns Aufmerksamkeit zu erregen. Danach spielt es, wie ich glaube, keine Rolle mehr.« Seine Lippen wichen zurück, seine Zähne kamen gelb und schief zum Vorschein. »Ich glaube, Ende der Woche dürften die Dinge, die bis dahin für die Bewohner dieser Stadt von großer Wichtigkeit waren, nicht die geringste Rolle mehr spielen. Meinen Sie nicht auch, Ace?«

»Wenn Sie es sagen«, erwiderte Ace. Er versank wieder in diesen merkwürdigen Zustand der Benommenheit, und es störte ihn überhaupt nicht. »Aber ich weiß nicht, wie ich herumkommen soll.«

»Dafür ist gesorgt«, sagte Mr. Gaunt. »Sie werden vor dem Laden einen Wagen finden. Einen Firmenwagen sozusagen. Der Zündschlüssel steckt im Schloß. Es ist leider nur ein Chevrolet – ein ganz *normaler* Chevrolet –, aber damit haben Sie ein verläßliches, unauffälliges Fahrzeug. Der Übertragungswagen des Fernsehens wird Ihnen natürlich mehr Spaß machen, aber …«

»Übertragungswagen? Was für ein Übertragungswagen?«

Mr. Gaunt zog es vor, nicht zu antworten. »Aber der Chevrolet wird Ihren gegenwärtigen Ansprüchen genügen, das versichere ich Ihnen. Versuchen Sie nur, nicht in irgendwelche Radarfallen mit Staatspolizei zu geraten. Da wäre leider nichts zu machen. Nicht mit diesem Wagen.«

Ace hörte sich sagen: »Ich wäre wirklich glücklich, wenn ich so einen Wagen hätte wie Sie, Mr. Gaunt, Sir. Er ist großartig.«

»Nun, vielleicht können wir einen Handel abschließen. Ich habe nämlich eine ganz simple Geschäftsmaxime, Ace. Würden Sie gern hören, wie sie lautet?«

»Natürlich.« Und Ace war es ganz ernst damit.

»Alles steht zum Verkauf. Das ist meine Philosophie. Alles steht zum Verkauf.«

»Alles steht zum Verkauf«, sagte Ace verträumt. »Wow! Eine Wucht!«

»So ist es! Eine Wucht! Und nun, Ace, werde ich wohl einen Bissen essen. Ich hatte bisher einfach zuviel zu tun, trotz des Feiertags. Ich würde Sie einladen, mitzuhalten, aber …«

»Also, ich kann wirklich nicht …«

»Nein, natürlich nicht. Sie müssen losfahren und Löcher graben, nicht wahr? Ich erwarte Sie morgen abend zwischen acht und neun.«

»Zwischen acht und neun.«

»Ja. Nach Einbruch der Dunkelheit.«

»Wenn niemand weiß und niemand sieht«, sagte Ace verträumt.

»So ist es. Gute Nacht, Ace.«

Mr. Gaunt streckte ihm die Hand entgegen. Ace wollte sie ergreifen – und dann sah er, daß sich bereits etwas darin befand. Es war die braune Ratte aus der Falle im Lagerraum. Ace wich mit leisem, angewidertem Grunzen zurück. Er hatte nicht die geringste Ahnung, wann Mr. Gaunt die tote Ratte aufgehoben hatte. Oder war es vielleicht eine andere?

Ace kam zu dem Schluß, daß es ihn nicht kümmerte. Er wußte nur, daß er nicht die Absicht hatte, einer toten Ratte die Hand zu schütteln, auch wenn Mr. Gaunt ein noch so cooler Typ war.

Lächelnd sagte Mr. Gaunt: »Entschuldigen Sie. Ich werde von Jahr zu Jahr ein bißchen vergeßlicher. Ich glaube, ich habe gerade versucht, Ihnen mein Abendessen zu geben, Ace.«

»Abendessen«, sagte Ace mit schwächlicher Stimme.

»So ist es.« Ein dicker gelber Daumennagel bohrte sich in das weiße Fell auf dem Bauch der Ratte; einen Moment später quollen ihre Eingeweide auf Mr. Gaunts linienlose Handfläche. Bevor Ace noch mehr sehen konnte, hatte sich Mr. Gaunt abgewendet und zog die auf die Gasse hinausführende Tür zu. »So, und wo habe ich nun wieder den Käse hingetan?«

Mit einem lauten metallischen Klicken fiel die Tür ins Schloß.

Ace beugte sich vor, sicher, daß er sich zwischen seine Schuhe erbrechen würde. Sein Magen krampfte sich zusammen, sein Schlund hob sich – und sank wieder herab.

Weil er nicht gesehen hatte, was er glaubte, gesehen zu haben. »Es war ein Scherz«, murmelte er, »Er hatte eine Gummiratte in der Jackentasche oder sonst etwas. Es war nur ein Scherz.«

Wirklich? Und was war mit den Eingeweiden? Und dem gallertartigen Schleim, der sie umgab? Was war damit?

Du bist einfach müde, dachte er. Du hast dir das nur eingebildet. Es war eine Gummiratte. Und was das übrige betrifft – pah.

Aber einen Augenblick lang versuchte alles – die menschenleere Garage, der selbstfahrende Tucker, selbst diese ominöse Wandinschrifft YOG-SOTHOTH RULES – sich in ihm aufzulehnen, und eine machtvolle Stimme röhrte: Verschwinde hier! Verschwinde, solange du noch Zeit dazu hast!

Aber das war ein *völlig* absurder Gedanke. Geld wartete auf ihn da draußen in der Nacht. Vielleicht eine Menge Geld. Vielleicht sogar ein *Vermögen*.

Ace stand ein paar Minuten in der Dunkelheit wie ein Roboter mit leeren Batterien. Stückchen für Stückchen kehrte ein gewisses Gefühl für die Realität – ein gewisses Gefühl für *ihn selbst* – zurück, und er entschied, daß die Ratte unwichtig war. Und auch der Tucker Talisman. Was wichtig war, das waren der Koks und die Karte; er vermutete, daß auch Mr. Gaunts simple Geschäftsmaxime wichtig war, aber sonst nicht. Er konnte nicht *zulassen*, daß irgend etwas anderes wichtig war.

Er ging die Gasse entlang und um die Ecke herum zur Vorderfront von Needful Things. Der Laden war geschlossen und dunkel, wie alle Läden der Lower Main Street. In einer der schrägen Parkbuchten vor Mr. Gaunts Laden stand, wie versprochen, ein Chevy Celebrity. Ace versuchte sich zu erinnern, ob er schon dagestanden hatte, als er mit dem Talisman ankam, und es gelang ihm nicht. So oft er versuchte, seinem Verstand Erinnerungen aus der Zeit vor den letzten fünf Minuten zu entlocken, stieß er auf eine Straßensperre; er sah sich im Begriff, Mr. Gaunts ausgestreckte Hand zu schütteln, die natürlichste Sache von der Welt, und plötzlich begreifen, daß Mr. Gaunts Hand eine große tote Ratte hielt.

Und nun werde ich wohl einen Bissen essen. Ich würde Sie einladen, mitzuhalten, aber ...

Nun, auch das war nur eine weitere Sache, die nicht wichtig war.

Jetzt stand der Chevy hier, und darauf kam es an. Ace öffnete die Tür, legte das Buch mit der wertvollen Karte auf den Sitz, dann zog er den Schlüssel aus dem Zündschloß. Er ging zum Heck des Wagens und öffnete den Kofferraum. Er konnte sich vorstellen, was er finden würde, und er wurde nicht enttäuscht. Eine Hacke und eine Schaufel mit kurzem Stiel waren säuberlich in Form eines Kreuzes übereinandergelegt. Ace schaute genauer hin und sah, daß Mr. Gaunt sogar ein Paar schwere Arbeitshandschuhe dazugelegt hatte.

»Mr. Gaunt, Sie denken einfach an alles«, sagte er und schlug den Deckel zu. Als er es tat, sah er einen Aufkleber auf der hinteren Stoßstange des Celebrity, und er bückte sich, um zu lesen, was darauf stand.

I ♥ ANTIQUES

Ace begann zu lachen. Er lachte immer noch, als er über die Tin Bridge fuhr und danach in Richtung Norden zu dem alten Treblehorn-Anwesen, wo er zuerst sein Glück versuchen wollte. Als er auf der anderen Seite der Brücke Panderly's Hill hinauffuhr, begegnete ihm ein in der anderen Richtung, stadteinwärts, fahrender Wagen mit offenem Verdeck. Der Wagen war voll von jungen Männern. Sie sangen mit höchster Lautstärke, einstimmig und in vollkommener Baptisten-Harmonie »What a Friend We Have in Jesus«.

9

Einer dieser jungen Männer war Lester Ivanhoe Pratt. Nach dem Footballspiel waren er und ein paar Freunde zum ungefähr fünfundzwanzig Meilen entfernten Lake Auburn gefahren. Dort fand ein einwöchiges Tent-Revival statt, und Vic Tremayne hatte gesagt, um fünf Uhr sollte eine spezielle Kolumbus-Tag-Gebetsversammlung mit Hymnensingen stattfinden. Da Sally Lesters Wagen hatte und sie für den Abend keine Pläne gemacht hatten – kein Film, kein Essen bei McDonald's in South Paris –, war er mit Vic und den anderen Jungen, gute Christen allesamt, losgefahren.

Er wußte natürlich, weshalb die anderen so begierig waren, die Fahrt zu unternehmen, und der Grund war nicht Religion – jedenfalls nicht *ausschließlich* Religion. Bei den Tent-Revivals, die zwischen Mai und Ende Oktober kreuz und quer durch Neuengland zogen, war immer eine Menge hübscher Mädchen zugegen, und das Absingen von Hymnen (ganz zu schweigen von den hitzigen Predigten und einer Dosis von dem guten, alten Jesus-Geist) versetzte sie immer in fröhliche, zugängliche Stimmung.

Lester, der ein Mädchen hatte, betrachtete die Absichten und Aktionen seiner Freunde mit jener Art von Nachsicht, die ein alter Ehemann den Kapriolen eines Haufens von jungen Kerlen entgegenbringt. Er fuhr in erster Linie mit, um ihnen einen Gefallen zu tun, aber auch, weil er immer gern ein paar gute Predigten hörte und ein bißchen sang nach einem hitzigen Nachmittag, bei dem Köpfe zusammengeprallt und gepolsterte Schultern als Stopper benutzt worden waren. Es war die beste Art, sich abzukühlen, die er kannte.

Es war eine gute Versammlung gewesen, aber am Ende wollten Unmengen von Leuten errettet werden. Deshalb hatte sie ein bißchen länger gedauert, als Lester sich gewünscht hätte. Er hatte vorgehabt, Sally anzurufen und sie zu fragen, ob sie noch mit ihm auf ein Eiscreme-Soda oder irgend etwas anderes zu Weeksies gehen wollte. Er wußte inzwischen, daß Mädchen dergleichen manchmal aus der Laune des Augenblicks heraus tun.

Sie überquerten die Tin Bridge, und Vic setzte ihn an der Ecke von Mein und Laurel Street ab.

»Großartiges Spiel, Les!« rief Bill MacFarland vom Rücksitz.

»Klar doch!« rief Lester fröhlich zurück. »Wir können am Samstag wieder spielen – vielleicht breche ich dir dann den Arm, anstatt ihn nur zu verrenken!«

Die vier jungen Männer in Vics Wagen brüllten vor Lachen über diesen Witz, und dann fuhr Vic davon. Die Melodie von »Jesus Is a Friend Forever« driftete durch die noch immer ungewöhnlich sommerliche Luft. Normalerweise erwartete man, daß es nach Sonnenuntergang empfindlich kühl wurde, selbst an den wärmsten Tagen des Altweibersommers. Aber heute abend war das nicht der Fall.

Lester ging langsam die Anhöhe hinauf nach Hause, müde, abgeschlafft und vollauf zufrieden. Wenn man sein Herz Jesus geschenkt hatte, war jeder Tag ein guter Tag, aber manche Tage waren besser als andere. Dies war einer von der allerbesten Sorte gewesen, und alles, was er jetzt noch wollte, war duschen, Sally anrufen und dann ins Bett.

Er schaute zu den Sternen empor und versuchte, den Orion zu finden, als er in die Einfahrt zu seinem Haus einbog. Deshalb prallte er in flotter Gangart gegen das Heck seines Mustangs.

»Au!« schrie Lester Pratt. Er wich zurück und hielt sich die schmerzenden Hoden. Nach ein paar Augenblicken schaffte er es, den Kopf zu heben und seinen Wagen mit Augen zu betrachten, die vor Schmerz tränten. Wie zum Teufel kam der Mustang hierher? Sallys Wagen sollte frühestens Mittwoch aus der Werkstatt zurückkommen – in Anbetracht des Feiertags wahrscheinlich erst Donnerstag oder Freitag.

Dann kam ihm die Erleuchtung in Form eines grellen Blitzes. Sally war drinnen! Sie war herübergekommen, während er weg war, und nun wartete sie auf ihn! Vielleicht hatte sie beschlossen, daß heute nacht *die* Nacht sein sollte! Vorehelicher Sex war natürlich unrecht, aber manchmal mußte man ein paar Eier zerbrechen, wenn man ein Omelett machen wollte. Und er war durchaus bereit und willens, für diese spezielle Sünde Buße zu tun, wenn sie es auch war.

»Halleluja!« rief Lester begeistert. »Meine süße kleine Sally im Evaskostüm!«

Er eilte mit kleinen Schritten auf die Vortreppe zu, nach wie vor seine pochenden Hoden umkrampfend. Aber jetzt pochten sie außer vor Schmerz auch vor Vorfreude. Er holte den Schlüssel unter der Fußmatte hervor und ließ sich ein.

»Sally?« rief. »Sal, bist du da? Entschuldige, daß ich so spät komme – ich war mit ein paar von den Jungen bei der Revival-Versammlung drüben am Lake Auburn, und …«

Er brach ab. Keine Antwort, und das bedeutete, daß sie doch nicht da war. Es sei denn …!

Er eilte nach oben, so schnell er konnte, plötzlich ganz sicher, daß er sie in seinem Bett vorfinden würde. Sie würde die Augen aufschlagen und sich aufsetzen, das Laken würde von ihren herrlichen Brüsten abgleiten (die er gefühlt – nun ja, gewissermaßen –, aber noch nie gesehen hatte), sie würde ihm die Arme entgegenstrecken, diese wunderschönen, verschlafenen, kornblumenblauen Augen weit öffnen, und wenn die Uhr zehn schlug, würden sie beide nicht mehr unberührt sein. Halleluja!

Aber das Schlafzimmer war so leer, wie es auch die Küche und das Wohnzimmer gewesen waren. Die Laken und Decken lagen wie fast immer auf dem Fußboden. Lester war einer jener Männer, so randvoll von Energie und Heiligem Geist, daß sie sich am Morgen nicht einfach aufsetzen und aus dem Bett steigen können; er *schnellte* heraus, begierig, den Tag nicht nur zu beginnen, sondern ihn zu attackieren, über den Rasen zu scheuchen und zu zwingen, den Ball herauszurücken.

Aber jetzt ging er langsam wieder hinunter mit einem verwirrten Ausdruck auf dem breiten, intelligenten Gesicht. Der Wagen war da, aber Sally nicht. Was hatte das zu bedeuten? Er wußte es nicht, aber es gefiel ihm nicht so recht.

Er schaltete das Licht über der Vortreppe ein und trat hinaus, um in den Wagen zu sehen; vielleicht hatte sie eine Nachricht darin hinterlassen. Er kam bis zur obersten Stufe der Vortreppe, dann erstarrte er. Da war tatsächlich eine Nachricht. Sie war mit grellrosa Lack auf die Windschutzscheibe des Mustang gesprüht; die Sprühdose stammte vermutlich aus seiner eigenen Garage. Die großen Druckbuchstaben starrten ihm entgegen:

FAHR ZUR HÖLLE DU VERLOGENER BASTARD

Lester stand lange auf der obersten Stufe der Vortreppe und las diese Nachricht von seiner Verlobten immer wieder. Die Gebetsversammlung? War es das? Glaubte sie etwa, er wäre zu der Gebetsversammlung am Lake Auburn gefahren, um dort irgendein Flittchen zu treffen? In seinem verzweifelten Zustand war das der einzige Gedanke, der überhaupt einen Sinn ergab.

503

10

Sally wußte, daß er anrufen würde; deshalb hatte sie Irene Lutjens gefragt, ob sie die Nacht bei ihr verbringen dürfte. Irene, fast platzend vor Neugierde, hatte gesagt, ja, natürlich. Irgend etwas machte Sally so schwer zu schaffen, daß sie kaum noch hübsch aussah. Irene konnte es kaum glauben, aber so war es.

Was Sally anging, so hatte sie nicht die Absicht, Irene oder sonstjemandem zu erzählen, was passiert war. Es war zu furchtbar, zu beschämend. Also weigerte sie sich nahezu eine halbe Stunde lang, auf Irenes Fragen zu antworten. Dann brach die ganze Geschichte zusammen mit einer heißen Tränenflut aus ihr heraus. Irene hielt sie in den Armen und hörte zu, und ihre Augen wurden groß und rund.

»Schon gut«, tröstete Irene Sally und wiegte sie in ihren Armen. »Schon gut, Sally – Jesus liebt dich, selbst wenn dieser Mistkerl es nicht tut. Und ich auch. Und Reverend Rose auch. Du hast diesem Muskelprotz eine Lektion erteilt, nicht wahr?«

Sally nickte schnüffelnd, und das andere Mädchen strich ihr übers Haar und gab beruhigende Laute von sich. Irene konnte kaum den nächsten Tag abwarten, damit sie ihre anderen Freundinnen anrufen konnte. Sie würden es einfach nicht glauben! Sally tat Irene leid. Sie tat ihr wirklich leid, aber gleichzeitig war sie irgendwie froh, daß das passiert war. Sally war so hübsch, und Sally war so überaus *fromm*. Irgendwie war es schön, zu sehen, wie sie zu Boden stürzte und brannte, nur dieses eine Mal.

Und Lester ist der am besten aussehende Mann in der Kirche. Wenn er und Sally wirklich Schluß machen – ob er dann mich auffordert, mit ihm auszugehen? Manchmal sieht er mich so an, als wüßte er gern, was für Wäsche ich trage, also ist es vielleicht gar nicht so abwegig ...

»Ich fühle mich so grauenhaft!« weinte Sally. »So beschmutzt!«

»Natürlich tust du das«, sagte Irene und fuhr fort, sie zu wiegen und ihr übers Haar zu streichen. »Hast du den Brief und das Foto noch?«

»Ich habe sie verbrannt!« schrie Sally gegen Irenes feuchten Busen, und dann trug ein neuer Sturm von Schmerz und Kummer sie davon.

»Natürlich hast du das getan«, murmelte Irene. »Das war das einzig Richtige.« Aber du hättest wenigstens damit warten können, dachte sie, bis ich einen Blick darauf werfen konnte, du Heulsuse.

Sally verbrachte die Nacht in Irenes Gästezimmer, aber sie schlief fast überhaupt nicht. Ihre Tränen versiegten schließlich, und sie starrte fast die ganze Nacht hindurch trockenen Auges in die Dunkelheit und gab sich jenen dunklen und bitter befriedigenden Rachephantasien hin, zu denen nur ein sitzengelassenes Mädchen imstande ist, das zuvor in einem Zustand völliger Selbstsicherheit gelebt hat.

Fünfzehntes Kapitel

1

Mr. Gaunts erster »Nur auf Verabredung«-Kunde erschien prompt am Dienstagmorgen um acht Uhr. Es war Lucille Denham, eine der Kellnerinnen in Nan's Luncheonette. Lucille war beim Anblick der schwarzen Perlen in einer der Vitrinen von Needful Things von einem tiefen, hoffnungslosen Verlangen ergriffen worden. Sie wußte, daß sie nie etwas derart Kostbares würde kaufen können, selbst in einer Million Jahre nicht. Nicht bei dem Lohn, den die knauserige Nan Roberts ihr zahlte. Dennoch hatte sich Lucille, als Mr. Gaunt vorschlug, darüber zu reden, ohne daß ihnen dabei die halbe Stadt über die Schulter schaute, auf den Vorschlag gestürzt wie ein hungriger Fisch auf einen verlockenden Köder.

Sie verließ Needful Things zwanzig Minuten nach acht mit einem Ausdruck benommener, verträumter Seligkeit. Sie hatte die schwarzen Perlen für den unglaublichen Preis von achtunddreißig Dollar und fünfzig Cents gekauft. Außerdem hatte sie versprochen, diesem aufgeblasenen baptistischen Prediger William Rose einen kleinen, harmlosen Streich zu spielen.

Das würde, soweit es Lucille anging, das reinste Vergnügen sein. Dieser ständig mit Bibelsprüchen um sich werfende Widerling hatte ihr noch nie ein Trinkgeld gegeben, nicht einmal lausige zehn Cents. Lucille (eine gute Methodistin, der es nicht das geringste ausmachte, am Samstagabend zu heißer Musik das Tanzbein zu schwingen) hatte gehört, daß man seinen Lohn dereinst im Himmel bekommen würde; und sie fragte sich, ob Reverend Rose jemals gehört hatte, daß Geben seliger ist denn Nehmen.

Nun, sie würde ihm ein bißchen davon heimzahlen – und es war wirklich ganz harmlos. Das hatte Mr. Gaunt gesagt.

Mr. Gaunt schaute ihr mit einem freundlichen Lächeln nach. Er hatte einen arbeitsreichen Tag vor sich, einen *überaus* arbeitsreichen Tag, mit Verabredungen alle halbe Stunde und einer ganzen Reihe von Telefonaten. Der Jahrmarkt stand; nun war der Zeitpunkt, alle Attraktionen gleichzeitig zu starten, nicht mehr fern. Wie immer, wenn er an diesem Punkt angelangt war, ob im Libanon, in Ankara, den westlichen Provinzen Kanadas oder hier in diesem verschlafenen Nest in den Vereinigten Staaten, hatte er das Gefühl, daß der Tag einfach nicht genug Stunden hätte. Aber man tat, was man konnte, denn geschäftige Hände waren glückliche Hände, und schon das Bemühen an sich war lobenswert, und …

… und wenn seine alten Augen ihn nicht täuschten, eilte gerade jetzt die zweite Kundin des Tages, Yvette Gendron, auf die Markise über seinem Laden zu.

»Ein arbeitsreicher Tag«, murmelte Mr. Gaunt und setzte ein strahlendes Begrüßungslächeln auf.

2

Alan Pangborn traf um halb neun in seinem Büro ein und fand dort eine an sein Telefon geheftete Notiz vor. Henry Payton von der Staatspolizei hatte um 7.45 Uhr angerufen. Er bat Alan um Rückruf auf der Amtsleitung. Alan ließ sich in seinen Stuhl nieder, klemmte den Hörer zwischen Ohr und Schulter und drückte auf den Knopf, der ihn automatisch mit dem Revier in Oxford verband. Aus der obersten Schublade seines Schreibtisches holte er vier Silberdollars.

»Hallo, Alan«, sagte Henry. »Ich fürchte, ich habe ein paar schlechte Neuigkeiten über Ihren Doppelmord.«

»Ach, auf einmal ist es *mein* Doppelmord«, sagte Alan. Er schloß die Faust um die vier Münzen, drückte und öffnete die Hand wieder. Jetzt waren nur noch drei Münzen da. Er lehnte sich in seinem Stuhl zurück und deponierte die Füße auf seinem Schreibtisch. »Dann müssen die Neuigkeiten wirklich schlecht sein.«

»Das hört sich an, als wären Sie nicht überrascht.«

»Bin ich auch nicht.« Er schloß seine Hand wieder zur Faust und benutzte den kleinen Finger, um den zu unterst liegenden Silberdollar zu »forcieren«. Das war ein riskantes

507

Manöver – aber Alan war der Herausforderung gewachsen. Der Silberdollar glitt aus seiner Faust und in den Ärmel hinein. Es gab ein leises Klicken, als er gegen die erste Münze stieß, aber bei einer richtigen Vorstellung würde das Geplauder des Illusionisten dieses Geräusch übertönen. Alan öffnete abermals die Hand, und nun waren nur noch zwei Münzen vorhanden.

»Vielleicht verraten Sie mir, weshalb Sie nicht überrascht sind«, sagte Henry. Sein Tonfall hörte sich ein wenig gereizt an.

»Nun, ich habe den größten Teil der letzten beiden Tage damit verbracht, darüber nachzudenken«, sagte Alan. Selbst das war eine Untertreibung. Seit dem Augenblick am Sonntagnachmittag, in dem er gesehen hatte, daß eine der tot am Pfosten des Stoppschildes liegenden Frauen Nettie Cobb war, hatte er kaum noch an etwas anderes gedacht. Er hatte sogar davon geträumt, und das Gefühl, daß die Rechnung einfach nicht aufging, war zu einer nagenden Gewißheit geworden. Und deshalb war er über Henrys Anruf nicht verärgert, sondern erleichtert; er hatte Alan die Mühe erspart, ihn seinerseits anzurufen.

Er schloß die Faust um die zwei Dollarmünzen in seiner Hand.

Klick.

Jetzt war nur noch eine da.

»Was mißfällt Ihnen?« fragte Henry.

»Alles«, sagte Alan verdrossen. »Angefangen mit der Tatsache, daß es überhaupt passiert ist. Ich nehme an, was mir am meisten zu schaffen macht, ist der Zeitplan des Verbrechens. Er haut einfach nicht hin. Ich versuche immer wieder, mir vorzustellen, wie Nettie Cobb ihren Hund tot vorfindet und sich dann hinsetzt, um all diese Zettel zu schreiben. Und wissen Sie was? Es gelingt mir einfach nicht. Und jedesmal, wenn es mir nicht gelungen ist, frage ich mich, wieviel von dieser verdammten Angelegenheit mir entgangen ist.«

Alan ballte seine Hand heftig zur Faust, öffnete sie wieder, und jetzt war keine Münze mehr da.

»Ich verstehe. Dann ist meine schlechte Neuigkeit vielleicht eine gute Neuigkeit. Es war noch ein anderer beteiligt.

Wir wissen nicht, wer den Hund der Cobb umgebracht hat, aber wir sind ziemlich sicher, daß es nicht Wilma Jerzyck war.«

Alans Füße glitten von seinem Schreibtisch herunter. Die Münzen rutschten ihm aus dem Ärmel und fielen auf die Schreibtischplatte. Eine von ihnen landete auf dem Rand und rollte auf die Kante zu. Alans Hand schnellte blitzschnell vor und packte sie, bevor sie entkommen konnte. »Ich glaube, Sie sollten mir mitteilen, was Sie wissen, Henry«.

»Wird gemacht. Fangen wir mit dem Hund an. Der Kadaver wurde zu John Palin gebracht, einem Tierarzt in South Portland. Er ist für Tiere, was Henry Ryan für Menschen ist. Er sagt, weil der Korkenzieher ins Herz des Tieres eingedrungen ist und es fast sofort tot war, kann er die Todeszeit ziemlich exakt angeben.«

»Eine erfreuliche Abwechslung«, sagte Alan. Er dachte an die Romane von Agatha Christie, die Annie dutzendweise gelesen hatte. In diesen Romanen schien es immer einen tatterigen Dorfarzt zu geben, der willens war, die Todeszeit zwischen 16.30 Uhr und Viertel nach fünf anzusetzen. Nach fast zwanzig Jahren im Polizeidienst wußte Alan, daß eine realistischere Antwort auf die Frage nach Zeitpunkt eines Todes »irgendwann in der vorigen Woche – vielleicht« lautete.

»Ja, das ist es. Jedenfalls sagt Dr. Palin, der Hund wäre zwischen zehn und zwölf Uhr gestorben. Peter Jerzyck hat ausgesagt, daß seine Frau, als er ins Schlafzimmer kam, um sich für die Kirche umzuziehen – *kurz nach zehn* –, in der Dusche war.«

»Ja, wir wußten, daß es knapp war«, sagte Alan. Er war ein wenig enttäuscht. »Aber dieser Palin muß, wenn er nicht Gott ist, einen gewissen Irrtums-Spielraum einkalkulieren. Schon fünfzehn Minuten würden ausreichen, damit es für Wilma wieder gut aussieht.«

»Wirklich? Wie gut sieht es Ihrer Meinung nach für sie aus, Alan?«

Er überdachte die Frage, dann sagte er verdrossen: »Um Ihnen die Wahrheit zu gestehen, es sieht überhaupt nicht gut für sie aus. Hat es nie getan.« Alan zwang sich, sich hinzusetzen: »Trotzdem – wäre es nicht ziemlich albern, wenn wir den Fall auf der Basis des Gutachtens eines Hundedoktors und einer Lücke von – wieviel? – fünfzehn Minuten offenhalten würden?«

»Okay, reden wir von dem Zettel auf dem Korkenzieher. Sie erinnern sich an den Text?«

»Niemand schmeißt Dreck auf meine sauberen Laken! Warten Sie nur, ich erwische Sie noch!«

»Stimmt. Der Handschriftenexperte in Augusta brütet noch darüber, aber Peter Jerzyck hat uns ein Muster von der Handschrift seiner Frau gegeben, und im Augenblick liegen Fotokopien sowohl des Zettels als auch des Handschriftenmusters vor mir auf dem Schreibtisch. Sie stimmen nicht überein. Beim besten Willen nicht.«

»Das kann ich mir nicht vorstellen.«

»Müssen Sie aber. Ich glaubte, Sie wären ein Mann, den man nicht überraschen kann.«

»Ich wußte, daß etwas nicht stimmt, aber es waren die Steine mit den daran befestigten Zetteln, die mir nicht aus dem Kopf gehen wollten. Der Zeitplan ist verdammt knapp, und beim Gedanken daran war mir nicht wohl, ja, aber aufs Ganze gesehen war ich bereit, das auf sich beruhen zu lassen. Vor allem, weil eine solche Tat so gut zu Wilma Jerzyck paßt. Sind Sie sicher, daß sie ihre Schrift nicht verstellt hat?« Er glaubte es nicht – inkognito zu reisen wäre nicht Wilmas Stil gewesen –, aber es war eine Möglichkeit, die nicht außer acht gelassen werden durfte.

»Ich? Ich bin ganz sicher. Aber ich bin kein Experte, und was ich sage, hat für das Gericht keine Bedeutung. Deshalb wird der Zettel jetzt analysiert.«

»Und wann wird der Handschriftenexperte seinen Bericht abliefern?«

»Keine Ahnung. Bis dahin müssen Sie sich auf mein Wort verlassen, Alan – sie sind wie Äpfel und Orangen. Keinerlei Ähnlichkeit.«

»Nun, wenn Wilma es nicht getan hat, dann wollte jemand, daß Nettie *glaubte*, sie hätte es getan. Wer? Und weshalb? Weshalb, in Gottes Namen?«

»Ich weiß es nicht – es ist Ihre Stadt. Aber ich habe noch zweierlei für Sie.«

»Und das wäre?« Alan legte die Silberdollars wieder in die Schublade. Dann ließ er einen hochgewachsenen, mageren Mann mit einem Zylinder über die Wand wandern. Auf dem Rückweg war aus dem Zylinder ein Spazierstock geworden.

»Derjenige, der den Hund umgebracht hat, hat auf dem inneren Knauf von Netties Haustür blutige Fingerabdrücke hinterlassen.«

»Das ist wirklich heiß!«

»Leider bestenfalls warm. Sie sind verwischt. Der Täter muß sie hinterlassen haben, als er beim Hinausgehen den Knauf anfaßte.«

»Also nützen sie uns überhaupt nichts?«

»Wir haben ein paar Fragmente, die sich *vielleicht* als nützlich erweisen könnte, aber es besteht nicht viel Aussicht, daß man sie vor Gericht gelten läßt. Ich habe sie an die Abdruckzentrale des FBI in Virginia geschickt. Die Leute dort bringen neuerdings manchmal erstaunliche Rekonstruktionen von Teilabdrücken zuwege. Sie sind langsamer als kalte Melasse – es wird wahrscheinlich eine Woche oder sogar zehn Tage dauern, bis ich wieder von ihnen höre –, aber ich habe inzwischen die Teilabdrücke mit den Abdrücken dieser Jerzyck verglichen, die ich gestern abend vom Büro des Pathologen bekommen habe.«

»Keine Übereinstimmung?«

»Nun, es ist dasselbe wie mit der Handschrift, Alan – ein Vergleich zwischen Teilen und einem Ganzen; wenn ich vor Gericht eine entsprechende Aussage machte, würde die Verteidigung mich in der Luft zerreißen. Aber wenn wir hier schon zusammen am Katzentisch sitzen – nein, es gibt nicht die geringste Übereinstimmung. Da ist einmal die Frage der Größe. Wilma Jerzyck hatte kleine Hände. Die Teilabdrücke stammten von jemandem mit großen Händen. Obwohl sie verwischt sind, stammen sie von verdammt großen Händen.«

»Die Fingerabdrücke eines Mannes?«

»Da bin ich ganz sicher. Aber vor Gericht käme ich damit nicht durch.«

»Wen kümmert das schon?« Auf der Wand erschien plötz-
lich ein Schatten-Leuchtturm, der sich in eine Pyramide verwandelte. Die Pyramide öffnete sich wie eine Blüte und
wurde zu einer durch den Sonnenschein fliegenden Gans.
Alan versuchte, das Gesicht des Mannes – nicht das von
Wilma Jerzyck, sondern das eines *Mannes* – zu sehen, der in
Netties Haus eingedrungen war, nachdem Nettie es am
Sonntagmorgen verlassen hatte. Des Mannes, der Raider mit
einem Korkenzieher umgebracht und Wilma die Tat in die
Schuhe geschoben hatte. Er suchte nach einem Gesicht und
sah nichts als Rauch und Schatten. »Henry, wer würde so et-
was auch nur tun *wollen*, wenn es nicht Wilma war?«

»Ich weiß es nicht. Aber ich glaube, wir haben möglicherweise eine Zeugin für die Steinewerferei.«

»Was? Wen?«

»Ich sagte *möglicherweise*.«

»Ich weiß, was Sie gesagt hatten. Wer ist es?«

»Ein Junge. Die Frau, die neben den Jerzycks wohnt, hat
Geräusche gehört und ist vor die Tür gekommen, um herauszufinden, was da vor sich ging. Sie sagte, sie hätte geglaubt,
daß ›dieses Weib‹ – ihre eigenen Worte – vielleicht zu guter
Letzt auf ihren Mann so wütend geworden wäre, daß sie ihn
aus dem Fenster geworfen hätte. Sie sah, wie der Junge von
dem Haus wegradelte und dabei verängstigt aussah. Sie hat
ihn gefragt, was da vorginge. Er sagte, er glaubte, Mr. und
Mrs. Jerzyck hätten vielleicht einen Streit. Nun, das hatte
auch *sie* geglaubt, und weil die Geräusche inzwischen aufgehört hatten, dachte sie nicht weiter darüber nach.«

»Das muß Jillian Mislaburski gewesen sein«, sagte Alan.
»Das Haus, das auf der anderen Seite neben dem der Jerzycks steht, ist leer – es steht zum Verkauf.«

»Ja. Jillian Misla-waski. Das ist der Name, den ich hier
habe.«

»Wer war der Junge?«

»Weiß ich nicht. Sie hat ihn erkannt, aber sein Name ist ihr
nicht eingefallen. Sie sagt, er wohne in der Nachbarschaft –
wahrscheinlich sogar im gleichen Block. Wir werden ihn finden.«

»Wie alt?«

»Sie sagte, zwischen elf und vierzehn.«

»Henry? Seien Sie so gut und überlassen Sie es *mir*, ihn zu finden. Würden Sie das tun?«

»Ja«, sagte Henry sofort, und Alan entspannte sich. »Ich verstehe sowieso nicht, weshalb wir solche Untersuchungen führen müssen, wenn das Verbrechen in Ihrem Amtsbereich passiert. Sie lassen die Leute in Portland und Bangor selbst zusehen, wie sie mit ihren Problemen fertigwerden, also weshalb nicht auch in Castle Rock? Himmel, ich wußte nicht einmal, wie sich der *Name* dieser Frau schreibt, bevor Sie ihn ausgesprochen haben!«

»In Castle Rock gibt es eine Menge Polen«, sagte Alan abwesend. Er riß eine rosa Verwarnung wegen verkehrswidrigen Verhaltens von dem Block auf seinem Schreibtisch ab und notierte *Jill Mislaburski* und *Junge, 11–14* auf die Rückseite.

»Wenn meine Leute diesen Jungen finden, dann sieht er drei große Staatspolizisten vor sich und bekommt es so mit der Angst zu tun, daß er kein Wort mehr herausbringt«, sagte Henry. »Sie kennt er vermutlich. Halten Sie nicht auch Vorträge in den Schulen?«

»Ja, zum Beispiel über vorbeugende Verbrechensbekämpfung«, sagte Alan. Er versuchte, an Familien mit Kindern zu denken – in dem Block, in dem die Jerzycks und die Mislaburskis wohnten. Wenn Jill Mislaburski den Jungen kannte, aber seinen Namen nicht wußte, dann mochte das heißen, daß er gleich um die Ecke wohnte, oder vielleicht in der Pond Street. Alan schrieb schnell drei Namen auf die Rückseite des Formulars: *DeLois, Rusk, Bellingham*. Wahrscheinlich gab es noch weitere Familien mit Jungen in der richtigen Altersgruppe, die ihm auf Anhieb nicht einfielen, aber diese drei würden für den Anfang genügen. Bei einer raschen Umfrage würde sich mit ziemlicher Sicherheit herausstellen, wer der Junge war.

»Wußte Jill, wie spät es war, als sie den Lärm hörte und den Jungen sah?« fragte Alan.

»Sie ist nicht sicher, meint aber, daß es nach elf war.«

»Also waren es nicht die Jerzycks, die einen Streit hatten. Die Jerzycks waren in der Kirche.«

»So ist es.«

»Dann war es der Steinewerfer.«

»Auch richtig.«

»Das ist *wirklich* grotesk, Henry.«

»Das sind drei Dinge in einer Reihe. Noch eins, und Sie gewinnen den Toaster.«

»Ich wüßte zu gern, ob der Junge gesehen hat, wer es gewesen ist.«

»Normalerweise würde ich sagen, das wäre zu schön, um wahr zu sein. Aber diese Mislaburski hat gesagt, er hätte verängstigt ausgesehen; es wäre also möglich. Wenn er den Täter tatsächlich gesehen hat, dann gehe ich jede Wette ein, daß es nicht Nettie Cobb war. Ich glaube, jemand hat sie gegeneinander aufgehetzt, und zwar vielleicht nur aus Spaß an der Freude.«

Aber Alan, der die Stadt besser kannte, als Henry sie je kennen würde, fand diesen Gedanken absurd. »Vielleicht hat der Junge selbst es getan«, sagte er. »Vielleicht hat er deshalb verängstigt ausgesehen. Vielleicht haben wir hier nichts anderes als einen simplen Fall von Vandalismus.«

»In einer Welt, in der es einen Michael Jackson gibt und ein Arschloch wie Axyl Rose, ist vermutlich alles möglich«, sagte Henry, »aber die Vorstellung von Vandalismus würde mir wesentlich besser gefallen, wenn der Junge sechzehn oder siebzehn Jahre alt gewesen wäre.«

»Ja«, sagte Alan.

»Aber solche Spekulationen erübrigen sich, wenn Sie den Jungen finden können. Sie können ihn doch finden, oder?«

»Da bin ich ziemlich sicher. Wenn Sie nichts dagegen haben, möchte ich warten, bis die Schule aus ist. Wie Sie sagten – ihm Angst einzujagen, bringt uns nicht weiter.«

»Ist mir recht; die beiden Damen gehen sowieso nirgendwo anders hin als in die Erde. Die Reporter schwirren hier herum, aber sie sind nur lästig – ich klatsche sie weg wie Fliegen.«

Alan schaute gerade noch rechtzeitig aus dem Fenster, um zu sehen, wie ein Übertragungswagen von WMTM-TV langsam vorbeifuhr, wahrscheinlich zum Haupteingang des Gerichts um die Ecke herum.

»Ja, hier sind sie auch«, sagte er.

»Können Sie mich bis fünf anrufen?«

»Bis vier«, sagte Alan. »Danke, Henry.«

»Nichts zu danken«, sagte Henry Payton und legte auf.

Alans erster Gedanke war, zu Norris Ridgewick zu gehen und ihm alles zu erzählen – Norris war, wenn schon nichts anderes, ein verdammt guter Resonanzboden. Doch dann fiel ihm ein, daß Norris vermutlich mit seiner neuen Angelrute in der Hand irgendwo am Castle Lake saß.

Er ließ noch ein paar Schattentiere über die Wand wandern, dann stand er auf. Er spürte ein seltsames Unbehagen. Es würde nicht schaden, einmal um den Block zu fahren, in dem sich die Morde ereignet hatten. Vielleicht würden ihm, wenn er die Häuser betrachtete, noch weitere Familien mit Jungen in der entsprechenden Altersgruppe einfallen. Und vielleicht traf das, was Henry über Jungen gesagt hatte, auch auf Polinnen mittleren Alters zu, die ihre Kleider bei Lane Bryant kauften. Jill Mislaburski würde sich vielleicht besser erinnern können, wenn sie von jemandem mit einem vertrauten Gesicht befragt wurde.

Er schickte sich an, seinen Uniformhut vom Kleiderständer neben der Tür zu holen, dann ließ er ihn, wo er war. Vielleicht ist es besser, dachte er, wenn ich nicht ganz so amtlich aussehe. Und was das betraf, wäre es vielleicht kein schlechter Gedanke, mit dem Kombi zu fahren.

Er verließ sein Büro und blieb dann im Dienstraum verblüfft stehen. John LaPointe hatte seinen Schreibtisch und den Raum um ihn herum in etwas verwandelt, das aussah, als erfordere es den Einsatz der Katastrophenhilfe des Roten Kreuzes. Überall waren Papiere gestapelt. Die Schubladen waren übereinander geschichtet und bildeten auf Johns Schreibtischunterlage einen Babylonischen Turm, der den Eindruck machte, als könnte er jede Sekunde einstürzen. Und John, normalerweise der fröhlichste Polizist, den man sich vorstellen konnte, hatte ein rotes Gesicht und fluchte.

»Ich muß Ihnen den Mund mit Seife auswaschen, Johnny«, sagte Alan lächelnd.

John fuhr zusammen, dann drehte er sich um. Er erwiderte Alans Lächeln mit einem eigenen, das schamhaft und verzweifelt zugleich war. »Tut mir leid, Alan. Ich …«

Dann bewegte sich Alan. Er durchquerte den Raum mit derselben lautlosen, geschmeidigen Schnelligkeit, die Polly Chalmers am Freitagabend so verblüfft hatte. John LaPointes Mund öffnete sich. Dann sah er aus dem Augenwinkel heraus, was Alan vorhatte – die obersten Schubladen des Turms, den er gebaut hatte, kippten herunter.

Alan war nicht schnell genug, um die erste Schublade zu erwischen. Sie landete auf seinen Füßen und verstreute Papiere, Kugelschreiber und jede Menge Heftklammern. Zwei weitere Schubladen hielt er mit den Handflächen an der Seite von Johns Schreibtisch fest.

»Heiliger Gott, Alan! Das war eine Meisterleistung!« rief John.

»Danke, John«, sagte Alan mit einem gequältem Lächeln. Die Schubladen begannen abzurutschen. Fester zuzudrükken hatte keinen Sinn; dann verschob sich nur der Schreibtisch. Außerdem taten ihm die Zehen weh. »Machen Sie mir soviel Komplimente, wie Sie wollen. Aber zwischendurch könnten Sie vielleicht die verdammte Schublade von meinen Füßen herunterholen.«

»Oh! Scheiße! Natürlich!« John beeilte sich, es zu tun. In seinem Eifer, die Schublade aufzuheben, stieß er Alan an. Alan verlor den unsicheren Halt über die beiden Schubladen, die er aufgefangen hatte. Sie landeten gleichfalls auf seinen Füßen.

»Au!« brüllte Alan. Er wollte nach seinem rechten Fuß greifen und kam dann zu dem Schluß, daß der linke noch mehr weh tat. »Verdammter Mist!«

»Herrgott, Alan, es tut mir leid!«

»Was haben Sie da drin?« fragte Alan und hüpfte mit dem linken Fuß in der Hand beiseite. »Den halben Steinbruch von Castle Land?«

»Es ist wohl schon eine Weile her, seit ich sie zuletzt aufgeräumt habe.« John lächelte schuldbewußt und machte sich daran, Papiere und Bürobedarf auf gut Glück in die Schubladen zu packen. Sein normalerweise blasses Gesicht war scharlachrot angelaufen. Er lag auf den Knien, und als er sich umdrehte, um an die Stifte und Heftklammern zu gelangen, die unter Cluts Schreibtisch geflogen waren, stieß er einen hohen Stapel Formulare und Berichte um, den er auf dem Fußboden deponiert hatte. Der Dienstraum des Sheriffbüros begann auszusehen wie ein Ort, über den ein Tornado hinweggefegt ist.

»Heiliger Strohsack!« sagte John.

»Heiliger Strohsack ist gut«, sagte Alan, der sich auf Norris Ridgewicks Schreibtisch gesetzt hatte und versuchte, durch seine schweren schwarzen Dienstschuhe hindurch seine Zehen zu massieren. »Eine sehr exakte Beschreibung der Lage. Wenn ich je einen heiligen Strohsack gesehen habe, dann ist dies einer.«

»Tut mir leid«, sagte John abermals, schob sich auf dem Bauch unter seinen Schreibtisch und begann, mit den Handkanten dort gelandete Heftklammern zusammenzufegen. Alan wußte nicht recht, ob er lachen oder weinen sollte. Johns Füße schoben sich, während er die Hände bewegte, vor und zurück und verteilten die Papiere auf dem Fußboden gleichmäßig über eine große Fläche.

»John, kommen Sie da heraus!« rief Alan. Er bemühte sich angestrengt, nicht zu lachen, aber ihm war bereits jetzt klar, daß es ihm nicht gelingen würde.

LaPointe fuhr zusammen. Sein Kopf prallte gegen die Unterseite des Schreibtisches. Und ein weiterer Stapel von Papieren, einer, der am äußersten Rande der Schwerkraft deponiert war, um für die Schubladen Platz zu machen, kippte herunter. Die meisten landeten glatt auf dem Fußboden, aber Dutzende von Blättern segelten träge schaukelnd durch die Luft.

Es wird den ganzen Tag brauchen, um die wieder zu sortieren, dachte Alan resigniert. Vielleicht sogar die ganze Woche.

Dann konnte er nicht länger an sich halten. Er warf den Kopf zurück und lachte schallend. Andy Clutterbuck, der in der Telefonzentrale gewesen war, kam heraus, um zu sehen, was los war.

»Sheriff?« fragte er. »Ist alles okay?«

»Ja«, sagte Alan. Dann betrachtete er die übers ganze Zimmer verstreuten Berichte und Formulare und begann abermals zu lachen. »John hat nur eine neue, schöpferische Art erfunden, seinen Papierkram zu erledigen.«

John kam unter seinem Schreibtisch hervorgekrochen und

richtete sich auf. Er sah aus wie ein Mann, der sich nichts sehnlicher wünscht, als daß jemand ihn auffordert, strammzustehen oder vierzig Liegestütze zu machen. Das Vorderteil seiner zuvor makellosen Uniform war mit Staub bedeckt, und trotz seiner Belustigung machte sich Alan in Gedanken eine Notiz – es war schon sehr lange her, seit Eddie Warburton sich um den Fußboden unter den Schreibtischen im Dienstraum gekümmert hatte. Dann begann er wieder zu lachen. Er konnte einfach nicht anders. Clut schaute verwirrt von John und Alan und dann wieder zu John.

»Okay«, sagte Alan, als er sich endlich wieder in Gewalt hatte. »Was suchen Sie eigentlich? Den Heiligen Gral? Die verlorene Nabelschnur?«

»Meine Brieftasche«, sagte John und wischte ohne sonderlichen Erfolg über das Vorderteil seiner Uniform. »Ich kann meine Brieftasche nicht finden.«

»Haben Sie in Ihrem Wagen nachgesehen?«

»In beiden«, sagte John. Er ließ einen angewiderten Blick über das Chaos um seinen Schreibtisch herum schweifen. »In dem Streifenwagen, in dem ich gestern abend gefahren bin, und in meinem Pontiac. Aber manchmal, wenn ich herkomme, lege ich sie in eine Schreibtischschublade, weil sie ein Klumpen an meinem Hintern ist, wenn ich mich hinsetze. Und deshalb wollte ich nachsehen ...«

»Sie würde weniger gegen Ihren Hintern drücken, wenn Sie nicht Ihre gesamte Biographie darin aufbewahren würden, John«, erklärte Andy Clutterbuck.

»Clut«, sagte Alan, »gehen Sie wieder spielen.«

»Wie bitte?«

Alan verdrehte die Augen. »Suchen Sie sich etwas zu tun. Ich denke, John und ich werden allein damit fertig; wir sind erfahrene Polizisten. Wenn sich herausstellen sollte, daß wir es nicht schaffen, sagen wir Ihnen Bescheid.«

»Klar doch. Habe nur versucht zu helfen. Ich habe seine Brieftasche gesehen. Sieht aus, als hätte er die ganze Kongreßbibliothek darin. Sie ist sogar ...«

»Danke für Ihren Beitrag, Clut. Wir sehen uns später.«

»Okay«, sagte Clut. »Immer gern zu Diensten. Bis später, Leute.«

Alan verdrehte abermals die Augen. Ihm war wieder nach Lachen zumute, aber er beherrschte sich. Johns unglückliche Miene ließ deutlich erkennen, daß er das ganz und gar nicht lustig fand. Alan hatte selbst schon ein- oder zweimal seine Brieftasche verloren, und er wußte, was für ein lausiges Gefühl das war. Der Verlust des darin befindlichen Geldes und die mit der Meldung des Abhandenkommens der Kreditkarten verbundenen Lauferein waren nur ein Teil davon, und nicht unbedingt der schlimmste. Man mußte immer wieder an Dinge denken, die man dort aufbewahrt hatte, Dinge, die jemand anders vielleicht für Müll halten mochte, die für einen selbst aber unersetzbar waren.

John war in die Hocke gegangen, sammelte Papiere auf, sortierte und stapelte sie und sah verzweifelt aus. Alan half ihm.

»Haben Sie sich wirklich die Zehen verletzt, Alan?«

»Nein. Sie kennen diese Schuhe – es ist, als trüge man Kleinlaster an den Füßen. Wieviel Geld war in der Brieftasche, John?«

»Ich glaube, nicht mehr als zwanzig Dollar. Aber ich habe vorige Woche meinen Jagdschein bekommen, und der steckte auch darin. Und meine MasterCard. Wenn ich die verdammte Brieftasche nicht finde, muß ich die Bank anrufen und sie bitten, die Nummer zu sperren. Aber woran mir am meisten liegt, das sind die Fotos von Mom und Dad und meinen Schwestern. Sie wissen schon, Dinge dieser Art.«

Aber es waren nicht die Fotos von seinen Eltern oder seinen Schwestern, an denen John wirklich lag; das wirklich wichtige Foto war das von ihm und Sally Ratcliffe. Clut hatte es bei der Fryeburg State Fair aufgenommen, ungefähr drei Monate, bevor Sally mit John gebrochen und sich für diesen Hohlkopf Lester Pratt entschieden hatte.

»Nun«, sagte Alan, »sie wird wieder auftauchen. Wahrscheinlich ohne Geld und Plastik, aber die Brieftasche und die Fotos bekommen Sie vermutlich zurück. So ist es meistens. Das wissen Sie.«

»Ja«, sagte John mit einem Seufzer. »Es ist nur – verdammt, ich versuche die ganze Zeit, mich zu erinnern, ob ich sie heute morgen noch hatte, als ich zur Arbeit kam. Ich kann es einfach nicht.«

»Nun, ich hoffe, Sie finden sie noch. Hängen Sie eine Verlustanzeige ans Schwarze Brett.«

»Gute Idee. Und jetzt werde ich den Rest von diesem Chaos hier aufräumen.«

»Ich weiß, daß Sie das tun werden. Nehmen Sie's nicht zu tragisch.«

Alan ging kopfschüttelnd hinaus auf den Parkplatz.

3

Das silberne Glöckchen über der Tür von Needful Things bimmelte, und Babs Miller, angesehenes Mitglied des Ash Street Bridge Club, trat ein wenig schüchtern ein.

»Mrs. Miller!« hieß Mr. Gaunt sie willkommen und konsultierte das Blatt Papier, das neben seiner Registrierkasse lag. Er machte ein kleines Häkchen darauf. »Wie schön, daß Sie kommen konnten! Und pünktlich auf die Minute. Es war die Spieldose, für die Sie sich interessierten, nicht wahr? Ein prächtiges Stück Arbeit.«

»Ich wollte mit Ihnen darüber reden, ja«, sagte Babs. »Ich nehme an, sie ist verkauft.« Es fiel ihr schwer, sich vorzustellen, daß etwas so Herrliches *nicht* verkauft sein sollte. Dennoch spürte sie, wie ihr bei diesem Gedanken ein wenig das Herz brach. Die Melodie, die sie spielte, diejenige, von der Mr. Gaunt behauptete, er könne sich nicht an sie erinnern – sie glaubte zu wissen, um welche es sich handeln mußte. Sie hatte einst im Pavillon von Old Orchard Beach mit dem Kapitän der Football-Mannschaft zu dieser Melodie getanzt, und später am selben Abend hatte sie unter einem prachtvollen Maimond bereitwillig ihre Jungfräulichkeit geopfert. Er hatte ihr den ersten und letzten Orgasmus ihres Lebens beschert, und die Melodie hatte sich durch ihren Kopf gewunden wie ein glühender Draht.

»Nein, sie ist noch da«, sagte Mr. Gaunt. Er holte sie aus der Vitrine, in der sie hinter der Polaroidkamera versteckt gelegen hatte, und stellte sie darauf. Bei ihrem Anblick hellte sich Babs Millers Gesicht auf.

»Ich bin sicher, sie kostet mehr, als ich mir leisten kann«, sagte Babs, »jedenfalls auf einmal, aber sie gefällt mir wirklich ausnehmend gut, Mr. Gaunt, und wenn die Möglichkeit besteht, daß ich sie in Raten bezahle – die geringste Möglichkeit ...«

Mr. Gaunt lächelte. Es war ein charmantes, beruhigendes Lächeln. »Ich glaube, Sie machen sich unnötige Sorgen«, sagte er. »Sie werden überrascht sein, wie erschwinglich der Preis für diese wunderschöne Spieldose ist, Mrs. Miller. Sehr überrascht. Setzen Sie sich. Wir reden darüber.«

Sie setzte sich.

Er kam auf sie zu.

Seine Augen fingen die ihren ein.

In ihrem Kopf setzte wieder die Melodie ein.

Und sie war verloren.

4

»Jetzt erinnere ich mich«, erklärte Jillian Mislaburski Alan. »Es war der Rusk-Junge. Ich glaube, er heißt Billy. Oder Bruce.«

Sie standen in ihrem Wohnzimmer, das beherrscht wurde von dem Sony-Fernseher und einem riesigen gekreuzigten Jesus aus Gips, der an der Wand darüber hing. *Oprah* war auf dem Bildschirm. Der Art nach zu urteilen, auf die Jesus unter seiner Dornenkrone die Augen verdrehte, glaubte Alan, daß ihm *Geraldo* vielleicht besser gefallen hätte. Oder *Divorce Court*. Mrs. Mislaburski hatte Alan eine Tasse Kaffee angeboten, die er abgelehnt hatte.

»Brian«, sagte er.

»Richtig!« sagte sie. »Brian!«

Sie trug ihren grellgrünen Morgenrock, hatte aber auf ihr rotes Kopftuch verzichtet. Lockenwickler von der Größe der Pappzylinder, die man in der Mitte von Toilettenpapierrollen findet, umgaben ihren Kopf wie eine bizarre Korona.

521

»Sind Sie sicher, Mrs. Mislaburski?«

»Ja. Es ist mir heute morgen wieder eingefallen, als ich aufstand. Sein Vater hat vor zwei Jahren die Aluminiumverkleidung an unserem Haus angebracht. Der Junge kam herüber und hat eine Zeitlang mitgeholfen. Ich hatte den Eindruck, daß er ein netter Junge ist.«

»Haben Sie eine Idee, was er dort getan haben könnte?«

»Er sagte, er hätte fragen wollen, ob sie schon jemand hätten, der im Winter bei ihnen Schnee schippt. Ja, das war es. Er sagte, er wollte später wiederkommen, wenn sie sich nicht stritten. Der arme Junge sah aus, als wäre er zu Tode verängstigt, und ich kann es ihm nicht verdenken.« Sie schüttelte den Kopf. Die großen Lockenwickler hüpften ein wenig. »Es tut mit leid, daß sie so sterben mußte ...« Mrs. Mislaburski senkte vertraulich die Stimme. »Aber ich freue mich für Pete. Niemand weiß, was er auszustehen hatte, mit dieser Frau verheiratet. Niemand.« Sie schaute vielsagend zu Jesus an der Wand, dann richtete sie den Blick wieder auf Alan.

»Ja«, sagte Alan. »Ist Ihnen sonst etwas aufgefallen, Mrs. Mislaburski? Irgend etwas an dem Haus oder an den Geräuschen oder dem Jungen?«

Sie legte einen Finger an die Nase und neigte den Kopf. »Nein, eigentlich nicht. Der Junge – Brian Rusk – hatte eine Kühltasche in seinem Gepäckkorb. Daran erinnere ich mich, aber ich nehme an, das ist nicht die Art von Dingen, die Sie interessieren, und ...«

»Moment«, sagte Alan und hob eine Hand. »Eine Kühltasche?«

»Ja, eine von der Art, wie man sie zu Picknicks oder Parties im Freien mitnimmt. Ich erinnere mich nur daran, weil sie für seinen Gepäckkorb viel zu groß war. Sie stand schräg darin, und es sah aus, als könnte sie jeden Moment herausfallen.«

»Danke, Mrs. Mislaburski«, sagte Alan langsam. »Vielen Dank.«

»Hat das etwas zu bedeuten? Ist es ein Hinweis?«

»Ich glaube nicht.« Aber da war er nicht sicher.

Die Vorstellung von Vandalismus würde mir wesentlich besser gefallen, wenn der Junge sechzehn oder siebzehn Jahre alt gewesen wäre, hatte Henry Payton gesagt. Alan war der gleichen Ansicht gewesen – aber er hatte schon mit zwölfjährigen Vandalen zu tun gehabt, und er nahm an, daß man in so einer Kühltasche eine ganze Menge Steine unterbringen konnte.

Plötzlich war er erheblich gespannter auf die Unterhaltung, die er am Nachmittag mit Brian Rusk zu führen gedachte.

5

Das silberne Glöckchen bimmelte. Sonny Jackett betrat Needful Things, langsam und argwöhnisch, und knetete seine ölverschmierte Sunoco-Mütze in den Händen. Er benahm sich wie ein Mann, der felsenfest davon überzeugt ist, daß er bald viele teure Dinge zerbrechen wird, so sehr er sich auch bemüht, es nicht zu tun; das Zerbrechen von Dingen, stand in seinem Gesicht geschrieben, war nicht sein Wunsch, sondern sein Schicksal.

»Mr. Jackett!« rief Leland Gaunt sein übliches Willkommen mit dem üblichen Nachdruck und machte ein weiteres Häkchen auf dem Blatt neben der Registrierkasse. »Ich freue mich wirklich, daß Sie vorbeikommen konnten!«

Sonny tat drei Schritte in den Laden hinein; dann blieb er stehen und ließ den Blick mißtrauisch von den Vitrinen zu Mr. Gaunt wandern.

»Also«, sagte er, »ich bin nicht hier, um etwas zu kaufen. Das muß ich Ihnen gleich sagen. Der alte Harry Samuels hat gesagt, ich sollte heute morgen bei Ihnen hereinschauen, wenn ich es einrichten kann. Sagte, Sie hätten eine hübsche Garnitur Steckschlüssel. Ich brauche eine, aber das ist kein Laden für unsereins. Bin nur aus Höflichkeit vorbeigekommen, Sir.«

»Nun, ich weiß Ihre Aufrichtigkeit zu würdigen«, sagte Mr. Gaunt.

»Aber Sie sollten nicht zu voreilig sein, Mr. Jackett. Es ist wirklich ein hübscher Satz – doppelt verstellbar.«

»Ach?« Sonny hob die Brauen. Er wußte, daß es Garnituren gab, bei denen man mit denselben Steckschlüsseln sowohl an einheimischen als auch an ausländischen Wagen arbeiten konnte, aber gesehen hatte er dergleichen noch nie. »Wirklich?«

»Ja. Sobald ich erfuhr, daß Sie sich dafür interessieren, habe ich sie ins Hinterzimmer gestellt. Andernfalls wären sie sofort weggegangen. Aber ich wollte, daß Sie sie zumindest sehen, bevor ich den Satz an jemand anderen verkaufe.«

Darauf reagierte Sonny Jackett mit sofortigem Yankee-Mißtrauen.

»Weshalb haben Sie das getan?«

»Weil ich einen Oldtimer habe und Oldtimer oft repariert werden müssen. Ich habe mir sagen lassen, daß Sie der beste Mechaniker in der ganzen Umgebung sind.«

»Oh.« Sonny entspannte sich. »Kann schon sein. Was für eine Kiste haben Sie?«

»Einen Tucker«

Sonnys Brauen fuhren hoch, und er betrachtete Mr. Gaunt mit neuem Respekt. »Einen Torpedo! Man stelle sich das vor!«

»Nein. Ich habe einen Talisman.«

»Habe noch nie von einem Talisman gehört.«

»Es wurden auch nur zwei gebaut – der Prototyp und meiner. Das war 1953. Kurze Zeit später ging Mr. Tucker nach Brasilien, wo er dann gestorben ist.« Mr. Gaunt lächelte mit feuchten Augen. »Preston war ein reizender Mensch und ein Genie, wenn es ums Entwerfen von Autos ging – aber ein Geschäftsmann war er nicht.«

»Ach, wirklich?«

»Ja.« Die Feuchtigkeit verschwand aus Mr. Gaunts Augen. »Aber das war gestern, und heute ist heute! Schlagen wir eine neue Seite auf, wie, Mr. Jackett? Schlagen wir eine neue Seite auf, sage ich immer – den Blick nach vorn, freudig losmarschieren in die Zukunft und nie zurückschauen in die Vergangenheit!«

Sonny betrachtete Mr. Gaunt mit einigem Unbehagen aus den Augenwinkeln heraus und sagte nichts.

»Lassen Sie mich Ihnen die Steckschlüssel zeigen.«

Sonny stimmte nicht sofort zu. Statt dessen betrachtete er abermals zweifelnd die Vitrinen. »Kann mir nichts Gutes leisten. Habe einen kilometerhohen Stapel Rechnungen am Hals. Manchmal denke ich, ich sollte so schnell wie möglich aus dem Geschäft aussteigen und von der Fürsorge leben.«

»Ich weiß genau, was Sie meinen«, sagte Mr. Gaunt. »Es sind die verdammten Republikaner, die sind an allem schuld.«

Sofort entspannte sich Sonnys verkniffenes, mißtrauisches Gesicht. »Da haben Sie verdammt recht, Mann!« rief er. »George Bush hat dieses Land fast völlig *ruiniert* – er und sein gottverdammter Krieg! Aber glauben Sie, daß die Demokraten jemanden haben, den sie nächstes Jahr gegen ihn aufstellen können, und der dann auch gewinnt?«

»Ich bezweifle es«, sagte Mr. Gaunt.

»Jesse Jackson zum Beispiel – ein Nigger.«

Er sah Mr. Gaunt mit verächtlicher Miene an, und dieser neigte leicht den Kopf, als wollte er sagen *Ja, mein Freund – sagen Sie nur Ihre Meinung. Wir sind beide Männer von Welt, die sich nicht scheuen, das Kind beim richtigen Namen zu nennen.* Sonny Jackett entspannte sich noch etwas mehr, war sich jetzt nicht mehr so sehr der Ölschmiere an seinen Händen bewußt, fühlte sich mehr zu Hause.

»Ich habe nichts gegen Nigger, verstehen Sie, aber schon beim Gedanken an einen Schwarzen im Weißen Haus – im *Weißen* Haus – überkommt mich das Grausen.«

»Durchaus verständlich«, pflichtete Mr. Gaunt ihm bei.

»Und dann dieser Typ in New York – Mar-i-o Cu-o-mo. Glauben Sie etwa, ein Typ mit so einem Namen könnte diesen vieräugigen Blödmann im Weißen Haus schlagen?«

»Nein«, sagte Mr. Gaunt. Er hob seine rechte Hand, wobei der lange Zeigefinger ungefähr einen Zentimeter Abstand von seinem häßlichen, spaltenförmigen Daumen hielt. »Außerdem mißtraue ich Männern mit winzigen Köpfen.«

Sonny war einen Moment sprachlos, dann schlug er sich aufs Knie und lachte keuchend. »Mißtrauen Männern mit winzigen – also das ist wirklich gut, Mister! Das ist wirklich verdammt gut!«

Mr. Gaunt grinste.

Sie grinsten einander an.

Mr. Gaunt holte den Satz Steckschlüssel, der in einem mit schwarzem Samt ausgeschlagenen und mit Leder bezogenen Kasten lag – der herrlichste Satz von Chrom-Vanadium-Steckschlüsseln, den Sonny Jackett je gesehen hatte.

Sie grinsten über den Steckschlüsseln, bleckten die Zähne wie Affen, die bald übereinander herfallen wollen.

Und natürlich kaufte Sonny den Satz. Der Preis war erstaunlich niedrig – hundertsiebzig Dollar und dazu zwei wirklich amüsante Streiche, die er Don Hemphill und Rev. Rose spielen sollte. Sonny erklärte Mr. Gaunt, es wäre ihm ein Vergnügen – es würde ihm Spaß machen, es diesen psalmensingenden republikanischen Hurensöhnen einmal richtig zu zeigen.

Sie grinsten über den Streich, der Steamboat Willi und Don Hemphill gespielt werden sollte.

Sonny Jackett und Leland Gaunt – zwei grinsende Männer von Welt.

Und über der Tür bimmelte das silberne Glöckchen.

6

Henry Beaufort, Wirt und Besitzer des Mellow Tiger, wohnte in einem Haus, das ungefähr eine Meile von seinem Lokal entfernt war. Myra Evans stellte ihren Wagen auf dem Parkplatz des Tiger ab – der jetzt, in der ungewöhnlich warmen Morgensonne, völlig leer war – und ging zu Fuß zu dem Haus. In Anbetracht dessen, was sie vorhatte, schien das eine vernünftige Vorsichtsmaßnahme zu sein. Aber sie hätte sich keine Sorgen zu machen brauchen. Der Tiger hatte bis ein Uhr nachts geöffnet, und Henry stand selten früher auf als um die gleiche Mittagsstunde. Sein Wagen, ein gepflegter 1960er Thunderbird, der sein ganzer Stolz und seine Freude war, stand auf der Auffahrt.

Myra trug Jeans und eines der blauen Arbeitshemden ihres Mannes. Sie trug das Hemd über der Hose; es reichte ihr fast bis zu den Knien. Es verdeckte den Gürtel, den sie darunter trug, und die an dem Gürtel hängende Scheide. Chuck Evans sammelte Objekte aus dem Zweiten Weltkrieg (und hatte, was sie nicht wußte, bereits selbst in dem neuen Laden einen entsprechenden Einkauf getätigt), und in der Scheide steckte ein japanisches Bajonett. Myra hatte es eine halbe Stunde zuvor in Chucks »Bude« am Keller von der Wand genommen. Bei jedem Schritt schlug es gegen ihren rechten Oberschenkel.

Sie wollte ihren Job so schnell wie möglich erledigen, damit sie nach Hause zu ihrem Elvis-Foto zurückkehren konnte. Sie hatte festgestellt, daß das In-der-Hand-Halten des Fotos eine Art Geschichte auslöste.

Es war keine wahre Geschichte, aber in mancher Hinsicht – im Grunde in *jeder* Hinsicht – sogar *besser* als eine wahre Geschichte. Der Erste Akt war das Konzert, bei dem The King sie auf die Bühne hinaufzog, damit sie mit ihm tanzte. Der Zweite Akt war der Green Room nach dem Auftritt, und der Dritte Akt spielte in der Limousine. Einer von Elvis' Freunden aus Memphis fuhr den Wagen, und The King machte sich nicht einmal die Mühe, die schwarze Scheibe zwischen ihnen und dem Fahrer hochzufahren, bevor er auf der Fahrt zum Flughafen die unerhörtesten und herrlichsten Sachen mit ihr anstellte.

Der Vierte Akt lief unter der Überschrift *Im Flugzeug.* In diesem Akt befanden sie sich in der *Lisa Marie,* Elvis' Convair Jet – genauer gesagt, in dem großen Doppelbett jenseits der Trennwand im hinteren Teil der Kabine. Das war der Akt, den Myra gestern abend und heute morgen genossen hatte; unterwegs in einer Höhe von zweiunddreißigtausend Fuß in der *Lisa Marie,* unterwegs im Bett mit The King. Sie hätte nichts dagegen gehabt, für immer bei ihm zu bleiben, aber sie wußte, daß sie das nicht tun würde. Noch stand der Fünfte Akt bevor: *Graceland.* Und sobald sie dort waren, konnte alles nur noch besser werden.

Aber zuerst mußte sie diesen Auftrag erledigen.

Sie hatte an diesem Morgen im Bett gelegen, nackt bis auf ihren Strumpfhaltergürtel (The King hatte seinem Wunsch, daß Myra ihn anbehielt, sehr deutlich Ausdruck gegeben). Sie hatte das Foto fest in beiden Händen gehalten, gestöhnt und sich langsam auf den Laken gewunden. Und dann war das Doppelbett plötzlich verschwunden. Der Duft des English Leather von The King war verschwunden.

An die Stelle all dieser wunderbaren Dinge war das Gesicht von Mr. Gaunt getreten; nur sah er nicht mehr so aus wie in seinem Laden. Die Haut auf seinem Gesicht wirkt blasig, versengt von einer phantastischen inneren Hitze. Sie zuckte und pulsierte, als befänden sich Dinge unter ihr, die herauswollten. Und als er lächelte, war aus seinen großen, schiefen Zähnen eine Doppelreihe von Reißzähnen geworden.

»Es wird Zeit, Myra«, hatte Mr. Gaunt gesagt.

»Ich möchte bei Elvis bleiben«, winselte sie. »Ich werde es tun, aber nicht jetzt gleich – bitte, nicht jetzt gleich.«

»Doch, jetzt gleich. Sie haben es versprochen, und Sie werden Ihr Versprechen halten. Wenn nicht, wird es Ihnen sehr leid tun, Myra.«

Dann hatte sie ein sprödes Krachen gehört. Sie schaute herunter und sah mit Entsetzen, daß das Glas über dem Foto von The King einen Sprung hatte.

»Nein!« schrie sie. »Nein, tun Sie das nicht!«

»Nicht ich bin es, der das tut«, hatte Mr. Gaunt mit einem Auflachen erwidert. »Sie tun es. Sie tun es, weil Sie ein albernes, faules Weibsbild sind. Dies ist Amerika, Myra, wo nur die Huren ihre Geschäfte im Bett erledigen. In Amerika müssen anständige Leute aufstehen und sich die Dinge verdienen, die sie brauchen, oder sie ein für allemal verlieren. Ich glaube, das haben Sie vergessen. Natürlich kann ich jederzeit jemand anderen finden, der Mr. Beaufort diesen kleinen Streich spielt, aber was Ihre wundervolle affaire du cœur mit The King angeht …«

Ein weiterer Sprung fuhr wie ein silberner Blitz quer durch das Glas über dem Foto. Und das Gesicht darunter wurde, wie sie mit wachsendem Entsetzen feststellte, alt und runzlig und verfärbte sich rötlich, sobald die verderbliche Luft eindringen und darauf einwirken konnte.

»Nein! Ich tue es! Ich tue es gleich jetzt! Sehen Sie, ich stehe sofort auf! Aber machen Sie, daß es aufhört! MACHEN SIE, DASS ES AUFHÖRT!«

Myra war auf den Fußboden gesprungen mit der Hast einer Frau, die gerade entdeckt hat, daß sie das Bett mit einem Nest voller Skorpione geteilt hat.

»Wenn Sie Ihr Versprechen einlösen«, sagte Mr. Gaunt. Jetzt sprach er aus irgendeiner tiefen Senke in ihrem Kopf heraus. »Sie wissen, was Sie zu tun haben, nicht wahr?«

»Ja, ich weiß es.« Myra betrachtete verzweifelt das Foto – das Bild eines alten, kranken Mannes, das Gesicht aufgeschwemmt von Jahren voller Ausschweifungen und Schwelgereien. Die Hand, die das Mikrofon hielt, war die Klaue eines Geiers.

»Wenn Sie Ihren Auftrag erledigt haben«, sagte Mr. Gaunt, »wird das Foto wieder in Ordnung sein. Aber passen Sie gut auf, daß niemand Sie sieht, Myra. Wenn irgendjemand Sie sieht, dann sehen Sie *ihn* nie wieder.«

»Ich passe auf!« stammelte sie. »Ich schwöre es – ich passe auf!«

Und jetzt, da sie Henry Beauforts Haus erreichte, erinnerte sie sich an diese Ermahnung. Sie schaute sich um, vergewisserte sich, daß niemand die Straße entlangkam. Sie war völlig menschenleer. Auf einem abgeernteten Oktober-Feld schrie schläfrig eine Krähe. Andere Geräusche waren nicht zu hören. Der Tag schien zu pulsieren, als wäre er lebendig, und das Land lag betäubt unter dem langsamen Klopfen einer Hitze, die nicht der Jahreszeit entsprach.

Myra ging die Auffahrt hinauf, griff unter das blaue Hemd, vergewisserte sich, daß die Scheide und das darin steckende Bajonett noch da waren. Schweiß rann tröpfelnd und juckend an ihrer Wirbelsäule entlang und unter ihren Büstenhalter. Obwohl sie es nicht wußte und es, wenn man es ihr gesagt hätte, auch nicht geglaubt hätte, war sie in der ländlichen Stille für kurze Zeit schön. Ihr nichtssagendes, gedankenloses Gesicht hatte, zumindest in diesem Augenblick, eine Zielstrebigkeit und Entschlossenheit angenommen, die nie zuvor dagewesen war. Ihre Wangenknochen zeichneten sich deutlich ab – zum erstenmal seit der High School, in der sie zu dem Entschluß gelangt war, daß ihre Lebensaufgabe darin bestand, sämtliche Yodels und Ding-Dongs und Hoodsie Rockets der Welt zu essen. In den letzten vier oder fünf Tagen war sie viel zu sehr beschäftigt gewesen, immer ausgefalleneren Sex mit The King zu haben, um viel an Essen zu denken. Ihr Haar, das ihr normalerweise glatt und schlaff ums Gesicht hing, war zu einem festen kleinen Pferdeschwanz zusammengebunden und ließ ihre Stirn frei. Der größte Teil der Pickel, die, seit sie zwölf Jahre alt gewesen war, ständig aus ihrem Gesicht hervorgebrochen waren wie ungemütliche Vulkane, heilte ab – vielleicht geschockt von der plötzlichen Überdosis an Hormonen und der ebenso plötzlichen Reduzierung des Zuckerkonsums nach Jahren voll täglicher Überdosen. Noch bemerkenswerter waren ihre Augen – weit geöffnet, blau, fast wild. Das waren nicht die Augen von Myra Evans, sondern die irgendeines Dschungeltieres, das jeden Moment bösartig werden konnte.

Sie erreichte Henrys Wagen. *Jetzt* kam etwas die Route 117 entlang – ein alter, klappriger Farmlaster auf dem Weg in die Stadt. Myra lief um den Thunderbird herum und ging hinter dem Kühlergrill in Deckung, bis der Laster verschwunden war. Dann richtete sie sich wieder auf. Aus der Brusttasche ihres Hemdes zog sie ein zusammengefaltetes Stück Papier. Sie öffnete es, glättete es sorgfältig und schob es dann so unter den Scheibenwischer, daß der Text darauf deutlich zu sehen war.

Setz mich nie wieder vor
die Tür und behalt dann noch
meine Wagenschlüssel du
Franzosenschwein!

Es war Zeit für das Bajonett.

Sie sah sich schnell noch einmal um, doch das einzige, was sich in dem ganzen heißen Tageslicht bewegte, war eine einsame Krähe, vielleicht die, die eine Weile zuvor geschrien hatte. Sie flatterte auf die Spitze einer der Auffahrt genau gegenüberstehenden Telegrafenstange und schien sie zu beobachten.

Myra zog das Bajonett aus der Scheide, packte es mit beiden Händen, bückte sich und rammte es bis zum Griff in den vorderen Weißwandreifen an der Fahrerseite. Ihr Gesicht war in Erwartung eines lauten Knalls zu einer Grimasse verzerrt, aber es gab nur ein plötzliches, atemloses *huuuusch* – ungefähr das Geräusch, das ein großer Mann von sich gibt, nachdem man ihm einen Schlag in die Magengrube versetzt hat. Der Thunderbird neigte sich deutlich nach links. Myra zerrte an dem Bajonett, riß das Loch größer, dankbar dafür, daß Chuck seine Waffen gern scharf hielt.

Nachdem sie ein ausgefetztes Gummilächeln in den rapide zusammensackenden Reifen geschnitten hatte, ging sie zu dem an der Beifahrerseite und tat dort dasselbe. Es verlangte sie immer noch danach, zu ihrem Foto zurückzukehren; dennoch war sie froh, daß sie hergekommen war. Das war aufregend. Der Gedanke an Henrys Gesicht, wenn er sah, was mit seinem kostbaren Thunderbird passiert war, machte sie sogar geil. Gott wußte, warum, aber sie dachte daran, wenn sie endlich wieder an Bord der *Lisa Marie* war, würde sie The King vielleicht noch den einen oder anderen neuen Trick zeigen können.

Sie begab sich zu den Hinterreifen. Jetzt schnitt das Bajonett nicht mehr ganz so gut, aber sie glich das durch ihre eigene Begeisterung aus und sägte tatkräftig in die Reifenwände hinein.

Als die Arbeit erledigt und alle vier Reifen nicht nur angestochen, sondern regelrecht zerfetzt waren, trat Myra zurück, um ihr Werk zu betrachten. Sie atmete hastig und wischte sich mit einer heftigen, männlichen Geste den Schweiß von der Stirn. Henry Beauforts Thunderbird saß jetzt gut fünfzehn Zentimeter niedriger über der Auffahrt als bei ihrer Ankunft. Er ruhte auf den Felgen, und unter ihnen breitete sich zusammengequetscht das schlaffe Gummi der teuren Gürtelreifen. Und dann entschloß sich Myra, obwohl dazu nicht aufgefordert, dem Ganzen noch jenen letzten Schliff zu geben, der so viel ausmacht. Sie fuhr mit der Spitze des Bajonetts über die Seitenfront des Wagens und riß in die auf Hochglanz polierte Oberfläche einen langen, gezackten Kratzer.

Das Bajonett kreischte über das Metall, und Myra schaute zum Haus hinüber, plötzlich ganz sicher, daß Henry Beaufort das Geräusch gehört haben mußte, daß die Jalousie im Schlafzimmer plötzlich hochschnellen und er zu ihr herausschauen würde.

Das geschah nicht, aber sie wußte, daß es Zeit war, zu verschwinden. Sie war entschieden zu lange hier gewesen, und daheim in ihrem Schlafzimmer wartete The King auf sie. Myra eilte die Auffahrt hinunter, brachte das Bajonett wieder in seiner Scheide unter und verdeckte sie wieder mit Chucks Hemd. Ein Wagen fuhr an ihr vorüber, bevor sie wieder beim Mellow Tiger angekommen war, aber er fuhr in die entgegengesetzte Richtung – sofern der Fahrer nicht in seinem Rückspiegel mit ihr liebäugelte, hätte er nur ihren Rücken gesehen.

Sie glitt in ihren eigenen Wagen, zerrte das Gummiband aus ihrem Haar, ließ es auf seine gewohnt schlaffe Art wieder um ihr Gesicht fallen und fuhr in die Stadt zurück. Das tat sie einhändig. Sie schloß ihr Haus auf und rannte dann, zwei Stufen auf einmal nehmend, die Treppe hinauf. Das Foto lag auf dem Bett, wo sie es zurückgelassen hatte. Myra schleuderte die Schuhe von den Füßen, riß ihre Jeans herunter, ergriff das Foto und sprang mit ihm ins Bett. Die Sprünge im Glas waren verschwunden; The King war wieder jung und schön.

Dasselbe ließ sich von Myra Evans sagen – zumindest vorübergehend.

7

Über der Tür bimmelte das silberne Glöckchen seine kleine Melodie.

»Hallo, Mrs. Potter!« sagte Mr. Gaunt fröhlich und machte ein Häkchen auf dem Blatt neben der Registrierkasse. »Ich war nahe daran zu glauben, daß Sie nicht mehr kommen würden.«

»Beinahe wäre ich nicht gekommen«, sagte Lenore Potter.

Sie wirkte nervös, verzweifelt. Ihr silbernes Haar, normalerweise perfekt frisiert, war zu einem nachlässigen Knoten zusammengerafft. Unter ihrem teuren grauen Köperrock schaute ein Zentimeter Unterrock hervor, und unter den Augen hatte sie dunkle Ringe. Die Augen selbst waren rastlos und wanderten mit wütendem Argwohn von einer Stelle zur anderen.

»Es war die Howdy Doody-Puppe, die Sie sich ansehen wollten, nicht wahr? Wenn ich mich recht entsinne, haben Sie mir erzählt, daß Sie eine beachtliche Kollektion von Kinder …«

»Ich glaube nicht, daß ich heute in der rechten Verfassung bin, mir so friedliche Dinge anzusehen«, sagte Lenore. Sie war die Frau des reichsten Anwalts von Castle Rock, und sie sprach in einem knappen, anwaltsmäßigen Tonfall. »Ich bin in einer überaus schlechten Verfassung. Ich habe einen Magneta-Tag. Nicht nur rot, sondern *magneta*.«

Mr. Gaunt ging um die größte der Vitrinen herum und kam auf sie zu, und sein Gesicht war plötzlich von Besorgnis und Anteilnahme erfüllt. »Meine liebe Dame, was ist passiert! Sie sehen furchtbar aus!«

»Natürlich sehe ich furchtbar aus!« fuhr sie ihn an. »Der normale Fluß meiner psychischen Aura ist gestört – *schwer* gestört. Meine gesamte *calava* hat ihr Blau, die Farbe der Ruhe und Ausgeglichenheit, verloren und sich statt dessen grell magnetarot verfärbt! Und an alledem ist dieses Weibsstück von der anderen Straßenseite schuld! Dieses widerliche Weibsstück!«

Mr. Gaunt machte beruhigende Gesten, ohne Lenores Körper zu berühren. »Wen meinen Sie mit dém Weibsstück, Mrs. Potter?« fragte er, obwohl er es ganz genau wußte.

»Die Bonsaint natürlich! Die Bonsaint! Diese widerliche, verlogene Bonsaint! Ein paarmal dunkelrosa, ja, und einmal, nachdem ich in Oxford auf der Straße beinahe von einem Betrunkenen angefahren worden wäre, hat sie sich vielleicht für ein paar Minuten rot gefärbt, aber *magneta* war sie noch nie! So kann ich einfach nicht *leben!*«

»Natürlich nicht«, sagte Mr. Gaunt besänftigend. »Das kann wirklich niemand von Ihnen erwarten, meine Teuerste.«

Schließlich fingen seine Augen die ihren ein. Es war nicht einfach, da Mrs. Potter ihre Blicke so verzweifelt in alle Richtungen schweifen ließ, aber dann schaffte er es doch. Und als es ihm gelungen war, beruhigte sich Lenore fast auf der Stelle. Mr. Gaunt in die Augen zu schauen, stellte sie fest, war fast so, als schaute sie in ihre eigene Aura, wenn sie ihre sämtlichen Übungen absolviert, die richtige Nahrung (in erster Linie Bohnensprossen) zu sich genommen und sich mit mindestens einer Stunde Meditieren nach dem Aufstehen am Morgen und vor dem Zubettgehen am Abend um die Oberfläche ihrer *calava* gekümmert hatte. Die Farbe seiner Augen war das blasse, friedvolle Blau des Himmels über der Wüste.

»Kommen Sie«, sagte er. »Hier herüber.« Er geleitete sie zu der Gruppe von drei hochlehnigen Polsterstühlen, auf denen im Lauf der letzten Woche so viele Einwohner von Castle Rock gesessen hatten. Und als sie saß, forderte Mr. Gaunt sie auf: »Erzählen Sie mir alles.«

»Sie hat mich schon immer gehaßt«, sagte Lenore. »Sie hat immer geglaubt, ihr Mann wäre in der Firma nicht so schnell hochgekommen, wie sie es wollte, weil *mein* Mann das verhindert hätte! Und daß *ich* ihn dazu veranlaßt hätte. Sie ist eine Frau mit einem kleinen Geist, einem großen Busen und einer schmutziggrauen Aura. Sie kennen den Typ.«

»So ist es«, sagte Mr. Gaunt.

»Aber bis heute morgen habe ich nicht gewußt, wie *sehr* sie mich haßt!« Trotz Mr. Gaunts beruhigendem Einfluß regte Lenore Potter sich wieder auf. »Ich bin aufgestanden, und meine Blumenbeete waren total ruiniert! *Ruiniert!* Alles, was gestern wunderschön war, stirbt heute ab. Alles, was die Aura besänftigte und die *calava* nährte, wurde *gemordet!* Von diesem Weibsstück! Von diesem *verdammten Bonsaint-Weibsstück!*«

Lenores Hände ballten sich zu Fäusten, entzogen die elegant manikürten Nägel dem Blick. Die Fäuste trommelten auf die geschnitzten Armlehnen der Stühle.

»Chrysanthemen, Silberkerzen, Astern, Ringelblumen – dieses Weibsstück ist in der Nacht herübergekommen und hat sie alle ausgerissen! Sie überall hingeworfen! Wissen Sie,

534

wo ich meinen Zierkohl heute morgen gefunden habe, Mr. Gaunt?«

»Nein. Wo denn?« fragte er sanft. In Wirklichkeit konnte er sich recht gut vorstellen, wo sie ihn gefunden hatte, und er wußte genau, wer für das *calava*-zerstörende Chaos verantwortlich war: Melissa Clutterbuck.

Lenore Potter verdächtigte die Frau des Deputy Clutterbuck nicht, weil sie sie nicht *kannte* – und Melissa Clutterbuck kannte Lenore nicht; die grüßten sich lediglich, wenn sie sich auf der Straße begegneten. Bei Melissa Clutterbuck war keinerlei Bosheit im Spiel gewesen (abgesehen natürlich, dachte Mr. Gaunt, von der normalen, boshaften Freude, die *jedermann* empfindet, wenn er über die geliebten Besitztümer eines anderen Menschen herfällt). Sie hatte Lenore Potters Blumenbeete verwüstet, weil das Teil der Bezahlung für eine Garnitur Limoges-Porzellan war. Wenn man der Sache auf den Grund ging, war es eine rein geschäftliche Angelegenheit. Erfreulich, ja, aber wo stand geschrieben, daß geschäftliche Angelegenheiten immer eine Last sein müssen?

»Meine Blumen liegen auf der Straße!« schrie Lenore. »Mitten in Castle View! Sie hat wirklich ganze Arbeit geleistet! Sogar die Usambaraveilchen sind fort! Alle fort. *Alle – fort*!«

»*Haben Sie sie gesehen?*«

»Ich *brauchte* sie nicht zu sehen! Sie ist die einzige, die mich hinreichend haßt, um mir so etwas anzutun! Und die Blumenbeete sind voll von den Abdrücken ihrer hohen Absätze. Ich könnte schwören, daß diese kleine Schlampe ihre hohen Absätze sogar im *Bett* trägt. – Oh, Mr. Gaunt«, jammerte sie, »jedesmal, wenn ich die Augen schließe, verfärbt sich alles *purpurrot*! Was soll ich bloß tun?«

Mr. Gaunt schwieg einen Moment. Er sah sie nur an, sah ihr in die Augen, bis sie ruhig und weit fort war.

»Ist es jetzt besser?« fragte er schließlich.

»Ja!« erwiderte sie mit schwacher, erleichterter Stimme. »Ich glaube, ich kann wieder das Blau sehen …«

»Aber Sie sind zu aufgeregt, um an Einkaufen auch nur zu *denken*.«

»Ja ...«

»Sie müßte dafür bezahlen.«

»Ja.«

»Wenn sie so etwas noch einmal versucht, *wird* sie dafür zahlen.«

»Ja.«

»Ich habe vielleicht das Richtige für Sie. Bleiben Sie hier sitzen, Mrs. Potter. Ich bin in einer Minute zurück. Denken Sie inzwischen blaue Gedanken.«

»Blau«, stimmte sie verträumt zu.

Als Mr. Gaunt zurückkehrte, legte er eine der automatischen Pistolen, die Ace aus Cambridge geholt hatte, in Lenore Potters Hände. Sie war voll geladen und funkelte im Licht der Punktstrahler fettig blauschwarz.

Lenore hob die Waffe auf Augenhöhe und betrachtete sie mit großem Vergnügen und noch größerer Erleichterung.

»Ich käme natürlich nie auf die Idee, jemandem einzureden, daß er einen anderen erschießt«, sagte Mr. Gaunt. »Zumindest nicht ohne einen sehr guten *Grund.* Aber Sie machen auf mich den Eindruck einer Frau, die vielleicht einen sehr guten Grund *hat.* Nicht wegen der Blumen – wir wissen beide, daß sie nicht das eigentlich Wichtige sind. Blumen sind ersetzbar. Aber Ihr Karma – Ihre *calava* – nun, was sonst ist es, was einen Menschen – jeden Menschen – wirklich ausmacht?« Und er lachte mißbilligend.

»Nichts«, pflichtete sie ihm bei und richtete die Automatik auf die Wand. »Paff. Paff, paff, paff. Das ist für dich, du neidische kleine Pfennigabsatz-Schlampe. Ich hoffe, dein Mann endet als Müllsammler. Das ist es, was er verdient. Das ist es, was ihr *beide* verdient.«

»Sie sehen den kleinen Hebel hier, Mrs. Potter?« Er zeigte ihn ihr.

»Ja, ich sehe ihn.«

»Das ist die Sicherung. Wenn das Weibsstück wiederkommen und versuchen sollte, noch mehr Schaden anzurichten, dann müssen Sie ihn zuerst betätigen. Verstehen Sie?«

»Oh, ja«, sagte Lenore mit ihrer schläfrigen Stimme. »Ich verstehe vollkommen. Paff, paff.«

»Niemand würde Ihnen einen Vorwurf daraus machen.

Schließlich muß eine Frau ihren Besitz schützen. Eine Frau muß ihr Karma schützen. Wahrscheinlich wird diese Bonsaint-Kreatur nicht wiederkommen, aber wenn sie es tut ...«

Er sah sie vielsagend an.

»Wenn sie es tut, dann wird es das letzte Mal gewesen sein.« Lenore hob den kurzen Lauf der Automatik an die Lippen und küßte sie sanft.

»So, und nun stecken Sie das in Ihre Handtasche«, sagte Mr. Gaunt, »und gehen Sie nach Hause. Schließlich könnte sie gerade jetzt in Ihrem Garten sein. Oder sogar in Ihrem Haus.«

Lenore schaute entsetzt drein. Dünne Fäden von finsterem Purpur begannen ihre blaue Aura zu durchziehen. Sie stand auf, verstaute die Automatik in ihrer Handtasche. Mr. Gaunt wendete seinen Blick ab, und sobald er es getan hatte, blinzelte sie mehrmals rasch hintereinander.

»Es tut mir leid, aber ich werde mir die Howdy Doody-Marionette ein andermal ansehen, Mr. Gaunt. Ich glaube, ich muß jetzt nach Hause. Schließlich könnte dieses Bonsaint-Weib gerade jetzt, während ich hier bin, in meinem Garten sein. Sie könnte sogar in meinem *Haus* sein!«

»Was für ein entsetzlicher Gedanke«, sagte Mr. Gaunt.

»Ja, aber Besitz bringt Verantwortung mit sich – er muß geschützt werden. Wir müssen diesen Dingen ins Gesicht sehen, Mr. Gaunt. Wieviel schulde ich Ihnen für das – das ...« Sie konnte sich nicht erinnern, was er ihr verkauft hatte, aber sie war sicher, daß sie es sehr bald wissen würde. Statt dessen deutete sie vage auf ihre Handtasche.

»Das kostet nichts. Ein Sonderangebot. Nehmen Sie es als ...« Sein Lächeln wurde breiter. »... als Kennenlern-Geschenk.«

»Danke«, sagte Lenore. »Ich fühle mich wesentlich besser.«

»Wie immer«, sagte Mr. Gaunt mit einer kleinen Verbeugung, »ist es mir ein Vergnügen, jemandem zu Diensten gewesen zu sein.«

8

Norris Ridgewick war nicht beim Angeln.

Norris Ridgewick schaute in Hugh Priests Schlafzimmerfenster.

Hugh lag wie ein schlaffer Haufen auf dem Bett und schnarchte zur Decke empor. Er hatte nichts an außer urinfleckigen Boxershorts. Seine großen, starkknochigen Hände umkrampften ein verfilztes Fell. Norris war sich seiner Sache nicht sicher – Hughs Hände waren sehr groß und das Fenster sehr schmutzig –, aber es sah aus wie ein alter, mottenzerfressener Fuchsschwanz. Aber es spielte ohnehin keine Rolle, was es war; wichtig war nur, daß Hugh schlief.

Norris kehrte zu der Stelle zurück, wo sein Privatwagen hinter Hughs Buick auf der Auffahrt parkte. Er öffnete die Beifahrertür und schaute hinein. Sein Fangkorb stand auf dem Boden. Die Bazun-Rute lag auf dem Rücksitz – er hatte das Gefühl gehabt, daß es *sicherer* sein würde, wenn er sie bei sich hatte.

Sie war noch immer unbenutzt. Der Grund dafür war ganz simpel: er hatte *Angst* davor, sie zu nutzen. Er hatte sie gestern zum Castle Lake mitgenommen, gebrauchsfertig ausgerüstet – und dann hatte er in dem Augenblick gezögert, als er die Rute bereits über der Schulter hielt und den Köder zum ersten Mal auswerfen wollte.

Was ist, dachte er, *wenn ein großer Fisch nach dem Köder schnappt? Smokey zum Beispiel?*

Smokey war eine alte Forelle und eine Legende der Fischer von Castle Rock. Er war angeblich mehr als sechzig Zentimeter lang, verschlagen wie ein Wiesel, kräftig wie ein Hermelin, zäh wie Leder. Wenn man den Oldtimern glauben durfte, dann wimmelte es in Smokeys Kiefern von dem Stahl von Anglern, die ihn an den Haken bekommen hatten – und dann nicht imstande gewesen waren, ihn zu halten.

Was ist, wenn er die Rute zerbricht?

Die Idee, daß eine Forelle, selbst eine große wie Smokey (wenn es Smokey überhaupt gab), eine Bazun-Rute zerbrechen könnte, schien absurd, aber Norris hielt es immerhin für möglich. Und wenn man bedachte, wieviel Pech er in letzter Zeit gehabt hatte, war denkbar, daß es tatsächlich passierte. Er konnte in seinem Kopf das spröde Knacken hören, die Verzweiflung spüren, die ihn beim Anblick der in zwei Stücke zerbrochenen Rute überkam, eines davon auf den Grund des Bootes, das andere daneben schwimmend. Und wenn eine Rute einmal zerbrochen war, dann war der Ofen aus – man konnte sie nur noch wegwerfen.

Also war es darauf hinausgelaufen, daß er die alte Zebco benutzte. Gestern hatte es zum Abendessen keinen Fisch gegeben. Aber er hatte von Mr. Gaunt geträumt. In dem Traum hatte Mr. Gaunt hüfthohe Stiefel getragen und einen mit Fliegen vollgesteckten alten Filzhut. Er saß in einem Ruderboot auf dem Castle Lake, ungefähr zehn Meter entfernt, während Norris am Westufer vor der alten Hütte seines Dad stand, die vor zehn Jahren abgebrannt war. Er hatte dagestanden und zugehört, während Mr. Gaunt redete. Mr. Gaunt hatte Norris an sein Versprechen erinnert, und Norris war mit einem Gefühl absoluter Gewißheit aufgewacht: daß er gestern recht daran getan hatte, auf die Bazun zu verzichten und statt dessen die alte Zebco zu benutzen. Die Bazun-Rute war zu gut, viel zu gut. Es wäre geradezu kriminell, sie einer Gefahr auszusetzen, indem man sie tatsächlich *benutzte*.

Norris öffnete seinen Fangkorb. Er holte das lange Messer heraus, das er zum Ausweiden der Fische benutzte, und ging hinüber zu Hughs Buick.

Niemand verdient es mehr als dieser alte Säufer, erklärte er sich selbst; aber irgend etwas in ihm war nicht dieser Meinung. Irgend etwas sagte ihm, daß er einen ganz bösen Fehler machte, von dem er sich möglicherweise nie wieder erholen würde. Er war Polizist; zu seinem Job gehörte es, Leute festzunehmen, die das taten, was er jetzt vorhatte. Es war Vandalismus, genau das war es, wenn man es recht bedachte, und Vandalen waren böse Buben.

Es ist Ihre Entscheidung, Norris. Die Stimme von Mr. Gaunt meldete sich in seinen Gedanken plötzlich zu Wort. *Es ist Ihre Angelrute. Und das Recht des freien Willens ist Ihnen von Gott gegeben. Sie haben eine Wahl. Sie haben immer eine Wahl. Aber ...«

Die Stimme in Norris' Kopf beendete den Satz nicht. Sie brauchte es auch nicht. Norris wußte, was passieren würde, wenn er sich abwendete. Wenn er zu seinem Wagen zurückkehrte, würde er die Bazun in zwei Stück zerbrochen vorfinden. Jede Wahl hatte ihre Folgen. Man konnte in Amerika alles bekommen, was man wollte, vorausgesetzt, man war bereit, dafür zu zahlen. Wenn man nicht zahlen konnte oder sich zu zahlen *weigerte*, blieben alle Wünsche unerfüllt.

Außerdem würde Hugh mir dasselbe antun, dachte Norris verdrossen. Und nicht einmal für eine so schöne Angelrute wie meine Bazun. Hugh Priest würde seiner eigenen Mutter die Kehle durchschneiden für eine Flasche Old Duke und ein Päckchen Luckies.

Auf diese Weise sprach er sich von Schuld frei. Als das Irgendetwas in ihm zu protestieren versuchte, ihm zu sagen versuchte, er sollte doch bitte nachdenken, bevor er es tat, *nachdenken*, da unterdrückte er es. Dann bückte er sich und machte sich daran, die Reifen von Hughs Buick aufzuschlitzen. Während er es tat, steigerte sich seine Begeisterung wie die von Myra Evans. Als Zugabe zertrümmerte er noch die Scheinwerfer und die Heckleuchten des Buick. Er beendete sein Werk, indem er unter den Scheibenwischer auf der Fahrerseite einen Zettel klemmte, auf dem stand:

NUR EINE WARNUNG! DU WEISST WAS DIR BEIM NÄCHSTEN MAL BLÜHT HUBERT. DU HAST MEINEM ROCK-OLA DEN LETZTEN TRITT VERSETZT. LASS DICH NIE WIEDER IN MEINEM LOKAL BLICKEN!

Nachdem seine Arbeit erledigt war, schlich er wieder an das Schlafzimmerfenster. Das Herz hämmerte in seiner schmalen Brust. Hugh Priest schlief nach wie vor tief und fest und umklammerte diesen schäbigen Streifen Fell.

Wem in Gottes Namen kann so ein schmutziges altes Ding

etwas bedeuten? fragte sich Norris. Er hält es fest, als wäre es sein Teddybär.

Er kehrte zu seinem Wagen zurück, stieg ein, nahm den Gang heraus und ließ seinen alten Käfer lautlos die Auffahrt hinabrollen. Den Motor startete er erst, als sich der Wagen auf der Straße befand; dann fuhr er davon, so schnell er konnte. Er hatte Kopfschmerzen. Sein Magen und seine Eingeweide rebellierten. Und er redete sich ununterbrochen ein, daß es keine Rolle spielte; er fühlte sich wohl, verdammt noch mal, er fühlte sich *wirklich wohl.*

Es funktionierte nicht, bis er zwischen den Sitzen hindurch nach hinten griff und mit der linken Hand die schlanke, geschmeidige Rute umfaßte. Da spürte er, wie ihn wieder Ruhe überkam.

9

Das silberne Glöckchen bimmelte.

Slopey Dodd betrat Needful Things.

»Hallo, Slopey«, sagte Mr. Gaunt.

»H-h-hallo, Mr. G-g-gaunt.«

»Bei mir brauchst du nicht zu stottern, Slopey«, sagte Mr. Gaunt. Er hob eine seiner Hände und streckte Zeige- und Mittelfinger in Form einer Gabel aus. Dann ließ er die Finger vor Slopeys unschönem Gesicht niederfahren, und Slopey spürte, wie sich etwas – ein verworrenes, verknotetes Knäuel in seinem Kopf – auf magische Weise löste. Sein Mund öffnete sich.

»Was haben Sie mit mir gemacht?« keuchte er. Die Worte rannen unbehindert aus seinem Mund wie die Perlen einer Kette.

»Ein Trick, den Miss Ratcliffe bestimmt gern lernen würde«, sagte Mr. Gaunt. Er lächelte und machte neben Slopeys Namen ein Häkchen auf seiner Liste. Dann warf er einen Blick auf die in einer Ecke friedlich vor sich hintickende Standuhr. Es war Viertel vor eins. »Sag mir, wie du es geschafft hast, so früh von der Schule wegzukommen. Wird jemand Verdacht schöpfen?«

»Nein.« Slopeys Gesicht war immer noch verblüfft, und er sah aus, als wollte er auf seinen eigenen Mund herabschauen, um zu sehen, wie die Worte auf diese noch nie dagewesene Weise aus ihm herauspurzelten. »Ich habe Mrs. DeWeese gesagt, mir wäre schlecht. Sie hat mich zur Schulschwester geschickt. Zu der Schwester habe ich gesagt, mir ginge es etwas besser, aber schlecht wäre mir immer noch. Sie fragte, ob ich zu Fuß nach Hause gehen könnte. Ich sagte ja, und so ließ sie mich gehen.« Slopey hielt einen Moment inne. »Ich bin gekommen, weil ich im Lesezimmer eingeschlafen bin. Ich habe geträumt, Sie riefen mich.«

»Das habe ich getan.« Mr. Gaunt legte die Spitzen seiner merkwürdig gleichlangen Finger unter dem Kinn zusammen und lächelte den Jungen an. »Sag mir – hat deiner Mutter der Teekessel gefallen, den du für sie gekauft hast?«

Eine Röte stieg in Slopeys Wangen und verlieh ihnen die Farbe alter Ziegelsteine. Er wollte etwas sagen, dann ließ er es und betrachtete statt dessen seine Füße.

Mit seiner sanftesten, liebenswürdigsten Stimme sagte Mr. Gaunt: »Du hast ihn für dich behalten, nicht wahr?«

Slopey nickte und betrachtete auch weiterhin seine Füße. Er fühlte sich beschämt und verwirrt. Und was das schlimmste war: er empfand ein deprimierendes Gefühl des Verlustes und der Trauer. Mr. Gaunt hatte irgendwie diesen lästigen, widerwärtigen Knoten in seinem Kopf gelöst – und was nützte ihm das? Er war zu verlegen, um zu reden.

»Und nun sag mir – wozu braucht ein zwölfjähriger Junge einen zinnernen Teekessel?«

Slopeys Stirnlocke, die noch ein paar Sekunden zuvor auf- und abgehüpft war, schwankte jetzt, da er den Kopf schüttelte, von einer Seite zur anderen. Er *wußte* nicht, wozu ein zwölfjähriger Junge einen zinnernen Teekessel brauchte. Er wußte nur, daß er ihn behalten wollte. Er mochte ihn. Er gefiel ihm.

»… anfühlt«, murmelte er schließlich.

»Wie bitte?« fragte Mr. Gaunt und hob die Braue.

»Mir gefällt, wie er sich anfühlt.«

»Slopey, Slopey«, sagte Mr. Gaunt und kam um den Tresen herum, »*mir* brauchst du das nicht zu erklären. Ich weiß

542

alles über diese eigentümliche Sache, die die Leute ›Besitzer-stolz‹ nennen. Ich habe sie zum Eckpfeiler meines berufli-chen Lebens gemacht.«

Slopey Dodd wich bestürzt vor Mr. Gaunt zurück. »Fassen Sie mich nicht an! *Bitte* nicht!«

»Slopey, ich habe ebensowenig die Absicht, dich anzufas-sen, wie die, dir zu sagen, du sollst deiner Mutter den Tee-kessel geben. Er gehört *dir.* Du kannst damit machen, was du willst. Ich gratuliere dir sogar zu deiner Entscheidung, ihn für dich zu behalten.«

»Das – das tun Sie?«

»Das tue ich. In der Tat. Selbstsüchtige Leute sind glück-liche Leute. Davon bin ich felsenfest überzeugt. Aber, Slo-pey …«

Slopey hob den Kopf und sah durch die Fransen des roten Haars, das ihm in die Stirn hing, ein wenig ängstlich zu Mr. Gaunt auf.

»Die Zeit ist gekommen, daß du deine restliche Schuld darauf bezahlst.«

»Oh!« Ein Ausdruck ungeheurer Erleichterung breitete sich auf Slopeys Gesicht aus. »Haben Sie mich *deshalb* kommen lassen? Ich dachte, vielleicht …« Aber er konnte den Satz nicht beenden oder wagte es nicht. Er war nicht si-cher gewesen, *was* Mr. Gaunt von ihm wollte.

»Ja. Weißt du noch, wem du einen Streich spielen soll-test?«

»Natürlich. Trainer Pratt.«

»Richtig. Dieser Streich besteht aus zwei Teilen – du mußt etwas an eine bestimmte Stelle legen, und du mußt Trainer Pratt etwas mitteilen. Und wenn du meine Anweisungen ge-nau befolgst, gehört der Teekessel für immer dir.«

»Kann ich auch so reden wie jetzt?« fragte Slopey eifrig. »Kann ich auch für immer reden, ohne zu stottern?«

Mr. Gaunt seufzte bedauernd. »Leider wird alles so sein wie vorher, sobald du meinen Laden verlassen hast, Slopey. Ich glaube zwar, daß ich irgendwo ein Anti-Stotter-Gerät auf Lager habe, aber …«

»Bitte! Bitte, Mr. Gaunt! Ich tue alles, was Sie wollen. Wem Sie wollen. Ich *hasse* das Stottern.«

»Ich weiß, daß du das tun würdest, aber genau das ist das Problem. Mir gehen die Streiche, die man irgendwelchen Leuten spielen könnte, rapide aus; meine Tanzkarte, könnte man sagen, ist voll. Du könntest mich also nicht bezahlen.«

Slopey zögerte eine ganze Weile, bevor er wieder sprach. Als er es tat, war seine Stimme leise und scheu. »Könnten Sie nicht – ich meine, verschenken Sie niemals etwas, Mr. Gaunt?«

Leland Gaunts Gesicht wurde tieftraurig. »Oh, Slopey! Wie oft habe ich schon daran gedacht, und wie *sehnsüchtig!* Da ist ein tiefer, unbenutzter Brunnen der Wohltätigkeit in meinem Herzen. Aber …«

»Aber …«

»Aber es läßt sich einfach nicht mit dem Geschäftemachen vereinbaren«, beendete Mr. Gaunt seinen Satz. Er bedachte Slopey mit einem mitfühlenden Lächeln – aber seine Augen funkelten so wölfisch, daß Slopey einen Schritt zurückwich. »Das verstehst du doch, nicht wahr?«

»Oh – ja. Natürlich.«

»Außerdem«, fuhr Mr. Gaunt fort, »sind die nächsten paar Stunden für mich von größter Wichtigkeit. Wenn die Dinge einmal ins Rollen geraten sind, können sie kaum noch aufgehalten werden. Aber im Augenblick muß ich noch vorsichtig sein. Wenn du plötzlich nicht mehr stottern würdest, dann gäbe das Anlaß zu Fragen. Das wäre nicht gut. Der Sheriff läuft schon jetzt herum und fragt nach Dingen, die ihn nichts angehen.« Sein Gesicht verdunkelte sich einen Moment, dann brach sein häßliches, verzaubertes Lächeln wieder hervor. »Aber ich habe vor, mich um ihn zu kümmern, Slopey. O ja.«

»Sie meinen um Sheriff Pangborn?«

»Ja – ich meine um Sheriff Pangborn.« Mr. Gaunt hob Zeige- und Mittelfinger und ließ sie abermals vor Slopey Dodds Gesicht niederfahren, von der Stirn bis zum Kinn. »Aber wir haben nie über ihn gesprochen, nicht wahr?«

»Über *wen* gesprochen?« fragte Slopey verwirrt.

»So ist's richtig.«

Leland Gaunt trug an diesem Tag eine dunkelgraue Wildlederjacke, und aus einer ihrer Taschen zog er eine schwarze, lederne Brieftasche heraus. Er hielt sie Slopey hin, der sie vorsichtig ergriff und sorgfältig darauf achtete, Mr. Gaunts Finger nicht zu berühren.

»Du kennst den Wagen von Trainer Pratt?«

»Den Mustang? Natürlich.«

»Lege dies hier hinein. Unter den Beifahrersitz, so, daß nur eine Ecke herausragt. Du gehst jetzt sofort zur High School – sie muß dort sein, bevor die Glocke zum Unterrichtsschluß läutet. Hast du verstanden?«

»Ja.«

»Dann wartest du, bis er herauskommt. Und wenn er das tut ...«

Mr. Gaunt sprach mit leise murmelnder Stimme weiter, und Slopey sah ihn an, mit herabhängendem Unterkiefer und benommenen Augen, und nickte von Zeit zu Zeit.

Slopey Dodd ging ein paar Minuten später – mit John La-Pointes Brieftasche unter seinem Hemd.

Sechzehntes Kapitel

1

Nettie lag in einem schlichten grauen Sarg, den Polly Chalmers bezahlt hatte. Alan hatte sie gebeten, seinen Teil dazu beitragen zu dürfen, und sie hatte abgelehnt – auf die simple, aber entschlossene Art, die er inzwischen kannte und zu respektieren und akzeptieren gelernt hatte. Der Sarg stand auf Stahlschienen über einem offenen Grab auf dem Homeland-Friedhof, in der Nähe der Stelle, an der Pollys Angehörige begraben waren.

Der Erdhügel daneben war mit einem Teppich aus grellgrünem Kunstrasen bedeckt, der in dem warmen Sonnenlicht funkelte. Dieses künstliche Gras ließ Alan immer schaudern. Es hatte etwas Obszönes an sich, etwas Widerwärtiges. Es gefiel ihm noch weniger als die Praxis der Leichenbestatter, die Toten zu schminken und sie in ihre besten Kleider zu stecken, als wären sie unterwegs zu einem Disko-Wochenende in Boston anstatt zu einer langen Periode des Verfaulens zwischen Wurzeln und Würmern.

Reverend Tom Killingworth, der Methodist, der zweimal wöchentlich einen Gottesdienst in Juniper Hill abhielt und Nettie gut gekannt hatte, hielt auf Pollys Bitte hin die Predigt. Sie war kurz, aber herzlich, voll von Hinweisen auf die Nettie Cobb, die dieser Mann gekannt hatte, eine Frau, die langsam und tapfer aus dem Schatten geistiger Gestörtheit herausgetreten war, eine Frau, die den mutigen Entschluß gefaßt hatte, noch einmal einen Versuch zu unternehmen mit der Welt, die sie so schlecht behandelt hatte.

»Als ich noch ein Junge war«, sagte Tom Killingworth, »hing im Nähzimmer meiner Mutter eine Plakette mit einem irischen Sprichwort. Es lautete: ›Mögest du im Himmel sein eine halbe Stunde bevor der Teufel weiß, daß du tot bist.‹ Nettie Cobb hatte ein schweres Leben, in vieler Hinsicht ein trauriges Leben, aber dennoch glaube ich nicht, daß sie und der Teufel viel miteinander zu schaffen hatten. Ungeachtet ihres entsetzlichen, vorzeitigen Todes ist mein Herz davon überzeugt, daß es der Himmel ist, in den sie eingegangen ist, und daß der Teufel es noch nicht weiß.« Killingworth hob die Arme in der traditionellen Segensgeste. »Lasset uns beten.«

Von der anderen Seite des Hügels, wo zur gleichen Zeit Wilma Jerzyck begraben wurde, kam das Geräusch vieler Stimmen, die sich, mit Father John Brigham respondierend, hoben und senkten. Die Wagen der Trauergemeinde standen in einer langen Reihe von der Grabstelle bis zum Osttor des Friedhofs: die Leute waren Peter Jerzycks, des Lebenden, wegen gekommen, weniger seiner toten Frau wegen. Auf dieser Seite gab es nur fünf Trauergäste: Polly, Alan, Rosalie Drake, der alte Lenny Partridge (der prinzipiell an allen Beerdigungen teilnahm, sofern nicht jemand aus der Armee des Papstes begraben wurde) und Norris Ridgewick. Norris sah blaß und ein wenig verstört aus. Anscheinend haben die Fische nicht angebissen, dachte Alan.

»Möge der Herr euch segnen und die Erinnerungen an Nettie Cobb in euren Herzen frisch und grün halten«, sagte Killingworth, und neben Alan begann Polly wieder zu weinen. Er legte seinen Arm um sie, und sie lehnte sich dankbar an ihn; ihre Hand fand die seine und schlang sich fest hinein. »Möge der Herr sein Angesicht erheben über euch; möge er seine Gnade walten lassen über euch; möge er eure Seelen aufrichten und euch Frieden schenken. Amen.«

Der Tag war sogar noch heißer, als der Kolumbus-Tag es gewesen war, und als Alan den Kopf hob, schossen ihm grelle Lichtreflexe von den Stahlschienen des Sarges in die Augen. Er wischte sich mit der freien Hand über die Stirn, die feucht war von Sommerschweiß. Polly suchte in ihrer Handtasche nach einem frischen Kleenex und wischte sich damit die Augen.

»Liebling, ist alles in Ordnung?« fragte Alan.

»Ja – aber ich muß um sie weinen, Alan. Arme Nettie. Arme, arme Nettie. Warum ist das passiert? *Warum?*« Und sie begann wieder zu schluchzen.

Alan, der sich genau dieselbe Frage stellte, nahm sie in die Arme. Über ihre Schulter hinweg sah er, wie Norris auf die Stelle zuging, an der die paar Netties Trauergästen gehören-

547

den Wagen standen. Er sah aus wie ein Mann, der entweder nicht weiß, wo er hingeht, oder der noch nicht richtig wach ist. Alan runzelte die Stirn. Dann kam Rosalie Drake auf Norris zu, sagte etwas zu ihm, und Norris umarmte sie.

Alan dachte: Er hat sie auch gekannt – er ist einfach traurig, das ist alles. Du jagst dieser Tage einer Menge Schatten nach. Die richtige Frage müßte vielleicht lauten: was ist los mit dir?

Dann war Killingworth da, und Polly drehte sich um, bekam sich wieder in die Gewalt und dankte ihm. Mit gut verhohlener Verblüffung beobachtete Alan, wie Polly ihre Hand ohne ein Spur von Angst in die des Geistlichen legte. Er konnte sich nicht erinnern, jemals gesehen zu haben, daß Polly jemandem eine ihrer Hände so bereitwillig und unbekümmert dargeboten hatte.

Es geht ihr nicht nur ein wenig besser; es geht ihr *erheblich* besser. Was in aller Welt ist passiert?

Auf der anderen Seite des Hügels verkündete Father John Brighams irritierend nasale Stimme: »Friede sei mit euch!«

»Amen«, respondierten die Trauergäste *en masse*.

Alan betrachtete den schlichten grauen Sarg neben diesem gräßlichen Teppich aus grünem Kunstrasen und dachte: Friede sei mit dir, Nettie. Jetzt und für alle Zeiten. Friede sei mit dir.

2

Während auf dem Homeland-Friedhof das Doppelbegräbnis ablief, parkte Eddie Warburton vor Pollys Haus. Er stieg aus seinem Wagen – keinem hübschen neuen Wagen wie dem, den ihm dieser weiße Dreckskerl unten in der Sunoco-Tankstelle ruiniert hatte, sondern einer ältlichen Allerweltskarre – und schaute vorsichtig in beide Richtungen. Alles schien in bester Ordnung zu sein; die Straße glitt durch etwas hindurch, das ohne weiteres ein Nachmittag Anfang August hätte sein können.

Eddie eilte Pollys Plattenweg hinauf und zog dabei einen

amtlich aussehenden Umschlag aus seinem Hemd. Mr. Gaunt hatte ihn vor nur zehn Minuten angerufen und ihm erklärt, es wäre Zeit, die Restschuld für sein Medaillon zu begleichen, und hier war er nun – natürlich. Mr. Gaunt war ein Mann, bei dem man sprang, wenn er Frosch sagte.

Eddie stieg die drei Stufen von Pollys Vortreppe hinauf. Eine heiße kleine Brise versetzte die Windglöckchen über der Tür in Bewegung und ließ sie leise klingeln. Es war das kultivierteste Geräusch, das man sich vorstellen konnte; Eddie fuhr trotzdem ein wenig zusammen. Er schaute sich abermals um, sah niemanden, dann betrachtete er wieder den Umschlag. Adressiert an »Mrs. Patricia Chalmers« – ziemlich hochtrabend. Eddie hatte nicht die geringste Ahnung gehabt, daß Polly in Wirklichkeit Patricia hieß, und es kümmerte ihn auch nicht. Seine Aufgabe war, diese kleine Arbeit zu verrichten und dann schleunigst wieder zu verschwinden.

Er steckte den Brief durch den Türschlitz. Er segelte herunter und landete auf der übrigen Post: zwei Katalogen und einer Reklame für Kabelfernsehen. Nur ein länglicher Umschlag mit Pollys Namen und Adresse unter dem Freistempel in der oberen rechten Ecke und der Absenderadresse oben links:

San Francisco Department of Child Welfare
666 Geary Street
San Francisco, California 94112

3

»Was ist es?« fragte Alan, als er und Polly langsam auf Alans Kombi zugingen. Er hatte gehofft, noch zumindest ein Wort mit Norris wechseln zu können, aber Norris war bereits in seinen Käfer gestiegen und davongefahren. Vermutlich zurück zum See, um noch ein bißchen zu angeln, bevor die Sonne unterging.

Polly sah ihn an, noch immer rotäugig und blaß, aber mit einem zögernden Lächeln.

»Was ist was?«

»Deine Hände. Was hat sie soviel besser gemacht? Es ist das reinste Wunder.«

»Ja«, sagte sie und streckte sie ihm mit gespreizten Fingern entgegen, so daß beide sie betrachten konnten. »Das ist es, nicht wahr?«

Ihre Finger waren noch immer verkrümmt und die Gelenke nach wie vor verdickt, aber die akute Schwellung von Freitagabend war fast vollständig verschwunden.

»Also, Lady – heraus mit der Sprache.«

»Ich weiß nicht recht, ob ich es dir erzählen sollte«, sagte sie. »Es ist mir ein bißchen peinlich.«

Sie blieben stehen und winkten Rosalie zu, die in ihrem alten blauen Toyota an ihnen vorbeifuhr.

»Nun komm schon«, sagte Alan. »Gestehe.«

»Wahrscheinlich«, sagte sie, »liegt es daran, daß ich endlich den richtigen Arzt gefunden habe.«

Langsam kam wieder Farbe in ihre Wangen.

»Und wer ist das?«

»Dr. Gaunt«, sagte sie mit einem nervösen Auflachen. »Dr. Leland Gaunt.«

»*Gaunt!*« Er sah sie verblüfft an. »Was hat er mit deinen Händen zu tun?«

»Fahr mich zu seinem Laden hinunter, dann erzähle ich es dir unterwegs.«

4

Fünf Minuten später (zu den angenehmsten Dingen des Lebens in Castle Rock gehört es, dachte Alan, daß so ziemlich alles nur fünf Minuten entfernt war) lenkte er seinen Wagen in eine der schrägen Parkbuchten vor Needful Things. Im Fenster hing ein Schild, eines, das Alan schon früher gesehen hatte:

DIENSTAGS UND DONNERSTAGS
NUR AUF VERABREDUNG

Plötzlich schoß es Alan – der bis jetzt nicht an diesen Aspekt des neuen Ladens gedacht hatte – durch den Kopf, daß das Schließen außer »auf Verabredung« eine überaus merkwürdige Art war, in einer kleinen Stadt Geschäfte zu machen.

»Alan?« fragte Polly schüchtern. »Du siehst aus, als wärest du wütend.«

»Ich bin nicht wütend«, sagte er. »Worüber sollte ich wütend sein? Die Wahrheit ist, daß ich nicht so recht weiß, *was* ich denken soll.« Er lachte kurz auf und schüttelte den Kopf. »Quacksalberei? Das paßt einfach nicht zu dir, Polly.«

Ihre Lippen preßten sich sofort zusammen, und als sie sich zu ihm umdrehte, lag eine Warnung in ihren Augen. »Quacksalberei ist nicht das Wort, das ich gebraucht hätte. Das sind die Dinge, die auf den letzten Seiten von *Inside View* angeboten werden. Wenn etwas seine Wirkung tut, ist ›Quacksalberei‹ das falsche Wort. Oder irre ich mich da?«

Er öffnete den Mund, um zu sagen, daß er nicht sicher war, aber sie redete weiter, bevor er etwas sagen konnte.

»Sieh dir das an.« Sie hielt ihre Hände in das durch die Windschutzscheibe hereinflutende Sonnenlicht und ballte sie mehrmals zur Faust.

»Also gut. Schlechte Wortwahl. Was ich …«

»Ja, das würde ich auch sagen. Eine sehr schlechte Wortwahl.«

»Tut mir leid.«

Sie drehte sich so weit um, daß sie ihm voll ins Gesicht schauen konnte. Sie saß in dem Wagen, der einst das Familienauto der Pangborns gewesen war, auf dem Platz, auf dem Annie früher immer gesessen hatte. Warum habe ich die Kiste noch nicht verkauft? fragte sich Alan. Was bin ich – verrückt?

Polly legte ihre Hände sanft auf die von Alan. »Das fängt an, ungemütlich zu werden – wir haben uns *noch nie* gestritten, und ich habe nicht die Absicht, jetzt damit anzufangen. Ich habe heute eine gute Gefährtin begraben. Und ich denke nicht daran, mich obendrein noch auf einen Streit mit meinem Boyfriend einzulassen.«

Ein langsam aufdämmerndes Lächeln erhellte sein Gesicht. »Ist es das, was ich bin? Dein Boyfriend?«

551

»Nun – du bist mein *Freund*. Das darf ich doch wohl sagen?«

Er nahm sie in die Arme, ein wenig verblüfft, wie nahe sie dem Wechseln harter Worte gekommen waren. Und das nicht, weil sie sich schlechter fühlte – nein, sondern weil sie sich besser fühlte.

»Liebling, du kannst sagen, was du möchtest. Ich liebe dich.«

»Und wir werden uns nicht streiten, was auch passiert.«

Er nickte feierlich. »Was auch passiert.«

»Weil ich dich nämlich auch liebe, Alan.«

Er küßte sie auf die Wange, dann gab er sie frei. »Laß mich dieses Ding sehen, das er dir gegeben hat.«

»Er hat gesagt, es wäre ein *azka*. Und er hat es mir nicht *gegeben*, er hat es mir geliehen, damit ich es ausprobieren kann. Und deshalb bin ich jetzt hier – um es zu kaufen. Das habe ich dir bereits gesagt. Ich hoffe nur, er verlangt nicht den Mond und die Sterne dafür.«

Alan betrachtete das Schild an der Tür und die heruntergezogene Jalousie und dachte: Ich fürchte, genau *das* wird er verlangen, Liebling.

Die ganze Geschichte gefiel ihm nicht. Es war ihm schwergefallen, während der Beerdigung den Blick von Pollys Händen abzuwenden – er hatte beobachtet, wie sie mühelos die Schließe ihrer Handtasche geöffnet und hineingegriffen hatte, um ein Kleenex herauszuholen, anstatt die Tasche unbeholfen umzudrehen und es mit den Daumen zu tun, die gewöhnlich erheblich weniger schmerzten. Er wußte, daß sich der Zustand ihrer Hände gebessert hatte, aber diese Geschichte über ein magisches Amulett – und darauf lief es hinaus, wenn man die Glasur vom Kuchen abkratzte – machte ihn nervös. Sie roch nach Bauernfängerei.

DIENSTAGS UND DONNERSTAGS
NUR AUF VERABREDUNG.

Nein – abgesehen von ein paar exklusiven Restaurants wie Maurice war ihm, seit er nach Maine gekommen war, noch kein Geschäft begegnet, das nur auf Verabredung geöffnet war. Und neun von zehn Malen konnte man bei Maurice direkt von der Straße aus hineinspazieren und einen Tisch bekommen – außer natürlich im Sommer, wenn es von Touristen wimmelte.

NUR AUF VERABREDUNG.

Dennoch hatte er (gewissermaßen aus dem Augenwinkel heraus) die ganze Woche über gesehen, wie Leute hineingingen und wieder herauskamen. Vielleicht nicht gerade in *Scharen,* aber es war offensichtlich, daß Mr. Gaunts Art, Geschäfte zu machen, ihm nicht geschadet hatte, so seltsam sie auch sein mochte. Manchmal kamen seine Kunden in kleinen Grüppchen, aber weit häufiger schienen sie einzeln zu kommen – diesen Eindruck hatte Alan jetzt, wenn er die vergangene Woche Revue passieren ließ. Und war das nicht genau die Art, auf die Betrüger arbeiteten? Sie sonderten ihre Schäfchen von der Herde ab, nahmen sie sich allein vor, machten es ihnen gemütlich und zeigten ihnen dann, wie sie für einen einmalig günstigen Preis das Empire State Building erwerben konnten.

»Alan?« Ihre Faust klopfte leicht auf seine Stirn. »Alan, bist du da drinnen?«

Er sah sie mit einem Lächeln an. »Ich bin hier, Polly.«

Sie hatte zu Netties Beerdigung einen dunkelblauen Trägerrock mit einem dazu passenden blauen Halstuch angezogen. Während Alan nachdachte, hatte sie das Halstuch abgenommen und die beiden oberen Knöpfe der weißen Bluse geöffnet, die sie darunter trug.

»Mehr«, sagte er mit gespielt gierigem Blick. »Einblick! Wir wollen tiefen Einblick!«

»Laß das«, sagte sie spröde, aber mit einem Lächeln. »Wir sitzen hier mitten auf der Main Street, und es ist halb drei am Nachmittag. Außerdem kommen wir gerade von einer Beerdigung, falls du das vergessen haben solltest.«

Er fuhr zusammen. »Ist es wirklich schon so spät?«

»Wenn halb drei spät ist, dann ist es so spät.« Sie tippte ihm aufs Handgelenk. »Schaust du jemals auf das Ding, das du da am Handgelenk hast?«

Er schaute jetzt darauf und stellte fest, daß es sogar schon fast zwanzig Minuten vor drei war. Die Middle School schloß um drei. Wenn er dort sein wollte, wenn Brian Rusk herauskam, mußte er gleich losfahren.

»Laß mich deinen Klunker sehen«, sagte er.

Sie ergriff die kleine Silberkette, die um ihren Hals lag, und zog das daran hängende kleine Silberobjekt heraus. Sie hielt es auf der Handfläche – und schloß ihre Finger darum, als er sich bewegte, um es anzufassen.

»Ach – ich weiß nicht, ob du das tun solltest.« Sie lächelte, aber die Bewegung, die er gemacht hatte, hatte ihr ganz offensichtlich ein unbehagliches Gefühl eingeflößt. »Es könnte die Vibrationen stören oder etwas dergleichen.«

»Also, weißt du, Polly ...« sagte er verärgert.

»Hör zu«, sagte sie. »Laß uns eines klarstellen, ja?« Der Zorn war in ihre Stimme zurückgekehrt. Sie versuchte, ihn zu beherrschen, aber er war da. »Für dich ist es leicht, dich darüber lustig zu machen. Du bist nicht derjenige mit den übergroßen Tasten am Telefon oder den übergroßen Percodan-Rezepten.«

»Hey, Polly! Das ist ...«

»Spar dir das Hey Polly.« Auf ihren Wangen waren hellrote Flecken erschienen. Ein Teil ihres Zorns, das sollte ihr später klar werden, entsprang einer ganz simplen Quelle: am Sonntag hatte sie genau dasselbe empfunden, was Alan jetzt empfand. Seither war etwas passiert, das einen Sinneswandel herbeigeführt hatte, und der Umgang mit diesem Sinneswandel war nicht leicht. »Dieses Ding *tut seine Wirkung*. Ich weiß, es klingt verrückt, aber so ist es. Am Sonntagmorgen, als Nettie vorbeikam, war es die perfekte Hölle. Ich dachte daran, daß vielleicht die einzige Lösung meiner Probleme die Amputation beider Hände wäre. Die Schmerzen waren so schlimm, Alan, daß ich mir diese Idee durch den Kopf gehen ließ mit einem Gefühl, das fast Überraschung war. Ungefähr so: ›Ach ja – Amputation? Weshalb habe ich nicht schon früher daran gedacht? Das liegt doch so nahe!‹ Und jetzt, nur zwei Tage später, habe ich nur noch das, was Dr. Van Allen ›flüchtige Schmerzen‹ nennt, und selbst die scheinen zu verschwinden. Ich erinnere mich, daß ich vor unge-

554

fähr einem Jahr eine Woche lang nur geschälten Reis gegessen habe, weil *das* helfen sollte. Ist das so sehr anders?«

Während sie sprach, war der Zorn aus ihrer Stimme gewichen, und sie schaute ihn fast flehentlich an.

»Ich weiß nicht, Polly. Ich weiß es wirklich nicht.«

Sie hatte ihre Hand wieder geöffnet, und jetzt hielt sie das *azka* zwischen Daumen und Zeigefinger. Alan beugte sich nieder, um es genau zu betrachten, unternahm aber diesmal keinen Versuch, es zu berühren. Es war ein kleiner silberner Gegenstand, nicht ganz rund. Die untere Hälfte wies winzige Löcher auf, nicht größer als die Punkte, aus denen sich ein Zeitungsfoto zusammensetzt. Es funkelte matt in der Sonne.

Und als Alan es betrachtete, überkam ihn ein starkes, irrationales Gefühl; es gefiel ihm nicht. Es gefiel ihm ganz und gar nicht. Er widerstand dem kurzen, machtvollen Drang, es einfach von Pollys Hals zu reißen und aus dem Fenster zu werfen.

Ja! Gute Idee, Freund! Tu das, und dann kannst du deine Zähne aus deinem Schoß aufsammeln!

»Manchmal fühlt es sich fast so an, als bewegte sich etwas da drinnen«, sagte Polly lächelnd. »Wie eine mexikanische springende Bohne oder so etwas. Ist das nicht albern?«

»Ich weiß nicht.«

Mit einem überaus unguten Gefühl beobachtete er, wie sie es wieder unter ihre Bluse fallen ließ – aber sobald es nicht mehr sichtbar war und ihre Finger – ihre unbestreitbar geschmeidigen Finger – die obersten Knöpfe ihrer Bluse wieder geschlossen hatten, begann dieses Gefühl zu verschwinden. Was nicht verschwand, war sein wachsender Argwohn, daß Mr. Leland Gaunt die Frau, die er liebte, betrog – und wenn er das tat, wäre sie nicht die einzige.

»Hast du schon einmal daran gedacht, daß es auch etwas anderes sein könnte?« Jetzt bewegte er sich mit der Vorsicht eines Mannes, der versucht, auf glitschigen Trittsteinen einen schnell fließenden Bach zu überqueren. »Du weißt, daß du schon früher Rückfälle gehabt hast.«

»Natürlich weiß ich das«, sagte Polly mit gereizter Geduld.

»Schließlich sind es *meine Hände*.«

»Polly, ich versuche doch nur …«

»Ich wußte, daß du so reagieren würdest, wie du jetzt reagierst, Alan. Die simple Tatsache ist die: ich weiß, wie sich ein Rückfall von Arthritis anfühlt, und dies ist keiner. In den letzten fünf oder sechs Jahren hat es Perioden gegeben, in denen es mir ziemlich gut ging, aber *so* gut ist es mir zu keiner Zeit gegangen. Dies ist anders. Es ist wie …« Sie hielt inne, dachte nach, machte dann, fast nur mit den Händen und Schultern, eine Geste der Verlegenheit. »Es ist, als fühlte ich mich wieder richtig *wohl*. Ich erwarte nicht, daß du verstehst, was ich damit meine, aber besser kann ich es nicht ausdrücken.«

Er nickte mit gerunzelter Stirn. Er verstand, was sie meinte, und er verstand auch, daß es ihr ernst damit war. Vielleicht hatte das *azka* eine tief in ihrem Bewußtsein schlummernde Heilkraft freigesetzt. War das möglich, obwohl die Krankheit selbst nicht psychosomatischen Ursprungs war? Die Rosenkreuzer waren überzeugt, daß dergleichen alle Tage passierte. Und das gleiche galt auch für die Millionen von Leuten, die L. Ron Hubbards Buch über Dianetik gekauft hatten. Er selbst wußte es nicht; das einzige, was er mit Sicherheit sagen konnte, war, daß er noch nie erlebt hatte, wie ein Blinder sich zu einem Sehenden zurückgedacht oder ein Verletzter seine Blutung durch eine Willensanstrengung gestillt hatte.

Was er wußte, war etwas anderes: irgend etwas an dieser ganzen Geschichte roch faul. Irgend etwas daran roch so faul wie ein toter Fisch, der drei Tage in der heißen Sonne gelegen hat.

»Lassen wir es dabei bewenden«, sagte Polly. »Der Versuch, nicht wütend auf dich zu sein, ist zu anstrengend. Komm mit hinein. Sprich selbst mit Mr. Gaunt. Es wird ohnehin Zeit, daß du ihn kennenlernst. Vielleicht kann er besser erklären, was das Amulett bewirkt – und was es nicht bewirkt.«

Er sah wieder auf die Uhr. Vierzehn Minuten vor drei. Einen Moment lang dachte er daran, ihrem Vorschlag zu folgen und die Unterhaltung mit Brian Rusk auf später zu verschieben. Aber den Jungen abzufangen, wenn er aus der Schule kam – ihn abzufangen, wenn er nicht zu Hause war –, fühlte sich richtig an. Er würde bessere Antworten bekommen, wenn er ihn in Abwesenheit seiner Mutter befragte, die dabei sein würde wie eine Löwin, die ihr Junges bewacht, die ihn unterbrechen und den Jungen vielleicht sogar anweisen würde, keine Fragen zu beantworten. Ja, darauf lief es hinaus: wenn sich herausstellte, daß ihr Sohn etwas zu verbergen hatte, oder wenn Mrs. Rusk auch nur *glaubte,* daß das der Fall war, dann würde es für Alan schwer oder sogar unmöglich sein, die Informationen zu erhalten, die er brauchte.

Hier hatte er einen potentiellen Trickbetrüger; in Brian Rusk hatte er möglicherweise den Schlüssel, der einen Doppelmord aufschloß.

»Ich kann nicht, Liebling«, sagte er. »Vielleicht später am Tage. Ich muß hinüber zur Middle School und mit jemandem reden, und zwar sofort.«

»Geht es um Nettie?«

»Es geht um Wilma Jerzyck – aber wenn meine Vermutung zutrifft, dann geht es auch um Nettie, ja. Wenn ich etwas herausbekomme, erzähle ich dir später davon. Aber in der Zwischenzeit könntest du mir einen Gefallen tun.«

»Alan, ich kauf es! Es sind nicht deine Hände!«

»Nein, ich weiß, daß du es kaufen wirst. Ich möchte nur, daß du mit einem Scheck bezahlst. Es gibt keinen Grund, weshalb er nicht damit einverstanden sein sollte – das heißt, wenn er ein seriöser Geschäftsmann ist. Du bist hier ansässig, und deine Bank ist drüben auf der anderen Straßenseite. Aber wenn sich herausstellen sollte, daß irgend etwas nicht ganz koscher ist, dann hast du ein paar Tage Zeit, um den Scheck sperren zu lassen.«

»Ich verstehe«, sagte Polly. Ihre Stimme war ruhig, aber Alan registrierte betroffen, daß er nun doch auf einem der glitschigen Trittsteine ausgerutscht und der Länge nach in den Bach gefallen war. »Du denkst, er ist ein Gauner, nicht wahr, Alan? Du denkst, er würde dem leichtgläubigen Mädchen sein Geld abknöpfen, seine Zelte abbrechen und sich mitten in der Nacht davonstehlen.«

»Ich weiß es nicht«, sagte Alan gelassen. »Was ich weiß, ist, daß er sein Geschäft hier in der Stadt erst seit einer Woche betreibt. Und deshalb scheint mir die Bezahlung mit einem Scheck eine angemessene Vorsichtsmaßnahme zu sein.«

Ja, er argumentierte vernünftig, das sah Polly ein. Und es war gerade diese Vernünftigkeit, diese hartnäckige Rationalität angesichts dessen, was ihr wie eine authentische Wunderkur vorkam, was jetzt ihren Zorn entfachte. Sie kämpfte gegen den Drang an, ihm mit den Fingern ins Gesicht zu schnippen und zu schreien: *SIEHST DU DAS, ALAN? BIST DU BLIND?* Die Tatsache, daß Alan recht hatte, daß Mr. Gaunt ihren Scheck widerspruchslos akzeptieren würde, wenn er ein ehrlicher Geschäftsmann war, machte sie nur noch wütender.

Sei vorsichtig, wisperte eine Stimme. Sei vorsichtig, übereile nichts, schalte deinen Verstand ein, bevor du redest. Denke daran, daß du diesen Mann liebst.

Aber eine andere Stimme, eine kältere Stimme, eine, die sie kaum als ihre eigene erkannte, erwiderte: Tue ich das? Tue ich das wirklich?

»Also gut«, sagte sie mit verkniffenen Lippen und rückte auf ihrem Sitz von ihm fort. »Danke, daß du dich um mein Wohlergehen kümmerst, Alan. Manchmal vergesse ich nämlich, wie sehr ich auf jemanden angewiesen bin, der das tut. Ich werde ihn mit einem Scheck bezahlen.«

»Polly …«

»Nein, Alan. Schluß jetzt. Ich kann heute nicht noch länger auf dich wütend sein.« Sie öffnete die Tür und stieg mit einer geschmeidigen Bewegung aus. Der Trägerrock rutschte hoch und entblößte sekundenlang ein atemberaubendes Stück Schenkel.

Er wollte an seiner Seite aussteigen, wollte sie aufhalten, mit ihr reden, sie besänftigen, ihr sagen, daß er nur deshalb seine Zweifel ausgesprochen hatte, weil er sie liebte. Dann sah er wieder auf die Uhr. Es war neun Minuten vor drei. Selbst wenn er sich beeilte, würde er Brian Rusk womöglich verfehlen.

»Ich rufe dich am Abend an«, rief er aus dem Fenster.

»Gut«, sagte sie. »Tu das, Alan.« Sie ging auf die Tür unter der Markise zu, ohne sich noch einmal umzudrehen. Bevor er den Rückwärtsgang einlegte und den Kombi aus der Parkbucht heraussetzte, hörte Alan das Bimmeln eines silbernen Glöckchens.

5

»Mrs. Chalmers!« rief Mr. Gaunt fröhlich und machte ein Häkchen auf dem Blatt neben der Registrierkasse. Er näherte sich dem Ende der Liste; Pollys Name war der vorletzte.

»Bitte – Polly«, sagte sie.

»Entschuldigen Sie.« Sein Lächeln wurde breiter. »*Polly.*«

Sie erwiderte sein Lächeln, aber ein wenig gezwungen. Jetzt, da sie hier war, bedauerte sie zutiefst, daß sie und Alan sich im Zorn getrennt hatten. Plötzlich mußte sie sich sehr anstrengen, um nicht in Tränen auszubrechen.

»Mrs. Chalmers? Polly? Geht es Ihnen nicht gut?« Mr. Gaunt kam um den Tresen herum. »Sie sehen etwas blaß aus.« Auf seinem Gesicht lag echte Anteilnahme. Das ist der Mann, den Alan für einen Gauner hält, dachte Polly. Wenn er ihn jetzt nur sehen könnte …

»Wahrscheinlich ist es die Sonne«, sagte sie mit einer Stimme, die nicht ganz stetig war. »Draußen ist es so warm.«

»Aber hier drinnen ist es kühl«, sagte er beruhigend. »Kommen Sie, Polly. Setzen Sie sich.«

Er dirigierte sie mit der Hand, aber ohne sie zu berühren, zu einem der roten Samtstühle. Sie ließ sich mit geschlossenen Knien darauf nieder.

»Ich habe zufällig aus dem Fenster geschaut«, sagte er, setzte sich auf den Stuhl daneben und verschränkte seine langen Hände im Schoß. »Ich hatte den Eindruck, daß Sie und der Sheriff einen kleinen Streit hatten.«

»Es war nichts«, sagte sie, aber eine einzelne große Träne löste sich aus dem Winkel ihres linken Auges und rollte als stummes Gegenargument über ihre Wange.

»Im Gegenteil«, sagte er. »Es ist sehr wichtig.«

Sie sah zu ihm auf, überrascht – und Mr. Gaunts nußbraune Augen fingen ihren Blick ein. Waren sie schon immer nußbraun gewesen? Sie konnte sich nicht erinnern, jedenfalls nicht genau. Aber als sie in sie hineinschaute, spürte sie, wie der ganze Jammer des Tages – die Beerdigung der armen Nettie und dann der alberne Streit, den sie mit Alan gehabt hatte – von ihr abzugleiten begann.

»Ist es das?«

»Polly«, sagte er sanft. »Ich glaube, daß sich alles zum Besten wenden wird. Wenn Sie mir vertrauen. Tun Sie das? Vertrauen Sie mir?«

»Ja«, sagte Polly, obwohl irgend etwas in ihr, etwas, das weit entfernt und schwach war, eine verzweifelte Warnung herausschrie. »Ich tue es – einerlei, was Alan sagt. Ich vertraue Ihnen von ganzem Herzen.«

»Das freut mich«, sagte Mr. Gaunt. Er ergriff eine von Pollys Händen. Einen Moment lang verzog sich ihr Gesicht vor Abscheu, dann entspannte es sich wieder, und der leere und verträumte Ausdruck kehrte zurück.

»Das freut mich wirklich. Und Ihr Freund, der Sheriff, hätte sich keine Sorgen zu machen brauchen. Ihr Scheck ist für mich so gut wie Gold.«

6

Alan stellte fest, daß er zu spät kommen würde, wenn er nicht das Blaulicht auf das Dach stellte und einschaltete. Aber das wollte er nicht. Er wollte nicht, daß Brian Rusk ein Polizeifahrzeug sah; er wollte, daß er einen nicht mehr ganz neuen Kombi sah, einen von der Art, wie sein eigener Dad ihn vermutlich fuhr.

Es war zu spät, um die Schule noch zu erreichen, bevor sie aus war. Alan parkte statt dessen an der Kreuzung von Main und School Street. Das war für Brian der logischste Heimweg; er mußte einfach hoffen, daß die Logik ihn heute nicht im Stich ließ.

Alan stieg aus, lehnte sich gegen den Kühler des Kombis

und suchte in seiner Tasche nach einem Streifen Kaugummi. Er wickelte ihn gerade aus, als er, träge und fern in der warmen Luft, die Drei-Uhr-Glocke der Schule hörte.

Er beschloß, sobald er mit Brian Rusk fertig war, mit Mr. Leland Gaunt aus Akron, Ohio, zu reden, obwohl er keine Verabredung mit ihm getroffen hatte. Und dann gelangte er ebenso plötzlich zu einem anderen Entschluß. Er würde zuerst das Justizministerium in Augusta anrufen und darum bitten, nachzusehen, ob gegen Gaunt etwas vorlag. Wenn dort nichts zu finden war, würden sie den Nahmen an den LAWS R & I Computer in Washington weitergeben, der, wie Alan fand, eine der wenigen guten Einrichtungen war, die die Nixon-Administration hinterlassen hatte.

Jetzt kamen die ersten Schüler die Straße herab, rufend, hüpfend, lachend. Plötzlich kam Alan eine Idee, und er öffnete die Fahrertür des Kombis. Er griff über den Sitz hinweg, öffnete das Handschuhfach und tastete darin herum. Zunächst vergeblich. Er wollte schon aufgeben, aber dann fand er doch noch, was er gesucht hatte. Er nahm es, schloß das Handschuhfach und kam wieder aus dem Wagen heraus. Er hielt einen kleinen Umschlag in der Hand; darauf klebte ein Etikett mit der Aufschrift:

The Folding Flower Trick
Blackstone Magic Co.
19 Greer St.
Paterson, N. J.

Aus diesem Umschlag zog Alan ein noch kleineres Quadrat – einen dicken Block aus vielfarbigem Seidenpapier, den er unter das Armband seiner Uhr schob. Alle Illusionisten haben an ihrer Person und in ihrer Kleidung eine Reihe von »Zauberstellen«, und jeder gibt einer dieser Stellen den Vorzug. Bei Alan war es das Uhrarmband.

Nachdem er sich um die berühmten »Aufblühenden Blumen« gekümmert hatte, hielt er wieder Ausschau nach Brian Rusk. Er sah einen Jungen auf einem Fahrrad, der tollkühn zwischen Gruppen von Fußgängern hindurchsauste, und war sofort hellwach. Dann sah er, daß es einer von den Hanlon-Zwillingen war, und entspannte sich wieder.

»Fahr langsamer, sonst bekommst du einen Strafzettel«, knurrte Alan, als der Junge an ihm vorüberschoß. Jay Hanlon sah ihn erschrocken an und wäre fast gegen einen Baum gefahren. Danach fuhr er in wesentlich gemächlicherem Tempo weiter.

7

Fünf Minuten nachdem die Drei-Uhr-Glocke geläutet hatte, stieg Sally Ratcliffe die Stufen von ihrem kleinen Sprechtherapie-Zimmer zum Erdgeschoß der Middle School hinauf und ging durch die Haupthalle zum Büro hinüber. In der Hand hielt sie einen steifen Briefumschlag. Der Name auf diesem Umschlag, Mr. Frank Jewett, war ihrer sanft gerundeten Brust zugekehrt.

Vor der Tür von Zimmer 6, das direkt neben dem Büro lag, blieb sie stehen und schaute durch das Drahtglas hinein. Drinnen redete Mr. Jewett mit dem halben Dutzend Lehrern, die für den Sportunterricht im Herbst und Winter zuständig waren. Frank Jewett war ein dicklicher kleiner Mann, der Sally immer an Mr. Weatherbee erinnerte, den Schuldirektor in den Archie-Comics. Genau wie Mr. Weatherbee rutschte auch ihm immer die Brille von der Nase herunter.

Rechts neben ihm saß Alice Tanner, die Schulsekretärin. Wie es schien, machte sie sich Notizen.

Mr. Jewett sah nach links, entdeckte Sally und bedachte sie mit seinem üblichen gezierten Lächeln. Sie hob eine Hand zum Gruß und zwang sich, das Lächeln zu erwidern. Sie konnte sich an die Zeit erinnern, in der Lächeln für sie etwas ganz Natürliches gewesen war; nach dem Beten war das Lächeln für sie die natürlichste Sache der Welt gewesen.

Einige der anderen Lehrer schauten auf, um zu sehen, wem der Blick ihres furchtlosen Anführers galt. Das gleiche tat Alice Tanner. Alice grüßte, indem sie mit den Fingern wackelte und saccharinsüß lächelte.

Sie wissen es, dachte Sally. Alle wissen es, daß Lester und ich Geschichte sind. Irene war so reizend gestern abend – so mitfühlend – und so begierig, es allen möglichen Leuten zu erzählen. Dieses kleine Biest.

Sally wackelte gleichfalls mit den Fingern und spürte, wie ein unechtes Lächeln ihre Lippen spannte. Ich hoffe, du wirst auf dem Heimweg von einem Müllauto überfahren, du kleine Schlampe, dachte sie. Dann ging sie weiter, und ihre vernünftig flachen Absätze klickten und klackten.

Als Mr. Gaunt sie in ihrer Freistunde angerufen und ihr gesagt hatte, daß es jetzt Zeit wäre, ihre Restschuld für den wundervollen Splitter zu begleichen, hatte Sally mit Begeisterung und einer Art saurer Freude reagiert. Sie hatte das Gefühl, daß der »kleine Streich«, den Mr. Jewett zu spielen sie versprochen hatte, ein niederträchtiger war, und dagegen hatte sie nichts einzuwenden. Ihr war heute nach Niedertracht zumute.

Sie streckte die Hand nach der Bürotür aus – und hielt dann inne.

Was ist los mit dir? fragte sie sich plötzlich. Du hast den Splitter – den wundervollen, heiligen Splitter mit der wundervollen, heiligen Vision, die in ihm steckt. Sollten Dinge dieser Art nicht bewirken, daß ein Mensch sich besser fühlt? Ruhiger? Näher bei Gott dem Allmächtigen? *Du* fühlst dich nicht ruhiger und niemandem näher. Du fühlst dich, als hättest du den Kopf voll Stacheldraht.

»Ja, aber daran bin nicht ich schuld und auch nicht der Splitter«, murmelte Sally. »Daran ist Lester schuld. Mr. Lester Großkotz Pratt.«

Ein dickliches Mädchen mit Brille und Zahnspange wendete sich von dem Pep Club-Poster ab, das sie betrachtet hatte, und warf einen neugierigen Blick auf Sally.

»Was gibt es an mir zu sehen, Irvina?« fragte Sally.

Irvina blinzelte. »Nichts, Miss Ratcliffe.«

»Dann verschwinde und schau dir das irgendwo anders an«, fauchte Sally. »Die Schule ist bekanntlich aus.«

Irvina eilte durch die Halle und warf mehrmals einen argwöhnischen Blick über die Schulter zurück.

Sally öffnete die Tür zum Büro und ging hinein. Der Umschlag, den sie bei sich trug, hatte sich genau da befunden, wo er nach Mr. Gaunts Angaben liegen sollte – hinter den Mülltonnen neben der Tür zur Cafeteria. Sie hatte Mr. Jewetts Namen selbst darauf geschrieben.

Sie warf schnell noch einen Blick über die Schulter, um sich zu vergewissern, daß die kleine Schlampe Alice Tanner nicht hereinkam. Dann öffnete sie die Tür zum inneren Büro, durchquerte es schnell und legte den steifen Umschlag auf Frank Jewetts Schreibtisch.

Nun war da noch die andere Sache.

Sie zog die oberste Schreibtischschublade auf und holte eine große Büroschere heraus. Dann bückte sie sich und zerrte an der untersten Schublade links. Sie war verschlossen. Mr. Gaunt hatte ihr gesagt, daß das der Fall sein könnte. Sally warf einen Blick in das äußere Büro, sah, daß es immer noch leer und die Tür zur Halle immer noch geschlossen war. Gut. Großartig. Sie rammte die Spitzen der Schere in den Spalt oberhalb der verschlossenen Schublade und hebelte sie kraftvoll hoch. Holz splitterte, und Sally spürte, wie ihre Brustwarzen auf merkwürdige, aber angenehme Weise steif wurden. Das machte irgendwie Spaß. Sie hatte ein bißchen Angst, aber es machte trotzdem Spaß.

Sie setzte die Schere abermals an – diesmal drangen die Spitzen tiefer ein – und hebelte sie wieder hoch. Das Schloß zerbrach, die Schublade glitt auf ihren Laufrollen heraus und offenbarte, was sich in ihr befand. Vor Überraschung und Bestürzung sackte Sallys Kiefer herunter. Dann begann sie zu kichern – keuchende, unterdrückte Laute, die Aufschreien näher waren als Lachen.

»Oh, Mr. Jewett! Was sind Sie doch für ein schlimmer Junge!«

In der Schublade lag ein ganzer Stapel Zeitschriften; die obenauf liegende trug den Titel *Naughty Boy*. Das leicht verschwommene Titelbild zeigt einen etwa neunjährigen Jungen. Er trug einen Motorradhelm im Stil der fünfziger Jahre und sonst nichts.

Sally griff in die Schublade und holte die Zeitschriften heraus – es waren etwa ein Dutzend, vielleicht mehr. *Happy Kids. Nude Cuties. Blowing in the Wind. Bobby's Farm World.*

Sie schlug eine auf und konnte kaum glauben, was sie sah. Wo kamen solche Dinge her? Sie war ganz sicher, daß sie nicht unten im Drugstore verkauft wurden, nicht einmal vom obersten Bord, über das Rev. Rose manchmal in der Kirche predigte, dem mit dem Schild, auf dem stand: NUR FÜR PERSONEN ÜBER 18.

Eine Stimme, die sie sehr gut kannte, meldete sich plötzlich in ihrem Kopf zu Wort. *Beeilen Sie sich, Sally. Die Sitzung ist gleich zu Ende, und Sie wollen doch schließlich nicht hier erwischt werden, oder?*

Und dann war da noch eine andere Stimme, eine Frauenstimme, eine, der Sally beinahe einen Namen geben konnte. Diese zweite Stimme zu hören war ungefähr so, als telefoniere man mit jemandem, und als spräche am anderen Ende der Leitung noch jemand im Hintergrund.

Mehr als fair, sagte die zweite Stimme. *Es scheint mir geradezu himmlisch.*

Sally schaltete die Stimme aus und tat, was Mr. Gaunt ihr aufgetragen hatte: sie verstreute die unanständigen Zeitschriften über Mr. Jewetts ganzes Büro. Dann legte sie die Schere wieder in die Schublade, verließ schnell den Raum und zog die Tür hinter sich zu. Sie öffnete die Tür des äußeren Büros und lugte hinaus. Niemand da – aber die Stimmen aus Zimmer 6 waren jetzt lauter, und Leute lachten. Sie waren im Begriff aufzubrechen; es war eine ungewöhnlich kurze Sitzung gewesen.

Wie gut für Mr. Gaunt! dachte sie und glitt in die Halle hinaus. Sie hatte fast die Vordertür erreicht, als sie hörte, wie sie hinter ihr aus Zimmer 6 herauskamen. Sally schaute sich nicht um. Ihr fiel ein, daß sie in den letzten fünf Minuten überhaupt nicht an Mr. Lester Großkotz Pratt gedacht hatte, und das war wirklich gut. Sie dachte daran, nach Hause zu gehen und sich ein schönes Schaumbad einzulassen, mit ihrem wundervollen Splitter hineinzusteigen und die nächsten beiden *Stunden* darin zu verbringen, ohne an Mr. Lester Großkotz Pratt zu denken. Was für eine herrliche Abwechslung das wäre! Ja, das wäre es. Ja, das …

Was hast du da drinnen getan? Was war in dem Umschlag? Wer hat ihn dort hingelegt, außerhalb der Cafeteria?

Wann? Und, was noch wichtiger ist, was hast du angerichtet, Sally?

Sie stand einen Moment lang stocksteif da und spürte, wie sich auf ihrer Stirn und in ihren Schläfengruben kleine Schweißperlen bildeten. Ihre Augen öffneten sich weit vor Bestürzung wie die Augen eines verschreckten Rehs. Dann wurden sie schmaler, und sie setzte sich wieder in Bewegung. Sie trug eine lange Hose, und die spannte sich in ihrem Schritt auf eine merkwürdige, angenehme Art, die sie an ihre häufigen Schmusestunden mit Lester erinnerte.

Mir ist völlig *gleich*, was ich getan habe, dachte sie. Ich hoffe sogar, daß es etwas wirklich Niederträchtiges ist. Er hat einen niederträchtigen Streich *verdient*, wenn er aussieht wie Mr. Weatherbee und all diese widerlichen Zeitschriften hat. Ich hoffe, er *erstickt*, wenn er in sein Büro kommt.

»Ja, ich hoffe, der alte Ficker *erstickt*«, flüsterte sie. Es war das erste Mal in ihrem Leben, daß sie ein derartiges Wort ausgesprochen hatte, und ihre Brustwarzen verhärteten sich wieder und begannen zu kribbeln. Sally ging schneller, und es kam ihr der vage Gedanke, daß sie in der Badewanne vielleicht noch etwas anderes tun konnte. Plötzlich war ihr, als hätte sie selbst das eine oder andere Bedürfnis. Sie wußte nicht genau, wie sie es befriedigen sollte – aber sie glaubte, daß sie es herausfinden würde.

Schließlich half Gott denen, die sich selbst halfen.

8

»Was meinen Sie, ist das ein fairer Preis?« fragte Mr. Gaunt Polly.

Polly wollte die Frage beantworten, doch dann hielt sie inne. Mr. Gaunt schien plötzlich mit etwas anderem beschäftigt zu sein; er schaute ins Leere, und seine Lippen bewegten sich lautlos, als betete er.

»Mr. Gaunt?«

Er fuhr ein wenig zusammen. Dann kehrte sein Blick zu ihr zurück, und er lächelte. »Ich bitte um Entschuldigung,

Polly. Manchmal gehen meine Gedanken auf Wanderschaft.«

»Mehr als fair«, erklärte Polly. »Er erscheint mir geradezu *himmlisch*.« Sie holte ihr Scheckbuch aus der Handtasche und begann zu schreiben. Hin und wieder stellte sich ihr ganz vage die Frage, auf was sie sich hier einließ, und dann spürte sie, wie Mr. Gaunts Augen nach ihr riefen. Wenn sie dann aufschaute und ihre Blicke sich trafen, verschwanden die Fragen und Zweifel wieder.

Der Scheck, den sie ihm aushändigte, war über den Betrag von sechsundvierzig Dollar ausgestellt. Mr. Gaunt faltete ihn säuberlich zusammen und steckte ihn in die Brusttasche seines Sportjacketts.

»Vergessen Sie nicht, den Kontrollabschnitt auszufüllen«, sagte Mr. Gaunt. »Ihr mißtrauischer Freund wird ihn sicher sehen wollen.«

»Er will Sie aufsuchen«, sagte Polly, während sie genau das tat, was Mr. Gaunt vorgeschlagen hatte. »Er hält Sie für einen Schwindler.«

»Er hat eine Menge Ideen und eine Menge Pläne«, sagte Mr. Gaunt, »aber seine Pläne werden sich ändern, und seine Ideen werden verweht wie Nebel an einem windigen Morgen. Das versichere ich Ihnen.«

»Sie – Sie haben doch nicht vor, ihm etwas anzutun?«

»Ich? Damit tun Sie mir sehr unrecht, Patricia Chalmers. Ich bin Pazifist – einer der ganz *großen* Pazifisten der Welt. Ich würde niemals die Hand gegen unseren Sheriff erheben. Ich habe nur gemeint, daß er heute nachmittag auf der anderen Seite der Brücke beschäftigt sein wird. Er weiß es noch nicht, aber so ist es.«

»Oh.«

»Polly?«

»Ja?«

»Mit Ihrem Scheck ist das *azka* noch nicht vollständig bezahlt.«

»Nein?«

»Nein.« Er hielt einen weißen Umschlag in der Hand. Polly hatte nicht die geringste Ahnung, wo er hergekommen war, aber das schien völlig in Ordnung zu sein. »Um die

Restschuld für Ihr Amulett zu begleichen, müssen Sie mir helfen, jemandem einen kleinen Streich zu spielen.«

»Alan?« Plötzlich war sie alarmiert wie ein Waldkaninchen, das an einem heißen Sommernachmittag einen Brand schnupperte. »Meinen Sie *Alan?*«

»Das tue ich ganz gewiß nicht«, sagte er. »Sie zu bitten, jemandem einen Streich zu spielen, den Sie kennen, geschweige denn jemandem, den Sie zu lieben glauben, wäre unethisch, meine Liebe.«

»Meinen Sie?«

»Ja. Allerdings bin ich der Meinung, daß Sie eingehend über Ihr Verhältnis zu dem Sheriff nachdenken sollten. Sie werden feststellen, daß alles auf eine simple Wahl hinausläuft: ein bißchen Kummer jetzt anstelle von sehr viel Kummer später. Anders ausgedrückt: Leute, die in Eile heiraten, haben oft Muße, es zu bedauern.«

»Ich verstehe nicht, was Sie meinen.«

»Ich weiß, daß Sie das nicht tun. Wenn Sie Ihre Post durchgesehen haben, werden Sie mich besser verstehen. Sie werden sehen, daß ich nicht der einzige bin, in dessen Angelegenheiten er herumschnüffelt. Aber kommen wir erst einmal zu dem kleinen Streich, den Sie spielen sollen. Er betrifft einen Mann, den ich vor kurzem eingestellt habe. Sein Name ist Merrill.«

»*Ace* Merrill?«

Sein Lächeln verschwand. »Unterbrechen Sie mich nicht, Polly. Kommen Sie nie wieder auf die Idee, mich zu unterbrechen, wenn ich etwas sage. Es sei denn, Sie wollen, daß Ihre Hände anschwellen wie Schläuche, die mit Giftgas gefüllt sind.«

Sie wich vor ihm zurück, und ihre träumenden, verträumten Augen waren weit aufgerissen. »Es – es tut mir leid.«

»Ich nehme Ihre Entschuldigung an – für diesmal. Und nun hören Sie zu. Hören Sie ganz genau zu.«

9

Frank Jewett und Brion McGinley, der Erdkundelehrer und Basketball-Trainer der Middle School, traten aus Zimmer 6 unmittelbar hinter Alice Tanner in das äußere Büro. Frank grinste und erzählte Brion einen Witz, den er früher am Tag von einem Schulbuchvertreter gehört hatte. Er handelte von einem Arzt, der Mühe hatte, die Krankheit einer Frau zu diagnostizieren. Er hatte das Feld auf zwei Möglichkeiten eingeengt – AIDS oder Alzheimer –, aber weiter kam er nicht.

»Also nahm der Ehemann der Frau den Doktor beiseite«, fuhr Frank fort, als sie das äußere Büro betraten. Alice stand an ihrem Schreibtisch und sortierte ein kleines Häufchen darauf liegender Meldungen, und Frank senkte die Stimme. Alice konnte ziemlich ungemütlich werden, wenn es um Witze ging, die nicht ganz astrein waren.

»Und?« Jetzt begann auch Brion zu grinsen.

»Und der Mann war mächtig aufgebracht. Er sagte: ›Himmel, Doc – gibt es denn nicht irgendeine Möglichkeit, herauszufinden, welche Krankheit sie nun wirklich hat?‹«

Alice wählte von den rosa Meldezetteln zwei aus und machte sich mit ihnen auf den Weg ins innere Büro. Sie kam bis zur Tür und blieb dann unvermittelt stehen, als wäre sie gegen eine unsichtbare Steinmauer gerannt. Keiner der beiden grinsenden, weißen Kleinstadtmänner mittleren Alters bemerkte es.

»›Doch, es ist ganz einfach‹, sagt der Doktor. ›Gehen Sie mit ihr ungefähr fünfundzwanzig Meilen weit in den Wald und lassen Sie sie dort zurück. Wenn sie zurückfindet, dann ficken Sie sie nicht.‹«

Brion McGinley starrte seinen Chef einen Augenblick lang verständnislos an, dann brach er in brüllendes Gelächter aus. Schulprinzipal Jewett stimmte in das Gelächter ein. Sie lachten so schallend, daß keiner hörte, als Alice zum erstenmal Franks Namen rief. Das zweitemal war es kein Problem. Das zweite Mal kreischte sie ihn fast.

Frank eilte zu ihr. Sein erster Gedanke war Vandalismus, irgendein stupider Akt eines jugendlichen Delinquenten. »Alice? Was …« Und dann *sah* er, um was es ging, und eine entsetzliche, glasige Angst ergriff von ihm Besitz. Seine Worte trockneten ein. Er spürte, daß seine Hoden wie wahnsinnig kribbelten, als versuchten sie, sich dorthin zurückzuziehen, wo sie hergekommen waren.

Es waren die Zeitschriften.

Die geheimen Zeitschriften aus der untersten Schublade.

Sie waren über das ganze Büro verstreut wie Konfetti: Jungen in Uniformen, Jungen auf Heuböden, Jungen mit Strohhüten, Jungen, die auf Steckenpferden ritten, aber nicht so, wie es in der Absicht des Herstellers gelegen hatte.

»Was in Gottes Namen?« Die Stimme, heiser vor Abscheu und Faszination, kam von Franks linker Seite. Er drehte den Kopf (wobei die Sehnen in seinem Hals knarrten wie rostige Scharniere) und sah, daß Brion McGinley auf die verstreuten Zeitschriften starrte. Es fehlte nicht viel, daß ihm die Augen aus dem Gesicht gefallen wären.

Ein Streich, versuchte er zu sagen. Ein dummer Streich, das ist alles, diese Zeitschriften gehören nicht mir. Sie brauchen sie nur anzusehen, um zu wissen, daß solche Zeitschriften völlig – völlig belanglos sind für einen Mann – einen Mann von meiner …

Seiner was?

Er wußte es nicht, und es spielte im Grunde auch keine Rolle, weil auch ihm die Sprache versagte. Total versagte.

Die drei Erwachsenen standen betroffen und stumm da und starrten in das Büro von Middle School-Direktor Frank Jewett. Eine Zeitschrift, die etwas kipplig auf der Kante des Besucherstuhls gelegen hatte, wurde von einem heißen Windhauch, der durch das halboffene Fenster hereinkam, umgeblättert und fiel dann auf den Boden. *Saucy Young Guys* versprach das Titelblatt.

Ein Streich, ja. Ich werde sagen, es war ein Streich. Aber werden sie mir glauben? Angenommen, die Schublade wurde aufgebrochen? Werden sie mir glauben, wenn das der Fall ist?

»Mrs. Tanner?« fragte eine Mädchenstimme hinter ihnen.

Alle drei – Jewett, Tanner und McGinley – fuhren schuldbewußt herum. Zwei Mädchen aus der neunten Klasse in den rot-weißen Kostümen der Cheerleader standen da. Alice Tanner und Brion McGinley bewegten sich fast simultan,

570

um ihnen die Sicht auf Franks Büro zu nehmen (Frank Jewett selbst schien angewurzelt, in Stein verwandelt zu sein), aber sie bewegten sich ein ganz klein wenig zu spät. Die Mädchen rissen die Augen weit auf. Eines von ihnen – Darlene Vickery – schlug die Hände vor den kleinen Rosenknopsenmund und starrte Frank Jewett fassungslos an.

Wunderbar, dachte Frank. Morgen mittag wird jeder Schüler in dieser Schule es wissen. Und morgen abend weiß es die ganze Stadt.

»Ihr Mädchen geht wieder«, sagte Mrs. Tanner. »Irgend jemand hat Mr. Jewett einen gemeinen Streich gespielt – einen *ganz* gemeinen Streich –, und ihr laßt kein Wort darüber verlauten. Habt ihr verstanden?«

»Ja, Mrs. Tanner«, sagte Erin McAvoy, und drei Minuten später würde sie Donna Beaulieu, ihrer besten Freundin, erzählen, daß Mr. Jewetts Büro übersät war mit Fotos von halbwüchsigen Jungen, die schwere Metallarmbänder trugen und sonst fast nichts.

»Ja, Mrs. Tanner«, sagte Darlene Vickery; fünf Minuten später würde sie es *ihrer* besten Freundin, Natalie Priest, erzählen.

»Verschwindet«, sagte Brion McGinley. Er versuchte, seine Stimme munter klingen zu lassen, aber sie war noch immer verquollen vor Entsetzen. »Ab mit euch.«

Die beiden Mädchen ergriffen die Flucht, und ihre Cheerleader-Röcke umflatterten ihre stämmigen Knie.

Brion drehte sich langsam zu Frank um. »Ich denke …« setzte er an, aber Frank hörte nicht zu. Er ging in sein Büro, langsam, wie ein Mann in einem Traum. Er schloß die Tür, die in schwarzer Schrift die Aufschrift PRINCIPAL trug, und begann langsam, die Zeitschriften einzusammeln.

Warum gibst du ihnen nicht gleich ein schriftliches Geständnis? kreischte ein Teil seines Verstandes.

Er ignorierte die Stimme. Ein anderer Teil von ihm, die primitive Stimme des Überlebenswillens, meldete sich gleichfalls zu Wort und sagte ihm, daß er gerade jetzt am verletzlichsten war. Wenn er jetzt mit Alice oder Brion sprach, wenn er versuchte, das zu erklären, würde er sich selbst einen Strick daraus drehen.

Alice klopfte an die Tür. Frank ignorierte das Klopfen und setzte seine Traumwanderung durch das Büro fort, sammelte die Zeitschriften ein, die er sich im Laufe der letzten neun Jahre zugelegt hatte, wobei er eine nach der anderen bestellt und dann auf dem Postamt in Gate Falls abgeholt hatte, jedesmal ganz sicher, daß die Staatspolizei oder ein Team von Postinspektoren sich auf ihn stürzen würden wie eine Tonne Ziegelstein. Es war nie passiert. Aber jetzt – das.

Sie werden nicht glauben, daß sie dir gehören, sagte die primitive Stimme. Sie werden sich nicht *gestatten,* es zu glauben – das würde zu viele ihrer behaglichen Vorstellungen vom Kleinstadtleben zerstören. Sobald du dich selbst unter Kontrolle hast, wirst du imstande sei, die Sache aus der Welt zu schaffen. Aber – wer konnte ihm so etwas angetan haben? Wer wäre dazu imstande gewesen? (Frank kam nicht auf die Idee, sich selbst zu fragen, welcher wahnwitzige Drang ihn veranlaßt hatte, die Zeitschriften überhaupt hierher – ausgerechnet *hierher* – mitzubringen.)

Es gab nur einen Menschen, an den Frank Jewett denken konnte – den einen Mann, mit dem er sein Geheimleben geteilt hatte. George T. Nelson, Lehrer für Holzbearbeitung der High School. George T. Nelson, der hinter einem schroffen Macho-Äußeren verbarg, daß er schwul war. George T. Nelson, mit dem Frank Jewett einmal in Boston eine Party besucht hatte, eine Party, an der eine Menge von Männern in mittlerem Alter und eine kleine Gruppe unbekleideter Jungen teilgenommen hatte. Die Art von Party, die einen für den Rest seines Lebens ins Gefängnis bringen konnte. Die Art von Party ...

Da lag ein Umschlag auf seiner Schreibtischunterlage. Sein Name stand mitten drauf. Frank Jewett verspürte ein gräßliches, absackendes Gefühl in der Magengrube. Es fühlte sich an wie ein außer Kontrolle geratener Fahrstuhl. Er schaute auf und sah, daß Alice und Brion, fast Wange an Wange, hereinlugten. Ihre Augen waren weit aufgerissen, ihre Münder standen offen, und Frank dachte: Jetzt weiß ich, wie sich ein Fisch in einem Aquarium fühlt.

Er winkte ihnen zu – *verschwindet!* Sie verschwanden

572

nicht, und irgendwie überraschte ihn das nicht. Dies war ein Alptraum, und in Alpträumen liefen die Dinge nie so, wie man wollte. Deshalb waren sie ja Alpträume. Er war durchdrungen von einem grauenhaften Gefühl des Verlustes und der Desorientierung – aber irgendwo darunter, wie ein lebendiger Funke unter einem Haufen feuchten Brennholzes, glomm eine kleine blaue Flamme der Wut.

Er ließ sich an seinem Schreibtisch nieder und legte den Stapel Zeitschriften auf den Fußboden. Er sah, daß die Schublade, in der sie sich befunden hatten, tatsächlich aufgebrochen worden war, genau, wie er befürchtet hatte. Er riß den Umschlag auf und schüttelte den Inhalt heraus. Er bestand fast ausschließlich aus Hochglanzfotos. Fotos von ihm und George T. Nelson bei dieser Party in Boston. Sie verlustierten sich mit einer Reihe netter junger Burschen (der älteste der netten jungen Burschen war vielleicht zwölf), und auf jedem dieser Fotos war George T. Nelsons Gesicht verdeckt, das von Frank Jewett aber kristallklar.

Auch das überraschte Frank nicht sonderlich.

Außerdem steckte in dem Umschlag ein Brief. Er holte ihn heraus und las ihn.

Frank, alter Freund,
tut mit leid, das tun zu müssen, aber ich muß die Stadt verlassen und habe keine Zeit für Umschweifigkeiten. Ich brauche 2000 Dollar. Bringe sie heute abend um 19 Uhr in mein Haus. Bis jetzt kannst du dich aus dieser Sache herauswinden. Es wird zwar schwierig sein, aber im Grunde kein Problem für einen aalglatten Bastard wie dich. Aber du solltest dich fragen, wie es dir gefallen würde, Abzüge von diesen Fotos an jedem Telegrafenmast in der Stadt zu sehen, direkt unter diesen Kasino-Nacht-Plakaten. Sie werden dich mit Schimpf und Schande aus der Stadt jagen. Nicht vergessen: 2000 Dollar in meinem Haus, spätestens 19.15 Uhr, sonst wirst du dir wünschen, ohne Pimmel geboren zu sein.
Dein Freund
George

Dein Freund.

Dein *Freund!*

Seine Augen wanderten immer wieder mit einer Art ungläubigem, fassungslosem Entsetzen zu dieser Schlußzeile zurück.

Dein mutterschänderischer, päderastischer, schwanzlutschender *Freund!*

Brion McGinley hämmerte immer noch an die Tür, aber als Frank Jewett schließlich von dem aufschaute, was auf seinem Schreibtisch seine Aufmerksamkeit gefesselt hatte, hielt Brions Faust mitten in der Bewegung inne. Das Gesicht des Direktors war totenbleich bis auf zwei leuchtendrote Clownsflecken auf seinen Wagen. Ein schmales Lächeln um seine Lippen ließ seine Zähne aufblinken.

Er sah überhaupt nicht mehr aus wie Mr. Weatherbee.

Mein *Freund*, dachte Frank. Er zerknüllte den Brief mit einer Hand und schob gleichzeitig mit der anderen die Hochglanzfotos wieder in den Umschlag. Der blaue Funke der Wut hatte sich gelbrot gefärbt. Das nasse Brennholz fing Feuer. *Ich werde kommen und mich mit meinem Freund George T. Nelson über diese Sache unterhalten.*

»Das werde ich«, sagte Frank Jewett. »Ganz bestimmt.«

10

Inzwischen war es fast Viertel nach drei, und Alan war zu dem Schluß gelangt, daß Brian Rusk einen anderen Weg eingeschlagen hatte; der Strom der heimwärts strebenden Schüler war nahezu versiegt. Und dann sah er, als er gerade in die Tasche greifen und seine Wagenschlüssel herausholen wollte, eine einsame Gestalt, die auf ihn zuradelte. Der Junge fuhr langsam, schien sich über der Lenkstange dahinzuschleppen, und sein Kopf war so tief gesenkt, daß Alan sein Gesicht nicht sehen konnte.

Aber er konnte sehen, was sich im Gepäckkorb des Fahrrads befand: eine Playmate-Kühltasche.

11

»Haben Sie verstanden?« fragte Gaunt Polly, die jetzt den Umschlag in der Hand hielt.

»Ja. Ich – habe verstanden.« Aber ihr verträumtes Gesicht war besorgt.

»Sie sehen nicht glücklich aus.«

»Nun – ich …«

»Bei Leuten, die nicht glücklich sind, tun Dinge wie dieses *azka* nicht immer Wirkung«, sagt Mr. Gaunt. Er deutete auf die kleine Ausbuchtung, wo die silberne Kugel auf ihrer Haut lag, und wieder hatte sie das merkwürdige Gefühl, daß sich in ihr etwas bewegte. Im gleichen Augenblick schossen grauenhafte Schmerzkrämpfe durch ihre Hände und breiteten sich aus wie ein Netzwerk aus grausamen Stahlhaken. Polly stöhnte laut auf.

Mr. Gaunt krümmte den Finger, den er auf sie gerichtet hatte, zu einer Geste des Herwinkens. Sie spürte abermals die Bewegung in der silbernen Kugel, diesmal deutlicher, und die Schmerzen waren verschwunden.

»Sie wollen doch nicht, daß es wieder so wird wie früher, nicht wahr, Polly?« fragte Mr. Gaunt mit seidenweicher Stimme.

»Nein!« schrie sie. Ihre Brüste hoben und senkten sich. Ihre Hände begannen, wilde Waschbewegungen zu vollführen, eine gegen die andere, und ihre weit aufgerissenen Augen wichen den seinen keine Sekunde aus. »Bitte, nein!«

»Weil es noch schlimmer werden könnte, nicht wahr?«

»Ja! Ja, das könnte es!«

»Und niemand hat Verständnis dafür, nicht wahr? Nicht einmal der Sheriff. *Er* weiß nicht, wie es sich anfühlt, wenn man um zwei Uhr morgens mit der Hölle in den Händen aufwacht, nicht wahr?«

Sie schüttelte den Kopf und begann zu weinen.

»Tun Sie, was ich Ihnen sage, Polly, dann werden Sie nie wieder auf diese Art aufwachen. Und da ist noch etwas – tun Sie, was ich Ihnen sage, und wenn irgend jemand in Castle Rock erfährt, daß Ihr Sohn in einer Mietwohnung in San Francisco verbrannt ist, dann hat er es nicht von *mir* erfahren.«

Polly stieß einen heiseren, verzweifelten Schrei aus – den Schrei einer Frau, die sich hoffnungslos in einem zermürbenden Alptraum verfangen hat.

Mr. Gaunt lächelte.

»Es gibt noch weitere Höllen außer der einen, nicht wahr, Polly?«

»Woher wissen Sie über ihn Bescheid?« flüsterte sie. »Niemand weiß es. Nicht einmal Alan. Ich habe Alan erzählt ...«

»Ich weiß es, weil das Wissen zu meinem Geschäft gehört. Und der Argwohn zu seinem, Polly – Alan hat nie geglaubt, was Sie ihm erzählt haben.«

»Er hat gesagt ...«

»Ich bin sicher, daß er alles mögliche gesagt hat, aber geglaubt hat er Ihnen nie. Die Frau, die Sie als Babysitter angestellt hatten, war drogensüchtig, nicht wahr? Das war nicht *Ihre* Schuld, aber natürlich beruhte alles, was zu dieser Situation führte, auf einer persönlichen Entscheidung, nicht wahr, Polly? Auf *Ihrer* Entscheidung. Die junge Frau, die Sie angestellt hatten, um auf Kelton aufzupassen, sackte weg und ließ eine Zigarette – oder vielleicht auch einen Joint – in den Papierkorb fallen. Der Finger, der den Abzug betätigte, könnte man sagen, war ihrer, aber die Waffe war geladen um Ihres Stolzes willen, Ihrer Unfähigkeit, vor Ihren Eltern und den anderen guten Leuten von Castle Rock den Nacken zu beugen.«

Polly schluchzte jetzt heftiger.

»Aber hat eine junge Frau denn nicht Anspruch auf ihren Stolz?« fragte Mr. Gaunt sanft. »Wenn alles andere verloren ist, hat sie dann nicht zumindest Anspruch auf ihn, die Münze, ohne die ihr Geldbeutel völlig leer sein würde?«

Polly hob ihr tränenüberströmtes, trotziges Gesicht. »Ich dachte, das wäre meine Sache«, sagte sie. »Das denke ich immer noch. Und wenn das Stolz ist – nun, wenn schon.«

»Ja«, sagte er besänftigend. »Gesprochen wie ein wahrer Kämpe – aber sie *wollten* doch, daß Sie zurückkommen, nicht wahr? Ihre Mutter und Ihr Vater. Es wäre vielleicht nicht angenehm gewesen – mit dem Kind, das immer da war, um sie zu erinnern, mit der Art, auf die in einem kleinen Nest wie diesem geklatscht wird –, aber es wäre möglich gewesen.«

»Ja, und ich hätte meine Tage nur damit verbracht, aufzupassen, daß meine Mutter mich nicht unter den Daumen bekommt!« rief sie mit einer wütenden, häßlichen Stimme, die ihrem normalen Tonfall kaum noch ähnelte.

»Ja«, sagte Mr. Gaunt ebenso besänftigend wie zuvor. »Also sind Sie geblieben, wo Sie waren. Sie hatten Kelton, und Sie hatten Ihren Stolz. Und als Kelton tot war, hatten Sie noch immer Ihren Stolz, nicht wahr?«

Polly weinte vor Kummer und Qual und schlug die Hände vor das nasse Gesicht.

»Das schmerzt noch mehr als Ihre Hände, nicht wahr?« fragte Mr. Gaunt. Polly nickte, ohne die Hände vom Gesicht zu nehmen. Mr. Gaunt legte seine eigenen, häßlichen, langfingrigen Hände hinter seinen Kopf und sprach im Tonfall eines Mannes, der eine Lobrede hält. »Menschlichkeit! So nobel! So willens, den Mitmenschen zu opfern!«

»Hören Sie auf«, stöhnte sie. »Können Sie denn nicht aufhören?«

»Es ist Ihr Geheimnis, nicht wahr, Patricia?«

»Ja.«

Er berührte ihre Stirn. Polly stieß ein würgendes Stöhnen aus, wich aber nicht zurück.

»Das ist eine Tür zur Hölle, die Sie verschlossen halten möchten, nicht wahr?«

Sie nickte hinter ihren Händen.

»Dann tun Sie, was ich Ihnen sage, Polly«, flüsterte er. Er zog eine ihrer Hände von ihrem Gesicht ab und begann, sie zu streicheln. »Tun Sie, was ich Ihnen sagte, und halten Sie den Mund.« Er betrachtete ihre nassen Wangen und ihre überfließenden, geröteten Augen. Einen Augenblick lang waren seine Lippen vor Abscheu verzogen.

»Ich weiß nicht, was mir mehr zuwider ist – eine weinende Frau oder ein lachender Mann. Wischen Sie sich Ihr verdammtes Gesicht ab, Polly.«

Langsam, träumerisch holte sie ein spitzengesäumtes Taschentuch aus ihrer Handtasche und tat es.

»Das ist gut«, sagte er und stand auf. »Ich lasse Sie jetzt

577

nach Hause gehen, Polly; Sie haben einiges zu erledigen.
Aber ich möchte, daß Sie wissen, daß es mir ein großes Vergnügen bereitet hat, mit Ihnen ein Geschäft zu machen. Ich habe gern mit Damen zu tun, die stolz sind auf sich selbst.«

12

»Hallo, Brian, willst du einen Trick sehen?«

Der Junge auf dem Fahrrad schaute schnell auf, das blonde Haar flog ihm aus der Stirn, und Alan sah einen unmißverständlichen Ausdruck auf seinem Gesicht: nackte, unverfälschte Angst.

»Einen Trick?« sagte der Junge mit bebender Stimme. »Was für einen Trick?«

Alan wußte nicht, wovor der Junge Angst hatte, aber eines begriff er – seine Zauberei, die ihm bei Kindern sonst so oft als Eisbrecher geholfen hatte, war aus irgendeinem Grund in diesem Fall genau das Falsche. Er würde gut daran tun, es so schnell wie möglich hinter sich zu bringen und dann von vorn anzufangen.

Er streckte den linken Arm aus – den, an dem er die Uhr trug – und lächelte in Brian Rusks blasses, mißtrauisches, verängstigtes Gesicht. »Du siehst, es steckt nichts in meinem Ärmel, und mein Arm geht bis zur Schulter hinauf. Aber jetzt – *presto!*«

Alan ließ die geöffnete rechte Hand langsam an seinem linken Arm heruntergleiten und schnippte dabei mühelos das kleine Päckchen mit dem rechten Daumen unter dem Uhrarmband hervor. Als er die Faust schloß, löste er die fast mikroskopisch kleine Schlinge, die das Päckchen zusammenhielt. Er legte die linke Hand auf die rechte, und als er sie wieder voneinander löste, erblühte da, wo einen Moment zuvor nur Luft gewesen war, ein großer Strauß aus bunten Seidenpapierblumen.

Alan hatte diesen Trick schon Hunderte von Malen vorgeführt und niemals besser als an diesem warmen Oktobernachmittag, aber die erwartete Reaktion – ein Augenblick der Verblüffung, gefolgt von einem Grinsen, das zu einem Teil aus Erstaunen und zu zwei Teilen aus Bewunderung bestand – blieb aus. Der Junge warf einen flüchtigen Blick auf den Blumenstrauß (in diesem kurzen Hinsehen schien Erleichterung zu stecken, als wäre er auf einen weit weniger erfreulichen Trick gefaßt gewesen), dann richteten sich seine Augen wieder auf Alans Gesicht.

»Ganz hübsch, nicht?« fragte Alan. Er verzog das Gesicht zu einem breiten Lächeln, von dem er das Gefühl hatte, daß es ungefähr so echt war wie das Gebiß seines Großvaters.

»Ja«, sagte Brian.

»Ich kann sehen, wie hingerissen du bist.« Alan brachte seine Hände zusammen und faltete den Blumenstrauß geschickt wieder zusammen. Es ging leicht – zu leicht. Offenbar wurde es Zeit, ein neues Exemplar dieses Tricks zu kaufen; er hatte nur eine begrenzte Lebensdauer. Die winzige Feder in diesem hier war ausgeleiert, und das leuchtendbunte Papier würde bald reißen.

Er öffnete die Hände wieder und lächelte jetzt etwas hoffnungsvoller. Der Blumenstrauß war verschwunden, war wieder nur ein kleines Päckchen unter seinem Uhrarmband. Brian Rusk erwiderte sein Lächeln nicht; sein Gesicht blieb ausdruckslos. Die Überreste seiner Sommerbräune konnten weder die Blässe darunter verbergen noch die Tatsache, daß sich seine Haut in einem ungewöhnlichen Zustand präpubertären Aufruhrs befand: eine Reihe von Pickeln auf der Stirn, ein größerer am Mundwinkel, Mitesser an beiden Seiten der Nase. Unter seinen Augen lagen dunkle Schatten, als wäre es eine ganze Weile her, seit er das letzte Mal gut geschlafen hatte.

Mit diesem Jungen stimmt etwas nicht, dachte Alan. Da ist etwas heftig gezerrt, vielleicht sogar gebrochen. Zwei Vermutungen lagen nahe: entweder hatte Brian Rusk gesehen, wer den Schaden im Haus der Jerzycks angerichtet hatte, oder er hatte es selbst getan. Beides würde seinen Zustand erklären; aber wenn es das letztere war, dann konnte sich Alan das Ausmaß und das Gewicht der Schuldgefühle, unter denen der Junge jetzt leiden mußte, kaum vorstellen.

»Das war ein großartiger Trick, Sheriff Pangborn«, sagte Brian mit farbloser Stimme. »Wirklich.«

»Danke – ich freue mich, daß er dir gefallen hat. Du weißt, worüber ich mit dir reden möchte, Brian?«

»Ich – ich glaube, ja«, sagte Brian, und Alan war plötzlich sicher, daß der Junge gestehen würde, die Fenster eingeworfen zu haben. Genau hier an dieser Straßenecke würde er gestehen, und Alan würde der Aufklärung dessen, was zwischen Wilma und Nettie vorgefallen war, einen riesigen Schritt näher sein.

Aber Brian sagte nichts mehr. Er schaute nur mit seinen müden, leicht blutunterlaufenen Augen zu Alan auf.

»Was ist passiert, Junge?« fragte Alan ganz ruhig und gelassen.

»Was ist passiert, als du beim Haus der Jerzycks warst?«

»Ich weiß es nicht«, sagte Brian. Seine Stimme war tonlos. »Aber ich habe letzte Nacht davon geträumt. Sonntagnacht auch. Ich habe davon geträumt, daß ich zu diesem Haus gehe, und in meinem Traum habe ich gesehen, wer all diesen Lärm macht.«

»Und wer ist das?«

»Ein Ungeheuer«, sagte Brian. Seine Stimme veränderte sich nicht, aber über den unteren Lidrändern beider Augen waren große Tränen erschienen. »In meinem Traum klopfe ich an die Tür, anstatt davonzufahren, wie ich es in Wirklichkeit getan habe, und die Tür geht auf, und da ist ein Ungeheuer, und es frißt – mich – auf.« Die Tränen flossen über und rollten langsam über Brian Rusks Wangen.

Ja, dachte Alan, auch das könnte es sein – simples Entsetzen. Die Art von Entsetzen, die ein Kind empfindet, wenn es im falschen Moment die Schlafzimmertür aufmacht und seine Eltern beim Liebesakt sieht. Nur weil es zu jung ist, um zu wissen, was sie da tun, denkt es, sie kämpften miteinander. Und wenn sie dabei eine Menge Geräusche von sich geben, denkt es vielleicht sogar, sie wollten sich gegenseitig umbringen.

Aber …

Aber es fühlte sich nicht richtig an. So einfach war das. Er hatte das unabweisbare Gefühl, daß dieser Junge das Blaue vom Himmel herunterlog, trotz des verstörten Ausdrucks in seinen Augen, des Ausdrucks, der besagte: *Ich möchte Ihnen alles erzählen.* Was bedeutete das? Alan war sich nicht sicher, aber die wahrscheinliche Antwort war, daß Brian gesehen hatte, wer die Steine geworfen hatte. Vielleicht war es jemand gewesen, den Brian schützen zu müssen glaubte. Oder vielleicht wußte der Steinwerfer, daß Brian ihn gesehen hatte, und Brian wußte das. Vielleicht hatte der Junge Angst vor Repressalien.

»Jemand hat einen Haufen Steine ins Haus der Jerzycks geworfen«, sagte Alan mit leiser und (wie er hoffte) beruhigender Stimme.

»Ja, Sir«, sagte Brian – fast seufzend. »Das könnte sein. Ich glaubte, sie stritten miteinander, aber es kann auch sein, daß jemand mit Steinen geworfen hat.«

»Du hast geglaubt, sie stritten miteinander?«

»Ja, Sir.«

Alan seufzte. »Nun, jetzt weißt du, was es war. Und du weißt auch, daß das etwas Schlimmes war. Steine durch jemandes Fenster zu werfen, ist ein ziemlich schweres Vergehen, auch wenn es keine Folgen hat.«

»Ja, Sir.«

Diese Augen, die aus diesem ruhigen, bleichen Gesicht zu ihm aufschauten. Alan begann zweierlei zu begreifen: der Junge *wollte* ihm erzählen, was passiert war. Aber er würde es höchstwahrscheinlich nicht tun.

»Du siehst sehr unglücklich aus, Brian.«

»Ja, Sir.«

»Ja, Sir – bedeutet das, daß du unglücklich *bist?*«

Brian nickte, und zwei weitere Tränen lösten sich aus seinen Augen und rollten ihm über die Wangen. Alan verspürte zwei starke, widersprüchliche Gefühle: tiefes Mitleid und heftige Erbitterung.

»Weshalb bist du unglücklich, Brian? Erzähle es mir.«

»Früher hatte ich einen wirklich schönen Traum«, sagte er mit einer Stimme, die so leise war, daß Alan sie kaum hören konnte. »Er war albern, aber trotzdem schön. Über Miss Ratcliffe, meine Sprechlehrerin. Jetzt weiß ich, daß das albern war. Früher habe ich es nicht gewußt, und das war besser. Und wissen Sie was? Jetzt weiß ich noch mehr als nur das.«

Die dunklen, entsetzlich unglücklichen Augen richteten sich wieder auf Alan.

»Der Traum, den ich habe – der über das Ungeheuer, das die Steine wirft –, der macht mir angst, Sheriff Pangborn – aber was mich unglücklich macht, das sind die Dinge, die ich jetzt weiß. Es ist so, als wüßte man, wie die Tricks eines Zauberers funktionieren.«

Er nickte leicht mit dem Kopf, und Alan hätte schwören können, daß er dabei auf sein Uhrarmband schaute.

»Manchmal ist es besser, blöd zu sein. Das weiß ich jetzt.«

Alan legte dem Jungen eine Hand auf die Schulter. »Halten wir uns nicht lange bei der Vorrede auf, okay Brian? Erzähl mir, was passiert ist. Erzähl mir, was du gesehen hast.«

»Ich ging hin, um zu fragen, ob sie jemanden brauchen, der im Winter bei ihnen Schnee schippt«, sagte der Junge mit einer leiernden, mechanischen Stimme, die Alan einen heftigen Schrecken einflößte. Der Junge sah aus wie fast jeder elf- oder zwölfjährige amerikanische Junge – Converse-Turnschuhe, Jeans, ein T-Shirt mit Bart Simpson darauf –, aber er hörte sich an wie ein schlecht programmierter Roboter, bei dem die Gefahr der Übersteuerung besteht. Hatte Brian Rusk vielleicht gesehen, wie sein Vater oder seine Muter Steine auf das Haus der Jerzycks warfen?

»Ich hörte Geräusche«, fuhr der Junge fort. Er sprach in einfachen Aussagesätzen, redete so, wie Polizeibeamte vor Gericht auszusagen haben. »Es waren beängstigende Geräusche. Klirren und Poltern und das Zerbrechen von Dingen. Deshalb bin ich weggefahren, so schnell ich konnte. Die Dame von nebenan stand auf ihrer Vortreppe. Sie fragte mich, was los war. Ich glaube, sie hatte auch Angst.«

»Ja«, sagte Alan. »Jillian Mislaburski. Ich habe mit ihr gesprochen.«

Er berührte die Playmate-Kühltasche im Gepäckkorb von Brians Fahrrad, und es entging ihm nicht, wie Brians Lippen sich verspannten, als er es tat. »Hattest du diese Tasche am Sonntagmorgen auch dabei, Brian?«

»Ja, Sir«, sagte Brian. Er wischte sich die Wangen mit den Handrücken ab und beobachtete argwöhnisch Alans Gesicht.

»Was war darin?«

Brian sagte nichts, aber Alan war, als bebten seine Lippen.

»Was war darin?«

Brian sagte auch weiterhin nichts.

»War sie voller Steine?«

Langsam aber bedächtig schüttelte Brian den Kopf – nein.

Alan fragte zum dritten Mal: »Was war darin?«

»Dasselbe, was jetzt darin ist«, flüsterte Brian.

»Darf ich sie aufmachen und nachsehen?«

»Ja, Sir«, sagte Brian mit seiner tonlosen Stimme. »Von mir aus.«

Alan hob den Deckel an und schaute in die Kühltasche.

Sie war voll mit Baseballkarten: Topps, Fleer, Donruss.

»Das sind meine Tauschkarten. Ich nehme sie fast überallhin mit«, sagte Brian.

»Du trägst sie mit dir herum?«

»Ja, Sir.«

»Warum, Brian? Warum trägst du eine Kühltasche voller Baseballkarten mit dir herum?«

»Ich sagte doch – es sind Tauschkarten. Man weiß nie, wann man Gelegenheit hat, mit jemandem einen guten Tausch zu machen. Ich bin immer noch auf der Suche nach einem Joe Foy – er gehörte zum Impossible Dream-Team von '67 – und der Neulingskarte von Mike Greenwell. Nach der ganz besonders.« Und jetzt glaubte Alan, in den Augen des Jungen ein schwaches, flüchtiges Funkeln von Belustigung zu entdecken; er konnte fast hören, wie eine telepathische Stimme sang *Reingelegt! Reingelegt!* Aber das bildete er sich bestimmt nur ein; es war seine eigene Frustration, die er in die Stimme des Jungen hineininterpretierte.

War es das wirklich?

Nun, was hast du denn gedacht, was du in dieser Kühltasche finden würdest? Einen Haufen Steine mit daran befestigten Zetteln? Hast du wirklich geglaubt, er wäre unterwegs, um beim Haus einer anderen Familie dasselbe zu tun?

Ja, gab er zu. Ein Teil von ihm hatte geglaubt, daß genau das – oder etwas ähnliches – vor sich ging. Brian Rusk. Der halbwüchsige Schrecken von Castle Rock. Der verrückte Steinwerfer. Und das schlimmste daran war dies: er war sich ziemlich sicher, daß Brian Rusk wußte, was ihm durch den Kopf ging.

Reingelegt! Reingelegt, Sheriff!

»Brian, bitte sage mir, was hier vorgeht. Wenn du es weißt, dann sage es mir bitte.«

Brian machte den Deckel der Kühltasche wieder zu und sagte nichts.

»Kannst du es nicht sagen?«

Brian nickte langsam – was hieß, dachte Alan, daß er recht hatte –, er konnte es nicht sagen.

»Dann sag mir wenigstens das: hast du Angst, Brian?«

Brian nickte abermals, genau so langsam wie zuvor.

»Erzähl mir, wovor du Angst hast, Junge. Vielleicht kann ich dafür sorgen, daß du sie loswirst.« Er tippte mit einem Finger leicht gegen das Abzeichen, das er auf der linken Seite seiner Uniformjacke trug. »Ich glaube, ich werde dafür bezahlt, daß ich manchmal dafür sorgen kann, daß die Leute ihre Angst loswerden.«

»Ich …« setzte Brian an, und dann erwachte das Sprechfunkgerät, das Alan vor drei oder vier Jahren unter dem Armaturenbrett des Town and Country-Kombis hatte einbauen lassen, zum Leben.

»Wagen Eins, Wagen Eins, hier Zentrale. Können Sie mich hören? Over.«

Brians Augen lösten sich von denen Alans. Sie richteten sich auf den Kombi und den Klang von Sheila Brighams Stimme – der Stimme der Autorität, der Stimme der Polizei. Und in diesem Moment begriff Alan: wenn der Junge nahe daran gewesen war, ihm etwas zu erzählen (und vielleicht war die Überzeugung, daß er es tun würde, nur Wunschdenken gewesen), würde er es jetzt bestimmt nicht mehr tun. Sein Gesicht war verschlossen wie eine Muschelschale.

»Du fährst jetzt nach Hause, Brian. Aber wir reden noch über – über diesen Traum, den du immer hast. Okay?«

»Ja, Sir«, sagte Brian. »Ich denke schon.«

»Inzwischen denkst du über das nach, was ich eben gesagt habe: der größte Teil der Arbeit eines Sheriffs besteht darin, dafür zu sorgen, daß die Leute ihre Angst loswerden.«

»Ich muß jetzt nach Hause, Sheriff. Wenn ich nicht bald heimkomme, wird meine Mom sauer.«

Alan nickte. »Nun, wir wollen nicht, daß das passiert. Fahr los, Brian.«

Er sah dem Jungen nach. Brians Kopf war gesenkt, und abermals schien er sich mit dem Fahrrad zwischen den Beinen dahinzuschleppen. Irgend etwas stimmte nicht, war so falsch, daß Alans Absicht, herauszufinden, was mit Wilma und Nettie passiert war, hinter dem Wunsch zurücktrat, herauszufinden, was diesen erschöpften, gequälten Ausdruck in Brians Gesicht verursacht hatte.

Die Frauen waren schließlich tot und begraben. Brian Rusk war noch am Leben.

Er ging zu dem alten Kombi, den er schon vor einem Jahr hätte verkaufen sollen, ergriff das Mikrofon und drückte auf den Sendeknopf. »Ja, Sheila, hier Wagen Eins. Habe verstanden – bitte kommen.«

»Henry Payton möchte Sie sprechen, Alan«, sagte Sheila. »Ich soll Ihnen sagen, daß es dringend ist. Er möchte, daß ich Sie zu ihm durchstelle. Ten-four?«

»Tun Sie das«, sagte Alan. Er spürte, wie sich sein Puls beschleunigte.

»Es kann ein paar Minuten dauern, ten-four?«

»In Ordnung. Ich warte hier. Wagen Eins sprechbereit.«

Er lehnte sich in dem lichtgesprenkelten Schatten mit dem Mikrofon in der Hand gegen die Flanke seines Wagens und wartete darauf, zu erfahren, was für Henry Payton dringend war.

13

Als Polly zu Hause ankam, war es zwanzig Minuten nach drei, und sie fühlte sich zwischen zwei Empfindungen hin- und hergezerrt. Einerseits empfand sie den tiefen, bohrenden Drang, den Auftrag auszuführen, den Mr. Gaunt ihr erteilt hatte (es widerstrebte ihr, daran unter der Bezeichnung zu denken, die Mr. Gaunt gebraucht hatte, einen Streich –

585

Polly Chalmers war nicht der Mensch, der anderen Streiche spielte), es hinter sich zu bringen, damit das *azka* endgültig ihr gehörte. Der Gedanke, daß der Handel abgeschlossen war, wenn Mr. Gaunt *sagte*, daß der Handel abgeschlossen war, kam ihr überhaupt nicht.

Anderseits empfand sie den ebenso tiefen, ebenso bohrenden Drang, sich mit Alan zu verständigen, ihm zu sagen, was passiert war – oder zumindest einen Teil davon, an den sie sich erinnern konnte. Etwas, woran sie sich erinnern konnte – es erfüllte sie mit Scham und unterschwelligem Entsetzen, aber sie konnte sich trotzdem daran erinnern – war, daß Mr. Leland Gaunt den Mann haßte, den Polly liebte, und daß Mr. Gaunt etwas tat – *irgend etwas* –, das sehr unrecht war. Alan mußte es erfahren. Selbst wenn das *azka* aufhörte, seine Wirkung zu tun, mußte er es erfahren.

Das kann doch nicht dein Ernst sein.

Doch – einem Teil von ihr war es durchaus ernst damit. Dieser Teil war entsetzt über Leland Gaunt, obwohl sie sich nicht genau erinnern konnte, was er getan hatte, um dieses Entsetzen auszulösen.

Willst du, daß es wieder so wird wie früher, Polly? Willst du wieder Hände haben, die sich anfühlen, als wären sie mit Schrapnell gefüllt?

Nein. Aber sie wollte auch nicht, daß Alan etwas zustieß. Und sie wollte auch nicht, daß Mr. Gaunt tat, was immer er vorhatte, wenn das (wie sie vermutete) etwas war, das der Stadt schaden würde. Und sie wollte auch nicht an diesem Etwas beteiligt sein, indem sie zu dem verlassenen Camber-Anwesen am Ende der Town Road Nr. 3 hinausfuhr und dort einen Streich verübte, den sie nicht einmal verstand.

Diese widerstreitenden Gefühle, von denen jedes von seiner eigenen, mahnenden Stimme vertreten wurde, zerrten an ihr, als sie langsam heimwärts wanderte. Wenn Mr. Gaunt sie auf irgendeine Art hypnotisiert hatte (sie war davon überzeugt gewesen, als sie den Laden verließ, aber die Gewißheit wurde im Laufe der Zeit immer schwächer), dann war die Wirkung jetzt verflogen. (Davon war Polly wirklich überzeugt.) Und sie hatte sich noch nie in ihrem Leben so unfähig gefühlt, über das zu entscheiden, was sie als nächstes tun sollte, wie jetzt. Es war, als wäre ihr gesamter Vorrat an einer für das Treffen von Entscheidungen wichtigen Chemikalie aus ihrem Gehirn gestohlen worden.

Schließlich ging sie nach Hause, um zu tun, wozu Mr. Gaunt ihr geraten hatte (obwohl sie sich nicht mehr genau an den Rat erinnern konnte). Sie würde ihre Post durchsehen, und dann würde sie Alan anrufen und ihm sagen, was Mr. Gaunt von ihr verlangte.

Wenn du das tust, erklärte die innere Stimme bitter, dann wird das *azka* aufhören, seine Wirkung zu tun. Und das weißt du.

Ja – aber da war immer noch das Problem von Gut und Böse. Das war nach wie vor da. Sie würde Alan anrufen, sich entschuldigen, daß sie so wütend auf ihn gewesen war, und ihm dann erzählen, was Mr. Gaunt von ihr verlangte. Vielleicht würde sie ihm sogar den Umschlag aushändigen, den Mr. Gaunt ihr gegeben hatte und den sie in die Blechdose stecken sollte.

Vielleicht.

Polly fühlte sich ein wenig wohler, als sie den Schlüssel ins Schloß ihrer Haustür steckte – wieder glücklich darüber, daß sie es so mühelos schaffte, fast ohne sich dessen bewußt zu sein. Die Post lag auf ihrem üblichen Platz auf dem Teppich – es war nicht sonderlich viel heute. Nach einem Tag, an dem keine Post ausgetragen worden war, lag gewöhnlich viel mehr Reklame da. Sie bückte sich und hob sie auf. Eine Broschüre, Werbung für Kabelfernsehen mit dem lächelnden, unwahrscheinlich gutaussehenden Gesicht von Tom Cruise auf dem Umschlag; ein Katalog von der Horchow Collection und ein weiterer von The Sharper Image. Außerdem …

Polly sah den einzigen Brief, und in ihrem Magen klumpte sich ein Ball aus Angst zusammen. An Patricia Chalmers in Castle Rock, vom San Francisco Department of Child Welfare … 666 Geary Street. Sie erinnerte sich nur zu gut an 666 Geary Street. Dreimal war sie dort gewesen. Hatte mit drei Bürokraten von der für die Unterstützung unmündiger Kinder zuständigen Abteilung gesprochen, von denen zwei Männer gewesen waren – Männer, die sie angeschaut hatten

wie ein Stück Bonbonpapier, das an einem ihrer besten
Schuhe klebengeblieben ist. Der dritte Bürokrat war eine
überaus massige schwarze Frau gewesen, eine Frau, die gewußt hatte, wie man zuhört und wie man lacht, und von
dieser Frau hatte Polly schließlich die Bewilligung erhalten.
Aber sie erinnerte sich daran, wie das Licht von dem großen
Fenster am Ende des Flurs in Form eines langen, milchigen
Streifens auf das Linoleum gefallen war; sie erinnerte sich an
das hallende Klappern von Schreibmaschinen aus Büros, deren Türen immer offenstanden; sie erinnerte sich an die
Grüppchen von Männern, die am hinteren Ende des Flurs
bei dem mit Sand gefüllten Ascher gestanden und Zigaretten geraucht hatten, und an ihre Art, sie anzuschauen. Vor
allem erinnerte sie sich daran, wie es sich angefühlt hatte, ihre einzigen guten Sachen zu tragen – einen dunklen Hosenanzug aus Polyester, eine weiße Seidenbluse, eine L'Eggs
Nearly Nude-Strumpfhose, Schuhe mit flachen Absätzen –,
und wie verängstigt und einsam sie sich gefühlt hatte, weil
ihr der düstere Flur im ersten Stock von 666 Geary Street
vorgekommen war wie ein Ort ohne Herz und Seele. Hier
war ihr schließlich die beantragte Unterstützung für unmündige Kinder bewilligt worden, aber es waren natürlich die
Ablehnungen, an die sie sich erinnerte – die Augen der
Männer, wie sie über ihre Brüste gekrochen waren (sie waren besser angezogen als Norville drunten im Schnellimbiß,
aber sonst hatte kein großer Unterschied bestanden); die
Münder der Männer, wie sie sich in vornehmer Mißbilli-
gung geschürzt hatten, während sie das Problem Kelton
Chalmers erwogen, des unehelichen Kindes dieser kleinen
Schlampe, die *jetzt* nicht wie ein Hippie aussah, oh *nein*, die
aber, sobald sie hier heraus war, ganz bestimmt ihre Seidenbluse und ihren hübschen Hosenanzug ausziehen würde,
von ihrem Büstenhalter ganz zu schweigen, um in hautenge
Jeans und ein ebenso hautenges T-Shirt zu schlüpfen, unter
dem sich ihre Brustwarzen abzeichneten. Ihre Augen sagten
all das und noch mehr, und obwohl der Bescheid des Amtes
mit der Post gekommen war, hatte Polly sofort gewußt, daß
der Antrag abgelehnt werden würde. Bei den ersten beiden
Malen hatte sie geweint, als sie das Gebäude verließ, und

jetzt war ihr, als könnte sie sich noch an das heiße Brennen jeder einzelnen Träne erinnern, die ihr über die Wangen gerollt war. Daran und an die Art, auf die die Leute auf der Straße sie angesehen hatten. Keine Spur von Mitgefühl in ihren Augen; nur unbeteiligte Neugierde.

Sie hatte nie wieder an diese Zeit oder an diesen düsteren Flur im ersten Stock denken wollen, aber jetzt war alles wieder da – so deutlich, daß sie das Bohnerwachs riechen, das milchige Licht des großen Fensters sehen, das hallende Klappern alter, mechanischer Schreibmaschinen hören konnte, die sich in den Eingeweiden der Bürokratie durch einen weiteren Tag hindurchfraßen.

Was konnten sie wollen? Lieber Gott, was konnten die Leute aus 666 Geary Street nach so langer Zeit von ihr wollen?

Zerreiß den Brief! meldete sich fast schreiend eine Stimme in ihr zu Wort, und der Befehl war so eindringlich, daß sie nahe daran war, es zu tun. Statt dessen riß sie den Umschlag auf. Drinnen lag eine einzelnes Blatt Papier. Es war eine Fotokopie. Und obwohl der Umschlag an sie adressiert war, stellte sie verblüfft fest, daß der Brief es nicht war; er war an Sheriff Alan Pangborn gerichtet.

Ihre Augen fielen auf die untere Hälfte des Blattes. Der unter die hingekritzelte Unterschrift getippte Name lautete John L. Perlmutter, und bei diesem Namen läutete in ihr eine ganz leise Glocke. Ihre Augen senkten sich noch ein wenig tiefer, und sie sah, an der Unterkante des Briefes, die Anmerkung »Kopie an: Patricia Chalmers«. Nun, dies war eine Kopie, und das klärte den verblüffenden Umstand, daß der Brief an Alan gerichtet war (und erlöste sie von dem ersten, verwirrten Gedanken, er könnte ihr irrtümlich zugestellt worden sein). Aber was in Gottes Namen …

Polly setzte sich auf die Dielenbank und begann, den Brief zu lesen. Während sie es tat, strich eine bemerkenswerte Folge von Emotionen über ihr Gesicht wie Wolkenformationen an einem unruhigen, windigen Tag: Verblüffung, Begreifen, Scham, Entsetzen, Zorn und schließlich Wut. Einmal schrie sie laut auf – »Nein!« –, dann kehrte sie an den Anfang zurück und zwang sich, den Brief noch einmal zu lesen, langsam, von der ersten bis zur letzten Zeile.

589

San Francisco Department of Child Welfare
666 Geary Street
San Francisco, California 94112
23. September 1991

Sheriff Alan J. Pangborn
Castle County Sheriff's Office
2 The Municipal Building
Castle Rock, Maine 04055

Sehr geehrter Sheriff Pangborn,
ich bestätige den Eingang Ihres Briefes vom 1. September und
teile Ihnen hierdurch mit, daß ich Ihnen in dieser Angelegenheit
nicht dienlich sein kann. Es gehört zu den Grundsätzen dieses
Amtes, Informationen über Antragsteller auf Unterstützung für
unmündige Kinder nur herauszugeben, wenn wir durch einen
gültigen Gerichtsbeschluß dazu gezwungen sind. Ich habe Ihren
Brief Martin D. Chung gezeigt, unserem juristischen Berater,
und er hat mich angewiesen, Ihnen mitzuteilen, daß eine Kopie
Ihres Briefes an das Büro des Justizministers von Kalifornien
weitergeleitet wurde. Mr. Chung hat ein Gutachten darüber an-
gefordert, ob Ihre Anfrage als solche rechtswidrig ist. Ungeach-
tet des Ergebnisses dieses Gutachtens kann ich Ihnen nur sagen,
daß ich Ihre Neugierde, was das Leben dieser Frau in San Fran-
cisco betrifft, für ungehörig und widerwärtig halte.
Ich empfehle Ihnen, diese Sache auf sich beruhen zu lassen, be-
vor Sie in juristische Schwierigkeiten geraten.

> *Mit freundlichen Grüßen*
> *John L. Perlmutter*
> *Stellvertretender Direktor*

Kopie an: Patricia Chalmers

Nachdem sie diesen grauenhaften Brief zum viertenmal gelesen hatte, erhob sich Polly von der Bank und ging in die
Küche. Sie ging langsam und anmutig, eher wie jemand der
schwimmt, als wie jemand, der geht. Anfangs waren ihre
Augen verwirrt und glasig, aber als sie den Hörer von dem
an der Wand hängenden Telefon abgenommen und die
Nummer des Sheriffbüros mit Hilfe der übergroßen Tasten

eingegeben hatte, waren sie wieder klar. Der Ausdruck, der sie erhellte, war simpel und unmißverständlich: eine Wut, die so heftig war, daß sie fast an Haß grenzte.

Der Mann, den sie liebte, hatte in ihrer Vergangenheit herumgeschnüffelt – sie empfand die Vorstellung als unglaublich und gleichzeitig auf eine seltsame, grauenhafte Art plausibel. Sie hatte sich in den letzten vier oder fünf Monaten des öfteren mit Alan Pangborn verglichen und dabei mehrfach nicht gut abgeschnitten. Seine Tränen; ihre täuschende Gelassenheit, hinter der sich soviel Scham und Schmerz und geheimer, trotziger Stolz verbarg. Seine Ehrlichkeit; ihr kleiner Stapel Lügen. Wie heiligmäßig war er ihr vorgekommen! Wie einschüchternd vollkommen! Wie heuchlerisch ihr eigenes Bestehen darauf, daß er die Vergangenheit ruhen lassen sollte!

Und die ganz Zeit hatte er herumgeschnüffelt und versucht, die wahre Geschichte von Kelton Chalmers zu erfahren.

»Du Dreckskerl«, flüsterte sie, und als die Verbindung hergestellt war, färbten sich die Knöchel der Hand, mit der sie den Hörer hielt, vor Anspannung weiß.

14

Gewöhnlich verließ Lester Pratt die High School von Castle Rock in Gesellschaft mehrerer Freunde; sie gingen gemeinsam hinunter zu Hemphill's Market, um eine Limonade zu trinken, und begaben sich dann in das Haus oder die Wohnung von einem von ihnen, um Hymnen zu singen, Spiele zu spielen oder sich einfach zu unterhalten. Heute jedoch verließ Lester die Schule allein mit seinem Rucksack (er verschmähte die Aktenkoffer, die die anderen Lehrer bei sich trugen) und gesenktem Kopf. Wenn Alan gesehen hätte, wie Lester langsam über den Schulhof auf den Lehrerparkplatz zuwanderte, dann wäre ihm die Ähnlichkeit dieses Mannes mit Brian Rusk nicht entgangen.

Dreimal hatte Lester an diesem Tag versucht, mit Sally

Kontakt aufzunehmen und herauszufinden, was im Lande Gosen sie so wütend gemacht hatte. Das letzte Mal hatte er in der Pause nach der fünften Stunde angerufen. Er wußte, daß sie in der Middle School war, aber das einzige, was er erreicht hatte, war ein Rückruf von Mona Lawless, die in der sechsten und siebenten Klasse Mathematik unterrichtete und eine Freundin von Sally war.

»Sie kann nicht ans Telefon kommen«, erklärte Mona mit der Wärme einer mit Popsicles vollgestopften Tiefkühltruhe.

»Warum nicht?« hatte er gefragt – fast gewinselt. »Bitte, Mona – nun reden Sie schon!«

»Ich weiß es nicht.« Monas Ton war von den Popsicles in der Tiefkühltruhe fortgeschritten zum sprachlichen Äquivalent von flüssigem Stickstoff. »Ich weiß nur, daß sie sich bei Irene Lutjens aufhält, daß sie aussieht, als hätte sie die ganze Nacht geweint, und daß sie gesagt hat, sie wollte nicht mit Ihnen sprechen.« *Und das alles ist Ihre Schuld*, besagte Monas eisiger Ton. *Ich weiß das, weil Sie ein Mann sind, und alle Männer sind Schufte – dies ist nur ein weiterer Beweis dieser unumstößlichen Tatsache.*

»Aber ich habe nicht die geringste Ahnung, um was es eigentlich geht!« schrie Lester. »Würden Sie ihr wenigstens das sagen? Sagen Sie ihr, daß ich nicht weiß, weshalb sie wütend auf mich ist! Sagen Sie ihr, was immer es sein mag, es muß ein Mißverständnis sein, *weil ich es einfach nicht begreife!*«

Es folgte eine lange Pause. Als Mona wieder sprach, war ihre Stimme ein klein wenig wärmer geworden. Nicht viel, aber erheblich wärmer als flüssiger Stickstoff. »Also gut, Lester. Ich werde es ihr sagen.«

Jetzt hob er den Kopf, halb hoffend, daß Sally vielleicht auf dem Beifahrersitz seines Mustangs sitzen würde, bereit, ihn zu küssen und alles wieder gutzumachen; aber der Wagen war leer. Der einzige Mensch in seiner Nähe war der schwachköpfige Slopey Dodd, der auf seinem Skateboard herumalberte.

Steve Edwards holte Lester ein und klopfte ihm auf die Schulter. »Hey, Les! Kommst du auf eine Cola mit zu mir? Einige von den Jungen haben gesagt, sie kämen auch. Wir müssen über dieses empörende Vorhaben der Katholiken reden. Die große Versammlung findet heute abend in der Kirche statt, vergiß das nicht; und es wäre gut, wenn wir Jungen Erwachsenen eine einheitliche Front bilden würden, wenn über unser weiteres Vorgehen abgestimmt wird. Ich habe darüber mit Don Hemphill gesprochen, und er hat gesagt, ja, großartig, macht das.« Er sah Lester an, als erwartete er, daß er ihm beifällig den Kopf tätschelte.

»Heute nachmittag kann ich nicht, Steve. Vielleicht ein andermal.«

»Aber, Les – begreifst du denn nicht? Möglicherweise gibt es überhaupt kein andermal mehr! Die papistischen Jüngelchen machen allmählich ernst!«

»Ich kann nicht«, sagte Les. Und wenn du klug bist, besagte sein Gesicht, drängst du mich nicht weiter.

»Na schön, aber – weshalb nicht?«

Weil ich herausfinden muß, was in aller Welt mein Mädchen so wütend gemacht hat, dachte Lester. Und ich *werde* es herausfinden, selbst wenn ich es aus ihr herausschütteln müßte.

Laut sagte er: »Ich habe etwas zu erledigen. Etwas Wichtiges. Das kannst du mir glauben.«

»Wenn es sich um Sally handelt, Les …«

Lesters Augen blitzten gefährlich auf. »Halt die Klappe über Sally.«

Steve, ein harmloser junger Mann, den der Zwist um die Kasino-Nacht in Brand gesetzt hatte, loderte noch nicht hell genug, um die Linie zu überschreiten, die Lester Pratt so deutlich gezogen hatte. Aber er war auch nicht bereit, ohne weiteres aufzugeben. Ohne Lester Pratt war die Versammlung der Jungen Erwachsenen ein Witz, einerlei, wie viele Angehörige dieser Gruppe auftauchen würden. Er gab seiner Stimme einen sachlicheren Klang und fragte: »Du weißt von der anonymen Karte, die Bill bekommen hat?«

»Ja«, sagte Lester. Rev. Rose hatte sie auf dem Fußboden in der Diele des Pfarrhauses gefunden: die inzwischen berüchtigte »Baptistische Rattenficker«-Karte. Der Reverend hatte sie in einer hastig einberufenen Versammlung der Jungen Erwachsenen – nur der Männer – herumgehen lassen, weil, wie er sagte, man es unmöglich glauben konnte, solange man dieses ekelhafte Ding nicht mit eigenen Augen gesehen hatte. Es war wirklich schwer, sich vorzustellen, hatte Rev. Rose hinzugesetzt, wie tief-äh die Katholiken gesunken waren, nur um die gerechtfertigte Opposition gegen ihre vom Satan inspirierte Glücksspiel-Nacht zu unterdrücken; aber sie mußten diese schmutzige, ekelhafte Elaborat mit eigenen Augen sehen, um zu begreifen, mit wem sie es zu tun hatten. »Denn heißt es nicht, wer gewarnt ist, der ist-äh auch gewappnet?« hatte Rev. Rose mit großer Geste geendet. Dann hatte er die Karte hervorgeholt (sie steckte in einer Plastikhülle, als müßten die, die sie anfaßten, vor einer Infektion geschützt werden) und sie herumgehen lassen.

Als Lester die Karte gelesen hatte, war er mehr als bereit gewesen, ein paar katholische Glocken zu läuten, aber jetzt kam ihm die ganze Angelegenheit unwichtig und irgendwie kindisch vor. Wen interessierte es schon, wenn die Katholiken um Spielgeld spielten und ein paar neue Reifen und Küchengeräte verlosten? Wenn es auf die Wahl zwischen den Katholiken und Sally Ratcliffe hinauslief, wußte Lester, was ihm mehr am Herzen lag.

»… eine Versammlung, auf der wir versuchen wollen, uns über den nächsten Schritt klarzuwerden!« fuhr Steve fort. Er ereiferte sich wieder. »Wir sind es, die hier die Initiative ergreifen müssen, Les – wir *müssen* es! Reverend Billy sagt, er fürchtet, daß diese sogenannten Betroffenen Katholischen Männer sich nicht länger bei der Vorrede aufhalten werden. Ihr nächster Schritt könnte darin bestehen, daß sie …«

»Mach, was du für richtig hältst, Steve, *aber laß mich in Ruhe!*«

Steve brach ab und starrte ihn an, ganz offensichtlich bestürzt und ebenso offensichtlich erwartend, daß Lester, normalerweise der ausgeglichenste Mann, den man sich vorstellen konnte, wieder Vernunft annahm und sich entschuldigte. Als er begriff, daß keine Entschuldigung zu erwarten war, machte er sich auf den Rückweg zur Schule, schuf Abstand zwischen sich und Lester. »Mann, du bist aber in einer lausigen Stimmung«, sagte er.

»So ist es!« rief ihm Lester erbittert nach. Er ballte seine großen Hände zu Fäusten und stemmte sie auf die Hüften.

Aber Lester war mehr als nur wütend; er war verletzt, verdammt noch mal, er war am ganzen Körper verletzt, und was am schlimmsten schmerzte, das war sein *Kopf*, und er wollte auf irgend jemanden einschlagen. Nicht auf den armen, alten Steve Edwards; es war nur so, als hätte die Tatsache, daß er sich gestattet hatte, auf Steve wütend zu werden, einen Schalter in ihm betätigt. Dieser Schalter hatte bewirkt, daß jetzt elektrischer Strom in eine Menge geistiger Geräte floß, die normalerweise stumm und dunkel waren. Zum ersten Mal, seit er sich in Sally verliebt hatte, war Lester – sonst der friedfertigste Mensch, den man sich vorstellen kann – auch auf sie wütend. Welches Recht hatte sie, ihm zu sagen, er solle zur Hölle fahren? Welches Recht hatte sie, ihn einen Bastard zu nennen?

Sie war wegen irgend etwas wütend, richtig? Na schön, dann war sie eben wütend. Vielleicht hatte er ihr sogar einen Grund dazu geliefert. Er hatte nicht die geringste Ahnung, was das gewesen sein könnte, aber sagen wir einmal (rein hypothetisch), er hätte es getan. Gab ihr das das Recht, gleich in die Luft zu gehen, ohne ihm die Gelegenheit zu geben, sie um eine Erklärung zu bitten? Gab ihr das das Recht, sich bei Irene Lutjens aufzuhalten, damit er nicht da hineinplatzen konnte, wo sie sich gerade befand, oder auf seine Anrufe nicht zu reagieren oder Mona Lawless als Zwischenträgerin zu benutzen?

Ich werde sie finden, dachte Lester, und ich werde herausbekommen, was sie in den falschen Hals bekommen hat. Und dann, wenn es heraus ist, können wir uns wieder versöhnen. Und danach werde ich ihr den Vortrag halten, den ich bei Beginn des Basketball-Trainings immer vor den Anfängern halte – darüber, daß Vertrauen der Schlüssel zu erfolgreichem Teamwork ist.

Er streifte seinen Rucksack ab, warf ihn auf den Rücksitz und stieg in seinen Wagen. Und dann sah er, daß etwas unter dem Beifahrersitz hervorragte. Etwas Schwarzes. Es sah aus wie eine Brieftasche.

Lester griff begierig danach. Zuerst dachte er, es müsse sich um Sallys Brieftasche handeln. Wenn sie sie irgendwann im Laufe des langen Wochenendes in seinem Wagen verloren hatte, müßte sie sie inzwischen vermissen. Sie würde nervös sein. Und wenn er sie von ihrer Besorgnis wegen der verlorenen Brieftasche erlöste, dann würde der Rest ihrer Unterhaltung vielleicht ein wenig leichter sein.

Aber es war nicht Sallys Brieftasche; das sah er, sobald er einen genaueren Blick auf den Gegenstand werfen konnte, der unter dem Beifahrersitz gelegen hatte. Sie war aus schwarzem Leder. Sallys Brieftasche war aus blauem Wildleder, ziemlich abgeschabt und wesentlich kleiner.

Neugierig schlug er sie auf. Das erste, was er sah, traf ihn wie ein harter Schlag in den Solarplexus. Es war John LaPointes Führerschein.

Was in Gottes Namen hatte John LaPointe in *seinem* Wagen gemacht?

Sally hatte den Wagen über das ganze Wochenende, flüsterte sein Verstand. Also was zum Teufel *glaubst* du, was er darin gemacht hat?

»Nein«, sagte er. »Ausgeschlossen – das würde sie nicht tun. Mit *ihm* würde sie sich nicht treffen. Ganz bestimmt nicht.«

Aber sie *hatte* sich mit ihm getroffen. Sie und Deputy John LaPointe waren mehr als ein Jahr miteinander gegangen, ungeachtet der feindseligen Gefühle, die sich zwischen den Katholiken und den Baptisten von Castle Rock entwickelt hatten. Sie hatten vor dem gegenwärtigen Streit über die Kasino-Nacht miteinander gebrochen, aber …

Lester stieg wieder aus und blätterte die Plastikhüllen der Brieftasche durch. Sein Gefühl der Fassungslosigkeit wuchs. Hier war John LaPointes Dienstausweis – auf dem Foto hatte er noch den kleinen Schnurrbart, den er getragen hatte, als er mit Sally ging. Lester wußte, wie manche Leute einen solchen Schnurrbart nannten: Katzenkitzler. Hier war John LaPointes Angelschein. Hier war ein Foto von John LaPointes Eltern. Hier war sein Jagdschein. Und hier – *hier* …

Lester starrte wie gebannt auf den Schnappschuß, auf den er gestoßen war. Es war ein Schnappschuß von John und Sally. Ein Schnappschuß von einem Mann und seinem Mädchen. Sie standen vor etwas, das aussah wie eine Schießbude. Sie sahen sich an und lachten. Sally hielt einen großen

Teddybären im Arm. LaPointe hatte ihn offenbar gerade für sie gewonnen.

Lester starrte das Foto an. In der Mitte seiner Stirn war eine Ader hervorgetreten, und sie pulsierte stetig.

Wie hatte sie ihn genannt? Einen verlogenen Bastard?

»Und was ist sie?« murmelte Lester Pratt.

Wut staute sich in ihm auf. Es passierte sehr schnell. Und als jemand seine Schulter berührte, fuhr er herum, ließ die Brieftasche fallen und ballte die Fäuste. Es fehlte nicht viel, und er hätte den harmlosen, stotternden Slopey Dodd in die Mitte der nächsten Woche befördert.

»T-t-t-rainer P-pratt?« fragte Slopey. Seine Augen waren groß und rund, aber er wirkte nicht verängstigt. Interessiert, aber nicht verängstigt. »F-f-fehlt Ihnen e-e-twas?«

»Nein«, sagte Lester dumpf. »Geh nach Hause, Slopey. Zieh Leine. Mit diesem Skateboard hast du auf dem Parkplatz nichts zu suchen.«

Er bückte sich, um die heruntergefallene Brieftasche aufzuheben, aber Slopey war der Erde einen halben Meter näher und kam ihm zuvor. Er betrachtete neugierig das Foto auf John LaPointes Führerschein, bevor er Trainer Pratt die Brieftasche aushändigte. »Ja«, sagte Slopey. »Das ist d-d-er Mann.«

Er sprang auf sein Skateboard und wollte davonfahren; Lester packte sein T-Shirt, bevor er dazu imstande war. Das Skateboard schoß unter Slopeys Füßen hervor, rollte davon, geriet in ein Schlagloch und überschlug sich. Slopeys AC/DC-T-Shirt riß am Hals ein, aber das schien Slopey nicht weiter zu stören; Lesters Reaktion schien ihn nicht einmal zu überraschen, geschweige denn zu ängstigen. Lester bemerkte es nicht. Lester war über das Registrieren von Feinheiten hinaus. Er war einer jener großen, normalerweise friedfertigen Männer, hinter deren Friedfertigkeit sich eine bösartige Reizbarkeit verbirgt, ein gefährlicher emotionaler Tornado im Wartezustand. Solche Männer können ihr gesamtes Leben hinter sich bringen, ohne dieses bösartige Sturmzentrum jemals zu entdecken. Lester jedoch hatte das seine entdeckt (oder vielmehr, es hatte ihn entdeckt), und er befand sich jetzt vollständig in seiner Gewalt.

Er umkrampfte einen Teil von Slopeys T-Shirt mit einer Faust, die fast so groß war wie ein Räucherschinken, und beugte sein schwitzendes Gesicht zu Slopey herunter. Die Ader in der Mitte seiner Stirn pulsierte schneller als je zuvor.

»Was willst du damit sagen – ›das ist der Mann‹?«

»Das ist der M-m-mann, der M-Miss R-r-ratcliffe am F-f-freitag von der Schule a-a-abgeholt hat.«

»Er hat sie *von der Schule* abgeholt?« fragte Lester heiser. Er schüttelte Slopey so heftig, daß die Zähne des Jungen klapperten. »Bist du ganz sicher?«

»Ja«, sagte Slopey. »Sie s-sind in Ihrem W-w-wagen fortgefahren. Der M-m-mann ist g-g-gefahren.«

»Gefahren? Er hat meinen Wagen gefahren? *John LaPointe hat meinen Wagen gefahren, mit Sally darin?*«

»Der M-m-mann da«, sagte Slopey und deutete wieder auf den Führerschein. »A-a-aber bevor sie ei-ei-eingestiegen sind, hat er ihr einen K-k-kuß gegeben.«

»Ach, wirklich?« sagte Lester. Sein Gesicht war sehr ruhig geworden. »Hat er das wirklich getan?«

»H-h-h-hat er«, sagte Slopey. Ein breites (und ziemlich wollüstiges) Grinsen erschien auf seinem Gesicht.

Mit einer sanften, seidigen Stimme, die keinerlei Ähnlichkeit hatte mit seinem rauhen Also-los-Jungs-Tonfall, fragte Lester: »Und hat sie ihn wiedergeküßt? Was meinst du, Slopey?«

Slopey verdrehte glücklich die Augen. »D-da bin ich g-g-ganz sicher! Sie h-h-h-haben r-r-richtig aneinander g-g-gehangen, T-t-trainer P-pratt!«

»Aneinander gehangen«, wiederholte Lester mit seiner neuen sanften, seidigen Stimme.

»Ja.«

»Richtig aneinander gehangen«, grübelte Lester mit seiner neuen sanften, seidigen Stimme.

Lester ließ Slopey los und richtete sich auf. Die Ader auf seiner Stirn pulsierte und pumpte. Er hatte angefangen zu lächeln. Es war ein unangenehmes Lächeln, bei dem erheblich mehr weiße, kantige Zähne zum Vorschein zu kommen schienen, als ein normaler Mann haben sollte. Seine blauen Augen waren zu kleinen, zusammengekniffenen Dreiecken geworden. Sein Bürstenhaarschnitt strebte in allen Richtungen von seinem Kopf fort.

»T-t-trainer Pratt?« fragte Slopey. »Ist etwas n-n-nicht in O-o-ordnung?«

»Nein«, sagte Lester Pratt mit seiner neuen sanften, seidigen Stimme. Das Lächeln verließ sein Gesicht nicht. »Nichts, wogegen ich nichts unternehmen könnte.« In seinen Gedanken hatten sich seine Hände bereits um den Hals dieses lügenden, papistischen, teddybärgewinnenden, mädchenstehlenden, scheißefressenden Franzmanns von einem John LaPointe geschlossen. Dieses Arschlochs, das sich bewegte wie ein Mann. Dieses Arschlochs, das dem Mädchen, das Lester liebte, dem Mädchen, das die Lippen nur kaum spürbar öffnete, wenn Lester es küßte, offensichtlich beigebracht hatte, wie man richtig aneinanderhing.

Zuerst würde er sich um John LaPointe kümmern. Das war kein Problem. Und wenn das erledigt war, würde er mit Sally reden.

Oder etwas dergleichen.

»Nicht das geringste, wogegen ich nichts unternehmen könnte«, wiederholte er mit seiner neuen sanften, seidigen Stimme und glitt wieder hinter das Lenkrad seines Mustang. Der Wagen neigte sich deutlich nach links, als Lester seine zwei Zentner massiver Hachsen und Lenden auf den Sitz deponierte. Er startete den Motor, ließ ihn mehrmals aufheulen wie einen hungrigen Tiger, dann fuhr er mit quietschenden Reifen los. Slopey wanderte, hustend und mit theatralischer Geste den Staub vor seinem Gesicht fortwedelnd, dorthin, wo sein Skateboard lag.

Die Einfassung seines alten T-Shirts war völlig abgerissen und hing wie etwas, das wie eine schwarze Kette aussah, über Slopeys vorstehenden Schlüsselbeinen. Er hatte genau das getan, was Mr. Gaunt von ihm verlangt hatte, und es war prächtig gelaufen. Trainer Pratt hatte wütender ausgesehen als ein nasses Huhn.

Jetzt konnte er heimgehen und seinen Teekessel anschauen.

»W-w-wenn ich nur n-n-nicht zu s-s-stottern brauchte«, sagte er in den leeren Raum hinein.

Dann stieg er auf sein Skateboard und fuhr davon.

15

Sheila hatte sehr viel Mühe, Alan mit Henry Payton zu verbinden – sie war sicher, den Kontakt zu Henry verloren zu haben, und weil sie den Eindruck gehabt hatte, als wäre er wirklich aufgeregt, hatte sie ihn zurückrufen müssen –, und als sie diese technische Meisterleistung gerade vollbracht hatte, leuchtete das Licht von Alans Privatanschluß auf. Sie legte die Zigarette beiseite, die sie sich gerade hatte anzünden wollen, und meldete sich. »Büro des Sheriffs von Castle Country, Anschluß von Alan Pangborn.«

»Hallo, Sheila. Ich möchte mit Alan sprechen.«

»Polly?« Sheila runzelte die Stirn. Zwar erkannte sie die Stimme, aber sie hatte noch nie erlebt, daß Polly sich so anhörte wie jetzt – kalt und kurz angebunden wie die Chefsekretärin einer großen Firma. »Sind Sie das?«

»Ja«, sagte Polly. »Ich möchte mit Alan sprechen.«

»Das geht im Moment nicht. Er spricht gerade mit Henry Payton, und …«

»Halten Sie die Leitung offen«, unterbrach Polly. »Ich warte.«

Sheila wurde ein wenig nervös. »Nun ja – das würde ich tun, aber es ist ein bißchen komplizierter. Alan ist – unterwegs. Ich mußte Henry durchstellen.«

»Wenn Sie Henry Payton durchstellen konnte, können Sie mich auch durchstellen«, sagte Polly kalt. »Oder etwa nicht?«

»Doch, das kann ich, aber ich weiß nicht, wie lange sie …«

»Das ist mir gleichgültig. Von mir aus können sie reden, bis es in der Hölle schneit«, sagte Polly. »Halten Sie die Leitung offen, und wenn sie fertig sind, verbinden Sie mich mit Alan. Ich würde Sie nicht darum bitten, wenn es nicht wichtig wäre – das wissen Sie doch, Sheila?«

Ja – Sheila wußte es. Und sie wußte noch etwas: Polly begann, ihr Angst einzuflößen. »Polly, ist alles in Ordnung?«

Es folgte eine lange Pause. Dann reagierte Polly, indem sie ihrerseits eine Frage stellte. »Sheila, haben Sie für Sheriff Pangborn irgendwelche Briefe geschrieben, die an das Department of Child Welfare in San Francisco gerichtet waren?

600

Oder haben Sie solche Briefe in der hinausgehenden Post gesehen?«

Plötzlich flackerten in Sheilas Kopf rote Lichter auf – eine ganze Menge rote Lichter. Sie vergötterte Alan Pangborn beinahe, und Polly Chalmers hatte ihm etwas vorzuwerfen. Sie wußte nicht, um was es sich handelte, aber der Tonfall der Anschuldigung war unverkennbar.

»Das wäre eine Information, die ich an niemanden weitergeben darf«, sagte sie, und die Temperatur ihres eigenen Tonfalls sank um zehn Grad. »Sie sollten lieber den Sheriff selbst danach fragen, Polly.«

»Ja – das sollte ich. Halten Sie bitte die Leitung offen und verbinden Sie mich mit ihm, sobald es möglich ist.«

»Polly, was ist los mit Ihnen? Sind Sie wütend auf Alan? Sie müssen doch wissen, daß er nie etwas tun würde, was …«

»Ich weiß überhaupt nichts mehr«, sagte Polly. »Wenn ich Sie etwas gefragt habe, was ich nicht hätte fragen dürfen, dann bitte ich um Entschuldigung. Wollen Sie nun die Leitung offenhalten und mich so bald wie möglich mit ihm verbinden, oder muß ich losgehen und nach ihm suchen?«

»Nein, ich verbinde Sie«, sagte Sheila. Sie verspürte eine seltsame Unruhe, als wäre etwas Furchtbares passiert. Wie viele Frauen in Castle Rock war sie überzeugt gewesen, daß Alan und Polly sich zutiefst liebten, und wie viele der anderen Frauen in der Stadt neigte Sheila dazu, sie als Charaktere in einem düsteren Märchen zu sehen, in dem zum Schluß alles gut ausgehen würde. Irgendwie würde die Liebe über alles siegen. Aber jetzt hörte es sich so an, als wäre Polly mehr als nur wütend; es hörte sich an, als wäre sie voll von Qual und noch etwas anderem obendrein. Für Sheila hörte sich dieses andere fast an wie Haß. »Also warten Sie bitten, Polly – aber es kann eine Weile dauern.«

»Das macht nichts. Danke, Sheila.«

»Gern geschehen.« Sie drückte auf den Knopf, der die Leitung offenhielt, dann fand sie ihre Zigarette wieder. Sie zündete sie an, inhalierte tief und betrachtete beunruhigt das kleine, flackernde Licht.

16

»Alan?« rief Henry Payton. »Alan, hören Sie mich?« Seine Stimme hatte den flachen, dumpfen Klang, den Stimmen immer haben, wenn ein Telefongespräch über Funk durchgestellt wird. Er hörte sich an wie ein Radiosprecher, der aus der Inneren einer großen, leeren Crackerdose sendet.

»Ich höre Sie, Henry.«

»Vor einer halben Stunde kam ein Anruf vom FBI«, sagte Henry aus dem Inneren seiner Crackerdose. »Mit diesen Fingerabdrücken haben wir unverschämtes Glück gehabt.«

Alans Herzschlag schaltete in einen schnelleren Gang. »Mit denen auf Netties Türknauf? Den verwischten?«

»So ist es. Wir haben eine provisorische Übereinstimmung festgestellt mit einem Mann dort bei Ihnen am Ort. Eine Verurteilung – Bagatelldiebstahl im Jahre 1977. Außerdem haben wir die Abdrücke aus seiner Militärakte.«

»Spannen Sie mich nicht auf die Folter – wer ist es?«

»Der Name des Betreffenden ist Hugh Albert Priest.«

»Hugh Priest!« rief Alan. Er hätte nicht überraschter sein können, wenn Payton den Namen von J. Danforth Quayle genannt hätte. »Weshalb sollte Hugh Priest Netties Hund umbringen? Oder Wilma Jerzycks Fenster einwerfen, was das betrifft?«

»Da ich den Herrn nicht kenne, kann ich die Frage nicht beantworten«, erwiderte Henry. »Warum greifen Sie ihn nicht und fragen ihn selbst? Warum tun Sie es nicht sofort, bevor er nervös wird und beschließt, Verwandte in Dry Hump, South Dakota, zu besuchen?«

»Gute Idee«, sagte Alan. »Ich melde mich später wieder. Danke, Henry.«

»Halten Sie mich auf dem laufenden – schließlich ist das letzten Endes *mein* Fall.«

»Ja. Ich melde mich.«

Es gab ein scharfes, metallisches Geräusch – *bink!* –, als die Verbindung abbrach, und dann übertrug Alans Funkgerät das Summen einer offenen Telefonleitung. Alan fragte sich kurz, was Nynex und AT&T von den Spielchen halten würden, die sie da spielten, und bückte sich, um das Mikrofon wieder einzuhängen. Als er es tat, wurde das Summen der Telefonleitung von Sheila Brighams Stimme unterbrochen – einer für sie ungewöhnlich zögernden Stimme.

»Sheriff, ich habe Polly Chalmers in der Leitung. Sie hat darum gebeten, daß ich sie durchstelle, sobald Sie frei sind. Ten-four?«

Alan blinzelte. »Polly?« Er hatte plötzlich Angst, jene Art von Angst, die man hat, wenn das Telefon um drei Uhr nachts läutet. Polly hatte noch nie eine solche Bitte geäußert, und wenn man ihn gefragt hätte, hätte Alan geantwortet, daß sie das niemals tun würde – es lief ihrer Vorstellung von gutem Benehmen zuwider, und für Polly war gutes Benehmen sehr wichtig. »Was will sie, Sheila – hat sie das gesagt? Ten-four.«

»Nein, Sheriff. Ten-four.«

Nein, natürlich hatte sie das nicht getan. Auch das hatte er gewußt. Polly redete nicht über ihre Angelegenheiten. Die Tatsache, daß er überhaupt gefragt hatte, zeigte, wie überrascht er war.

»Sheriff?«

»Stellen Sie sie durch, Sheila. Ten-four.«

»Ten-forty, Sheriff.«

Bink!

Er stand da im Sonnenschein, und sein Herz klopfte zu schnell und zu heftig. Das gefiel ihm nicht.

Das *bink!*-Geräusch ertönte abermals, gefolgt von Sheilas Stimme – weit fort, fast verloren. »Bitte, sprechen Sie, Polly – die Verbindung ist hergestellt.«

»Alan?« Ihre Stimme war so laut, daß er zusammenfuhr. Es war die Stimme eines Riesen – eines wütenden Riesen. Das wußte er schon jetzt – das eine Wort hatte genügt.

»Ich höre, Polly – was gibt es?«

Einen Moment lang war da nur Schweigen. Irgendwo, tief darunter, war das schwache Gemurmel anderer Telefonstimmen. Er hatte Zeit, sich zu fragen, ob er die Verbindung mit ihr verloren hatte – fast zu hoffen, daß das der Fall war.

»Alan, ich weiß, daß wir abgehört werden können«, sagte sie, »aber du solltest eigentlich wissen, wovon ich rede. Wie konntest du das tun? Wie *konntest* du?«

Irgend etwas kam ihm bekannt vor an diesem Gespräch. Irgend etwas.

»Polly, ich verstehe nicht, was du ...«

»Oh, ich denke doch«, erwiderte sie. Ihre Stimme wurde schwerer, härter, und Alan begriff, daß sie, wenn sie nicht jetzt schon weinte, es bald tun würde. »Es tut weh, feststellen zu müssen, daß man einen Menschen, den man zu kennen glaubt, überhaupt nicht kennt. Es tut weh, feststellen zu müssen, daß das Gesicht, das man zu lieben glaubte, nur eine Maske ist.«

Etwas, das ihm bekannt vorkam, ja, und jetzt wußte er auch, was es war. Dies glich den Alpträumen, die er nach dem Tod von Annie und Todd gehabt hatte, den Alpträumen, in denen er am Straßenrand stand und zusah, wie sie in dem Scout an ihm vorbeifuhren. Sie waren auf dem Weg in den Tod. Er wußte es, aber er war außerstande, etwas daran zu ändern. Er versuchte, die Arme zu schwenken, aber sie waren zu schwer. Er versuchte zu schreien und wußte nicht mehr, wie man den Mund aufmacht. Sie fuhren an ihm vorbei, als wäre er unsichtbar, und jetzt war es genau so – er war auf irgendeine gespenstische Art für Polly unsichtbar geworden.

»Annie ...« Er begriff entsetzt, welchen Namen er da ausgesprochen hatte, und korrigierte sich schnell. »*Polly.* Ich weiß nicht, wovon du redest, Polly, aber ...«

»*Du weißt es!*« schrie sie ihn plötzlich an. »Behaupte nicht, du wüßtest es nicht. Du weißt es sehr genau! Weshalb konntest du nicht warten, bis ich es dir erzähle, Alan? Und wenn du schon nicht warten konntest, weshalb hast du mich dann nicht gefragt? Weshalb mußtest du es hinter meinem Rükken tun? *Wie konntest du mich so hintergehen?*«

Er kniff die Augen zusammen und versuchte, seine rasenden, verwirrten Gedanken wieder unter Kontrolle zu bekommen, aber es nützte nichts. Statt dessen erschien vor seinem inneren Auge ein grauenhaftes Bild: Mike Horton vom *Journal-Register* in Norway, der über den Bearcat-Scanner der Zeitung gebeugt dasaß und sich wie ein Verrückter in seiner Privatkurzschrift Notizen machte.

»Ich weiß nicht, wovon du redest, daß ich es getan hätte,

aber es muß ein Irrtum sein. Ich komme zu dir, dann können wir miteinander reden …«

»Nein. Ich glaube nicht, daß ich dich jetzt sehen kann, Alan.«

»Doch, das kannst du. Und du wirst es tun. Ich werde …«

Da meldete sich Henry Paytons Stimme zu Wort. *Warum tun Sie es nicht sofort, bevor er nervös wird und beschließt, Verwandte in Dry Hump, South Dakota, zu besuchen?*«

»Du wirst was?« fragte sie. »Du wirst was?«

»Mir ist gerade etwas eingefallen«, sagte Alan langsam.

»Ach, wirklich? War es ein Brief, den du Anfang September geschrieben hast, Alan? Ein Brief nach San Francisco?«

»Ich weiß wirklich nicht, wovon du redest. Polly. Ich kann jetzt nicht kommen, weil sich etwas getan hat – in der anderen Sache. Aber später …«

Sie sprach zu ihm durch eine Reihe von keuchenden Schluchzern hindurch, die eigentlich hätten bewirken müssen, daß sie schwer zu verstehen war – sie taten es aber nicht. »Hast du noch nicht begriffen, Alan? Es *gibt* kein Später, niemals mehr. Du …«

»Polly, *bitte* …«

»*Nein!* Laß mich in Ruhe! Laß mich in Ruhe, du hinterhältiger, schnüffelnder Bastard!«

Bink!

Und plötzlich lauschte Alan wieder dem Summen der offenen Telefonleitung. Er ließ den Blick über die Kreuzung von Main und School Street wandern wie ein Mann, der nicht weiß, wo er sich befindet, und dem nicht klar ist, wie er hergekommen ist. In seinen Augen lag der abwesende, verwirrte Ausdruck, den man oft in den letzten paar Sekunden in den Augen von Boxern sieht, bevor ihnen die Knie wegsacken und sie für einen langen Winterschlaf zu Boden gehen.

Wie war das passiert? Und wie war es so *schnell* passiert?

Er hatte nicht die geringste Ahnung. Im Laufe der letzten Woche schien die ganze Stadt ein wenig verrückt geworden zu sein – und jetzt hatte es auch Polly erwischt.

Bink!

»Hem – Sheriff?« Es war Sheila, und Alan erkannte an ihrer gedämpften, zögerlichen Stimme, daß sie den letzten Teil seines Gesprächs mit Polly mitgehört hatte. »Alan, hören Sie mich? Bitte melden.«

Er verspürte den plötzlichen, verblüffend starken Drang, das Mikrofon in die Büsche hinter dem Gehsteig zu feuern. Und dann davonzufahren. Irgendwohin. Einfach an überhaupt nichts mehr zu denken und immer der Sonne nachzufahren.

Statt dessen raffte er all seine Kraft zusammen und zwang sich, an Hugh Priest zu denken. Das war, was er tun mußte, denn jetzt sah es so aus, als hätte womöglich Hugh den Tod der beiden Frauen auf dem Gewissen. Jetzt war Hugh seine Sache, nicht Polly – und er stellte fest, daß sich in diesem Gedanken eine große Erleichterung verbarg.

Er drückte auf den Sendeknopf. »Ja, Sheila. Ten-four.«

»Alan, ich glaube, ich habe die Verbindung mit Polly verloren. Ich – hem – wollte nicht mithören, aber …«

»Schon gut, Sheila. Wir waren fertig.« (Was er da eben gesagt hatte, hatte einen entsetzlich endgültigen Beiklang, aber er weigerte sich, jetzt darüber nachzudenken.) »Wer ist gerade bei Ihnen? Ten-four?«

»John sitzt an seinen Berichten«, sagte Sheila, offensichtlich erleichtert über die Wendung, die das Gespräch genommen hatte. »Clut ist auf Streife. In der Nähe von Castle View, seiner letzten Meldung zufolge.«

»Okay.« Pollys Gesicht, gezeichnet von fremdartiger Wut, versuchte, an die Oberfläche seines Bewußtseins emporzuschwimmen. Er zwang es zurück und konzentrierte sich wieder auf Hugh Priest. Aber eine schreckliche Sekunde lang sah er überhaupt keine Gesichter; nur eine grauenhafte Leere.

»Alan? Sind Sie noch da? Ten-four?«

»Ja. Rufen Sie Clut und sagen Sie ihm, er soll zu Hugh Priests Haus nicht weit vom Ende der Castle Hill Road fahren. Er weiß, wo das ist. Hugh ist vermutlich bei der Arbeit, aber falls er sich freigenommen haben sollte, möchte ich, daß Clut ihn festnimmt und zum Verhör mitbringt. Ten-four?«

»Ten-four, Alan.«

»Sagen Sie ihm, er soll mit größter Vorsicht vorgehen. Sagen Sie ihm, Hugh soll wegen des Todes von Nettie Cobb und Wilma Jerzyck verhört werden. Alles weitere sollte er sich selbst zusammenreimen können. Ten-four.«

»Oh!« Sheila hörte sich erschrocken und aufgeregt zugleich an. »Ten-four, Sheriff.«

»Ich bin unterwegs zum Städtischen Fuhrpark. Ich rechne damit, Hugh dort vorzufinden. Ten-forty. Over and out.«

Als der das Mikrofon einhängte (ihm war, als hätte er es während der letzten vier Jahre in der Hand gehalten), dachte er: Wenn du Polly gesagt hättest, was du jetzt gerade an Sheila durchgegeben hast, dann wäre die Situation, mit der du jetzt fertig werden mußt, vielleicht nicht ganz so verfahren.

Aber vielleicht auch nicht – wie konnte man das wissen, wenn man keine Ahnung hatte, um was für eine Situation es sich handelte? Polly hatte ihm vorgeworfen, er hätte geschnüffelt. Dieser Vorwurf deckte ein großes Territorium ab, und zwar eines, das völlig unkartiert war. Und außerdem war da noch etwas anderes. An die Zentrale durchzugeben, daß jemand festgenommen werden sollte, war Bestandteil der täglichen Arbeit. Das gleiche gilt für den Hinweis an den Streife fahrenden Beamten, daß der Mann, hinter dem sie her waren, gefährlich sein konnte. Die gleichen Informationen über eine offene Funktelefon-Verbindung an eine Freundin weiterzugeben, wäre etwas ganz anderes gewesen. Er hatte richtig gehandelt, und er wußte es.

Das änderte jedoch nichts an dem Kummer in seinem Herzen, und er unternahm einen weiteren Versuch, sich auf das zu konzentrieren, was ihm bevorstand – Hugh Priest zu finden, ihn festzunehmen, ihm einen Anwalt zu beschaffen, wenn er einen haben wollte, und ihn dann zu fragen, warum er Netties Hund Raider mit einem Korkenzieher erstochen hatte.

Einen Augenblick lang funktionierte es, doch als er den Motor des Kombis anließ und vom Bordstein wegfuhr, war es immer noch das Gesicht von Polly – nicht das von Hugh Priest –, das er vor seinem inneren Auge sah.

Siebzehntes Kapitel

1

Ungefähr um die gleiche Zeit, als Alan durch die Stadt fuhr, um Hugh Priest zu verhaften, stand Henry Beaufort auf seiner Auffahrt und betrachtete seinen Thunderbird. Den Zettel, den er unter dem Scheibenwischer gefunden hatte, hielt er in der Hand. Der Schaden, den der feige Strolch an seinen Reifen angerichtet hatte, war schlimm, aber Reifen konnte man ersetzen. Doch der tiefe Kratzer, den er in die rechte Seite des Wagens gemacht hatte, brachte Henrys Blut zum Kochen.

Er betrachtete abermals den Zettel und las laut, was darauf stand: »Setz mich *nie* wieder vor die Tür und behalt dann auch noch meine Wagenschlüssel du Franzosenschwein!«

Wen hatte er in letzter Zeit vor die Tür gesetzt? Oh, eine ganze Menge Leute. Es gab nur wenige Abende, an denen er niemanden vor die Tür zu setzen brauchte. Aber vor die Tür setzen *und* Wagenschlüssel behalten und auf dem Bord hinter der Theke liegenlassen? Das war in letzter Zeit nur einmal vorgekommen.

Nur einmal.

»Du Mistkerl«, sagte der Besitzer des Mellow Tiger mit leiser, nachdenklicher Stimme. »Du blöder, übergeschnappter Mistkerl.«

Er dachte daran, ins Haus zurückzukehren und sein Jagdgewehr zu holen, doch dann überlegte er es sich anders. Bis zum Tiger war es nicht weit, und dort stand ein ganz besonderer Kasten unter der Theke. Darin befand sich eine abgesägte doppelläufige Schrotflinte. Sie lag dort, seit dieser Blödmann Ace Merrill vor etlichen Jahren versucht hatte, ihn auszurauben. Es war eine streng verbotene Waffe, und Henry hatte sie nie benutzt.

Er glaubte, daß er sie heute vielleicht benutzen würde.

Er dachte an den häßlichen Kratzer, den Hugh in die Seite seines Thunderbirds gemacht hatte; dann knüllte er den Zettel zusammen und ließ ihn fallen. Billy Tupper würde inzwischen im Tiger sein, den Fußboden fegen und Gläser spülen. Henry würde die Abgesägte holen und sich Billys Pontiac ausleihen. Wie es schien, mußte er heute auf Arschlochjagd gehen.

Henry beförderte den zusammengeknüllten Zettel mit einem Fußtritt ins Gras. »Du hast wieder dieses Blödmacherzeug geschluckt, Hugh, aber in Zukunft wirst du das nicht mehr tun, das garantiere ich dir.« Er berührte zum letzten Mal den Kratzer. Noch nie in seinem ganzen Leben war er so wütend gewesen. »Darauf kannst du Gift nehmen.«

Henry machte sich schnellen Schrittes auf den Weg zum Mellow Tiger.

2

Frank Jewett fand, als er George T. Nelsons Schlafzimmer auseinandernahm, unter der Matratze des Doppelbettes eine halbe Unze Koks. Er schüttete das Zeug in die Toilette und spülte, und während er zuschaute, wie es davongewirbelt wurde, spürte er einen plötzlichen Krampf in den Eingeweiden. Er begann, den Gürtel seiner Hose zu öffnen; doch dann kehrte er in das verwüstete Schlafzimmer zurück. Frank vermutete, daß er völlig verrückt geworden war, aber das störte ihn nicht sonderlich. Verrückte Leute brauchten nicht über die Zukunft nachzudenken. Für verrückte Leute spielte die Zukunft nur eine untergeordnete Rolle.

Eines der wenigen unbeschädigten Dinge in George T. Nelsons Schlafzimmer war ein Foto an der Wand. Es war das Foto einer alten Dame. Es steckte in einem teuren Goldrahmen, und das ließ Frank vermuten, daß es sich um ein Foto von George T. Nelsons seliger Mutter handelte. Der Krampf kam wieder. Frank nahm das Foto von der Wand und legte es auf den Boden. Dann schnallte er den Hosengürtel auf, hockte sich genau darüber und tat, was die Natur von ihm verlangte.

Es war der Höhepunkt dessen, was bis dahin ein sehr schlimmer Tag gewesen war.

3

Lenny Partridge, Castle Rocks ältester Einwohner und Träger des Spazierstockes der *Boston Post*, den einstmals Tante Evvie Chalmers besessen hatte, fuhr auch Castle Rocks ältestes Auto. Es war ein Chevrolet Bel Air von 1966, der einst weiß gewesen war. Jetzt hatte er eine schmutzige Unfarbe – man könnte sie vielleicht Feldweggrau nennen. Er befand sich in keinem sonderlich guten Zustand. Die Heckscheibe war vor etlichen Jahren durch ein flappendes Stück Allwetterplastik ersetzt worden, die Bodenbleche waren so zerlöchert, daß Lenny beim Fahren durch ein vielfältiges Rostmuster hindurch die Straße betrachten konnte, und das Auspuffrohr hing herunter wie der verrottete Arm eines Mannes, der in einem trockenen Klima gestorben ist. Außerdem waren keine Kolbenringe mehr vorhanden. Wenn Lenny den Bel Air fuhr, verbreitete er hinter sich große Wolken aus stinkendem, blauem Qualm, und die Felder, die er auf seiner täglichen Fahrt in die Stadt passierte, sahen aus, als hätte ein mordlüsterner Flieger sie mit Paraquat bestäubt. Der Chevy verschlang drei (manchmal sogar vier) Liter Öl am Tag. Dieser muntere Verbrauch störte Lenny nicht im mindesten; er kaufte wiederaufbereitetes Diamond-Motoröl von Sonny Jackett in Zwanzig-Liter-Kanistern, und er paßte immer genau auf, daß Sonny zehn Prozent vom Preis nachließ – seinen Rentnerrabatt. Und da er in den letzten zehn Jahren den Bel Air nie mit einer Geschwindigkeit von mehr als fünfzig Stundenkilometern gefahren hatte, würde er wahrscheinlich länger zusammenhalten als Lenny selbst.

Während sich Henry Beaufort auf der anderen Seite der Tin Bridge auf den Weg zum Mellow Tiger machte, lenkte, fast zehn Kilometer entfernt, Lenny seinen rostigen Bel Air über die Kuppe von Castle Hill.

Mitten auf der Straße stand ein Mann, der in einer gebieterischen Stopp-Geste die Arme hochgereckt hatte. Der Mann hatte eine nackte Brust und nackte Füße. Er trug nur eine khakifarbene Hose mit offenstehendem Schlitz und um den Hals einen mottenzerfressenen Streifen Fell.

Lennys Herz tat einen großen, keuchenden Satz in seiner

mageren Brust, und er trat mit beiden Füßen, die in einem
Paar sich langsam auflösender Stiefel steckten, auf die Bremse. Sie ging mit einem schauerlichen Stöhnen bis fast auf den
Boden herunter, und der Bel Air kam schließlich zum Stehen, kaum einen Meter vor dem Mann auf der Straße, in
dem Lenny jetzt Hugh Priest erkannte. Hugh war keinen
Fußbreit zurückgewichen. Als der Wagen stand, ging er
rasch darum herum zu der Stelle, an der Lenny saß, der die
Hände gegen die Vorderseite seines wollenen Unterhemds
drückte, versuchte, wieder zu Atem zu kommen, und sich
fragte, ob dies der endgültige Herzstillstand war.

»Hugh!« keuchte er. »Was zum Teufel soll das, Mann? Ich
hätte dich beinahe überfahren! Ich …«

Hugh riß die Fahrertür auf und beugte sich hinein. Die
Pelzstola, die er um den Hals trug, schwang vor, und Lenny
fuhr zurück. Sie sah aus wie ein halbverfaulter Fuchsschwanz mit großen Kahlstellen. Sie roch widerlich.

Hugh packte ihn bei den Trägern seiner Latzhose und
zerrte ihn aus dem Wagen. Lenny quiekte vor Angst und
Empörung.

»Tut mir leid, Alter«, sagte Hugh mit der abwesenden
Stimme eines Mannes, dem wesentlich größere Probleme als
dieses im Kopf herumgehen. »Ich brauche deinen Wagen.
Meiner ist ein bißchen ramponiert.«

»Du kannst doch nicht …«

Aber Hugh konnte durchaus. Er warf Lenny quer über die
Straße, als wäre der alte Mann nicht mehr als ein Sack voller
Lumpen. Als Lenny landete, war ein deutliches Brechen zu
hören, und sein Keifen verwandelte sich in jämmerliche
Schmerzensschreie. Er hatte sich ein Schlüsselbein und zwei
Rippen gebrochen.

Ohne sich darum zu kümmern, setzte sich Hugh ans Steuer des Chevy, knallte die Tür zu und stieg auf den Gashebel.
Der Motor heulte verblüfft auf, und aus dem herabsackenden Auspuff kam eine Wolke von blauem Ölqualm. Er rollte
bereits mit mehr als achtzig Stundenkilometern den Hügel
hinab, bevor es Lenny Partridge auch nur gelungen war,
sich auf den Rücken zu drehen.

4

Etwa um 15.35 Uhr bog Andy Clutterbuck in die Castle Hill Road ein. Er begegnete Lenny Partridges altem Ölsäufer, der in die entgegengesetzte Richtung fuhr, und verwendete keinen Gedanken darauf. Cluts Verstand beschäftigte sich ausschließlich mit Hugh Priest, und der rostige alte Bel Air war nur ein Bestandteil der Szenerie.

Clut hatte nicht die geringste Ahnung, warum oder wie Hugh etwas mit dem Tod von Wilma und Nettie zu tun haben konnte, aber das war in Ordnung; er gehörte zum Fußvolk, und damit hatte es sich. Für das Warum und das Wie waren andere Leute zuständig, und dies war einer jener Tage, an denen er verdammt froh darüber war. Was er wußte, war, daß Hugh ein gemeiner Trunkenbold war, den die Jahre nicht friedlicher gemacht hatten. Ein solcher Mann war zu allem fähig – zumal wenn er blau war.

Und er ist vermutlich ohnehin bei der Arbeit, dachte Clut, aber als er sich der Bruchbude näherte, in der Hugh wohnte, öffnete er dennoch das Holster seines Dienstrevolvers. Einen Augenblick später sah er, daß auf Hughs Auffahrt die Sonne von Chrom und Glas reflektiert wurde, und seine Nerven schalteten hoch, bis sie summten wie Telefondrähte in einem Sturm. Hughs *Wagen* war da, und wenn der Wagen eines Mannes da ist, dann ist in der Regel auch der Mann da. Das war eine der Tatsachen des Lebens auf dem Lande.

Als Hugh seine Auffahrt zu Fuß verlassen hatte, war er nach rechts abgebogen, von der Stadt fort und auf die Kuppe von Castle Hill zu. Hätte Clut in diese Richtung geschaut, dann hätte er Lenny Partridge gesehen, der auf dem Bankett lag und herumflatterte wie ein Huhn, das ein Staubbad nimmt; aber er schaute nicht in diese Richtung. Cluts gesamte Aufmerksamkeit war auf Hughs Haus gerichtet. Lennys dünne Schreie drangen in eines von Cluts Ohren, durchwanderten sein Gehirn, ohne irgendeinen Alarm auszulösen, und gingen zum anderen wieder hinaus.

Bevor er aus dem Streifenwagen ausstieg, zog Clut seine Waffe.

5

Billy Tupper war erst neunzehn, und er hatte die Weisheit nicht mit Löffeln gefressen, aber er war immerhin intelligent genug, um über Henrys Verhalten bestürzt zu sein, als Henry an diesem letzten Tag von Castle Rock um zwanzig Minuten vor vier das leere Lokal betrat. Er war auch intelligent genug, um zu wissen, daß es keinen Sinn hatte, Henry die Schlüssel zu seinem Pontiac zu verweigern; in seiner gegenwärtigen Stimmung würde Henry (der unter normalen Umständen der beste Boss war, den Billy je gehabt hatte) ihn einfach niederschlagen und sie sich nehmen.

Also versuchte Billy es zum ersten – und vielleicht einzigen – Male in seinem Leben mit Arglist. »Henry«, sagte er schüchtern, »Sie sehen aus, als könnten Sie einen Drink gebrauchen. Ich jedenfalls könnte es. Soll ich uns beiden einen Kurzen einschenken, bevor Sie gehen?«

Henry war hinter der Theke verschwunden. Billy konnte hören, wie er dort herumsuchte und leise fluchte. Schließlich kam er wieder hoch, mit einem rechteckigen Holzkasten mit einem kleinen Vorhängeschloß daran. Er stellte den Kasten auf die Theke und begann dann, das Schlüsselbund zu durchsuchen, das er an seinem Gürtel trug.

Er bedachte Billys Vorschläge, wollte den Kopf schütteln, dann überlegte er es sich anders. Ein Drink war wirklich keine schlechte Idee; er würde sowohl seine Hände als auch seine Nerven beruhigen. Er fand den richtigen Schlüssel, steckte ihn in das Schloß an dem Kasten, nahm es ab und legte es daneben auf die Theke. »Okay«, sagte er. »Aber wenn schon, dann auch richtig. Chivas. Einen einfachen für dich, einen doppelten für mich.« Er reckte Billy einen Finger entgegen. Billy fuhr zusammen – er war plötzlich sicher, daß Henry hinzusetzen würde: *Aber du kommst mit.* »Und daß du deiner Mutter nicht sagst, daß ich dir erlaubt habe, hier einen Schnaps zu trinken. Hast du mich verstanden?«

»Ja, Sir«, sagte Billy erleichtert. Er holte schnell die Flasche, bevor Henry es sich anders überlegen konnte. »Ich habe Sie verstanden.«

6

Deke Bradford, der Mann, der Castle Rocks größtes und kostspieligstes Unternehmen leitete – das Amt für Öffentliche Arbeiten –, war wütend.

»Nein, er ist nicht hier«, teilte er Alan mit. »Ist heute überhaupt nicht erschienen. Aber wenn Sie ihn sehen sollten, bevor ich ihn sehe, können Sie mir einen Gefallen tun und ihm sagen, daß er entlassen ist.«

»Weshalb haben Sie ihn überhaupt so lange behalten, Deke?«

Sie standen in der heißen Nachmittagssonne vor der Städtischen Werkstatt Nr. 1. Ein Stück zu ihrer Linken stand ein Laster der Case Construction and Supply vor einem Schuppen. Drei Männer luden kleine, aber schwere Holzkisten ab. Jede von ihnen trug eine rote Raute – das Zeichen für Sprengstoff. Aus dem Schuppen hörte Alan das Flüstern der Klimaanlage. Es kam ihm sehr merkwürdig vor, so spät im Jahr noch eine Klimaanlage zu hören, aber schließlich war in Castle Rock die ganze Woche überaus merkwürdig gewesen.

»Ich habe ihn länger behalten, als ich es eigentlich tun sollte«, gab Deke zu und fuhr sich mit den Händen durch sein kurzes, ergrauendes Haar. »Ich habe es getan, weil ich glaubte, daß irgendwo in ihm ein guter Kern steckt.« Deke war einer jener kleinen, untersetzten Männer, die immer so aussahen, als wollten sie jemandem den Kopf abreißen. Dennoch war er einer der freundlichsten Männer, die Alan je kennengelernt hatte. »Wenn er nicht betrunken oder total verkatert war, gab es niemanden in der Stadt, der härter arbeitete als Hugh. Und da war etwas in seinem Gesicht, das mich glauben ließ, daß er vielleicht doch nicht einer von den Männern war, die einfach weitertrinken, bis sie vor die Hunde gegangen sind. Ich dachte, mit einem sicheren Job würde er sich vielleicht noch einmal zusammenrappeln und die Kurve kriegen. Aber in dieser letzten Woche ...«

»Was war in dieser letzten Woche?«

»Da ist er völlig durchgedreht. Sah aus, als steckte irgend etwas in ihm, und damit meine ich nicht unbedingt Schnaps.

Ich hatte den Eindruck, daß seine Augen tief eingesunken waren, und wenn man mit ihm redete, schaute er einem ständig über die Schulter anstatt ins Gesicht. Außerdem führte er Selbstgespräche.«

»Worüber?«

»Das weiß ich nicht. Und ich bezweifle auch, daß irgendein anderer es weiß. Ich setze nur ungern jemanden vor die Tür, aber ich hatte mich bereits dazu entschlossen, bevor Sie heute nachmittag hier erschienen sind. Ich habe die Nase voll von ihm.«

»Bitte, entschuldigen Sie mich, Deke.« Alan kehrte zu seinem Wagen zurück, rief Sheila an und teilte ihr mit, daß Hugh heute nicht zur Arbeit erschienen war.

»Versuchen Sie, Clut zu erreichen, und sagen Sie ihm, daß äußerste Vorsicht geboten ist. Und schicken Sie John als Verstärkung hinaus.« Er zögerte, bevor er weitersprach, weil er wußte, daß solche Warnungen schon des öfteren unnötige Schießereien im Gefolge gehabt hatten, aber dann tat er es doch. Es blieb ihm nichts anderes übrig; er war es seinen Leuten schuldig. »Clut und John sollen davon ausgehen, daß Hugh bewaffnet und gefährlich ist. Verstanden?«

»Bewaffnet und gefährlich, ten-four.«

»Okay. Ten-forty. Wagen Eins over and out.«

Er hängte das Mikrofon wieder ein und kehrte zu Deke zurück.

»Halten Sie es für möglich, daß er die Stadt verlassen hat, Deke?«

»Der?« Deke legte den Kopf auf die Seite und spie Tabaksaft aus. »Kerle wie der verlassen *nie* die Stadt, bevor sie ihren letzten Lohn abgeholt haben. Die meisten von ihnen tun es überhaupt nicht. Wenn es darum geht, sich daran zu erinnern, welche Straßen aus der Stadt herausführen, scheinen Leute wie Hugh an einer Art Vergeßlichkeitskrankheit zu leiden.«

Irgend etwas zog Dekes Blick auf sich, und er wendete sich an die Männer, die die Kisten abluden. »Seid ein bißchen vorsichtiger, Leute! Ihr sollt die Kisten abladen, nicht herumpfeffern!«

»Das ist eine ganze Menge von dem Zeug, was Sie da haben«, sagte Alan.

615

»Ja – zwanzig Kisten. Wir haben vor, eine Granitschwelle in der Kiesgrube draußen an der Nr. 5 zu sprengen. Aber ich glaube, daß wir danach noch genug übrig haben, um Hugh auf eine Umlaufbahn um den Mars zu schicken, wenn Sie das wollen.«

»Weshalb haben Sie soviel bestellt?«

»Das war nicht meine Idee; Buster hat meine Bestellung vergrößert, Gott weiß, warum. Aber eines kann ich Ihnen jetzt schon sagen – er wird in die Luft gehen, wenn er die Stromrechnung für diesen Monat zu Gesicht bekommt. Diese Klimaanlage frißt eine Menge Strom, aber man muß das Zeug kühl halten, sonst schwitzt es. Es heißt zwar, dieser neue Sprengstoff täte es nicht, aber für mich ist Vorsicht die Mutter der Porzellankiste.«

»Buster hat Ihre Bestellung vergrößert«, sagte Alan nachdenklich.

»Ja – um vier oder sechs Kisten. Ich weiß es nicht mehr genau. Es geschehen noch Zeichen und Wunder, nicht wahr?«

»Offensichtlich. Deke, darf ich Ihr Telefon benutzen?«

»Natürlich.«

Alan saß eine volle Minute an Dekes Schreibtisch, schwitzte dunkle Flecke unter den Ärmeln seiner Uniformjacke und hörte zu, wie das Telefon in Pollys Haus wieder und wieder läutete. Schließlich legte er den Hörer auf.

Er verließ das Büro langsam und mit gesenktem Kopf. Deke brachte gerade ein Vorhängeschloß an der Schuppentür an, und als er sich zu Alan umdrehte, war sein Gesicht lang und unglücklich. »Auch in Hugh Priest hat einmal ein guter Kern gesteckt, Alan. Das kann ich beschwören. In vielen Fällen kommt dieser Kern zum Vorschein. Öfter, als die meisten Leute glauben. Aber bei Hugh …« Er zuckte die Achseln. »Ein hoffnungsloser Fall.«

Alan nickte.

»Sind Sie okay, Alan? Sie sehen aus, als wäre irgendwas Komisches über Sie gekommen.«

»Ja, kein Grund zur Sorge«, sagte Alan und lächelte ein wenig. Aber es traf zu: es war tatsächlich etwas Komisches über ihn gekommen. Und über Polly auch. Und Hugh. Und

Brian Rusk. Es hat den Anschein, als wäre heute über alle Leute etwas Komisches gekommen.

»Möchten Sie ein Glas Wasser oder kalten Tee? Ich habe noch welchen stehen.«

»Danke, aber ich sollte lieber losfahren.«

»Also gut. Lassen Sie mich wissen, wie es ausgegangen ist.«

Das war etwas, das Alan nicht versprechen konnte, aber er hatte in der Magengrube das flaue Gefühl, daß Deke es in ein oder zwei Tagen in der Zeitung würde lesen können. Oder im Fernsehen verfolgen. »Bis demnächst, Deke«, war alles, was er sagte.

7

Lenny Partridges alter Chevy fuhr kurz vor vier in eine der schrägen Parkbuchten vor Needful Things, und der Mann der Stunde stieg aus. Der Reißverschluß an Hughs Hosenschlitz war nach wie vor offen, und um den Hals trug er noch immer den Fuchsschwanz. Er überquerte den Gehsteig, wobei seine bloßen Füße auf den heißen Beton klatschten, und öffnete die Tür. Das silberne Glöckchen bimmelte.

Der einzige Mensch, der ihn hineingehen sah, war Charlie Fortin. Er stand im Eingang von Western Auto und rauchte eine seiner stinkenden, selbstgedrehten Zigaretten. »Jetzt ist der alte Hugh endgültig übergeschnappt«, sagte Charlie einfach so ins Blaue hinein.

Drinnen musterte Mr. Gaunt den alten Hugh mit einem freundlichen, erwartungsvollen kleinen Lächeln – so, als erschienen in seinem Laden täglich Männer mit bloßen Füßen, nackter Brust und einem mottenzerfressenen Fuchsschwanz um den Hals. Er machte ein Häkchen auf dem Blatt neben seiner Registrierkasse. Das letzte Häkchen.

»Es hat Ärger gegeben«, sagte Hugh und näherte sich Mr. Gaunt. Seine Augen rollten von einer Seite zur anderen wie Kugeln in einem Spielautomaten. »Diesmal stecke ich richtig in der Klemme.«

»Ich weiß«, sagte Mr. Gaunt mit seiner beruhigenden Stimme.

»Mir war, als wäre ich hier am richtigen Ort. Ich weiß nicht – ich träume immer wieder von Ihnen. Ich – ich habe nicht gewußt, an wen ich mich sonst wenden soll.«

»Sie *sind* am richtigen Ort, Hugh.«

»Er hat meine Reifen zerschnitten«, flüsterte Hugh. »Beaufort, das Schwein, dem der Mellow Tiger gehört. Er hat einen Zettel hinterlassen. ›Du weißt, was dir beim nächsten Mal blüht, Hubert‹, stand darauf. Ich weiß, was das heißen soll. Darauf können Sie Gift nehmen.« Eine von Hughs schmutzigen, großen Händen streichelte das räudige Fell, und auf seinem Gesicht breitete sich ein Ausdruck der Bewunderung aus, der albern gewirkt hätte, wenn er nicht so offensichtlich echt gewesen wäre. »Er will meinen schönen Fuchsschwanz.«

»Vielleicht sollten Sie sich um ihn kümmern«, schlug Mr. Gaunt nachdenklich vor, »bevor er sich um Sie kümmern kann. Ich weiß, das hört sich ein bißchen – nun ja, extrem an, aber wenn man bedenkt …«

»Ja! Ja! Genau das habe ich vor!«

»Ich glaube, ich habe genau das Richtige für Sie«, sagte Mr. Gaunt. Er bückte sich, und als er sich wieder aufrichtete, hielt er eine automatische Pistole in der Hand. Er schob sie über die Deckplatte der Vitrine. »Voll geladen.«

Hugh ergriff sie, und als er das solide Gewicht der Waffe in seiner Hand fühlte, verflog seine Verwirrung wie Rauch. Er roch Waffenöl, schwach und duftend.

»Ich – ich habe meine Brieftasche nicht bei mir«, sagte er.

»Oh, *deshalb* brauchen Sie sich keine Gedanken zu machen«, erklärte ihm Mr. Gaunt. »Bei Needful Things sind die Dinge, die zum Verkauf stehen, versichert.« Plötzlich verhärtete sich sein Gesicht. Seine Lippen wichen von den Zähnen zurück, und seine Augen funkelten. »Erledigen Sie ihn!« rief er mit leiser, rauher Stimme. »Erledigen Sie den Bastard, der zerstören will, was Ihnen gehört! Erledigen Sie ihn, Hugh! Schützen Sie sich! Schützen Sie Ihr *Eigentum!*«

Hugh grinste plötzlich. »Danke, Mr. Gaunt. Vielen Dank!«

»Gern geschehen«, sagte Mr. Gaunt, wieder in seinem normalen Tonfall, aber das silberne Glöckchen bimmelte bereits, als Hugh den Laden verließ und im Hinausgehen die Automatik in den herabgesackten Taillenbund seiner Hose steckte.

»Erledige ihn, Hugh«, sagte Mr. Gaunt leise. Aus seinen Ohren und seinem Haar stiegen dünne Rauchschwaden auf; dickere Schwaden kamen aus seinen Nasenlöchern und quollen zwischen den kantigen weißen Grabsteinen seiner Zähne hervor. »Erledige alle, die du erwischen kannst. Viel Spaß, Mann.«

Mr. Gaunt warf den Kopf zurück und begann zu lachen.

8

John LaPointe eilte auf die Seitentür des Sheriffbüros zu, die auf den Parkplatz der Stadtverwaltung hinausführte. Er war erregt. Bewaffnet und gefährlich. Es kam nicht oft vor, daß man aufgefordert wurde, bei der Verhaftung eines bewaffneten und gefährlichen Tatverdächtigen zu helfen. Jedenfalls nicht in einem verschlafenen Nest wie Castle Rock. Er hatte seine verschwundene Brieftasche völlig vergessen (jedenfalls fürs erste), und der Gedanke an Sally Ratcliffe lag ihm noch viel ferner.

Er erreichte die Tür genau in dem Augenblick, in dem jemand sie von der anderen Seite her öffnete. Ganz plötzlich sah sich John den zwei Zentnern des wütenden Sportlehrers gegenüber.

»Genau der Mann, den ich sehen wollte«, sagte Lester Pratt mit seiner neuen sanften und seidigen Stimme. Er hielt eine schwarze Lederbrieftasche hoch. »Hast du etwas verloren, du dreckiger, gottloser Hurensohn?«

John hatte nicht die geringste Ahnung, was Lester Pratt hier tat oder wo er seine verschwundene Brieftasche gefunden haben konnte. Er wußte nur, daß er Anweisung hatte, Clut zu unterstützen, und daß er sofort losfahren mußte.

»Was immer Sie wollen – wir reden später darüber, Lester«, sagte John und griff nach seiner Brieftasche. Als Lester

619

sie zuerst seiner Reichweite entzog und John dann damit
hart ins Gesicht schlug, war John mehr verblüfft als wütend.

»Oh, ich will nicht *reden*«, sagte Lester mit seiner neuen
sanften und seidigen Stimme. »Damit werde ich meine Zeit
nicht verschwenden.« Er ließ die Brieftasche fallen, packte
John bei den Schultern, hob ihn hoch und schleuderte ihn
zurück ins Sheriffbüro. Deputy LaPointe flog zwei Meter
weit durch die Luft und landete auf Norris Ridgewicks
Schreibtisch. Sein Hintern glitt darüber hinweg, pflügte einen Pfad durch den dort aufgestapelten Papierkram und
fegte Norris' Ein- und Ausgangskorb zu Boden. John folgte
und landete mit schmerzhaftem Aufprall auf dem Rücken.

Sheila Brighan starrte mit weit offenem Mund durch das
Fenster der Zentrale.

Lester kam kampfbereit auf ihn zu. Er hatte die Fäuste in
einer altmodischen John L. Sullivan-Pose erhoben, die eigentlich komisch hätte wirken müssen, es aber nicht tat. »Ich
werde dir eine Lektion erteilen«, sagte er mit seiner neuen
sanften und seidigen Stimme. »Ich werde dir beibringen,
was mit Katholiken passiert, die einem Baptisten das Mädchen stehlen. Ich werde dir alles darüber beibringen, und
wenn ich fertig bin, wirst du es so gründlich kapiert haben,
daß du es nie wieder vergißt.«

Lester Pratt war auf Beibring-Distanz herangekommen.

<h1 style="text-align:center">9</h1>

Billy Tupper mochte nicht gerade ein Intellektueller sein,
aber er war ein mitfühlendes Ohr, und an diesem Nachmittag war ein mitfühlendes Ohr für Henry Beaufort die beste
Medizin. Henry trank seinen Drink und erzählte Billy, was
passiert war – und während er redete, spürte er, wie er sich
beruhigte. Ihm kam der Gedanke, daß er, wenn er die
Schrotflinte genommen und auf die Tour weitergemacht
hätte, den Tag vermutlich nicht hinter seiner Theke, sondern
in einer der Zellen des Sheriffbüros beendet hätte. Er liebte
seinen Thunderbird, aber er begann zu begreifen, daß er ihn

nicht so sehr liebte, um deshalb ins Gefängnis zu wandern. Die Reifen konnte er ersetzen, und der Kratzer an der Seite würde im Laufe der Zeit unter Politur verschwinden. Und was Hugh Priest anging – um den mochte sich die Polizei kümmern.

Er leerte sein Glas und stand auf.

»Wollen Sie immer noch hinter ihm her, Mr. Beaufort?« fragte Billy ängstlich.

»Damit werde ich meine Zeit nicht vergeuden«, sagte Henry, und Billy stieß erleichtert den Atem aus. »Ich werde Alan Pangborn sagen, daß er die Sache in die Hand nehmen soll. Bezahle ich nicht dafür meine Steuern?«

»Vermutlich.« Billy sah aus dem Fenster, und sein Gesicht hellte sich noch etwas mehr auf. Ein rostiger alter Wagen, ein Wagen, der einst weiß gewesen war, aber jetzt eine schmutzige Unfarbe aufwies – man könnte sie vielleicht Feldweggrau nennen –, kam den Hügel herab auf Mellow Tiger zu und verbreitete hinter sich eine dicke blaue Wolke aus Auspuffgasen. »Sehen Sie mal! Das ist der alte Lenny! Den habe ich seit einer Ewigkeit nicht mehr gesehen!«

»Wir machen trotzdem nicht vor fünf auf«, sagte Henry. Er ging hinter die Theke, um zu telefonieren. Der Kasten mit der abgesägten Schrotflinte stand nach wie vor darauf. Ich glaube, ich hatte vor, das Ding zu benutzen, dachte er. Ich glaube, das hatte ich tatsächlich vor. Was zum Teufel fährt in einen – irgendein Gift?

Als Lennys alter Wagen auf den Parkplatz einschwenkte, ging Billy zur Tür.

10

»Lester ...« setzte John LaPointe an, und das war der Augenblick, in dem eine Faust, die fast so groß war wie ein Räucherschinken – aber viel härter –, mit seinem Gesicht kollidierte. Es gab ein widerlich knirschendes Geräusch, als mit einem Aufflackern grauenhafter Schmerzen seine Nase brach. Johns Augen verkniffen sich, und in der Dunkelheit

sprühten grellbunte Lichtfunken empor. Er torkelte arme-
schwenkend durch den Raum, kämpfte einen aussichtslosen
Kampf, um sich auf den Beinen zu halten. Blut strömte aus
seiner Nase und über seinen Mund. Er prallte gegen das
Schwarze Brett und stieß es von der Wand.

Lester setzte sich wieder in Bewegung, mit vor Konzentration tief und finster gerunzelter Stirn unter seinem gesträub-
ten Bürstenschnitt.

In der Zentrale ging Sheila ans Funkgerät und versuchte,
Alan zu erreichen.

11

Frank Jewett war im Begriff, das Heim seines guten alten
›Freundes‹ George T. Nelson zu verlassen, als ihm plötzlich
ein bestürzender Gedanke kam. Dieser Gedanke besagte,
daß George T. Nelson, wenn er nach Hause kam und feststellte, daß sein Schlafzimmer verwüstet, sein Koks fortge-
spült und das Bildnis seiner Mutter vollgeschissen war, vielleicht nach seinem alten Partykumpel Ausschau halten
würde. Frank kam zu dem Schluß, daß es verrückt wäre, zu
verschwinden, ohne zu beenden, was er angefangen hatte –
und wenn das Beenden dessen, was er angefangen hatte, bedeutete, daß er dem erpresserischen Halunken den Kopf
wegpustete, dann würde er genau das tun. Im Untergeschoß
stand ein Waffenschrank, und in dem Gedanken, den Job
mit einer von George T. Nelsons eigenen Waffen zu erledigen, lag für Frank eine Art poetischer Gerechtigkeit. Wenn
er den Waffenschrank nicht aufschließen oder aufbrechen
konnte, würde er sich mit einem der Fleischmesser seines alten Partykumpels ausrüsten und den Job *damit* erledigen. Er
würde sich hinter die Haustür stellen, und wenn George T.
Nelson hereinkam, würde er ihm entweder den verdammten Kopf abschießen oder ihn bei den Haaren packen und
ihm die verdammte Kehle durchschneiden. Das Gewehr
würde vermutlich die sicherere Waffe sein, aber je mehr
Frank über das heiße Blut nachdachte, das aus George T.

Nelsons aufgeschlitzter Kehle herausspritzte und sich über seine Hände ergoß, desto angemessener erschien es ihm. *Et tu*, Georgie. *Et tu*, du erpresserischer Bastard.

In diesem Moment wurden seine Erwägungen durch George T. Nelsons Wellensittich gestört, Tammy Faye, der sich den hoffnungslosesten Augenblick seines kleinen Vogellebens dazu ausgesucht hatte, ein vergnügtes Gezwitscher von sich zu geben. Frank hörte es, und auf seinem Gesicht erschien ein besonders unfreundliches Lächeln. Warum habe ich nicht gleich an den verdammten Vogel gedacht? fragte er sich und ging in die Küche.

Nach einigem Suchen fand er die Schublade mit den scharfen Messern und verbrachte die nächsten fünfzehn Minuten damit, mit einem davon zwischen den Stangen von Tammy Fayes Käfig herumzustochern und den kleinen Vogel in hektische Panik zu versetzen, bis ihn das Spiel langweilte und er ihn erstach. Dann ging er nach unten, um zu sehen, was sich mit dem Waffenschrank anfangen ließ. Wie sich herausstellte, war das Schloß kein Problem, und als Frank wieder die Treppe zum Obergeschoß emporstieg, stimmte er ein nicht der Jahreszeit entsprechendes, aber dennoch fröhliches Lied an:

> *Ohh ... you better not fight, you better not cry,*
> *You better not pout, I'm telling you why,*
> *Santa Claus is coming to town!*
> *He sees you when you're sleeping!*
> *He knows you when you're awake!*
> *He knows if you've been bad or good,*
> *So you better be good for goodness' sake!*

Frank, der es nie versäumt hatte, sich jeden Samstagabend mit seiner eigenen geliebten Mutter Lawrence Welk anzuschauen, sang die letzte Zeile in einem tiefen Larry Hooper-Baß. Himmel, er fühlte sich großartig. Wie hatte er nur, kaum eine Stunde zuvor, glauben können, sein Leben wäre am Ende! Dies war nicht das Ende; es war der Anfang! Fort mit dem Alten – insbesondere lieben alten ›Freunden‹ wie George T. Nelson – und her mit dem Neuen!

Frank bezog hinter der Tür Posten. Er war für sein Werk gut gerüstet; eine Winchester lehnte an der Wand, in seinem Gürtel steckte eine Llama.32 Automatik, und in der Hand hielt er ein blankes Sheffington-Steakmesser. Von seinem Standort aus konnte er das kleine Häufchen aus grüngelben Federn sehen, das einmal Tammy Faye gewesen war. Ein kleines Lächeln zuckte um Franks Mr. Weatherbee-Mund, und seine Augen rollten hinter seiner runden, randlosen Mr. Weatherbee-Brille unaufhörlich hin und her.

»You better be good for goodness' sake!« mahnte er sich verhalten. Er sang diese Zeile etliche Male, während er dort stand, und dann noch etliche Male, nachdem er es sich bequemer gemacht hatte und mit gekreuzten Beinen und den Waffen im Schoß an die Wand gelehnt hinter der Tür saß.

Es bestürzte ihn, wie schläfrig er zu werden begann. Es kam ihm absurd vor, dem Einschlafen nahe zu sein, während er drauf und dran war, einem Mann die Kehle durchzuschneiden, aber das änderte nichts an der Tatsache. Ihm war, als hätte er irgendwo (vielleicht an der University of Maine in Farmington, einem College, an dem er ohne die geringste Auszeichnung graduiert hatte) gehört, daß ein schwerer Schock im Nervensystem manchmal genau diese Wirkung hat – und er hatte in der Tat einen schweren Schock erlitten. Es war ein Wunder, daß sein Herz nicht geplatzt war wie ein alter Reifen, als er all diese Zeitschriften in seinem Büro verstreut sah.

Frank kam zu dem Schluß, daß es unvernünftig wäre, irgendwelche Risiken einzugehen. Er schob George T. Nelsons langes, hafermehlfarbenes Sofa ein Stückchen von der Wand ab, kroch dahinter und legte sich, die Winchester neben der linken Hand, auf den Rücken. Seine rechte Hand, die nach wie vor den Griff des Steakmessers umschloß, lag auf seiner Brust. So. Viel besser. George T. Nelsons dicker Teppichboden war sogar recht bequem.

»You better be good for goodness' sake!« sang Frank verhalten. Zehn Minuten später, als er schließlich einschlief, sang er noch immer mit leiser, schnarchender Stimme.

12

»Wagen Eins!« schrie Sheila aus dem unter dem Armaturenbrett montierten Funkgerät, als Alan auf seinem Weg zurück in die Stadt die Tin Bridge überquerte. »Wagen Eins, bitte kommen. *Sofort kommen!*«

Alan spürte, wie sich sein Magen zusammenkrampfte. Clut war in Hugh Priests Haus an der Castle Hill Road auf ein Hornissennest gestoßen – da war er ganz sicher. Weshalb in Gottes Namen hatte er Clut nicht gesagt, er sollte auf John warten, bevor er Hugh gegenübertrat?

Du weißt, weshalb – weil du nicht voll und ganz bei der Sache warst, als du deine Anweisungen erteiltest. Wenn Clut deshalb etwas zugestoßen ist, dann mußt du das akzeptieren und deinen Teil der Schuld auf dich nehmen. Aber das kommt später. Jetzt besteht dein Job darin, dich um deinen Job zu kümmern. Also tu es gefälligst, Alan – vergiß Polly und kümmere dich um deinen verdammten Job.

Er riß das Mikrofon aus der Halterung. »Hier Wagen Eins. Was ist los?«

»Jemand schlägt John zusammen!« schrie sie. »Kommen Sie schnell, Alan, er fällt über ihn her wie ein Verrückter!«

Diese Information entsprach so gar nicht dem, was Alan erwartet hatte, daß er einen Augenblick fassungslos war.

»Was? Wo? *Dort?*«

»Machen Sie schnell, er bringt ihn um!«

Plötzlich rastete alles ein. Es war natürlich Hugh Priest. Aus irgendeinem Grund war Hugh Priest ins Sheriffbüro gekommen, bevor John sich auf den Weg nach Castle Hill machen konnte, und hatte angefangen, auf ihn loszuschlagen. Es war John LaPointe, nicht Andy Clutterbuck, der in Gefahr war.

Alan griff nach dem Blinklicht, schaltete es ein und setzte es aufs Dach. Als er das stadtseitige Ende der Brücke erreicht hatte, bat er den alten Kombi wortlos um Verzeihung und gab Gas.

13

Clut begann zu vermuten, daß Hugh nicht zu Hause war, als er sah, daß sämtliche Reifen an Hughs Wagen nicht nur platt, sondern völlig zerfetzt waren. Er war im Begriff, sich trotzdem dem Haus zu nähern, als er dünne Hilferufe hörte.

Einen Augenblick lang blieb er unentschlossen stehen, wo er gerade stand, dann eilte er die Auffahrt hinunter. Diesmal sah er Lenny am Straßenrand liegen und rannte mit flappendem Holster dorthin, wo der alte Mann lag.

»Helfen Sie mir!« stöhnte Lenny, als Clut neben ihm niederkniete. »Hugh Priest ist verrückt geworden, hat mich aus dem Wagen geworfen, der verdammte Idiot!«

»Wo sind Sie verletzt, Lenny?« fragte Clut. Er berührte die Schulter des alten Mannes. Lenny stieß einen Schrei aus. Das war Antwort genug. Clut stand auf; er wußte nicht so recht, was er als nächstes tun sollte. Zu viele Dinge drängten sich in seinem Kopf zusammen. Das einzige, was er genau wußte, war, daß er auf gar keinen Fall irgendwelchen Mist bauen wollte.

»Bleiben Sie liegen«, sagte er schließlich. »Ich rufe einen Krankenwagen.«

»Ich habe nicht die Absicht, aufzustehen und Tango zu tanzen, Sie verdammter Narr«, sagte Lenny. Er wimmerte und keuchte vor Schmerzen. Er sah aus wie ein alter Bluthund mit einem gebrochenen Bein.

»Gut«, sagte Clut. Er begann, zu seinem Streifenwagen zurückzulaufen, dann kehrte er nochmals zu Lenny zurück. »Er hat Ihren Wagen genommen, richtig?«

»Nein!« keuchte Lenny und preßte die Hand auf die gebrochenen Rippen. »Er hat mich herausgeworfen und ist dann auf einem fliegenden Teppich davongesegelt. Natürlich hat er meinen Wagen genommen! Was glauben Sie denn, weshalb ich hier liege? Um mich zu sonnen?«

»Gut«, wiederholte Clut und sprintete so schnell auf der Straße zurück, daß Zehn-Cent- und Vierteldollarmünzen aus seinen Taschen hüpften und in funkelnden kleinen Bögen über den Asphalt wirbelten.

Er beugte sich so schnell durch das Fenster seines Streifenwagens, daß er sich fast den Kopf eingeschlagen hätte. Er riß das Mikrofon heraus. Er mußte Sheila erreichen, damit sie Hilfe für den alten Mann losschickte, aber das war nicht das wichtigste. Sowohl Alan als auch die Staatspolizei mußten wissen, daß Hugh Priest jetzt Lenny Partridges alten Chevrolet fuhr. Clut war nicht sicher, aus welchem Jahr er stammte, aber dieser staubfarbene Ölschlucker war unverkennbar.

Doch er konnte Sheila nicht erreichen. Er versuchte es dreimal, und niemand meldete sich. Überhaupt niemand.

Jetzt konnte er hören, wie Lenny wieder zu schreien begann, und Clut ging in Hughs Haus, um den Rettungsdienst in Norway anzurufen.

Da hat sich Sheila genau den richtigen Moment ausgesucht, um auf die Toilette zu gehen, dachte er.

14

Auch Henry Beaufort versuchte, das Büro des Sheriffs zu erreichen. Er stand an der Theke mit dem Hörer am Ohr. Es läutete immer und immer wieder. »Also los«, sagte er, »meldet euch endlich. Was tut ihr dort eigentlich? Skatspielen?«

Billy Tupper war nach draußen gegangen. Henry hörte, wie er etwas schrie, und schaute ungeduldig auf. Auf den Schrei folgte ein plötzlicher, lauter Knall. Henrys erster Gedanke war, daß einer von Lennys alten Reifen geplatzt war; doch dann knallte es noch zweimal.

Billy kam in den Tiger. Er ging sehr langsam und hielt eine Hand an die Kehle. Blut strömte durch seine Finger.

»'Enry!« schrie Billy mit seltsam erstickter Stimme. »'Enry! 'En ...«

Er erreichte das Rock-Ola und blieb einen Augenblick taumelnd stehen; dann schien in seinem Körper alles auf einmal nachzugeben, und er brach zusammen.

Ein Schatten fiel auf seine Füße, die sich fast außerhalb des Lokals befanden, und dann erschien der Besitzer des Schattens. Er trug einen Fuchsschwanz um den Hals und hielt eine Pistole in der Hand. Aus dem Lauf stieg Qualm auf. Winzige Schweißtropfen nisteten in der spärlichen Behaarung zwischen seinen Brustwarzen. Die Haut unter seinen Augen war aufgequollen und braun. Er trat über Billy Tupper hinweg in das Halbdunkel des Mellow Tiger.

»Hallo, Henry«, sagte Hugh Priest.

15

John LaPointe wußte nicht, warum das geschah, aber er wußte, daß Lester ihn umbringen würde, wenn er so weitermachte – und es gab nicht das geringste Anzeichen dafür, daß Lester vorhatte, nachzulassen oder gar aufzuhören. Er versuchte, an der Wand herunter und aus Lesters Reichweite zu rutschen; doch Lester packte sein Hemd und riß ihn wieder hoch. Lester atmete nach wie vor mühelos. Sein eigenes Hemd war nicht einmal aus dem Gummibund seiner Trainingshose herausgerutscht.

»Und weiter geht's, Johnny-boy«, sagte Lester und knallte seine Faust auf Johns Oberlippe. John spürte, wie sie an seinen Zähnen aufplatzte. »Laß deinen verdammten Katzenkitzler *darauf* wachsen.«

Blindlings streckte John ein Bein aus und stieß zu, so hart er konnte. Lester stieß einen überraschten Schrei aus und stürzte zu Boden, aber im Fallen streckte er beide Hände aus, verkrallte sie in Johns blutbespritztem Hemd und zerrte den Deputy über sich. Sie begannen, sich auf dem Boden zu wälzen, stoßend und schlagend.

Beide waren viel zu beschäftigt, um zu sehen, wie Sheila aus der Zentrale heraus und in Alans Büro stürzte. Sie riß die Schrotflinte von der Wand, entsicherte sie und rannte zurück in den Dienstraum, in dem es jetzt chaotisch aussah. Lester saß auf John und knallte immer wieder seinen Kopf auf den Boden.

Sheila wußte, wie man mit der Flinte umging, die sie in der Hand hielt; sie hatte auf Scheiben geschossen, seit sie acht Jahre alt gewesen war. Jetzt stemmte sie den Kolben an die Schulter und schrie: »*Weg von ihm, John! Aus der Schußlinie!*«

Beim Klang ihrer Stimme drehte sich Lester um. Seine Augen funkelten, und er bleckte die Zähne gegen Sheila wie ein wütendes Gorillamännchen; dann fuhr er fort, Johns Kopf auf den Boden zu knallen.

16

Als Alan sich dem Gebäude der Stadtverwaltung näherte, sah er die erste unbestreitbare gute Sache des Tages: Norris Ridgewicks VW, der sich aus der entgegengesetzten Richtung näherte. Norris war in Zivil, aber das störte Alan nicht im mindesten. Er konnte ihn brauchen heute nachmittag. Er brauchte ihn wirklich dringend.

Und dann ging auch das zum Teufel.

Ein großer roter Wagen – ein Cadillac, Zulassungsnummer KEETON 1 – schoß plötzlich aus der schmalen Gasse, die auf den Parkplatz der Stadtverwaltung führte. Alan beobachtete fassungslos, wie Buster seinen Cadillac in die Seite von Norris' Käfer steuerte. Der Caddy fuhr nicht übermäßig schnell, aber er war ungefähr viermal so groß wie Norris' Wagen. Es gab ein Knirschen von sich verbeulendem Metall, und der VW kippte mit hohem Getöse und lautem Klirren von Glas auf die Beifahrerseite.

Alan stieg auf die Bremse und sprang aus seinem Streifenwagen. Buster stieg aus seinem Cadillac.

Norris mühte sich mit einem benommenen Ausdruck im Gesicht durch das Fenster seines Volkswagens.

Buster setzte sich auf Norris zu in Bewegung und ballte die Hände zu Fäusten. Auf seinem fetten, runden Gesicht erschien ein starres Grinsen.

Alan warf einen Blick auf das Grinsen und begann zu rennen.

17

Der erste Schuß, den Hugh abgab, zerschmetterte eine Flasche Wild Turkey auf dem Regal hinter der Theke. Der zweite zertrümmerte das Glas eines gerahmten Dokuments, das genau über Henrys Kopf an der Wand hing, und hinterließ ein rundes Loch in der Schanklizenz. Der dritte riß in einer rosa Wolke aus Blut und zerstäubtem Fleisch Henry Beauforts rechte Wange fort.

Henry schrie auf, packte den Kasten mit der abgesägten Schrotflinte und ließ sich hinter die Theke fallen. Er wußte, daß Hugh ihn getroffen hatte, aber er wußte nicht, ob es schlimm war oder nicht. Er spürte nur, daß die rechte Hälfte seines Gesichtes plötzlich so heiß war wie ein Hochofen und daß Blut, warm, naß und klebrig, an seinem Hals herunterlief.

»Laß uns über Autos reden, Henry«, sagte Hugh, während er sich der Theke näherte. »Oder noch besser – laß uns über meinen Fuchsschwanz reden – was meinst du dazu?«

Henry öffnete den Kasten. Er war mit rotem Samt ausgeschlagen. Er schob seine zitternden, unsicheren Hände hinein und holte die abgesägte Schrotflinte heraus. Er wollte sie aufklappen, doch dann wurde ihm klar, daß er dazu keine Zeit hatte. Er konnte nur hoffen, daß sie geladen war.

Er zog die Beine unter den Körper und machte sich bereit, aufzuspringen und Hugh das zu geben, von dem er von ganzem Herzen hoffte, daß es eine große Überraschung sein würde.

18

Sheila wurde klar, daß John nicht unter dem Verrückten hervorkommen würde, von dem sie jetzt glaubte, daß es sich um Lester Platt oder Pratt handelte – jedenfalls den Sportlehrer von der High School. Sie glaubte nicht, daß John imstande war, hervorzukommen. Lester hatte aufgehört, Johns Kopf auf den Boden zu knallen, und hatte statt dessen seine großen Hände um Johns Hals gelegt.

Sheila drehte die Flinte um, schloß ihre Hände um den Lauf und schwenkte sie über die Schulter zurück. Dann ließ sie sie in einer harten, glatten Bewegung niedersausen.

Lester drehte im letzten Augenblick den Kopf, gerade noch rechtzeitig, um den stahlbeschlagenen Walnußschaft genau zwischen die Augen zu bekommen. Es gab ein widerwärtiges Knirschen, als der Schaft ein Loch in Lesters Schädel schlug und sein Vorderhirn zerquetschte. Es hörte sich an, als wäre jemand sehr kräftig auf eine Schachtel voller Popcorn getreten. Lester Pratt war tot, bevor er auf den Boden aufschlug.

Sheila Brigham schaute auf ihn herab und begann zu kreischen.

19

»Haben Sie etwa geglaubt, ich wüßte nicht, wer es war?« grunzte Buster Keeton, als er Norris – der benommen, aber unverletzt war – vollends durch das Fenster an der Fahrerseite des VW herauszerrte. »Haben Sie etwa geglaubt, ich wüßte es nicht, wo doch Ihr Name auf jedem dieser gottverdammten Zettel stand, die Sie angeklebt haben? Haben Sie das geglaubt? Wie?«

Er schwang eine Faust hoch, um Norris zu schlagen, und Alan ließ blitzschnell eine Handschelle darum zuschnappen.

»He!« rief Buster und fuhr schwerfällig herum.

Im Gebäude der Stadtverwaltung begann jemand zu kreischen.

Alan blickte kurz hinüber, dann benutzte er die Handschelle am anderen Ende der Kette, um Buster zur Tür seines eigenen Cadillac zu zerren. Buster drosch auf ihn ein. Alan fing mehrere Schläge unbeschadet mit der Schulter ab und ließ die freie Handschelle um den Türgriff des Wagens zuschnappen.

Er drehte sich um, und Norris war da. Er hatte Zeit, zu registrieren, daß Norris entsetzlich aussah, einfach entsetzlich, und es als Folge des Umstandes abzutun, daß er gerade vom Vorsitzenden des Stadtrates mittschiffs gerammt worden war.

»Kommen Sie«, sagte er zu Norris. »Es gibt Arbeit.«

Aber Norris ignorierte ihn, zumindest für den Augenblick. Er fegte an Alan vorbei und versetzte Buster Keeton einen Hieb aufs Auge. Buster stieß einen erschrockenen Schrei aus und fiel gegen die Tür seines Wagens. Sie stand noch offen, und sein Gewicht schlug sie zu und klemmte den Zipfel seines schweißdurchtränkten weißen Hemdes ein.

»Das ist für die Rattenfalle, du fettes Stück Scheiße!«

»Ich erwische dich!« kreischte Buster zurück. »Glaub nicht, daß ich das nicht tue! Ich erwische euch *alle miteinander!*«

»Erwisch *das!*« knurrte Norris. Er ging wieder vor, mit geballten Fäusten, aber Alan packte ihn und zerrte ihn zurück.

»Schluß jetzt!« schrie er in Norris' Gesicht. »Wir haben Probleme da drinnen! Schwere Probleme!«

Das Kreischen stieg wieder in die Luft. Auf der Lower Main Street scharten sich Leute zusammen. Norris schaute zu ihnen hin, dann sah er Alan an. Seine Augen waren wieder klar geworden. Alan nahm es erleichtert zur Kenntnis; Norris sah wieder aus wie er selbst. Mehr oder weniger.

»Was ist los, Alan? Hat es etwas mit *ihm* zu tun?« Er deutete mit einer Kinnbewegung auf den Cadillac. Buster stand dort, musterte sie wütend und zerrte mit der freien Hand an der Handschelle an seinem Handgelenk. Das Kreischen schien er überhaupt nicht gehört zu haben.

»Nein«, sagte Alan. »Nicht das mindeste. Haben Sie Ihre Waffe?«

Norris schüttelte den Kopf.

Alan öffnete sein Holster, zog seinen 38er Dienstrevolver und händigte ihn Norris aus.

»Was ist mit Ihnen, Alan?« fragte Norris.

»Ich möchte die Hände frei haben. Kommen Sie, gehen wir. Hugh Priest ist im Büro, und er ist übergeschnappt.«

20

Hugh Priest war tatsächlich übergeschnappt – daran war kaum zu zweifeln –, aber er war gute drei Meilen vom Gebäude der Stadtverwaltung von Castle Rock entfernt.

»Reden wir über ...« setzte er an, und das war der Augenblick, in dem Henry Beaufort wie ein Schachtelmännchen hinter der Theke emporschnellte. Die rechte Seite seines Hemdes war von Blut durchtränkt, und er hatte die Schrotflinte erhoben.

Henry und Hugh feuerten gleichzeitig. Das Knallen der automatischen Pistole ging im diffusen Aufbrüllen der Schrotflinte unter. Rauch und Feuer sprangen aus dem verstümmelten Lauf. Hugh wurde emporgehoben und durch den Raum geschleudert; seine nackten Füße schleiften, seine Brust war nur noch ein zerfallender Sumpf aus rotem Unrat. Die Pistole flog ihm aus der Hand. Die Enden des Fuchsschwanzes brannten.

Henry wurde gegen das Regal hinter der Theke geschleudert, als Hughs Geschoß seine rechte Lunge durchbohrte. Rings um ihn herum stürzten Flaschen herab und zerbrachen. Eine große Taubheit ergriff von seiner Brust Besitz. Er ließ die Schrotflinte fallen und taumelte zum Telefon. Die Luft war voll von irren Gerüchen; ausgelaufener Alkohol und glimmendes Fuchshaar. Henry versuchte, den Atem einzuziehen, und obwohl sich sein Brustkorb hob, bekam er keine Luft. Es gab ein dünnes, pfeifendes Geräusch, als das Loch in seiner Brust Wind einsaugte.

Das Telefon schien tausend Pfund zu wiegen, aber er schaffte es schließlich, den Hörer ans Ohr zu bekommen und auf den Knopf zu drücken, der automatisch die Nummer des Sheriffbüros wählte.

Das Telefon läutete – läutete – läutete.

»Was zum Teufel ist los mit euch?« keuchte Henry mühsam. »Ich *sterbe* hier! Geht doch endlich ans Telefon!«

Aber das Telefon läutete einfach weiter.

21

Norris holte Alan auf halber Höhe der Gasse ein, und sie betraten gemeinsam den kleinen Parkplatz der Stadtverwaltung. Norris hielt Alans Dienstrevolver mit dem gestreckten Finger am Abzugsbügel; der kurze Lauf zeigte in den heißen Oktoberhimmel. Auf dem Parkplatz stand Sheila Brighams Saab neben Wagen Vier, John LaPointes Streifenwagen, aber das war alles. Alan fragte sich, wo Hughs Wagen sein mochte, und dann wurde die Seitentür des Sheriffbüros aufgerissen. Jemand schoß heraus, der die Schrotflinte aus Alans Büro in blutigen Händen hielt. Norris senkte die kurzläufige 38er und legte den Finger auf den Abzug.

Alan registrierte zwei Dinge auf einmal. Das erste war, daß Norris schießen würde. Das zweite war, daß die kreischende Person mit der Flinte nicht Hugh Priest war, sondern Sheila Brigham.

Alan Pangborns geschulte Reflexe retteten Sheila an diesem Nachmittag das Leben, aber es war eine Sache von Sekunden. Er versuchte nicht einmal, zu schreien oder auch nur den Pistolenlauf mit der Hand beiseite zu schieben. Beides hätte wenig Aussicht auf Erfolg gehabt. Statt dessen schob er den Ellenbogen vor und riß ihn dann hoch wie ein Mann, der bei einem ländlichen Vergnügen einen wilden Tanz aufführt. Er traf Norris' Hand einen Augenblick, bevor Norris feuerte, und schlug den Lauf nach oben. Der Pistolenschuß hörte sich in dem umschlossenen Hof an wie ein verstärkter Peitschenknall. Im Büro der Versorgungsbetriebe im ersten Stock zerklirrte ein Fenster. Dann ließ Sheila die Schrotflinte fallen, mit der sie Lester Priest erschlagen hatte, und rannte schreiend und weinend auf sie zu.

»Jesus«, sagte Norris mit einer kleinen, schockierten Stimme. Sein Gesicht war so weiß wie Papier, als er Alan die Waffe mit dem Kolben voran entgegenstreckte. »Beinahe hätte ich *Sheila* erschossen – oh, Jesus Christus.«

Sie rannte gegen ihn, ohne langsamer zu werden, und hätte ihn fast umgeworfen. Er steckte seinen Revolver ein, dann legte er die Arme um sie. Sie zitterte wie ein Kabel, durch das zuviel Strom hindurchgeht. Alan vermutete, daß er

634

selbst ganz schön zitterte, und es hatte nicht viel gefehlt, daß er sich in die Hose gemacht hätte. Sie war hysterisch, blind vor Panik, und das war vermutlich ein Segen; er glaubte nicht, daß sie auch nur die geringste Ahnung hatte, wie nahe sie dem Tode gewesen war.

»Was ist da drinnen passiert, Sheila?« fragte er. »Schnell, erzählen Sie.« Seine Ohren dröhnten so heftig von dem Schuß und dem anschließenden Echo; aber er hätte fast schwören mögen, daß irgendwo ein Telefon läutete.

22

Henry Beaufort fühlte sich wie ein Schneemann, der in der Sonne schmilzt. Seine Beine gaben unter ihm nach. Er sackte langsam auf die Knie, den Hörer des unbeantworteten Telefons nach wie vor am Ohr. Ihm war schwindlig von der Geruchsmischung aus Alkohol und brennendem Fell. Jetzt war noch ein weiterer, heißer Gestank hinzugekommen. Er vermutete, daß er von Hugh Priest kam.

Er war sich vage bewußt, daß dies nicht funktionierte und daß er eine andere Nummer anrufen mußte, wenn er Hilfe herbeiholen wollte, aber er glaubte nicht, daß er es schaffen würde. Er war nicht mehr imstande, eine andere Nummer zu wählen – so lagen die Dinge. Also kniete er in einer größer werdenden Pfütze seines eigenen Blutes hinter der Theke, lauschte dem Schornsteinheulen der Luft aus dem Loch in seiner Brust, klammerte sich verzweifelt ans Bewußtsein. Der Tiger öffnete erst in einer Stunde, Billy war tot, und wenn sich nicht bald jemand an diesem Telefon meldete, dann würde er gleichfalls tot sein, wenn die ersten Gäste erschienen, um sich zum Feierabend einen Drink zu genehmigen.

»Bitte«, flüsterte Henry mit gequälter, atemloser Stimme. »Bitte, meldet euch doch. Kann sich denn nicht irgend jemand melden?«

23

Sheila Brigham gewann allmählich ihre Fassung zurück, und Alan holte gleich das Wichtigste aus ihr heraus: sie hatte Hugh Priest mit dem Schaft der Schrotflinte den Garaus gemacht. Niemand würde versuchen, sie zu erschießen, wenn sie durch die Tür hineingingen.

Das hoffte er jedenfalls.

»Kommen Sie«, sagte er zu Norris. »Gehen wir.«

»Alan – als sie herauskam – ich dachte …«

»Ich weiß, was Sie dachten, aber es ist nichts passiert. Vergessen Sie es, Norris. John ist drinnen. Kommen Sie.«

Sie gingen zur Tür und stellten sich beiderseits davon auf. Alan sah Norris an.

»Ducken Sie sich«, sagte er.

Norris nickte.

Alan ergriff den Türknauf, riß die Tür auf und stürmte hinein, gleichzeitig mit dem geduckten Norris.

John hatte es geschafft, wieder auf die Füße zu kommen und den größten Teil des Weges bis zur Tür zu taumeln. Alan und Norris prallten gegen ihn wie die Angriffsspieler der alten Pittsburgh Steelers, und John mußte eine letzte schmerzliche Verletzung seiner Würde hinnehmen: er wurde von seinen eigenen Kollegen überrannt und schlitterte über den gefliesten Boden wie eine Wurfscheibe beim Eisschießen. Er prallte gegen die gegenüberliegende Wand und stieß einen Schmerzensschrei aus, der gleichzeitig verblüfft und irgendwie verdrossen klang.

»Jesus, das ist *John!*« rief Norris. »Was für ein Chaos!«

»Helfen Sie mir«, sagte Alan.

Sie eilten durch den Dienstraum zu John, der sich aus eigenen Kräften langsam aufsetzte. Sein Gesicht war eine blutige Maske. Die Nase war stark nach links gekrümmt, die Oberlippe angeschwollen wie ein aufgeblasener Schlauch. Als Alan und Norris ihn erreichten, hielt er eine Hand unter den Mund und spie einen Zahn hinein.

»Er isch verrückt«, sagte John mit einer breiigen, benommenen Stimme. »Sheila hat mit der Flinte schugeschlagen. Ich glaube, schie hat ihn umgebracht.«

636

»John, sind Sie in Ordnung?« fragte Norris.

»Bin völlig kaputt«, sagte John. Er beugte sich vor und erbrach sich ausgiebig zwischen seine ausgestreckten Beine, um es zu beweisen.

Alan schaute sich um. Er war sich vage bewußt, daß es nicht nur an seinen Ohren lag; tatsächlich läutete das Telefon. Aber das Telefon war jetzt nicht wichtig. Er sah Hugh mit dem Gesicht nach unten in der Nähe der hinteren Wand liegen und ging hinüber. Er hielt ein Ohr gegen das Rückenteil von Hughs T-Shirt, lauschte auf einen Herzschlag. Zuerst konnte er nur das Läuten in seinen Ohren hören. Es klang, als läuteten die verdammten Telefone auf sämtlichen Schreibtischen.

»Gehen Sie an den verdammten Apparat oder legen Sie den Hörer daneben«, fuhr er Norris an.

Norris ging zum nächsten Telefon – es war zufällig das auf seinem eigenen Schreibtisch –, drückte auf den Knopf und nahm den Hörer ab. »Lassen Sie uns jetzt in Ruhe«, sagte er. »Wir haben hier einen Notfall. Rufen Sie später wieder an.« Er legte den Hörer wieder auf, ohne eine Antwort abzuwarten.

24

Henry Beaufort nahm den Hörer – den schweren, schweren Hörer – vom Ohr und betrachtete ihn mit trübe werdenden, fassungslosen Augen.

»*Was* hast du gesagt?«

Plötzlich konnte er den Hörer nicht mehr halten; er war einfach zu schwer geworden. Er ließ ihn fallen, sank langsam neben ihm zusammen und lag dann keuchend auf dem Boden.

25

Soweit Alan feststellen konnte, war Hugh tot. Er packte ihn bei den Schultern, drehte ihn um – und es war überhaupt nicht Hugh. Das Gesicht war zu vollständig mit Blut, Gehirn und Knochensplittern bedeckt, als daß er hätte sagen können, um wen es sich handelte, aber Hugh Priest war es nicht.

»Was zum Teufel geht hier vor?« fragte er mit leiser, verblüffter Stimme.

26

Danforth ›Buster‹ Keeton stand mitten auf der Straße, mit Handschellen an seinen eigenen Cadillac gefesselt, und beobachtete, wie SIE ihn beobachteten. Jetzt, wo der Chefverfolger und sein Deputy-Verfolger verschwunden waren, hatten SIE sonst nichts mehr zu beobachten.

Er musterte SIE und wußte, wer und was SIE waren – jeder einzelne von IHNEN.

Bill Fullerton und Henry Gendron standen vor dem Barbiersalon. Bobby Dugas stand zwischen ihnen, noch im Frisierumhang, der vorn an ihm herunterhing wie eine übergroße Serviette. Charlie Fortin stand vor dem Western Auto. Scott Garson und seine großkotzigen Anwaltsfreunde Albert Martin und Howard Potter standen vor der Bank, wo sie wahrscheinlich gerade über ihn gesprochen hatten, als der Tumult losging.

Augen.

Scheiß*augen*.

Die alle *ihn* anstarrten.

»Ich sehe euch!« schrie Buster plötzlich. »Ich sehe euch alle! Ich kenne euch alle! Ich weiß, was ich zu tun habe! Darauf könnt ihr Gift nehmen!«

Er öffnete die Tür des Cadillac und versuchte einzusteigen. Er konnte es nicht. Er war an den äußeren Türgriff gefesselt. Die Kette zwischen den beiden Handschellen war lang, aber *so* lang war sie nicht.

Jemand lachte.

Buster hörte dieses Lachen ganz deutlich.

Er schaute sich um.

Viele Einwohner von Castle Rock standen vor den Geschäften an der Main Street und erwiderten seinen Blick mit den schwarzen Schrotkugelaugen intelligenter Ratten.

Alle waren da, außer Mr. Gaunt.

Aber Mr. Gaunt war doch da; Mr. Gaunt steckte in Busters Kopf und erklärte ihm genau, was er zu tun hatte.

Buster hörte zu – und begann zu lächeln.

27

Der Budweiser-Laster, mit dem Hugh auf seiner Fahrt in die Stadt beinahe zusammengestoßen wäre, hielt bei ein paar kleinen Budiken auf der anderen Seite der Brücke und bog schließlich um 16.01 Uhr auf dem Parkplatz des Mellow Tigers ein. Der Fahrer stieg aus, griff nach seinem Bestellblock, zog seine grünliche Khakihose hoch und marschierte auf das Gebäude zu. Fünf Schritte vor der Tür blieb er stehen und riß die Augen weit auf. Er konnte auf der Schwelle des Lokals ein Paar Füße sehen.

»Großer Gott!« rief der Fahrer. »Was ist passiert, Mann?«

Ein leiser, pfeifender Ruf drang an sein Ohr:

»… Hilfe …«

Der Fahrer rannte hinein und entdeckte Henry Beaufort, kaum noch lebendig, zusammengebrochen hinter der Theke.

28

»Ischt Leschter Pratt«, krächzte John LaPointe. Von Norris auf der einen und Sheila auf der anderen Seite gestützt, war er dorthin getorkelt, wo Alan neben der Leiche kniete.

»*Wer?*« fragte Alan. Ihm war, als wäre er zufällig in eine verrückte Komödie geraten. Ricky und Lucy fahren zur Hölle. Hey, Lester, Sie haben einiges zu erklären.

»Leschter Pratt«, sagte John abermals mit schmerzgequäl-
ter Geduld. »Er ischt Schportlehrer an der High School.«

»Was wollte *der* denn hier?«

John LaPointe schüttelte erschöpft den Kopf. »Weisch
nicht, Alan. Kam einfach herein und wurde verrückt.«

»Kann mir vielleicht jemand weiterhelfen?« fragte Alan.
»Wo ist Hugh Priest? Wo ist Clut? Was in Gottes Namen
geht hier vor sich?«

29

George T. Nelson stand auf der Schwelle seines Schlafzimmers
und schaute sich fassungslos um. Der Raum sah aus, als hätte
eine Punk-Gruppe – die Sex Pistols, vielleicht die Cramps –
darin eine Party gefeiert, zusammen mit ihren Fans.

»Was ...«, begann er, und dann brachte er kein Wort mehr
heraus. Er brauchte es auch nicht. Er wußte, *was.* Es war der
Koks. Mußte es sein. Er hatte sich seit sechs Jahren beim
Lehrkörper von Castle Rock High als Dealer betätigt (nicht
alle Lehrer wußten das Zeug zu schätzen, das Ace manchmal Bolivianischen Bingo-Staub nannte, aber diejenigen, die
es zu schätzen wußten, waren Großabnehmer), und er hatte
eine halbe Unze fast reinen Kokains unter seiner Matratze
versteckt. Es war der Koks, ganz bestimmt. Jemand hatte geredet, und ein anderer war scharf darauf gewesen. George
war, als hätte er das bereits gewußt, als er in die Auffahrt
einbog und das zerbrochene Küchenfenster sah.

Er durchquerte das Zimmer und riß mit Händen, die sich
völlig taub anfühlten, die Matratze hoch. Nichts darunter.
Der Koks war fort. Koks im Wert von nahezu zweitausend
Dollar – fort. Er ging wie ein Schlafwandler ins Badezimmer,
um nachzusehen, ob sich sein eigener kleiner Vorrat noch in
dem Anacin-Glas auf dem obersten Bord des Medizin-
schränkchens befand. Er hatte es noch nie so dringend gebraucht wie gerade jetzt.

Er erreichte die Schwelle und blieb mit weit aufgerissenen
Augen stehen. Es war nicht das Chaos, das seine Aufmerk-

samkeit auf sich lenkte, obwohl auch in diesem Raum das Unterste zuoberst gekehrt worden war. Es war die Toilette. Der Sitz war heruntergeklappt, und er war dünn mit weißem Pulver bestäubt.

George hatte so eine Ahnung, daß es sich bei dem weißen Pulver nicht um Babypuder handelte.

Er ging zur Toilette hinüber, feuchtete einen Finger an und tippte damit in den Staub. Dann steckte er den Finger in den Mund. Seine Zungenspitze wurde fast sofort taub. Auf dem Boden zwischen der Toilette und der Badewanne lag ein leerer Plastikbeutel. Das Bild war klar. Irre, aber klar. Jemand war hereingekommen, hatte den Koks gefunden – *und dann in den Lokus geschüttet und weggespült.* Weshalb? *Weshalb?* Er wußte es nicht, aber wenn er die Person fand, die das getan hatte, dann würde er sie fragen. Kurz bevor er ihr den Kopf abriß. Das konnte auf keinen Fall schaden.

Sein eigener Drei-Gramm-Vorrat war unversehrt. Er nahm ihn mit aus dem Badezimmer heraus und blieb dann wieder wie angewurzelt stehen, als ihn ein neuerlicher Schock traf. Als er von der Diele aus das Schlafzimmer durchquerte, hatte er diese spezielle Schandtat nicht entdeckt, aber aus diesem Blickwinkel war sie nicht zu übersehen.

Er blieb einen langen Augenblick da stehen, wo er sich gerade befand, mit vor Entsetzen weit aufgerissenen Augen und krampfhaft arbeitender Kehle. Das Nest aus Adern an seinen Schläfen begann rapide zu schlagen, wie die Flügel kleiner Vögel. Endlich brachte er ein einziges, ersticktes Wort heraus:

»… Mom …!«

Unten, hinter George T. Nelsons hafermehlfarbenem Sofa, schlief Frank Jewett.

30

Die Zuschauer auf der Lower Main Street, auf den Gehsteig hinausgelockt durch das Gekreisch und den Schuß, wurden jetzt mit einem neuen Spektakel unterhalten: der Flucht des Vorsitzenden ihres Stadtrates.

Buster beugte sich in seinen Cadillac, so weit er konnte, und drehte den Zündschalter in die EIN-Position. Dann drückte er auf den Knopf, der das Fenster an der Fahrerseite heruntergleiten ließ. Er schloß die Tür wieder und begann, sich durch das Fenster hineinzuwinden.

Er steckte noch immer von den Knien abwärts draußen, wobei sein linker Arm von der Handschelle um den Türgriff in einem scharfen Winkel hinter ihm zurückgezogen war und die Kette auf seinem massigen linken Oberschenkel lag, als Scott Garson herankam.

»Also, Danforth«, sagte der Bankier ein wenig zögerlich, »ich glaube nicht, daß Sie das tun sollten. Sie sind doch offensichtlich verhaftet.«

Buster schaute unter der rechten Achselhöhle hindurch, roch sein eigenes Aroma – das inzwischen ziemlich pikant roch, wirklich ziemlich pikant – und sah Garson auf dem Kopf stehend. Er stand direkt hinter Buster, und er sah aus, als hätte er möglicherweise vor, Buster aus seinem eigenen Wagen herauszuzerren.

Buster zog seine Beine so weit an, wie er konnte, und dann ließ er sie vorschnellen, kraftvoll wie ein Pony, das auf der Weide herumtollt und ausschlägt. Die Absätze seiner Schuhe trafen Garsons Gesicht mit einem Knall, den Buster als überaus befriedigend empfand. Garsons goldgeränderte Brille zersplitterte. Er schrie auf, taumelte mit den Händen vor seinem blutenden Gesicht rückwärts und stürzte auf der Main Street hin.

»Ha!« knurrte Buster. »Damit hast du nicht gerechnet, nicht wahr? Damit hast du ganz und gar nicht gerechnet, du Schweinehund von einem Verfolger, nicht wahr?«

Er wand sich vollends in seinen Wagen hinein. Die Kette war gerade eben lang genug. Sein Schultergelenk knarrte, als er sich unter seinem eigenen Arm hindurchwand und auf den Sitz glitt. Er startete den Wagen.

Scott Garson setzte sich gerade noch rechtzeitig auf, um zu sehen, wie der Cadillac auf ihn zukam. Sein Kühlergrill schien ihn anzugrinsen, ein riesiger Chromberg, bereit, ihn zu zermalmen.

Er rollte sich blitzschnell nach links und entging dem Tod

nur um Sekundenbruchteile. Einer der großen Vorderreifen des Cadillac fuhr über seine rechte Hand und zerquetschte sie gründlich. Dann fuhr der Hinterreifen darüber und vollendete das Werk. Garson lag auf dem Rücken, betrachtete seine zermalmten Finger, die jetzt ungefähr die Größe von Spachteln hatten, und begann, in den heißen blauen Himmel emporzuschreien.

31

»TAMMMMMEEEE FAYYYYE!«

Dieser Schrei riß Frank Jewett aus seinem tiefen Schlaf. In diesen ersten, verwirrten Sekunden hatte er nicht die geringste Ahnung, wo er sich befand – nur, daß es sich um einen engen Raum handelte. Einen *unangenehmen* Raum. Außerdem war da etwas in seiner Hand – was war es?

Er hob die rechte Hand und hätte sich beinahe mit dem Steakmesser das Auge ausgestochen.

»Oooooohhh, ooooooh! TAMMEEEEE FAYYYYYE!«

Da fiel ihm alles wieder ein. Er lag hinter dem Sofa seines guten alten ›Freundes‹ George T. Nelson, und es war George T. Nelson selbst, wie er leibte und lebte, der lautstark seinen toten Sittich betrauerte. Mit diesem Begreifen stellte sich auch alles andere wieder ein: die über sein Büro verstreuten Zeitschriften, der Erpresserbrief, der mögliche (nein, wahrscheinliche – je länger er darüber nachdachte, desto wahrscheinlicher kam es ihm vor) Ruin seiner Karriere und seines Lebens.

Und jetzt konnte er, so unglaublich es auch war, hören, wie George T. Nelson schluchzte. Wegen eines verdammten flatternden Scheißvogels schluchzte. Nun, dachte Frank, ich werde dich von deinem Jammer erlösen, George. Wer weiß – vielleicht kommst du sogar in den Vogelhimmel.

Das Schluchzen näherte sich dem Sofa. Es wurde immer besser. Er würde aufspringen – Überraschung, George! –, und der Dreckskerl würde tot sein, bevor er auch nur ahnte, was ihm bevorstand. Frank war im Begriff, seinen Sprung zu tun, als sich George T. Nelson, immer noch schluchzend, als wollte sein Herz brechen, auf sein Sofa fallen ließ. Er war ein schwerer Mann, und sein Gewicht schob das Sofa mit einem Ruck wieder an die Wand. Er hörte nicht das überraschte, atemlose ›Uuuuf!‹, das dahinter hervordrang; sein eigenes Schluchzen übertönte es. Er tastete nach dem Telefon, wählte durch einen Tränenschleier hindurch und bekam (was fast ein Wunder war) beim ersten Läuten Fred Rubin an den Apparat.

»Fred!« weinte er. »Fred, etwas Entsetzliches ist passiert! Vielleicht passiert es immer noch! Oh, Jesus, Fred! Oh, Jesus!«

Unter und hinter ihm rang Frank Jewett nach Atem. Geschichten von Edgar Allan Poe, die er als Kind gelesen hatten, Geschichten über Leute, die lebendig begraben wurden, rasten durch seinen Kopf. Sein Gesicht nahm langsam die Farbe alter Ziegelsteine an. Das schwere hölzerne Bein, das gegen seine Brust gedrückt worden war, als George T. Nelson auf das Sofa sank, fühlte sich an wie ein Bleistange. Die Rückwand des Sofas preßte sich gegen seine Schulter und eine Seite seines Gesichtes.

Über ihm sprudelte George T. Nelson eine verworrene Beschreibung dessen, was er beim Heimkommen vorgefunden hatte, in Fred Rubins Ohr. Endlich hielt er einen Moment inne, und dann weinte er: »Warum soll ich darüber nicht am Telefon reden? WIE KANN MICH DAS KÜMMERN; WO ER TAMMY FAYE UMGEBRACHT HAT? DAS SCHWEIN HAT TAMMY FAYE UMGEBRACHT! Wer konnte so etwas tun, Fred? *Wer?* Du mußt mir helfen!«

Eine weitere Pause, während George T. Nelson zuhörte, und Frank erkannte mit wachsender Panik, daß er bald ohnmächtig werden würde. Plötzlich wurde ihm klar, was er tun mußte: er mußte die Llama Automatik dazu benutzen, durch das Sofa zu schießen. Er würde George T. Nelson vielleicht nicht töten, würde George T. Nelson vielleicht nicht einmal *treffen*, aber er würde auf jeden Fall George T. Nelsons Aufmerksamkeit erregen, und sobald ihm das gelungen war, standen die Chancen recht gut, daß George T. Nelson seinen fetten Hintern von dem Sofa erheben würde,

644

bevor Frank hier unten mit gegen die Fußbodenheizung gequetschter Nase starb.

Frank öffnete die Hand, die das Steakmesser hielt, und versuchte, die im Taillenbund seiner Hose steckende Pistole zu erreichen. Alptraumhaftes Entsetzen flutete durch ihn hindurch, als ihm bewußt wurde, daß er sie nicht erreichen konnte – seine Finger öffneten und schlossen sich gut fünf Zentimeter oberhalb des mit Elfenbein eingelegten Griffs der Pistole. Er versuchte mit all seiner verbliebenen Kraft, seine Hand weiter auszustrecken, aber seine eingeklemmte Schulter bewegte sich nicht; das große Sofa – und George T. Nelsons beträchtliches Gewicht – drückten sie an die Wand, als wäre sie dort angenagelt.

Schwarze Rosen – Vorboten nahenden Erstickens – verblühten vor Frank vorgequollenen Augen.

Wie aus einer unvorstellbaren Ferne hörte er, wie sein alter ›Freund‹ Fred Rubin anschrie, der zweifellos George T. Nelsons Partner im Kokaingeschäft war. »Wovon *redest* du da? Ich rufe an, um dir zu sagen, was hier passiert ist, und du sagst, ich soll den neuen Mann auf der Main Street aufsuchen? Ich brauche keinen Schnickschnack, Fred ich brauch …«

Er brach ab, stand auf und wanderte durch das Zimmer. Mit dem, was buchstäblich sein letztes bißchen Kraft war, schaffte Frank es, das Sofa ein paar Zentimeter von der Wand abzurücken. Es war nicht viel, aber er konnte wenigstens kleine Portionen unglaublich wunderbarer Luft einatmen.

»Er verkauft *was?*« brüllte George T. Nelson. »Warum hast du das nicht gleich gesagt?«

Wieder Stille. Frank lag hinter dem Sofa wie ein gestrandeter Wal, atmete kleine Portionen Luft ein und hoffte, daß sein pochender Kopf nicht explodieren würde. Gleich würde er aufstehen und seinen alten ›Freund‹ George T. Nelson ins Jenseits schicken. Gleich. Sobald er wieder Luft bekam. Und wenn die großen schwarzen Blumen, die vor seinen Augen tanzten, wieder zu einem Nichts zusammengeschrumpft waren. Gleich. Oder in wenigen Augenblicken.

»Okay«, sagte George T. Nelson. »Ich gehe zu ihm. Ich be-

645

zweifle zwar, daß er der Wundermann ist, für den du ihn hältst, aber in einem Sturm ist jeder Hafen recht. Aber ich muß dir etwas sagen – mir ist es ziemlich egal, ob er dealt oder nicht. Ich muß den Kerl finden, der mir das angetan hat – das ist meine erste Amtshandlung –, und dann nagele ich ihn an die nächste Wand. Hast du verstanden?«

Ich habe es verstanden, dachte Frank, aber wer wen an die Wand nagelt, wird sich noch herausstellen, mein lieber alter Partygenosse.

»Ja, ich *habe* den Namen verstanden!« brüllte George T. Nelson in den Hörer. »Gaunt, Gaunt, *Gaunt!*«

Er hieb den Hörer auf die Gabel, dann mußte er das Telefon durchs Zimmer geschleudert haben – Frank hörte das Klirren von zerbrechendem Glas. Sekunden später stieß George T. Nelson einen letzten Fluch aus und stürmte aus dem Haus. Der Motor seines Iroc-Z heulte auf. Frank hörte, wie er auf die Auffahrt zurücksetzte, während er selbst langsam das Sofa von der Wand schob. Reifen quietschten gegen den Bordstein, und dann war Franks alter ›Freund‹ George T. Nelson verschwunden.

Zwei Minuten später kamen zwei Hände in Sicht und umklammerten die Rückenlehne des hafermehlfarbenen Sofas. Einen Augenblick später erschien zwischen den Händen das Gesicht von Frank Jewett – bleich und verstört, die randlose Mr. Weatherbee-Brille schief auf der kleinen Himmelfahrtsnase. Die Rückwand des Sofas hatte auf seiner rechten Wange ein rotes Tüpfelmuster hinterlassen, und in seinem schütteren Haar tanzten ein paar Staubflocken.

Langsam, wie ein aufgeblähter Leichnam, der vom Flußbett aufsteigt, bis er dicht unter der Oberfläche schwimmt, kehrte das Grinsen auf Franks Gesicht zurück. Diesmal war ihm sein alter ›Freund‹ George T. Nelson entkommen. Aber George T. Nelson hatte nicht die Absicht, die Stadt zu verlassen. Das war aus seinem Telefongespräch deutlich hervorgegangen. Frank würde ihn finden, bevor der Tag zu Ende war. Wie konnte er ihm entgehen – in einer Stadt von der Größe von Castle Rock?

32

Sean Rusk stand auf der Schwelle zur Küche seines Elternhauses und schaute ängstlich zur Garage hinaus. Vor fünf Minuten war sein älterer Bruder da hineingegangen – Sean hatte zufällig gerade aus dem Fenster seines Zimmers geschaut und ihn gesehen. Brian hatte etwas in der Hand gehalten. Die Entfernung war zu groß gewesen, als daß Sean hätte sehen können, was es war – aber er *brauchte* es nicht zu sehen. Er wußte es. Es war die neue Baseballkarte, um derentwillen Brian immer wieder in sein Zimmer hinaufschlich. Brian wußte nicht, daß Sean über die Karte Bescheid wußte, aber Sean wußte Bescheid. Er wußte sogar, wer darauf war, weil er heute viel früher aus der Schule gekommen war als Brian und sich in Brians Zimmer geschlichen hatte, um sie sich anzusehen. Er hatte nicht die geringste Ahnung, weshalb sie Brian so viel bedeutete – sie war alt, schmutzig, eselohrig und verblichen. Außerdem war der Spieler jemand, von dem Sean noch nie etwas gehört hatte – ein Werfer von den Los Angeles Dodgers namens Sammy Koberg, der einmal gewonnen und dreimal verloren und nicht einmal ein Jahr in der Oberliga gespielt hatte. Weshalb lag Brian so viel an einer derart wertlosen Karte?

Sean wußte es nicht. Er wußte nur zweierlei: Brian lag sehr viel daran, und das Verhalten, das Brian seit ungefähr einer Woche an den Tag legte, machte ihm Angst. Ungefähr so wie in den Fernsehspots über Kinder, die Drogen nahmen. Aber Brian würde doch keine Drogen nehmen – oder doch?

Irgend etwas in Brians Gesicht, als er in die Garage ging, hatte Sean so sehr geängstigt, daß er zu seiner Mutter gegangen war, um es ihr zu sagen. Er wußte nicht recht, was er ihr sagen sollte, aber wie sich herausstellte, spielte das auch keine Rolle, weil er überhaupt keine Gelegenheit bekam, etwas zu sagen. Sie lungerte im Schlafzimmer herum, trug ihren Bademantel und hatte diese blöde Sonnenbrille aus dem neuen Laden aufgesetzt.

»Mom, Brian ist …« begann er, und weiter kam er nicht.

»Verschwinde, Sean. Mommy ist beschäftigt.«

»Aber Mom …«

»*Verschwinde*, habe ich gesagt!«

Und noch bevor er Gelegenheit hatte, diesem Befehl nachzukommen, wurde er kurzerhand aus dem Schlafzimmer hinausbefördert. Ihr Bademantel glitt auf, als sie ihn hinausschob, und bevor er den Blick abwenden konnte, sah er, daß sie nichts darunter anhatte, nicht einmal ein Nachthemd.

Sie hatte die Tür hinter ihm zugeknallt. Und abgeschlossen.

Jetzt stand er an der Schwelle zur Küche und wartete ängstlich darauf, daß Brian wieder aus der Garage herauskäme – aber Brian kam nicht.

Sean ging zur Küchentür hinaus, überquerte den Hof und betrat die Garage.

Drinnen war es dunkel und erstickend heiß, und die Luft roch nach Öl. Einen Augenblick lang konnte er seinen Bruder in den Schatten nicht sehen und glaubte, er müsse zur Hintertür hinaus und in den Garten gegangen sein. Dann hatten sich seine Augen angepaßt, und er stieß einen leisen, wimmernden Schrei aus.

Brian saß an der Rückwand, neben dem Rasenmäher. Er hatte Daddys Gewehr. Der Kolben stand auf dem Fußboden. Die Mündung war auf sein eigenes Gesicht gerichtet. Brian stützte den Lauf mit einer Hand, die andere umkrampfte die schmutzige alte Baseballkarte, die im Lauf der letzten Woche so viel Macht über sein Leben gewonnen hatte.

»Brian!« schrie Sean. »Was machst du da?«

»Komm nicht näher, Sean, sonst bekommst du etwas von dem Schweinkram ab.«

»Nicht, Brian!« schrie Sean und begann zu weinen. »Laß den Quatsch! Du – du machst mir Angst!«

»Ich will, daß du mir etwas versprichst«, sagte Brian. Er hatte seine Socken und seine Turnschuhe ausgezogen, und jetzt schob er einen seiner großen Zehen in den Abzugsbügel der Remington.

Sean spürte, wie der Schritt seiner Hose naß und warm wurde. Er hatte noch nie in seinem Leben soviel Angst gehabt. »Brian, bitte! *Bitte!*«

»Ich will, daß du mir versprichst, nie in den neuen Laden zu gehen«, sagte Brian. »Hast du gehört?«

Sean tat einen Schritt auf seinen Bruder zu. Brians Zeh spannte sich über dem Abzug des Gewehrs.

»*Nein!*« schrie Sean und wich sofort wieder zurück. »Ja, meine ich! *Ja!*«

Brian ließ den Lauf ein wenig sinken, als er sah, wie sein Bruder zurückwich. Sein Zeh entspannte sich ein wenig. »Versprichst du mir das?«

»*Ja!* Alles, was du willst. Nur tu das nicht. Mach – mach mir nicht mehr Angst, Bri! Laß uns hineingehen und *The Transformers* sehen. Nein – *du* entscheidest. Alles, was du willst. Sogar Wapner. Wir können Wapner sehen, wenn du das willst. Die ganze Woche! Den ganzen *Monat!* Ich sehe es mit dir! Nur hör auf, mir Angst zu machen, Brian – *bitte hör auf, mir Angst zu machen!*«

Es war, als hätte Brian Rusk es nicht gehört. Seine Augen schienen in seinem abwesenden, gelassenen Gesicht zu schwimmen.

»Geh niemals dort hinein«, sagte er. »Needful Things ist ein Giftladen, und Mr. Gaunt ist ein Giftmann. Nur daß er eigentlich gar kein Mann ist, Sean. Er ist überhaupt kein Mann. Schwöre, daß du nie etwas von den Giftdingen kaufen wirst, die Mr. Gaunt zu verkaufen hat.«

»Ich schwöre es! Ich schwöre es!« stammelte Sean. »Ich schwöre es bei Mommys Namen!«

»Nein«, sagte Brian, »das kannst du nicht, weil er sie auch erwischt hat. Schwöre es bei deinem *eigenen* Namen! Schwöre es bei deinem allereigensten Namen.«

»Ich tue es«, rief Sean in der heißen, düsteren Garage. Er streckte seinem Bruder flehend die Hände entgegen. »Ich tue es, ich schwöre bei meinem allereigensten Namen! Und nun tu bitte das Gewehr weg, Bri …«

»Ich liebe dich, kleiner Bruder«, sagte Brian. Er schaute einen Augenblick auf die Baseballkarte. »Sandy Koufax ist der letzte Dreck«, bemerkte Brian Rusk und drückte mit dem Zeh auf den Abzug.

Seans schriller Entsetzensschrei erhob sich über den Knall, der dumpf und laut war in der heißen, dunklen Garage.

649

33

Leland Gaunt stand hinter seinem Schaufenster, schaute auf die Main Street hinaus und lächelte sanft. Der Knall des Schusses in der Ford Street war schwach, aber seine Ohren waren scharf, und er hörte ihn.

Sein Lächeln wurde ein wenig breiter.

Er nahm das Schild von der Tür, dasjenige, auf dem stand, daß der Laden nur auf Verabredung geöffnet war, und hängte ein neues auf. Auf diesem stand:

BIS AUF WEITERES GESCHLOSSEN

»Jetzt geht der Spaß richtig los«, sagte Mr. Gaunt zu überhaupt niemandem. »Jawohl, meine Herren!«

Achtzehntes Kapitel

1

Polly Chalmers wußte nichts von alledem.

Während Castle Rock die ersten Früchte von Mr. Gaunts Bemühungen einbrachte, war sie draußen am Ende der Town Road Nr. 3, auf dem alten Camber-Anwesen. Sie war dorthin gefahren, nachdem sie ihr Gespräch mit Alan beendet hatte.

Beendet? dachte sie. Oh, meine Liebe, das ist viel zu zivilisiert ausgedrückt. Nachdem du einfach den Hörer aufgelegt hast – das ist es doch, was du meinst?

Also gut, stimmte sie zu. Nachdem ich einfach den Hörer aufgelegt hatte. Aber er hat mich hintergangen. Und als ich ihn deshalb zur Rede stellte, hat er getan, als wäre er völlig verwirrt, und dann hat er es abgestritten. Er hat es *abgestritten*. Und zufällig bin ich der Ansicht, daß ein solches Benehmen eine unzivilisierte Reaktion *verdient*.

Bei diesem Gedanken regte sich etwas unbehaglich in ihr, etwas, das vielleicht gesprochen hätte, wenn sie ihm Zeit und Raum gegeben hätte; aber sie gab ihm weder das eine noch das andere.

Sie wollte keine Stimmen, die eine andere Meinung vertraten, sie wollte sogar überhaupt nicht über ihr letztes Gespräch mit Alan Pangborn nachdenken. Sie wollte nur ihren Auftrag hier am Ende der Town Road Nr. 3 erledigen und dann nach Hause zurückkehren. Sobald sie dort angekommen war, beabsichtigte sie, ein kühles Bad zu nehmen und dann für zwölf oder sechzehn Stunden ins Bett zu gehen.

Diese Stimme tief in ihrem Inneren brachte gerade fünf Worte heraus: Aber, Polly, hast du gedacht …

Nein. Das hatte sie nicht. Sie nahm an, irgendwann würde sie daran denken müssen, aber jetzt war es dafür noch zu früh. Wenn das Denken begann, würde auch die Qual beginnen.

Fürs erste wollte sie nur ihren Auftrag erledigen – und überhaupt nicht denken.

Das Camber-Anwesen war gespenstisch – einige Leute behaupteten sogar, hier spukte es. Vor nicht allzuvielen Jahren waren zwei Menschen – ein kleiner Junge und Sheriff George Bannermann – auf dem Hof dieses Hauses ums Leben gekommen. Zwei weitere, Gary Pervier und Joe Camber selbst, waren ein Stück weiter die Straße hinunter gestorben. Polly parkte den Wagen an der Stelle, an der eine Frau namens Donna Trenton den verhängnisvollen Fehler begangen hatte, ihren Ford Pinto zu parken, und stieg aus. Das *azka* schwang zwischen ihren Brüsten hin und her, als sie es tat. Sie schaute sich einen Augenblick lang unbehaglich um, sah die herabsackende Vortreppe, die farblosen, von Efeu überwucherten Wände, die Fenster, deren Scheiben zum größten Teil zerbrochen waren, und die sie blind anstarrten. Im Gras sangen Grillen ihre dämlichen Lieder, und die heiße Sonne brannte hernieder wie an den grauenhaften Tagen, an denen Donna Trenton hier um ihr Leben gekämpft hatte und um das Leben ihres Sohnes.

Was tue ich hier? dachte Polly. *Was um Himmels willen tue ich hier?*

Aber sie wußte es, und es hatte nichts zu schaffen mit Alan Pangborn oder Kelton oder dem San Francisco Department of Child Welfare. Bei dieser kleinen Exkursion ging es nicht um Liebe. Es ging um Schmerzen. Das war alles – aber es war genug.

Irgend etwas steckte in dem kleinen silbernen Amulett. Etwas, das lebendig war. Wenn sie ihren Teil des Handels, den sie mit Leland Gaunt abgeschlossen hatte, nicht erfüllte, würde es sterben. Sie wußte nicht, ob sie es ertragen würde, wieder zurückzutaumeln in die grauenhaften, mahlenden Schmerzen, mit denen sie am Sonntagmorgen aufgewacht war. Wenn ihr ein Leben unter solchen Schmerzen bevorstand, würde sie sich wahrscheinlich umbringen.

»Und es ist nicht Alan«, flüsterte sie, als sie auf die Scheune mit ihrer leeren Toröffnung und dem gefährlich eingesunkenen Dach zuging. »Er hat gesagt, er würde niemals die Hand gegen ihn erheben.«

Weshalb kümmert dich das überhaupt? fragte diese lästige Stimme.

Es kümmerte sie, weil sie Alan nicht weh tun wollte. Sie war wütend auf ihn – sogar *sehr* wütend –, aber das bedeutete nicht, daß sie auf seine Ebene herabsteigen mußte, daß sie ihn so schäbig behandeln mußte, wie er sie behandelt hatte.

Aber, Polly – hast du gedacht ...

Nein. *Nein!*

Sie würde Ace Merrill einen Streich spielen, und Ace kümmerte sie nicht im geringsten – sie war ihm nie begegnet, wußte nur, in welchem Ruf er stand. Der Streich galt Ace, aber ...

Aber Alan, der Ace ins Gefängnis von Shawshank gebracht hatte, kam irgendwie mit ins Spiel. Das sagte ihr ihr Herz.

Und konnte sie einen Rückzieher machen? Konnte sie es, selbst wenn sie es gewollt hätte? Jetzt ging es auch um Kelton. Mr. Gaunt hatte nicht direkt gesagt, daß das, was mit ihrem Sohn passiert war, bald die Runde durch die ganze Stadt machen würde, wenn sie nicht tat, was er von ihr verlangte – aber er hatte es angedeutet. Sie würde es nicht ertragen können, wenn das passierte.

Aber hat eine Frau denn nicht Anspruch auf ihren Stolz? Wenn alles andere verloren ist, hat sie dann nicht zumindest Anspruch auf ihn, die Münze, ohne die ihr Geldbeutel völlig leer sein würde?

Ja. Und ja. Und ja.

Mr. Gaunt hatte ihr gesagt, sie würde das einzige Werkzeug, das sie brauchte, in der Scheune finden.

Tu, wonach dein Herz gelüstet. Aber tu es als lebendiger Mensch, Trisha, hatte Tante Evvie zu ihr gesagt. *Sei kein Gespenst.*

Aber jetzt, wo sie durch das offenstehende und in seinen Schienen eingerostete Scheunentor ging, hatte sie das *Gefühl,* ein Gespenst zu sein. Noch nie in ihrem Leben hatte sie sich mehr als Gespenst gefühlt. Das *azka* bewegte sich zwischen ihren Brüsten – von sich aus. Irgend etwas war darin. Etwas Lebendiges. Es gefiel ihr nicht, aber die Vorstellung, was passieren würde, wenn das Ding starb, gefiel ihr noch weniger.

Sie würde tun, was Mr. Gaunt ihr aufgetragen hatte, jedenfalls dieses eine Mal. Und sie würde alle Verbindungen zu Alan Pangborn abbrechen (es war ein Fehler gewesen, überhaupt etwas mit ihm anzufangen, das sah sie jetzt, sah es ganz deutlich) und ihre Vergangenheit für sich behalten. Warum nicht?

Schließlich war es nur eine kleine Sache.

2

Die Schaufel war genau da, wo sie sein sollte. Sie lehnte in einem staubigen Strahl Sonnenlicht an einer Wand. Polly ergriff den glatten, abgenutzten Stiel.

Plötzlich war ihr, als hörte sie aus den tiefen Schatten der Scheune ein leises Grollen, als wäre der tollwütige Bernhardiner, der Big George Bannermann umgebracht und den Tod von Tad Trenton verursacht hatte, immer noch da, zurück aus dem Reich der Toten und niederträchtiger als je zuvor. Auf ihren Armen kribbelte eine Gänsehaut, und Polly verließ eilends die Scheune. Auch der Hof war nicht gerade ein angenehmer Ort – gleich vor dem leerstehenden Haus, das sie finster anstarrte –, aber er war immer noch besser als die Scheune.

Was tue ich hier? fragte ihr Verstand abermals, wehmütig, und es war Tante Evvies Stimme, die eine Antwort lieferte: *Du wirst zum Gespenst. Das ist es, was du tust. Wirst zum Gespenst.*

Polly kniff die Augen zusammen. »Hör auf!« flüsterte sie inbrünstig. »Hör endlich auf!«

So ist's richtig, sagte Leland Gaunt. *Außerdem – wozu die ganze Aufregung? Es ist doch ein harmloser kleiner Streich. Und wenn er irgendwelche Folgen haben sollte – das wird er natürlich nicht, aber nehmen wir einmal an, rein theoretisch, daß das der Fall wäre –, wessen Schuld wäre das dann?*

»Alans«, flüsterte sie. Ihre Augen rollten nervös in ihren Höhlen, und ihre Hände öffneten und schlossen sich nervös zwischen ihren Brüsten. »Wenn er hier wäre und ich mit ihm reden könnte – wenn er sich nicht von mir gelöst hätte, indem er in Dingen herumschnüffelte, die ihn nichts angehen ...«

Die kleine Stimme versuchte, sich wieder zu melden, aber Leland Gaunt schnitt sie ab, bevor sie ein Wort sprechen konnte.

Abermals richtig, sagte Gaunt. *Und was die Frage angeht, was Sie hier tun, Polly, so ist die Antwort einfach genug: Sie bezahlen. Das ist es, was Sie tun, und das ist alles, was Sie tun. Gespenster haben damit nichts zu schaffen. Und etwas dürfen Sie nicht vergessen, weil es der simpelste und wunderbarste Aspekt jedes Handels ist: sobald ein Gegenstand bezahlt ist, gehört er Ihnen. Sie haben doch nicht erwartet, daß ein so wundervoller Gegenstand billig sein könnte, oder? Aber wenn Sie mit dem Bezahlen fertig sind, gehört er Ihnen. Sie haben einen eindeutigen Anspruch auf den Gegenstand, für den Sie bezahlt haben. Und wollen Sie den ganzen Tag hier stehenbleiben und diesen alten, ängstlichen Stimmen lauschen, oder wollen Sie tun, weshalb Sie hergekommen sind?*

Polly öffnete die Augen wieder. Das *azka* hing reglos an seiner Kette. Wenn es sich bewegt hatte – und sie war nicht mehr sicher, ob das wirklich der Fall gewesen war –, so hatte es jetzt damit aufgehört. Das Haus war nichts als ein Haus, das zu lange leergestanden hatte und die unvermeidlichen Anzeichen der Verwahrlosung aufwies. Die Fenster waren keine Augen, sondern einfache Löcher, glaslos gemacht von unternehmungslustigen Jungen mit Steinen. Wenn sie in der Scheune etwas gehört hatte – und sie war nicht mehr sicher, ob das wirklich der Fall gewesen war –, so war es nur das Knarren eines Brettes gewesen, das sich in der gewöhnlichen Oktoberwärme gedehnt hatte.

Ihre Eltern waren tot. Ihr süßer kleiner Junge war tot. Und der Hund, der während dreier Sommertage und -nächte so grauenhaft und vollständig diesen Hof beherrscht hatte, war tot.

Es gab keine Gespenster.

»Nicht einmal mich«, sagte sie und machte sich auf den Weg um die Scheune herum.

3

Wenn Sie zur Rückseite der Scheune gehen, hatte Mr. Gaunt gesagt, *sehen Sie die Überreste eines alten Wohnwagens.* Sie sah ihn: einen Air-Flow mit silbrigen Seiten, fast überwuchert von Goldrute und einem hohen Gestrüpp aus späten Sonnenblumen.

Neben dem hinteren linken Ende des Wohnwagens werden Sie einen großen, flachen Stein finden.

Sie fand ihn mühelos. Er war ungefähr so groß wie eine Gartenwegplatte.

Räumen Sie den Stein beiseite und graben Sie. In gut einem halben Meter Tiefe werden Sie eine Crisco-Dose finden.

Sie räumte den Stein beiseite und grub. Kaum fünf Minuten später klirrte das Blatt der Schaufel gegen die Dose. Sie legte die Schaufel beiseite und grub mit den Fingern in der lockeren Erde, zerriß mit den Fingern das leichte Netzwerk aus Wurzeln. Dann hielt sie die Crisco-Dose in den Händen. Sie war rostig, aber noch heil. Das verrottende Etikett löste sich, und sie sah auf der Rückseite ein Rezept für eine Ananas-Überraschungstorte (eine schwarze Schimmelstelle machte die Liste der Zutaten fast unleserlich) zusammen mit einem Bisquick-Gutschein, der 1969 ungültig geworden war. Sie schob die Finger unter den Deckel der Dose und hebelte ihn ab. Die Luft, die aus ihr entwich, ließ sie zusammenfahren und bewirkte, daß sie für einen Moment den Kopf zurückzog. Die Stimme versuchte zum letzten Mal, sie zu fragen, was sie hier tat. Polly schloß sie aus.

Sie schaute in die Dose und sah, wovon Mr. Gaunt ihr gesagt hatte, daß sie es sehen würde: ein Bündel von Gold Bond-Rabattmarken und mehrere verblichene Fotos einer Frau, die mit einem Collie Geschlechtsverkehr hatte.

Sie holte diese Dinge heraus, stopfte sie in ihre Hüfttasche und wischte sich dann die Finger am Bein ihrer Jeans ab. Sie würde sich die Hände waschen, sobald sie konnte, versprach sie sich selbst. Das Anfassen dieser Dinge, die so lange in der Erde gelegen hatten, löste in ihr ein Gefühl von Unsauberkeit aus.

Aus ihrer anderen Tasche holte sie einen verschlossenen Briefumschlag, auf dem in Großbuchstaben stand:

EINE NACHRICHT FÜR DEN
UNERSCHROCKENEN SCHATZSUCHER

Polly legte den Umschlag in die Dose, drückte den Deckel darauf und warf die Dose wieder in das Loch. Sie benutzte die Schaufel, um das Loch wieder zu füllen, und arbeitete schnell und flüchtig. Sie wollte nichts, als so schnell wie möglich von hier verschwinden.

Als sie fertig war, entfernte sie sich rasch. Die Schaufel warf sie in das hohe Unkraut. Sie hatte nicht die Absicht, sie in die Scheune zurückzubringen, und wenn die Erklärung für das Geräusch, das sie gehört hatte, noch so vernünftig gewesen wäre.

Als sie ihren Wagen erreicht hatte, öffnete sie zuerst die Beifahrertür und dann das Handschuhfach. Sie wühlte in dem darin liegenden Papierkram herum, bis sie ein altes Streichholzbriefchen gefunden hatte. Es kostete sie vier Versuche, bis eine kleine Flamme aufflackerte. Die Schmerzen waren fast gänzlich aus ihren Händen verschwunden, aber sie zitterten so heftig, daß sie die ersten drei Streichhölzer viel zu heftig anriß und die Papierköpfchen nutzlos abknickten.

Als das vierte sich entzündete – die Flamme war in der warmen Nachmittagssonne fast unsichtbar –, hielt sie es zwischen zwei Fingern ihrer rechten Hand und zog das verfilzte Bündel aus Rabattmarken und obszönen Fotos aus ihrer Jeanstasche. Sie hielt die Flamme so lange an das Bündel, bis sie sicher war, daß es Feuer gefangen hatte. Dann warf sie das Streichholz beiseite und neigte die Papiere abwärts, um dem Feuer möglichst viel Nahrung zu geben. Die Frau war unterernährt und hohläugig. Der Hund sah räudig aus und gerade intelligent genug, um bestürzt zu sein. Es war eine Erleichterung, zu beobachten, wie die Oberfläche des einen Fotos, das sie sehen konnte, Blasen warf und braun wurde. Als sich das Foto zusammenzurollen begann, ließ sie das brennende Bündel auf die Erde fallen, auf der einst eine

Frau einen anderen Hund, einen Bernhardiner, mit einem Baseballschläger erschlagen hatte.

Das Feuer flammte auf. Das kleine Häufchen von Rabattmarken und Fotos zerkrümelte rasch zu schwarzer Asche. Die Flammen zuckten und erloschen – und in dem Moment, in dem sie das taten, fuhr ein plötzlicher Windstoß durch die Stille des Tages und löste den Klumpen Asche in Flocken auf. Sie wirbelten empor in einem Trichter, dem Polly mit Augen folgte, die plötzlich weit aufgerissen und verstört waren. Wo war dieser plötzliche Windstoß hergekommen?

Oh, bitte. Kannst du nicht aufhören, so verdammt ...

In diesem Augenblick drang aus dem heißen, dunklen Schlund der Scheune wieder dieses grollende Geräusch heraus, leise, wie ein Außenbordmotor im Leerlauf. Das war keine Einbildung, und es war auch kein knarrendes Brett.

Es war ein *Hund*.

Polly blickte dorthin und sah zwei eingesunkene rote Lichtkreise, die sie aus der Dunkelheit heraus anstarrten.

Sie rannte um den Wagen herum, prallte in ihrer Eile mit der Hüfte gegen die rechte Seite der Haube, stieg ein, kurbelte die Fenster hoch und verschloß die Türen. Sie drehte den Zündschlüssel. Der Motor winselte – aber er sprang nicht an.

Niemand weiß, wo ich bin, begriff sie. Niemand außer Mr. Gaunt – und der würde es niemandem sagen.

Einen Augenblick lang bildete sie sich ein, daß sie hier draußen festsaß, genau so, wie Donna Trenton und ihr Sohn festgesessen hatten. Dann erwachte der Motor zum Leben, und sie setzte so schnell zurück, daß ihr Wagen fast auf der anderen Straßenseite im Graben gelandet wäre. Sie schaltete das Getriebe auf Drive und fuhr so schnell in die Stadt zurück, wie sie es riskieren konnte.

Daß sie sich die Hände waschen wollte, hatte sie völlig vergessen.

4

Ungefähr um die gleiche Zeit, zu der sich dreißig Meilen entfernt Brian Rusk den Kopf wegschoß, wälzte sich Ace Merrill aus dem Bett.

Er ging ins Badezimmer, streifte unterwegs seine schmutzige Unterwäsche ab und urinierte ausgiebig. Er hob einen Arm und beroch seine Achselhöhle. Er warf einen Blick auf die Dusche und entschied sich dagegen. Er hatte einen großen Tag vor sich. Die Dusche konnte warten.

Er verließ das Badezimmer, ohne sich die Mühe des Nachspülens zu machen, und begab sich zu der Kommode, auf der der Rest von Mr. Gaunts Stoff auf einem Rasierspiegel lag. Das Zeug war großartig – sanft in der Nase, heiß im Kopf. Außerdem war es fast alle. Ace hatte in der letzten Nacht eine Menge Go-Power gebraucht, genau wie Mr. Gaunt gesagt hatte, aber er war ziemlich sicher, daß es da, wo das Zeug hergekommen war, noch mehr davon gab.

Ace benutzte die Kante seines Führerscheins, um zwei Linien zu formen. Er schnupfte sie mit einer zusammengerollten Fünf-Dollar-Note, und in seinem Kopf explodierte etwas, das sich anfühlte wie eine Shrike-Rakete.

»Bum!« rief Ace Merrill mit seiner besten Warner Wolf-Stimme. »Auf in den Kampf!«

Er zog ein Paar verblichene Jeans über seine nackten Hüften und schlüpfte in ein Harley-Davidson T-Shirt. Das ist es, was der gutgekleidete Schatzsucher in diesem Jahr trägt, dachte er, und lachte irre.

Er war schon auf dem Weg zur Haustür, als ihm einfiel, daß er vorgehabt hatte, Nat Copeland in Portsmouth anzurufen. Er kehrte in sein Schlafzimmer zurück, wühlte in den Kleidern herum, die in einem wirren Durcheinander in der obersten Kommodenschublade lagen, und brachte schließlich ein zerfleddertes Adreßbuch zum Vorschein. Er ging in die Küche, setzte sich und wählte die Nummer, die er gefunden hatte. Er bezweifelte, daß er Nat erreichen würde, aber es war einen Versuch wert. Der Koks sägte und dröhnte in seinem Kopf, aber er konnte bereits spüren, daß das Tosen nachließ. Ein Kopfschuß Kokain machte einen neuen Men-

schen aus ihm. Das Problem war nur, daß das erste, was dieser neue Mensch haben wollte, ein weiterer Schuß war, und
Ace' Vorrat war stark zusammengeschmolzen.

»Ja?« sagte eine verdrossene Stimme in sein Ohr, und Ace
begriff, daß er wieder aufs richtige Pferd gesetzt hatte – sein
Glück verließ ihn nicht.

»Nat!« rief er.

»Wer zum Teufel ist da?«

»Ich, altes Haus, ich bin es.«

»Ace? Bist du das?«

»Ich und kein anderer! Wie geht's dir, Natty?«

»Ist mir schon mal besser gegangen.« Nat hörte sich an, als
wäre er alles andere als glücklich, von seinem alten Kumpel
aus der Maschinenwerkstatt von Shawshank zu hören.
»Was willst du, Ace?«

»Ist das vielleicht eine Art, mit einem alten Freund zu reden?« fragte Ace vorwurfsvoll. Er klemmte den Hörer zwischen Ohr und Schulter und zog zwei rostige Blechdosen zu
sich heran.

Eine von ihnen stammte aus der Erde hinter dem alten Tre-
blehorn-Anwesen, die andere aus dem Kellerloch der Masters-
Farm, die abgebrannt war, als Ace erst zehn Jahre alt gewesen
war. Die erste Dose hatte nur vier Alben mit S & H Green
Stamps enthalten und mehrere gebündelte Päckchen Raleigh
Zigaretten-Bons. In der zweiten waren ein paar Blüten mit ver-
schiedenen Rabattmarken gewesen und sechs Rollen Pennies.
Nur daß sie nicht aussahen wie gewöhnliche Pennies.

Sie waren weiß.

»Vielleicht wollte ich nur mal wieder deine Stimme hören«, spottete Ace. »Du weißt schon, mich erkundigen, wie
deine Aktien stehen, wie du so über die Runden kommst.
Dinge dieser Art.«

»Was willst du, Ace?« wiederholte Nat Copeland verdrossen.

Ace holte eine der Penny-Rollen aus der rostigen Crisco-
Dose. Das ursprünglich purpurfarbene Papier war zu einem
trüben Rosa verblichen. Er schüttelte zwei der Pennies auf
seine Hand und betrachtete sie neugierig. Wenn jemand
über so etwas Bescheid wußte, dann war es Nat.

Früher hatte er in Kittery ein Geschäft gehabt, das Copeland's Coins and Collectibles hieß. Er hatte auch eine eigene Münzsammlung gehabt – Nats eigener Behauptung zufolge eine der zehn besten in ganz Neuengland. Dann hatte auch er die Wunder des Kokains entdeckt. In den vier oder fünf Jahren, die auf diese Entdeckung folgten, hatte er seine Münzsammlung Stück um Stück demontiert und sich in die Nase gesteckt. 1985 hatte die Polizei, von einer lautlosen Alarmanlage in der John Long Silver-Münzhandlung in Portland herbeigerufen, Nat Copeland im Hinterzimmer vorgefunden, wo er Lady Liberty-Silberdollars in einen Wildlederbeutel steckte. Wenig später hatte Ace ihn kennengelernt.

»Nun, jetzt, wo du es erwähnst – ich habe wirklich eine Frage.«

»Eine Frage? Das ist alles?«

»Das ist wirklich alles, Kumpel.«

»Also gut.« Nats Stimme entspannte sich ein wenig. »Dann frag. Ich habe nicht den ganzen Tag Zeit.«

»Okay«, sagte Ace. »Immer beschäftigt, nicht wahr? Besorgungen machen und Leute auffressen, habe ich recht, Natty?« Er lachte irre. Es war nicht nur der Koks; es war der *Tag*. Er war erst bei Tagesanbruch zurückgekommen, und der Koks, den er geschnupft hatten, hatte ihn trotz der zugezogenen Vorhänge und seiner körperlichen Erschöpfung fast bis zehn Uhr wachgehalten, und er fühlte sich immer noch imstande, Stahlstangen zu essen und vierzöllige Nägel auszuspucken. Und warum nicht? Warum zum Teufel *nicht*? Ein Vermögen war in greifbarer Nähe. Er wußte es, er spürte es mit jeder Faser.

»Ace, hast du wirklich etwas auf dem Herzen, oder hast du nur angerufen, um mich zu nerven?«

»Nein, ich habe nicht angerufen, um dich zu nerven. Gib mir etwas reellen Stoff, dann kann ich *dir* möglicherweise etwas reellen Stoff geben. *Sehr* reellen.«

»Wirklich?« Nat Copelands Stimme verlor sofort ihre Schroffheit. Sie wurde gedämpft, fast ehrfürchtig. »Willst du mich auf den Arm nehmen, Ace?«

»Den besten, erstklassigsten, den ich je hatte, Natty Bumppo, mein Junge.«

»Kannst du mich ins Geschäft bringen?«

»Daran habe ich nicht den geringsten Zweifel«, sagte Ace, der dies keineswegs vorhatte. Er hatte weitere drei oder vier Pennies aus dem alten, verblichenen Papier herausgeholt. Jetzt schob er sie mit dem Finger in eine gerade Linie. »Aber du mußt mir einen Gefallen tun.«

»Welchen?«

»Was weißt du über weiße Pennies?«

Es folgte eine Pause am anderen Ende der Leitung. Dann sagte Nat vorsichtig: »Weiße Pennies? Meinst du *Stahl*pennies?«

»Ich weiß nicht, was ich meine – du bist der Münzsammler, nicht ich.«

»Sieh dir die Daten an. Schau nach, ob sie aus den Jahren zwischen 1941 und 1945 stammen.«

Ace drehte die vor ihm liegenden Pennies um. Einer stammte von 1941, vier von 1943, der letzte von 1944.

»Ja. Tun sie. Was sind sie wert, Nat?« Er versuchte, den Eifer in seiner Stimme zu verhehlen, was ihm nicht besonders gut gelang.

»Nicht sonderlich viel«, sagte Nat, »aber wesentlich mehr als gewöhnliche Pennies. Vielleicht zwei Dollar das Stück. Drei, wenn sie P.F. sind.«

»Was ist das?«

»Prägefrisch. Nicht in Umlauf gewesen. Hast du viele davon, Ace?«

»Eine ganze Menge«, sagte Ace. »Eine ganze Menge, Natty, mein Freund.« Aber er war enttäuscht. Er hatte sechs Rollen, dreihundert Pennies, und diejenigen, die er gerade betrachtete, sahen nicht so aus, als wären sie in sonderlich gutem Zustand. Sie waren nicht gerade abgegriffen, aber weit davon entfernt, neu und glänzend zu sein. Sechshundert Dollar, bestenfalls achthundert. Nicht das, was man einen dicken Fisch nennen konnte.

»Nun, bring sie her, damit ich sie mir ansehen kann«, sagte Nat. »Ich hole einen Spitzenpreis für dich heraus.« Er zögerte, dann setzte er hinzu: »Und bring etwas von diesem Stoff mit.«

»Ich werde es mir überlegen«, sagte Ace.

»Hey, Ace! Leg nicht auf!«

»Du kannst mich mal, Natty«, sagte Ace und legte auf.

Er blieb noch einen Moment sitzen, starrte auf die Pennies und die beiden rostigen Dosen. Irgend etwas war verdammt merkwürdig an dieser Sache. Nutzlose Rabattmarken und Stahlpennies im Wert von sechshundert Dollar. Worauf lief das hinaus?

Das ist der Haken, dachte Ace. Es läuft auf überhaupt nichts hinaus. Wo steckt das echte Zeug? Wo ist die gottverdammte BEUTE?

Er schob den Stuhl vom Tisch zurück, ging ins Schlafzimmer und schnupfte den Rest des Stoffes, mit dem Mr. Gaunt ihn versorgt hatte. Als er wieder herauskam, hatte er das Buch mit der Karte bei sich und fühlte sich erheblich zuversichtlicher. Es lief doch auf etwas hinaus. Auf etwas Grandioses. Jetzt, wo er seinem Kopf ein wenig auf die Sprünge geholfen hatte, war ihm das klar.

Schließlich waren auf der Karte eine Menge Kreuze. Er hatte zwei Verstecke genau dort gefunden, wo sie den Kreuzen zufolge sein sollten, und jedes war mit einem großen, flachen Stein gekennzeichnet gewesen. Kreuze + flache Steine = vergrabener Schatz. Allem Anschein nach war Pop im Alter doch etwas bescheuerter gewesen, als die Leute in der Stadt geglaubt hatten. Vielleicht hatte er gegen Ende seines Lebens Schwierigkeiten gehabt, Diamanten von Dreck zu unterscheiden, aber der dicke Brocken – Gold, Bargeld, vielleicht verkäufliche Wertpapiere – mußte *irgendwo* da draußen stecken, unter einem oder mehreren dieser flachen Steine.

Und er hatte es *bewiesen*. Sein Onkel hatte Gegenstände von *Wert* vergraben, nicht nur Bündel von verschimmelten alten Rabattmarken. Bei der alten Masters-Farm hatte er sechs Rollen Pennies gefunden, die mindestens sechshundert Dollar wert waren. Nicht viel – aber ein Hinweis.

»Es ist da draußen«, sagte Ace leise. Seine Augen funkelten irre. »Ist es alles da draußen – in einem von diesen anderen sieben Löchern. Oder zweien. Oder dreien.«

Er *wußte* es.

Er zog die auf das braune Papier gezeichnete Karte aus dem Buch, ließ seinen Finger von einem Kreuz zum anderen

663

wandern und überlegte, ob vielleicht einige vielversprechender waren als andere. Auf dem alten Anwesen von Joe Camber machte Ace' Finger halt. Das war der einzige Ort, wo sich zwei Kreuze dicht nebeneinander befanden. Sein Finger bewegte sich langsam zwischen ihnen hin und her.

Joe Camber war bei einer Tragödie ums Leben gekommen, der noch drei weitere Menschen zum Opfer gefallen waren. Seine Frau und sein Junge waren zu der Zeit verreist gewesen. Hatten Ferien gemacht. Leute wie die Cambers machten normalerweise keine Ferien, aber Ace glaubte sich zu erinnern, daß Charity Chambers etwas Geld in der Staatlichen Lotterie gewonnen hatte. Er versuchte, sich an noch mehr zu erinnern, aber die Erinnerung war verschwommen. Er mußte dort seine eigenen Schäfchen ins Trockene bringen – massenhaft Schäfchen.

Was hatte Mrs. Camber getan, als sie und ihr Junge von ihrem kleinen Ausflug zurückkehrten und feststellen mußten, daß Joe – ein äußerst unangenehmer Zeitgenosse nach allem, was Ace gehört hatte – das Zeitliche gesegnet hatte? Sie war in einen anderen Staat gezogen, nicht wahr? Und das Anwesen? Vielleicht hatte sie es schnell zu Geld machen wollen. In Castle Rock fiel einem ein Name vor allen anderen ein, wenn es darum ging, etwas schnell zu Geld zu machen; dieser Name lautete Reginald ›Pop‹ Merrill. Hatte sie ihn aufgesucht? Er hätte ihr einen Bettelbetrag angeboten – das war so seine Art –, aber wenn ihr daran gelegen war, schnell abzureisen, dann wäre ihr vielleicht auch ein Bettelbetrag recht gewesen. Mit anderen Worten: es war durchaus möglich, daß zum Zeitpunkt seines Todes auch das Camber-Anwesen Pop gehört hatte.

Nur Augenblicke, nachdem ihm dieser Gedanke gekommen war, verwandelte sich diese Möglichkeit in Ace' Denken zu Gewißheit.

»Das Camber-Anwesen«, sagte er. »Ich wette, das ist es! Ich *weiß*, daß es das ist.«

Tausende von Dollars! Vielleicht *Zehn*tausende!

Er faltete die Karte und verstaute sie wieder in dem Buch. Dann strebte er, fast rennend, hinaus zu dem Chevy, den Mr. Gaunt ihm geliehen hatte.

Eine Frage nagte nach wie vor: Wenn Pop *tatsächlich* zwischen Diamanten und Dreck unterscheiden konnte – weshalb hatte er sich dann die Mühe gemacht, die Rabattmarken zu vergraben?

Ace schob die Frage ungeduldig beiseite und machte sich auf den Weg nach Castle Rock.

5

Danforth Keeton traf in Castle View ein, als sich Ace gerade auf die Fahrt in die ländliche Umgebung der Stadt machte. Buster war nach wie vor mit der Handschelle an den Türgriff des Cadillac gefesselt, aber seine Stimmung war eine ingrimmige Euphorie. Zwei Jahre lang hatte er ununterbrochen gegen Schatten gekämpft, und die Schatten hatten gesiegt. Er war bis zu dem Punkt gelangt, an dem er zu fürchten begann, den Verstand zu verlieren – was natürlich genau das war, von dem SIE wollten, daß er es glaubte.

Auf der Fahrt von der Main Street zu seinem Haus auf dem View sah er mehrere ›Satellitenschüsseln‹. Sie waren ihm schon früher aufgefallen, und er hatte sich gefragt, ob sie nicht vielleicht ein Teil dessen waren, was in der Stadt vorging. Jetzt glaubte er sicher zu sein. Es waren überhaupt keine ›Satellitenschüsseln‹. Es waren Verstandeszerstörer. Möglicherweise waren nicht *alle* auf sein Haus gerichtet, aber man konnte sicher sein, daß diejenigen, bei denen das nicht der Fall war, auf die paar anderen Leute gerichtet waren, die begriffen hatten, welch monströse Verschwörung im Gange war.

Buster hielt auf seiner Auffahrt an und drückte auf den an der Sonnenblende angebrachten Garagentor-Öffner. Das Tor begann aufzugleiten, aber im gleichen Augenblick schoß ihm ein unerträglicher Bolzen aus Schmerz in den Kopf. Er begriff, daß auch *das* dazugehörte – SIE hatten seinen *echten* Garagentor-Öffner gegen etwas anderes ausgetauscht, etwas, das üble Strahlen in seinen Kopf schoß und gleichzeitig das Tor öffnete.

Er zog ihn von der Sonnenblende ab und warf ihn aus dem Fenster, bevor er in die Garage fuhr.

Er schaltete den Motor ab, öffnete die Tür und stieg aus, nach wie vor mit der Handschelle an den Griff gefesselt. An den Wänden hingen Werkzeuge, aber sie befanden sich weiß außerhalb seiner Reichweite. Buster beugte sich wieder in den Wagen und drückte auf die Hupe.

6

Myrtle Keeton, die an diesem Nachmittag einen eigenen Auftrag ausgeführt hatte, lag in einem unruhigen Halbschlaf auf ihrem Bett, als die Hupe losging. Sie fuhr mit vor Angst vorquellenden Augen kerzengerade empor. »*Ich habe es getan!*« keuchte sie. »Ich habe getan, was Sie mir aufgetragen haben, und nun lassen Sie mich bitte in Ruhe!«

Dann begriff sie, daß sie geträumt hatte, daß Mr. Gaunt nicht da war, und stieß mit einem langen, zitternden Seufzer den Atem aus.

TUUUUT! TUUUUT! TUUUUUUUUUUUT!

Es hörte sich an wie die Hupe des Cadillac. Sie nahm die Puppe, die neben ihr auf dem Bett lag, die wunderschöne Puppe, die sie in Mr. Gaunts Laden gekauft hatte, und drückte sie trostsuchend an sich. Sie hatte heute nachmittag etwas getan, etwas, von dem ein trüber, verängstigter Teil von ihr überzeugt war, daß es etwas Schlechtes gewesen war, etwas *sehr* Schlechtes, und seitdem war ihr die Puppe unvorstellbar teuer. Der Preis, hätte Mr. Gaunt ihr erklären können, steigert den Wert – jedenfalls in den Augen des Käufers.

TUUUUUUUUUUUUUUUUUUUUT!

Es *war* die Hupe des Cadillac. Weshalb saß Danforth in der Garage und hupte? Wahrscheinlich täte sie gut daran, nachzusehen.

»Aber ich rate ihm, die Finger von meiner Puppe zu lassen«, sagte sie leise. Sie deponierte sie vorsichtig im Schatten unter ihrer Seite des Bettes. »Das soll er lieber lassen, denn das ist der Punkt, wo der Spaß aufhört.«

Myrtle war eine der zahlreichen Personen, die Needful Things an diesem Tage aufgesucht hatten – nur ein Name mit einem Häkchen daneben auf Mr. Gaunts Liste. Sie war gekommen, wie viele andere, weil Mr. Gaunt ihr *befohlen* hatte zu kommen. Sie hatte die Nachricht auf eine Weise erhalten, die ihr Mann voll und ganz verstanden hätte: sie hatte sie in ihrem Kopf gehört.

Mr. Gaunt hatte gesagt, es wäre an der Zeit, daß sie die Restschuld für ihre Puppe bezahlte – das heißt, wenn sie Wert darauf legte, sie zu behalten. Sie sollte einen metallenen Kasten und einen verschlossenen Brief zur Halle der Töchter der Isabella neben Our Lady of Serene Waters bringen. An allen Seiten des Kastens außer dem Boden befanden sich Gitter. Aus seinem Inneren konnte sie ein leises Ticken hören. Sie hatte versucht, durch eines der runden Gitter hineinzuschauen – sie sahen aus wie die Lautsprecher alter Radios –, aber sie hatte nur undeutlich einen würfelförmigen Gegenstand erkennen können. Und sie hatte sich auch gehütet, allzu genau hinzusehen. Es erschien ihr besser – sicherer –, es nicht zu tun.

Auf dem Parkplatz des kleinen Kirchenkomplexes hatte nur ein Wagen gestanden, als Myrtle zu Fuß ankam. Der Gemeindesaal selbst war jedoch leer gewesen. Sie lugte sicherheitshalber über das Schild, das an die Scheibe in der oberen Hälfte der Tür geklebt war; dann las sie, was auf dem Schild stand.

Treffen der Töchter der Isabella
Dienstag 19 Uhr
helft uns beim Planen der Kasino-Nacht

Myrtle schlüpfte hinein. Links von ihr waren an der Wand bunt gestrichene Boxen aufgestapelt – in ihnen brachten die Kindergarten-Kinder ihre Lunchpakete unter und die Sonntagsschul-Kinder ihre Bilder und Bastelarbeiten. Myrtle war angewiesen worden, ihren Kasten in eine dieser Boxen zu stellen, und sie tat es. Er paßte genau hinein. Am vorderen Ende des Saals stand der Tisch der Präsidentin mit der amerikanischen Flagge links und einem Banner mit einer Darstellung des Prager Jesuskindes rechts. Der Tisch war bereits für die abendliche Versammlung vorbereitet, mit Kugelschreibern, Bleistiften, Unterschriftslisten für die Kasino-Nacht und, in der Mitte, der Tagesordnung der Präsidentin. Myrtle hatte den Umschlag, den Mr. Gaunt ihr gegeben hatte, unter dieses Blatt gelegt, damit Betsy Vigue, die diesjährige Präsidentin der Töchter der Isabella, ihn sehen würde, sobald sie die Tagesordnung zur Hand nahm.

LIES DAS SOFORT DU PAPSTHURE

war in Großbuchstaben auf die Vorderseite des Umschlags getippt.

Mit wild hämmerndem Herzen und einem Blutdruck irgendwo jenseits des Mondes war Myrtle auf Zehenspitzen aus der Halle der Töchter der Isabella herausgeschlichen. Draußen blieb sie einen Moment stehen, preßte die Hand auf ihren üppigen Busen und versuchte, wieder zu Atem zu kommen.

Und dann sah sie jemanden, der aus der Halle der Kolumbus-Ritter neben der Kirche herausschlich.

Es war June Gavineaux. Sie sah so verängstigt und schuldig aus, wie Myrtle sich fühlte. Sie lief so schnell die Holztreppe zum Parkplatz hinunter, daß sie fast gestürzt wäre, und eilte dann auf den dort parkenden Wagen zu. Ihre flachen Absätze tappten hastig über den Asphalt.

Sie schaute auf, sah Myrtle und wurde blaß. Dann betrachtete sie Myrtles Gesicht genauer – und begriff.

»Sie auch?« fragte sie leise. Ein seltsames Lächeln, vergnügt und angeekelt zugleich, erschien auf ihrem Gesicht. Es war der Ausdruck eines normalerweise braven Kindes, das aus Gründen, die es selbst nicht versteht, gerade eine Maus in die Schreibtischschublade seiner Lieblingslehrerin praktiziert hat.

Myrtle spürte, wie sich ein Lächeln von genau der gleichen Art auf ihrem Gesicht ausbreitete. Dennoch versuchte sie, sich herauszureden. »Ich weiß wirklich nicht, wovon Sie reden!«

»Doch, das wissen Sie.« June hatte sich schnell umgeschaut, aber die beiden Frauen hatten an diesem merkwürdigen Nachmittag den Parkplatz ganz für sich allein. »Mr. Gaunt.«

Myrtle nickte und spürte, wie eine heftige, ungewohnte Röte ihre Wagen erhitzte.

»Was haben Sie bekommen?« fragte June.

»Eine Puppe. Und Sie?«

»Eine Vase. Die wundervollste Cloisonné-Vase, die man sich vorstellen kann.«

»Was haben Sie getan?«

Mit einem verschlagenen Lächeln konterte June: »Was haben *Sie* getan?«

»Lassen wir das.« Myrtle warf einen Blick zurück in die Halle der Töchter der Isabella, dann schnaubte sie. »Es spielt ohnehin keine Rolle. Es sind nur Katholiken.«

»So ist es«, erwiderte June (die selbst eine abtrünnige Katholikin war). Dann war sie eingestiegen. Myrtle fragte nicht, ob sie mitfahren dürfte, und June bot es ihr nicht an. Sie hatte nicht aufgeschaut, als June in ihrem weißen Saturn an ihr vorbeischoß.

Myrtle wollte nichts, als nach Hause kommen, mit ihrer wunderschönen Puppe im Arm ein Schläfchen halten und vergessen, was sie getan hatte.

Das war, wie sie jetzt feststellen mußte, nicht so einfach, wie sie gehofft hatte.

7

TUUUUUUUUUUUUUUUUUUUUUUUUUUUUUUUUUUUUT!

Buster legte die Handfläche auf die Hupe und drückte sie nieder. Das Tuten dröhnte ihm in den Ohren. Wo zum Teufel steckte das Weibsstück?

Endlich wurde die Tür zwischen der Garage und der Küche geöffnet, und Myrtle steckte den Kopf hindurch. Ihre Augen waren groß und verängstigt.

»Endlich«, sagte Buster und ließ die Hupe los. »Ich dachte schon, du wärest auf dem Klo gestorben.«

»Danforth? Was ist passiert?«

»Nichts. Die Dinge stehen besser als in den letzten zwei Jahren. Ich brauche nur ein bißchen Hilfe, das ist alles.«

Myrtle bewegte sich nicht.

»Weib, schwing deinen fetten Arsch hierher!«

Sie wollte nicht zu ihm gehen – er flößte ihr Angst ein –, aber die Gewohnheit war alt und tief verwurzelt und schwer zu brechen. Sie kam dorthin, wo er in dem keilförmigen Raum hinter der offenen Wagentür stand. Sie ging langsam, und ihre Pantoffeln schlurften auf eine Art über den Betonboden, die Buster veranlaßte, die Zähne zusammenzubeißen.

Sie sah die Handschellen, und ihre Augen weiteten sich. »Danforth? Was ist *passiert?*«

»Nichts, womit ich nicht fertig würde. Gib mir die Eisensäge, Myrt. Die da, an der Wand. Nein – laß die Eisensäge hängen. Gib mir statt dessen den großen Schraubenzieher. Und den Hammer dort.«

Sie fing an, vor ihm zurückzuweichen. Ihre Hände fuhren zu ihrer Brust empor und vereinigten sich dort in einem nervösen Knoten. Bevor sie aus seiner Reichweite kommen konnte, schoß Busters freie Hand so schnell wie eine Schlange durch das offene Fenster und packte ihr Haar.

»Au!« schrie sie und versuchte vergeblich, nach seiner Faust zu greifen. »*Danforth, nicht! AUUUU!*«

Buster zerrte sie zu sich heran. Sein Gesicht war zu einer grauenhaften Grimasse verzerrt. Zwei große Adern pochten auf seiner Stirn. Er spürte ihre gegen seine Faust schlagende Hand nicht stärker, als er einen Vogelflügel gespürt haben würde.

»*Tu, was ich dir gesagt habe!*« schrie er und zerrte ihren Kopf vorwärts. Er hieb ihn einmal, zweimal, dreimal gegen die Oberkante der offenen Tür. »*Warst du von Geburt an so blöd, oder bist du es erst später geworden? Los, Weib, los, los, los!*«

»*Danforth, du tust mir weh!*«

»*Richtig!*« schrie er zurück und hieb ihren Kopf noch einmal gegen die Oberkante der offenen Tür des Cadillac, diesmal wesentlich heftiger. Die Haut auf ihrer Stirn platzte auf, und dünnes Blut begann, über die linke Seite ihres Gesichts herabzurinnen. »*Wirst du jetzt parieren, Weib?*«

»Ja! Ja! Ja!«

»Gut.« Er lockerte seinen Griff um ihr Haar. »Gib mir jetzt den großen Schraubenzieher und den Hammer. Und versuch keine Mätzchen!«

Sie schwenkte den rechten Arm in Richtung Wand. »Ich kann sie nicht erreichen.«

Er beugte sich vor, dehnte seine eigene Reichweite ein wenig weiter aus und gestattete ihr, sich der Wand zu nähern, an der die Werkzeuge hingen. Er hielt seine Finger fest um ihr Haar gekrampft, während sie herumtastete. Große Blutstropfen landeten auf und zwischen ihren Pantoffeln.

Ihre Hand schloß sich um eines der Werkzeuge, und Danforth schüttelte ihren Kopf, ungefähr so, wie ein Terrier eine tote Ratte schüttelt. »Nicht den, du dämliche Kuh«, sagte er. »Das ist der Bohrer. Habe ich einen Bohrer verlangt? Wie?«

»Aber Danforth – *AUUU!* – ich kann nichts *sehen!*«

»Du willst ja nur, daß ich dich loslasse. Damit du ins Haus rennen und SIE anrufen kannst, nicht wahr?«

»Ich weiß nicht, wovon du redest!«

»Oh, nein. Du bist ja so ein Unschuldslämmchen. Es war nur ein Zufall, daß du mich am Sonntag aus dem Weg schaffen konntest, so daß dieser Scheiß-Deputy überall im Haus seine verdammten Zettel anbringen konnte. Erwartest du etwa, daß ich das glaube?«

Sie sah ihn durch Strähnen ihres Haares hindurch an. Blut hing in feinen Tropfen an ihren Wimpern. »Aber – aber Danforth – *du* hast doch am Sonntag gesagt, daß wir ausgehen wollten. Du hast gesagt …«

Er riß heftig an ihrem Haar. Myrtle schrie auf.

»Gib her, was ich haben will. Unterhalten können wir uns später.«

Sie tastete wieder an der Wand herum, mit gesenktem Kopf und (bis auf Busters Faustvoll) ins Gesicht hängendem Haar. Ihre Finger fanden den großen Schraubenzieher.

»Das ist Nummer eins«, sagte er. »Und nun versuch's mit Nummer zwei.«

Sie tastete weiter, und endlich landeten ihre flatternden Finger auf dem perforierten Gummi des Craftsman-Hammers.

»Gut. Und jetzt gib sie mir.«

Sie hob den Hammer aus seiner Halterung, und Buster zerrte sie zu sich heran. Er gab ihr Haar frei, bereit, eine frische Handvoll zu ergreifen, wenn er irgendwelche Anzeichen eines Fluchtversuchs entdeckte. Myrtle dachte nicht ans Flüchten. Sie war eingeschüchtert. Sie wollte nichts, als wieder nach oben gehen, ihre wunderschöne Puppe an sich drücken und schlafen. Ihr war, als wollte sie für immer schlafen.

Er nahm ihr das Werkzeug aus den willenlosen Händen. Er setzte die Klinge des Schraubenziehers auf den Türgriff und hieb mehrmals mit dem Hammer auf den Griff des Schraubenziehers. Beim vierten Schlag brach der Türgriff ab. Buster schob den Ring der Handschelle herunter, dann ließ er Türgriff und Schraubenzieher auf den Betonfußboden fallen. Zuerst drückte er den Knopf, mit dem das Garagentor geschlossen wurde. Als es in seinen Schienen herabratterte, ging er mit dem Hammer in der Hand auf Myrtle zu.

»Hast du mit ihm geschlafen, Myrtle?« fragte er leise.

»Was?« Sie sah ihn mit trüben, apathischen Augen an.

Buster begann, mit dem Hammerkopf auf seine Handfläche zu schlagen. Es gab ein weiches, fleischiges Geräusch – *klatsch! klatsch! klatsch!*

»Hast du mit ihm geschlafen, nachdem ihr überall im Haus diese verdammten rosa Zettel angebracht hattet?«

Sie sah ihn dumpf und verständnislos an. Buster hatte vergessen, daß sie mit ihm zusammen bei Maurice gegessen hatte, als Ridegewick eingebrochen war und das getan hatte.

»Buster, wovon redest du …?«

Er blieb stehen, und seine Augen weiteten sich. »*Wie hast du mich genannt?*«

Die Apathie verließ ihre Augen. Sie begann, vor ihm zurückzuweichen, mit verängstigt eingezogenen Schultern. Hinter ihnen kam das Garagentor zur Ruhe. Jetzt waren die einzigen Geräusche in der Garage ihre schlurfenden Füße und das leise Klirren der Handschellenkette.

»Es tut mir leid«, flüsterte sie. »Es tut mir leid, Danforth.« Dann machte sie kehrt und rannte auf die Küchentür zu.

Nach drei Schritten holte er sie ein und packte abermals

ihr Haar, um sie an sich heranzuziehen. »*Wie* hast du mich genannt?« brüllte er und hob den Hammer.

Ihre Blicke folgten dem Bogen, den der Hammer in die Luft schrieb. »*Danforth, bitte, nein!*«

»*Wie hast du mich genannt? Wie hast du mich genannt?*«

Das kreischte er immer wieder, und jedesmal, wenn er die Frage stellte, unterstrich er sie mit diesem weichen, fleischigen Geräusch: *Klatsch. Klatsch. Klatsch.*

8

Um fünf Uhr fuhr Ace auf den Hof der Cambers. Er stopfte die Schatzkarte in seine Gesäßtasche, dann öffnete er den Kofferraum, holte die Hacke und die Schaufel heraus, die Mr. Gaunt aufmerksamerweise zur Verfügung gestellt hatte, und ging dann hinüber zu der abgesackten, überwucherten Vortreppe an der Frontseite des Hauses. Er holte die Karte aus der Tasche und setzte sich auf eine Stufe, um sie zu studieren. Die Kurzzeit-Wirkung des Kokains war verflogen, aber sein Herz hämmerte nach wie vor heftig. Er hatte entdeckt, daß auch die Schatzsuche ein Stimulans war.

Er schaute sich kurz um, betrachtete den verunkrauteten Hof, die zusammensackende Scheune, die Büschel von blind starrenden Sonnenblumen. *Es ist nicht viel, aber ich glaube trotzdem, das ist es. Der Ort, an dem ich die Brüder Corson ein für allemal hinter mir lassen und obendrein noch reich werden kann. Es ist hier – etwas davon oder alles. Genau hier. Ich fühle es.*

Aber es war mehr als nur ein Gefühl – er konnte es *hören*, einen leisen Gesang. Einen Gesang, der aus der Erde aufstieg. Nicht nur Zehntausende, sondern Hunderttausende. Vielleicht sogar eine Million.

»Eine Million Dollar«, flüsterte Ace mit erstickter Stimme und beugte sich über die Karte.

Fünf Minuten später war er auf der Suche an der Westseite des Camber-Hauses. Am hinteren Ende, unter hohem Unkraut verborgen, fand er, wonach er suchte – einen großen, flachen Stein. Er hob ihn auf, warf ihn beiseite und begann wie ein Besessener zu graben. Kaum zwei Minuten später gab es ein dumpfes Klirren, als die Schaufel auf rostiges Metall stieß. Ace fiel auf die Knie, wühlte in der Erde wie ein Hund nach einem vergrabenen Knochen, und eine Minute später hatte er die Sherwin-Williams-Farbdose herausgeholt, die hier vergraben gewesen war.

Hingebungsvolle Kokainschnupfer sind zumeist auch hingebungsvolle Nägelkauer, und Ace war keine Ausnahme. Er hatte keine Fingernägel, mit denen er hebeln konnte, und er bekam den Deckel nicht ab. Mit einem zugleich wütenden und verzweifelten Grunzen zog er sein Taschenmesser, schob die Klinge unter den Dosenrand und hebelte den Deckel ab. Er schaute begierig hinein.

Scheine!

Unmengen von Scheinen!

Mit einem Aufschrei ergriff er sie, zog sie heraus – und sah, daß seine Gier ihn getäuscht hatte. Es waren nur noch mehr Rabattmarken. Red Ball Stamps diesmal, die nur südlich der Mason-Dixon-Linie eingelöst werden konnten – und auch dort nur bis zum Bankrott der Firma im Jahre 1964.

»Scheiß Feuer und spar Streichhölzer!« schrie Ace. Er warf die Marken beiseite. Sie fielen auseinander und wurden in der leichten, heißen Brise, die inzwischen aufgekommen war, davongeweht. Einige blieben an den hohen Unkräutern hängen und flatterten wie staubige Banner. *»Schwein! Bastard! Hurensohn!«*

Er wühlte in der Dose herum, drehte sie sogar um, um zu sehen, ob irgendetwas an den Boden geklebt war, und fand nichts. Er warf sie fort, starrte ihr einen Augenblick lang nach, dann stürmte er hin und kickte sie durch die Luft wie einen Fußball.

Er tastete wieder nach der Karte in seiner Tasche. Es folgte eine Sekunde voller Panik, in der er fürchtete, sie wäre nicht mehr da, er hätte sie irgendwie verloren, aber er hatte sie in seinem Eifer nur ganz nach unten geschoben. Er riß sie heraus und betrachtete sie. Das andere Kreuz war drüben hinter der Scheune – und plötzlich schoß Ace eine wundervolle

Idee in den Kopf und erhellte die wütende Dunkelheit, die in ihm herrschte, wie eine Leuchtkugel am vierten Juli.

Die Dose, die er gerade ausgegraben hatte, war ein Blender! Pop mochte sich gedacht haben, irgend jemand könnte über die Tatsache stolpern, daß er seine Verstecke mit flachen Steinen markiert hatte. Deshalb hatte er das alte Spiel des Köderns und Ablenkens gespielt. Nur, um sicherzugehen. Ein Jäger, der einen wertlosen Schatz gefunden hatte, würde nie auf die Idee kommen, daß da noch ein *weiteres* Versteck war, auf demselben Grundstück, aber an einer etwas entlegeneren Stelle ...

»Es sei denn, er hätte die Karte«, flüsterte Ace. »Die *ich* habe.«

Er nahm Hacke und Schaufel und rannte zur Scheune, mit weit geöffneten Augen und ergrauendem, verschwitztem Haar, das an den Seiten seines Gesichts klebte.

9

Er sah den alten Air-Flow-Wohnwagen und rannte darauf zu. Er war fast bei ihm angekommen, als er über irgend etwas stolperte und zu Boden stürzte. Einen Augenblick später setzte er sich auf und schaute sich um. Er erkannte sofort, worüber er gestolpert war.

Es war eine Schaufel. Eine mit frischer Erde am Blatt.

Ein ungutes Gefühl begann Ace zu beschleichen; ein wahrhaft ungutes Gefühl. Es fing in seinem Bauch an, breitete sich dann nach oben in seine Brust und nach unten in seine Hoden aus. Seine Lippen wichen von den Zähnen zurück, ganz langsam, zu einer häßlichen Grimasse.

Er stand auf und sah den Markierungsstein, der mit der Erdseite nach oben dalag. Er war beiseite geworfen worden. Jemand war vor ihm dagewesen – und so, wie es aussah, vor gar nicht langer Zeit. Jemand war ihm zuvorgekommen.

»Nein«, flüsterte er. Das Wort fiel aus seinem verzerrten Mund wie ein Tropfen krankes Blut. *»Nein!«*

Nicht weit von der Schaufel und dem umgedrehten Stein

entfernt entdeckte Ace ein Häufchen loser Erde, die gleichgültig in ein Loch zurückgeschaufelt worden war. Sowohl sein eigenes Werkzeug als auch die Schaufel, die der Dieb zurückgelassen hatte, ignorierend, fiel Ace wieder auf die Knie und scharrte Erde aus dem Loch. Im Handumdrehen hatte er die Crisco-Dose gefunden.

Er holte sie heraus und hebelte den Deckel ab.

Es war nichts darin – außer einem weißen Umschlag.

Ace holte ihn heraus und riß ihn auf. Zwei Dinge flatterten heraus: ein zusammengefaltetes Blatt Papier und ein kleinerer Umschlag. Ace ließ den zweiten Umschlag fürs erste außer acht und entfaltete das Papier. Sein Unterkiefer sackte herab, als er oben auf dem Blatt seinen eigenen Namen las.

Ace, alter Freund,
natürlich bin ich nicht sicher, ob Sie dies finden werden, aber es gibt kein Gesetz, das Hoffen verbietet. Sie nach Shawshank zu schicken, hat Spaß gemacht, aber dies war sogar noch besser. Ich wollte, ich könnte Ihr Gesicht sehen, wenn Sie dies gelesen haben!
Kurz nachdem ich Sie eingebuchtet hatte, stattete ich Pop einen Besuch ab. Das habe ich ziemlich oft getan – allmonatlich, um genau zu sein. Wir hatten eine Abmachung; er gab mir hundert im Monat, und ich ließ ihn mit seinem ungesetzlichen Geldverleih weitermachen. Alles sehr zivilisiert. Im Laufe dieser Zusammenkunft entschuldigte er sich, um auf die Toilette zu gehen – ›was Falsches gegessen‹, sagte er. Ha-ha! Ich nutzte die Gelegenheit, um einen Blick in seinen Schreibtisch zu werfen, den er unverschlossen gelassen hatte. Eine derartige Sorglosigkeit sah ihm gar nicht ähnlich, aber ich glaube, er hat gefürchtet, es könnte in die Hose gehen, wenn er nicht sofort sein ›stilles Örtchen‹ aufsuchte.
Ich fand nur einen Gegenstand von Interesse, aber das war eine Wucht. Es sah aus wie eine Karte. Es waren eine Menge Kreuze darauf, aber eines dieser Kreuze – dasjenige, das diese Stelle kennzeichnete – war rot umrandet. Ich legte die Karte zurück, bevor Pop wieder auftauchte. Er hat nie erfahren, daß ich sie gesehen hatte. Nachdem er gestorben war, bin ich hergekommen

und habe diese Crisco-Dose ausgegraben. Es waren mehr als zweihunderttausend Dollar darin, Ace. Aber lassen Sie sich deshalb keine grauen Haare wachsen – ich habe beschlossen, das Geld gerecht zu teilen, und lasse ihnen genau das zukommen, was Sie verdienen.

Willkommen in der Stadt, Ace-Loch!

Ihr ergebener
Alan Pangborn
Sheriff von Castle County

PS. Noch ein Wort an den Klugen: jetzt, da Sie Bescheid wissen, tragen Sie's mit Fassung und vergessen Sie das Ganze. Sie wissen doch, wer etwas findet, der darf es auch behalten. Und wenn Sie je versuchen sollten, mir wegen des Geldes Ihres Onkel in die Quere zu kommen, dann reiße ich Ihnen ein neues Arschloch auf und stopfe Ihren Kopf hinein.

Darauf können Sie sich verlassen.

A. P.

Ace ließ das Blatt Papier aus seinen tauben Fingern gleiten und öffnete den zweiten Umschlag.

Eine einzelne Dollarnote fiel heraus.

Ich habe beschlossen, das Geld gerecht zu teilen, und lasse Ihnen genau das zukommen, was Sie verdienen.

»Du verlauster Bastard!« flüsterte Ace und ergriff die Dollarnote mit zitternden Fingern.

Willkommen in der Stadt, Ace-Loch!

»Du HURENSOHN!« kreischte Ace so laut, daß er spürte, wie sich etwas in seiner Kehle verzerrte und beinahe zerriß. Das Echo kam undeutlich zurück: ... sohn ... sohn ... sohn ...

Er wollte den Dollar zerreißen, dann zwang er seine Finger, sich zu entspannen.

Nein. Lieber nicht.

Er würde ihn aufbewahren. Der Hurensohn hatte Pops Geld gewollt, richtig? Hatte gestohlen, was von Rechts wegen Pops einzigem noch lebendem Verwandten gehörte, richtig? Na schön. Aber er sollte *alles* bekommen. Ace hatte vor, dafür zu sorgen, daß der Sheriff genau das bekam. Und

deshalb würde er, nachdem er dem Schwein mit seinem Taschenmesser die Hoden abgesäbelt hatte, diese Dollarnote in
das blutige Loch stopfen, in dem sie gesessen hatten.

»Du willst das Geld, Daddy-O?« fragte Ace mit leiser,
nachdenklicher Stimme. »Okay. Das ist okay. Kein Problem.
Kein – Scheiß – Problem.«

Er stand auf und kehrte mit einer steifen, torkelnden Abart
seines normalen Ganoven-Schlenderns zu seinem Wagen
zurück.

Bevor er dort angekommen war, rannte er beinahe.

DRITTER TEIL

TOTAL-AUSVERKAUF

Neunzehntes Kapitel

1

Um Viertel vor sechs hatte ein gespenstisches Zwielicht begonnen, sich über Castle Rock auszubreiten; am südlichen Horizont türmten sich Gewitterwolken auf, und leiser, ferner Donner grollte über Wälder und Felder. Die Wolken bewegten sich auf die Stadt zu und wurden dabei immer größer. Die Straßenbeleuchtung, von einer Fotozelle gesteuert, schaltete sich eine halbe Stunde früher ein als sonst um diese Jahreszeit.

Auf der Lower Main Street herrschte ein völliges Durcheinander; sie wimmelte von Fahrzeugen der Staatspolizei und Übertragungswagen des Fernsehens. Funkgeräte knisterten und überlagerten sich in der heißen, unbewegten Luft. Fernsehleute legten Kabel aus und schrien die Leute – überwiegend Jugendliche – an, die über die losen Kabel stolperten, bevor sie sie mit Klebeband auf dem Gehsteig verankern konnten. Außerhalb der Absperrung vor dem Gebäude der Stadtverwaltung standen Fotografen von vier Tageszeitungen und machten Aufnahmen, die am folgenden Tag auf den Titelseiten erscheinen würden. Ein paar Einheimische – erstaunlich wenige, wenn sich jemand die Mühe gemacht hätte, sie zu zählen – verfolgten interessiert das Geschehen. Ein Fernsehkorrespondent stand im Gleißen einer Hochleistungslampe und zeichnete seinen Bericht auf. »Eine sinnlose Welle von Gewalt schwirrte heute nachmittag durch Castle Rock«, begann er, dann brach er ab. »*Schwirrte?*« fragte er sich selbst angewidert. »Scheiße, fangen wir noch mal von vorn an.« Links von ihm beobachtete ein Typ von einem anderen Sender sein Team bei den Vorbereitungen für etwas, das in knapp zwanzig Minuten live gesendet werden sollte. Die meisten Zuschauer waren eher von den vertrauten Gesichtern der Fernsehkorrespondenten angelockt worden als von der Absperrung, wo es nichts mehr zu sehen gab, seit zwei Ambulanzfahrer den unglücklichen Lester Pratt in einem schwarzen Plastiksack herausgetragen und in ihren Wagen geladen hatten.

Die Upper Main Street, ein gutes Stück entfernt von den Blaulichtern der Streifenwagen der Staatspolizei und den grellen Lichtkreisen der Fernsehscheinwerfer, war fast völlig verlassen.

Fast.

Hin und wieder steuerte ein Personenwagen oder ein Pickup-Laster eine der schrägen Parkbuchten vor Needful Things an. Hin und wieder schlenderte ein Fußgänger zu dem neuen Laden hin, in dem kein Licht brannte und an der Tür unter der Markise die Jalousie heruntergezogen war. Hin und wieder löste sich einer der Neugierigen auf der Lower Main Street aus der Gruppe der Zuschauer und wanderte die Straße hinauf, vorbei an der leeren Stelle, an der einst das Emporium Galorium gestanden hatte, vorbei an You Sew and Sew, geschlossen und dunkel, bis zu dem neuen Laden.

Niemand nahm dieses Rinnsal von Besuchern zur Kenntnis – nicht die Polizei, nicht die Kameraleute, nicht die Fernsehkorrespondenten, nicht die Mehrheit der Zuschauer. Ihre Aufmerksamkeit galt dem SCHAUPLATZ DES VERBRECHENS, und sie wendeten dem knapp dreihundert Meter entfernten Ort den Rücken zu, an dem das Verbrechen nach wie vor stattfand.

Wenn ein interessierter Beobachter Needful Things im Auge behalten hätte, dann hätte er schnell ein Muster entdeckt. Die Besucher näherten sich. Die Besucher sahen das Schild am Fenster, auf dem stand

BIS AUF WEITERES GESCHLOSSEN

Die Besucher traten zurück, alle mit dem gleichen Ausdruck von Verzweiflung und Enttäuschung im Gesicht – sie sahen aus wie Junkies, die gerade entdeckt haben, daß ihr Dealer nicht da war, wo zu sein er versprochen hatte. *Was machen wir jetzt?* sagten ihre Gesichter. Die meisten traten vor, um noch einmal zu lesen, was auf dem Schild stand, als würde sich bei genauerem Hinsehen die Aufschrift ändern.

Ein paar stiegen in ihre Wagen und fuhren davon. Andere wanderten wieder hinunter zum Gebäude der Stadtverwaltung, um noch eine Weile dem Spektakel zuzuschauen, wobei sie einen benommenen und vage enttäuschten Eindruck machten. Auf den Gesichtern der meisten dämmerte jedoch ein Ausdruck plötzlichen Begreifens. Sie sahen aus wie Leute, die plötzlich ein grundlegendes Konzept verstanden hatten, zum Beispiel, wie man einfache Sätze schematisch darstellt oder bei mehreren Brüchen den kleinsten gemeinsamen Nenner findet.

Diese Leute wanderten um die Ecke herum in die Lieferantengasse, die hinter den Geschäftshäusern der Main Street verlief – die Gasse, in die Ace am Abend zuvor den Tucker Talisman gefahren hatte.

Zwölf Meter von der Ecke entfernt fiel aus einer offenen Tür ein Rechteck aus gelbem Licht über den ausgeflickten Beton. Dieses Licht wurde langsam heller, je mehr der Tag in den Abend überging. In der Mitte des Rechtecks breitete sich ein Schatten wie eine aus Trauerkrepp zugeschnittene Silhouette. Der Schatten von Leland Gaunt.

Er hatte einen Tisch in die Türöffnung gestellt. Auf ihm stand eine Roi-Tan-Zigarrenkisten. Er legte das Geld, das seine Kunden bezahlten, in diese Kiste und gab aus ihr das Wechselgeld heraus. Die Kunden näherten sich zögernd, in manchen Fällen sogar ängstlich, aber alle hatten eines gemeinsam: es waren wütende Leute, die einen heftigen Groll mit sich schleppten. Einige – nicht viele – machten kehrt, bevor sie Mr. Gaunts improvisierten Warentisch erreicht hatten. Einige rannten davon, mit den weit aufgerissenen Augen von Männern und Frauen, die einen gräßlichen Unhold gesehen haben, der sich im Schatten die Lippen leckt. Die meisten jedoch blieben, um ein Geschäft zu machen. Und während Mr. Gaunt mit ihnen plauderte, dieses ungewöhnliche Hintertür-Geschäft als amüsante Abwechslung am Ende eines langen Tages hinstellte, entspannten sie sich.

Mr. Gaunt hatte sein Laden Spaß gemacht, aber er hatte sich hinter Schaufensterglas und unter einem Dach nie so am rechten Ort gefühlt wie hier, in der frischen Luft, wo die ersten leichten Böen des herannahenden Gewitters sein Haar flattern ließen. Der Laden mit seinen effektvoll auf Licht-

683

schienen montierten Punktstrahlern war okay – aber dies war besser. Dies war *immer* besser.

Er hatte vor vielen Jahren mit dem Geschäftemachen angefangen – als wandernder Hausierer auf dem blinden Antlitz eines fernen Landes, ein Hausierer, der seine Ware auf dem Rücken bei sich trug, ein Hausierer, der bei Einbruch der Dunkelheit kam, am nächsten Morgen wieder verschwunden war und Blutvergießen, Grauen und Unglück hinter sich zurückließ. Jahre später, in Europa, als die Pest wütete und die Leichenkarren rollten, war er in einem Wagen von Stadt zu Stadt und von Land zu Land gereist, der von einem klapperdürren weißen Pferd gezogen wurde, einem Pferd mit entsetzlich brennenden Augen und einer Zunge, so schwarz wie das Herz eines Mörders. Er hatte seine Ware von der Hinterkante des Wagens aus verkauft – und war verschwunden, bevor seine Kunden, die mit kleinen, abgegriffenen Münzen oder in Naturalien bezahlten, feststellen konnten, was sie in *Wirklichkeit* gekauft hatten.

Die Zeiten änderten sich, ebenso die Methoden; auch die Gesichter. Aber wenn die Gesichter ein Bedürfnis hatten, dann waren es immer die gleichen, die Gesichter von Schafen, die ihren Hirten verloren haben, und es war diese Art des Geschäftemachens, die ihm am meisten lag, bei der er sich vorkam wie der wandernde Hausierer von einst, nicht hinter einem eleganten Tresen mit einer Sweda-Registrierkasse, sondern hinter einem schlichten Holztisch, wo er das Wechselgeld aus einer Zigarrenkiste herausgab und ihnen immer wieder denselben Gegenstand verkaufte.

Die Waren, die auf die Einwohner von Castle Rock einen solchen Reiz ausgeübt hatten – die schwarzen Perlen, die heiligen Reliquien, das Buntglas, die Pfeifen, die alten Comic-Hefte, die Baseballkarten, die antiken Kaleidoskope – waren alle verschwunden. Mr. Gaunt war zu seinem *wahren* Geschäft übergegangen, und wenn die Sache zu Ende ging, war das wahre Geschäft immer dasselbe. Der Gegenstand, mit dem er handelte, hatte sich im Laufe der Jahre geändert, genau wie alles andere, aber derartige Veränderungen waren oberflächlich, sie waren Guß mit unterschiedlichem Aroma auf dem gleichen dunklen, bitteren Kuchen.

Letztendlich bot Mr. Gaunt ihnen immer Waffen an – und sie kauften immer.

»Vielen Dank, Mr. Wartburton!« sagte Mr. Gaunt und nahm von dem Hausmeister eine Fünf-Dollar-Note in Empfang. Er gab ihm einen Dollar zurück und eine der automatischen Pistolen, die Ace aus Boston mitgebracht hatte.

»Danke, Miss Milliken!« Er nahm zehn und gab acht heraus.

Er berechnete ihnen, was sie sich leisten konnten – keinen Penny mehr und keinen Penny weniger. Jeder zahlte nach seinen Möglichkeiten, das war Mr. Gaunts Motto, und nie nach seinen Bedürfnissen, weil es *alles* Dinge waren, nach denen sie ein Bedürfnis hatten, und er war hierhergekommen, um ihre Leere zu füllen und ihre Sehnsüchte zu stillen.

»Ich freue mich, Sie zu sehen, Mr. Emerson!«

Oh, es war immer gut, so gut, wieder auf die alte Art Geschäfte zu machen. Und die Geschäfte waren noch nie besser gegangen.

2

Alan Pangborn war nicht in Castle Rock. Während sich am einen Ende der Main Street die Reporter und die Staatspolizei versammelten und Mr. Gaunt auf halber Höhe des Hügels seinen Total-Ausverkauf betrieb, saß Alan Pangborn im Schwesternzimmer des Blumer-Flügels des North Cumberland-Hospitals in Bridgton.

Der Blumer-Flügel war klein – nur vierzehn Krankenzimmer –, aber was ihm an Größe fehlte, machte er durch Farbe wett. Die Wände der Patientenzimmer waren in leuchtenden Primärfarben gestrichen. An der Decke des Schwesternzimmers hing ein Mobile aus Vögeln, die um eine Mittelachse herum anmutig wippten und schaukelten.

Alan saß vor einem großen Wandbild, auf dem alle möglichen Kinderreime illustriert waren. Ein Abschnitt des Wandbildes zeigte einen Mann, der sich über einen Tisch beugte und einem kleinen, offenbar recht einfältigen Jungen, der ängstlich und fasziniert zugleich aussah, etwas entgegenstreckte. Irgend etwas an diesem Bild machte Alan betroffen, und ein Vers aus einem Kinderreim schob sich wie ein Flüstern in sein Gedächtnis.

> Simple Simon traf den Kuchenmann,
> der ging zum Markt mit Kuchen.
> »Simple Simon«, sagte der Kuchenmann,
> »komm meine Kuchen versuchen.«

Eine Gänsehaut überzog Alans Arme – winzige Buckel, wie Perlen von kaltem Schweiß. Er konnte nicht sagen, warum – und das erschien ihm völlig normal. Noch nie in seinem ganzen Leben hatte er das Gefühl gehabt, so erschüttert, so angstvoll, so zutiefst verwirrt zu sein wie gerade jetzt. In Castle Rock ging etwas vor, das völlig außerhalb seines Begriffsvermögens lag. Das war ihm erst heute nachmittag ganz klar geworden, als alles auf einmal in die Luft zu gehen schien, aber es hatte bereits vor Tagen oder sogar einer Woche begonnen. Er wußte nicht, was es war, aber er wußte, daß Nettie Cobb und Wilma Jerzyck nur die ersten äußeren Anzeichen gewesen waren.

Und er hatte entsetzliche Angst, daß die Dinge sich noch immer weiterentwickelten, während er hier saß – mit Simple Simon und dem Kuchenmann.

Eine Schwester, Miss Hendrie dem kleinen Namensschild zufolge, das sie an der Brust trug, kam auf leise quietschenden Kreppsohlen den Flur entlang, suchte sich anmutig ihren Weg zwischen dem Spielzeug hindurch, mit dem der Fußboden übersät war. Als Alan angekommen war, hatte ein halbes Dutzend Kinder, einige mit Gliedmaßen in Gips oder einer Schlinge, andere mit der teilweisen Kahlköpfigkeit, die er mit Chemotherapie in Verbindung brachte, sich dort aufgehalten, Bauklötze und Autos ausgetauscht und sich freundschaftlich angeschrien. Jetzt war Abendbrotzeit, und sie waren entweder in die Cafeteria hinuntergegangen oder zurück in ihre Zimmer.

»Wie geht es ihm?« fragte Alan Miss Hendrie.

»Keine Veränderung.« Sie musterte Alan mit einer gelassenen Miene, in der eine Spur Feindseligkeit lag. »Er schläft. Er *muß* schlafen. Er hat einen schweren Schock erlitten.«

»Was haben Sie von seinen Eltern gehört?«

»Wir haben die Firma seines Vaters in South Paris angerufen. Er hatte heute nachmittag einen Auftrag drüben in New Hampshire zu erledigen. Soweit ich weiß, ist er auf der Heimfahrt und wird informiert, sobald er angekommen ist. Er müßte eigentlich gegen neun hier sein, aber genau läßt sich das natürlich nicht sagen.«

»Was ist mit seiner Mutter?«

»Ich weiß es nicht«, sagte Miss Hendrie. Die Feindseligkeit trat jetzt deutlicher hervor, aber sie war nicht mehr gegen Alan gerichtet. »Ich habe nicht selber angerufen. Ich weiß nur, was ich sehe – sie ist nicht da. Dieser kleine Junge hat gesehen, wie sein Bruder mit einem Gewehr Selbstmord beging, und obwohl es zu Hause passiert ist, ist die Mutter noch nicht aufgetaucht. Und nun müssen Sie mich entschuldigen – ich muß die Medikamente auf den Wagen packen.«

»Natürlich«, murmelte Alan. Er beobachtete sie, während sie sich von ihm entfernte, dann erhob er sich von seinem Stuhl. »Miss Hendrie?«

Sie drehte sich zu ihm um. Ihre Augen waren immer noch gelassen, aber ihre gehobenen Brauen signalisierten Verärgerung.

»Miss Hendrie, ich muß wirklich mit Sean Rusk sprechen. Ich glaube, es ist überaus wichtig, daß ich mit ihm spreche.«

»So?« Ihre Stimme war kühl.

»Etwas …« Alan mußte plötzlich an Polly denken, und seine Stimme brach. Er räusperte sich und fuhr fort: »Etwas geht vor in meiner Stadt. Ich glaube, der Selbstmord von Brian Rusk ist nur ein Teil davon. Und ich glaube außerdem, daß Sean Rusk möglicherweise den Schlüssel zu allem übrigen liefern kann.«

»Sheriff Pangborn, Sean Rusk ist erst sieben Jahre alt. Und *falls* er etwas wissen sollte – weshalb sind dann keine anderen Polizisten hier?«

Andere Polizisten, dachte er. Was sie meint, sind *qualifizierte* Polizisten. Polizisten, die sich nicht auf der Straße mit elfjährigen Jungen unterhalten und sie dann nach Hause

schicken, damit sie in der Garage Selbstmord begehen können.

»Weil sie alle Hände voll zu tun haben«, sagte Alan, »und
weil sie die Stadt nicht so kennen, wie ich sie kenne.«

»Ich verstehe.« Sie wendete sich wieder zum Gehen.

»Miss Hendrie.«

»Sheriff, ich bin heute abend allein hier und sehr be …«

»Brian Rusk war nicht der einzige Tote, den es heute in
Castle Rock gegeben hatte. Es waren mindestens noch drei
weitere. Ein Mann, der Besitzer eines Lokals, wurde mit
schweren Schußverletzungen ins Krankenhaus von Norway
gebracht. Es kann sein, daß er überlebt, aber in den nächsten
sechsunddreißig Stunden steht sein Leben auf der Kippe.
Und ich habe das Gefühl, daß das Morden weitergehen
wird.«

Es war ihm endlich gelungen, ihre volle Aufmerksamkeit
zu erregen.

»Und Sie glauben, Sean Rusk könnte etwas darüber wissen?«

»Er weiß vielleicht, warum sein Bruder sich umgebracht
hat. Und wenn das der Fall ist, dann wird vielleicht auch alles andere klar. Also, werden Sie mir Bescheid sagen, wenn
er aufwacht?«

Sie zögerte, dann sagte sie: »Das hängt davon ab, in welcher Verfassung er ist, wenn er es tut, Sheriff. Ich kann nicht
zulassen, daß Sie den Zustand eines hysterischen Jungen
verschlimmern, ganz gleich, was in Ihrer Stadt vorgeht.«

»Ich verstehe.«

»Tun Sie das? Gut.« Sie bedachte ihn mit einem Blick, der
besagte *Dann bleiben Sie gefälligst hier sitzen und machen Sie
mir keine Schwierigkeiten,* und kehrte hinter die Trennwand
zurück. Sie setzte sich, und er konnte hören, wie sie Gläser
und Schachteln auf den Medikamentenwagen packte …

Alan stand auf, ging zum Münzfernsprecher auf dem Flur
und wählte abermals Pollys Nummer. Und wieder läutete
und läutete es. Er wählte die Nummer von You Sew and
Sew, erreichte nur den Anrufbeantworter und legte den Hörer auf. Er kehrte zu seinem Stuhl zurück, setzte sich und betrachtete abermals das Kinderreim-Wandbild.

Sie haben vergessen, mir eine Frage zu stellen, Miss Hendrie, dachte Alan. Sie haben vergessen, mich zu fragen, wieso ich hier bin, während am Sitz des Countys, das zu erhalten und zu schützen ich gewählt wurde, soviel passiert. Sie haben vergessen, mich zu fragen, weshalb ich nicht dort die Untersuchungen leite und ein anderer, weniger wichtiger Beamter – der alte Seat Thomas zum Beispiel – hier sitzt und darauf wartet, daß Sean Rusk aufwacht. Sie haben vergessen, mich all das zu fragen, Miss Hendrie, und ich bin *froh*, daß Sie es vergessen haben.

Der Grund war ebenso simpel wie demütigend. Außer in Portland und Bangor war für Mordfälle nicht das Büro des Sheriffs zuständig, sondern die Staatspolizei. Im Kielwasser des Duells zwischen Nettie und Wilma hatte Henry Payton ein Auge zugedrückt, aber das tat er jetzt nicht mehr. Er konnte es sich nicht leisten. Reporter sämtlicher Zeitungen und Fernsehstationen im Süden von Maine waren entweder bereits in Castle Rock oder dahin unterwegs, und es würde nicht lange dauern, bis sich Kollegen aus dem ganzen Staat zu ihnen gesellten – und wenn diese Geschichte, wie Alan befürchtete, wirklich noch nicht vorüber war, würden bald noch weitere Vertreter der Medien aus weiter südlich gelegenen Orten eintreffen.

So sah die simple Realität der Lage aus, aber das änderte nichts an Alans Seelenzustand. Ihm war zumute wie einem Werfer, der seine Aufgabe nicht erfüllen kann und vom Trainer in die Dusche geschickt wird. Es war ein unbeschreiblich beschissenes Gefühl. Er saß vor Simple Simon und begann abermals, Bilanz zu ziehen.

Lester Pratt, tot. Er war in einem Anfall wahnsinniger Eifersucht ins Sheriffbüro gekommen und hatte John LaPointe auf die Hörner gekommen. Offenbar ging es um sein Mädchen, obwohl John, bevor der Krankenwagen eintraf, versichert hatte, daß er seit über einem Jahr nicht mit Sally Ratcliffe ausgegangen war. »Ich habe schie nur hin und wieder auf der Schtraße getroffen, und schelbst dann hat schie mich meischtens geschnitten. Schie war überzeugt, ich wäre einer der zur Hölle Verdammten.« Er berührte seine gebrochene Nase und stöhnte. »Und jetzt komme ich mir auch so vor.«

John lag jetzt im Krankenhaus mit einer gebrochenen Nase, einem gebrochenen Kiefer und möglicherweise inneren Verletzungen.

Auch Sheila Brigham lag im Krankenhaus. Schock.

Hugh Priest und Billy Tupper waren beide tot. Diese Nachricht war hereingekommen, als Sheila gerade auseinanderzufallen begann. Der Anruf kam von einem Bierfahrer, der so vernünftig gewesen war, einen Krankenwagen anzufordern, bevor er den Sheriff angerufen hatte. Der Mann war fast so hysterisch gewesen wie Sheila Brigham, und Alan hatte ihm keinen Vorwurf daraus gemacht. Zu diesem Zeitpunkt war ihm selbst ziemlich hysterisch zumute gewesen.

Henry Beaufort in überaus kritischem Zustand infolge mehrerer Schußverletzungen.

Norris Ridgewick war verschwunden – und das schmerzte irgendwie am meisten.

Alan hatte nach ihm Ausschau gehalten, nachdem er den Anruf des Bierfahrers entgegengenommen hatte, aber Norris war nicht mehr da. Anfangs hatte Alan vermutet, daß er nur hinausgegangen war, um Danforth offiziell festzunehmen, und in Kürze mit dem Vorsitzenden des Stadtrates im Schlepp zurückkehren würde; aber wenig später bewiesen die Ereignisse, daß niemand Keeton festgenommen hatte. Alan vermutete, daß die Staatspolizei ihn verhaften würden, wenn er ihnen im Laufe ihrer Untersuchungen über den Weg laufen sollte, aber sonst nicht. Sie hatten wichtigere Dinge zu tun. Norris war einfach nicht mehr da. Wo immer er sich befand, er war zu Fuß gegangen; als Alan die Stadt verließ, lag Norris' VW Käfer immer noch umgekippt auf der Lower Main Street.

Die Zeugen sagten aus, Buster wäre durch das Fenster in seinen Cadillac gestiegen und einfach davongefahren. Die einzige Person, die versucht hatte, ihn aufzuhalten, hatte dafür einen hohen Preis bezahlen müssen: Scott Garson lag hier im Northern Cumberland mit einem gebrochenen Kiefer, gebrochenem Backenknochen, gebrochenem Handgelenk und drei gebrochenen Fingern. Es hätte noch schlimmer sein können; die Zuschauer behaupteten, Buster hätte allen Ernstes versucht, den auf der Straße liegenden Mann zu überfahren.

Lenny Partridge, gebrochenes Schlüsselbein und Gott weiß wie viele gebrochene Rippen, lag gleichfalls irgendwo hier. Andy Clutterbuck war mit der Meldung über diese Katastrophe erschienen, während Alan noch die Tatsache zu verdauen versuchte, daß der Vorsitzende des Stadtrates jetzt ein Flüchtling vor dem Gesetz war, mit Handschellen an seinen roten Cadillac gefesselt. Hugh Priest hatte offenbar Lenny gestoppt, ihn quer über die Straße geworfen, und war dann mit dem Wagen des alten Mannes davongefahren. Alan vermutete, daß sie Lennys Wagen auf dem Parkplatz des Mellow Tiger finden würden, weil Hugh dort ins Gras gebissen hatte.

Und dann natürlich Brian Rusk, der sich im reifen Alter von elf Jahren eine Kugel in den Kopf geschossen hatte. Clut hatte gerade angefangen, seine Geschichte zu erzählen, als das Telefon abermals läutete. Sheila war inzwischen weggebracht worden, und die Stimme eines schreienden, hysterischen kleinen Jungen war in Alans Ohr gedrungen – Sean Rusk, der die Nummer auf dem leuchtend orangeroten Aufkleber neben dem Küchentelefon gewählt hatte.

Alles in allem hatten an diesem Nachmittag Ambulanzen und Rettungswagen aus vier verschiedenen Städten in Castle Rock Station gemacht.

Jetzt, da er mit dem Rücken zu Simple Simon und dem Kuchenmann dasaß und die Plastikvögel betrachtete, die um ihre Mittelachse herum wippten und schaukelten, kehrten Alans Gedanken noch einmal zu Hugh und Lenny Partridge zurück. Ihr Zusammenstoß war von denen, die sich heute in Castle Rock ereignet hatten, kaum der schwerwiegendste. Aber es war einer der absurdesten – und Alan hatte das Gefühl, daß in dieser Absurdität der Schlüssel zu der ganzen Geschichte verborgen sein könnte.

»Warum in aller Welt hat Hugh nicht seinen eigenen Wagen genommen, wenn er Henry Beaufort an den Kragen wollte?« hatte Alan Clut gefragt, und war sich mit den Händen durch das zerraufte Haar gefahren. »Weshalb ausgerechnet Lennys alte Klapperkiste?«

»Weil Hughs Buick auf vier Platten stand. Sah aus, als hätte sie jemand mit einem Messer zerfetzt.« Clut hatte die Achseln gezuckt und das Trümmerfeld betrachtet, das einmal ein aufgeräumtes Sheriffbüro gewesen war. »Vielleicht hat er gedacht, Henry Beaufort hätte es getan.«

Ja, dachte Alan jetzt. Vielleicht war es so. Es war verrückt. Aber war es verrückter als Wilma Jerzycks Überzeugung, daß Nettie Cobb zuerst ihre Laken mit Schlamm beworfen und dann Steine durch die Fenster ihres Hauses geschleudert hätte? Verrückter als Netties Überzeugung, daß Wilma ihren Hund umgebracht hätte?

Bevor er Gelegenheit gehabt hatte, Clut weitere Fragen zu stellen, war Henry Payton hereingekommen und hatte Alan so freundlich, wie er konnte, informiert, daß er den Fall übernähme. Alan hatte genickt. »Da ist etwas, das Sie so bald wie möglich herausfinden müssen, Henry.«

»Und das wäre?« hatte Henry gefragt, aber Alan registrierte beklommen, daß Henry ihm nur mit halbem Ohr zuhörte. Sein alter Freund – der erste wahre Freund, den Alan im größeren Kollegenkreis gewonnen hatte, nachdem er zum Sheriff gewählt worden war, und, wie sich im Laufe der Zeit herausstellte, ein sehr wertvoller Freund – konzentrierte sich bereits auf andere Dinge. Unter denen vermutlich die Überlegung, wie er angesichts der weit auseinanderliegenden Ereignisse seine Truppen verteilen sollte, an erster Stelle stand.

»Sie müssen herausfinden, ob Henry Beaufort ebenso wütend auf Hugh Priest war wie Hugh offensichtlich auf ihn. Sie können ihn jetzt nicht fragen, soweit ich weiß, ist er bewußtlos, aber wenn er aufwacht …«

»Wird gemacht«, sagte Henry und klopfte Alan auf die Schulter. »Wird gemacht.« Dann, mit erhobener Stimme: »Brooks! Morrison! Zu mir!«

Alan beobachtete, wie er abzog, und dachte daran, hinter ihm herzugehen. Ihn bei der Schulter zu packen und ihn zu zwingen, ihm zuzuhören. Er tat es nicht, weil Henry und Hugh und Lester und John – und sogar Wilma und Nettie – ihm im Grunde nicht mehr als so wichtig erschienen. Die Toten waren tot; die Verletzten wurden versorgt; die Verbrechen waren begangen worden.

Alan hatte den grauenhaften, schleichenden Verdacht, daß das eigentliche Verbrechen noch immer begangen wurde.

Als Henry hinausgegangen war, um seine Männer zu instruieren, hatte Alan Clut wieder zu sich gerufen. Der Deputy kam mit den Händen in den Hosentaschen und einem verdrossenen Ausdruck im Gesicht. »Wir sind abgelöst, Alan«, sagte er. »Aufs Abstellgleis geschoben. Verdammter Mist!«

»Nicht vollständig«, sagte Alan und hoffte, daß er sich anhörte, als glaubte er das wirklich. »Sie bleiben hier als mein Verbindungsmann, Clut.«

»Wo wollen Sie hin?«

»Zum Haus der Rusks.«

Doch als er dort ankam, waren Brian und Sean Rusk schon nicht mehr da. Die Ambulanz, die sich um den unglücklichen Scott Garson gekümmert hatte, war vorbeigekommen, um Sean mitzunehmen; jetzt war sie unterwegs zum Northern Cumberland Hospital. Harry Samuels zweiter Leichenwagen, ein umgebauter alter Lincoln, hatte Brian Rusk abgeholt und würde ihn zur Autopsie nach Oxford bringen. Harrys besserer Wagen – der, den er als ›Firmenwagen‹ bezeichnete – war bereits mit Hugh und Billy Tupper zum gleichen Bestimmungsort unterwegs.

Sie werden die Toten in der winzigen Leichenhalle stapeln müssen wie Holzscheite, dachte Alan.

Erst als er sich im Haus der Rusks befand, wurde Alan bewußt, wie vollständig man ihn beiseitegeschoben hatte. Zwei von Henrys Kriminalbeamte waren vor ihm eingetroffen, und sie ließen keinen Zweifel daran, daß Alan nur bleiben durfte, wenn er nicht versuchte, einen Riemen einzutauchen und ihnen beim Rudern zu helfen. Er hatten einen Moment auf der Schwelle zur Küche gestanden und sie beobachtet, und er war sich dabei so nützlich vorgekommen wie ein drittes Rad an einem Motorroller. Cora Rusks Reaktionen waren langsam, fast wie betäubt. Alan dachte, daß sie vielleicht unter Schock stand oder daß die Krankenpfleger, die ihren überlebenden Sohn ins Krankenhaus transportierten, ihr ein Beruhigungsmittel gegeben hatten, bevor sie abfuhren. Sie erinnerte ihn fatal daran, wie Norris ausgesehen hatte, als er aus dem Fenster seines umgekippten VW herausgeklettert war. Aber ob es nun an einem Sedativum lag oder am Schock – die Detektive konnten nicht viel aus ihr herausholen. Sie weinte nicht eigentlich, aber sie war ganz offensichtlich nicht imstande, sich hinreichend auf ihre Fragen zu konzentrieren, um hilfreiche Antworten zu geben. Sie wußte überhaupt nichts, sagte sie ihnen; sie war oben gewesen und hatte geschlafen. Armer Brian, sagte sie immer wieder. Armer, armer Brian. Aber sie gab diesem Gefühl in einem leiernden Tonfall Ausdruck, der Alan schaurig vorkam, und hantierte ununterbrochen mit einer alten Sonnenbrille, die neben ihr auf dem Küchentisch lag. Einer der Bügel war mit Klebeband geflickt, und eines der Gläser war zerbrochen.

Alan war angewidert gegangen und hierher gefahren, ins Krankenhaus.

Jetzt stand er auf und ging zu dem Münzfernsprecher in der Eingangshalle. Er versuchte abermals vergeblich, Polly zu erreichen, dann wählte er die Nummer des Sheriffbüros. Die Stimme, die sich meldete, knurrte: »Staatspolizei«, und Alan verspürte ein kindisches Aufflackern von Eifersucht. Er identifizierte sich und fragte nach Clut. Nachdem er fast fünf Minuten gewartet hatte, kam Clut an den Apparat.

»Tut mir leid, Alan. Sie haben den Hörer einfach hier auf dem Schreibtisch liegengelassen. Glücklicherweise kam ich gerade, um nachzusehen, sonst würden Sie immer noch warten. Die verdammten Staties kümmern sich einen Scheißdreck um uns.«

»Lassen Sie sich deshalb keine grauen Haare wachsen, Clut. Hat inzwischen jemand Keeton festgenommen?«

»Also – ich weiß nicht, wie ich Ihnen das beibringen soll, Alan, aber …«

Alan spürte ein sehr flaues Gefühl in der Magengrube und schloß die Augen. Er hatte recht gehabt: es war noch nicht vorüber.

»Buster – Danforth, meine ich – ist nach Hause gefahren und hat einen Schraubenzieher dazu benutzt, den Türgriff von seinem Cadillac abzubrechen. Sie wissen, der, an den er gefesselt war.«

»Ich weiß«, sagte Alan. Seine Augen waren noch immer geschlossen.

»Also – er hat seine Frau umgebracht, Alan. Mit einem Hammer. Es war kein Staatspolizist, der sie gefunden hat; bis vor zwanzig Minuten haben sich die Staties nicht sonderlich für Buster interessiert. Es war Seat Thomas. Er fuhr nur sicherheitshalber zu Busters Haus. Er meldete, was er dort vorgefunden hat, und ist vor nicht einmal fünf Minuten zurückgekommen. Er hat Schmerzen in der Brust, sagt er, und das überrascht mich nicht. Er hat mir erzählt, daß Buster ihr regelrecht das Gesicht zermanscht hat. Alles wäre voll von Blut und Haaren. Jetzt ist ein Regiment von Paytons Blaujacken dort oben auf dem View an der Arbeit. Ich habe Seat in Ihr Büro gebracht. Dachte, er sollte sich lieber hinsetzen, bevor er umkippt.«

»Großer Gott, Clut – bringen Sie ihn schnell zu Ray Van Allen. Er ist zweiundsechzig und hat sein Leben lang Camel geraucht.«

»Ray ist in Oxford, Alan. Versucht, den Ärzten dort beim Zusammenflicken von Henry Beaufort zu helfen.«

»Dann zu seinem Assistenten – wie heißt er? Frankel. Everett Frankel.«

»Nicht zu erreichen. Ich habe es in der Praxis und in seinem Haus versucht.«

»Und was sagt seine Frau?«

»Er ist Junggeselle, Alan.«

»Oh. Verdammt.« Jemand hatte über dem Telefon einen Spruch an die Wand gekritzelt. *Don't worry, be happy.* Alan betrachtete ihn verdrossen.

»Ich kann ihn selbst ins Krankenhaus bringen«, erbot sich Clut.

»Ich brauche Sie da, wo Sie jetzt sind«, sagte Alan.

»Sind die Reporter und die Fernsehleute aufgekreuzt?«

»Ja. Die ganze Stadt wimmelt von ihnen.«

»Also, sobald wir fertig sind, sehen Sie nach, wie es Seat geht. Wenn er sich nicht besser fühlt, tun Sie folgendes: Sie gehen zur Vordertür hinaus, greifen sich einen Reporter, der einen halbwegs intelligenten Eindruck macht, ernennen ihn zum Deputy und weisen ihn an, Seat hierher ins Northern Cumberland zu bringen.«

»Okay.« Clut zögerte, dann brach es aus ihm heraus: »Ich

wollte zu Keetons Haus hinauffahren, aber die Staatspolizei – sie läßt mich nicht an den Tatort! Wie finden Sie das, Alan? Diese Bastarde lassen einen Deputy Sheriff nicht an den Tatort!«

»Ich weiß, wie Ihnen zumute ist. Mir gefällt das auch nicht sonderlich. Aber sie tun ihren Job. Können Sie Seat sehen von da aus, wo Sie sich befinden, Clut?«

»Ja.«

»Nun? Ist er noch am Leben?«

»Er sitzt an Ihrem Schreibtisch, raucht eine Zigarette und liest in der neuesten Ausgabe von *Rural Law Enforcement*.«

»Gut«, sagte Alan. Ihm war, als müßte er lachen oder weinen oder beides gleichzeitig. »Beruhigend. Hat Polly Chalmers angerufen, Clut?«

»Nein – einen Moment, hier ist das Wachbuch. Ich dachte, es wäre verschwunden. Sie hat angerufen, Alan. Kurz vor halb vier.«

Alan verzog das Gesicht. »Über den Anruf weiß ich Bescheid. Und später?«

»Hier steht nichts dergleichen, aber das hat nicht viel zu bedeuten. Jetzt, wo Sheila weg ist und die verdammten Staatsbären hier in Massen herumtappen, ist alles möglich.«

»Danke, Clut. Gibt es sonst noch etwas, das ich wissen müßte?«

»Ja. Zweierlei.«

»Legen Sie los.«

»Sie haben die Waffe, mit der Hugh auf Henry geschossen hat. Aber David Friedman von der Ballistik der Staatspolizei sagt, er weiß nicht, um was für eine es sich handelt. Es ist eine automatische Pistole, aber der Mann sagt, so eine hätte er noch nie gesehen.«

»Sind Sie sicher, daß es David Friedman war?« fragte Alan.

»Friedman, ja – das war sein Name.«

»Er muß es wissen. Dave Friedman ist ein wanderndes Waffenlexikon.«

»Aber er weiß es nicht. Ich war dabei, als er mit Ihrem Freund Payton sprach. Er sagt, sie hätte eine gewisse Ähnlichkeit mit einer deutschen Mauser, aber es fehlte die normalen Markierungen, und das Visier wäre anders. Ich glaube, sie haben sie zusammen mit einer Tonne Beweismaterial nach Augusta geschickt.«

»Was noch?«

»Sie haben bei Henry Beauforts Haus einen anonymen Zettel gefunden«, sagte Clut. »Er lag zusammengeknüllt neben seinem Wagen – Sie kennen doch seinen Oldtimer, einen Thunderbird? Der war auch übel zugerichtet. Genau wie Hughs Wagen.«

Alan hatte das Gefühl, als hätte ihm eine große, weiche Hand einen Schlag ins Gesicht versetzt. »Was stand auf dem Zettel, Clut?«

»Einen Moment.« Er hörte ein leises Rascheln, während Clut in seinem Notizbuch blätterte. »Hier habe ich es. ›Setz mich *nie* wieder vor die Tür und behalt dann auch noch meine Wagenschlüssel du *Franzosenschwein!*«

»Franzosenschwein?«

»Das steht da.« Clut kicherte nervös. »Die Worte ›nie‹ und ›Franzosenschwein‹ sind unterstrichen.«

»Und Sie sagen, der Wagen war übel zugerichtet?«

»So ist es. Reifen zerfetzt, genau wie bei Hugh. Und ein langer, tiefer Kratzer an der Beifahrerseite.«

»Okay«, sagte Alan. »Ich habe noch einen Auftrag für Sie. Gehen Sie zum Barbierladen und, wenn es sein muß, anschließend in den Billardsalon. Versuchen Sie herauszufinden, wen Henry in dieser oder der vorigen Woche vor die Tür gesetzt hat.«

»Aber die Staatspolizei …«

»Zum Teufel mit der Staatspolizei!« sagte Alan aufgebracht. »Das ist *unsere* Stadt. Wir wissen, wen wir fragen müssen und wo wir die richtigen Leute finden. Wollen Sie mir weismachen, Sie könnten nicht innerhalb von fünf Minuten die Hand auf jemanden legen, der über diese Geschichte Bescheid weiß?«

»Natürlich nicht«, sagte Clut. »Als ich von Castle Hill zurückkam, habe ich Charlie Fortin gesehen, der mit ein paar anderen Burschen vor dem Western Auto herumlungerte. Wenn Henry mit irgend jemandem aneinandergeraten ist, wird Charlie es wissen. Schließlich ist Charlie im Tiger praktisch zu Hause.«

»Ja. Aber hat die Staatspolizei ihn gefragt?«

»Nun – nein.«

»Nein. Also fragen *Sie* ihn. Aber ich glaube, die Antwort kennen wir beiden schon, nicht wahr?«

»Hugh Priest«, sagte Clut.

»Das hat den unverkennbaren Klang eines abgekarteten Spiels«, sagte Alan. Und dachte: Vielleicht unterscheidet sich das doch nicht so stark von Henry Paytons ursprünglicher Vermutung.

»Okay, Alan, ich kümmere mich darum.«

»Und rufen Sie mich in der Minute an, in der Sie es genau wissen. In der *Sekunde*.« Er nannte Clut die Nummer und forderte ihn dann auf, sie zu wiederholen, um sicherzugehen, daß er sie richtig notiert hatte.

»Wird gemacht«, sagte Clut, und dann stieß er wütend hervor: »Was geht hier vor, Alan? Verdammt noch mal, *was geht hier bei uns vor?*«

»Ich weiß es nicht.« Alan fühlte sich sehr alt, sehr erschöpft – und wütend. Nicht mehr wütend, weil Payton ihm den Fall weggenommen hatte, aber wütend auf denjenigen, der verantwortlich war für dieses grauenhafte Feuerwerk. Mehr und mehr festigte sich in ihm eine Überzeugung: wenn sie der Sache auf den Grund gingen, würden sie entdecken, daß die ganze Zeit nur eine einzige Macht am Werke gewesen war. Wilma und Nettie. Henry und Hugh. Lester und John. Jemand hatte sie miteinander verdrahtet wie Päckchen von hochexplosivem Sprengstoff. »Ich weiß es nicht, Clut, aber wir werden es herausfinden.«

Er legte auf und wählte abermals Pollys Nummer. Sein Drang, wieder mit ihr ins reine zu kommen, zu begreifen, wie es kam, daß sie so wütend auf ihn war, ließ nach. Das Gefühl, das statt dessen in ihm aufgestiegen war, war noch weniger tröstlich; eine schwer faßbare Angst; das immer stärker werdende Gefühl, daß sie in Gefahr war.

Das Telefon läutete – und niemand nahm ab.

Polly, ich liebe dich, und wir müssen miteinander reden. Bitte,

nimm den Hörer ab, Polly. Ich liebe dich, und wir müssen mitein-
ander reden. Bitte, nimm den Hörer ab. Polly, ich liebe dich ...

Die Litanei spulte sich in seinem Kopf ab wie ein aufgezo-
genes Kinderspielzeug. Er wollte Clut noch einmal anrufen
und ihn bitten, nach ihr zu sehen, bevor er irgend etwas anderes unternahm, aber er konnte es nicht. Das mochte ein
schwerer Fehler sein, wenn es noch weitere Sprengstoff-
päckchen gab, die darauf warteten, in Castle Rocke zu explodieren.

Ja, aber – angenommen, Polly ist eines davon?

Der Gedanke lockerte eine vergrabene Assoziation, aber er
war nicht imstande, sie zu ergreifen, bevor sie wieder da-
vontrieb.

Alan senkte langsam den Hörer und schnitt ein Läuten in
der Mitte ab, als er ihn wieder auf die Gabel legte.

3

Polly hielt es nicht mehr aus. Sie drehte sich auf die Seite,
griff nach dem Telefon – und es verstummte mitten im Läuten.

Gut, dachte sie. Aber war es das?

Sie lag auf dem Bett und lauschte dem Grollen des näherkommenden Donners. Es war heiß hier oben – so heiß wie
Mitte Juli –, aber sie konnte die Fenster nicht öffnen, weil sie
gerade eine Woche zuvor durch Dave Philips, einen der
Hausbesorger der Stadt, die Sturmfenster und -türen hatte
anbringen lassen. Also hatte sie die alten Jeans und das T-
Shirt, die sie bei ihrem Ausflug aufs Land getragen hatte,
ausgezogen und säuberlich gefaltet über den Stuhl neben
der Tür gehängt. Jetzt lag sie in ihrer Unterwäsche auf dem
Bett und wollte ein wenig schlafen, bevor sie wieder aufstand und duschte. Aber der Schlaf verweigerte sich.

Das lag zum Teil an den Sirenen, in erster Linie aber an
Alan; an dem, was Alan getan hatte. Sie konnte diesen grotesken Verrat an allem, was sie geglaubt und worauf sie vertraut hatte, einfach nicht begreifen, aber sie konnte ihm auch

nicht entkommen. Ihre Gedanken wendeten sich etwas anderem zu (den Sirenen zum Beispiel, und daß sie sich anhörten wie das Ende der Welt), und dann war es plötzlich wieder da, wie er sie hintergangen, wie er *geschnüffelt* hatte. Es war, als würde man an einer empfindlichen Stelle vom splittrigen Ende eines Brettes gestochen.

Oh, Alan, wie konntest du nur? fragte sie ihn – und sich selbst – wieder und wieder.

Die Stimme, die darauf antwortete, überraschte sie. Es war die Stimme von Tante Evvie, und unter dem trockenen Verdrängen von Gemütsregungen, das immer ihre Art gewesen war, spürte Polly einen verstörenden, machtvollen Zorn.

Wenn du ihm von Anfang an die Wahrheit gesagt hättest, Mädchen, dann hätte er dazu keinerlei Veranlassung gehabt.

Polly setzte sich schnell auf. Das war in der Tat eine beunruhigende Stimme, und das Beunruhigendste daran war, daß es ihre *eigene* Stimme war. Tante Evvie war seit vielen Jahren tot. Es war ihr eigenes Unterbewußtsein, das Tante Evvies Stimme annahm, um seinem Zorn Ausdruck zu geben, ungefähr so, wie ein schüchterner Bauchredner seine Puppe benutzt, um ein hübsches Mädchen zu bitten, daß es mit ihm ausgeht, und …

Hör auf damit, Mädchen – habe ich dir nicht gesagt, daß diese Stadt voll ist von Gespenstern? Vielleicht bin ich es wirklich.

Polly stieß einen wimmernden, verschreckten Schrei aus und preßte dann die Hand auf den Mund.

Aber vielleicht auch nicht. Letzten Endes spielt das auch keine große Rolle, nicht wahr? Die Frage ist die, Trisha: Wer hat zuerst gesündigt? Wer hat zuerst etwas verheimlicht? Wer warf den ersten Stein?

»Das ist nicht fair!« schrie Polly in das heiße Zimmer und betrachtete dann ihr eigenes, verängstigtes, großäugiges Bild im Spiegel. Sie wartete darauf, daß die Stimme von Tante Evvie wiederkam, und als sie es nicht tat, legte sie sich wieder nieder.

Vielleicht hatte sie tatsächlich zuerst gesündigt, wenn man das Unterdrücken eines Teils der Wahrheit und das Aussprechen von ein paar harmlosen Lügen als Sünde bezeichnen konnte. Vielleicht hatte sie tatsächlich etwas ver-

700

heimlicht. Aber gab das Alan das Recht, eine Untersuchung über sie anzustellen, auf die Art, wie ein Polizist eine Untersuchung über einen Straftäter anstellt? Gab es ihm das Recht, ihren Namen auf eine polizeiliche Anfrage zu setzen – oder eine Suchmeldung nach ihr loszuschicken oder – oder …

Machen Sie sich deshalb keine Gedanken, Polly, flüsterte eine Stimme – eine, die sie kannte. *Hören Sie auf, sich zu zerfleischen wegen einer Sache, in der Sie sich völlig richtig verhalten haben. Schließlich haben Sie doch das Schuldbewußtsein in seiner Stimme gehört, oder etwa nicht?*

»Ja!« murmelte sie wütend in ihr Kissen. »Ja, das habe ich! Was hast du dazu zu sagen, Tante Evvie?« Es kam keine Antwort – nur ein seltsames, ganz leichtes Sich-Regen

(die Frage ist die, Trisha)

in ihrem Unterbewußtsein. Als hätte sie etwas vergessen, etwas ausgelassen

(möchtest du ein Bonbon, Trisha)

aus der Gleichung.

Polly drehte sich unruhig auf die Seite, und das *azka* rollte über ihre Brust hinweg. Sie hörte, wie darin etwas leise an der silbernen Mauer seines Gefängnisses kratzte.

Nein, dachte Polly, da hat sich nur etwas verlagert. Etwas Träges. Der Gedanke, daß da etwas Lebendiges darin sein könnte – das ist pure Einbildung.

Kratz-kritz-kratz.

Die silberne Kugel hüpfte ein wenig zwischen dem weißen Baumwollkörbchen ihre Büstenhalters und der Überdecke ihres Bettes.

Kratz-kritz-kratz.

Dieses Ding ist lebendig, Trisha, sagte Tante Evvie. *Dieses Ding ist lebendig, und du weißt es.*

Das ist doch Unsinn, widersprach Polly und warf sich auf die andere Seite. Wie konnte denn irgendein Geschöpf darin stecken? Vielleicht würde es durch die winzigen Löcher hindurch atmen können, aber was in Gottes Namen sollte es fressen?

Vielleicht, erwiderte Tante Evvie mit sanfter Unerbittlichkeit, *frißt es dich, Trisha.*

»Polly«, murmelte sie. »Ich heiße Polly.«

Diesmal regte es sich stärker in ihrem Unterbewußtsein – es war irgendwie bestürzend, und einen Augenblick lang war sie fast imstande, es zu ergreifen. Dann begann wieder das Telefon zu läuten. Sie keuchte und setzte sich auf, und auf ihrem Gesicht lag der Ausdruck erschöpften Unwillens. Stolz und Sehnsucht lagen miteinander im Krieg.

Rede mit ihm, Trisha – was kann es schaden? Oder besser noch, hör ihn an. Das hast du bisher noch kaum getan, nicht wahr?

Ich will nicht mit ihm reden. Nicht nach dem, was er getan hat.

Aber du liebst ihn nach wie vor.

Ja; das stimmte. Das Problem war nur, daß sie ihn jetzt außerdem haßte.

Die Stimme von Tante Evvie meldete sich noch einmal zu Wort, fegte zornig durch ihren Kopf. *Willst du dein Leben lang ein Gespenst sein, Trisha? Was ist los mit dir, Mädchen?*

Polly ergriff mit einer Entschlossenheit, die sie sich selbst vortäuschte, nach dem immer noch läutenden Telefon. Ihre Hand – ihre geschmeidige, schmerzfreie Hand – zögerte kurz vor dem Erreichen des Hörers. War es vielleicht gar nicht Alan? Vielleicht war es Mr. Gaunt. Vielleicht wollte Mr. Gaunt ihr sagen, daß er noch nicht fertig war mit ihr, daß sie noch mehr zu bezahlen hatte.

Sie bewegte die Hand ein Stückchen weiter auf das Telefon zu – diesmal berührten ihre Fingerspitzen sogar das Plastikgehäuse – und zog sie wieder zurück. Sie hatte Angst vor Tante Evvies toter Stimme, vor dem, was Mr. Gaunt (oder Alan) der Stadt über ihren toten Sohn erzählen mochten, vor dem, was dieses Sirenengeheul und die vorbeijagenden Wagen bedeuten mochten.

Doch eines wußte sie jetzt: mehr noch als vor alledem hatte sie Angst vor Leland Gaunt selbst. Sie hatte das Gefühl, als hätte jemand sie an den Klöppel einer großen Eisenglocke gefesselt, einer Glocke, die sie gleichzeitig ertauben lassen, sie in den Wahnsinn treiben und sie zerschmettern würde, wenn sie zu läuten begann.

Das Telefon verstummte.

Draußen begann eine weitere Sirene zu heulen, und als sie

sich in Richtung Tin Bridge entfernte, grollte abermals der Donner. Jetzt wesentlich näher als zuvor.

Nimm es ab, flüsterte die Stimme von Tante Evvie. *Nimm es ab, mein Kind. Du kannst es – er hat nur Gewalt über Bedürfnisse, nicht über den Willen. Nimm es ab. Brich seine Macht über dich.*

Aber sie betrachtete das Telefon und erinnerte sich an den Abend – war das erst eine knappe Woche her? –, an dem sie danach gegriffen hatte, mit den Fingern dagegen gestoßen war und es auf den Boden geworfen hatte. Sie erinnerte sich an die Schmerzen, die sich ihren Arm hinaufgekrallt hatten wie eine hungrige Ratte mit abgebrochenen Zähnen. Dahin konnte sie nicht zurückkehren. Sie konnte es einfach nicht.

Konnte sie es wirklich nicht?

Etwas Niederträchtiges geht heute abend vor in Castle Rock, sagte Tante Evvie. *Möchtest du morgen früh aufwachen und dich fragen müssen, wieviel davon auf das Konto DEINER Niedertracht geht? Ist das wirklich eine Rechnung, die du aufmachen möchtest, Trisha?*

»Das verstehst du nicht«, stöhnte sie. »Es galt nicht Alan, es galt Ace Merrill! Und der hat verdient, was immer er bekommen mag!«

Die unerbittliche Stimme von Tante Evvie erwiderte: *Aber du auch, mein Kind. Du auch.*

4

Um zwanzig Minuten nach sechs an diesem Dienstagabend, als die Gewitterwolken näherrückten und die Dunkelheit des Abends das Zwielicht ablöste, kam der Staatspolizist, der Sheila Brighams Platz in der Zentrale eingenommen hatte, in den Dienstraum des Sheriffbüros. Er umging das große, ungefähr rautenförmige Areal, das mit TATORT-Band markiert war, und eilte dorthin, wo Henry Payton stand.

Payton wirkte mitgenommen und unglücklich. Er hatte die voraufgegangenen fünf Minuten mit den Leuten von der

Presse verbracht und fühlte sich so, wie er sich nach derartigen Konfrontationen immer fühlte: als wäre er mit Honig überschüttet und dann gezwungen worden, sich in einem großen Haufen von Ameisen wimmelnder Hyänenscheiße zu wälzen. Seine Erklärung war nicht so gut vorbereitet – oder so unangreifbar vage –, wie er sie gern gehabt hätte. Die Fernsehleute hatten ihm die Pistole auf die Brust gesetzt. Sie wollten in der Zeit zwischen achtzehn und achtzehn Uhr dreißig, wenn die Lokalnachrichten gesendet wurden, live über den neuesten Stand der Dinge berichten – sie waren überzeugt, daß sie live berichten *mußten* –, und wenn er ihnen jetzt nicht einen Knochen vorwarf, würden sie ihn um elf kreuzigen. Sie hatten ihn jetzt schon fast gekreuzigt. In seiner ganzen beruflichen Laufbahn war er noch nie so nahe daran gewesen, zuzugeben, daß er nicht den geringsten Anhaltspunkt hatte. Er hatte diese improvisierte Pressekonferenz nicht verlassen; er war ihr mit knapper Not entkommen.

Payton wünschte sich, daß er Alan genauer zugehört hätte. Als er ankam, hatte er den Eindruck gehabt, als bestünde sein Job im wesentlichen in Schadensbegrenzung. Jetzt war er da nicht mehr so sicher. Seit er den Fall übernommen hatte, hatte es einen weiteren Mord gegeben – an einer Frau namens Myrtle Keeton. Ihr Mann lief noch irgendwo da draußen frei herum, war vermutlich inzwischen über alle Berge, galoppierte aber möglicherweise nach wie vor vergnügt in dieser unheimlichen kleinen Stadt herum. Ein Mann, der seine Frau mit einem Hammer erschlagen hatte. Mit anderen Worten: ein Psychopath, wie er im Buche steht.

Das Problem war, daß er diese Leute nicht *kannte*. Alan und seine Deputies kannten sie, aber sowohl Alan als auch Ridgewick waren verschwunden. LaPointe lag im Krankenhaus und hoffte vermutlich, daß die Ärzte seine Nase wieder geradebiegen konnten. Er sah sich nach Clutterbuck um und war irgendwie nicht überrascht, daß auch er verschwunden war.

Sie wollen den Fall, Henry? hörte er in Gedanken Alan sagen. *Fein. Nehmen Sie ihn. Und was die Tatverdächtigen angeht – wie wär's, wenn Sie es mit dem Telefonbuch versuchen würden?*

»Lieutenant Payton? Lieutenant Payton!« Es war der Beamte aus der Zentrale.

»Was gibt's?« knurrte Henry.

»Ich habe Dr. Van Allen über Funk. Er möchte mit Ihnen sprechen.«

»Worüber?«

»Das wollte er nicht sagen. Er hat nur gesagt, er *müßte* mit Ihnen sprechen.«

Henry Payton machte sich auf den Weg in die Zentrale, wobei er sich immer mehr vorkam wie ein Junge, der auf einem Fahrrad ohne Bremsen einen Berg hinunterrollt, mit einem Steilhang auf der einen, einer Felswand auf der anderen und einer Meute von hungrigen Wölfen mit Reportergesichtern hinter sich.

Er ergriff das Mikrofon. »Hier Payton, bitte kommen.«

»Lieutenant Payton, hier spricht Dr. Van Allen, Gerichtsmediziner von Castle County.« Die Stimme war hohl und fern und wurde gelegentlich von starken statischen Geräuschen unterbrochen. Henry wußte, daß das heranziehende Gewitter sie verursachte.

»Ja, ich weiß, wer Sie sind«, sagte Henry. »Sie haben Henry Beaufort nach Oxford gebracht. Wie geht es ihm? Bitte kommen.«

»Er ist …«

Knistern, Krachen, Summen, Knacken.

»Die Verbindung ist gestört, Dr. Van Allen«, sagte Henry so geduldig, wie er nur konnte. »Offenbar braut sich hier ein mächtiges Gewitter zusammen. Bitte wiederholen Sie. Kommen.«

»Tot!« schrie Van Allen in eine Störungspause hinein. »Er starb im Krankenwagen. Aber wir glauben nicht, daß es die Schußverletzungen waren, an denen er gestorben ist. Haben Sie verstanden? *Wir glauben nicht, daß dieser Patient an seinen Schußverletzungen gestorben ist.* In seinem Gehirn bildete sich zuerst ein atypisches Ödem und dann ein Riß. Die wahrscheinlichste Diagnose ist die, daß irgendeine toxische Substanz, eine *überaus* toxische Substanz, in sein Blut eingeführt wurde, als er getroffen wurde. Die gleiche Substanz scheint sein Herz buchstäblich gesprengt zu haben. Bitte bestätigen.«

O Jesus, dachte Henry Payton. Er zerrte seine Krawatte herunter, öffnete den Kragen und drückte dann wieder auf die Sprechtaste.

»Ich bestätige Ihre Meldung, Dr. Van Allen, aber der Teufel soll mich holen, wenn ich sie verstehe. Bitte kommen.«

»Das Gift befand sich höchstwahrscheinlich auf den Projektilen der Waffe, mit der auf ihn geschossen wurde. Wir haben hier zwei deutliche kegelförmige Schußkanäle – von der Wunde im Gesicht und von der Wunde in der Brust ausgehend. Es ist sehr wichtig, daß ...«

Knistern, Knistern, Summen

»... sie hat. Ten-four?«

»Bitte wiederholen, Dr. Van Allen.« Henry wünschte sich nichts sehnlicher, als daß der Mann einfach zum Telefon gegriffen hätte. »Bitte wiederholen. Kommen.«

»*Wer hat die Waffe?*« schrie Van Allen. »*Ten-four!*«

»David Friedman. Ballistische Abteilung. Er hat sie nach Augusta gebracht. Kommen.«

»Würde er sie vorher entladen haben – ten-four?«

»Ja. Das ist eine Routinemaßnahme. Bitte kommen.«

»War es ein Revolver oder eine Automatik, Lieutenant Payton? Das ist jetzt überaus wichtig. Ten-four.«

»Eine Automatik. Kommen.«

»Würde er die Patronen aus dem Magazin herausgenommmen haben? Ten-Four.«

»Das tut er in Augusta.« Payton ließ sich schwer auf den Stuhl vor dem Funkgerät fallen. »Ten-four.«

»Nein! Nein, das darf er nicht! Das darf er auf gar keinen Fall, haben Sie verstanden?«

»Ich habe verstanden«, sagte Henry. »Ich werde ihm eine Nachricht im Ballistik-Labor hinterlassen und ihn anweisen, die verdammten Kugeln in dem verdammten Magazin zu lassen, bis wir irgendwie durch diesen neuesten verdammten Schlamassel hier durchblicken.« Er empfand ein kindisches Vergnügen daran, zu wissen, daß dieses Gespräch über Funk lief – und dann fragte er sich, wie viele der Reporter draußen vor dem Gebäude an ihren Bearcats mithörten. »Hören Sie, Dr. Van Allen, es geht nicht an, daß wir derartige Dinge über Funk erörtern. Ten-four.«

»Wer mithört oder nicht, spielt jetzt keine Rolle«, meldete sich Van Allen grob wieder zu Wort. »Hier geht es um das *Leben* eines Menschen, Lieutenant Payton. Ich habe versucht, Sie am Telefon zu erreichen, und ich bin nicht durchgekommen. Sagen Sie Ihrem Mann Friedman, er soll seine Hände sorgfältig auf Kratzer, Hautrisse, sogar Niednägel untersuchen. Wenn er auch nur die kleinste Öffnung in der Haut hat, muß er sofort das nächste Krankenhaus aufsuchen. Ich weiß nicht, ob sich das Zeug, mit dem wir es hier zu tun haben, außer auf den Patronen auch auf dem Gehäuse des Magazins befindet. Und es ist etwas, bei dem er bestimmt nicht das geringste Risiko eingehen möchte. Dieses Zeug ist *tödlich.* Ten-four.«

»Verstanden«, hörte Henry sich sagen. Er ertappte sich bei dem Wunsch, irgendwoanders zu sein, nur nicht hier – aber da er nun einmal hier war, wünschte er sich, Alan Pangborn bei sich zu haben. Seit er nach Castle Rock gekommen war, hatte er immer mehr das Gefühl gehabt, durch Sirup zu waten. »Um was handelt es sich? Kommen.«

»Das wissen wir noch nicht. Kein Curare, denn es gab keine Lähmung, außer ganz zum Schluß. Außerdem ist Curare relativ schmerzlos, und Mr. Beaufort hat entsetzlich gelitten. Alles, was wir bisher wissen, ist, daß es langsam angefangen und sich dann in Bewegung gesetzt hat wie ein Güterzug. Ten-four.«

»Das ist *alles?* Ten-four.«

»Großer Gott«, rief Ray Van Allen. »Genügt Ihnen das nicht? Ten-four.«

»Doch, ich glaube, das tut es. Kommen.«

»Bin nur froh –«

Knistern, Knacken, Krachen!

»Bitte wiederholen, Dr. Van Allen. Bitte wiederholen. Ten-four.«

Durch den anschwellenden Ozean der statischen Geräusche hörte er Dr. Van Allen sagen. »Bin nur froh, daß Sie die Waffe sichergestellt haben. Dann sind Sie wenigstens die Sorge los, sie könnte noch weiteren Schaden anrichten. Ten-four.«

»So ist es. Ten-forty, out.«

5

Cora Rusk bog in die Main Street ein und ging langsam auf Needful Things zu. Sie passierte einen leuchtend gelben Ford Econoline-Transporter, der auf den Seitenflächen die Aufschrift WPTD CHANNEL 5 ACTION NEWS trug, aber sie sah Buster Keeton nicht, der sie durch das Fenster auf der Fahrerseite unverwandt anstarrte. Wahrscheinlich hätte sie ihn ohnehin nicht erkannt; Buster war sozusagen ein neuer Mensch geworden. Und selbst wenn sie ihn gesehen und erkannt hätte, wäre das für Cora vermutlich bedeutungslos gewesen. Sie hatte ihre eigenen Probleme und Sorgen. Vor allem hatte sie ihre eigene Wut. Und nichts davon betraf ihren toten Sohn.

In der Hand hielt Cora Rusk eine zerbrochene Sonnenbrille.

Sie hatte das Gefühl gehabt, als würde die Polizei sie bis in alle Ewigkeit verhören – oder jedenfalls so lange, bis sie verrückt wurde. *Verschwindet!* wollte sie ihnen zuschreien. *Hört auf, mir diese blöden Fragen über Brian zu stellen! Verhaftet ihn, wenn er etwas angestellt hat, sein Vater wird es in Ordnung bringen. Sachen in Ordnung bringen ist alles, wozu er taugt, aber laßt mich in Ruhe! Ich habe eine Verabredung mit The King, und ich kann ihn nicht warten lassen!*

Einmal hatte sie gesehen, daß Sheriff Pangborn an der Tür zwischen Küche und Hintertreppe lehnte, mit über der Brust verschränkten Armen, und da war sie nahe daran gewesen, alles herauszustammeln, in dem Glauben, daß *er* es verstehen würde. Er war nicht wie die anderen – er gehörte in die Stadt, er würde über Needful Things Bescheid wissen, er würde dort selbst etwas gekauft haben, er würde es verstehen.

Nur daß genau in diesem Augenblick Mr. Gaunt in ihrem Kopf zu sprechen begonnen hatte, so gelassen und vernünftig wie immer. *Nein, Cora – reden Sie nicht mit ihm. Er würde es nicht verstehen. Er ist nicht so wie Sie. Er ist kein Mann, der einen guten Kauf zu würdigen weiß. Sagen Sie ihnen, daß Sie ins Krankenhaus zu Ihrem anderen Sohn fahren wollen. Damit werden Sie sie los, zumindest für eine Weile. Danach spielt es keine Rolle mehr.*

Und genau das hatte sie ihnen gesagt, und es hatte Wunder gewirkt. Sie hatte es sogar geschafft, ein oder zwei Tränen herauszuquetschen, wobei sie nicht an Brian dachte, sondern daran, wie traurig Elvis sein mußte, wenn er ohne sie in Graceland herumwanderte. Armer, verlassener King!

Sie waren alle gegangen, bis auf die zwei oder drei, die draußen in der Garage waren. Cora wußte nicht, was sie dort taten oder was sie überhaupt da draußen wollten, und es interessierte sie auch nicht. Sie riß ihre magische Sonnenbrille vom Tisch und eilte nach oben. Sobald sie sich in ihrem Zimmer befand, schlüpfte sie aus ihrem Kleid, legte sich aufs Bett und setzte die Sonnenbrille auf.

Und schon war sie wieder in Graceland. Erleichterung, Vorfreude und eine erstaunliche Geilheit ergriffen von ihr Besitz.

Sie fegte die geschwungene Treppe empor, kühl und nackt, in die Halle im Obergeschoß, dekoriert mit Dschungelteppichen und fast so breit wie eine Schnellstraße. Sie ging auf die geschlossene Doppeltür am entgegengesetzten Ende zu, und ihre bloßen Füße flüsterten im hohen Flor des Teppichs. Sie sah, wie sich ihre Finger ausstreckten und sich um die Klinke schlossen. Sie stieß die Tür auf und trat in das Schlafzimmer von The King, einen Raum, der ganz in Schwarz und Weiß gehalten war – schwarze Wände, ein weißer Noppenteppich, schwarze Vorhänge an den Fenstern, weißer Besatz auf der schwarzen Bettdecke –, ausgenommen die Decke, die mitternachtsblau gestrichen war mit Tausenden von funkelnden elektrischen Sternen.

Dann blickte sie auf das Bett, und das war der Moment, in dem das Entsetzen hereinbrach.

The King war auf dem Bett, aber The King war nicht allein.

Auf ihm saß, ihn reitend wie ein Pony, Myra Evans. Sie hatte den Kopf gedreht und starrte Cora an, als sie die Tür öffnete. The King schaute weiterhin nur Myra an, mit seinen schläfrigen, wunderschönen blauen Augen.

»Myra!« hatte Cora gerufen. »Was machst du hier?«

»Nun«, sagte Myra selbstgefällig. »Staubsaugen tue ich sicher nicht.«

Cora rang keuchend nach Atem, völlig fassungslos. »Also – also – *also, das ist doch nicht zu fassen!*«

»Dann verschwinde und faß es«, sagte Myra und pumpte schneller mit den Hüften, »und wenn du schon einmal dabei bist, nimm auch gleich diese blöde Sonnenbrille ab. Sie sieht albern aus. Verschwinde hier. Sieh zu, daß du wieder heimkommst nach Castle Rock. Wir sind beschäftigt, stimmt's, El?«

»Recht hast du, Liebling«, sagte The King. »So beschäftigt wie zwei Krabbelkäfer in einem Teppich.«

Das Entsetzen verwandelte sich in Wut, und Coras Lähmung brach mit einem Knall. Sie stürzte auf ihre sogenannte Freundin los, wollte ihr die hinterhältigen Augen aus den Höhlen reißen. Doch als sie die Hand hob, um das zu tun, griff Myra zu – ohne dabei mit dem Pumpen ihrer Hüften innezuhalten – und riß Cora die Sonnenbrille aus dem Gesicht.

Cora hatte vor Überraschung die Augen zusammengekniffen – und als sie sie wieder öffnete, lag sie wieder auf ihrem eigenen Bett. Die Sonnenbrille lag auf dem Fußboden, und beide Gläser waren zerbrochen.

»*Nein*«, stöhnte Cora und taumelte vom Bett herunter. Sie wollte schreien, aber eine innere Stimme – nicht ihre eigene – warnte sie. Wenn sie es tat, würden die Polizisten in der Garage sie hören und angerannt kommen. »Nein, bitte nicht, bitte, *bitte* ...«

Sie versuchte, Stücke der zerbrochenen Gläser wieder in das stromlinienförmige Goldgestell einzusetzen, aber es gelang ihr nicht. Sie waren zerbrochen. Zerbrochen von dieser gemeinen, hurenden Schlampe. Zerbrochen von ihrer *Freundin* Myra Evans. Ihrer *Freundin,* die irgendwo ihren eigenen Weg nach Graceland gefunden hatte, ihrer *Freundin,* die sich gerade jetzt, da Cora versuchte, einen unbezahlbaren Gegenstand, der unwiederbringlich zerbrochen war, wieder zusammenzufügen, mit The King im Bett vergnügte.

Cora schaute auf. Ihre Augen waren zu funkelnden, schwarzen Schlitzen geworden. »Ich werde *sie* fassen«, hatte sie heiser geflüstert. »Das wollen wir doch sehen.«

6

Sie las das Schild im Fenster von Needful Things, blieb einen Augenblick lang nachdenklich stehen, dann ging sie um die Ecke herum in die Lieferantengasse. Sie wäre fast mit Francine Pelletier zusammengestoßen, die ihr aus der Gasse entgegenkam und etwas in ihre Handtasche steckte. Cora schaute sie kaum an.

Ungefähr auf halber Höhe der Gasse sah sie Mr. Gaunt hinter einem Holztisch stehen, der die offene Hintertür seines Ladens versperrte wie eine Barrikade.

»Ah, Cora«, rief er. »Ich hatte mich schon gefragt, wann Sie vorbeikommen würden.«

»Dieses *Miststück!*« spie Cora. »Diese hinterhältige kleine Schlampe von einem *Miststück!*«

»Ich bitte um Verzeihung, Cora«, sagte Mr. Gaunt mit verbindlicher Höflichkeit, »aber Sie haben offenbar vergessen, den einen oder anderen Knopf zu schließen.« Er zeigte mit einem seiner merkwürdigen langen Finger auf das Vorderteil ihres Kleides.

Cora hatte das Erstbeste, was sie in ihrem Kleiderschrank gefunden hatte, über ihre Nacktheit gezogen, und sie hatte es gerade geschafft, den obersten Knopf zuzumachen. Unter diesem Knopf klaffte das Kleid auf und ließ ihr Schamhaar sehen, und ihr Bauch, angeschwollen von zahllosen Ring-Dings, Yodels und mit Schokolade überzogenen Kirschen bei *Santa Barbara* (und anderen Fernsehserien) quoll glatt und weißlich heraus.

»Wen kümmert das einen Scheißdreck?« fauchte Cora.

»Mich nicht«, erklärte Mr. Gaunt gelassen. »Was kann ich für Sie tun?«

»Dieses Miststück vögelt The King. Sie hat meine Sonnenbrille zerbrochen. Ich will sie umbringen.«

»Wirklich?« sagte Mr. Gaunt und hob die Brauen. »Nun, ich will nicht behaupten, daß ich Ihnen das nicht nachfühlen kann, Cora, denn das tue ich. Es kann sein, daß eine Frau, die einer anderen Frau den Mann stiehlt, es trotzdem verdient, weiterzuleben. In dieser Hinsicht möchte ich keine Meinung äußern – ich war zeit meines Lebens Geschäfts-

711

mann, und über Herzensangelegenheiten weiß ich nicht sonderlich viel. Aber eine Frau, die mit voller Absicht den kostbarsten Besitz einer anderen Frau zerbricht – nun, das ist eine wesentlich ernstere Angelegenheit. Finden Sie nicht auch?«

Sie begann zu lächeln. Es war ein hartes Lächeln. Es war ein erbarmungsloses Lächeln. Es war ein wahnsinniges Lächeln. »Da haben Sie verdammt recht«, sagte Cora Rusk.

Mr. Gaunt wendete sich für einen Augenblick ab. Als er sich wieder zu Cora umdrehte, hatte er eine automatische Pistole in der Hand.

»Sind Sie vielleicht auf der Suche nach so etwas?« fragte er.

Zwanzigstes Kapitel

1

Nachdem Buster Myrtle erschlagen hatte, versank er in einen tiefen Dämmerzustand. Der letzte Rest von Entschlußkraft schien ihn verlassen zu haben. Er dachte an SIE – die ganze Stadt wimmelte von IHNEN –, aber anstelle der klaren, selbstgerechten Wut, die diese Vorstellung noch Minuten zuvor in ihm ausgelöst hatte, empfand er nur Mattigkeit und Niedergeschlagenheit. Er hatte dröhnende Kopfschmerzen, und sein Arm und sein Rücken schmerzten vom Schwingen des Hammers.

Es sah an sich herunter und stellte fest, daß er ihn immer noch umkrampfte. Er öffnete die Hand, und der Hammer fiel auf das Linoleum des Küchenfußbodens und erzeugte dort einen blutigen Spritzer. Fast eine Minute lang stand er da und starrte mit einer Art idiotischer Faszination auf diesen Spritzer, der ihm vorkam wie eine mit Blut gezeichnete Porträtskizze seines Vaters.

Er trottete durchs Wohnzimmer in sein Arbeitszimmer und rieb sich im Gehen Schulter und Oberarm. Die Handschellenkette klirrte aufreizend. Er öffnete die Schranktür, ließ sich auf die Knie fallen, kroch zwischen die dort hängenden Kleidungsstücke und grub die Schachtel mit den Trabern auf dem Deckel aus. Dann wich er ungeschickt aus dem Schrank zurück (die Handschelle verhakte sich in einem von Myrtles Schuhen, und er warf ihn, verdrossen fluchend, wieder hinein), nahm die Schachtel mit zu seinem Schreibtisch, stellte sie darauf und setzte sich. Anstelle von Begeisterung empfand er nur Traurigkeit. Winning Ticket war wundervoll, aber was konnte es ihm jetzt noch nützen? Es spielte keine Rolle, ob er das Geld zurückzahlte oder nicht. Er hatte seine Frau umgebracht. Sie hatte es zweifellos verdient, aber SIE würden es nicht so sehen. SIE würden ihn mit größtem Vergnügen in die tiefste, dunkelste Zelle im Gefängnis von Shawshank stecken, die sie finden konnten, und dann den Schlüssel wegwerfen.

Er bemerkte, daß er auf dem Deckel der Schachtel große Blutflecken hinterlassen hatte, und sah abermals an sich herunter. Zum ersten Mal fiel ihm auf, daß er voller Blut war. Seine fleischigen Unterarme sahen aus wie die eines Chicagoer Schweineschlachters. Die Depression legte sich über ihn wie eine weiche, schwarze Welle. SIE hatten ihn geschlagen – okay. Aber er würde IHNEN entkommen. Er würde IHNEN dennoch entkommen.

Er stand auf, zutiefst erschöpft, und trottete langsam nach oben. Er zog sich im Gehen aus, streifte im Wohnzimmer seine Schuhe ab, ließ am Fuß der Treppe seine Hose fallen und setzte sich dann auf halber Höhe auf eine Stufe, um sich seiner Socken zu entledigen. Sogar sie waren blutig. Die meiste Mühe hatte er mit dem Hemd; wenn man eine Handschelle trug, war das Ausziehen eines Hemdes eine Hundearbeit.

Fast zwanzig Minuten vergingen zwischen dem Mord an Mrs. Keeton und Busters mühseligem Marsch zur Dusche und wieder heraus. In dieser Zeit hätte man ihn in jedem Augenblick mühelos festnehmen können – aber auf der Lower Main Street ging eine Übergabe der Amtsgeschäfte vor sich, im Sheriffbüro herrschte das totale Chaos, und zu wissen, wo Danforth ›Buster‹ Keeton sich aufhielt, schien einfach nicht sonderlich wichtig zu sein.

Nachdem er sich abgetrocknet hatte, zog er saubere Jeans an und ein T-Shirt – er hatte nicht die Energie, sich noch einmal mit langen Ärmeln abzumühen – und kehrte in sein Arbeitszimmer zurück. Er setzte sich auf seinen Stuhl und betrachtete abermals das Winning Ticket und hoffte, daß sich seine Depression als vorübergehender Zustand erweisen und daß etwas von seiner früheren Beglückung zurückkehren würde. Aber das Bild auf dem Deckel wirkte fade und verblichen. Der hellste Farbton darauf war ein Schmierer von Myrtles Blut quer über die Flanken der beiden Pferde.

Er nahm den Deckel ab, schaute hinein und stellte bestürzt fest, daß sich die kleinen Blechpferde krumm und verbogen zur Seite neigten. Auch ihre Farben waren verblichen. Aus dem Loch, in das man den Schlüssel zum Aufziehen der Maschinerie steckte, ragte das Ende einer gebrochenen Feder heraus.

Irgend jemand ist hier gewesen! schrie sein Verstand. Jemand hat sich daran zu schaffen gemacht. Einer von IHNEN! Mich zu ruinieren hat IHNEN nicht genügt. SIE mußten auch noch mein Spiel ruinieren!

Doch eine andere Stimme, vielleicht die verklingende Stimme seiner geistigen Gesundheit, flüsterte ihm zu, daß das nicht stimmte. *So war es von Anfang an,* flüsterte die Stimme. *Du hast es nur nicht gesehen.*

Er kehrte zu seinem Schrank zurück, hatte vor, doch noch seine Waffe herauszuholen. Es war an der Zeit, sie zu benutzen. Er tastete danach, als das Telefon läutete. Buster nahm ganz langsam den Hörer ab; er wußte, wer am anderen Ende der Leitung war.

Und er wurde nicht enttäuscht.

2

»Hallo, Dan«, sagte Mr. Gaunt. »Wie fühlen Sie sich an diesem schönen Abend?«

»Grauenhaft«, sagte Buster mit schleppender Stimme. »Alles ist vor die Hunde gegangen. Ich werde mich umbringen.«

»Oh?« Mr. Gaunts Stimme klang ein ganz klein wenig enttäuscht.

»Nichts taugt noch etwas. Nicht einmal das Spiel, das Sie mir verkauft haben, taugt etwas.«

»Oh, das bezweifle ich doch sehr«, entgegnete Mr. Gaunt mit einem Anflug von Gereiztheit. »Ich überprüfe meine Waren sehr gründlich, Mr. Keeton. Überaus gründlich sogar. Wie wäre es, wenn Sie noch einmal einen Blick darauf werfen würden?«

Buster tat es, und was er sah, verblüffte ihn. Die Pferde standen gerade und aufrecht in ihren Schlitzen. Jedes Fell sah aus wie frisch bemalt. Selbst ihre Augen schienen Feuer zu sprühen. Die blecherne Rennbahn erstrahlte in leuchtendem Grün und sommerlichen Brauntönen. *Diese Bahn sieht schnell aus,* dachte er verträumt, und seine Augen wanderten zu dem Deckel der Schachtel.

Entweder hatten ihn seine Augen, von der Depression getrübt, getäuscht, oder die Farben hatten sich in wenigen Sekunden, seit das Telefon geläutet hatte, auf erstaunliche Weise aufgefrischt. Selbst Myrtles Blut war kaum noch zu erkennen. Es trocknete zu einem matten Braun.

»Mein Gott!« flüsterte er.

»Nun?« fragte Mr. Gaunt. »Nun, Dan? Habe ich mich geirrt? Wenn ich das getan habe, müssen Sie Ihren Selbstmord zumindest so lange aufschieben, bis Sie mir Ihren Kauf zurückgebracht und Ihr Geld wiederbekommen haben. Ich stehe hinter meiner Ware. Es bleibt mir gar nichts anderes übrig. Ich habe einen guten Ruf zu wahren, und das ist eine Sache, die ich sehr ernst nehme in einer Welt, in der es Milliarden von IHNEN gibt und nur einen von meiner Sorte.«

»Nein – nein!« sagte Buster. »Es ist – es ist *wundervoll!*«

»Dann haben Sie sich also geirrt?» Mr. Gaunt ließ nicht locker.

»Ich – ich glaube, so muß es gewesen sein.«

»Sie *geben zu,* daß Sie sich geirrt haben?«

»Ich – ja.«

»Gut«, sagte Mr. Gaunt. Seine Stimme verlor ihre Schärfe. »Dann machen Sie nur so weiter und bringen Sie sich um. Obwohl ich gestehen muß, daß ich enttäuscht bin. Ich hatte gedacht, ich hätte endlich einen Mann getroffen, der genügend Mut besitzt, mir dabei zu helfen, IHNEN eine Lektion zu erteilen. Aber vermutlich schwingen Sie nur große Reden wie alle anderen Leute auch.« Mr. Gaunt seufzte. Es war der Seufzer eines Mannes, dem klar geworden ist, daß er doch nicht das Licht am Ende des Tunnels gesehen hat.

Mit Buster Keeton ging etwas Merkwürdiges vor. Er spürte, wie Vitalität und Zielstrebigkeit in ihn zurückfluteten. Auch die Farben in seinem Inneren schienen wieder leuchtender, intensiver zu werden.

»Sie meinen, es ist noch nicht zu spät?«

»Sie haben offenbar nicht aufgepaßt, als in der Schule Gedichte gelesen wurden. ›Es ist nie zu spät für die Suche nach einer neueren Welt.‹ Nicht, wenn Sie ein Mann mit Rückgrat sind. Schließlich hatte ich für Sie bereits alle Vorbereitungen getroffen, Mr. Keeton. Ich hatte auf Sie gezählt.«

»Mir wäre es wesentlich lieber, wenn Sie mich einfach Dan nennen würden«, sagte Buster fast schüchtern.

»Also gut, Dan. Haben Sie es sich wirklich in den Kopf gesetzt, auf derart feige Art aus dem Leben zu scheiden?«

»Nein!« rief Buster. »Es ist nur – welchen Sinn hat das. Es gibt einfach zu viele von IHNEN.«

»Drei Männer können eine Menge Schaden anrichten, Dan.«

»Drei? Sagten Sie *drei?*«

»Ja – es gibt noch jemanden, der zu uns gehört. Jemanden, der gleichfalls die Gefahr sieht und begreift, was SIE im Schilde führen.«

»Wer?« fragte Buster eifrig. »Wer?«

»Später«, sagte Mr. Gaunt. »Im Augenblick ist die Zeit knapp. ṢIE werden kommen, um Sie zu holen.«

Buster schaute mit den verkniffenen Augen eines Frettchens, das die Gefahr wittert, zum Fenster seines Arbeitszimmers hinaus. Die Straße war leer, aber nur fürs erste. Er konnte SIE fühlen, spüren, wie sie sich gegen ihn zusammenrotteten.

»Was soll ich tun?«

»Also gehören Sie zu meinem Team?« fragte Mr. Gaunt. »Ich kann also doch auf Sie zählen?«

»Ja!«

»Voll und ganz?«

»Bis es in der Hölle schneit oder Sie andere Anweisungen geben!«

»Sehr gut«, sagte Mr. Gaunt. »Hören Sie genau zu, Dan.« Und während Mr. Gaunt redete und Buster zuhörte und dabei allmählich in den hypnotischen Zustand versank, den Mr. Gaunt offenbar nach Belieben auslösen konnte, begann das erste Grollen des herannahenden Gewitters die Luft zu erschüttern.

3

Fünf Minuten später verließ Buster sein Haus. Er hatte ein leichtes Jackett über sein T-Shirt gezogen und die Hand mit der noch immer daranhängenden Handschelle in eine der Taschen geschoben. Ein Stück weiter die Straße hinunter fand er einen am Bordstein geparkten Transporter, und zwar genau da, wo Mr. Gaunt gesagt hatte, daß er ihn finden würde. Er war leuchtend gelb, eine Garantie dafür, daß die meisten Passanten auf die Farbe schauen würden anstatt auf den Fahrer. Er war fast fensterlos und trug auf beiden Seiten die Aufschrift eines Fernsehsenders in Portland.

Buster warf einen schnellen, aber prüfenden Blick in beide Richtungen, dann stieg er ein. Mr. Gaunt hatte ihm gesagt, die Schlüssel lägen unter dem Sitz. Sie lagen dort. Auf dem Beifahrersitz stand ein papierener Einkaufsbeutel. In ihm fand Buster eine blonde Perücke, eine Yuppie-Sonnenbrille mit Drahtgestell und eine kleine Glasflasche.

Er setzte die Perücke mit einigem Unbehagen auf – sie war lang und zottig und sah aus wie der Skalp eines toten Rocksängers –, aber als er sich im Rückspiegel des Transporters betrachtete, war er verblüfft, wie gut sie ihm stand. Sie ließ ihn jünger aussehen. *Viel* jünger. Die Yuppie-Sonnenbrille hatte Gläser aus einfachem Fensterglas, aber sie veränderte sein Aussehen (zumindest kam es Buster so vor) sogar noch mehr als die Perücke. Sie bewirkte, daß er smart aussah – wie Harrison Ford in *The Mosquito Coast*. Er betrachtete sich fasziniert. Plötzlich sah er aus wie ein Mann in den Dreißigern anstatt wie einer von zweiundfünfzig, ein Mann, von dem man sich durchaus vorstellen konnte, daß er für einen Fernsehsender arbeitete. Nicht als Korrespondent, das wäre übertrieben gewesen, aber vielleicht als Kameramann oder sogar als Produzent.

Er schraubte den Deckel der Flasche ab und verzog das Gesicht – das Zeug darin roch wie eine schmelzende Traktorbatterie. Rauchfäden stiegen aus der Flasche auf. *Muß vorsichtig sein mit diesem Zeug*, dachte Buster. *Ganz, ganz vorsichtig …*

Er steckte die leere Handschelle unter seinen rechten

Oberschenkel und zog die Kette straff. Dann goß er etwas vom Inhalt der Flasche gleich unterhalb der Handschelle an seinem Handgelenk auf die Kette, wobei er sorgsam darauf achtete, nichts von der dunklen, zähen Flüssigkeit auf die Haut zu bekommen. Sofort begann der Stahl zu rauchen und zu brodeln. Ein paar Tropfen fielen auf die Gummi-Fußmatte, und auch sie begann zu brodeln. Qualm und ein widerlicher Brandgeruch stiegen von ihr auf. Nach ein paar Augenblicken zog Buster die leere Handschelle unter seinem Schenkel hervor, hakte seine Finger hinein und ruckte kräftig. Die Kette riß wie Papier, und er warf sie auf den Boden. Zwar trug er noch immer ein Armband, aber damit konnte er leben; die wahre Pest waren die Kette und die an ihr baumelnde leere Handschelle gewesen. Er schob den Zündschlüssel ins Schloß, ließ den Motor an und fuhr davon.

Keine drei Minuten später bog ein von Seaton Thomas gefahrener Streifenwagen des Sheriffbüros von Castle County in die Einfahrt von Keetons Haus ein, und der alte Seat entdeckte Myrtle Keeton, die auf der Schwelle zwischen der Küche und der Garage lag. Wenig später erschienen vier Fahrzeuge der Staatspolizei. Die Beamten stellten das ganze Haus auf den Kopf, suchten nach Buster oder irgendwelchen Anzeichen dafür, wohin er verschwunden sein mochte. Niemand verschwendete einen zweiten Blick auf das Spiel auf seinem Schreibtisch. Es war alt, schmutzig und offensichtlich defekt. Es sah aus wie etwas, das vom Dachboden eines armen Verwandten stammen mochte.

4

Eddie Warburton, der Hausmeister im Gebäude der Stadtverwaltung, hegte seit mehr als zwei Jahren einen Groll auf Sonny Jackett. Im Laufe der letzten paar Tage hatte sich dieser Groll in rotglühende Wut verwandelt.

Als im Sommer 1989 das Getriebe von Eddies hübschem kleinem Honda Civic ausgefallen war, hatte Eddie den Wagen nicht in die nächste Honda-Vertragswerkstatt bringen wollen, weil das hohe Abschleppkosten verursacht hätte. Sein Pech war, daß der Schaden drei Wochen nach Ablauf der Garantiezeit eingetreten war. Also war er zuerst zu Sonny Jackett gegangen und hatte ihn gefragt, ob er Erfahrungen im Umgang mit ausländischen Wagen hätte.

Sonny erklärte, die hätte er. Er sprach in jener herablassenden, gönnerhaften Art, in der die meisten Hinterwäldler-Yankees mit Eddie redeten. *Wir haben keine Vorurteile, Junge,* besagte dieser Ton. *Wir sind hier schließlich im Norden. Bei uns gibt es diesen Südstaatenscheiß nicht. NATÜRLICH bist du ein Nigger, jeder kann das sehen, aber das spielt für uns nicht die geringste Rolle. Schwarz, Gelb, Weiß oder Grün – wir hauen sie alle übers Ohr. Bring ihn her.*

Sonny hatte das Getriebe des Honda repariert, aber die Rechnung war um hundert Dollar höher gewesen, als er ursprünglich gesagt hatte, und eines Abends wären sie im Tiger deswegen beinahe aneinandergeraten. Dann hatte Sonnys *Anwalt* (nach Eddie Warburtons Erfahrungen hatten alle Weißen, ob Yankees oder Farmer im Süden, einen *Anwalt*) Eddie angerufen und ihm mitgeteilt, daß Sonny die Sache vor das Bagatellgericht bringen würde. Das Ergebnis war, daß Eddie hinterher um fünfzig Dollar ärmer war. Und fünf Monate später kam es zu dem Kabelbrand in dem Honda. Der Wagen hatte auf dem Parkplatz der Stadtverwaltung gestanden. Jemand hatte nach Eddie gerufen, aber bis er mit einem Feuerlöscher herausgekommen war, war das Innere seines Wagens eine tanzende Masse aus gelbem Feuer. Es war ein Totalschaden gewesen.

Seither hatte er sich immer wieder gefragt, ob Sonny Jackett den Brand verursacht hatte. Der Versicherungsagent erklärte, es handelte sich ganz offensichtlich um einen Zufall, verursacht durch einen Kurzschluß – etwas, was bei einer Million Autos einmal vorkam. Aber was wußte der Mann schon? Vermutlich nichts, und außerdem war es nicht *sein* Geld. Außerdem war die Versicherung nicht hoch genug gewesen, um Eddies Schaden zu decken.

Und nun wußte er es. Wußte es mit Sicherheit.

Früher am Tage hatte mit der Post ein Päckchen bekommen. Die darin befindlichen Gegenstände waren über die Maßen erhellend gewesen: etliche geschwärzte Krokodilklemmen, ein altes, eselohriges Foto und eine Nachricht.

Die Klemmen waren von der Sorte, die ein Mann zum Auslösen eines Kabelbrandes benutzen konnte. Man brauchte nur an den richtigen Stellen die Isolierung von den richtigen Kabelpaaren abzuschaben, die Drähte zusammenzuklemmen, und *voilà*.

Der Schnappschuß zeigte Sonny und ein paar seiner Yankee-Freunde, die Burschen, die ständig auf Küchenstühlen an der Tankstelle herumlungerten. Die Szenerie war jedoch nicht Sonnys Tankstelle; es war Robicheaus Schrottplatz draußen an der Town Road Nr. 5. Die Yankees standen vor Eddies ausgebranntem Civic, tranken Bier, lachten – und verspeisten Stücke von Wassermelonen.

Die Nachricht war kurz und bündig: *Lieber Nigger. Sich mit mir anzulegen war ein schwerer Fehler.*

Anfangs wunderte Eddie sich, weshalb Sonny ihm eine solche Nachricht zukommen ließ (allerdings brachte er sie nicht mit dem Brief in Verbindung, den er selbst auf Mr. Gaunts Geheiß durch Polly Chalmers Briefschlitz geworfen hatte). Er kam zu dem Schluß, daß Sonny es getan hatte, weil er noch dämlicher und gemeiner war als die meisten Yankees. Dennoch – wenn die Geschichte Sonny immer noch im Magen lag – weshalb hatte er dann so lange damit gewartet, sie wieder aufzutischen? Aber je länger er über diese lange zurückliegende Zeit nachgrübelte

(Lieber Nigger)

desto unwichtiger erschienen ihm die Fragen. Die Nachricht, die geschwärzten Krokodilklemmen und das alte Foto schwirrten in seinem Kopf herum wie eine Wolke hungriger Stechmücken.

Am Abend hatte er bei Mr. Gaunt eine Waffe gekauft.

Die Leuchtstoffröhren im Büro der Sunoco-Tankstelle warfen ein weißes Trapez auf den Asphalt im Umkreis der Pumpen, als Eddie mit dem gebrauchten Olds vorfuhr, der an die Stelle des Civic getreten war. Er stieg aus. Eine Hand steckte in seiner Jackentasche und hielt die Waffe.

An der Tür blieb er eine Minute stehen und schaute hinein. Sonny saß neben seiner Registrierkasse auf einem Plastikstuhl, der auf den Hinterbeinen gegen die Wand gekippt war. Eddie konnte gerade das Oberteil von Sonnys Mütze über seiner aufgeschlagenen Zeitung sehen. Er las die Zeitung. Natürlich. Weiße hatten immer *Anwälte*, und nach einem Tag, an dem sie einen schwarzen Burschen wie Eddie übers Ohr gehauen hatten, saßen sie immer in ihrem Büro, kippten die Stühle gegen die Wand und lasen die Zeitung.

Zum Teufel mit den Scheißweißen und ihren Scheiß*anwälten* und ihren Scheiß*zeitungen.*

Eddie zog die automatische Pistole und ging hinein. Ein Teil von ihm, der geschlafen hatte, wachte plötzlich auf und schrie entsetzt, daß er das nicht tun sollte, daß es ein Fehler war. Aber die Stimme war unwichtig. Sie war unwichtig, weil Eddie plötzlich überhaupt nicht mehr in sich selbst zu stecken schien. Er schien ein Geist zu sein, der über seiner eigenen Schulter schwebte und zuschaute, wie das alles passierte. Offenbar hatte ein böser Kobold die Macht übernommen.

»Ich habe etwas für dich, du betrügerischer Dreckskerl«, hörte Eddie seinen Mund sagen, und dann stellte er fest, daß sein Finger zweimal den Abzug der Automatik durchzog. Zwei kleine schwarze Löcher erschienen in einer Schlagzeile, die besagte Wachsende Anerkennung für Mckernan. Sonny Jackett schrie auf. Die Hinterbeine des zurückgekippten Stuhls rutschten weg, und Sonny stürzte zu Boden. Blut durchtränkte seinen Overall – nur daß der Name, der mit Goldfaden auf den Overall gestickt war, RICKY lautete. Es war nicht Sonny, sondern Ricky Bissonette.

»Oh, Scheiße!« kreischte Eddie. »Ich habe den falschen Scheißyankee erschossen!«

»Hallo, Eddie«, bemerkte Sonny Jackett hinter seinem Rücken. »Was für ein Glück, daß ich im Scheißhaus war.«

Eddie begann sich umzudrehen. Drei Kugeln aus der automatischen Pistole, die Sonny am Spätnachmittag bei Mr. Gaunt gekauft hatte, schlugen in seinen Rücken und zersplitterten seine Wirbelsäule, noch bevor er sich halb umdrehen konnte.

Mit weit aufgerissenen, hilflosen Augen sah er, wie Sonny sich zu ihm niederbeugte. Die Mündung der Waffe in Sonnys Hand war so groß wie eine Öffnung eines Tunnels und so dunkel wie die Ewigkeit. Darüber war Sonnys Gesicht, blaß und entschlossen. Ein Ölschmierer zog sich über eine Wange.

»Dein Fehler war nicht, daß du vorgehabt hast, meine neue Steckschlüssel-Garnitur zu stehlen«, sagte Sonny, während er den Lauf der Automatik mitten auf Eddies Stirn setzte. »Daß du geschrieben und mir *mitgeteilt* hast, daß du es tun wolltest – das war dein Fehler.«

Ein großes weißes Licht – das Licht des Verstehens – erstrahlte plötzlich in Eddies Verstand. *Jetzt* fiel ihm auch der Brief ein, den er durch den Briefschlitz dieser Chalmers geworfen hatte, und er begriff die Verbindung zwischen dieser Tat, der Nachricht, die er erhalten hatte, und der, von der Sonny redete.

»Hören Sie zu!« flüsterte er. »Sie müssen mir zuhören, Jackett – wir sind hereingelegt worden, alle beide. Wir …«

»Mach's gut, schwarzer Junge«, sagte Sonny und zog den Abzug durch.

Sonny betrachtete wie gebannt fast eine volle Minute lang das, was von Eddie Warburton übriggeblieben war, und fragte sich, ob er auf Eddies Worte hätte hören sollen. Er kam zu dem Schluß, daß die Antwort nein lautete. Wie konnte ein Mann, der so blöd war, eine solche Nachricht zu schicken, etwas sagen, das auch nur halbwegs von Belang war?

Sonny erhob sich, ging ins Büro und stieg über Ricky Bissonettes Beine hinweg. Er öffnete den Safe und holte die verstellbaren Steckschlüssel heraus, die Mr. Gaunt ihm verkauft hatte. Er betrachtete sie, nahm jeden einzelnen von ihnen auf, drehte ihn liebevoll in der Hand und legte ihn dann wieder in den Kasten, als die Staatspolizei eintraf, um ihn in Gewahrsam zu nehmen.

5

Parken Sie an der Ecke Birch und Main Street, hatte Mr. Gaunt Buster am Telefon angewiesen, *und warten Sie dort. Ich schicke jemanden zu Ihnen.*

Buster hatte diese Anweisungen buchstabengetreu befolgt. Von seinem Standort aus hatte er an der Einmündung der Gasse hinter den Geschäften allerlei Kommen und Gehen gesehen – er hatte den Eindruck, daß heute abend fast alle seine Freunde und Nachbarn ein kleines Geschäft mit Mr. Gaunt zu machen gedachten. Vor zehn Minuten war die Rusk dort hineingegangen, mit offenem Kleid, wie eine Gestalt aus einem üblen Traum.

Dann, keine fünf Minuten nachdem sie wieder aus der Gasse herausgekommen war und etwas in die Tasche ihres Kleides gesteckt hatte (es war noch immer nicht zugeknöpft, und man konnte eine Menge sehen, aber welcher Mann, der seine fünf Sinne beieinander hatte, wollte das schon?), waren ein Stück weiter die Main Street hinauf mehrere Schüsse zu hören gewesen. Buster war sich nicht sicher, glaubte aber, daß sie von der Sunoco-Tankstelle kamen.

Streifenwagen der Staatspolizei jagten mit flackerndem Blaulicht vom Gebäude der Stadtverwaltung die Main Street hinauf und scheuchten die Reporter auf wie Tauben. Trotz seiner Verkleidung hielt es Buster für ratsam, für eine Weile im Laderaum des Transporters zu verschwinden.

Die Streifenwagen der Staatspolizei und ihre Blaulichter beleuchteten etwas, das an der hinteren Tür des Transporters lehnte – ein grüner Seesack aus Segeltuch. Neugierig knotete Buster die Zugschnur auf, öffnete den Sack und schaute hinein.

Auf dem Inhalt des Seesackes lag eine Schachtel. Buster nahm sie heraus und stellte fest, daß der Rest des Seesackes mit Zündern gefüllt war. Auf die Minute einstellbaren Zeitzündern. Es waren mindestens zwei Dutzend, und ihre weißen Zifferblätter starrten ihn an wie pupillenlose Augen. Er öffnete die Schachtel, die er herausgeholt hatte, und sah, daß sie mit Krokodilklemmen gefüllt war – Klemmen der Art, die Elektriker manchmal benutzten, um schnell irgendwelche Verbindungen herzustellen.

Buster runzelte die Stirn – dann sah er plötzlich vor seinem inneren Auge ein Formular – ein Bewilligungsformular der Stadt Castle Rock, um genau zu sein. Sauber getippt in dem für *Zu liefernde Waren und/oder Dienstleistungen* vorgesehenen Raum standen diese Worte: 16 Kisten Dynamit.

Auf der Ladefläche des Transporters sitzend, begann Buster zu lächeln. Dann begann er zu lachen. Draußen grollte und dröhnte der Donner. Ein Blitzstrahl zuckte aus dem dicken Bauch einer Wolke heraus und fuhr in den Castle Stream.

Buster lachte weiter. Er lachte, bis sein Gelächter den Transporter erbeben ließ.

»SIE!« schrie er lachend. »Mann, da haben wir aber etwas für SIE! Die werden *staunen!*«

6

Henry Payton, der nach Castle Rock gekommen war, um Sheriff Pangborns rauchende Eisen aus dem Feuer zu holen, stand offenen Mundes an der Schwelle zum Büro der Sunoco-Tankstelle. Vor ihm lagen zwei Männer. Der eine war weiß, und der andere war schwarz, und beide waren tot.

Ein dritter Mann, dem Namen auf seinem Overall nach der Besitzer der Tankstelle, saß neben dem offenen Safe auf dem Fußboden. Er hielt einen schmutzigen Blechkasten in den Armen und wiegte ihn wie einen Säugling. Neben ihm lag eine automatische Pistole. Als Henry Payton sie betrachtete, spürte er etwas, das wie ein Fahrstuhl in seinen Eingeweiden abwärts sauste. Es war das genaue Gegenstück zu der, mit der Hugh Priest auf Henry Beaufort geschossen hatte.

»Sehen Sie«, sagte einer der Beamten hinter Henry mit leiser, respektvoller Stimme. »Da ist noch eine.«

Henry drehte den Kopf und hörte, wie die Sehnen in seinem Hals knarrten. Noch eine Waffe – eine dritte automatische Pistole – lag neben der ausgestreckten Hand des Schwarzen.

»Rühren Sie sie nicht an«, wies er die anderen Beamten an.

»Bleiben Sie drei Schritte davon entfernt.« Er trat über die Blutlache hinweg, packte Sonny Jackett beim Vorderteil seines Overalls und zog ihn hoch. Sonny leistete keinen Widerstand, aber er drückte den Blechkasten fester gegen seine Brust.

»Was ist hier passiert?« schrie Henry ihm ins Gesicht. »Was in Gottes Namen ist hier passiert?«

Sonny deutete auf Eddie Warburton; er tat es mit dem Ellenbogen, um den Kasten nicht loslassen zu müssen. »Er ist hereingekommen. Er hatte eine Waffe. Er war verrückt. Sie können sehen, daß er verrückt war; sehen Sie, was er mit Ricky gemacht hat. Er dachte, Ricky wäre ich. Er wollte meine Verstellbaren stehlen. Sehen Sie.«

Sonny lächelte und hielt den Stahlkasten schräg, so daß Henry einen Blick auf das drin liegende Durcheinander rostiger Eisenwaren werfen konnte.

»Das konnte ich doch nicht zulassen, oder? Ich meine – die gehören *mir*. Ich habe dafür bezahlt, und sie gehören *mir*.«

Henry öffnete den Mund, um etwas zu sagen. Er hatte keine Ahnung, was er sagen sollte, und bevor er auch nur ein Wort aussprechen konnte, ertönten weitere Schüsse. Diesmal kamen sie vom Castle View.

7

Lenore Potter stand mit einer rauchenden automatischen Pistole in der Hand über der Leiche von Stephanie Bonsaint. Die Leiche lag in einem Blumenbeet hinter dem Haus, dem einzigen, das dieses böse, rachsüchtige Weib bei seinen voraufgegangenen zwei Besuchen unversehrt gelassen hatte.

»Du hättest nicht zurückkommen sollen«, sagte Lenore. Sie hatte noch nie in ihrem Leben eine Waffe abgefeuert, und jetzt hatte sie eine Frau getötet – aber das einzige, was sie empfand, war ingrimmiger Triumph. Die Frau war auf ihrem Grundstück gewesen, hatte ihre Pflanzen ausgerissen (Lenore hatte gewartet, bis sie sie auf frischer Tat ertappt hatte – *ihre* Mama hatte keine Schwachköpfe großgezogen), und sie hatte von ihrem Recht Gebrauch gemacht. Ihrem ganz *eindeutigen* Recht.

»Lenore?« rief ihr Mann. Er lehnte sich aus dem Fenster des oberen Badezimmers mit Rasiercreme im Gesicht. Seine Stimme klang bestürzt. »Lenore, was geht da vor?«

»Ich habe einen Eindringling erschossen«, sagte Lenore gelassen, ohne sich umzudrehen. Sie schob einen Fuß unter das schwere Gewicht des Leichnams und hob ihn an. Zu spüren, wie sich ihre Zehen in die Seite des Bonsaint-Weibsstückes bohrten, bereitete ihr plötzlich ein niederträchtiges Vergnügen. »Es ist Stephanie Bon…«

Die Leiche rollte herum. Es war nicht Stephanie Bonsaint. Es war die Frau dieses netten Deputy Sheriffs.

Sie hatte Melissa Clutterbuck erschossen.

Ganz plötzlich ging Lenore Potters *calava* über Blau, über Purpur, über Magenta hinaus. Sie färbte sich mitternachtsschwarz.

8

Alan Pangborn saß da und betrachtete seine Hände, schaute an ihnen vorbei in eine Dunkelheit, die so schwarz war, daß man sie nur fühlen konnte. Ihm war bewußt geworden, daß er Polly an diesem Nachmittag vielleicht verloren hatte, nicht nur für eine kurze Weile – bis dieses Mißverständnis bereinigt war –, sondern für immer. Und das bedeutete, daß er ungefähr fünfunddreißig Jahre totschlagen mußte.

Er hörte ein leises, schlurfendes Geräusch und sah rasch auf. Es war Miss Hendrie. Sie wirkte nervös, aber sie sah auch so aus, als wäre sie zu einem Entschluß gelangt.

»Der kleine Rusk regt sich«, sagte sie. »Er ist nicht wach – sie haben ihm ein Beruhigungsmittel gegeben, und *richtig* wach wird er noch eine ganze Weile nicht sein –, aber er regt sich.«

»Wirklich?« fragte Alan leise und wartete.

Miss Hendrie biß sich auf die Lippe, dann fuhr sie fort. »Ja. Ich würde Sie zu ihm hineinlassen, wenn ich könnte,

Sheriff Pangborn, aber ich kann es wirklich nicht. Das verstehen Sie doch, nicht wahr? Ich meine, ich weiß, daß Sie Probleme haben in Ihrer Stadt, aber dieser kleine Junge ist schließlich erst sieben Jahre alt.«

»Ja.«

»Ich gehe auf eine Tasse Tee hinunter in die Cafeteria. Mrs. Evans hat sich verspätet – das tut sie immer –, aber sie müßte in ein oder zwei Minuten kommen. Wenn Sie in Sean Rusks Zimmer gingen – Zimmer Neun –, gleich nachdem ich gegangen bin, dann würde sie wahrscheinlich gar nicht erfahren, daß Sie überhaupt hier gewesen sind. Verstehen Sie?«

»Ja«, sagte Alan dankbar.

»Ihre Runde macht sie erst gegen acht. Wenn Sie also in seinem Zimmer wären, würde sie Sie vermutlich nicht bemerken. Wenn das doch geschehen sollte, müßte ich ihr natürlich sagen, daß ich mich an die Hospitalvorschriften gehalten und Ihnen den Zutritt verweigert habe. Daß Sie sich hineingeschlichen haben, während ich gerade anderweitig beschäftigt war. Hätten Sie das nicht getan?«

»Ja«, sagte Alan. »Das hätte ich bestimmt getan.«

»Wenn Sie gehen, könnten Sie die Treppe am anderen Ende des Flurs benutzen. Das heißt, wenn Sie in Sean Rusks Zimmer gehen sollten. Was ich Ihnen natürlich verboten habe.«

Alan stand auf und küßte ihr impulsiv auf die Wange.

Miss Hendrie errötete.

»Danke«, sagte Alan.

»Wofür? Ich habe überhaupt nichts getan. Ich gehe jetzt nach unten und trinke meinen Tee. Bitte bleiben Sie hier sitzen, bis ich fort bin, Sheriff.«

Alan setzte sich gehorsam wieder hin. Er saß da mit dem Kopf zwischen Simple Simon und dem Kuchenmann, bis die Doppeltür hinter Miss Hendrie zugeschwungen war. Dann stand er auf und ging leise den bunt gestrichenen und mit Spielsachen übersäten Korridor entlang zu Zimmer Neun.

9

Sean Rusk machte auf Alan einen völlig wachen Eindruck.

Dies war die Kinderstation, und das Bett, in dem er lag, war klein. Dennoch wirkte er verloren darin. Sein Körper zeichnete sich nur als kleiner Buckel unter der Decke ab, so daß es den Anschein hatte, als ruhte ein körperloser Kopf auf einem sauberen weißen Kissen. Sein Gesicht war sehr blaß. Unter seinen Augen, die Alan ohne jede Überraschung musterten, lagen purpurne Schatten, fast so dunkel wie Quetschungen. In der Mitte seiner Stirn lag eine dunkle Haarsträhne wie ein Komma.

Alan holte sich den beim Fenster stehenden Stuhl und stellte ihn neben das Bett, an dem ein Gitter angebracht worden war, damit Sean nicht herausfallen konnte. Sean drehte den Kopf nicht, aber seine Augen bewegten sich und folgten ihm.

»Hallo, Sean«, sagte Alan ruhig. »Wie geht es dir?«

»Mein Hals ist trocken«, flüsterte Sean heiser.

Auf dem Tisch neben dem Bett standen ein Krug mit Wasser und zwei Gläser. Alan füllte eines der Gläser mit Wasser und beugte sich damit über das Bettgitter.

Sean versuchte sich aufzusetzen, aber er konnte es nicht. Er sank wieder auf sein Kissen zurück mit einem kleinen Seufzer, der Alan in der Seele wehtat. Seine Gedanken kehrten zu seinem eigenen Sohn zurück, zu Todd. Als er die Hand unter Sean Rusks Genick schob, um ihm beim Aufrichten zu helfen, durchlebte er einen grauenhaften Moment totaler Erinnerung. Er sah Todd an jenem Tag neben dem Scout stehen, sah, wie er sein Abschiedswinken erwiderte, und vor dem Auge der Erinnerung schien ein schwindendes Licht Todds Kopf zu umspielen und jede Einzelheit zu illuminieren.

Seine Hand zitterte. Ein paar Tropfen Wasser fielen auf das Krankenhaus-Nachthemd, das Sean trug.

»Tut mir leid.«

»Macht nichts«, erwiderte Sean mit seiner heiseren Flüsterstimme und trank durstig. Er leerte das Glas fast zur Gänze. Dann stieß er auf.

Alan ließ ihn behutsam wieder zurücksinken. Sean schien jetzt ein wenig munterer zu sein, aber seine Augen waren nach wie vor glanzlos. Alan dachte, daß er noch nie einen kleinen Jungen gesehen hatte, der so entsetzlich einsam wirkte, und vor seinem inneren Auge stand abermals das letzte Bild von Todd.

Er schob es beiseite. Hier mußte Arbeit getan werden. Es war eine widerwärtige Arbeit, und eine verdammt kitzlige obendrein, aber er war mehr und mehr überzeugt, daß es auch eine ungeheuer wichtige Arbeit war. Ungeachtet der Dinge, die gerade jetzt in Castle Rock passieren mochten, war er in zunehmendem Maße davon überzeugt, daß zumindest einige der Antworten hier steckten, hinter dieser blassen Stirn und diesen traurigen, glanzlosen Augen.

Er ließ den Blick durchs Zimmer wandern und erzwang ein Lächeln. »Langweiliges Zimmer«, sagte er.

»Ja«, sagte Sean mit seiner leisen, heiseren Stimme. »Total öde.«

»Vielleicht würde es mit ein paar Blumen etwas lustiger«, sagte Alan, strich mit der rechten Hand über seinen linken Unterarm und zupfte geschickt den magischen Blumenstrauß aus seinem Versteck unter dem Uhrarmband.

Er wußte, daß er sein Glück forcierte, aber er hatte sich aus der Eingebung des Augenblicks heraus entschlossen, es trotzdem zu versuchen. Beinahe mußte er es bedauern. Zwei der Seidenpapierblumen zerrissen, als er die Schlinge abstreifte und den Strauß aufspringen ließ. Er hörte, wie die Feder ermüdet knackte. Es war zweifellos das letzte Mal, daß dieses Exemplar des Tricks seine Blüten entfaltete, aber Alan kam tatsächlich damit durch – gerade noch. Und im Gegensatz zu seinem Bruder war Sean trotz seiner seelischen Verfassung und der in seinem Organismus wirkenden Medikamente eindeutig belustigt und entzückt.

»*Toll!* Wie haben Sie das gemacht?«

»Nur ein bißchen Zauberei. – Willst du sie haben?« Er machte Anstalten, den Strauß aus Seidenpapierblumen in den Wasserkrug zu stellen.

»Nein. Das ist nur Papier. Außerdem sind sie an ein paar Stellen gerissen.« Sean dachte darüber nach, kam offenbar zu dem Schluß, daß sich das undankbar anhörte, und setzte hinzu: »Aber es ist ein hübscher Trick. Können Sie sie auch wieder verschwinden lassen?«

Das bezweifle ich, mein Junge, dachte Alan. Laut sagte er: »Ich werde es versuchen.«

Er hielt den Strauß hoch, so daß Sean ihn deutlich sehen konnte, dann krümmte er die rechte Hand leicht und zog sie herunter. Angesichts des betrüblichen Zustandes des Tricks tat er es wesentlich langsamer als gewöhnlich, und das Ergebnis beeindruckte und überraschte in selbst. Anstatt ruckartig zu verschwinden, schienen die Blumen in seiner locker geballten Faust zu vergehen wie Rauch. Er spürte, wie die ausgeleierte Feder versuchte, zu bocken und zu klemmen, sich dann aber doch entschloß, ein letztes Mal ihre Dienste zu tun.

»Das ist wirklich super«, sagte Sean respektvoll, und Alan pflichtete ihm insgeheim bei. Es war eine wundervolle Variante eines Tricks, mit dem er Schulkinder seit Jahren zum Staunen gebracht hatte, aber er bezweifelte, daß sie sich mit einem neuen Exemplar zuwege bringen ließ. Eine frische Feder würde dieses langsame, traumhafte Verschwinden nicht schaffen.

»Danke«, sagte er und verstaute den Blumenstrauß zum letztenmal unter seinem Uhrarmband. »Wenn du keine Blumen möchtest – wie wäre es dann mit einem Vierteldollar für den Cola-Automaten?«

Alan beugte sich vor und pflückte einen Vierteldollar von Seans Nase. Der Junge lächelte.

»Beinahe hätte ich's vergessen – neuerdings braucht man ja fünfundsiebzig Cents, nicht wahr? Inflation. Nun, kein Problem.« Er zog eine Münze aus Seans Mund und entdeckte eine dritte in seinem eigenen Ohr. Inzwischen war Seans Lächeln ein wenig matter geworden, und Alan wußte, daß er gut daran täte, schnell zur Sache zu kommen. Er stapelte die drei Vierteldollars auf den niedrigen Tisch neben dem Bett. »Für später, wenn es dir besser geht«, sagte er.

»Danke, Mister.«

»Gern geschehen, Sean.«

»Wo ist mein Daddy?« Seine Stimme war jetzt ein wenig kräftiger.

Die Frage kam Alan sehr seltsam vor. Er hätte erwartet, daß Sean zuerst nach seiner Mutter fragte. Schließlich war der Junge erst sieben Jahre alt.

»Er wird bald hier sein, Sean.«

»Hoffentlich. Ich möchte, daß er bald kommt.«

»Das weiß ich.« Alan schwieg einen Moment, dann sagte er: »Deine Mommy wird auch bald hier sein.«

Sean dachte darüber nach, dann schüttelte er langsam und entschieden den Kopf. »Nein, sie kommt nicht. Sie hat zu tun.«

»Zuviel zu tun, um zu kommen und dich zu besuchen?« fragte Alan.

»Ja. Sie hat sehr viel zu tun. Mommy ist bei The King zu Besuch. Deshalb darf ich auch nicht mehr in ihr Zimmer kommen. Sie macht die Tür zu und setzt ihre Sonnenbrille auf und besucht The King.«

Alan sah Mrs. Rusk, wie sie auf die Fragen der Staatspolizisten reagierte. Ihre Stimme träge und zusammenhanglos. Eine Sonnenbrille auf dem Tisch neben ihr. Sie konnte sie offenbar nicht in Ruhe lassen; eine Hand spielte mit ihr, fast ununterbrochen. Sie zog sie zurück, als fürchtete sie, jemand könnte es bemerken, und dann, nur ein paar Sekunden später, kehrte die Hand wie automatisch zu der Sonnenbrille zurück. Zu diesem Zeitpunkt hatte er gedacht, daß sie entweder unter Schock oder Beruhigungsmitteln stand. Jetzt war er sich da nicht mehr so sicher, und er fragte sich, ob er Sean wegen Brian befragen oder diesen neuen Weg einschlagen sollte. Oder war beides ein und derselbe Weg?

»Sie sind ein richtiger Zauberer«, sagte Sean. »Sie sind Polizist, nicht wahr?«

»Ja, das bin ich.«

»Sind Sie ein Staatspolizist mit einem blauen Wagen, der richtig schnell fahren kann?«

»Nein – ich bin County Sheriff. Gewöhnlich habe ich einen braunen Wagen mit einem Stern an der Seite, und der fährt auch ziemlich schnell. Aber heute abend bin ich mit meinem alten Kombi gekommen, den ich eigentlich schon längst verkaufen wollte.« Alan lächelte. »Und der ist ziemlich langsam.«

732

Das löste einiges Interesse aus. »Warum fahren Sie nicht Ihr braunes Polizeiauto?«

Weil ich Jill Mislaburski oder deinem Bruder keine Angst einjagen wollte, dachte Alan. Ich weiß nicht, wie es mit Jill steht, aber bei Brian hat es offenbar nicht so recht funktioniert.

»Ich kann mich wirklich nicht erinnern«, sagte er. »Heute war ein langer Tag.«

»Sind Sie ein Sheriff wie der in *Young Guns?*«

»Kann schon sein. So etwas Ähnliches.«

»Brian und ich, wir haben uns den Film ausgeliehen und angeschaut. Er war wirklich eine Wucht. Wir wollten *Young Guns II* sehen, als er im Sommer in The Magic Lantern in Bridgton lief, aber Mom hat es uns nicht erlaubt, weil es ein R-Film war. R-Filme dürfen wir eigentlich nicht sehen, aber manchmal erlaubt Dad, daß wir sie uns zu Hause über den Videorecorder ansehen. Brian und mir hat *Young Guns* mächtig gut gefallen.« Sean hielt inne, und seine Augen verdunkelten sich. »Aber das war, bevor Brian seine Karte bekam.«

»Was für eine Karte?«

Zum erstenmal zeigte sich in Seans Augen eine tatsächliche Emotion. Es war Entsetzen.

»Die Baseballkarte. Die großartige, ganz besondere Baseballkarte.«

»Oh?« Alan dachte an die Playmate-Kühltasche und die Baseballkarten darin. Tauschkarten hatte Brian sie genannt.

»Brian sammelte Baseballkarten, nicht wahr, Sean?«

»Ja. Und damit hat *er* ihn gekriegt. Ich glaube, er benutzt verschiedene Dinge, um verschiedene Leute zu kriegen.«

Alan beugte sich vor. »Wer, Sean? *Wer* hat ihn gekriegt?«

»Brian hat sich selbst umgebracht. Ich habe es gesehen. Es war in der Garage.«

»Ich weiß. Es tut mir leid.«

»Aus seinem Hinterkopf kam so ein scheußliches Zeug heraus. Nicht nur Blut. *Zeug.* Es war gelb.«

Alan wußte nicht, was er darauf erwidern sollte. Das Herz klopfte ihm langsam und schwer in der Brust, sein Mund war so trocken wie eine Wüste, und im Magen hatte er ein flaues Gefühl. Der Name seines Sohnes widerhallte in seinen Gedanken wie eine mitten in der Nacht geläutete Totenglocke.

»Ich wollte, er hätte es nicht getan«, sagte Sean. Seine Stimme klang merkwürdig sachlich, aber jetzt erschien in jedem seiner Augen eine Träne, wuchs und rann über seine glatten Wagen herab. »Jetzt können wir *Young Guns II* nicht zusammen sehen, wenn die Kassette zu haben ist. Ich muß den Film allein ansehen, und das macht keinen Spaß ohne Brian und seine dummen Witze. Ich weiß, daß es keinen Spaß machen wird.«

»Du hast deinen Bruder gern gehabt, nicht wahr?« sagte Alan heiser. Er griff durch das Bettgitter. Sean Rusks Hand kroch in die seine und schloß sich dann zur Faust. Sie war heiß. Und klein. Sehr klein.

»Ja. Brian wollte Werfer bei den Red Sox werden, wenn er groß war. Er hat gesagt, er wollte lernen, den Ball auf die ganz besondere Art von Mike Boddiker zu werfen. Jetzt wird er das nicht mehr tun. Er hat gesagt, ich sollte nicht näher herankommen, sonst würde ich etwas von dem Schweinkram abbekommen. Ich habe geweint. Ich hatte Angst. Es war nicht wie in einem Film. Es war nur unsere *Garage*.«

»Ich weiß«, sagte Alan. Er erinnerte sich an Annies Wagen. Die zertrümmerten Fenster. Das Blut auf den Sitzen in großen, schwarzen Lachen. Auch das war nicht wie in einem Film gewesen. Alan begann zu weinen. »Ich weiß, mein Junge.«

»Er hat gesagt, ich müßte es ihm versprechen, und das habe ich getan, und ich werde es halten. Ich werde das Versprechen halten, solange ich lebe.«

»Was hast du ihm versprochen, mein Junge?«

Alan wischte sich mit der freien Hand das Gesicht ab, aber die Tränen wollten nicht aufhören. Der Junge lag vor ihm, mit einem Gesicht, das fast so weiß war wie der Kissenbezug, auf dem sein Kopf ruhte; der Junge, der gesehen hatte, wie sein Bruder Selbstmord beging, gesehen hatte, wie Hirnmasse an die Garagenwand gespritzt war wie frischer Rotz, und wo war seine Mutter? Zu Besuch bei The King, hatte er gesagt. *Sie macht die Tür zu und setzt ihre Sonnenbrille auf und besucht The King.*

»Was hast du ihm versprochen, mein Junge?«

»Ich wollte auf Mommys Namen schwören, aber das hat Brian nicht gewollt. Er hat gesagt, ich müßte auf meinen eigenen Namen schwören. Weil *er* sie auch gekriegt hat. Brian hat gesagt, er kriegt jeden, der auf den Namen von jemand anderem schwört. Also habe ich auf meinen eigenen Namen geschworen, wie er es wollte, aber Brian hat das Gewehr trotzdem losgehen lassen.« Sean weinte jetzt heftiger, aber er schaute durch seine Tränen hindurch Alan ernst an. »Es war nicht nur Blut, Mr. Sheriff. Es war noch anderes Zeug. *Gelbes* Zeug.«

Alan drückte seine Hand. »Ich weiß, Sean. Was solltest du deinem Bruder versprechen?«

»Vielleicht kommt Brian nicht in den Himmel, wenn ich es sage.«

»Doch, er kommt hinein. Das verspreche *ich*. Und ich bin ein Sheriff.«

»Halten Sheriffs immer ihre Versprechen?«

»Sie halten sie immer, wenn sie sie kleinen Jungen im Krankenhaus gegeben haben«, sagte Alan. »Sheriffs *müssen* ihre Versprechen halten, wenn sie sie solchen kleinen Jungen gegeben haben.«

»Kommen sie sonst in die Hölle?«

»Ja«, sagte Alan. »So ist es. Wenn sie ihr Versprechen nicht halten, kommen sie in die Hölle.«

»Schwören Sie, daß Brian in den Himmel kommt, auch wenn ich es Ihnen sage? Schwören Sie auf Ihren eigenen Namen?«

»Auf meinen eigenen Namen.«

»Okay«, sagte Sean. »Ich mußte ihm versprechen, daß ich nie in den neuen Laden gehen würde, in dem er die ganz besondere Baseballkarte gekauft hat. Er dachte, Sandy Koufax wäre auf der Karte, aber der war es nicht. Es war irgendein anderer Spieler. Sie war alt und schmutzig, aber ich glaube, das hat Brian nicht gewußt.« Sean schwieg einen Moment, dann fuhr er mit seiner beängstigend ruhigen Stimme fort: »Einmal ist er mit Schlamm an den Händen heimgekommen. Er hat den Schlamm abgewaschen, und später habe ich gehört, wie er in seinem Zimmer geweint hat.«

Die Laken, dachte Alan. Wilmas Laken. Es *war* Brian gewesen.

»Brian hat gesagt, Needful Things ist ein Giftladen, und *er* ist ein Giftmann, und ich sollte nie dort hineingehen.«

»Das hat Brian gesagt? Er hat Needful Things gesagt?«

»Ja.«

»Sean …« Er brach ab, dachte nach. Elektrische Funken sprühten durch seinen ganzen Körper, schossen kreuz und quer wie winzige blaue Splitter.

»Was?«

»Hat – hat deine Mutter ihre Sonnenbrille bei Needful Things gekauft?«

»Ja.«

»Hat sie dir das gesagt?«

»Nein. Aber ich weiß, daß sie es getan hat. Sie setzt die Sonnenbrille auf, und dann besucht sie The King.«

»Welchen King, Sean? Weißt du das?«

Sean sah Alan an, als wäre er schwachsinnig. »Elvis. Er ist The King.«

»Elvis«, murmelte Alan. »Natürlich – wer sonst?«

»Mein Vater soll kommen.«

»Ich weiß, mein Junge. Nur noch ein paar Fragen, dann lasse ich dich in Ruhe. Dann schläfst du wieder, und wenn du aufwachst, ist dein Vater da.« Er hoffte es. »Sean, hat Brian gesagt, wer der Giftmann ist?«

»Ja. Mr. Gaunt. Der Mann, dem der Laden gehört. *Er* ist der Giftmann.«

Jetzt tat sein Verstand einen Satz zu Polly – Polly nach der Beerdigung, die sagte *Wahrscheinlich liegt es daran, daß ich endlich den richtigen Arzt gefunden habe … Mr. Gaunt. Dr. Leland Gaunt.*

Er sah, wie sie ihm die kleine Silberkugel zeigte, die sie bei Needful Things gekauft hatte, und wie sie schützend die Hand darüber hielt, als er Anstalten machte, sie anzufassen. In diesem Augenblick hatte ein Ausdruck auf ihrem Gesicht gelegen, der überhaupt nicht zu Polly paßte. Verkniffener Argwohn und Besitzgier. Und dann später, mit einer schnei-

736

denden, erschütterten, von Tränen erstickten Stimme, die gleichfalls überhaupt nicht zu ihr paßte: *Es tut weh, herausfinden zu müssen, daß das Gesicht, das man zu lieben glaubte, nur eine Maske ist ... Wie konntest du mich so hintergehen? Wie konntest du?*

»Was hast du ihr erzählt?« murmelte er. Ihm war nicht bewußt, daß er die Überdecke des Krankenhausbettes ergriffen hatte und sie langsam in seine geballte Faust hineinknüllte. »Was hast du ihr erzählt? Und wie zum Teufel hast du sie dazu gebracht, es zu glauben?«

»Mr. Sheriff? Sind Sie okay?«

Alan zwang sich, seine Faust zu öffnen. »Ja – alles in Ordnung. Du bist ganz sicher, daß Brian Mr. Gaunt gesagt hat, Sean?«

»Ja.«

»Danke«, sagte Alan. Er beugte sich über das Gitter, ergriff Seans Hand und küßte seine kühle, blasse Wange. »Danke, daß du mir das alles erzählt hast.« Er gab die Hand des Jungen frei und stand auf.

In der ganzen letzten Woche hatte ein Punkt auf seiner Tagesordnung gestanden, der nicht erledigt worden war – ein Höflichkeitsbesuch bei Castle Rocks neuestem Geschäftsmann. Keine große Sache; lediglich ein freundliches Guten Tag, willkommen in der Stadt, und eine kurze Information für den Fall, daß es Probleme geben sollte. Er hatte vorgehabt, es zu tun, war einmal sogar vorbeigekommen, aber es war einfach unterblieben. Und heute, da Pollys Verhalten ihn veranlaßt hatte, zu fragen, ob Mr. Gaunt wirklich ein ehrlicher Geschäftsmann war, war die Scheiße wirklich übergekocht, und nun saß er hier, mehr als zwanzig Meilen von Mr. Gaunt entfernt.

Hält er mich von sich fern? Hat er mich die ganze Zeit von sich ferngehalten?

Der Gedanke hätte lächerlich erscheinen müssen, aber in diesem stillen, schattigen Zimmer schien er überhaupt nicht lächerlich zu sein.

Er mußte nach Castle Rock zurückfahren. Er mußte zurückfahren, so schnell er konnte.

»Mr. Sheriff?«

Alan schaute auf ihn herab.

»Brian hat noch etwas gesagt«, sagte Sean.

»So?« fragte Alan. »Was war das, Sean?«

»Brian hat gesagt, Mr. Gaunt ist überhaupt kein Mann.«

10

Alan ging, so leise er konnte, den Flur entlang auf die mit EXIT gekennzeichnete Tür zu und erwartete jeden Augenblick, von Miss Hendries Ablösung angerufen und zum Stehenbleiben genötigt zu werden. Doch der einzige Mensch, der ihn ansprach, war ein kleines Mädchen. Es stand an der Schwelle seines Zimmers; das blonde Haar war zu Zöpfen geflochten, die auf den Schultern seines verblichenen rosa Nachthemdes lagen. Es hielt eine Decke in der Hand – seine Lieblingsdecke, dem ausgefransten, abgenutzten Aussehen nach zu urteilen. Seine Füße waren nackt, die Schleifen an den Enden der Zöpfe saßen schief, und die Augen waren riesig in dem hageren Gesicht. Es war ein Gesicht, das mehr über Schmerzen wußte, als das Gesicht eines Kindes wissen sollte.

»Du hast eine Kanone«, stellte das Mädchen fest.

»Ja.«

»Mein Dad hat auch eine Kanone.«

»Wirklich?«

»Ja. Sie ist größer als deine. Sie ist größer als die ganze Welt. Bist du ein Butzemann?«

»Nein, Kleines«, sagte er und dachte: Ich glaube, heute abend ist der Butzemann vielleicht in meiner Stadt.

Er öffnete die Tür am Ende des Flurs, ging die Treppe hinunter und schob sich durch eine weitere Tür in das späte Zwielicht hinaus, das so schwül war wie an einem Abend mitten im Sommer. Er eilte, nahezu rennend, über den Parkplatz. Im Westen, aus der Richtung, in der Castle Rock lag, rumpelte und grollte Donner.

Er schloß die Fahrertür des Kombis auf, stieg ein und zog das Mikrofon aus seiner Halterung. »Wagen Eins an Basis. Bitte kommen.«

738

Die einzige Antwort war ein Geknister von hirnlosen statischen Geräuschen.

Das verdammte Gewitter.

Vielleicht hat der Butzemann es bestellt, flüsterte eine Stimme von irgendwo tief in ihm. Alan lächelte mit zusammengepreßten Lippen.

Er versuchte es noch einmal mit demselben Ergebnis, dann versuchte er, die Staatspolizei in Oxford zu erreichen. Sie kam laut und deutlich. Die Zentrale teilte ihm mit, daß in der Umgebung von Castle Rock ein heftiges Gewitter tobte und die Verbindung stark gestört war. Sogar die Telefone schienen nur zu funktionieren, wenn sie Lust dazu hatten.

»Bitte sehen Sie zu, daß Sie zu Henry Payton durchkommen, und sagen Sie ihm, er möchte einen Mann namens Leland Gaunt in Gewahrsam nehmen. Als wichtigen Zeugen; das genügt fürs erste. Der Name ist *Gaunt*, mit G wie George. Haben Sie verstanden? Ten-four.«

»Ich habe verstanden, Sheriff. Gaunt, mit G wie George. Ten-four.«

»Sagen Sie ihm, daß ich glaube, Gaunt könnte der Anstifter der Morde an Nettie Cobb und Wilmy Jerzyck sein. Ten-four.«

»Verstanden. Ten-four.«

»Ten-forty, over and out.«

Er hakte das Mikrofon wieder ein, startete den Motor und machte sich auf die Rückfahrt nach Castle Rock. Am Stadtrand von Bridgton steuerte er auf den Parkplatz eines Red Apple-Ladens und versuchte, in seinem Büro anzurufen. Er bekam ein zweimaliges Klicken, und dann teilte eine Tonbandstimme ihm mit, der Anschluß wäre zur Zeit gestört.

Er legte den Hörer auf und kehrte zu seinem Wagen zurück. Diesmal rannte er tatsächlich. Bevor er den Parkplatz verließ und wieder auf die Route 117 einbog, schaltete er sein Blinklicht ein und setzte es aufs Wagendach. Nach ungefähr einer halben Meile hatte er den rüttelnden, protestierenden Ford Kombi dazu gebracht, hundertzwanzig zu fahren.

11

Ace Merrill und die volle Dunkelheit kehrten gemeinsam nach Castle Rock zurück.

Er steuerte den Chevy Celebrity über die Castle Stream Bridge, während am Himmel über ihm der Donner hin und her rollte und Blitze in die hilflose Erde hinabzuckten. Er fuhr mit offenen Fenstern; noch regnete es nicht, und die Luft war dick wie Sirup.

Er war schmutzig und müde und wütend. Trotz des Briefes war er zu drei weiteren Stellen auf der Karte gefahren, nicht imstande zu glauben, was passiert war, nicht imstande zu glauben, daß etwas dergleichen passiert sein konnte. An jeder der Stellen hatte er einen flachen Stein gefunden und eine vergrabene Dose. Zwei davon hatten weitere Packen schmutziger Rabattmarken enthalten. Die dritte, in dem Sumpfgelände hinter der Strout-Farm, hatte nichts enthalten außer einem alten Kugelschreiber. Auf dem Griff des Kugelschreibers war eine Frau zu sehen, mit einer Frisur im Stil der vierziger Jahre. Außerdem trug sie einen Badeanzug im Stil der vierziger Jahre. Wenn man den Kugelschreiber senkrecht hielt, verschwand der Badeanzug.

Feiner Schatz.

Ace war mit Höchstgeschwindigkeit nach Castle Rock zurückgefahren, mit brennenden Augen und bis zu den Knien mit Sumpfschlamm bespritzten Jeans, und zwar aus einem einzigen Grund: um Alan Pangborn umzubringen. Danach würde er zusehen, daß er so schnell wie möglich zur Westküste kam. Das hätte er schon lange vorher tun sollen. Vielleicht würde er einen Teil des Geldes aus Pangborn herausholen; vielleicht auch überhaupt nichts. So oder so, eines stand fest: dieser Bastard würde sterben, und er würde auf die harte Tour sterben.

Immer noch drei Meilen von der Brücke entfernt wurde ihm klar, daß er keine Waffe hatte. Er hatte vorgehabt, sich eine aus der Kiste in der Garage in Cambridge zu nehmen, aber da hatte sich das verdammte Bandgerät in Bewegung gesetzt und ihm einen Mordsschrecken eingejagt. Aber er wußte, wo sie sich befanden.

O ja.

Er überquerte die Brücke – und dann hielt er an der Kreuzung von Main Street und Watermill Lane an, obwohl er Vorfahrt hatte.

»Was zum Teufel?« murmelte er.

Die Lower Main Street war ein Chaos von Streifenwagen der Staatspolizei, flackernden Blaulichtern, Übertragungswagen des Fernsehens und kleinen Grüppchen von Leuten. Der größte Teil des Trubels schien sich vor dem Gebäude der Stadtverwaltung abzuspielen. Es sah fast so aus, als hätten die Stadtväter beschlossen, aus einer Laune des Augenblicks heraus ein Straßenfest zu veranstalten.

Ace war es völlig gleichgültig, was passiert war; was ihn betraf, konnte die ganze Stadt austrocknen und weggeweht werden. Aber er wollte Pangborn, er wollte diesem verdammten Dieb den Skalp abreißen und ihn an seinen Gürtel hängen. Und wie sollte er das tun, wenn, wie es schien, sämtliche Staatsbullen von Maine um das Sheriffbüro herumlungerten?

Mr. Gaunt wird es wissen. Mr. Gaunt hat die Artillerie, und er wird auch die dazugehörigen Antworten haben. Geh zu Mr. Gaunt.

Er war einen Blick in den Spiegel und sah weitere Blaulichter auf der Kuppe der nächsten Anhöhe hinter der Brücke erscheinen. Sogar noch mehr Bullen unterwegs. Was zum Teufel ist heute nachmittag hier passiert? fragte er sich abermals, aber das war eine Frage, die ein andermal beantwortet werden konnte – oder überhaupt nicht, wenn es sich so ergab. Fürs erste hatte er seine eigenen Angelegenheiten zu erledigen, und das fing damit an, daß er sich aus dem Staub machte, bevor die näherkommenden Bullen ihn eingeholt hatten.

Ace bog nach links in die Watermill Lane ein und dann rechts in die Cedar Street; auf diese Weise umfuhr er das Geschäftsviertel, bevor er wieder auf die Main Street gelangte. Er hielt einen Moment an der Ampel an, betrachtete die flackernden Blaulichter am Fuße des Hügels. Dann parkte er vor Needful Things.

Er stieg aus, überquerte die Straße und las das Schild am Fenster. Einen Augenblick lang empfand er eine niederschmetternde Enttäuschung – er brauchte nicht nur eine Waffe, sondern auch ein bißchen von Mr. Gaunts Koks –; dann erinnerte er sich an den Hintereingang in der Gasse.

Er ging den Block entlang und bog um die Ecke, ohne den leuchtend gelben Transporter zu bemerken, der zwanzig oder dreißig Meter entfernt parkte, oder den Mann, der auf dem Beifahrersitz saß und ihn beobachtete.

Als er in die Gasse einbog, prallte er gegen einen Mann, der eine tief in die Stirn gezogene Tweedmütze trug.

»Hey, paß auf, wo du hinläufst, Daddy-O«, sagte Ace.

Der Mann mit der Tweedmütze hob den Kopf, bleckte die Zähne gegen Ace und verzog das Gesicht. Im gleichen Augenblick zog er eine Automatik aus der Tasche und richtete sie auf Ace. »Komm mir nicht in die Quere, Freund, oder du kriegst was ab.«

Ace hob die Hände und trat zurück. Er hatte keine Angst; er war nur völlig verblüfft. »Das will ich nicht, Mr. Nelson«, sagte er. »Lassen Sie mich da raus.«

»Na schön«, sagte der Mann mit der Tweedmütze. »Haben Sie dieses Schwein Jewett gesehen?«

»Den von Junior High?«

»Ja, den von der Middle School. Gibt es sonst noch Jewetts in der Stadt? Kommen Sie zur Sache, Mann!«

»Ich bin gerade erst angekommen«, sagte Ace vorsichtig. »Ich habe noch überhaupt niemanden gesehen, Mr. Nelson.«

»Nun, ich werde ihn finden, und dann wird er ein verdammt trauriges Stückchen Scheiße sein. Er hat meinen Sittich umgebracht und auf meine Mutter geschissen.« George T. Nelson kniff die Augen zusammen und setzte hinzu: »Heute ist ein Abend, wo mir niemand in die Quere kommen sollte.«

Ace widersprach ihm nicht.

Mr. Nelson steckte die Waffe wieder in die Tasche und verschwand um die Ecke herum mit dem zielstrebigen Gang eines Mannes, der wirklich stinkwütend ist. Ace blieb noch einen Moment mit erhobenen Händen stehen. Mr. Nelson lehrte Holzbearbeitung und Metallbearbeitung an der High School. Ace hatte ihn immer für einen Mann gehalten, der nicht einmal die Nerven hatte, eine Wespe totzuschlagen, wenn sie sich auf seinem Auge niederließ, aber jetzt hatte er den Eindruck, als müßte er seine Meinung ändern. Außerdem hatte Ace die Waffe erkannt. Was nicht weiter verwunderlich war – schließlich hatte er erst am Vorabend eine ganze Kiste davon aus Boston mitgebracht.

12

»Ace!« sagte Mr. Gaunt. »Sie kommen genau zur rechten Zeit.«

»Ich brauche eine Kanone«, sagte Ace. »Und eine Ladung von diesem erstklassigen Stoff, falls Sie noch welchen haben.«

»Ja, ja – zu seiner Zeit. Alles zu seiner Zeit. Fassen Sie diesen Tisch mit an, Ace.«

»Ich will Pangborn umlegen«, sagte Ace. »Er hat meinen Schatz gestohlen, und ich will ihn umlegen.«

Mr. Gaunt musterte Ace mit dem ausdruckslosen gelben Starren einer Katze, die sich an eine Maus heranschleicht – und in diesem Augenblick kam sich Ace tatsächlich vor wie eine Maus. »Vergeuden Sie nicht meine Zeit mit Dingen, die ich längst weiß«, sagte er. »Wenn Sie meine Hilfe wollen, Ace, dann helfen Sie mir.«

Ace ergriff eine Seite des Tisches, und sie trugen ihn zurück in den Lagerraum. Mr. Gaunt bückte sich und hob ein Schild auf, das an der Wand gelehnt hatte.

DIESES GESCHÄFT IST *ENDGÜLTIG* GESCHLOSSEN

stand darauf. Er brachte es an der Tür an, machte sie dann zu und hatte den Riegel vorgeschoben, bevor Ace begriff, daß da nichts gewesen war, was das Schild an Ort und Stelle hielt – kein Nagel, kein Klebeband, überhaupt nichts. Aber es war trotzdem hängengeblieben.

Dann fiel sein Blick auf die Kisten, die die automatischen Pistolen und die Magazine enthalten hatten. Es waren nur noch drei Pistolen und drei Magazine da.

»Himmel! Wo sind die alle geblieben?«

»Die Geschäfte sind gut gegangen heute abend, Ace«, sagte Mr. Gaunt und rieb sich die langfingrigen Hände. »Außerordentlich gut. Und es wird sogar noch besser werden. Ich habe Arbeit für Sie.«

»Ich habe Ihnen doch *gesagt*«, erklärte Ace, »der Sheriff hat …«

Leland Gaunt war über ihm, bevor Ace auch nur gesehen hatte, daß er sich bewegte. Seine langen, häßlichen Hände packten ihn beim Vorderteil seines T-Shirts und hoben ihn hoch, als wäre er federleicht. Ein erschrockener Aufschrei fiel aus seinem Mund. Die Hände, die ihn hielten, waren wie Eisen. Mr. Gaunt hob ihn ganz hoch, und plötzlich stellte Ace fest, daß er auf dieses lodernde höllische Gesicht herabblickte und kaum eine Ahnung hatte, wie er da hinaufgekommen war. Selbst in diesem Moment äußersten Entsetzens sah er, daß Rauch – oder vielleicht auch Dampf – aus Mr. Gaunts Ohren und Nasenlöchern hervorquoll. Er sah aus wie ein Drache in Menschengestalt.

»*Sie haben mir NICHTS zu sagen!*« schrie Mr. Gaunt zu ihm hoch. Seine Zunge kam zwischen diesen krummen Grabsteinzähnen zum Vorschein, und Ace sah, daß ihre Spitze gespalten war wie die einer Schlange. »*Ich habe Ihnen ALLES zu sagen! Halten Sie gefälligst den Mund in Gegenwart von Leuten, die älter und klüger sind als Sie, Ace! Halten Sie den Mund und hören Sie zu. Halten Sie den Mund und hören Sie zu. HALTEN SIE DEN MUND UND HÖREN SIE ZU!*«

Er wirbelte Ace zweimal um seinen Kopf herum wie ein Ringer auf dem Jahrmarkt und schleuderte ihn dann gegen die hintere Wand. Ace' Kopf prallte gegen den Putz, und im Zentrum seines Gehirns explodierte ein gewaltiges Feuerwerk. Als er wieder klar sehen konnte, stellte er fest, daß Mr. Gaunt auf ihn zukam. Sein Gesicht war ein Graus aus Augen und Zähnen und hervorquellendem Dampf.

»*Nein!*« kreischte Ace. »*Nein, Mr. Gaunt, bitte! Nein!*«

Die Hände waren zu Klauen, die Nägel in Sekundenschnelle lang und scharf geworden – *oder waren sie das immer schon?* stammelte Ace' Verstand. *Vielleicht waren sie es immer schon, und du hast es nur nicht gesehen.*

Sie schnitten durch den Stoff von Ace' T-Shirt wie Rasierklingen, und Ace wurde wieder hochgerissen in dieses dampfende Gesicht.

»Werden Sie jetzt zuhören, Ace?« fragte Mr. Gaunt. Bei jedem Wort fuhren Ace heiße Dampfstrahlen ins Gesicht. »Werden Sie es tun, oder soll ich Ihnen Ihr überflüssiges Gedärm herausreißen?«

»Nein!« schluchzte Ace. »Ich meine *ja!* Ich werde zuhören!«

»Werden Sie ein braver kleiner Junge sein und tun, was Ihnen gesagt wird?«

»Ja!«

»Sie wissen, was passiert, wenn Sie es nicht tun?«

»Ja! Ja! Ja!«

»Sie sind widerlich, Ace«, sagte Mr. Gaunt. »Aber es gefällt mir.« Er schleuderte Ace abermals an die Wand. Ace glitt daran herunter, bis er auf den Knien gelandet war, keuchend und schluchzend. Er schaute auf den Fußboden. Er hatte Angst davor, diesem Ungeheuer ins Gesicht zu sehen.

»Wenn Sie noch einmal auch nur daran denken sollten, gegen meinen Willen zu handeln, dann sorge ich dafür, daß Sie auf die große Reise in die Hölle gehen. Sie bekommen den Sheriff, keine Sorge. Aber im Augenblick ist er nicht in der Stadt. Und jetzt stehen Sie auf.«

Ace kam langsam auf die Beine. Sein Kopf dröhnte; sein T-Shirt hing in Fetzen an ihm herunter.

»Beantworten Sie mir eine Frage.« Mr. Gaunt war wieder verbindlich, lächelte, und jedes Härchen befand sich am richtigen Ort. »Mögen Sie diese kleine Stadt? Lieben Sie sie? Hängen Schnappschüsse von ihr an den Wänden Ihrer schäbigen Bude, die Sie an den ländlichen Charme des Ortes in jener Zeit erinnern, als die Bienen noch stachen und die Hunde bissen?«

»Teufel, nein«, sagte Ace mit unsicherer Stimme, die sich mit dem Hämmern seines Herzens hob und senkte. Er schaffte es nur mit größter Mühe, wieder hochzukommen. Seine Beine fühlten sich an wie Spaghetti. Er lehnte sich mit dem Rücken an die Wand und betrachtete Mr. Gaunt ängstlich.

»Würde es Sie entsetzen, wenn ich Ihnen vorschläge, dieses kleine Drecknest von der Landkarte zu pusten, während Sie auf die Rückkehr des Sheriffs warten?«

»Ich – ich weiß nicht, was Sie damit sagen wollen«, sagte Ace nervös.

»Das wundert mich nicht. Aber ich glaube, Sie verstehen, was ich *meine*, Ace. Verstehen Sie es?«

Ace Merrills Gedanken wanderten zurück. Zurück über einen Zeitraum von vielen Jahren, als vier rotznäsige Jungen ihn und seine Freunde (zu jener Zeit hatte Ace tatsächlich Freunde gehabt, oder zumindest etwas, was dem in etwa gleichkam) um etwas betrogen hatten, das Ace haben wollte. Eine der Rotznasen – Gordie LaChance – hatten sie später erwischt und windelweich geprügelt, aber das hatte nichts geändert. Jetzt war LaChance ein berühmter Schriftsteller, der in einem anderen Teil des Staates lebte und sich wahrscheinlich den Arsch mit Zehn-Dollar-Noten abwischte. Irgendwie hatten die Rotznasen gesiegt, und seither war es für Ace nie mehr so gewesen wie früher. Das war der Zeitpunkt, von dem ab ihn das Glück verlassen hatte. Türen, die ihm früher offengestanden hatten, begannen sich zu schließen, eine nach der anderen. Stückchen für Stückchen hatte er begreifen müssen, daß er kein König war und Castle Rock nicht sein Reich. Wenn das je der Fall gewesen war, dann war diese Zeit an jenem Labor Day-Wochenende zu Ende gegangen, als er sechzehn war, als die Rotznasen ihn und seine Freunde um etwas betrogen hatten, das von Rechts wegen ihnen gehörte. Und als Ace dann alt genug geworden war, um im Tiger zu trinken, ohne gegen das Gesetz zu verstoßen, war er vom König zu einem einfachen Soldaten ohne Uniform geworden, der sich durch feindliches Gelände schlich.

»Ich *hasse* dieses verdammte Scheißnest«, sagte er zu Leland Gaunt.

»Gut«, sagte Mr. Gaunt. »Sehr gut. Ich habe einen Freund – er parkt ein Stückchen die Straße hinauf –, der Ihnen helfen wird, etwas dagegen zu unternehmen. Sie werden den Sheriff bekommen – und obendrein die ganze Stadt. Hört sich das gut an?« Er hatte Ace' Augen mit seinen eigenen eingefangen. Ace stand vor ihm mit den zerfetzten Überre-

746

sten seines T-Shirts und begann zu grinsen. Sein Kopf schmerzte nicht mehr.

»Ja«, sagte er. »Das hört sich sogar phantastisch an.«

Mr. Gaunt griff in seine Jackentasche und holte einen mit weißem Pulver gefüllten Plastikbeutel heraus. Er hielt ihn Ace hin.

»Es gibt Arbeit zu tun, Ace«, sagte er.

Ace nahm den Plastikbeutel, aber es waren nach wie vor Mr. Gaunts Augen, in die er hineinschaute.

»Gut«, sagte er. »Von mir aus kann's losgehen.«

13

Buster beobachtete, wie der letzte Mann, den er in die Gasse hatte hineingehen sehen, wieder herauskam. Jetzt hing das T-Shirt des Mannes in Fetzen an ihm herunter, und er trug eine Kiste. Aus dem Gürtel seiner Jeans ragten die Kolben von zwei automatischen Pistolen heraus.

Buster fuhr erschrocken zusammen, als der Mann, in dem er jetzt Ace Merrill erkannte, direkt auf den Transporter zukam und die Kiste absetzte.

Ace tippte an die Scheibe. »Machen Sie hinten auf, Daddy-O«, sagte er. »Wir haben zu tun.«

Buster kurbelte sein Fenster herunter. »Verschwinden Sie!« sagte er. »Verschwinden Sie, Sie Rohling! Sonst rufe ich die Polizei!«

»Viel Spaß dabei«, knurrte Ace.

Er zog eine der Pistolen aus dem Gürtel seiner Hose. Buster versteifte sich; und dann streckte Ace ihm die Pistole mit dem Kolben voran durch das Fenster entgegen. Buster starrte sie an.

»Nehmen Sie«, sagte Ace ungeduldig, »und machen Sie hinten auf. Wenn Sie nicht wissen, wer mich geschickt hat, dann sind Sie noch dämlicher, als Sie aussehen.« Er streckte die andere Hand aus und betastete die Perücke. »Hübsches Haar«, sagte er mit einem kleinen Lächeln. »Einfach prachtvoll.«

»Lassen Sie das«, sagte Buster, aber die Wut und die Empörung waren aus seiner Stimme verschwunden. *Drei Männer können eine Menge Schaden anrichten*, hatte Mr. Gaunt gesagt. *Ich schicke jemanden zu Ihnen.*

Aber Ace? Ace Merrill? Der war ein *Krimineller!*

»Hören Sie«, sagte Ace, »wenn Sie das alles mit Mr. Gaunt erörtern wollen – ich glaube, er ist noch da drin. Aber wie Sie sehen« – er hob die langen Fetzen seines T-Shirts an, die ihm über Brust und Bauch herabhingen – »ist er in etwas reizbarer Stimmung.«

»Sie sollen mir helfen, SIE loszuwerden?« fragte Buster.

»So ist es«, sagte Ace. »Wir werden diese ganze Stadt in einen auf dem Rost gebratenen Hamburger verwandeln.« Er griff nach der Kiste. »Obwohl ich nicht weiß, wie wir mit nur einer Kiste voll Sprengkapseln viel Schaden anrichten können. Er hat gesagt, Sie wüßten die Antwort darauf.«

Buster hatte begonnen zu grinsen. Er stand auf, kroch auf die Ladefläche des Transporters und schob die Hecktür auf. »Ich glaube, ich weiß sie tatsächlich«, sagte er. »Steigen Sie ein, Mr. Merrill. Wir müssen eine kleine Spazierfahrt machen.«

»Wohin?«

»Fürs erste zum Städtischen Fuhrpark«, sagte Buster. Er grinste immer noch.

Einundzwanzigstes Kapitel

1

Rev. William Rose, der die Kanzel der United Baptist Church von Castle Rock erstmals im Mai 1983 bestiegen hatte, war ein Fanatiker reinsten Wassers; das stand außer Frage. Leider war er außerdem tatkräftig, manchmal auf eine fragwürdige, grausame Art witzig und bei seiner Gemeinde überaus beliebt. Seine erste Predigt als Hüter der baptistischen Herde war ein deutlicher Hinweis auf Künftiges gewesen. Sie stand unter dem Motto ›Warum die Katholiken zur Hölle verdammt sind‹. Seither hatte er in diesem Stil weitergemacht, und seine Gemeinde hatte es ihm mit Begeisterung gedankt. Die Katholiken, ließ er sie wissen, waren blasphemische, fehlgeleitete Kreaturen, die nicht Jesus verehrten, sondern die Frau, die dazu auserwählt worden war, ihn zur Welt zu bringen. War es da ein Wunder, daß sie auch in vielen anderen Dingen für Irrtümer so anfällig waren?

Er informierte seine Gemeinde, daß die Katholiken zur Zeit der Inquisition die Wissenschaft von der Folter vervollkommnet hatten; daß die Inquisitoren die *wahren* Gläubigen auf dem verbrannt hatten, was er den Rauchenden-äh Scheiterhaufen nannte, und zwar bis heroische Protestanten (überwiegend Baptisten) sie gegen Ende des neunzehnten Jahrhunderts zum Aufhören gezwungen hatten; daß im Laufe der Geschichte vierzig verschiedene Päpste mit ihren eigenen Müttern und Schwestern und sogar ihren illegitimen Töchtern ruchlose-äh sexuelle Beziehungen unterhalten hatten; daß der Vatikan auf dem Gold protestantischer Märtyrer und ausgeplünderter Nationen errichtet worden war.

Diese Art von ignorantem Geschwätz war für die Katholische Kirche nichts Neues; sie hatte seit Hunderten von Jahren mit ähnlichen Ketzereien fertig werden müssen. Viele Priester wären darüber hinweggegangen oder hätten sich darüber sogar ein wenig lustig gemacht. Father John Brigham jedoch gehörte nicht zu der Sorte, die über so etwas hinweggehen kann. Ganz im Gegenteil. Brigham, ein reizbarer, krummbeiniger Ire, war einer jener Männer, die Schwachköpfe nicht ausstehen können, zumal aufgeblasene Schwachköpfe vom Schlage des Rev. Rose.

Er hatte Roses bissige Anfälle gegen die Katholiken fast ein Jahr lang stumm ertragen, bevor er schließlich von seiner eigenen Kanzel aus loswetterte. Seine Predigt, in der er kein Blatt vor den Mund nahm, stand unter dem Motto ›Die Sünden des Reverend Willie‹. In ihr charakterisierte er den baptistischen Prediger als einen ›psalmensingenden Esel, der glaubt, Billy Graham wandele auf dem Wasser und Billy Sunday sitze zur Rechten Gottes des Allmächtigen‹.

Später an diesem Sonntag hatten Rev. Rose und vier seiner größten Dekane Father Brigham einen Besuch abgestattet. Sie waren entsetzt und wütend, erklärten sie, über die verleumderischen Dinge, die Father Brigham geäußert hatte.

»Sie haben den Nerv, mir zu sagen, ich soll mich mäßigen«, sagte Father Brigham, »nachdem Sie heute morgen nichts unversucht gelassen haben, um den Gläubigen weiszumachen, ich diente der Hure von Babylon.«

Farbe stieg schnell in die normalerweise blassen Wangen von Rev. Rose und überzog seinen weitgehend kahlen Schädel. Er hätte *nie* etwas über die Hure von Babylon gesagt, erklärte er Father Brigham; nur die Hure von Rom hätte er mehrmals erwähnt, und wenn ihm der Schuh paßte, so täte Father Brigham gut daran, ihn über seine Fersen zu streifen und zu tragen.

Father Brigham war mit geballten Fäusten aus der Tür des Pfarrhauses herausgetreten. »Wenn Sie dies auf dem Gehsteig erörtern wollen, mein Freund«, sagte er, »dann weisen Sie Ihren kleinen Gestapo-Trupp an, beiseitezutreten. Dann können wir beide das erörtern, so lange Sie wollen.«

Rev. Rose, der sieben Zentimeter größer war als Father Brigham, aber vielleicht zehn Kilo leichter, wich mit einem Hohnlächeln zurück. »Ich will mir nicht die Hände schmutzig-äh machen«, sagte er.

Einer der Dekane war Don Hemphill. Er war sowohl größer als auch schwerer als der streitbare Priester. »*Ich* werde es mit Ihnen erörtern, wenn Sie wollen«, sagte er. »Ich werde

750

mit ihrem papstliebenden irischen Arsch den Gehsteig auf-
wischen.«

Zwei der anderen Dekane, die wußten, daß Don dazu imstande war, hatten ihn in letzter Minute zurückgehalten.
Aber von Stund an waren die Feindseligkeiten eröffnet.

Bis zu diesem Oktober waren sie überwiegend *sub rosa*
ausgetragen worden – anzügliche Witze und boshaftes Geschwätz in den Männer- und Frauengruppen der beiden
Kirchen, Schulhof-Hänseleien zwischen den Kindern der
beiden Parteien und, dies vor allem, von einer Kanzel auf
die andere geschleuderte rhetorische Wurfgeschosse am
Sonntag, jenem Tag des Friedens, an dem, wie die Geschichte lehrt, die meisten Kriege ausgebrochen sind. Hin und wieder gab es häßliche Zwischenfälle – während eines Baptist
Young Fellowship-Tanzes wurde im Gemeindesaal mit Ei-
ern geworfen, und einmal flog ein Stein durch das Wohnzimmerfenster des Pfarrhauses –, aber in erster Linie war es
ein Krieg mit Worten gewesen.

Wie alle Kriege hatte er sowohl seine hitzigen Momente
als auch seine Kampfpausen gehabt, aber seit jenem Tag, an
dem die Töchter der Isabella ihre Pläne für die Kasino-Nacht
verkündet hatten, hatte sich die Erbitterung auf beiden Seiten ständig vertieft. Als Rev. Rose die berüchtigte ›Baptistische Rattenficker‹-Karte erhielt, war es vermutlich bereits zu
spät, eine Konfrontation zu vermeiden; die Unflätigkeit der
Botschaft schien nur zu garantieren, daß diese Konfrontation, wenn sie stattfand, nicht von schlechten Eltern sein
würde. Das Anmachholz war gelegt; jetzt brauchte nur noch
jemand zu kommen, der ein Streichholz anriß und das Freu-
denfeuer aufflammen ließ.

Wenn jemand die Instabilität der Lage fatal unterschätzt
hatte, so war es Father Brigham. Er hatte gewußt, daß seinem baptistischen Gegenspieler die Idee der Kasino-Nacht
nicht gefallen würde, aber er begriff nicht, wie sehr der Gedanke eines von der Kirche unterstützten Glücksspiels den
baptistischen Prediger kränkte und erbitterte. Er wußte
nicht, daß der Vater von Steamboat Willie ein besessener
Spieler gewesen war, der seine Familie immer wieder verlassen hatte, wenn die Spielwut ihn überkam, und er wußte

auch nicht, daß der Mann sich schließlich nach einer Pechsträhne beim Würfeln im Hinterzimmer eines Tanzlokals erschossen hatte. Und die unschöne Wahrheit über Father Brigham war dies: auch wenn er es gewußt hätte, hätte es für ihn wahrscheinlich nichts geändert.

Rev. Rose mobilisierte seine Streitkräfte. Die Baptisten begannen mit einer Leserbriefkampagne im *Call* von Castle Rock (Wanda Hemphill, Dons Frau, schrieb die meisten dieser gegen die Kasino-Nacht wetternden Briefe selbst); darauf folgten die WÜRFEL UND TEUFEL-Handzettel. Betsy Vigue, Präsidentin der Kasino-Nacht und Großregentin des örtlichen Kapitels der Töchter der Isabella, organisierte den Gegenangriff. In den letzten drei Wochen war der Umfang des *Call* auf sechzehn Seiten angestiegen, um die Debatte abdrucken zu können (allerdings war es mehr ein Wettstreit gegenseitiger Anwürfe als ein vernünftiges Diskutieren unterschiedlicher Ansichten). Weitere Handzettel wurden angeklebt und ebenso schnell wieder abgerissen. Ein Leitartikel, der beide Seiten zur Mäßigung aufforderte, wurde ignoriert. Einige der Parteigänger hatten Spaß an der Sache; es war irgendwie toll, in einen derartigen Sturm im Wasserglas verwickelt zu werden. Doch als das Ende herannahte, hatte Steamboat Willie keinen Spaß daran, und Father Brigham auch nicht.

»Dieses selbstgerechte Stückchen Scheiße kotzt mich an!« erklärte Brigham wütend dem überraschten Albert Gendron an dem Tag, an dem ihm Albert den berüchtigten HÖRT ZU IHR MAKRELENFRESSER-Brief brachte, den er an der Tür seiner Zahnarztpraxis gefunden hatte.

»Man stelle sich das vor – dieser Hurensohn wirft guten Baptisten solche Dinge vor!« spie Rev. Rose einem gleichermaßen überraschten Norman Harper und Don Hemphill zu. Das war am Kolumbus-Tag gewesen, im Anschluß an einen Anruf von Father Brigham. Brigham hatte versucht, Rev. Rose den Makrelenfresser-Brief vorzulesen; Rev. Rose hatte sich (nach Ansicht seiner Dekane völlig zu Recht) geweigert, zuzuhören.

Norman Harper, ein Mann, der zehn Kilo schwerer war als Albert Gendron und fast ebenso groß, war bei dem schrillen, fast hysterischen Ton von Roses Stimme ein wenig unbehaglich zumute, aber das sagte er nicht. »Dieser alter irische Dickschädel ist ein bißchen nervös wegen der Karte, die Sie im Pfarrhaus gefunden haben, das ist alles. Er hat eingesehen, daß das zu weit ging. Er bildet sich ein, wenn er behauptet, einer seiner eigenen Gefolgsleute hätte einen ebenso unfältigen Brief bekommen, dann würde das uns ins Unrecht setzen.«

»Nun, das wird nicht funktionieren!« Roses Stimme war schriller als je zuvor. »Niemand in meiner Gemeinde würde mit derartigem Schmutz etwas zu tun haben wollen! *Niemand!*« Seine Stimme zersplitterte an dem letzten Wort. Seine Hände öffneten und schlossen sich krampfhaft. Norman und Don wechselten einen schnellen, unbehaglichen Blick. Sie hatten im Laufe der letzten paar Wochen mehrfach über das Verhalten gesprochen, das Rev. Rose immer häufiger an den Tag legte. Die Geschichte mit der Kasino-Nacht riß Bill förmlich auseinander. Die beiden Männer fürchteten, daß er womöglich einen Nervenzusammenbruch erleiden würde, bevor die Lage endgültig geklärt war.

»Regen Sie sich nicht auf, Bill«, sagte Don beruhigend. »Wir wissen, was dahintersteckt.«

»Ja!« schrie der Rev. Rose und fixierte die beiden Männer mit zitterndem, unstetem Blick. »Ja, ihr wißt es – ihr beide. Und ich – *ich* weiß es auch! Aber wie steht es mit den anderen Leuten in dieser Stadt-äh? Wissen *sie* es?«

Darauf konnten weder Norman noch Don eine Antwort geben.

»Ich hoffe, irgend jemand jagt diesen verlogenen Götzenanbeter mit Schimpf und Schande aus der Stadt!« schrie William Rose, ballte die Fäuste und schwang sie hilflos. »Mit Schimpf und Schande! Ich würde dafür bezahlen, um das zu sehen! Eine Menge Geld würde ich dafür bezahlen!«

Am Montag hatte Father Brigham herumtelefoniert und diejenigen, die sich ›für die gegenwärtige Atmosphäre religiöser Anfeindungen in Castle Rock‹ interessierten, aufgefordert, am Abend zu einer kurzen Versammlung im Pfarrhaus zu erscheinen. Es waren so viele Leute gekommen, daß die Versammlung in den benachbarten Saal der Kolumbus-Ritter umziehen mußte.

Brigham begann damit, daß er über den Brief sprach, den Albert Gendron an seiner Tür gefunden hatte – den vorgeblich von den ›betroffenen baptistischen Männern von Castle Rock‹ geschriebenen Brief –, und berichtete dann über sein enttäuschendes Telefongespräch mit Rev. Rose. Als er der Versammlung mitteilte, daß Rose behauptete, gleichfalls einen obszönen Brief erhalten zu haben, einen Brief, der vorgeblich von den ›betroffenen *katholischen* Männern von Castle Rock‹ stammte, wurde in der Menge Grollen laut – zuerst bestürzt, dann wütend.

»Der Mann ist ein verdammter Lügner!« rief jemand aus dem Hintergrund des Saales.

Father Brigham schien gleichzeitig zu nicken und den Kopf zu schütteln. »Mag sein, Sam, aber darum geht es hier nicht. Er ist total verrückt – ich glaube, *darum* geht es in Wirklichkeit.«

Darauf reagierten die Anwesenden mit nachdenklichem, besorgtem Schweigen, aber Father Brigham verspürte dennoch eine fast greifbare Erleichterung. *Total verrückt;* es war das erstemal, daß er diese Worte laut ausgesprochen hatte, obwohl sie ihm seit mindestens drei Jahren im Kopf herumgingen.

»Ich werde mich von einem religiösen Spinner nicht aufhalten lassen«, fuhr Father Brigham fort. »Unsere Kasino-Nacht ist harmlos und dient einem guten Zweck, einerlei, was Steamboat Willie davon hält. Aber ich bin der Ansicht, daß wir, da er immer schrillere Töne angeschlagen hat und immer instabiler geworden ist, darüber abstimmen sollten. Wer dafür ist, daß wir die Kasino-Nacht absagen – daß wir uns im Interesse der Sicherheit dem Druck beugen –, der sollte es sagen.«

Das Votum, die Kasino-Nacht wie geplant durchzuführen, war einstimmig gefallen.

Father Brigham nickte erfreut. Dann schaute er zu Betsy Vigue. »Sie wollen morgen abend eine Planungssitzung abhalten, ist das richtig, Betsy?«

»Ja, Father.«

»Dann darf ich vorschlagen«, sagte Father Brigham, »daß

wir Männer uns zur gleichen Zeit hier im Saal der Kolumbus-Ritter treffen.«

Albert Gendron, ein massiger Mann, der nur langsam in Wut geriet und den die Wut nur ebenso langsam wieder verließ, erhob sich bedachtsam und richtete sich zu seiner vollen Höhe auf. »Wollen Sie damit andeuten, daß diese baptistischen Narren versuchen könnten, die Damen zu belästigen, Father?«

»Nein, nein, durchaus nicht«, besänftigte Father Brigham. »Aber ich hielte es für vernünftig, auch unsererseits Pläne zu erörtern, die gewährleisten, daß die Kasino-Nacht glatt abläuft …«

»Saalschutz?« rief jemand begeistert. »Saalschutz, Father?«

»Nun – Augen und Ohren«, sagte Father Brigham und ließ nicht den geringsten Zweifel daran, daß ein Saalschutz genau das war, was er meinte. »Und wenn wir morgen abend zusammenkommen, während sich die Damen versammelt haben, sind wir alle hier für den Fall, daß es tatsächlich Ärger geben sollte.«

Und so versammelten sich die katholischen Männer in dem Gebäude auf der einen Seite des Parkplatzes, während die Töchter der Isabella in dem auf der anderen Seite zusammentraten. Und am anderen Ende der Stadt hatte Rev. William Rose zur gleichen Zeit eine Versammlung einberufen, um die neueste katholische Verleumdung zu erörtern und die Anfertigung von Plakaten und das Organisieren von Kasino-Nacht-Streikposten zu planen.

Der Aufruhr und das Durcheinander, die am frühen Abend in Castle Rock herrschten, wirkten sich kaum auf die Teilnahme an diesen Versammlungen aus – die meisten der Schaulustigen, die um das Gebäude der Stadtverwaltung herumlungerten, als das Gewitter aufzog, waren Leute, die in der großen Kasino-Nacht-Kontroverse eine neutrale Position bezogen hatten. Und was die in das Hickhack verwickelten Katholiken und Baptisten anging, so konnten ein paar Morde keinen Vergleich aushalten mit der Aussicht auf eine wirklich gute und heilige Grollpartie. Schließlich mußte, wenn es um die Sache der Religion ging, alles andere in den Hintergrund treten.

2

Mehr als siebzig Leute erschienen bei der vierten Versammlung einer Gruppe, der Rev. Rose den Namen *Die Baptistischen Streiter Christi wider das Glücksspiel in Castle Rock* gegeben hatte. Das war eine beachtliche Menge; die letzte Versammlung war entschieden schlechter besucht gewesen, aber Gerüchte über die obszöne Karte, die durch den Briefschlitz des Pfarrhauses geworfen worden war, hatte die Zahl der Teilnehmer wieder in die Höhe schnellen lassen. Das Erscheinen so vieler Leute erleichterte Rev. Rose, aber er war sowohl enttäuscht als auch verblüfft darüber, daß Don Hemphill nicht gekommen war. Don hatte versprochen, daß er dabeisein würde, und Don war sein starker Arm.

Rose schaute auf die Uhr und sah, daß es bereits fünf Minuten nach sieben war – keine Zeit, um anzurufen und Don zu fragen, ob er es vergessen hatte. Alle, die kommen wollten, waren da, und er wollte sie zu fassen kriegen, solange die Wogen ihrer Entrüstung und Neugierde hochgingen. Er gab Hemphill noch eine Minute, dann stieg er auf die Kanzel und hob in einer Willkommensgeste die mageren Arme. Seine Schäfchen – von denen die meisten ihre Arbeitskleidung trugen – ließen sich auf den einfachen Holzbänken nieder.

»Lasset uns dieses Werk beginnen, wie alle großen-äh Werke begonnen werden«, sagte Rev. Rose. »Lasset uns die Häupter neigen zum Gebet.«

Sie senkten die Köpfe, und das war der Moment, indem die Vestibültür hinter ihnen mit der Gewalt eines Kanonenschusses aufkrachte. Ein Paar der Frauen kreischten, und mehrere Männer sprangen auf.

Es war Don. Er war Schlachtermeister, und er trug nach wie vor seine blutbespritzte weiße Schürze. Sein Gesicht hatte die Farbe einer überreifen Tomate. Aus seinen verstörten Augen rann Wasser. Rotzfäden trockneten an seiner Nase, auf seiner Oberlippe und in den Falten beiderseits seines Mundes.

Außerdem stank er.

Don stank wie eine Horde Skunks, die zuerst in ein Faß mit

Schwefel geworfen, dann mit frischem Kuhmist bespritzt und schließlich in einem geschlossenen Raum freigelassen worden waren, in dem sie in panischer Angst herumrasten. Der Gestank ging ihm voraus; der Gestank folgte ihm; aber vor allem hing der Gestank um ihn herum wie eine pestilenzialische Wolke. Frauen wichen vom Mittelgang zurück und griffen hastig nach ihren Taschentüchern, als er mit flatternder Schürze vorn und flatterndem Hemdzipfel hinten an ihnen vorbeitaumelte. Die wenigen anwesenden Kinder begannen zu weinen. Männer stießen angewiderte und bestürzte Rufe aus.

»Don!« rief Rev. Rose mit spröder, überraschter Stimme. Seine Arme waren nach wie vor erhoben, aber als sich Don Hemphill der Kanzel näherte, ließ Rose sie sinken und hielt sich unwillkürlich eine Hand vor Nase und Mund. Er hatte das Gefühl, sich übergeben zu müssen. Es war der unglaublichste, widerwärtigste Gestank, der ihm je begegnet war. »Was – was ist passiert?«

»Passiert?« brüllte Don Hemphill. »*Passiert?* Ich werde Ihnen sagen, was passiert ist! Ich werden *allen* sagen, was passiert ist!«

Er fuhr zu der Gemeinde herum, und trotz des Gestankes, der an ihm hing und sich um ihn herum verbreitete, wurden die Leute still, als er seine wütenden Augen auf sie richtete.

»Die verdammten Schweine haben eine Stinkbombe in meinen Laden geworfen, das ist passiert! Es waren nicht mehr als ein halbes Dutzend Leute darin, weil ich eine Notiz aufgehängt hatte, daß ich heute früher schließen würde, und Gott sei Dank dafür, aber die Ware ist ruiniert. Die gesamte Ware! Im Wert von vierzigtausend Dollar! Ruiniert! Ich weiß nicht, was die Schweine benutzt haben, aber der Laden wird *tagelang* stinken!«

»Wer?« fragte Rev. Rose mit verzagter Stimme. »Wer hat es getan, Don?«

Don Hemphill griff in die Tasche seiner Schürze. Er holte ein schwarzes Band mit einer weißen Kerbe und einen Stapel von Handzetteln heraus. Das Band war ein katholischer Priesterkragen. Er hielt ihn hoch, so daß alle ihn sehen konnten.

»*WAS ZUM TEUFEL GLAUBEN SIE DENN?*« schrie er. »*Mein Laden! Meine Ware! Alles ist ruiniert, und was glauben Sie?*«

Er warf die Handzettel den fassungslosen Baptistischen Streitern Christi wider das Glücksspiel zu. Sie lösten sich in der Luft voneinander und segelten herab wie Konfetti. Einige der Anwesenden streckten eine Hand aus und griffen danach. Sie waren alle gleich; jeder zeigte eine Gruppe von lachenden Männern und Frauen, die einen Roulettetisch umstanden

NUR DES SPASSES WEGEN!

stand über dem Bild, und darunter

KOMMT ALLE ZUR ›KASINO-NACHT‹
IN DER HALLE DER KOLUMBUS-RITTER
31. OKTOBER 1991
ZUGUNSTEN DES KATHOLISCHEN BAUFONDS

»Wo haben Sie diese Zettel gefunden, Don?« fragte Len Milliken mit ominös grollender Stimme. »Und diesen Kragen?«

»Jemand hat sie neben die Tür gelegt«, sagte Don, »kurz bevor alles zum Teufel …«

Die Vestibültür knallte abermals, und alle fuhren zusammen, nur wurde sie diesmal nicht geöffnet, sondern zugeschlagen.

»Ich hoffe, euch gefällt der Geruch, ihr baptistischen Tunten!« rief jemand. Dann war ein schrilles, tückisches Gelächter zu hören.

Die Gemeinde starrte Rev. William Rose mit verängstigten Augen an. Er starrte zurück, mit Augen, die gleichermaßen verängstigt waren. Und das war der Moment, in dem der im Chor versteckte Kasten plötzlich zu zischen begann. Wie der von der inzwischen verstorbenen Myrtle Keeton in der Halle der Töchter der Isabella praktizierte Kasten enthielt auch dieser (deponiert von dem inzwischen in Polizeigewahrsam sitzenden Sonny Jackett) einen Zeitzünder, der den ganzen Nachmittag getickt hatte.

Wolken von unvorstellbar heftigem Gestank begannen durch die in die Seiten des Kastens eingelassenen Gitter herauszudringen.

In der United Baptist Church von Castle Rock hatte der Spaß gerade erst angefangen.

3

Babs Miller schlich an der Seitenfront der Halle der Töchter der Isabella entlang, jedesmal erstarrend, wenn ein blau-weißer Lichtblitz über den Himmel zuckte. Sie hatte eine Brechstange in der einen und eine von Mr. Gaunts automatischen Pistolen in der anderen Hand. Die Spieldose, die sie bei Needful Things gekauft hatte, steckte in einer Tasche des Männermantels, den sie trug, und wenn jemand sie zu stehlen gedachte, dann würde er eine Portion Blei zu kosten bekommen.

Wer würde auf die Idee kommen, etwas derart Verworfenes, Gemeines zu tun? Wer würde die Spieldose stehlen wollen, bevor Babs überhaupt herausgefunden hatte, welche Melodie sie spielte?

Nun, dachte sie, drücken wir es so aus – ich hoffe, Cyndi Rose Martin kommt nicht auf die Idee, mir heute abend ihr Gesicht zu zeigen. Denn wenn sie das tut, wird sie nie wieder *irgend jemandem* ihr Gesicht zeigen – jedenfalls nicht auf dieser Seite der Hölle. Was glaubt sie denn, was ich bin – blöde?

In der Zwischenzeit hatte sie einen kleinen Job zu erledigen. Einen Streich. Auf Mr. Gaunts Geheiß natürlich.

Sie kennen doch Betsy Vigue? hatte Mr. Gaunt gefragt. *Sie kennen sie, nicht wahr?*

Natürlich kannte sie sie. Sie kannte Betsy seit der Grundschule, in der sie oft gemeinsam Pausenaufsicht gehabt hatten und unzertrennliche Freundinnen gewesen waren.

Gut. Beobachten Sie sie durch das Fenster hindurch. Sie wird sich hinsetzen. Sie wird ein Blatt Papier zur Hand nehmen und darunter etwas sehen.

Was? hatte Babs neugierig gefragt.

Das geht Sie nichts an. Wenn Sie je den Schlüssel finden wollen, der die Spieldose in Gang setzt, dann täten Sie gut daran, den Mund zu halten und die Ohren zu öffnen – haben Sie verstanden, meine Liebe?

Sie hatte verstanden. Sie verstand auch alles übrige. Manchmal war Mr. Gaunt ein furchteinflößender Mann. Ein *sehr* furchteinflößender Mann.

Sie wird das Ding zur Hand nehmen, das sie gefunden hat. Sie wird es betrachten. Sie wird darangehen, es zu öffnen. Zu diesem Zeitpunkt sollten Sie an der Tür des Gebäudes sein. Warten Sie, bis alle Anwesenden in die hintere linke Ecke der Halle schauen.

Babs hatte fragen wollen, warum sie das tun würden, gelangte dann aber zu dem Schluß, daß es ratsamer war, nicht zu fragen.

Wenn sich alle umgedreht haben, schieben Sie das Ende der Brechstange unter den Türknauf. Das andere Ende setzen Sie auf die Erde und keilen es fest.

Wann soll ich rufen? hatte Babs gefragt.

Das werden Sie wissen. Sie werden alle aussehen, als hätte ihnen jemand eine Flitspritze voll Pfeffer in den Hintern gesteckt. Wissen Sie noch, was Sie rufen sollen, Babs?

Sie wußte es. Es schien ihr ein ziemlich gemeiner Streich, den sie Betsy Vigue spielen sollte, mit der sie Hand in Hand zur Schule gegangen war, aber er kam ihr auch harmlos vor (nun ja – *halbwegs* harmlos, und sie waren ohnehin keine Kinder mehr, sie und das kleine Mädchen, das sie aus irgendeinem Grund immer Betty La-La genannt hatte; all das war schon sehr lange her). Und, wie Mr. Gaunt gesagt hatte – niemand würde sie je damit in Verbindung bringen. Warum sollten sie auch? Babs und ihr Mann waren schließlich Adventisten vom Siebenten Tag, und soweit es sie betraf, hatten die Katholiken und die Baptisten vollauf verdient, was sie bekamen – Betty La-La nicht ausgenommen.

Ein Blitz zuckte. Babs erstarrte, dann huschte sie zu einem Fenster in der Nähe der Tür, lugte hinein, um sich zu vergewissern, daß Betsy sich noch nicht an ihrem Tisch niederließ.

Und die ersten Tropfen eines heftigen Gewitters begannen um sie herum niederzuprasseln.

4

Der Gestank, der die Kirche der Baptisten zu erfüllen begann, ähnelte dem Gestank, der von Don Hemphill ausging – aber er war tausendmal schlimmer.

»*Verdammte Scheiße!*« brüllte Don. Er hatte völlig vergessen, wo er sich befand, und auch wenn er sich dessen bewußt gewesen wäre, hätte das vermutlich an seiner Ausdrucksweise nicht viel geändert. »*Sie haben hier auch eine hereingebracht! Raus! Raus! Alle raus!*«

»*Bewegt euch!*« bellte Nan Roberts in ihrem durchdringenden Stoßzeiten-Bariton. »*Bewegt euch! Macht zu, Leute!*«

Sie konnten alle sehen, wo der Gestank herkam – dicke Wolken weißlich-gelben Rauchs ergossen sich über die hüfthohen Chorschranken und durch die rautenförmigen Ausschnitte in ihnen. Die Seitentür befand sich direkt unterhalb der Chorempore, aber niemand dachte daran, dorthin zu laufen. Ein derart starker Gestank konnte einen umbringen – doch vorher würden die Augäpfel herausspringen, das Haar ausfallen und das Arschloch sich in fassungslosem Grausen von selbst schließen.

Die Baptistischen Streiter Christi wider das Glücksspiel in Castle Rock verwandelten sich in kaum fünf Sekunden in eine geschlagene Armee. Sie rannten auf das Vestibül am hinteren Ende der Kirche zu, schreiend und würgend. Eine der Bänke kippte um und knallte mit einem lauten Poltern auf den Boden. Deborah Johnstones Fuß wurde darunter eingeklemmt, und Norman Harper prallte gegen sie, während sie versuchte, ihn wieder freizubekommen. Deborah stürzte hin, und es war deutlich zu hören, wie ihr Knöchel brach. Ihr Fuß war nach wie vor unter der Bank eingeklemmt, und sie schrie vor Schmerz, aber ihre Schreie gingen in denen der vielen anderen unter.

Rev. Rose war dem Chor am nächsten, und der Gestank legte sich über seinen Kopf wie eine große, übelriechende Maske. Das ist der Gestank der in der Hölle schmorenden Katholiken, dachte er verwirrt und sprang von der Kanzel herunter. Er landete mit beiden Füßen genau auf Deborahs Zwerchfell, und ihre Schreie wurden zu einem langen, erstickten Keuchen, das verstummte, als sie das Bewußtsein verlor. Rev. Rose, der nicht ahnte, daß er eines seiner getreuesten Gemeindemitglieder bewußtlos geschlagen hatte, krallte sich seinen Weg in den hinteren Teil der Kirche.

Diejenigen, die die Vestibültüren als erste erreichten, mußten feststellen, daß es hier kein Entkommen gab; irgend jemand hatte die Türen verschlossen. Bevor sie umkehren konnten, wurden diese Anführer des vorgeschlagenen Exodus von den Nachdrängenden gegen die verschlossenen Türen gequetscht.

Kreischen, Wutschreie und wütende Flüche flatterten durch die Luft. Und als draußen der Regen einsetzte, setzte drinnen das Erbrechen ein.

5

Betsy Vigue setzte sich auf ihren Platz am Tisch der Präsidentin zwischen der amerikanischen Flagge und dem Banner mit dem Prager Jesuskind. Sie klopfte ruhefordernd auf den Tisch, und die Damen – an die vierzig – begannen, ihre Plätze einzunehmen. Draußen rollte der Donner über den Himmel. Es gab leise Aufschreie und nervöse Lacher.

»Ich erkläre die Versammlung der Töchter der Isabella für eröffnet«, sagte Betsy und griff nach der Tagesordnung. »Wir beginnen wie gewöhnlich mit dem Verlesen …«

Sie brach ab. Auf dem Tisch lag ein weißer Geschäftsumschlag. Er hatte sich unter der Tagesordnung befunden. Die darauf getippten Worte sprangen ihr in die Augen.

LIES DAS SOFORT DU PAPSTHURE

Nein, dachte sie. Diese Baptisten. Diese widerlichen, gemeinen, engherzigen Leute.

»Betsy?« frage Naomi Jessup. »Stimmt etwas nicht?«

»Ich weiß es nicht«, sagte sie. »Vermutlich.«

Sie riß den Umschlag auf. Ein Blatt Papier glitt hinaus. Darauf stand die folgende Botschaft:

DIES IST DER GERUCH KATHOLISCHER FOTZEN!

Ein zischendes Geräusch kam plötzlich aus der linken hinteren Ecke der Halle, ein Geräusch wie von einem überlasteten Dampfrohr. Mehrere Frauen schrien auf und drehten die Köpfe in diese Richtung. Draußen ertönte ein heftiger Donnerschlag, und diesmal waren die Schreie echt. Aus einer der Nischen an der Seite der Halle quoll ein weißlich-gelber Dampf. Und plötzlich war das kleine, nur aus einem Raum bestehende Gebäude mit dem entsetzlichsten Gestank erfüllt, der ihnen je begegnet war.

Betsy sprang auf und warf dabei ihren Stuhl um. Sie hatte gerade den Mund geöffnet – ohne eine Ahnung zu haben, was sie sagen wollte –, als draußen eine Frauenstimme rief: »*Das ist wegen der Kasino-Nacht, ihr Weiber! Bereuet! Bereuet!*«

Sie erhaschte einen Blick auf jemanden außerhalb der Tür; dann verhüllte die widerliche, aus der Nische hervorquellende Wolke das Fenster – und dann kümmerte es sie nicht mehr. Der Gestank war unerträglich.

Ein Inferno brach aus. Die Töchter der Isabella wogten in dem stinkenden Raum hin und her wie wahnsinnig gewordene Schafe. Als Antonia Bissette rückwärts gestoßen wurde und sich an der Stahlkante des Tisches der Präsidentin das Genick brach, hörte oder bemerkte es niemand.

Draußen krachte Donner und zuckten Blitze.

6

Die katholischen Männer in der Halle der Kolumbus-Ritter hatten sich in einem lockeren Kreis um Albert Gendron geschart. Den Brief, den er an der Tür seiner Praxis gefunden hatte, als Ausgangspunkt benutzend (»Oh, das ist noch gar nichts – ihr hättet dabei sein sollen, als ...«), unterhielt er sie mit gräßlichen und dennoch faszinierenden Geschichten über Katholikenhatz und katholische Rache in Lewiston in den dreißiger Jahren.

»Und nachdem er gesehen hatte, daß diese Horde von ignoranten Holy Rollers die Füße der Jungfrau Maria mit Kuhfladen bedeckt hatten, sprang er in seinen Wagen und fuhr ...«

Albert brach plötzlich ab und lauschte.

»Was war das?«

»Donner«, sagte Jake Pulaski. »Das wird ein mächtiges Gewitter.«

»Nein – *das* …« sagte Albert und stand auf. »Hörte sich an wie Schreie.«

Der Donner schwächte sich vorübergehend zu einem leisen Grollen ab, und in der Pause hörten sie es alle: Frauen. Schreiende Frauen.

Sie drehten sich zu Father Brigham um, der gleichfalls aufgestanden war. »Kommt, Männer!« sagte er. »Wir wollen …«

Da setzte das Zischen ein, und der Gestank begann vom hinteren Ende der Halle auf die Stelle zuzuwogen, an der die Männer beieinanderstanden. Eine Fensterscheibe zerklirrte, und ein Stein rollte träge über die im Laufe der Jahre von tanzenden Füßen mattglänzend polierten Fußboden. Männer schrien auf und wichen zurück. Der Stein rollte bis zur entgegengesetzten Wand, tat noch einen Hopser und lag dann still.

»*Höllenfeuer von den Baptisten!*«, schrie draußen jemand. »*Kein Glücksspiel in Castle Rock! Verbreitet die Botschaft, ihr Nonnenficker!*«

Auch die Foyertür der Halle der Kolumbus-Ritter war mit einer Brechstange zugekeilt worden. Die Männer prallten dagegen, und andere drängten nach.

»Nein!« brüllte Father Brigham. Er erkämpfte sich seinen Weg durch den aufsteigenden Gestank zu einer kleinen Seitentür. Sie war unverschlossen. »*Hierher! HIERHER!*«

Anfangs hörte niemand zu; in ihrer Panik drängten sie auch weiterhin gegen die festgekeilte Vordertür. Dann streckte Albert Gendron seine großen Hände aus und hieb zwei Köpfe zusammen.

»*Tut, was der Father sagt!*« brüllte er. »*Sie bringen die Frauen um!*«

Albert kämpfte sich mit brutaler Kraft durch das Gedränge hindurch, und die anderen folgten ihm. Sie bahnten sich ihren Weg in einer torkelnden Reihe durch den dampfenden Nebel, hustend und fluchend. Meade Rossignol konnte sei-

764

nen aufgewühlten Magen nicht mehr beherrschen. Er öffnete den Mund und erbrach sein Abendessen über den breiten Rücken von Albert Gendrons Hemd. Albert bemerkte es kaum.

Father Brigham stolperte bereits auf die Stufen zu, die auf den Parkplatz und zur Halle der Töchter der Isabella führten. Hin und wieder blieb er stehen, um trocken zu würgen. Der Gestank klebte an ihm wie ein Fliegenfänger. Die Männer folgten ihm in einer ungeordneten Prozession, fast ohne den inzwischen stärker gewordenen Regen zur Kenntnis zu nehmen.

Als Father Brigham die Hälfte der kurzen Treppe hinter sich gebracht hatte, zeigte ihm ein Blitz die gegen die Tür der Halle der Töchter der Isabella gekeilte Brechstange. Einen Augenblick später zerklirrte eines der Fenster an der Seite des Gebäudes, und die Frauen begannen, durch das Loch zu springen. Sie landeten auf dem Rasen wie große Lumpenpuppen, die gelernt haben, wie man erbricht.

7

Rev. Rose kam nicht bis in das Vestibül; vor ihm drängten sich zu viele Leute. Er machte kehrt, hielt sich die Nase zu und taumelte in die Kirche zurück. Er versuchte, den anderen etwas zuzurufen, aber als er den Mund öffnete, versprühte er statt dessen einen mächtigen Strahl Erbrochenes. Sein Fuß verhakte sich mit dem eines anderen, und er stürzte und schlug dabei mit dem Kopf hart gegen die Rückenlehne einer Bank. Er versuchte, wieder auf die Beine zu kommen, und schaffte es nicht. Dann schoben sich große Hände in seine Achselhöhlen und zerrten ihn hoch. »Zum Fenster hinaus, Rev'rund!« schrie Nan Roberts. »Schnell!«

»Das Glas ...«

»Zum Teufel mit dem Glas. Hier drinnen ersticken wir!«

Sie schob ihn vorwärts, und Rev. Rose hatte gerade noch Zeit, eine Hand vor die Augen zu schlagen, bevor er durch ein Bleiglasfenster hindurchschmetterte, auf dem Christus seine Schafe einen Hügel hinuntergeleitete, der dieselbe Farbe hatte wie Limonen-Götterspeise. Er flog durch die Luft, landete auf dem Rasen, prallte ab und landete abermals. Die obere Hälfte seines Gebisses flog ihm aus dem Mund, und er grunzte.

Er setzte sich auf, wurde sich plötzlich der Dunkelheit bewußt, des Regens – und des wundervollen Duftes frischer Luft. Nan Roberts packte ihn bei den Haaren und zerrte ihn hoch.

»Los, kommen Sie, Rev'rund!« schrie sie. Ihr im blauweißen Aufzucken eines Blitzes sichtbares Gesicht war das verzerrte Antlitz einer Harpyie. Sie trug nach wie vor ihren weißen Rayonkittel – sie hatte es sich zur Gewohnheit gemacht, immer genauso gekleidet zu sein, wie sie es von ihren Kellnerinnen verlangte –, aber jetzt hatte sie auf dem wogenden Busen ein Lätzchen aus Erbrochenem.

Rev. Rose taumelte mit gesenktem Kopf neben ihr her. Er wünschte sich, daß sie sein Haar losließe, aber jedesmal, wenn er das sagen wollte, übertönte ihn der Donner.

Ein paar andere Leute waren ihnen durch das zerbrochene Fenster gefolgt, aber die meisten drängten sich noch auf der anderen Seite der Türen zum Vestibül. Nan sah sofort, woran das lag: zwei Brechstangen waren unter die Griffe gekeilt worden. Sie trat sie beiseite, während ein Blitz in den Stadtpark herniederfuhr und den Musikpavillon, wo einst ein gepeinigter junger Mann namens Johnny Smith den Namen eines Mörders herausgefunden hatte, in eine lodernde Fackel verwandelte. Auch der Wind war stärker geworden und peitschte die Bäume vor dem dunklen, tobenden Himmel.

Sobald die Brechstangen gefallen waren, flogen die Türen auf – eine wurde regelrecht aus den Angeln gerissen und fiel in das Blumenbeet neben der Treppe. Ein Strom verstörter Baptisten drängte heraus, stolpernd und übereinander fallend, während sie die Stufen vor der Kirche hinunterstürmten. Sie stanken. Sie weinten. Sie husteten. Sie übergaben sich.

Und alle waren außer sich vor Wut.

8

Die Kolumbus-Ritter, angeführt von Father Brigham, und die Töchter der Isabella, angeführt von Betsy Vigue, stießen in der Mitte des Parkplatzes aufeinander, als sich der Himmel öffnete und der Regen wie aus Kübeln herniederprasselte. Betsy tastete nach Father Brigham und hielt ihn fest; aus ihren geröteten Augen strömten Tränen, und das Haar klebte wie eine nasse, glänzende Kappe an ihrem Kopf.

»Es sind noch welche drinnen!« rief sie. »Naomi Jessup – Tonia Bissette – ich weiß nicht, wie viele sonst noch!«

»Wer war das?« dröhnte Albert Gendron. »Wer zum Teufel hat das getan?«

»Oh, es waren die Baptisten! Sie waren es natürlich!« kreischte Betsy, und dann begann sie zu weinen, als ein Blitz über den Himmel fuhr wie ein weißglühender Wolframfaden. *»Sie haben mich eine Papsthure genannt! Es waren die Baptisten! Die Baptisten! Die Baptisten! Es waren die gottverdammten Baptisten!«*

Inzwischen hatte sich Father Brigham von Betsy losgemacht und war zur Tür der Halle der Isabella gelaufen. Er hatte die Brechstange beiseite geschoben – so kraftvoll, daß das Holz darum herum zersplittert war – und die Tür aufgerissen. Drei benommene, würgende Frauen und eine Wolke stinkenden Rauchs kamen heraus.

Durch sie hindurch sah er Antonia Bissette, die hübsche Tonia, die so flink und geschickt mit der Nadel umgehen konnte und immer bereit war, bei jedem neuen Kirchenprojekt Hand anzulegen. Sie lag neben dem Tisch der Präsidentin auf dem Boden, teilweise verdeckt von dem umgestürzten Banner mit dem Prager Jesuskind. Naomi Jessup kniete weinend neben ihr. Tonias Kopf war in einem grotesken Winkel abgeknickt. Ihre gebrochenen Augen starrten zur Decke empor. Der Gestank war keine Qual mehr für Antonia Bissette, die weder etwas bei Mr. Gaunt gekauft noch an irgendeinem seiner Spielchen beteiligt gewesen war.

Naomi sah Father Brigham an der Tür stehen, erhob sich und taumelte auf ihn zu. Ihr Schock saß so tief, daß auch sie der Geruch der Stinkbombe nicht mehr zu quälen schien. »Father«, weinte sie. »Father, *warum?* Warum haben sie das getan? Wir wollten doch nur ein bißchen Spaß haben – sonst steckte doch nichts dahinter. *Warum?«*

»Weil dieser Mann wahnsinnig ist«, sagte Father Brigham. Er nahm Naomi in die Arme.

Neben ihm sagte Albert Gendron mit einer Stimme, die leise und tödlich zugleich war: »Kommt mit. Wir zahlen es ihnen heim.«

9

Die Baptistischen Streiter Christi wider das Glücksspiel marschierten im strömenden Regen von ihrer Kirche aus die Harrington Street hinauf, Don Hemphill, Nan Roberts, Norman Harper und William Rose an der Spitze. Ihre Augen waren gerötet, wütende Kugeln in aufgequollenen, gereizten Höhlen. Die meisten Streiter Christi hatten Erbrochenes auf ihren Hosen, ihren Hemden, ihren Schuhen oder allem zugleich. Der Faule-Eier-Geruch der Stinkbombe haftete an ihnen trotz des strömenden Regens, wollte sich nicht abwaschen lassen. An der Kreuzung von Harrington Street und Castle Avenue hielt ein Wagen der Staatspolizei. Ein Trooper stieg aus und starrte sie an. »Hey!« schrie er. »Wo wollt ihr hin und was habt ihr vor?«

»Wir werden ein paar Katholiken einen gewaltigen Tritt in den Arsch versetzen, und wenn Sie wissen, was gut für Sie ist, dann halten Sie sich da raus!« schrie Nan Roberts zurück.

Plötzlich machte Don Hemphill den Mund auf und begann mit seinem klangvollen Bariton zu singen.

»*Onward, Christian soldiers, marching as to war ...*«

Andere fielen ein. Plötzlich hatte die ganze Gemeinde das Lied aufgegriffen, und nun bewegten sie sich schneller, gingen nicht einfach, sondern marschierten im Takt. Ihre Gesichter waren bleich und wütend und völlig gedankenleer, als sie dazu übergingen, die Worte nicht einfach zu singen, sondern herauszubrüllen. Rev. Rose sang mit ihnen, obwohl er ohne den oberen Teil seines Gebisses ziemlich übel lispelte.

> *Christ, the royal master, leads against the foe,*
> *Forward into battle, see His banners go!«*

Jetzt rannten sie beinahe.

10

Trooper Morris stand mit dem Mikrofon in der Hand neben seinem Wagen und schaute ihnen nach. Wasser rann in kleinen Bächen von der Krempe seines Uniformhutes.

»Wagen Sechzehn, bitte kommen«, knisterte Henry Paytons Stimme.

»Sie täten gut daran, schnell ein paar Leute hier heraufzuschicken!« rief Morris. Seine Stimme klang verängstigt und aufgeregt zugleich. Er war erst seit knapp einem Jahr bei der Staatspolizei. »Da ist etwas im Busch! Etwas Schlimmes! Ein Haufen von ungefähr siebzig Leuten ist gerade vorbeigezogen! Ten-Four!«

»So, und was haben sie getan?« fragte Payton. »Ten-four.«

»Sie haben ›Onward Christian Soldiers‹ gesungen! Ten-four!«

»Sind Sie das, Morris? Ten-four.«

»Ja, Sir. Ten-four!«

»Nun, soweit ich informiert bin, Trooper Morris, gibt es bisher noch kein Gesetz, das das Singen von Hymnen verbietet, selbst im strömenden Regen. Ich halte ein derartiges Unternehmen für dämlich, aber nicht für ungesetzlich. Und was ich jetzt sage, sage ich nur einmal: ich habe vier verschiedene Schweinereien gleichzeitig um die Ohren, und ich weiß nicht, wo der Sheriff steckt und seine sämtlichen Deputies, *und deshalb habe ich keine Zeit für Nebensächlichkeiten! Haben Sie verstanden? Ten-four!*«

Trooper Morris schluckte schwer. »Ja, Sir, ich habe verstanden, natürlich habe ich verstanden, aber irgend jemand in der Menge – ich glaube, es war eine Frau – hat gesagt, sie wollten ein paar Katholiken einen gewaltigen Tritt in den Arsch versetzen, und mir hat der Tonfall gar nicht gefallen.« Dann setzte Morris schüchtern hinzu: »Ten-four?«

Die Stille dauerte so lange, daß Morris im Begriff war, Payton noch einmal anzurufen – die Elektrizität in der Luft hatte den Funkverkehr über größere Entfernungen unmöglich gemacht, und selbst innerhalb der Stadt war die Verbindung schlecht –, und dann sagte Payton mit erschöpfter, bestürzter Stimme: »Herr im Himmel! Das hat mir gerade noch gefehlt. Was geht dort vor?«

»Nun, die Frau hat gesagt, sie wollten …«

»*Das habe ich bereits gehört!*« brüllte Payton so laut, daß sich seine Stimme verzerrte und brach. »Fahren Sie zur katholischen Kirche! Wenn sich dort etwas zusammenrottet, versuchen Sie, es aufzulösen, aber passen Sie auf, daß Sie nicht verletzt werden! Ich wiederhole: *Passen Sie auf, daß Sie nicht verletzt werden!* Ich schicke Verstärkung, sobald ich kann – wenn ich noch irgendwelche Verstärkung übrig habe. Tun Sie es sofort! Ten-four!«

»Äh. Lieutenant Payton? Wo ist in dieser Stadt die katholische Kirche?«

»*Woher zum Teufel soll ich das wissen?*« schrie Payton. »*Schließlich ist es nicht meine Kirche! Folgen Sie einfach der Menge! Ten-forty out!*«

Morris hängte das Mikrofon ein. Er konnte die Menge nicht mehr sehen, aber er konnte sie zwischen Donnerschlägen immer noch hören. Er startete seinen Streifenwagen und folgte dem Gesang.

11

Der Pfad, der zur Küchentür von Myra Evans' Haus führte, wurde von Steinen gesäumt, die in verschiedenen Pastellfarben bemalt waren.

Cora Rusk hob einen blauen Stein auf, ließ ihn in der

Hand hüpfen, die nicht die Pistole hielt, und schätzte sein Gewicht ab. Sie versuchte, die Tür zu öffnen. Sie war verschlossen, womit sie gerechnet hatte. Sie schleuderte den Stein durch die Scheibe und benutzte den Lauf ihrer Pistole, um die noch am Rahmen hängenden Scherben und Splitter wegzuschlagen. Dann griff sie hindurch, schloß die Tür auf und trat ein. Das Haar hing ihr in nassen Strähnen ins Gesicht. Ihr Kleid klaffte noch immer auf, und Tropfen von Regenwasser rannen über ihre mit Pickeln übersäten Brüste.

Chuck Evans war nicht zu Hause, aber Garfield, Chucks und Myras Angorakater war da. Er kam miauend in die Küche getrabt, auf Futter hoffend, und Cora besorgte es ihm. Der Kater flog in einer Wolke von Blut und Fell durch die Luft. »Friß *das*, Garfield!« bemerkte Cora. Sie schritt durch die Pulverdampfwolke hindurch in die Diele und dann die Treppe hinauf. Sie wußte, wo sie die Schlampe finden würde. Sie würde sie im Bett finden. Cora wußte das so genau, wie sie ihren Namen wußte.

»Jetzt ist Schlafenszeit, Myra«, sagte sie. »Ob du es glaubst oder nicht.«

Cora lächelte.

12

Father Brigham und Albert Gendron führten einen Zug wutschnaufender Katholiken die Castle Avenue hinunter in Richtung Harrington Street. Als sie ungefähr die halbe Strecke zurückgelegt hatten, hörten sie Gesang. Die beiden Männer tauschten einen Blick.

»Was glauben Sie, Albert, ob wir ihnen ein anderes Lied beibringen können?« fragte Father Brigham leise.

»Ich denke schon, Father«, erwiderte Albert.

»Sollen wir sie lehren, ›I Ran All the Way Home‹ zu singen?«

»Ein sehr schönes Lied, Father. Ich glaube, selbst ein widerlicher Haufen wie die da sollte imstande sein, es zu lernen.«

Ein Blitz zuckte über den Himmel. Er übergoß sekundenlang die Castle Avenue mit blendender Helligkeit und zeigte den beiden Männern eine kleine Menschenmenge, die ihnen entgegenkam. Ihre Augen funkelten im Licht des Blitzes weiß und leer wie die Augen von Statuen.

»Da sind sie!« schrie jemand, und eine Frau rief: »Greift euch diese dreckigen katholischen Schweine!«

»Rechnen wir ab mit dem Gesindel!« erklärte Father Brigham glücklich und stürmte auf die Baptisten los.

»Amen, Father«, sagte Albert und rannte neben ihm her.

Da begannen *alle* zu rennen.

Als Trooper Morris um die Ecke bog, zuckte ein weiterer Blitz über den Himmel und fällte eine der alten Ulmen am Castle Stream. In dem kurzen Gleißen sah er, daß zwei Horden von Leuten aufeinander zurannten. Die eine Horde rannte den Berg hinauf, die andere Horde rannte bergab, und beide Horden schrien nach Blut. Trooper Morris wünschte sich plötzlich, daß er sich am Mittag krank gemeldet hätte.

13

Cora öffnete die Tür von Chucks und Myras Schlafzimmer und sah genau das, was sie erwartet hatte, das Weibsstück lag nackt auf einem zerwühlten Doppelbett, das aussah, als hätte es in der letzten Zeit einiges auszustehen gehabt. Eine ihrer Hände steckte unter dem Kissen. Die andere hielt ein gerahmtes Foto. Das Foto befand sich zwischen Myras fleischigen Schenkeln. Sie schien es zu einem ganz bestimmten Zweck zu gebrauchen. Ihre Augen waren vor Ekstase halb geschlossen.

»Oooooh, El!« stöhnte sie. »Oooooh, El! OOOOOO-OHHHH, EEEEEELLL!«

Grauenhafte Eifersucht flammte in Coras Herz auf und stieg ihr in die Kehle, bis sie die Bitternis im Mund schmecken konnte.

»Oh, du Scheißhausmaus!« keuchte sie und hob die Automatik.

Im gleichen Augenblick sah Myra sie an, und Myra lächelte. Sie zog ihre freie Hand unter dem Kopfkissen hervor. In ihr hielt sie ihre eigene automatische Pistole.

»Mr. Gaunt wußte, daß du kommen würdest, Cora«, sagte sie und schoß.

Cora spürte, wie die Kugel an ihrer Wange vorbeiflog; hörte, wie sie in den Putz links neben der Tür einschlug. Sie feuerte ihre eigene Waffe ab. Sie traf das Foto zwischen Myras Beinen, zerschmetterte das Glas und grub sich in Myras Oberschenkel.

Außerdem hinterließ sie ein Einschußloch in Elvis Presleys Stirn.

»*Sieh dir an, was du getan hast!*« kreischte Myra. »*Du hast The King erschossen, du blöde Fotze!*«

Sie gab drei Schüsse auf Cora ab. Zwei gingen fehl, aber der dritte traf Cora in die Kehle, schleuderte sie in einem Sprühregen von Blut an die Wand. Während Cora in die Knie ging, feuerte sie abermals. Die Kugel riß ein Loch in Myras Kniescheibe und warf sie vom Bett herunter. Dann fiel Cora vornüber zu Boden, und die Pistole entglitt ihrer Hand.

Ich komme zu dir, Elvis, versuchte sie zu sagen, aber etwas stimmte nicht, stimmte ganz und gar nicht. Es schien nur Dunkelheit zu geben, und niemanden darin außer ihr.

14

Die Baptisten von Castle Rock, angeführt von Rev. William Rose, und die Katholiken von Castle Rock, angeführt von Father John Brigham, prallten nah dem Fuße des Castle Hill hörbar aufeinander. Es gab keine geordneten Faustkämpfe, niemand kümmerte sich um Spielregeln; sie waren gekommen, um Augen auszustechen und Nasen abzureißen. Möglicherweise sogar, um zu töten.

Albert Gendron, der riesige Zahnarzt, der nur langsam in Wut geriet, aber fürchterlich war, sobald etwas seinen Zorn erregt hatte, packte Norman Harper bei den Ohren und riß seinen Kopf nach vorn. Gleichzeitig schob er den eigenen Kopf vor. Die beiden Schädel knallten gegeneinander, und es gab ein Geräusch, das sich anhörte wie Tongeschirr bei einem Erdbeben. Norman schauderte, dann erschlaffte er. Albert warf ihn beiseite wie einen Wäschesack und griff nach Bill Sayers, der im Western Auto Werkzeug verkaufte. Bill wich aus, dann ließ er die Faust vorschnellen. Sie traf Albert genau auf den Mund. Er spie einen Zahn aus, schlang die Arme um Bill und drückte zu, bis er eine Rippe brechen hörte. Dann warf er ihn fast über die ganze Straße, wo Trooper Morris ihn überfahren hätte, wenn er nicht noch rechtzeitig hätte bremsen können.

Die Gegend war jetzt ein Wirrwarr von ringenden, schlagenden, würgenden, schreienden Gestalten. Sie stellten einander Beine, rutschten auf der regennassen Straße aus, kamen wieder hoch, schlugen zu und wurden geschlagen. Im grellen Flackern der Blitze hatte es den Anschein, als würde hier irgendein unheimlicher Tanz aufgeführt, einer, bei dem man seine Partnerin auf den nächsten Baum warf, anstatt sie herumzuwirbeln, oder seinem Partner das Knie in die Hoden hieb, anstatt sich vor ihm zu verbeugen.

Nan Roberts packte Betsy Vigue bei ihrem Kleid, während Betsy mit ihren Nägeln eine Tätowierung in Lucille Denhams Wange grub. Nan riß Betsy zu sich heran, wirbelte sich herum und bohrte zwei Finger bis zu den zweiten Knöcheln in Betsys Nase. Betsy stieß einen dumpfen Nebelhornschrei aus, als Nan begann, sie an der Nase kräftig hin und her zu schütteln.

Frieda Pulaski schlug mit ihrem Geldbeutel auf Nan ein. Nan ging auf die Knie. Ihre Finger rutschten mit einem hörbaren *Plop* aus Betsys Nase heraus. Als sie versuchte, wieder hochzukommen, trat Betsy ihr ins Gesicht und beförderte sie mitten auf die Straße. »Du Mischtück, du hascht beine Dase runiert!« kreischte Betsy. »Du hast beine DASE runiert!« Sie versuchte, mit dem Fuß auf Nans Bauch zu stampfen. Nan packte ihren Fuß, drehte ihn um und schleuderte die einstige Betty La-La mit dem Gesicht nach unten auf die Straße. Nan kroch auf sie zu; Betsy wartete auf sie; einen Augenblick später wälzten sich beide auf der Straße, beißend und kratzend.

»AUFHÖREN!« brüllte Trooper Morris, aber seine Stimme ging in einer Donnersalve unter, die die ganze Straße erschütterte.

Er zog seine Waffe, richtete sie himmelwärts – aber noch bevor er einen Warnschuß abgeben konnte, schoß ihm jemand – nur Gott weiß, wer es war – mit einem von Leland Gaunts Sonderangeboten in die Hoden. Trooper Morris flog gegen die Haube seines Streifenwagens und rollte auf die Straße, umkrampfte die Trümmer seiner sexuellen Ausrüstung und versuchte zu schreien.

Niemand konnte sagen, wie viele der Kombattanten an diesem Tag bei Mr. Gaunt gekaufte Waffen bei sich hatten. Nicht viele, und einige von denen, die bewaffnet gewesen waren, hatten die Pistolen während ihres hektischen Bemühens, den Stinkbomben zu entkommen, verloren. Doch zumindest vier weitere Schüsse wurden rasch hintereinander abgefeuert, Schüsse, die in der Konfusion schreiender Stimmen und tosenden Donners fast untergingen.

Len Milliken sah, daß Jake Pulaski eine der Pistolen auf Nan richtete, die Betsy hatte entkommen lassen und nun versuchte, Meade Rossignol zu erwürgen. Len packte Jake beim Handgelenk und zwang die Waffe eine Sekunde, bevor sich der Schuß löste, aufwärts in den von Blitzen geblendeten Himmel. Dann zerrte er Jakes Handgelenk herunter und zerbrach es über seinem Knie wie ein Stück Feuerholz. Die Pistole klirrte auf die nasse Straße. Jake begann zu heulen, und Len trat zurück und sagte: »Das wird dich lehren, zu …« Weiter kam er nicht, denn jemand wählte genau diesen Moment, um ihm die Klinge eines Taschenmessers ins Genick zu stoßen und sein Rückenmark am Hirnstamm durchzutrennen.

Jetzt trafen weitere Polizeiwagen ein, und ihre Blaulichter flackerten gespenstisch in der regengepeitschten Dunkelheit. Die Kombattanten kümmerten sich nicht um die Aufforderung, vom Kampf abzulassen. Als die Trooper versuchten, die Menge auseinanderzutreiben, wurden sie statt dessen in das Handgemenge hineingezogen.

Nan Roberts sah Father Brigham; sein verdammter schwarzer Kittel war auf dem Rücken aufgerissen. Er hielt mit einer

Hand Rev. Rose beim Genick, die andere Hand war zu einer harten Faust geballt, und mit ihr hieb er Rev. Rose immer wieder auf die Nase. Seine Faust traf ihr Ziel, die Hand, die das Genick von Rev. Rose hielt, fuhr ein wenig nach hinten; dann zerrte sie Rev. Rose wieder in die richtige Position für den nächsten Schlag.

Mit höchster Lautstärke brüllend und ohne sich um den verwirrten Staatspolizisten zu kümmern, der sie anforderte – fast anflehte –, aufzuhören, und zwar sofort, schleuderte Nan Meade Rossignol beiseite und stürzte sich auf Father Brigham.

Zweiundzwanzigstes Kapitel

1

Der Ausbruch des Gewitters zwang Alan, seine Geschwindigkeit bis auf ein Kriechtempo zurückzunehmen – trotz des immer stärker werdenden Gefühls, daß die Zeit von grundlegender, entscheidender Bedeutung war und daß er, wenn er nicht bald nach Castle Rock zurückkehrte, ebensogut für immer wegbleiben konnte. Jetzt war ihm, als hätte er einen großen Teil der Information, die er so dringend gebraucht hätte, schon die ganze Zeit im Kopf gehabt, eingeschlossen hinter einer massiven Tür.

Auf dieser Tür stand eine Aufschrift, die lautete nicht BÜRO DES PRÄSIDENTEN oder SITZUNGSZIMMER und nicht einmal PRIVAT – ZUTRITT VERBOTEN. Die Aufschrift auf der Tür in Alans Kopf hatte gelautet DAS ERGIBT KEINEN SINN. Alles, was er gebraucht hatte, um sie zu öffnen, war der richtige Schlüssel gewesen – der Schlüssel, den Sean Rusk ihm gegeben hatte. Und was befand sich hinter der Tür?

Nun, Needful Things. Und sein Besitzer, Mr. Leland Gaunt.

Brian Rusk hatte bei Needful Things eine Baseballkarte gekauft, und Brian Rusk war tot. Nettie Cobb hatte bei Needful Things einen Lampenschirm gekauft, und auch sie war tot. Wie viele weitere Bewohner von Castle Rock waren zum Brunnen gegangen und hatten von dem Giftmann vergiftetes Wasser gekauft? Norris hatte es getan – eine Angelrute. Polly hatte es getan – ein Amulett. Brian Rusks Mutter hatte es getan – eine billige Sonnenbrille, die irgend etwas mit Elvis Presley zu tun hatte. Sogar Ace Merrill hatte es getan – ein altes Buch. Alan war bereit, jede Wette darauf einzugehen, daß auch Hugh Priest etwas gekauft hatte – und Danforth Keeton.

Und wie viele andere? Wie viele?

Er näherte sich dem äußeren Ende der Tin Bridge, als ein Blitzstrahl vom Himmel herniederfuhr und in einer der alten Ulmen am anderen Ufer des Castle Stream einschlug. Es gab ein lautes elektrisches Knistern und einen Moment gleißender Helligkeit. Alan schlug einen Arm vor die Augen; dennoch zeichnete sich vor ihnen ein intensiv blaues Nachbild ab, während aus dem Funkgerät laute statische Geräusche kamen und die Ulme mit majestätischer Schwerfälligkeit in den Fluß kippte.

Er ließ den Arm sinken, dann schrie er auf, als direkt über ihm ein Donnerschlag ertönte, laut genug, um die Welt zu zerreißen. Ein paar Sekunden lang erkannten seine geblendeten Augen überhaupt nichts, und er fürchtete, die Ulme könnte auf die Brücke gestürzt sein und ihm den Weg versperren. Dann sah er, daß sie gleich neben dem rostigen alten Bauwerk lag, begraben in einem Wirbel von Stromschnellen. Alan beschleunigte wieder und überquerte die Brücke. Er konnte den Wind, der sich zum Sturm gesteigert hatte, in den Streben und Trägern der Brücke heulen hören. Es war ein unheimliches, einsames Geräusch.

Regen prasselte gegen die Windschutzscheibe des alten Kombis und verwandelte alles, was davor lag, in eine schwankende Halluzination. Als Alan die Lower Main Street bis zur Kreuzung mit der Watermill Lane entlangfuhr, goß es dermaßen, daß die Scheibenwischer auf höchsten Touren völlig nutzlos waren. Er kurbelte das Seitenfenster herunter, streckte den Kopf heraus und fuhr auf diese Weise. Er war sofort völlig durchweicht.

Rund um das Gebäude der Stadtverwaltung wimmelte es von Polizeifahrzeugen und Übertragungswagen, aber gleichzeitig machte die Gegend einen unheimlich verlassenen Eindruck, als wären die zu all diesen Fahrzeugen gehörenden Leute von bösen Außerirdischen plötzlich auf den Planeten Neptun versetzt worden. Alan sah ein paar Fernsehleute, die aus dem Schutz ihrer Wagen herauslugten, und einen Staatspolizisten, unter dessen Schuhen Regenwasser aufspritzte, als er die zum Parkplatz der Stadtverwaltung führende Gasse entlangrannte, aber das war auch alles.

Drei Blocks weiter, auf Castle Hill zu, schoß ein Streifenwagen der Staatspolizei mit Höchstgeschwindigkeit über die Main Street und fuhr in westlicher Richtung in die Laurel

778

Street ein. Sekunden später schoß ein weiterer Streifenwagen über die Main Street; er fuhr in die entgegengesetzte Richtung. Das alles geschah so schnell, daß man glauben konnte, sich in einer Filmkomödie über wichtigtuerische Polizisten zu befinden. *Smokey and the Bandit* vielleicht. Alan empfand es jedoch keinesfalls spaßig. Es vermittelte ihm ein Gefühl von ziellosem Handeln, eine Art panikhafter, ungeordneter Bewegung. Plötzlich war er ganz sicher, daß Henry Payton die Kontrolle verloren hatte über das, was heute abend in Castle Rock passierte – das heißt, wenn er überhaupt von Anfang an auch nur eine Spur von Kontrolle gehabt hatte.

Ihm war, als hörte er schwache Schreie aus der Gegend von Castle Hill. In Anbetracht des Regens, des Donners und des heulenden Windes konnte er zwar seiner Sache nicht sicher sein, aber er glaubte nicht, daß er sich die Schreie nur einbildete. Wie um das zu beweisen, jagte ein Wagen der Staatspolizei mit voll aufgeblendeten Scheinwerfern und wirbelndem, silbrige Regenstreifen illuminierendem Blaulicht aus der Gasse neben dem Gebäude der Stadtverwaltung heraus und fuhr in diese Richtung. Dabei hätte er beinahe einen übergroßen WMTM-Übertragungswagen gerammt.

Alan erinnerte sich an das Gefühl, das er in den letzten Tagen gehabt hatte – daß in seiner kleinen Stadt etwas aus dem Ruder gelaufen war, daß Dinge vor sich gingen, die er nicht sehen konnte, und daß Castle Rock am Rande einer unvorstellbaren Katastrophe zitterte. Und jetzt war die Katastrophe eingetreten, und alles war geplant worden von dem Mann,

(Brian hat gesagt, Mr. Gaunt ist überhaupt kein Mann)

den Alan aus irgendwelchen Gründen bisher noch nicht zu Gesicht bekommen hatte.

Ein Schrei gellte durch die Dunkelheit, hoch und schrill. Ihm folgte das Geräusch zerbrechenden Glases – und dann, von irgendwo anders, ein Schuß und ein Ausbruch irren, brüchigen Gelächters. Donner rumpelte am Himmel wie ein umstürzender Bretterstapel.

Aber jetzt habe ich Zeit, dachte Alan. Ja. Massenhaft Zeit. Mr. Gaunt, ich glaube, wir sollten uns miteinander bekannt machen, und ich glaube, es ist höchste Zeit, daß Sie erfahren, was mit Leuten passiert, die meiner Stadt an den Kragen gehen.

Alan ignorierte die schwachen Geräusche von Chaos und Gewalttätigkeit, die er durch sein offenes Fenster hörte, ignorierte das Gebäude der Stadtverwaltung, in dem Henry Payton vermutlich die Kräfte von Recht und Ordnung koordinierte – oder es zumindest versuchte –, und fuhr die Main Street hinauf auf Needful Things zu.

Während er dies tat, flammte ein heftiger, weiß-purpurner Blitzstrahl über den Himmel wie ein Baum aus elektrischem Feuer, und noch während die dazugehörige Donnerkanonade dröhnte, gingen in Castle Rock alle Lichter aus.

2

Deputy Norris Ridgewick, gekleidet in die Uniform, die er sonst nur zu Paraden und offiziellen Anlässen trug, befand sich in dem Schuppen neben dem kleinen Haus, das er mit seiner Mutter geteilt hatte, bis sie im Herbst 1986 an einem Schlaganfall gestorben war; seither lebte er allein darin. Er stand auf einem Schemel. Von einem der Deckenbalken hing ein kräftiges Seil mit einer Schlinge herab. Norris steckte den Kopf in die Schlinge und zog sie neben seinem rechten Ohr fest, als ein Blitz aufzuckte und die beiden Glühlampen, die den Schuppen erhellten, verlöschten.

Trotzdem konnte er die Bazun-Rute erkennen, die neben der in die Küche führenden Tür lehnte. Er hatte sich diese Rute so sehr gewünscht, und er hatte geglaubt, sie billig erworben zu haben; aber letzten Endes war der Preis sehr hoch gewesen. Zu hoch, als daß Norris ihn zahlen konnte.

Sein Haus stand am oberen Ende der Watermill Lane, dort, wo die Straße eine Biegung in Richtung Castle Hill und Castle View machte. Der Wind stand richtig, und er konnte die Geräusche der Schlacht hören, die dort nach wie vor tobte – das Gebrüll, die Aufschreie, hin und wieder einen Schuß.

Dafür bin ich verantwortlich, dachte er. Nicht ausschließlich – Teufel, nein –, aber ich bin daran beteiligt. Meine Schuld ist es, daß Henry Beaufort verwundet ist oder sogar schon tot drüben in Oxford. Meine Schuld ist es, daß Hugh Priest in der Leichenhalle liegt. Ich bin schuld daran. Ich. Der Mann, der immer ein Polizist sein und den Menschen helfen wollte, seit er ein kleiner Junge war. Der dämliche, alberne, ungeschickte alte Norris Ridgewick, der sich eingebildet hat, er brauchte eine Bazun-Rute und könnte billig eine bekommen.

»Es tut mir so leid, was ich getan habe«, sagte Norris. »Das ändert nichts mehr, aber wenn es auch nichts bringt – es tut mir wirklich leid.«

Er machte Anstalten, von dem Schemel herunterzuspringen; aber plötzlich meldete sich in seinem Kopf eine neue Stimme zu Wort. *Weshalb versuchst du dann nicht, es wieder in Ordnung zu bringen, du verdammter Feigling?*

»Ich kann nicht«, sagte Norris. Ein Blitz zuckte auf, und sein Schatten tanzte an der Schuppenwand, als baumelte er bereits an seinem Seil. »Es ist zu spät.«

Dann wirf wenigstens einen letzten Blick auf das, WOFÜR du es getan hast, beharrte die zornige Stimme. *Das zumindest kannst du doch, oder etwa nicht? Schau hin! Schau GENAU hin!* Wieder flammte ein Blitz auf. Norris schaute auf die Bazun-Rute – und stieß einen ungläubigen, gequälten Schrei aus; dabei wäre er fast von dem Schemel getaumelt und hätte sich zufällig erhängt.

Die schlanke Bazun, so geschmeidig und kräftig, war nicht mehr da. An ihrer Stelle lehnte eine schmutzige, splitterige Bambusstange an der Wand, kaum mehr als ein Stock, an dem mit einer rostigen Schraube eine primitive Zebco-Rolle befestigt war.

»Jemand hat sie gestohlen!« heulte Norris. Seine gesamte bittere Eifersucht und paranoide Besitzgier kehrten schlagartig zurück, und ihm war, als müßte er auf die Straße hinausstürzen, um den Dieb zu finden. Er mußte sie alle umbringen, sämtliche Leute in der Stadt, falls das erforderlich war, um den Bösewicht zu erwischen, der das getan hatte. »JEMAND HAT MEINE BAZUN-RUTE GESTOHLEN!« heulte er abermals und schwankte auf dem Schemel.

Nein, entgegnete die zornige Stimme. *Sie ist so, wie sie immer gewesen ist. Alles, was gestohlen wurde, sind deine Scheuklappen – die du dir selbst aufgesetzt hast, aus freien Stücken.*

»NEIN!« Monströse Hände schienen sich an die Seiten von Norris' Kopf gelegt zu haben; jetzt begannen sie zuzudrücken. »Nein, nein, *nein!*«

Aber der Blitz zuckte und zeigte ihm abermals die schmutzige Bambusstange an der Stelle, an der sich nur Augenblicke zuvor die Bazun-Rute befunden hatte. Er hatte sie dorthin gestellt, damit sie der letzte Gegenstand war, den er sah, wenn er den Schemel umstieß. Niemand war hier drinnen gewesen; niemand hatte sie bewegt; infolgedessen mußte die Stimme recht haben.

Sie ist so, wie sie immer gewesen ist, beharrte die zornige Stimme. *Die einzige Frage ist die: willst du deshalb etwas unternehmen, oder willst du davonrennen in die Dunkelheit?*

Er begann, nach der Schlinge zu tasten, und in diesem Augenblick spürte er, daß er nicht allein im Schuppen war. Ihm war, als röche er Tabak und Kaffee und ein schwaches Kölnisch Wasser – Southern Gentleman; vielleicht die Gerüche von Mr. Gaunt.

Entweder verlor der das Gleichgewicht, oder wütende, unsichtbare Hände stießen ihn vom Schemel. Als er nach außen schwankte, stieß sein Fuß dagegen und kippte ihn um.

Norris' Aufschrei wurde abgewürgt, als sich der Gleitknoten festzog. Eine flegelnde Hand fand den Deckenbalken und bekam ihn zu fassen. Er zog sich ein Stück hoch, verschaffte sich etwas Luft. Die andere Hand zerrte an der Schlinge. Er spürte, wie Hanf in seine Kehle stach.

Nein ist richtig! hörte er Mr. Gaunt wütend rufen. *Nein ist genau richtig, du verdammter Betrüger!*

Er war nicht da, nicht wirklich; Norris wußte, daß er nicht gestoßen worden war. Dennoch war er sicher, daß ein Teil von Mr. Gaunt trotzdem hier war – und Mr. Gaunt war nicht erfreut, weil dies nicht so ging, wie es gehen sollte. Die Genasführten sollten *nichts* sehen. Jedenfalls so lange nicht, bis es zu spät war, um noch eine Rolle zu spielen.

Er riß und zerrte an der Schlinge, aber es war, als wäre der

Gleitknoten in Beton getaucht. Der Arm, der ihn hielt, zitterte heftig. Seine Füße schwangen fast einen Meter über dem Boden. Viel länger konnte er diesen halben Klimmzug nicht aushalten. Es war erstaunlich, daß er es überhaupt geschafft hatte, das Seil so lange schlaff zu halten.

Endlich gelang es ihm, zwei seiner Finger unter die Schlinge zu schieben und sie teilweise aufzuziehen. Er zog den Kopf heraus, genau in dem Augenblick, in dem ein lähmender Krampf den Arm befiel, der ihn hochhielt. Er landete als schluchzender Haufen auf dem Boden, preßte den verkrampften Arm an die Brust. Ein Blitz flammte auf und verwandelte den Speichel auf seinen Zähnen in winzige purpurne Lichtbögen. Dann wurde er ohnmächtig – für wie lange, wußte er nicht, aber als sein Verstand allmählich zum Bewußtsein zurückkehrte, prasselte nach wie vor der Regen hernieder, und Blitze zuckten noch immer über den Himmel.

Er kam taumelnd auf die Beine und ging, immer noch seinen Arm haltend, dorthin, wo die Angelrute stand. Der Krampf lockerte sich allmählich, aber Norris keuchte noch immer. Er ergriff die Rute und betrachtete sie genau und wütend.

Bambus. Schmutziger, dreckiger Bambus. Sie war nicht alles wert; sie war *nichts* wert.

Norris' magere Brust sog Luft ein, und er schrie auf vor Scham und Wut. Im gleichen Augenblick hob er ein Knie an und zerbrach die Angelrute darüber. Er legte die Stücke aufeinander und brach sie nochmals durch. Sie fühlten sich widerwärtig – fast wie von Maden wimmelnd – an in seinen Händen. Sie fühlten sich *betrügerisch* an. Er warf sie beiseite, und sie landeten wie wertloses Brennholz neben dem umgestürzten Schemel.

»So!« schrie er. »So! SO! SO!«

Norris' Gedanken kehrten zu Mr. Gaunt zurück. Mr. Gaunt mit seinem silbrigen Haar und seinem Tweed und seinem hungrigen schiefen Lächeln.

»Ich werde dich kriegen«, flüsterte Norris Ridgewick. »Ich weiß nicht, was danach passiert, aber ich werde dich kriegen, und zwar gründlich.«

Er ging zur Schuppentür, riß sie auf und trat in den strömenden Regen hinaus. Streifenwagen Zwei parkte in der Auffahrt. Er duckte seinen schmächtigen Körper in den Wind und ging auf ihn zu.

»Ich weiß nicht, was du bist«, sagte Norris, »aber ich werde dir den verlogenen, betrügerischen Arsch aufreißen.«

Er stieg in seinen Streifenwagen und setzte auf der Auffahrt zurück. Demütigung, Jammer und Wut kämpften miteinander in seinem Gesicht. Am Ende der Auffahrt bog er nach links ab und fuhr los in Richtung Needful Things, so schnell er es riskieren konnte.

3

Polly Chalmers träumte.

In ihrem Traum ging sie zu Needful Things, aber die Gestalt hinter dem Tresen war nicht Leland Gaunt; es war Tante Evvie Chalmers. Tante Evvie trug ihr bestes blaues Kleid und ihren blauen Schal mit der roten Einfassung. Zwischen ihren großen und unwahrscheinlich ebenmäßigen falschen Zähnen klemmte eine Herbert Tareyton.

Tante Evvie! rief Polly in ihrem Traum. Eine gewaltige Freude und eine noch gewaltigere Erleichterung – jene Erleichterung, die wir nur in glücklichen Träumen erleben und im Augenblick des Erwachens aus gräßlichen – erfüllten sie wie ein Licht. *Tante Evvie, du bist am Leben!*

Aber Tante Evvie gab kein Anzeichen des Erkennens von sich. *Kaufen Sie, was Sie wollen, Miss,* sagte Tante Evvie. *Übrigens – ist Ihr Name Polly oder Patricia? Ich kann mich nicht genau erinnern.*

Tante Evvie, du kennst doch meinen Namen – ich bin Trisha. Für dich bin ich immer Trisha gewesen.

Tante Evvie nahm keine Notiz davon. *Wie immer Sie heißen mögen – heute ist ein besonderer Tag. Total-Ausverkauf.*

Tante Evvie, was tust du hier?

Ich GEHÖRE hierher, sagte Tante Evvie. *Jeder in der Stadt gehört hierher, Miss Zwei-Namen. Im Grunde gehört sogar jeder*

Mensch auf dieser Erde hierher, weil jeder gern ein Schnäppchen machen möchte. Jeder möchte etwas umsonst haben – selbst wenn es ihn alles kostet.

Das gute Gefühl war plötzlich verschwunden. Angst trat an seine Stelle. Polly schaute in die Vitrinen und sah Flaschen mit einer dunklen Flüssigkeit. Auf dem Etikett stand DR. GAUNTS ELEKTRISIERENDES TONIKUM. Da lag billiges aufziehbares Spielzeug, das schon beim zweiten Aufziehen Zahnräder hustete und Federn spuckte. Da lagen geschmacklose Sex-Artikel. Da standen kleine Gläser mit etwas, das aussah wie Kokain; sie waren mit Dr. GAUNTS EINZIGARTIGES KRAFTPULVER etikettiert. Es wimmelte von billigen Scherzartikeln: Hundekot aus Plastik, Juckpulver, Zigarettenfüllungen, Quietschkissen. Da lag eine dieser Röntgenbrillen, mit denen man angeblich durch geschlossene Türen und Damenkleider hindurchsehen konnte, die aber nichts anderes taten, als Waschbärenringe um die Augen herum zu hinterlassen. Da lagen Plastikblumen und gezinkte Spielkarten und Flaschen mit billigem Parfum und der Aufschrift DR. GAUNTS LIEBESTRANK NR. 9, VERWANDELT SCHLAFFHEIT IN WOLLUST. Die Vitrinen waren ein Katalog des Zeitlosen, des Geschmacklosen und des Nutzlosen.

Was immer Sie wollen, Miss Zwei-Namen, sagte Tante Evvie.

Warum nennst du mich so, Tante Evvie? Bitte – erkennst du mich denn nicht?

Alles funktioniert garantiert. Das einzige, auf dessen Funktionieren nach dem Kauf es keine Garantie gibt, sind SIE. Also kommen Sie herbei und kaufen, kaufen, kaufen Sie.

Jetzt sah sie Polly direkt an, und Entsetzen fuhr durch Polly hindurch wie ein Messer. Sie sah Mitleid in Tante Evvies Augen, aber es war ein schreckliches, erbarmungsloses Mitleid.

Wie ist dein Name, Kind? Mir ist, als hätte ich es früher einmal gewußt.

In ihrem Traum (und in ihrem Bett) begann Polly zu weinen.

Hat sonst noch jemand deinen Namen vergessen? fragte Tante Evvie. *Irgendwie kommt es mir so vor.*

Tante Evvie, du machst mir Angst!

Du machst dir selbst Angst, Kind, entgegnete Tante Evvie, wobei sie Polly zum erstenmal direkt anschaute. *Du darfst nur eines nicht vergessen: wenn du hier kaufst, Miss Zwei-Namen, dann verkaufst du auch.*

Aber ich brauch es! rief Polly. Sie weinte heftiger. *Meine Hände …!*

Ja, das bringt es, Miss Polly Frisco, sagte Tante Evvie und stellte eine der mit Dr. GAUNTS ELEKTRISIERENDEN TONIKUM bezeichneten Flaschen auf den Tresen – eine kleine, kantige Flasche, die mit etwas gefüllt war, das aussah wie weicher Schlamm. *Natürlich kann es deine Schmerzen nicht verschwinden lassen – nichts brächte das fertig –, aber es kann eine Verlagerung bewirken.*

Wie meinst du das? Warum machst du mir Angst?

Es verlagert den Sitz deiner Arthritis, Miss Zwei-Namen – statt deiner Hände befällt die Krankheit dein Herz.

Nein!

Ja!

Nein! Nein! NEIN!

Ja. Oh ja. Und auch deine Seele. Aber deinen Stolz wirst du behalten. Der zumindest wird dir bleiben. Und hat eine Frau denn nicht Anspruch auf ihren Stolz? Wenn alles andere verloren ist – das Herz, die Seele und sogar der Mann, den du liebst –, hast du zumindest noch ihn, nicht wahr, kleine Miss Polly Frisco? Du hast die eine Münze, ohne die dein Geldbeutel völlig leer sein würde. Möge dir das für den Rest deines Lebens ein dunkler und bitterer Trost sein. Begnüge dich damit. Du mußt dich damit begnügen, denn wenn du auf dem Weg weitergehst, den du eingeschlagen hast, wird es einen anderen nicht geben.

Aufhören, bitte, kannst du denn nicht …

4

»Aufhören«, murmelte sie im Schlaf. »Bitte, hör auf. *Bitte!*«

Sie drehte sich auf die Seite. Das *azka* klirrte an seiner Kette. Ein Blitz erhellte den Himmel, schlug in die Ulme am

Castle Stream ein, ließ sie in das strömende Wasser kippen, während Alan Pangborn, von dem Gleißen geblendet, am Steuer seines Kombis saß.

Der darauf folgende Donnerschlag weckte Polly. Ihre Augen flogen auf. Ihre Hand fuhr zu dem *azka* und schloß sich darum. Die Hand war geschmeidig; die Gelenke bewegten sich so reibungslos wie in sauberes Öl eingebettete Kugellager.

Miss Zwei-Namen ... kleine Miss Polly Frisco.

»Was ...?« Ihre Zunge war schwer, aber ihr Verstand fühlte sich bereits so wach und klar an, als hätte sie überhaupt nicht geschlafen, sondern sich nur in einer Art Benommenheit befunden, so tief, daß sie fast einer Trance glich. Irgend etwas ragte in ihrem Denken auf, etwas, das ungefähr so groß war wie ein Wal. Draußen zuckten Blitze über den Himmel wie purpurne Wunderkerzen.

Hat sonst noch jemand deinen Namen vergessen? Irgendwie kommt es mir so vor.

Sie steckte die Hand aus und schaltete die Nachttischlampe ein. Neben dem Princess-Telefon mit den übergroßen Tasten, die sie jetzt nicht mehr brauchte, lag der Umschlag, den sie mit der übrigen Post in der Diele vorgefunden hatte, als sie am Nachmittag nach Hause gekommen war. Sie hatte den grauenhaften Brief wieder zusammengefaltet und in den Umschlag gesteckt.

Irgendwo in der Dunkelheit glaubte sie zwischen den lauten Donnerschlägen Schreie zu hören. Polly ignorierte sie; sie dachte an den Kuckuck, der seine Eier in fremde Nester legt, während dessen Besitzer unterwegs sind. Wenn die künftige Mutter zurückkehrt – bemerkt sie dann, daß etwas Neues hinzugekommen ist? Natürlich nicht; sie akzeptiert es einfach als ihr eigenes. Genau so, wie Polly diesen verdammten Brief akzeptiert hatte, nur weil er zufällig auf dem Dielenboden lag, zusammen mit zwei Katalogen und einer Broschüre vom Western Maine-Kabelfernsehen.

Sie hatte ihn einfach akzeptiert – aber konnte nicht *jeder* einen Brief durch einen Briefschlitz werfen?

»Miss Zwei-Namen«, murmelte sie mit verstörter Stimme. »Kleine Miss Polly Frisco.« Und das war die Sache, nicht wahr? Die Sache, an die ihr Unterbewußtsein sich erinnert und bewerkstelligt hatte, daß Tante Evvie sie darauf hinwies. Sie *war* Miss Polly Frisco gewesen.

Vor langer Zeit war sie genau das gewesen.

Sie griff nach dem Umschlag.

Nein! befal ihr eine Stimme, und es war eine Stimme, die sie sehr gut kannte. *Rühren Sie ihn nicht an, Polly – nicht, wenn Sie wissen, was gut für Sie ist!*

Schmerzen so dunkel und stark wie alter Kaffee flackerten tief in ihren Händen.

Es kann deine Schmerzen nicht verschwinden lassen ... aber es kann eine Verlagerung bewirken.

Das Ding, groß wie ein Wal, kam an die Oberfläche. Mr. Gaunts Stimme konnte es nicht aufhalten; nichts konnte es aufhalten.

SIE müssen es aufhalten, Polly, sagte Mr. Gaunt. *Glauben Sie mir – Sie müssen es.*

Ihre Hand zog sich zurück, bevor sie den Brief berührt hatte. Sie kehrte zu dem *azka* zurück und wurde zu einer Faust, die es schützend umhüllte. Sie konnte etwas darinnen fühlen, etwas, das von ihrem Herzen gewärmt worden war und nun wie wild in dem hohlen Silberamulett herumkroch. Abscheu erfüllte sie und bewirkte, daß sich ihr Magen schwach und hilflos anfühlte und ihr Gedärm rebellierte.

Sie ließ es los und griff wieder nach dem Brief.

Letzte Warnung, Polly, teilte die Stimme von Mr. Gaunt ihr mit.

Ja, erwiderte Tante Evvies Stimme. *Ich glaube, er meint es ernst, Trisha. Er hat immer gern mit Damen zu tun gehabt, die stolz auf sich sind, aber weißt du was? Ich glaube nicht, daß er für diejenigen, die erkennen, daß Hochmut vor dem Fall kommt, viel Verwendung hat. Ich glaube, jetzt ist es an der Zeit, daß du dich ein für allemal entscheidest, wie du wirklich heißt.*

Sie ergriff den Umschlag, ignorierte ein weiteres warnendes Zucken in ihren Händen und betrachtete die säuberlich getippte Adresse. Dieser Brief – dieser *angebliche* Brief, diese *angebliche* Fotokopie – war an ›Miss Patricia Chalmers‹ adressiert.

»Nein«, flüsterte sie. »Falsch. Falscher *Name.«* Ihre Hand

schloß sich langsam um den Brief und zerknüllte ihn. Ein dumpfer Schmerz erfüllte ihre Faust, aber Polly ignorierte ihn. Ihre Augen glänzten fiebrig. »Ich war immer Polly in San Francisco – ich war Polly für jedermann, *sogar für Child Welfare!*«

Das war ein Teil ihres Bemühens gewesen, einen klaren Schlußstrich zu ziehen unter jeden Aspekt ihres alten Lebens, von dem sie sich einbildete, daß es sie so sehr verletzt hatte; nicht einmal in den dunkelsten Nächten hatte sie sich gestattet, davon zu träumen, daß sie sich den größten Teil der Wunden selbst beigebracht hatte. In San Francisco hatte es keine Patricia oder Trisha gegeben; nur eine Polly. Sie hatte alle drei Anträge auf Unterstützung für unmündige Kinder so ausgefüllt und auch so unterschrieben – mit Polly Chalmers.

Wenn Alan tatsächlich an die Leute von Child Welfare in San Francisco geschrieben hätte, dann hätte er vielleicht ihren Namen mit Patricia angegeben, aber hätte dann nicht jedes Nachforschen in den Unterlagen eine Fehlanzeige ergeben? Ja, natürlich. Nicht einmal die Anschriften hätten übereingestimmt, denn diejenige, die sie vor so langer Zeit in den für LETZTER WOHNSITZ vorgesehenen Raum eingetragen hatte, war die ihrer Eltern gewesen, und die hatten am anderen Ende der Stadt gewohnt.

Angenommen, Alan hat beide Namen angegeben? Polly und Patricia?

Und wenn er es getan hatte? Sie wußte genug über die Arbeitsweise von Regierungsbürokraten, um überzeugt zu sein, daß es keine Rolle spielte, welchen Namen oder welche Namen *Alan* angegeben hatte; wenn sie an sie schrieben, würde der Brief an den Empfänger und an die Adresse gehen, die sie in ihren Akten hatten. Polly hatte eine Freundin in Oxford, die von der University of Maine immer noch unter ihrem Mädchennamen angeschrieben wurde, obwohl sie schon seit zwanzig Jahren verheiratet war.

Aber dieser Umschlag war an Patricia Chalmers adressiert, nicht an Polly Chalmers. Und wer in Castle Rock hatte sie erst heute mit Patricia angeredet?

Die gleiche Person, die gewußt hatte, daß Netti Cobb in

Wirklichkeit Netitia Cobb hieß. Ihr guter Freund Leland Gaunt.

Diese Geschichte mit den Namen ist interessant, sagte Tante Evvie plötzlich, *aber sie ist nicht das eigentlich Wichtige. Das eigentlich Wichtige ist der Mann – dein Mann. Er ist doch dein Mann, nicht wahr? Schon jetzt. Du weißt, daß er dich nie so hintergehen würde, wie er es diesem Brief zufolge getan haben soll. Es spielt keine Rolle, welcher Name daraufstand oder wie überzeugend er sich angehört haben mag – das weißt du, nicht wahr?*

»Ja«, flüsterte sie. »Ich *kenne* ihn.«

Hatte sie wirklich *irgend etwas* davon geglaubt? Oder hatte sie ihre Zweifel am Inhalt dieses absurden, unglaublichen Briefes nur beiseitegeschoben, weil sie Angst – sogar panisches Entsetzen – davor gehabt hatte, daß Alan die widerwärtige Natur des *azka* erkennen und sie zwingen würde, zwischen dem Ding und ihm zu wählen?

»O nein – das ist zu simpel«, flüsterte sie. »Du hast es wirklich geglaubt. Nur einen halben Tag lang, aber du *hast* es geglaubt. O Jesus! O Jesus, was habe ich getan?«

Sie warf den zerknüllten Brief auf den Fußboden mit der angewiderten Miene einer Frau, die gerade begriffen hat, daß sie eine tote Ratte in der Hand hält.

Ich habe ihm nicht gesagt, weshalb ich wütend war; habe ihm keine Gelegenheit zur Erklärung gegeben; ich habe es einfach – einfach geglaubt. Warum? Warum, in Gottes Namen?

Sie wußte es natürlich. Es war die plötzliche, beschämende Angst gewesen, daß ihre falsche Darstellung die Ursache von Keltons Tod entdeckt, das Elend ihrer Jahre in San Francisco geargwöhnt, ihre Mitschuld am Tod ihres Kindes erwogen werden konnten – und all das von dem einzigen Mann in der Welt, dessen gute Meinung sie wünschte und brauchte.

Aber das war noch nicht alles. Das war nicht einmal der größte Teil davon. Der größte Teil davon war Stolz gewesen – verletzter, empörter, pochender, aufgeblähter, bösartiger Stolz. Stolz, die Münze, ohne die ihr Geldbeutel völlig leer gewesen wäre. Sie hatte es geglaubt, weil sie in einer Panik aus Schaum gewesen war, einer aus Stolz geborenen Scham.

Ich habe gern mit Damen zu tun, die stolz sind auf sich selbst.

Eine entsetzliche Schmerzwelle brandete in ihren Händen auf; Polly stöhnte und hob sie vor die Brust.

Es ist noch nicht zu spät, Polly, sagte Mr. Gaunt leise. *Selbst jetzt ist es noch nicht zu spät.*

»*Oh, scheiß auf den Stolz!*« schrie Polly plötzlich in die Dunkelheit ihres stickigen Schlafzimmers und riß sich das *azka* vom Hals. Sie hielt es hoch über ihren Kopf in der geballten Faust, die feine Silberkette peitschte wild, und sie spürte, wie die Oberfläche des Amuletts in ihrer Hand einknickte wie eine Eierschale. »*SCHEISS AUF DEN STOLZ!*«

Sofort krallten sich die Schmerzen ihren Weg in ihre Hände wie ein kleines, hungriges Tier – aber sie wußte schon in diesem Moment, daß die Schmerzen nicht so schlimm waren, wie sie befürchtet hatte; bei weitem nicht so schlimm, wie sie befürchtet hatte. Sie wußte es ebenso sicher, wie sie wußte, daß Alan nie an Child Welfare in San Francisco geschrieben und Fragen über sie gestellt hatte.

»*SCHEISS AUF DEN STOLZ! SCHEISS DRAUF! SCHEISS DRAUF! SCHEISS DRAUF!*« schrie sie und schleuderte das *azka* quer durchs Zimmer.

Es prallte gegen die Wand, landete auf dem Fußboden und brach auf. Ein Blitz zuckte auf, und sie sah, daß sich durch einen Spalt zwei haarige Beine hindurchschoben. Der Spalt wurde breiter, und was herauskroch, war eine kleine Spinne. Sie lief zum Badezimmer hinüber. Wieder zuckte ein Blitz auf und warf ihren Schatten auf den Fußboden wie eine elektrische Tätowierung.

Polly sprang aus dem Bett und verfolgte sie. Sie mußte sie töten, und zwar schnell – denn die Spinne schwoll zusehends an. Sie hatte sich von dem Gift genährt, das sie aus ihrem Körper gesaugt hatte, und jetzt, da sie frei war von ihrem Behältnis, ließ sich unmöglich sagen, wie groß sie werden mochte.

Sie hieb auf den Lichtschalter im Badezimmer, und die Leuchtstoffröhre über dem Waschbecken flackerte auf. Sie sah, wie die Spinne auf die Badewanne zutrippelte. Als sie durch die Türöffnung gelaufen war, war sie nicht größer gewesen als ein Käfer. Jetzt hatte sie die Größe einer Maus.

Als sie hereinkam, drehte sich die Spinne um und lief auf

sie zu – dieses grauenhafte klickende Geräusch ihrer auf die Fliesen hämmernden Füße –, und Polly hatte Zeit zu denken: sie lag zwischen meinen Brüsten, sie lag auf MEINER HAUT, die ganze Zeit hat sie auf MEINER HAUT gelegen ...

Ihr Körper war borstig und schwärzlichbraun. Winzige Haare standen von den Beinen ab. Augen, so dumpf wie unechte Rubine, starrten sie an – und sie sah, daß zwei Reißzähne aus ihrem Maul herausragten wie die Zähne eines Vampirs. Eine klare Flüssigkeit tropfte von ihnen herab. Wo die Tropfen auf die Fliesen trafen, hinterließen sie kleine, rauchende Krater.

Polly schrie auf und ergriff den Pumpfix, der neben der Toilette stand. Ihre Hände erwiderten den Schrei, aber sie schloß sie trotzdem um den Holzgriff und hieb mit dem Pumpfix auf die Spinne ein. Sie wich zurück; eines ihrer Beine war gebrochen und hing nutzlos herab. Sie eilte auf die Badewanne zu, und Polly verfolgte sie.

Trotz ihrer Verletzung wuchs sie noch immer. Jetzt hatte sie die Größe einer Ratte. Ihr aufgequollener Hinterleib schleifte über die Fliesen; doch jetzt kletterte sie mit unheimlicher Behendigkeit am Duschvorhang empor. Ihre Beine erzeugten auf dem Plastik ein Geräusch wie anprasselnde Wassertröpfchen. Die Ringe an der Stahlstange, an denen der Vorhang hing, klirrten.

Polly schwang den Pumpfix wie einen Baseballschläger, der schwere Gummibecher sauste durch die Luft und traf abermals das gräßliche Ding. Der Gummibecher deckte eine große Fläche ab, war aber, wo er auftraf, nicht sehr wirkungsvoll. Der Duschvorhang wölbte sich nach innen, und die Spinne landete mit einem fleischigen Aufprall in der Badewanne.

In diesem Augenblick ging das Licht aus.

Polly stand mit dem Pumpfix in der Hand im Dunkeln und lauschte dem Getrippel der Spinnenbeine. Dann flammte wieder ein Blitz auf, und sie konnte ihren gekrümmten, borstigen Rücken über den Rand der Badewanne hängen sehen. Das Ding, das aus dem fingerhutgroßen *azka* gekommen war, war jetzt so groß wie eine Katze – das Ding, das sich von ihrem Herzblut ernährt hatte, während es die Schmerzen aus ihren Händen abzog.

Der Brief, den ich draußen beim Camber-Anwesen zurückgelassen habe – was war das?

Jetzt da das *azka* nicht mehr an ihrem Hals hing und die Schmerzen in ihren Händen erwacht waren und gellten, konnte sie sich nicht mehr einreden, daß das mit Alan nichts zu tun hatte.

Die Reißzähne der Spinne klickten auf die Emaillkante der Wanne. Es hörte sich an, als ließe jemand absichtlich einen Penny auf eine harte Fläche klicken, um Aufmerksamkeit zu erregen. Ihre ausdruckslosen Puppenaugen musterten sie über den Rand der Wanne hinweg.

Es ist zu spät, schienen diese Augen zu sagen. *Zu spät für Alan, zu spät für dich. Zu spät für alle.*

Polly stürzte sich auf sie.

»*Wozu hast du mich gebracht?*« kreischte sie. »*Wozu hast du mich gebracht? Oh, du Ungeheuer, WOZU HAST DU MICH GEBRACHT?*«

Und die Spinne erhob sich auf die Hinterbeine und suchte, auf widerwärtige Weise mit den Vorderbeinen klammernd, an dem Duschvorhang Halt, um ihren Angriff zu parieren.

5

Ace Merrill begann den alten Esel ein wenig zu respektieren, als Keeton einen Schlüssel zum Vorschein brachte, mit dem sich der verschlossene Schuppen mit dem rautenförmigen roten SPRENGSTOFF-Symbol an der Tür öffnen ließ. Er begann, ihn noch ein wenig mehr zu respektieren, als er die kühle Luft spürte, das leise Summen der Klimaanlage hörte und die aufgestapelten Kisten sah. Handelsübliches Dynamit. Eine Menge handelsübliches Dynamit. Es war nicht ganz dasselbe wie ein Arsenal von Stinger-Raketen, aber es kam ihm sehr nahe. Wahrhaftig.

In der Ablage zwischen den Vordersitzen des Transporters hatte eine leistungsfähige Acht-Batterie-Lampe gelegen, und jetzt – während sich Alan in seinem Kombi Castle Rock näherte, während Norris Ridegewick in seiner Küche saß und in ein kräftiges Hanfseil eine Henkerschlinge knüpfte, während Polly Chalmers Traum von Tante Evvie sich seinem Ende näherte – ließ Ace das helle Licht der Lampe von einer Kiste zur anderen wandern. Über ihren Köpfen trommelte der Regen auf das Schuppendach, so heftig, daß Ace sich fast einbilden konnte, im Gefängnis unter der Dusche zu stehen.

»Los, an die Arbeit«, sagte Buster mit leiser, heiserer Stimme.

»Eine Minute, Dad«, sagte Ace. »Zeit für eine kleine Erfrischungspause.« Er händigte Buster die Lampe aus und griff nach dem Plastikbeutel, den Mr. Gaunt ihm gegeben hatte. Er machte die linke Hand hohl, schüttete ein kleines Häufchen Koks hinein und schnupfte ihn schnell.

»Was ist das?« fragte Buster argwöhnisch.

»Bolivianischer Bingo-Staub. Das Beste vom Besten.«

»Ha!« schnaubte Keeton. »Kokain. SIE verkaufen Kokain.«

Ace brauchte nicht zu fragen, wer SIE waren. Der alte Esel hatte auf der Fahrt hierher von nichts anderem geredet, und Ace vermutete, daß er den ganzen Abend von nichts anderem reden würde.

»Stimmt nicht, Dad«, sagte Ace. »SIE verkaufen ihn nicht. SIE wollen das Zeug ganz für sich allein haben.« Er schüttete noch ein bißchen mehr in die hohle Hand und streckte dann die Hand aus. »Versuchen Sie selbst und sagen Sie mir dann, ob ich mich irre.«

Keeton musterte ihn mit einer Mischung aus Zweifel, Neugierde und Argwohn. »Weshalb nennen Sie mich Dad? Ich bin noch nicht so alt, daß ich Ihr Dad sein könnte.«

»Nun, ich weiß nicht, ob Sie jemals die Underground-Comics gelesen haben, aber da gibt es einen Typen, der R. Crumb heißt«, sagte Ace. Das Kokain tat bereits seine Wirkung und setzte seine sämtlichen Nervenenden in Brand. »Er zeichnet diese Comics über einen Kerl namens Zippy. Und ich finde, Sie sehen genau so aus wie Zippys Dad.«

»Ist das gut?« fragte Buster argwöhnisch.

»Beachtlich«, versicherte ihm Ace. »Aber ich kann Sie

auch Mr. Keeton nennen, wenn Ihnen das lieber ist.« Er hielt einen Moment inne, dann setzte er bewußt hinzu: »So, wie SIE es tun.«

»Nein«, sagte Buster sofort, »das geht in Ordnung. Solange es keine Beleidigung ist.«

»Auf gar keinen Fall«, sagte Ace. »Also los – versuchen Sie einmal. Ein bißchen von *diesem* Zeug, und Sie sind putzmunter und tatendurstig, bis der Morgen dämmert.«

Buster warf einen weiteren argwöhnischen Blick auf Ace, dann schnupfte er den von ihm angebotenen Koks. Er hustete, nieste und hielt sich dann eine Hand vor die Nase. Seine tränenden Augen starrten Ace kläglich an.

»Das *brennt!*«

»Nur beim ersten Mal«, versicherte Ace vergnügt.

»Außerdem spüre ich überhaupt nichts. Also hören wir mit dem Blödsinn auf und sehen wir zu, daß wir das Dynamit in den Wagen bekommen.«

»Wird gemacht, Dad.«

Sie brauchten kaum zehn Minuten, um die Kisten zu verladen. Nachdem sie die Letzte in dem Transporter verstaut hatten, sagte Buster: »Vielleicht bewirkt das Zeug, das Sie da haben, doch etwas. Kann ich noch ein bißchen haben?«

»Klar, Dad.« Ace grinste. »Ich schließe mich an.«

Sie schnupften, dann machten sie sich auf den Rückweg in die Stadt. Buster fuhr, und jetzt sah er nicht mehr aus wie Zippys Dad, sondern wie Mr. Toad in dem Walt Disney-Film *The Wind in the Willows*. Ein neues, wildes Licht glomm in den Augen des Vorsitzenden des Stadtrates. Es war verblüffend, wie rasch die Verwirrung aus seinem Kopf geschwunden war; jetzt war ihm, als durchschaute er alles, was SIE im Schilde führten – jeden Plan, jeden Anschlag, jede Intrige. Er erzählte Ace alles darüber, während Ace mit untergeschlagenen Beinen auf der Ladefläche des Transporters saß und Hotpoint-Zünder mit Sprengkapseln verband. Zumindest für den Augenblick war Alan Pangborn völlig aus Busters Gedächtnis verschwunden. Er war völlig hingerissen von der Vorstellung, Castle Rock – oder einen möglichst großen Teil davon – in die Luft zu sprengen.

Ace' Respekt verwandelte sich in eindeutige Bewunde-

795

rung. Der alte Esel war verrückt, und Ace mochte Verrückte. Er hatte sie schon immer gemocht. Bei ihnen fühlte er sich zu Hause. Und genau wie bei den meisten Leuten, die das erstemal von Kokain high sind, machte der Verstand des alten Dad die Runde durch die äußeren Planeten. Er konnte nicht aufhören zu reden. Ace brauchte nichts zu tun, als hin und wieder zu sagen: »So ist es, Dad« und »Verdammt richtig, Dad.«

Mehrmals hätte er Keeton beinahe Mr. Toad genannt statt Dad, aber er ertappte sich noch rechtzeitig. Diesen Kerl Mr. Toad zu nennen, konnte sich als eine sehr schlechte Idee erweisen.

Sie überquerten die Tin Bridge, während Alan noch drei Meilen von ihr entfernt war, und stiegen in den strömenden Regen hinaus. Ace fand hinter der Sitzbank des Transporters eine Decke und drapierte sie über ein Bündel Dynamit und einen der mit einer Sprengkapsel versehenen Zünder.

»Brauchen Sie Hilfe?« fragte Buster nervös.

»Lassen Sie mich das machen, Dad. Sie fallen womöglich ins Wasser, und dann muß ich Zeit damit vergeuden, Sie wieder herauszufischen. Halten Sie nur die Augen offen, ja?«

»Wird gemacht. Ace – weshalb schnupfen wir nicht vorher noch ein bißchen von diesem Kokain?«

»Jetzt nicht«, erklärte Ace nachsichtig und tätschelte einen von Busters massigen Armen. »Dieses Zeug ist fast rein. Wollen Sie explodieren?«

»*Ich* nicht«, sagte Buster. »Alles andere, aber *ich* nicht.« Er begann irre zu lachen. Ace fiel in das Lachen ein.

»Sie amüsieren sich gut heute abend, stimmt's, Dad?«

Buster stellte verblüfft fest, daß es wirklich so war. Seine Depression im Gefolge von Myrtles – Myrtles Unfall – schien Jahre zurückzuliegen. Jetzt hatte er das Gefühl, daß er und sein Freund Ace Merrill SIE endlich da hatten, wo sie SIE haben wollten: in ihrer gemeinsamen hohlen Hand.

»Kann man wohl sagen«, sagte er und sah zu, wie Ace die nasse, grasbewachsene Böschung neben der Brücke herunterrutschte und dabei das in der Decke eingehüllte Bündel Dynamit vor den Bauch hielt.

Unter der Brücke war es relativ trocken; nicht, daß das eine Rolle gespielt hätte – das Dynamit und die Sprengkapsel waren wasserfest. Ace deponierte sein Päckchen zwischen zwei Streben der Brückenkonstruktion, dann befestigte er die Sprengkapsel daran, indem er die Drähte, deren Enden bereits abisoliert waren, in einen der Stäbe steckte. Er stellte die weiße Scheibe des Zeitzünders auf 40. Er begann zu tikken.

Ace kroch unter der Brücke hervor und auf allen vieren die schlüpfrige Böschung hinauf.

»Und?« fragte Buster besorgt. »Wird sie hochgehen, was meinen Sie?«

»Sie wird hochgehen«, versicherte ihm Ace und stieg wieder in den Transporter. Er war bis auf die Haut durchnäßt, aber das störte ihn nicht.

»Was ist, wenn SIE es finden? Was ist, wenn SIE es entschärfen, bevor …«

»Dad«, sagte Ace. »Hören Sie eine Minute genau hin. Strecken Sie Ihren Kopf zu dieser Tür heraus und *hören Sie genau hin.*«

Buster tat es. Ganz schwach, zwischen den einzelnen Donnerschlägen, glaubte er Rufe und Aufschreie zu hören. Dann hörte er, wesentlich deutlicher, den dünnen, harten Knall eines Pistolenschusses.

»Mr. Gaunt hat dafür gesorgt, daß SIE anderweitig beschäftigt sind«, sagte Ace. »Er ist ein ganz gerissener Hund.« Er kippte ein Häufchen Kokain in die hohle Hand, schnupfte und hielt die Hand dann unter Busters Nase. »Hier, Dad – Frühstückszeit.«

Buster senkte den Kopf und schnupfte.

Ungefähr sieben Minuten bevor Alan Pangborn die Brücke überquerte, fuhren sie von ihr fort. Der schwarze Zeiger des Zeitzünders stand auf 30.

6

Ace Merrill und Danforth Keeton – alias Buster, alias Zippys Dad, alias Toad von Toad Hall – fuhren im strömenden Regen langsam die Main Street hinauf wie der Weihnachtsmann und sein Gehilfe und hinterließen hier und dort kleine Bündel. Zweimal jagten Wagen der Staatspolizei an ihnen vorüber, aber keiner von ihnen interessierte sich auch nur im geringsten für etwas, das wie ein weiterer Fernseh-Übertragungswagen aussah. Wie Ace gesagt hatte – Mr. Gaunt hatte dafür gesorgt, daß SIE anderweitig beschäftigt waren.

Sie hinterließen einen Zeitzünder und fünf Stäbe Dynamit im Eingang von Samuels Bestattungsinstitut. Der Barbiersalon lag direkt daneben. Ace wickelte ein Stück Decke um seinen Arm und stieß den Ellenbogen durch die Glasscheibe in der Tür. Er bezweifelte stark, daß der Babiersalon über eine Alarmanlage verfügte – oder daß die Polizei, selbst wenn es der Fall sein sollte, auf einen Alarm reagieren würde. Buster reichte ihm eine frisch präparierte Bombe – sie benutzten Draht, den sie im Transporter vorgefunden hatten, um die Zeitzünder und Sprengkapseln sicher an dem Dynamit zu befestigen –, und Ace warf sie durch das Loch in der Tür. Sie sahen zu, wie sie am Fuße von Stuhl Nummer Eins zum Stillstand kam; der Zeitzünder tickte von 25 ausgehend.

»*Da drinnen* wird sich in der nächsten Zeit niemand rasieren lassen«, erklärte Ace, und Buster kicherte atemlos.

Dann trennten sie sich. Ace warf ein Bündel ins Galaxia, Buster stopfte ein weiteres in den Öffnungsschlitz des Nachttresors der Bank. Als sie zu ihrem Transporter zurückkehrten, flackerte ein heftiger Blitz über den Himmel, und die Ulme kippte unter dem Krachen des Donners in den Castle Stream. Sie blieben einen Augenblick auf dem Gehsteig stehen, schauten beide in die gleiche Richtung, glaubten beide, das Dynamit unter der Brücke wäre runde zwanzig Minuten zu früh hochgegangen, aber da war keine Brandfackel.

Als sie ihren Wagen wieder gestartet hatten, jetzt mit Ace am Steuer, fuhr Alans Kombi an ihnen vorüber. In dem strömenden Regen nahm keiner der beiden Fahrer von dem anderen Notiz.

Sie fuhren hinauf zu Nan's Luncheonette. Ace zerbrach das Glas in der Tür mit dem Ellenbogen, und sie hinterließen das Dynamit und einen tickenden Zeitzünder, auf 20 gestellt, direkt dahinter, neben dem Tisch mit der Registrierkasse. Als sie weiterfahren wollten, zuckte ein greller Blitz auf, und alle Straßenlaternen gingen aus.

»Es ist der Strom!« rief Buster glücklich. »Der Strom ist ausgefallen! Phantastisch! Nehmen wir uns das Gebäude der Stadtverwaltung vor! Jagen wir es hoch bis in den Himmel!«

»Dad, da wimmelt es von Bullen! Haben Sie sie nicht gesehen?«

»Die jagen ihren eigenen Schwänzen nach«, sagte Buster ungeduldig. »Und wenn diese Dinger anfangen, hochzugehen, werden sie ihnen sogar doppelt so schnell nachjagen. Außerdem ist es jetzt dunkel, und wir können durch das Gericht auf der anderen Seite hineingehen. Der Hauptschlüssel öffnet auch *diese* Tür.«

»Sie haben die Eier eines Tigers, Dad – wissen Sie das?«

Buster lächelte verkniffen. »Sie aber auch, Ace. Sie aber auch.«

7

Alan fuhr in eine der schrägen Parkbuchten vor Needful Things, schaltete den Motor des Kombis aus und saß dann einen Augenblick lang einfach da und starrte auf Mr. Gaunts Laden. Auf dem Schild im Fenster stand jetzt

SIE SAGEN HALLO ICH SAGE LEBEWOHL
LEBEWOHL LEBEWOHL
ICH WEISS NICHT WESHALB SIE HALLO SAGEN
ICH SAGE LEBEWOHL

Blitze flackerten wie eine riesige Neonbeleuchtung, und das Schaufenster wirkte wie ein leeres, totes Auge.

Dennoch sagte ihm ein tiefer Instinkt, daß Needful Things,

obwohl still und geschlossen, möglicherweise doch nicht leer war. Mr. Gaunt konnte in all dem Durcheinander die Stadt verlassen haben; während das Gewitter tobte und die Polizisten herumrannten wie kopflose Hühner, wäre das überhaupt kein Problem gewesen. Aber das Bild, das er sich auf der langen, eiligen Fahrt vom Krankenhaus in Bridgton zurück in die Stadt von Mr. Gaunt gemacht hatte, war das von Batman's Rächer, dem Joker. Alan spürte, daß er es mit einem Mann zu tun hatte, der den Einbau eines düsengetriebenen Rückflußventils in der Toilette eines Freundes für den größten Witz halten würde. Und würde ein solcher Mann – einer, der nur so zum Spaß eine Heftzwecke auf deinen Stuhl legen oder ein brennendes Streichholz in deinen Schuh stecken würde – die Stadt verlassen, bevor du festgestellt hast, daß deine Socken brennen und deine Hosenaufschläge Feuer fangen? Natürlich nicht. Wo bliebe denn da der Spaß?

Ich glaube, du bist noch da, dachte Alan. Ich glaube, du willst dir den Spaß nicht entgehen lassen. Stimmt's, du Hurensohn?

Er saß ganz still da, schaute auf den Laden mit der grünen Markise und versuchte, sich in das Denken eines Mannes zu versetzen, der eine derart vielfältige, niederträchtige Reihe von Ereignissen auslösen konnte. Er konzentrierte sich viel zu stark, um zu registrieren, daß der Wagen, der links neben dem seinen parkte, ziemlich alt, aber schnittig, fast aerodynamisch gebaut war. Es war Mr. Gaunts Tucker Talisman.

Wie hast du es angestellt? Es gibt sehr vieles, was ich wissen möchte, aber dieses eine dürfte für heute abend genügen. Wie *konntest* du es bewerkstelligen? Wie konntest du so schnell so viel über uns erfahren?

Brian hat gesagt, Mr. Gaunt ist überhaupt kein Mann.

Bei Tageslicht hätte Alan über diesen Gedanken gespottet, genau so wie er über den Gedanken gespottet hatte, daß Pollys Amulett irgendeine übernatürliche Heilkraft besitzen könnte. Aber heute abend, eingeschlossen in der irren Hand des Gewitters, in ein Schaufenster starrend, das sich in ein leeres, totes Auge verwandelt hatte, hatte dieser Gedanke seine eigene, unbestreitbare, düstere Macht. Er dachte an den Tag, an dem er in der Absicht, Mr. Gaunt kennenzulernen und mit ihm zu reden, zu Needful Things gekommen war, und er erinnerte sich an das eigentümliche Gefühl, das ihn beschlichen hatte, als er mit seitlich ans Gesicht angelegten Händen durch das Fenster hineinschaute. Er hatte das Gefühl gehabt, beobachtet zu werden, obwohl der Laden offensichtlich leer war. Und nicht nur das – er hatte das Gefühl gehabt, daß der Beobachter bösartig und voller Haß war. Das Gefühl war so stark gewesen, daß er eine Sekunde lang sein eigenes Spiegelbild für das unangenehme (und halb transparente) Gesicht eines anderen gehalten hatte.

Wie stark dieses Gefühl gewesen war – wie überaus stark!

Alan erinnerte sich an noch etwas anderes – etwas, das seine Großmutter immer zu ihm gesagt hatte, als er noch ein kleiner Junge war. *Die Stimme des Teufels hört sich lieblich an. Brian hat gesagt ...*

Wie war. Mr. Gaunt an sein Wissen gekommen? Und wie in aller Welt war er ausgerechnet auf ein kleines Nest wie Castle Rock verfallen?

... Mr. Gaunt ist überhaupt kein Mann.

Alan bückte sich plötzlich und tastete an der Beifahrerseite des Kombis auf dem Boden herum. Einen Augenblick lang glaubte er, das, wonach er suchte, wäre fort – es wäre irgendwann im Laufe des Tages, als die Beifahrertür offengestanden hatte, herausgefallen. Doch dann stießen seine Finger auf das gerundete Metall. Es war unter den Sitz gerollt, das war alles. Er klaubte es hervor, hielt es hoch – und die Stimme der Depression, die geschwiegen hatte, seit er Sean Rusks Krankenzimmer verlassen hatte (oder vielleicht hatte Alan seither nur zuviel um die Ohren gehabt, um sie hören), meldete sich laut und qualvoll fröhlich wie immer zu Wort.

Hi, Alan! Hallo! Ich war eine Weile fort, tut mir leid, aber jetzt bin ich wieder da. Was hast du denn da? Eine Nußdose? Nein – es sieht zwar so aus, aber das ist es nicht, stimmt's? Es ist der letzte Scherzartikel, den Todd in dem Neuheitenland in Auburn gekauft hat, richtig? Eine falsche Tastee-Munch Mixed Nuts-Dose mit einer grünen Schlange darin – um eine Feder gewickeltes Krepppapier. Und als er sie dir mit glänzenden Augen und einem großen, verzückten Lächeln zeigte, da hast du ihm gesagt, er soll das blöde Ding zurücklegen, nicht wahr? Und als er ganz enttäuscht dreinschaute, hast du so getan, als bemerktest du es nicht. Du hast zu ihm gesagt, – warte ... Was hast du zu ihm gesagt?

»Daß der Narr und sein Geld nicht lange zusammenblei- ben«, sagte Alan dumpf. Er drehte die Dose in den Händen, betrachtete sie, erinnerte sich an Todds Gesicht. »Das ist es, was ich zu ihm gesagt habe.«

Ach ja, richtig, pflichtete die Stimme bei. Wie konnte ich das vergessen? Und du redest von Niedertracht? Na, weißt du! Nur gut, daß du mich daran erinnert hast. Nur gut, daß du uns BEI- DE daran erinnert hast, stimmt's? Aber Annie hat den Tag geret- tet – sie hat gesagt, du solltest sie ihm gönnen. Sie hat gesagt – warte ... Was hat sie gesagt?

»Sie hat gesagt, es machte ihr irgendwie Spaß, daß Todd genau so wäre wie ich, und daß er nur einmal jung wäre.« Alans Stimme war heiser und bebte. Er hatte wieder ange- fangen zu weinen, und warum auch nicht? Warum zum Teufel auch nicht? Der alte Schmerz war wieder da und schlang sich um sein wundes Herz wie ein schmutziger Lap- pen.

Es tut weh, nicht wahr? fragte die Stimme der Depression – diese schuldige Stimme des Selbsthasses – mit einem Mitge- fühl, von dem Alan argwöhnte, daß es nur vorgetäuscht war. Es tut weh, ungefähr so, als lebte man in einem Country- and-Western-Song über eine gute Liebe, die schlecht geworden ist, oder über gute Jungen, die jetzt tot sind. Nichts, das so weh tut, kann gut für dich sein. Leg es wieder ins Handschuhfach, mein Al- ter. Vergiß es. Nächste Woche, wenn dieser ganze Wahnsinn vor- bei ist, kannst du den Kombi mitsamt der falschen Nußdose ver- kaufen. Warum nicht? Sie ist ein billiger Scherzartikel, der nur einem Kind begehrenswert erscheint – oder einem Mann wie Gaunt. Vergiß es. Vergiß ...

Alan schaltete die Stimme mitten in ihrem Geschwätz aus. Bis zu diesem Augenblick hatte er nicht gewußt, daß er das konnte, und es war ein gutes Wissen, das er jetzt besaß, ein Wissen, das sich in der Zukunft als nützlich erweisen konnte – das heißt, wenn er eine Zukunft hatte. Er betrachtete die Dose genauer, drehte sie von einer Seite zur anderen, be- trachtete sie zum erstenmal richtig, sah sie nicht als alberne Erinnerung an seinen verlorenen Sohn, sondern als Gegenstand, der ebenso ein Instrument der Irreführung war wie sein hohler Zauberstab, sein seidener Zylinder mit dem doppelten Boden oder der Trick mit den aufblühenden Blumen, der immer noch unter seinem Uhrarmband steckte.

Magie – war das nicht alles, um das es hier ging? Es war eine niederträchtige Magie, zugegeben; Magie, die nicht darauf aus war, Leute zum Staunen und Lachen zu bringen, sondern darauf, sie in wütend vorstürmende Bullen zu verwandeln, aber Magie war es trotzdem. Und was lag aller Magie zugrunde? Irreführung. Es war eine gut einen Meter lange Schlange in der Nußdose – oder, und dabei dachte er an Polly, eine Krankheit, die aussieht wie eine Heilung.

Er öffnete die Wagentür, und als er in den strömenden Regen hinaustrat, hielt er noch immer die falsche Nußdose in der linken Hand. Jetzt, da er sich ein wenig vor der gefährlichen Verlockung der Gefühlsduselei zurückgezogen hatte, erinnerte er sich an seinen Widerstand gegen den Kauf dieses Dinges mit so etwas wie Verblüffung. Magie hatte ihn zeitlebens fasziniert, und natürlich hätte auch ihn, als er ein Kind war, dieser alte Trick mit einer Schlange in der Dose begeistert. Weshalb also hatte er Todd gegenüber so unfreundliche Worte gebraucht, als der Junge ihn kaufen wollte, und dann so getan, als bemerkte er nicht, wie verletzt der Junge war? War es Eifersucht gewesen auf Todds Jugend und Begeisterung? Die Unfähigkeit, sich an das Wunder einfacher Dinge zu erinnern? Was war es gewesen?

Er wußte es nicht. Er wußte, daß es genau die Art von Trick war, die Mr. Gaunt verstehen würde, und deshalb wollte er die Dose jetzt bei sich haben.

Alan beugte sich wieder in den Wagen hinein und holte eine Taschenlampe aus der kleinen Kiste mit allen möglichen Werkzeugen auf dem Rücksitz, dann ging er an Mr. Gaunts Tucker vorbei (noch immer, ohne ihn zu bemerken) und trat unter die dunkelgrüne Markise von Needful Things.

8

So, hier bin ich. Hier bin ich endlich.

Alans Herz klopfte hart, aber stetig in seiner Brust. In seinem Hirn schienen sich die Gesichter von seinem Sohn, seiner Frau und Sean Rusk vereinigt zu haben. Er las noch einmal das Schild im Fenster, dann probierte er die Tür. Sie war verschlossen. Über seinem Kopf flappte und knallte die Segeltuchmarkise in dem heulenden Sturm.

Er hatte die Tastee-Munch-Dose in sein Hemd gesteckt. Jetzt berührte er sie mit der rechten Hand und schien einen unbeschreibbaren und dennoch sehr echten Trost aus ihr zu ziehen.

»Okay«, murmelte er. »Hier komme ich, ob du es willst oder nicht.

Er drehte die Taschenlampe um und benutzte den Griff, um ein Loch in die Scheibe zu schlagen. Er war auf das Heulen eines Einbruchsalarms gefaßt, aber es blieb aus. Entweder hatte Gaunt die Alarmanlage nicht eingeschaltet, oder es war überhaupt keine da. Er griff durch das Loch in der Scheibe und tastete nach dem inneren Türknauf. Er ließ sich drehen, und Alan betrat zum erstenmal Needful Things.

Zuerst fiel ihm der Geruch auf; er war schal und staubig. Es war nicht der Geruch eines neuen Ladens, sondern der eines Raumes, der monate- oder sogar jahrelang unbewohnt war. In der Rechten hielt er seine Waffe, mit der Linken ließ er das Licht der Taschenlampe herumwandern. Sie zeigte ihm einen nackten Fußboden, kahle Wände und eine Reihe von Vitrinen. Die Vitrinen waren leer, die Ware war verschwunden. Auf allem lag eine dicke, spurenlose Staubschicht.

Hier ist seit langer, langer Zeit niemand gewesen.

Aber wie war das möglich, da er doch die ganze Woche gesehen hatte, wie Leute hineingingen und wieder herauskamen?

Weil er überhaupt kein Mann ist. Weil die Stimme des Teufels sich lieblich anhört.

Er machte zwei weitere Schritte, benutzte die Taschenlampe, um den leeren Raum abschnittsweise zu untersuchen, at-

804

mete den trockenen Museumsstaub ein, der in der Luft hing. Er schaute hinter sich und sah im Schein eines Blitzes die Spur seiner eigenen Schritte. Er ließ das Licht tiefer in den Laden hineinfallen und von rechts nach links über die Vitrine wandern, die Mr. Gaunt als Tresen gedient hatte – und hielt inne.

Ein Videorecorder stand da, neben einem tragbaren Sony-Fernseher – einem dieser ausgefallenen Modelle, rund anstatt rechteckig und mit einem Gehäuse, so rot wie ein Feuerwehrauto. Eine Schnur war um den Fernseher gewickelt. Und auf dem Videorecorder lag etwas. Bei dieser Beleuchtung sah es aus wie ein Buch, aber Alan glaubte nicht, daß es eines war.

Er ging hinüber und richtete die Taschenlampe zuerst auf den Fernseher. Er war ebenso dick mit Staub bedeckt wie der Fußboden und die Vitrinen. Die darum gewickelte Schnur war ein kurzes Stück Koaxialkabel mit Steckern an beiden Enden. Alan ließ das Licht auf den auf dem Recorder liegenden Gegenstand fallen, bei dem es sich nicht um ein Buch handelte, sondern um eine Videokassette in einem unbeschrifteten schwarzen Plastikgehäuse.

Ein eingestaubter weißer Umschlag lag daneben. Auf dem Umschlag stand

FÜR SHERIFF ALAN PANGBORN

Er legte seine Waffe und seine Taschenlampe auf die Glasplatte, nahm den Umschlag, öffnete ihn und zog das darin liegende Stück Papier heraus. Dann nahm er wieder die Taschenlampe zur Hand und richtete ihren hellen Lichtkreis auf die kurze, maschinengeschriebene Botschaft.

Lieber Sheriff Pangborn,
inzwischen werden Sie bemerkt haben, daß ich ein Geschäftsmann von einer recht besonderen Art bin – jener überaus seltenen Art, die versucht, tatsächlich ›für jeden etwas‹ anzubieten. Ich bedaure, daß wir nie Gelegenheit gehabt haben, uns von Angesicht zu Angesicht zu begegnen, aber ich hoffe, Sie verstehen, daß eine derartige Begegnung sehr unklug gewesen wäre – zu-

mindest von meinem Standpunkt aus. Aber ich habe Ihnen eine Kleinigkeit zurückgelassen, von der ich glaube, daß sie Sie sehr interessieren wird. Es handelt sich nicht um ein Geschenk – ich bin nicht eine Art Weihnachtsmann, und darin werden Sie mir vermutlich beipflichten –, aber alle Leute in der Stadt haben mir versichert, daß Sie ein ehrenwerter Mann sind, und ich bin überzeugt, daß Sie den Preis zahlen werden, den ich dafür verlange. Dieser Preis schließt eine kleine Dienstleistung ein – eine Dienstleistung, bei der es sich, in Ihrem Fall, eher um eine gute Tat als um einen Streich handelt. Ich bin sicher, daß Sie hierin mit mir übereinstimmen werden.
Ich weiß, daß Sie sich immer und immer wieder gefragt haben, was in den letzten Monaten des Lebens Ihrer Frau und Ihres jüngsten Sohnes passiert ist. Ich glaube, daß Sie in Kürze die Antwort auf all diese Fragen erhalten werden
Bitte glauben Sie mir, daß ich Ihnen nur das Beste wünsche. Ich verbleibe

Ihr ergebener Diener
LELAND GAUNT

Alan legte den Brief langsam auf den Tresen. »Bastard!« murmelte er. Er ließ wieder sein Licht herumwandern und sah, daß die Schnur des Videorecorders an der anderen Seite herunterhing und in einem Stecker endete, der gut einen Meter von der nächsten Steckdose entfernt auf dem Boden lag. Was nichts zu besagen hatte – der Strom war ohnehin ausgefallen.

Aber weißt du was? dachte Alan. Ich glaube, das spielt keine Rolle. Es spielt nicht die geringste Rolle. Ich glaube, sobald ich die Geräte verbunden und diese Kassette in den Recorder gesteckt habe, wird alles bestens funktionieren. Auf eine andere Weise hätte er die Dinge, die er verursacht hat, nicht verursachen können. Er hätte nicht wissen können, was er weiß – nicht, wenn er ein Mensch ist. Die Stimme des Teufels hörte sich lieblich an, Alan, und was immer du tust, du darfst dir nicht ansehen, was er für dich hinterlassen hat.

Dennoch legte er die Taschenlampe wieder hin und griff nach dem Koaxialkabel. Er betrachtete es einen Augenblick lang, dann bückte er sich und steckte es in die dafür vorgesehene Buchse an der Rückseite des Fernsehers. Dabei versuchte die Tastee-Munch-Dose, aus seinem Hemd zu rutschen. Bevor sie zu Boden fallen konnte, fing er sie mit einer seiner geschickten Hände auf und legte sie neben dem Videorecorder auf die Glasplatte.

9

Norris Ridgewick hatte bereits den halben Weg zu Needful Things zurückgelegt, als ihm plötzlich der Gedanke kam, daß er verrückt sein mußte – noch wesentlich verrückter, als er ohnehin schon war, und selbst das reichte aus –, wenn er versuchen wollte, sich Leland Gaunt allein vorzuknöpfen.

Er zog das Mikrofon aus seiner Halterung. »Wagen Zwei an Basis«, sagte er. »Hier ist Norris, bitte kommen.«

Er ließ den Knopf los. Da war nichts außer einem gräßlichen statischen Pfeifen. Das Zentrum des Gewitters lag jetzt genau über Castle Rock.

»Scheiße«, sagte er und machte sich auf den Weg zum Gebäude der Stadtverwaltung. Vielleicht war Alan dort; wenn nicht, konnte ihm vielleicht jemand sagen, wo er sich aufhielt. Alan würde wissen, was zu tun war – und selbst wenn das nicht der Fall war, würde sich Alan sein Geständnis anhören müssen: er hatte Hugh Priests Reifen zerfetzt und den Mann in den Tod geschickt, nur weil er, Norris Ridgewick, eine Bazun-Angelrute haben wollte, wie sein Dad eine gehabt hatte.

Er erreichte das Gebäude der Stadtverwaltung, als der Zeitzünder unter der Brücke auf 5 stand, und parkte direkt hinter einem leuchtendgelben Transporter. Der Aufschrift nach war es ein Fernsehübertragungswagen.

Norris stieg aus in den strömenden Regen und rannte ins Sheriffbüro in der Hoffnung, Alan zu finden.

10

Polly schwang den Becher des Pumpfix gegen die widerwärtige, auf den Hinterbeinen aufgerichtete Spinne, und diesmal wich sie nicht aus. Ihre borstenbesetzten Vorderbeine umklammerten den Stiel, und Pollys Hände schrien vor Qual auf, als sie sich mit ihrem zitternden Gewicht auf den Gummibecher fallen ließ. Ihr Griff lockerte sich, der Pumpfix senkte sich, und plötzlich kroch die Spinne auf dem Stiel entlang wie ein fetter Mann auf einem Drahtseil. Polly sog den Atem ein, um zu schreien, und dann legten sich die Vorderbeine auf ihre Schultern wie die Arme eines räudigen Gigolos. Die ausdruckslosen Rubinaugen starrten in die ihren. Das Maul mit den Reißzähnen öffnete sich, und sie konnte den Atem der Spinne riechen – ein Gestank nach bitteren Gewürzen und verfaulendem Fleisch.

Sie öffnete den Mund, um zu schreien. Eines der Beine schob sich in ihren Mund. Rauhe, gräßliche Borsten streichelten ihre Zähne und ihre Zunge. Die Spinne wimmerte gierig.

Polly widerstand dem ersten Impuls, das widerwärtige, pulsierende Ding auszuspucken. Sie ließ den Pumpfix los und packte die Beine der Spinne. Im gleichen Augenblick biß sie zu, machte Gebrauch von der ganzen Kraft ihrer Kiefer. Etwas zerknirschte wie ein Mundvoll Schiffszwieback, und ein kalter, bitterer Geschmack wie von uraltem Tee erfüllte ihren Mund. Die Spinne gab einen Schmerzensschrei von sich und versuchte, zurückzuweichen. Borsten glitten rauh durch Pollys Faust, aber sie umklammerte das Bein des Dinges fest mit ihren heulenden Händen, bevor es entkommen konnte – und verdrehte es wie eine Frau, die versucht, einem Truthahn den Unterschenkel abzudrehen. Es gab ein zähes, knorpelig reißendes Geräusch. Die Spinne gab einen weiteren, sabbernden Schmerzensschrei von sich.

Sie versuchte, sich in Sicherheit zu bringen. Polly spie die bittere dunkle Flüssigkeit aus, die ihren Mund erfüllte; sie wußte, daß es sehr, sehr lange dauern würde, bevor sie diesen Geschmack wieder los war.

Irgendein ferner Teil von ihr war verblüfft über die Kraft,

die sie an den Tag legte, aber da war ein anderer Teil, der das voll und ganz verstand. Sie hatte Angst – sie war angewidert – und sie war vor allem wütend.

Ich bin benutzt worden, dachte sie unwillkürlich. *Dafür habe ich Alans Leben verkauft! Für dieses Ungeheuer!*

Die Spinne versuchte, mit ihren Reißzähnen zuzubeißen, aber ihre Hinterbeine hatten ihren festen Halt am Stiel des Pumpfix verloren, und sie wäre abgestürzt – wenn Polly es zugelassen hätte.

Sie ließ es nicht zu. Sie nahm den heißen, aufgequollenen Leib zwischen die Unterarme und drückte zu. Sie hob die Spinne so hoch, daß sie sich über ihr wand und mit ihren zuckenden Beinen nach Pollys Gesicht tastete. Flüssigkeit und schwarzes Blut begannen aus ihrem Leib herauszusikkern und flossen in brennenden Rinnsalen über Pollys Arme.

»NIE MEHR!« kreischte Polly. »NIE MEHR, NIE MEHR, NIE MEHR!«

Sie schleuderte die Spinne von sich. Sie prallte gegen die gefliese Wand hinter der Badewanne. Dort hing sie noch einen Moment, dann fiel sie mit einem widerlichen Aufklatschen in die Wanne.

Polly packte wieder den Pumpfix und schlug damit auf die Spinne ein wie eine Frau, die mit einem Besen auf eine Maus einschlägt, aber die Spinne erschauderte nur und versuchte, wegzukriechen; ihre Beine kratzten auf der in der Wanne liegenden Gummimatte. Polly zog den Pumpfix zurück, drehte ihn um und stieß dann, den Stiel wie eine Lanze benutzend, mit aller Kraft zu.

Sie erwischte das elende, widerwärtige Ding genau in der Mitte und durchbohrte es. Es gab ein groteskes Aufprallgeräusch, und dann quollen die Eingeweide der Spinne heraus und ergossen sich in einer stinkenden Flut auf die Matte. Sie wand sich verzweifelt, versuchte vergeblich, die Beine um den Pfahl zu schlingen, den Polly ihr in den Leib gestoßen hatte – und dann, endlich, regte sie sich nicht mehr.

Polly trat zurück, schloß die Augen und spürte, wie die Welt vor ihr verschwamm. Sie war einer Ohnmacht schon sehr nahe, als Alans Name in ihrem Kopf aufflammte wie eine Leuchtkugel. Sie ballte die Hände zu Fäusten und hieb sie heftig gegeneinander, Knöchel an Knöchel. Der Schmerz war grell, plötzlich und immens. Mit einem kalten Blitz kehrte die Welt zurück.

Sie öffnete die Augen, näherte sich der Badewanne und schaute hinein. Zuerst glaubte sie, es wäre überhaupt nichts darin. Dann sah sie, neben dem Gummibecher des Pumpfix, die Spinne. Sie war nicht größer als der Nagel ihres kleinen Fingers, und sie war tot.

Das alles ist überhaupt nicht passiert. Das hast du dir nur eingebildet.

»Das war keine Einbildung«, sagte Polly mit dünner, bebender Stimme.

Aber die Spinne war jetzt nicht mehr wichtig. Wichtig war nur Alan – Alan war in Gefahr, und *sie* war daran schuld. Sie mußte ihn finden, und zwar, bevor es zu spät war.

Wenn es nicht jetzt schon zu spät war.

Sie würde zum Sheriffbüro gehen. Irgend jemand dort würde wissen, wo er …

Nein, meldete sich Tante Evvies Stimme zu Wort. *Nicht dorthin. Wenn du dorthin gehst, wird es wirklich zu spät sein. Du weißt, wo du hin mußt. Du weißt, wo er ist.*

Ja.

Ja, natürlich wußte sie es.

Polly rannte zur Tür, und ein verworrener Gedanke schlug auf ihr Denken ein wie Mottenflügel. *Bitte, Gott, laß ihn nichts kaufen. Oh, Gott, bitte, bitte, bitte laß ihn nichts kaufen.*

Dreiundzwanzigstes Kapitel

1

Der Zeitzünder unter der Castle Stream Bridge, von den Einwohnern von Castle Rock seit undenklichen Zeiten Tin Bridge genannt, erreichte die Null um 19.38 Uhr am Abend, Dienstag, dem 15. Oktober, im Jahr des Herrn 1991. Der winzige elektrische Funke, der die Glocke zum Läuten bringen sollte, fuhr durch die bloßen Drähte, die Ace um die Anschlüsse der die Anlage mit Strom versorgenden Neun-Volt-Batterie gewickelt hatte. Die Glocke begann tatsächlich zu läuten, aber sie – und der Rest des Zeitzünders – wurden den Bruchteil einer Sekunde später von einem Lichtblitz verschluckt, als der elektrische Strom die Sprengkapsel zündete und die Kapsel wiederum das Dynamit. Nur wenige Leute in Castle Rock hielten die Explosion irrtümlich für einen Donnerschlag. Der Donner war schwere Artillerie am Himmel; dies war das Dröhnen eines gigantischen Gewehrschusses. Das südliche Ende der alten Brücke löste sich in einem massiven Feuerball vom Ufer. Es hob sich etwa drei Meter hoch in die Luft, bildete eine schräge Rampe und stürzte dann mit heftigem Krachen wieder herab. Das Nordende der Brücke wurde losgerissen, und dann kippte das ganze Bauwerk in den jetzt Hochwasser führenden Castle Stream. Das Südende stürzte auf die vom Blitz gefällt Ulme.

Auf der Castle Avenue, wo sich die Katholiken und die Baptisten – zusammen mit fast einem Dutzend Staatspolizisten – noch immer in den Haaren lagen, war eine Kampfpause eingetreten. Die Blicke aller Kombattanten waren auf die Feuerrose am Castle Stream-Ende der Stadt gerichtet. Albert Gendron und Phil Burgmeyer, die noch Sekunden zuvor aufeinander eingeprügelt hatten, standen Seite an Seite und starrten auf das gleißende Licht. Über die linke Seite von Alberts Gesicht rann Blut aus einer Schläfenwunde, und Phils Hand bestand fast nur noch aus Fetzen.

Dicht daneben saß Nan Roberts auf Father Brigham wie ein großer weißer Geier. Sie hatte das Haar des Geistlichen

811

dazu benutzt, seinen Kopf mehrmals hochzureißen und dann auf das Pflaster zu knallen. Rev. Rose lag gleich nebenan, bewußtlos infolge von Father Brighams seelsorgerischen Aktivitäten.

Henry Payton, der seit seinem Eintreffen einen Zahn verloren hatte (ganz zu schweigen von allen Illusionen, die er über religiöse Harmonie in Amerika gehegt haben mochte), erstarrte bei dem Versuch, Tony Mislaburski von dem baptistischen Dekan Fred Mellon herunterzuzerren.

Sie erstarrten alle, einer wie der andere.

»Großer Gott, das war die Brücke«, murmelte Don Hemphill.

Henry Payton beschloß, sich die Kampfpause zunutze zu machen. Er stieß Tony Mislaburski beiseite, hielt die Hände an den verletzten Mund und brüllte: »Alle herhören! Hier spricht die Polizei! Ich befehle euch ...«

Doch dann erhob Nan Roberts ihre Stimme. Sie hatte viele Jahre damit verbracht, Bestellungen in die Küche ihres Restaurants zu rufen, und sie war es gewöhnt, sich verständlich zu machen, einerlei, welches Getöse um sie herum herrschte. Es war kein Wettstreit; sie übertönte Henry Paytons Stimme ohne jede Mühe.

»DIE GOTTVERDAMMTEN KATHOLIKEN ARBEITEN MIT DYNAMIT!« trompetete sie.

Die Zahl der Kämpfenden war geschrumpft, aber was ihnen an Masse fehlte, machten sie durch wütende Inbrunst wett.

Sekunden nach Nans Ruf war die Schlacht wieder in vollem Gange, aufgelöst in ein rundes Dutzend einzelner Scharmützel auf einem fünfzig Meter langen Abschnitt der vom Regen gepeitschten Straße.

2

Norris Ridgewick stürzte ins Sheriffbüro, Sekunden bevor die Brücke hochging, und schrie mit höchster Lautstärke: »Wo ist Sheriff Pangborn? Ich muß Sheriff Pangborn ...«

Er brach ab. Abgesehen von Seaton Thomas und einem Staatspolizisten, der aussah, als wäre er zu jung, um schon Bier trinken zu dürfen, war das Büro leer.

Wo zum Teufel waren die Leute? Wie es aussah, parkten draußen in wirrem Durcheinander an die sechstausend Streifenwagen und andere Fahrzeuge. Eines davon war sein eigener Käfer, der, wenn das Durcheinander prämiiert worden wäre, mühelos das Blaue Band gewonnen hätte. Er lag immer noch dort, wo Buster ihn gerammt hatte, auf der Seite.

»Jesus!« rief Norris. »Wo stecken die Leute?«

Der Staatspolizist, der aussah, als wäre er zu jung, um schon Bier trinken zu dürfen, nahm Norris' Uniform zur Kenntnis und sagte dann: »Irgendwo ein Stück die Straße hinauf ist eine große Keilerei im Gange – die Christen gegen die Kannibalen oder so etwas ähnliches. Ich soll die Zentrale bedienen, aber bei diesem Gewitter kann ich weder senden noch empfangen.« Verdrossen setzte er hinzu: »Wer sind Sie?«

»Deputy Sheriff Norris Rigdewick.«

»Ich bin Joe Price. Was ist das eigentlich für eine Stadt, die Sie hier haben, Deputy? Sämtliche Einwohner sind verrückt geworden.«

Norris gab keine Antwort und ging zu Seat Thomas. Seats Gesicht war schmutziggrau, und er atmete unter großen Schwierigkeiten. Eine seiner runzligen Hände drückte auf seine Brust.

»Seat, wo ist Alan?«

»Keine Ahnung«, sagte Seat und musterte Norris mit trüben, verängstigten Augen. »Etwas Schlimmes geht vor. Etwas ganz Schlimmes. In der ganzen Stadt. Das Telefon ist ausgefallen, und das sollte nicht sein, weil die meisten Leitungen unterirdisch verlegt sind. Aber wissen Sie was? Ich bin *froh*, daß es ausgefallen ist. Ich bin froh, weil ich gar nicht wissen will, was vorgeht.«

»Sie sollten im Krankenhaus sein«, sagte Norris und betrachtete besorgt den alten Mann.

»Ich sollte in Kansas sein«, sagte Seat verdrossen. »Inzwischen bleibe ich einfach hier sitzen und warte darauf, daß es

813

vorübergeht. Ich bin nicht ...« Da flog die Brücke in die Luft
– das immense Gewehrschuß-Geräusch zerfetzte den Abend
wie eine Klaue.

»*Großer Gott!*« riefen Norris und Joe Price gleichzeitig.

»Ja«, sagte Seat Thomas mit seiner verdrossenen, nörgelnden, keineswegs überraschten Stimme, »ich glaube, sie jagen
die Stadt in die Luft. Ich glaube, das kommt als nächstes.«

Plötzlich, bestürzend, begann der alte Mann zu weinen.

»Wo ist Henry Payton?« fuhr Norris Trooper Price an.
Price ignorierte die Frage. Er rannte zur Tür, um zu sehen,
was hochgegangen war.

Norris warf einen Blick auf Seaton Thomas, aber Seat
starrte düster ins Leere; Tränen rollten ihm übers Gesicht,
und seine Hand preßte sich noch immer auf seine Brust.
Norris folgte Trooper Joe Price und fand ihn auf dem Parkplatz, auf dem Norris vor ungefähr tausend Jahren Buster
Keetons rotem Cadillac ein Strafmandat verpaßt hatte. Eine
Säule aus verlöschendem Feuer ragte deutlich in der regennassen Dunkelheit auf, und in seinem Schein konnten beide
erkennen, daß die Castle Stream Bridge verschwunden war.
Die Ampel am Stadtrand war auf die Straße gestürzt.

»Heilige Mutter Gottes«, sagte Trooper Price mit ehrfürch-
tiger Stimme. »Ich bin nur froh, daß das nicht *meine* Stadt
ist.« Der Feuerschein hatte Rosen auf seine Wangen und
Glut in seine Augen gezaubert.

Norris' Drang, Alan ausfindig zu machen, war stärker ge-
worden. Er kam zu dem Schluß, daß er gut daran täte, sich
wieder in seinen Streifenwagen zu setzen und zu versuchen,
Henry Payton zu finden – wenn da irgendwo eine große
Keilerei im Gange war, sollte das nicht allzu schwierig sein.
Möglicherweise war Alan auch dort.

Er hatte fast den Gehsteig überquert, als ihm ein Blitz zwei
Gestalten zeigte, die gerade um die Ecke des Gerichtes neben dem Gebäude der Stadtverwaltung bogen. Offenbar
wollten sie zu dem leuchtend gelben Übertragungswagen.
Bei der einen war er seiner Sache nicht sicher, aber die andere Gestalt – massig und ein wenig krummbeinig – war unmöglich zu verkennen. Es war Danforth Keeton.

Norris Ridgewick tat zwei Schritte nach rechts und drückte den Rücken gegen die Ziegelsteinmauer an der Mündung der Gasse. Er zog seinen Dienstrevolver. Er hob ihn mit himmelwärts zeigendem Lauf in Schulterhöhe und schrie »HALT!«, so laut er konnte.

3

Polly setzte mit ihrem Wagen auf der Auffahrt zurück, schaltete die Scheibenwischer ein und bog nach links ab. Zu den Schmerzen in ihren Händen war dort, wo der Speichel der Spinne ihre Haut benetzt hatte, ein heftiges Brennen hinzugekommen. Er hatte sie irgendwie vergiftet, und das Gift schien sich stetig seinen Weg in ihren Körper zu bahnen. Aber jetzt hatte sie keine Zeit, sich deswegen zu sorgen.

Sie näherte sich dem Stoppschild an der Kreuzung von Ford und Main Street, als die Brücke hochging. Der gewaltige Knall ließ sie zusammenfahren, und sie starrte fassungslos auf die grelle Flammensäule, die sich aus dem Castle Stream erhob. Einen Augenblick lang sah sie das Gerüst der Brücke selbst, eine Masse von schwarzen Winkeln vor dem gleißenden Licht, und dann wurde alles von Flammen verschluckt.

Sie bog abermals links ab in die Main Street, fuhr in Richtung Needful Things.

4

In früheren Zeiten war Alan Pangborn ein begeisterter Amateurfilmer gewesen. Er hatte keine Ahnung, wie viele Leute er zu Tränen gelangweilt hatte mit ruckenden Filmen, projiziert auf eine an der Wohnzimmerwand aufgehängten Leinwand, von seinen Kindern, die in Windelhöschen auf unsicheren Beinen im Wohnzimmer herumtappten, von Annie, die sie badete, von Geburtstagsparties, von Familienausflügen. In all diesen Filmen winkten und grinsten Leute in die Kamera. Es war, als gäbe es ein unausgesprochenes Gesetz:

Wenn jemand eine Filmkamera auf dich richtet, dann muß du winken oder grinsen oder beides. Wenn du das nicht tust, kannst du unter der Anklage von Gleichgültigkeit Zweiten Grades verhaftet werden, worauf eine Strafe von zehn Jahren steht, die mit dem Ansehen endloser Spulen von Amateurfilmen zu verbringen sind.

Vor fünf Jahren war er auf eine Videokamera umgestiegen, die sowohl billiger als auch einfacher zu bedienen war – und anstatt Leute zehn oder fünfzehn Minuten lang zu langweilen, die Zeitspanne, in der drei oder vier zusammengeklebte Rollen Acht-Millimeter-Film abliefen, konnte man sie jetzt stundenlang langweilen, ohne auch nur eine neue Kassette einlegen zu müssen.

Er nahm die Kassette aus ihrer Schachtel und betrachtete sie. Sie trug kein Etikett. Okay, dachte er. Das ist absolut okay. Ich muß eben selbst feststellen, um was es sich handelt. Seine Hand bewegte sich auf den Einschaltknopf des Recordes zu – und dann zögerte sie.

Die Kombination aus den Gesichtern von Todd und Sean und seiner Frau wich plötzlich zurück; an ihre Stelle trat das bleiche, bestürzte Gesicht von Brian Rusk, wie Alan es bei ihrer letzten Begegnung gesehen hatte.

Du siehst unglücklich aus, Brian.

Ja, Sir.

Heißt das, daß du unglücklich BIST?

Ja, Sir – und wenn Sie auf diesen Knopf drücken, werden Sie auch unglücklich sein. Er will, daß Sie sich das ansehen, aber nicht, um Ihnen einen Gefallen zu tun. Mr. Gaunt tut niemandem einen Gefallen. Er will Sie vergiften, sonst nichts. So, wie er alle anderen Leute vergiftet hat.

Dennoch *mußte* er es sich ansehen.

Seine Finger berührten den Knopf, streichelten seine glatte, eckige Form. Er hielt inne und schaute sich um. Ja. Mr. Gaunt war noch hier. Irgendwo. Alan konnte seine Anwesenheit fühlen – eine gewichtige Anwesenheit, drohend und überredend zugleich. Er dachte an den Brief, den Mr. Gaunt hinterlassen hatte. *Ich weiß, daß Sie sich wieder und wieder gefragt haben, was in den letzten Momenten des Lebens Ihrer Frau und Ihres jüngsten Sohnes passiert ist ...*

Tun Sie es nicht, Sheriff, flüsterte Brian Rusk. Alan sah sein bleiches, verstörtes Gesicht oberhalb der Kühltasche im Gepäckkorb seines Fahrrades, der Kühltasche voller Baseball-karten. *Lassen Sie die Vergangenheit ruhen. Es ist besser so. Und er lügt; Sie WISSEN, daß er lügt.*

Ja. Er wußte es. Er wußte es genau.

Dennoch *mußte* er es sich ansehen.

Alans Finger drückte auf den Knopf.

Das kleine grüne POWER-Licht ging sofort an. Der Video-recorder funktionierte einwandfrei, ob er nun an eine Steck-dose angeschlossen war oder nicht; Alan hatte gewußt, daß es so sein würde. Er schaltete den roten Sony ein, und Se-kunden später warf der weißlich glühende, flimmernde Schnee von Channel 3 sein bleiches Licht in den düster ver-staubten Raum. Alan drückte auf den EJECT-Knopf, und der Kassettenschacht des Recorders sprang auf.

Tun Sie es nicht, flüsterte Brian Rusks Stimme abermals, aber Alan überhörte sie. Er schob die Kassette ein, schloß den Schacht und lauschte dem mechanischen Klicken, als die Magnetköpfe sich auf das Band senkten. Dann holte er tief Luft und drückte auf den PLAY-Knopf. Der weißlich glühende Schnee auf dem Bildschirm wich einer glatten Schwärze. Einen Augenblick später färbte sich der Bild-schirm schiefergrau, und eine Reihe von Zahlen flammte auf: 8 … 7 … 6 … 5 … 4 … 3 … 2 … X

Was folgte, war die leicht verwackelte Aufnahme einer Landstraße. Im Vordergrund, ein wenig unscharf, aber im-mer noch lesbar, stand ein Straßenschild; 117 stand darauf, aber das brauchte Alan nicht. Er war diese Strecke schon viele Male gefahren, und er kannte sie gut. Er erkannte das Kiefernwäldchen gleich hinter der Stelle, an der die Straße eine Biegung machte – es war das Wäldchen, in dem der Scout gelandet war und in dem seine zermalmte Haube sich um den größten Baum geschlungen hatte.

Aber die Bäume auf dieser Aufnahme wiesen keinerlei Spuren des Unfalls auf, obwohl die Narben noch heute zu sehen waren, wenn man hinausfuhr und danach Ausschau hielt (wie er es oft genug getan hatte). Staunen und Entset-zen schlichen sich stumm in Alans Bewußtsein ein, als er be-

817

griff, daß dieses Videoband an dem Tag aufgenommen worden war, an dem Annie und Todd gestorben waren.

Er würde sehen, wie es passiert war.

Es war völlig unmöglich, aber es war wahr. Er würde sehen, wie seine Frau und sein Sohn den Tod fanden.

Schalten Sie ab! schrie Brian. *Schalten Sie ab, er ist ein Giftmann, und er verkauft Giftdinge! Schalten Sie ab, bevor es zu spät ist!*

Aber Alan war dazu ebensowenig imstande, wie er imstande gewesen wäre, nur durch Denken sein Herz zum Stillstand zu bringen. Er war erstarrt, gefangen.

Jetzt schwenkte die Kamera ruckartig nach links, die Straße hinauf. Einen Augenblick lang war da nichts, dann funkelte etwas im Sonnenlicht. Es war der Scout. Der Scout kam. Der Scout auf seinem Weg zu der Kiefer, an der er und seine Insassen für immer enden würden. Der Scout näherte sich seinem letzten Ort auf Erden. Er fuhr nicht zu schnell; er schleuderte nicht hin und her. Es gab keinerlei Anzeichen dafür, daß Annie die Kontrolle über ihn verloren hatte oder die Gefahr bestand, daß sie sie verlieren könnte.

Alan beugte sich vor neben dem summenden Recorder; Schweiß rann ihm übers Gesicht, das Blut hämmerte heftig in seinen Schläfen. Er spürte, wie sich seine Kehle verkrampfte.

Das ist nicht wirklich. Es ist gestellt. Sie sind es nicht; vielleicht sitzen eine Schauspielerin und ein junger Schauspieler in dem Auto; sie *tun* so, als wären sie es, aber sie sind es nicht. Es kann nicht sein.

Dennoch wußte er, daß sie es waren. Was sonst sollte man auf Bildern sehen, die von einem Recorder auf einen Fernseher übertragen werden, der nirgends angeschlossen war und trotzdem funktionierte? Was sonst – außer der Wahrheit?

Eine Lüge! rief Brian Rusks Stimme, aber sie war fern und leicht zu überhören. *Eine Lüge, Sheriff, eine Lüge! EINE LÜGE!*

Jetzt konnte er das Nummernschild an dem herankommenden Scout erkennen. 24912 V. Annies Zulassungsnummer.

Plötzlich sah Alan hinter dem Scout ein weiteres Funkeln.

Ein zweiter Wagen, der schnell näherkam, den Abstand verringerte.

Draußen flog die Tin Bridge mit monströsem Gewehrschußknall in die Luft. Alan hörte ihn nicht einmal. Seine gesamte Konzentration war auf den Bildschirm des roten Sony-Fernsehers gerichtet, auf dem sich Annie und Todd dem Baum näherten, der zwischen ihnen und dem Rest ihres Lebens stand.

Der Wagen hinter ihnen fuhr mit einer Geschwindigkeit von hundertzwanzig, vielleicht sogar hundertdreißig Stundenkilometern. Als sich der Scout der Position des Kameramannes näherte, näherte sich der zweite Wagen – der in keinem Bericht erwähnt worden war – dem Scout. Offenbar sah Annie ihn auch; der Scout begann zu beschleunigen, aber es genügte nicht. Und es war zu spät.

Der zweite Wagen war ein limonengrüner Dodge Challenger, hinten hochgelagert, so daß seine Nase auf die Straße zeigte. Durch die Colorscheiben hindurch konnte man undeutlich den Überrollbügel erkennen, der sich zwischen den Vorder- und Rücksitzen über das Dach wölbte. Obwohl das Band ohne Ton lief, konnte Alan fast das Tosen und Knattern der Gase in den Auspuffrohren hören.

»*Ace!*« schrie er in qualvollem Begreifen. Ace! Ace Merrill! Rache! Natürlich! Weshalb war ihm dieser Gedanke nicht schon früher gekommen?

Der Scout passierte die Kamera, die nach rechts schwenkte, um ihm zu folgen. Alan konnte einen Augenblick lang ins Innere schauen, und ja – es war Annie, mit dem Paisleyschal, den sie an diesem Tag um den Kopf trug, und Todd in seinem Star-Trek-T-Shirt. Todd hatte den Kopf gedreht, um den hinter ihnen herankommenden Wagen zu sehen. Annie schaute in den Rückspiegel. Er konnte ihr Gesicht nicht sehen, aber ihr Körper lehnte sich angespannt nach vorn und zog den Sicherheitsgurt straff. Er hatte diesen letzten kurzen Blick auf seine Frau und seinen Sohn, und er begriff, daß er sie nicht sehen wollte, wenn es keinerlei Hoffnung gab, den Ausgang zu ändern: er wollte das Grauen ihrer letzten Augenblicke nicht sehen.

Doch jetzt gab es kein Zurück mehr.

Der Challenger rammte den Scout. Es war kein heftiger Aufprall, aber Annie hatte beschleunigt, und er war heftig genug. Der Scout verfehlte die Kurve, kam von der Straße ab und raste auf das Wäldchen zu, in dem die große Kiefer wartete.

»NEIN!« schrie Alan.

Der Scout holperte in den Straßengraben und wieder heraus. Er kippte auf zwei Räder, kam wieder herunter und prallte mit lautlosem Krachen gegen den Stamm der Kiefer. Eine Lumpenpuppe mit einem Paisleyschal um den Kopf flog durch die Windschutzscheibe, knallte gegen den Baum und landete im Unterholz.

Der limonengrüne Challenger hielt am Straßenrand.

Die Fahrertür wurde geöffnet.

Ace Merrill stieg aus.

Er blickte hinüber, wo das Wrack des Scout lag, jetzt kaum noch sichtbar in dem Dampf, der aus seinem geplatzten Kühler entwich, und er lachte.

»NEIN!« schrie Alan abermals und schob den Videorecorder mit beiden Händen von der Vitrine herunter. Er landete auf dem Boden, aber er zerbrach nicht, und das Koaxialkabel war zu lang, um herausgerissen zu werden. Ein kurzes Flimmern flackerte über den Bildschirm, aber das war alles, Alan konnte sehen, wie Ace wieder in seinen Wagen stieg, immer noch lachend, und dann ergriff er den roten Fernseher, hob ihn über den Kopf und schleuderte ihn an die Wand. Es gab einen Lichtblitz und einen hohlen Knall, und dann nur noch das leise Summen des Videorecorders mit dem nach wie vor laufenden Band. Alan versetzte ihm einen Fußtritt, und das Summen hörte auf.

Schnapp ihn dir. Er wohnt in Mechanics Falls.

Das war eine neue Stimme. Sie war kalt, und sie war verrückt, aber sie hatte ihre eigene, erbarmungslose Vernunft. Die Stimme von Brian Rusk war verschwunden; jetzt war nur noch diese eine Stimme da, die diese beiden Sätze ständig wiederholte.

Schnapp ihn dir. Er wohnt in Mechanic Falls. Schnapp ihn dir. Er wohnt in Mechanic Falls. Schnapp ihn dir. Schnapp ihn. Schnapp ihn.

Auf der anderen Straßenseite ertönte noch zweimal dieser monströse Gewehrschußknall, als der Barbiersalon und Samuels Bestattungsinstitut fast gleichzeitig in die Luft flogen und Glas und brennende Trümmer in den Himmel und auf die Straße schleuderten. Alan nahm es nicht zur Kenntnis.

Schnapp ihn dir. Er wohnt in Mechanic Falls.

Er nahm die Tastee-Munch-Dose, ohne einen Gedanken auf sie verschwenden, ergriff sie nur, weil sie etwas war, das er mit hereingebracht hatte und deshalb auch wieder mit hinausnehmen sollte. Er durchquerte den Raum, verwischte seine früheren Fußabdrücke bis zur Unkenntlichkeit und verließ Needful Things. Die Explosionen sagten ihm nichts. Das ausgefetzte, brennende Loch auf der anderen Seite der Main Street sagte ihm nichts. Die Trümmer von Holz und Glas und Ziegelsteinen auf der Straße sagten ihm nichts. Castle Rock und alle Menschen, die hier lebten, unter ihnen Polly Chalmers, sagten ihm nichts. Er hatte etwas zu erledigen in Mechanic Falls, dreißig Meilen von hier entfernt. *Das* sagte ihm etwas; es sagte ihm sogar *alles*.

Alan ging um seinen Kombi herum zur Fahrerseite. Er warf seinen Revolver, seine Taschenlampe und die Scherzdose auf den Sitz. In seinen Gedanken lagen seine Hände bereits um Ace Merrills Hals und begannen zuzudrücken.

5

»HALT!« schrie Norris abermals. »HALT! STEHENBLEIBEN!«

Er begriff, daß er ein fast unwahrscheinliches Glück hatte. Er war keine sechzig Meter von der Arrestzelle entfernt, in die er Dan Keeton zu stecken gedachte. Und was den anderen Mann betraf – nun, das würde davon abhängen, was die beiden angestellt hatten. Sie wirkten nicht gerade wie Leute, die Kranke gepflegt und Bekümmerte getröstet haben.

Trooper Price schaute von Norris zu den Männern, die vor dem altmodischen Schild mit der Aufschrift CASTLE

COUNTY COURTHOUSE standen. Dann kehrte sein Blick zu Norris zurück. Ace und Zippys Dad schauten einander an. Dann bewegten beide eine Hand abwärts, auf die Kolben der Pistolen zu, die aus dem Taillenbund ihrer Hosen herausragten.

Norris hatte den Lauf seines Revolvers himmelwärts gerichtet, wie es in solchen Situationen Vorschrift war. Jetzt umklammerte er, immer noch der Vorschrift entsprechend, das rechte Handgelenk mit der linken Faust und senkte den Revolverlauf. Wenn es stimmte, was in den Lehrbüchern stand, dann würden die beiden nicht begreifen, daß die Mündung genau zwischen sie zielte, jeder von ihnen würde glauben, daß Norris die Waffe auf ihn gerichtet hatte. »Nehmt die Hände von euren Waffen, Freunde. Und zwar *sofort!*«

Buster und sein Begleiter wechselten einen weiteren Blick und ließen die Hände sinken.

Norris warf einen kurzen Blick auf den Trooper. »Sie«, sagte er. »Price. Wollen Sie mir nicht ein bißchen helfen? Das heißt, wenn Sie dazu nicht zu müde sind.«

»Was haben Sie vor?« fragte Price. Seine Stimme klang besorgt und verriet seine entschiedene Abneigung, sich zu beteiligen. Die Aktivitäten des Abends, gekrönt von der Zerstörung der Brücke, hatten bewirkt, daß er sich vorkam wie ein bloßer Zuschauer. Der Gedanke, wieder eine aktivere Rolle zu übernehmen, behagte ihm offenbar ganz und gar nicht. Für ihn waren die Dinge zu schnell zu groß geworden.

»Diese beiden Kerle verhaften«, fuhr Norris ihn an. »Was dachten Sie denn?«

»Verhafte das, Mann«, sagte Ace und zeigte Norris den Vogel. Buster gab ein schrilles Gelächter von sich.

Price musterte sie nervös und wendete dann seinen besorgten Blick wieder Norris zu. »Äh – unter welcher Anklage?«

Busters Freund lachte.

Norris richtete wieder seine ganze Aufmerksamkeit auf die beiden Männer und stellte bestürzt fest, daß sie ihre Position geändert hatten. Als er auf sie angelegt hatte, hatten sie fast Schulter an Schulter gestanden. Jetzt waren sie gut einen Meter voneinander entfernt und wichen noch immer auseinander.

»*Stehenbleiben!*« befahl er. Sie blieben stehen und wechselten einen weiteren Blick. »*Wieder zusammenrücken!*«

Sie standen nur da in dem strömenden Regen, mit herunterhängenden Händen, und sahen ihn an.

»*Ich verhafte sie wegen illegalen Waffenbesitzes, für den Anfang!*« schrie Norris Trooper Price wütend an. »*Und jetzt nehmen Sie endlich den Daumen aus dem Arsch und helfen Sie mir!*«

Das rüttelte Price auf. Er versuchte, seinen eigenen Revolver zu ziehen, stellte aber fest, daß der Sicherheitsriemen des Holsters noch geschlossen war, und hantierte daran herum. Er hantierte immer noch, als der Barbiersalon und das Bestattungsinstitut in die Luft flogen.

Buster, Norris und Trooper Price schauten die Straße hinauf. Ace tat es nicht. Er hatte auf genau diesen goldenen Moment gewartet. Er zog mit der Geschwindigkeit eines Westernhelden die Automatik aus dem Gürtel und schoß. Die Kugel traf Norris in der linken Schulter, streifte seine Lunge und zertrümmerte sein Schlüsselbein. Als Norris festgestellt hatte, daß die beiden Männer auseinanderwichen, war er einen Schritt von der Ziegelsteinmauer vorgetreten; jetzt wurde er gegen sie zurückgeschleudert. Ace schoß abermals und riß zwei Zentimeter von Norris' Ohr entfernt einen Krater in die Mauer. Der Querschläger erzeugte ein Geräusch wie von einem sehr großen, sehr wütenden Insekt.

»*O Gott!*« schrie Trooper Price und versuchte angestrengter, den Sicherheitsriemen über dem Kolben seines Revolvers zu öffnen.

»*Erledige diesen Kerl, Dad!*« brüllte Ace. Er grinste. Er feuerte wieder auf Norris, und diese dritte Kugel pflügte eine heiße Rinne in seine linke Seite. Norris brach in die Knie. Ein Blitz zuckte über den Himmel. Es war kaum zu glauben, aber Norris hörte noch immer, wie Ziegelsteine und Holz von den jüngsten Explosionen auf die Straße prasselten.

Trooper Price schaffte es endlich, den Riemen über seiner Waffe zu öffnen. Er zog sie heraus, als eine Kugel aus der Automatik, die Buster in der Hand hielt, ihm oberhalb der

Augenbrauen den Kopf wegriß und ihn gegen die Ziegelsteinmauer der Gasse schleuderte.

Norris hob noch einmal seine eigene Waffe. Sie schien einen Zentner zu wiegen. Er hielt sie nach wie vor mit beiden Händen und zielte auf Keeton. Buster war ein deutlicheres Ziel als sein Freund. Und was noch wichtiger war – Buster hatte gerade einen Polizisten erschossen, und mit so etwas kam man in Castle Rock auf gar keinen Fall durch. Sie waren vielleicht Hinterwäldler, aber keine *Barbaren.* Norris zog im gleichen Moment den Abzug durch, in dem Ace abermals auf ihn schoß.

Der Rückstoß seines Revolvers ließ Norris zurücktaumeln. Ace' Kugel zischte durch leere Luft an der Stelle, an der sich noch eine halbe Sekunde zuvor Norris' Kopf befunden hatte. Auch Buster Keeton taumelte zurück, schlug die Hände vor den Bauch. Durch seine Finger sickerte Blut.

Norris lag neben Trooper Price an der Ziegelsteinmauer, atmete keuchend mit einer Hand auf der verwundeten Schulter. *Gott, was ist das für ein lausiger Tag,* dachte er.

Ace richtete die Automatik auf ihn, dann überlegte er es sich anders – zumindest fürs erste. Er ging zu Buster und ließ sich neben ihm auf ein Knie nieder. Nördlich von ihnen flog in einem Tosen von Feuer und pulverisiertem Granit die Bank in die Luft. Ace warf nicht einmal einen Blick in diese Richtung. Er zog Dads Hände beiseite, um einen besseren Blick auf die Wunde werfen zu können. Es tat ihm leid, daß das passiert war. Der alte Dad war ihm inzwischen sehr sympathisch geworden.

Buster wimmerte: »*Oh, es tut so weh! Es tut so weh!*«

Ace zweifelte nicht daran. Der alte Dad war von einer .45er Kugel direkt oberhalb des Nabels getroffen worden. Die Einschußöffnung hatte die Größe einer Radmutter. Er brauchte ihn nicht umzudrehen, um zu wissen, daß die Ausschußöffnung die Größe einer Kaffeetasse haben würde, aus der wahrscheinlich Splitter von der Wirbelsäule des alten Dad herausragten wie blutige Zuckerstangen.

»Es tut so weh! SO WEEEEEH!« wimmerte Buster in den Regen hinein.

»Ja.« Ace setzte die Mündung der Automatik an Busters

Schläfe. »Das war Pech, Dad. Aber gleich bist du deine Schmerzen los.«

Er betätigte dreimal den Abzug. Busters Körper zuckte zusammen und lag dann still.

Ace erhob sich in der Absicht, dem verdammten Deputy den Rest zu geben – wenn da überhaupt noch ein Rest war, den er ihm geben konnte –, als ein Revolver knallte und eine Kugel knapp dreißig Zentimeter über seinen Kopf hinwegfuhr. Ace schaute auf und sah einen weiteren Bullen, der vor der Tür des Sheriffbüros stand. Dieser Bulle sah älter aus als Gott. Er schoß mit einer Hand auf Ace, die andere drückte oberhalb des Herzens auf seine Brust.

Seat Thomas' zweiter Versuch pflügte direkt neben Ace in die Erde und spritzte schlammiges Wasser auf seine Stiefel. Der Alte war ein miserabler Schütze, aber Ace wurde plötzlich klar, daß er trotzdem schleunigst von hier verschwinden mußte. Sie hatten soviel Dynamit im Gericht deponiert, daß das ganze Gebäude bis in den Himmel fliegen würde; sie hatten den Zeitzünder auf fünf Minuten eingestellt, und hier war er, wenige Meter von dem Gebäude entfernt, während dieser dämliche Methusalem ihn als Zielscheibe benutzte.

Sollte doch das Dynamit die beiden erledigen.

Es war an der Zeit, Mr. Gaunt aufzusuchen.

Ace rannte auf die Straße zu. Der alte Deputy schoß abermals, doch auch dieser Schuß ging daneben. Ace rannte hinter den gelben Übertragungswagen, unternahm aber keinen Versuch, in ihn einzusteigen. Der Chevrolet Celebrity parkte vor Needful Things. Er war als Fluchtauto hervorragend geeignet. Doch zuvor hatte er die Absicht, Mr. Gaunt zu finden und sich auszahlen zu lassen. Bestimmt hatte er *etwas* verdient, und bestimmt würde Mr. Gaunt es ihm zukommen lassen.

Außerdem mußte er einen bestimmten diebischen Sheriff finden.

»Dem werd' ich's heimzahlen«, murmelte Ace und rannte die Main Street hinauf auf Needful Things zu.

6

Frank Jewett stand auf der Treppe vor dem Gericht, als er endlich den Mann erblickte, nach dem er Ausschau gehalten hatte. Frank stand bereits seit geraumer Zeit dort, und keines von den Dingen, die an diesem Abend in Castle Rock vorgingen, hatte für ihn viel Bedeutung gehabt. Nicht die Schreie und Rufe aus der Richtung von Castle Hill, nicht Danforth Keeton und irgendein angejahrter Hell's Angel, die vor ungefähr fünf Minuten die Gerichtstreppe heruntergerannt waren, nicht die Explosionen, nicht die Schüsse, die gerade eben auf dem Parkplatz neben dem Sheriffbüro gewechselt worden waren. Frank hatte andere Hühnchen zu rupfen und andere Zitronen auszupressen. Frank betrieb seine eigene Fahndung nach seinem hochgeschätzten alten ›Freund‹ George T. Nelson.

Und siehe da! Endlich! Da war George T. Nelson höchstpersönlich; er kam auf dem Gehsteig vor der Gerichtstreppe herangeschlendert. Wenn man von der automatischen Pistole absah, die im Bund von George T. Nelsons Sans-A-Belt-Polyesterhose steckte (und von der Tatsache, daß es noch immer in Strömen regnete), hätte er auf dem Weg zu einem Picknick sein können.

Da schlenderte er einfach so im Regen dahin, Monsieur George T. Bastard Nelson, in aller Seelenruhe. Und wie hatte es in dem Brief in Franks Büro geheißen? *Nicht vergessen, 2000 Dollar in meinem Haus, spätestens 19.15 Uhr, sonst wirst du dir wünschen, ohne Pimmel geboren zu sein.* Frank schaute auf die Uhr und stellte fest, daß es bereits näher an 20 Uhr als an 19.15 Uhr war; aber er kam zu dem Schluß, daß das keine Rolle spielte.

Er hob George T. Nelsons spanische Llama und richtete sie auf den Kopf dieses verdammten Dreckskerls von einem Gewerbelehrer, der für all seine Probleme verantwortlich war.

»NELSON!« schrie er. »GEORGE NELSON! DREH DICH UM UND SIEH MICH AN, DU SCHWEIN!«

George T. Nelson fuhr herum. Seine Hand fiel herunter auf den Kolben seiner Automatik und löste sich dann rasch wieder davon, als er sah, daß eine Waffe auf ihn gerichtet war. Er stemmte die Hände statt dessen auf die Hüften und schaute die Gerichtstreppe hinauf zu Frank Jewett, der dort stand – mit der Waffe, die er ihm gestohlen hatte; der Regen tropfte ihm von der Nase.

»Willst du mich erschießen?« fragte George T. Nelson.

»Worauf du Gift nehmen kannst«, knurrte Frank.

»Du willst mich erschießen wie einen Hund, ja?«

»Warum nicht? Hast du etwas anderes verdient?«

Zu Franks Verblüffung lächelte George T. Nelson und nickte. »So ist das also«, sagte er. »Genau das, was von einem feigen Bastard zu erwarten ist, der in das Haus eines Freundes einbricht und einen wehrlosen kleinen Vogel umbringt. Genau das, was zu erwarten ist. Also los, du feiger Hund. Erschieß mich, damit die Sache ein Ende hat.«

Donner dröhnte über ihren Köpfen, aber Frank hörte ihn nicht. Zehn Sekunden später flog die Bank in die Luft, und auch *das* hörte er kaum. Er war zu sehr mit seiner Wut beschäftigt – und mit seiner Verblüffung. Verblüffung über die Frechheit, die kühne, bittere Frechheit von Monsieur George T. Bastard Nelson.

Endlich gelang es Frank, den Knoten in seiner Zunge zu lösen. »Ich habe deinen Vogel umgebracht, richtig! Und was hast *du* getan? Was hast *du* getan, George, abgesehen davon, daß du dafür gesorgt hast, daß ich meinen Job verliere und nie mehr unterrichten kann? Gott, ich kann noch von Glück sagen, wenn ich nicht im Gefängnis lande! – *Weshalb bist du nicht einfach gekommen und hast mich um Geld gebeten, wenn du welches brauchtest? Weshalb bist du nicht einfach gekommen und hast mich gebeten? Wir hätten die Sache irgendwie auf die Reihe bringen können, du dämlicher Schuft!*«

»Ich weiß nicht, wovon du redest!« brüllte George T. Nelson zurück. »Ich weiß nur, daß du gerade tapfer genug bist, um einen winzigen Sittich umzubringen, aber nicht den Mut hast, das in einem fairen Kampf auszutragen!«

»Du weißt nicht – *du weißt nicht, wovon ich rede?*« stammelte Frank. Der Lauf der Llama schwenkte hin und her. Er konnte die Frechheit des Mannes auf dem Gehsteig einfach nicht begreifen. Er begriff sie einfach nicht. Da stand er nun, mit einem Fuß auf dem Pflaster und dem anderen praktisch in der Ewigkeit, und *log einfach weiter* …

»Nein! Ich weiß es nicht! Ich habe nicht die blasseste Ahnung!«

Im Übermaß seiner Wut fiel Frank Jewet nur die Kinderreaktion auf ein derart unverschämtes, empörendes Abstreiten ein: »Lügen, Lügen und Betrügen!«

»Feigling!« gab George T. Nelson munter zurück. »Kleiner Feigling! Sittichkiller!«

»Erpresser!«

»Spinner! Steck die Waffe weg, Spinner! Kämpfe fair mit mir!«

Frank grinste zu ihm herunter. »*Fair?* Ich soll *fair* mit dir kämpfen? Was verstehst du denn von *Fairneß?*«

George T. Nelson hob die leeren Hände. »Mehr als du, wie es aussieht.«

Frank öffnete den Mund, um etwas zu erwidern, aber ihm fiel nichts ein. Georges T. Nelsons leere Hände hatten ihn fürs erste zum Verstummen gebracht.

»Also los«, sagte George T. Nelson. »Steck sie weg. Machen wir es so wie in den Western, Frank. Das heißt, wenn du den Mumm dazu hast. Der Schnellere überlebt.«

Frank überlegte: Nun, warum nicht? Warum eigentlich nicht? Er hatte nicht mehr viel, wofür zu leben sich lohnte, und wenn er schon sonst nichts mehr tat, so konnte er seinen alten »Freund« doch zumindest beweisen, daß er kein Feigling war.

»Okay«, sagte er und steckte die Llama in den Taillenbund seiner Hose. Er streckte die Hände vor sich aus, unmittelbar oberhalb des Kolbens der Waffe. »Wie willst du es haben, Georgie-Porgie?«

George T. Nelson lächelte. »Du kommst die Treppe herunter«, sagte er. »Ich gehe hinauf. Und wenn es das nächste Mal donnert …«

»Okay«, sagte Frank. »Gut. So machen wir's.«

Er begann, die Treppe hinunterzusteigen. Und George T. Nelson begann, sie hinaufzusteigen.

7

Die grüne Markise von Needful Things war gerade in Pollys Sichtweite aufgetaucht, als das Bestattungsinstitut und der Barbiersalon hochgingen. Das Getöse war enorm. Sie sah Trümmer aus dem Herzen der Explosion herausfliegen wie Asteroiden in einem Science-Fiction-Film und duckte sich instinktiv. Das war ihr Glück; mehrere Holzbrocken und der stählerne Hebel von Barbierstuhl Nummer Zwei – Hendry Gendrons Stuhl – schmetterten durch die Windschutzscheibe ihres Toyota. Glassplitter schwirrten durch die Luft, die sich mit immer dichterem Rauch erfüllte.

Der steuerlose Toyota rumpelte über den Bordstein, prallte gegen einen Hydranten und blieb stehen.

Polly richtete sich auf und starrte durch das Loch in der Windschutzscheibe. Sie sah, wie jemand aus Needful Things herauskam und auf einen der drei vor dem Laden geparkten Wagen zuging. Im hellen Schein des Feuers auf der anderen Straßenseite konnte sie deutlich erkennen, daß es Alan war.

»Alan!« schrie sie, aber Alan drehte sich nicht um. Er bewegte sich mit der Zielstrebigkeit eines Roboters.

Polly stieß die Tür ihres Wagens auf und rannte, immer wieder seinen Namen rufend, auf ihn zu. Am unteren Ende der Straße fielen mehrere Schüsse. Alan drehte sich nicht um und warf auch keinen Blick auf das Flammenmeer an der Stelle, wo nur Augenblicke zuvor das Bestattungsinstitut und der Barbiersalon gestanden hatten. Er schien voll und ganz im Banne seiner eigenen Handlungsweise zu stehen, und Polly begriff plötzlich, daß es zu spät war. Leland Gaunt war an ihn herangekommen. Er hatte schließlich doch etwas gekauft; und wenn sie seinen Wagen nicht erreichte, bevor er zu der Jagd nach dem Hirngespinst aufbrach, auf die Gaunt ihn schickte, würde er einfach davonfahren – und Gott allein wußte, was dann passieren mochte.

Sie rannte schneller.

8

»Helfen Sie mir«, sagte Norris zu Seat Thomas und schlang einen Arm um Seats Hals. Er kam taumelnd auf die Beine.

»Ich glaube, ich habe ihn gestreift«, sagte Seaton. Er atmete schwer, hatte aber wieder Farbe im Gesicht.

»Gut«, sagte Norris. Seine Schulter brannte wie Feuer, und der Schmerz schien ständig tiefer in sein Fleisch einzudringen. »Und jetzt helfen Sie mir bitte.«

»Gleich wird es Ihnen besser gehen«, sagte Seaton. In seiner Besorgnis um Norris hatte Seat völlig vergessen, daß er fürchtete, einen Herzanfall zu bekommen. »Sobald ich Sie drinnen habe …«

»Nein«, keuchte Norris. »Wagen.«

»*Was?*«

Norris drehte den Kopf und funkelte Thomas mit schmerzgepeinigten Augen an. »Schaffen Sie mich in meinen Streifenwagen! Ich muß zu Needful Things!«

Ja. In dem Augenblick, in dem er es gesagt hatte, schien sich alles zusammenzufügen. Needful Things war der Ort, wo er die Bazun-Rute gekauft hatte. Der Mann, der ihn angeschossen hatte, war dorthin gerannt. Needful Things war der Ort, an dem alles angefangen hatte. Needful Things war der Ort, an dem alles enden mußte.

Galaxia explodierte und erfüllte die Main Street mit erneutem Gleißen. Ein Double Dragon-Automat erhob sich aus den Trümmern, drehte sich zweimal in der Luft und landete mit dumpfem Krachen auf der Straße.

»Norris, Sie sind angeschossen …«

»*Natürlich bin ich angeschossen!*« schrie Norris. Blutiger Schaum flog von seinen Lippen. »*Und jetzt schaffen Sie mich in meinen Wagen!*«

Das ist eine ganz schlechte Idee, Norris …

»Nein, das ist es nicht«, sagte Norris ingrimmig. Er drehte den Kopf zur Seite und spie Blut. »Es ist die *einzige* Idee. Und nun los, helfen Sie mir.«

Seat Thomas führte ihn zum Streifenwagen Zwei.

9

Wenn Alan nicht in den Rückspiegel geschaut hätte, bevor er auf die Straße zurücksetzte, dann hätte er Polly überfahren und den Abend damit gekrönt, daß er die Frau, die er liebte, unter den Hinterrädern des Kombis zermalmte. Er erkannte sie nicht; sie war nur eine Gestalt hinter seinem Wagen, eine Frauengestalt, die sich vor dem Flammen des Hexenkessels auf der anderen Straßenseite abzeichnete. Er stieg auf die Bremse, und einen Augenblick später hämmerte sie gegen sein Fenster.

Ohne sich um sie zu kümmern, begann Alan abermals, zurückzusetzen. Heute abend hatte er keine Zeit für die Probleme der Stadt; er hatte seine eigenen Probleme. Sollten sie sich doch gegenseitig abschlachten wie blöde Tiere, wenn es das war, was sie wollten. Er würde nach Mechanic Falls fahren. Er würde sich den Mann schnappen, der seine Frau und seinen Sohn umgebracht hatte, um sich für lumpige vier Jahre in Shawshank zu rächen.

Polly packte den Türgriff des Wagens und wurde auf die mit Trümmern übersäte Straße halb gezogen, halb geschleift. Sie drückte auf den Knopf unterhalb des Griffes, wobei ihre Hände vor Schmerzen aufkreischten, und die Tür flog auf, während Alan wendete. Die Nase des Kombis zeigte zum unteren Ende der Main Street. In seiner Wut und Qual hatte Alan vergessen, daß es keine Brücke mehr gab, über die er in dieser Richtung fahren konnte.

»Alan!« schrie sie. »Alan, halt an!«

Es drang durch. Irgendwie drang es durch, trotz des Regens, des Donners, des Windes und des lauten, hungrigen Prasselns des Feuers. Trotz seiner Besessenheit.

Er sah sie an, und Polly brach das Herz, als sie den Ausdruck in seinen Augen sah. »Polly?« fragte er abwesend.

»Alan, du mußt anhalten!«

Sie hätte nur zu gern den Türgriff losgelassen – ihre Hände brachten sie fast um –, aber sie fürchtete, wenn sie das tat, würde er einfach davonfahren und sie hier mitten auf der Main Street stehenlassen.

Nein – sie *wußte*, daß er das tun würde.

»Polly, ich muß fort. Tut mir leid, daß du wütend bist auf mich – daß du glaubst, ich hätte irgend etwas getan –, aber wir bringen das wieder ins reine. Aber jetzt muß ich unbedingt …«

»Ich bin nicht mehr wütend auf dich, Alan. Ich weiß jetzt, daß du es nicht warst. *Er* war es, er hat uns gegeneinander ausgespielt, wie er so ziemlich alle Leute in Castle Rock gegeneinander ausgespielt hat. Denn genau das ist es, was er tut. Hast du verstanden, Alan? Hörst du mir zu? *Genau das ist es, was er tut!* Und nun halt an! Stell den verdammten Motor ab und *hör mir zu!*«

»Ich muß fort, Polly«, sagte er. Ihm war, als käme seine Stimme von irgendeinem weit entfernten Ort. Aus dem Radio vielleicht. »Aber ich komme wie…«

»Nein, das wirst du *nicht!*« schrie sie. Plötzlich war sie wütend auf ihn – wütend auf all die gierigen, verängstigten, zornigen, habsüchtigen Leute in dieser Stadt, sie selbst eingeschlossen. »Nein, das wirst du nicht, denn wenn du jetzt wegfährst, *wird es nichts mehr geben, zu dem du zurückkommen könntest!*«

Die Videospiel-Arkade flog in die Luft. Trümmer regneten auf Alans Wagen herab, der mitten auf der Main Street stand. Alans rechte Hand stahl sich hinüber, ergriff, als könnte sie ihm Trost spenden, die Tastee-Munch-Dose und hielt sie auf seinem Schoß.

Polly reagierte nicht auf die Explosion; sie starrte Alan mit dunklen, schmerzerfüllten Augen an.

»Polly …«

»*Schau her!*« schrie sie plötzlich und riß ihre Bluse auf. Regenwasser traf die Rundungen ihrer Brüste und ihrer Kehle. »Sieh her, ich habe es abgenommen – das Amulett. Es ist fort. Und jetzt nimm deines ab, Alan! *Wenn du ein Mann bist, nimm deines ab!*«

Er hatte Mühe, sie aus den Tiefen des Alptraumes heraus zu verstehen, in dem er steckte, des Alptraumes, den Mr. Gaunt um ihn herumgesponnen hatte wie einen giftigen Kokon – und plötzlich blitzte in ihr die Erkenntnis auf, welcher Alptraum das war. Welcher es sein *mußte*.

»Hat er dir erzählt, was mit Annie und Todd passiert ist?« fragte sie leise.

Er fuhr zurück, als hätte sie ihn ins Gesicht geschlagen, und Polly wußte, daß sie ins Schwarze getroffen hatte.

»Natürlich hat er es getan. Was ist die eine Sache auf der ganzen Welt, die eine nutzlose Sache, nach der dich so verlangt, daß du dir einbildest, du brauchtest sie? *Das* ist dein Amulett, Alan – *das* ist es, was er dir um den Hals gehängt hat.«

Sie ließ den Türgriff los und streckte beide Arme in den Wagen. Das Licht der Deckenbeleuchtung fiel auf sie. Das Fleisch war dunkel gerötet. Ihre Arme waren so stark angeschwollen, daß die Ellenbeugen zu gedunsenen Dellen wurden.

»In meinem war eine Spinne«, sagte sie leise. »Nur eine kleine Spinne. Aber sie wuchs. Sie fraß meine Schmerzen und wuchs. Das hat sie getan, bevor ich sie tötete und meine Schmerzen wieder auf mich nahm. Ich habe mir so sehr gewünscht, daß die Schmerzen verschwinden würden, Alan. Das war es, was ich mir wünschte, aber ich bin nicht darauf *angewiesen,* daß sie verschwunden sind. Ich kann dich lieben und das Leben lieben und gleichzeitig die Schmerzen ertragen. Ich glaube, die Schmerzen können sogar alles übrige besser machen, ungefähr auf die Art, wie eine gute Fassung einen Brillanten zum Leuchten bringen kann.«

»Polly …«

»Natürlich hat sie mich vergiftet«, fuhr sie nachdenklich fort, »und ich glaube, das Gift wird mich umbringen, wenn nicht etwas unternommen wird. Aber warum auch nicht? Es ist fair. Hart, aber fair. Ich habe das Gift gekauft, als ich das Amulett kaufte. Er hat im Laufe der letzten Woche eine Menge Amulette verkauft in seinem gemeinen kleinen Laden. Der Bastard arbeitet schnell. Das muß man ihm lassen. In meinem war eine Spinne. Was ist in deinem? Annie und Todd, ist es nicht so? *Ist es nicht so?*«

»Polly, Ace Merrill hat meine Frau umgebracht. Er hat *Todd* umgebracht. Er …«

»*Nein!*« schrie sie und nahm sein Gesicht in ihre pochenden Hände. »*Hör mir zu! Versteh mich! Alan, es ist nicht nur dein Leben, begreifst du das denn nicht? Er bringt dich dazu, daß du deine eigene Krankheit zurückkaufst, und er läßt dich doppelt*

bezahlen! *Begreifst du das denn immer noch nicht? Ist dir das
nicht klar?«*

Er starrte sie offenen Mundes an – und dann schloß sich
sein Mund langsam. »Warte«, sagte er. »Irgend etwas
stimmte nicht. Irgend etwas stimmte nicht auf dem Band,
das er für mich hinterlassen hat. Ich kann nur noch nicht
ganz …«

»Du *kannst*, Alan! Was immer der Bastard dir verkauft hat,
es war falsch! Genau wie der Name auf dem Brief falsch
war, den er für mich hinterlassen hat.«

Er hörte ihr zum erstenmal richtig zu. »Was für einen
Brief?«

»Das ist im Moment nicht wichtig – wenn es ein Später
gibt, werde ich es dir erzählen. Der entscheidende Punkt ist,
daß er übers Ziel hinausschießt. Ich glaube, er schießt *immer*
übers Ziel hinaus. Er ist so voll von Überheblichkeit, daß es
ein Wunder ist, daß er nicht explodiert. Alan, bitte, versuch
das zu verstehen. Annie ist *tot*, Todd ist *tot*, und wenn du
hinter Ace Merrill herjagst, während um dich herum die
Stadt in Flammen aufgeht …«

Eine Hand erschien über Pollys Schulter. Ein Unterarm
legte sich um ihren Hals und riß sie grob zurück. Plötzlich
stand Ace Merrill hinter ihr, hielt sie fest, richtete seine Pistole auf sie und grinste über ihre Schulter hinweg Alan an.

»Wenn man vom Teufel spricht, Lady«, sagte Ace, und
über ihren Köpfen …

10

… rollte der Donner über den Himmel.

Frank Jewett und sein guter alter ›Freund‹ George T. Nelson hatten sich inzwischen fast vier Minuten lang auf der
Gerichtstreppe gegenüber gestanden wie zwei weltfremde,
bebrillte Revolverhelden, und ihre Nerven schwirrten wie
auf die höchsten Töne gestimmte Violinsaiten.

»*Jik!*« sagte Frank. Seine Hand griff nach der in seinem
Hosenbund steckenden Pistole.

»*Jak!*« sagte George T. Nelson und griff nach seiner.

Sie zogen mit identischem, fiebrigem Grinsen und entsicherten. Ihre Finger drückten den Abzug durch. Die beiden Knalle ertönten so gleichzeitig, daß sie sich anhörten wie einer. Es blitzte, als die beiden Geschosse aufeinander zuflogen – und einander im Fluge streiften, wodurch sie gerade so weit abgelenkt wurden, daß sie verfehlten, was normalerweise nicht zu verfehlende Ziele gewesen wären.

Frank Jewett spürte einen Lufthauch an seiner linken Schläfe.

George T. Nelson spürte ein leichtes Brennen an der rechten Seite seines Halses.

Sie starrten einander über die rauchenden Pistolen hinweg ungläubig an.

»*Wie?*« sagte George T. Nelson.

»*Was?*« sagte Frank Jewett.

Auf ihren Gesichtern erschien ein fassungsloses Grinsen. George T. Nelson tat einen zögernden Schritt hinauf auf Frank zu; Frank tat einen zögernden Schritt hinab auf George zu. Einen Augenblick oder zwei später hätten sich die beiden vielleicht umarmt, und, da sie beide den Anhauch der Ewigkeit gespürt hatten, ihren Streit für belanglos gehalten – aber da flog das Gebäude der Stadtverwaltung mit einem Getöse, das die Welt in Stücke zu sprengen schien, in die Luft und zerriß sie beide, wo sie standen.

11

Diese letzte Explosion übertraf alle anderen bei weitem. Ace und Buster hatten vierzig Stäbe Dynamit in zwei Bündeln von je zwanzig im Gebäude der Stadtverwaltung deponiert. Eine dieser Bomben hatten sie auf dem Stuhl des Richters im Gerichtssaal hinterlassen. Buster hatte darauf bestanden, daß die andere auf Amanda Williams' Schreibtisch in den Räumen des Stadtrates gelegt wurde.

»Frauen haben in der Politik ohnehin nichts zu suchen«, hatte Buster zu Ace gesagt.

Der Donner der Explosion war ohrenbetäubend, und einen Augenblick lang war jedes Fenster des größten Gebäudes der Stadt von einem übernatürlichen, violett-orangefarbenen Licht erfüllt. Dann schoß das Feuer heraus – durch die Fenster, durch die Türen, durch die Gitter und Luftschächte, wie erbarmungslose, muskulöse Arme. Das Ziegeldach hob sich im ganzen wie ein seltsames, gegiebeltes Raumschiff, stieg auf einem Kissen aus Feuer empor und zerbarst dann in hunderttausend Bruchstücke.

Im nächsten Moment flog das Gebäude selbst auseinander, in alle Richtungen gleichzeitig, und überschüttete die Lower Main Street mit einem Hagel aus Ziegelsteinen und Glas, in dem kein Geschöpf überleben konnte, das größer war als eine Küchenschabe. Neunzehn Männer und Frauen kamen bei der Explosion ums Leben; fünf davon waren Reporter, die gekommen waren, um über die seltsamen Vorgänge in Castle Rock zu berichten, und statt dessen selbst zu einem Teil der Story geworden waren.

Die Wagen der Staatspolizei und die Übertragungswagen des Fernsehens wurden durch die Luft geschleudert wie Spielzeugautos. Der gelbe Transporter, den Mr. Gaunt Ace und Buster zur Verfügung gestellt hatte, segelte drei Meter über der Erde die Main Street hinauf; die Räder drehten sich, die Hecktüren hingen an verbogenen Scharnieren, Werkzeuge und Zeitzünder fielen heraus. Dann ließ ihn ein heißer Feuersturm nach links kippen, und er machte eine Bruchlandung im vorderen Büro der Dostie Insurance Agency, wo er mit seinem zerfetzten Kühlergrill Schreibmaschinen und Aktenschränke beiseitepflügte.

Ein Erzittern wie bei einem Erdbeben erschütterte die Erde. Überall in der Stadt zerbrachen Fensterscheiben. Wetterfahnen, die bisher stetig nach Nordosten gezeigt hatten, begannen wie irre herumzuwirbeln. Etliche wurden von ihren Pfosten gerissen, und am nächsten Tag entdeckte man, daß sich eine von ihnen wie der Pfeil eines marodierenden Indianers tief in die Tür der Baptistenkirche gebohrt hatte.

Auf der Castle Avenue, wo sich das Schlachtenglück eindeutig zugunsten der Katholiken gewendet hatte, endeten die Kämpfe. Henry Payton stand neben seinem Streifenwagen und starrte auf den Feuerball im Süden. Blut rann ihm über die Wangen wie Tränen. Rev. William Rose setzte sich auf, sah das monströse Glühen am Horizont und begann zu argwöhnen, daß das Ende der Welt gekommen war und es sich bei dem, was er da sah, um den Stern des Jüngsten Gerichts handelte. Father John Brigham taumelte wie ein Betrunkener auf ihn zu. Seine Nase war stark nach links verbogen und sein Mund eine blutige Masse. Er dachte daran, Rev. Roses Kopf wegzukicken wie einen Fußball; statt dessen half er ihm auf die Beine.

Auf dem Castle View schaute Andy Clutterbuck nicht einmal auf. Er saß auf der Vortreppe des Potter-Hauses, weinte und hielt seine tote Frau in den Armen. Er war zwar noch zwei Jahre von dem betrunkenen Sturz durch das Eis des Castle Lake entfernt, bei dem er umkommen sollte, aber es war das Ende des letzten nüchternen Tages in seinem Leben.

In der Dell's Lane hing Sally Ratcliffe im Einbauschrank ihres Schlafzimmers. An der Seitennaht ihres Kleides krochen Insekten im Gänsemarsch abwärts. Sally hatte gehört, was mit Lester passiert war; sie hatte begriffen, daß sie daran irgendwie schuld war (oder *glaubte*, es begriffen zu haben, was letzten Endes auf dasselbe hinauslief), und sich mit dem Gürtel ihres Bademantels erhängt. Eine ihrer Hände steckte tief in der Tasche ihres Kleides. Die Hand umklammerte den Holzsplitter. Er war schwarz vor Alter und schwammig vor Fäulnis. Die Klopfkäfer, von denen er befallen gewesen war, verließen ihn auf der Suche nach einer neuen, sicheren Behausung. Sie erreichten den Saum von Sallys Kleid und begannen an einem ihrer baumelnden Beine zum Fußboden hinabzuwandern.

Ziegelsteine wirbelten durch die Luft und verwandelten selbst die Gebäude in einiger Entfernung in etwas, das aussah, als hätte es unter Artilleriebeschuß gelegen. Häuser, die näher dabeistanden, sahen aus wie Käsereiben oder stürzten vollständig ein.

Der Abend brüllte wie ein Löwe, dem ein vergifteter Speer in der Kehle steckte.

12

Seat Thomas, der den Streifenwagen fuhr, in den Norris unbedingt hatte einsteigen wollen, spürte, wie das Heck des Wagens hochging, als wäre es von der Hand eines Riesen angehoben worden. Einen Augenblick später stand der Wagen unter einem Hagel von Ziegelbrocken. Zwei oder drei durchschlugen den Kofferraum. Einer knallte aufs Dach. Ein weiterer landete in einer Wolke von Ziegelstaub mit der Farbe alten Blutes auf der Kühlerhaube und rutschte dann herunter.

»Großer Gott, Norris, die ganze Stadt fliegt in die Luft!« schrie Seat schrill.

»Weiterfahren«, sagte Norris. Er spürte ein Brennen in sich; Schweiß stand in großen Tropfen auf seinem geröteten Gesicht. Er nahm an, daß Ace ihn nicht tödlich verwundet hatte, daß er ihn beide Male nur gestreift hatte; dennoch ging etwas Grauenhaftes in ihm vor. Er spürte, wie sich etwas Übles durch sein Fleisch fraß, und immer wieder verschwamm alles vor seinen Augen. Er klammerte sich ingrimmig ans Bewußtsein. Je höher sein Fieber stieg, desto stärker wurde die Überzeugung, daß Alan ihn brauchte und daß er, wenn er sehr viel Glück hatte und sehr tapfer war, vielleicht doch noch imstande sein würde, das Unheil zu sühnen, das er mit dem Zerfetzen von Hugh Priests Reifen ausgelöst hatte.

Vor sich sah er eine kleine Gruppe von Gestalten auf der Straße, in der Nähe der grünen Markise von Needful Things. Die aus den Ruinen des Gebäudes der Stadtverwaltung emporlodernde Feuersäule ließ die Gestalten aussehen wie Schauspieler auf der Bühne. Er konnte Alans Kombi sehen und Alan selbst, der aus ihm ausstieg. Vor ihm stand, mit dem Rücken zu dem Streifenwagen, in dem Norris Ridgewick und Seaton Thomas sich näherten, ein Mann mit einer Waffe. Er hielt eine Frau vor sich wie einen Schild. Norris konnte nicht genug von der Frau sehen, um zu erkennen, um wen es sich handelte; aber der Mann, der sie als Geisel genommen hatte, trug die zerfetzten Überreste eines Harley-Davidson-T-Shirts. Es war der Mann, der versucht hatte,

Norris zu erschießen, der Mann, der Buster Keeton das Gehirn weggepustet hatte. Obwohl er ihn nie kennengelernt hatte, war Norris ziemlich sicher, daß er Ace Merrill vor sich hatte, den bösen Buben der Stadt.

»Himmel, Norris! Das ist *Alan!* Was geht da vor?«

Wer immer der Kerl ist, er kann nicht hören, daß wir kommen, dachte Norris. Nicht bei all dem Getöse. Wenn Alan nicht zu uns herüberschaut, diesem Scheißkerl keinen Wink gibt ...

Norris' Dienstrevolver lag auf seinem Schoß. Er öffnete das Fenster an der Beifahrerseite, dann hob er die Waffe. Hatte sie vorhin einen Zentner gewogen? Jetzt wog sie mindestens das Doppelte.

»Fahren Sie langsam, Seat – so langsam, wie Sie können. Und wenn ich Sie mit dem Fuß antippe, halten Sie an. Sofort. Halten Sie sich nicht mit Überlegen auf.«

»Mit dem *Fuß?* Wie meinen Sie das mit dem F ...«

»Halten Sie die Klappe, Seat«, sagte Norris matt und dennoch freundlich. »Tun Sie nur, was ich gesagt habe.«

Norris drehte sich um, schob Kopf und Schultern durchs Fenster und ergriff die Stange, an der die Blinklichter des Streifenwagens befestigt waren. Langsam, mühselig zog er sich hoch, bis er im Fenster saß. Seine Schulter heulte vor Qual, und frisches Blut durchtränkte sein Hemd. Jetzt waren sie knapp dreißig Meter von den drei auf der Straße stehenden Leuten entfernt, und er konnte über das Dach hinweg auf den Mann zielen, der die Frau hielt. Er konnte nicht schießen, jedenfalls jetzt noch nicht, weil er sie dann wahrscheinlich getroffen hätte wie ihn. Aber wenn sich einer von ihnen bewegte ...

Sie waren so dicht heran, wie Norris es riskieren zu können glaubte. Er tippte Seats Bein mit dem Fuß an. Seat brachte den Wagen auf der geröllübersäten Straße sanft zum Stehen.

Bewegt euch, betete Norris. Einer von euch muß sich bewegen, einerlei wer, und es braucht auch nur ein Stückchen zu sein, aber bitte, bewegt euch.

Er bemerkte nicht, daß die Tür von Needful Things geöffnet wurde; er konzentrierte sich voll und ganz auf den

Mann mit der Waffe und der Geisel. Er sah auch nicht, daß Mr. Leland Gaunt aus seinem Laden herauskam und unter der grünen Markise stehenblieb.

13

»Das Geld gehörte *mir*, Sie Schwein!« schrie Ace Alan an, »und wenn Sie diese Schlampe in einem Stück wiederhaben wollen, dann sollten Sie mir schleunigst sagen, was zum Teufel Sie damit gemacht haben!«

Alan war aus dem Kombi ausgestiegen. »Ace, ich weiß wirklich nicht, wovon Sie reden.«

»Falsche Antwort!« kreischte Ace. »Sie wissen *genau*, was ich meine! Pops Geld! In den Dosen! Wenn Sie das Weibsstück wiederhaben wollen, dann sagen Sie mir ganz schnell, was Sie damit gemacht haben! Dieses Angebot gilt nur kurze Zeit, Sie Bastard!«

Aus dem Augenwinkel heraus nahm Alan ein Stück die Main Street hinunter eine Bewegung wahr. Es war ein Streifenwagen, und er glaubte, daß es einer von seinen war. Aber er wagte nicht, genauer hinzuschauen. Wenn Ace wußte, daß ihn jemand im Visier hatte, würde er Polly erschießen. Er würde es schneller tun, als man brauchte, um einmal zu blinzeln.

Also richtete er seinen Blick auf Polly. Ihre dunklen Augen waren erschöpft und schmerzerfüllt – aber sie waren nicht verängstigt.

Alan spürte, wie die Vernunft in ihn zurückkehrte. Vernunft war eine merkwürdige Sache. Wenn sie einem geraubt wurde, spürte man es nicht. Man spürte es nicht, wenn sie einen verließ. Man konnte sie nur ganz begreifen, wenn sie zurückkehrte wie ein seltener Wildvogel, der in einem lebte und sang, nicht auf Befehl, sondern aus freien Stücken.

»Er hat einen Fehler gemacht«, sagte er ruhig zu Polly. »Gaunt hat einen Fehler gemacht auf dem Band.«

»*Was reden Sie da für einen Scheiß?*« Ace' Stimme war brü-

840

chig, high von Koks. Er bohrte die Mündung der Automatik in Pollys Schläfe.

Von ihnen allen sah nur Alan, daß sich die Tür von Needful Things verstohlen öffnete, und auch er hätte es nicht gesehen, hätte er den Blick nicht so entschlossen von dem Streifenwagen abgewendet, der auf der Straße herangekrochen kam. Nur Alan sah – geisterhaft, am äußersten Rande seines Blickfeldes – die hochgewachsene Gestalt, die herauskam, eine Gestalt, die kein Sportjackett trug und keinen Hausrock, sondern einen schwarzen Tuchmantel.

Einen Reisemantel.

In einer Hand hielt Mr. Gaunt eine altmodische Reisetasche – eine jener Taschen, in denen einst Hausierer oder reisende Handelsleute ihre Waren und Muster mit sich herumtrugen. Sie war aus Hyänenhaut, und sie war nicht reglos. Sie beulte und wölbte sich, beulte und wölbte sich unter den langen weißen Fingern, die ihren Griff umklammerten. Und aus ihrem Inneren kam wie das Sausen eines fernen Windes oder das gespenstische Heulen, das man in Hochspannungsdrähten hören kann, das schwache Geräusch von Schreien. Alan hörte dieses grauenhafte Geräusch nicht mit den Ohren; er schien es mit seinem Herzen und seinem Verstand zu hören.

Gaunt stand unter der Markise, von wo aus er sowohl den herannahenden Streifenwagen als auch die Gruppe neben dem Kombi sehen konnte, und in seinen Augen lag ein Ausdruck aufdämmernder Gereiztheit – vielleicht sogar Beunruhigung.

Er weiß nicht, daß ich ihn gesehen habe, dachte Alan. Dessen bin ich fast sicher. Gebe Gott, daß ich recht habe.

14

Alan gab Ace keine Antwort. Statt dessen wendete er sich an Polly und umklammerte dabei die Tastee-Munch-Dose fester. Ace hatte, wie es schien, die Dose überhaupt nicht bemerkt, vermutlich deshalb, weil Alan nicht versuchte, sie zu verbergen.

»Annie hatte an jenem Tag ihren Sicherheitsgurt nicht angelegt«, sagte Alan zu Polly. »Habe ich dir das je erzählt?«

»Ich – ich weiß es nicht mehr, Alan.«

Hinter Ace zog sich Norris aus dem Fenster des Streifenwagens.

»Deshalb ist sie durch die Windschutzscheibe geflogen.« Gleich muß ich mir einen von beiden vornehmen, dachte er. Ace oder Mr. Gaunt? Aber wie? Und wen? »Das ist die Frage, die ich mir immer wieder gestellt habe – warum sie nicht angeschnallt war. Die Gewohnheit, sich anzuschnallen, saß so tief, daß sie nicht einmal daran zu denken brauchte. Aber an jenem Tag hat sie es nicht getan.«

»Letzte Chance, Bulle!« schrie Ace. »Entweder das Geld oder die Frau. Die Entscheidung liegt bei Ihnen!«

Alan ignorierte ihn auch weiterhin. »Aber auf dem Videoband war sie angeschnallt!« sagte Alan, und plötzlich wußte er es. Das Wissen stand im Zentrum seines Bewußtseins wie eine klare, silberne Flammensäule. »Sie war angeschnallt. SIE HABEN MIST GEBAUT, MR. GAUNT!«

Alan fuhr herum zu der hochgewachsenen Gestalt, die ungefähr zwei Meter von ihm entfernt unter der grünen Markise stand. Er ergriff den Deckel der Tastee-Munch-Dose, trat einen einzigen großen Schritt auf Castle Rocks neuesten Unternehmer zu, und bevor Gaunt irgendwie reagieren konnte – bevor seine Augen mehr tun konnten, als sich zu weiten –, hatte Alan den Deckel von Todds letztem Scherzartikel gelöst, jenem Scherzartikel, von dem Annie gesagt hatte, er solle ihn dem Jungen doch gönnen, schließlich wäre er nur einmal jung.

Die Schlange fuhr heraus, und diesmal war es kein Scherzartikel.

Diesmal war sie real.

Sie war nur wenige Sekunden lang real, und Alan erfuhr nie, ob sonst noch jemand es gesehen hatte, aber Gaunt sah es: dessen war er sich absolut sicher. Sie war lang – viel länger als die Kreppapier-Schlange, die vor ungefähr einer Woche hervorgeschossen war, als er nach seiner langen, einsamen Heimfahrt von Portland die Dose auf dem Parkplatz neben dem Gebäude der Stadtverwaltung geöffnet hatte. Ihre Haut schillerte in allen Regenbogenfarben, und ihr Körper war mit roten und schwarzen Rauten bedeckt. Sie sah aus wie eine phantastische Klapperschlange.

Ihre Kiefer öffneten sich, als sie gegen die Schulter von Leland Gaunts Tuchmantel stieß, und Alan kniff vor dem Chromgleißen ihrer Giftzähne die Augen zusammen. Er sah, wie der tödliche, dreieckige Kopf zurückwich und dann auf Gaunts Hals zuschoß. Er sah, wie Gaunt danach griff und ihn packte – aber bevor er das tat, bohrten sich die Giftzähne der Schlange in sein Fleisch, nicht nur einmal, sondern mehrmals. Der dreieckige Kopf bewegte sich wie die Nadel einer Nähmaschine

Gaunt schrie – Alan wußte nicht, ob vor Schmerz oder vor Wut oder beidem – und ließ die Tasche fallen, um die Schlange mit beiden Händen zu ergreifen. Alan erkannte seine Chance und tat einen Satz vorwärts, während Gaunt die peitschende Schlange von sich fernhielt und sie dann neben sich auf den Gehsteig schleuderte. Als sie dort landete, war sie wieder, was sie zuvor gewesen war – ein billiger Trick, eine mit verblichenem grünem Kreppapier umwickelte meterlange Feder, jene Art von Trick, die nur ein Junge wie Todd wirklich lieben und nur ein Geschöpf wie Gaunt wirklich würdigen konnte.

Blut sickerte in winzigen Rinnsalen aus drei Löcherpaaren an Gaunts Hals. Er wischte es mit einer seiner merkwürdigen, langfingrigen Hände beiläufig ab, bückte sich dann, um seine Tasche aufzuheben – und hielt plötzlich inne. So vornübergebeugt, mit eingeknickten langen Beinen und einem ausgestreckten langen Arm sah er aus wie ein Holzschnitt von Ichabod Crane. Aber das, wonach er griff, war nicht mehr da. Die Tasche aus Hyänenhaut mit ihren grauenhaft atmenden Seiten stand jetzt zwischen Alans Füßen. Er hatte sie an sich genommen, während Mr. Gaunt mit der Schlange beschäftigt war, und er hatte es mit seiner gewohnten Schnelligkeit und Geschicklichkeit getan.

Jetzt konnte an Mr. Gaunts Gesichtsausdruck keinerlei Zweifel bestehen: eine tosende Mischung aus Wut, Haß und ungläubigem Erstaunen verzerrte seine Züge. Seine Oberlippe hob sich und entblößte seine schiefen Zähne. Jetzt liefen

all diese Zähne in Spitzen aus, als wären sie für diesen Anlaß gefeilt worden.

Er streckte mit gespreizten Fingern die Hand aus und
schrie: »*Geben Sie her – sie gehört mir!*«

Alan wußte nicht, daß Leland Gaunt Dutzenden von Einwohnern von Castle Rock, von Hugh Priest bis zu Slopey
Dodd, versichert hatte, daß er nicht das geringste Interesse
an menschlichen Seelen hätte – daß sie nichts wären als erbärmliche, verschrumpelte, verkümmerte Dinge. Wenn er es
gewußt hätte, dann hätte Alan nur gelacht und darauf hingewiesen, daß Lügen Mr. Gaunts wichtigstes Betriebskapital
waren. Oh, er wußte, was in der Tasche war – was darinnen
steckte, heulend wie Überlandleitungen bei starkem Wind
und atmend wie ein verängstigter alter Mann auf dem Ster-
bebett. Er wußte es ganz genau.

Mr. Gaunts Lippen verzogen sich zu einem makabren
Grinsen. Seine gräßlichen Hände streckten sich Alan noch
weiter entgegen.

»*Ich warne Sie, Sheriff – legen Sie sich nicht mit mir an. Ich bin
kein Mann, mit dem man sich anlegen sollte. Diese Tasche gehört
mir, haben Sie verstanden?*«

»Das glaube ich nicht, Mr. Gaunt. Ich bin ziemlich sicher,
daß das, was darin steckt, gestohlenes Gut ist. Ich glaube,
Sie sollten lieber …«

Ace hatte Mr. Gaunts subtile, aber stetige Verwandlung
von einem Geschäftsmann in ein Monster offenen Mundes
verfolgt. Der Arm um Pollys Hals lockerte sich ein wenig,
und sie erkannte ihre Chance. Sie drehte den Kopf und grub
ihre Zähne bis zum Zahnfleisch in Ace' Handgelenk. Ace
stieß sie ohne weiteres Nachdenken beiseite, und Polly
stürzte der Länge nach auf die Straße. Ace richtete die Pistole auf sie.

»*Biest!*« schrie er.

15

»So«, murmelte Norris Ridgewick dankbar.

Er hatte den Lauf seines Dienstrevolvers auf eine der Blaulichtstangen auf dem Dach gelegt. Jetzt hielt er den Atem an, nahm die Unterlippe zwischen die Zähne und drückte ab. Ace Merrill wurde plötzlich auf die Frau auf der Straße geschleudert – es war Polly Chalmers, und Norris hatte Zeit zu denken, daß er das eigentlich hätte wissen müssen –, mit weggeschossenem Hinterkopf, der in Klumpen und Klümpchen zerspritzte.

Plötzlich fühlte sich Norris sehr schwach.

Aber er fühlte sich auch sehr, sehr glücklich.

16

Alan nahm Ace Merrills Ende nicht zur Kenntnis.

Und Leland Gaunt auch nicht.

Sie standen einander gegenüber, Gaunt auf dem Gehsteig, Alan neben seinem Kombi auf der Straße mit der grauenhaften, atmenden Tasche zwischen den Füßen.

Gaunt tat einen tiefen Atemzug und schloß die Augen. Etwas wischte über sein Gesicht – eine Art Schimmern. Als er die Augen wieder öffnete, ähnelte er wieder jenem Leland Gaunt, der so viele Leute in Castle Rock zum Narren gehalten hatte – dem charmanten, verbindlichen Mr. Gaunt. Er schaute auf die Papierschlange herab, die auf dem Gehsteig lag, verzog angewidert das Gesicht und beförderte sie mit einem Fußtritt in den Rinnstein. Dann sah er Alan an und streckte eine Hand aus.

»Bitte Sheriff – wir wollen nicht streiten. Es ist spät, und ich bin müde. Sie wollen mich aus Ihrer Stadt heraushaben, und ich möchte verschwinden. Ich *werde* verschwinden, sobald Sie mir zurückgegeben haben, was mir gehört. Und es gehört mir, das versichere ich Ihnen.«

»Sie können versichern, soviel Sie wollen. Ich glaube Ihnen nicht, mein Freund.«

Gaunts Augen verrieten Ungeduld und Zorn. »Diese Tasche und ihr Inhalt gehören *mir!* Halten Sie etwa nichts von freier Marktwirtschaft? Sind Sie ein verkappter Kommunist? Ich habe für jeden Gegenstand in dieser Tasche einen fairen Preis bezahlt. Wenn es eine Belohnung ist, auf die Sie aus sind, eine Vergütung, eine Provision, ein Finderlohn, ein Schlag aus dem Saucenkessel, wie immer Sie es nennen wollen, so kann ich das verstehen, und ich werde gern zahlen. Aber Sie müssen einsehen, daß dies eine geschäftliche Angelegenheit ist, keine juristische …«

»Sie haben betrogen!« schrie Polly. *»Sie haben betrogen und gelogen und die Leute beschwindelt!«*

Gaunt warf ihr einen gequälten Blick zu, dann wendete er sich wieder an Alan. »Das habe ich nicht getan. Ich habe gehandelt, wie ich es immer tue. Ich zeige den Leuten, was ich zu verkaufen habe – und lasse sie dann selbst entscheiden. Also – wenn ich bitten darf …«

»Ich glaube, ich werde sie behalten«, sagte Alan gelassen. Ein Lächeln umspielte seinen Mund. »Nennen wir es einfach Beweismaterial, ja?«

»Ich fürchte, das können Sie nicht, Sheriff.« Gaunt trat vom Gehsteig auf die Straße herunter. Kleine rote Lichter glühten in seinen Augen. »Sie können sterben, aber mein Eigentum können Sie nicht behalten. Nicht, wenn ich es an mich zu nehmen gedenke. Und das tue ich.« Er setzte sich auf Alan zu in Bewegung, und die roten Stecknadelköpfe in seinen Augen vertieften sich. Er hinterließ einen Stiefelabdruck in einem hafermehlfarbenen Klumpen von Ace' Gehirn.

Alan spürte, wie sein Magen sich zu verkrampfen begann, aber er bewegte sich nicht. Statt dessen, getrieben von einem Instinkt, den zu verstehen er gar nicht erst versuchte, brachte er vor dem linken Scheinwerfer des Kombis die Hände zusammen. Er legte sie in Form eines Vogels übereinander und begann, die Handgelenke schnell zu bewegen.

Die Sperlinge fliegen wieder, Mr. Gaunt, dachte er.

Ein großer, projizierter Schattenvogel – eher ein Habicht als ein Sperling, und für einen ungreifbaren Schatten verstörend *realistisch* – flatterte plötzlich über die Fassade von

Needful Things. Gaunt nahm ihn aus dem Augenwinkel heraus wahr, wirbelte herum, keuchte und wich wieder zurück.

»Verschwinden Sie aus der Stadt, mein Freund«, sagte Alan. Er legte seine Hände anders zusammen, und nun schlich ein großer Schattenhund – vielleicht ein Bernhardiner – in dem vom Scheinwerfer des Kombis erzeugten Lichtkreis über die Fassade von You Sew and Sew. Und irgendwo in der Nähe – vielleicht war es ein Zufall, vielleicht auch nicht – begann ein Hund zu bellen. Ein großer Hund, dem Geräusch nach.

Gaunt wendete sich in diese Richtung. Jetzt machte er einen leicht gequälten Eindruck; es war zu spüren, daß er die Fassung verlor.

»Sie haben Glück, daß ich Sie laufen lasse«, fuhr Alan fort. »Aber unter welcher Anklage könnte ich Sie schon verhaften? Der Diebstahl von Seelen mag in dem Strafgesetzbuch vorkommen, mit dem Brigham und Rose zu tun haben, aber ich glaube nicht, daß ich ihn in meinem finden werde. Dennoch rate ich Ihnen, zu verschwinden, solange Sie es noch können.«

»*Geben Sie mir meine Tasche!*«

Alan starrte ihn ungläubig und verächtlich an. »Haben Sie immer noch nicht verstanden? Begreifen Sie das nicht? *Sie verlieren.* Haben Sie vergessen, wie man das macht?«

Eine lange Sekunde musterte Gaunt Alan, dann nickte er. »Ich habe gewußt, daß ich gut daran tat, Ihnen aus dem Weg zu gehen«, sagte er. Er schien fast ein Selbstgespräch zu führen. »Ich habe es genau gewußt. Also gut. Sie gewinnen.« Er begann, sich abzuwenden. Alan entspannte sich ein wenig. »Ich verschwinde ...«

Er fuhr herum, seinerseits so schnell wie eine Schlange, so schnell, daß Alan neben ihm träge wirkte. Sein Gesicht hatte sich wieder verwandelt; der menschliche Aspekt war vollständig verschwunden. Jetzt war es das Gesicht eines Dämons mit tief eingefallenen Wangen und eingesunkenen Augen, in denen ein orangefarbenes Feuer loderte.

»... *ABER NICHT OHNE MEIN EIGENTUM!*« schrie er und tat einen Satz auf die Tasche zu.

Irgendwo – dicht neben ihm oder tausend Meilen entfernt – schrie Polly: »*Alan, paß auf!*« Aber zum Aufpassen hatte er keine Zeit mehr; der Dämon, stinkend wie eine Mischung aus Schwefel und glimmendem Sohlenleder, war über ihm. Jetzt hatte er nur Zeit zu handeln oder Zeit zu sterben.

Alan fuhr mit der rechten Hand über die Innenseite seines linken Handgelenks, tastete nach der unter seinem Uhrarmband herausragenden winzigen Schlinge. Ein Teil von ihm war davon überzeugt, daß das niemals funktionieren würde, diesmal würde selbst ein weiteres Verwandlungswunder ihn nicht retten; der Trick mit den erblühenden Blumen war verbraucht, er war …

Sein Daumen glitt in die Schlinge.

Das kleine Päckchen Papier schnippte heraus.

Alan stieß die Hand vor und löste zum letztenmal die Schlinge.

»*ABRAKADABRA, DU VERDAMMTER LÜGNER!*« schrie er, und was plötzlich in seiner Hand erblühte, waren keine Papierblumen, es war ein gleißender Strauß aus Licht, der die Upper Main Street in ein phantastisches Leuchten tauchte. Und er sah, daß die aus seiner Faust entspringenden Farben nur eine Farbe waren, so, wie alle durch ein Glasprisma fallenden oder in einem Regenbogen in der Luft erscheinenden Farben nur eine Farbe sind. Er spürte, wie ein Kraftstoß seinen Arm durchfuhr, und einen Augenblick lang war er von einer grandiosen Ekstase erfüllt:

Das Weiß! Die Ankunft des Weißen!

Gaunt heulte vor Schmerzen und Wut und Angst – aber er wich nicht zurück. Vielleicht war es so, wie Alan gesagt hatte: es war so lange her, seit er das Spiel verloren hatte, daß er nicht mehr wußte, was nun zu tun war. Er versuchte, sich unter den über Alans Hand strahlenden Lichtstrauß zu ducken, und einen Augenblick lang berührten seine Finger tatsächlich den Griff der Tasche zwischen Alans Füßen.

Doch plötzlich erschien ein mit einem Pantoffel bekleideter Fuß – Pollys Fuß. Sie stampfte damit auf Gaunts Hand.

»*Stehenlassen!*« schrie sie.

Er blickte wutentbrannt auf – und Alan rammte ihm die Faustvoll Strahlen ins Gesicht. Mr. Gaunt gab einen langen,

848

kläglichen Angst- und Schmerzensschrei von sich und fuhr mit blauem Feuer im Haar zurück. Die langen weißen Finger unternahmen einen letzten Versuch, den Griff der Tasche zu packen, und diesmal war es Alan, der auf sie trat.

»Ich sage Ihnen zum letztenmal, daß Sie verschwinden sollen«, sagte er mit einer Stimme, die er nicht als seine eigene erkannte. Sie war zu stark, zu sicher, zu machtvoll. Er begriff, daß er dem Ding, das da vor ihm hockte und mit einer furchtsamen Hand versuchte, sein Gesicht vor dem sich ständig wandelnden Lichtspektrum zu schützen, wahrscheinlich nicht den Garaus machen konnte, aber er konnte dafür sorgen, daß es verschwand. Heute abend verfügte er über diese Macht – wenn er es wagte, sie zu benutzen. »Und ich sage Ihnen zum letzten Mal, daß Sie ohne das hier verschwinden werden!«

»Sie werden sterben ohne mich!« stöhnte das Gaunt-Ding. Seine Hände hingen zwischen seinen Beinen; lange Klauen klickten und klirrten. »Jede einzelne von ihnen wird sterben ohne mich, wie Pflanzen ohne Wasser in der Wüste. Ist es das, was Sie wollen? Ist es das?«

Jetzt stand Polly neben Alan, drückte sich an ihn.

»Ja«, sagte sie kalt. »Besser, sie sterben hier und jetzt, wenn das passieren muß, als daß sie mit Ihnen gehen und leben. Sie – und wir – haben ein paar üble Dinge getan, aber dieser Preis ist zu hoch.«

Das Gaunt-Ding zischte und schüttelte die Klauen.

Alan hob die Tasche auf und wich langsam mit Polly an seiner Seite auf der Straße zurück. Er hob die Fontäne aus Lichtblumen, so daß sie Mr. Gaunt und seinen Tucker Talisman mit einem phantastischen, kreisenden Strahlen übergoß. Er sog Luft in seine Brust – wie es schien, mehr Luft, als sein Körper je enthalten hatte. Und als er sprach, dröhnten die Worte aus ihm heraus mit einer Stimme, die nicht ihm gehörte. »*HEBE DICH FORT, DÄMON! DU BIST AUSGE-STOSSEN VON DIESEM ORT!*«

Das Gaunt-Ding kreischte, als wäre es mit kochendem Wasser verbrüht worden. Die grüne Markise von Needful Things ging in Flammen auf, und das Schaufenster flog in Millionen von Splittern einwärts. Von Alans Hand schossen helle Strahlen – blau, rot, grün, orange, dunkelviolett – in alle Richtungen. Einen Augenblick lang schien es, als schwebte ein zerberstender Stern auf seiner Faust.

Die Tasche aus Hyänenhaut platzte mit einem widerwärtigen Knall, und die eingefangenen, klagenden Stimmen entkamen in einem Dunst, der nicht sichtbar war, den aber alle fühlten – Alan, Polly, Norris, Seaton.

Polly spürte, wie das heiße, einsickernde Gift aus ihren Armen und ihrer Brust verschwand.

Die Hitze, die sich um Norris' Herz gelegt hatte, verflog.

In ganz Castle Rock wurden Pistolen und Keulen fortgeworfen; die Leute schauten einander an mit den fassungslosen Augen von Menschen, die aus einem fürchterlichen Traum erwacht sind.

Und der Regen hörte auf.

17

Immer noch kreischend hinkte und hastete das Ding, das Leland Gaunt gewesen war, über den Gehsteig zu dem Tucker, riß die Tür auf und ließ sich hinter das Lenkrad fallen. Der Motor jaulte schrill auf. Es war nicht das Geräusch einer von Menschenhand gemachten Maschine. Eine lange Fahne aus orangefarbenem Feuer schoß aus dem Auspuff. Die Hecklichter flammten auf, und sie waren nicht rotes Glas, sondern widerwärtige kleine Augen – die Augen grausamer Kobolde.

Polly Chalmers schrie auf und preßte ihr Gesicht an Alans Schulter, aber Alan konnte sich nicht abwenden. Alan war dazu verurteilt, zu sehen und sich zeit seines Lebens an das zu erinnern, was er sah – ebenso, wie er sich an die helleren Wunder dieses Abends erinnern sollte: die Papierschlange, die ein paar Augenblicke lang real gewesen war; die Papierblumen, die sich in einen Strauß aus Licht und einen Quell der Kraft verwandelt hatten.

Die drei Frontscheinwerfer erstrahlten. Der Tucker setzte auf die Straße zurück, und der Asphalt unter seinen Reifen zerschmolz zu brodelnder Schmiere. Dann kreischte er in eine Kehrtwendung nach rechts, und obwohl er Alans Wagen nicht berührte, wurde der Kombi ein ganzes Stück zurückgeschleudert, als wäre er von einem starken Magneten abgestoßen worden. Die Fronthaube des Talisman überzog sich mit einer nebelartigen weißen Glut, und unter dieser Glut schien er sich zu wandeln und seine Form zu ändern.

Der Wagen *gellte auf*, hügelabwärts gerichtet auf den kochenden Hexenkessel, der einmal das Gebäude der Stadtverwaltung gewesen war, auf das Chaos aus zerschmetterten Streifenwagen und Transportern und auf den reißenden Fluß, den keine Brücke mehr überspannte. Der Motor kam auf irre Touren, Seelen heulten in dissonantem Wahnsinn, und das helle, neblige Glühen begann, sich nach hinten auszudehnen und den Wagen einzuhüllen.

Dann rollte der Tucker an.

Er wurde schneller, als er hügelabwärts fuhr, und auch die Veränderungen gingen schneller vor sich. Der Wagen schmolz, formte sich um. Das Dach wich nach hinten zurück, aus den funkelnden Radnaben wuchsen Speichen, die Räder wurden höher und schmaler. Aus den Überresten des Kühlergrills schälte sich eine Gestalt heraus. Es war ein schwarzes Pferd mit Augen, so rot wie die von Mr. Gaunt, ein Pferd, eingehüllt in ein milchiges Laken aus Helligkeit, ein Pferd, dessen Hufe Funken aus dem Pflaster schlugen und tiefe, rauchende Abdrücke auf der Straße hinterließen.

Der Talisman war zu einer offenen Kutsche geworden mit einem buckligen Zwerg auf dem Bock. Die Stiefel des Zwerges waren auf das Schmutzbrett gestützt, und die nach oben gebogenen Spitzen dieser Stiefel schienen Flammen zu speien.

Doch die Veränderungen gingen weiter. Als die glühende Kutsche auf das untere Ende der Main Street zujagte, begannen die Seiten zu wachsen; ein hölzernes Dach mit überstehenden Traufen formte sich aus der nährenden proteischen Hülle. Ein Fenster erschien. Die Speichen der Räder versprühten gespenstische Farbblitze, als die Räder – und die Hufe des schwarzen Pferdes – vom Pflaster abhoben.

Der Talisman war zur Kutsche geworden; jetzt wurde die

Kutsche zu einem Karren von der Art, auf dem vor vielleicht hundert Jahren Wunderärzte durchs Land reisten und ihre Schau abzogen. An der Seite erschien eine Schrift – Alan konnte sie gerade noch erkennen.

CAVEAT EMPTOR

hieß es da.

Hoch in der Luft und immer noch steigend fuhr der Karren durch die aus den Ruinen des Gebäudes der Stadtverwaltung lodernden Flammen. Die Hufe des schwarzen Pferdes galoppierten auf einer unsichtbaren Straße und ließen nach wie vor leuchtend blaue und orangefarbene Funken aufstieben. Über dem Castle Stream stieg er noch höher, ein glühender Kasten am Himmel, und passierte die eingestürzte Brücke, die wie das Skelett eines Dinosauriers in der reißenden Strömung lag.

Dann legte sich ein Rauchschwaden von der brennenden Masse des Gebäudes der Stadtverwaltung über die Main Street, und als der Rauch abgezogen war, waren Leland Gaunt und sein höllisches Gefährt verschwunden.

18

Alan führte Polly zu dem Streifenwagen, der Norris und Seaton vom Gebäude der Stadtverwaltung hergebracht hatte. Norris saß nach wie vor im Fenster und klammerte sich an die Blaulichthalterung, ohne abzustürzen.

Alan legte die Hände um Norris' Bauch (nicht, daß Norris, der gebaut war wie ein Zelthering, viel Bauch gehabt hätte) und half ihm beim Absteigen.

»Norris?«

»Was ist, Alan?« Norris weinte.

»Von jetzt an können Sie sich in der Toilette umziehen, wann immer Sie wollen«, sagte Alan. »Okay?«

Norris schien es nicht gehört zu haben.

Alan hatte das Blut gefühlt, das das Hemd seines First Deputy durchtränkte. »Wie schwer sind Sie verletzt?«

»Nicht allzu schwer. Zumindest glaube ich es. Aber dies«, – er schwenkte, alle Brände und alle Trümmer mit einbeziehend, die Hand über die Stadt – »all dies ist *meine* Schuld. Meine!«

»Das stimmt nicht«, sagte Polly.

»Das verstehen Sie nicht.« Norris' Gesicht war vor Kummer und Scham verzerrt. »Ich war es, der Hugh Priests Reifen zerstochen hat! Ich habe ihn aufgehetzt!«

»Ja«, sagte Polly, »das haben Sie vermutlich getan. Damit werden Sie leben müssen. Genau so, wie ich diejenige bin, die Ace Merrill aufgehetzt hat. Und damit muß *ich* leben.« Sie deutete in die Richtung, in der die Katholiken und die Baptisten in unterschiedliche Richtungen davonstrebten, unbehindert von einigen benommenen Polizisten, die nach wie vor dort herumstanden. Etliche der Glaubenskrieger gingen allein, andere in Gruppen. Father Brigham schien Rev. Rose zu stützen, und Nan Roberts hatte einen Arm um Henry Paytons Taille gelegt. »Aber wer hat *sie* aufgehetzt, Norris? Und Wilma? Und Nettie? Und all die anderen? Wenn Sie das alles ganz allein getan haben, dann müssen Sie geschuftet haben wie ein Besessener.«

Norris brach in ein lautes, gequältes Schluchzen aus. »Es tut mir ja so *leid*.«

»Mir auch«, sagte Polly leise. »Es hat mir das Herz gebrochen.«

Alan schloß Norris und Polly kurz in die Arme, dann lehnte er sich durch das Beifahrerfenster des Streifenwagens. »Und wie geht es Ihnen, Seat?«

»Ganz gut«, sagte Seat. Er machte in der Tat einen durchaus munteren Eindruck. Verwirrt, aber munter. »*Ihr* seht wesentlich mitgenommener aus, als ich mich fühle.«

»Ich glaube, wir sollten Norris ins Krankenhaus bringen, Seat. Wenn Sie genügend Platz haben, können wir alle mitfahren.«

»Platz ist reichlich vorhanden. Steigen Sie ein! Welches Krankenhaus?«

»Northern Cumberland«, sagte Alan. »Dort liegt ein kleiner Junge, den ich besuchen möchte. Ich muß mich vergewissern, ob sein Vater bei ihm ist.«

»Alan, haben Sie gesehen, was ich zu sehen glaubte? Hat sich das Auto dieses Kerls tatsächlich in eine Kutsche verwandelt und ist durch die Luft davongeflogen?«

»Ich weiß es nicht, Seat«, sagte Alan, »und ich schwöre bei Gott, daß ich es auch nie wissen *möchte*.«

Henry Payton war gerade eingetroffen, und jetzt tippte er Alan auf die Schulter. Seine Augen waren leer und geschockt. Er hatte das Aussehen eines Mannes, der seine Lebensweise, seine Denkweise oder beides bald von Grund auf ändern wird. »Was ist passiert, Alan?« fragte er. »Was ist in dieser gottverdammten Stadt wirklich passiert?«

Es war Polly, die ihm antwortete.

»Es hat einen Ausverkauf gegeben. Den größten Total-Ausverkauf, den Sie je erlebt haben – aber letzten Endes haben einige von uns beschlossen, nichts zu kaufen.«

Alan hatte die Tür geöffnet und Norris auf den Beifahrersitz geholfen. Jetzt berührte er Pollys Schulter. »Komm«, sagte er. »Wir wollen fahren. Norris hat Schmerzen, und er hat sehr viel Blut verloren.«

»Hey«, sagte Henry. »Ich habe Unmengen von Fragen, und …«

»Heben Sie sie auf.« Alan stieg neben Polly ein und schloß die Tür. »Morgen können wir reden, aber jetzt bin ich nicht mehr im Dienst. Ich glaube sogar, mein Dienst in dieser Stadt ist ein für allemal zu Ende. Begnügen Sie sich damit – es ist vorbei. Was immer in Castle Rock passiert ist – es ist vorbei.«

»Aber …«

Alan beugte sich vor und tippte Seat auf die knochige Schulter. »Fahren Sie los«, sagte er ruhig. »Und schonen Sie die Pferde nicht.«

Seat begann zu fahren, die Main Street hinauf, in Richtung Norden. An der Abzweigung bog der Streifenwagen nach links ab und fuhr den Castle Hill hinauf auf Castle View zu. Als sie sich der Kuppe näherten, drehten sich Alan und Polly gemeinsam um, um noch einen Blick auf die Stadt zu werfen, in der Brände glühten wie Rubine. Alan empfand Trauer, Verlust und den seltsamen Kummer des Betrogenseins.

Meine Stadt, dachte er. *Das war meine Stadt. Aber sie ist es nicht mehr. Wird es nie wieder sein.*

Sie drehten im gleichen Augenblick die Köpfe, um wieder nach vorn zu blicken, und es endete damit, daß sie einander in die Augen schauten.

»Du wirst es nie erfahren«, sagte sie leise. »Was Annie und Todd damals wirklich widerfahren ist – du wirst es nie erfahren.«

»Und ich will es auch nicht mehr«, sagte Alan Pangborn. Er küßte sie sanft auf die Wange. »Das gehört in die Dunkelheit. Soll die Dunkelheit es davontragen.«

Sie überfuhren die Kuppe des View und gelangten auf der anderen Seite auf die Route 119. Castle Rock war hinter ihnen verschwunden; die Dunkelheit hatte auch die Stadt davongetragen.

SIE WAREN SCHON EINMAL HIER

Aber sicher doch. Sicher. Ein Gesicht wie Ihres vergesse ich nie.

Kommen Sie herüber, lassen Sie mich Ihre Hand schütteln! Wissen Sie, ich habe Sie schon am Gang erkannt, noch bevor ich Ihr Gesicht gesehen habe. Sie hätten sich keinen besseren Tag für Ihre Rückkehr nach Junction City aussuchen können, die hübscheste kleine Stadt in Iowa – zumindest auf *dieser* Seite von Ames. Sie dürfen lachen – es sollte ein Witz sein.

Können wir uns ein Weilchen hinsetzen? Vielleicht hier auf diese Bank vor dem Kriegerdenkmal? Die Sonne scheint warm, und von hier aus kann man praktisch das gesamte Geschäftsviertel überblicken. Sie müssen nur wegen der Splitter aufpassen; die Bank steht hier, seit Hektor in den Windeln lag. Und nun schauen Sie dort hinüber. Nein – ein bißchen mehr nach rechts. Das Gebäude, dessen Fenster zugekalkt sind. Das war früher Sam Peebles Büro. Ein Grundstücksmakler, und ein verdammt guter obendrein. Dann hat er Naomi Higgins von drunten von Proverbia geheiratet, und sie sind weggezogen, so wie die jungen Leute das heute meistens tun.

Das Gebäude hat mehr als ein Jahr lang leergestanden – die Wirtschaftslage ist katastrophal, seit die Geschichte im Mittleren Osten losgegangen ist –, aber jetzt hat irgend jemand es endlich übernommen. Und es hat deswegen eine Menge Gerede gegeben, das kann ich Ihnen versichern. Aber Sie wissen ja, wie das so ist; in einer kleinen Stadt wie Junction City ist die Eröffnung eines neuen Geschäfts so etwas wie eine Sensation. Und so, wie es aussieht, kann es auch nicht mehr lange dauern; die letzten Handwerker haben am Freitag ihr Werkzeug zusammengepackt und sind gegangen. Also, was ich glaube, ist …

Wer?

Ach, *sie*. Das ist Irma Skillins. Sie war Direktorin der Junction City High School – wie ich gehört habe, die erste Frau, die in diesem Teil des Staates einen solchen Posten innegehabt hat. Sie ist vor zwei Jahren in Pension gegangen, und wie es aussieht, hat sie sich auch von allem anderen zurückgezogen – Eastern Star, Töchter der Amerikanischen Revolution, Junction City Players. Sogar aus dem Kirchenchor soll sie ausgetreten sein. Ich nehme an, das liegt zum Teil an ihrem Rheumatismus – der macht ihr mächtig zu schaffen. Sehen Sie, wie schwer sie sich auf ihren Stock stützt? Wenn es erst einmal soweit gekommen ist mit einem Menschen, dann tut er so ziemlich alles, was ihm ein wenig Erleichterung verschafft.

Sehen Sie sich das an! Sie betrachtet den neuen Laden ganz genau, nicht wahr? Nun, warum auch nicht? Sie mag alt sein, aber tot ist sie noch nicht, bei weitem nicht. Außerdem kennen Sie vermutlich das Sprichwort: Es war Neugierde, die die Katze umbrachte, aber Befriedigung, die sie ins Leben zurückholte.

Ob ich das Schild lesen kann? Aber sicher kann ich das! Ich habe zwar seit zwei Jahren eine Brille, aber die brauche ich nur zum Lesen; auf größere Entfernung sehe ich besser als je zuvor. In der obersten Zeile steht ERÖFFNUNG DEMNÄCHST, und darunter ANSWERED PRAYERS – EINE NEUE ART VON LADEN. Und die unterste Zeile – warten Sie eine Minute, sie ist ein bißchen kleiner – die unterste Zeile lautet: *Sie werden Ihren Augen nicht trauen.* Aber ich werde ihnen wohl trotzdem trauen. Schließlich heißt es schon beim Prediger Salomon, daß nichts Neues geschieht unter der Sonne, und daran halte ich mich. Auch Irma wird wiederkommen. Ich könnte mir denken, daß sie zumindest einen eingehenden Blick auf denjenigen werfen will, der beschlossen hat, über Sam Peebles' altem Büro diese leuchtendrote Markise anbringen zu lassen.

Vielleicht werde ich selbst einmal hineinschauen. Ich denke, das werden fast alle Leute in der Stadt tun, bevor alles gesagt und getan ist.

Interessanter Name für einen Laden, nicht wahr? *Answered Prayers.* Man fragt sich wirklich, welche Art von Ware da drinnen angeboten wird.

Nun, bei einem solchen Namen kann das alles mögliche sein. Alles mögliche.

24. Oktober 1988 – 28. Januar 1991

INHALT

Sie waren schon einmal hier
7

ERSTER TEIL

GALA-ERÖFFNUNG
19

ZWEITER TEIL

SONDERANGEBOTE
407

DRITTER TEIL

TOTAL-AUSVERKAUF
679

Sie waren schon einmal hier
857

STEPHEN KING'S
F13

Sie haben geahnt, dass es existiert, doch jetzt ist es da! Unabweislich zieht es Sie in seinen Bann, hin zu dieser eiskalten Taste Ihres Computers – dort, wo das Grauen lauert, das Grauen des Stephen King!

Erleben Sie den Meister des Horrors jetzt auf Ihrem PC oder Mac: Die erstmals in Deutsch exklusiv veröffentlichte Erzählung „Alles ist riesig" führt Sie in die abgründige Seele des Dink Earnshaw, markerschütternde Schreie und finstere „Deathtop-Hintergründe" begleiten Sie bei Ihren Computer-Sessions, schaurige Bildschirmschoner und schockierende Mini-Spiele treiben Sie an den Rand des Wahnsinns!

F13 ist stephen kings erstes multimedia-projekt!

Erhältlich im Computerfachhandel

www.frightware.de

Der Name Stephen King wird unter Lizenz verwendet

Richard Bachman = Stephen King

»King ist gleich Horror.«

»Eine unwiderstehliche Spezialmischung«
SÜDDEUTSCHE ZEITUNG

Eine Auswahl:

Der Fluch
01/6601

Menschenjagd
01/6687

Sprengstoff
01/6762

Todesmarsch
01/6848

Amok
01/7695

Regulator
01/10454

Stephen King: Desperation
01/10446

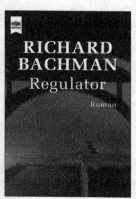

01/10454

HEYNE-TASCHENBÜCHER

Stephen King

Die monumentale Saga
vom »Dunklen Turm«

Eine unvergleichliche
Mischung aus Horror
und Fantasy.

Hochspannung pur!

Schwarz
01/10428

Drei
01/10429

tot
01/10430

Glas
01/10799

01/10799

HEYNE-TASCHENBÜCHER